ETOSCANE

DE TOSCANE

Viargio

Serchio LOUCA ou LUCCA

Brasses 10 PISE
6.5.4.3.2.1 Pietre
Canal de Fer
LIVOURNE
Fanal S.Francois Cap de Monte Negre
Tour de Garde

C
Ô
T
E
S

Capillon Chellio

Tour de Garde
Populonia
Monte Rufoli
S.Vinsenso

GOLFE DE VADE

Seiche de Vade

C.Barato

Pirates
le Canes
PIOMBIN

PLAINE DE SELVA

VELETA

GOLFE DE LATRUIE

Porto Ferraro

CANAL DE PIOMBIN

Palmaria
Serboli
I.Troya

Scarline
Cap.biste
I.de la Troye
Rochetta
Castillone

Stang

D'ELBE

Ferriere
Porto Longon
C.Schabe

Ombrone TALALAMON Maillane

S.Esteuen Salines

ORBITELLE

Forniques

I.Jullig

I.Fornique Cap L'Ancevonia

Ancevonia

Mont Alto

MER TIR

Ruines

Echelle d'un tiers de Lieue de Fra

W0171359

Mont.Argentar

Port Herqulle

Cornette
Tours de Garde
CIVITA VECHIA
Torre de S.

I.Januti

le Mole
le Fanal

MEDITERRANEE

Monaldi & Sorti
Das Mysterium der Zeit

 aufbau

MONALDI & SORTI

Das Mysterium
der Zeit

Die Möbius-Tetralogie
Geschichten mit zwei Gesichtern

Aus dem Italienischen übersetzt
von Annette Kopetzki

Der Roman *Verschleierung*
ist das andere Gesicht der Geschichte

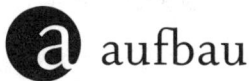

Das italienische Original wird nicht gedruckt.
Erstveröffentlichung auf Niederländisch
unter dem Titel »Mysterium«
bei De Bezige Bij, Amsterdam.

ISBN 978-3-351-03373-6

Aufbau ist eine Marke der Aufbau Verlag GmbH & Co. KG

1. Auflage 2011
© Aufbau Verlag GmbH & Co. KG, Berlin 2011
Mysterium © 2010 by Rita Monaldi und Francesco Sorti
Einbandgestaltung hißmann, heilmann, hamburg
Satz Dörlemann Satz, Lemförde
Druck und Binden CPI – Clausen & Bosse, Leck
Printed in Germany

www.aufbau-verlag.de

Unseren dreißig Übersetzern in aller Welt
Secretari geheimster Absichten
in Dankbarkeit, Wertschätzung und Zuneigung

Für Mario Merlino, Übersetzer mit Herzblut, *in memoriam*

INHALT

9

ICH WEISS

Ich weiß die Namen der Verantwortlichen.
Ich weiß die Namen der »Spitze«, die steuerte.
Ich weiß die Namen der Auftraggeber.
Ich weiß die Namen der Mächtigen.
Ich weiß die Namen derer, die ...
Ich weiß die Namen ernsthafter und bedeutender Persönlichkeiten.

Ich weiß alle diese Namen und weiß alle Fakten.
Ich weiß. Aber ich habe keine Beweise.

Ich weiß, weil ich ein Schriftsteller bin, der versucht, sich all das vorzustellen oder aus den Tatsachen zu folgern, was man nicht weiß oder was verschwiegen wird; jemand, der weit voneinander entfernte Fakten verknüpft, der die versprengten Einzelteile und Bruchstücke eines zusammenhängenden politischen Gesamtbildes wieder verbindet, der die Logik dort wiederherstellt, wo Willkür, Wahnsinn und Geheimnis zu herrschen scheinen. All das gehört zu meinem Beruf und zum instinktiven Wissen meines Berufs. Ich glaube, es lässt sich schwerlich behaupten, dass mein »Romanprojekt« verfehlt ist, dass es keinen Bezug zur Realität hat, dass seine Bezüge auf wirkliche Personen und Ereignisse ungenau sind.

Ich glaube, dass viele andere Schriftsteller dieselben Dinge wissen, die ich als Schriftsteller weiß. Denn die Wahrheit zu rekonstruieren ist im Grunde nicht so schwierig ...

(Gekürzter Auszug aus: Pier Paolo Pasolini, *Cos'è questo golpe? (Was ist dieser Putsch?)*, »Corriere della sera« vom 14. November 1974)

PROLOG

Über den Secretarius

Jene kleinen Dinge, ohne welche es die großen nicht gäbe, sollte man nicht als geringfügig verachten. Eines davon ist der Secretarius.

Herzstück und Seele der Tätigkeit des Secretarius ist die Darstellung von Gedanken in schriftlicher Form. Es ist eine wahrhaft engelsgleiche Tat, die ersten Keime und das Mark der Ideen seines göttlichen Padrone in Sprache zu fassen und mit Tinte in regelmäßigen Linien auf das Papier zu übertragen. Dem formlosen Rohstoff der Gedanken eines anderen Menschen verleiht der Secretarius mit seiner Feder Klarheit und Deutlichkeit; im Sinnbild eines Buchstabens erfüllt er die noch schattenhafte Idee mit Glanz, welche, da sie somit Licht und Geist empfangen, nun weit entfernte Dinge nah erscheinen lässt, Verhandlungen erleichtert, Zeiten abstimmt, Erinnerungen befestigt und überall dort, wohin ihre Schrift gelangt, die Welt verkleinert.

Der Secretarius ist also der engelhafte Teil der politischen Macht, ihre zur Form gewordene Kraft. Daher haben die Theologen die Würde des Secretarius jener der Engel verglichen, die Gott am nächsten sind.

Der Secretarius besitzt kein Erscheinungsbild. Aus seinem Körper, seinen Gesten, seiner Kleidung und Sprechweise formt er sich ein Dasein im Schatten, in der selbstgewählten Unauffälligkeit, Anonymität und Einsamkeit. Seine Sprache ist frei von regionalen oder lokalen Färbungen und seine gesunde, robuste Konstitution zwängt er in eine Rüstung aus strengem, schwarzem, in jugendlichem Alter allenfalls aschgrauem Tuch, wie der Castiglione in seinem *Hofmann* rät. Er trägt weder Schwert noch Helmbusch, enthält sich gesellschaftlicher Konversation und jeglicher Zusammenkünfte, zeigt Ernst, Aufrichtigkeit und Bescheidenheit in allen seinen Handlungen, flieht das Gespräch, wo er kann, und speist bevorzugt allein.

In dieser Weise schleicht sich der Secretarius mit schneckengleichem Geschick in die Nähe seines Padrone und steigt langsam zu dessen Vertrauten auf.

Einst ward er Skribent genannt. Heute rührt sein Name vom *secretum* her, dem Studierzimmer und Archiv der Fürsten, wo er der Wächter geheimer Schriften ist.

Alles, was sich im Staate seines Fürsten zuträgt, sieht der Secretarius von den ersten Wurzeln an entstehen, er kennt das Nachsinnen über diesen und alle anderen Fälle, und er sieht dergleichen Überlegungen auch im Herzen seines Fürsten wie in einer starken Festung geborgen, oder besser gesagt, wie in einer heiligsten und höchst sicheren Sakristei, welcher denn auch sein Name zu ähneln scheint.

Doch aufgepasst: Zwischen dem Secretarius und seinem Padrone gibt es keine Freundschaft außer der förmlichen des bloßen Anscheins, der trügerischen Sprünge, des fortwährenden Wechselspiels von Gefälligkeiten und Huldigungen, in dessen Nebeldunst beides ununterscheidbar wird. Begünstigter und Secretarius zu sein, verträgt sich schlecht. Allein weil er dir vertraut hat, wird der Fürst deinen Verrat fürchten, er wird dich hassen wie einen Tyrannen, weil ihm dünkt, du habest seine Freiheit in der Hand, während er sein Gewissen aufs Spiel gesetzt hat. Die Würde des Secretarius ist daher flüchtig, stets gefährdet und leicht zunichte zu machen.

Wie auch Justus Lipsius rät, bewahren nur Beständigkeit und taktische Vorsicht vor Hinterhalten, leidvollen Erfahrungen und der eisernen Faust der Macht. Wo also Umsicht und Bedachtsamkeit geboten sind, verheimlicht der Secretarius, dass er weiß und versteht, spart mit seinen Gaben und hält sich bedeckt, wie Sallust junior, Secretarius des Kaiser Tiberius, von dem in Tacitus' *Annalen* erzählt wird. So groß waren die verborgene Stärke seiner Seele und die Schärfe seines Verstandes, dass er Heldentaten hätte vollbringen können, und beides wurde umso mächtiger, je mehr er sie hinter einer vorgetäuschten Neigung zur Schläfrigkeit und Faulheit verbarg.

Das Amt des Secretarius ist an allen anderen Amtsgeschäften beteiligt, doch hat kein anderes Geschäft irgendeinen Anteil am Amt des Secretarius, woraus folgt, dass der Secretarius sich auf sämtliche Machenschaften der anderen versteht, wohingegen niemand etwas von seinen Machenschaften weiß. Als wichtigstes Mitglied im Rat des Fürsten muss der Secretarius Ohren und Verstand allerorten gebrauchen, die Zunge jedoch nur innerhalb der Ratssitzung. Da er für Sendschreiben und verschlüsselte Kodizes der Kanzleien verantwortlich ist, unterliegt er der Schweigepflicht.

Sein ganzes Leben ist stumme Überredungskunst.

ÜBERAUS NÜTZLICHE

DISKURSE

versehen mit

BETRACHTUNGEN

NOTIZEN

EXEMPLA

&

DIALOGEN

Gewonnen aus den Begebenheiten im Jahre des Herrn 1646

Zusammengestellt zum Nutzen und Frommen des Signorino

ATTO MELANI

aus Pistoia

MUSICUS DES GROSSHERZOGS DER TOSKANA

AM FRANZÖSISCHEN HOFE

DISKURS I

Darin in einem Brief von einer ersten Reise nach Paris
auf der Suche nach Ruhm und Ehren erzählt wird und vermöge
dieser Schilderung die Vorboten der Geschichte auftreten.

An den Erlauchten Hauptmann Girolamo Sozzifanti, Cavaliere des Ordens Santo Stefano

Exzellenz,

Euch stets in untertäniger und glühender Liebe als Secretarius ergeben, erfülle ich mit diesem Schreiben Eure Bitte um einen wahrheitsgetreuen, peinlich genauen Bericht der Reise, welche der Signorino Atto Melani, der mir als Mündel anvertraut ist, im November des Jahres 1644 von Rom nach Paris unternahm, woselbst er von Seiner Eminenz Kardinal Mazarin, dem Regierenden Minister von Frankreich, und von der Königin, Eurer Cousine, erwartet wurde.

Euren Instruktionen folgend, werde ich jede einzelne Begebenheit, wie ich sie selbst oder von anderen erfahren, getreulich verzeichnen. Dies geschieht Eurem Wunsch gemäß, regelmäßig Kunde über Signorino Atto zu erhalten.

Nachdem wir wohlbehalten und gesund hier in Marseille angekommen sind, werden wir die Reise nach Paris zu Lande fortsetzen. Im Augenblick kann ich nur sagen, dass dieses letzte Stück der Fahrt eine gute Weile dauern wird, denn wir fanden die Straßen in einem verheerenden Zustand. Auch bieten die Wirtshäuser von Frankreich dürftiges und schlechtes Essen, was den Signorino Atto für die Mühen einer so langen Reise gar nicht gut disponiert. Dennoch kann Eure hochverehrte Exzellenz auf meinen unermüdlichen Willen zählen, die Aufgabe, die Ihr mir so großzügig übertragen, in der allerbesten Weise zu erfüllen.

Am vergangenen 22. November sind Signorino Atto und ich also von Rom nach Florenz gereist, um den Tenor Jacopo Melani, Attos älteren

Bruder, und die Sopranistin Francesca Costa, genannt La Checca, abzuholen, da sie zusammen mit anderen Musikern und Schauspielern auf Befehl Kardinal Mazarins in Paris erwartet werden, um an musikalischen und poetischen Darbietungen teilzunehmen. In Livorno angekommen, haben wir uns auf einer Handelsgaleere eingeschifft, deren Ziel Genua war, wo wir Station machen sollten, um dann nach Marseille weiterzureisen und von dort aus in der Kutsche nach Paris zu gelangen. Auf der nämlichen Galeere befanden sich noch andere Literaten und Musiker. Der Kapitän wunderte sich, dass der Mangel an Platz und Bequemlichkeit die gute Stimmung unter den Reisenden nicht beeinträchtigte. Ihr friedliches Beisammensein, erklärte ich ihm persönlich, verdanke sich der Tatsache, dass die meisten einander schon kannten, da sie zusammen in der musikalischen Komödie des Giulio Strozzi *La Finta Pazza* aufgetreten waren. Dieses Schauspiel hat vor über drei Jahren im Teatro Novissimo von Venedig einen unerhörten Erfolg gefeiert und soll jetzt in Paris am Königshof als großzügige Hommage Ihrer durchlauchtigsten Hoheit, des Großherzogs der Toskana, an die Königin von Frankreich, Eure Cousine, und an Kardinal Mazarin, ihren Regierenden Minister, aufgeführt werden.

Während der Reise stand uns Monsignore Alessandro Fabri, Secretarius von Kardinal Mazarin, zur Seite. Er kam soeben vom Konklave zurück, bei dem Innozenz x. Pamphili zum Nachfolger des verstorbenen Papstes Urban viii. Barberini gewählt wurde. Monsignore Fabri ist ein überaus liebenswürdiger Mensch, er hat uns in allen Dingen geholfen und keinen unserer Wünsche unerfüllt gelassen.

Ich kann außerdem berichten, dass alle Passagiere, die der Erwähnung wert sind (ausgenommen also die Mannschaft, die Händler, die ihre Waren auf dem Schiff transportierten, und die schmutzige Schar der an die Ruder geketteten Galeerensträflinge), ein fortwährendes Loblied auf die Regierung Seiner durchlauchtigsten Hoheit, des Großherzogs de' Medici, sangen, welcher fürwahr der weiseste, achtbarste und reinste aller Herrscher ist. Sie haben sämtlich beteuert, dass Seine durchlauchtigste Hoheit, wie schon Seine Vorgänger aus dem Hause Medici, bei Seinen Untertanen Gottesfurcht, ehrbare Sitten und einen rechtschaffenen Lebenswandel trefflich fördert und darob den höchsten Lobpreis verdient.

Ich muss hinzufügen, dass Signorino Atto in Wahrheit zunächst sehr ungern aus Rom wegging, wo er seine Kunst verfeinern konnte, da er dort dank der Lektionen des Maestro Luigi Rossi, seiner Gemahlin Costanza, einer Harfenistin und Sängerin, sowie des umjubelten, bekanntesten Kastraten von Rom, des berühmten Marcantonio Pasqualini, genannt Malagigi, die deliziösesten Raffinessen des Gesangs erlernte.

In Rom hat Signorino Atto es sich angelegen sein lassen, das Beste seines Könnens zu geben, vorzüglich bei seinem letzten Konzert im Palazzo Barberini, der Residenz der Neffen des verstorbenen Papstes. Es war dies ein denkwürdiger Abend in Gegenwart vieler Nobilitäten und Purpurträger. Sogar den Signori Malagigi und Rossi traten, als sie Atto zum letzten Mal vor seiner großen Reise singen hörten, Tränen der Freude über die Fortschritte ihres Schülers in die Augen, und ich kann Eure Exzellenz versichern, dass unser junger Kastrat in den Ohren der römischen Fürsten eine unauslöschliche Erinnerung an sich hinterlassen hat, was den Ruhm des durchlauchtigsten Geschlechts der Medici gewisslich mehren wird.

Der erste Tag der Seereise von Livorno nach Genua ward von einem sehr starken Ostwind getrübt, welcher uns sofort vom Kurs abbrachte, sodass wir noch vor Anbruch des Abends bei der Insel Gorgona vor Anker gehen mussten, der kleinsten Insel des Archipels, die wie alle Inseln im Meer der Toskana zum Hoheitsgebiet Ihrer durchlauchtigsten Hoheit, des Großherzogs Ferdinando, gehört.

Während der ersten Nacht, die wir am Ankerplatz von Gorgona verbringen mussten, habe ich, Euren Anweisungen folgend, sorgsam darauf geachtet, dass Signorino Atto gebührend ruhte und weder von fremden Menschen noch von enervierenden Gedanken gestört wurde, und tatsächlich hat er vortrefflich geschlafen.

Am nächsten Tag ging die Rudermannschaft der sogenannten Bereitwilligen (in Wahrheit ein höchst unpassender Name für diese unflätigen Tagelöhner) mit Krügen auf die Insel, um Wasservorräte zu holen. Leider wurde einer der Passagiere, welche mit den Ruderern an Land gegangen waren, um sich die Beine zu vertreten, von einer Schlange gebissen. Da die medizinische Ausstattung unseres Schiffes recht kärglich war, empfahl der an Bord weilende Wundarzt, den Verletzten in Gorgona zu lassen, wo er eine Behandlung erhalten und der nötigen Ruhe für seine Genesung pflegen könne. Sobald er die kurze Seereise antreten könne, solle er in die Toskana zurückgebracht werden. Signorino Atto, in Gesangsübungen zu Ehren Ihrer durchlauchtigsten Hoheit vertieft, gewahrte den Zwischenfall zwar mit Interesse, ließ sich aber glücklicherweise dadurch nicht allzu sehr verstören.

Die restliche Fahrt verlief ohne große Hindernisse, dank des sich bessernden Wetters und des günstigen Windes, der uns Verzögerungen ersparte. Signorino Atto vertrieb sich die Zeit, indem er sich bei seinen Gesangsübungen auf einer kleinen Gitarre begleitete, Karten spielte und einige Arien für Solostimme schrieb, welche er Ihrer durchlauchtigsten Hoheit so bald wie möglich schicken wird (noch wagt er es nicht, da er sich seiner Schöpfungen nicht sicher ist). Bei alledem hat er auch die Lektüre der Bücher, die ich zu seiner Belehrung und Erbauung mit mir führte, nicht verschmäht.

Kurzum, ich kann bestätigen, dass Euer Schützling sich während der gesamten Reise ausnehmend gut betragen hat, und niemals habe ich ihn ungehörige Dinge sagen oder tun sehen. Ebenso ist er all meinen Empfehlungen gefolgt, sodass man sagen darf, kein junger Mensch seines Alters könnte ein löblicheres Verhalten zeigen.

Der Signorino ist eine aufrichtige Seele, dankbar nimmt er alles an, was ihm der Wille Gottes auf seinem Weg zuträgt, und ist mit größter Freude zur Reise nach Frankreich bereit. Der durchlauchtigste Großherzog und sein Bruder, unser Erhabener Fürst und Herrscher, können mit ihrem jungen Günstling und Eurem Schutzbefohlenen höchst zufrieden sein und darauf vertrauen, dass er ihnen weiterhin treu ergeben und den Interessen des Großherzogtums nützlich sein wird.

Gott möge uns die erhabene Kunst der Kastraten erhalten, da sie der Welt die himmlischsten Stimmen schenken, welche das menschliche Ohr zu hören vermag! Allein ihr engelsgleiches Antlitz entzündet in allen Herzen die Sehnsucht, in die unbekannten, verborgenen Räume der göttlichen Gnade vorzudringen und dort für immer zu verweilen. Dergestalt dienen sie Euer durchlauchtigsten Hoheit mit ihrer ganzen Kunst und ihren mannigfaltigen Tugenden! Wurden sie denn nicht nach dem Gebot des Evangelisten zu Eunuchen des Himmelreichs gemacht?

DISKURS II

*Darin, zwei Jahre später, abermals das Glück
in Paris gesucht wird.*

Verflucht sei der Tag, da ich dir begegnet,
Musik, ewiger Tod,
derer, die dich bei Hofe ausführen.
Warum zerspringt mir das Herz nicht
so wie die Saiten springen?

Im trunkenen Gesang, mein junger Atto, schwoll dir die jugendliche
Brust, während deine langen Arme und die zarten Finger des Kastra-
ten gleich einer Bittschrift Voluten an den Himmel zeichneten, der am
Horizont mit dem Blau des Mare Nostrum verschmolz, wie die alten
Römer das Mittelmeer zu nennen beliebten.

Der Dezemberwind, der über das Meer wehte, peitschte deinen
Hals, du hättest dich diesen Gefahren nicht aussetzen sollen. Bekleidet
warst du mit jenem fleischfarbenen damastenen Hemd, das du zum
ersten Mal in Rom trugst, an jenem denkwürdigen Abend im Palazzo
Barberini, als das Toben des Applauses fast die Fresken von der Decke
gelöst hätte. Seither hast du dieses Hemd jeden zweiten Tag angezogen, im Glauben, es brächte dir Glück.

Nun aber schrieben wir das Jahr 1646; zwei Jahre waren seit der ersten
Reise nach Paris vergangen. Wir befanden uns als Gäste auf einer Galeere der französischen Kriegsflotte, einem schlanken Schiff mit ungewöhnlich reicher Verzierung, beginnend bei der prächtigen Galionsfigur, die den Bug schmückte. An Bord waren nur wenige Matrosen,
die Bänke der Ruderer waren nur halb besetzt, das Segel am einzigen
Mast ward feierlich vom Wind gebläht.

Die Überfahrt hatte soeben begonnen. Zielhafen in Frankreich war
dieses Mal nicht Marseille, sondern der Militärhafen von Toulon. Von
dort würde ich den üblichen Brief an den Hauptmann Sozzifanti
schreiben müssen, meinen Padrone und deinen Paten, um ihn zu beruhigen, dass alles gutgegangen war.

Noch kreuzten wir im Viereck zwischen Livorno, Korsika und Orbetello, in dem, umgeben von fischreichen Gewässern, die Inseln des

Toskanischen Archipels Giglio, Pianosa, Elba, Capraia und Gorgona liegen, nützliche Stellungen für das Ausspähen von Piratenschiffen, doch auch geeignet, Verbrecher und arme Irre dort auszusetzen. Diese Inseln sind vor allem von vitaler Bedeutung für die militärische Sicherheit des Großherzogtums, welches von hier aus den Schiffsverkehr zwischen dem Ligurischen und dem südlichen Tyrrhenischen Meer kontrolliert, und damit auch jenen zwischen Frankreich und dem spanischen Vizekönigreich beider Sizilien.

Du probtest das berühmte Duett aus der *Finta Pazza*, das du zwei Jahre zuvor in Paris und davor noch in Venedig, eben fünfzehnjährig, gesungen hattest. Dein Partner setzte rechtzeitig ein, mit einem amüsanten nasalen Stimmchen sang er die Rolle der Prinzessin Deidamia:

>*Was murrst du, halber Mann?*«

Dann fing er lauthals an zu lachen. Barbello war es, der kleine, rundliche Kastrat aus Venedig, dessen kastanienbraune, zu einem Pagenkopf geschnittene Haare ihm tief in die Stirn bis fast über die Augen fielen und dessen Wangen mit falschen Muttermalen und Bleiweiß geschminkt waren. Obwohl es doch auch das seine war, spottete er gern über dein weibisches Wesen, denn er konnte dich mit seinen Sticheleien gehörig aus der Fassung bringen.

>*So nehmt den Lorbeer, die Palmzweige und die Tressen*«, rezitierte er sodann mit feierlichem Ernst. Wie üblich waren es Verse aus dem *Adone* von Marino, den er stets in einem Sack aus gewachstem Leinen bei sich zu tragen pflegte.

»Es ist eiskalt, Signorino Atto«, ermahnte ich dich. »Wenn Ihr jetzt Eure Stimme verliert, könntet Ihr Euch ebenso gut gleich vom Schiff stürzen und niemals in Paris ankommen. Und schlagt Euch endlich diese *Finta Pazza* aus dem Kopf. Dieses Mal wird in Frankreich doch eine neue musikalische Komödie eingeübt, oder irre ich mich?«

Während Barbello dir die Krone auf den Kopf setzte, warfst du mir einen finsteren Blick zu. Der Gedanke, dass du nicht wusstest, was man dir in Paris zu singen geben würde, quälte dich. Diese zweite Reise zu Ruhm und Ehren auf französischem Boden begeisterte und ängstigte dich gleichzeitig. Würde dein zweiter Auftritt bei Hofe ebenso viel Aufsehen erregen wie jener zwei Jahre zuvor? Würde er ebenso viel Applaus bekommen? Insgeheim hegtest du die entsetzliche Befürchtung, man könnte dir eine alberne Nebenrolle andrehen.

Selbst dein Lehrer, Maestro Marcantonio Pasqualini, genannt Malagigi, der uns auf dieser Reise begleitete, hatte trotz seiner ausgezeichneten Kontakte nichts in Erfahrung bringen können. Seit einiger Zeit schrieb der päpstliche Nuntius in Frankreich in seinen Briefen nach Rom, dass in Paris ein Ballett für den Herzog von Enghien, den Sieger der Schlacht bei Rocroi, vorbereitet werde, von dessen Großartigkeit und Prächtigkeit alle bereits schwärmten, ohne doch das Geringste darüber zu wissen (das Schöne an den Franzosen ist ihre Begeisterungsfähigkeit, sagte Pasqualini immer). Von musikalischen Dramen hingegen war keine Rede.

Kaum waren wir im Hafen von Livorno angekommen, hatte Malagigi bei allen anderen Sängern, die seit Tagen darauf warteten, sich einschiffen zu können, Erkundigungen eingeholt. Während der langen Aufenthalte in einer Taverne am Hafen war ich immer wieder zur Anlegestelle geeilt, um zu erfahren, wann wir auf das Schiff gehen konnten, und unterdessen hatten die Sänger und Musiker alle nur erdenklichen Vermutungen bis hin zu den dümmsten Klatschgeschichten ausgetauscht. Doch das Ergebnis war nur, dass niemand wusste, warum wir alle auf Befehl Kardinal Mazarins in ein Schiff gepfercht werden sollten, das uns bis ins ferne Paris bringen würde. Im letzten Moment waren wir dann aus Platzgründen (wie Malagigi vermutete) auf mehrere Schiffe verteilt worden. Der größte Teil der Sänger, einschließlich deines Bruders Jacopo, war ein paar Tage vor uns auf einem Handelsschiff nach Marseille abgereist. Malagigi, Barbello, die Sopranistin Rosina Martini, du und ich in deinem Gefolge, waren mehrmals an die Mole gerufen worden, wo wir stundenlang vergeblich warteten. Das hatte beträchtlich an unseren Nerven gezerrt, bis ich nach endlosem Hin und Her von einer Anlegestelle zur anderen endlich mit der Nachricht zurückkehren konnte, dass wir an Bord einer prachtvollen Kriegsgaleere geladen waren. Der Kommandant des Schiffes hatte sich für die Wartezeit entschuldigt, indem er mir sagte, es sei der ausdrückliche Wunsch Seiner Eminenz Kardinal Mazarins gewesen, dass ihr vier, die berühmtesten Sänger, die am Hof erwartet wurden, mit größtmöglicher Bequemlichkeit reist. Man hatte darum dieses prachtvolle Schiff der französischen Kriegsflotte ausgesucht, das nach militärischen Operationen gegen spanische Schiffe im Toskanischen Meer nun seine Heimreise in den Hafen von Toulon antreten sollte. Der Stolz über eine so privilegierte Behandlung hatte deine und Malagigis Befürchtungen ein wenig gemildert und euch über die Absichten des Kardinals beruhigt.

Doch an Bord war der nagende Zweifel wieder aufgetaucht. Der Abbé Francesco Buti, der das Libretto für die neue Oper hätte schreiben sollen, und der Komponist, dein geliebter Lehrer Luigi Rossi, saßen seit Monaten untätig in Paris. Um nicht ganz müßig zu sein, komponierte Rossi ein paar Kantaten für Solostimme. Mazarin machte nicht die leiseste Anspielung auf irgendein musikalisches Werk, trug Rossi aber gleichzeitig auf, fast täglich nach Rom zu schreiben, um die Abreise italienischer Sänger zu beschleunigen. Der Kardinal übte vermittels seiner Agenten sogar Druck auf Italien aus und ließ die zur Reise bereiten Sänger auf französische Kriegs- oder Handelsschiffe bringen, die in toskanischen Gewässern kreuzten. Doch mehr geschah nicht. In den nächsten Monaten war nur das Ballett für den Herzog von Enghien geplant, worin es nicht einmal für ein Fünftel aller von Mazarin nach Paris bestellten Sänger eine Rolle gab. Warum dann dieses beharrliche Drängen beim Papst in Rom und bei den Medici in Florenz, warum die anmaßenden Forderungen, die einen diplomatischen Zwischenfall heraufzubeschwören drohten? Den Florentinern hatte der Kardinal sogar geschrieben, dass die Königin Anna es ohne dich nicht aushalten könne. Aber die Rechnung ging nicht auf – es würde Monate brauchen, um das Libretto und die Musik für Sänger und Orchester zu schreiben, das Stück einzustudieren und die Bühnenbilder zu entwerfen und zu bauen. Das bedeutete, dass auch du, lieber Atto, zu langer, unerklärlicher Untätigkeit verurteilt sein würdest.

In deinem Blick las ich dieselbe Bestürzung und Unruhe wie in dem aller anderen Musiker. Du hattest keine Zeit zu verlieren. Die Bahn deiner Karriere wies steil in die Höhe, jeder Monat, jede Woche konnte den Augenblick des großen Erfolges bringen, das Erreichen des Gipfelpunktes, der dir endgültig jenen Ruhm sichern würde, von dessen Erträgen du für den Rest deines Lebens würdest zehren können. Vielleicht würdest du vom König ein Benefizium erhalten, eine Pension, eine Sinekure. Warum also nach Paris gehen und dort die Hände in den Schoß legen müssen? Was um alles in der Welt hatte der Kardinal vor?

»Verschwinde, du Idiot!«, schriest du Barbello an, während du versuchtest, ihm einen Tritt zu geben. Erst hatte er dir den verschmähten Lorbeer angeboten, dann hatte er dir blitzschnell einen Batzen eiskalte, tropfnasse Algen in die Hose gestopft und war grinsend davongelaufen. Hin- und hergerissen zwischen Lachen und Wut, doch sorgsam bedacht, mir ja nicht zu gehorchen und deinen Hals endlich vor dem Wind zu schützen, warfst du einen Blick über das Meer, in dem deine ganze Verwirrung lag.

Gewiss, die prächtige französische Galeere, die uns über das Meer trug, war wirklich etwas anderes als das knarrende italienische Handelsschiff, das uns auf der ersten Reise beherbergt hatte. Dieses Mal schliefen wir nicht gänzlich angekleidet im Kielraum unter den Bänken der Ruderer auf spärlichen Strohhaufen ausgestreckt, unter Fenstern so eng wie Schießscharten. Wir beide hatten, ebenso wie andere Passagiere, ein kleines Gelass für uns, fast wie die Kabinen der Offiziere an Bord. Das Schiff war nicht groß, aber außergewöhnlich gepflegt, die hölzerne Reling mit Schnitzereien verziert, der Rumpf reich vergoldet, und am Heck hing eine wunderschöne Laterne aus buntem Glas von ungewöhnlich kostbarer Machart. Sogar die auf beiden Seiten mit Arabesken verzierten Ruderblätter waren eines Kunsttischlers würdig.

Doch aller Prunk war dir gleichgültig geworden. Auf diesem Schiff auf offener See fehlte dir Luigi Rossi, der große Maestro, der dich in Rom in die geheimen Finessen der Gesangskunst eingeweiht hatte. Du konntest es kaum erwarten, ihn in Paris zu sehen, wo er dir vielleicht sogar Mazarins unverständliche Pläne erklären würde. Auch seine Gemahlin Costanza fehlte dir, die rotblonde Harfenistin und Sängerin, die deinen Gesang bei Rossis Unterrichtsstunden so oft begleitet hatte. Dir fehlte der Anblick der eleganten, hochmütigen Fürsten von Rom, wenn sie aus ihrer Kutsche steigen und Lakaien ihnen mit Peitschenhieben einen Weg durch die Menge bahnen, dir fehlten die Kardinäle in ihren purpurroten Soutanen und glänzenden Schuhen – Eminenz, ich küsse Euren Ring, habt die Gnade, mich mit Eurer Protektion zu beehren …

Sieben oder acht Tage Seereise von Livorno nach Toulon, dann weiter zu Lande. Schlecht essen, noch schlechter schlafen: Unbilden, die auch die Kräftigsten zermürben. Auf der ersten Reise hattest du das Schaukeln des Schiffs gut ertragen, diesmal musstest du dich schon am ersten Tag dreimal übergeben. Die glänzenden, kahlrasierten Schädel der rudernden Galeerensträflinge, die Rücken der türkischen Sklaven und die sonnenverbrannten Schultern der Bereitwilligen, der gedungenen Ruderer mit ihren schweißgetränkten Bärten, waren der einzige Anblick, der sich deinen Augen bot. Hinzu kam der unerträgliche Gestank von Erbrochenem und Kot, der auf Kriegsschiffen herrscht und von dem alle sagen, er sei schlimmer als der Gestank auf Sklavenschiffen. Zwischen zwei Ruderschlägen spuckten die Sträflinge auf den Boden und warfen dir und Malagigi finstere Blicke zu: Frauen an Bord bringen Unglück, von Kastraten ganz zu schweigen.

Nicht zuletzt fehlte dir wohl auch der Zauber der Nächte im Freien, wo du zwar die Bequemlichkeit des Kastells am Heck entbehren musstest, aber dennoch vor der Kälte geschützt warst, dank des Feuers an Deck, der Tiere, die mit uns reisten, deiner Jugend und sonderlich der Frauen. Dieses Mal war die Checca schon in Paris, also fehlte dir das mütterliche Geschick einer erfahrenen Sängerin, die es fertigbrachte, dass du dich noch wenig als Mann fühltest. Damals, auf unserer ersten Reise nach Paris, warst du unter dem schwarzen Gewölbe des bestirnten Himmels und einer diskreten Decke wirklich gut versorgt. Ihre Schwester Margherita Costa aus Venedig hätte mit uns an Bord sein sollen, eine in ganz Rom bekannte Sängerin und Kurtisane, auf die du sehr neugierig warst. Doch seltsamerweise bekamen wir sie nicht zu Gesicht, und man berichtete uns, sie habe sich schon vor unserer Ankunft im Hafen von Livorno nach Frankreich eingeschifft.

Freilich kannte ich auch das Geheimnis deines jugendlichen Herzens: Eben fünfzehnjährig und schon seit einigen Jahren im persönlichen Dienst der Brüder des Großherzogs stehend, wurdest du in die Freuden der Liebe eingeweiht, der wahren Liebe. Dies geschah in Venedig und ausgerechnet dank der *Finta Pazza*. Noch immer konnte ich auf deinem Gesicht die Erinnerungen an diesen Traum der Leidenschaft und des Erfolgs ablesen, an deinen großen Auftritt in Venedig vor fünf Jahren. Während der Probenzeit hatte die sechs Jahre ältere Barbara Strozzi, eine sangesfreudige Musikerin und uneheliches Kind des Dichters Giulio Strozzi, des Librettisten der *Finta Pazza*, ein Auge auf dich geworfen. Die Strozzi war soeben von ihrem reichen adeligen Liebhaber schwanger geworden, jenem Giovanni Vidman, dem ihr Vater das Libretto der *Finta Pazza* gewidmet hatte. Nichtsdestoweniger hatte sie sich in dich verliebt, und zwar so sehr, dass in Venedig sogar ein Spottlied auf euch beide in Umlauf war:

Etwas erklären und etwas sein, sind verschiedene Dinge,
für mich ist sie gleichwohl die keuscheste aller Frauen,
denn obwohl sie
als sinnliches Weib und in Freiheit erzogen
ihre Zeit mit einer Liebschaft verbringen könnte,
gilt ihre ganze Zuneigung
einem Kastraten.

Barbaras Liebhaber kümmerte sich nicht um euer Verhältnis, wie ihm auch ihre Schwangerschaft gleichgültig war. Es amüsierte ihn, dass eine seiner Gespielinnen sich mit einem fünfzehnjährigen Kastraten vergnügte. Du warst dagegen in einer ganz anderen Lage: Nur durch ein Wunder kam deine Liebschaft mit der Strozzi deinem eifersüchtigen Padrone Mattias de' Medici nicht zu Ohren, obwohl er eigens nach Venedig gereist war, um deinem Auftritt im Teatro Novissimo am ersten Abend beizuwohnen. Es war zum Bersten gefüllt, denn die Accademia degli Incogniti, der fast alle wichtigen Persönlichkeiten in Venedig angehörten, hatte wie besessen für das Ereignis geworben.

Vorbei war es nun mit jenen Tagen, die der Schraubstock der Zeit zu einem wirren Knäuel aus Erinnerungen zusammengepresst hatte, vorbei war es mit Barbara, vorbei mit allem. Hier, auf der französischen Galeere, blieb dir nur die schüchterne, ehrerbietige Gesellschaft der blutjungen Rosina Martini, einer Sopranistin, die Kardinal Mazarin engagiert hatte. Andere Frauen gab es auf dem Schiff nicht. Vermutlich hätte Barbello die Nächte gern an deiner Seite verbracht, wenn du deinen Abscheu hättest überwinden können.

Frauen mögen Kastraten, das ist bekannt. Doch ein Kastrat, der Frauen mag, ist eine gefährliche Angelegenheit, wenn sie seinen Herren zu Ohren kommt. Und sie kann dich und mich ruinieren. Darum zog ich mit väterlicher Entschiedenheit Rosinas Hand aus deiner und führte dich unter Barbellos triumphierenden Blicken zum Heck, wo ich dir eine Predigt zu halten gedachte. In aller Kürze und Gelassenheit natürlich, denn es braucht keinen großen Geist, um zu begreifen, was sich hinter dem Eifer verbirgt, mit dem du, mein Atto, vom Großherzog und seinen Brüdern bezahlt, beherbergt, ausgeschmückt, empfohlen und erbittert verteidigt wirst. Oder muss ich dir wirklich wiederholen, was alle in Florenz wissen?

NOTIZ

*Darin beleuchtet wird, wie das Haus der Medici die Sodomie
sowohl zum Vergnügen als auch aus Dünkel und um der
Staatsraison willen praktiziert hat: Ersteres durch Taten,
das zweite in ihren Überzeugungen, Letzteres durch Worte.*

Unser geliebter Großherzog Ferdinando de' Medici, welcher früh den
Vater verlor und allein mit seiner Mutter lebte, der verbitterten, eiskalten Maria Magdalena von Österreich, ward in seiner Jugend plötzlich von einem so starken Fieber heimgesucht, dass er tagelang im Delirium lag. Nach seinem Erwachen überfiel ihn eine widernatürliche
Zuneigung zu jedem schönen Pagen in seiner Umgebung. Von dem-
selben mysteriösen Fieber mit nämlichen unglückseligen sodomitischen Auswirkungen waren offenbar sämtliche Mitglieder des Hauses
Medici seit der Zeit von Lorenzo dem Prächtigen und seinem Bruder
Giuliano befallen worden. Auch diese beiden hatten jene schändliche
Leidenschaft für ihre Freunde empfunden, zu denen auch der treff-
liche Maler Sandro Botticelli und der sanftmütige Dichter Agnolo
Poliziano gehörten. Vergebens erklärten die wenigen tugendhaften
Geistlichen der Familie, welche nicht selbst an diesem elenden Laster
teilnahmen, dass es sich um eine Besessenheit vom Teufel handle, und
boten Hilfe durch Gebete an. Doch ihr Angebot wurde belächelt und
verschmäht. Man erzählt, dass einer dieser heiligen Männer die Gelegenheit einer Messe im Hause Medici nutzte, um ohne Ankündigung
einige besondere Gebete zum Aufstöbern der Teufel zu sprechen, welche er in den Seelen des Großherzogs Ferdinando und seines Bruders
Mattias verborgen sah. Und tatsächlich wurden beide Fürsten augenblicklich von einem Unwohlsein ergriffen und erbrachen vor der entsetzten Versammlung gewaltige Mengen übelriechender Säfte, ja
sogar den Kopf einer Kröte. Der Priester wurde dennoch mit Gewalt
gehindert, fortzufahren, und die einzige dauerhafte Folge des versuchten Exorzismus war, dass der Geistliche wenige Tage später von
unbekannter Hand gemeuchelt aufgefunden wurde.

In seinen Jugendjahren hatte der Großherzog sich vor allem mit dem
blutjungen Fürsten von Venosa vergnügt. Sie waren kreuz und quer
durch Europa gereist, wo sie Verwandte und Bekannte der Familie

besucht hatten: Ferdinandos Onkel, den Kaiser; einen anderen Onkel in Österreich, der Erzherzog war; und sogar den Papst in Rom. Nach der Rückkehr von dieser ergötzlichen Lustreise hatte der junge Ferdinando die Regierung des Großherzogtums der Toskana übernommen, und er regierte, wie es ihm passte. Eines Abends war seine Mutter, die Erzherzogin, unerwartet in sein Zimmer getreten, als er sich gerade vor dem Kamin wärmte. In heller Aufregung berichtete die Frau, ihr seien Fälle heimlicher, widernatürlicher Unzucht in der Stadt Florenz gemeldet worden. Sie zog eine Liste mit den Namen der beteiligten Personen hervor, sämtlich mächtige Männer in hohen Ämtern, und forderte ihren Sohn in scharfem Ton auf, sie zu bestrafen.

Der Großherzog las die Liste, ohne mit der Wimper zu zucken, und entgegnete seiner Mutter, sie sei nicht gut informiert: Auf der Liste fehlten die Namen weiterer Personen, die derselben Verirrung erlegen waren. Er stand auf, nahm eine Feder vom Tisch, tunkte sie in das Tintenfass und schrieb in aller Ruhe seinen eigenen Namen mit großen Buchstaben an oberster Stelle auf die Liste. Sodann gab er das Papier seiner Mutter zurück.

Die Erzherzogin rief aus: »Das tut Ihr nur, um jene anderen zu schützen!« Der Großherzog: »Welche Strafe wünscht Ihr für diese Leute?« Und sie: »Sie sollen bei lebendigem Leib verbrennen!«

Da nahm Ferdinando die Liste wieder an sich, knüllte sie zu einem Ball zusammen und schleuderte ihn in die Flammen im Kamin. Darauf sagte er: »Bitte, Euer Wille ist geschehen. Fürderhin befasst Ihr Euch nicht mehr mit den Angelegenheiten des Hofes und legt mir keine solchen Fälle mehr vor, die nur dazu taugen, Unruhe in meinen Staaten hervorzurufen.«

Die Erzherzogin nahm diesen Vorfall sehr übel auf. Sie raffte all ihre Juwelen, ihr Gold und Silber zusammen und verließ Florenz in Richtung Deutschland. Doch in den Bergen bei Trient angekommen, erkrankte sie in einem Gasthaus und starb kurze Zeit darauf.

Acht Jahre später heiratete Ferdinando die schwerreiche Herzogin Vittoria della Rovere. Sie gebar ihm den kleinen Cosimo, der Ferdinando eines Tages auf dem Thron nachfolgen wird. Doch das hat nicht viel an den Neigungen des Vaters geändert, und man sagt, zwischen den Eheleuten habe es bereits ein endgültiges Zerwürfnis gegeben, sodass zumindest vorerst keine weiteren Kinder zu erwarten sind.

Die Großherzogin hat ihren Gatten im Schlafzimmer mehrmals mit jungen Pagen entdeckt, an denen er sich auf die unterschiedlichsten Weisen ergötzte. Er aber tut so, als bemerke er den Zorn seiner Frau nicht, und fährt mit seinem Laster fort. So vergnügt er sich damit, die Nächte der Florentiner zu stören, indem er seine gierigsten Liebhaber (das sind jene, die ihn besonders reizen) anstachelt, in die Häuser der Bürger einzusteigen, um die eine oder andere Magd zu verführen, während er hinter der Tür lüstern das Schauspiel genießt und, nur um seine Begierden zu befriedigen, ein ums andere Mal das Leben riskiert.

Denn als Ferdinando eines Nachts aus einem Alkoven einen seiner Günstlinge bei der körperlichen Vereinigung mit einem Mägdelein beobachtete, zu der er den jungen Mann angestachelt hatte, fingen die Vorhänge des Bettes an einer Kerze Feuer und ein Brand brach aus, bei dem der Großherzog fast umgekommen wäre. Ein anderes Mal hatten seine Gefährten ihn einen Augenblick lang auf der Straße allein gelassen, als zwei Räuber mit Messern über ihn herfielen, und hätte er kein Korsett unter dem Wams getragen, wäre er sicherlich nicht mit dem Leben davongekommen.

Woher nahm er diese Dreistigkeit? Wie konnte ein Adliger von solchem Ruhm seinen Hintern auf der Straße entblößen, ohne sich entwürdigt zu fühlen?

Der Grund ist, dass ein Hinterlader zu sein in Florenz gerade wegen der Medici als etwas Schönes, Wünschenswertes, ja höchst Ehrenhaftes galt. Diese Aufwertung der Männerliebe wurde mit den Waffen einer nur scheinbar entlegenen Wissenschaft bewirkt: der Philologie, also dem Studium literarischer Texte der Antike.

In Florenz hatte nämlich der Dichter Agnolo Poliziano gelebt, der Begründer der modernen Philologie. Poliziano war allseits als Invertierter und Knabenliebhaber bekannt, was klar aus seinen Werken hervorgeht. In seinen griechischen und lateinischen Gedichten schmachtete er die Jünglinge Coridone und Biondo Ricciolino an, und besonders gern enthüllte er die sodomitischen Neigungen berühmter Freunde wie Botticelli und Donatello. Trotzdem hatte Lorenzo de' Medici ihn als Lehrer seiner Söhne angestellt und ihm den Lehrstuhl für klassische Literatur, besonders der griechischen, in Florenz übertragen.

Poliziano hatte eine neue Methode für das Studium antiker Texte erfunden: Er rekonstruierte den Stammbaum aller überlieferten Handschriften, um herauszufinden, aus welchen Quellen sie kopiert wurden, und ihre Überlieferungsgeschichte nachverfolgen zu können.

Seine Methode hatte ihm Lob und Ruhm in ganz Europa eingebracht (obwohl es nicht an Kritikern mangelte, die ihn des Plagiats und schwerer Fehler bezichtigten), und so wurden das Banner der Gelehrsamkeit und jenes der Perversion von ein und derselben Hand hochgehalten. Poliziano und seine Kumpane erklärten, dass der große Gaius Maecenas, Freund des Kaisers Augustus, der Vergil und Horaz ernährte, ein Päderast gewesen sei. Sie schworen, Alexander der Große habe Hephaistion und den Eunuchen Bagoas zu seinen Geliebten gemacht. Die *Historia Augusta*, die doch alle als Fälschung kannten, behauptete, Kaiser Hadrian habe seinen Antinous so geliebt, dass er ihn zum Gott erklärte, als der Junge starb.

Von den Namen Rom und Athen magisch berührt wie durch die verzauberte Hand des König Midas, hatten Männerliebe und Päderastentum sich in Gold verwandelt. Seither regiert die Sodomie unangefochten, sie lässt sich sogar Pädophilie nennen, Liebe zu Kindern, obwohl sie doch deren schlimmste Feindin ist.

Dies war das Ziel, das die Dilettanten der perversen Liebe unverhofft erreicht hatten: Sich von hinten bedienen zu lassen war eine heroische Tat geworden, die mit Lorbeerkranz und Leier in der Hand zu vollführen war.

Noch konntest du es nicht wissen, mein junger Atto, doch das Abenteuer, das uns erwartete, sollte uns lehren, wie falsch diese vermeintliche antike Welt war und wie geschickt sie konstruiert worden war, um in unserer und in zukünftigen Zeiten die Seelen zu verderben.

Es ist eine dumme und feige Angewohnheit der Sodomiten, alle anderen Menschen und Dinge in den Schmutz des Lasters, mit dem nur sie sich besudeln, hineinzuziehen, damit in der Nacht der Sünde alle Katzen grau seien.

Damit also der Abscheu, den das widerliche Treiben der Sodomiten beim Volk erregte, ihm nicht schadete, zumal dieser Abscheu immer wieder in Rebellionen umzuschlagen drohte, ließ der Großherzog, wie schon seine Vorfahren, das Gerücht verbreiten, ganz Florenz, ja die gesamte Toskana sei voller Päderasten. Keiner entkam dem Verdacht, wenn man den Klatschgeschichten glauben durfte, die von Verleumdern im Sold der Medici geschickt ausgestreut wurden. Neben den wahren Geschichten um männliche Liebschaften, die man sich im engsten Kreis der Medici erzählte, wurden frei erfundene Ammenmärchen über die gesamte Bevölkerung von Florenz und der Toskana in Umlauf gebracht, welche umso mehr Glauben fanden, je abstruser und übertriebener sie waren.

Niemand wagte es mehr, mit dem Finger auf die echten Sodomiten zu zeigen, die Herren der Stadt und ihre Kumpane Botticelli, Donatello, Michelangelo, Benvenuto Cellini, Pulci, Poliziano (der sogar Lehrer der Söhne von Lorenzo dem Prächtigen war) oder Machiavelli, den berühmten Secretarius der Republik Florenz. Sogar mit den Namen, die sie sich gaben, schufen sie sich dreist ein Schandmal ihrer Praktiken, wie Giovan'Antonio Bazzi, der Maler aus Siena, der sich Sodom nannte, damit ihm die Jungen zuliefen.

Hast du einmal das Gesicht des Botticelli in seiner Anbetung der heiligen drei Könige gesehen? Natürlich hast du es gesehen, mein lieber Atto, und ich weiß es, denn an dem Tag warst du in meiner Obhut. Am rechten Bildrand konntest du das Selbstbildnis Botticellis erkennen, mit den hängenden Lidern des Entarteten, den halb geöffneten Lippen des Lüstlings, dem lasziven Blick, der einladend den Blick des Betrachters erwidert. Auf der gegenüberliegenden Seite drängen sich Lorenzo, der Poliziano und Pico della Mirandola, in der Gestalt von Rittern getarnt, unter dem Vorwand kameradschaftlicher Nähe einer dicht hinter den anderen. Muss ich dich an die unflätigen Sonette erinnern, die Pico und sein Liebling Girolamo Benivieni sich schrieben? An das Grab, in dem sie sich zusammen bestatten ließen? An den Grabstein in der Kirche San Marco, der ihr Idyll feiert?

Francesco di Lazzaro de' Medici, ein Cousin Lorenzos und ordentlich verheiratet, wurde sieben Mal von ebenso vielen Lustknaben denunziert. Machiavelli hatte ihn angezeigt, weil er Huren von hinten vögelte, was verboten ist, doch es war allseits bekannt, dass Machiavelli selbst sich mit seinen Freunden brieflich über sodomitische Freuden während ihrer Jugendzeit austauschte.

Das Entsetzen des Volkes ob der Ausschweifungen ihrer Herrscher dämpften allein obszöne Gerüchte über die Bevölkerung von Florenz, die wie Pilze aus dem Boden schossen und von schlauen Hä-

schern in Windeseile weitergegeben wurden: Die toskanischen Kaufleute vergnügten sich mit ihren Botenjungen, die Lehrer mit ihren
Schülern, die Alten mit den Jungen, die Stadtherren mit ihren Bürgern, die Mächtigen mit den Armen. Schon bald gingen diese Verleumdungen um die Welt, darum sagten die Teutschen früher *Floren-
zer*, wenn sie einen Sodomiten meinten, und die Päderastie wurde das
florentinische Laster genannt.

Und so kam es, dass die Herren der Stadt, um die vom Großherzog
bestellten Verleumdungen zu bestätigen, sich seither kleine Jungen
und Jünglinge im Alter von sechs bis sechzehn Jahren beschaffen.
Von niedriger Herkunft sollen sie sein, denn wer hoch steht, der gibt,
wer unten steht, nimmt. Sie führen sie zum Spaziergang aus, in kurzen Hemdchen, die den Nabel freilassen, und Hosen, die vorne wie
hinten aufzuknöpfen sind. Sie nennen diese Kinder Hündchen, Lust-
knabe und Hürchen. Im Volk heißen sie dagegen Sodomiten, Hinterlader und Schwanzlutscher. Wenn sie erwachsen werden und erkennen, dass sie gebrandmarkt sind und ihr Leben sich nicht mehr
ändern lässt, haben sie keine andere Wahl, als sich in Bordellen feil-
zubieten. Will man den Medici Glauben schenken, keucht ganz Florenz vor Geilheit wie eine riesige pulsierende Harnblase. Sie verbreiten das Gerücht, dass diejenigen, denen Bordelle für Männer oder die
Unzucht im eigenen Haus langweilig geworden seien, es des Nachts
auf der Straße treiben oder in den Gärten der Stadt, den Kloaken, im
Campanile des Giotto und sogar in der Kuppel des Doms, was angeblich einer ihrer Lieblingsorte ist.

Wenn in Florenz eine Ehe, aus der Kinder hervorgegangen sind,
von einem Tag auf den anderen in die Brüche geht, wird sofort das
Gerücht ausgestreut, der Grund seien nicht Huren oder Geliebte,
sondern Sodomiten und Lustknaben. Im besten Fall argwöhnt man,
der Ehemann habe von seiner Frau nur noch den Hintern gewollt.
Auch du kennst einige dieser Geschichten, wie die vom Cavaliere Flaminio Pappagalli aus Pistoia, deinem Landsmann also, den der Großherzog persönlich zu sich rief, um ihm mitzuteilen, seine Gemahlin
posaune überall heraus, dass er ihr sein Gemächt nur noch von hinten oder im Mund überlasse. Der Ärmste ahnte nicht, dass ihm ein
übler Streich gespielt wurde, kehrte außer sich vor Zorn nach Hause
zurück und schnitt seiner unschuldigen Ehefrau mit einem Rasier-
messer die Kehle durch, ohne noch Erklärungen von ihr zu fordern.

Er selbst wurde enthauptet, bevor er erkennen konnte, dass er ein Opfer der teuflischen Propaganda des Großherzogs geworden war. Und so erinnern sich heute alle Toskaner an den unglücklichen Cavaliere Flaminio Pappagalli als an einen schamlosen Päderasten. Die Toten können sich nicht verteidigen.

Seit ihrer Ankunft in Florenz vor dreihundert Jahren lassen die Medici nachts Banden durch die Stadt streifen, die auf offener Straße Nachtschwärmer vergewaltigen und sich ihrer Taten lauthals brüsten. Damit soll das Gerücht, dass das verruchte Laster in ganz Florenz verbreitet sei, Glaubwürdigkeit bekommen, vor allem aber sollen die Wachen von den sodomitischen Ausschweifungen der Medici abgelenkt werden. Nachdem das ein Jahrhundert lang so gegangen war, hatte die Stadt Florenz, die noch die alten Rechte einer freien Gemeinde genoss, die Einrichtung der Nachtbehörde geschaffen, eine Gerichtsbarkeit, die über das anale Laster wachen sollte. Es gab eine Miliz, eine Verwaltung und Gelder, um Spione zu bezahlen. Alle Ärzte waren verpflichtet, Fälle anzuzeigen, in denen jemand sich den After verletzt hatte oder »Hahnenkämme« aufwies, jene Gangräne, die die Rosette der warmen Brüder schmückt. Doch die Medici konnten die Nachtbehörde ohne großen Widerstand des Volkes abschaffen, denn sie hatten das Gerücht verbreitet, sogar der alte Doffo di Nepo degli Spini, der ehemalige Gonfaloniere, welcher das Gericht der Nachtbehörde gegründet hatte, sei in flagranti ertappt worden. Mit seinen siebzig Jahren habe er einen vierzehnjährigen Jungen vergewaltigt, hieß es, und zwar zusammen mit dem sechzigjährigen Kammerherrn Johannes, dem deutschen Diener des mächtigen Palla Strozzi. Die Nachtbeamten wurden durch die »Acht Wachhabenden« und die »Hüter der Gesetze« ersetzt, deren Wachdienste diskreter waren, und es ist wohl kein Zufall, dass ihre Verzeichnisse nach einer Weile verlorengingen.

Muss ich noch mehr sagen? Du, Atto, bist also nichts anderes als die kostbare Beute einer schmutzigen Treibjagd.

Gib acht, denn die Pistoieser, deine Landsleute, die dich glühend um deinen Aufstieg beneiden, haben deine Leidenschaft für Frauen und all den Gram, den du dessenthalben im Herzen trägst, schon in alle Winde ausposaunt. Hast nicht du selbst verkündet, nach Vollendung deines achtzehnten Lebensjahres würdest du keine Frauenrollen mehr singen? In Pistoia ist jenes dir wohlbekannte, mit Bosheiten gespickte Gedichtchen im Umlauf, das Spottlied mit dem Titel *Über Atto Melani, kastrierter Musikus aus Pistoia, Sohn eines Glöckners*, darin man dich in einer Strophe zum Liebhaber der Frauen macht:

Schon ist es kein Geheimnis mehr:
Ein kleines Spielchen gefällt Euch sehr.
Vorzüglich beim Damespiel könnt es Euch passen,
am Ende die Hosen herunterzulassen.
Für solche Gier kommt die Strafe mit Recht,
da das Spiel Ihr verliert beim schönen Geschlecht,
wenn Euch alsbald die Spannkraft verreckt,
dass die Rute Euch zwischen die Backen gesteckt.
Vergesst den Glockenturm nicht!

Aufgepasst, denn schon vor drei Jahren haben die jüngeren Geschwister des Großherzogs und seines Bruders Mattias Himmel und Hölle in Bewegung gesetzt, damit Ihr nicht zu Mazarin nach Frankreich geht, um die *Finta Pazza* zu singen. Giovan Carlo, Leopoldo und Anna fürchteten, dich zu verlieren und mit dir die Wonnen, die du ihnen während und nach den Gesangsabenden in ihren Schlafzimmern verschafftest. Besonders Anna wurde fuchsteufelswild, weil sie, wie sie sagte, mit dir ihren Partner für Duette verlor. Und das waren nicht nur Gesangsduette, wie wir beide wissen. Als du sie dann in Innsbruck besuchen gingst, wo sie die Gemahlin des Erzherzogs von Österreich geworden war, richtete sie während der ganzen zwei Monate deines Aufenthalts nie das Wort an dich und rief dich auch kein einziges Mal in ihr Zimmer, um mit ihr zu singen, nein, sie zog dir andere Sänger vor, um sich Erleichterung von ihren Schwangerschaftsbeschwerden zu verschaffen.

Als ich in unser Gelass im Achterkastell trat, hub ich also ehrerbietig an:
»Signorino, Ihr dürft Euch nicht so über die Maßen ermüden. Ihr müsst Eure Kunst schützen, erinnert Ihr Euch nicht?«
»Ich erinnere mich«, war deine trockene Antwort.

BETRACHTUNG

*Darin einige Erinnerungen an vergangene Zeiten die zwei Arten
von Kastraten erklären und darlegen, welcher der junge
Atto Melani angehört.*

Erinnerst du dich wirklich, junger Atto, an jenen Tag vor zehn Jahren? O ja, du erinnerst dich. Du warst schon halb benebelt von jenem orientalischen Kraut, als sie dich in die Wanne mit kochendheißem Wasser legten, wie man es mit den Hummern macht, um sie zu betäuben, während deine Mutter im Nebenzimmer schluchzte und dein Vater feige floh.

Was du aber nicht wissen kannst, junger Atto, ist, dass ich, der Secretarius, den Bader bezahlte, damit er nur die Samenleiter durchschnitt und deine beiden Kügelchen nicht gänzlich entfernte, wie es die abstoßende Mode dieser Zeit verlangt.

Vor der Operation hatte ich mir einige Kenntnisse verschafft. Werden die beiden männlichen Drüsen von den Samenleitern getrennt, schrumpeln sie zusammen und verschwinden fast, das ist wahr, aber eben nicht ganz.

Sie zu entfernen, ist weitaus schlimmer: der Knabe geht seiner männlichen Natur vollkommen verlustig, sein Geist wird passiv, sein Gemüt weich, er ist ein willenloses Objekt in den schmutzigen Händen seiner Kuppler. Ganz abgesehen davon, dass bei der vollständigen Verstümmelung die Gefahr von Infektionen, tödlichem Fieber und starken Blutungen hundertmal größer ist.

Wie viele Knaben sind bei der Operation verblutet? Wie viele von ihnen haben sogar die Sprache verloren und sind ihr Leben lang stumm geblieben?

Zu jenem Zeitpunkt hatte ich schon meine zwei Töchter, sonderlich aber einen männlichen Erben, das Thema war mir daher nicht gleichgültig.

Lässt man die Hoden unversehrt und schneidet nur die Samenleiter durch, muss man freilich mit anderen Risiken rechnen. Es gab den Fall des jungen Kastraten, der auf dieselbe Weise operiert wurde wie du und ein starkes männliches Begehren behalten hatte. Zunächst ging er zum Schein auf die Forderungen seines Gönners ein, doch schließlich packten ihn große Wut und ein so unüberwindlicher Abscheu, dass er ihn tötete und sich zuletzt selbst von den Zinnen seines Palazzo stürzte. Und ein anderer Kastrat ward vom Zorn auf seinen Vater, der ihn hatte kastrieren lassen, übermannt, sodass er aus Dresden, wo man ihn mit Ehren und Reichtümern überhäuft hatte, nach Italien zurückkehrte, nur um seinen Vater aufzuschlitzen und die väterlichen Eingeweide und Genitalien den Hunden zum Fraße vorzuwerfen.

Kleine Jungen, lautet die Regel, werden ordentlich kastriert und sodann von den Weibern ferngehalten. Punktum. Nicht ohne Grund verbot Papst Sixtus v. vor fast sechzig Jahren jeden fleischlichen Verkehr zwischen Kastraten und Frauen. Sogar die häretischen Theologen Deutschlands, welche sich sonst in allerlei Haarspaltereien gefallen, verbieten den Entmannten die Ehe, weil ihr Samen nicht fortpflanzen kann, wohingegen sie das Zusammenleben *more uxorio* mit einem Mann oder einem anderen Kastraten gestatten.

Durch meinen heimlichen Einfluss auf die Operation habe ich dich also vor dem Abgrund der völlig Entmannten gerettet, um dich in den weniger düsteren, aber leidvolleren und von der Welt verabscheuten Abgrund der Unfähigkeit zur Liebe, der halbierten Männlichkeit zu stoßen. Ich wusste, dass ich dich in die Reihen der Kastraten verbannte, die von Fürsten, Theologen, Juristen und Verwandten verfolgt werden, weil sie sich in eine Schülerin oder Tochter des Kapellmeisters oder in die Witwe, bei der sie in Pension leben, verlieben. Nicht wenige deiner Vorgänger sind sogar so weit gegangen, ihre Geliebte als jungen Kastraten zu verkleiden, um die heimliche Verbindung in Ruhe leben zu können. In Deutschland gab es einen, der die Wahrheit so gut verschleiern konnte, dass sie erst nach seinem Tod ans Licht kam, weil der vermeintliche Kastrat, der das ganze Leben mit ihm geteilt hatte, sein Erbe beanspruchte. Es stellte sich heraus, dass er eine Frau war und obendrein heimlich mit dem Verstorbenen verheiratet. Wenn solche Kastraten das Jünglingsalter überschreiten, werden sie im Bett ihrer Gönner gewöhnlich durch junge Entmannte ersetzt und erhalten als Lohn für die geleisteten Dienste eine gute Stellung als Kapellmeister. Das ist der Zeitpunkt, an dem viele von ihnen ihren Traum krönen möchten: Sie bitten um Dispens, damit sie mit der Geliebten endlich in den Hafen der Ehe einlaufen können – nicht heimlich, sondern *coram populo*. Ach, sie täuschen sich! Sie vergessen, wie sehr man sie dafür hasst, dass sie, diese erbärmlichen halben Männer, eine Frau an sich gezogen haben. Heißt es im Volksmund nicht, Frauen suchten in einem Mann nur die Manneskraft im Bett, und entlarvt das die Frauen nicht als minderwertige Wesen, die zu höheren Gefühlen nicht fähig sind?

Dieses versteckt sodomitische Denken führt dazu, dass die Kastraten und ihre geliebten Frauen in der lutherischen und calvinistischen Welt sogar exkommuniziert werden. In Rom dagegen lehnen die Päpste die Bitten um Dispens mit geistreichen Bemerkungen ab. Vielen, die als Grund ihrer Bitte eine schlecht ausgeführte Kastration angaben, wurde entgegnet: Dann soll man eben besser kastrieren! Im Königreich Neapel aber finden sich zum Glück noch viele Priester, die aus Mitleid bereit sind, nachts, in aller Heimlichkeit, einen unglückseligen Kastraten mit einer Frau zu vermählen.

Doch nicht einmal diejenigen, die sich mit einer heimlichen Liebschaft abgefunden haben, werden je in Ruhe und Frieden leben können. Allzu viele sind von unbekannter Hand ermordet worden: Diebe in der Nacht; maskierte Banditen, die Kutschen überfallen; Schüsse von einem Dach; Messerstiche ins Herz durch einen vermummten Passanten; und so weiter. Alle entmannten Sänger, die auf diese Weise umgebracht wurden, hatten zufällig ein Liebesverhältnis mit einer Frau.

Doch um den Befehlen unserer Herrscher, der Medici, nicht zuwiderzuhandeln, trug ich jetzt selbst dazu bei, das Licht zu verdunkeln, das ich in dir wachgehalten hatte. Deine Zukunft lag in den Betten deiner Padroni, die dich unter dem Vorwand deiner Gesangskunst einander weiterreichten – ein anderes Schicksal war undenkbar. Dem Willen des Fürsten Mattias de' Medici, Bruder des Großherzogs und Gouverneur von Siena, nicht zu gehorchen, konnte dich teuer zu stehen kommen, wenn Mattias' Interesse an dir das war, was man vermuten durfte. Ließ er sich doch aus Rom fortwährend hoffnungsvolle Sänger aller Art kommen: ob alte Weiber oder Huren, Frauen oder Männer war Mattias herzlich egal, er stellte sie alle mit Wonne auf die Probe.

Für dich ist das der Weg gewesen, auf dem du dir Ehren am Hof von Florenz, den Applaus in venezianischen Theatern und jetzt das Vertrauen Kardinal Mazarins erwerben konntest, und das muss der Weg bleiben.

Während ich dein Profil betrachtete, das am Heck dem Wind des Toskanischen Archipels trotzte, fragte ich mich: War das einsame Leben des Kastraten nicht schon den Sternen deiner Geburtsstunde eingeschrieben? War nicht schon alles in deinem Vater vorgezeichnet? Dein Vater Domenico Melani. Eine erste Ehe wurde unerklärlicherweise schon nach acht Monaten aufgelöst, der Grund soll nach seinen Worten die Braut gewesen sein, die er in sinnlicher Umarmung mit einer schönen Wäscherin erwischt hatte. Ich wusste, dass das Gegenteil zutraf: Die junge Braut hatte Domenico in flagranti im Bett mit dem Bischof ertappt und war weinend mit ihrer ganzen Aussteuer zu den Eltern zurückgekehrt.

Der Bischof erkaufte sich Domenicos Schweigen mit einer ansehnlichen Summe Geldes. Mit vierzig heiratete dein Vater erneut und zeugte eine große Kinderschar. Nur so ließen sich die Gerüchte über seine Beziehung zum Bischof aus der Welt schaffen, denn der hatte Domenico vom Glöckner zum Sänftenträger befördert und euch alle, seine sieben Jungen, im Chor der Kapelle und in der Bistumsschule untergebracht, obwohl dort nur Platz für zwanzig Schüler war. Also gingen die Klatschgeschichten munter weiter.

Wie den nagenden Verdacht ausmerzen, dass dein Vater die männliche Natur insgeheim hasste? Nur ein Sohn wurde verschont, Giacinto, weil er für Nachkommen sorgen sollte. Vier wurden mit Sicherheit kastriert, zu ihnen gehörtest du. Bei Jacopo und Alessandro schließlich hatte ich den Bader ebenfalls vor der Kastration bestochen, so wie bei dir und deinen anderen Brüdern, aber das Ergebnis war, dass sie in den Stimmbruch kamen. Zornentbrannt verfluchte dein Vater den Bader … Alessandro schlägt sich jetzt als Komponist durch, und Jacopo ist sogar Tenor geworden, freilich ein sehr hoher, fast schon ein Altus. Sie teilen dein Schicksal, niemals heiraten zu dürfen. Ich habe getan, was ich konnte.

Welcher Vater lässt sechs von sieben Söhnen in zartem Alter verstümmeln und setzt sich überdies dem Risiko aus, ohne Nachkommen zu bleiben?

Die Leute sagen: Er hat es fürs Geld getan, die Mäzene haben ihn großzügig entschädigt. Mag sein, doch indem er seine beiden Töchter ins Kloster schickte, hat Domenico auch den weiblichen Teil der Familie ausgelöscht und nichts dafür bekommen. Euren Segen hat er gewiss nicht gehabt. Als wir von unserer dritten Reise nach Paris zurückkamen, ist er aus einem Fenster seines Hauses gestürzt. Seltsamer Tod.

Dies sind die Klatschgeschichten, die seit eh und je in Pistoia umgehen. Deinen mächtigen Beschützern sind sie jedoch fast oder vollkommen gleichgültig. Mit der Taufe bist du in die Obhut der Sozzifanti gekommen, Cavalieri des Ordens Santo Stefano. Und schon als Kind unterstandest du der Befehlsgewalt von Mattias, dem Bruder des Großherzogs, der wie jeder große Fürst seine privaten Zerstreuungen pflegt, auf die er nicht zu verzichten gedenkt.

Nachdem ich so für mich gegrübelt hatte, wählte ich vorsichtigere Worte, um dich an diese traurigen Themen zu erinnern.

Und so schwiegst du, während ich sprach und wir uns im Achterkastell mit zwei Decken aus grober Wolle vor dem Wind schützten. Auch dein Körper verriet deine Gedanken nicht. Am Ende meiner Rede gewährtest du mir ein stummes, bitteres Lächeln. Du hattest verstanden.

DISKURS III

Darin man sich auf die Nacht vorbereitet und, unter den Decken,
auch auf anderes.

Bei Anbruch der Nacht warf sich ein alter Seemann, wie es Brauch ist, einen Überwurf um, zog sich die Kapuze über den Kopf, zündete die Laterne an und kniete am Fuß des Großmastes nieder.

Auf dem Schiff flackerten zwischen den Bänken der Ruderer, am Bug und am Heck, an den Masten und sogar am Rettungsboot schon unzählige Kerzen. Es sah aus wie eine jener Konstellationen am Himmel, die man erblickt, wenn man Dutzende leuchtender Sterne mit einer imaginären Linie verbindet. Der düstere Horizont mit regenschweren, windgepeitschten Wolken bildete einen herrlichen Hintergrund für diese Arabeske aus zitterndem Funkeln.

Dann sprach der alte Seemann mit seiner tiefen, unheimlichen Stimme dreimal den Anfang des Nachtgebets. Es war ein Zwischending zwischen Gesang und Psalmodie, fast wie der Ruf der Priester

Mohammeds, wenn sie am Abend von den Minaretten Konstantinopels herab die Gläubigen zum Gebet mahnen. Er benutzte die Lingua franca, jenes Gemisch aus Italienisch, Latein und Französisch, das in allen Häfen gesprochen wird, doch auch in den Weiten der Wüste bis hin zu den abgelegenen Oasen Ziban, Beni Mzab und Touat. Eine ungeschliffene, universale Sprache, wo die Verben fast nur im Infinitiv stehen und deren wenige Ausdrücke für den ärmsten Schiffsjungen so klar sind wie die Sonne. Doch zu dieser nächtlichen Stunde klangen ihre mit altem Französisch durchsetzten rituellen Formeln des Gutenachtgrußes wie der majestätische Laut einer Glocke.

Laudato si il nomen de bon Jesu!
Christe gewähre uns buon voyage et buon passage zu unsrem Heil.

Die Schar der Matrosen und Ruderer antwortete mit einem inbrünstigen, kraftvollen Chor:

Laudato si il nomen de bon Jesu!
Christe gewähre uns buon voyage et buon passage zu unsrem Heil.
Amen!

Das Echo des Chores war kaum über den Wellen verklungen, als der alte Seemann seinen Sologesang wieder aufnahm:

Vous autres, signori Seeleute, fariez priere à Dieu und zu Monsignore Saint Giulian und corpi Sancta Marthe, unsren Bekennern, que Dieu nous traite et nous führe à leur melieure, à leur protection von navem und von Waren et de vous autres, signori Seeleute, mag Dieu es lenken und schützen.
Et vous autres, signori, orate à Dieu et à Madonna Sainte Helene que Dieu nous salve Mast und Rahe et Velum et Bagien, Fock un Klüver un das Luv mit dem Ruder. Christe nous mande un bon Achterwind a queste voyage et autre als da kommen, so Dieu will.

Dann wechselten Chor und Solostimme einander in einem raschen Austausch von Anrufungen ab:

Ave Maria per navem!
Bon voyage für alle que saluent!
Amen!

Der Sänger endete mit einem Gutenachtgruß an den Messere Kapitän des Schiffs, den Messere Steuermann, den Messere Skribent an Bord, den Messere Schiffswächter und alle anderen:

Dieu vous mande la bonne sere, mesì lou comandant, mesì lou nochier, mesì l'escrivain et mesì lou guardian und alle andren eurer tüchtigen Compagnie vom Bug bis zum Heck. Christe nous mande un bon Achterwind a queste voyage et autre als da kommen, so Dieu will.

Amen! antwortete zum letzten Mal der Chor.

Der französische Kapitän erhob sich und machte einen Rundgang über das Schiff, wobei er der gesamten Besatzung, einschließlich der Ruderer, eine gute Nacht wünschte. Darauf wurden noch die Marienlitaneien gesungen.

Nachdem die Matrosen zuletzt alle Kerzen gelöscht hatten, kam der einzige Lichtschein von der Laterne, die der alte Seemann während seines Gesangs gehalten hatte. Er ging mit der Laterne ins Heck und stellte sie in einen Schrank, wo auch der Kompass aufbewahrt wurde. Die Galeere lag nun in fast vollkommener Dunkelheit, auch die letzten Schimmer des Tageslichts an der fernen Krümmung des Horizonts waren verschwunden. Die Wachposten am Steuerruder begannen ihre Schicht, sie würden sich alle zwei Stunden abwechseln. Alle Matrosen lagen in ihre Decken gewickelt, und die Stille umfing das Schiff mit ihrer unsichtbaren Umarmung.

In der Nacht erwachte ich plötzlich, vielleicht von einem körperlichen Bedürfnis, vielleicht von einer Vorahnung getrieben. Du warst nicht an deinem Platz. Vergebens suchte ich dich auf dem Deck, in den Unterkünften der Offiziere, sogar bei den Ruderbänken. Die Ruderer lagen zwischen den Dollen, ihre Rücken glänzten feucht vom Tau der Nacht.

Keine Spur von dir, nicht einmal beim Feuer, dem großen Glutbecken zwischen den Bänken auf der linken Seite, wo zwei wachhabende Matrosen eine Salbe für die wunden Hintern der Ruderer köcheln ließen. Plötzlich fuhr ich zusammen, fast hätte ich aufgeschrien: jemand leckte meine Hand. Es war eine der beiden Ziegen, die sich als frischer Fleischvorrat an Bord befanden und noch nicht geschlachtet waren.

Der Mond war hinter einer dichten Wolkendecke verborgen, und das große Zelt aus grobem Tuch, das des Nachts über die Ruderer im Kielraum gelegt wird, löschte noch den letzten Rest Licht aus. Ich irrte an Steuerbord durch den schmalen Gang mit den Schießscharten, der um die ganze Galeere herumläuft und, obwohl er sich eher für Möwen als für Menschen eignet, dazu dient, mit Flinten auf feindliche Schiffe zu feuern. Dort auf dem Boden lag eine Steppdecke und darunter etwas, was sich bewegte. Ich hob einen Zipfel an und erblickte euch, die Hosen heruntergelassen, die Röcke gelüftet, zu beschäftigt, um mich zu bemerken. Ohne ein Wort ließ ich die Decke fallen, als hätte ich nichts gesehen, und kehrte auf mein Lager zurück. Seit dem Morgen hattet ihr beide, du und Rosina, vielversprechende Winke ausgetauscht, jetzt wart ihr zur Sache gekommen, all meinen Ermahnungen zum Trotze. Meine Aufforderung zur Verstellung hattest du beherzigt, das kann man wohl sagen, aber nur, um vor mir zu verheimlichen, dass kein sodomitischer Großherzog auf der Welt dich davon abhalten konnte, dich an den weiblichen Reizen zu ergötzen, soweit dein Körper es dir erlaubte. Worüber beklagte ich mich? War ich es nicht selbst, der deine Hoden vor zehn Jahren vom Bader nur beschneiden, nicht entfernen ließ? Was hättest du mir gesagt, wenn du es gewusst hättest? Das habe ich mich oft gefragt.

DISKURS IV

Darin ein Streit zwischen Kastraten stattfindet.

Am nächsten Morgen trällerte Rosina fröhliche Liedchen. Die Sängerin und der Kastrat, welch eine glückliche Paarung: Die stärksten Vertreter des schwachen Geschlechts beherrschen die Kunst, aus euch, den schwächsten Vertretern des starken Geschlechts, das Beste eurer verborgenen Fähigkeiten hervorzulocken. Argwöhnisch irrten Barbellos Augen zwischen dir und ihr hin und her, während seine Finger nervös auf seinen geliebten Wachstuchsack trommelten.

Du standest im Windschatten in der winterlich kalten Meeresluft. Barbello näherte sich dir und verzog die schönen Lippen zu einem provokanten Lächeln:

»Dennoch gilt ihre ganze Zuneigung einem Kastraten ...«

flüsterte er leise, während er dicht an dir vorüberging, aber doch laut genug, damit auch ich es hören konnte. Der kleine Kastrat warf dir als Fehdehandschuh eine Zeile aus jenem Spottlied über deine venezianische Liebschaft mit Barbara Strozzi vor die Füße. Du zucktest zusammen, bliebst aber stumm. Dergleichen neidische Sprüche von einem Kastraten hören zu müssen, der dich zudem begehrte, genügte schon, um dich zur Weißglut zu bringen. Barbello gab sich noch nicht geschlagen:

»Monna Barbara hat mir in ihrer Güte großzügige und liebevolle Hilfe gewährt, wisst Ihr das?«, hänselte er dich, als würde er auf der Bühne rezitieren. »Sie hat mich bei der Ausführung vieler harmonischer Kompositionen angeleitet und mich zuletzt in ihre geheimsten Künste eingeführt, vielleicht versteht Ihr, was ich meine.«

Wollte Barbello dir kundtun, dass auch er die Strozzi genossen hatte? Du verzogst keine Miene. Verwundern konnte dich eine solche Nachricht natürlich nicht, du wusstest schon damals genau, wer und wie deine Geliebte gewesen war, obwohl du kaum fünfzehn Lenze zähltest, als ihr einander angehörtet. Ging nicht schon damals in Venedig jenes andere Liedchen über ihre Tugend um, in dem ihre Neigung, Musik und Liebe sehr freizügig miteinander zu verbinden, aufs Korn genommen wurde?

Feine Sache, Blumen zu verschenken, nachdem man die Früchte schon verteilt hat ...

Die Blumen waren die musikalischen Blumen der Arien, die sie so anmutig sang, während man unter den Früchten jene intimen Gunstbezeigungen zu verstehen hatte, die sie offenbar schon verteilte, bevor sie zur Laute griff. Deine Barbara schien sich bedenkenlos und wahllos dem Publikum ihres Gesangs hinzugeben. Dieses bestand aus den Signori der Accademia degli Unisoni, jener höchst exklusiven Vereinigung, die ihr Vater vor zehn Jahren als Zweig der Accademia degli

Incogniti gegründet hatte. Er selbst war ein einflussreiches Mitglied dieser Akademie, in der sich die venezianischen Gelehrten versammelten.

Ich spitzte die Ohren, damit mir kein Wort von Barbellos Rede entging:

»Vielleicht wäre es allzu kühn, brächte ich jene Geheimnisse ans Licht, indem ich sie Euch anvertraue«, stichelte er weiter, »doch wie könnte ich schweigen von jenem kleinen erdbeerfarbenen Muttermal, das sie in den Propyläen ihrer duftenden Scham verbirgt? Ah, diesem köstlichen Orte habe ich mich oftmals mit Seele und Leib gewidmet. Sogar mit Mund und Zunge.«

Dieses zickige Geschöpf wollte dich partout aus der Ruhe bringen, dachte ich schmunzelnd.

»… und so angenehm wärmte meine stets kalte Nasenspitze sich im dichten Gebüsch zwischen ihren Schenkeln, dass sie dort vor den Blitzen neidischer Verleumdungen so sicher sein konnte wie unter einem goldenen Eichbaum.« Mit dieser letzten ungeheuerlichen Provokation schloss er lachend und steckte dir blitzschnell die Hand zwischen die Beine.

Dieses Mal konnte er nicht rechtzeitig entwischen, weil du ihn am Nacken packtest und mit einem Zipfel seines Mantels kräftig über sein Gesicht riebst, wodurch die weiße Schminke verschmierte und alle künstlichen Schönheitsflecke sich lösten. Barbello schrie und schluchzte, du frohlocktest grinsend über deine kleine Rache an diesem unverschämten Kastratenbengel. Dann sangst auch du ihm ein Spottlied:

»Deine schlecht einstudierten Kantilenen lassen mich gähnen vor Langeweile!«, deklamiertest du kunstgerecht im komischen Stil, Barbello kräftig schüttelnd. »Und da dir so viel an meiner geschätzten Aufmerksamkeit für deine Salbaderei gelegen ist, nun, so sage ich dir, dass es niemanden gibt, der Monna Barbara verhöhnen könnte, am allerwenigsten ein bartloser Barbello mit dem ellenlangen Bart seiner stumpfsinnigen Späße!« Darauf entferntest du ihn mit einem Tritt auf die Hinterbacken aus deiner Nähe.

Er stand sogleich wieder auf, rieb sich mit dem Handrücken über das mit verwischtem Bleiweiß gestreifte, fast unkenntlich gewordene Gesicht und griff abermals an, penetranter als zuvor:

»Oh, ihr überaus vorsichtigen Ohren, Monna Barbara wäre dankbar, wenn sie Euch hörte, da auch sie mit heroischer Güte stets jedwede Ehrerbietung anzunehmen beliebt! Sie war gewiss nicht die letzte in meiner Gunst, wie auch mein Stängelchen sich ergeben beugte, um ihre erlesenen, heimlichen Privilegien zu empfangen«, zischte der Schamlose, während er sich hartnäckig an dich heranpirschte. »Doch ich wollte Euch mit meiner unschuldigen Geste nicht beleidigen, welche Ihr falsch verstanden habt, nein, ich suchte nur tastend eine Bestätigung ihrer Berichte über Euer anbetungswürdiges Stängelchen, welches sich – Ihr Glücklicher! – auf ein gleichwohl geleertes Säckchen legen darf!«

Das war zu viel, du stürztest dich auf ihn, doch dieses Mal gelang es Barbello, dir zu entwischen, indem er sich flink zwischen die Bänke der Ruderer duckte. Dort konntest du ihm keine Lektion erteilen, denn für die Rudermannschaft sind Passagiere, die in ihre Reihen eindringen, ein Ärgernis – zu oft schon verletzten Stiefelsporne ihre nackten Schultern.

Das Gesicht aschfahl wie Unwetterwolken, kehrtest du zurück. Zur ohnehin beschwerlichen Enge auf dieser Reise kam nun eine neue Qual hinzu: tagelang würdest du den knappen Raum auf der Galeere mit diesem Schandmaul, diesem unverfrorenen kleinen Kastraten teilen müssen, dem Barbara sogar deine intimsten körperlichen Merkmale verraten hatte!

Ich näherte mich dir und legte dir eine Hand auf die Schulter.

»Diese Geschichte ist fünf Jahre alt, Signorino Atto«, sagte ich, um dich zu trösten. »Ihr wart ein zarter Jüngling, heute seid Ihr ein Mann. Außerdem wette ich, dass all diese Gesichter in Eurem Geist schon verschwimmen: die Strozzi, die Checca …«, zählte ich sie auf, Gott dankend, dass wenigstens Margherita Costa, die Schwester der Checca, nicht mit uns fuhr – eine Versuchung weniger. »Und dann Rosina …«, fügte ich mit deutlicher Betonung des Namens hinzu.

Rosina. An diesem Morgen hatte noch keiner von uns auf das angespielt, was in der Nacht zwischen euch geschehen war. Ich hätte mich schwarzgallig zeigen müssen: der junge Schützling, der mir vom Großherzog Ferdinando und seinem Bruder Mattias anvertraut ist, darf natürlichen Bedürfnissen keinen freien Lauf lassen, es sei denn, er handelt wider die Natur – das ist es, was deine Padroni von dir erwarten.

Stattdessen war ich zufrieden. Ich zeigte es dir nicht, im Gegenteil, ich steckte dir ein Billet zu, dessen Inhalt etwa folgendermaßen lautete:

Ich mag ein allzu verwegener Deuter verborgener Gedanken sein, doch scheinen sie, vom Feuer in deiner Brust verbrannt, ihre Asche auf deinem Gesicht verstreut zu haben. Und der Anblick deines aschgrauen Gesichtes drängt mich, mit dir zu sprechen. Um deine Verletzungen zu heilen, tut kühne Indiskretion not, die das Eisen dort einführt, wo es die Wunde zwar erneut öffnet, gleichzeitig jedoch den Weg zur Heilung bereitet.

»Der Signor Secretarius wünscht, sich mit mir zu besprechen?«, fragtest du gestelzt, nachdem du das Billett gelesen hattest. Du ahntest ja nicht, dass dein naiver Hochmut mich zärtlich stimmte, statt mich zu beleidigen.

»Ja, Signorino«, antwortete ich.

Im Schutz des heulenden Westwinds konnte ich sprechen, ohne neugierige Ohren fürchten zu müssen. Also hielt ich dir jene kleine Rede, die der Anlass gebot: »Wer nicht lügen kann, kann nicht regieren. Ich werde darum aufrichtig zu dir sprechen. Der launischen Schicksalsgöttin muss man die großen Momente im Leben entweder überraschend oder durch Verstellung entreißen. Darum muss in dir, mein Söhnchen, das Geschlecht lügen, wenn du lernen willst, die guten Früchte deines Unglücks zu ernten. Die Natur machte dich zum Mann, dein Vater wollte dich als Weib. Doch von einer Frau hast du nicht mehr als die Lüge seiner gedungenen Schlächter, die über die Natur und das Schicksal triumphieren wollten, indem sie dich verstümmelten und dich zur Frau erklärten. Er hat dich so zurichten wollen, wie er dich nicht hat zeugen können, und sich darin als Vater gezeigt, dass er dein wahres Wesen leugnete, statt es dir zu geben. Alle bestärkte er in der Überzeugung, dich bis in deine Seele hinein kastriert zu haben, und so verbreitet und tief verwurzelt ist diese Vorstellung schon, dass nur du sie ausmerzen kannst. Achte jedoch auf die Folgen, die sich aus dem Festhalten an diesem Betrug ergeben: vergiss nicht, dass auf deine unbedachten Handlungen unvermeidlich der Verlust des Applauses folgen wird. Bedenke, dass die unglückselige Stellung, in der du dich befindest, großes Talent zur Täuschung und

Verstellung erfordert, und nur dank seiner wirst du überleben. Die Klinge des Schweineschlächters ermordete dich und machte dich gegen deinen Willen zum Engel. Ein normales Schicksal blieb dir verwehrt, weil man dir den Boden unter deinen kindlichen Füßen wegzog und dich zum gefährlichen Gang eines Menschen verdammte, der auf Messers Schneide geht, um die Gier seiner mächtigen sodomitischen Gönner zu befriedigen. Wenn deine eigenen Sehnsüchte, ihren unflätigen Plänen zum Trotze, der Natur folgen, erwarten dich die Straße und schließlich der Abgrund. Zeige dich also nicht als Mann, und die lebendige Liebe sei der Feind deiner Gedanken, weil in ihr jedes Glück, das du genießt, blitzschnell untergehen wird. Gewöhne dich daran, Ruinen zu hinterlassen, in dir hat die Liebe Grund, dich bis in die Grundfesten zu erschüttern. Erwäge, welche Schätze durch deine Schwächen verlorengehen, sobald diese Schwächen dein wahres Wesen offenbaren. Richte alle deine Kräfte auf die Notwendigkeit, dass du deine Mörder überlebst. Überlege und plane und spiele all jene Rollen, die deiner Lüge Geltung verschaffen. Übergroß ist dein Unglück, bitter der Kelch, den zu leeren du aufgerufen bist. Nie länger als eine winzige Zeitspanne und nur um eine gewisse Erholung zu erlangen, wirst du, wenn du willst, dich gelegentlich vor dir selbst verbergen und ausnahmsweise vom *nosce te ipsum* oder »Erkenne dich selbst« abweichen können, indem du auf Wegen außerhalb deines Selbst wandelst. Freilich musst du dich, bevor du dir diesen Luxus erlaubst, streng und erbarmungslos prüfen, und dabei nicht an der Oberfläche der Meinungen verweilen, welche sehr oft irren, sondern musst in die Tiefe deiner Gedanken vordringen und um das Maß und die wahre Bedeutung deines Wertes wissen. Es ist unglaublich, dass die Menschheit so sorgsam darauf bedacht ist, den Preis ihrer Habe zu kennen, doch nur wenige Menschen Sorge tragen oder neugierig sind, den wahren Wert ihres Seins zu erfahren. Wenn du nun das irgend Mögliche getan hast, um dein wahres Selbst zu erkennen, magst du dir sodann für ein paar Tage die Freiheit nehmen, dein unseliges Los zu vergessen, und versuchen, wenigstens mit einem Bild der Zufriedenheit zu leben, damit du den Gegenstand deines Elends nicht immer vor Augen hast. Es wird wie ein Schlaf der müden Gedanken sein, wenn du die Augen vor der Erkenntnis deines Schicksals eine Weile geschlossen hältst, um sie nach dieser kurzen Erquickung umso weiter zu öffnen. Und mit Bedacht sage ich: kurz, denn leicht würde sich die

Ruhe in Lethargie und Tod verwandeln, wenn du zu oft zu dieser flüchtigen Erholung greifen würdest.«

Mit einer bittenden Handbewegung machtest du meiner Rede ein Ende. Mehr Milch brauchtest du nicht, denn wer wachsen muss, dem genügt es, sich vom Wind zu nähren, um sich erheben zu können.

DISKURS V

Darin man etwas über die Galeerensträflinge und sodann über Malagigi erfährt, den Fürsten aller römischen Kastraten, halb Mensch, halb Legende.

Ich verließ das Kastell am Heck und ließ dich allein, um mich zu den Bänken der Ruderer zu begeben. Sie waren nur zur Hälfte besetzt. Ich bat einen der erfahrenen Matrosen um eine Erklärung.

»Wir haben Winter, es gibt genügend Wind«, antwortete er.

Und das Rettungsboot, mit dem die Menschen in Sicherheit gebracht werden, wenn das Schiff untergeht? Sonderbar, hier gab es nicht nur eines, wie üblich, sondern zwei: eines an Bord und eines, das hinter dem Schiff hergezogen wurde.

»Ist immer besser, eines in Reserve zu haben«, erklärte er. Die Galeerensträflinge, fuhr er fort, waren Diebe, Mörder und Betrüger, doch auch simple Gemüter, einige hatten sogar ein heiteres Naturell. Obwohl die Menschen auf See wie die Fliegen starben, würden viele der Zwangsarbeiter das Leben auf der Galeere niemals aufgeben, da es für einen Galeerensträfling auf dem Land keine Zukunft gab. Einst brachten sie sogar ihre Frauen an Bord, wenn sie welche hatten, oder Geliebte und Huren, die sie sich aus den Häfen holten, und ohne Scham besaßen sie diese Frauen zwischen den Ruderbänken unter den Augen ihrer Kameraden. Wurde die Fahrt unterbrochen, verdienten sie sich in den Häfen ein wenig Geld mit dem Verkauf von kleinen Gegenständen, die sie an Bord hergestellt hatten, oder sie boten ihre Dienste an oder machten Musik auf den Straßen und in Wirtshäusern. Darum konnten an Bord fast alle, ob Berserker oder Winzlinge, recht ordentlich die Trompete oder Oboe spielen. Gewiss, war man im Hafen angekommen, mussten sie sich damit abfinden, zu zweit mit einer Kette aneinandergefesselt zu werden. Lediglich die türkischen Sklaven, die die Sprachen der christlichen Länder nur stammeln, konnten keine Fluchtpläne schmieden und wurden darum ohne Ketten von Bord gelassen. Ohnehin sei es besser, fügte er flüsternd hinzu, so wenig Türken wie möglich an Bord zu haben.

»Jetzt herrschen andere Zeiten«, erklärte der Matrose darauf mit lauter Stimme. »Die Frauen der Ruderer und die Weiber vom Hafen dürfen nicht mehr an Bord. Doch wenn sie keine Vergnügungen mehr haben, werden die Seeleute böse oder zu Päderasten. Und das verdirbt die Stimmung auf dem Schiff.«

Während ich mich so unterhielt, sah ich, wie du aus dem Kastell herauskamst und dich an die Brüstung lehntest. Von Zeit zu Zeit warf ich einen Blick auf dich. Stumm und einsam standest du dort, und während du, den Blick starr auf den Horizont gerichtet, über meine Worte grübeltest, ritzte der Sporn deiner Stiefel nervös das Holz des Kiels. Nicht, dass ich etwas Neues, Unerwartetes gesagt hätte, doch es ist niemals leicht, die traurigen Wahrheiten, die man im Herzen trägt, von anderen gesagt zu bekommen. In diesen Momenten fingst du an, im Honig deiner Jugend zu graben, um herauszufinden, ob sich unter dieser trüben, klebrigen Materie jene scharfen Klingen befanden, die man im großen Wettkampf des Lebens benötigt. Deine stets weit geöffneten, runden Augen begannen damals, schmaler, kantiger zu werden, und als du den Blick hobst, blitzten die fast dreieckigen Pupillen wie Dolche aus der Dunkelheit. Du hattest deine Verzweiflung umhüllt und versiegelt und sie auf den Grund des Meeres deiner Seele geworfen. Niemand würde sie dort entdecken. Du warst sehr darauf bedacht gewesen, unser Gespräch ohne Abschluss zu lassen, und würdest nicht mehr darauf zurückkommen, damals nicht und auch später nie mehr.

Dann sah ich dich den Oberkörper straffen, die Schultern nach hinten ziehen und eine Arie anstimmen, um in Übung zu bleiben. Denn erneut packte dich die Ungeduld, endlich nach Paris zu gelangen und zu erfahren, was das Schicksal für dich bereithielt. Vor zwei Jahren hatte dein in Venedig bei der *Finta Pazza* so gut erprobtes Talent dir am französischen Hof den nächsten Triumph gesichert. Die Königinmutter Anna von Österreich hatte dir eine fast schamlose Gunst gewährt, als sie dich abends in ihrem Schlafgemach singen ließ. Jetzt ließ Mazarin dich und andere Musiker erneut in Frankreich tirilieren und hatte befohlen, euch das komfortabelste Schiff zur Verfügung zu stellen, wenn nötig sogar ein Kriegsschiff. Die Brust schwoll dir vor Stolz bei dem Gedanken, dass der große Jules Mazarin, einst Giulio Mazzarino, jener feinsinnige Doktor der Rechte mit sizilianischem Blut, dem es ungeachtet seiner bescheidenen Geburt in einem kleinen Ort der Abruzzen gelungen war, Herrscher von Frankreich und Geliebter der Königinmutter zu werden, wieder nach dir verlangte. Ja, er ließ dich sogar holen, um seinen kühnsten Plan zu verwirklichen: Ohne eine geeignete Oper in der Hand zu haben, wollte er den italienischen Stil auf französischem Boden durchsetzen, obwohl Frankreich der glänzendste, vollkommenste und erbittertste Feind des italienischen Geschmacks war.

Du warst in guter Gesellschaft, vor allem mit Malagigi, deinem zweiten geliebten Maestro der vergangenen Monate in Rom und dem besten Sänger unter allen Kastraten der Ewigen Stadt. Ach, Malagigi! Er war elf Jahre älter als du, und – bei Gott! – du liebtest ihn wie jeder Schüler seinen wahren, großen Meister liebt.

Mit eben vierzehn Jahren, unreif wie ein Frühäpfelchen, hatte er Bewunderung erregt, als er unter der Leitung des großen Monteverdi auf der Hochzeit Medici-Farnese sang, der prächtigsten Hochzeitsfeier, die man je in der Toskana sah. Die Damen waren fast in Ohnmacht gefallen, als sie die süße, aber feste Stimme dieses göttlichen Putten hörten, der unerschütterlich wie ein Engel, dem die Dinge dort unten gleichgültig sind, vor den mächtigsten Herrschern Italiens auf der Bühne stand. Sieben Jahre später, beim Karneval in Rom, hatte er sich dank der maßlosen Gunst, die ihm Kardinal Antonio Barberini gewährte, der Neffe Seiner Heiligkeit, beim großen Sängerwettstreit zu Ehren des Prinzen von Polen mit Ruhm bedeckt und viele Neider geschaffen. Triumphierend war er in den prachtvollen Palazzo Magalotti eingezogen, auf dem allegorischen Karren des Ruhms stehend, den ein gewaltiger Adler zog, und gekleidet in einen äußerst exotischen, bizarren Umhang aus goldenem Brokat, der über und über mit unzähligen Augen, Ohren und Mündern bestickt war. Auf dem Rücken trug er riesige Engelsflügel, in der Rechten hielt er eine Bucina, mit der Linken segnete er das Publikum. Pasqualini wirkte stets wie eine himmlische Erscheinung, und wenn er die hohen Töne nicht erreichte, lenkte er die Zuhörer mit Rezitationen ab, denn er konnte Menschen,

Tiere oder Engel wirklichkeitsgetreuer darstellen als sie in der Wirklichkeit erscheinen. Für jeden, der etwas von Musik und wahrer Kunst verstand, war Pasqualini halb Mensch, halb Legende. Alle Damen lagen ihm zu Füßen, mit Billigung ihrer Ehemänner, die von einem Kastraten nichts zu befürchten haben, und das kam dem unverbesserlichen Weiberheld Kardinal Barberini sehr gelegen, da er dank der tüchtigen Mittlerdienste Pasqualinis in die Betten aller römischen Mädchen schlüpfen konnte, ohne dass ihre Familien etwas erfuhren.

Es heißt, dass der Kardinal ihn vor einigen Jahren von dem Maler Andrea Sacchi porträtieren ließ. Auf diesem unvergleichlich schönen Bildnis empfängt Pasqualini von Apoll persönlich den Lorbeerkranz, was der höchsten Verherrlichung überhaupt gleichkommt. Nur für ihn ließ der Kardinal ein Schauspiel schreiben, den durch Ariost inspirierten *Palazzo Incantato*, ein Stück, in dem Pasqualini Furore machte und die Römer schwarz vor Hass und gelb vor Neid werden ließ. Denn bei der Auswahl der Musiker, Komparsen und Bühnenbildner konnte er nach Gutdünken schalten und walten, und Macht wird in Rom zwar umworben, unumschränkte Herrschaft aber gehasst. Die sublime Musik des *Palazzo Incantato* ließ er deinen anderen Lehrer Luigi Rossi schreiben. Doch bei der Premiere versagte die gesamte Bühnenmaschinerie, und der Abend wäre fast zu einer Farce geworden, wenn Pasqualinis Stimme und seine Sprechkunst, Gott ist mein Zeuge, ihn nicht gerettet hätten. Von da an nannten ihn alle Malagigi, nach einer der Figuren, die er an jenem Abend gespielt hatte: ein zauberkundiger Cavaliere, der Dämonen in Schach zu halten vermag. Und so entkam Malagigi durch sein Geschick sogar dem Untergang seines Padrone: Nach dem Tod Papst Urbans VIII. flohen seine Neffen, die Kardinäle Francesco und Antonio, nach Frankreich, um der Rache des neuen Papstes Innozenz X. Pamphili zu entgehen, der sie in einem Prozess wegen Veruntreuung zermalmen wollte. Malagigi aber blieb seelenruhig in Rom, wo er noch heute singt, was ihm beliebt, und wird von diesem neuen Papst nicht weniger als vom alten geliebt. Darum hat Mazarins Agent in der Ewigen Stadt auch zwei Monate gebraucht, bis er den Papst überreden konnte, Malagigi endlich nach Frankreich abreisen zu lassen, worum Mazarin ergebenst gebeten hatte. Doch man kann darauf wetten, dass Malagigi, sobald er sich von Mazarin ein paar Triller und hohe Töne mit Gold hat aufwiegen lassen, eilig nach Hause zurückkehren wird.

Wenn man euch beide anschaute, schienet ihr wie Brüder: der gleiche fleischige Mund mit der aufgeworfenen Oberlippe und der in der Mitte wie eine reife Pflaume gefurchten Unterlippe, das gleiche Grübchen im Kinn, die gleichen mandelförmigen Augen mit langen Wimpern und zu stolzen Bögen gerundeten Augenbrauen. All das sind typische Merkmale der Kastraten. Ihr würdet einander vollkommen gleichen, wenn Malagigi nicht sehr viel dunkler an Haut und Haaren wäre und keine kohlschwarzen Augen hätte, während du blass und blond bist wie Weizen und blauviolette Pupillen hast wie ein zweiter Erzengel Gabriel. Also musstest du schon mit fünfzehn Jahren erleben, dass blutjunge Singvögelchen nach dir schmachteten, doch nicht nur diese, auch junge Komponistinnen wie die Strozzi, ja sogar Dichterinnen und adelige Damen. Und leider nicht nur diese.

An Bord unseres Schiffes befanden sich Personen von erlesener Bildung, die auch die anspruchsvollsten Geister zu unterhalten vermochten. Jener Teutsche Caspar Schoppe zum Beispiel, siebzigjährig und eine elegante Erscheinung, der Italienisch mit dem amüsanten Akzent der deutschen Pilger sprach (wie viele hattest du in Rom gehört!), doch seltsamerweise gerade aus Padua kam, wo er wer weiß welchen Geschäften nachging. Der Blick fest, die Augen schwarz und stolz, der geschwungene Schnurrbart und der Spitzbart am Kinn tadellos gepflegt, hochgewachsen, korpulent, doch von kerzengerader Haltung und einem in der Farbe schwarzer Traubenkerne gefärbten Haarschopf, um das Ergrauen des Alters zu verbergen. Diesen Schopf krönte mitten auf dem Kopf ein dichtes, spitz zulaufendes Büschel Haare.

Aus den wenigen Worten, die man ihm entlocken konnte, hattest auch du, mein junger Atto, geschlossen, dass Schoppe höchst bewandert war in den griechischen und lateinischen Klassikern, außerdem in Fragen der Religionslehre. Doch er blickte sich häufig misstrauisch um und kritzelte fortwährend hastige Anmerkungen in ein Heftchen.

Oder jener Franzose aus der Bretagne, Louis Hardouin, von Beruf Buchhändler und Drucker in Paris, der alles über Handschriften und seltene Ausgaben wusste. Von niedrigem Wuchs, aber magerer, nervöser Konstitution, besaß er den wachen Blick des Händlers, doch auch von ihm wusste man nicht recht, was er auf dem Meer der Toskana zu tun gedachte. Tatsächlich schien es kaum erwarten zu können, wieder französischen Boden unter den Füßen zu haben, um zu seinen geliebten Druckpressen zurückzukehren und sich seinen Bücherstapeln zu widmen, zumal seine Frau ein Kind erwartete, das bald, vielleicht noch vor Weihnachten zur Welt kommen sollte. Hardouin kehrte von einer Rundreise durch Europa zurück, die auf der Messe der Buchhändler in Frankfurt begonnen hatte, welche gewöhnlich Ende September anlässlich des Festes des heiligen Michael abgehalten wird.

Bei ihm war der Pariser François Guyetus, ebenfalls siebzigjährig wie Schoppe, doch vom Alter gebeugt, auf dem Kopf eine graumelierte Mähne, dicht wie ein Schilfwald, und einen herrischen Tonfall in der Stimme. Guyetus galt als einer der berühmtesten Kenner der lateinischen und griechischen Klassiker, es hieß, er könne sämtliche Oden von Horaz auswendig hersagen, ja sogar Vergils gesamte *Aeneis* von oben bis unten. Eigene Veröffentlichungen hatte er keine: er begnügte sich damit, seine Texte lateinischer und griechischer Dichtung über und über mit scharfsinnigen Anmerkungen zu versehen, und oft gelangte er zu überraschenden Schlussfolgerungen, die die Welt der Pariser Gelehrten in Aufruhr versetzten. So war Guyetus, um nur ein Beispiel zu nennen, zu der Auffassung gelangt, die erste der berühmten *Oden* des Horaz sei eine dreiste Fälschung.

Unter den Passagieren war auch Gabriel Naudé, der Bibliothekar Seiner Eminenz Kardinal Mazarin. Ein spritziger Mensch von vierundfünfzig Jahren, zungenfertig, stets höchst elegant gekleidet, der ebenfalls mit einer großen Bücherkiste reiste. Es hieß, er sei eine Art Schatzjäger im Auftrag des Kardinals, welcher ihn mit schwindelerregend hohen Summen ausstattete, damit er seltene Bücher und Handschriften, ja, ganze Bibliotheken für ihn aufstöberte. Offenbar zog er kreuz und durch Europa, um Bücher für Mazarin zu besorgen, dem es nicht an den nötigen Mitteln zu mangeln schien. Wir hatten Naudé bei unserem ersten Aufenthalt in Paris kennengelernt, als er schon seit zwei Jahren im Dienst des Kardinals stand. Schon damals haftete ihm ein ganz besonderes Charisma an, den Grund dafür werde ich im Folgenden erklären.

NOTIZ

Darin von der Tetrade die Rede ist und von der maßlosen Leidenschaft des Gabriel Naudé für alte Bücher und Handschriften.

Gabriel Naudé war nämlich Mitglied der berühmten Tetrade, einer Gruppe von vier großen Geistern, den gelehrtesten, passioniertesten, brillantesten Köpfen von Paris, die vielleicht den Gang der Geschichte in Frankreich und nicht nur dort verändern konnten. Die anderen drei hießen Elia Diodati, La Mothe Le Vayer und Gassendi, und sie unterschieden sich sehr voneinander: Diodati war entgegenkommend und friedlich, Gassendi herzlich und feurig, La Mothe Le Vayer distanziert, Naudé schließlich begeisterungsfähig, aggressiv, streitlustig und redegewandt. Sie alle einte der Wunsch, sich zu präsentieren und gelobt zu werden, doch alle plauderten auch gern ungezwungen. La Mothe, der mit unfassbarer Leichtigkeit große Mengen an Schriften verfasste, beschrieb ihre gemeinsamen Abende in seinen *Dialogen des Orasius Tuberus* als heiteres philosophisches Gespräch. In diesem Text tritt nach dem Vorbild antiker Dialoge jeder der vier unter falschem Namen auf (Orasius Tuberus zum Beispiel ist La Mothe) und spielt ein Versteckspiel mit dem Leser. Ganz Paris las die *Dialoge*, die damit zur großen Bühne des geistreichen Quartetts wurden.

Die vier Freunde der Tetrade, grundverschieden und gleichzeitig seelenverwandt, liebten sich, disputierten über jedes neue Buch und jedes aktuelle Thema, stritten sich, hassten einander, versöhnten sich wieder und erreichten damit, dass ganz Paris von ihnen sprach. Ihre Lehrer waren Klassiker wie Cicero oder Seneca, Plinius oder Plutarch. Ihre Strategie war: das Geheimnis wahren, immer. Doch vor allem hatten sie ein gemeinsames Credo: den Hass auf allzu viel Glauben. Glauben an die Götter und an Gott, an Wunder, an Geheimnisse, an die Mythen und Legenden. Ihr Motto hatten sie dem vorsokratischen Griechen Epicharmos abgeschaut: *Nevi atque artus sapientiae sunt nihil temere credere*, ein vorsichtiger Glaube ist der Kern und das Gerüst der Weisheit. Sie hatten sich einen Kampfnamen gegeben: Die Starken Geister, oder auch *Les Deniaisez*, diejenigen, die schlau machen. Sie verachteten die Naiven, die Tölpel, die Abergläubischen, Bigotten und all jene, die bedenkenlos an die Unsterblichkeit der Seele glaubten.

Die philosophische Strömung des Pyrrhonismus machte bei ihnen Furore. Der Name rührt von dem griechischen Philosophen Pyrrhon von Elis her, welcher sich folgende Fragen stellte: Was sind die Dinge, und wie sind sie beschaffen? Wie sind wir mit ihnen verbunden? Wie müssen wir uns ihnen gegenüber verhalten? Immer lautet Pyrrhons Antwort: Wir wissen es nicht. Wir können sagen, wie uns die Dinge erscheinen, aber über ihr Wesen wissen wir nichts Sicheres. Dasselbe Ding erscheint mehreren Beobachtern auf unterschiedliche Weise, die Meinungen gehen sowohl unter den Unwissenden wie unter den Weisen auseinander, was beweist, dass man nichts felsenfest behaupten darf und keine einzige Ansicht mit Sicherheit richtig oder falsch ist. Meinungen sind erlaubt, aber Gewissheit und Wissen sind unerreichbar. Daraus leitet sich ab, dass unser Verhalten gegenüber den Dingen distanziert sein und sich jedweden Urteils enthalten muss. Von nichts kann es Gewissheit geben, nicht einmal, ob draußen vor dem Fenster die Sonne scheint oder der Regen niederrauscht.

Wenn Naudé seine Zeit nicht damit verbrachte, sich mit den anderen der Tetrade oder im Haus der Gebrüder Du Puy, dem zweiten großen Treffpunkt der Gelehrten und Gebildeten von Paris, in philosophischen Erörterungen zu ergehen, eilte er von einem Ende Europas zum anderen. Auch im Winter, wenn die Straßen vereist waren, brach er vor dem Morgengrauen auf, wenn ihn die Kunde erreicht hatte, dass die lang gesuchte Handschrift, die angeblich unauffindbare Ausgabe oder die äußerste seltene Sammlung von Drucken sich in diesem oder jenem abgelegenen Städtchen befände. Viele sahen ihn mit Spinnweben bedeckt und am Staub fast erstickt aus den Speichern von Altwarenhändlern herauskommen, die zufällig dieses oder jenes kostbare Buch besaßen. Damit der Händler nicht erkannte, welchen Schatz er besaß, pflegte Naudé für wenig Geld das gesamte Geschäft zu kaufen. Er besaß den unfehlbaren Instinkt des Wilderers. Keine Frau, keinerlei Ablenkung, keinen anderen Gedanken im Kopf als Büchern nachzujagen, sie seinen Herren auszuhändigen und damit schließlich den Gelehrten zur Verfügung zu stellen.

Schon als Zwanzigjähriger hatte er Erfahrungen gesammelt, als er Monsire de Mesmes, dem Präsidenten des Parlaments von Paris, dieselben Dienste geleistet hatte. De Mesmes aber war dem Vorschlag des jungen Bibliothekars, seine ganze Sammlung für das Publikum zu öffnen, nicht nachgekommen. Enttäuscht war Naudé nach Italien gegangen, zunächst nach Padua. Darauf hatte er elf Jahre in Rom im Dienst von Kardinal Di Bagni gestanden. Auch dieser war während seiner Zeit als Nuntius in Paris ein Besucher des Salons der Gebrüder Du Puy gewesen und hatte Naudé auf die wärmste Empfehlung der beiden hin angestellt. Nach dem Tod von Kardinal Di Bagni 1641 war er ein Jahr lang den Barberini zu Diensten und wurde dann von Mazarin, der soeben Nachfolger von Richelieu geworden war, nach Paris zurückgerufen. Ein wahrer Glücksfall für Naudé: Jetzt hatte er den wohlhabendsten und großzügigsten Herrn, den man sich in Frankreich wünschen konnte, denn der König war noch ein kleines Kind. Zudem hatte Seine Eminenz Naudé gestattet, seine unermesslich reiche Sammlung jeden Donnerstagnachmittag für das gelehrte Publikum zu öffnen. Außerdem wurden unter Leitung von Naudé Kopien sämtlicher wichtiger Handschriften aus der Sammlung des Kardinals angefertigt, um den Gelehrten, die donnerstags die Bibliothek aufsuchten, statt der Originale nur Kopien vorzulegen (man kann nie vorsichtig genug sein). Doch das war geheim, Atto hatte es nur zufällig während seiner Gesangssoireen am französischen Hof erfahren.

Im Mai 1645 war Naudé mit uns von Paris nach Florenz zurückgekehrt. Er sollte den Kopisten von Florenz, die für die Medici arbeiteten, eine Bibel des berühmten Gutenberg übergeben, von dem alle sagen, er habe den Buchdruck erfunden. Naudés Auftrag lautete, eine perfekte Kopie herstellen zu lassen, die dem Originaldruck täuschend ähnlich sah. Die Arbeit war mühselig. Kein Kopist oder Drucker in Frankreich oder in Rom war imstande gewesen, die Seiten Gutenbergs nachzuahmen. Denn die beweglichen Lettern, die er benutzt hatte, waren im Lauf der Zeit natürlich verlorengegangen. Doch die Kopisten der Medici bewirkten Wunder: nach einem Jahr war die Kopie fertig. Wir hatten vereinbart, dass ich ihm brieflich Nachricht gab, sobald er kommen konnte, um sie abzuholen. Leider war mein Brief während des Transports verlorengegangen, und ich hatte ihn ein zweites Mal schreiben müssen. Danach war er endlich nach Florenz gekommen, um Gutenbergs kostbare Originalbibel und die perfekt ausgeführte Kopie abzuholen. Auf seiner Rückreise hatte Naudé nur die Kopie mitgenommen, das Original hatte er mit drei berittenen Sonderkurieren des Heeres zu Lande nach Paris schicken lassen.

DISKURS VI

Darin über das Misstrauen zwischen Gelehrten und über die Gründe desselben räsoniert wird. Auch wird der Brief eines geheimnisvollen Mönchs erwähnt.

Der Wind hatte abgeflaut, jetzt mussten die Ruderer sich in die Riemen legen.

»Hooolt auuus!«, rief der Galeerenaufseher, der Mann, der auf jeder Galeere die Ruderer mit Peitsche und Pauke antreibt. Einer der Bereitwilligen fluchte, sogleich unterstützt von einem Kameraden: Das Schiff habe seine Trimmung verloren, sagte er, denn bei der Abfahrt sei der Ballast im Kielraum schlecht verteilt worden. Der Antreiber antwortete, indem er die Peitsche knallen ließ, woraufhin das Brummen der Ruderer sofort verstummte. Wer auf einer Galeere rebelliert, lernt die Peitsche kennen und bekommt keinen Wein, die einzige Erleichterung von den unmenschlichen Mühen des Ruderns, die der Galeerenaufseher an der Bordtaverne zu Wucherpreisen verkauft.

»Atto, hör auf, wie ein Huhn zu gackern, und spiel mit uns.«

Das war der melodische venezianische Tonfall von Barbellos Kastratenstimmchen, das feiner war als deine Stimme, jedoch weniger kräftig. Im Gegensatz zu dir liebte er Possen und unablässiges Gelächter. Als Antwort warfst du mit einem hohen Ton, der allen ringsum das Trommelfell zerfetzen konnte, einen Schuh auf ihn. Barbello, in eine dicke Decke eingemummt, merkte es nicht einmal, er saß hingeflegelt mit dem Rücken an eine Holzkiste gelehnt, während Malagigi, der sich, ebenfalls in eine Steppdecke gehüllt, vor ihm ausgestreckt hatte, träge die Spielkarten mischte. Der venezianische Kastrat, kleinwüchsig wie Malagigi, doch rundlich und weich, hatte sich sofort mit dem Leben auf der Galeere arrangiert, dem erzwungenen Aufenthalt auf einem schwankenden, mitten im Meer verlorenen Gefährt, auf dem eine Gruppe Unglücklicher sich, umgeben von Gestank und Mist, zusammendrängt, und wo man, um nicht in Streit zu geraten, alle eitle Würde ablegen und zu guten Kameraden werden muss.

Erstaunt beobachteten Schoppe, Guyetus und Hardouin euch Kastraten, den berühmten Malagigi, den vielversprechenden Atto Melani und den Plagegeist Barbello. Euer dreistes Naturell machte sie verlegen, vielleicht waren sie auch ein wenig erschrocken über eure seltsamen Körper, den leicht aufgeblähten Brustkorb, die ungewöhnlich schmalen Finger.

Nach einer Weile hörtest du auf zu singen und zogst dich in das Achterkastell zurück. Barbello war unterdessen eingeschlafen, sein Kopf ruhte auf dem Wachstuchsack, und Malagigi hatte ich aus den Augen verloren. Ich blieb lange Zeit in Betrachtung des Horizonts versunken, bis ich gewahrte, dass es zu regnen begonnen hatte, und hörte, wie einige der Ruderer die ersten Tropfen fluchend kommentierten. Bevor auch ich mich in das Kastell flüchtete, wollte ich mir ein Glas warmen Wein holen, doch eine Stimme ließ mich innehalten.

»Der Junge hat zu lange im Wind geträllert, und jetzt tut ihm die Kehle weh, nicht wahr?«

Es war Malagigi, der plötzlich hinter dem Beiboot an Bord hervorkam. Dank deines Aufenthalts in Rom und der Unterrichtsstunden, die du bei ihm und Luigi Rossi genommen hattest, kannten wir uns gut.

»Nein, mein Herr. Der junge Atto ist nur ein wenig melancholisch gestimmt. Die Reise langweilt ihn: Geduld ist nicht seine Stärke, und er wäre gerne schon in Paris.«

»Ja, natürlich«, sagte Malagigi mit einem gutmütig spöttischen Lächeln. »Und er kann es kaum erwarten, zu erfahren, was wir dort tun sollen, habe ich Recht?«

»Genau so ist es.«

»Tja, das würden alle Musiker gerne wissen, die sich in diesen Tagen nach Frankreich eingeschifft haben«, pflichtete Pasqualini mir freundlich bei. Dann senkte er die Stimme: »Wisst Ihr, ob sich unter den Passagieren dieses Schiffes ein Mönch befindet?«

»Bis jetzt habe ich noch keine Ordensbrüder entdeckt«, antwortete ich ein wenig überrascht. »Und es gibt nicht eben viele Passagiere auf dieser Kriegsgaleere.«

»Ich hörte Hardouin und Guyetus darüber sprechen«, erklärte Malagigi, »aber sie ahnten nicht, dass ich ihnen zuhörte.«

»Hardouin und Guyetus? Mithin zwei Franzosen, die sich in ihrer Muttersprache unterhalten. Vielleicht habt Ihr etwas falsch verstanden«, gab ich zu bedenken und tat, als hätte ich überhört, dass Malagigi sie heimlich belauscht hatte.

»Möglich«, antwortete er. »Tatsächlich nannten sie einen Namen, doch er war unverständlich. Was ich dagegen verstanden habe, ist, dass beide anhand von Hinweisen, die sie in einem Brief erhalten haben, nach diesem Mönch suchen.«

»Fürchtet Ihr, es könnte sich um eine unsaubere Machenschaft handeln?«

Pasqualini schwieg einen Augenblick.

»Nein, so ist es mir nicht erschienen«, sagte er, »aber ich glaube verstanden zu haben, dass sowohl Guyetus als auch Hardouin enttäuscht sind, weil sie ihn nicht gefunden haben. Meiner Meinung nach könnte es sich um jemanden handeln, den der Kardinal in Paris erwartet, jemand, der gerufen wurde wie wir, um Musik zu machen. Vielleicht ein kastrierter Mönch. Und wenn er nun beim Appell fehlt, nun, dann ist das womöglich ungünstig für uns. Vielleicht sollte er bei dem Schauspiel mitwirken, das der Kardinal plant.«

Ich versprach Malagigi, die Ohren offenzuhalten und ihm alles zu berichten, was ich herausfinden konnte. Ich würde ein paar Fragen stellen, versicherte ich ihm und nahm mir vor, die Sache sofort anzugehen, um ihm meinen guten Willen zu zeigen. Kaum hatte Pasqualini sich entfernt, trat einer der Matrosen vor mich hin.

Er teilte mir mit, dass Naudé nach mir suche und mich in den Unterkünften der Offiziere erwarte. Meine Aufgabe schien einfacher als erwartet.

Das Anliegen Naudés entpuppte sich als ein alltägliches Problem: Mazarins Bibliothekar war die Tinte ausgegangen, und keiner an Bord wollte ihm seine überlassen. Also hatte er sich an mich erinnert. Seit wir im vergangenen Jahr zusammen aus Paris zurückgekehrt waren, behandelte er uns mit jener von allem Argwohn freien Liebenswürdigkeit und Höflichkeit, die für die Franzosen so charakteristisch ist, die wir unverbesserlich misstrauischen Italiener jedoch nur unseren besten Freunden vorbehalten, und auch das nicht immer.

»Ich muss die Ausgabenliste für den Kardinal auf den neuesten Stand bringen«, erklärte er. »Seine Eminenz verlangt, dass die Rechnungsbücher alles genau verzeichnen und der Grund für jede Ausgabe gut lesbar an den Rand geschrieben wird. Die Rechtfertigung aller Kosten ist das Wichtigste und muss in klaren Worten abgefasst sein. Das gut gewählte Wort macht alles möglich. Heißt es doch im Lukasevangelium: Im Anfang war das Wort!«, zitierte Naudé fröhlich in dem ausgezeichneten Italienisch, das er im Dienst des verstorbenen Kardinal Di Bagni erworben hatte.

»Im Johannesevangelium«, ertönte die Stimme von Guyetus, der mit dieser Korrektur seine Anwesenheit verriet. Er hatte es sich in einem dunklen Winkel auf Kissen bequem gemacht und rauchte eine Pfeife.

»Ach ja, klar, im Johannesevangelium«, brummte der Bibliothekar, ohne sich die gute Laune verderben zu lassen, zumal er ein Experte darin war, bei lateinischen Zitaten unweigerlich den Autor zu verfehlen.

Also ging ich in meine Unterkunft, kramte zwischen meinen Siebensachen ein neues Tintenfläschchen hervor und brachte es Naudé. Er war überaus dankbar und bot mir eine lächerlich kleine Summe Geldes an, die ich mit großer Förmlichkeit ablehnte, während Guyetus in seiner dunklen Ecke herzlich lachte, ob über meine Heuchelei oder Naudés Geiz, vermag ich nicht zu sagen.

»Wenn Ihr mir dagegen gestatten würdet, Euch eine Frage zu stellen, Monsire Naudé ...«, wagte ich einen Vorstoß und kleidete meine Frage in vage Anspielungen auf jenen Mönch, von dem Malagigi die beiden hatte sprechen hören. Ich sagte – Gott möge mir die Lüge vergeben – dass du, Atto, von jenem Manne gehört habest und nun fürchtest, es handle sich um einen Kastraten, der dir Konkurrenz machen könnte.

Naudé, wie alle Franzosen zur Gesprächigkeit neigend und überdies in Kreisen zuhause, wo Nachrichten wie verrückt gewordene Fliegen ein- und ausschwärmen, schien sich über die Frage nicht zu wundern und fragte auch nicht, woher ich meine Informationen hatte.

»Na, das ist doch wirklich sonderbar!«, rief er lebhaft aus, wobei er einen Blick mit Guyetus wechselte. »Alle fragen sich, was diesen verflixten Frate um Himmels willen bewogen haben mag, Livorno zu verlassen, wo er anscheinend seit vielen Jahren lebt. Und Ihr könnt Euren Signorino Atto beruhigen«, fügte er lachend hinzu. »Dieser Mönch hat nichts mit den Opernprojekten Kardinal Mazarins zu tun.«

»Oh, ich bin Euch unendlich dankbar für diese Information, mein kleiner Schützling wird höchlichst erleichtert sein«, rief ich und wollte mich gerade verabschieden, als du ankamst.

Du warst auf der Suche nach einer hölzernen Kiste mit einigen Arien des Mazzaroli, die man dir in Rom gegeben hatte, und die du jetzt, angesichts des fortgesetzten Müßiggangs, den die erzwungene

Trennung von deiner Rosina noch unerfreulicher machte, eigenhändig kopieren wolltest. Du bedachtest mich mit jenem neuen Blick, der dir durch unser trauriges Gespräch heute früh entstanden war, und fragtest nach der Kiste. Ich sagte dir, wo die Kiste sich befand, und du wolltest gerade wieder verschwinden, als Naudé dich zurückhielt.

»Soeben habe ich Euren Begleiter beruhigen können, junger Atto«, sprach er dich freundlich lächelnd an. »Der Kardinal hat große Pläne mit Euch! Es gibt keinen Mönch, der Euch den Ruhm wegschnappen will«.

Du warfst mir einen fragenden Blick zu, ahntest aber, dass ich bei Naudé etwas eingefädelt hatte, was ich dir noch nicht hatte mitteilen können.

Ich befreite dich und mich aus der peinlichen Lage, indem ich Naudé und Guyetus meine Dienste anbot:

»Sagt mir ruhig frei heraus, Monsire, ob ich es wagen darf, mich Euch und Euren Reisegefährten in dieser Sache zur Verfügung zu stellen. Als Secretarius des Hauptmanns Sozzifanti, Cavaliere des Ordens Santo Stefano, führt mein Weg mich sehr häufig nach Livorno, wo sich, wie Ihr wisst, das Hauptquartier der Marine des Ordens befindet. Ich verfüge dort über viele Kontakte, sonderlich in den Klöstern jener Orden, die zum Zweck des Loskaufs von Gefangenen gegründet wurden. Ich wäre sehr glücklich, wenn ich mich Euch nützlich machen könnte«, schloss ich, während ich in deinen Augen die Freude darüber las, in Mazarins Gunst nun noch höher zu steigen, da ich Naudé, seinem geliebten, treuen Bibliothekar, ein so großzügiges Angebot gemacht hatte.

»Ihr könntet uns also helfen«, stellte Guyetus zwischen zwei Zügen an seiner Pfeife fest.

»Und schon seid Ihr in die gierigen Krallen der grausamen Göttin Philologie geraten, *mon cher*«, warnte mich Naudé und fügte, zu dir gewandt, belustigt hinzu: »Rettet Euren armen Secretarius, junger Atto, bevor es zu spät ist!«

»So lasst mich doch reden, Gabriel Naudé!«, brummte Guyetus ärgerlich. »Wenn Ihr Euch wie ein geschwätziges, aufdringliches alte Weib gebärdet, ertrage ich Euch nicht«, tadelte er den Pariser Philologen mit jener mürrischen Grobheit, die ich später noch oft bei ihm erleben sollte.

»Ihr seid es doch, der fortwährend spricht«, erwiderte Naudé unverändert gutgelaunt. »Ihr wisst sehr wohl, dass ich recht habe. Nicht nur Ihr, auch Schoppe und der teure Hardouin, jener wahrlich schätzenswerte, bretonische Buchhändler, welcher in Paris eine hochinteressante Buchhandlung und Druckerei besitzt, habt mir alle drei eine Menge Fragen gestellt, um zu erfahren, warum auch ich mich auf diesem Schiff befinde. Doch ich sagte Euch schon, es handelt sich um einen bloßen Zufall. Ich habe keinen Brief bekommen.«

»Wenn es nur darum geht, so hat auch Hardouin keinen erhalten«, versetzte Guyetus. »Er war in die Toskana gereist, um Bücher zu suchen, denn auf der Messe in Frankfurt hat er nichts Interessantes gefunden. Ich war es, der ihn bat, mir zu helfen, als mir jener berüchtigte Brief zugestellt ward.«

»Also habt nur Ihr und Schoppe ihn erhalten?«, fragte Naudé.

»Mit Sicherheit nicht. Bevor ich aus Paris abreiste, erfuhr ich, dass er auch dem Jesuitenpater Petavius, einem in der Chronologie außerordentlich bewanderten Gelehrten, geschickt wurde, welcher dem Brief jedoch misstraute. Und wer weiß, wie viele ihn noch bekommen haben. Schoppe und ich sind die Einzigen, die sich zum Handeln entschließen konnten. Hoffentlich müssen wir das nicht bereuen«, schloss Guyetus mit skeptischer Miene.

»Dass dieser intrigante Petavius seinen Hintern nicht aus Paris wegbewegt, wundert mich gar nicht«, lachte Naudé giftig.

»Er ist und bleibt ein Jesuit, traut niemandem, weil er weiß, dass niemand ihm trauen kann«, bestätigte Guyetus, wie zum Beweis, dass keiner es mit gelehrten Männern aufnehmen kann, sobald sie sich in übler Nachrede ergehen.

»*Fugit impuis nemine persequente*: Der Frevler flieht auch dann, wenn niemand ihn verfolgt, sagt der Prophet Hesekiel«, erläuterte Naudé.

»Das Buch Ekklesiastes«, verbesserte ihn der andere.

»Ja, natürlich, der Ekklesiastes«, gab Mazarins Bibliothekar sofort zu.

Dem Bericht zufolge, den Guyetus sodann von den Ereignissen gab, hatten er, Hardouin und Schoppe, nachdem sie den Brief des geheimnisvollen Mönchs gelesen hatten, gehofft, ihn in Livorno treffen zu können. Doch als sie in der Stadt ankamen, erwartete sie eine Enttäuschung: In Livorno wurde ihnen gesagt, der Mönch sei schon vor gut zwei Jahren nach Lyon in Frankreich übergesiedelt.

»Vor zwei Jahren?«, riefst du verwundert aus. »Und wann ist dieser Brief von dem Mönch geschrieben worden?«

»Hier liegt das Problem«, antwortete Guyetus. »Das weiß man nicht genau. Auf beiden Exemplaren, dem von Schoppe und meinem eigenen, wurde das Datum in die obere rechte Ecke geschrieben, doch ist die Ecke durch Feuchtigkeit beschädigt und unleserlich geworden. Die beiden Briefe müssen zur selben Zeit aufgegeben worden sein, und nachdem sie versehentlich nass geworden waren, blieben sie vergessen in irgendeinem Winkel des Postlagers am Hafen liegen. Als man sie wiederfand, wurden sie verschickt.«

»Ich bedaure zutiefst, was Euch widerfahren ist«, bemerkte ich. »Dergleichen schlechte Dienstleistungen sind in unserem Großherzogtum leider nicht selten. Jüngst hörte ich von einem Umschlag, der sein Ziel erst nach einundsechzig Jahren erreichte. Man fand ihn, als der Fußboden des Postlagers erneuert wurde, wo der Umschlag in den Spalt zwischen zwei Dielenbrettern gefallen war. Absender und Adressat waren inzwischen verstorben.«

»Was für ein Pech! Hoffentlich ist unserem Mönch nicht dasselbe passiert!«, rief Guyetus mit einem säuerlichen Lächeln aus und fügte kopfschüttelnd hinzu: »Ich wäre ganz gewiss nicht abgereist, wenn ich gewusst hätte, dass der Brief zwei Jahre alt ist.«

»Nur Mut«, versuchte Naudé ihn zu trösten, »eine Reise lohnt sich immer, besonders, wenn so viel auf dem Spiel steht. Wie sagt Seneca, das Gehen auf der Ebene ist sicherer, aber sie ist flacher und niedriger; wer auf allen vieren geht, fällt seltener als derjenige, der läuft, doch erwirbt er sich, auch wenn er nicht fällt, keine Meriten; jener, der läuft, erwirbt sie, auch wenn er fällt. Auf dieser Welt gibt es zu viele, die nur über den ausgetretenen Pfad all derer zu gehen vermögen, die ihnen vorausgegangen sind. Groß ist die Zahl jener, die den ganzen Tag daran arbeiten, andere nachzuahmen; besser, man wahrt ein wenig Abstand zu ihnen, um nicht von diesem Übel angesteckt zu werden und in einer solchen Masse unterzugehen. Man gehe einen neuen Weg, der nicht vom *servum pecus*, der Sklavenherde, begangen wird, wie Ovid rät.«

»Plinius, nicht Seneca. Und nicht Ovid, sondern Horaz.«

Der zweifache Schnitzer ließ Naudé verstummen. Unterdessen überlegte ich, was es sein mochte, das hier auf dem Spiel stand, denn das hatten die beiden Gelehrten noch nicht verraten.

Enttäuscht über ihren Misserfolg in Livorno, fuhr Guyetus mit seinem Bericht fort, hatten die drei Verfolger sofort eine gute Gelegenheit gefunden, den Mönch in Lyon aufzustöbern: Sie hatten sich auf dieser Galeere der französischen Marine eingeschifft, die aus toskanischen Gewässern in Richtung Heimat segelte, den Hafen von Toulon, der nur eine Tagesreise von Lyon entfernt ist. Die Flotte der Franzosen kehrte vom siegreichen Feldzug gegen die Spanier zurück, denen sie strategisch wichtige Stellungen in Piombino und Porto Longone abgerungen hatte.

»Darum befinden wir uns alle zusammen auf diesem Schiff«, erklärte Guyetus. »Doch ich muss gestehen, dass der Kapitän Hardouin und mich nur dank einer zufälligen Begegnung mit Gabriel im Hafen von Livorno an Bord genommen hat, ohne Probleme zu machen.«

»Zufällige Begegnung!«, äffte ihn Naudé nach. »Ich würde eher sagen, es war ein unverschämtes Glück, und zwar für uns alle. Ihr könnt es bezeugen, mein guter Secretarius: Wie viele Tage haben wir im Hafen auf ein Schiff der französischen Flotte warten müssen, das bereit war, uns aufzunehmen? Wie viele Male, armer Freund, habt Ihr zwischen der Mole und mehreren französischen Offizieren hin- und hereilen müssen? Und so habe ich während der Wartezeit meine beiden Landsleute und Kollegen sowie Caspar Schoppe getroffen. Auch für ihn habe ich gebürgt. Der gute Schoppe ist eine faszinierende Persönlichkeit. Bevor ich ihn wiedererkannte, dachte ich beim Anblick dieses alten Mannes: wie traurig. Aber welch eine Freude, als ich dann erfuhr, dass er es war ...«

»Ich muss gestehen, dass der Name Schoppe mir gar nichts sagt«, warfst du ein, deine Neugierde mit jugendlicher Naivität bemäntelnd.

DISKURS VII

Darin erklärt wird, wer Caspar Schoppe ist, und wie er bei seinen Streifzügen durch ganz Europa, das er mit seinen Schriften übersäte, sein eigenes und das Leben vieler anderer ruiniert hat.

Caspar Schoppe sei wegen seiner umstrittenen Propagandatätigkeit in ganz Europa bekannt, erklärte Naudé, während er die Tinte in dem kleinen Glasbehälter beäugte, den ich ihm gebracht hatte. Er sei ein Flüchtling, aber nicht des Krieges wegen, sondern aus religiösen Gründen. Als Lutheraner geboren, war er zum Katholizismus konvertiert und der erbittertste Feind von Luther, Calvin und Zwingli geworden. Dutzende Bücher hatte er gegen das Unkraut der deutschen Ketzerei verfasst, die, in vielen tausend Exemplaren im Umlauf, bei der Mehrzahl Hass erregt und nur bei wenigen Zustimmung hervorgerufen hatten. Er hatte seine Heimat Deutschland verlassen müssen, wo zahlreiche Anschläge auf ihn verübt worden waren. Wie durch ein Wunder dem Tod entronnen, hatte er Bannflüche und Schmähungen zuhauf hinter sich gelassen. Nach häufigen Wechseln des Wohnortes (Venedig, Spanien, die Schweiz) hatte er sich in Padua niedergelassen, in der Hoffnung, dort seinen Verfolgern zu entkommen.

»Als ich ihn wiedererkannte, glaubte ich meinen Augen nicht zu trauen«, sagte Naudé, derweil er das Fläschchen schüttelte, um die schwarze Flüssigkeit zu mischen, »und wir lagen uns sofort in den Armen. Der gute alte Schoppe!« Er nahm deinen Arm. »Du musst wissen, mein Junge, dass die Welt klein ist und besonders klein unter den Gelehrten! Ich kenne den guten Schoppe, seit ich zum ersten Mal nach Padua reiste, um den großen Galilei zu treffen. Du warst damals noch ein Kind. Padua ist die ideale Stadt für ein solches Individuum, einen Menschen, der nicht nur die politische Wissenschaft von Grund auf beherrscht, sondern auch ein bewundernswerter Kenner der Klassiker ist. Denn Padua ist eine der Wiegen für das Studium des Altertums. Was für eine Überraschung war es dennoch, ihn nach all den Jahren wiederzusehen! Als ich ihn erkannte, habe ich die Augen aufgerissen, denn wenn ich nicht sehe, glaube ich nicht, wie der Apostel Johannes sagte.«

»Der Apostel Thomas«, verbesserte ihn Guyetus abermals aus dem dunklen Winkel, umhüllt von den immer dichter werdenden Schwaden aus seiner Pfeife.

»Thomas, ja sicher, Thomas«, brummte Naudé, während er vergeblich versuchte, das Fläschchen mit den Zähnen zu öffnen, da sein Stopfen im gläsernen Hals festgesaugt schien wie die Muschel am Felsen.

»Bis jetzt kannte ich Schoppe nur dem Namen nach, da er einer der scharfsinnigsten Kenner klassischer Autoren ist, ein Philologe ersten Ranges, würde ich sagen«, erklärte Guyetus, der seinerseits der König unter den Pariser Philologen war. »Zwar hat er schon seit vielen Jahren kein einziges Buch mehr veröffentlicht, ja, recht besehen, scheint er lediglich in seiner Jugend ein paar Sächelchen hervorgebracht zu haben«, fuhr er fort, jene feine Dosis Gift verspritzend, welche die Altertumsforscher meisterhaft in ihr Loblied auf einen Kollegen zu träufeln verstehen, damit die Würdigung wirkungslos bleibt.

»Doch was mir an Schoppe am meisten gefällt, ist, dass er ein Meister des öffentlichen Wettstreits ist, ein wahrer Löwe, der bei Disputen auf Leben und Tod zur Hochform aufläuft. Mutig hat er mit halb Europa gestritten: mit den Jesuiten, den Engländern, den Spaniern, mit den Katholiken, als er Lutheraner und mit den Lutheranern, als er katholisch war. Man hat versucht, ihn zu erstechen, als er spazieren ging, zu erschießen, als er am Fenster stand, man hat ihn verleumdet, bedroht, beleidigt. Er hat Deutschland verlassen, weil er fürchtete, umgebracht zu werden, das stimmt, aber auch in Padua lebt er in ständiger Angst vor einem Attentat. Es heißt, dass man bei seiner Beerdigung Schlange stehen wird, weil so viele kommen, um sich zu vergewissern, dass er endlich tot ist, hihi!«

»Der gute Schoppe ist ein Meister in der Kunst, sich Feinde zu machen!«, ergänzte Naudé lachend. »Vor einigen Jahren hatte er sogar vor, nach Frankreich zu gehen, und bat mich um Hilfe bei der Beschaffung eines Privilegiums seitens unseres verstorbenen Königs Ludwig xiii., damit niemand seine Bücher plagiieren konnte. Doch dann hat er den Plan nicht weiter verfolgt.«

Doch vor allem hatte Schoppe mit seinen Streitschriften einen der größten Gelehrten aller Zeiten auf dem Gewissen: Joseph Justus Scaliger. Schoppe hatte ihn mit verleumderischen Pamphleten attackiert und sogar ein ganzes Buch gegen ihn verfasst, wo er ihn einen Betrüger nannte, der die Vergangenheit der Welt komplett erfunden habe.

»Die Vergangenheit der Welt erfunden?«, wundertest du dich. »Was bedeutet das denn?«

In Wirklichkeit, beeilte sich Naudé zu erläutern, habe Scaliger gar nichts erfunden, im Gegenteil. Er habe sich sein ganzes Leben lang bemüht, die Frage nach dem Alter der Welt vom Beginn mit der Schöpfung an systematisch zu klären, indem er als Erster die Chronologien mit den herausragenden Ereignissen in der Geschichte der Araber, Juden, Christen, Römer, Griechen, Byzantiner, Armenier, Perser, Chaldäer und Babylonier und aller anderen Völker der Antike miteinander abstimmte und zu dem Zeitpunkt der Geburt unseres Herrn Jesus Christus in Bezug setzte. Scaliger müsse das wohl gelungen sein, denn seine Universale Chronologie, vor etwa sechzig Jahren veröffentlicht, gehöre zum sicheren Wissensbestand der Historiker und werde benutzt, um jedes beliebige Ereignis der Vergangenheit zu datieren.

»Erlaubt mir eine Frage, bitte«, warfst du ein. »Wusste man wirklich bis vor sechzig Jahren nicht, in welchem Jahr die Ereignisse der Weltgeschichte stattgefunden hatten?«

»So ist es«, antwortete Naudé.

»Unglaublich! Ich dachte, das hätte man immer gewusst, zumindest annähernd«, bekanntest du.

Naudé und Guyetus erklärten sodann, dass es viel Arbeit gekostet habe, die großen Ereignisse so vieler unterschiedlicher Völker zusammenzufügen, und dass sich vor Scaliger niemand hätte träumen lassen, dergleichen fertigzubringen, gewiss nicht so detailliert wie er. Das Endergebnis schien fast zu einfach: eine Liste mit Fakten und Daten, wo auch Begebenheiten aus Urzeiten ihren Platz in einer Zählung der Jahre nach oder vor der Geburt Jesu Christi fanden.

»Seht her, ich habe hier eine astrologische Gazette des neuen Jahres mit der üblichen chronologischen Tabelle der Weltgeschichte seit der Schöpfung, wie wir sie alle kennen«, und mit diesen Worten zogst du ein winziges Büchlein aus der Tasche und schlugst es auf der ersten Seite auf:

Schöpfung	3949 v. Chr.
Sintflut	2294 v. Chr.
Exodus der Juden	1496 v. Chr.
Fall Trojas	1444 v. Chr.
Zerstörung des Tempels Salomon	1017 v. Chr.
Samaritanische Zeit	779 v. Chr.
Zeit der Olympischen Spiele	776 v. Chr.
Gründung Roms	753 v. Chr.
Zeit des Nabonassar	747 v. Chr.
Zeit des Ezekiah	730 v. Chr.
Zeit des Merodach	721 v. Chr.
Tod des Romulus	715 v. Chr.
Zeit des Nabupolassar	625 v. Chr.
Zeit des Nebukadnezar	607 v. Chr.

Sturz des Jehojakim	600 v. Chr.
Sturz des Zedekia	589 v. Chr.
Zeit des Ewil-Merodach	564 v. Chr.
Zeit des Kyros	560 v. Chr.
Zeit des Kambyses	529 v. Chr.
Zeit des Dareios Hystaspes	521 v. Chr.
Konsulat des Junius Brutus	509 v. Chr.
Schlacht bei Marathon	491 v. Chr.
Zeit des Xerxes	487 v. Chr.
Überquerung des Hellespont	481 v. Chr.
Tod des Xerxes	465 v. Chr.
Siebzig Jahrwochen im Buch Daniel	458 v. Chr.
Meton-Zyklus	432 v. Chr.
Peloponnesischer Krieg	431 v. Chr.
Tod des Artaxerxes	426 v. Chr.
Zeit des Darius Notus	425 v. Chr.
Zeit des Artaxerxes Mnemon	405 v. Chr.
Feldzug von Kyros dem Jüngeren	402 v. Chr.
Schlacht an der Allia	388 v. Chr.
Schlacht bei Leuktra	371 v. Chr.
Reich Alexanders in Asien	330 v. Chr.
– Erster Kallippischer Zyklus	330 v. Chr.
Zeit der Seleukiden	312 v. Chr.
Seleukidische Zeit der Juden	311 v. Chr.
Seleukidische Zeit der Chaldäer	311 v. Chr.
Reich des Ptolemaios Philadelphos Dionysos	285 v. Chr.
– Zweiter Kallippischer Zyklus	285 v. Chr.
Reich des Ptolemaios Philometor	180 v. Chr.
– Dritter Kallippischer Zyklus	178 v. Chr.
Zeremonie des Judas Makkabäus	164 v. Chr.
Zeit des Simon	141 v. Chr.
1. Januar des 1. Julianischen Jahres	45 v. Chr.
Zeit der Indianer	45 v. Chr.
Tod Cäsars	44 v. Chr.
Zeit des Augustus	43 v. Chr.
Zeit des Herodes	40 v. Chr.
Schlacht des Atius	30 v. Chr.
1. Augustorum	27 v. Chr.

Tod des Herodes	1 v. Chr.
Korrektur des Kalenders	8 n. Chr.
Zeit des Caligula	37 n. Chr.
Zeit des Claudius	41 n. Chr.
Zeit des Nero	54 n. Chr.
Vespasian	69 n. Chr.
Zerstörung des Tempels	70 n. Chr.
Zeit des Titus	79 n. Chr.
Zeit des Domitian	81 n. Chr.
Kapitolinische Spiele	86 n. Chr.
Zeit des Nerva	95 n. Chr.
Zeit des Trajan	97 n. Chr.
Zeit des Hadrian	116 n. Chr.
Zeit des Antonius Pius	137 n. Chr.
Zeit des Diokletian	284 n. Chr.
Verfolgung der Märtyrer	303 n. Chr.
Zeit des Konstantin	308 n. Chr.
Ökumenisches Konzil von Nicäa	325 n. Chr.
Erste Indiktion	328 n. Chr.
Lorbeerkranz von Konstantinopel	330 n. Chr.
1. Sahami der Armenier	552 n. Chr.
Hidschra	622 n. Chr.
1. Farvadin, 1. Yazdgard	632 n. Chr.
Zeit von Kalkutta	907 n. Chr.
1. Farvadin Gelali	1079 n. Chr.

»Ihr behauptet also, dass all diese Daten vor Scaliger unbekannt waren?«, fragtest du ungläubig.

»Mehr noch, mein lieber Junge«, lachte Guyetus. »Diese Tabelle, diese Daten, hat der große Scaliger persönlich festgelegt.«

Für sein großes Vorhaben habe Scaliger ein neues Kalenderjahr erfunden, fuhr Guyetus fort, das Julianische Jahr. Es dauert 7980 Jahre und geht aus der Multiplikation des Zyklus von 28 Sonnenjahren mit dem der 19 Mondjahre und den 15-Jahresperioden hervor, den Indiktionen, wie Notare sie benutzen. Mit diesem konstruierten Jahr habe Scaliger rückwärts gezählt und einen imaginären Zeitpunkt des Beginns der Zeit festgelegt, der vor allen bekannten historischen Ereignissen lag, sogar noch vor der Sintflut. Ein gewagtes Unterfangen! In seine julianischen Jahre habe er dann geduldig, nach ungeheuer mühseligem, jahrelangem Vergleichen, die Daten der Dokumente alter Kulturen und Völker eingefügt und sie aufeinander abgestimmt. Das Ergebnis war zum Beispiel, dass man jetzt genau sagen konnte, dass der babylonische König Nabupolassar 110 Jahre nach dem Tod des Romulus und 625 Jahre vor der Geburt Jesu regiert hatte, während man vorher nicht einmal genau wusste, wann er gelebt hatte. Oder man konnte sagen, dass Troja 1444 Jahre vor Christus gefallen war, und dass der Exodus der Juden im Jahr 1496 v. Chr. stattgefunden hatte.

»Doch jedes einzelne dieser Daten«, sagte Guyetus, »hat Scaliger beim Vergleichen von astronomischen Beobachtungen, Berichten der Historiker und antiken Kalendern Schweiß und Tränen gekostet. Um zum Beispiel das Zeitalter des Dareios Hystaspes festzulegen, musste er dem griechischen Historiker Herodot glauben, demzufolge Dareios sieben Jahre und fünf Monate nach Kambyses regiert hatte. So gelangt man in das Jahr 226 der Zeit des Nabonassar, ein Datum, das durch die Sonnenfinsternis bestätigt wird, von der Ptolemäus in seinem astronomischen Traktat *Almagest* sagt, dass sie in das 20. Jahr der Regierung des Dareios fiel. Daraus kann man schließen, dass dieses Jahr auch das Jahr 246 von Nabonassar ist, was von einer Mondfinsternis bestätigt wird, die Ptolemäus im Jahr 31 von Dareios, also im Jahr 357 von Nabonassar auf den fünften Mondzyklus legt. Ist doch klar, oder?«

»Nun, mehr oder weniger«, seufztest du resigniert und verzichtetest lieber auf Erklärungen zu vielen anderen geheimnisvollen Ereignissen (Kallippischer Zyklus, Sahami der Armenier, Sturz des Zedekia) in Scaligers Universaler Chronologie.

»Schoppe hat aber nicht nur den armen Scaliger zu Unrecht diffamiert, er hat auch Gutes getan«, sagte Guyetus, »zum Beispiel hat er Galileo mit gezücktem Schwert vor dem Heiligen Offizium und dem Papst verteidigt, um ihm den Widerruf seiner Lehren zu ersparen. Allerdings scheint der gute Caspar irgendwann verrückt geworden zu sein, denn er hat plötzlich behauptet, Galileo habe sich um jeden Preis verurteilen lassen wollen und eine Art Verschwörung gegen den Papst angezettelt, damit dieser ihn zum Widerruf seiner Lehre zwänge.«

»Völlig verrückt«, bemerkte Naudé kopfschüttelnd. »Darum glaubt niemand mehr, was Schoppe sagt. In der Gelehrtenrepublik ist er mittlerweile ein toter Mann.«

»Ich habe nie recht verstanden«, fuhr Guyetus fort, »mit welchen Argumenten Schoppe plötzlich Anklagen gegen Galileo erhob, nachdem er ihn so heftig verteidigt hatte. Aber ich schwöre, dass ich ihn auf dieser Reise danach fragen werde, damit ich was zum Lachen habe, haha!«

BETRACHTUNG

Darin erklärt wird, worin die bescheidene Arbeit der Philologen besteht, welchen bizarren Neigungen sie zum Opfer fallen und in welcher ruhmreichen Republik sie Bürgerrechte besitzen.

Unsere hochgelehrten Reisegefährten, denen du, Atto, dabei zuhörtest, wie sie mit anmutiger Meisterschaft Bosheiten austeilten, waren unverwechselbare Exemplare der Spezies des Philologen.

Seine bescheidene und dennoch unschätzbar wertvolle Arbeit besteht darin, jahrelang Texte von Cicero, Vergil, Sophokles oder Euripides zu untersuchen, zu vergleichen und zu bearbeiten, um sie von jeder Unvollkommenheit zu befreien. Er sammelt sämtliche alten Handschriften eines bestimmten Werkes und versucht sodann durch endloses, langweiliges Vergleichen und Schlussfolgern, dem sogenannten Kollationieren, festzustellen, ob ein bestimmtes Adjektiv auf a oder auf o enden muss, ob jener obskure Satz erklärt werden kann, ob dieses anonyme Carmen dem einen oder dem anderen Autor zugeschrieben werden muss, ob jene bedauerliche Lücke gefüllt werden kann, ob sich in diesem bestimmten Absatz eine Anspielung auf einen anderen Autor verbirgt, und so weiter. Eine grässliche Schinderei, bei der Rücken und Augen Schaden nehmen, bei der die Philologen mit übersäuertem Magen jahrelang allnächtlich vor der Kerze sitzen und schließlich sämtlich zu Nörglern und Neidern werden, bissig und überkritisch, und wenn sie miteinander streiten (brieflich natürlich), nehmen sie kein Blatt vor den Mund: Esel, Lump, Blender, Selbstbeweihräucher.

Denn wer die Texte der Antike nicht kennt, weiß nichts von dem großen Geheimnis, das die Gelehrten zu grotesken Anstrengungen zwingt: Wer Cicero oder Aristoteles liest, hat niemals eine originale Handschrift vor sich, oh nein! Es ist die Kopie einer Kopie einer Kopie von wer weiß wie vielen anderen vorhergehenden Kopien. Cicero lebte und schrieb im ersten Jahrhundert nach Christus? Gut, aber was wir lesen, mag eine Florentiner Handschrift aus dem 14. Jahrhundert sein, die – so beteuert der Kopist – nach einer französischen Handschrift aus dem 12. Jahrhundert übertragen wurde, welche – heißt es – die Kopie eines karolingischen Manuskripts aus dem Jahr 800 ist, das seinerseits – vermutlich – nach einer spätlateinischen Quelle aus dem 4. Jahrhundert abgeschrieben wurde, die sich wiederum – möglicherweise – direkt auf zeitgenössische Kopien des Originals von Cicero stützt. Und Originalhandschriften Ciceros? Seit unvordenklichen Zeiten verloren, niemand hat je eine gesehen. Und was für Cicero gilt, gilt auch für alle anderen antiken Autoren von Homer bis zu Karl dem Großen.

Überdies machte jeder Kopist Fehler, vergaß etwas, korrigierte, veränderte und kürzte nach Belieben, und am Ende hatte man es im 14. Jahrhundert mit vier oder fünf unterschiedlichen, an manchen Stellen sogar unverständlichen Kopien zu tun.

Mit der Witterung eines Ermittlungsrichters und mönchischer Geduld versucht der Philologe nun, das Durcheinander zu entwirren und auf den ursprünglichen Zustand des Textes zurückzugehen. Durch einen Vergleich der Handschriften (die Methode des Päderasten Poliziano) legt er ihren Stammbaum fest, Stemma genannt, wo jeder Buchstabe eine Handschrift darstellt:

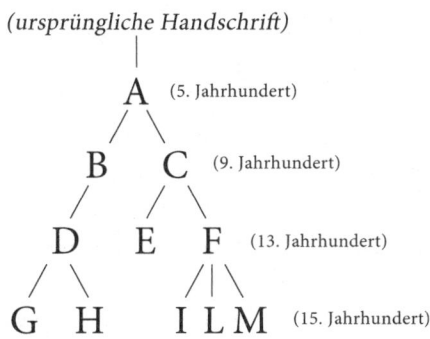

Es braucht jahrelange mühsame Versuche, um das Stemma einer Gruppe von Kodizes zu bestimmen, und absolute Gewissheit erlangt man wegen der unzähligen Unterschiede zwischen den Handschriften nie. Warum haben die antiken Skribenten falsch kopiert? Die großen Philologen sagen: aus Schlamperei, Unwissenheit oder wegen schlechter Augen.

Will man feststellen, ob das, was wie eine uralte Handschrift aussieht, eine Fälschung ist, kann man sich mit Zeugnissen aus Stein behelfen: Tempelgiebel, Grabstelen, Votivinschriften, die bestätigen, ob es diese oder jene Person wirklich gegeben hat. Leider ist jedoch auch der größte Teil dieser Marmorgebilde verlorengegangen. Spuren blieben nur in den Aufzeichnungen passionierter Gelehrter, die versicherten, sie hätten auf ihren Reisen durch Italien, Griechenland und Spanien Hunderte von griechischen und lateinischen Inschriften gesehen, und manche in ihren Notizheften wiedergaben. Leider sind auch diese Hefte oftmals verloren (zum Beispiel jenes des hochgelehrten Ciriaco von Ancona), und obendrein hat man entdeckt, dass ihre in luxuriösen ledergebundenen Ausgaben gesammelten Texte manchmal phantastische Erfindungen waren (auch bei Ciriaco) und diese Inschriften nie existierten.

Wenn zuletzt alle Zweifel ausgeräumt sind, wird die Arbeit des bescheidenen Philologen durch die gedruckte Veröffentlichung des korrigierten Textes gekrönt, der von allen Missverständnissen und Fehlern früherer Kopisten gereinigt und vielleicht sogar mit dem Text identisch ist, den sein Verfasser fünfzehn Jahrhunderte zuvor von eigener Hand geschrieben hat.

Doch das größte Glück, die größte Ehre besteht natürlich darin, ein verloren geglaubtes Werk zu entdecken und zu veröffentlichen. Oh, wonniger Schauer des Ehrgeizes! Welcher Philologe träumt nicht davon, in einer alten Bibliothek oder in einem abgelegenen Kloster ein neues Gedicht von Lukrez, eine unbekannte Rede des Cicero oder einen verlorenen Traktat von Firmicus Maternus aufzuspüren? Mit solch gewichtigen Funden erwirbt man sich Ruhm und Unsterblichkeit. Man tritt ein in den erlauchten Kreis der Entdecker, welche unendlich weit über den niederen Scharen der Korrektoren stehen. Doch man wird auch zur Zielscheibe des Neides, des großen Zerstörers von Schicksalen. Und da der Neid sich überdies vorbeugend betätigt, versucht jeder Philologe, den Ruf seines Kollegen subtil zu untergraben, bevor dieser mit irgendeinem sensationellen Fund zum Ruhm aufsteigt.

Tatsächlich sind nur wenige zu unsterblichem Ruhm gelangt: in Spanien Antonio Augustìn, Liebling des Katholischen Königs und großer Entdecker von Handschriften, in Frankreich Schottus und Casaubon. Andrea Schottus, der hervorragende Kenner griechischer

Philosophen und Dichter, wurde sogar Jesuit, um sich die nötige Ruhe für seine Studien zu bewahren, führte jedoch sein vorheriges Leben weiter. In Paris veröffentlichte der ruhmreiche Isaac Casaubon nützliche Ausgaben von Strabo, Sueton und Aischylos. Außerdem gab es einige römische Kardinäle wie den berühmten Baronius, Verfasser der wunderbaren *Annalen*, die seinen Namen tragen.

Obwohl die Philologen sich also insgeheim fortwährend in einem schmutzigen Krieg befehden, sind sie nicht allein. Sie gehören zur Gelehrtenrepublik, deren Bürger als wahre Kavaliere Rat, Informationen, Bücher und sogar kostbare Handschriften miteinander austauschen, auch wenn der eine Franzose und der andere Italiener ist, einer Lutheraner und der andere Katholik, der eine jung und unbekannt, der andere ein hochberühmter Greis. Auch wenn sie einander noch nie begegnet sind, kennen sie sich doch zumindest durch ihre Reputation.

Ihnen allen ist bewusst, dass ihre Aufgabe nicht darin besteht, die Vergangenheit zu erklären, sondern die Gegenwart. Seit Jahrhunderten erkennen alle in der klassischen Zeit das wahre gemeinsame Erbe der Menschheit, von dem wir alle wohl oder übel abstammen und zu dem man immer wieder zurückkehrt. Die modernen Sprachen sind aus dem Griechischen und Lateinischen entstanden, wie alle wissen. Das Denken der Antike fließt in unseren Adern, auch wenn uns das nicht bewusst ist. Wer hat gelehrt, die Mächtigen zu beurteilen, sie zu stürzen, falls nötig? Tacitus und Sueton, die von den Taten der römischen Kaiser und ihrer Tyrannei erzählten. In Griechenland legte Thukydides die Gefahren der Demokratie dar, Vergil zeigte mit seinem unsterblichen Epos von der mythischen Geburt Roms, der *Aeneis*, dass ein großes, stolzes Staatswesen noble Ursprünge braucht. Wer unterwies als Erster in der Liebe? Ovid veredelte die Lust, Sappho die Geheimnisse der weiblichen Sinnlichkeit, Petronius empfahl in seinem *Satyricon* die Männerliebe als schön, elegant und zeitgemäß. Lukrez riet, dumme Liebesgefühle aufzugeben und im Bordell zum Schweigen zu bringen. Cicero bewies, dass beim Schreiben und Reden der Stil sich selbst genügt, Inhalte zählten nicht. Platon lehrte, die Welt als unvollkommenes Abbild himmlischer Ideen zu sehen, während Aristoteles, »der Meister derer, die wissen«, wie Dante dichtete, lehrte, sie unendlich oft nach den Kriterien von Ursache und Wirkung zu zergliedern. Sokrates und die Sophisten zeigten, wie man recht behält, auch wenn man im Unrecht ist, was in der Politik und bei Gericht sehr nützlich ist. Der Stoiker Seneca lehrte, das Schicksal zu ertragen und die raffinierte Kunst des Selbstmordes zu praktizieren. Der Tragödiendichter Sophokles überzeugte alle davon, dass das menschliche Los düster ist und man verzweifeln darf. Der Dichter der Natur, Lukrez, zählte in Versen achtundzwanzig Gründe auf, warum die Seele nicht unsterblich ist und mit dem Körper verschwindet. Die Gelehrtenrepublik ist der imaginäre Ort, an dem all dieses Wissen bewahrt, aufgefrischt und durch immer neue Studien und Entdeckungen erweitert wird. Die Gegenwart baut auf der Vergangenheit auf: Die Philologen, die entscheiden, wie Letztere sich abspielte, halten beide in ihren Händen. Der Mensch der Antike ist ewig, die Philologen zeigen uns das Porträt, das jemand schon vor vielen Jahrhunderten von uns malte, bevor wir überhaupt geboren waren.

Eine ehrenvolle Aufgabe, doch das Volk weiß nichts von Tacitus, Vergil, Platon oder Lukrez, sie sind ihm herzlich gleichgültig. Noch weniger interessieren es die Philologen: Ihr Gebiet ist unverständlich, enervierend, etwas für Bücherwürmer. Philologen sind reizbar, kauen an den Fingernägeln, geraten wegen eines verschobenen Kommas in Weißglut, doch ihre Wissenschaft ist kalt und bleischwer. Darum sind die Philologen dazu verdammt, im Schatten zu leben. Stillschweigend entscheiden sie, was in den zahllosen Jahrhunderten der Antike gedacht, gesagt und geschrieben wurde, ohne dass ihnen jemals dafür gedankt wird.

Der Vorteil ist, dass ihnen niemand über die Schulter schaut und ihnen ihre Fehler nachweist, der Nachteil, dass sie mit sehr wenigen Ausnahmen dazu verdammt sind, unbekannt zu bleiben.

Doch eins ist gewiss: was sie in der Vergangenheit festgelegt haben, wird in unserer Zeit von modernen Philosophen und Historikern wiederholt, erweitert und bearbeitet. Es gibt zum Beispiel in unserem Jahrhundert Anhänger des Tacitus, die Tacitus' Beschreibung der alten Germanen auf deutschem Boden benutzen, um den Nationalstolz zu beflügeln, und eines Tages könnte er mit Leichtigkeit Kriege auslösen. Die Philologen zeigen die Steine der Vergangenheit, Historiker benutzen sie, um das Denken der Gegenwart und der Zukunft daraus aufzubauen.

»Kurzum, diese Reise hat den Vorzug, viele schöne Ingenien zusammenzubringen«, suchte ich Guyetus und Naudé zu schmeicheln, da ich mir die abgrundtiefe Enttäuschung und den maßlosen Ehrgeiz vorstellen konnte, den zwei Männer wie sie in ihrer Brust hegten.

»Zu welchen ich mich, in aller Bescheidenheit, nicht zählen möchte«, wehrte der Bibliothekar ab, während er endlich die Feder in das Tintenfläschchen tauchte und probeweise ein paar Linien über das Papier zog. »Schade, dass in dieser Gruppe ausgerechnet jener Mönch fehlt, den unsere Freunde so eifrig suchen.«

Er wechselte einen verständnisinnigen Blick mit Guyetus. Man hatte einander nun gut genug kennengelernt, um uns Vertrauen zu schenken und uns die Schimäre, vielleicht aber auch den echten Schatz zu enthüllen, dem Guyetus, Hardouin und Schoppe, und jetzt vermutlich auch Naudé, so begierig hinterherjagten.

Guyetus zog ein Futteral aus dünner Jute hervor und daraus einen Brief. Er faltete ihn auseinander und reichte ihn mir. Ich bemerkte, dass er einige Flecken aufwies.

DISKURS VIII

Darin man endlich den Brief des geheimnisvollen Mönchs liest.

Der Brief war auf Lateinisch abgefasst, wie es bei den Gelehrten Brauch ist. Du beugtest dich vor, um ihn mit mir zu lesen.

Honestissime et sapientissime vir!

Cum iam dudum fama tua et profundae tuae doctrinae usque ad remotam regionem pervenisset nostram, visum est mihi et fratribus meis mox tibi de felice novaque inventione sine ulla retractatione notitiam afferre, nonnullorum vetustissimorum membranaceorum latinorum codicum, qui hactenus incognita preaclarorum auctorum continent opera et saeculo nono vel decimo vel undecimo exarati sunt, ut mihi in antiquos manuscriptos describendo peritissimo videtur ...

Ins Italienische übersetzt, lautete sein Inhalt ungefähr folgendermaßen:

Hochgelehrter und ruhmreicher Herr,

vor langer Zeit schon erreichten Euer Ruf und die Kunde von Eurer unermesslichen Gelehrsamkeit unser Land, daher sind meine Mitbrüder und ich überzeugt, dass es angemessen ist, Euch unverzüglich Nachricht von dem Fund zahlreicher Kodizes lateinischer Handschriften auf Pergament zu geben, welche bislang unbekannte Werke sehr berühmter Autoren enthalten und, nach meiner langjährigen Erfahrung im Kopieren alter Handschriften zu urteilen, im neunten, zehnten und elften Jahrhundert verfasst wurden.

Diese Handschriften stammen aus der Sammlung, welche der bekannte toskanische Gelehrte Poggio Bracciolini kurz vor seinem Tod seinem Sohn Jacopo übergab. Sie war daher nicht mehr in Poggios umfangreicher Hinterlassenschaft an die Medici enthalten, deren getreuer Untertan er war. Als Jacopo überraschend in jungem Alter und ohne Erben starb, befanden sich die Handschriften ohne ein Verzeichnis in den Händen eines seiner Verwalter. Nach einem jahrhundertelangen Schlaf wurden sie im Haus dieses Bauern gefunden und einem Edelmann aus Pistoia übergeben, welcher uns freundlicherweise Einblick in die Handschriften gewährte, damit wir ihre Veröffentlichung vorbereiten können.

Der Fund umfasst unbekannte Reden von Cicero, einen Großteil des *Satyricon* von Petronius, die bislang fehlenden Teile der *Res gestae* von Ammianus Marcellinus, die *Bella germaniae* von Plinius dem Älteren und fast alle einunddreißig Bände seiner Geschichte Roms. Von Livius gibt es die letzten sechzig Bücher seiner *Historiae ab Urbe condita*, außerdem den vollständigen Text von *De lingua latina* von Marcus Terentius Varro. Von Quintilian ist die *Ars rhetorica* und sein *De causis corruptae eloquentiae* dabei. Zuletzt eine unbekannte Sammlung von Epigrammen des Martial und die gesamte *Achilleis* des Statius, die man bisher für unvollendet gehalten hatte.

Wie Ihr verstehen werdet, ist es von äußerster Dringlichkeit, einen solchen Schatz aus Meisterwerken, nach denen die Gelehrten in aller Welt bis heute vergeblich gesucht haben, unverzüglich in den Druck zu geben, zumal wir nur über eine einzige Kopie verfügen.

Wir unterbrachen die Lektüre, um unserem übergroßen Erstaunen Ausdruck zu geben. Man musste kein Gelehrter sein, um den Wert dieser Schätze zu erkennen. Eine solche Ausbeute verlorener Werke, von deren Existenz man in einigen Fällen nicht einmal gewusst hatte, würde die gesamte Geschichte und Literatur des römischen Altertums umwälzen – sie musste neu geschrieben werden. In den Augen des Philologen Guyetus und in denen des Bibliothekars Naudé, dem rastlosen Jäger kostbarer Raritäten, las ich eine so brennende Begierde, diese Schätze in den Händen zu halten, dass der eine wahrscheinlich Seine Eminenz, Kardinal Mazarin, verraten hätte, um sich mit der Kiste aus dem Staub zu machen, und der andere vielleicht sogar vor einem Mord nicht zurückgeschreckt wäre, wenn man seinen üblen Charakter bedachte.

»*Omina tempus habent*, alles zu seiner Zeit, wie es in der Genesis heißt«, unterbrach Naudé das Schweigen, vielleicht weil er ahnte, was mir angesichts ihrer gierigen Blicke durch den Kopf ging.

»Im Ekklesiastes, Gabriel, es ist der Ekklesiastes!«, brachte ihn Guyetus mit ungeduldigem Kopfschütteln zum Schweigen.

»Aber gewiss doch, der Ekklesiastes, selbstverständlich«, nickte der Bibliothekar seiner Eminenz gutmütig.

Die Handschriften stammten also alle aus derselben Quelle: der Hinterlassenschaft des berühmtesten Humanisten und Entdeckers alter Texte Poggio Bracciolini.

Während ich den Brief las, nickte ich, denn Poggio, dieser hoch angesehene Toskaner, war mir durchaus nicht unbekannt. In Florenz wussten alle, dass Poggio in der ersten Hälfte des fünfzehnten Jahrhunderts während seiner Reisen durch Deutschland viele der kostbarsten Perlen der Literatur aller Zeiten ans Licht gebracht und sich damit unvergänglichen Ruhm erworben hatte. Unterstützt von einer Handvoll Freunde hatte er sich in deutsche Klöster eingeschlichen, wo seit Jahrhunderten uralte, höchst seltene Kodizes in völliger Vergessenheit lagen. Die Mönche dieser Klöster, berichtete Poggio, seien von derart barbarischer Unbildung gewesen, dass sie nicht die geringste Ahnung hatten, welche Schätze sie seit Jahrhunderten in verlassenen Kellern verfaulen ließen.

Die Liste der von Poggio entdeckten Handschriften konnte schwindelig machen, so lang war sie: eine große Anzahl der Reden Ciceros, das *De rerum natura* von Lukrez, die *Institutio oratoria* von Quintilian, die *Argonautica* des Valerius Flaccus, das *De veteri disciplina* von Flavius Vegetius, die *Astronomica* des Marcus Manilius, die *Punica* von Silius Italicus, die *Silvae* von Statius, die *Historiae* von Ammianus Marcellinus, ein Teil des *Satyricon* von Petronius, das *De acqueductibus* von Frontinus, das *Mathesis* von Firmicus Maternus … außerdem Werke der Grammatiker Caper und Eutiche, ein Ratgeber des Columella und Texte weniger bekannter Autoren.

Welch ein bewunderungswürdiges, übermenschliches Unternehmen! Ein einziger Mann hatte mit der Hilfe weniger Getreuer dem antiken Rom ein neues Gesicht gegeben und der Nachwelt Dutzende verloren geglaubter Meisterwerke der Dichtung, der Redekunst, der Geschichtsschreibung, der Epik, der Grammatik, der Architektur, der Wissenschaft und der Philosophie geschenkt. Kein Wunder also, dass man ihm in Florenz eine Statue im Dom errichtet hatte, und dass sein Ruhm auch nach zwei Jahrhunderten weit davon entfernt war, unterzugehen.

Die Handschriften, die sich jetzt im Besitz des Mönches befanden, ergänzten Poggios vorhergehende Entdeckungen auf das Schönste: So würden die neuen Reden Ciceros die Sammlung vervollständigen, die der große Florentiner gefunden hatte, und fast alle Kapitel des großen Historikers Livius, die in Poggios Kopie seiner Geschichte Roms gefehlt hatten, kamen nun ans Licht. Von dem berühmten Redner Quintilian, dessen *Institutio oratoria* Poggio gefunden hatte, waren nun zwei Werke aufgetaucht, die zwar seit der Antike bekannt waren, jedoch nie gefunden wurden. Auch die bisher unvollständige *Achilleis* des Statius konnte jetzt endlich vervollständigt werden.

»Es ist, als hätte man endlich alle fehlenden Teile einer großen zerbrochenen Vase wiedergefunden, deren Scherben Poggio einst der Welt gezeigt hatte«, bemerkte Naudé mit einem begeisterten Funkeln in den Augen.

Auf eine so außergewöhnliche Geschichte könne man nur mit größter Überraschung und Ergriffenheit reagieren, sprach Naudé weiter. Die Bürger der Gelehrtenrepublik würden nun jahrzehntelang Material für ihre Studien haben. Durch die Untersuchung der Dichtung und Prosa der soeben wiederentdeckten Autoren würde man endlich erfahren, wo ein bestimmter Dichter geboren war, welche geheimen Skandale die Politik dieses oder jenes Kaisers beeinflusst hatten, woher ein bestimmter religiöser Geheimkult mit orientalischem Einschlag stammte, welcher Baumeister dieses oder jenes Monument errichtet hatte, wie der ungeschlachte Volkstribun hieß, der den berüchtigten Sklavenaufstand angeführt hatte, oder von welchem Geschäftemacher dieser oder jener leichtsinnige Präfekt sich hatte bestechen lassen. Zahllose Rätsel, über welche die Gelehrten sich seit Jahrhunderten die Köpfe zerbrachen, würden wie durch ein Wunder gelöst.

»Doch vor allem, mein Freund«, rief Naudé überschwänglich aus, »wird die Weltliteratur um viele tausend unsterblich schöne Seiten bereichert, aus denen Dichter, Künstler und Literaten ihre Inspirationen schöpfen werden!«

Wir beendeten die Lektüre des Briefes:

Um Euch Einblick in die Handschriften zu geben, auf dass Ihr in der für Euch angenehmsten Weise den Grundstein für Eure zukünftige Arbeit legen könnt und die Gelehrtenrepublik alsbald die Früchte Eurer Mühen genießen möge, von welchen ich schon jetzt sagen kann, dass sie hervorragend sein werden, aus diesem Grunde also war es meine Absicht, Euch aufzusuchen und Euch persönlich meine Aufwartung zu machen. Doch aus gesundheitlichen Gründen habe ich in Livorno im Großherzogtum der Toskana bleiben müssen. Falls es Euer Hochwohlgeboren koneviert, bitte ich Euch daher, mich hier in Livorno aufzusuchen, so sich eine angemessene Unterkunft für Euch findet und eine geeignete, sichere Aufbewahrung für die Handschriften, welche Ihr Euch, Signore, dank Eures großen Ansehens und des Gehörs, das Ihr bei den Gelehrten aller Nationen findet, zweifellos werdet verschaffen können.

Ich verbleibe in Erwartung Euer Entschlüsse oder der Ankunft Euer Hochwohlgeboren und empfehle mich unterdessen ergebenst und ehrerbietigst als Euer aufrichtiger Bewunderer.

Ich logiere in der Locanda delle Cucine Vecchie.

Euer untertänigster Diener
Philos Ptetès

»Ich hoffe doch sehr«, schloss Guyetus, »dass wir unseren Philos Ptetès in Lyon aufstöbern werden, auch wenn wir seine Adresse nicht kennen. Wir werden damit beginnen, in den Klöstern Nachforschungen anzustellen. Hoffentlich hat er die Stadt in der Zwischenzeit nicht ein zweites Mal gewechselt. Sollte er erkrankt oder bereits verblödet sein, umso besser, dann hat er sich wenigstens nicht wegbewegt.«

»Philos Ptetès, das klingt wie ein griechischer Name ...«, überlegte ich laut. »Habt Ihr in Livorno in der Locanda delle Cucine Vecchie gefragt, woher er kommt?«

»Natürlich. Er stammt aus Dalmatien, haben sie gesagt.«

»Dalmatien? Meint Ihr Slawonien?«, fragte ich.

»Dalmatien heißt der Küstenstreifen Slawoniens«, bestätigte Naudé.

»Ein slawonischer Mönch also. Ich überlege, ob ich schon einmal etwas von ihm gehört haben könnte. Ein slawonischer Mönch«, wiederholte ich langsam. »Gewöhnlich kommen Ordensleute vom anderen Ende der Adria nicht bis in die Toskana, und sonderlich bleiben sie nicht in Livorno. Ein Geistlicher aus Slawonien kann also in dieser Gegend nicht lange unbemerkt geblieben sein.«

Ich sah dich bei meinen Worten die Augen aufreißen.

»Ein slawonischer Mönch, habt Ihr gesagt? Aber dann war es vielleicht ...«

Wir alle blickten dich fragend an und warteten auf deine Erklärung.

DISKURS IX

Darin von einer seltsamen Begebenheit erzählt wird,
die zwei Jahre zuvor geschah.

»Erinnert Ihr Euch? Vor zwei Jahren, im Oktober 1644, während unserer ersten Reise nach Frankreich«, hubst du an, mich, deinen bescheidenen Secretarius ansprechend. »Wir waren auf diesem Handelsschiff, als wir wegen eines Unwetters in Gorgona vor Anker gehen mussten. Die Gelegenheit wurde genutzt, um Wasservorräte zu holen, einige der Passagiere gingen an Land, um sich die Beine zu vertreten. Einer von ihnen, ein beleibter orientalischer Mönch mit einem langen schwarzen Bart, wurde von einer Giftschlange gebissen. Der Kapitän des Schiffs vertraute ihn der auf der Insel stationierten Garnison an.«

»Ich erinnere mich«, sagte ich.

»Nun, und ich erinnere mich, dass ich selbst den Kapitän fragte, woher dieser Ordensbruder komme, und er antwortete mir, es sei ein slawonischer Mönch.«

Bei diesen Worten erhob sich unter allen Anwesenden ein erstauntes Gemurmel.

»Hast du vielleicht auch gefragt, wie er heißt?«, fragten Naudé und Guyetus in ihrer Verblüffung fast einstimmig.

»Leider nicht. Aber ich erinnere mich noch an sein Gepäck, das an Land gebracht wurde. Vier große volle Taschen.«

Dieses letzte Detail versetzte die Gelehrten in Entzücken.

»Er ist es, das ist er!«, rief Naudé aus, während Guyetus kleine Freudenschreie ausstieß.

»Junge, du machst dich doch nicht etwa über uns lustig?« Der Gesichtsausdruck des Philologen hatte sich schlagartig verändert, jäh blickte er dich mit einer finsteren Miene an.

»Monsire Guyetus, ich stehe an der Schwelle zu meinem zwanzigsten Lebensjahr und bin schon seit langem kein Kind mehr«, entgegnetest du überrascht und pikiert.

»Also kam Philos Ptetès gar nicht in Lyon an«, überlegte Naudé, nun langsam nachdenklich werdend. »Ich meine, gewiss nicht, bevor er von diesem Schlangenbiss geheilt wurde.«

»Wenn er nicht gar …«, überlegte Guyetus, dessen Gesicht sich endgültig verfinstert hatte.

»Gütiger Himmel, ich verstehe, was Ihr befürchtet«, kam ihm Naudé zuvor und schlug sich mit der Hand an die Stirn. »Und wenn der Mönch nun auf der Insel an dem Schlangenbiss gestorben sein sollte?«

»Lieber Naudé«, warf Guyetus kopfschüttelnd ein, »das ist, als wollte man eine Nadel im Heuhaufen suchen. Ich wäre besser in Paris geblieben wie dieser schlaue Jesuit Petavius.«

»Recht bedacht«, pflichtete Naudé ihm mit düsterer Miene bei, »ist es tatsächlich keineswegs ausgemacht, dass der slawonische Mönch, den unser junger Atto sah, wirklich Philos Ptetès war. In dem Brief an uns spricht der Mönch von seinen Mitbrüdern, es ist also nicht gesagt, dass die vier großen Taschen, die Atto sah, mit den Handschriften gefüllt waren, nach denen wir suchen. Es könnten zum Beispiel auch Kleidungsstücke gewesen sein.«

»Kleidungsstücke? Ein Mönch besitzt gewöhnlich nicht viel mehr als die Kutte, die er trägt, und ein Paar Sandalen«, gab Guyetus zweifelnd zu bedenken.

Doch die Launen des Schicksals unterbrachen die Spekulationen der beiden französischen Gelehrten. An diesen Zwischenfall erinnerst du dich sicherlich, denn obgleich er auf Französisch erfolgte, riss der Ruf einer der beiden Wachen im Mastkorb alle aus ihren Überlegungen:

»Schiff in Sicht!«

DISKURS X

Darin man etwas über die Überlegenheit der runden Schiffe über die Rudergaleeren erfährt.

Es war ein rundes Schiff von der Art, die nur dank ihrer Segel vorankommen und sich von den Galeeren unterscheiden, welche zwar über einen oder mehrere Masten verfügen, bei gleichem Wind aber sehr viel langsamer sind und außerdem eine längliche, schmale Form haben.

Trotz seines gewaltigen Umfangs segelte das unbekannte Schiff mit Rückenwind in rascher Fahrt direkt auf uns zu. Der Winter, in dem es keine Flauten gibt, ist die ideale Jahreszeit für diese Art Schiffe, die die größten Entfernungen zurücklegen können. Malagigi und Barbello (der dir einen lüsternen Blick zuwarf) gesellten sich zu uns, um uns zu berichten, was sie von einigen Ruderern über das soeben gesichtete Schiff gehört hatten.

»Es ist schon seit einer Weile in Sicht, doch sie haben sich erst jetzt angekündigt, indem sie ihre Fahne gehisst haben. Es ist ein Schiff der Vereinigten Provinzen.«

Tatsächlich erblickte man am Hauptmast die Trikolore – Rot, Weiß und Blau – der Vereinigten Niederlande. Barbello erklärte, es handele sich gewiss um das Schiff einer holländischen Handelsgesellschaft, die Geschäfte mit den jüdischen Kaufleuten von Livorno mache.

Unerwartet übertönte das helle Schmettern von Trompeten das Klatschen der Wellen. Einige unserer Matrosen winkten grüßend mit den Armen.

»Trompeten? Warum?«, fragtest du, hinter mir stehend.

»Das sind Holländer. Sie blasen gerne Trompeten zur Begrüßung«, sagte Malagigi.

Erst kniffen wir die Augen zusammen, um besser sehen zu können, dann nahmen wir ein Reisefernrohr zu Hilfe und erblickten ein Trio kräftiger, junger, blonder Männer, die funkelnde Bucinae in Händen hielten.

Angesichts des freundlichen Grußes der Mannschaft und ihrer Herkunft hatte unser Schiff seinen Kurs noch nicht geändert. Wenige Minuten vergingen, wir wollten uns gerade alle wieder hinsetzen, als wir plötzlich im ganzen Schiff laute Schreie vernahmen. Das unbekannte Schiff hatte die erste Fahne eingeholt und eine zweite gehisst. Die schöne Trikolore der Vereinigten Niederlande war durch ein weit größeres Banner ersetzt worden.

»Der Halbmond, das ist der Halbmond!«, schrien einige Matrosen entsetzt aus vollem Halse. Das Zeichen war ebenso unmissverständlich wie der Betrug: Es waren Korsaren aus der Berberei.

Die Männer der Mannschaft, die in den ersten Augenblicken nach dem Wechsel der Fahne wie gelähmt vor Angst auf das unbekannte Schiff gestarrt hatten, setzten sich nun nach allen Seiten in Bewegung. Aus unerfindlichen Gründen wurde das zusätzliche Beiboot, das wir hinter uns herzogen, an die Seite unseres Schiffs geholt, indem das Tau verkürzt wurde. Dann ertönte der erste Kanonenschuss. Die feindliche Kugel, vom Buggeschütz des Piratenschiffs abgefeuert, versank in beträchtlicher Entfernung zu unserem Schiff im Wasser und ließ eine hohe Fontäne aus Gischt aufsteigen. Noch war der Abstand zwischen uns und den Verfolgern groß genug, doch der kräftige Wind trieb sie rasch auf uns zu. Die Piratenfahne zeigte drei Halbmonde, unter denen eine Zeichnung oder vielleicht ein arabischer Schriftzug prangte.

Die Galeere nahm volle Fahrt zur Flucht auf. Mehrmals ließ unser Galeerenaufseher die Peitsche knallen, dabei wechselte er heisere Schreie und frenetische Gesten mit dem Steuermann. Ein Offizier tauchte auf, atemlos, mit gerötetem Gesicht, und befahl allen Passagieren, in den Kielraum hinunterzusteigen.

»Abwerfen, wir müssen abwerfen!«, riefen einige Offiziere teils auf Französisch, teils auf Italienisch aus.

Sofort verwandelte sich die große Aufregung an Bord in ein Chaos. Denn dieser Ruf bedeutete, dass alle Waren und Gegenstände, die das Schiff beschwerten, ins Meer geworfen werden mussten, um das Schiff schneller zu machen. Und da keine Zeit zum Überlegen blieb, warfen einige auf dem Deck stehende Matrosen bereits wahllos Gegenstände aller Art über Bord: ganze Stapel Kisten und Truhen, Bündel mit Brennholz, Wasserkrüge, Weinflaschen, Nahrungsvorräte und tausend andere Sachen, darunter gewiss auch wertvolle, die ich in der verzweifelten Konfusion jener Momente nicht mehr unterscheiden konnte. Wenn man uns gefangen nahm, würde ohnehin kein einziger Gegenstand mehr in den Händen seines rechtmäßigen Besitzers bleiben.

Nur die mit Wachstuch bedeckten riesigen Ballen, von denen große Mengen im Vorder- und Achterschiff lagen, wurden aus unerfindlichen Gründen an ihrem Platz gelassen.

Inmitten eines unbeschreiblichen Durcheinanders aus Schreien und fieberhaftem Hin und Her eilten alle in ihre Unterkünfte, um die kostbarsten Gegenstände in Sicherheit zu bringen, da sie fürchteten, ihre Habe würde früher oder später im Wasser landen.

Zuletzt stürzten wir alle miteinander die Leiter in den Kielraum hinunter und schlüpften mit den anderen unter Deck. Du eiltest sofort zu Rosina und legtest deinen Arm um ihre Taille, um ihr bei der Flucht zu helfen. Nur Schoppe schien sich um seine Sicherheit nicht zu bekümmern. Wir sahen ihn aufgeregt mit einem der französischen Offiziere diskutieren.

In dem engen Kielraum herrschte die hellste Aufregung. Unsere Angreifer waren keine einfachen Piraten, also wilde Seeräuber, die, wann immer sich die Gelegenheit bot, Schiffe unter jedweder Fahne angriffen, ohne die Gesetze auf See zu achten, und darum früher oder später alle von türkischen oder christlichen Kriegsschiffen, die für Ordnung sorgten, angegriffen und versenkt wurden. Nein, sie waren Korsaren, sie besaßen einen Kaperbrief, eine von einer anerkannten Macht ausgestellte Erlaubnis, Schiffe anzugreifen, auszuplündern, ihre Besatzung zu deportieren und nach eigenem Gutdünken mit ihr zu verfahren. In unserem Fall, der sehr häufig vorkam, war die anerkannte Macht eines der drei Reiche der Berberei, der muselmanischen Staaten, die dem Großtürken, also dem Sultan von Konstantinopel tributpflichtig waren.

Fast alle Passagiere hatten sich Geld, die wichtigsten Papiere und Wertgegenstände behelfsmäßig in die Hosen gestopft, da wir fürchten mussten, schon bald von den Korsaren ausgeplündert zu werden. Sodann beschloss ein jeder, seine Sachen in einer dunklen Nische zu verstecken. Binnen kurzem entstand ein hektisches Hin und Her von einem Versteck zum anderen, ratlos irrten die Besitzer mit ihren prall mit Münzen gefüllten Täschchen, mit Papieren und Juwelen in dem dunklen Raum umher. Wie lange würde unsere Flucht dauern? Die Korsaren der Barbareskenstaaten, sagte Pasqualini, befolgen die Lehren Mohammeds, daher beschweren sie ihre Schiffe nicht mit Wein und Fleisch. »Sie begnügen sich mit Reis, Zwieback, Hülsenfrüchten, Butter, Oliven und Öl. Im Winter sind sie bei günstigen Winden unendlich viel schneller als jede Galeere.«

Sodann wurde lebhaft darüber diskutiert, ob das Schiff, das uns auf den Fersen war, Brigg, Dau, Dromone, Fusta, Galeasse, Karavelle, Kraweel, Nao, Schebecke oder Triere genannt wurde, und man einigte sich schließlich auf die Bezeichnung Karacke, ein rundes Schiff ohne Ruder, das ungefähr so groß war wie das, was uns verfolgte.

»Verfluchte Holländer«, zischte Naudé.

»Das sind Piraten, keine Holländer«, präzisierte Barbello, der sein Tuchsäckchen auf der Höhe des Bauches unter seinen Kleidern verbarg, ohne im Übrigen Zeichen der Angst zu zeigen, wie man sie bei einem Kastraten von niedriger Statur und schlaffer Konstitution erwartet hätte. Du wirktest bestürzt, versuchtest aber, äußerlich gelassen an der ungewöhnlichen Diskussion teilzunehmen.

»Ja, ja, ich weiß«, erwiderte Naudé ärgerlich, »aber es war ein Holländer, der den Korsaren der Barbareskenstaaten beigebracht hat, wie man die Karacken lenkt, Simon Danziker aus Dordrecht, der Verräter, den alle Kapitän Dämon nannten. Dieser Verfluchte war es, der die Barbaresken den Bau und die Lenkung von Segelschiffen gelehrt hat. Er besaß eine Flotte aus Schiffen mit je dreihundert Mann und sechzig Kanonen, hatte sich einen ganzen Palast in Algier gebaut, und der Bey von Tunesien war sein Freund. In Spanien haben seine Truppen einmal neunundzwanzig Schiffe auf einmal aufgebracht. Die Engländer hatten Befehl erlassen, ihn gefangen zu nehmen, lebendig oder tot.«

»Und dann?«, fragte Guyetus.

»Dann ist er zu den Christen zurückgekehrt, sein zweiter Verrat. Aber die Barbaresken haben ihn erwischt und ihm den Kopf abgeschnitten.«

In diesem Moment stieß Schoppe zu uns und brach in einen wütenden Schrei aus:

»Ein Brandschiff – wir sind auf einem Brandschiff, verflucht!«

DISKURS XI

Darin erklärt wird, was ein Brandschiff ist, und welchen Gefahren derjenige ausgesetzt ist, der sich darauf befindet.

Die Augen traten ihm schier aus dem Höhlen, als Schoppe berichtete, was er soeben von einem der Offiziere erfahren hatte, kurz bevor ihm befohlen wurde, zu uns in den Kielraum zu gehen.

Das Schiff, auf dem wir uns befanden, war keine Galeere. Oder besser, es war keine normale Galeere, die zum Kampf gerüstet ist. Im Gegenteil, sie war dazu bestimmt, zu explodieren.

»Sie ist nur deshalb voller Verzierungen und kostbarer Schnitzereien, damit sie einem echten Schiff täuschend ähnlich sieht. In Wahrheit ist sie eine schwimmende Bombe. Die Laderäume sind bis zum Rand gefüllt mit Schießpulver und brennbarem Material«, erklärte der deutsche Gelehrte, dem vor Angst der Atem stockte. »Dieses Schiff dient dazu, nahe an ein feindliches Schiff heranzufahren, sich mit speziellen Haken daran festzumachen, um dann zu explodieren, sodass das Feuer auf das feindliche Schiff übergreift. Versteht ihr?«

Wir blickten einander starr vor Entsetzen an.

»Jetzt verstehe ich: die geschnitzte Reling, die prächtige Galionsfigur ... diese Dekorationen, die Vergoldungen, sogar Schnitzereien an den Rudern ... alles Blendwerk«, sagte Barbello wie betäubt vor Staunen.

Und wir erkannten jetzt auch, warum die großen mit Wachstuch bedeckten Ballen am Bug nicht ins Meer geworfen worden waren: höchstwahrscheinlich enthielten sie Stroh oder anderes leicht brennbares Material.

»Nur Brandschiffe haben ein zusätzliches Beiboot, um die ganze Mannschaft zu retten. Darum haben unsere Matrosen das am Bug angebundene Beiboot so nah wie möglich an unser Schiff herangezogen«, fuhr Schoppe fort. »Sie fürchten, dass die Piraten, wenn sie es sehen, erkennen, dass sie ein Brandschiff vor sich haben, und aus der Ferne auf uns schießen, damit wir explodieren.«

Wir schauten uns um und sahen in den hölzernen Planken dieses Schiffes zum ersten Mal keinen Schutz, sondern eine tödliche Bedrohung. Viele bekreuzigten sich, jemand flüsterte Bittgebete zur Jungfrau Maria, und ich beobachtete, wie Blässe dein jugendliches Gesicht überzog und das Blut aus deinen Lippen wich. Du entferntest dich für einen Augenblick von Rosina und fragtest mich aufgeregt, doch flüsternd, um von den anderen nicht gehört zu werden:

»Wer um Himmels willen hat eigentlich beschlossen, gerade dieses und kein anderes Schiff der französischen Flotte zu besteigen? Am Hafen von Livorno habe ich viele gesehen! Wollten sie uns in die Luft jagen?«

Ich hatte keine Zeit, dir zu antworten.

»Wartet, das Beste kommt erst noch!« Caspar Schoppe hatte noch schlimmere Nachrichten. »Wisst ihr, was es bedeutet, auf einem Brandschiff zu sein? Da das Schiff dafür ausgerüstet ist, zu explodieren, sind Waffen und Miliz an Bord auf das Unverzichtbare beschränkt.«

»Genau! Es wollte mir doch gleich so erscheinen, dass nur wenige Matrosen an Bord sind«, sagte Malagigi. »Und sogar die Ruderbänke sind nur halb besetzt.«

»Aber sind diese Brandschiffe nicht ziemlich wertlos? Ich hörte, dass die Venezianer im Krieg um Candia gegen die Türken mit diesen Dingern nicht viel ausrichten konnten«, warf Naudé ein.

»Richtig«, erwiderte Schoppe, »aber das lag daran, dass die Türken eine List gebrauchten. Sie hatten den Ankerplatz, wo die Venezianer sie angriffen, mit großen Holzplatten umgeben, die mit Eisenketten befestigt waren. Die Brandschiffe waren blockiert, sie verbrannten, ohne sich den türkischen Schiffen nähern zu können.«

In diesem Augenblick ertönten, kurz nacheinander, zwei weitere Kanonenschüsse. Dann ein dritter, und man hörte ein Knirschen von Holz, während der Kielraum erzitterte und sich unter den Matrosen draußen über unseren Köpfen ein lautes Geschrei erhob. Noch greller ertönten in der Ferne die Schreie des Antreibers, des Kapitäns, des Mannschaftsaufsehers und des Steuermanns. Es war nicht klar, was dort vor sich ging – hatten die Barbaresken uns etwa schon geentert?

»Sie müssen uns getroffen haben«, jammerte Malagigi, »wir gehen besser an Deck.«

»Bist du verrückt? Draußen fliegen die Kanonenkugeln!«, erwiderte Barbello, der in diesen Momenten eine weit größere Geistesgegenwart bewies als du.

Erneut ließ eine, dieses Mal ohrenbetäubend laute und sehr nahe Deflagration alle Anwesenden erzittern. Zwei weitere folgten. Dies war die, allerdings späte, Antwort unserer Kanonen. Das Schiff änderte rasch den Kurs, indem es einen Halbkreis beschrieb. Wahrscheinlich versuchte unsere Galeere ihre Verfolger abzuschütteln, indem sie eine sehr enge Kurve fuhr, das einzige Manöver, bei dem runde Schiffe wie die Karacke der Piraten Schwierigkeiten haben.

»Nein, lasst uns hier raus!«, beharrte Malagigi. »Riecht ihr den Rauch nicht?«

Er hatte recht. Im Kielraum verbreitete sich der immer dichter werdende Qualm eines Brandes. Wie viel Zeit blieb noch, bis das Schießpulver auf dem Brandschiff Feuer fing?

Ohne weitere Diskussionen hasteten wir alle zu der Leiter, die bis an die Falltür im Deck reichte, dem Weg ins Freie. Ich erinnere mich, dass ich selbst den Exodus an die Oberfläche anführte. Erst zuletzt zögerte ich, als ich bemerkte, dass der Rauch über mir, in der Nähe der Falltür, nicht schwächer, sondern dichter wurde. Doch es war zu spät zum Umkehren. Als ich mich umdrehte, sah ich dein verängstigtes Gesicht und hinter dir, dicht aneinandergedrängt, all die anderen, die dich vorwärts schoben, um aus der Dunkelheit des Kielraums zu entkommen. Ich öffnete die Falltür und kletterte nach draußen.

Doch auf die abendliche Dunkelheit war ich nicht gefasst: Der kurze Dezembertag war bereits den nächtlichen Schatten gewichen, die im hellen Mondlicht länger wurden. Sie zitterten im Schein der unzähligen Fackeln in den Händen der Barbaresken, die sich siegesgewiss und drohend überall auf dem Schiff postierten.

Als meine Augen sich an das schwache Licht gewöhnt hatten, wurde mir klar, dass der Qualm nicht aus dem Kielraum kam. Das Schiff war bedeckt mit schwarzen Säulen aus beißendem Rauch, der sich in alle Richtungen ausbreitete. Sofort begannen meine Augen zu tränen, und die Kehle zog sich mir zusammen. Mir fiel ein, dass ich von dieser Strategie schon gehört hatte: Bevor sie entern, werfen die Barbaresken mit Lumpen und Teer gefüllte Brandflaschen auf das Deck des aufgebrachten Schiffes. Wenn diese Flaschen zerbrechen, verbreiten sie ringsumher einen dunklen, dichten Nebel, der blendet und Erstickungsanfälle hervorruft.

Eine weitere Brandflasche landete unweit von mir, um sofort ihre teuflische Essenz zu verströmen, und ich wandte mich um. »Atto!«, schrie ich gellend und packte dich an den Schultern, um dich in das

Verließ zurückzustoßen, aus dem wir soeben gekommen waren, und mit dir Rosina, von der du dich nicht trennen wolltest. Ich hörte Schreie von einem Ende des Schiffes zum anderen hin und her fliegen. Zwei Bereitwillige rannten an mir vorbei, ohne auf mich zu achten. Der Rücken einer der beiden Männer war blutüberströmt.

»Bleibt alle im Kielraum und macht die Falltür fest zu, sonst werdet ihr auch dort unten ersticken!«, rief ich, während zwei oder drei Kanonenschüsse meine letzten Silben übertönten.

Ich kauerte mich auf die Planken, dann kroch ich auf allen vieren, die Augen wegen des beißenden Rauches halb geschlossen, auf den Lärm zu, der sich zu meiner Rechten erhoben hatte. Ich warf einen Blick in den Ruderraum: keiner ruderte mehr. Die meisten Bänke waren leer, auf einigen lagen leblose Körper oder blutende Ruderer. Zwei oder drei hielten einen Kameraden fest und versetzten ihm Fausthiebe in den Bauch, nein, mit Entsetzen gewahrte ich, dass sie ihm mit einem Messer die Eingeweide herausschnitten.

Ich presste mich auf die Planken, um nicht gesehen zu werden. Vom Antreiber keine Spur. Wo waren der Kapitän und der Mannschaftsaufseher? Und die Matrosen? Mittlerweile umhüllte der dichte Rauch alles, und vom anderen Ende des Schiffs ertönten hinter dem schwarzen Vorhang aus Rauch zwar noch Schreie, doch es waren keine geordneten Befehle mehr, nur noch Kampfgebrüll.

Mir kamen Erzählungen über die Seeschlachten zwischen den Franzosen und den Spaniern im Meer der Toskana vor einigen Monaten in den Sinn. Eine Kanonenkugel hatte den blutjungen Admiral Maillé-Brezé in zwei Teile gerissen und sein kurzes, ruhmvolles Leben beendet. Wenn man bedachte, dass ich noch vor wenigen Stunden einen der Matrosen mit seinem Kameraden ein Lied hatte singen hören:

Si tu demandes des heraus
Qui nous deslivrent de nos maux,
Les Brezay et les Meillerayes
Sont les medecins de nos playes.

Fragst du nach den Heroen,
Unsren Rettern, wenn Gefahren drohen,
Brezay und Meillerayes sind die Namen
Der Ärzte für Wunden an unsren Gestaden.

Ich schloss einen Augenblick lang die schmerzenden Augen und plötzlich begriff ich, was sich ereignet hatte: ein Teil der Mannschaft, nämlich die türkischen Sklaven, hatte bei der Ankunft der Korsaren gemeutert oder einfach zu rudern aufgehört, um ihren Religionsbrüdern das Entern zu erleichtern und von ihnen befreit zu werden. Und da verstand ich auch, was der alte Seemann gemeint hatte, als er sagte, es sei besser, so wenig Türken wie möglich an Bord zu haben.

In diesem Augenblick ging eine gewaltige Erschütterung durch das ganze Schiff und gleich darauf hörte man ein ungeheuer lautes Krachen wie von tausend Bäumen, die der Sturm gleichzeitig entwurzelt und umstürzen lässt. Ich versuchte mich an einem Tau festzuhalten, das um den Mast geschlungen war, doch der Stoß war zu heftig gewesen. Ich fiel zur Seite und stürzte vom Deck in den Ruderraum. Das Freibeuterschiff hatte uns gerammt.

Wir waren in der Minderheit, gewiss, aber warum hörte man keinen einzigen Schuss? Warum verteidigte uns niemand? Wo hatten die französischen Matrosen sich versteckt? Die Antwort war einfach: In Anbetracht der aussichtslosen Lage hielten alle es für klüger, sich kampflos zu ergeben und darauf zu hoffen, dass man ihnen eine grausame Behandlung ersparen würde.

Nach dem Sturz in den Ruderraum erhob ich mich sogleich, und mir schien, als seien meine Knochen sämtlich heil geblieben. Als ich mich unter die Ruderbänke duckte, hörte ich erneut Schreie. Dann folgte eine Reihe lauter Knalle an Steuerbord: eiserne Enterhaken bohrten sich fest in die Flanke des Schiffes. Der Rückstoß unserer Galeere nach dem Aufprall des Rammsporns ließ das Schiff ächzen, es klang, als bereiteten ihm die in sein Holz gebohrten Haken körperliche Schmerzen. Wir waren geentert worden.

DISKURS XII

Darin man verschiedenerlei nützliche Dinge über die Korsaren der Barbareskenreiche erfährt, außerdem über ihre Methode, Schiffe zu entern und über die Lingua franca.

Ein Hagel kleinerer Stöße an Steuerbord, wo wir gerammt worden waren, zeigte, dass nun hölzerne Bretter von einem Schiff zum anderen gelegt wurden, damit die Piraten zu uns gelangen konnten. Es folgte ein Trommelfeuer aus Büchsenschüssen, und schließlich ließen das Siegesgeheul und Getrampel von zwanzig oder dreißig Männern die Decksplanken erzittern.

Unwillkürlich fielen mir die Beschreibungen ein, die seit jeher über die beliebtesten Foltermethoden der Barbaresken im Umlauf sind: massenhaftes Erhängen an den Schiffsmasten; glühende Metallspitzen, in Brust oder Rücken gebohrt; die Kreuzigung, in Kombination mit dem Pfählen; die Haare der Gefangenen werden in Brand gesetzt; Geiseln werden in Kanonenläufe gezwängt und zerfetzen bei der Detonation in einer Wolke aus Blut und Eingeweiden.

Innerhalb weniger Augenblicke waren die Angreifer näher gekommen, doch noch befanden sie sich weit über mir, da ich im Ruderraum unter einer Bank kauerte. Sie trugen die üblichen Turbane und weiße, weite Pluderhosen, oberhalb der Füße zusammengebunden, ein Hemd ohne Knöpfe mit zwei Schößen und einen Ledergürtel. Diesen Aufzug konnte man auch im Hafen von Livorno bei ihren Kameraden sehen, die Sklaven geworden waren. Natürlich trugen diese keine Schwerter, welche die gefangenen Barbaresken nicht mehr tragen durften, unsere Invasoren aber jetzt durch die Luft schwenkten, als sie sich des Schiffes bemächtigten.

Unterdessen lichtete sich der Rauch aus den Brandflaschen ein wenig, und vor meinen Augen tauchten die mächtigen Segel des Piratenschiffs auf. Der Rammsporn hatte sich dreist über den Rumpf unserer Galeere gelegt, als kümmerte es ihn nicht, dass ihr armer Leib bereits mit Enterhaken gespickt war. Wie viel größer und imposanter als unsere Galeere war dieses Schiff mit seinem hohen Bug, den endlosen Reihen von Kanonen zu beiden Seiten und drei hohen Masten!

Einer der ersten Korsaren an Bord unseres Schiffes, gedrungen und von kleinerer Statur als die anderen, schien Befehle zu geben und seine Männer auf der rechten und linken Seite zu verteilen. Als er, mit den Armen fuchtelnd, in meine Nähe kam, konnte ich ihn genau betrachten. Er war nach Art der Korsaren gekleidet, das Hemd bequem über der Hose hängend, und mochte etwa sechzig Jahre alt sein. Seine Haare steckten unter dem Turban, doch auf seinem Kinn spross ein auffälliger roter Bart. In der Linken hielt er einen Krummsäbel, dessen Griff vielfarbig funkelnde, fast blendend helle Reflexe aussandte: Es musste einer jener mit kostbaren Edelsteinen besetzten Säbel sein, nach denen die osmanischen Korsaren verrückt sind. Es heißt, sie seien imstande ihr ganzes Leben lang in einem Raum ohne Bett und Möbel zu wohnen, wenn ihnen nur der edelsteingeschmückte Säbel nicht fehlt. Der Korsar hatte eine helle Haut, doch war sein Gesicht sonnenverbrannt und von tiefen Falten gefurcht. Der harte Blick der hellen, fast veilchenblauen Augen zeugte von zahlreichen Grausamkeiten, die er seinen Opfern zugefügt und auch selbst erlitten hatte.

Meinen Ekel vor dem üblen Gestank der Brandflaschen überwindend, der Augen, Nase und Kehle reizte, gegen den die Angreifer jedoch unempfindlich schienen, spitzte ich die Ohren, um ein paar Brocken seines Geschreis zu erhaschen:

»Faire vite! Mehmet, wo andar? Mustafa, kusch te!«

Schneidend und rau war seine Stimme, wer weiß, welche Strapazen der Seefahrt sie verwüstet hatten. Er gab Befehle in der Lingua franca, die ich schon bei unseren Matrosen gehört hatte und die auch in den Barbareskenreichen gebräuchlich war. Es musste der Rais sein, der Anführer des Piratenschiffs. Er hatte sich jetzt zum Achterkastell begeben. Von meinem Versteck aus konnte ich ihn nicht mehr sehen, doch mich erreichten Worte und Geräusche. Er klopfte an die Eingangstür.

»Chi dort? Venir aus dem Haus!«

Die Korsaren ringsumher lachten aus vollem Halse. Doch der Anführer knurrte etwas, alle verstummten, und man hörte einen Büchsenschuss. Dann wieder Gelächter und Gelärm, das Geräusch einer zerbrechenden Bretterwand, Stimmengewirr, jemand, der Französisch sprach.

Auch vom anderen Ende des Schiffes ertönten ein paar Schüsse aus Feuerwaffen, während der Rais seinen Männern, die am Heck standen, Befehle gab:

»Mustafa, du descend, et tout de suite zurück! Franzos bereit per prisonnier.«

Ein Jubelgeschrei der Marodeure bestätigte meinen ersten Eindruck: Die französische Mannschaft, an Zahl den Piraten dramatisch unterlegen, hatte sich kampflos ergeben. Offiziere und Matrosen, die sich im Kastell am Heck verschanzt hatten, waren mit erhobenen Händen herausgekommen, als die Korsaren das Türschloss aufgebrochen hatten.

Die Franzosen taten gut daran. Wie ich geahnt hatte, hatten die türkischen und arabischen Galeerensklaven auf unserem Schiff schon gemeutert, bevor es geentert wurde, und sich natürlich sofort auf die Seite unserer Eroberer geschlagen. Wahrscheinlich hatten sie zunächst nicht mehr mit voller Kraft gerudert, als unsere Galeere den Barbaresken zu entkommen versuchte.

Zwischen Siegern und Besiegten entstand ein hitziger Wortwechsel. Danach hörte ich, wie die französischen Offiziere ihrer ganzen Mannschaft mit lauter Stimme befahlen, keinen Widerstand zu leisten und sämtliche Waffen auszuhändigen. Undeutlich meinte ich auch zu verstehen, dass jemand den Barbaresken das Versteck der Passagiere im Kielraum verraten hatte. Sicherlich war sofort jemand hingelaufen, um zu überprüfen, ob es unter ihnen kostbare Beutestücke gab (Künstler, Gelehrte, Leute der oberen Stände), die zu einem guten Preis verkauft oder gegen eine hohe Summe Lösegeldes freigelassen werden konnten.

Nunmehr lag unser aller Leben in den Händen des Anführers der Korsaren. Was war das für ein Mensch? Erbarmungslos, impulsiv und blutrünstig wie so viele der Barbaresken? Oder war er vernünftiger und imstande, den erzielten Vorteil mit Überlegung zu nutzen?

Bebend vor Angst, dachte ich an dein Schicksal, mein Atto, das in diesem Augenblick in Gottes Hand lag. Die Sozzifanti, deine Herren, hatten dich mir anvertraut, und sie waren beide Cavalieri des ruhmreichen Ordens Santo Stefano, der auf See die Ungläubigen und die Piraten bekämpft. In Pistoia hatte ich im Haus der Sozzifanti dutzende Berichte über die ruchlosen Taten der Barbaresken gehört und wunderte mich darum nicht über das grobe Gebaren des Anführers unserer neuen Herren, der jetzt wieder dicht an mir vorbei über die Stelling lief, gefolgt von seinen Männern. Einer seiner Getreuen, ein junger Lockenkopf, flüsterte ihm etwas ins Ohr, was sein Herr gleich darauf wiederholte, wie um es sich gut einzuprägen. Es war die Liste der Passagiere:

»Drei Franzosen, ein Deutscher. Sehr gut«, wiederholte der Korsar zufrieden. Nachdem er auf den Boden gespuckt hatte, knurrte der Anführer einen letzten Kommentar zum Abschluss der Liste, die ihm der Lockenkopf vorgetragen:

»Zwei Toskaner, ein Venezianer, ein Römer. Scheißpack.«

Die Aussprache ließ keinen Zweifel zu: Das Oberhaupt der Korsaren war ein Italiener.

DISKURS XIII

Darin die Redegabe der Korsaren offenbar wird und man einem Willkommensritual beiwohnt.

Eilig wurden wir alle in den Kielraum gebracht, wo wir bis zum Tagesanbruch eine kurze Ruhe halten sollten. In wechselnden Schichten wurden wir von den Korsaren bewacht, die uns unter Androhung von Strafen zwangen, Mund und Augen geschlossen zu halten. So fielen wir alle wohl oder übel in einen dumpfen, von Angstträumen erfüllten Schlaf.

Im Morgengrauen mussten wir uns alle auf dem Deck versammeln, und man teilte uns in Gruppen auf. Wir Passagiere wurden von den Barbaresken mit ebenso faszinierten wie habgierigen Blicken angestarrt, als wären wir seltene Tiere im Käfig. Die Behandlung war nicht übermäßig grob, wir wurden zwar hierhin und dorthin gestoßen, aber nicht geschlagen. Rosina dagegen wurde mit allem Respekt behandelt, und bald sollten wir verstehen, warum. Nur Guyetus erging es schlecht: Er hatte es gewagt, einen der Korsaren mit einem allzu stolzen und finsteren Blick anzustarren, und wurde von diesem und einem seiner Kameraden bestraft, indem sie ihm mehrere Eimer Meerwasser über den Kopf schütteten, die ihn vom Scheitel bis zu den Füßen durchnässten.

Ich bemerkte, dass einige unserer Matrosen und Ruderer fehlten, sie waren wahrscheinlich tot oder verletzt. Die französischen Offiziere konnte man leider nicht fragen, sie wurden eilig gefesselt und auf die feindliche Karacke gebracht, sodass auf unserer Galeere niemand blieb, der in der Lage war, ein Schiff zu lenken.

Derweil waren endlich die restlichen stinkenden Rauchflaschen ins Wasser geworfen worden, und die Luft war wieder erträglich. Einige der Barbaresken begannen, Taue auszuwerfen und zu verknoten, damit unser Schiff von dem Segler der Korsaren abgeschleppt werden konnte. Unsere Segel waren gestrichen, die Ruder eingeholt worden. Von vier oder fünf Barbaresken bedroht, die die Läufe ihrer Flinten auf sie richteten, wurden die Bereitwilligen zu ihrem Entsetzen anstelle der Galeerensklaven an die Bänke gefesselt, dafür benutzten die Korsaren neue Ketten, die sie mitgebracht hatten.

Die Galeerensklaven dagegen, nach Jahren endlich von ihren Ketten befreit, hatten angefangen vor Freude zu grölen, zu tanzen und Tränen zu lachen. Andere hatten sich beeilt, dem Antreiber, dem Mannschaftsaufseher und den Offizieren ins Gesicht zu spucken, bevor diese, die Hände auf dem Rücken gefesselt, auf das Piratenschiff verbracht wurden. Doch die Barbaresken schickten die Sklaven mit Tritten und Warnungen, sich ja nicht zu viele Freiheiten herauszunehmen, an ihren Platz zurück. Ein gutes Zeichen: vielleicht waren wir doch nicht jenen blutdürstigen Schlächtern in die Hände gefallen, denen so viele andere christliche Schiffsbesatzungen nicht hatten entrinnen können.

Wir Passagiere wurden auf engstem Raum zusammengepfercht und gezwungen, stehenzubleiben, um einem Schauspiel beizuwohnen, von dem wir uns noch keine Vorstellung machen konnten. Du wechseltest einen ängstlichen Blick mit mir.

Dann kletterte einer der Korsaren auf einen Wink seines Anführers über die Wanten am Mast empor und hub, sobald er oben war und sicher stand, mit lauter Stimme zu einer kleinen Rede an, die er mit ausladenden Gesten begleitete:

»Ihr alle, jedwelcher Nation, Levantiner, Ponentiner, Franzos, Espanioler, Portugies, Griechen, Napolitaner, Toskaner, Teutsche, Italiener, Hebräer, Türken, Mauren, Armenier, Perser, Moskowiter, Dänen, Schweden, Flaminger und andre, seid gegrüßet! Wir sein Barbaresken von Tunesien und kämpfen, um nehmen Piaster von Christen.«

»Er hat gesagt, sie sind Barbaresken aus Tunesien und kämpfen, um den Christen Geld zu stehlen«, flüsterte ich dir zu, während du die Rede schreckensstarr verfolgtest, wie jemand, der sein Leben plötzlich an einem seidenen Faden hängen sieht.

Hinter uns betrachtete Schoppe die Korsaren mit jener Verachtung für die mediterranen Völker, die nur ein Deutscher sich inmitten von Gefahren zu bewahren vermag. Er brummte etwas vor sich hin, als würde er einem imaginären Landsmann das erbärmliche Schauspiel dieser Handvoll Korsaren und ihrer zerlumpten Sprache beschreiben. »*Die so genente Frankensprache, welche aus der Französischen, Wälschen, Spanischen und am allermeisten aus der Italiänischen zusammen gefüget gebreuchlich ...*«, krächzte er sarkastisch mit leiser Stimme, aber fast unbekümmert um die Gefahr, in der er schwebte. Dann knurrte er halblaut auf Deutsch: »Hunde.«

»Was bedeutet das?«, fragte Pasqualini.

Gabriel Naudé, dessen Gelehrsamkeit es auch an ein wenig Deutsch nicht mangelte, übersetzte das Schimpfwort. »Und er sagt, sie sprechen die Lingua franca, nämlich Italienisch mit ein paar Brocken Französisch und Spanisch.«

Der Korsar fuhr mit seiner Ansprache fort: »Si voi esser buoni, mi haver plaisir euch cognoscir und tutti portar a Tunis in grandi et belli Bade von Süleyman, vom Pascha, von Ali Mami, von Sidi Mamet, von Mourad Bey, die zwey von Dey Yousouf, das von la Patrona et das tout neu von Cigala.«

»Was hat er gesagt?«, frage Hardouin, dem die Augen vor Bangen aus den Höhlen traten.

»Wenn ich recht verstanden habe, macht er Witze«, antwortete Malagigi, dessen Augen vom Rauch der Brandflaschen noch immer gerötet und geschwollen waren. »Er sagt, wenn wir uns anständig benehmen, freut er sich, unsere Bekanntschaft zu machen, und er wird uns in die Bäder von Tunis bringen, wo Sklaven verkauft werden.«

Der Redner machte eine kurze Pause. Dann schloss er mit ernster Miene und feierlicher Stimme:

»Dieu grande, non haver Fanatasie! Mundo così. Si estar scripto in testa andar, bon: andar. Si no, murir qui.«

Darauf kletterte der Korsar wieder zu uns hinunter, die letzten Meter mit einem gewandten Sprung nehmend. Seine Kameraden stießen ein dreifaches Triumphgeheul aus und verteilten sich in alle Richtungen, die einen zur Bewachung der Gefangenen, die anderen zur Plünderung der Vorräte im Schiff. In unserem kleinen, verängstigten Grüppchen, das zwei mit Säbel und Arkebuse bewaffnete Korsaren nicht aus den Augen ließen, standen wir beide noch immer nebeneinander.

»Was hat er zum Schluss gesagt?«, fragtest du.

»Er hat gesagt, dass Gott groß ist, und dass wir nicht auf dumme Ideen kommen sollen, leider ist die Welt so und basta. Wenn wir unbedingt wollen, können wir versuchen, von hier wegzukommen, aber wenn es uns misslingt, werden sie uns töten.«

»Mitten auf dem Meer von einem Schiff fliehen, was für ein freundlicher Vorschlag«, bemerkte Schoppe.

»Wahre Ehrenmänner, diese Barbaresken«, ergänzte Barbello.

Zwei Korsaren gesellten sich zu denen, die uns bereits bewachten und begannen sofort, unsere Hände zu inspizieren. Sie wollten sehen, ob sie schwielig waren wie bei einfachen Leuten oder einen wohlhabenden Reisenden verrieten, für den man ein schönes Lösegeld fordern kann. Während sie dich und Malagigi kontrollierten, warfen sie sich hämische Blicke zu, doch du verstelltest dich würdevoll und tatest, als würdest du nicht verstehen. Auch unsere Zähne wurden kontrolliert, um zu sehen, ob sie den harten Schiffszwieback brechen konnten. Beim Anblick von Schoppe und Guyetus gerieten die beiden ins Grübeln, da ihr Alter sie für einen Verkauf auf dem Sklavenmarkt wenig geeignet machte. Hinzu kam, dass der tropfnasse Guyetus das klägliche Aussehen einer gerupften, alten Möwe bot.

Sodann wurden wir von Kopf bis Fuß durchsucht, weil sie Geld oder Wertgegenstände zu finden hofften, was eine unerfreuliche, zum Glück oberhalb der Kleidung durchgeführte Inspektion der unteren Körperteile einschloss. Wir mussten sie erdulden, ohne aufzubegehren, während sie euch Kastraten ein böses Gelächter und ungehörige Bemerkungen entlockte. Bei Barbello wurde der Sack aus Wachstuch gefunden, den er unter seiner Kleidung auf Höhe des Bauches versteckt hatte. »Das sind Kleidungsstücke. Aus Leder«, erklärte der venezianische Kastrat vor Angst zitternd, während die beiden Barbaresken rasch den Inhalt betasteten.

Wie auch du, mein lieber Atto, dich erinnern wirst, hatten fast alle Passagiere bereits dafür gesorgt, sich sämtlicher Wertsachen, die sie am Körper trugen, zu entledigen. Ich hatte Papiere, die für uns höchst wichtig waren (Wechselbriefe, eigenhändig verfasste Empfehlungsschreiben des Großherzogs für den Pariser Hof, einen Zahlenkode für den Schriftverkehr mit dem Secretarius des Großherzogs) in einem Säckchen verstaut und dieses unter einer Bohle im hintersten Winkel des Kielraums versteckt, in der Hoffnung, es früher oder später wieder hervorholen zu können. Freilich hatte ich auch dafür gesorgt, mir und dir eine nicht unbeträchtliche Summe Geldes am Körper zu lassen, damit die Korsaren sie fanden und sich nicht verschaukelt fühlten, was dazu geführt hätte, dass sie weiter nach wertvollen Dingen suchen würden. Tatsächlich geschah es wie vorhergesehen: Die beiden entdeckten und beschlagnahmten unser Geld mit einem zufriedenen Grunzen. Guyetus und Hardouin, die nicht so vorausschauend gewesen waren, wurden sehr ungalant behandelt. Die beiden Korsaren zwangen sie mit Schlägen, das Versteck ihrer gesamten Habe preiszugeben (eine Kiste, die in einer Ecke im Kielraum geblieben war). Auch sie hatten wenig Bargeld, und auch ihre Wechselbriefe waren Namenspapiere und daher für die Korsaren praktisch unbrauchbar. Auf Naudés Gutenbergbibel warfen sie nur einen angewiderten Blick: Diesen Seeleuten fehlte natürlich jedes Verständnis dafür, wie man so sperrige Gegenstände aus beschriebenem Papier mit sich führen konnte. Rosina wurde nicht angerührt. Zuletzt erhielten wir den Befehl, uns allesamt auf die Decksplanken zu setzen.

Schon malte ein jeder von uns sich sein elendes Schicksal aus: Wir würden unser Leben entweder in der Ödnis der Berberei oder in Konstantinopel beschließen, in abgelegenen Landstrichen Vieh hüten und uns von einer Handvoll fadem Reis und Trockenobst ernähren müssen, oder zu Tode erschöpft und grausam gepeitscht ans Ruder einer osmanischen Galeere gekettet sein, wo man ständig Hunger hat, aber nur verschimmelten, feuchten Zwieback und Wasser aus fauligen Fässern bekommt und wo man unter dem Ungeziefer, dem Gestank und dem Dreck auf dem Schiff leidet. Andere würden als Sklaven eines Mannes enden, der vom Dattelwein ständig betrunken ist und sie, wenn sie nach einem harten Arbeitstag heimkehren und nicht genug Geld nach Hause bringen, mit Tritten und Hieben massakriert, ja, sofort hinrichten lässt, wenn sie aufbegehren. Man konnte auch in irgendeinem Steinbruch in der Wüste Steine klopfen, eine sechs oder sieben Cantari schwere Kette um den Hals, und nachts unter der Erde schlafen, in den berüchtigten Mattamore, entsetzlichen Grotten, wo man wie die Würmer lebt und einem des Nachts die Luft fehlt, und die Schwächsten, wenn sie am Morgen endlich nach oben steigen, um die frische Brise zu atmen, tot umfallen. Oder man würde uns, wenn wir uns nicht beeilten, bei unseren Landsleuten auf ein Lösegeld zu dringen, mit den berüchtigten Gerten aus Olivenholz, die so hart sind wie Eisenstäbe, fünfhundert Schläge auf die Fußsohlen verpassen. Manche würden in den grausigen Zellen der Sklavenbäder von Tunesien verfaulen, halbtot vor Hunger und vom Fieber, nur dank des heimlichen Erbarmens eines mitleidigen Unbekannten am Leben gehalten, während die Kerkermeister den Gefangenen wegen jeder Kleinigkeit die Nase oder ein Ohr mit dem Schwert abschlagen.

In weniger als einer halben Stunde hatten alle Männer der französischen Besatzung und unsere Ruderer die Galeere verlassen und befanden sich jetzt auf dem Piratenschiff. Auch Rosina war dorthin gebracht worden, zu Attos Missvergnügen und zum Vergnügen des Rais. Noch einmal dankte ich Gott, dass Margherita Costa, die Schwester der Checca sich nicht mit uns an Bord befand und den Korsaren somit nicht in die Hände gefallen war. Offiziere, Bereitwillige und Matrosen saßen sicherlich schon in irgendeinem Hohlraum der Karacke der Barbaresken, während die zu den Korsaren übergelaufenen Sklaven ihre wiedergewonnene Freiheit genossen. Bevor die Bereitwilligen in Ketten gelegt wurden, hatten unsere neuen Herren wahrscheinlich überprüft, ob sich unter ihnen Engländer, Franzosen oder Flamen befanden, die zu schwach und zart sind, um zu rudern.

Unterdessen legten einige unserer Peiniger, die offenbar in Gruppen organisiert waren, Bretter zwischen die beiden Schiffe, damit der Seegang ihre Kiele nicht zusammenstoßen ließ.

Natürlich stellten wir alle uns heimlich eine Frage: Hatten die Korsaren begriffen, dass sie ein Brandschiff erobert hatten? In den Blicken von Naudé, Schoppe, Hardouin und Guyetus las ich Wut und Angst. Gekapert, ausgeraubt und zum Teil misshandelt, sahen sie schon monate- oder jahrelange Gefangenschaft in Tunesien für sich voraus, bis jemand ein Lösegeld für sie bezahlte oder einen Austausch von Gefangenen anbot oder der Tod durch Auszehrung sie erlöste.

Plötzlich erhob sich aus den Reihen der Korsaren abermals jubelndes Geschrei: ein schnaubender, nach allen Seiten ausschlagender Hammel wurde von einer Gruppe Korsaren über eines der Bretter zwischen den Schiffen an Bord unserer Galeere getrieben.

Einer unserer Wächter zielte mit dem Säbel auf uns und gebot uns herrisch, aufzustehen und die nun folgende Szene aufmerksam zu beobachten. Das Tier, von einigen Korsaren bewegungsunfähig gemacht, stieß ein wütendes und zugleich panisches Geheul aus, das einem das Blut in den Adern gefrieren ließ. Nun trat ein anderer Berserker heran, der einen Dolch zog und ihn blitzschnell in der Kehle des Tiers versenkte. Der Hammel wehrte sich mit einem starken Zucken des ganzen Körpers, doch die Klinge des Schlächters erstickte seinen Todesschrei. Einer von denen, die das Tier festhielten, ließ sich von seinem Kameraden eine Schüssel geben, hielt sie unter die soeben vom Messer zerrissene Gurgel und hob die Schüssel dann mit bluttriefenden Händen triumphierend in die Höhe.

Das Korsarenpack brach in Jubelgeschrei aus, während ihr Kamerad mit der Schüssel langsam zum Heck schritt, wo er den Fetisch zum letzten Mal mit theatralischem Gebaren präsentierte und dann das dickflüssige rote Blut ins Meer goss.

Die anderen folgten ihm mit dem leblosen Körper des Hammels. Sie packten den Kadaver an seinen vier Beinen und schleuderten ihn mit einem gut abgestimmten Schwung ins Wasser, wo er unter lautem Geplätscher versank, wieder begleitet von dutzenden heiserer, unflätiger Schreie. Darauf befahl unser Wächter uns mit Gesten, uns wieder hinzusetzen.

DISKURS XIV

Darin sich der Charakter der Gelehrten zeigt, wenn diese
als Gruppe auftreten.

»Das Blut des Hammels stellt das Blut der Christen dar, die sie bei den nächsten Kämpfen abschlachten werden«, erklärte Guyetus. »So habe ich es im Buch des Pater Dan über die Barbareskenreiche gelesen.«

»Die Christenheit zu unterwerfen und auszurotten ist für die Mohammedaner ein politisches und ein religiöses Gesetz«, fügte Hardouin hinzu.

»Diese hier sind Korsaren aus dem Reich Tunesien, das zusammen mit Algerien und Tripolis eines der drei afrikanischen Vizekönigreiche des Sultans von Konstantinopel ist«, sagte Schoppe und schüttelte entmutigt den Kopf. »Wer weiß, wie viele Schiffe sie noch in dieser Gegend haben.«

»Das ist nicht gesagt«, warf Pasqualini ein. »Es ist Winter, das Meer ist bewegt, für Diebe wie sie ist das keine gute Jahreszeit. Sie werden versuchen, uns alsbald gegen Lösegeld loszuwerden, vor allem, wenn sie gute Kontakte im Hafen von Livorno haben. Wenn das allerdings nicht gleich klappt, werden sie uns nach Tunis bringen und als Sklaven verkaufen.«

Malagigis Prognose nahm allen die Lust am Fortgang der Diskussion. Der Erste, der wieder den Mund aufmachte, warst du, lieber Atto. Deine Frage zeigte deinen ganzen jugendlichen Ehrgeiz, niemals zu verzweifeln:

»Und wenn wir versuchen würden, uns selbst loszukaufen?«

»Wie soll das gehen?«, entgegnete Hardouin.

»Ich habe Wechselbriefe«, sagtest du flüsternd, zu Pasqualinis Ohr vorgebeugt. »Zum Glück haben sie die nicht bei mir gefunden. Ich könnte sie ihnen mit einer Vollmacht überlassen. Ihr anderen könntet Euer Bargeld dazutun.«

»Vergiss es, junger Atto«, flüsterte Malagigi freundlich. »Sie würden uns alles abknöpfen und trotzdem das Lösegeld für unsere Freilassung verlangen. Die Korsaren spielen kein sauberes Spiel.«

»Der Junge hat versucht, sich etwas einfallen zu lassen«, verteidigte dich Naudé liebenswürdig.

»Leider respektieren die Barbareskenreiche das *jus gentium* nicht, junger Atto«, bemerkte Schoppe, während er vorsichtig um sich blickte, um sicherzugehen, dass unsere Wächter ihn nicht hören konnten. »Das Völkerrecht, an das alle europäischen Staaten gebunden sind. Es ist vorgekommen, dass Händler sich gegen Bezahlung auf ihre Segler eingeschifft hatten, um von Tripolis nach Alexandria zu gelangen, aber während der Fahrt hat der Kapitän der Barbaresken seine Meinung geändert, ist in Neapel gelandet und hat sie alle mitsamt ihren Waren als Sklaven verkauft. Wenn wir Christen dagegen ein Korsarenschiff kapern, untersuchen wir die Ladung, bevor wir sie verkaufen, um festzustellen, ob sie aus einer Plünderung stammt, und in dem Fall erstatten wir die Waren denjenigen zurück, die von den Korsaren beraubt wurden, seien es nun Christen oder Juden.«

»Was tun wir also?«, war deine Gegenfrage.

»Wir warten ab und sehen, was passiert. Ich habe gehört, dass die Tunesier nicht die Schlimmsten sind«, log ich, um der Gruppe Mut zu machen. »Die gierigsten sind die Algerier.«

»Wenn ihr gestattet«, widersprach mir Guyetus, »dann muss ich euch in der Frage der Gier korrigieren. Sowohl der Pascha von Tunis als der von Algier nehmen auf jedem gekaperten Schiff nur den zehnten Teil der Ladung.«

»Unsinn. Der Signor Secretarius hat recht«, unterbrach ihn Schoppe brüsk. »Pater Dan, den Ihr, Guyetus, gelesen zu haben behauptet, sagt klipp und klar, dass der Pascha von Algier zwölf Teile von hundert, die Paschas von Tunis und Tripolis hingegen nur zehn nehmen.«

»Ihr berücksichtigt beide nicht, dass die Hälfte des Zehntels auf jeden Fall an den Kapitän und den Besitzer des Schiffes gehen«, gab Naudé mit pedantischem Unterton zu bedenken.

»Und Ihr, Gabriel, vergesst, dass überdies die Belohnung für den

Korsar, der das christliche Schiff als Erster gesehen hat, abgezogen werden muss«, schloss Schoppe selbstgefällig und leicht verärgert.

Die Diskussion, die in Anbetracht unserer Lage alles andere als dringend erforderlich war, zeigte mir zum ersten Mal unverhüllt die streitsüchtige, zänkische Natur dieser Gelehrten: Für sie war es das Wichtigste, die Aussagen des Gegners, wenn er auf gleicher Stufe stand, immer und auf jeden Fall erbarmungslos zu bestreiten. Dein naiver Vorschlag, sich selbst loszukaufen, der sich als verheerend hätte erweisen können, war gutmütig aufgenommen worden. Guyetus harmlose Bemerkung über die Gier der Korsaren dagegen hatte eine bissige Diskussion entfacht. Just in diesem Moment kündigten unsere Wächter den Besuch des Mannes an, der unser Schicksal nunmehr in der Hand hatte: der Rais, Herr über das Korsarenschiff und der gesamten Beute, die es machte. Sofort suchte ich dein blasses Gesicht, dessen Züge vor Angst ob unserer verzweifelten Lage verzerrt waren. Doch dein Blick war wachsam und suchte den meinen. Du zogst sogar am Ärmel meiner Jacke, um meine Aufmerksamkeit auf die im Wind flatternde Fahne des feindlichen Schiffes zu lenken, die wir nun in wenigen Metern Entfernung direkt vor Augen hatten, da die beiden Schiffe durch die hölzernen Stege verbunden waren.

Unter den drei Halbmonden, die den oberen Teil des Piratenbanners füllten, prangte eine in großen Buchstaben aus Brokat aufgenähte, gut lesbare Inschrift:

DIE CHRISTLICHE RELIGION IST FALSCH

Ich hob den Kopf, um den blasphemischen Satz zu lesen, und die anderen taten es mir sofort nach. Kaum hatte Malagigi die Inschrift entziffert, konnte er eine Regung des Entsetzens nicht verbergen:

»Oh nein, das ist doch nicht möglich ...«

Naudé und Guyetus fragten ihn besorgt, welche schlechte Nachricht er dem Banner der Korsaren entnommen habe. Unsere beiden Wächter hatten die Aufregung, die in unserem Grüppchen entstanden war, inzwischen bemerkt, und tauschten ein zufriedenes Lächeln über die Panik aus, in die uns ihre Fahne versetzte.

Endlich fasste Malagigi all seine Angst in einem Namen zusammen, den er wie einen schweren Stein zwischen uns fallen ließ:

»Ali Rais.«

DISKURS XV

Darin man die Bekanntschaft mit Ali Rais und seiner rauen Schale macht. Auf die Probe gestellt, erweist sich Schoppe als tollkühn, Malagigi als raffiniert und Barbello als Unglückswurm.

Der Name war allen mehr oder weniger bekannt, vor allem aber der grässliche Ruf eines Christenmeuchlers, der diesen Namen begleitete.

Ich hatte keine Zeit mehr, mich umzuwenden, schon kündigte sich der Herr über unsere Schicksale an, und seine grobe Stimme drang schmerzhaft an unsere Trommelfelle:

»Seid gegrüßt, verfluchte Nazarener.«

Keiner aus unserem Grüppchen hatte das Herz, den beleidigenden Gruß zu erwidern, der auf Italienisch an uns gerichtet wurde. Wir blieben reglos stehen und warteten auf den nächsten Zug. Ringsumher inspizierten kleine Gruppen von Barbaresken den oberen Teil des Schiffs, lustig ging es auf und ab vom Kielraum bis zur Kombüse, wobei sämtliche nützlichen Dinge fortgeschleppt wurden: Schiffszwieback, Wein, gepökeltes Fleisch, Kisten mit Käse, Takelage, Talg, Pech, Zündschnüren, Schießpulver, Kugeln und weitere, geringfügige Vorräte für den Krieg, den Magen und das Krankenlager, darunter Decken, Kleidung und Brennholzvorräte.

Stumm fragten du und ich einander mit Blicken, ob sie unser kleines Versteck mit den Dokumenten und Kreditbriefen entdecken würden, doch in diesem Moment konnten wir uns gegen die Plünderung ohnehin nicht wehren.

Ali Rais fuhr indessen fort: »Ach, ich vergaß, Ihr seid ja die Ehrenmänner, von denen mir der Kapitän der Franzosen erzählte. Ihr mögt verzeihen, wenn mir gelegentlich ein Wort zu viel entwischt, aber so bin ich – was ich im Herzen habe, kommt auch über meine Lippen.«

Er machte ein paar Schritte auf uns zu. Er war hellhäutig, ziemlich untersetzt und trug die weißen Türkenhosen. In seiner Begleitung waren der kleine Lockenkopf, den ich zuvor schon an seiner Seite gesehen hatte, und sein Statthalter, ein ebenfalls untersetzter, aber stämmiger Korsar mit langem, offenem Haar, dessen fuchsrote Farbe durch weiße Strähnen blasser erschien. Als die drei vor unserer Gruppe ankamen, standen wir alle auf, nicht aus Respekt, sondern aus Furcht. Der Anführer schätzte uns mit Blicken ab, wie er es mit einer Schafherde gemacht hätte. Dann begann er wieder in einem flüssigen Italienisch zu sprechen: »Gestattet, dass ich mich vorstelle. Ich bin Ali Rais, Kommandant des Schiffes, welches das Eure soeben gekapert und unter seine Gewalt genommen hat. Ihr wisst recht genau, was geschehen ist: Das Barbareskenreich Tunis, dem ich und meine Männer ewige Treue geschworen haben, erleidet seit unvordenklichen Zeiten eine Reihe unerhörter Schmähungen durch den König von Frankreich, den einstigen Herrn über dieses Schiff. Unsere Schiffe werden bedroht, unsere Handelsflotten geplündert, Abkommen und Waffenstillstände werden gebrochen. Der Orden der Cavalieri von Malta, der unsere friedlichsten Schiffe angreift und ausraubt, besteht fast nur aus Franzosen. Der Herrscher von Tunis kann so schwerwiegende Beleidigungen nicht ungestraft hinnehmen und hat mir einen Kaperbrief ausgestellt, der mich zum Kapern ermächtigt, also dazu, Schiffe feindlicher Mächte wenn nötig mit Gewalt in Besitz zu nehmen. Nachdem wir heute aus Vorsicht eine niederländische Fahne gehisst haben, konnten wir uns, kaum dass wir unsere eigene Fahne zeigten, von den bösen Absichten und dem Misstrauen Eures Kapitäns überzeugen: Wir wurden aus Kanonen beschossen und durch Eure Flucht beleidigt, mit der Ihr uns behandelt habt, als wären wir ein Transport von Pestkranken.«

Niemand von uns wagte es, auf diese schamlose Rede zu antworten oder gar ihren unerhörten Lügen zu widersprechen. Die Barbaresken waren Meister im Verdrehen der Tatsachen: Sie achteten stets darauf, dass die europäischen Staaten sich mit mindestens einem der drei Barbareskenreiche offiziell im Krieg befanden. Wenn Venedig Frieden mit Algier schloss, fand Tunis rasch einen Vorwand, um Venedig den Krieg zu erklären; wenn Spanien sich mit Tunis versöhnte, erklärte Tripolis flugs wegen irgendeines dummen Streits zwischen Kapitänen, dass seine Hoheitsrechte verletzt worden seien und begann, spanische Schiffe zu entern. Und sobald Frieden zwischen Frankreich und allen drei Reichen herrschte, verlegten diese sich auf das Kapern französischer Schiffe, weil der Orden der Cavalieri von Malta, der schon seit jeher im Mittelmeer Piraten und Korsaren bekämpfte, um den freien Handel und die Ehre der christlichen Religion zu schützen, zum guten Teil aus Franzosen bestand. Es war zwecklos, mit den Barbaresken zu diskutieren, sie waren und blieben Räuber. Zudem hatten sie nichts zu befürchten, war über sie alle doch mehr oder weniger großzügig der schützende Schirm des Sultans von Konstantinopel aufgespannt.

Nachdem er unsere Demütigung und unser Schweigen ausgekostet hatte, verkündete Ali Rais:

»Ehrenmännern wie Euch kann man nicht zumuten, mit uns Barbaresken zu reisen. Darum gestatte ich Euch, hier auf dieser Galeere der französischen Hunde zu bleiben, an deren Geruch Ihr ja mittlerweile gewöhnt seid.«

Die Korsaren, die sich derweil in einem Halbkreis hinter ihrem Anführer aufgestellt hatten, brachen in ein unbändiges Gelächter aus.

»Ruhe!«, befahl Ali und hieb mit dem Säbel ein Tau zu seiner Rechten durch, das zwischen dem Deck und der Spitze des Mastes gespannt war und nun unter großem Getöse eine hölzerne Rahe auf die Planken stürzen ließ. Die Konstruktion streifte wunderbarerweise lediglich den Kopf des Korsarenführers, ohne dass dieser sich auch nur eine Handbreit von der Stelle bewegt hätte. Das Bravourstück wurde von dem Piratengesindel mit einem Chor begeisterter Ausrufe und fettem Gelächter aufgenommen.

»Und jetzt stellt euch vor, verfluchte Nazarener!«, brüllte das Oberhaupt der Korsaren, ohne auf den Beifall seiner Leute zu achten.

Überrascht von dieser Aufforderung blickten wir uns zögernd an.

»Du!«, rief Ali, ließ den Säbel in der Luft kreisen und zielte dann mit der Spitze auf die Mitte unserer kleinen Schar. »Dein Name, woher du kommst und was du in Frankreich machen wirst.«

Armer Atto, unter allen hatte Ali Rais ausgerechnet dich, den Jüngsten, ausgesucht.

»Atto Melani aus Pistoia«, antwortetest du mit deinem feinen, aber festen Stimmchen.

Der Korsar beugte sich ein wenig zur linken Seite, um zu hören, was sein lockenköpfiger Gehilfe ihm ins Ohr flüsterte. Dann grinste er boshaft, womit er zu verstehen gab, dass er von deinem besonderen Zustand als eines Entmannten unterrichtet war. Offenbar hatten die Korsaren bereits erste Auskünfte bei den türkischen Galeerensklaven eingeholt, die unser Schiff gerudert hatten. Wertvolle Informationen, bei denen es vor allem um den Zweck der Reise eines jeden Passagiers ging, denn danach bemaß sich die Höhe des möglichen Lösegeldes. Ali Rais strahlte zufrieden: Kastraten, eine ausschließlich italienische Spezialität, die sogar von der französischen Marine nach Frankreich geleitet wurden, konnten von niemandem sonst als dem Regierenden Minister Kardinal Jules Mazarin persönlich zum Singen an den Hof gerufen worden sein. Das war jedem klar und allemal einem der gefürchtetsten Rais. Während Ali dich beglückt von Kopf bis Fuß musterte, wog er im Geiste vielleicht schon die Goldmünzen, die du ihm einbringen würdest.

Auf der Suche nach weiteren Kastraten ließ er seinen Blick über die Gruppe schweifen und richtete den Krummsäbel sodann auf Malagigi: »Marcantonio Pasqualini aus Rom«, stellte sich dein Maestro mit einer Verbeugung vor.

Ali wechselte ein paar gebrummte Bemerkungen mit seinem Lockenkopf. »Bist auch du, Pasqualini, einer dieser Invertierten, welche singen?«, fragte er mit einem Grinsen verächtlicher Belustigung.

»Jawohl, Signore«, antwortete Malagigi bezaubernd galant, »ich bin sogar Sänger der Sixtinischen Kapelle, wo ausschließlich invertierte Sänger aufgenommen werden, und da sie so herrlich singen, würde es mir gefallen, wenn Eure Exzellenz sie eines Tages hören könnten.«

Malagigis ausgesucht ehrerbietiger Ton verblüffte den Korsarenhäuptling so sehr, dass ihm eine nicht unwichtige Kleinigkeit entging. Wenn er die Sänger der Sixtinischen Kapelle hören wollte, hätte er sich in Rom befinden müssen, wo er nichts anderes als ein Gefangener des Papstes sein konnte, und genau diesen Wunsch hatte Pasqualini ausgedrückt und raffiniert in seiner Bemerkung versteckt.

Sein Statthalter mit der langen Mähne befreite Ali aus der misslichen Lage, indem er mit dem Säbel auf Barbello zeigte, der sich als Nächster vorstellen musste. Als der Rais erfuhr, dass auch Barbello außer dir und Malagigi engagiert war, am französischen Königshof zu singen, hellte sich seine Miene auf: Er hatte wirklich eine fette Beute gemacht.

Das war nicht immer so, im Gegenteil. Meistens versuchten die reichen Passagiere auf den von Barbaresken gekaperten Schiffen, Ringe und alles Wertvolle, was sie am Leib trugen, unbeobachtet ins Meer zu werfen, um sich als bescheidene Personen auszugeben und kein hohes Lösegeld für ihre Befreiung zahlen zu müssen. Ein kühner und gefährlicher Versuch, denn wenn die Korsaren das bemerkten, bestraften sie die Unglücklichen zur Abschreckung der anderen Gefangenen mit Peitschenhieben. In unserem Fall würden für die Kastraten gewiss nicht ihre Familien bezahlen, die meist nicht begütert waren, sondern ihre schwerreichen Mäzene, und am Schutz der Geldbörsen ihrer Ausbeuter war den Kastraten herzlich wenig gelegen. Riskant war das Spielchen dennoch, überlegte ich, während ich besorgt eure Mienen betrachtete, aus denen das Vertrauen auf die Unterstützung des Kardinals sprach. Mein Amt als Secretarius verpflichtete mich zu einer raschen und dennoch gründlichen Prüfung der Situation samt all ihren möglichen Wendungen. Was würde zum Beispiel passieren, wenn das geforderte Lösegeld Mazarin übertrieben hoch erschien, oder wenn das ewig nörgelnde Pariser Parlament, dem der italienische Kardinal und mit ihm alle in Frankreich weilenden Italiener bereits ein Ärgernis waren, einwenden würde, dass eure Herren, also der Großherzog der Toskana und der Papst, zu dem Loskauf beitragen müssten? Diese hätten prompt empört erwidert, es sei Mazarins Wunsch gewesen, euch in Frankreich zu haben, koste es, was es wolle. Und tatsächlich hatte es nicht geringe Überredungskünste gekostet, um euch abreisen zu lassen, denn weder der Großherzog noch der Papst hatten sich gerne von euch getrennt. Im Geiste überschlug ich, dass schon für einen ersten Austausch von Briefen Monate erforderlich sein würden. Kurzum, über dem zu erwartenden Hin und Her riskierten wir alle, in Tunis oder Algier alt zu werden. Andererseits war mein Padrone und dein Taufpate, Girolamo Sozzifanti, – Ironie des Schicksals – ausgerechnet ein Hauptmann des Ritterordens Santo Stefano, also des Wächters der Meere, welcher eigens für den Kampf gegen die Barbaresken gegründet worden war und zusammen mit den Cavalieri von Malta die einzige christliche Flotte darstellte, vor der die hochmütigen muselmanischen Korsaren wirklich eine Heidenangst hatten. Nicht zu Unrecht: Die Cavalieri waren nicht zimperlich, wenn ihnen endlich einmal Piraten in die Hände fielen. Das wussten diese nur zu gut, und wenn es darum ging, mit einem Cavaliere des Ordens Santo Stefano ein Abkommen zu schließen, überlegten die Barbaresken, deren Ehrenwort gegenüber einem Christen gewöhnlich null und nichtig war, daher zweimal, bevor sie ihn verrieten. Aus diesem Grund hatte es auch genügt, dass ich Namen und Grad meines Padrone nannte, als die Reihe an mir war, mich Ali Rais vorzustellen, um mein Leben zu retten. Aufgrund des allmählichen Niedergangs der Medici hatte die kriegerische Energie der Ordensritter zwar abgenommen, wenn man ihre Tatkraft vor achtzig Jahren zum Vergleich nahm, aber sie flößten noch immer Furcht und Schrecken ein. Würden wir also gegen jene türkischen

Sklaven ausgetauscht werden, die an den Rudern der Galeeren des Ordens schmachteten? Wie viele Sklaven würden die Barbareskenreiche für jeden von uns fordern? Auch in diesem Fall drohten Jahre zu vergehen, bevor es zu einer Einigung über unsere Freilassung kam.

Vielleicht war der schnellste Weg ein anderer, überlegte ich. Schon vor zwei Jahren, als ich dich und deinen Bruder nach Paris begleitet hatte, wo ihr auf der französischen Premiere der *Finta Pazza* singen solltet, munkelte man in italienischen Kreisen, dass der Kardinal den königlichen Schatz mit seinem persönlichen Besitz zu verschmelzen gedachte, um das Königshaus von der Kontrolle seiner Finanzen durch das Parlament zu befreien. Nicht zufällig hatte Mazarin die *Finta Pazza*, bei du auftratest, in Gegenwart der Königinmutter Anna von Österreich, des blutjungen Königs und, wie in solchen Fällen vorgeschrieben, des gesamten Adels, aber auch zu Ehren gewisser toskanischer Bankleute aufführen lassen, zwei Männern aus Lucca, um genau zu sein: Cantarini und Cenami. Mit diesen Bankiers machte Mazarin schon seit seiner Ankunft in Paris als päpstlicher Nuntius gemeinsame Sache, und gleich nach dem Tod Richelieus, als der Kardinal den Posten des Regierenden Ministers von ihm erbte, waren sie Schatzmeister der französischen Krone geworden.

Dank dieser finanziellen Machenschaften würde Mazarin vielleicht über die nötige Unabhängigkeit verfügen, um das geforderte Lösegeld rasch zu bezahlen.

»Und du, Alter? Wer bist du, wohin willst du und aus welcher Gegend der verfluchten Nazarener stammst du?«

Dieses Mal war Alis Krummsäbel auf Schoppes finsteres, schnurrbärtiges Gesicht gerichtet. Ungerührt grüßte der Deutsche, indem er einen imaginären Hut lüpfte.

»Caspar Schoppe. Aus Deutschland zu Euren Diensten, Exzellenz. Hund.«

Alle hielten wir den Atem an. Das letzte Wort hatte Schoppe auf Deutsch so lässig hinzugefügt, dass der Korsar vor lauter Überraschung nicht den Mut fand, sich zu Fragen herabzulassen. Vielleicht dachte er, es handle sich um den Namen von Schoppes Familie statt um das Schimpfwort, mit dem Muselmanen und Christen einander seit Jahrhunderten an den Ufern des Mittelmeers beleidigen.

»Hm …«, brummte er misstrauisch, die Hand auf den Griff seines im Gürtel steckenden Krummsäbels gelegt, und wechselte einen flammenden Blick mit seinem Statthalter, der keinerlei Regung zeigte.

»Und was hast du in Frankreich vor?«, begnügte er sich zu fragen, während Schoppe, der bis zu diesem Augenblick im Grunde bereits als tot hatte gelten können, unter die Lebenden zurückkehrte. Da ein räuberischer Barbareske nicht der geeignete Zuhörer für die seltsame Geschichte von dem slawonischen Mönch Philos Ptetès und der von Poggio Bracciolini entdeckten Handschriften war, antwortete der alte Gelehrte nur vage, dass er sich aus Forschungsgründen auf dem Weg nach Lyon befinde.

Ali Rais musterte ihn mit dem größten Missbehagen. Was sollte er mit einem alten Mann anfangen, der weder für die Ruder noch für den Sklavenmarkt taugte, der kein Mann von Mazarin oder wenigstens ein reicher Kaufmann war, dessen Familie man ein Lösegeld abpressen konnte? Schoppe taugte nur dazu, als überflüssiger Ballast ins Meer geworfen zu werden, und schon gab es auf dem Schiff ein Maul weniger zu stopfen. Während Ali noch murmelnd mit seinen Männern beratschlagte und zwei weitere holen ließ, wahrscheinlich damit sie Schoppe überraschend über Bord würfen, bevor jemandem von uns einfallen konnte, sich zu wehren und damit unnötigerweise das üppige Lösegeld aufs Spiel zu setzen, das er wert war, sprach ich hastig mit Guyetus, der als Einziger in meiner Nähe stand. Der Pariser Philologe begriff auf der Stelle.

»Wenn ich es wagen darf, Exzellenz«, rief Guyetus aus, indem er auf sich und Hardouin zeigte, »auch wir beide sind auf dem Weg nach Lyon. Wir sind das ergebene Geleit, welches der hier anwesende Bibliothekar des Königs, Signor Gabriel Naudé, ausgewählt hat, um den verehrungswürdigen Schoppe«, und er zeigte erst auf Naudé, dann auf Schoppe, der die Brauen hob, als er sich verehrungswürdig genannt sah, »dessen Name an den Höfen ganz Europas hohes Ansehen und Ruhm genießt, davon zu überzeugen, endlich der dringenden Einladung nach Paris Folge zu leisten, welche der Regierende Minister von Frankreich, Kardinal Jules Mazarin, nun schon seit gut fünf Jahren an ihn ergehen lässt, ohne bisher die Freude gehabt zu haben, erhört zu werden. Ich bitte um Verzeihung für meine Einmischung, aber der verehrungswürdige Schoppe ist ein zu bescheidener Mensch, um aus eigener Initiative über die allgemeine Anerkennung zu sprechen, die er in den christlichen Königreichen und Fürstentümern genießt.«

Ali und sein Statthalter gaben den beiden herbeigeeilten Piraten mit dem Kopf ein Zeichen, umzukehren. Die Fische würden auf ihr Mittagessen warten müssen. Schoppe war gerettet.

Die Augen des Rais glänzten vor Rührung bei dem Gedanken an die enorme Ladung Gold, die diese außerordentlich kostbare Beute aus faltigen Greisen wie Guyetus und Schoppe und flotten Schreiberlingen wie Hardouin und Naudé seinen Schatzkammern unerwartet zuführen würde. Er befahl Naudé und Hardouin, sich kurz vorzustellen. Kaum hatten die beiden Guyetus Ansprache mit vor Angst zitternder Stimme bestätigt, schloss der Rais:

»Allah ist groß, ihr erbärmlichen Christenhunde!«, und brach in ein langanhaltendes fröhliches Gelächter aus. »Ihr werdet allesamt auf diesem Schiff bleiben und von uns ins Schlepptau genommen werden, damit ja kein einziges Gramm eurer verehrungswürdigen alten Affenhintern verlorengeht, haha! Ihr werdet von meinen edlen Männern bedient und in Ehren gehalten werden«, und er zeigte auf seinen Statthalter und den Lockenkopf. »Sobald wir am Ziel angekommen sind, werde ich euch unverzüglich dem Regenten von Frankreich vor die Füße werfen, hübsch poliert und aufgeputzt wie neu, und die zu bezahlende Rechnung wird an euren weißen Hälsen hängen, hahaha! Doch aufgepasst! Wenn ihr rebelliert«, fügte er mit teuflischem Grinsen und funkensprühenden Augen hinzu, »wenn ihr unseren Befehlen nicht gehorcht, wenn ihr die Religion des Propheten Mohammed beleidigt, wenn ihr das Schiff Gefahren aussetzt, werdet ihr augenblicklich hingerichtet. Wer seine Kameraden, die solche Taten begehen oder planen, nicht verrät, dem werden je nach der Schwere seines Ungehorsams die Nase, die Zunge oder die Ohren abgeschnitten.«

In diesem Augenblick ertönte unter uns eine Art Furz, gefolgt von einem leisen Lachen. Sofort gefror der Blick des Ali Rais zu Eis.

»Wer war das?«, fragte er.

Der kleine Lockige wies auf einen Kopf mitten in unserer Gruppe. Es war der vor Kälte zitternde Barbello, der geniest hatte. Ali überlegte nicht zweimal:

»Ergreift ihn und bringt ihn her«, befahl er barsch.

Der arme venezianische Kastrat wurde von zwei Barbaresken gepackt, vor ihren Anführer geschleppt und gezwungen, niederzuknien.

Die beiden Berserker zogen ihm gewaltsam den Mantel aus, zwangen ihn, sich vorzubeugen, zerrten heftig an seinen Hosen und entblößten seinen Hintern. Barbello stieß einen Entsetzensschrei aus und krümmte sich blitzschnell zusammen, weil er Angst hatte, gänzlich entkleidet zu werden. Doch er hatte Glück: sein tatsächlich recht weibliches Gesäß brachte die Barbaresken so sehr zum Lachen, dass sie sich damit begnügten, dieses gehörig mit Peitschenhieben zu traktieren. Der kalte Wind, der über das Schiff fegte, wahrscheinlich aber auch Scham und Schmerz ließen den Unglücklichen heftig zittern.

Ali Rais schickte die beiden Folterknechte weg, zog den Pechvogel an einem Ohr und verdrehte es brutal, bis Barbellos Kopf den Boden berührte. Ein unschuldiges Niesen hatte den Zorn des Korsaren erregt, während die beiden Beleidigungen von Schoppe und Malagigi, die eine grob und frech, die andere spöttisch und giftig, ungeschoren davongekommen waren. Wahrscheinlich dachte der Rais auch, dass er vor uns Gefangenen zu offenherzig frohlockt hatte, und jetzt einer von uns geopfert werden musste, um die anderen zu erziehen und sich eine Überfahrt und Ankunft ohne Rebellionen zu sichern. Er erhob den Krummsäbel zum Himmel, während die andere Hand den Kopf seines Opfers auf die Deckplanken gepresst hielt.

»Jetzt sprich mir nach! Ich, verfluchter Nazarener, leugne die christliche Religion, die in jeder Hinsicht falsch, verlogen und trügerisch ist, und erhebe den Zeigefinger meiner rechten Hand zum Himmel, um auf den Propheten Mohammed zu schwören, dass ich alle Heiligen, Jesus, die Madonna, die Unbefleckte Empfängnis und die Dreifaltigkeit ablehne und leugne!«

Barbello, dessen Hinterteil von den Peitschenhieben blutete, war mitnichten in der Lage, irgendetwas zu schwören, denn Ali verdrehte ihm mit so roher Gewalt das Ohr, dass er wegen der unerträglichen Schmerzen nur wimmern und weinen konnte.

»Sprich, du Hund!«, knurrte Ali abermals, den Kopf des Unglücklichen am Ohr schüttelnd, als hätte er den Griff eines Weidenkorbs in der Hand. »Ich sagte, sprich mir nach und verleugne deinen Jesus, wenn du nicht willst, dass ich dir mit diesem Schwert abschneide, was dir von deinem Schwänzchen geblieben ist!«

In der unheilvollen Stille, die sich über die Szene gesenkt hatte, hörte man nur das Klatschen der Wellen an den Schiffsrümpfen. Doch plötzlich ertönte ein Schrei von Schoppe:

»Jesus ist auch euer Prophet!«

DISKURS XVI

*Darin Barbello ein großes Risiko eingeht. Danach ereignet sich
ein unvorhergesehener Zwischenfall, welcher viele angenehme,
aber auch einige unerfreuliche Folgen hat.*

Mit einer verächtlichen Geste lockerte Ali Rais den Griff um Barbellos
Ohr. Endlich freigelassen, versuchte das Opfer, sein Hinterteil mit dem
Mantel zu bedecken, den die beiden Korsaren auf den Boden geworfen
hatten. Doch der Rais beförderte Barbello mit einem Tritt rücklings auf
die Planken und setzte ihm einen Fuß auf den Bauch, wo er in einer erneuten Zwangslage liegen blieb, die Eingeweide zum Himmel gewandt.

Dann sprach der Rais zu uns:

»Ich habe Dinge gesehen, die ihr Nazarener euch nicht vorstellen
könnt. Lichterloh brennende Schlachtschiffe vor den Festungen von
Candia. Und die Laternen der Galeonen, die vor der Meerenge von
Gibraltar in der Finsternis leuchteten. Es ist Zeit ... zu sterben.«

Er erhob den Krummsäbel, zielte theatralisch auf Barbellos Kehle
und holte zu einem mächtigen Säbelhieb aus, um die Klinge jedoch im
letzten Moment auf das Ohr des Unglücklichen zu verlagern, denn der
Rais hatte nicht die geringste Absicht, sich um das Lösegeld für den
kostbaren Singvogel zu bringen.

In diesem Moment traf ein Fußtritt, hinter dem Rücken des Rais
ausgeführt, den armen venezianischen Kastraten in die Seite, brachte
ihn ins Rollen und entfernte ihn von Ali Rais. Es war dessen Statthalter
gewesen.

»Ali, habt Mitleid mit diesem hündischen Nazarener!«, sagte er,
die sonnenverbrannte Stirn runzelnd, aus der seine hellen Augen wie
nächtliche Leuchtfeuer strahlten. Der Statthalter sprach Italienisch.
»Vielleicht verdient er es nicht, mitten auf dem Meer wie ein Hund zu
sterben, bevor er die Herrlichkeit von Tunis und seines Herrschers gesehen hat. Verschont sein Leben, Rais, unser Vergnügen haben wir
heute bereits gehabt, als wir diese verfluchten Nazarener mit unseren
Bucinae getäuscht haben!«

Der Statthalter schien also einer der drei Männer zu sein, die uns
mit ihren Trompeten begrüßt und in dem Glauben gewogen hatten,
wir wären einem niederländischen Schiff begegnet.

»Darum lasst ihn noch ein Weilchen auf dieser Seite des Grabens, großer Ali, dann werden wir sehen, ob er sich von seinem dummen Nazarenerglauben befreien kann«, schloss er.

Ali Rais stand noch immer in derselben Haltung da, die Spitze des Krummsäbels erneut dramatisch auf die Kehle des armen Barbello gerichtet, welcher mittlerweile wohl etliche Male von der Welt hier unten Abschied genommen hatte. Der Anführer der Korsaren, der die Rede seines Statthalters bis jetzt reglos aufgenommen hatte, verzog das faltige Gesicht zu einem löwenartigen Lächeln, großmütig und wild zugleich. Dann räusperte er sich und spuckte ein paar Mal auf sein Opfer. Schließlich senkte er langsam die Waffe und stieß den weichen Körper des armen Kastraten mit der Fußspitze von sich, sodass er wie ein schlaffer Ball über die Planken davonrollte.

In unsere vor Anspannung wie gelähmten Lungen kehrte endlich wieder Leben zurück.

»Er soll sich wieder anziehen, der nackte Arsch eines Christen ekelt mich an«, erklärte das Oberhaupt der Barbaresken, spießte den Mantel des armen Barbello mit der Säbelspitze auf und ließ ihn über seinem Kopf fallen, worauf der Unglückselige fieberhaft versuchte, ihn zu erhaschen und sich zu bedecken.

»Und ihr anderen Hunde, lernt daraus!«, brüllte Ali, derweil ein Grüppchen seiner Männer herbeieilte, um ihm stolz ein paar Beutestücke zu zeigen, die sie auf unserem Schiff entdeckt hatten: Fernrohre, Uhren, Essbesteck, Pistolen, eine Arkebuse, deren Griff nach Türkenart bearbeitet und mit Steinen besetzt war. Über diese Hakenbüchse, wahrscheinlich ein Beutestück aus einem Kampf mit den Ungläubigen, entstand zwischen den Barbaresken eine Diskussion und, soweit wir verstanden, ein lebhafter Streit über den zukünftigen Besitzer der Waffe. Währenddessen konnten wir ein paar Worte wechseln.

»Barbaren«, bemerkte Schoppe mit Blick auf den Streit zwischen den Korsaren um die verzierte Arkebuse.

»Sprecht leise, verflucht!«, zischte Naudé, wohl der Ängstlichste in unserer Gruppe. »Hat es Euch nicht gereicht, uns alle in Gefahr gebracht zu haben mit Eurer Geschichte, dass ich euch drei auf Befehl Kardinal Mazarins nach Paris hole?«, fügte er hinzu. Er schien vergessen zu haben, dass Guyetus dem Rais diese Lüge aufgetischt hatte.

»Danke übrigens«, sagte Schoppe zu Guyetus, da er inzwischen eingesehen hatte, dass er wegen geringer Rentabilität auf dem Sklavenmarkt und beim Lösegeldhandel um ein Haar im Meer gelandet wäre,

»und danke auch für die Bezeichnung ›verehrungswürdig‹. Gut gesagt, sehr gut.«

Guyetus wollte etwas murmeln und auf mich verweisen, aber ich gab ihm mit einem Wink zu verstehen, dass es nicht nötig sei, mich als Urheber der Idee zu benennen und den alten deutschen Gelehrten womöglich noch mehr zu verwirren. Außerdem geziemt es sich für einen Secretarius eher, Mittler als Urheber zu sein.

»Ihr seid freilich nicht allzu weit von der Wahrheit entfernt gewesen, als Ihr Euch, um mir das Leben zu retten, ausgedacht habt, ich würde vom Regierenden Minister von Frankreich sehnsüchtig erwartet. Dank meiner zahlreichen philologischen Arbeiten und politischen Traktate genieße ich die Gunst der Herrschenden fast ganz Europas, mir wurde die Ehre zuteil, in einem Bild von Rubens verewigt zu werden, und ich bin durch den Kaiser von Wien sogar ermächtigt, Adelstitel zu gewähren oder zu widerrufen. Wenn man es recht bedenkt, ist es ungewöhnlich und erstaunlich, dass Mazarin meine Dienste bis jetzt noch nicht angefordert hat. Doch vielleicht kann der königliche Bibliothekar«, und hier lächelte er Naudé unverschämt freimütig an, »in diesem Punkt Abhilfe schaffen, sobald wir diese unerfreuliche Situation überwunden haben und er nach Paris zurückgekehrt ist.«

»Ihr Glücklicher, dass Ihr Euer gesegnetes Alter erreicht habt«, seufzte Naudé unerwartet.

»Bitte?«

»Wer Euer verehrungswürdiges Alter erreicht hat, den kümmert es natürlich nicht mehr, ob er sterben muss. Darum haltet Ihr Eure Zunge nicht einmal in einer so misslichen Lage im Zaum, in der jedem von uns, wenn es den Barbaresken einfällt, von einem Moment zum anderen der Kopf wie ein Kerzendocht abgehauen werden kann. Ich bewundere Euren Mut.«

Schoppe, der alles andere als lebensmüde war und schon bei dem Gedanken erbleichte, dass sein Leben auf Krummsäbels Schneide stand, schluckte seinen Ärger über diese Bemerkung hinunter und begnügte sich damit, einfach zu schweigen.

Unterdessen legte sich der Streit zwischen den Korsaren um die Arkebuse allmählich. Wie vorherzusehen war, hatte Ali Rais die Büchse an sich genommen, musste aber immer noch aufflammende Zwietracht unter zwei Männern schlichten. Wir sahen, wie sie sich ohrfeigten und hörten abermals viehische Schreie aus der Schar der Räuber.

Währenddessen warst du mit Malagigi dem armen Barbello zu Hilfe geeilt. Ihr wolltet die blutenden Striemen auf seinem Hinterteil untersuchen, doch er weigerte sich schamhaft, bis das schmerzvolle Brennen der Wunden die Oberhand gewann und er sich darin fügte, euch unter Deck zu folgen, um sich der peinlichen Untersuchung zu unterziehen.

Nun, da wieder Frieden zwischen seinen Männern eingekehrt war, näherte sich Alis lockenköpfiger Gehilfe unserer verängstigten kleinen Schar, die Hände keck in den Hosenbund gesteckt, den kleinen rundlichen Bauch vorgestreckt, im hilflosen Versuch, seine geringe Körpergröße zu überspielen.

Hinter ihm entfernte sich der Anführer des Barbareskenpacks mit seinem Gefolge, ohne uns eines Grußes zu würdigen, und verließ unser Schiff über einen der Stege, die in seine schwankende Karacke führten. Die Fahne mit der Inschrift, die die christliche Religion schmähte, prangte, gepeitscht vom Ostwind, immer noch gut sichtbar über uns.

»Ali Rais jetzt hungrig wie Tiger und müde«, verkündete der Lockenkopf zufrieden, »et andar auf Schiff um gustar victoria et gaudir mit Hühnchen, Wein und muchacha. Wir müssen seguir Schiff mit franzos Schiff bis arrivar in Tunis. Ich und compagneri wachen über euch. Andar in mar est diffizil! Mal heiß, mal warm, beaucou de vent, leicht fallen in agoua … Aber wir nicht tirannisir, wenn ihr mucho bono, wir nicht tun Ketten an Arme, nicht töten, nicht werfen in mar. Mi hablar vero et justo, wie Scheitan!« Und er brach in ein lautes Gelächter aus.

»Hund«, brummte Schoppe mit mühsam unterdrückter Wut. »Dieser Ali hat sich sogar Frauen mit an Bord genommen.«

»Schweigt und zeigt Respekt, Nazarener!«, ermahnte uns belustigt der Statthalter mit der fuchsroten, leicht ergrauten Mähne, der vor kurzem Barbello das Leben gerettet hatte und uns jetzt, auf zusammengerollten Tauen hockend, beobachtete. Wir hatten den Mann, der unvermutet zu unserem Wohltäter geworden war, schon fast vergessen.

»Jetzt verkriecht euch wieder unter Deck, wo ihr über eure Fehler nachdenken und bereuen könnt«, befahl er uns, auf die Falltür zeigend, die in den Kielraum führte. »Und bereitet euch darauf vor, euch zum großen, einzig wahren Propheten zu bekehren, sobald wir ankommen.«

Nachdem wir die schicksalhafte Leiter hinabgestiegen waren, über die wir an Deck gekommen waren, als unsere Galeere schon gekapert worden war, sahen wir einander in dem engen Kielraum so bang an, als lägen wir bereits in Ketten in den Bädern von Tunis oder wären Diener einer vielköpfigen Maurenfamilie und müssten täglich den Hintern eines betagten Janitscharen putzen.

Unter Deck fanden wir dich und Malagigi vor, ihr hattet soeben den gequälten Barbello, der bäuchlings auf einer Bank lag und noch immer wimmerte, mit einer beißenden Flüssigkeit verarztet. Du hieltest die Hand des Kastraten zwischen den deinen. Mit großem Erstaunen bemerkte ich deine Verwandlung: Die Pein, die Barbello erlitten hatte, schien deine Abneigung gegen seine Person zum Schmelzen gebracht zu haben wie Schnee in der Sonne. Ich trat zu euch, um eine lindernde Salbe anzubieten, die ich bei mir trug, doch statt einer Antwort wurde Barbellos Wimmern nur lauter.

»Er hat noch immer panische Angst, der Ärmste«, sagte Malagigi. »Gebt mir ruhig Eure Salbe, Atto und ich werden uns darum kümmern, ihn damit einzureiben.«

Er nahm das winzige Döschen im Empfang, reichte es dir weiter, und du machtest dich daran, dem armen venezianischen Kastraten das Mittel zu verabreichen, während Malagigi, den Rücken zu euch gewandt, die Szene vor neugierigen Blicken abschirmte, indem er seinen Umhang wie die Flügel einer Fledermaus ausbreitete.

DIALOG

Darin man anscheinend nichts anderes tut, als seine Seele der Jungfrau Maria zu empfehlen und über die sonderbare Verehrung zu diskutieren, die sie im Koran genießt, während sich in Wirklichkeit mehrere sehr konkrete Ereignisse anbahnen.

In den ersten traurigen Minuten unserer Gefangenschaft ließen wir uns alle auf den Boden sinken wie leblose Marionetten. Niemand hatte Lust zu reden. Über unseren Köpfen hörten wir die Schritte der Korsaren, die eifrig die letzten Beutestücke fortschleppten.

Ich entfernte mich von unserer Gruppe und ging bis zur Rückwand des Kielraums. Es drängte mich, nachzuschauen, ob der kleine Schatz aus Geld, Papieren und persönlicher Habe, den du und ich rechtzeitig zusammengerafft hatten, noch unversehrt an seinem Platz lag. Und so war es zum Glück. Auch alle anderen, die auf diese Idee gekommen waren, gingen ihre Sachen holen, wobei aus gegenseitigem Respekt natürlich keiner wagte, einen verstohlenen Blick auf das geheime Versteck der anderen zu werfen. Ich stopfte alles zurück in meine Hose und unter die Jacke, und als ich zur Gruppe zurückkehrte, wollte ich dir sofort mit einem Wink zu verstehen geben, dass unsere Habseligkeiten wieder in meinem Besitz waren. Doch du stelltest Schoppe gerade eine Frage:

»Wer ist dieser Scheitan, von dem der Barbareske sprach?«

»Ich glaube, dieser Ignorant hat uns auf den Arm genommen«, antwortete Schoppe. »Da er ein ungehobelter Barbar ist, hat er das Wort entstellt. Er wollte Schatàn sagen, was auf Hebräisch ›Staatsanwalt‹, ›Ankläger‹ heißt. Aber es bedeutet auch ...«

»... ›Satan‹, Teufel also«, kam ihm Hardouin zuvor, den Psalm unterbrechend, den er zu beten begonnen hatte, einen Rosenkranz zwischen den Fingern. »Denn Gott rettet oder verurteilt, und der Teufel fordert die Strafe, er versucht, den Richter von der Schuldigkeit der Seelen zu überzeugen.«

»Was für Dummheiten«, brummte Guyetus mit einer Grimasse, welche die größte Skepsis und Verachtung für alles Reden über Seele, Gott und Teufel verriet.

»Ihr habt wenig Grund, Euch verächtlich zu zeigen«, tadelte ihn Schoppe, ebenfalls einen kostbaren Rosenkranz hervorziehend, da er Hardouins Litanei bemerkt hatte und in das Gebet einstimmen wollte. »Hört auf, den Ungläubigen zu spielen und empfehlt Eure Seele lieber unserem Herrn Jesus Christus und der seligen Jungfrau, am besten auch allen Heiligen, in Anbetracht der Situation ...«

»Oh, verehrungswürdiger Schoppe«, verspottete ihn Guyetus als Erwiderung, »gerade in Anbetracht der Situation empfehle ich mich doch lieber Allah und Mohammed statt Jesussen und Jungfrauen. Eher solltet Ihr beide Euch hüten«, und er zeigte auf die Rosenkränze von Schoppe und Hardouin, »es mit Euren papistischen Schmuckstücken nicht zu übertreiben, denn Allah wird Euch in der Pfanne braten, wenn er Euch diese vatikanischen Litaneien abspulen hört.«

»Ignorant und vulgär wie alle Atheisten. Ihr hättet Euch einen weniger groben Scherz aussuchen können, wisst Ihr?«, entgegnete der verehrungswürdige Schoppe in säuerlichem Ton. »Ihr müsstet genau wissen – doch vielleicht wisst Ihr es ja und stellt Euch nur zu Eurem Vorteil ahnungslos –, dass diese mohammedanischen Bestien weit inbrünstiger an Jesus und an die Jungfrau glauben als Ihr, wenngleich auf ihre eigene Weise. Die selige Jungfrau genießt in der muselmanischen Religion hohes Ansehen und außergewöhnliche Privilegien, sie wird im Koran als ›Maryam‹ bezeichnet und häufig auch ›Sayyida‹ genannt, was Frau, Herrin bedeutet. In aller Bescheidenheit, aber da ich den Koran kenne, kann ich bezeugen, dass Mohammed die Muttergottes mit größerer Ehrerbietung behandelt als jede andere Frau. Nicht einmal seiner Gemahlin oder seiner Lieblingstochter Fatima erweist er so viel Achtung. Maria ist die einzige Frau im Koran, die mit ihrem Namen genannt wird, statt mit den üblichen, Frauen vorbehaltenen Bezeichnungen wie ›Gemahlin von‹ oder ›Tochter‹ oder ›Schwester‹. Vierunddreißig Mal wird sie explizit erwähnt, Jesus dagegen nur fünfundzwanzig Mal. In den insgesamt hundertvierzehn Suren des Korans taucht Maria in siebzig Versen und dreizehn Suren auf, von denen eine ihr allein gewidmet ist, die neunzehnte, eine der schönsten Suren, die den Titel ›Maria‹ trägt. Da können diese Teufel in Menschengestalt, Luther, Calvin und Zwingli, die nicht zur Muttergottes beten, nur vor Neid erblassen.«

»Aha, jetzt vergesst Ihr aber etwas«, frohlockte Guyetus. »Ihr seid ein Opfer der papistischen Propaganda gegen die Protestanten. Wisst Ihr denn nicht, dass die erste deutsche Übersetzung des Koran, die Theodor Bibliander besorgte, in Basel mit einem Vorwort von Luther erschienen ist?«

»Für wen haltet Ihr mich? Das weiß ich sehr gut, ich besitze sogar ein Exemplar. Der Stadtrat von Basel hatte sie verboten, sogar der Drucker wurde verhaftet. Mit dieser Übersetzung drohten die Spinnereien der hitzköpfigen Türken sich zu verbreiten, und das ist die Stimme des Antichristen auf Erden, wie die Baseler Ratsherren zu Recht sagten. Aber dann haben sich Luther und sein Sklave Melanchthon eingeschaltet, mit dem üblichen Einwand, dass der wahre Antichrist der Papst sei. Und die Übersetzung von Bibliander konnte erscheinen. Damit hatte Luther erreicht, was er wollte: Zwietracht säen. Ein schöner Erfolg.«

»Ihr Papisten könnt nur immer alles auf den Index verbotener Bücher setzen. Ihr begreift nicht, dass ihr die heiligen Schriften der Ungläubigen kennen müsst, wenn ihr sie bekämpfen wollt«, schlug Guyetus zurück.

»Wie ich schon sagte, ich kenne den Koran, allerdings in der Sprache der Gelehrten, also Latein«, antwortete Schoppe, »und auch Petrus Venerabilis und Robertus Ketenensis dachten wie ich. Luther aber hat wie üblich einen richtigen Grundsatz böswillig ausgenutzt, nur um Zwietracht im katholischen Lager zu säen: ein Koran auf Teutsch, dem Idiom der bäuerlichen Welt Deutschlands, kann bei schlichten Gemütern nur Schaden anrichten. Werke mit einer falschen Lehre müssen ins Lateinische übersetzt werden, niemals in die Sprachen des einfältigen Volkes!«

Im Koran, berichtete Schoppe weiter, werde von der Geburt Marias erzählt, von ihrer Erziehung im Tempel, von der Verkündigung und der Geburt. Außerdem werde sie dort gegen die böse Nachrede der Ungläubigen und die Verleumdungen aus dem Kreis ihrer Familie wegen ihrer jungfräulichen Mutterschaft verteidigt. Marias Vater heißt Imran. Die Hauptfigur der dritten Sure ist Hanna, die Mutter Marias, die wie alle Jüdinnen einen Jungen gewollt hätte und das Kind noch vor der Geburt Allah anbot.

»Allah? Ihr meint Jahwe«, sagte Malagigi fragend, der wie wir alle begonnen hatte, Schoppes Ansprache interessiert zu lauschen.

»Für die Muselmanen sind Gott, Jahwe und Allah ein und dieselbe Person«, erklärte Schoppe und fuhr fort: »Als sie dann ein Mädchen gebar, weihte die Mutter das Kind und seine Nachkommenschaft trotzdem Allah. Allah nahm die Tochter des Imran an, ja, er duldete sie sogar im Tempel, und sie wuchs in wundersamer Güte, Treue, Keuschheit und im Gehorsam auf. Der Priester Zacharias nahm sie unter seinen Schutz, und jedes Mal, wenn Zacharias bei ihr eintrat, in den Mihrab neben dem Tempel, wo Maria wohnte, fand er Speisen vor, die wie durch ein Wunder aufgetaucht waren, und er fragte: ›Maria, woher kommt dir dieses?‹ Und sie antwortete: ›Es kommt von Allah, denn Allah gibt in seiner Vorsehung dem, der bedürftig ist, ohne Rechenschaft zu fordern.‹ Dem Koran zufolge erschienen Engel, um dem Mädchen seine zukünftige Heiligsprechung und Glorie zu offenbaren: ›O Maria, Allah hat dich wahrhaftig vor allen anderen Frauen der Welt auserwählt und dich gereinigt. O Maria, sei deinem Herrn fromm ergeben, werfe dich nieder und bete ihn an.‹«

»Wäre da nicht der Name Allah, würde man meinen, eine Predigt in der Kirche zu hören, statt den Koran«, brummte Guyetus, der nicht begriffen hatte, dass Schoppe, unter dem Deckmantel einer besserwisserischen Erörterung, in einem Augenblick der Angst und der Gefahr aus bedrängter Seele ein Loblied auf die Jungfrau Maria angestimmt hatte.

»Ich bin vollkommen einverstanden mit Euch! Ja, ich betrachte das sogar als ein Kompliment!«, frohlockte Schoppe, den das ungeduldige Gesicht von Guyetus nur noch mehr anfeuerte. Er sprach weiter: »Am Tag der Verkündigung sagte der Erzengel Gabriel zu ihr: ›O Maria, Allah verkündet dir die frohe Botschaft eines Wortes von sich, und sein Name wird Jesus Christus sein, der Sohn Marias, erhöht in dieser Welt und in der anderen, und er wird sein einer von jenen, die Allah am nächsten sind.‹ Sie entgegnete: ›Wie kann ich einen Sohn gebären, wenn kein Mann mich je berührt hat?‹ Der Erzengel antwortete: ›So wird es sein. Dein Herr hat gesagt: Es fällt mir leicht, dies zu bewerkstelligen.‹«

»Wenn man dann bedenkt, dass die Barbaresken bei einer der jüngsten Plünderungen an den toskanischen Küsten eine Statue der Madonna mit dem Kopf voran in den Kot gesteckt und ein Kruzifix angezündet haben«, überlegtest du. »Und ich weiß, dass sie das überall an den italienischen Küsten tun. Jedes Mal gehen die Barbaresken besonders blindwütig und sinnlos gegen die Kirchen vor: Sie stehlen die heiligen Paramente, die Kelche, Monstranzen und Kreuze, sie zerschlagen das Kruzifix am Altar und zerstören alle Reliquien und heiligen Bilder. Sie werfen das Allerheiligste auf den Boden, trampeln darauf herum und stehlen den Hostienkelch, nicht ohne zuvor den Tabernakel verbrannt zu haben. In Apulien, Kalabrien und Ligurien und anderswo haben die Muselmanen hunderte von Madonnenstatuen verhöhnt und dann verbrannt.«

»Ja, das passt schlecht zu den Worten des Koran über Maria und Jesus, nicht wahr?«, bemerkte Schoppe sarkastisch. »Im Koran sagt Allah selbst, Maria sei ›jene, die ihre Jungfräulichkeit hütete, sodass Wir Unseren Geist in sie gehaucht und sie und ihren Sohn zu einem Zeichen für die Welt gemacht haben‹. Und nach der Geburt offenbarte das Jesuskind selbst seine Mission, indem es wunderbarerweise aus der Wiege zu den Verwandten seiner Mutter sprach, die über die unerwartete Geburt empört waren: ›Ich bin der Diener Gottes. Er hat mir die Schrift gegeben und mich zum Propheten gemacht, er hat mich gesegnet, wo immer ich sei. Er hat mir das Beten und die Barmherzigkeit aufgegeben, solange ich lebe, und die Achtung vor meiner Mutter. Er hat mich nicht gewalttätig und nicht böse gemacht. Friede sei mit mir, am Tag meiner Geburt, am Tag, an dem ich sterbe und am Tag, an dem ich auferstehe.‹«

»Ich habe ebenfalls einige Ausgaben des Koran studiert, auf die ich in Frankreich gestoßen bin.« Hardouin, der unterdessen seinen Psalm beendet hatte, wagte einen schüchternen Vorstoß. »Tatsächlich hat die Jungfrau Maria für Mohammed die zweifache Aufgabe, ein *ayat* und ein *mashal* zu sein, das heißt, ein Zeichen der göttlichen Macht, wenn sie in die Dinge der Welt eingreift, und ein Beispiel für höchste Würde, mit der keine andere muselmanische Frau es aufnehmen kann, weil Maria die Mutter Jesu ist. Dieser ist sowohl ein *nabi*, also ein von der Weisheit Gottes und dem Wissen der Bücher erfüllter Prophet, als auch ein *rasul*, ein Gesandter Gottes mit charismatischen Gaben. Im Koran wird die Madonna auch *qanita* genannt, was Ergebene Allahs bedeutet, weil sie auf dem Boden liegend betet und fastet, beides Zeichen des vollkommenen Muselmanen. In der berühmten Sure fünf des Tisches liest man das vielleicht schönste Loblied des Korans auf die Madonna: ›Die Mutter Jesu war eine Heilige!‹«

»Ich meine verstanden zu haben, dass die Türken sagen, die Madonna sei in Wirklichkeit eine …«, deutete Malagigi unsicher an.

»Nein, das sind die Juden«, verbesserte ihn Naudé. »In ihrem Talmud haben sie die sogenannte Tradition des Padera oder Panthera. Ein römischer Offizier dieses Namens soll eine gewisse Myriam, die Verlobte Josefs, verführt und geschwängert haben, und die Frucht dieser Sünde war Jesus. In der Beziehung Jesus zu seiner Mutter, die er niemals Mutter nennt, sondern nur ›Frau‹, und der er manchmal distanziert begegnet, soll sich nach dem Text des Talmud das schmerzhafte Wissen um seine uneheliche Herkunft spiegeln. Nach dem Talmud ehrt Jesus seine Mutter nicht und verleugnet seinen leiblichen Vater, und das wird als ein Zeichen aufgefasst, dass er wusste, dass er das uneheliche Kind eines Fremden war.«

»Interessant, davon habe ich noch nie gehört«, rief Barbello erstaunt aus, der unterdessen auf seinem Lager zu Kräften zu kommen schien.

»Monsire Naudé, ich bitte Euch …«, sagte ich, auf die jungen Menschen weisend.

»Himmel Herrgott, der Signor Secretarius hat recht, was fällt Euch ein, derart blasphemische Reden zu führen?«, tadelte ihn Schoppe erbost. »Ist das in Frankreich so üblich?«

»Ich bitte um Vergebung, aber ich habe nur wiedergegeben, was im Talmud steht«, versuchte Naudé sich zu rechtfertigen. Er war aufrichtig erschrocken, und vielleicht hatte Schoppe recht: in Frankreich störte sich niemand an solchen Reden.

»Schon knapp zwei Jahrhunderte nach der Geburt unseres Herrn berichtete Celsus von diesen Gerüchten, die in den jüdischen Gemeinden der Diaspora kursierten«, fuhr Naudé fort. »Tertullian bestätigt ebenfalls, dass es diese Verleumdungen gab, und erschwerend kam hinzu, dass Maria in diesen Geschichten nicht nur eine Ehebrecherin genannt wurde, sondern ohne Umschweife eine … *quaestuaria*«, schloss er, ohne den lateinischen Begriff zu übersetzen, nachdem er einen unsicheren Blick auf Schoppes finstere Miene und auf euch junge Leute geworfen hatte.

»Also hat der Koran recht, wenn er in der vierten Sure sagt, die Juden seien von Gott wegen ihrer Ungläubigkeit bestraft worden und weil sie Maria mit einer ungeheuerlichen Unterstellung verleumdet haben«, kommentierte Schoppe kopfschüttelnd.

»Mir kommt es jedenfalls so vor, als wüsste die Madonna genau, auf welcher Seite sie steht«, lachte Barbello. »Wir in Venedig vertragen uns nicht besonders gut mit Rom, weil wir für die Freiheit des Handels und der Ideen sind, auch der religiösen Ideen, aber wir vergessen gewiss nicht, dass Papst Pius V. vor fünfundsiebzig Jahren, als in Lepanto gegen die türkischen Hunde gekämpft werden musste, der ganzen Christenheit das Rosenkranzgebet gebot und die bevorstehende Schlacht der seligen Jungfrau weihte. Franzosen, Engländer und Deutsche waren bereits geflohen, nur Spanier und Italiener waren noch auf See, und die türkische Flotte hatte eine so große Übermacht an Schiffen und Männern, das wir in Venedig auf den Untergang gefasst waren und die osmanischen Hunde bereits in die Lagune einziehen sahen. Aber die Christen gewannen. Auf einem der spanischen Schiffe war auch jener berühmte Dichter, Cervantes, der tapfer gekämpft und eine Hand verloren hatte, und er sagte, der Sieg sei ein wahres Wunder gewesen. Die Madonna hat uns gerettet.«

»Jugendlicher Überschwang«, bemerkte Guyetus mit einem überheblichen Lächeln.

Unbeirrt fuhr Barbello fort:

»Seither ist der 7. Oktober, der Tag der Schlacht bei Lepanto, das Fest der Madonna des Rosenkranzes oder der Heiligen Maria des Sieges, denn so hat Papst Pius V. es zum ewigen Andenken an dieses große Wunder festgelegt. Der venezianische Senat ließ an die Wand seines Versammlungssaals schreiben: *Non virtus, non arma, non duces, sed Maria Rosarii victores nos fecit,* was bedeutet: Nicht die Tapferkeit, nicht die Waffen, nicht die Befehle, sondern die Madonna des Rosenkranzes hat unseren Sieg bewirkt.«

»Welch große Gelehrsamkeit«, spottete Guyetus mit einem säuerlichen Unterton, »offenbar kann der Junge nicht nur singen, sondern auch lesen.«

Barbello, der ihn durchaus gehört hatte, zeigte es nicht. Ein perfekter Schüler in der Schule der Täuschung, dachte ich, die mein junger Atto so nötig brauchte.

»Aber warum nannte Jesus seine Mutter nur ›Frau‹?«, fragtest du, an Naudés Worte zurückdenkend.

»Bei den orientalischen Völkern steht die Treue zur Familie und Gemeinschaft an allererster Stelle, während Christus uns gelehrt hat, dass nichts wichtiger ist, als Gutes zu tun«, antwortete Hardouin in einem weniger schüchternen Tonfall als zuvor. »Um das Misstrauen gegenüber dem, was anders ist, zu geißeln, bietet Jesus selbst sich als Vorbild an, indem er die eigene Mutter seiner Mission hintanstellt. Als der Heranwachsende eines Tages verschwindet und sie ihn mit Josef nach langer Suche im Tempel findet, wo er mit den Lehrern spricht, tadeln die Eltern ihn für sein Verschwinden. Er aber erwidert, dass die Dinge Gottes Vorrang vor denen der Familie haben. Er tut also nichts anderes, als sein eigenes Gebot in die Tat umzusetzen: Wer Vater und Mutter mehr liebt als Gott, ist Gottes nicht würdig. Jesus sagt es ganz deutlich: Ich bin gekommen, das Schwert zu bringen, nicht den Frieden, ich werde Familien entzweien.«

»Amen«, glossierte Guyetus zu Schoppe und Hardouin gewandt. »Seid Ihr zufrieden mit Eurem frommen Schwätzchen? Jetzt seid Ihr beide bereit, Euch furchtlos von den Barbaresken den Kopf abhauen zu lassen – Ihr kommt ja ins Paradies, und der heilige Petrus persönlich wird Euch den Kopf wieder aufsetzen, mit blonden Löckchen und einem Heiligenschein aus massivem Gold.«

»Meiner Meinung nach«, warf Malagigi bescheiden ein, womit er

Guyetus' ironische Bemerkungen wirkungslos verpuffen ließ, »hätte Jesus, wenn er sich seiner Mutter wirklich geschämt hätte, sie nicht auf die Hochzeit zu Kanaan und auf all seine Wanderungen von Galiläa bis Judäa mitgenommen. Die Jungfrau wurde niemals in den Hintergrund verbannt, sie stand auf Golgatha am Fuß des Kreuzes, sie hat den Leib ihres toten Sohnes in den Armen gehalten, und sie ist die einzige Frau, die am Pfingsttag mit den Aposteln zusammen war. Der Heilige Geist ist auch auf sie herabgekommen.«

»Habt Ihr das auf einem Fresko in der Sixtinischen Kapelle gesehen?«, stichelte Guyetus, womit er auf Malagigis Lebensumstände als Kastrat anspielte.

»Ihr solltet lieber nicht immer den Spötter abgeben, denn in der Sixtinischen Kapelle ist das Jüngste Gericht dargestellt, nicht das Evangelium. Ignorant«, schlug Schoppe zurück, indem er bewusst überging, dass Guyetus' Bemerkung nur als alberner Witz gemeint war.

»Fast tut es mir schon leid, dass ich ihm das Leben gerettet habe«, schnaubte Guyetus, müde die Augen schließend.

»Hat Mohammed diese Dinge wirklich gepredigt?«, fragtest du.

»Frag das diesen Betrüger Scaliger, Gott hab ihn selig«, antwortete Schoppe, »der Mohammed in seiner Universalen Chronologie auf das siebte Jahrhundert nach Christus datiert, obwohl es in Wahrheit nicht den kleinsten Beweis dafür gibt, dass der Prophet des Islam je existiert hat«, setzte er verschwörerisch mit leiser Stimme hinzu.

Ich stellte fest, dass Naudé und Guyetus die Wahrheit gesagt hatten, als sie uns in der Offizierskabine der französischen Galeere berichtet hatten, dass Schoppe ein Feind des gelehrten Scaliger war. Jetzt zog er sogar die Existenz Mohammeds in Zweifel, so wie er nach den Aussagen der beiden Franzosen auch an der Ehrlichkeit des großen Galileo gezweifelt hatte.

»Wie auch immer«, wandtest du dich jetzt an Schoppe und Hardouin, »könntet Ihr nicht Ali Rais um eine Unterredung bitten und ihm wiederholen, was Ihr soeben gesagt habt? Vielleicht besitzt der Korsar ein Exemplar des Koran, dann könntet ihr Ihm die von Euch zitierten Stellen direkt zeigen. Vielleicht wüten die Barbaresken so grausam gegen die Kirche und die Christen, weil sie nicht alles kennen, was in ihrer heiligen Schrift geschrieben steht.«

Obgleich deine Bemerkung durchaus von Überlegung zeugte,

brachte deine jugendliche Naivität uns alle zum Lächeln (auch Barbello, der dir einen noch zärtlicheren Blick als sonst zuwarf) und weckte Guyetus wieder auf: »Weise Worte, mein Sohn! Wohlan denn, verehrte Kollegen, warum geht Ihr nicht hin und bekehrt diese Korsaren dort oben an Deck zum wahren Islam, statt hier unten Eure ohnehin bis ins Mark papistischen Religionsbrüder sowie meine Wenigkeit, den unverbesserlichen Skeptiker, unsinnigerweise über den Koran zu belehren? Macht Euch auf, geht. Und grüßt mir den Rais und den Heiligen Krieg!«, grinste er.

»Den Heiligen Krieg?«, fragtest du.

»Ja, den islamischen Heiligen Krieg. Der Koran sagt, dass er fortgesetzt werden muss, bis die ganze Menschheit zum Islam bekehrt ist«, erklärte Naudé.

»Und wie verträgt sich dieser Heilige Krieg mit den Lehren Jesu?«, fragte Barbello, während er seinem Reisesack ein Paar neuer Hosen entnahm und sie mit deiner Hilfe anzog, wie zuvor durch Malagigis geöffneten Mantel vor unseren Blicken geschützt.

»Er verträgt sich in Wahrheit sehr schlecht damit«, antwortete Naudé lächelnd. »Innere Widersprüche sind ein Merkmal vieler Religionen. Dort, wo sie menschenfreundlich und barmherzig erscheinen, haben sie meist einfach Inhalte der Predigten Jesu übernommen. Doch sobald es an ihre eigenen Inhalte geht, offenbaren sie sich in ihrer ganzen Grausamkeit. Ich gebe dir ein Beispiel …«

»Ich gebe es!«, mischte sich Schoppe ein, bevor Naudé wieder zu einem blasphemischen Beispiel greifen konnte, wie bei dem Zitat aus dem Talmud. »Sogar Luther, Zwingli und Calvin stimmen mit uns überein, was Maria betrifft: Sie ist wirklich Jungfrau, sie ist ein Vorbild christlichen Lebens und so weiter. So haben sie geschrieben, tatsächlich aber haben sie Mariengebete aus den Riten der Glaubenspraxis ausgeschlossen. Calvin verbietet, das Ave Maria oder den Rosenkranz zu beten, die Calvinisten haben erbittert gegen alle Statuen von Heiligen und der Jungfrau Maria gewütet. In den von ihnen beherrschten Gegenden wurden sämtliche Heiligtümer der Muttergottes zerstört.«

»Ja, das stimmt, im Chablais hatten die Katholiken vor der Reformation eine besondere Vorliebe für ihre beiden Marienheiligtümer«, pflichtete Hardouin bei, »die Kapellen Notre Dame d'Hermone und Notre Dame des Voirons. Wenige Jahre nach der Ankunft Luthers wurden diese heiligen Orte zerstört.«

»Nun, mir scheint, diesen Barbaresken und den Protestanten hat man eher den Talmud als den Koran beigebracht«, lachte Barbello, der seine gute Laune wiedergewonnen hatte, senkte dann aber sofort die Stimme, bei dem Gedanken, was mit ihm geschehen würde, wenn die Piraten ihn hörten.

»Von wegen Talmud, von wegen Muselmanen, habt Ihr denn nicht gehört? Diese Kerle sprechen unsere Sprache, als wenn nichts dabei wäre. Ich sage Euch, das sind alles Italiener«, zischte Malagigi flüsternd, doch mit mühsam zurückgehaltener Erregung.

»Wie bitte? Italiener?« Die Worte deines Lehrers versetzten dich in Erstaunen.

In diesem Moment wurde das Getrappel der Korsaren über unseren Köpfen vernehmlicher. Wir hörten den dumpfen Aufprall weiterer Falltüren, die geöffnet und geschlossen wurden. Sie befanden sich an anderen Stellen auf Deck und führten in andere Teile des Kielraums. Bei jedem Öffnen einer Falltür hörte man die Korsaren aufschreien, jedes Mal lauter und aufgeregter. Man konnte auch das frenetische Hin und Her einiger Männer zwischen den beiden Schiffen unterscheiden, da ein paar der beim Kapern benutzten Stege direkt über unserem Teil des Kielraums lagen.

Just in diesem Augenblick hörte man einige Schläge auf die Falltür über uns, die an Deck führte, sodann Schritte, die rasch die Leiter herunterkamen. Ein Beben durchfuhr unsere ganze Gruppe.

DISKURS XVII

Darin das Schicksal die Oberhand über die Gewalttätigkeit der Barbaresken gewinnt, aber nicht ausreicht, um alle wieder in sichere Gewässer zu bringen, sondern die Lage außerordentlich verkompliziert.

»Großer Gott! Sie wollen uns unsere Sachen wegnehmen!«, sagte Malagigi.

Augenblicklich begriffen wir: Die Barbaresken hatten gewartet, bis wir unsere Habseligkeiten wieder an uns genommen hatten, um sie uns dann in aller Ruhe abzunehmen, statt mühsam in den hintersten Winkeln des Schiffes danach zu suchen.

Alle griffen verzweifelt in ihre Taschen, Säckchen oder Hosen und überlegten, wo sie ihre Sachen verstecken konnten. Du und ich sahen einander an, dann ließen wir den Blick schweifen, auf der Suche nach einer Nische, einem Loch im Holz, einer losen Planke … Zu spät, die Räuber waren bereits unter uns.

»Alle brav, geben sofort Zaster!«

Mitten in unserer Gruppe stand der kleine Lockenkopf, mit einer großen Arkebuse, die auf uns zielte. Die Drohung mit der Waffe war übertrieben und in dem engen Raum, in dem wir uns befanden, überdies gefährlich. Begleitet wurde der Lockenkopf von einem abstoßenden Spießgesellen, einem Fettwanst mit pockennarbigem Gesicht, ebenfalls mit einer Pistole bewaffnet. Er durchsuchte uns gründlich und steckte unsere gesamte Habe ein. Beide schienen es sehr eilig zu haben.

»Sie hatten recht, auf Scheitan ist wirklich Verlass«, sagte Schoppe mit bitterer Ironie.

Der Lockenkopf suchte mit Blicken nach dem Urheber dieses frechen Kommentars. Aber dafür war es zu spät.

Der Donner kam völlig unvermutet und erschütterte alles. Unser Schiff wurde so plötzlich emporgehoben, dass die größten unter uns mit dem Kopf gegen die niedrige Decke des Kielraums stießen. Es folgte eine weitere Detonation, die weniger verheerend war, aber im Verein mit der ersten das Schiff ins Schlingern brachte. Ein Regen von Holzteilen und eine dichte Rauchwolke ließen uns augenblicklich erblinden.

»Das Schießpulver hat Feuer gefangen!«, schrie Naudé.

Die beiden Korsaren rannten bereits zur Leiter, als eine dritte Explosion uns alle miteinander zu Boden schleuderte. Der ganze Kielraum war von dichten Rauchschwaden erfüllt.

Die folgenden Momente sind in meiner Erinnerung etwas verschwommen, doch ich weiß noch gewiss, dass ich laut nach dir rief, während sich in unserer Gruppe und in dem engen Raum das Chaos ausbreitete. Ich weiß nicht mehr, in welcher Reihenfolge wir, einander wegstoßend und mit Füßen tretend, aus dem Kielraum herauskamen. Ich weiß nur, dass der Anblick, der sich uns im Freien bot, weit schlimmer war als wir erwartet hatten.

Zum zweiten Mal an diesem Tag war der obere Teil der Galeere in Wolken schwarzen Rauches gehüllt. Feuerzungen breiteten sich von den Seiten des Schiffes in alle Richtungen aus und griffen auf die Karacke der Barbaresken über. Es waren jene Feuergewerke, welche eigens dafür gedacht sind, feindliche Schiffe in Brand zu setzen. Panische und zornige Schreie erhoben sich auf dem Schiff der Korsaren, die offenbar erst vor wenigen Augenblicken die Schießpulvervorräte in unserem Laderaum entdeckt (daher das frenetische Hin und Her auf Deck) und erkannt hatten, dass sie das einzige Schiff gekapert und fest mit dem ihren vertäut hatten, das jedes Schiff innerhalb von fünf Minuten versenken konnte.

Die französische Galeere wurde abermals von einer gewaltigen Erschütterung erfasst.

»Zum Rettungsboot! Schnell!«, drängte uns Pasqualini, während wir schwankend durch den Rauch irrten und versuchten, uns zurechtzufinden.

Einem vierten, unfassbar mächtigen Dröhnen folgten nach wenigen Sekunden zwei große Stichflammen. Die eine breitete sich zum Meer hin aus, die andere, auf der gegenüberliegenden Seite des Schiffs, erfasste den Barbaresken, der sich unsere Habe eingesteckt hatte, und griff dann auf die Karacke und zwei Korsaren über, die dort an Deck hantierten. Die gellenden Schreie der drei Männer ließen uns erschauern. Wie ein Echo ertönten die Rufe anderer Korsaren, die unter dem Kommando des Statthalters, der von unserer Galeere aus in der Lingua franca Befehle zu ihnen hinüberrief, Manöver auf der Karacke vollführten. In diesem Augenblick driftete unser Schiff deutlich wahrnehmbar ab, der Rauch lichtete sich ein wenig, und wir sahen etwas. Erst da erkannte ich, worauf die aus vollem Halse gebrüllten Befehle des Statthalters abzielten: Die Barbaresken versuchten in großer Hast, ihre Karacke von unserer Galeere zu lösen. Taue wurden entknotet, die Stege ins Wasser geworfen, Seile mit eisernen Haken gekappt, um Zeit zu gewinnen. Binnen Kürze würde man uns auf dem brennenden Wrack allein zurücklassen.

Schon bald gab es keine Verbindung mehr zwischen den beiden Schiffen. Die Korsaren auf dem Deck der Karacke beobachteten zögernd ihren Kameraden, der von unserer Galeere aus mit den Armen fuchtelte und sie aufforderte, sich zu entfernen, ohne sich um ihn zu kümmern. »Ir! Ir!« – Haut ab! Haut ab! –, hörte ich ihn schreien. Ali Rais konnte natürlich nicht sein ganzes Schiff in Gefahr bringen, nur um ein paar seiner Matrosen einzusammeln. Beklommen beobachtete Malagigi den Mut und die Treue des Statthalters zu seinem Kapitän. »Atto! Wo bist du?«, rief ich in den rußigen Nebel hinein.

Plötzlich warst du, hustend und halb erstickt, mit Barbello an meiner Seite und zeigtest mir, ein Taschentuch vor den Mund gepresst, die anderen aus unserer Gruppe, die in der Nähe versuchten, das Rettungsboot zu Wasser zu lassen. Wir packten mit vereinten Kräften an, doch das Unterfangen war mühselig – wer von uns hatte je ein Boot von einem Schiff ins Meer gesenkt? Wir verloren kostbare Minuten, weil wir rätselten, wie das kleine Boot aus seiner Vertäuung zu lösen war. Der starke Rauch, den das Brandschiff ordnungsgemäß entfaltete, um die feindlichen Schiffe zu verwirren, verhinderte jede koordinierte, gemeinsame Aktion.

»Wir nehmen das andere!«, drängte Barbello, auf das Boot im Schlepptau der Galeere zeigend. Doch die älteren unter uns, Schoppe und Guyetus, hätten einen Sprung ins Wasser nicht überlebt, zumal in dieser Jahreszeit. Zum Glück liegt eine Galeere immer tief im Wasser, darum gelang es uns, das Boot nah heranzuziehen und sie an Bord zu hieven, ohne dass jemand ins Meer fiel.

Gerade schickten wir uns an, Abstand zu der Galeere zu gewinnen, als das Unerwartete geschah: Kugeln aus einer Arkebuse pfiffen über unsere Köpfe hinweg. Der Statthalter mit der langen Mähne hatte in die Luft gefeuert, nicht um jemanden zu treffen, sondern um sich in dem allgemeinen Chaos, in dem alles und alle zu versinken drohten, Gehör zu verschaffen. Hinter ihm erkannte man einen Lockenkopf, das Gesicht blutüberströmt von einer Wunde am Hinterkopf, der zu uns hinüberblickte, unschlüssig, ob er uns Befehle erteilen oder um Hilfe anflehen sollte. Auf der anderen Seite sah man noch den Hauptmast der Karacke, die unter großen Mühen wendete (die runden Schiffe ohne Ruder sind für so missliche Lagen am wenigsten geeignet), um sich von dem rauchenden, brennenden Rumpf der französischen Galeere zu entfernen.

Ein lautes Pfeifen, dann abermals eine Explosion, die das ganze Schiff erzittern ließ, halfen uns aus der Verlegenheit.

»Springt ins Boot! Herrgott, beeilt euch!«, schrie Malagigi den beiden Räubern zu.

DISKURS XVIII

Darin man sich allein mitten auf dem Meer befindet, zu verstehen versucht, was die Katastrophe ausgelöst hat, und die Bekanntschaft der beiden Korsaren vertieft, welche keine solchen sein möchten.

Die folgenden Minuten waren vielleicht die düstersten und verworrensten im Leben eines jeden von uns. Die vereinte Anstrengung von vier Ruderern, den jüngsten und kräftigsten Männern der Gruppe (die beiden Korsaren, Hardouin und Malagigi), reichte kaum aus, um das Boot auf Kurs zu halten. Die Karacke hatte sich rasch von der brennenden Galeere entfernt, damit ihre Segel nicht durch Funkenflug Feuer fingen. Doch gewiss würde sie sehr bald versuchen, uns wieder einzufangen. Die Korsaren würden nicht so leicht auf ihre kostbarsten Beutestücke verzichten, nämlich Naudé und, wie sie glaubten, Schoppe, für die Mazarin ein üppiges Lösegeld zahlen würde.

Das Wrack des französischen Schiffs, das, von Flammen umhüllt, an eine riesige, schwimmende Fackel gemahnte, war nach hinten gekippt und hatte in seinem dramatischen Todeskampf den Bug zum Himmel aufgerichtet. Die Flammen blitzten aus gewaltigen, pechschwarzen Rauchwolken hervor, welche vom Wind gepeitscht und wie Windhosen nach unten gedrückt wurden, sodass sie auch unser Boot streiften, was beim alten Schoppe einen fürchterlichen Hustenanfall auslöste.

Von den beiden Korsaren, die nun zu unseren Leidensgefährten geworden waren, erfuhren wir, was in den Minuten vor der Katastrophe geschehen war. Die Franzosen hatten das Schießpulver gut versteckt, weil sie tatsächlich einen Überfall der Korsaren befürchteten. Nach ihrer Gefangennahme hatten die französischen Offiziere die eigentliche Funktion ihres Schiffes mutig verschwiegen. Die Barbaresken wiederum waren zunächst nur zufällig auf einige Kisten Schießpulver gestoßen, dann hatten sie ein System aus mehreren Zündschnüren entdeckt, die aus versteckten Nischen hervorkamen und zu dem explosiven Pulver führten. Zuletzt hatten sie das zusätzliche Rettungsschiff gesehen, das im Schlepptau der Galeere hing. Nachdem mit diesen Entdeckungen feststand, dass die Galeere in Wirklichkeit ein Brandschiff war, hatte man sofort versucht, Ali zu warnen, doch in eben diesem Moment war die erste Explosion erfolgt. Wahrscheinlich hatte ein unvorsichtiger Korsar mit einer Arkebuse oder Pistole hantiert und das Feuer entfacht.

Das Tageslicht wurde langsam schwächer, der kalte Wind wurde eisig, das Geräusch der Ruder wetteiferte mit dem schaumigen Murmeln der Wellen. Hardouin, Malagigi und die beiden Barbaresken mühten sich mit aller Kraft, uns aus den Gewässern herauszubringen, in denen sich unser Unglück abgespielt hatte, doch noch immer sahen wir in der Ferne die rauchenden Umrisse unseres Schiffes, das sich als sinnloser Scheiterhaufen selbst verzehrte.

Plötzlich staunten wir. Der Bug der französischen Galeere hatte sich noch weiter erhoben, wahrscheinlich weil Wasser ins Heck eingedrungen war, denn die Explosionen mussten große Löcher in den Rumpf gerissen haben. Man hörte ein unheimliches Knirschen, dann einen Knall. Wie in einem letzten Todeszucken bäumte der Bug sich noch höher auf. Dann versank das Wrack vor unseren entsetzten Blicken blitzschnell, senkrecht wie ein ins Wasser gestoßener Dolch, nachdem es zum ersten und letzten Mal die elegant geschwungene Rundung seines Steuerruders zum Himmel gewandt hatte. Zum Glück waren wir schon weit genug entfernt, sonst hätte der Sog des über dem Schiff zusammenströmenden Wassers uns verschlungen. Schon als das Feuer ausgebrochen war, hatte die Galeere nichts mehr für uns tun können, trotzdem überkam uns bei dem Gedanken, nun allein, ohne den Anblick dieses nutzlosen, aber vertrauten Schiffes mitten auf dem Meer zu sein, die düsterste Trübsal. Verstohlen blickte ich in die Gesichter der anderen und fand nur Bestürzung und Verzweiflung.

»Seht!«, riefst du plötzlich aus, mit der linken Hand zum Horizont zeigend.

Alis Karacke steuerte auf uns zu. Sie schien sich nähern zu wollen.

»Sie kommen uns holen!«, riefst du, unsicher, ob du dich freuen solltest, weil man dich aus diesem schwankenden Boot retten würde, oder ob du dich vor der bevorstehenden, erneuten Gefangennahme durch die Korsaren fürchten solltest.

Dein gespaltener Seelenzustand wurde vom Rest der Schiffbrüchigen geteilt. Nur der lockenköpfige Korsar begann heftig mit den Armen zu fuchteln, um die sich nähernden Piraten, seine Freunde, zu begrüßen. Der Statthalter verfolgte aufmerksam die Manöver des Schiffs.

»He, was habt ihr zu tuscheln, ihr drei?«, fragte er barsch, zu Naudé,

Malagigi und mir gewandt. Die nahende Vereinigung mit seinen Kameraden hatte dem Barbaresken seine grimmige Entschlossenheit zurückgegeben.

»Das werde ich dir gleich sagen«, antwortete der französische Bibliothekar prompt.

Naudé hielt eine Pistole in der Hand.

»Befiehl deinen Freunden dort drüben auf der Karacke, umzukehren und uns in Ruhe zu lassen«, forderte er.

»Sie ist geladen«, beeilte sich Pasqualini dem Statthalter zu erklären.

»Seid ihr verrückt? Glaubt ihr wirklich, sie gehorchen mir und verzichten auf die fette Beute, die ihr für Ali Rais bedeutet?«

»Mach keine Schwierigkeiten. Gib ihnen ein Zeichen umzudrehen«, wiederholte Naudé mit unbewegter Miene, während sein Blick immer wieder den meinen kreuzte.

Die Karacke kam derweil stetig näher. Ich meinte Ali Rais zu erkennen, der uns vom Oberdeck aus beobachtete.

»Wenn Ali sieht, dass ihr eine Pistole habt, schießt er erst auf mich und dann auf den da«, beharrte der Statthalter, auf den Lockenkopf zeigend. »Mein Rais ist nicht der Mann, der sich erpressen lässt.«

»Probieren wir's aus«, erwiderte Naudé und zielte mit dem Lauf der Pistole auf das Gesicht des Barbaresken.

»Aufgepasst, Ali könnte auch auf jemanden von euch schießen.«

»Du widersprichst dir, mein Freund«, reizte ihn Malagigi. »Eben hast du noch gesagt, dass dieses Raubtier, dein Anführer, nicht auf die fette Beute verzichten würde, die wir für ihn bedeuten.«

Das Schiff kam immer näher.

»Sag ihnen, sie sollen abhauen!«, schrie Naudé fast wie von Sinnen den Statthalter an.

Mazarins Bibliothekar hielt die Rolle des eiskalten Schützen, die ihm im Grunde wenig entsprach, nicht mehr durch. Ich betete zum Himmel, dass er bei all den Reisen quer durch Europa und der ständigen Gefahr, von Räubern überfallen zu werden, wenigstens eine gewisse Vertrautheit mit Feuerwaffen erworben hatte.

Der verwirrte und panische Geisteszustand, der sich auf den Zügen des Pariser Bibliothekars abzuzeichnen begann, machte den Statthalter nicht selbstsicherer, sondern alarmierte ihn. Und er hatte nicht Unrecht: Naudé drohte die Nerven zu verlieren und blindwütig auf ihn zu schießen.

Der Barbareske seufzte, erhob sich langsam von der Ruderbank und strich sich seine langen, fuchsroten Haarsträhnen aus dem Gesicht. Hochaufgerichtet, die Arme erhoben, um seinen Kameraden zu bedeuten, dass er sprechen werde, schrie er aus vollem Halse etwas auf Türkisch. Darauf blieb es still. Der Statthalter wiederholte seine Botschaft.

»Wer soll denn verstehen, was dieser Gauner sagt?«, rief Guyetus beunruhigt. »Warum spricht er nicht Italienisch oder wenigstens die Lingua franca? Wie können wir sicher sein, dass er …«

In diesem Moment erfolgte die Antwort vom Deck der Karacke. Es gab einen Wortwechsel, dann setzte Ali Rais sich an die Spitze seiner Männer. Ein ganzer Trupp von Barbaresken umgab ihn. Alle legten ihre Musketen an und richteten sie auf uns.

Es geschah so schnell, dass wir keine Zeit hatten, ins Wasser zu springen oder vor Schreck an einem Herzschlag zu sterben, als wir dieses Erschießungskommando vor uns sahen.

Ali Rais und seine Männer eröffneten das Feuer. Während wir die Kugeln pfeifend über unsere Köpfe fliegen hörten, sahen wir, wie der Rais seinen Statthalter mit einer Handbewegung verabschiedete, uns den Rücken zudrehte und im Innern des Schiffes verschwand. Nur der Rauch der Musketen blieb zurück. Das Piratenschiff drehte ab und begann sich zu entfernen.

Jeder von uns betastete sich, um sich zu vergewissern, dass er noch am Leben war und keine Löcher in irgendeinem Körperteil hatte. Währenddessen beugtest du, armer Atto, dich über den Bootsrand, um zu erbrechen. Die angesammelte Anspannung musste sich urplötzlich entladen.

Aber was war geschehen? Ali Rais war wirklich verschwunden, nachdem er uns zur Erinnerung und Warnung einen haarscharf über unsere Köpfe hinweg gezielten Kugelhagel hinterlassen hatte.

»Siehst du, dass ich recht hatte? Dein Rais liebt dich«, bemerkte Naudé ironisch, die Pistole noch immer auf die Brust des Statthalters gerichtet. So konnten du und ich die beiden Korsaren durchsuchen. Als schließlich mehrere Dolche verschiedener Größe und Machart auf dem Boden des Bootes lagen, ließ er zufrieden die Pistole zurück in meinen Reisesack gleiten, der offen neben ihm gelegen hatte.

Unsere vier Ruderer legten sich wieder ächzend in die Riemen und brachten uns endlich fort von diesem traurigen Meeresabschnitt. Auch Alis Schiff entfernte sich mit vollen Segeln, und fast alle konnten wir noch immer nicht fassen, dass wir der Gefahr entronnen waren. Hatte der Korsar wirklich auf eine so gute Gelegenheit verzichtet, sich auf Kosten der königlichen Kassen Frankreichs zu bereichern?

»Wie um alles in der Welt hast du deinen Rais dazu gebracht, uns in Ruhe zu lassen?«, fragte Guyetus misstrauisch.

»Zuerst habe ich ihm gesagt, dass ich nicht sicher bin, ob ihr nur diese eine oder noch mehr Pistolen habt, also das Feuer auf sein Schiff eröffnen könntet, was unvorhersehbare Folgen gehabt hätte. Wenn er euch dagegen alle gleich auf der Stelle erschießen würde, könnte er das Lösegeld vergessen, ganz zu schweigen davon, dass der Bey von Tunis, der ein Zehntel von allen Plünderungen des Rais fordert, ihm den Kopf absäbeln lassen würde, wenn er hörte, dass ihm eine so hohe Summe entgangen ist. Außerdem hat Ali ja die Offiziere der französischen Galeere als Geiseln an Bord, auch für die wird Mazarin eine hübsche Summe zahlen müssen.«

»Deine Rede hat Lecks an allen Ecken und Ecken, du Verbrecher!«, donnerte Guyetus. »Warum sollte ein ganzes Erschießungskommando aus Barbaresken an Bord einer mit Kanonen bewaffneten, riesigen Karacke Angst vor uns armen Unglückswürmern hier auf dieser Nussschale haben? Und dadurch, dass er uns laufenließ, hat Ali das Lösegeld für uns verloren!«

»Er hat doch sicher immer noch die Absicht, uns zu schnappen, wahrscheinlich wenn wir es am wenigsten erwarten, stimmt's?«, fragte Malagigi den Statthalter, der die Augen senkte.

Pasqualini hatte richtig geraten. Die Gefahr, wieder in die Klauen von Ali Rais und seinen Männern zu geraten, war alles andere als gebannt.

Im letzten Tageslicht spähte ich verstohlen in die Gesichter der anderen. Guyetus war bei Pasqualinis Worten endgültig in sich zusammengesunken und lag jetzt, zerzaust und mürrisch wie eine alte Elster am Bug. Mit einer Hand schützte er sich müde gegen die Spritzer der Wellen, in der anderen hielt er das Säckchen, in dem er die Gerätschaften verwahrte, die er vor der Katastrophe hatte retten können. Neben ihm saß Naudé aufrecht und wandte den Kopf nach rechts und links, um noch in der Abenddämmerung eine Landzunge zu erspähen, auf die man sich flüchten konnte, oder um zu kontrollieren, in welche Richtung das Piratenschiff fuhr. Auch er trug einen großen Sack aus hartem Leder mit breiten Schulterriemen auf dem Rücken, in den er seine Kopie der Gutenbergbibel gesteckt hatte. Am Heck kauerte Schoppe zu meiner Seite. Körperlich erschöpft, aber geistig wach, brummte er auf Deutsch einige Verwünschungen gegen Ali Rais, der uns nicht in Ruhe lassen wollte, außerdem gegen alle Korsaren des Mare Nostrum und nicht zuletzt gegen Luther, Calvin und alle Ungläubigen der Erde. Doch er hatte die Freundlichkeit besessen, eine kleine Decke über deine Schultern zu legen. Ich betrachtete dich. Du warst kreidebleich, deine Augenlider sanken herab, von jener Erschöpfung gezeichnet, in die junge Menschen sich unbewusst flüchten, wenn die Dinge der Welt unerträglich werden.

»Presto arrivar la noche«, gab der lockenköpfige Korsar besorgt zu bedenken.

Er trug einen Schal aus weißem Tuch um den Hals, den er gewiss bei einem seiner vielen Überfälle auf wehrlose Handelsschiffe einem Edelmann geraubt hatte.

Wir fragten ihn nach seinem Namen.

»Me Mustafa, aber vero nom di me esta Antonio«, antwortete er.

»Antonio? Bist du auch Italiener?«, rief Malagigi erstaunt aus und hörte auf zu rudern.

Der Korsar erzählte, er sei zusammen mit seiner Mutter aus einem sizilianischen Dorf entführt und noch als Kind von ihr getrennt worden. Sein Vater wurde bei diesem Überfall der Korsaren getötet, und er erinnerte sich nicht einmal mehr an seinen Namen. Den eigenen kannte er, weil er ihn hatte behalten dürfen, obwohl er als Sklave häufig den Besitzer gewechselt hatte.

»Aber du bist doch ein Abtrünniger, du hast dich zu Mohammed bekehrt, oder?«, fragte Guyetus argwöhnisch. »Und sprichst trotzdem kein Türkisch?«

»Ich habe es euch doch gesagt«, bemerkte Pasqualini. »Diese Barbaresken sind im Grunde samt und sonders abtrünnige Italiener! Hungerleider, die ihr Glück gemacht haben, als sie mit Allahs Erlaubnis in ihre Heimatdörfer zurückgekehrt sind, um plündernd und marodierend blutige Rache an ihren Landsleuten zu nehmen, denen es ein bisschen besser ging als ihnen!«

Da mischte sich der Statthalter ein. Zunächst stellte er sich vor, bei den Korsaren heiße er Kemal, in Wirklichkeit aber Vincenzo.

»Mein Freund hier wurde zur Konversion gezwungen!«, rief er sodann betrübt aus. »Könnt ihr euch nicht vorstellen, dass er lieber, wie ich auch, in seiner Heimat geblieben wäre? Doch wenn man in den Barbareskenreichen überleben will, muss man die Religion des Propheten annehmen. Sonst lassen sie dich in den Sklavenbädern verfaulen. Mein Vater war ein italienischer Kaufmann, meine Mutter war Engländerin, und sie wurde mit mir von algerischen Korsaren geraubt. Man verkaufte uns an zwei verschiedene Herren und trennte uns so für immer. Aus Kummer blieb ich drei ganze Jahre lang stumm. Ich musste mich in die Konversion fügen. Also habe ich den Zeigefinger zum Himmel erhoben, und wie alle dem Koran ewige Treue geschworen. Ich habe mich beschneiden lassen, wie alle. Ich esse fast jeden Tag Fleisch und verfluche den Gott der Nazarener, wie alle. Aber wenn ich könnte, würde ich zu euch Christen zurückkehren, das schwöre ich.«

»Und warum tust du es nicht?«, fragte Hardouin.

»Weil ich nicht sterben will. Wenn eure Leute mich bestrafen, weil ich Korsar war und mich zum Galeerensklaven machen, könnte ich von den Barbaresken, die mich kennen, gefunden werden. Sie würden mir wegen des Verrats sofort die Kehle durchschneiden. Simon Danziker, der Holländer, der zu den Barbaresken übergewechselt war und dann wieder auf die Seite der Nazarener zurückgekehrt ist, wurde, kaum hatte der Bey von Tunis ihn geschnappt, in Stücke gerissen und seine Leiche in einen Graben geworfen. Der Kapitän Kara Hasan, der für Barbarossa gegen Ahmed-ben-el-Kadi gekämpft und sich dann gegen seinen Herrn aufgelehnt hatte, wurde, nachdem er geschlagen und gefangen genommen war, von Barbarossa persönlich aufgeschlitzt, denn dem lag viel daran zu zeigen, wie Verräter enden. Wer Mohammed überläuft und dann abtrünnig wird, der nimmt immer ein böses Ende.«

»Nazaren mucho gefährlich, aber Korsar mucho mehr gefährlich!«, erklärte Mustafa, während er sich mit einer stolzen Geste seinen weißen Schal um den Hals legte.

»Alles Feiglinge, diese Renegaten«, bemerkte Schoppe in seinem gewohnten grimmigen Ton.

Ich fragte die Korsaren: »Was ist euer Meinung nach der nächstgelegene Landeplatz?«

»Die Insel Gorgona im Westen.«

Gorgona. Der Name der unbedeutenden kleinen Insel, der auf Altgriechisch »Sirene« bedeutet, ließ Naudé, Hardouin und Guyetus zusammenzucken und in lautes Rufen ausbrechen, als wären sie plötzlich durch den Gesang einer Sirene verhext. Schoppe blickte sie überrascht an, da er den Grund für diese Aufregung nicht verstand.

»Soll sich Capraia und Gorgona rühren!«, zitierte Schoppe Dante, in der Hoffnung, die Insel könne uns durch Zauberkraft entgegenkommen.

Während Hardouin offenbar von Guyetus über unser Gespräch in der Unterkunft der Offiziere informiert worden war, wusste Schoppe von gar nichts. Da er ihr Konkurrent bei der Suche nach den kostbaren Handschriften war, hatten seine französischen Kollegen ihm verschwiegen, dass Philos Ptetès sich möglicherweise auf Gorgona aufgehalten hatte. Gewiss, du hattest Naudé und Guyetus beteuert, dass du den Namen des slawonischen Mönches nicht kanntest, der vor zwei Jahren auf der Reise nach Frankreich auf der Insel zurückgelassen wurde, weil ihn eine Schlange gebissen hatte. Aber das hatte ihre Hoffnung, auf Gorgona Spuren von Philos Ptetès und der enormen Menge unveröffentlichter literarischer Meisterwerke der Antike zu finden, nicht gedämpft. Immerhin würden sie dem, der sie zuerst in Druck gab, unsterblichen Ruhm einbringen.

»Was ist denn mit euch los? Seid ihr übergeschnappt?«, fragte Schoppe mehrmals, jedoch ohne dass seine gelehrten Kollegen irgendeine Notiz von ihm nahmen.

Ich beobachtete dich. Du saßest direkt neben Schoppe und verfolgtest aufmerksam die Szene. Du hättest ihn davon in Kenntnis setzen können, wie wichtig es war, nach Gorgona zu gelangen, so wie du an diesem Tag Naudé und Guyetus die überraschenden Nachrichten von Philos Ptetès geliefert hattest. Doch das tatest du nicht.

Dein Blick war hart und wieder lag darin jenes kalte silberne Funkeln, das ich nach meinen bitteren Ermahnungen am Vortage in deiner Seele hatte entstehen sehen. Jetzt las ich zusätzlich Ehrgeiz und Verlangen in deinen Augen. Am vorigen Morgen hattest auch du von jener verwickelten Geschichte erfahren, in der sowohl die Medici, unsere Herren, als auch dein neuer Mäzen Kardinal Mazarin eine Rolle spielten. Darum weihtest du Schoppe nicht ein, der dir bei deinen ehrgeizigen Plänen nicht helfen konnte, spitztest aber die Ohren, damit dir keine Gelegenheit entging, beiden Herren dienen zu können, den Toskanern wie den Franzosen, und von beiden reich entschädigt zu werden.

Ich fühlte, dass es zu spät war, um dich aufzuhalten. Was hätte ich auch tun können? Niemand, auch ich nicht, hatte dich vor dem grausamsten, abscheulichsten Missbrauch retten wollen, den der menschliche Geist ersinnen konnte. Also hattest du beschlossen, den größten Nutzen daraus zu ziehen, ja, auch ein doppeltes Spiel, vielleicht sogar Verrat nicht zu verschmähen, sobald sich die Gelegenheit bot. Worüber beklagte ich mich? Hatte ich dir nicht selbst am vorigen Tag gesagt, der launischen Schicksalsgöttin müsse man die großen Momente im Leben entweder hinterrücks oder durch Verstellung entreißen?

Warum spürte ich jetzt ein Beben und einen jähen verzweifelten Schmerz in meiner Brust? War ich nicht selbst der Auslöser deiner heutigen Verwandlung gewesen? Nein, vielleicht war ich es nicht, ich hatte dir nur die Augen vor der unveränderlichen Wirklichkeit geöffnet und vor den Verheerungen, die die Liebe dir bringen würde. Dein Leben ist und wird hart sein, mein geliebter Atto, sagte ich dir mit meinem Herzen. Du wirst noch härter sein müssen.

Derweil hattest du nach einem ausgiebigen Gähnen die Augen zu einem vorgetäuschten Schlaf geschlossen, um nicht mit Schoppe sprechen zu müssen, der sich bereits mit Fragen an dich wandte. Der alte Deutsche verzichtete jedoch bald auf Nachforschungen, gähnte, von dir angesteckt, und schloss die Lider, um sich nach diesem schrecklichen Tag der Erschöpfung zu überlassen.

Ich versuchte, die Stimmung derjenigen, die noch wach waren, zu heben, indem ich sie zum Handeln aufforderte:

»Der Wind steht günstig. Die Garnison des Großherzogs ist häufig auf Gorgona stationiert, also wird es auch ein Feuer oder einen Leuchtturm geben, der uns helfen wird, sie zu erspähen. Wir finden sie, seid guten Mutes.«

Auf der Insel würden wir warten, bis ein französisches oder spanisches Schiff anlegte, um Wasser zu holen.

DISKURS XIX

Darin man sich im Rudern erprobt und alsbald von einer Geschichte abgelenkt wird.

Die vier Ruderer mühten sich tapfer, doch um das Boot stabiler im Wasser zu halten, mussten wir anderen uns hinlegen oder uns wenigstens auf die Bänke kauern. Innerhalb weniger Minuten ließen die Müdesten sich vom regelmäßigen Eintauchen der Ruder in den Schlaf wiegen. Auch du warst entschlummert und neben dir Barbello. Aus dem Augenwinkel sah ich, dass Naudé, der noch hellwach schien, seinen schweren, prall gefüllten Ledersack geöffnet hatte und darin wühlte. Ich hob die Augen, und er sah, dass auch ich wach war.

»Ich bin zu Tode erschöpft«, sagte er, »doch ich kann nicht schlafen, bevor ich mich nicht vergewissert habe, dass Kardinal Mazarins Bibel unversehrt ist.«

»Ich verstehe Euch, Monsire Naudé, auch ich habe nur wie durch ein Wunder die Aufzeichnungen für den Großherzog der Toskana gerettet. Wer hätte diese Katastrophe vorhersehen können? Pasqualini war klüger, er hat nicht mal einen roten Heller Bargeld mitgenommen, er kam aus Rom nur mit den Wechselbriefen an, die ihm der Kardinal geschickt hatte.«

»Rom! Ach, was gäbe ich nicht dafür, wenn ich es nie verlassen hätte«, seufzte Naudé.

Darauf erzählte ich ihm, dass ich vor dreizehn Jahren einen Franzosen wie ihn kennengelernt hatte, einen gewissen Jean-Jacques Bouchard, der im Dienst der Kardinäle Antonio und Francesco Barberini stand, den Neffen Papst Urbans VIII., der unserem derzeitigen Papst Innozenz X. Pamphili vorausgegangen war.

»Er kam auf der Durchreise gen Rom nach Florenz und trieb ein ähnliches Gewerbe wie Ihr, Monsire Naudé, er suchte Bücher und Handschriften für die Bibliothek seines Padrone, in seinem Fall Kardinal Barberini.«

Bouchard war in die Toskana gekommen, um den großen Galileo Galilei zu besuchen, so wie auch Naudé ihn in Padua besucht hatte. Nachdem Galileo vom Papst wegen seiner Ideen über die Bewegung der Himmelskörper verurteilt worden war, hatte er seine Haftstrafe im eigenen Haus verbüßen dürfen. In der Toskana genoss der angesehene

Wissenschaftler den besonderen Schutz des Großherzogs, der ihn sogar persönlich aufsuchte. Der wahre Grund für Bouchards Reise war freilich ein anderer: er suchte einen Kopisten, der einen alten griechischen Kodex mit Schriften eines sehr geheimnisvollen Autors, eines gewissen Georgios Synkellos, entziffern konnte. Der Text war in einer sehr komplizierten Minuskel geschrieben, die sogar er selbst kaum lesen konnte, und Bouchard wollte ihn in einer modernen Ausgabe veröffentlichen lassen. Das Großherzogtum der Toskana war für die unübertreffliche Geschicklichkeit seiner Kopisten berühmt, wie Naudé wusste. Doch Bouchard hatte sich nicht, wie Naudé, an die offiziellen Kopisten des Großherzogs gewandt, sondern einen privaten Skribenten aufgesucht, wahrscheinlich weil die Expansionsbestrebungen der Barberini, seiner Herren, den Medici ein Dorn im Auge waren und er deshalb nicht in den Genuss jener Gunstbeweise gekommen wäre, die Mazarin und der Regentin Anna von Österreich, überdies eine Cousine des Großherzogs, gewährt wurden.

Der junge Franzose war zufrieden nach Rom zurückgekehrt. In der Toskana hatte er den Mann gefunden, den er brauchte, und ihm nicht nur die Entschlüsselung des Kodex von Synkellos, sondern auch das getreue Kopieren vieler anderer Schriften anvertraut.

»Ich kannte Bouchard auch.«

»Das dachte ich mir, Monsire Naudé. Beide Franzosen, um dieselbe Zeit in Rom ...«

»Ihr habt recht. Unmöglich, sich unter Landsleuten nicht kennenzulernen und miteinander Umgang zu pflegen«, antwortete er und kramte wieder in seinem Sack. »All jene Franzosen, die zwischen Frankreich und Italien hin- und herfuhren: Bourdelot, Quillet, Montereul, Saint-Amant ...«

Der Bibliothekar Seiner Eminenz verstummte. War er in ernste Überlegungen versunken, die er mir nicht offenbaren konnte? Vielleicht wagte ich mich zu weit vor, Naudé war ein enger Mitarbeiter des wichtigsten Staatsmanns von Frankreich, und nur die ungewöhnlichen Begebenheiten dieser Stunden zwangen ihn zu einer gewissen Vertraulichkeit mit mir, dem bescheidenen Secretarius.

»Apropos, erzählt mir doch bitte von der Gutenbergbibel für den Kardinal«, sagte ich, in der Hoffnung, ein Wechsel des Themas würde ihm gefallen.

Er öffnete den Sack und befühlte seinen Inhalt.

»Unversehrt, dem Himmel sei Dank«, seufzte er erleichtert. »Seit zwei Jahren wird mein ganzes Tun und Denken, jedes Wort, das ich spreche, jede Träne, jedes Lachen, jeder Bissen, den ich esse, sogar jeder Atemzug während des Schlafes, alles, mein ganzer Geist und Körper, von einem einzigen Wunsch durchdrungen: für Seine Eminenz Kardinal Mazarin die größte Bibliothek der Welt zu erschaffen.« Er wurde lebhafter, der Jagdinstinkt des fanatischen Bücherliebhabers kam hervor. »Es ist gleichgültig, wie viel ich reisen muss und dass ich meine Jugend und meine Kräfte aufzehre, um diese Aufgabe zu erfüllen. Trotze ich nicht sogar zusammen mit Euch den Folgen eines Überfalls durch Korsaren? Im Sommer vor zwei Jahren war ich in der Picardie, dann in Flandern. In den folgenden Monaten in Italien: Rom, Florenz, Ferrara, Mantua, Venedig und das geliebte Padua. Auf der Rückreise nach Frankreich bin ich kreuz und quer durch die Schweiz und das Veltlin gereist. In diesem Jahr habe ich Genf, Basel und Philippsbourg in Lothringen durchkämmt. Im nächsten Jahr sind die Niederlande und England an der Reihe, wenn die Kriege es erlauben. Jedes Mal kehre ich beladen wie ein Esel nach Paris zurück, mit hunderten äußerst kostbarer Ausgaben und Handschriften von größter Seltenheit. Wenn meine Arbeit beendet sein wird, das schwöre ich, wird die Bibliothek Seiner Eminenz die Ambrosiana in Mailand, die Angelica in Rom und die Bodleiana in Oxford übertreffen. Sie wird die Ideale Bibliothek sein.«

Naudé machte eine kleine Pause und sah sich um, als wollte er kontrollieren, ob jemand ihn belauschte. Doch ihr schlieft alle, während Hardouin und Malagigi mit den beiden Barbaresken am Ruder schwitzten.

»Wir werden diese Insel Gorgona niemals finden«, schnaubte Malagigi, missmutig den Horizont absuchend.

»Es gibt keine Insel, die nicht gefunden werden kann«, entgegnete der Statthalter von Ali Rais verächtlich.

»Willst du uns auf den Arm nehmen?«, fragte Hardouin.

»Ihr wisst nicht, was ihr sagt«, erwiderte der Barbareske zwischen zwei Ruderschlägen. »Es hat Männer wie Murad Rais gegeben, ein holländischer calvinistischer Hund aus Haarlem, der in Wirklichkeit Jan Jansz hieß, aber eine ganze Sammlung an falschen Namen hatte und sich zum Beispiel auch John Barber oder Caid Morato nannte. Er ist im vergangenen Jahr gestorben, und sein Leben war eines Korsaren würdig. Er war ein elender Renegat wie ich, seine Schiffe lagen bei Salé vor Gibraltar. In Holland hatte er Frau und Kinder, aber auch in Algier. Als ein dänischer Sklave ihm erzählte, er sei einmal auf einer Insel irgendwo im Nordmeer gewesen, wo es kalt und fast immer dunkel sei, hat er gleich gesagt, gut, fahren wir hin, und er hat sie gefunden. Diese Insel war Island. Dort hat Murad Rais sich einen Hafen ausgesucht, den Angriff befohlen und vierhundert Sklaven, Häute und Trockenfisch erbeutet. Außerdem hat er zwei Schiffe erobert und alles nach Salé, in seine Heimat, gebracht. Ein anderes Mal hat er seine Männer, Marokkaner, Janitscharen, alles Menschen mit einer Haut so schwarz wie Leder, in die eiskalten Gewässer in der Bucht von Baltimore in Irland springen lassen. Er hat ihnen befohlen, nachts anzugreifen, und seine Männer haben sich auf Baltimore gestürzt wie die Bestien, bewaffnet mit Krummsäbeln, Fackeln und Brechstangen. Nachdem sie alles verwüstet und verbrannt hatten, hat Murad Rais über dreihundert Sklaven heil und gesund bis nach Algier gebracht. Und du willst mir sagen, wir können nicht bis nach Gorgona kommen, das man von der Küste aus mit bloßem Auge sieht? Hahaha!«

Das hässliche Lachen des Korsaren hallte unheimlich über die Schlucht aus Wasser und Dunkelheit, die uns einzusaugen schien. Trotz seiner Erzählung hatte Kemal keine Sekunde lang den Rhythmus seiner regelmäßigen Ruderschläge unterbrochen. Malagigi dagegen stöhnte immer noch zwischen zwei Ruderschlägen auf.

»Und du, junger Singvogel«, sagte der Korsar zu Malagigi, »wenn du dich weniger anstrengen willst, halte das Ruder in größerem Abstand zur Dolle fest. Siehst du, wie ich es mache? Richtig, brav, mach so weiter. Und danke dem Himmel, dass auf diesem Boot nicht der berühmte Murad Rais das Kommando führt. Wenn die Galeeren der Cavalieri von Malta ihn verfolgten und er seine Rudersklaven antreiben wollte, schnitt er einem von ihnen den Arm ab und schwenkte den blutenden Stumpf durch die Luft, um den Rhythmus vorzugeben: eins, zwei, eins, zwei … Hahaha! Und du, Buchhändler, wie steht es mit dir?«

»Dieses Boot scheint aus Blei zu sein«, war Hardouins Antwort.

»Ihr kommt mir vor wie die Ruderer von Bostan Rais«, erwiderte der Barbareske. »Die beklagten sich auch immer: Warum ist dieses Schiff bloß so schwer? Dann ging jemand im Laderaum nachsehen und fand ihn bis oben hin gefüllt mit abgeschnittenen Nazarenerköpfen! Hahaha!«

»Du scheinst eine ganze Menge Geschichten über deine Korsaren-
kumpane zu kennen«, sagte Malagigi angeekelt und neugierig zugleich.

»Klar doch. Das ist wichtig«, antwortete Kemal, der wieder ernst
geworden war. »Sie dienen der Rudermannschaft zur Belehrung und
Inspiration. Aber noch wichtiger ist das Vorbild. Und niemand ist ein
besseres Vorbild als Ali Rais. Er ist ein Vorbild für alle. Das zeigt die
Geschichte seines Lebens, die ist so außergewöhnlich, dass niemand es
mit ihm aufnehmen kann. Und wenn ihr sie nicht wenigstens einmal
vernehmt, wird euer Leben nicht vollständig sein, wie es sich gehört.«

NOTIZ

*Darin die gegenwärtige Lage hintangestellt und die außergewöhnliche
Geschichte des Ali Rais, alias Ali Ferrarese, alias Francesco Guicciardo
aus Ferrara, Sklave, Renegat und berühmter Korsar, erzählt wird.*

Vor gut zweiundzwanzig Jahren, im Sommer 1624, hatte der Marquis
von Santa Cruz, der spanische Vizekönig, der über Süditalien regierte, im Meer von Sizilien einen großen Sieg gegen die Barbaresken
errungen. Nach einer erbitterten Seeschlacht hatte er drei große Galeonen der Korsaren voller Männer und Waffen erbeutet. Schiffe und
Mannschaften waren unter schärfste Bewachung gestellt worden,
denn sofort hatte sich das Gerücht verbreitet, Anführer der kleinen
Flotte, die aus Bizerta, dem Hafen des Barbareskenreichs Tunis kam,
sei der berühmte Ali Ferrarese, der blutrünstige, gefürchtete Korsar.
Dieser Name rief im ganzen sizilianischen Volk Erinnerungen an tragische Ereignisse wach. In die Tausende ging die Zahl derer, die auf
dem Meer von Barbaresken überfallen wurden und erzählen konnten, dass sie von Ali gefoltert, verschleppt und schließlich als Sklaven
verkauft worden waren.

Sofort eilt eine große Menge Neugieriger, allen voran die ehemaligen Opfer von Ali, zum Hafen von Palermo. Wer ihm einmal in die
Hände fiel, trägt noch immer tiefe Wunden aus den Jahren der Gefangenschaft in Tunis oder Bizerta, in den Weiten der Wüste oder an
den Rudern der Korsarenschiffe. Die sich jetzt am Hafen versam-

meln, sind dank eines Lösegelds oder einer wundersamen Flucht in ihre Heimat zurückgekehrt. Sie haben Ali kennengelernt, als er Mannschaftsführer auf dem Flaggschiff der Flotte von Bizerta war, sie dagegen an die Ruderbänke gekettet. Es sind alte Matrosen, Bauern, kleine Leute aus der Provinz, alle mittlerweile hochbetagt. Sie laufen zum Hafen, lassen sich die vom Vizekönig erbeuteten Schiffe zeigen und stellen fest: kein Zweifel, das ist er, er ist der Mann in Ketten auf der Ruderbank. Wie könnte man sein verfluchtes Gesicht vergessen? Er ist der Mann, der sie vor Jahren beschimpft, ausgepeitscht, blutig geschlagen, mit Füßen ins Gesicht getreten hat. Er ist der Italiener, der Italiener abschlachtet. Er hat die stillschweigende Regel gebrochen, dass Abtrünnige ihre einstigen Landsleute verschonen. Ali Ferrarese aber tat das Gegenteil: Italiener behandelte er besonders grausam. Er nannte sie Hunde, Bestien, Tiere und genoss ihre Verwirrung, wenn sie die italienische Inschrift auf den Fahnen seiner Schiffe lasen: *Die christliche Religion ist falsch*, blasphemische Worte, am Hauptmast gehisst, um Empörung hervorzurufen, zu beleidigen und einzuschüchtern. Mit dieser lästerlichen Fahne kreuzte Ali über das Mittelmeer und demonstrierte so seine Treue zur Sekte Mohammeds, die ihm so viel eingebracht hatte: als Kind eines armen Fährmanns geboren, war er jetzt gefürchtet, reich und wichtiger Ratgeber des Regenten von Tunis.

Doch in Palermo hatte das Schicksal ihn in einen fatalen Hinterhalt gelockt, der große Korsar lag in Ketten vor seinen Opfern. Ali, erkennst du uns? fragen sie ihn höhnisch. Sie rufen ihn, wollen ihm die Beschimpfungen, das Anspucken, die Tritte in die Rippen zurückgeben. Doch der Gefangene dreht sich nicht einmal zu ihnen um. Er lässt einen Mauren an seiner Stelle reden: Das ist nicht Ali, er kennt keinen von denen, die ihn betrachten, er ist der Religion Mohammeds immer treu gewesen und vor allem spricht er nicht Italienisch. Die anderen lassen sich nicht beirren, sie schreien lauter: Aber natürlich ist er das, auf den Schiffen gab er Befehle auf Italienisch, er lügt nur, um sich zu retten.

Der Gefangene, der im Verdacht steht, ursprünglich ein Christ, also vom Glauben abgefallen zu sein, wird dem Heiligen Offizium von Palermo übergeben, das für die Fälle der Glaubenslehre zuständig ist. Rasch werden Dutzende Zeugen einberufen und befragt. Sie haben Jahre der Sklaverei in Tunis oder auf den Korsarengaleeren hinter sich und sind jetzt Soldaten im Ruhestand, Matrosen, Schneider, Kutscher. Alle bestätigen, Ali erkannt zu haben, er ist es, der sie gefangen gehalten hat, sagen sie, und gerade mit seinen ehemaligen Landsleuten ging er besonders grausam um.

Er hat die Meere und Küsten Griechenlands, Mallorcas und der Adria mit Blut befleckt. Man sah ihn zwanzig wehrlosen Sklaven die Ohren abbeißen, und eines hat er sogar verschluckt. Er ließ einen christlichen Gefangenen lebendig begraben, damit er unter der Erde krepierte. Bei den Nazarenern, wie die Türken die Christen nennen, erreichte seine Grausamkeit ihren Höhepunkt. »Hunde, Gesindel, eure Mütter sollen verflucht sein, und euer Christus soll verflucht sein«, war seine bevorzugte Beleidigung. Einmal befahl er den Sklaven einer seiner Galeeren, das Schiff an Land zu ziehen, und an Land zwang er sie, den Hauptmast mit seinem ungeheuren Gewicht auf ihre Schultern zu laden. Über drei Stunden mussten sie reglos so stehenbleiben, erdrückt von dieser entsetzlichen Last, sie weinten vor Schmerz, während er sie verhöhnte: »Hunde, warum weint ihr? Und euer Christus? Das ist das Kreuz eures Christus ...« Diese Schmähungen, berichteten die Zeugen, wurden immer auf Italienisch ausgesprochen.

Er kleidete sich auf türkische Art, das Hemd über der weiten, bequemen Hose, auf dem Kopf ein Turban. Die vorgeschriebenen Riten der Glaubenspraxis befolgte er peinlich genau: Er betete das *Salat* mit gesenktem und erhobenem Kopf und versäumte nie das *guadoc*, die Reinigung von Sünden, die bei einem rituellen Bad im Meer abgewaschen wurden. Er achtete stets darauf, sich öffentlich in einer Moschee zu zeigen, und betrat sie immer ohne Schuhe. Die Moschee, die er am häufigsten besuchte, war von seinem eigenen Geld erbaut. Er hielt das Fasten zum Ramadan gewissenhaft ein, und achtete ansonsten immer darauf, jeden Tag Fleisch zu essen, auch freitags und während der christlichen Fastenzeit. Die einzige Übertretung: von Zeit zu Zeit schlüpfte er in eine Taverne, um sich ein Glas guten Weines zu gönnen. Dennoch meinten einige, er sei den Pflichten der Religion so treu ergeben, dass ihm sogar der Ruf eines Marabout vorausging, eines heiligen Mannes.

Auf jeden Fall stimmen alle Zeugen darin überein, dass er in Ferrara geboren ist. In Tunis und auf den Schiffen wussten das alle, sowohl die Nazarener als auch die Mauren. Jemand berichtet sogar, er habe gehört, dass die Türken ihn Giaur nannten, Abtrünniger. Ein anderer beteuert, er habe Ali sagen hören, er sei christlich geboren, und zwar in Ferrara. In Tunis pflegte er nicht zufällig Umgang mit anderen Leuten aus Ferrara, ebenfalls Abtrünnige, die Korsaren wurden: ein gewisser Alessandro, Barbiermeister und Sklave eines anderen italienischen Korsaren aus Genua; außerdem der berühmte Mami, ebenfalls ein Verräter aus Ferrara, Reeder der Schiffe des Regenten von Tunis; und schließlich Giovanni, seinen eigenen Neffen.

Wenn er Schiffe der päpstlichen Marine oder des Großherzogtums Ferrara überfiel, warnten ihn seine Matrosen, dass die nächsten Opfer Landsleute von ihm seien. Dann wurde er wütend: »Meine einzigen Landsleute sind die Türken!« Angeblich durfte man ihn nur, wenn er über die Meere des Ostens fuhr, den Ferraresen nennen.

Vor zehn Jahren war er schon einmal geschnappt worden. Seine schöne, schnelle Tartane, ein Juwel der Meere, das immer Achterwind hatte, war auch damals von den Galeeren des spanischen Vizekönigs von Neapel aufgebracht worden. Aus geheimnisvollen Gründen hatte man ihn gegen Lösegeld sehr schnell freigelassen, und er war seelenruhig nach Tunis zurückgekehrt, obwohl unter seinen Ruderern allgemein bekannt war, dass es sich um einen Abtrünnigen handelte. Wie hatte er das fertiggebracht? Einigen seiner Vertrauensleute erzählte er später, er habe die Nazarener getäuscht, indem er so tat, als verstehe er kein Italienisch, und habe auf ihre Fragen nur türkisch geantwortet.

Wer weiß, ob das stimmt. Den Aussagen mancher Zeugen zufolge wurde er unmittelbar nach seiner Freilassung aus der Gefangenschaft des Vizekönigs zum Mannschaftsführer des Flaggschiffs von Tunis ernannt. Man erzählte auch, dass er in Bizerta dank der Erträge aus seinen Raubzügen ein Haus, Weinberge, Felder, Frauen und Kinder hatte. Ein Jahr vor seiner Gefangennahme in Palermo war er zum Rais erhoben worden, nämlich zum Kommandanten einer Karacke von Jusuf Dey, dem Regenten von Tunis. Von seiner ersten Fahrt mit dem neuen Schiff war er mit zweihundert Nazarenern zurückgekommen, allesamt Soldaten der Republik Venedig. Darauf hatte der Dey ihm drei neue, soeben erst mit Mannschaft und Waffen bestückte Schiffe anvertraut, und mit diesen war er nach Sizilien aufgebrochen, wo das Schicksal den letzten, endgültigen Hinterhalt für ihn vorgesehen hatte, indem es ihn in die Hände der verhassten Christen trieb.

Die erdrückendste Zeugenaussage gegen Ali kommt von einem Kapitän aus der Lombardei, Defendi Massarolo. Er ist auf Durchreise in Palermo, und als er von Alis Gefangennahme hört, bittet er darum, ihn sehen zu dürfen. Er ist ein sehr wertvoller Zeuge, denn vor sechsundzwanzig Jahren hat er Ali als Kind kennengelernt, in dem Dorf Ariano in Venezien, auf halbem Weg zwischen Ferrara und der Adriaküste. Der Name des Jungen war Guicciardino, an den Nachnamen erinnert der Kapitän sich leider nicht mehr. Die Mutter hieß Lucrezia Valona. Ein paar Jahre später hat er ihn als Schiffsjungen auf eine Fahrt durch die Adria mitgenommen. Dann hat er ihn aus den Augen verloren.

Neun Jahre später wurde das Schiff des Kapitäns Massarolo, das ausgerechnet »La Ferrarese« hieß, von fünf Schiffen aus Bizerta verfolgt, eingekreist und gekapert. Massarolo wurde auf das Schiff des Kommandanten der Korsaren geführt, eines gewissen Rabaxi Rais. Ein Türke aus der Mannschaft kam ihm mit einem breiten Lächeln entgegen und fragte in perfektem Italienisch: »Erkennt Ihr mich nicht?«. Als Massarolo zögerte, gab der junge Korsar sich zu erkennen: »Ich bin Guicciardino, erinnert Ihr Euch? Euer Lehrling zur See ... Es tut mir leid, dass Ihr von uns gekapert wurdet, aber so läuft es nun mal auf den Meeren.« Guicciardino war inzwischen Mannschaftsführer des Schiffes von Rabaxi Rais geworden. Er tröstete Massarolo, riet ihm, geduldig zu sein, und später lud er ihn sogar ein, das Abendessen mit ihm zu teilen: hartes Brot, in Wasser aufgeweicht und mit ein bisschen Honig versüßt.

Massarolo war viele Jahre lang Sklave in Tunis, wo er Guicciardino häufig sah, der ihm, wenn der italienische Kapitän krank wurde, durch einen Nazarenersklaven sogar Kleidung und Geld zukommen ließ. Hier in Palermo hat Massarolo Ali wiedererkannt.

Jetzt hat man genügend Beweise gesammelt, um den Angeklagten in die Verliese des Heiligen Offiziums verlegen zu lassen, die sehr viel sicherer sind als die gewöhnlichen Gefängnisse. Tatsächlich geht schon das Gerücht um, Ali habe demjenigen, der ihm zur Flucht verhelfe, zwanzigtausend Dukaten angeboten. Man weiß nun, aus welchem Dorf der Korsar vermutlich stammt, und wie gefährlich es wäre, wenn er seine Freiheit wiedererlangen würde. Er selbst hatte das Gerücht verbreiten lassen, sobald er zurück in Tunis wäre, würde er so viele Christen wie möglich verbrennen oder ertränken. Man hätte auch noch die Mannschaften der Schiffe verhören können, die er zum Zeitpunkt seiner Gefangennahme befehligte, doch leider waren die Männer bereits als Sklaven auf andere Schiffe verteilt worden.

Also geht man dazu über, ihm ein Geständnis abzupressen. Ali beginnt, Erklärungen abzugeben, die er auf türkische Art beschwört, indem er den Zeigefinger der rechten Hand zum Himmel hebt. Er weigert sich, auf das Kreuz zu schwören wie ein Nazarener. Seine Aussagen werden von einem christlichen Dolmetscher übersetzt.

»Ich heiße Ali vom Schwarzen Meer, ich bin Türke, geboren in Sinope, und ich bin Kapitän der Galeonen, die von den sizilianischen Galeeren vor anderthalb Monaten vor Capo Bon aufgebracht wurden. Ich wurde auf diesen Galeeren in Ketten gelegt bis zur Verlegung in die Gefängnisse dieses Gerichts, welche gestern stattfand. Ich bin vierzig Jahre alt. Mein verstorbener Vater hieß Isem und war Türke, geboren in Sinope. Auch meine Mutter wurde in Sinope geboren, und ich weiß nicht, ob sie noch lebt. Meine Großeltern väterlicherseits, Mahamet und Aysa, beide tot, waren ebenfalls Türken aus Sinope. Die Eltern meiner Mutter kannte ich nicht, aber auch sie waren Türken aus derselben Stadt. Mein Vater hatte einen Bruder, Asan Rais, der noch lebte, als ich, damals noch ein kleiner Junge, Sinope verließ. Seither bin ich nicht mehr zurückgekehrt. Ich bin in Tunis mit einer Türkin verheiratet, Mina, sechzehn Jahre alt. Wir haben einen Sohn, Mahoma, vier Jahre alt, und eine Tochter, Raxia, ein Jahr alt. Beide leben mit ihrer Mutter in Tunis. Vor zehn Monaten habe ich eine zweite Frau genommen, Aysa, eine Maurin, die Spanisch spricht. Als ich aus Bizerta aufbrach, erwartete sie ein Kind.«

Der Inquisitor fragt nach: Zu welcher Rasse gehört die Familie des Angeklagten? Sind sie Juden? Mauren? Türken? Oder zu einer anderen, jüngst gebildeten Sekte? Ist er ein getaufter Christ?

»Alle in meiner Familie sind Türken und Mauren, die von Türken oder Mauren abstammen, nicht von Juden, nicht von Christen. Und darum bin ich Türke, Sohn von Türken, wie ich schon sagte, kein Christ und kein Abtrünniger. Ein echter Türke, und als solcher habe ich mein ganzes Leben gelebt, gehorsam gegenüber den Geboten Mohammeds. Ich habe fünfmal am Tag das *guadoc* praktiziert, indem ich mir zur Reinigung von meinen Sünden das Gesicht und die Gliedmaßen wusch, und das *Salat* bete ich fünfmal am Tag, wobei ich den Kopf hebe und senke, wie der Ritus es vorschreibt. Ich habe während der dreißig Tage des Ramadan gefastet, ohne etwas zu mir zu nehmen, bevor der erste Stern am Himmel erscheint, und ich habe alle Tage Fleisch gegessen. Und ich glaube, dass ich meine Seele rette, wenn ich in dieser Weise das Gesetz Mohammeds befolge. Dieses Gesetz steht im Widerspruch zur christlichen Lehre, das weiß ich, und die Christen sind Feinde, die man ausrauben und entführen muss. Als Korsar habe ich viele gefangen genommen und verkauft, ich habe gegen sie gekämpft und einige getötet. Auch ich wurde verletzt. Wenn ich mehr von ihnen hätte entführen und ausrauben können, hätte ich das getan. Ich sah und sehe mich immer als Korsar.«

Dann fuhr er fort:

»Bis zu meinem vierzehnten Geburtstag habe ich mit meinen Eltern in Sinope gelebt, dann habe ich ein Schiff bestiegen, das über das Schwarze Meer fuhr. Ich wollte die Kunst des Seefahrens lernen und war neun Jahre lang Matrose. Darauf bin ich nach Tunis gegangen, wo ich Kapitän einer Tartane wurde. Ich habe an den Küsten Spaniens gegen die Christen gekämpft, und nach ungefähr zwölf Jahren wurde mein Schiff von neapolitanischen Galeeren geentert. Ein Jahr lang war ich Gefangener in Neapel, dann wurde ich gegen einen Christen ausgetauscht, der Gefangener in Tunis war. Das hatte ich den Verhandlungen der Mönche eines jener Orden zum Loskauf von christlichen Geiseln aus türkischer Gefangenschaft zu verdanken. Über Palermo, wo ich mich einen Monat lang aufgehalten habe, bin ich nach Tunis zurückgekehrt. Zwei Jahre später wurde ich Janitschar, und als Soldat habe ich den Kampf gegen die Christen auf Galeeren und Galeonen wieder aufgenommen. Mannschaftsführer bin ich nie gewesen. Vor einem Jahr hat der Pascha von Tunis drei Galeonen bewaffnet und mir das Kommando übertragen. Auf diesen drei Schiffen waren gut sechshundert Türken, alles Matrosen und Soldaten. Wir holten die Anker ein und segelten gen Osten. Wir haben viele christliche Schiffe ausgeraubt. Auf der Rückfahrt nach Tunis sind wir selbst gekapert worden.«

Wenn Ali Rais von Geburt Türke ist, hat das Inquisitionsgericht kein Recht, über ihn zu urteilen. Den Gefangenen erwartet die Sklaverei oder das Rudern auf Galeeren, und ein Lösegeld oder ein von den tunesischen Machthabern ausgehandelter Austausch können ihn alsbald befreien.

Wenn er aber als Christ geboren ist, hat er mit seinen stolzen Erklärungen beim ersten Verhör schon alle Brücken hinter sich abgebrochen, es gibt kein Zurück. Es sei denn, er bekehrt sich wieder zum Christentum. Doch das ist, wie die Richter genau wissen, ein äußerst gefährlicher Weg: wenn die Türken Ali-Guicciardo erwischen, wird er seine Kehrtwende auf jeden Fall mit dem Tod bezahlen müssen.

Wahrscheinlich weiß Ali nichts von den Zeugenaussagen, die ihn schwer belasten. Wie immer bei solchen Prozessen werden die Zeugen durch Anonymität und strenge Geheimhaltung des Ermittlungsverfahrens geschützt. Das Inquisitionsgericht spielt jedoch kein schmutziges Spiel und klagt nicht ohne Beweise an. Wenn es einen Schuldspruch gibt, muss er gut begründet sein, also sind die Inquisitoren entschlossen, allen im Prozess auftauchenden Fragen gründlich nachzugehen.

Eines Tages im Juli wird der Arzt des Heiligen Offiziums eilig ins Gefängnis gerufen. Man hat Ali leblos in seiner Zelle aufgefunden, der Puls ist sehr schwach – ein Kollaps. Durch einen christlichen Dolmetscher hatte er wissen lassen, dass er von nun an alle Speisen der Nazarener ablehnen werde, und seine Entscheidung sei unumstößlich. Der oberste Inquisitor begibt sich ins Gefängnis zu Ali. Dieser verlangt sofort, dass ein Religionsbruder ihm das Essen zubereitet und außerdem für ihn dolmetscht. Wenn man vor Ort keinen finde, solle man auf den Schiffen suchen, sonst werde er so lange die Nahrung verweigern, bis er sterbe.

Was tun? Der Inquisitor schickt nach einem gewissen Zufo, einem ehemaligen Korsaren und Sklaven in den Gefängnissen des Heiligen Offiziums. Während der Verhandlung stehen dem Angeklagten nun zwei Dolmetscher zur Verfügung, ein Türke und ein Christ. Außerdem beschließt man, den Gefangenen nach seinem Zusammenbruch nicht mehr allein in der Zelle zu lassen und gibt ihm zwei Kameraden an die Seite.

Doch von diesem Moment an verläuft keine Verhandlung mehr ordnungsgemäß. Die vom 23. Juli, einen Tag nach dem Unwohlsein, wird aufgehoben, weil der Gefangene zu schwach ist. Die am 29. wird wegen Kopfschmerzen vertagt. Bei den Verhandlungen am 27. und am 31. zeigt der Angeklagte sich so hilflos, dass die Inquisitoren ihn auffordern müssen, sich nicht von Verzweiflung übermannen zu lassen. Und warum schläft er weiterhin auf dem nackten Boden, wenn ihm doch eine ausgezeichnete Matratze zur Verfügung gestellt wurde? Außerdem soll er endlich wieder essen! Ali verteidigt sich, das Essen sei kein Problem, ihm genügten ein paar Datteln und ein wenig Reis. Am 5. August erscheint er nicht zur Verhandlung, auch am 7. nicht. Die Inquisitoren suchen ihn in seiner Zelle auf: er liegt am Boden und weigert sich, zu sprechen. Der Oberinquisitor flüstert ihm ins Ohr: »Lass dich nicht ausgerechnet jetzt zur Hölle verführen, wo Gott dich auf christlichen Boden zurückgebracht hat. Und glaube ja nicht, es könnte dir helfen, dass du die Nahrung verweigerst.« Ali dreht ihm den Rücken zu.

Der Prozess wird verschoben, die Verhandlungen abgebrochen, der Hungerstreik macht das Fortfahren unmöglich. Zäh und unerschütterlich verteidigt sich Ali. Er ist Türke seit seiner Geburt.

Den Inquisitoren bleibt nichts anderes übrig, als ihn am Leben zu erhalten, soll er sich doch verteidigen wie er will. Sie haben seine Forderungen alle erfüllt, auch als sie nur darauf abzielten, Zeit zu gewinnen, und sie haben ihn vier Mal persönlich in seiner Zelle besucht. Zudem haben sie dem Arzt Anordnung gegeben, über den Gefangenen zu wachen, ihm Trost zu spenden und in allem behilflich zu sein.

Der Moment ist gekommen, die Anklageschrift aufzusetzen, mittlerweile sind genügend Beweise gesammelt. Am 10. August erhebt der oberste Richter formell Anklage gegen Ali Rais, beziehungsweise den Christen Guicciardino, vom heiligen katholischen Glauben abgefallen zu sein, um die Gebote der verfluchten, verdammten Sekte Mohammeds zu befolgen. Er fordert die Höchststrafe, die Exkommunizierung höchsten Grades, und in der Folge das Urteil der weltlichen Gerichtsbarkeit, welche die Höchststrafe, also den Tod, gegen ihn verhängen wird. Außerdem wird empfohlen, eine moderate Form der Folter einzusetzen, um ein Geständnis zu bekommen.

Ali weigert sich, die Anklageschrift zu lesen, er will nicht einmal einen der beiden Pflichtverteidiger benennen, die ihm vom Gericht angeboten werden. Noch weiß er nichts von den Zeugenaussagen zu seinen Lasten, die dem Richter ermöglicht haben, so schwere Strafen zu fordern. Die Inquisitoren wollen trotzdem weitere Zeugen befragen, um die Anklagepunkte zu erhärten. Zusätzlich zu den neun vorhergehenden werden zehn neue Zeugen einberufen, doch sie bringen keine entscheidenden, neuen Erkenntnisse.

Im November werden Ali die Zeugenaussagen zu seinen Lasten bekanntgegeben. Die Dolmetscher lesen sie ihm vor und übersetzen

Wort für Wort. Nur die Einzelheiten, an denen man die Zeugen identifizieren könnte, werden ausgelassen. Ali rückt keine Handbreit von seiner Position ab: Ich bin Türke und Sohn von Türken, wiederholt er. Er bekräftigt alles, was aus seiner türkischen Identität folgt, auch Piraterie, Morde und Folter. Allerdings leugnet er die Episode mit den abgebissenen Ohren. Während der »Arbeit« können gewisse Unrechtmäßigkeiten immer vorkommen, räumt er ein. Der Kommandant des Schiffes muss sich Respekt verschaffen, mehr nicht. Und die Geschichte von dem Hauptmast, den die Sklaven drei Stunden lang tragen mussten? Unwahrscheinlich, wendet er ein, denn der Mast einer Galeere ist so lang und schwer, dass eine ganze Rudermannschaft ihn nicht einmal fünfzehn Minuten lang auf den Rücken tragen könnte, von drei Stunden ganz zu schweigen. Auch der Vorwurf, er habe die Tötung möglichst vieler Christen geplant, sobald er zurück in Tunis war, sei schlicht und einfach unglaubwürdig. Er habe zwar viele Nazarenersklaven besessen, doch die muselmanische Gerichtsbarkeit hätte ihn zur Verantwortung gezogen, wenn er sie umgebracht hätte.

Dann geht er zum Gegenangriff über: Auch die Zeugen der Anklage hätten gesagt, er sei stets türkisch gekleidet gewesen, einschließlich Turban. Genau so ist es, ich habe als vollkommener Türke gelebt, sagt er, und bin stolz darauf. Er bestätigt die Gefangenschaft in Neapel, wendet das gegnerische Argument jedoch zu seinem Gunsten um: Warum, fragt er, hat mich denn niemand von denen, die mich während meiner Gefangenschaft kennenlernten, beschuldigt, ein abtrünniger Christ zu sein? In Neapel wurde ich als Türke losgekauft, denn ein solcher bin ich, und ich wurde gegen einen Christen ausgetauscht.

Er behauptet, nie Mannschaftsführer auf einer Galeere gewesen zu sein, weder in Bizerta, noch woanders (seltsamerweise hatte er dies schon bestritten, noch bevor die Zeugen es erwähnten). Er sei zum Rais über fünf runde Schiffe ernannt worden, mit denen er im Golf von Venedig und dann Richtung Candia gesegelt sei, und dabei habe er zweihundertfünfzig Christen gefangen genommen. In Tunis nennt man ihn Ali Carandangilse, was Ali vom Schwarzen Meer bedeutet, nicht Ali, der Abtrünnige, wie manche Zeugen sagen. Ich bin in Sinope geboren, wiederholt er, und habe keine Familie in Ferrara, keine Verbindung zu Christen, auch keinen Freund unter ihnen. Ich kann kein Italienisch. Nazarener sah ich immer nur auf den Schiffen unter meinem Kommando, und sie sind in Scharen gekommen, um mich anzustarren, als ich im Hafen von Palermo in Ketten lag wie Samson. Aber ich kannte keinen von ihnen und habe mit niemandem gesprochen.

Eine Anspielung, aber nicht besonders subtil: Wenn Ali dem gefangenen Samson gleicht, welche Rache wird er dann an den Philistern-Inquisitoren nehmen, wenn er seine Kräfte zurückgewonnen hat?

Unterdessen breiten die Ermittlungen sich aus. Am 18. November schicken die Inquisitoren einen Gesandten zu den Bischöfen von Reggio und Ferrara. Er soll Informationen und Dokumente sammeln, vor allem muss geklärt werden, in welcher Diözese das Dorf Ariano liegt, aus dem Ali-Guicciardino stammen soll. Eine beglaubigte Kopie des Taufscheins wird benötigt, außerdem Zeugenaussagen von jedem, der ihn als Kind gekannt hat.

Die Wartezeit ist eine schwere Belastung für den Angeklagten. Wenn Ali wirklich Guicciardino ist, weiß er, dass die Nachforschungen in seinem Geburtsort entscheidende Beweise erbringen können. Also bittet er um Beschleunigung des Verfahrens, bevor die Beweise erdrückend werden. Er verlangt eine Sitzung nach der anderen, und am 21. Januar verfasst er ein Protestschreiben: Seit nunmehr acht Monaten bin ich gefangen, mir scheint, das reicht, wenn ich gerichtet werden soll, dann tut es sofort. Am 10. April klagt er abermals: Ich lebe nun seit zehn Monaten unter der Erde, wenn die Inquisitoren gottesfürchtig sind, sollen sie mich richten. An einem anderen Tag bricht er in Tränen aus, mischt jedoch geschickt Drohungen und Erpressungen unter sein Weinen: Bei dem Gedanken an die gefangenen Christen, vor allem die Geistlichen, die dem Regenten von Tunis ausgeliefert sind, verspüre ich Mitleid und Schmerz. Er schätzt mich sehr, er weiß, dass ich in diesem Kerker schmachte und kennt meinen Kummer. Glaubt ihr etwa, was hier geschieht, hätte keine Konsequenzen für die Nazarener, die in Tunis eingekerkert sind? Sie werden nur darunter leiden ...

Warum, so entgegnen ihm die Inquisitoren, gesteht er dann nicht endlich seine christliche Herkunft und setzt den Repressalien, von denen er spricht, ein Ende? Er antwortet: Ich will meine Seele retten. Eure Exzellenz Inquisitor möge die seine retten.

Derweil schleppen sich die Nachforschungen über Ariano mühsam voran. Der Gesandte aus Palermo hat zum Beispiel herausgefunden, dass das Dorf zwar zum Herzogtum Ferrara gehört, aber außerhalb der Grenzen seiner Diözese liegt, also zur Diözese Venedig gehört. Der Gesandte beschließt sogar, den Auftrag dem Heiligen Offizium in Rom zu übergeben. Doch am 28. März schreibt er endlich nach Palermo, dass der Inquisitor von Ferrara bereits auf dem Weg nach Ariano sei. Hier werden dann ohne größere Probleme die Zeugen gefunden, die Guicciardino, vielmehr Francesco Guicciardo, wie sein wirklicher Name lautet, gekannt haben.

Ariano ist ein Dorf, wo Kaufleute und Bauern leben, doch auch Matrosen, Bootsführer und Kapitäne. Zwei der in dem kleinen Ort aufgespürten Zeugen haben vor vielen Jahren mit Ali unter einem Dach geschlafen. Eine heißt Isabella, ist jetzt sechzig Jahre alt und die Schwester der Stiefmutter des Korsaren, Lucrezia. Der andere heißt Simone Superbo, achtundvierzig Jahre, und ist Cousin ersten Grades des Angeklagten. Die anderen Zeugen sind alle Einwohner von Ariano, außer einem Matrosen, der in Livorno ausfindig gemacht werden musste.

Francescos Elternhaus, erzählen sie, lag zwischen dem Fluss und der Piazza des Ortes, wo es eine Taverne und einen Laden gab. Dort wohnten Isabella und Simone mit Francesco Guicciardo, der damals ein kleiner Junge war, seinem Vater Battista, einem Fährmann, der Dienst auf dem Fluss Po tat, und der Stiefmutter Lucrezia. Der zukünftige Korsar war ein aufsässiges, streitlustiges, ja, außergewöhnlich wildes Kind. Der plötzliche Tod des Vaters hatte die Familie und sicher auch das Leben des Jungen erschüttert, der sich schon bald auf Schiffen als Lehrling verdingte.

Der Inquisitor von Ferrara findet auch die Frau des Kapitäns des ersten Schiffes, auf dem Francesco arbeitete, die sich gut an den unruhigen Jungen erinnert. Sein Cousin Simone wiederum berichtet, dass Francesco mit sechzehn Jahren, als er auf einem venezianischen Schiff Dienst tat, von einer türkischen Galeere aus Bizerta gefangen genommen wurde. Danach hatte Francesco-Ali durch Nicolò Prandinus, einen Kaufmann aus Ariano, der nach Livorno umgezogen war, Grüße an alle italienischen Verwandten ausrichten lassen. Denn dieser Prandinus hatte einen Verwandten, den berüchtigten Mami, ebenfalls aus Ferrara und Korsar in Tunis. Die Mutter dieses Mami war mehrmals nach Tunis gereist, um ihren Sohn zu sehen, und dort hatte sie auch Francesco getroffen. Einmal hatte Simone sogar einen Brief seines Cousins erhalten, doch da er weder lesen noch schreiben konnte, hatte er ihn so lange bei sich getragen, um sich den Brief von Leuten vorlesen zu lassen, die er auf Reisen traf, dass das Papier zuletzt ganz zerfetzt und der Brief unleserlich geworden war.

Nach den Zeugenaussagen hatte Francesco bei einem seiner Raubzüge einen Onkel und einen Cousin entführt, eben jenen Giovanni, von dem die Inquisitoren schon wussten. Jetzt kommt die Nachricht aus Ariano, dass der Onkel freigekauft werden konnte, der arme Giovanni von Francesco-Ali aber gezwungen wurde, in Tunis zu bleiben, wo er, nachdem er den zahllosen Versuchen seines Cousins, ihn zur Konversion zu überreden, tapfer widerstanden hat, gestorben ist. Jedenfalls wissen alle Zeugen ganz genau, dass Francesco in Tunis zum Türken geworden ist, geheiratet hat und ein reicher Mann wurde.

Die Berichte der früheren Zeugen werden bestätigt und vervollständigt. Jetzt liegen sehr viel mehr und detailliertere Beweise vor, die schwer zu widerlegen sind. Auch die Geburtsurkunde wird gefunden, nach welcher der Angeklagte, da im Jahr 1584 geboren, zum Zeitpunkt der Arrestierung vierzig Jahre alt gewesen sein muss. Genau das Alter, das er vor dem Gericht von Palermo angegeben hat.

Gibt es noch Zweifel, dass der Korsar der wilde Sohn des Fährmanns aus Ariano ist? In Wahrheit haben alle Zeugen in Ariano Francesco-Ali seit seinem Übertritt zu den Barbaresken nicht mehr gesehen. Doch eine Zeugenaussage ist entscheidend, jene des Kapitäns Defendi Massarolo, jetzt in Sizilien ansässig, der ihn sowohl in seiner Jugend als auch bei seinen Taten als Korsar erlebte. Ein glaubwürdiger Zeuge obendrein, denn er hat keinen Grund zur Feindschaft gegenüber Ali, mit dem er sogar immer in freundschaftlicher Verbindung stand. All seine Aussagen werden überdies von denen der Einwohner von Ariano bestätigt.

Aber Ali gesteht nicht. Er streitet alles ab: Ariano hat er nie gesehen, nie von einem Francesco Guicciardo gehört, niemals einen Fuß in eine Kirche gesetzt. Die Zeugen, die ihn belasten, sind Christen, Feinde seines Glaubens, also unglaubwürdig und abzulehnen.

Nun kommt Giulio ins Spiel, einer seiner Zellengenossen. Es ist der 11. März, die Nachforschungen in Ariano stehen noch am Anfang, als der Häftling erzählt, vor fast zwei Monaten sei Ali bei einem Wutanfall in einen erstaunlichen Monolog ausgebrochen. Nachdem er acht Monate lang nur türkisch gesprochen hatte, begann er nun, vom Zorn übermannt, wild zu gestikulieren, er seufzte, grunzte, ahmte allerlei Geräusche nach und gab Satzfetzen auf Türkisch, Spanisch, zuletzt auch auf Italienisch von sich.

Anfangs wiederholte er zum zigsten Mal seine Treue zum muselmanischen Glauben, dann folgten die ersten Zugeständnisse: Ich bin das Kind von Christen, doch als mein Vater meiner Mutter beilag, jene wenigen Tropfen in sie gab und sie mich empfing, machte Gott mich zum Türken. Und Türke bin ich.

Zum ersten Mal gestand er, dass er das Kind von Christen sei (doch wenn die Inquisitoren ihm das vorhalten, wird er leugnen und sagen, Giulio habe ihn falsch verstanden). Dann folgten wieder Drohungen: Diese Signori sollten mich freilassen, brüllte er, ich habe dem Pascha von Tunis zweitausend christliche Sklaven gebracht, darunter viele Adelige, und von denen sind noch vier in der Sklaverei, aus jedem könnte man achttausend Real herausholen, doch der Pascha wird keinen freikaufen lassen, wer auch immer es ist, solange ich hier drin sitze. Mein Weib geht jeden Morgen zu ihm, um ihn anzuflehen, das weiß ich, und er versichert ihr: Wenn Ali in Sizilien stirbt, werden hier bei uns einer oder zwei Adelige sterben.

Dann ließ er sich zu halben Geständnissen hinreißen, erwähnte einen Bruder und eine Schwester, die Christen sind, nannte aber ihre Namen nicht. Und deine Heimat? fragte Giulio seinen Zellengenossen. Meine Heimat? Man muss bis zum Süßwasser fahren, antwortete er. Das schien eine Anspielung auf den Po zu sein, den Fluss bei Ariano. Doch dann wetterte er wieder gegen die Richter der Inquisition: Juden Canzir, das Heilige Offizium der Juden Canzir, so nannte er sie, Schweinejuden, obwohl man nicht recht versteht, warum sie Juden sein sollen.

Er bat Giulio um Papier und Feder und kritzelte wild auf einem Fetzen Papier herum. Sieh her, ich kann in drei Sprachen schreiben: Türkisch, Spanisch und Italienisch. Und sprechen kann ich sieben: Türkisch, Maurisch, Spanisch, Italienisch, Flämisch, Albanisch und Französisch.

In Wahrheit hat Ali immer nur so getan, als verstehe er kein Italienisch, außer, so sein Zellengenosse, wenn es um die Speisen ging, die er von der Gefängnisküche verlangte: Frittata mit Fadennudeln in Olivenöl, marinierte Forelle, Kompott aus Kürbis und Grieß ...

Als er erneut von den Richtern verhört wird, gesteht er, dass er Italienisch kann, streitet aber ab, es schreiben zu können, ebenso, dass er seinen Genossen um Papier gebeten oder auf seine italienische Abstammung angespielt habe. Wenn ihr mir den Kopf abschneiden oder mich in Stücke reißen wollt, tut es, brüllt er, aber meinem Glauben werde ich niemals abschwören. Dann geht er wieder zum Gegenangriff über. Er lehnt alle belastenden Zeugen ab und nennt seine eigenen. Der erste ist unser Gott, sagt er, in dessen Händen alle Menschen jedweden Glaubens sind. Dann verlangt er, dass vier Matrosen des Schiffs angehört werden, auf dem er gefangen genommen wurde, und gibt eine detaillierte Beschreibung der Männer. Sie sind jetzt Sklaven an Bord verschiedener Schiffe, es dauert ein Jahr, bis alle vier gefunden werden. Endlich aufgespürt und verhört, geben sie nichts Nützliches zu Protokoll. Sie kommen nicht vom Schwarzen Meer, kennen Ali nicht gut, oder sie schwören, nie etwas von seiner christlichen Herkunft gehört zu haben. Doch da der Prozess nun schon Jahre dauert, sind die Ermittlungen kaum mehr geheim, und es ist sehr wahrscheinlich, dass diese neuen Zeugen (die seit zwei Jahren auf den Routen Siziliens fahren, wo Ali gefangen gehalten wird) sehr gut wissen, was beim Prozess passiert. Wie auch immer, keiner kann Beweise dafür liefern, dass der Angeklagte als Türke geboren ist.

Der Prozess wird abgeschlossen. Bei der Abstimmung und dem Urteilsbeschluss kommen zu den Inquisitoren die Konsultoren des Gerichts, die beiden Qualifikatoren Pater Bonaventura aus Trapani und Pater Vincencio Juancarlo, hinzu. Die Ermittlungen sind mit einem großen Aufwand an Mitteln, Arbeitskraft und Geduld geführt worden. Dazu zwangen die schwerwiegenden Umstände des Falles.

Die Urteilsverkündung entspricht dieser Situation: Ali muss die Entscheidung bei einer öffentlichen Zeremonie zur Kenntnis nehmen. Dann wird er der bürgerlichen Justiz übergeben. Das Urteil: Tod auf dem Scheiterhaufen. Noch muss die Entscheidung allerdings von der Zentralbehörde der Inquisition in Madrid bestätigt und unterzeichnet werden. Eine Kopie wird nach Spanien geschickt.

Das Warten beginnt also erneut. Ein Jahr vergeht, dann folgt ein Schreiben, in dem der Höchste Allgemeine Rat der Inquisition darauf verweist, dass der Angeklagte nicht der Folter unterzogen wurde, wie der Richter verlangt hatte, weil sie ihn vielleicht zu einem Geständnis hätte bringen können. Man solle darum zur Folter schreiten, danach werde der Rat den Fall erneut prüfen. Wenn der Angeklagte jedoch weiterhin leugne, solle man das Urteil nicht vollstrecken, sondern die Prozessakten nach Madrid schicken.

Drei Jahre nach seiner Gefangennahme wird Ali in die Folterkammer geführt. Doch der Wundarzt des Heiligen Offiziums bemerkt zwei Wunden auf Alis rechtem Arm. Nicht weniger als drei Ärzte werden hinzugezogen und bestätigen, dass er die Folter der Winde nicht überstehen wird, die einzige, die in sizilianischen Gerichten erlaubt ist. Man wird ihn also einer leichteren Qual unterziehen: An allen Gliedmaßen gefesselt, wird er an den Füßen aufgehängt und dann fallengelassen, freilich nicht aus großer Höhe. Die Folter wird fünfzehn Mal wiederholt, dann ordnet der Wundarzt einen Aufschub an. Am nächsten Tag geht es weiter, doch das Geständnis erfolgt nicht. Ali will lieber sterben als zu gestehen, dass er ein abtrünniger Christ ist. Zwischen den Folterungen ruft er Allah und Mohammed an, schreit, erklärt verzweifelt: Ich bin weder Kind von Türken noch von Christen, verbrennt mich doch, wenn ihr wollt!

Einen Monat später, am 18. Oktober, gibt es eine neue Abstimmung und Entscheidung: er wird zu Kerkerhaft in Ketten verurteilt. Doch ihm wird kein Urteil mitgeteilt, weder öffentlich noch im Gerichtssaal.

Ali-Francesco hat die Folter überstanden, was immer zugunsten des Angeklagten spricht. Die Inquisitoren meinen jedoch, dass die Beweise immer noch ausreichen, um ihn dem Henker zu übergeben. Madrid versucht, Zeit zu gewinnen und beschlagnahmt die Prozessakten für einen endgültigen Urteilsspruch. Den Kollegen in Palermo ist das nur recht: dieser Gefangene ist eine zu heikle Angelegenheit, niemand ist sich ganz sicher, dass er gerichtet werden soll, aber freilassen will ihn auch niemand. Die Zeit läuft langsamer, in der Sanduhr von Alis Leben wiegt jedes Körnchen nicht mehr Sekunden, sondern Wochen.

Ein Jahr später, am 14. Februar 1628, liegt Ali-Guicciardo immer noch in Ketten im Kerker von Palermo, dem undurchsichtigen politischen Kalkül seiner Richter und des Regenten von Tunis ausgeliefert. Der Prozess ist längst abgeschlossen, jetzt folgt der Kuhhandel.

Zunächst versuchen die Korsaren, ihn gegen eine Gruppe von achtzehn spanischen Geistlichen auszutauschen, die auf einer Überfahrt nach Italien gefangen genommen wurden. Aber die Transaktion scheitert, unter anderem, weil man entdeckt, dass Ali aus unerfindlichen Gründen Briefe nach Tunis schicken durfte, in denen er die ihm angetanen Grausamkeiten maßlos übertrieb, um die Korsaren zu seiner Befreiung anzustacheln.

Wieder vergeht Zeit, der Gefangene verfault im Loch. Fünf Jahre später, 1633, will man ihn gegen neunundachtzig Gefangene austauschen, und die Sache scheint schon abgemacht, als die Inquisitoren den Obersten Rat der Inquisition davon informieren und dieser alles blockiert. Nur neun Geiseln werden aus Tunis nach Sizilien geschickt, Frauen und Kinder. Sie teilen die von Tunis gestellten Bedingungen mit: Ali muss befreit oder wenigstens auf eine Galeere an die frische Luft verlegt werden. Der Erzbischof von Palermo dagegen will Ali-Francesco unbedingt gegen einen sizilianischen Priester austauschen, der in Tunis festgehalten wird. Wieder lehnen die Inquisitoren ab: eine einzige Geisel für den berühmten Francesco Guicciardo ist zu wenig. Doch auch abgesehen von solchen Details möchte niemand dafür verantwortlich sein, dass dieser berüchtigte Abtrünnige und Christenschlächter wieder frei herumläuft. Er konnte nicht hingerichtet werden, so viel ist klar, ohne schwere Vergeltungsmaßnahmen seitens der Tunesier zu riskieren. Doch welche Gräueltaten wird er nach neun Jahren Kerker, Prozessen und Folter verüben, sobald er wieder auf Kaperfahrt geht? Nur eine Verlegung auf Galeeren, als Rudersklave, käme den Forderungen der Tunesier entgegen, ohne dass man ihn freilassen muss. Natürlich nur unter der Bedingung, dass eine Flucht unmöglich ist, und dass er nicht bei der nächsten Seeschlacht von den Seinen befreit wird.

Der Oberste Rat der Inquisition billigt die Verlegung auf ein Schiff. Doch ein weiteres Jahr vergeht, und nichts bewegt sich. Der Italienrat, die spanische Regierungskommission, die sich mit dem Vizekönigreich in Süditalien befasst, zögert und gibt zu bedenken, dass schon vor einem halben Jahrhundert, seit der Zeit Philipps II., empfohlen wurde, die gefangenen Rais an sicheren Orten zu bewachen, zum Beispiel in Festungen im Hinterland, niemals aber auf Schiffen, von denen es tausend Fluchtmöglichkeiten gibt. Ihn auf Galeeren zu schicken, statt in den Kerker oder aufs Schafott, hieße außerdem, ihn als Türken anzuerkennen. Das hatte er immer geschworen, und es wäre ein, wenngleich bitterer, Sieg für den Korsar. Für die Inquisitoren, die Jahre gebraucht haben, um ihn anzuklagen, dagegen eine schwer erträgliche Lösung. Vom doktrinären Standpunkt aus ließe sich der Fall nur befriedigend abschließen, wenn Ali sich mit seinem christlichen Glauben versöhnt, also die Rückkehr in die Herde vollzieht. Andernfalls würde er hocherhobenen Kopfes das Gefängnis verlassen und sich stolz zwischen die Ruderer setzen, ein Türke unter Türken.

Zuletzt wird in Anbetracht der Einzigartigkeit des Falles trotzdem beschlossen, ihn auf ein Schiff zu bringen, später kann man ihn ja immer noch in irgendeiner gut bewachten Festung einsperren. Auch der König von Spanien gibt seine Einwilligung. Nun steht der Verlegung auf eine Galeere nichts mehr im Weg. Doch ausgerechnet von diesem Moment an verliert sich alles im Dunkeln.

»Was soll das heißen, im Dunkeln?«, fragte ich.

»Die Einwilligung des Königs von Spanien kam 1634«, antwortete der Statthalter. »Aus unbekannten Gründen ignorierten die Inquisitoren, deren Gerichtsbarkeit der Gefangene untersteht, sogar den Willen des Königs, und nichts bewegte sich bis zum Jahr 1640, also vor sechs Jahren.«

In diesem Jahr drängt der Erzbischof von Palermo wieder darauf, den Korsar gegen den in Tunis gefangenen sizilianischen Priester auszutauschen, der ihm so sehr am Herzen liegt. Zwei weitere Jahre vergehen, der Oberste Rat der Inquisition schließt sich den sizilianischen Kollegen an und vereitelt die Verlegung auf ein Schiff. Vielleicht fürchtet er, dass jemand heimlich die Flucht des Gefangenen vorbereitet?

»Von diesem Moment an, also vor vier Jahren, hat niemand mehr gewusst, wo er sich befand«, schloss der Statthalter. »Einige sagen, er sei noch immer im Gefängnis, andere wähnen ihn aufgrund einer dringlichen Verfügung des Königs von Spanien in Ketten auf einer Galeere im Golf von Neapel. Manche beteuern, sie hätten ihn in einer kleinen Festung im Gebirge mitten in Sizilien gesehen, andere haben sichere Beweise, dass er unter falschem Namen nach Spanien gebracht wurde. Es gibt auch Gerüchte, er sei erkrankt, und da er bald sterben werde, habe man ihn seinen Korsaren zurückgegeben, damit er wenigstens in der Heimat sterben könne, was den Zorn des Regenten von Tunis hoffentlich ein wenig dämpfen werde.«

Doch das sei alles nicht wahr, sagte der Statthalter. Die Wahrheit, die sich hinter allzu vielen politischen Interessen verstecke, hätten wir mit eigenen Augen feststellen können: Ali Rais, der Ferrareser, war wieder auf Kaperfahrt als Korsar. Wir und die auf der Karacke angeketteten französischen Matrosen seien die Zeugen.

»Ihr werdet mich fragen: Wie hat er das gemacht? Ich sage euch: Es ist ein Geheimnis, das von einem weiteren Geheimnis umgeben wird, das sich wiederum in einem Geheimnis verbirgt, und alle zerbrechen sich darüber die Köpfe, hahaha!«

Der Barbareske lachte ein hässliches Lachen und blähte die Brust auf, um Atem zu holen. Das anstrengende Rudern auf diesem verfluchten Boot reiße an seinen Gliedern, fluchte er.

»Und ich kann euch versichern«, fügte er hinzu, »dass er nicht einmal mir, der ich ihn besser kenne als die Haare auf meinem Bauch, je verraten hat, wie er in sein früheres Leben zurückkehren konnte. Es heißt, eines schönen Tages sei er urplötzlich aus dem Nichts auf dem Marktplatz von Tunis aufgetaucht, in der Hand eine Tasche voller Goldmünzen und den Befehl des Regenten, eine Rudermannschaft zu rekrutieren, um eine Karacke auszurüsten, und zwar genau das Schiff, das ihr heute gesehen habt.«

Und langsam verbreitete sich von Livorno bis Toulon, von Malta bis Cadiz das Gerücht, der große Ali Ferrarese, einer der schrecklichsten Barbareskenführer aller Zeiten, habe wieder begonnen, zwischen Tunis, Neapel und Frankreich auf Kaperfahrt zu gehen und mache noch größere Beute als früher.

Außer den Inquisitoren, die ihn jahrelang eingeschlossen hielten, hätte ihn mittlerweile niemand mehr mit Sicherheit wiedererkennen können, und Bildnisse gab es keine. Die Zeugen beschrieben ihn als einen Mann in mittleren Jahren, kräftig, jedoch nicht groß, von feurigem Temperament, mit einem roten Bart und heller Haut, vermutlich Linkshänder, denn er schlug die Christen immer mit der linken Hand.

Wie hatte Ali Ferrarese es fertiggebracht, in die Freiheit zurückzukehren? Dies war das letzte und am tiefsten verborgene Geheimnis, das niemand ergründen konnte außer einigen Männern aus den höchsten Rängen der spanischen Inquisition, einem oder zwei zuverlässigen sizilianischen Inquisitoren, dem spanischen Vizekönig von

Neapel, dem König von Spanien und wahrscheinlich dem Regenten von Tunis.

»Verflucht, eins schwöre ich: Wenn er mir eines Tages sein Geheimnis anvertraut und mir erlaubt, es zu verbreiten, werde ich ein Buch darüber schreiben.«

»Ein Buch?«, fuhr Hardouin erstaunt auf.

»Ja, ein Buch. Wenn ich es nicht allein schaffe, werde ich es jemandem diktieren, der besser schreiben kann als ich. Und auf eins könnt ihr wetten: Alis Geschichte wird die Menschen noch in dreihundert Jahren in Erstaunen versetzen, ich bin sogar sicher, dass …«

Kemal wurde von Pasqualini unterbrochen, der das Ruder losgelassen, eine Hand ins Wasser getaucht hatte und wie von einem Skorpion gestochen aufgesprungen war.

»Seht her!«, rief er, mit triumphierender Gebärde einen großen, tropfnassen Zweig durch die Luft schwenkend.

Wir betrachteten ihn erstaunt, ohne recht zu wissen, was wir aus dieser Entdeckung schließen sollten. Nur Kemal begriff:

»Das ist der Zweig einer Pflanze mit vielen Beeren. In der Nähe ist Land«, verkündete er.

DISKURS XX

Darin endlich Land gefunden wird, man aber entdecken muss, dass der Lichtschein von Leuchttürmen Seefahrern nicht immer dienlich ist.

Die beiden Barbaresken, Pasqualini und Hardouin hatten sich nicht umsonst in die Ruder gelegt. Noch leuchtete ein schwacher Widerschein der untergehenden Sonne am Horizont, der uns gestattete, weitere Zweige wie den ersten zu erspähen, und die endgültige Bestätigung, dass Land in der Nähe sein musste, erhielten wir von einem Pärchen Kormorane.

»Manche Möwenarten leben auf hoher See«, erklärte Kemal, »Kormorane aber entfernen sich nie weit von der Küste, sie bauen ihre Nester sogar im Landesinneren.«

Wenn wir wirklich in der Nähe einer Insel waren, konnte es sehr gut Gorgona sein, denn die anderen Inseln im Meer der Toskana lagen nicht so nah an unserer Route. Obwohl wir sie nur sehr ungenau hatten bestimmen können, waren wir auch nicht so weit von ihr abgewichen, dass wir in die Nähe des Festlands geraten wären, also in die entgegengesetzte Richtung. Gorgona liegt nämlich auf einer Linie zwischen Livorno und Toulon, und der Überfall der Barbaresken hatte uns fast nicht von dieser Route abgebracht. Wir hatten sie nur einmal verlassen, als wir Abstand zu dem versinkenden Brandschiff nehmen mussten.

Jedes Geräusch auf dem Boot war plötzlich verstummt. Alle Augen musterten den Horizont, um die Umrisse der Insel zu erspähen, alle Ohren waren darauf gespitzt, Vogelschreie zu hören, das erste sichere Zeichen, dass Land in der Nähe war. Ein Wind erhob sich, worauf wir uns bekreuzigten. Es war ein Wunder, dass sich bis jetzt nicht das kleinste Anzeichen eines Sturms geregt hatte, doch vielleicht würden wir von nun an weniger Glück haben.

Tatsächlich gewahrten wir, dass die Wellen anschwollen, ihre Kämme sich unter dem Wind zu kräuseln begannen und zu kleinen Schaumkronen wurden. Das Problem bestand nicht darin, den Kurs zu halten, denn der Wind und die Strömung trugen uns zum Glück in die gewünschte Richtung, sondern zu verhindern, dass Wasser ins Boot schwappte und die Wellen unsere Nussschale umkippten. Sie wuchsen nämlich zusehends an Höhe, und immer tiefer wurden die Schluchten zwischen einem Wellenkamm und dem nächsten. Während die Ruderer verzweifelt versuchten, das Boot im Gleichgewicht zu halten, wagte niemand an Bord, den Mund zu öffnen. Du und ich erboten uns, an die Stelle von Hardouin und Malagigi zu treten, aber sie lehnten einen Wechsel vorerst ab. Seit der Wind sich erhoben hatte, war keine Kraft mehr vonnöten, sondern Nervenstärke und kluge Voraussicht beim Eintauchen der Ruder zum richtigen Zeitpunkt, um das Umkippen zu vermeiden. Die anderen drängten sich eng aneinander und versuchten, tief ins Boot geduckt, das Gleichgewicht zu halten und sich vor den Spritzern zu schützen. Wie lange es dauerte? Eine halbe Stunde vielleicht, vielleicht viel länger, niemand von uns wird es je sagen können. Ich bin mir aber sicher, dass jeder im Stillen die Zeit mit verzweifelter Genauigkeit maß: noch eine Welle, noch eine Schlucht, das Boot knirscht, wieder schwappt Wasser über den Rand, unterdessen kommt das Land vielleicht ein wenig näher. Und bei jeder Welle wurden die Gesichter erneut von der

Gischt gepeitscht, mit jedem Schwanken gerieten die Mägen ein wenig mehr in Aufruhr.

»Es fehlt nicht mehr viel!«, schrie Kemal, um uns Mut zu machen.

»Hat diese verflixte Insel denn keinen Leuchtturm?«, fragte Schoppe.

»Nicht dass ich wüsste«, antwortete Kemal. »Aber wenn wir einen sehen, fahren wir nicht darauf zu, das ist eine Falle.«

»Was meinst du damit?«, fragte Pasqualini.

»Die Korsaren könnten ein Licht aufgestellt haben, um uns an eine gefährliche Stelle zu locken statt in die Einfahrt zu einer Anlegestelle. Die Schiffe sollen getäuscht werden und an den Klippen zerschellen, dann lassen sie sich leichter entern. Diesen Trick benutzen viele Barbaresken, und wenn die Stelle gut gewählt ist, funktioniert es bestens. Im Sommer ist es nicht ratsam, ihn auf Gorgona anzuwenden, denn dann ist die Garnison des Großherzogs der Toskana hier stationiert. Das ist zwar eine Herde von Trotteln, aber sie können trotzdem Ärger machen. Im Winter dagegen ist die Bahn frei.«

Die Warnung wurde von uns allen mit Beschimpfungen und Flüchen kommentiert, doch wenn diese Strategie von Alis Barbaresken oder anderen tatsächlich angewendet wurde, hätten wir die Lage der Insel besser ausmachen können und wären dank der Vorwarnung dennoch nicht in die Falle gegangen. Herz und Verstand aller waren jedoch von der Gefahr so erschüttert, dass sie nur mehr zwischen Tod und Leben, zwischen Feind und Freund unterschieden. Da entlud eine entsetzliche Welle, viel größer als die vorhergehenden, ihre salzige Gischt über uns und löste einen Chor wütender Angstschreie aus.

»Wenn ein Licht auf der Insel vielleicht eine Falle bedeutet, dann sucht eine andere Stelle zum Anlegen!«, schrie Naudé die Barbaresken an.

»Est diffizil, non cognoscer Gorgona«, war die Antwort.

Just in diesem Moment erblickten wir zum ersten Mal die schwärzlichen Umrisse der Insel, die sich mühsam gegen den sterbenden Tag am dunklen Horizont abzeichneten.

DISKURS XXI

Darin es zwar gelingt, anzulegen, doch nicht so, wie man es sich gewünscht hatte.

Während wir uns der Insel näherten, bestürmten wir die beiden Korsaren mit einer Menge Fragen, um eine wenigstens annähernde Beschreibung der Insel zu erhalten. Antonio und Vincenzo, oder auch Mustafa und Kemal, wie ihre Räuberkumpane sie nannten, waren mit Gorgona und dem umliegenden Meer jedoch nicht vertraut, sie wussten nur, dass Ali hier mehrmals an Land gegangen war, um Wasservorräte zu holen. Jedes Barbareskenschiff konnte dies ungehindert tun, wie sie uns erzählten, denn wenn die kleine Garnison des Großherzogtums Toskana auf der Insel stationiert war, stellten die Soldaten sich blind für die in der Nähe kreuzenden Schiffe der Korsaren und wollten nicht einmal wahrnehmen, dass die Korsaren sich an Land mit Wasser versorgten, um einen Kampf zu vermeiden, aus dem sie dezimiert hervorgehen würden. Die beiden Barbaresken wussten nicht, ob die Insel über einen Hafen verfügte, also musste man einen geeigneten Anlegeplatz finden. Die Ostseite fiel sanft zum Strand ab, während die Westseite offenbar zum Großteil aus steilen, hoch über dem Meer aufragenden Klippen bestand.

Also sei es gefährlich, wenn wir versuchten, im Osten an Land zu gehen, sagte ich, denn wenn Alis Schiff sich in der Nähe der Insel befand, wartete es wahrscheinlich genau dort auf seine Beute wie eine Spinne am Rand ihres Netzes. Es sei daher ratsam, auf der gegenüberliegenden Westseite der Insel anzulegen, wo es zwar viele unwegsame Buchten gab, die aber auch mehr Schutz boten.

Die felsige Westküste, die streckenweise steil zum Meer abfiel, musste doch auch irgendwo einen geeigneten Anlegeplatz haben. Ein anderer guter Grund, an der Westküste anzulegen, war, dass sowohl im Norden als auch im Süden der Insel Felsen aus dem Wasser aufragten, an denen der Kiel von Schiffen und vielleicht auch der unsere zersplittert wäre.

Wir wechselten uns am Ruder ab: Naudé ersetzte Malagigi, ich erlöste Hardouin. Alle waren am Ende ihrer Kräfte, aber wir wussten, dass wir die letzten Energien aus uns herausholen mussten.

Der dunkle Umriss der Insel, der an eine auf dem Wasser schlummernde, steinerne Riesenschildkröte erinnerte, ragte majestätisch vor uns auf, während wir ihn in Richtung Westen umrundeten. Die im Dienst für meinen Padrone, eines Cavaliere des Ordens Santo Stefano, gesammelten Erfahrungen halfen mir nicht wenig beim Manövrieren um die Klippen, deren Spitzen sich im nächtlichen Dunkel dem Blick entzogen.

Das Anlegemanöver begann unter günstigen Vorzeichen: Die stärksten Wellen wurden von einigen aus dem Wasser ragenden Felsen abgehalten, zu denen wir jedoch gebührenden Abstand wahren konnten. Gerade als wir uns kurz vor dem Ziel wähnten, da die Spitze des Bootes genau auf eine Stelle gerichtet war, wo die in der Dunkelheit schwer zu erkennenden Klippen sich zu einer flachen kleinen Bucht zu öffnen schienen, kam unversehens eine eiskalte Bö angefegt, besprühte uns mit Gischt und peitschte die Wellen auf, die das Boot wie zum Scherz einen gewaltigen Satz nach vorn machen ließen.

»Halten mucho forte!«, schrie Mustafa, als wäre dies ein letzter Befehl, bevor das Schicksal die Würfel fallen ließ.

Denn der starke Ruck des Bootes ließ alle schwanken, die nicht ruderten, während diejenigen, die an den Dollen saßen, vom Rückstoß der Ruder am Kinn, in die Rippen oder am Nacken getroffen wurden. Wenige Schritte vor der Rettung war die Kontrolle über das Boot verloren. Zudem ergoss sich plötzlich über eine nahe Felswand ein aus dem Nichts aufgetauchter Sturzbach, zerteilte sich auf unseren Gesichtern zu schneidend kalten Rinnsalen und nahm uns die Sicht. Ein dumpfer Aufprall, der Boden des Bootes war gegen einen Felsen unter dem Wasserspiegel gestoßen.

»Raus, alle raus!«, schrie Kemal unsere zitternde kleine Schar an, von der keiner lange über Wasser ausgehalten hätte, während das Boot unaufhaltsam zu sinken begann.

Dennoch sprangen wir alle, uns blindlings auf ein Stück Felsen werfend oder mit den Fingernägeln in den Rücken des Vordermanns gekrallt, um dem sicheren Tod zu entkommen. Meine Füße fanden unerwartet Halt auf dem sterbenden Wrack des Bootes, deine Arme verließen sich auf meinen Rücken, der ihnen nur mühsam Schutz bot. Was die anderen taten, weiß ich nicht, ich kann nur sagen, dass allen in diesen verworrenen Augenblicken die Hilfe Gottes und der Fortuna zuteilwurde, bei denen wir großen Kredit zu haben schienen, denn sie zeigten sich weit über unsere Verdienste hinaus großzügig.

Könntest du, Atto, sagen, dass du dich besser an diese Momente erinnerst? Was hast du noch im Gedächtnis bewahrt außer dem ekelhaften Geschmack des Meerwassers und den schmerzhaften Schnitten in den an die Klippen geklammerten Fingern? Als ich dich danach fragte, konntest du meinen Worten und Erinnerungen nicht viel hinzufügen. Und es ist gut, dass dramatische Momente vergessen werden, wenn uns vom Himmel das Geschenk gemacht wird, sie unversehrt zu überstehen.

Ein paar Minuten später kauerten wir alle auf den Klippen. Eine an der Wasseroberfläche zerplatzende, große Luftblase hinter sich lassend, verabschiedete sich das Rettungsboot, das einst der Kriegsmarine des Allerchristlichsten Königs von Frankreich gehört hatte. Außer dem armen Wrack waren wir alle davongekommen.

DISKURS XXII

Darin man einem heimlichen Dialog beiwohnt, der viele Überraschungen über Naudé und die sogenannten Starken Geister bereithält.

Traurig und voll bedrückender Gedanken verliefen die ersten Minuten auf den Klippen von Gorgona. Tropfnass von den Zehen bis zum Gürtel, wie wir waren, wurden wir trotz der milden Winter, derer sich die toskanischen Inseln bekanntlich erfreuen, von Kälteschauern geschüttelt. Jeder wühlte aufgeregt in seinen Hosentaschen, dem Reisesack, dem Mantel, um zu überprüfen, welch hochwichtiges Papier, welches Säckchen Goldmünzen, welcher Reisepass in den Fluten verlorengegangen war. Mir war es zum Glück gelungen, das, was ich den Klauen der Barbaresken hatte entreißen können, nicht an das Meer zu verlieren.

Naudé hielt seinen schweren, sperrigen Tornister aus hartem Leder mit der kostbaren Kopie der Bibel noch immer an seine Brust gepresst. Unsere erste Sorge war, eine geschützte Schlucht zu finden, wo wir ein wenig ausruhen und, von Ali Ferrarese unbeobachtet, vielleicht ein Feuerchen anzünden konnten. Während wir uns vorantasteten, stießen wir uns schmerzhaft die Knie an den Klippen und rissen uns die

Hände auf, wenn wir uns an den spitzen Felsen festhielten, um das Gleichgewicht nicht zu verlieren. Endlich fanden wir eine kleine Nische in einem Felsen, wo die Windböen ein Feuer nicht ausblasen würden. Mit Hilfe einiger an der salzigen Luft vertrockneter Algen und etwas Gestrüpp entfachten wir ein Feuer, das die Körper nur schwach, die Herzen aber zur Genüge erwärmte. Alle Nazarener unter uns, die einen inständig, die anderen eher mechanisch, aus Gewohnheit, sprachen als Zeichen der Dankbarkeit für die Errettung aus der Gefahr dreimal das Te Deum. Nur Guyetus, dieser Ungläubige, sagte kein Wort. Die beiden Barbaresken, die das erhabene Dankgebet nicht kannten oder vergessen hatten, falteten widerwillig die schwieligen Hände zum Zeichen des Gebets und versuchten, es uns mit einem wirren Stammeln nachzutun, konnten aber stets nur die letzte Silbe jedes Wortes wie ein Echo wiederholen.

Dann betteten sich alle, so gut es irgend ging, auf die Steine, mit dem einzigen Wunsch, festen Boden unter den Knochen zu spüren. Auch ich verlangte nichts weiter, als den neuen Tag abzuwarten und mich nicht aus dieser kleinen, gastfreundlichen Höhle fortbewegen zu müssen. Als der Wind nach einer Weile umschlug, mussten wir das Feuer löschen, da es uns einräucherte. Nachdem ich mich vergewissert hatte, dass du bei guter Gesundheit warst und nur Schlaf brauchtest, legte ich mich wie ein Wilder auf den harten Boden und fiel fast sofort in eine schwarze Hypnose ohne Wünsche und Träume.

Wie befürchtet, währte der Schlaf kürzer als erhofft. Schon immer hatte ich unter Insomnie gelitten, und vielleicht war mein armer Leib von der überstandenen Gefahr noch nicht genügend erschöpft, jedenfalls genügte ein leichter Stoß am Arm, mich zu wecken. Ich blieb reglos liegen, und mein suchender Blick traf auf deine weit geöffneten Augen, die mich anstarrten. Du gabst mir stumm, mit einer Kopfbewegung zu verstehen, dass ein dunkler Umriss sich von der kleinen Höhle entfernte. Und sofort folgte die nächste Überraschung: Ein zweites Individuum ging in die gleiche Richtung wie das erste. Anscheinend planten diese beiden etwas. Waren es die Barbaresken?

Kaum hatte das verdächtige Paar sich entfernt, erhoben wir beide uns so leise wie möglich und schickten uns an, ihnen zu folgen. Alle anderen waren eingeschlummert, wie es schien.

Die beiden Verschwörer konnten sich noch nicht weit von unserem Versteck entfernt haben. Der Mond schien jetzt etwas heller, doch die

Gefahr, hinzufallen und sich zu verletzen, wenn man zu schnell zwischen den Klippen voranging, war dennoch groß. Bald hörten wir eine flüsternde Stimme und eine andere, die von Zeit zu Zeit einsilbig antwortete. Die beiden waren stehengeblieben und sprachen miteinander. Als wir die Stimmen erkannten, waren wir erleichtert. Nicht die beiden Barbaresken unterhielten sich dort in der Dunkelheit, sondern Guyetus und Schoppe. Letzterer sprach leise, aber in einem aufgeregten, misstrauischen Tonfall. Das Gespräch fand sozusagen auf neutralem Boden statt, darum sprachen beide Italienisch und duzten sich, eine Vertrautheit, die sie sich gegenüber Dritten nicht gestatteten und die Schoppes Eloquenz nicht im Mindesten schmälerte:

»... also auch bei dir genau dasselbe Vorgehen. Der Brief aus Italien, die Einladung und die Geschichte von den Handschriften. Sicher hast du auch an einen Scherz gedacht.«

»Natürlich, Caspar, aber dann ...«, versuchte Guyetus mit einem leicht ungeduldigen Unterton zu antworten.

»Ich weiß, du hast dich in Florenz informiert, wie ich auch, und hast erfahren, dass Poggio Bracciolini, als es ans Krepieren ging, tatsächlich einen Berg Handschriften hinterlassen hat.«

»Genau«, pflichtete der andere lakonisch bei und gähnte ostentativ, wie um Schoppe nicht zu weiteren indirekten Fragen zu ermutigen.

Der Deutsche kam aus der Deckung: »Lass uns offen sprechen: Du bist einer von diesen Starken Geistern, einer vom Schlage Naudés.« Er nannte den Namen, mit denen die Freunde des Bibliothekars von Mazarin sich gerne bezeichneten. »Eine Sippe von Atheisten, kurz gesagt, und vergib mir, wenn ich kein Blatt vor den Mund nehme, ein Luxus, den ich mir in meinem Alter wohl erlauben darf«, präzisierte er, als wäre er in jungen Jahren jemals diplomatisch gewesen, »aber persönlich glaube ich, dass du über gewissen Seichtheiten stehst, entschuldige das Wortspiel. In der Tat misstraust du Gabriel ja auch. Obwohl er, wie es scheint, aus einem ganz anderen Grund hier ist, nicht wegen der Papiere des Mönchs, könnte er, wie du weißt, als Erster an das ganze Zeug herankommen und dich reinlegen.«

»Auch du könntest mich reinlegen, Caspar.«

»Oh! Haha!«, lachte Schoppe verlegen, »diese Frage existiert für mich gar nicht, ich meine, wir reden doch jetzt als Freunde, und ich möchte, dass wir Freunde bleiben. Ich könnte dich gar nicht verraten, immerhin hast du mich vor den Korsaren gerettet. Was ich dir jetzt sagen will: Du bist doch vertraut mit Du Puy, mit der Tetrade, mit dieser ganzen Sippschaft aus Pariser Ungläubigen: Ménage, Luillier … Aber Gabriel traust du nicht, hab ich recht? Und ich weiß genau, warum. Sprechen wir Klartext: Du bist ein richtiger Gelehrter. Er hingegen hat Medizin studiert und ist nicht einmal promoviert. Nun gut, man hat ihm den Titel in Paris verliehen, bloß weil er eine schöne Abschiedsrede an die Doktoranden gehalten hat, wie nennt ihr das in Frankreich, den …?«

»Der Paranimf.«

»Eben, der Paranimf. In Wirklichkeit hat man ihn an seiner Fakultät nicht einmal zu den Abschlussexamen zugelassen, weil er sich zu lange ein feines Leben in Italien gemacht hat.«

»Caspar, ich bitte dich, zwing mich nicht, ausfallend zu werden«, unterbrach ihn der andere ungeduldig. »Ich habe jahrelang das Steinleiden gehabt, man hat mich sogar operiert, um diese verfluchten Steinchen zu entfernen. Wir sind auf dieser Insel gestrandet. Jetzt hältst du mich wach, weil du unter vier Augen mit mir sprechen willst. Gut, auch das. Aber ich sage dir: Ich schmiede nicht gerne Ränke hinter dem Rücken von ehrbaren Kollegen. Ist das klar?«

»Ehrbar?«, schnaubte Schoppe. »Und was hat er in Rom mit diesem Bouchard getrieben? Aus Bouchards Tagebüchern hat man nach seinem Tod erfahren, dass das schamlose Päderasten waren, die sogar auf der Straße Anstoß erregten.«

Ich sah dich zusammenzucken: Naudé gehörte also auch zu jener verabscheuungswürdigen Sorte Menschen, die dich zu ihrem eigenen Vergnügen als Kind kastrieren ließen. Fast meinte ich in der Finsternis zu sehen, wie dein Körper zu Stein wurde und du in unergründliche Grübeleien versankst. Ansonsten sagten dir diese Namen wenig oder gar nichts; für mich hingegen war das ganze Gespräch, gelinde gesagt, eine Sensation. Nicht wegen des quälenden Gedankens an den Schatz des Mönchs – die Leidenschaften der Gelehrten waren mir bereits bekannt. Nein, das, was Schoppe gesagt hatte, ließ einige trübe Hintergründe in Naudés Leben erkennen, private wie mit seinen Studien verbundene. Doch vor allem wurde mir jetzt klar, dass mein kurzer Dialog mit Naudé auf dem Rettungsboot heimliche, unaussprechliche Reaktionen in ihm ausgelöst haben musste. Ich hatte von Bouchard gesprochen, und jetzt hörte ich den bestens informierten Schoppe sagen, dass er in das unsägliche Treiben des Bibliothekars verwickelt war.

Und ich dachte an dich, Atto, daran, wie schwierig es ist, Abstand von dem zu gewinnen, was sogar in der Gelehrtenrepublik viele mit Nachsicht oder Einverständnis behandeln.

»Jene, die schlau machen, nennen sie sich!«, stieß Schoppe angewidert hervor, »nur um die Sache nicht beim Namen zu nennen: sie sind alle Päderasten. Komm schon, mein Freund, erzähl mir nicht, dass in Frankreich nicht darüber geredet wird!«

»Caspar, das sind keine Themen für mich. Über solche Dinge kann ich nicht sprechen. Ich habe nur meine Studien, wie du sehr gut weißt, und jetzt hör auf damit, sonst jage ich dich zum Teufel.« Der alte Pariser Philologe blieb hart.

»Schon gut, nicht doch, sag so etwas nicht, mein Freund.« Schoppe trat einen Schritt zurück, legte seinem Gegenüber beschwichtigend eine Hand auf die Schulter und fragte dann wie aus der Pistole geschossen:

»Der Mönch – was hältst du davon?«

Guyetus zögerte.

»Ich weiß nicht … Ich weiß nicht, ob er in Lyon ist oder woanders. Meiner Meinung nach könnte er überall sein, vielleicht sogar irgendwo im Großherzogtum, vielleicht in Florenz.«

Guyetus verriet Schoppe nicht, dass Philos Ptetès möglicherweise auf Gorgona war.

»Aber dann müssen wir aufs Festland zurückkehren!«, rief der temperamentvolle deutsche Herr aus.

»Für mich ist es zu spät. Ich bin müde und habe genug von der ganzen Geschichte. Ich möchte nach Paris zurück, wenn wir lebend hier herauskommen.«

An dieser Stelle brach das Gespräch ab. Guyetus kehrte zu seinem Lager zurück, und wir mussten uns in den Schatten ducken wie Eidechsen, um nicht entdeckt zu werden. Schoppe folgte, begierig, das Gespräch fortzusetzen.

Wir warteten geduldig, bis die beiden sich hingelegt hatten und von ihrem Lager nicht mehr der leiseste Laut zu hören war. Erst dann kehrten auch wir auf unsere improvisierten Schlafstätten zurück.

DISKURS XXIII

Darin es zuerst eine böse Überraschung gibt. Dann beginnt man,
die Insel zu erkunden und stößt alsbald auf die Torre Vecchia.

Ich schlief wieder ein. Kurz bevor der Morgen graute, wurde ich jedoch geweckt. Ich meinte, ein Geräusch gehört zu haben. Als ich die
Augen öffnete, war ich nicht mehr sicher, ob ich geträumt hatte oder
nicht. Doch ich musste nur den Kopf zu dir wenden, um zu begreifen.
Hätte ich mich freuen sollen? Vielleicht ja, nach all den Reden, die
ich dir gehalten hatte, doch stattdessen packte mich eine finstere Wut,
erst auf mich selbst, dann auf dich, der du frech in nächster Nähe da-
lagst und dich im Liebesspiel erwärmtest, Barbellos Kopf zwischen
deinen Beinen, während dein Mund, der in der Öffnung seiner Hosen
verschwand, ebenfalls eifrig Lust spendete.

Er war zu dir gekommen, dieser kleine, lüsterne Kastrat, und diesmal
hattest du ihn erhört. Wenn du mir damit erklären wolltest, dass du
meinen Empfehlungen endlich zu folgen gedachtest, nun, dann hättest
du einen diskreteren Weg wählen können, statt direkt neben mir deine
Spielchen zu treiben. Ich versuchte, meinen Zorn mit geballten Fäusten
und zusammengebissenen Zähnen zu ersticken, dann sprang ich auf.
Die Kälte, die dem Morgen vorausgeht, kroch mir in die Knochen,
doch meine Glieder spürten keine Müdigkeit. Ich ging ins Freie und erblickte den ersten Schimmer der rosenfingrigen Morgenröte. Hatten
sich nicht noch in dieser Nacht schwarze Flammen des Abscheus in
deiner Brust entzündet, mein Atto, als du hörtest, dass Naudé an dem
gemeinen Laster teilnahm? Ich hatte dir genau ins Gesicht gesehen, ich
konnte mich nicht täuschen! Was nur hatte, wenige Minuten später,
Barbellos Sieg bewirkt? Ach, ich bin ein Dummkopf, sagte ich mir –
hatte ich doch selbst gesehen, wie du seine Hand hieltest, nachdem du
die Peitschenhiebe von Ali Ferrarese auf seinem Hinterteil verarztet
hattest, als wir noch auf dem Brandschiff in Gewalt der Barbaresken
waren. Ich hatte an Mitleid mit deinem so grausam gequälten Schick-
salsgenossen geglaubt. Aber nein, da war mehr. Darum hatte Pasqualini, der dich väterlich liebte, und dem du die Liebe eines Sohnes ent-
gegenbrachtest, sich zwischen euch und den Rest der Gruppe gestellt
und seinen Mantel geöffnet, um euch zu verbergen, als Barbellos Hinterbacken versorgt werden mussten. Ich hatte geglaubt, er wolle die

Szene schamhaft verhüllen, da Barbello ja vom Gürtel abwärts nackt war. Stattdessen wollte er eure schmutzige Tändelei vor den anderen verstecken. Ja, du bist wirklich mein gehorsamer Schützling, da gab es nichts einzuwenden, schloss ich, mich selbst verspottend.

Die Sonne wärmte nicht im Geringsten, denn die gesamte Himmelskuppel war von einem dichten Dunstschleier bedeckt. Wir befanden uns auf der Westseite der Insel, wohin am Morgen wegen der hier sehr hoch aufragenden Klippen kein einziger Sonnenstrahl gelangte.

Kurze Zeit später erwachten die anderen der Gruppe einer nach dem anderen, bis ins Mark durchfroren und vor Hunger und Erschöpfung schwankend. Du stelltest dich an meine Seite. Aus dem Augenwinkel versuchte ich zu erspähen, ob du eine zustimmende Äußerung zu der Neuigkeit von mir erwarten würdest, da du sie mir ja direkt unter die Nase gehalten hattest. Aber du erwähntest die Sache mit keinem Wort.

Stumm traten wir den beschwerlichen Weg über die Felsen an, misstrauisch jeden Stein mit der Fußsohle prüfend, und kamen so vielleicht noch langsamer voran als in der gestrigen Nacht. Der Morgenwind peitschte die Gesichter und ließ Wassertropfen durch die Luft tanzen, die er den Wellen entriss, wenn sie sich auf den Klippen brachen. Die Augen gegen das milchige, aber starke Licht des Sonnenaufgangs am Meer zu schmalen Schlitzen geschlossen, begann ich, die Beschaffenheit der ungastlichen Felsenküste zu erforschen. Nach etwa zwanzig Schritten erhob sich das Riff, an dem unser Boot so übel zerschellt war, zu einer steil über dem Meer aufragenden Wand.

»Nicht mal ein Steinbock könnte da raufklettern.«

Das war Barbello, der uns eingeholt hatte. Auch er blickte sich auf der Suche nach einem Durchgang nach allen Seiten um. Fast wäre ich dem übermächtigen Impuls gefolgt, ihn am Kragen zu packen und ins Meer zu werfen, doch mich hielt der Gedanke zurück, dass eher ich eine solche Strafe verdient hätte.

»Seht mal dort hinten, über diesem Busch«, rief Malagigi aus, der ebenfalls näher gekommen war, um die Lage zu erkunden.

Ich verscheuchte meine Rachegedanken und schärfte die Augen. Kaum sichtbar wegen des Mosaiks aus Felsen und Spalten, die man kaum voneinander unterscheiden konnte, öffnete sich eine Art Furche zwischen den Steinen, die langsam immer höher führte, über den

Kamm der sehr hohen Klippe, die vor uns aufragte, hinaus. War das womöglich der Weg, um ins Innere von Gorgona zu gelangen? Wir riefen sofort die gesamte Gesellschaft zusammen und befragten die beiden Korsaren, die jedoch nie an dieser Seite der Insel angelegt hatten und uns wenig Nützliches sagen konnten. Es wurde beschlossen, auf diesem Weg aufzusteigen, denn nur dann würden wir sehen, ob die Entscheidung richtig war.

Der enge, steile Pfad zwischen den Felsen gestattete es nicht, als geschlossene Gruppe voranzugehen. An die Spitze der Prozession setzten sich die beiden Korsaren, dicht gefolgt von Hardouin und Pasqualini als ihre Bewacher. Kemal lud sich freiwillig Schoppe auf den Rücken, während du Guyetus einen stützenden Arm botest. Die beiden alten Männer nahmen die Hilfe sofort an, der erste fluchend, der zweite mit griesgrämiger Würde, als wäre ihm die Unterstützung geschuldet. Die Nachhut bildeten Naudé und meine Wenigkeit.

Gerade als wir uns in der Schlucht in Marsch gesetzt hatten, verzogen sich die Wolken im Osten, und die Sonne streifte den Kamm des Felsenriffs. Ein goldener Strahl fiel auf die höchsten Ausläufer und gab unerwartet den Anblick auf ein massives Bauwerk frei: einen Festungsturm.

»Was ist das?«, fragte Pasqualini die beiden Korsaren.

»Er heißt Torre Vecchia. Im Sommer übernachtet darin die Garnison des Großherzogs«, antwortete Kemal.

Alle Augen waren auf den hohen, an die Klippen geklammerten Wehrturm gerichtet, der sich, von unten gesehen, nur durch ein Wunder dort oben zu halten schien und seine kriegerischen Zinnen stolz dem Meer präsentierte.

»Ali Ferrarese hat uns gesagt, dass im Winter niemand auf dem Turm Wache hält«, erinnerte sich Kemal. »Die Soldaten vom Festland wissen, dass wir Barbaresken oft in Gorgona anlegen, um Holz und Wasser zu holen, aber sie verschweigen das ihren Vorgesetzten, weil sie sich nichts weniger wünschen, als nach Gorgona zur Bewachung einer Klippe mitten im Meer geschickt zu werden. Doch die Barbaresken ihrerseits hüten sich, den Turm zu benutzen. Wenn sie die Kanonen und Nahrungsvorräte des Großherzogs anrühren würden, wäre er gezwungen, mit seinen Soldaten einzuschreiten und die Insel auch im Winter zu bewachen. Den Schiffen der Berberei käme das nicht gelegen. Darum rühren sie den Turm nicht an.«

»Gibt es denn keine anderen Unterkünfte auf dieser Insel?«, wandte Schoppe ein, »einen Hafen, ein Dorf, einen Bauernhof?«

»Das wissen wir nicht«, antworteten die beiden.

Wir blickten einander erstaunt an. Ein jeder hoffte, dass das, was die beiden Seeräuber sagten, der Wahrheit entsprach und nicht dazu diente, uns in die Irre zu führen oder, schlimmer, in eine Falle des Rais. Mit stummer Ergebung teilten wir uns wieder in kleine Grüppchen auf und begannen mit dem Aufstieg.

DISKURS XXIV

Darin die Erkundung der Insel beginnt und man vergeblich
nach Wasser sucht. Aus Verzweiflung wird der Weg
zur Torre Vecchia eingeschlagen.

Der Aufstieg zum Gipfel der Klippe war für den alten, beleibten Guyetus besonders beschwerlich, während Schoppe darüber klagte, dass er wegen der schwankenden Schritte, zu denen Kemal beim Aufsteigen gezwungen war, jeden Moment von dessen Rücken zu fallen drohe. Du und Barbello wart unzertrennlich, und Malagigi – ich war entsetzt, als ich es gewahrte! – blinzelte euch verschwörerisch zu. Ein Trost lag nur darin, die Schönheit der Insel zu entdecken, während das Panorama ringsum sich weitete.

Auf den Felsen, die eine Art steinernen Wald bildeten, wuchs eine herrliche Macchia aus Rosmarin, Myrte, Mastix, duftender Erika und klebriger Zistrosen. Diese Vegetation ging an den unwegsamsten Ecken, scharfkantigen Felsvorsprüngen, die zwischen Himmel und Erde zu schweben schienen, in Katzenminze, Erdbeerbaum und Levkoje über, widerstandsfähigen Pflanzen, die dem Wind des Toskanischen Meeres zu trotzen vermochten. In der von Windböen gepeitschten Höhe wuchsen Steineichen, Kastanien, Ulmen und Aleppo-Kiefern aus den Felsen. Das Meer zu unseren Füßen prunkte schon lange nicht mehr mit seinen sommerlichen Farben, diesen klaren blauen, opalenen und smaragdgrünen Tiefen, die wie eine flüssige Metamorphose des toskanischen Marmors aus Carrara, Colonnata und Campocecina erscheinen, sondern hatte die mürrischen, öligen

Töne der Wintermonate angenommen, gesprenkelt mit dem weißlichen Schaum der Wellenkämme und jener an den Klippen zersprühenden Brecher, denen wir bei unserem gestrigen Schiffbruch nur knapp entronnen waren. Mit jedem Schritt öffnete sich das immense Panorama des zu Korsika hin gelegenen Meeresarmes, um dessen Kontrolle Spanier und Franzosen stritten.

Beim Aufstieg schien der Turm schließlich hinter einigen Felszacken zu verschwinden. Nach einer halben Stunde Wegs gelangten wir auf den Gebirgskamm und konnten einen Blick auf das Innere der Insel werfen. Endlich, dachten wir alle, würden wir die gegenüberliegende Seite nicht nur der Insel, sondern auch des Toskanischen Meeres sehen. Wir würden das Auge über das Meer bis zur Küste nach Livorno schweifen lassen und vielleicht auch ein vorüberfahrendes Schiff erspähen, das uns Rettung bringen konnte.

Die Enttäuschung war ungeheuer: ein undurchdringlicher Teppich aus dichter Vegetation verwehrte es uns, irgendetwas auf der Insel Gorgona zu erkennen. Der Meeresabschnitt zwischen der Insel und Livorno blieb unseren Blicken ebenfalls verborgen. Nur der weit entfernte Horizont bot eine großzügige Sicht auf die Küste des Großherzogtums. Doch es gab keinerlei Hoffnung, von hier oben vorüberfahrende Schiffe zu erspähen oder von ihnen gesehen zu werden.

»Und jetzt?«, fragten wir die beiden Korsaren.

»Wir müssen die Straße suchen. Von hier aus kennen wir nur den Weg zur Quelle. Sie liegt weiter vorn, mitten in den Wäldern«, sagten die beiden Barbaresken, die mit der Truppe von Ali Ferrarese schon auf vielen Inseln Wasser geholt hatten. »Wenn wir Glück haben, können wir unseren Durst bald stillen.«

Der Weg zur Quelle, auf dem uns die beiden Korsaren anführten, zwang uns, mitten durch das undurchdringlichste Dickicht zu gehen. Eine weitere gute halbe Stunde suchten wir, immer noch in Grüppchen, den Graben, wo man, den beiden Korsaren zufolge, aus einer natürlichen Quelle Wasser schöpfen konnte.

»Das reicht jetzt!«, jammerte Guyetus, der es müde war, von dir durch stachelige Sträucher und Büsche gezerrt zu werden. »In meinem Alter kann ich mich nicht mehr mir nichts, dir nichts, vom Schiffbrüchigen in einen Bergsteiger und vom Bergsteiger in einen Urwaldmenschen verwandeln!«

Die Korsaren mussten zugeben, dass sie die Stelle, wo Wasser aus dem Fels quoll, nicht finden konnten. Alle sahen die beiden misstrauisch an: Waren sie schlicht und einfach dumm oder hatten sie eine böse Überraschung für uns parat? Die Piraten schworen Stein und Bein, dass sie die Wahrheit sagten. Uns blieb nichts anderes übrig, als aufzugeben.

Nach dieser langen, vergeblichen Suche waren alle am Ende ihrer Kräfte. Seit vielen Stunden hatten wir nichts mehr getrunken und gegessen. Wie viele Tage würden wir auf der Insel ausharren müssen, bis Hilfe kam? Da machte Malagigi den Vorschlag, der schon seit einiger Zeit in der Luft gelegen hatte:

»Wir gehen zur Torre Vecchia. Hoffen wir, dass es dort drinnen etwas zu essen gibt.«

»Und wie wollt Ihr in einen befestigten Turm hineinkommen?«, fragte Naudé polemisch.

»Indem wir anklopfen, natürlich!«, erwiderte Pasqualini mit grimmiger Heiterkeit.

DISKURS XXV

Darin die Torre Vecchia sich weniger uneinnehmbar zeigt als erwartet.

Wir schlugen also den Weg ein, der am Gebirgskamm entlang zum Turm führte. Links bot sich uns der schwindelerregende Anblick des offenen Meeres, das sich bis zum Horizont erstreckte; auf der anderen Seite zeigten sich, wenn der dichte Baumbestand den Blick freigab, die grünen, fruchtbaren Hügel von Gorgona, deren feuchte Erdschollen ich fast einzeln erkennen konnte. Hier, wo die Insel sich von der Herrschaft der felsigen Küste befreite, ließ sie ihr Gewand aus rauen Klippen fallen und entpuppte sich als eine Schwester der sanften toskanischen Hügellandschaft, die terrassenförmig abgestuft und reich an Wein, Obst, Öl, Hasen und Fasanen ist.

Der Weg, auf dem wir voranschritten, war ein steiniger, vom Regen ausgewaschener Pfad, der sich mit leichtem Auf und Ab über den Kamm schlängelte. Unsere erschöpfte Truppe, eine bizarre Ansammlung aus Kastraten, einem Secretarius, schmutzigen Piraten und jammernden alten Gelehrten schleppte sich, gegen Hunger und Durst ankämpfend, mühsam voran. Plötzlich gaben Macchia und Büsche den Blick frei, und wir hielten ehrfürchtig inne vor dem ungewöhnlichen Bild: Vor uns zeichnete sich im hellen Morgenlicht die majestätische Silhouette der Torre Vecchia ab.

Allein die schwindelerregende Lage der Festung war Anlass zu größtem Staunen. Sie erhob sich nämlich auf einem Felsvorsprung und ragte gleich einem Adlernest gefährlich weit über den Abgrund der Klippen hinaus. Ihr Grundriss war ein unregelmäßiges Sechseck, das Profil hingegen spiralförmig: Die Mauern, auf der uns zugewandten Seite niedriger, wanden sich, der natürlichen Neigung der Klippe folgend, um die Mitte der Anlage herum bis hinauf zu dem hohen, zinnenbewehrten Turm. Er beherrschte die kleine Festung und die gesamte Umgebung, stolz bis zu jener trügerischen Grenze blickend, die wir alle als Horizont bezeichnen. Die Torre Vecchia war gewiss von toskanischen und Genueser Militärbaumeistern als Beobachtungs- und Verteidigungspunkt gegen die Raubzüge der Barbaresken errichtet worden, ebenso wie Dutzende andere, seit Jahrhunderten an allen Küsten Italiens verteilte Wachtürme, die jedoch viel kleiner sind als die eindrucksvolle Festung, vor der wir jetzt standen. Lange Zeit musste sie ihre Aufgabe hervorragend erfüllt haben: von der Spitze ihres Turms aus konnte man den gesamten Schiffsverkehr vom Ligurischen Meer bis zum spanischen Vizekönigreich Neapel und Sizilien überblicken, und gewiss hatten ihre Kanonen viele Segelschiffe der verbrecherischen Korsaren von Gorgona und dem umliegenden Meer ferngehalten.

Die waldige Vegetation, die den Bau umgab, konnte nicht alt sein. Solange die Torre Vecchia benutzt wurde, hatten ihre Bewohner sicherlich alles beseitigt, was den freien Blick auf die Umgebung hinderte. Jetzt hingegen konnte man sich den Mauern nähern, ohne gesehen zu werden.

Die dem Weg, auf dem wir gekommen waren, zugewandte Mauerseite ruhte auf einer abschüssigen Felswand, gestützt wurde sie von einem Bogen aus Ziegelsteinen, der unerfahrenen Augen wie ein später zugemauertes Eingangstor erscheinen mochte. Dem Besucher präsentierte die Torre Vecchia sich damit wie für immer versiegelt und tot. Doch beim Näherkommen änderte sich der Eindruck. In den zur Inselseite gelegenen Mauern gab es fast keine Fenster, was den Verdacht aufkommen ließ, die Festung sei besetzt. Der Pfad führte unmittelbar an die gewaltigen Steinmauern heran, bis man ihre ganze erdrückende Höhe gewahrte und nicht umhin konnte, sich zu fragen, wie zum Teufel Baumeister, Maurer und Arbeiter es nur vermocht hatten, diese Festung Stein für Stein direkt am Abgrund aufzubauen, und wie sie so sicher sein konnten, dass der Fels unter ihrem Gewicht nicht nachgeben würde.

Kam man näher, wuchs das Staunen noch mehr. Die Bastionen waren aus dem schroffen, scharfkantigen Gestein der Klippen erbaut – in zermürbender, höllisch schwerer Arbeit war das Felsgestein aus dem Riff gebrochen, zu Blöcken gehauen und übereinandergestapelt worden. Wie viele Hände, wie viele Arme bemitleidenswerter Arbeiter hatten sich monatelang auf der Spitze dieser Klippe mit dieser mühsamen Arbeit geschunden? Wie vielen von ihnen war ein nachgebender Stein, ein wackeliges Gerüst zum Verhängnis geworden und hatte sie in den Abgrund stürzen lassen, sodass sie auf dem steinigen Strand zerschellten? Doch die Vision der Leiden dieser Unglücklichen löste sich auf wie der heisere Schrei der Möwen, die hoch über unseren Köpfen flogen, als wir unser Ziel erblickten: den Eingang in die Torre Vecchia.

Der Eingang befand sich im Winkel zwischen zweien der hohen Festungsmauern. Um dorthin zu gelangen, musste man den Weg über den Gebirgskamm verlassen und eine kurze Abzweigung zur Torre Vecchia nehmen. Genau an dieser Stelle entdeckten wir eine weitere Abzweigung, die, langsam abfallend, bis zum gegenüberliegenden, aus sanft gerundeten, niedrigen Felsen bestehenden Ufer von Gorgona führte, das auf Livorno und die Küste der Toskana blickte.

Wir wandten uns der Festung zu. Der Eingang, eine Aushöhlung in einer der Strebemauern, war mit einem jener Tore aus vertikalen, gezackten Gittern versehen, die in Festungen häufig die erste Barriere darstellen. Hinter dieser Schwelle erkannte man eine Art engen Vorraum, schwach erhellt durch ein Fensterchen auf der rechten Seite, das auf die ersten Vorsprünge der Klippe über dem gähnenden Abgrund blickte. Im Hintergrund des Vorraums gab es vier Stufen und einen Korridor, der nach links abbog. Das Gittertor stand offen.

DISKURS XXVI

*Darin man beginnt, die Torre Vecchia zu erforschen, isst und trinkt,
und dann eine kostbare Schrift entdeckt.*

Malagigi setzte sich an die Spitze der Vorhut, gefolgt von Hardouin
und den beiden Korsaren. Nachdem die vier ihre Ohren gespitzt hatten, um mögliche Geräusche aus dem Inneren der Festung zu erhaschen, betraten sie ohne Federlesens den Vorraum und verschwanden
am Ende des Korridors.

Wir anderen, die aus Vorsicht draußen geblieben waren, beschlossen, uns im umliegenden Gebüsch zu verstecken und still abzuwarten.
Vorher vereinbarten wir noch schnell ein Zeichen, das bei Gefahr gerufen werden sollte.

Für die draußen Gebliebenen war es eine bange Wartezeit. Mit un-
beschreiblicher Erleichterung nahmen wir die gute Nachricht auf, die
uns Hardouin brachte. Kaum ins Freie zurückgekehrt, verkündete er
begeistert:

»Kommt! Die Festung gehört uns. Und es gibt Wasser in Hülle und
Fülle!«

Wir kamen aus unseren Verstecken, schlüpften rasch durch das Gittertor und betraten den Vorraum, wo uns augenblicklich die eiskalte
Luft alter Kastelle entgegenschlug. Wir stiegen die vier Stufen am Ende
des Korridors hinauf und bogen nach links ab, wo wir am Ende einer
langen Treppe auf den richtigen Eingang zur Festung stießen. Es war
ein gepanzertes Tor, das jedoch, nach dem Zustand der Schlösser und
Riegel zu urteilen, seit langem nicht mehr ordentlich geschlossen worden war. Nachdem wir durch dieses Tor getreten waren, gelangten wir
wieder ins Freie, doch dieses Mal im Inneren der Torre Vecchia.

Wir befanden uns in einem dreieckigen kleinen Innenhof, den
der hohe Turm mit den Zinnen überragte. Um den Turm, in dem die
gesamte Festung gipfelte, gruppierten sich Gebäude verschiedener
Größe, hinter denen wiederum kleine Plätze und Höfe liegen mussten. Sie machten aus der Festung eine Art Labyrinth, das erforscht
werden wollte.

Mitten in dem dreieckigen Hof, in dem wir standen, prangte ein
Brunnen, an dem sich Hardouin und die beiden Korsaren zu schaffen
machten.

»Genug Wasser für alle«, wiederholte Hardouin freudestrahlend, während er einen vollen Eimer von dem Seil löste, an dem er ihn soeben aus der Zisterne gezogen hatte. Vor Anstrengung schnaubend, setzte er den Eimer mit Hilfe der beiden Korsaren am Brunnenrand ab. Sofort löschten alle zufrieden ihren Durst, der eine, indem er mit den Händen schöpfte, der andere, indem er das Gesicht direkt in den vollen Eimer tauchte. Nun war es Zeit, an den Hunger zu denken.

Auf dem Hof gab es im Schatten des großen Turms eine kleine Kirche. Es war ein winziger, anrührender Bau aus einem einzigen Schiff, einem Fenster, das aufs Meer ging, einem Altar und an der linken Seite einer noch kleineren Kapelle, deren Fenster auf den Hof blickte. Daneben lag ein Gebäude gleicher Größe mit zwei Zimmern, wahrscheinlich die Wohnräume des Kaplans, der vor wer weiß wie langer Zeit hier die Messe gelesen und an diesem gottverlassenen Ort gelebt hatte.

Wir teilten uns in zwei Gruppen auf. Malagigi, Naudé und ich gingen den Turm erkunden, die anderen konzentrierten sich auf die niedrigeren Gebäude, beginnend mit der Kirche.

Im Turm trennten wir uns noch einmal. Pasqualini stieg in die oberen Stockwerke hinauf, Naudé und ich widmeten uns dem Raum im Erdgeschoss, einem schmutzigen Gelass voller Spinnweben, wo ein paar verrottete Holztruhen standen.

Wenige Minuten später hörten wir einen Jubelschrei. Ohne unsere Inspektion zu Ende zu bringen, stürzten wir auf den Hof und dann in das Gebäude neben der Kirche, wo sich herausstellte, dass die Jagd dank der erprobten Spürnasen Kemal und Mustafa erfolgreich gewesen war.

In einer dunklen Ecke gab es ein Türchen und dahinter eine Treppe, die wir hinabstiegen, bis wir in einen engen, muffigen Keller gelangten, in den nur durch einen Gitterrost Licht fiel. Die beiden Korsaren hatten herausgefunden, dass sich unter den beiden Zimmern neben der Kirche dieses Lager befand, wo zwei Fässchen mit Salzheringen, eine große Menge Zwieback von der Art, wie man ihn auf lange Schiffsreisen mitnimmt, und sogar mehrere schöne Würste versteckt waren. Wie lange warteten diese Lebensmittel hier schon auf ihren Besitzer? Gleichviel, wir nahmen dieses unerwartete Gottesgeschenk an und schlugen aus Dankbarkeit sogar das Kreuzzeichen (die beiden abtrünnigen Korsaren ahmten uns mit ausladenden Gesten nach, doch das fromme Zeichen misslang ihnen, weil sie sich erst rechts und dann links auf die Brust schlugen).

Dann fanden wir sogar trockene Kichererbsen in Säcken, reifen Käse und getrocknete Früchte, was die Freude der ganzen Gruppe beträchtlich steigerte.

»Hoch lebe die Torre Vecchia!«, rief Naudé aus, einen Zwieback in die Höhe hebend, als wäre es ein Kelch besten Weines, und sogleich taten es ihm alle nach.

»Wir haben hier einen schönen reifen Käselaib, das ist ja, als wäre man am Hof von Arnau Aimar!«, verkündete Kemal zufrieden.

»Wer ist das?«, fragte Schoppe argwöhnisch.

»Ein Renegat aus Mallorca, der zufällig immer Schiffe voller Käse kaperte. Doch auch Ali Rais ist großzügig wie ein König, wenn es darum geht, aus festlichem Anlass Quark und Käse zu verteilen.«

Dann kam die große Überraschung: unter einer dichten Staubschicht tauchte eine Ballonflasche auf, sehr schwer und darum vielversprechend.

Sofort legten sich viele Hände um den Hals des großen, bauchigen Behälters. Der Korken wurde aufgebrochen und unter fieberhaftem Hantieren mit Gürtelschnallen und anderen recht unorthodoxen Werkzeugen herausgezogen. Als Trinkgefäß diente der derbe Brunneneimer, doch war es der angenehmste Schluck, der jedem von uns jemals gewährt wurde.

»Hoch lebe die Torre Vecchia!« – »Hoch lebe Gorgona!« Guyetus und Schoppe übertrafen einander an Begeisterung, während sie sich den mit Wein gefüllten Eimer reichten und ihre Mienen endlich die Falten des Grolls und stirnrunzelnden Jammers verloren, die Körper sich unversehens belebten.

»Hoch lebe diese Festung!«, stimmte Hardouin ein, »und hoch lebe die Rettung vor ...«

Malagigi war soeben in dem kleinen Keller angekommen, wir hatten kaum Notiz davon genommen, dass er sich so lange im Turm aufgehalten hatte. Er hielt ein Blatt Papier in der Hand.

»Habt Ihr das nicht gesehen?«, fragte er Naudé und mich, mit dem Papier wedelnd. »Es lag in einer der zwei Truhen im Erdgeschoss des Turms.«

»Nun, wir haben es wohl übersehen«, antwortete Naudé ein wenig verlegen, »denn kaum hatten wir gehört, dass Lebensmittelvorräte gefunden wurden, sind wir hierher geeilt. Was ist das?«

Ich hielt mir unterdessen das mit einer winzigen Handschrift bedeckte Blatt unter die Nase, und alle anderen drängten sich um mich.

DIALOG

Darin sich ein Streit abspielt, welcher einer gesitteten menschlichen Gemeinschaft unwürdig ist, und über die soeben entdeckte Handschrift disputiert wird.

Der Text war lateinisch abgefasst und sah ganz nach einem Entwurf aus, denn er war voller Korrekturen, Streichungen und Randbemerkungen.

Es handelte sich um eine eigenartige Erzählung:

Sed ut coeperam dicere, ad hanc me fortunam frugalitas mea perduxit. Tam magnus ex Asia veni, quam hic candelabrus est. Ad summam, quotidie me solebam ad illum metiri, et ut celerius rostrum barbatum haberem, labra de lucerna ungebam. Tamen ad delicias ipsimi annos quattuordecim fui. Nec turpem est, quod dominus iubet. Ego tamen et ipsimae satis faciebam. Scitis quid dicam: taceo, quia non sum de gloriosis. Ceterum, quod di volunt, dominus in domo factus sum, et ecce cepi ipsimi cerebellum. Quid multa? Coheredem me Caesari fecit, et accepi patrimonium laticlavium.

»Was ist das?« fauchte Guyetus und riss mir das Blatt aus der Hand, womit er Schoppe knapp zuvorkam, der bereits die Finger ausgestreckt hatte, aber von dem vor ihm stehenden Barbello am Zugreifen gehindert wurde.

Guyetus begann, den kurzen Abschnitt laut zu übersetzen:

Wie ich schon sagte, zu diesem Glück hat mir meine Genügsamkeit verholfen. Als ich aus Asien kam, war ich so groß wie dieser Kandelaber und tatsächlich maß man mich jeden Tag an demselben. Damit mir schneller ein Bart wuchs, rieb ich mich mit Lampenfett ein. Vierzehn Jahre lang musste ich meinem Padrone zur Lust dienen. Es ist nichts

Böses dabei, denn der Padrone befiehlt. Natürlich habe ich mich mit der Padrona verlustiert, Ihr versteht mich. Und mehr sage ich nicht, denn ich bin kein Angeber.

Nach dem Willen der Götter wurde ich innerhalb kurzer Zeit zum Herrscher in diesem Hause, ja, der Padrone dachte nur noch mit meinem Kopf. Was soll ich sonst sagen? Er machte mich zum Miterben, und ich erhielt Reichtümer wie ein Senator.

Neben dem lateinischen Text, in einem Dickicht aus Schnörkeln und Pfeilen, die, sich überkreuzend, auf dieses oder jenes Wort verwiesen, las man überaus rätselhafte Anmerkungen, diese in altem Italienisch verfasst:

Die Geschichte des Trimalchio mit einigen Wendungen des Schicksals fortführen.

Verlust von Geld. Schiff, das untergeht. Dreißig Millionen Sesterzen.

Dann verlässt die Gesellschaft das Bankett.

Sie kehren ins Wirtshaus zurück.

Der Freund vergnügt sich mit dem Knaben.

»Bei allen Göttern, was bedeutet das?«, fragte nun Schoppe, während er Guyetus das Blatt entriss.

»Eine lateinische Handschrift hier auf Gorgona, die kann doch nur von Philos Ptetès stammen«, rief ich aus.

Bei diesem Namen zuckte Schoppe zusammen. Er verstand nicht, was Gorgona mit dem Mönch aus Slawonien zu tun hatte, denn er wusste ja noch nichts von dem, was du Naudé und Guyetus berichtet hattest, dass nämlich Philos Ptetès möglicherweise derselbe slawonische Mönch war, der vor zwei Jahren auf unserer ersten Fahrt nach Paris auf Gorgona zurückgelassen worden war, weil eine Schlange ihn gebissen hatte. Rasch erhelltest du ihm den Zusammenhang, der vom Verehrungswürdigen mit Zeichen großer Erregung aufgenommen wurde.

Die erste untrügliche Spur von Ptetès Anwesenheit auf der Insel. Doch bevor geklärt wurde, wie und wann er das Dokument, das seinen Aufenthalt verriet, hier abgelegt hatte, hätten alle liebend gerne erfahren, ob wir womöglich eine erste Kostprobe der begehrenswerten Schätze des slawonischen Mönchs entdeckt hatten. Ein sehr wichtiges Indiz gab es bereits: den Namen auf diesem Papier.

»Trimalchio!« Naudé schluchzte fast, seine Stimme war heiser vor Aufregung.

In einfache Worte übersetzt für jemanden, der die gesamte lateinische Literatur nicht im Schlaf kannte wie Naudé und Schoppe, verbarg sich folgendes hinter diesem Namen:

Unter den Werken, die Philos Ptetès in seinem Brief zu besitzen behauptete, befand sich auch das berühmte *Satyricon* von Petronius, dessen vollständige Handschrift einer der Wunschträume aller Philologen und Literaten auf der Welt war. Denn von dem Roman des Titus Petronius Arbiter, wie sein lateinischer Name lautete, waren nur ein paar Dutzend Seiten erhalten, vielleicht nicht einmal ein Zehntel des Gesamtwerks. Das *Satyricon*, das als eine der erlesensten Perlen der Literatur der Antike gilt, verschwand auf geheimnisvolle Weise während der dunklen Jahrhunderte des Mittelalters und wird heute endgültig als verloren angesehen. Eine der Hauptfiguren in dem Werk war Trimalchio, ein freigelassener und dann zu maßlosem Reichtum gelangter Sklave, der eine recht gemischte Gruppe von Gästen zu einem üppigen Abendessen einlädt, wo unter großer Prunkentfaltung die erlesensten Speisen serviert werden. Doch die Beschreibung dieses Gastmahls, wie auch fast das ganze *Satyricon*, ist uns leider nur fragmentarisch überliefert.

Das unbekannte, von uns soeben entdeckte Papier war für Geist und Herz unserer Gelehrten wie ein Blitz in einer stillen, mondlosen Nacht, konnte es sich doch um ein bisher unbekanntes, unschätzbar wertvolles Fragment aus dem Gastmahl des Trimalchio handeln.

Überraschend bemächtigte sich wieder Guyetus mit katzenhafter Wendigkeit des Dokuments.

»So überlasst mir dieses Stück Papier doch bitte einen Augenblick lang«, flehte Schoppe, die Arme ausgestreckt wie ein Flüchtling in der Wüste, welcher der ersten Wasserquelle zustrebt, und es gelang ihm, des Blattes erneut in seinen Besitz zu bringen.

»Ich bin dran, verflucht, ich habe es noch nicht einmal angerührt!«, rief Naudé laut.

Innerhalb kürzester Zeit entstand zwischen den vieren ein würdeloses, ihrem glänzenden Ruf gänzlich unangemessenes Handgemenge. Caspar Schoppe, hochaufgerecht auf Zehenspitzen stehend und den anderen drei ohnehin an Körpergröße überlegen, hielt das Blatt in eine für sie unerreichbare Höhe, während sie ihn bestürmten wie

Hunde und Katzen, die sich mit den Vorderpfoten auf den Gast einer Taverne stürzen, dem der Wirt soeben ein schönes, duftendes Brathuhn serviert hat. Alsbald hielt Schoppe dem Ansturm nicht mehr stand, und das Blatt fiel ihm aus der Hand, glitt zu Boden, wo du, junger Atto, es flink aufhobst und meiner Wenigkeit reichtest, was dir einen Streit mit den vier exaltierten Gelehrten ersparte.

»Ich bitte Euch, Messeri!«, versuchte ich sie zu beschwichtigen, derweil ich mir das Papier unter die Jacke steckte, damit das Streitobjekt begehrlichen Blicken entzogen wurde und die Gemüter sich abkühlten. Die beiden Korsaren hatten der Szene mit offenem Munde beigewohnt, da sie absolut nicht begreifen konnten, warum hier so hitzig um ein altes Stück Papier unbekannter Herkunft gestritten wurde, das in einer verlassenen Festung lag.

»Dann sagt uns wenigstens eines!«, rief Guyetus mit anklagender Miene aus. »Wie habt Ihr dieses Papier gefunden?«

»Das habe ich doch schon gesagt, zum Donnerwetter!«, antwortete Malagigi beleidigt. »Mein Blick war auf eine alte Truhe im Erdgeschoss des Turms gefallen. Sie stand offen, ich sah hinein, und da lag das Blatt.«

»Warst du denn nicht auch losgegangen, den Turm zu erkunden?«, fragte Schoppe, Naudé zum ersten Mal duzend.

»Natürlich«, antwortete der Bibliothekar, »doch als ich hörte, dass die anderen Nahrungsmittel gefunden hatten, bin ich hierhergelaufen. Ich glaube, Signor Pasqualini war aufmerksamer als ich, da er auch die Truhen untersucht hat.«

»Ich habe ebenfalls bemerkt, dass eine Truhe offen stand«, fügte ich hinzu, da ich mich verpflichtet fühlte, Naudé zu verteidigen, »aber ich hatte keine Gelegenheit, etwas zu entdecken, denn gerade als ich in die andere hineinschaute, hörte ich euch rufen und bin hierhergeeilt.«

»Verzeiht mir die Einmischung, Monsire Naudé, darf ich Euch eine Frage stellen?« Taktvoll wandtest du, lieber Atto, dich an den Bibliothekar Mazarins, welcher tatsächlich erst jetzt die puterrote Gesichtsfarbe verlor, die er während des Kampfes um den Besitz des Papiers angenommen hatte.

»Na gut, bitte sehr«, antwortete dieser, den Kragen seiner Jacke weitend, um den Druck der seelischen Anspannung zu mindern.

»Ihr und Eure gelehrten Kollegen«, hubst du an, »seid die größten Experten für antike Schriften. Könnt Ihr uns erklären, was es mit diesem Blatt auf sich hat?«

Ich zog das kostbare Papier unter der Jacke hervor und reichte es Naudé. Hardouin, Schoppe und Guyetus kamen näher, um hineinzuspähen, freilich nicht ohne noch einen letzten bösen Blick zu wechseln.

»Meiner Meinung nach gibt es keinen Zweifel«, begann Naudé, »es könnte durchaus ein Stück des *Satyricon* von Petronius sein, in dem ein gewisser Trimalchio vorkommt. Petronius, Signori! Ist euch bewusst, aus welch fernem, überaus noblem Altertum dieses Fundstück stammt?«

»Wann hat Petronius gelebt?«, fragtest du.

»Frag doch diesen Betrüger Scaliger«, entgegnete Schoppe. »Er hat ja sogar bis dato unbekannte Fragmente des *Satyricon* neu angeordnet.«

»Meine Güte, Caspar, wie kannst du es wagen, Scaliger noch nach seinem Tod einen Betrüger zu nennen?«, tadelte ihn Guyetus, ebenfalls zum Du übergehend, als hätte die Entdeckung der alten Handschrift sie alle zu Brüdern gemacht.

»Ich habe es ihm oft gesagt, als er noch lebte, und er hat mir nie geantwortet, also wird er auch jetzt nichts dagegen einzuwenden haben. Und wo ich schon einmal dabei bin, sage ich auch, dass es kein Zufall ist, wenn Scaliger seine Kompilation nie veröffentlicht hat. Er brüstete sich, den ursprünglichen Zustand des *Satyricon* wiederhergestellt zu haben, aber die vier alten Handschriften, die ihm angeblich dazu dienten, sind zufällig unauffindbar. Er war eben nichts anderes als ein betrügerischer Prahlhans.«

Naudé hob trostsuchend die Augen zum Himmel und fuhr fort:

»Wie ich schon sagte, wenn dieses dürftige Stück Papier wirklich Petronius ist, Signori, dann wird die gesamte Gelehrtenrepublik uns beglückwünschen, weil wir es gefunden haben. Und wenn wir auch den Rest finden, wird unser Andenken in den Schriften der Ingenien für immer bewahrt werden, auch noch in vier oder fünf Jahrhunderten. Das Problem ist nur, dass es sich nicht um eine alte Handschrift aus dem neunten oder zehnten Jahrhundert nach Christi Geburt handelt. Man sieht genau, dass die Schrift nur ein paar Jahrhunderte alt ist. Und ich glaube, dass es sich um die Handschrift von Poggio Bracciolini handeln könnte, den angesehenen, ruhmreichen Humanisten aus Florenz, der zahlreiche unbekannte Werke der lateinischen Antike entdeckte. Das sage ich, weil Poggio berichtete, er habe ein Fragment des *Satyricon* in seinen Besitz gebracht, dessen Spuren sich jedoch danach verloren. Es könnte also dieses hier sein. Wenn meine Schlussfolgerungen richtig sind, haben wir ein Fragment jenes Werks von Petronius in Händen, das der berühmte Poggio Bracciolini aus einem Kodex in einer alten Abtei kopiert haben muss. Wahrscheinlich war dieser Kodex einer seiner genialen Funde, für die er so berühmt wurde. Die Schrift auf dieser Seite entspricht jedenfalls jener der florentinischen Humanisten. Und wenn es nicht Poggio persönlich war, dann war es eben einer der Kopisten in seinen Diensten.«

Schoppe, Guyetus und Hardouin nickten: Ein rascher Blick hatte vor allem den ersten beiden genügt, um eine Vorstellung von Alter und Provenienz des Manuskripts zu gewinnen.

»Allerdings ...«, zögerte Hardouin.

»Allerdings?«, drängte Malagigi, der, wie wir auch, in der Philologie und ihren labyrinthischen Geheimnissen gänzlich unbewandert war.

»Im Grunde kann man sich nie sicher sein«, ergänzte der Bibliothekar in einer Mischung aus Vorsicht und Vagheit. »Wenn Poggio brieflich von seinen Funden erzählte, brachte er gern alles durcheinander, und in dem, was er schreibt, gibt es immer ein paar Unstimmigkeiten. In Sankt Gallen erzählt er erst, dass er Handschriften in einem Turm des Klosters gefunden hat, dann war es die Bibliothek oder umgekehrt. Häufig verschwinden die Handschriften, die er angeblich kopiert haben will, zurückbleibt nur Poggios Kopie, von der man daher nicht sagen kann, wie genau sie ist, und so weiter.«

»Und diese Anmerkungen am Rand, was bedeuten die?«, fragtest du. »Sind das Geschichtchen, zu denen das *Satyricon* Poggio inspiriert hat?«

»Gott bewahre dir deine Naivität, Junge!«, rief Caspar Schoppe kopfschüttelnd aus und seufzte.

»Ich bitte Euch, junger Atto!«, ereiferte sich nun auch Guyetus. »Geschichtchen? Es ist doch sonnenklar, dass es sich hier um Glossen handelt, Anmerkungen, die wir Philologen am Rand eines Textes für unsere eigenen Zwecke notieren. Poggio wird es ebenso gehalten haben: Er scheint eine rasche Glosse mit dem Fortgang der Handlung entworfen zu haben. Vielleicht weil der Text lückenhaft war und er daher nicht genau verstand, was im Folgenden geschah.«

Sodann verkündete Schoppe mit dem Mangel an Bescheidenheit, der ihm eigen war, das *Satyricon* besser zu kennen als jeder andere, weil er als junger Mann eine Untersuchung von Petronius' Text verfasst habe, und weil er dank seiner unübertrefflichen Bildung in den Kreis engster Freunde des Gelehrten Melchior Goldast aufgenommen worden sei, jenes angesehenen Verlegers, der das Wenige veröffentlicht hatte, was vom *Satyricon* bis heute erhalten war.

»Ruhe, der Verehrungswürdige spricht«, zischte Gabriel Naudé seinem Kollegen Guyetus ins Ohr.

Schoppe warf beiden einen flammenden Blick zu. Nachdem unter seinen Zuhörern wieder Ruhe eingekehrt war, verkündete er mit strenger Miene:

»Meiner Meinung nach haben wir eine der wichtigsten philologischen Entdeckungen der letzten Jahrzehnte, ach, was sage ich, der letzten Jahrhunderte vor uns.«

Als ich deinen Gesichtsausdruck musterte, glaubte ich deutlich die nicht besonders reinen Gedanken lesen zu können, die deinen Geist in Aufruhr versetzten: Eine Laune des Schicksals wollte es, dass dieses Stück des Petronius, wenn es sich denn wirklich um das *Satyricon* handelte, wie gemacht schien, um die Diskussion, die wir zu Beginn der Reise gehabt hatten, wieder zu entfachen. Das Schicksal lacht dem, der sich von seinen Herren genießen lässt, und auch wenn er insgeheim das zarte Geschlecht vorzieht, findet er sein Glück doch nur, wenn er bei der widernatürlichen Liebe abkassiert.

Das war kein Zufall, mein lieber Atto: Diese Namen und diese Titel – Petronius und sein *Satyricon* sind nur ein Beispiel von vielen – waren, sind und bleiben dem Großteil der Menschheit völlig unbekannt, aber sie beherrschen unsere Gedanken, Reaktionen, Neigungen, Gebräuche und Gewohnheiten. Die Menschen denken, handeln und glauben nicht im Vollbesitz ihrer eigenen Kräfte, sondern sind, ohne es zu bemerken, Vorbildern unterworfen, die Petronius, Seneca, Lukrez, Horaz, Vergil, Ovid und vor allem Platon und Aristoteles schufen. Alles Namen, die das Volk für die Angelegenheit weniger Gelehrter hält, aber in Wirklichkeit sind sie die Tyrannen der Welt, wie du durch den Ausgang unseres Abenteuers erkennen wirst.

Doch die Debatte konnte nicht zu Ende geführt werden, denn in diesem Moment hörten wir ein Geräusch auf dem kleinen Platz.

DISKURS XXVII

Darin Jagd auf einen Bewohner der Torre Vecchia gemacht
und dieser am Ende ergriffen wird.

Alle verstummten und erstarrten, als stünden sie urplötzlich in beißender Kälte.

Ein Rascheln, ein Trappeln oder vielleicht ein Scharren war vernehmlich von draußen auf dem kleinen Platz an unsere Ohren gedrungen. Die beiden Korsaren fuhren unwillkürlich mit der Hand zu den Dolchen, die sie unsichtbar, aber stets griffbereit zwischen Hemd und Gürtel zu tragen pflegen, erinnerten sich dann aber mit Bedauern, dass wir sie ihnen auf dem Boot abgenommen hatten.

»Und die Pistole?«, fragte Naudé.

»Nicht geladen, kein Schießpulver mehr«, antwortete ich.

Einige Minuten vergingen, auf dem Platz war es wieder ruhig. Dann erneut dieses Rascheln und wieder Stille.

»Wer ist da?«, schrie Kemal.

Niemand antwortete. Man hörte jedoch abermals jenes Scharren wie das Geräusch leiser Schritte, die sich entfernten und dann wieder innehielten.

»Gehen wir«, sagte Malagigi, die Hand auf den Griff des Messers gelegt, und machte der Gruppe ein Zeichen mit dem Kopf in Richtung auf den kleinen Platz vor dem Keller.

Zu fünft oder sechst traten wir über die Schwelle des Lagerraums, stiegen die Treppe hinauf und kehrten an die Oberfläche zurück. Der Platz lag so still und leer da, wie wir ihn vorgefunden hatten. Wir ließen unsere Blicke schweifen. Nichts. Die beiden Korsaren überprüften den gesamten Weg, der aus der Festung herausführte und kehrten ohne Ergebnis zurück. Auch auf dem Platz vor dem Eingang zur Torre Vecchia sei keine Menschenseele, sagten sie. Das geheimnisvolle Individuum musste sich demnach noch innerhalb der Mauern der Festung befinden. Hatten wir es vielleicht im Turm überrascht, und jetzt wusste es nicht, wie es sich verdrücken oder gegen uns wehren sollte? Es ist immer besser, Jäger zu sein als Gejagter und auf das Zuschlagen des Feindes warten zu müssen. Wir beschlossen also, uns über die Burg zu verteilen und dem Unbekannten nachzustellen. Eine schwierige Aufgabe, denn die Festung war mit ihrer bizarren, unregelmäßigen Form, ihren engen Innenhöfen und den vielen winzigen, hintereinander gebauten oder wie kleine Höhlen an den zinnenbewehrten Turm geklammerten Behausungen in ihrer Gänze nahezu unmöglich zu überblicken.

Kam man aus dem Kirchlein und den Räumen des Kaplans, sah man sich zur Linken einem Abschnitt der gewaltigen Umfriedungsmauer und zur Rechten dem Turm gegenüber. Der Turm hatte drei Räume im Erdgeschoss, weitere drei im oberen Stockwerk und ebenso viele im Dachgeschoss. Alle Räume waren von der Soldateska des Großherzogs gründlich leergeräumt worden und enthielten außer ein paar alten Möbelstücken nichts Interessantes. Im dritten und letzten Stockwerk erwartete uns die erste Überraschung: Noch immer aufs Meer zielend, standen hier zwei alte Bombarden. Nach Meinung der Barbaresken waren sie noch voll funktionstüchtig. Von dem Individuum ohne Gesicht aber keine Spur.

Wir setzten die Erkundung fort, indem wir auf den Platz zurückkehrten. Von hier aus gelangte man rechts vom Turm in einen weiteren kleinen Hof, doch der Weg dorthin führte durch einen so engen Gang, dass ein Mann mittlerer Größe darin nur mühsam vorankam. Auf diesem nicht überdachten Platz, den wir den Kleinen Platz tauften, befand sich ein Ofen zum Brotbacken. Über dem Eingang zu einem kleinen Gelass stand MUNITIONI geschrieben – er war offenbar als Vorratsraum für Schießpulver benutzt worden. An seiner linken Wand öffnete sich eine Tür zu einem weiteren, langgestreckten offenen Hof, auf dem sich ein zweiter Brunnen befand. Die Wasserquellen von Gorgona schienen üppig zu sprudeln. Rechts führte ein Treppchen in einen großen, überdachten Lagerraum, an dessen Rückwand wir zwei Reihen hölzerner Bottiche erblickten, darunter einige mit Wein gefüllte. Wir hatten also noch mehr Weinvorräte, doch in diesem Moment waren alle Gedanken auf das unsichtbare Individuum gerichtet, das wir jagten. Hinter dem Weinkeller am anderen Ende des Hofes befand sich eine kleine Kasematte, in die man über eine Treppe gelangte. Durch ein auf den Vorplatz vor der Festung blickendes Fenster konnte man im Falle eines feindlichen Überfalls von hier aus den Eingang beschießen. Jetzt befanden wir uns an einer Stelle, die dem Eingang genau gegenüberlag. Die Inspektion war beendet.

»Nichts. Hier ist niemand außer uns«, erklärte Naudé.

»Das bedeutet, dass unser Freund fortgeflogen ist«, scherzte Malagigi.

»Keiner fliegt, wir haben uns einfach getäuscht«, erwiderte Barbello.

»Alle acht? Dieses Geräusch von Schritten auf dem Platz habt ihr auch gehört«, wandte Hardouin ein.

In der Ungewissheit und da die Angst nunmehr verflogen war, löste die Gruppe sich auf. Nur du und ich blieben in Gesellschaft von Malagigi zurück, während die anderen zum Vorratsraum zurückkehrten, wie wir den Keller, wo wir die Lebensmittel gefunden hatten, bereits nannten.

Wir betrachteten das Panorama ringsum. Der Felsen, auf dem sich die Torre Vecchia erhob, war nicht der höchste Gipfel der Insel. Ein Berg weiter südlich war deutlich höher. Von dort oben hatte man wahrscheinlich eine vollständigere Übersicht über die Insel.

»Wir sollten später versuchen, dort oben hinaufzukommen«, sagtest du, auf den Gipfel zeigend.

»Sehr richtig«, stimmte Malagigi zu, »und dann müssten wir … einen Moment!«

Wir sahen ihn fragend an, er hielt schnuppernd die Nase in die Luft, als folgte er einem Geruch.

»Das ist wirklich sonderbar, das riecht fast wie …«

Das Blut gefror uns in den Adern, denn in diesem Moment hörte man wieder das Geräusch. Der Eindringling war mitten unter uns.

»Da bist du!«, schrie Malagigi und hob die Arme, bereit, ihn zu packen, doch das Wesen ließ sich nicht täuschen und suchte mit einem flinken Sprung das Weite, sodass Malagigi, der ohnehin so lachen musste, dass er fast strauchelte, die Verfolgung aufgab.

Hüpfend und flügelschlagend kehrte das große Huhn eilig in den Hühnerhof zurück, dessen Geruch der Wind uns vor kurzem zugetragen hatte. Der Ausflug, bei dem das Federvieh unsere ganze Gruppe durch sein etwas zu lautes Scharren auf dem Platz in Panik versetzt hatte, war beendet.

DISKURS XXVIII

Darin eine politische Diskussion geführt wird.

Die Entdeckung löste so unbändige Heiterkeit bei uns aus, dass es uns zunächst gar nicht einfiel, den Rest der Gesellschaft zu informieren. Wir untersuchten den Hühnerstall, der sich diskret in einem Keller unter dem Zimmerchen neben dem Ofen verbarg, doch über ein Fenster verfügte. Eine kleine Schar von sieben oder acht Hühnern nebst einem jungen Hahn, nicht besonders üppige Exemplare, doch allemal brauchbar, versprach uns angenehme, schmackhafte Gesellschaft zu leisten, bis wir einen Weg gefunden hatten, Gorgona zu verlassen.

Als wir zurückkehrten, um den anderen die frohe Botschaft zu überbringen, fanden wir die Gruppe im Keller des Kaplans in eine lebhafte Diskussion über gerechte Kriterien zur Aufteilung der Salamis vertieft. Der Hunger hatte die Oberhand über alles andere gewonnen, die Auswirkungen des Fundes des *Satyricon* oder was auch immer es war, hatten sich vorerst verflüchtigt. Auf meinen Vorschlag hin wurde die Diskussion darüber vertagt, bis die Mägen anständig gefüllt waren. In Anbetracht meiner Position als Secretarius gab man mir das von Malagigi gefundene Blatt zur Verwahrung bis zum Ende des Mittagessens, und niemand erhob ernsthaft Einspruch. Später, darauf konnte man wetten, würde der Streit sofort wieder aufflammen wie glühende Kohlen, die mit Stroh und trockenen Blättern genährt werden.

Einige wollten nicht recht glauben, dass das Geräusch auf dem Platz von einem Huhn herrührte. Also führten wir die ganze Gesellschaft zum Hühnerhof, und man folgte uns mit martialischen Schritten, fest entschlossen, nicht etwa die Frage der sonderbaren Geräusche zu klären, sondern den Speiseplan der kommenden Tage, ja, der nächsten Stunden.

»Tatsächlich, es war ein Huhn! Wie der große römische Historiker berichtet, gaben Fabio Massimo die Diktatur und Caius Flaminius sein Kommando über die Kavallerie wegen des Quiekens einer Maus auf«, rief Naudé lachend vor dem Hühnerkäfig aus, während die beiden Korsaren erneut mit einer blitzschnellen, eines Entermanövers würdigen Bewegung nach ihren Dolchen griffen, die sie schon ihr ganzes Leben lang am Gürtel trugen, doch abermals entdecken mussten, dass sie keine Waffen mehr besaßen.

»Einen Moment mal!«, schrie Guyetus und hob den Arm. »Wir haben nicht die leiseste Ahnung, wie viel Zeit wir hier verbringen müssen. Die Hühner könnten uns eine Menge Eier geben. Ich schlage vor, zu warten und sie erst dann zu schlachten, wenn es wirklich nötig ist.«

»Besser heute ein Huhn als morgen ein Ei«, wandte Hardouin ein.

»Ich bestehe darauf: denkt an die Eier!«, wiederholte Guyetus.

»Ich denke dagegen an den Hahn«, erklärte Naudé streitlustig, die Augen gierig auf die Schenkel des einzigen Mannes im Hühnerhof geheftet.

»Ein Hähnchen von acht Tieren? Was für ein Unsinn! Dieses Vögelchen wird uns nicht mal die Zähne schmutzig machen«, entgegnete Hardouin, der zum ersten Mal ein entschlossenes Wesen an den Tag legte. »Wir sind zu zehnt und es gibt acht Hühner, also entweder alle oder keins!«

»Wir könnten uns vorerst auf vier beschränken: ein halbes pro Kopf ist besser als gar nichts«, schlug Barbello vor.

»Dann sparen wir uns den Hahn auf, der andere Hühner begatten könnte, wenn welche in der Nähe sind, und nehmen uns seine Freundinnen vor ...«, warf Naudé in die Runde.

»Sieben Hühner für zehn Mäuler, das lässt sich schwer aufteilen, ich sehe schon, dass ich das Nachsehen haben werde, wie bei den Salamis des Kaplans«, jammerte Hardouin.

Den Schnabel und den stumpfen Blick mal auf diesen, mal auf jenen Redner gerichtet, verfolgte das Federvieh beunruhigt die Diskussion über sein Schicksal. Die gegnerischen Parteien taten ihre Meinung mit größerer oder minderer Heftigkeit kund, je nachdem, wie gründlich sie ihren Hunger hatten stillen können, indem sie ihre Rivalen bei der Verteilung der Salami im dunklen Keller des Kaplans mit irgendwelchen Tricks übers Ohr gehauen hatten.

»Ach, Schluss jetzt mit dem Diskutieren! Hunger ist Hunger«, mischte sich Kemal ein, einen großen trockenen Ast wie einen Knüppel schwingend. Der Statthalter hatte während der Jahre, in denen er mit Ali Ferrarese auf Kaperfahrt gegangen war, sicher weit mehr Erfahrung im Stehlen als im dialektischen Streitgespräch erworben.

»Schweig, du Renegat!«, befahl ihm Caspar Schoppe knurrend, welcher, nach dem erbitterten Tonfall zu urteilen, der hungrigste von allen sein musste.

»Bitte um Vergebung, Verehrungswürdiger, aber gewisse Themen solltet Ihr vermeiden«, stichelte Naudé, da ja auch Schoppe mehrmals die Konfession gewechselt hatte.

»Dann nimm du dir ein schönes, großes Argument und steck es dir in …«

Doch Schoppes Anspielung auf die gefühlsmäßigen Neigungen Gabriel Naudés wurde durch ein abermaliges Geräusch unterbrochen. Es kam von draußen und ähnelte erstaunlicherweise dem zuvor auf dem großen Platz gehörten Scharren. Wir verstummten alle schlagartig und sahen einander an, wobei in Augen und Mündern eine Hoffnung hindurchschimmerte, die die Form von Kämmen, Federn und Krallen hatte. Ein Hühnchen mehr hätte die Summe auf neun anwachsen lassen, also fast eines pro Kopf.

Nachdem er allen einen raubtierhaften, verschwörerischen Blick zugeworfen hatte, stürzte Kemal mit seinem Knüppel in der Hand aus dem Hühnerstall und verschwand auf der Treppe. Doch nach ein paar Sekunden, in denen wir auf einen Siegesschrei des Korsaren warteten, vernahmen unsere Ohren etwas ganz anderes:

»Ich muss doch sehr bitten, junger Mann! Ist das eine Art, sich vorzustellen?«, sagte eine liebenswürdige weibliche Stimme.

DISKURS XXIX

Darin man auf ein Gespenst stößt und über die Stadt auf der anderen Seite von Gorgona, Nusquama, oder wie immer sie heißen mag, gesprochen wird.

Staunend traten wir alle ins Freie. Kemal stand wie angewurzelt im Türrahmen des Ausgangs, kreideweiß im Gesicht. Ihm gegenüber, in etwa zehn Schritt Entfernung, ein Gespenst. Es schien in eine Art weiße Kutte gewickelt, doch als es näherkam, erkannte ich, dass es in Wirklichkeit mehrere Schichten unterschiedlicher Kleider übereinander trug, deren Farbtöne alle ins Weiß spielten und seiner im diffusen Morgenlicht fast irisierenden Erscheinung etwas Übernatürliches verliehen. Seine Schritte waren ein wenig zögernd, zuletzt konnte ich sein Gesicht erkennen: Es war eine junge Frau.

Sie kam langsam, aber furchtlos auf uns zu, hob den Arm und grüßte uns lächelnd.

Als sie nur noch wenige Schritte von unserer dicht um Kemal gedrängten Gruppe entfernt war, fing sie ohne Umschweife an zu sprechen:

»Es gehört sich nicht, mit einem Messer in der Hand vor eine Dame zu treten«, sagte sie mit einer freundlichen, aber tonlosen Stimme.

Unsere zahlenmäßige Übermacht ließ jede Angst lächerlich erscheinen, doch das Auftreten dieser Frau, die einer Erscheinung gleichkam, hätte jeden erschauern lassen. Ich wandte mich um und sah, dass die anderen allesamt zu Marmorblöcken erstarrt waren. Kemal und sein Gefolgsmann hätten jede Frau ergreifen und ihr die schlimmsten Rohheiten antun können, doch hier oben in dieser windgepeitschten, verlassenen Festung wirkte dieses weißschimmernde Wesen wie aus dem Jenseits entsprungen.

Vielleicht hatte die Unbekannte unsere Furcht bemerkt, denn sie blieb stehen, als wollte sie uns beruhigen. Endlich konnte ich Details in ihrem Gesicht erkennen. Sie hatte feine, wohlproportionierte Züge, große dunkle Augen, eine hübsche runde Nase, einen vollen, aber fein gezeichneten Mund und lange rabenschwarze Haare, die zwar mit einem Kopftuch bedeckt, doch ein wenig zerzaust waren. Sie mochte etwa fünfundzwanzig Jahre alt sein. Gekleidet war sie in zwei oder drei übereinandergezogene weißliche Wolljacken und zwei Kleider, welche die Farbe hellen Kamelhaars hatten und einander ebenfalls auf seltsame Weise überlagerten. Trotz dieser sonderbaren Kleidung dachte ich, es könnte sich um eine Nonne in Klausur handeln: es war bekannt, dass in Gorgona früher männliche und weibliche Ordensgemeinschaften gelebt hatten. Da ich der einzige Toskaner war (außer dir, doch du warst jung und unerfahren), fühlte ich mich verpflichtet, sie als Erster anzusprechen.

»Schwester, ich bitte Euch«, hub ich in sanftem, respektvollem Ton an, »wir haben auf der Fahrt von Livorno nach Frankreich Schiffbruch erlitten. Wir wurden von Korsaren überfallen, dann ist unser Schiff in Flammen aufgegangen. Das Beiboot, auf dem wir uns vor dem Feuer gerettet haben, ist leider an den Klippen dieser Insel zerschellt. Und jetzt sind wir hier auf Gorgona, schiffbrüchig, aber in Sicherheit, nach dem Willen unseres Herrn Jesus Christus.«

»Das glaube ich gern, Cavaliere, dass Ihr an unseren Küsten Schiff-

bruch erlitten habt«, antwortete sie in mitleidigem Ton. »Auf einer
Seite haben wir Furten und Untiefen, auf der anderen furchterregende
schroffe Klippen. Fast in der Mitte liegt dieser hohe Fels, auf welchem
der Turm steht. Nur wir Bewohner von Nusquama kennen unsere
Küsten, und sogar uns fällt es schwer, sie gefahrlos zu umschiffen!«
»Nusquama?«, fragten wir entsetzt.
»Ach ja, Ihr meint, Ihr wäret auf Gorgona. Alle, die auf dieser Insel
an Land gehen, glauben das. Doch diejenigen, die hier ankommen,
wollen meist nur Wasser holen und sofort weitersegeln. Sie dringen
nie bis in die Stadt vor. Es ist sinnlos, ihnen erklären zu wollen, dass sie
in Nusquama angelegt haben.«

Die ganze Gruppe richtete ihre Augen erwartungsvoll auf mich, um
meine Meinung zu hören. War ich etwa nicht der Secretarius eines Cavaliere von Santo Stefano, eines Hauptmanns der Marine des Großherzogs der Toskana? Ich hätte also sehr wohl etwas über Nusquama
wissen müssen!

»Der Name Nusquama ist mir neu«, sagte ich, »doch auch auf der
Insel Elba zum Beispiel, die ebenfalls zum Hoheitsgebiet des Großherzogs gehört, dürfte es mehrere Ortschaften geben, deren Namen mir
unbekannt sind.«

»Nun, Nusquama ist der Name, den wir, die Einwohner, ihr in unserem Dialekt gegeben haben«, erklärte die junge Schöne. »Ich bin eine
arme, ungebildete Frau und weiß eigentlich gar nicht, wie unsere Insel
im Großherzogtum genannt wird.«

Nachdem Kemal und Mustafa ihre anfängliche Furcht überwunden hatten, kommentierten sie bereits das anmutige Äußere unseres Gegenübers mit Gesten und zufriedenem Grunzen. Wir anderen,
zwar weniger interessiert als die beiden Barbaresken, entweder, weil
wir zu jung oder zu alt oder um ganz andere Erfordernisse besorgt
waren, waren gleichwohl nicht blind und wussten den Anblick dieses jungen Gesichts voll der süßesten Harmonie durchaus zu schätzen.

Ich betrachtete ihre ganze Gestalt genauer: unter dem eigentüm-
lichen Übereinander von Kleidungsstücken, die sie wie ein Peplos
umhüllten, ahnte man einen schlanken, wendigen Körper, der jedoch
alle Zeichen ausgewachsener, runder, ja recht fruchtbarer Weiblichkeit
aufwies.

»Ihr spracht von einer Stadt. Könntet Ihr uns dort hinführen, Schwester?«, fragte Hardouin freundlich.

»Nennt mich nicht Schwester, schöner Cavaliere, ich bin keine Nonne, auch wenn es wegen meiner Kleider vielleicht so scheint. Ich besitze fast nichts mehr, seit ich aus der Stadt entfernt wurde. Seit diesem Tag ist es mir verboten, dorthin zurückzukehren, also kann ich Euch nicht begleiten, was mir sehr leidtut, glaubt mir. Doch wenn Ihr den Wald durchquert, gelangt Ihr allein dorthin, die Stadt liegt auf der anderen Seite der Insel. Ihr könnt nicht fehlgehen, sie liegt an einer Bergflanke und ist fast quadratisch, weil ihre Längsseite knapp unterhalb des Gipfels beginnt und sich bis zum Flussufer hinzieht. Man gelangt über eine Brücke hinein, aber es ist keine Brücke aus hölzernen Pfeilern oder Pflöcken, sondern aus kunstvoll gearbeitetem Steinwerk. Das ist der einfachste Zugang, denn die anderen drei Seiten der Stadt sind von hohen Mauern mit Türmen und Außenwerk umgeben. Außerdem gibt es Festungsgräben, die zwar ausgetrocknet, aber tief und breit und voll Dornengestrüpp sind.«

Während die junge Frau sprach, hatte Naudé aus seinem Sack einige zusammengefaltete und mit einem Bändchen verschnürte Karten geholt, die er nun mit den anderen drei Gelehrten eifrig studierte. Sie verglichen die Karten, zeigten darauf und diskutierten lebhaft.

»Wie heißt die Stadt, von der ihr sprecht?«, fragtest du.

»Amauroto.«

»Ein sehr ungewöhnlicher Name«, gabst du verwundert zurück.

»So nennen wir sie in unserem Dialekt«, entschuldigte sich das anmutige Wesen. »Doch seid vorsichtig, wenn Ihr Euch naht, dort ist man nicht sehr freundlich zu Fremden ...« Sie schien sich ein wenig für ihre Mitbürger zu schämen.

»Warum seid Ihr aus Eurer Stadt gejagt worden?«, fragte Barbello.

»Bevor ich Euch antworte – versprecht Ihr mir, dass Ihr dem Großherzog der Toskana oder wenigstens seinem Kanzler davon berichtet, wenn Ihr nach Florenz zurückkehrt? Ich würde ihm gerne ein Bittschreiben senden, aber ich weiß nicht, wie ich es dem Empfänger zukommen lassen soll. Der Großherzog muss wissen, welche Ungerechtigkeiten auf seinen Ländereien begangen werden!«

»Wir werden es ihm berichten«, versprach ich sofort.

»Gut. Was mir widerfahren ist, ist ganz einfach: Man hat mich beschuldigt, die Besuchsordnung verletzt zu haben, die in der Stadt gilt.«

Dieser letzte Satz erregte Schoppes Aufmerksamkeit, und auch seine Kollegen lauschten wieder den Informationen, die die junge Frau uns gab. Naudé steckte derweil seine Karten wieder in den Sack zurück.

»Die Besuchsordnung?«, wiederholte Schoppe stirnrunzelnd. »Was ist denn das für eine Stadt, ein Gefängnis?«

»In Wahrheit könnte sie ein Paradies sein, wäre da nicht die Bosheit des Traniborus.«

»Des ... was?«, fragten wir fast einstimmig.

»Des Traniborus«, wiederholte die junge Frau, ohne zu zögern. »Und der Rat der Syphogranten steht ihm in nichts nach.«

Wieder wandten sich alle Gesichter mir zu, in Erwartung einer Erklärung dieser vollkommen unverständlichen Begriffe. »Das werden die lokalen Bezeichnungen für die Richter der Stadt sein«, vermutete ich achselzuckend, um zu zeigen, dass ich nicht mehr wusste als sie.

Die junge Frau setzte sich und begann zu erklären, dass Nusquama, eine unzugängliche, mit hohen Klippen aus dem Meer ragende Insel, in ihrem Inneren weiträumig, gesund und wohlhabend sei. In ihrer Stimme schwangen sehnsüchtige Untertöne mit, als sie von den Familien erzählte, die viele Kinder hätten, und von reichen Bauernhöfen, die bis zu vierzig Menschen Brot und Lohn geben könnten. Alle arbeiten, berichtete sie, bestellen die Felder oder praktizieren die freien Künste und Wissenschaften. Doch niemand hat persönlichen Besitz oder erhält mehr als das Lebensnotwendige. Die Früchte der Arbeit und der Felder werden in riesigen, unbewachten Lagern aufbewahrt, aus denen jeder von Mal zu Mal entnimmt, was er braucht. Die Mahlzeiten werden in großen Refektorien gemeinschaftlich eingenommen, ohne zu bezahlen, ebenso werden die Kranken in einem großen Hospital, das am Stadtrand liegt, damit die Kranken nicht vom Lärm des Marktes im Stadtzentrum gestört werden, kostenlos behandelt. Keiner kann die Bedürfnisse des anderen ausnutzen, weil alle genug zum Leben haben und sich mit wenig begnügen. Parasiten und Wucherer gibt es nicht, Gold und Silber werden verachtet, weil ihr Wert nur in ihrer Seltenheit liegt, während das Eisen hohe Achtung genießt, weil es zum Leben so nötig ist wie Feuer und Wasser.

Es war offensichtlich, dass das liebreizende Geschöpf, von Heimweh und Reue ergriffen, sein kleines Gesellschaftswesen über die Maßen idealisierte. Wir warteten darauf, dass sie uns erklärte, welches Gesetz sie übertreten hatte, um aus der Stadt verbannt worden zu sein.

»Warum um alles in der Welt steht das Tor dieser Festung offen? Wer kommt hierher, um nach den Hühnern zu sehen?«, drängte Guyetus, der es müde war, sich diese weiblichen Phantastereien anzuhören.

»In unseren Familien kommandiert der Vater, wie es gut und recht ist«, fuhr die Frau mit erhobenem Zeigefinger fort, als hätte sie die Frage nicht gehört. »Doch ohne die Erlaubnis seiner Gemahlin kann er nicht draußen auf den Feldern spazieren gehen. Auch ich wäre eine brave Ehefrau gewesen, wenn ...«

Sie ließ den Satz unvollendet und tat einen Seufzer, wahrscheinlich im Gedanken an ihr trauriges Exil und ihre Familie oder einen Bräutigam, den sie in der Stadt hatte zurücklassen müssen. »Nur der Großherzog der Toskana steht für uns über allen anderen Autoritäten. Apropos, früher oder später sollte unser guter Großherzog seinen braven Untertanen auf Nusquama einmal einen Besuch abstatten und sich anschauen, welch rechtschaffenes, tugendhaftes Leben wir hier führen, und wie sehr wir seinen Namen und den seines adeligen Geschlechts ehren«, bemerkte das artige junge Fräulein.

In Nusquama, fuhr sie fort, während Guyetus und Schoppe lebhafte Zeichen wachsender Ungeduld zeigten, leidet nicht nur keiner Hunger, es gibt auch keine großen Reichtümer in Händen weniger Menschen, und die Arbeit ist so gut geregelt, dass alle höchstens sechs Stunden am Tag arbeiten müssen. So gibt es immer genug Zeit, um sich seinen Lieblingsbeschäftigungen zu widmen und ein erfülltes Leben zu führen. Die meisten nutzen die Mußestunden, um ihre Arbeitswerkzeuge zu reparieren, oder sie stellen mit eigenen Händen rustikale Möbel oder andere nützliche Dinge für ihr Haus und ihre Familie her.

»Doch alles immer ohne Luxus!«, betonte die Frau. »Die Häuser sind alle gleich, die Straßen sind in regelmäßige Wohnblocks von gleicher Größe unterteilt. Jeder besitzt nur ein sehr einfaches Gewand aus rauem, kratzigem Stoff, das alle zwei Jahre ersetzt und im Haus seines Trägers gewebt werden muss.«

»Himmelherrgott, liebes Mädchen, willst du uns nicht endlich sagen, ob jemals einer in diese Festung kommt?« Schoppe riss nun endgültig der Geduldsfaden, er wollte mit einem menschlichen Wesen sprechen, das weniger schwärmerisch war als unsere Gesprächspartnerin.

Außerdem, fuhr sie fort, als hätte Schoppe nichts gesagt, herrscht Frieden auf der Insel Nusquama. Es gibt keine Garnison, die diesen

Namen verdient hätte, und zu den Waffen greift man nur, wenn der Großherzog der Toskana es befiehlt oder ein Feind die Sicherheit und Freiheit der Insel bedroht. In diesem Fall, aber er sei sehr selten, betonte sie, wird jeder gesunde Bürger eingezogen, der für das Wohl seiner Insel zu sterben bereit ist.

»Keiner darf sich dem Müßiggang ergeben, Faulheit wird streng bestraft«, sagte das liebenswürdige Fräulein. »Es ist verboten, Luxuswaren herzustellen, jeder überflüssige oder nutzlose Gegenstand wird beschlagnahmt und zerstört. Es gibt nur wenige, einfache Gesetze, außer denen natürlich, die im Großherzogtum herrschen, und es hat keinen Sinn, sich an Gerichte zu wenden, denn Anwälte gibt es fast keine.«

»Aber Ihr habt eine Regel gebrochen, wie Ihr anfangs sagtet«, wandte ich wieder ein, »und man hat Euch verbannt.«

»O ja, das stimmt. Es handelt sich um folgendes: Wenn die Bürger von Nusquama einen Freund außerhalb der Stadt besuchen wollen, müssen sie um eine schriftliche Erlaubnis ersuchen. Das ist die Besuchsordnung, so nennen sie alle. Ich war aus dem Haus gegangen, ohne sie bei mir zu tragen, und bei einer Kontrolle hat man mich erwischt. Statt mir eine Rechtfertigung zu gestatten, hat dieses Ungeheuer von einem Traniborus mir die Strafe der achtmonatigen Verbannung auferlegt.«

Wir alle blickten die gesprächige Mamsell ein wenig verwundert an, die uns mit der größten Selbstverständlichkeit erklärte, dass wir uns nicht auf Gorgona befanden, sondern auf einer ganz anderen Insel im Meer der Toskana, und wer weiß welcher. Gewiss, wir hatten das Blatt Papier aus dem Manuskript des Petronius gefunden, aber das war keine ausreichende Bestätigung dafür, dass wir auf Gorgona waren. Wenn es stimmte, was die junge Frau sagte, hätte auch der Kapitän des Schiffes, mit dem Philos Ptetès und wir beiden Toskaner vor zwei Jahren hier angekommen waren, glauben können, dass er vor Gorgona Anker gelassen habe, während er in Wahrheit Nusquama vor sich hatte. Als du, mein Atto, den Kapitän damals fragtest, welche Insel es sei, wo der slawonische Mönch von einer Schlange gebissen wurde, hatte er dir in gutem Glauben geantwortet, es sei Gorgona, aber man konnte nicht ausschließen, dass er sich irrte.

Auch Hardouin beobachtete das sonderbare Geschöpf bestürzt: Waren wir wirklich nicht auf Gorgona? Recht bedacht, hatten wir nur das Wort unserer zwei Barbaresken.

DISKURS XXX

Darin einige geschickt gestellte Fragen die Hoffnung,
Philos Ptetès aufspüren zu können, wieder entfachen.

»Warum um alles in der Welt steht das Tor zur Festung offen? Wer kommt hierher, um nach den Hühnern zu sehen?« Diesmal versuchte es Hardouin, indem er die zuvor von Guyetus vergeblich gestellten Fragen in liebenswürdigem Ton wiederholte.

»Um die Hühner kümmere ich mich, sonst würden sie sterben. Das Tor zur Torre Vecchia steht immer offen«, antwortete die Frau.

»Wenn ihr auf der Insel keine ständige Garnison habt, warum überlässt der Großherzog dann eine so große Festung dem Ersten, der des Wegs kommt?«

»Wenn die Soldaten des Großherzogs auf die Insel kommen, besetzen sie die Festung nicht«, lautete die Antwort. »Sie verstecken sich in einem fast unsichtbaren Häuschen in den Wäldern. Nur wenn es unbedingt nötig ist, gehen sie in die Burg. Ihre Hauptsorge ist nicht, Nusquama zu schützen, sondern sich selbst, damit sie nicht umgebracht werden. Sie haben Angst, den Korsaren in die Hände zu fallen und kämpfen zu müssen. Außerdem wissen alle, dass die Barbaresken, wenn sie wollen, sogar auf dem Festland weit in das Großherzogtum oder bis nach Ligurien vordringen, um zu rauben, zu verwüsten und sogar die Soldaten zu metzeln.«

Kemal und Mustafa verzogen keine Miene, doch der kleinere von beiden nestelte aus Verlegenheit unaufhörlich an einem Zipfel des weißen Schals, den er um den Hals trug.

»Hört mich an, Signora«, fragte Hardouin wieder, »dies ist eine wichtige Frage: Wann fährt ein Schiff hier vorbei? Gibt es eine regelmäßige Verbindung mit dem Festland?«

»Das weiß ich nicht, ich verlasse die Insel nie. Danach müsst Ihr in der Stadt fragen, dort werden sie Euch alles sagen können. Doch ich bitte Euch, sprechen wir nicht mehr davon, der Gedanke an die Verbannung, die man mir auferlegt hat, schmerzt mich noch immer sehr.« Ihr Blick verlor sich im Leeren, ihre Lippen zitterten.

Vorerst war es angeraten, sie nicht weiter zu bedrängen, die Sache war zu wichtig. Vielleicht konnte man sie später überraschend nach dem Schiff fragen.

»Ein letzte Frage, liebes Mädchen«, bat ich. »Wir suchen einen gewissen Philos Ptetès.«

»Aber gewiss!«, brach es aus der jungen Frau heraus, die sichtlich froh über den Wechsel des Themas war. »Ich weiß genau, von wem Ihr sprecht.«

Einige aus unserem Grüppchen konnten einen fast hysterischen Freudenschrei nicht ganz unterdrücken. Man musste das Eisen schmieden, solange es heiß war, darum fragte ich weiter:

»Vielleicht hat er es Euch gesagt, er ist ein Mönch aus Slawonien. Habt Ihr ihn zufällig mit Taschen voller Papiere gesehen?«

»Ein Mönch, jaja, ich weiß«, bestätigte die junge Frau eifrig, »und diesen Papierkram hat er immer bei sich, er denkt an nichts anderes. Aber warum fragt Ihr nach ihm?«

»Seid unbesorgt, das sage ich Euch zu gegebener Zeit. Er ist vor langer Zeit hier in … in Nusquama gelandet. Was wisst Ihr über ihn?«

»Ein sehr eigenartiger Mensch! Immer kramt er mürrisch in diesen Blättern, erst liest er laut, dann fängt er an, stundenlang darauf herumzukritzeln und merkt nicht einmal, ob es regnet oder die Sonne scheint. Er richtet nie das Wort an mich, auch dann nicht, wenn ich ihn als Erste grüße. Mir scheint, ihm liegen nur zwei Dinge am Herzen: seine Tasche voller Papiere und sein Kruzifix. Er schwenkt es immer vor sich her, wenn er geht, als wollte er damit Fliegen vertreiben. Gerade gestern habe ich ihn oben im Wald gesehen, er saß unter einem Baum. Oder war das vor zwei Tagen? Jedenfalls habe ich keine Ahnung, wo er jetzt sein könnte. Er hat nämlich nicht so ein schönes Haus wie ich, sondern schläft mal hier, mal dort, glaube ich. Ich aber habe mein Hüttchen, ich bin kein Vagabund, und außerdem lese ich jede Woche ein Buch von denen, die ich hier in Nusquama gefunden habe.«

»Wo können wir ihn finden?«, fragte Hardouin, während Guyetus mit Handbewegungen den hocherregt zappelnden Naudé zu besänftigen versuchte.

»Das ist schwer zu erklären. Sicher geht er auch in die Stadt. Ich sehe ihn manchmal in dieser Gegend, mitunter aber auch an der Punta oder auf der Piana dei Morti.«

Die Punta, erklärte sie, sei der höchste Berg der Insel, und die Piana dei Morti ein alter, verlassener Friedhof. Leider weigerte die Frau sich, uns die Lage ihres Hüttchens, wie sie es nannte, zu verraten.

»Ich muss jetzt gehen«, verkündete sie kurz angebunden.

»Und die Hühner? Seid Ihr nicht ihretwegen gekommen?«

»Das ist unwichtig. Ich habe noch viel mehr Hühner in meinem Hüttchen«, antwortete sie, aber es schien, dass sie sich vor allem jeder weiteren Diskussion entziehen wollte.

Das befremdliche Gespräch hinterließ bei uns allen einen bitteren Nachgeschmack des Zweifels. Wenn das Mädchen die Wahrheit über die Anwesenheit von Philos Ptetès auf der Insel gesagt hatte, wie es schien, war es dann möglich, dass alles andere gelogen war? Sie mochte vielleicht übertrieben haben, ganz sicher sogar, aber wenn es am anderen Ende der Insel wirklich eine Stadt oder wenigstens ein Dorf gab, würde es uns ein Leichtes sein, dort Nachrichten sowohl über Philos Ptetès zu erhalten als auch über einen Weg, aufs Festland zurückzukehren.

»Nicht so geheimnisvoll, Frau«, beharrte Guyetus ein wenig zu barsch. »Hilf uns, diesen Mann zu finden! Hat er dir je seinen Namen genannt?«

»O nein, mit mir hat er nie gesprochen. Nur mit einem anderen Bürger, der verbannt ist wie ich.«

»Und wo ist dieser Bürger?«, fragten wir im Chor.

»Er ist tot.«

Sie verabschiedete sich eilig, ohne auf Guyetus einzugehen, der sie erneut bat, uns bei der Suche nach Philos Ptetès zu helfen.

»Wartet, Signora!«, versuchte Hardouin sie aufzuhalten. »Ich bitte Euch, zeigt uns genau, welchen Weg wir nehmen müssen, um in die Stadt zu kommen.«

»Ihr verlasst die Torre Vecchia, schlagt den Weg vor Euch ein und geht direkt hinunter zur Stadt. Ihr könnt sie gar nicht verfehlen.«

DISKURS XXXI

Darin eine Diskussion über die Frage entsteht, ob man sich wirklich auf Gorgona befindet, und der Tag in einer sehr niedergeschlagenen Stimmung beendet wird.

Während die Frau zum Ausgang der Festung eilte, begann es zu regnen.

»Ich habe noch niemanden sagen hören, dass es auf Gorgona eine Stadt gibt«, überlegte ich laut.

»Wenn es denn Gorgona ist«, wandte Hardouin ein.

»Das Weib hat gesagt, es ist nicht Gorgona«, bemerkte Malagigi vorsichtig.

»Unsere beiden Freunde aus dem Gefolge von Ali Ferrarese haben versichert, dass sie es ist«, spottete Guyetus.

Darauf gestanden du und ich, dass wir zwar vor zwei Jahren auf der Reise nach Frankreich in Gorgona vor Anker gegangen waren, aber keineswegs schwören könnten, dass die Insel, auf der wir uns jetzt befanden, dieselbe wie damals sei. Unser Schiff hatte in einer kleinen waldbestandenen Bucht angelegt, von der aus man nicht über die Wipfel der Bäume ringsum hatte sehen können. Ganz sicher aber hatten wir weder Türme, noch Städte, noch Häfen erblickt.

Das kurze Schweigen, das sich über die Gruppe senkte, war beredter als tausend Worte und offenbarte, wie gering das Vertrauen war, das alle in die Barbaresken hatten. Die Blicke richteten sich auf Kemal und Mustafa.

»Esser klaro Gorgona«, brummte Mustafa, während Kemal, die Arme verschränkt, würdevoll nickte, wie ein altes Orakel, das über den Zweifel an seinen Worten gekränkt ist.

Konnten diese beiden Galgenstricke uns nicht getäuscht und auf eine andere Insel gelockt haben, von der sie wussten, dass Alis Karacke schon bald dort anlegen würde, damit ihre Kumpane uns erneut gefangen nahmen? Mustafa und Kemal hatten beteuert, sie seien nur aus Angst vor tödlicher Rache zu Mohammed übergetreten, aber konnten wir da wirklich sicher sein? Und wenn das eine Lüge war, um unser Vertrauen zu gewinnen und uns im geeigneten Moment doch zu verraten?

Naudé ergriff seinen Sack mit dem kostbaren Inhalt und zog die Karten heraus, über denen er vor kurzem so angeregt mit seinen gelehrten Kollegen disputiert hatte.

»Hier, bitte. Da ich weiß, dass jede Reise Überraschungen birgt, habe ich mir in weiser Voraussicht ein Hilfsmittel eingesteckt. Es ist nicht das Beste seiner Art, wohlgemerkt, kann uns aber nützlich sein.«

Er zog ein Stück Papier aus einem Haufen Blätter und faltete es auf, um es allen zu zeigen.

»Dies hier ist mein Insularium«, sagte Naudé stolz. »Eine Sammlung Inselansichten für Seefahrer. Und hier die Zeichnung, die uns interessiert. Sie zeigt eine Seitenansicht von Gorgona, damit der Kapitän eines Schiffes, das sich in der Nähe befindet, die Insel im Zweifelsfall erkennen kann.«

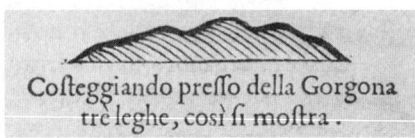

Wir drängelten uns um die Zeichnung, weil jeder die beste Sicht haben wollte. Die Darstellung hatte große Ähnlichkeit mit der Silhouette der Insel, die wir aus der Dunkelheit hatten auftauchen sehen, als wir uns mit dem Rettungsboot näherten.

»Ich würde sagen, wir können ziemlich sicher sein«, schloss Mazarins Bibliothekar. »Die Abbildung stimmt mit dem überein, was wir selbst gesehen haben.«

Naudé schickte sich an, seine Karten wieder zusammenzulegen, als Hardouin sagte:

»Monsire Naudé, darf ich bitte noch einmal einen Blick auf Euer Insularium werfen?«

»Gewiss«, sagte der Bibliothekar und reichte Hardouin ein wenig zögerlich die Papiere.

Der friedfertige bretonische Buchhändler zog andere Inselansichten aus dem Packen und legte sie nebeneinander auf den Boden, damit wir sie gut sehen konnten. Alle drängten sich hinter Hardouin.

»Seht her«, hub er an und zeigte auf eine der Ansichten. »Wenn wir bedenken, unter welchen Umständen wir uns, zusammengepfercht auf diesem verfluchten Boot, der Insel genähert haben, können wir dann ausschließen, dass es diese andere Insel ist?«

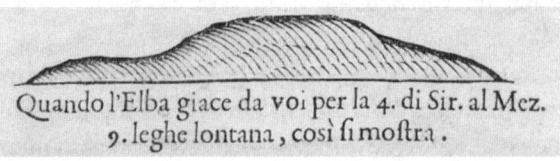

Jeder reckte den Hals und drehte den Kopf hin und her, um die beste Sicht zu haben.

212

»Nun, in der Tat …«, murmelte Schoppe.

»… unterscheidet diese sich nicht sehr von der anderen«, ergänzte Malagigi.

»Und erscheint euch diese hier«, fragte Hardouin, »jener, die wir gestern Nacht sahen, ganz unähnlich?«

Così si mostra l'Isola Giglio, quando ella è per la 4. di Mez. al Lib. quattro leghe da voi distante.

»Das könnte sie wirklich auch sein, verflixt!«, bemerktest du sofort.

»Ganz meine Meinung«, sagte Hardouin. »Und jetzt sagt mir, was ihr von diesen beiden Ansichten haltet.«

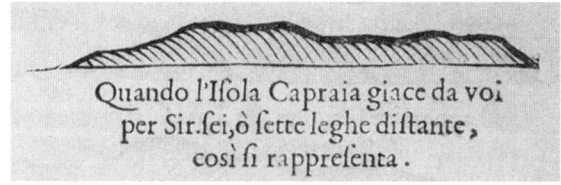

Quando l'Isola Capraia giace da voi
per Sir.sei,ò sette leghe distante,
così si rappresenta.

L'Isola Capri, essendo à Tram. di voi 2. leghe discosta,
così si mostra.

»Ihr müsst zugeben«, schloss der französische Buchhändler, in unsere nachdenklichen Gesichter schauend, »dass dieses Insularium wahrhaftig nicht geeignet ist, uns Gewissheit zu verschaffen, dass wir auf Gorgona sind. Ich würde sagen, jede der Zeichnungen ähnelt dieser Insel, die eine mehr, die andere weniger. Also keine wirklich. Jene, die wir zuerst sahen, und die Monsire Naudé uns in gutem Glauben zeigte, weil sie mit Gorgona überschrieben war, schien uns die richtige zu sein. Das ist, was ich die Macht der ersten Information nenne.«

»Und zwar?«, fragte Naudé misstrauisch.

»Das habe ich durch meine Tätigkeit als Buchhändler gelernt. Viele Informationen, ob richtig oder falsch, werden nur deshalb für bare Münze genommen, weil sie nicht mit rivalisierenden Ideen verglichen werden. Sie herrschen unangefochten, weil niemand ihnen den Primat streitig macht. Sie sind wahrscheinlich und auf den ersten Blick sogar überzeugend. Entscheidend ist, dass sie hartnäckig wiederholt oder dann verkündet werden, wenn Eile geboten oder Not am Mann ist.«

»So wie jetzt bei uns«, stelltest du fest.

»Genau«, versetzte Hardouin. »Wie oft sah ich, dass Handbücher für wundertätige Heilmittel gegen Gold aufgewogen wurden, weil man behauptete, eine Fleckfieberepidemie sei im Anmarsch! Wie viele Drucker sah ich wertlosen Ramsch verkaufen, unter dem Vorwand, er sei auf der Buchmesse in Frankfurt hochgelobt worden und würde bald das Doppelte kosten!«

»Das bedeutet, wir sind so klug als wie zuvor«, ergänztest du, lieber Atto, mit jener Entschiedenheit, die jungen Menschen eigen ist, auch wenn sie unangenehme Wahrheiten verkünden müssen.

»Und die einzige Lösung besteht darin, in diese verflixte Stadt zu gelangen. Wenn es sie gibt«, sekundierte dir Barbello.

DISKURS XXXII

Darin eine Flucht mit schwerwiegenden Folgen stattfindet und man Abhilfe mit einer bewaffneten Expedition schaffen muss.

»Kopf hoch, lasst uns nicht verzagen«, rief Naudé aus. »Da wir vom nächsten Tag nichts Sicheres wissen, wie der Prächtige, der Vorfahre Eurer Medici-Herren, ganz zu Recht dichtete, würde ich sagen, wir trösten uns, indem wir den Hühnchen den Hals umdrehen.«

Wenn die einzige Bewohnerin der Insel, die wir bis jetzt kennengelernt hatten, uns die Wahrheit gesagt hatte, als sie behauptete, sie besitze noch mehr Hühner, würden wir uns früher oder später auch an diesen laben können. Darum nahm die ganze Gesellschaft Naudés Vorschlag ohne Gewissensbisse an. Das Schlachten wurde den Barbaresken übertragen, die mit dem blutigen Gebrauch des Messers nur allzu vertraut waren. Alis Statthalter zeigte sich recht zufrieden, wieder in den Besitz einer seiner Klingen zu kommen, wenngleich nur für kurze Zeit und für einen profanen Zweck. Die beiden Alten der Truppe, Guyetus und Schoppe, legten ihre Mäntel auf einem Stuhl unter der Treppe am Eingang ab und machten sich daran, im großen Kamin ein Feuer zu entfachen.

Doch schon kam die nächste Neuigkeit. In der Kammer, über deren Eingang die Inschrift MUNITIONI stand, hatte Mustafa einen losen Stein im Boden entdeckt. Bei näherer Betrachtung stellte sich heraus, dass der Spalt zwischen diesem und dem Nachbarstein einen eisernen Ring verbarg. Als er daran zog, hatte der Stein sich gehoben und ein Loch offenbart. Darin befanden sich, in wollene Tücher gewickelt, zwei Gewehre nebst einem stattlichen Vorrat an Schießpulver. Das Versteck war zwar gut getarnt, doch ein großer Riss in der gesamten Mauer auf dieser Seite des Turms hatte den Stein über dem Versteck gelockert. Die Entdeckung versetzte die Gruppe in freudige Erregung: Wir hatten zwei funktionstüchtige Waffen, unendlich viel präziser als die Pistole und sogar mit Zünder ausgestattet.

Grausam war jedoch die Enttäuschung und Überraschung, als man zum Hühnerstall zurückkehrte.

»Verflucht, wer hat die Tür geöffnet?«, brüllte Mustafa.

»Sie entwischen! Die Hühner laufen aus dem Käfig!« Auf Pasqualinis Schrei setzte die Gruppe in alle Richtungen zur Verfolgung des Federviehs an.

»Eins ist dorthin!«, rief Kemal, dem Huhn bereits hinterherstürzend. Dessen Versuch, über ein Mäuerchen zu flattern, scheiterte kläglich, als der Korsar es grob am Hals packte.

Es war eine hektische, chaotische Jagd. Die gesamte Gesellschaft stürzte mal hierhin, mal dorthin, und hätten die Mägen, die wahren Opfer der Hühnerflucht, nur gekonnt, sie hätten die Flüchtenden mit Händen und Füßen ergriffen.

»Verrat! Wer hat den Käfig geöffnet?«, brüllte Caspar Schoppe aus vollem Halse, während er, von Korpulenz und Alter beschwert, unbeholfen an der tristen Treibjagd teilzunehmen versuchte und prompt frontal mit Kemal zusammenstieß, sodass er unglücklich zu Boden stürzte.

»Zwei, ich habe zwei gefangen!«, verkündete Naudé mit vor Erregung brechender Stimme, zwei fette Hennen brutal unter den Arm gequetscht.

Die Bilanz fiel deprimierend aus: nur vier Tiere waren zurückgewonnen, die anderen hatten sich, Stufen und vorspringende Steine nutzend, auf die Mauern der Festung geflüchtet und waren dann auf die Klippen oder gleich ins Meer gestürzt. Statt eines Mittagessens erwartete uns eine Zwischenmahlzeit.

Konsterniert blickten wir einander an. Aller Augen richteten sich auf die einzige Person, die nicht an der Jagd teilgenommen hatte und jetzt abwesend und stumm in einer Ecke saß: Barbello.

»Du bist das gewesen!«, sagte Guyetus anklagend.

»Das sagst du!«, erwiderte der andere.

»Ich sage es auch«, fuhr Pasqualini ihn an, »ich habe dich gesehen.«

Es war so gelaufen: Barbello hatte seine Notdurft in der Nähe des Hühnerstalls verrichtet, war mit dem Ellenbogen gegen den Riegel gestoßen, und die Tür hatte sich geöffnet.

»Wir brauchen Freiwillige«, erklärte Caspar Schoppe. »Während die Hühner braten, gehen wir mit den Gewehren auf Jagd nach Wild. Vögel, Kaninchen, Marder, alles kommt uns recht zum Überleben. Aber schafft mir Barbello aus den Augen, sonst erwürge ich ihn.«

Wir besprachen uns, natürlich ohne die Korsaren, denen man keine Waffen überlassen durfte, und Barbello, dem Schuldigen an unserer Notlage. Überraschend stellte sich ein erfahrener Jäger unserer Gruppe vor:

»Vergebt mir meine Unbescheidenheit, aber letztes Jahr habe ich mehr Fasanen nach Haus gebracht als alle Garnisonen des Königs im Louvre«, verkündete Naudé.

»Gabriel, wisst Ihr, was Ihr da sagt?«, fragte Guyetus.

»Dieses Talent war auch mir an dir gänzlich unbekannt«, bemerkte Schoppe.

Die spitzen Bemerkungen ignorierend, entschied Naudé, dass du und ich mit ihm gehen sollten, du als Gehilfe und ich als Jäger, da meine Wenigkeit jahrelang in Begleitung des Cavaliere Sozzifanti, meines Herrn und deines Taufpaten, durch die üppige Landschaft der Maremma gezogen und stets mit vollen Jagdtaschen zurückgekehrt war.

Diejenigen, die weder mit dem Braten der Hühner noch mit der Jagd beschäftigt waren, sollten Kräuter und Wurzeln sammeln.

Ausgerüstet mit den Gewehren, die in bestem Zustande zu sein schienen, Hörnern voll Schießpulver und anderen nützliche Gegenständen wie Stricken, Stöcken und Messern, verließen wir die Torre Vecchia.

DISKURS XXXIII

Darin sich der Zweck des Ausflugs als ein anderer entpuppt und
man sich einer Erpressung von Gabriel Naudé fügen muss.

»Nun, Signor Secretarius, sagt an, welchen Weg würdet Ihr nehmen?«,
fragte Gabriel Naudé, als wir auf dem Platz vor der Festung standen
und die mächtige Wand dichter Vegetation vor uns aufragte, die die
Torre Vecchia vom Rest der Insel trennte.

»Das scheint mir offensichtlich, Monsire Naudé. Geradeaus direkt ins Unterholz, damit wir alsbald auf einen Wildwechsel stoßen.
Ein paar Kaninchen, eine Ziege, vielleicht sogar ein schönes Wildschwein ...«

»Ein Wildschwein?« Naudé erbleichte, er wusste um die Gefährlich-
keit dieser borstigen wilden Tiere.

»Sie sind sehr zahlreich auf den toskanischen Inseln, war Euch das
nicht bekannt?«

»Oh ja ... auch in Frankreich haben wir viele davon.«

»Wie viele habt Ihr erlegt?«, fragtest du unbefangen.

»Wie ... wie bitte?«

»Wie viele Wildschweine habt Ihr erlegt?«

»Nun, um die Wahrheit zu sagen, ziehe ich andere Beute vor: Fasanen, Rebhühner ...«

»Aha, Flugwild also.«

»Ja, genau das wollte ich sagen.«

Als wir ein gutes Stück von der Torre Vecchia entfernt waren, blieb
Naudé stehen, lehnte das Gewehr mit unsicheren Bewegungen an
einen Baum und gebot uns, anzuhalten.

»Endlich sind wir allein und ohne Schnüffler. Jetzt seht Euch das
an.«

Er zog ein zusammengefaltetes Papier aus seiner Tasche, faltete es
auseinander und zeigte es uns:

»Was ist das?«, fragten wir beide erstaunt.

»Das seht Ihr doch selbst, es ist eine Karte. Die Karte dieser Insel.«

»Wo habt Ihr die gefunden?«, fragte ich verwundert.

»Das war ein merkwürdiger Zufall«, antwortete er, und in seiner Miene spiegelte sich noch immer die Aufregung über seinen Fund. »Ehe wir den Hühnern den Garaus machten, wollte ich kontrollieren, ob die Bibel, die ich Seiner Eminenz bringen soll, noch unversehrt ist. Meine Tasche lag unter dem Stuhl, der unter dem Treppenabsatz steht. Schoppe und Guyetus hatten ihre Mäntel auf diesen Stuhl gelegt, bevor sie das Feuer im Kamin anzündeten. Als ich die Zipfel der Mäntel umschlug, habe ich in einer Ecke ein zweimal gefaltetes Blatt entdeckt, diese Karte.«

»So etwas habe ich noch nie gesehen«, sagte ich, die ziemlich rudimentäre, ja fast primitive Zeichnung betrachtend. »Es gibt keine Ortsnamen, nicht einmal den Namen der Insel selbst.«

»Aber der Titel auf Latein? *Mysterium Thesauri*, das ›Geheimnis des

Schatzes‹ … das ist doch wirklich sonderbar, oder?«, bemerkte Naudé frohlockend.

»Haltet Ihr das etwa für eine Schatzkarte?«, fragtest du skeptisch.

»Was denn sonst?«, erwiderte der Bibliothekar im Brustton der Überzeugung, auf das Blatt klopfend.

»Vielleicht stammt sie von Piraten, die ihre Beute auf dieser Insel versteckt haben?«, fragtest du mit aller Ehrerbietung, derer du fähig warst, und große Mühe darauf verwendend, das ironische Lächeln zu verbergen, das dir spontan die Mundwinkel verzog, denn nie und nimmer hättest du dir Mazarins Bibliothekar zum Feind machen wollen.

»Wie naiv du bist, mein Junge«, trällerte Naudé zunehmend ausgelassener. »Ein Schatz ja, aber keiner von Piraten. Die können kein Latein.« Er zwinkerte uns verschwörerisch zu.

Ich sah, wie du Naudé entgeistert anstarrtest.

»Der lateinische Titel deutet doch auf eine Verbindung zu Philos Ptetès hin, oder?«, bemerkte Naudé nun vorsichtiger angesichts unserer flauen Reaktion auf seine übertriebene Begeisterung. »Der Schatz könnte also die Handschriftensammlung von Poggio Bracciolini sein, und vielleicht will der Mönch mit diesem Titel sagen, dass die Zeit gekommen ist, ihn ans Licht zu bringen.«

»Wirklich ein interessanter Gedanke, Monsire Naudé«, schmeicheltest du ihm. »Und wie soll diese Karte uns helfen, ihn zu finden?«

»Eine dieser Zeichnungen sieht aus wie der Kopf eines Ochsen«, antwortete der Bibliothekar, mit dem Finger auf die Karte zeigend, »aber es ist unklar, was das bedeutet, denn ich glaube nicht, dass dort, wo er eingezeichnet ist, nämlich bei den Klippen, Weiden oder Kuhherden sein könnten. Das Kreuz hier muss einen Friedhof anzeigen, das andere Symbol darunter scheint ein Häuschen zu sein, dann noch eins, zuletzt ganz rechts eine Art Rohr und ein weiteres Gebäude … Doch ich vergaß, in dem gefalteten Papier befand sich auch dies hier:

»Sonderbar«, sagtest du in neutralem Tonfall, »was mag das mit der Karte zu tun haben?«

»Keine Ahnung«, antwortete Naudé. »Vielleicht bin ich zu optimistisch, aber ich habe das Gefühl, das alles hier wird uns nützlich sein. Darum habe ich beschlossen, Euch diese Karte zu zeigen, Signorino Atto und Signor Secretarius. Natürlich müsst Ihr mir versprechen, dass Ihr zu niemandem ein Wort darüber sagt, ja Ihr sollt mir sogar alles hinterbringen, was mir von Nutzen sein könnte, da ich ein ergebener Diener Eures zukünftigen Herren Kardinal Mazarin bin. Haben wir uns verstanden?«

»Monsire Naudé, wie könnt Ihr an uns zweifeln?«, antwortetet du mit dem rechten Maß an Ehrerbietung. »Wir werden das Geheimnis nicht nur bewahren, sondern Euch auch alles berichten, was seine Bedeutung und seinen Nutzen erhellen könnte.«

»Sehr gut«, sagte der Bibliothekar des Kardinals zufrieden und steckte die Karte und das seltsame Zettelchen mit dem Buchstaben f wieder in seine Tasche.

In seiner Miene las man die Befriedigung darüber, ein Dokument entdeckt zu haben, das er nicht mit Schoppe und den anderen teilen musste, obwohl es nicht so kostbar war wie das Fragment von Petronius. Als er nach dem am Baum lehnenden Gewehr greifen wollte, packte er es nicht fest und ließ es fast fallen. Bei seinem ungeschickten Versuch, es zu schultern, richtete er den Lauf plötzlich direkt auf deine Nase.

»Ich bitte Euch, Monsire Naudé, zielt nie mit der Waffe auf andere«, bat ich. »Wenn das Gewehr geladen ist, könntet Ihr versehentlich Signorino Atto oder mich treffen. Ihr müsst den Lauf immer auf den Boden richten.«

»Aber das tue ich ja immer!«, verteidigte sich der Bibliothekar. »Nicht wahr, Signorino Atto?«

»Natürlich, Monsire Naudé«, logst du, »doch mir scheint, Ihr habt Euer Horn mit dem Schießpulver nicht fest genug an Eure Hosen gebunden. Wenn es so am Boden baumelt, könnte das Pulver nass werden, dieser Wald ist noch feucht vom Regen, wie Ihr seht.«

»Ach ja? Potzblitz, Ihr habt recht, wie unachtsam von mir, haha!«

»Pst! Sprecht leiser Monsire Naudé«, ermahnte ich ihn, »sonst lässt das Wild sich nicht aufspüren!« Ich zeigte auf eine Talsenke, die erfreuliche Überraschungen zu bergen versprach.

Wir drangen tiefer in das Unterholz ein, auf die kleinste Bewegung um uns herum achtend. Die Vogelrufe hielten uns in ständiger Alarmbereitschaft, wie auch das Rauschen der Blätter und das unaufhörliche Tröpfeln des Regenwassers, das sich von Blatt zu Blatt einen Weg nach unten suchte, um schließlich Ruhe zwischen den feuchten Erdschollen zu finden. Wir duckten uns hinter einen Felsen, bedeckten unsere Köpfe mit den breiten Fächern eines großen Farnkrauts und spitzen die Ohren. Unseren Gefährten forderten wir auf, es uns gleichzutun, doch er hielt sich kerzengerade, das Gewehr immer noch gefährlich auf halber Höhe, und versuchte, blindlings voranzukommen.

»Monsire Naudé, wohin wollt Ihr?«, flüsterte ich. »Hier haben wir einen ausgezeichneten Jagdstand.«

»Ist dies nicht der Weg in die Stadt?«, fragte er, geradeaus zeigend.

»In die Stadt?«, fragte ich besorgt. »Und unsere Jagd?«

»*Quae casus obtuli in sapientiam vertenda*«, rezitierte der Bibliothekar.

»Wie bitte?«

»Was der Zufall bietet, sei umsichtig in Nutzen verwandelt«, übersetzte Naudé, »wie der große römische Historiker Tacitus sagte. Wenn ich mir vorstelle, dass dieser verdammte Philos Ptetès mit seinem Schatz in dieser Stadt ist, wie immer sie heißt, und wir hier Zeit mit Kaninchen und Wildschweinen verlieren ...«

»Was habt Ihr vor? Was sollen wir zu Essen mitbringen?«, fragtest du.

»Signorino Atto, Signor Secretarius, hört mir gut zu«, sagte Naudé, während er das Gewehr mit dem nach oben gerichteten Lauf an sein Bein lehnte wie ein Anfänger, sodass ein versehentlich gelöster Schuss ihm den Kopf zerfetzt hätte. »In Paris werdet Ihr in den Dienst Kardinal Mazarins treten, meines Herren, dem ich natürlich über die Reise, über jeden einzelnen Teilnehmer und über alle wichtigen Begebenheiten zwischen uns Bericht erstatten werde.«

»Gewiss, Monsire Naudé.«

»Nun, seid gewiss, dass ich, allemal unter bestimmten Bedingungen, die Vorzüge des Signorino Atto, seine Hingabe an den Dienst für Seine Eminenz, sowie die Weisheit und Diskretion des Secretarius ausführlich preisen werde. So bin ich nun einmal, ich spreche gerne gut über jene, die es verdienen. Habe ich mich verständlich ausgedrückt?«, schloss er mit gönnerhafter Miene.

»Oh ja, Monsire Naudé«, antworteten wir einstimmig. »Ihr habt vollkommen recht, was die Stadt betrifft, warum gehen wir nicht gleich hin, da wir ohnehin schon in der richtigen Richtung unterwegs sind und Ihr, sollten wir dort Philos Ptetès finden, der Erste sein könntet, der seine Papiere in die Hände bekommt!«

»Signorino Atto, Signor Secretarius, jetzt verstehen wir uns! Ich bin sicher, dass es Euch an meiner Stelle auch nicht behagen würde, die Entdeckung mit Caspar Schoppe zu teilen, der ein Freund ist, Gott bewahre, aber leider unzuverlässig und schwärmerisch, armer Caspar. Oder mit Guyetus, ein hochrangiger Philologe, das bestreite ich nicht, aber in seinem Alter keinesfalls mehr imstande, eine anständige Ausgabe des gesamten Materials zu besorgen, das der slawonische Mönch entdeckt haben will. Es stimmt zwar, dass der Brief von Philos Ptetès an sie gerichtet war, nicht an mich, aber ist das von Bedeutung angesichts der Notwendigkeit, diese Schätze der Menschheit zu übergeben?«

»Gewiss nicht, Monsire Naudé.«

»Wir haben uns verstanden, denke ich«, sagte unser Gegenüber mit einem vielsagenden Lächeln.

Was er meinte, war sonnenklar: Die einzige Möglichkeit für Mazarins Bibliothekar, den Schatz von Poggio Bracciolini an sich zu reißen, bestand darin, Philos Ptetès vor Schoppe und Guyetus zu finden. Da der Brief an sie, nicht an Naudé gerichtet war, fürchtete der Bibliothekar, es könne keine Hoffnung mehr für ihn geben, wenn Ptetès die beiden traf.

Nachdem wir uns Naudés indirekter Erpressung gebeugt hatten, setzten wir den Marsch in Richtung Stadt, oder besser, ins Unbekannte, fort.

Das Gelände fiel zunehmend ab und wurde rutschiger. Noch immer wanderten wir durch dichten Wald, unsere Schuhe und Beine waren schlammbedeckt. Plötzlich vernahmen wir ein fernes Murmeln, eine Art Gurgeln. Wir blickten uns nachdenklich an, keiner konnte sich das Geräusch erklären.

»Wir hätten schon seit geraumer Zeit auf die Straße stoßen müssen, die von der Torre Vecchia auf die andere Inselseite führt«, gabst du zu bedenken.

»Richtig, ich wundere mich auch darüber«, sagte Naudé.

Der von dichten Baumkronen verdunkelte Abhang, auf dem wir vorangingen, wurde jetzt zu einer Schlucht, die steil vor uns abfiel. Wir mussten sie durchqueren, wenn wir weiterkommen wollten. Am Grund der Schlucht strömte ein kleiner Wildbach.

»Es scheint, dass wir zu weit rechts gegangen sind, wir haben uns von der Straße zur Stadt entfernt, die muss weiter links liegen«, überlegtest du. »Durch die Schlucht können wir jedenfalls nicht, sie ist zu steil auf beiden Seiten.«

»Das war also jenes Murmeln, das hätte ich mir denken können«, sagte ich, auf den Bach zeigend.

»Hilfe!«

Der Unfall ereignete sich gänzlich unerwartet. Gabriel Naudé war ausgerutscht und gestürzt, jetzt glitt er unaufhaltsam auf den Bach zu, wo er sich ein Bein brechen, vielleicht sogar den Schädel spalten würde.

Du strecktest den Arm aus und konntest ihn an einer Schulter packen, bevor er unseren Blicken entschwand, doch vergebens: Auch du stürztest zu Boden und wurdest von dem Gewicht desjenigen, den du retten wolltest, in die Tiefe gezogen.

»Haltet euch an einer Pflanze fest!«, rief ich, mich auf Knien nach vorn beugend, im verzweifelten Versuch, euch zu ergreifen. Doch kaum hatte ich deinen rechten Arm mit den Fingerspitzen berührt, riss es euch jäh weiter in die Tiefe und ihr verschwandet hinter Brombeergestrüpp, das an der Schlucht emporrankte.

»Atto!«, schrie ich in panischer Angst.

Nichts zu machen, ihr wart nunmehr dazu verdammt, in die enge Schlucht zu stürzen, und ich selbst, von dem über meine Schulter hängenden Gewehr behindert, konnte mich nur an einem Baumstamm festhalten, um eurem Schicksal zu entgehen.

»Hilfe!«, hörte ich Naudé schreien, »rettet mich!«

Dann Stille. Einige Augenblicke lang hörte ich nur das Blut wild hinter meinen Schläfen klopfen und das unaufhörliche Rauschen der Blätter. Mit äußerster Vorsicht versuchte ich, auf die Füße zu kommen und rief noch einmal: »Atto!«

Niemand antwortete. Ich blickte nach oben, wo die Baumkronen sich im milchigen Licht des toskanischen Himmels ausdehnten.

»Monsire Naudé!«, rief ich weiter, das Herz schon von den fürchterlichsten Ängsten beschwert.

Immer noch Stille. Auf welchem Stein wart ihr zerschellt, in welcher Welle des Wildbachs dort unten floss dein jugendliches Blut?

Ich spürte, wie sich mir der Kopf voll bitterer Todesgedanken drehte, kletterte ein wenig höher, um mich dem magnetischen Abgrund zu entziehen, in den ihr gestürzt wart, und blähte mir die Lungen auf, um dich ein letztes Mal zu rufen, bevor ich die anderen zu Hilfe holen würde.

»Ein Seil, werft uns ein Seil herunter! Wir können nur noch kurze Zeit aushalten, macht schnell, um Himmels willen!«, hörte ich Gabriel Naudé röcheln.

DISKURS XXXIV

Darin die Rettung stattfindet und die Expedition von
Erfolg gekrönt wird.

Tausende Mal dankte ich Gott, dass ich beim Aufbruch nicht vergessen hatte, ein festes Seil aus der Torre Vecchia mitzunehmen. Nach mehreren Versuchen und Rufen konnte ich euch das Seil zuwerfen, dessen anderes Ende ich an einer Steineiche verknotete.

Wir mussten all unsere Kräfte zusammennehmen: ich ziehend, ihr beide kletternd auf dem rutschigen, taufeuchten Erdreich, das die Wand der Schlucht bedeckte.

Ihr hattet den halben Aufstieg schon bewältigt, als ich zu meinem Entsetzen die nächste Gefahr gewahrte.

»Beeilt Euch, macht schneller! Wenn Ihr das Seil nachgeben spürt, klammert Euch sofort an einen Ast!«, rief ich.

»Seid Ihr verrückt? Was ist passiert?«, rief Naudé.

»Der Baum gibt nach, der Boden ist zu nass, schon heben sich die Wurzeln an!«

Der Baum, an dem euer Leben hing, drohte umzustürzen. Ich versuchte, ihn mit meinem Gewicht zu stützen, indem ich mich wie ein Wahnsinniger an den Stamm drückte, doch mit geringem Erfolg. Unaufhaltsam wurde die Steineiche entwurzelt und bot eurem Aufstieg immer weniger Halt. Doch das Seil abnehmen und an einen anderen Baum knüpfen hätte bedeutet, euch zurück in den Abgrund rutschen zu lassen. Mit jedem eurer Schritte auf die Rettung zu tauchten mehr

Wurzeln aus dem Erdreich auf; ich betete, flehte und konnte doch nicht mehr tun, als euch zur Eile zu drängen und vor allzu heftigem Zerren an dem Seil zu warnen.

Das glückliche Ende nahte: Zuerst sah ich dein schönes Gesicht auftauchen, dann die Schultern, und nachdem ich dich am Arm hochgezogen hatte, eilte ich zu Naudé und bot ihm an, sich an meinem Bein festhalten, während ich mich wie ein Kätzchen an das Fell des Muttertiers an einige Äste klammerte.

Nach titanischen Anstrengungen wart ihr beide endlich gerettet, schmutzig und zu Tode erschöpft.

»Das ist ein Wunder«, sagte ich und umarmte dich unter der schwankenden Eiche, die euch gerettet hatte.

Sodann schüttelte ich Naudé herzlich die Hand, obwohl er uns alle in diese Notlage gebracht hatte.

»Ein Wunder, das könnt Ihr laut sagen«, antwortete dieser. »Wenn dieses Gitter nicht gewesen wäre ...«

»Welches Gitter?«

»Das Eisengitter. Habt Ihr es nicht auch bemerkt, Signorino Atto? Daran habe ich mich festgehalten, sonst wäre ich nach unten in den Bach gestürzt.«

»Um ehrlich zu sein, ich habe dieses Gitter nicht gesehen«, sagtest du erstaunt. Und wirklich gab es in diesem wilden Wald keine Spur von Häusern oder Gebäuden, ja, von irgendeinem Menschenwerk.

»Aber ich schwöre euch, dass ...«

»Achtung!«

Dieses Mal warst du es, der Naudé rettete, indem du ihn mit einem kräftigen Ruck zur Seite zogst, bevor er von dem Erdrutsch erfasst wurde: Ein ganzes Stück der Anhöhe, auf der wir uns befanden, löste sich und glitt in die Tiefe. Das sichtbarste Opfer, das der Abgrund verschlang, war die arme alte Steineiche, die wie eine kraftlose Marionette in einer Wolke aus Erde und Staub hinabstürzte. Aus Vorsicht traten wir noch ein paar Schritte zurück, da brach schon ein zweites Stück des Abhangs ab und rutschte in die Tiefe. Wir waren gerade noch einmal davongekommen.

»Die Wurzeln hielten den Boden zusammen. Als sie herausgerissen wurden, ist alles abgerutscht«, erklärte ich. »Dem Himmel sei Dank, dass er uns diese weitere Falle erspart hat.«

Niemand sprach es aus, aber es war klar, dass das eiserne Gitter, das

Naudé erwähnt hatte – wenn es je existiert hatte – nun unter dem Erdrutsch verborgen war.

Die überstandene Gefahr hatte Naudé, wenigstens vorerst, jede Lust genommen, die mysteriöse Stadt und den Schatz von Philos Ptetès als Erster zu entdecken. Wir wechselten die Marschrichtung und machten uns wieder daran, die Umgebung auf Wild abzusuchen.

So verging eine gute halbe Stunde, in der unsere Hoffnungen schwanden. Schmackhafte Vögel waren nicht zu sehen, von wilden Ziegen und Kaninchen keine Spur, ganz zu schweigen von den gefürchteten Wildschweinen.

»Verflixt, sollen wir etwa mit leeren Händen zurückkehren?«, fragte sich Naudé, als läge der glückliche Ausgang der Jagd ihm mehr als alles andere am Herzen.

Schon drohte Enttäuschung die Oberhand zu gewinnen, da sahen wir dich plötzlich den Zeigefinger auf die Lippen legen, um uns zum Schweigen aufzufordern.

Es waren zwei schöne Wildkatzen von beträchtlicher Größe, eine rot, die andere grau. Auch sie waren auf der Pirsch.

Ich blickte zu Naudé hinüber und forderte ihn mit einer Handbewegung auf, als Erster zu schießen, doch er sah mich nur hilflos an.

Das hatte ich erwartet. Ich lud, zielte und schoss.

»Ihr müsst wissen, Monsire Naudé«, sagte ich, während ich die beiden Tiere häutete und von den Patronen säuberte, »manchmal ist es wichtiger, was man zu essen glaubt, als was man wirklich isst. Nun, wenn Ihr keine Einwände habt, sollen unsere Freunde in der Torre Vecchia heute meinen, dass ihnen außer den Hühnern zwei köstliche Hasen aufgetischt werden. Glaubt mir, oft sieht auch der erfahrenste Jäger den Unterschied nicht. Vorzüglich dann nicht, wenn der Hunger zu stark ist. Was meint Ihr?«

»Ich habe nichts dagegen, Signor Secretarius, durchaus nicht«, antwortete Mazarins Bibliothekar bedrückt und gedemütigt.

Nachdem wir unter allgemeinem Jubel in die Festung zurückgekehrt waren, sollten die »Hasen« und Vögel über dem von Guyetus und Schoppe entfachten Feuer schön braun geröstet werden. Wir brauchten jedoch einen eisernen Spieß, auf den wir die lieben Tierchen stecken konnten.

DISKURS XXXV

Darin ein sonderbares Papier mit Aufzeichnungen gefunden wird
und man Bekanntschaft mit dem berühmten Lykurg macht.

Bald brannte das Feuer lustig und schien förmlich danach zu verlangen, etwas braten zu können. Also schwärmten wir in alle Richtungen aus, die einen in den Turm, die anderen in die Festungsgebäude, um etwas wie einen Spieß zu finden, das dieser Aufgabe gewachsen war. Malagigi und ich erforschten die Treppen des Turms nebst den dazugehörigen Gängen, wo wir uns durch einen Wald von Spinnweben kämpfen und über Rattendreck laufen mussten. Ausgerechnet in einer solchen Pfütze glitt ich unglücklich aus und verstauchte mir den Knöchel. Um ihn massieren zu können und eine Schwellung zu verhindern, musste ich mir einen Schuh ausziehen, doch dieser rollte unglücklicherweise die Treppe hinunter.

Malagigi erbot sich, den Schuh zu holen.

Als er wieder an meiner Seite war, hielt er außer dem Schuh noch etwas anderes in der Hand.

»Seht her, das ist wirklich lustig!«, rief er amüsiert aus, »vielleicht haben wir hier eine weitere unschätzbar wertvolle Reliquie für unsere Gelehrten!«

Er reichte mir ein Papier, doch die Handschrift unterschied sich stark von dem kostbaren Petronius, den wir vor kurzem im Erdgeschoss gefunden hatten.

»Wo habt Ihr das entdeckt?«

»Auf dem Boden.«

Ich betrachtete das Blatt. »Es ist gar nicht so schmutzig.«

»Es lag halb versteckt unter leeren Säcken«, sagte Malagigi, »vielleicht wurde es dort vor dem Staub geschützt.«

Ich hielt mir das Dokument vor die Augen, und während man hörte, dass unten die Vorbereitungen für das Braten der Hühnchen schon in vollem Gange waren, las ich:

Leben des Lykurg: Seneca, Plutarch und Aelianus. In der Republik
Sparta verordnete der große Lykurg ein generelles Gemeinschaftsleben,
sodass alle öffentlich an einem Ort aßen. Die Mädchen ließ er nackt mit
den Knaben kämpfen, doch Ehebruch war unbekannt. Den Kindern er-

227

laube er das Stehlen als Übung, er verordnete allen den Müßiggang, verbot jede Art Gold- und Silbermünzen und führte dicke, schwere Münzen aus Eisen ein. Er befahl, dass der First von Häusern nur mit der Axt und die Türen nur mit der Säge bearbeitet werden sollten. Lykurg war außerdem der erste Urheber der kurzen, prägnanten Sprechweise, welche später allgemein lakonisch genannt wurde.

Mit der Chiffre der Namen vergleichen.

Pasqualini und ich warfen uns einen Blick zu – wir ahnten bereits, welch lebhafte Diskussionen dieses Dokument ungewissen Ursprungs wieder zwischen unseren leicht erregbaren Literaten entfachen würde.

Im Erdgeschoss angekommen, empfing uns an der gedeckten Tafel ein köstlicher Duft nach saftigem Geflügel, vermischt mit dem Geruch leicht versengter Federn und dem Zischen des in die Flammen tropfenden Fettes. Die Barbaresken hatten im Erdgeschoss, ausgerechnet in der Kiste, aus welcher die Handschrift des Petronius hervorgekommen war, eine lange Gabel für Bratfleisch gefunden. Wahrscheinlich hatte der Raum einst als Küche gedient. Der Reihe nach dicht mit den Hühnern bestückt, hatte die Gabel ihre Funktion als Bratspieß bestens erfüllt, und das Garen war bereits in vollem Gang.

Als Malagigi, das Papier schwenkend, eintrat, zog er alle Aufmerksamkeit auf sich. Sofort umringte ihn die ganze Schar, außer den schläfrigen Barbaresken, und bat um Erklärungen.

»Wer hat das gefunden?«, rief Schoppe und riss ihm das Fundstück fast aus der Hand.

»Ich«, antwortete Malagigi und berichtete, wie es zu dem glücklichen Fund gekommen war.

Niemand wagte es, den ungewöhnlichen Zufall zu kommentieren: mein Begleiter, der in meiner Gegenwart das Papier nicht sieht, um es dann, kaum ist er allein, unter alten Säcken zu entdecken. Und sicher hatten alle, mich eingeschlossen, schweigend registriert, dass beide Funde dieses Tages, Petronius und Lykurg, Marcantonio Pasqualini, genannt Malagigi, zuzuschreiben waren.

»Kardinal Barberini, mein Herr, sagt immer, ich sei zu neugierig, jedenfalls schreibt er das in seinem Tagebuch«, lachte Malagigi, der versuchte, die Gruppe aufzuheitern, nachdem er ihre forschenden Blicke bemerkt hatte.

Ein allgemeines Gelächter zerstreute die Bedenken. Auch du lächeltest, doch dein Blick lag nachdenklich auf deinem Lehrer Malagigi, und du bliebst stumm.

Nun entbrannte sofort eine Diskussion über den Inhalt des Blattes, und zwar darüber, ob Lykurg mit dem Schatz des Philos Ptetès zu tun haben könnte oder nicht. Lykurg war der weise, gestrenge Regent des antiken Sparta gewesen, des großen Rivalen von Athen, und als solcher war er von einigen berühmten Autoren der klassischen Zeit verherrlicht worden: von Plutarch an erster Stelle, dann von Aelianus und Seneca, wie auf dem Papier vermerkt war. In der kurzen Notiz wurden einige seiner berühmten Reformen erwähnt: Aufteilung der Reichtümer zu gleichen Teilen unter alle Bürger, eiserne Disziplin, unerbittliche Kontrolle des öffentlichen und privaten Lebens. Die Handschrift wirkte flüssig, gewiss war sie nicht so alt wie die mit dem Text des Petronius. Kurz, es handelte sich um eine Handschrift undefinierbaren Ursprungs, vielleicht war sie gänzlich unbedeutend. Das einzige bemerkenswerte Detail: der Inhalt betraf eine berühmte Gestalt des griechisch-römischen Altertums.

»Das ist doch wirklich sonderbar!«, rief Schoppe aus, der kerzengrade vor dem Feuer stand und das Papier unablässig hin und her drehte, als wäre es in einer unverständlichen Geheimschrift verfasst. »Sind wir denn hier im Marionettentheater? In dieser Festung taucht an jeder Ecke irgendeine anonyme Botschaft auf. Und dann diese Albernheit am Schluss: ›Mit der Chiffre der Namen vergleichen.‹ Was soll das sein, ein Rätsel?«

»Gestattet mir eine Korrektur«, erwiderte Hardouin, während er sich an Schoppe drängte, um einen Blick zu erhaschen. »Eine anonyme Botschaft ist nur das hier. Die Herkunft des Petronius kennen wir genau. Freilich muss man zugeben, dass es unglaublich ist, wie hier überall Dokumente und zumal so unterschiedliche verstreut wurden.«

»Unglaublich? Das ist doch klar: hier geht das Gespenst von Philos Ptetès um!«, lachte Guyetus mit einer skeptischen Grimasse, während er hingebungsvoll das Wildbret über den Flammen drehte.

»Wer ist eigentlich dieser Mönch Philos Ptetès? Ich meine, warum ereifert ihr euch seinetwegen so sehr? Was hat er denn Wichtiges vollbracht?«, fragte der Statthalter von Ali Ferrarese mit der ein wenig verdrossenen Miene des Menschen, für den alles, was mit dem geschriebenen Wort zu tun hat, langweilig und wertlos ist.

»Etwas wirklich Wichtiges hat er nicht getan«, informierte ihn Guyetus in überheblichem Ton, als spräche er zu einem ungezogenen kleinen Jungen. »Wichtig sind die Schriften, die er besitzt.«

»Meint Ihr Papier, also Blätter Papier, Seiten, Bücher, all dies Zeug? Für wen sind die denn wichtig?«

»Für jeden natürlich!«, stieß Schoppe verärgert über die laienhafte Frage hervor. »Wer dieser Schätze habhaft wird, der sitzt auf einer Goldader. Es handelt sich bei allen Handschriften um die einzige Kopie von Meisterwerken der antiken Literatur.«

»Und warum verkauft der Mönch sie dann nicht selbst?«, fragte der Korsar.

Naudé, ob so viel Ignoranz empört die Augen zum Himmel drehend, antwortete: »Es gibt bei uns Nazarenern Menschen, denen es nicht um Reichtum, sondern um Wissen geht. Und das schützen sie selbstlos, ohne sich bereichern zu wollen. Diese Handschriften sind wichtig wegen ihrer Seltenheit und der Schönheit ihres Inhalts. Verstan-den?«

»Dann ist ja dieser Mönch selbst eine wichtige Person und ist einen Haufen Geld wert, wenn er mit solchen Sachen zu tun hat. Bestimmt weiß er, wo die Papiere versteckt sind oder ob es noch mehr davon gibt. Er ist doch eine Art Experte für kostbare Handschriften, oder?«, überlegte der Statthalter von Ali Ferrarese mit seiner rustikalen Logik, während er die Gesichter seiner Gesprächspartner musterte.

»Was sind das für Reden! Einen Geistlichen abzuschätzen als wäre er ein Stück Vieh!«, entsetzte sich Schoppe kopfschüttelnd, um die grobe Diskussion abzubrechen.

DIALOG

*Darin der gut gewürzte Braten genossen, ordentlich getrunken
und obendrein mit vollem Mund eine Diskussion geführt wird,
die scheinbar nur mit den Gesetzen im antiken Sparta zu tun hat,
hinter der sich aber etwas ganz anderes verbirgt.*

Es regnete inzwischen stark, doch der Anblick der nackten, sich mit dem Spieß drehenden vermeintlichen Hasen – sie waren mit Salami gefüllt und wurden während des Bratens mit Wein begossen, wie Guyetus weise empfohlen hatte – ließ uns die Welt da draußen vergessen.

Auf allen Gesichtern leuchtete der Widerschein der zuckenden Flammen, welche die Vögel und Katzen wie in einem Schwerterduell mal mit der Spitze, mal mit der Klinge streiften, um uns Verpflegung und Genuss zu verschaffen.

»Wir haben nicht die leiseste Ahnung, was wir im schönen Paris singen werden, wenn wir je dort ankommen. Doch wenn sie uns Hasen wie diese servieren, werden wir Mund und Kehle jedenfalls für einen edlen Zweck gebrauchen!«, sagte Barbello, was ihm den amüsierten Applaus der ganzen Gruppe eintrug. Nur Schoppe, der weder Franzose noch von Mazarin engagiert war, reagierte mit einer gebrummten Bosheit über den falschen Katholizismus der Pariser.

»Ich habe in meinem Leben viele Dinge gesehen«, versetzte Malagigi, während er nachdenklich aus dem Fenster auf die Weiten des Meeres und des Himmels blickte. »Ich sah mächtige Mäzene, die sich wie Bettler in die Haare gerieten, großartige Theaterstücke, die erbärmlich misslangen, und miese Schmierenkomödianten, die sich an Ruhm und Reichtum berauschten. Ich sah jämmerliche Nichtskönner zu Unrecht aufsteigen und große Talente untergehen. Aber ein so bizarres Abenteuer wie dieses habe ich, auf mein Wort, noch nie erlebt.«

»Eines habe ich noch nicht verstanden«, sagte Barbello zu unseren gelehrten Gefährten gewandt. »Was findet Ihr so aufregend an diesen alten Papieren, die auf dieser Insel auftauchen? Der letzte Fund zum Beispiel scheint mir vollkommen bedeutungslos. Man begreift nicht einmal, wovon eigentlich die Rede ist.«

»Es geht um Lykurg, den großen Gesetzgeber Spartas«, antwortete Guyetus, im Tonfall Verachtung für die Unwissenheit des jungen Kastraten bekundend. »Plutarch hat sein Leben beschrieben. Eine der berühmtesten Biographien aller Zeiten, weil sie das Leben im antiken Sparta, dem ruhmreichen Gegner Athens, mit historischer Genauigkeit beschreibt. Auch Aelianus und vor allem der große Seneca berichten von Lykurg. Ich finde es erstaunlich, dass sein Name hier nicht bekannt ist, und dass es in unserer Gruppe mehr Talent gibt, Dinge zu entdecken, als sie zu verstehen.«

»Einen Moment! Von Talent kann keine Rede sein, ich habe das Blatt zufällig gefunden!«, fuhr Malagigi auf, während deine Augen forschend seinen Blick suchten.

»Schon gut, etwas anderes wollte ich gar nicht sagen«, beeilte Guyetus sich mit fast übertriebener Höflichkeit zu versichern. »Aber gerade darum ist es ein seltsamer Zufall.«

Sodann erklärte er, dass Lykurg in der Republik Sparta Maßnahmen eingeführt hatte, deren Strenge sprichwörtlich geworden war. Er hatte zum Beispiel per Gesetz die strikte Gleichheit aller Güter und Rechte unter den Bürgern festgelegt und das gesamte Territorium auf alle Bürger verteilt, sodass jeder sich bei sparsamem Haushalten selbst ernähren konnte. Außerdem hatte er für unzählige Fragen genaueste, unerbittlich strenge Regeln eingeführt. Zum Beispiel hatte er vorgeschrieben, dass alle auf Kosten des Staates aßen, jedoch gemeinsam am selben Ort.

Das Sparta des Lykurg übertraf an Tugend und Reinheit der Sitten sogar die alten Römer. Es gab keinen Ehebruch unter seinen Bewohnern, ja, man wusste nicht einmal, was das war. Plutarch erzählt von einem Fremden, der nach Sparta kam und fragte, welche Strafe gegen Ehebrecher verhängt werde. Man antwortete ihm, jeder Schuldige müsse einen Stier kaufen, der so groß sei, dass er, auf dem Gipfel des Berges Taygetos stehend, aus dem Fluss Eurotas am Fuße des Berges trinken können müsse. »Aber einen so großen Stier gibt es nicht!«, soll der Fremde ausgerufen haben. Darauf sagte man ihm, es gebe ebenfalls keine ehebrecherischen Spartaner.

Derweil wurde unter Beifall und heißhungrigem Brummen das gut durchgebratene Fleischgericht serviert, als Tisch diente ein altes Brett, das auf zwei Stapeln Ziegelsteinen ruhte. Wir fanden alte Stühle und ein paar klapprige Schemel, um uns hinzusetzen, Schenkel, Flügel und Brüste mussten mit den Händen vom Spieß gerissen werden, aber der Duft der Brathühnchen (und der Katzen) machte dieses Mahl zu einem Bankett der olympischen Götter. Das Fenster im Erdgeschoss des über der höchsten Klippe aufragenden Turms öffnete sich auf das endlose Meer, ein Anblick, der fröhlich stimmte und den ohnehin kräftigen Appetit steigerte. Nachdem ein jeder sich bekreuzigt und ein *Te Deum* für diese auf so wunderbare Weise erlangte Speise gesprochen hatte, wurde endlich in das Fleisch gebissen.

»Mich dünkt, König David hätte besser in Sparta statt in Israel gelebt«, scherzte Malagigi mit halbvollem Mund. »Dort hätte er nie von Ehebruch gehört, und aus seiner Geschichte mit Bathseba wäre nichts geworden.«

»Und mir scheint, die große Liebe Gottes zu den Juden hat nicht verhindern können, dass sie sich mit den ärgsten Sünden befleckten, während bei diesen Spartanern schon Lykurgs Gesetze ausreichten, ganz ohne Bündnisse und Abkommen, ich meine, Privilegien und Konzessionen«, setzte Barbello hinzu, während er versuchte, mit männlicher Geste ein großes Glas Wein in einem Zug hinunterzuschlucken, was ihm einen Hustenanfall eintrug. »Auf mich wirkt das wie eine Gotteslästerung«, schloss er, als er sich erholt hatte.

»Dieser Bericht stammt nicht von mir, sondern von Historikern und Philosophen, vor allem von dem großen Plutarch«, verteidigte sich Guyetus, einen Mundwinkel mit der Zunge säubernd. »Er erzählt noch ganz andere Dinge.«

Plutarch berichte nämlich, erklärte der Pariser Philologe unter emsigem Kauen, dass Lykurg, nachdem er das Land in Güter von gleicher Größe aufgeteilt und jedem Bürger das seine zugewiesen habe, den Spartanern befahl, zur Erntezeit das Korn ordentlich in Garben aufzuhäufen, die alle den von ihm vorgegebenen Maßen entsprechen, also einander exakt gleichen mussten. Außerdem sollten sie auf den Feldern in einem gesetzlich vorgeschriebenen Abstand voneinander aufgereiht werden. Als Lykurg eines Tages auf seinem Weg in die Stadt an den Feldern vorbeikam, lächelte er zufrieden, weil die Spartaner seine Gesetze so peinlich genau befolgten.

»Lykurg freute sich, aber eigentlich ist es lächerlich«, spottete Barbello, der bereits ein wenig zu tief ins Glas geschaut hatte. »Haben die Historiker uns auch überliefert, wie diese perfekten und immer gleichen Maße aussahen?«, fragte er und riss einen Flügel von einem der Hühner in der Mitte des Spießes.

»Ehrlich gesagt, nein«, sagte Gabriel Naudé ein wenig verstimmt, weil er feststellen musste, dass die Texte, mit denen Philologen und Literaten täglich Umgang pflegten, für uns Laien ein Quell des Staunens und sogar der Heiterkeit waren. »Tatsächlich habe ich mich über die Geschichte von der perfekten Aufteilung der Landgüter unter den Spartanern auch immer etwas gewundert«, gestand der Bibliothekar nach einer kurzen Pause. »Die Historiker sagen uns auch nicht, welche sicherlich präzisen und gerechten Lösungen Lykurg fand, um keinem Bürger Unrecht zu tun, wenn ein Feld abschüssig, holprig oder von Felsen und Wäldern unterbrochen wurde, während ein anderes eben und frei zugänglich war. Oder wenn es über den Feldern des einen öfter hagelte, während ein anderer mehr Sonne hatte. Wie mag Lykurg die wechselnden Launen der Fortuna ausgeglichen haben, die es wagte, seinen überaus gerechten Plänen zu spotten? Hat er die Ernte zu gleichen Teilen an alle Spartaner verteilt? Und wenn einer weniger geerntet hatte, nicht weil er Pech hatte, sondern weil er faul war? Wird der Spartaner, dem ein Teil seiner üppigen Ernte genommen wurde, nicht gezürnt haben? Noch etwas Wein bitte.«

Während Naudé trank, herrschte Schweigen am Tisch. Der sanfte Hardouin ergriff das Wort.

»Für die Weisen ist es sonnenklar, dass Gleichheit die Grundlage wahrer Freundschaft ist, und dass das Mein und das Dein von allen Mündern und mehr noch aus allen Seelen verbannt werden muss, damit die Gütergemeinschaft sich Mutter der Einigkeit und des Friedens nennen darf. Etwas anderes ist die Republik. In ihr gibt es keine Gleichheit und wird es nie geben, da es hier nicht um zwei Freunde geht, die beschlossen haben, einander zu lieben, sondern um die Menschen insgesamt, die schwer davon zu überzeugen sind, sich ohne Ausnahme gegenseitig zu lieben. Denn unser gemeinsames Leben auf der Erde ist uns vom Schöpfer auferlegt, es ist keine freie Entscheidung.«

Unter den Gelehrten breitete sich Verlegenheit aus. Sie alle dachten an das berühmte, vollkommene, unerreichbare Sparta unter Lykurg zurück, das Lehrer und Professoren ihnen seit ihrer Kindheit als Vorbild der perfekten Regierung gepriesen hatten.

»Man muss sich wirklich fragen, wie Lykurg es geschafft hat, alle Spartaner an einem öffentlichen Ort zusammen speisen zu lassen«, hub Hardouin mit seiner gewohnten Gutmütigkeit wieder an. »Es fehlt jede Information darüber, wie so etwas mit den Einwohnern einer ganzen Stadt bewerkstelligt wurde. Wir wissen weder, wie dieser Ort aussah, noch wo er lag, um welche Uhrzeit und in welcher Ordnung gegessen wurde, wer und wie er die Einkäufe machte, wer kochte und wie gekocht wurde. Unwichtige Details? Vielleicht, aber Plutarch berichtet, dass dieses Gesetz sehr lange Zeit befolgt wurde, und dass sogar ein König von Sparta, Agis, von den Richtern bestraft wurde, weil er das Gesetz gebrochen hatte.«

»Ein König, der bestraft wird, weil er nicht im Refektorium zwischen seinen Untertanen gegessen hat?«, fragtest du. Es war das erste schwache Zeichen der Anteilnahme an einer Diskussion, die dich bis jetzt gleichgültig gelassen hatte, weil du mit deinen eigenen, unergründlichen Überlegungen beschäftigt warst.

»So berichtet der große Plutarch«, antwortete Guyetus mit tonloser Stimme. »Als der König nach seinem Sieg über die Athener nach Sparta zurückgekehrt war, bat er um seine Ration, weil er allein mit seiner Gemahlin essen wollte, aber der Richter verweigerte sie ihm, und als der König ihm nicht gehorchte, ließ er ihn bestrafen. Lykurg war unbestechlich.«

»Unbestechliche Herrscher gibt es zwar, aber sie kosten etwas mehr«, spottete Malagigi, dessen humoristische Ader von der gelehrten Diatribe geweckt zu werden schien.

»Alles, was auf den ersten Blick unglaublich erscheint, ist nur Frucht der Unwissenheit«, erklärte Schoppe barsch, der vergessen hatte, dass er einen halb abgenagten Katzenschenkel in der Hand hielt, weil ihn die zunehmende Heiterkeit von Barbello und Malagigi nervös machte.

»Ach, meint Ihr?«, fragte Hardouin. »Wie erklärt Ihr dann, dass es den Historikern zufolge in Sparta verboten war, nachts mit Fackeln, Laternen oder jeglichem Licht herumzulaufen? Was geschah im Winter nach dem Abendessen, da die Bürger alle gemeinsam zu Tausenden am immer gleichen Ort aßen – wie kamen sie zurück in ihre Häuser? Warum um alles in der Welt durften sie ihren Weg nicht beleuchten? Heute ist es verboten, des Nachts ohne Licht zu gehen, und das versteht sich, weil man damit Räuber fernhält. Warum hätte damals das genaue Gegenteil gelten sollen? Das erklären Seneca und Plutarch nicht.«

»Eines muss auch ich einwenden«, räumte Naudé ein, der sich bereits den Kragen mit Hühnersoße befleckt hatte (die Katzen hatte er nicht angerührt). »Was wird aus Lykurgs seitenlang beschriebenem Bemühen, alles gleich und gerecht zu ordnen, wenn es um die Frauen geht? Von Gleichheit und Gemeinschaftlichkeit zwischen Frauen und Männern hört man bei Lykurg gar nichts. Waren die Frauen als Besitzende den Männern gleichgestellt oder nicht, aßen sie zusammen mit den Männern oder nicht?«

»Femine nix gleich mit homini! Dann todo lo mundo Chaos und Unordnung. Femine bringen Unglück auf Schiff«, rief Mustafa aus, den diese kühnen Überlegungen entsetzten.

»Halt den Mund, Idiot«, brachte ihn der Statthalter rüde zum Schweigen, »lass die anderen reden, sonst schneide ich dir eines Tages die Kehle durch.«

»Was hat denn die Gleichheit damit zu tun!«, erboste sich Guyetus, ohne auf die beiden Korsaren zu achten. Vor Erregung fegte er mit einer unbedachten Bewegung die neben sich aufgehäuften, abgenagten Katzenknochen vom Tisch.

»Und was ist von den anderen Gesetzen Lykurgs zu halten?«, bemerkte Hardouin mit eiserner Ruhe. »Zum Beispiel jenem, nach dem Mädchen und Jungen sich öffentlich im Wettlauf, Ringkampf und Weitwurf ertüchtigen mussten, um den Körper zu stählen und die Geburtsschmerzen besser zu ertragen, doch stets alle unbekleidet? Oder die Pflicht, das Stehlen zu üben, um an Schläue und Geschicklichkeit zu gewinnen?« Die ungerührt vorgetragenen Gedanken des bretonischen Buchhändlers ließen sogar den groben Kemal schallend lachen, nachdem er bis jetzt geschwiegen hatte, eingeschüchtert vom Wissen unserer vier Literaten.

»Wo hast du diese brillanten Argumente ausgegraben?«, fragte Guyetus sarkastisch.

»Aus Büchern natürlich. Ich bin Buchhändler«, antwortete Hardouin seelenruhig.

»Ihr Buchhändler solltet nicht so viel lesen.«

Guyetus' bissige Bemerkung offenbarte das tiefe Unbehagen des alten, angesehenen Philologen, der wohl erst jetzt erkannte, dass sein Reisegefährte sich keineswegs fürchtete, ihm zu widersprechen.

Barbello holte wieder zum Angriff aus: »Ich sage: Ist es möglich, dass Plutarch niemals die Feder vom Blatt gehoben und ein wenig an dem gezweifelt hat, was er da schrieb?« Der junge Kastrat klopfte mit seinem Glas, in Wirklichkeit eine der alten Tassen, die wir im Lagerraum gefunden hatten, auf den Tisch, um zu bedeuten, dass er noch mehr Wein wollte.

Hardouin lachte unter seinem Schnurrbart. Durch seinen beruflichen Umgang mit Büchern war er mit dem Wissen der Antiken genauso vertraut wie die anderen Gelehrten, doch ließ er sich weniger davon beeindrucken.

»Wenn die Gesetze des Lykurg so streng waren, warum wurden die Kinder dann zum Stehlen gezwungen?«, schloss sich Naudé vorsichtig an, weil er nicht verlacht werden wollte. »Gab es keine bessere Methode, ihre Geschicklichkeit zu erproben? Kräftige junge Männer, hört gut zu, waren per Gesetz verpflichtet, das aufgestapelte Feuerholz aus den Gärten der Bürger zu stehlen, die schwächeren Jungen mussten dagegen Gemüse von den gedeckten Tischen stibitzen. Wäre es nicht logischer gewesen, diese Jungen, wenn sie schon unbedingt stehlen mussten, Holz aus den Wäldern und Gemüse aus den Gärten entwenden zu lassen? Zumal ein anderes Gesetz von Lykurg vorschrieb, dass sie nur ein einfaches Gewand tragen durften – wo sollten sie die Holzscheite oder das Gemüse verstecken? Plutarch führt sogar eine Geschichte an, nach der ein Junge einen kleinen Fuchs geraubt und unter seinem Gewand versteckt hatte. Das Tier verbiss sich in seinen Bauch, und weil er auf keinen Fall entdeckt werden wollte, starb der Junge auf entsetzliche Weise.«

»Die Antiken waren vornehm, die Römer waren die besten und die Spartaner noch hervorragender, jaja!«, spottete Pasqualini.

»Tja, und die Menschen sind heutzutage viel zu leichtgläubig«, spitzte Barbello den Gedanken zu. Das war taktlos, denn unsere gelehrten Reisegefährten glaubten den Antiken ja schon ein ganzes Leben lang.

»Und warum mussten sie Gemüse von gedeckten Tischen stehlen? Wollte Lykurg es schon gekocht haben?« Malagigi krümmte sich vor Lachen.

»Findet Ihr ein solches Leben schön?«, fragte Barbello.

»Schön ist, was gefällt«, tönte Guyetus.

»Wie hässlich es auch sein mag«, schloss Malagigi.

»Habt Ihr das mit dem Arbeitsverbot vergessen?«, fuhr Hardouin, mühsam ein Lachen unterdrückend, an seine gelehrten Kollegen gewandt, fort. »Davon berichtet nicht nur Plutarch, sondern auch Aelianus: Lykurg zwang alle, im größtmöglichen Müßiggang zu leben. Und was taten sie, wenn ein Schneider oder ein Schuster gebraucht wurde? Und ich frage weiter: War es auch verboten, Münzen zu prägen? Bekanntlich hatte Lykurg Gold und Silber verboten und stattdessen Münzen aus Eisen eingeführt, die übrigens sehr schwer und unhandlich waren, ja, wenn man eine stattliche Summe bei sich tragen wollte, berichtet Plutarch, brauchte man für all das Eisen einen Karren und zwei Ochsen. Ich frage noch einmal: Wer prägte diese Münzen?«

»Und wie brachte man sie zum Markt, um einzukaufen, wenn sie so schwer waren? Was gab es als Wechselgeld? Nägel? Hahaha!«, lachte Barbello mit seinem Frauenstimmchen.

»Wie haben die Spartaner dann jahrhundertelang so leben können? Haben sie immer auf der faulen Haut gelegen?«, fragtest du, erstaunt über das Ausmaß an Widersinn, das sogar ein großer Philosoph wie Seneca und ein berühmter Historiker wie Plutarch verbreiten konnten.

»Und dann war da noch jenes Gesetz, dass beim Bau eines Hausdachs nur die Axt und für die Türen nur eine Säge benutzt werden durfte«, erinnerte Hardouin.

»Wirklich wahr: der Unterschied zwischen einem Genie und einem Idioten besteht darin, dass das Genie Grenzen kennt.« Pasqualini bezog sich offenbar auf Lykurgs grenzenlose Dummheit, die in diesen aberwitzigen Erfindungen zutage trat.

»Sicher haben viele Bürger Lykurg angefleht, ihnen den Gebrauch von Hammer, Zirkel und Winkel zu erlauben«, vermutete Malagigi, bemüht, seinen amüsierten Tonfall zu unterdrücken.

»Nun, wie die armen Spartaner mit all diesen Zwängen fertig geworden sind, berichtet Seneca nicht«, antwortete Hardouin mit einem ironischen Lächeln. »Es gab sogar ein Gesetz, nach dem die Betten der jungen Menschen nur aus dem Schilfrohr des Flusses Eurotas bestehen durften, ohne Stroh, um sie weicher zu machen. Und wenn der Bräutigam sich zur Braut legte, durfte er sie nicht berühren. Und dann diese Geschichte mit der lakonischen Sprechweise …«

Wenn die Kinder von Sparta sieben Jahre alt waren, erklärte der Bibliothekar, wurden sie den Familien weggenommen und vom Staat aufgezogen. Vor allem lehrte man sie, sich knapp auszudrücken, mit wenigen, aber klaren Worten. Darum heiße es lakonisch sprechen, nach Lakonien, der Gegend um Sparta.

»Mit wenig Worten viel sagen zu können, bekanntlich das Privileg einer Handvoll weiser Männer, das soll in Sparta also jedes Kind gekonnt haben«, schloss Hardouin. »Aber ist das glaubwürdig? Kinder, erst recht die kleinen Siebenjährigen, schwatzen immerzu munter drauflos, und darüber wundert sich keiner. Also frage ich mich: Wie wurden die Kinder zu diesem knappen, nüchternen Sprechen erzogen? Warum berichtet uns das niemand, auch Plutarch nicht?«

»Erlaubt mir die Frage«, warf Malagigi ein, eine vorwurfsvolle Miene aufsetzend. »Nehmt ihr Philologen denn alles für bare Münze, was euch nicht als Fälschung bewiesen wird? Müsste es nicht eher umgekehrt sein?«

Guyetus, Naudé und Schoppe schwiegen mit finsteren Mienen.

»Ich für meinen Teil«, hub Guyetus an, »fürchte kühne Thesen durchaus nicht. Ich habe bewiesen, dass die erste von Horaz' *Oden* falsch ist, wie auch vier Strophen der zweiten, und ich habe dem Aufruhr, den das ausgelöst hat, mutig die Stirn geboten. Aber im Fall Lykurg ist Vorsicht geboten. Wir haben es hier mit maßgeblichen Zeugnissen von Plutarch, Plinius, Seneca und Aelianus zu tun, hochkarätigsten Namen!«

»Es scheint mir keine besonders kühne These zu sein, zu behaupten, der unglaubwürdige Inhalt der Berichte über Lykurg sei der beste Beweis dafür, dass es alles Märchen sind«, spottete Barbello.

»Immer mit der Ruhe, wir wollen doch nicht im Ernst behaupten, die Ströme von Tinte, die über Lykurg vergossen wurden, seien allesamt Erfindungen?«, empörte sich Guyetus.

»Ströme von Tinte, was für ein Unsinn«, widersprach Hardouin, »das literarische Erbe der Antike ist gar nicht so groß, wie man glaubt. Der ganze Platon passt in ein Buch. Und nimmt man die gesamte griechische und lateinische Literatur so wie sie geschrieben wurde, also ohne die Kommentare und Fußnoten in den modernen Ausgaben, kann ein großer Bücherschrank sie fassen. Sechs oder sieben gelehrte, produktive Jesuitenpater der letzten hundert Jahre, Salmeròn, Vazquez, Suarez, Bellarmino, Cornelius a Lapide, Raynaudus und Petavius, haben allein ein ähnlich umfangreiches Werk hinterlassen.«

»Wirklich?«, staunten wir Profanen und sahen das Trio der Gelehrten an, die jedoch den Blick zu Boden senkten.

Dann rüttelte sich Schoppe auf und sagte:

»Ich schätze klare Worte. Ich räume ein, dass man nicht weiß, wann Lykurg gelebt hat und wann Sparta seine Gesetze erhielt, aber daran ist dieser Betrüger Scaliger mit dem Durcheinander seiner Universalen Chronologie schuld, nicht Plutarch!«

»Ach, hör doch auf, immer gegen den armen Scaliger zu wüten, Caspar!«, eiferte sich Guyetus.

»Nun, wir werden gefragt, ob das, was Plutarch sagt, wahr sei«, fuhr Schoppe fort, als hätte er den Vorwurf nicht gehört, »ja, ob das Sparta des Lykurg, so wie es beschrieben wird, glaubwürdig sei. Also sage ich Euch: Wir haben heute dieses freundliche Mädchen kennengelernt, das uns die Ordnung in ihrer Stadt erklärt hat. Ist sie nicht dieselbe wie in Sparta? Aufteilung der Güter zu gleichen Teilen, eiserne Regeln für die Beziehungen zwischen den Bürgern, gemeinsames Essen in großen Mensen, wer sich nicht anpasst, wird verbannt, und so weiter.

Haben wir hier nicht die lebende, konkrete Verwirklichung von Gesetzen wie diejenigen des Lykurg? Und da wollt ihr noch mehr Beweise?«

Schoppes Einwand überraschte uns, und keiner wusste dem etwas zu entgegnen. Du, lieber Atto, unterbrachst das Schweigen:

»Verzeiht, Monsire Schoppe, Eure Überlegung ist wahrhaftig äußerst triftig. Ich habe jedoch noch eine andere Frage. Wenn auch nur einige dieser Gesetze wirklich existierten, warum haben die Spartaner sie akzeptiert? Konnten sie nicht aufbegehren? Und könnten nicht auch die Bewohner von Nusquama oder Gorgona, oder wie immer es heißen mag, sich wehren?«

Schoppe hatte nicht einmal Zeit zu antworten, Hardouin kam ihm zuvor:

»Ihr habt vollkommen recht, mein Freund.« Er stand vom Tisch auf und legte dir eine Hand auf die Schulter, um sich dann an das gelehrte Publikum aus den betrunkenen und trübsinnig gewordenen Naudé, Schoppe und Guyetus zu wenden: »Lykurg oder nicht Lykurg – welch höchste Raserei und teuflische Macht hat den Geist der Spartaner oder der Bewohner dieser Insel so infiziert, dass sie diese Gesetze eines Geisteskranken akzeptieren konnten?«

Hardouin fixierte seine drei Reisegefährten in Erwartung einer Antwort. Aus der Verlegenheit rettete sie ein gewaltiges Donnergrollen: Ein Gewitter war über uns hereingebrochen. Erst in diesem Moment gewahrten wir die wütenden Sturmböen und blendenden Blitze. Inzwischen waren auch der Spieß kahl, die Katzen und Hühnchen verspeist, der Wein geleert und die Mägen erneut ans Joch des Verlangens gespannt.

»Wer hat dieses Papier mit dem Petronius?«, fragte Guyetus, erregt aufspringend.

»Ich habe es«, sagte ich.

DIALOG

Oder richtiger: ein erbitterter Streit zwischen Schoppe und Naudé.

»Als Bibliothekar bin ich vielleicht besser geeignet, dieses kostbare Stück Papier zu verwahren«, meinte Naudé.

»Hört den großen Literaten!«, krächzte Schoppe.

»Lieber Caspar, die Männer, die versucht haben, mich in der Kunst der Schaffung einer Bibliothek zu übertreffen, sind Legion, aber sie krankten alle an Dilettantismus. Possevinus, Justus Lipsius, Crucimanius, Giulio Camillo – jeder hat das Seine gesagt, aber es waren immer abstruse oder unrealisierbare Ideen. Der ideale Bibliothekar«, schloss Naudé mit einem selbstzufriedenen Lächeln, »wird, wie auch der ideale König oder der Dichter übrigens, nicht jedes Jahr geboren.«

»Was für ein Dünkel. Du bist ja nicht einmal promoviert!«, erwiderte Schoppe.

»Ich habe einen Doktortitel in Medizin«, gab Naudé säuerlich zurück.

»Ja, aber ohne Abschlussexamen, und nur weil du den echten Promovierten eine Abschiedsrede gehalten hast, den Paracost, wie nennt ihr das noch gleich in Paris ...«

»Es heißt der Paranimf«, zischte Naudé. »Und es ist wahrhaftig nur etwas für Auserwählte. Nicht zufällig hat der große Leone Allacci mich zu seinem Mitarbeiter bei der Ausgabe des Neoplatonikers Salustios gemacht und bei seinem Lobgedicht auf Fortunius Licetus. Ganz zu schweigen von seiner Biographie des Lagalla. Und ich selbst habe die Werkausgabe von Matteo Valli betreut.«

»Quisquilien«, schäumte Schoppe gnadenlos.

»Ich werde dir zwei Exemplare aus Paris schicken, eins für deinen Freund, wenn du einen hast«, stichelte Naudé, auf die Feindschaft zwischen Schoppe und allen Literaten anspielend.

»Danke, ich warte lieber auf die zweite Ausgabe, wenn es überhaupt eine geben wird«, schlug der Verehrungswürdige geistesgegenwärtig zurück.

»Außerdem habe ich Ausgaben von Baldus Baldus, Paolo Zacchia, Leonardo Aretino, Agostino Nifo und die Briefe der Cassandra Fidelis besorgt«, prahlte Naudé.

»Ja, weil du dich empfehlen lässt von deinen ungläubigen Freunden, den Du Puy, von denen einer sogar Kartäuserprior in Rom ist.«

»Man sollte die Menschen nicht nach ihren Freundschaften beurteilen. Judas verkehrte mit untadeligen Personen«, höhnte Malagigi, den der Streit anregte.

»Erbärmlich blamiert hast du dich, Gabriel«, fuhr Schoppe unbeirrt fort, »als du in die Aretino-Ausgabe in Großbuchstaben eine Widmung an Lucrezia Barberini hast setzen lassen und dann im Text geschrieben hast, dass du sie Isabella Malatesta widmest. Die Barberini glühte vor Zorn. Und außerdem ist Nifo ein Idiot, aber das kannst du nicht gemerkt haben, weil dir die Aristoteliker gefallen. Vor allem aber bist du ein größenwahnsinniger Lügner. Du hast diese Ausgaben gar nicht betreut, sondern nur Vorworte in miserablem Latein geschrieben. Und Baldus Baldus ist gar kein Literat, sondern hat medizinische Schriften verfasst.«

»Da du so großen Spaß an albernen Präzisierungen hast, mein lieber verehrungswürdiger Schoppe, möchte ich dich daran erinnern, dass ich unzweifelhaft der Herausgeber des Werkes von Bartolomeo Perdulci bin.«

»Haha!«, unterbrach ihn der Verehrungswürdige. »Warum hältst du nicht lieber den Mund, Gabriel? Das ist doch wieder ein medizinisches Werk ...«

»Bücher über Medizin sollte man mit Vorsicht konsultieren«, tönte Pasqualini. »Man könnte wegen eines Druckfehlers sterben.«

»Na und? Darf ein Philologe sich nicht mit Medizin beschäftigen?« Naudés Frage übertönte die allgemeine Heiterkeit, die Pasqualinis Bemerkung ausgelöst hatte. »Offenbar weißt du nicht, lieber Caspar, dass Celsus, der ein reiner Grammatiker war, ein überaus wichtiges Buch über Medizin verfasst hat, Dioscurides Soldat war und Macrus Senator, aber beide sehr fachkundig über Arzneipflanzen geschrieben haben. Hippodamos ...«

»Macrus war Ritter, kein Senator«, unterbrach ihn Schoppe, der sich köstlich amüsierte.

»Wie auch immer«, versuchte Naudé mit ostentativer Gleichgültigkeit abzulenken, »Hippodamos, sagte ich, ein Architekt und Maurer, wurde zu einem großen Politiker und Urheber einer Verfassung, die sogar Aristoteles erwähnt. Plinius sagte, dass die alten Maler ihre schönsten Werke schufen, indem sie nur vier oder fünf Farben vermischten. Und wenn wir uns dein Curriculum anschauen wollen, so heißt es von deiner berühmten Studie über Petronius, derer du dich heute Morgen so gerühmt hast, entschuldige, wenn ich dich daran erinnere, dass du sie als junger Mann hier und dort abgeschrieben und dann unter deinem Namen veröffentlicht hast. Seither hast du dich nicht mehr mit philologischen Themen beschäftigt, du wirst von keinem ernsthaften Forscher mehr konsultiert, du veröffentlichst keine

Abhandlung, keine Ausgabe klassischer Texte mehr, und niemand kann sagen, wie weit deine Kenntnisse überhaupt reichen. Den Gnadenstoß gab dir deine närrische Idee, das Lateinstudium mit deinem lächerlichen Lehrbuch *Mercurius bilingualis* zu reformieren. Denn da dir zu deinem eigenen Schaden die Gabe der Überredungskunst nicht fehlt, war es dir fast gelungen, die Jesuitenschulen in Padua zu leeren, bis Pomponius Laetus, der seinen Sohn auf deinen Rat hin in eine Schule versetzt hatte, die deiner Methode folgte, merkte, dass der Junge in einem Jahr nicht nur absolut nichts gelernt, sondern sogar das bei den Jesuiten gelernte Latein vergessen hatte. Pomponius Laetus wurde zur Furie und machte dich überall schlecht, worauf alle anderen Eltern, die sich von deiner gescheiterten Methode betrogen sahen, sich zu einem giftigen Strom vereinigten, und so musstest du auch deine Lehrtätigkeit beenden. Ich weiß, dass du mir vergeben wirst, wenn ich dir das alles klipp und klar sage, denn du weißt, dass ich dein Freund bin, mein teuerster Caspar, also übertrifft meine uneigennützige Aufrichtigkeit alles, was ... «

»Wer einen Freund findet, findet einen Schatz«, kommentierte Malagigi mit seinem unpassenden Humor.

»Natürlich vergebe ich dir, mein lieber Gabriel«, schnitt ihm Schoppe, puterrot vor unterdrücktem Zorn, den Satz im Mund ab. »Wer wie ich Gunstbezeugungen der Könige von halb Europa empfangen hat, von Rubens porträtiert wurde und ... «

»Und wer einen Schatz findet, der lässt den Freund sausen«, ergänzte Pasqualini.

»... wer wie ich, *mehrmals* von Rubens porträtiert und vom österreichischen Kaiser sogar ermächtigt wurde, Adelstitel zu verleihen und zu entziehen, wie könnte der sich wegen ein paar Dummheiten erregen, die dir so unschuldig über die Lippen gehen?«

»Wenn ich ein vertrottelter Greis bin, werde ich mich auch porträtieren lassen«, spottete Naudé.

»Dann tu es bald«, fertigte Schoppe ihn ab und fuhr fort: »Wenn ich außerdem bedenke, dass du Bücher zuhauf verfasst, wo du Tibull zuschreibst, was von Properz stammt, und Thukydides in den Mund legst, was Herodot sagte, wie in deinem Bändchen über die Kunst, eine Bibliothek aufzubauen, wo es in jeder dritten Zeile ein falsches Zitat gibt, und wo du sogar falsch zitierst, wenn du von Tassoni abschreibst, den du sehr ungeschickt für deine erbärmlichen Schriften über Politik ausgeschlachtet hast, in denen du zu beweisen versucht hast, dass die Franzosen besser sind als die Italiener, um Richelieu und seiner Académie française den Arsch zu lecken, nun, dann vergebe ich dir sämtliche Dummheiten, die du so daherredest, weil du nicht weißt, was du sagst.«

»Ich weiß nicht, was ich sage?«, kreischte Naudé. »Vielleicht will ich es nicht zeigen, wenn ich in Gesellschaft bin – nicht in deiner natürlich, sondern in der von ernsthaften Personen, die sich nicht andauernd selbst beweihräuchern, wie du es an allen Höfen tust, wo du betteln gehst. Wie liest man beim Ekklesiastes: *coram rege tuo noli videre sapiens*, zeige dich vor deinem König nicht wissend, wie Salomon sagte. Sonst machst du die jämmerliche Figur des Grammatikers Phormion, der …«

»Phormion war kein Grammatiker, sondern ein Peripatetiker«, unterbrach ihn Schoppe, die Augen zum Himmel gewandt.

»Die jämmerliche Figur des Peripatetikers Phormion, meinte ich«, fuhr Naudé erbleichend fort, »als er sich vor dem großen Feldherrn Hannibal mit einer Rede über die Kunst der Kriegsführung brüstete und von diesem ausgelacht wurde.«

»Genau das meinte ich ja: Phormion glaubte, den Weisen spielen zu müssen, stattdessen gab er nur einen Narren ab«, stichelte Schoppe.

»Varro, *Menippische Satiren*«, gab Naudé zurück, der das versteckte Zitat in Schoppes Worten erkannt hatte. Doch dann übertrieb er und redete sich um Kopf und Kragen:

»Du, verehrungswürdiger Schoppe, ziehst durch Europa, um dich so lächerlich zu machen wie Diognotus, der Alexander dem Großen selbsterfundene irrwitzige Kriegsmaschinen vorstellte, um als großer Konstrukteur und Architekt zu gelten.«

»Diognotus gab es nicht, mein Teurer«, grinste Schoppe. »Du verwechselst ihn mit Diognetus von Rhodos, der Alexander dem Großen jedoch keine Maschinen zeigte, sondern die Kriegsmaschinen des Demetrios Poliorketes durch künstlich angelegte Sümpfe aufhielt, und er hat nur insofern mit Alexander zu tun, als er den Berg Athos in eine Kolossalstatue von Alexander verwandeln wollte.«

»Das war doch genau das, was ich sagen wollte!«, nuschelte der nunmehr auf ganzer Linie geschlagene Naudé verlegen, um dann doch noch einmal anzugreifen: »Wie auch immer, da du womöglich vorhast, den Petronius von Philos Ptetès, so wir ihn denn je finden, he rauszugeben, müsstest du erst das, was ich soeben über dich enthüllte, mit schlagenden Argumenten widerlegen. Und damit meine ich etwas Besseres als jene Zeugnisse zweifelhafter Herkunft, die du auf Schritt und Tritt hervorziehst und sogar alle in einem Band veröffentlicht hast, wie zum Beispiel mehrere Promotionsbescheinigungen an die Adresse derer, die dich einen Ignoranten nennen, Führungszeugnisse, um deinen Strafregisterauszug zu widerlegen und zuletzt die Urkunden deiner adeligen Abstammung, um auch jene zum Schweigen bringen, die hässliche Geschichten über dich erzählen, zum Beispiel, dass dein Vater Totengräber war und den Toten die Füße absägte, wenn sie nicht in die Grube passten.«

Das war zu viel. Nach dem Florett kam nun der Säbel an die Reihe. Schoppe versetzte dem Tisch einen fürchterlichen Faustschlag.

»Gabriel Naudé, ich verbiete dir, noch mehr Lügengeschichten zu verbreiten, die derart haarsträubend sind, dass sie deinen ohnehin schon angeschlagenen Ruf ruinieren könnten!«

»Angeschlagen ist hier nur dein Ruf. Du hast den armen Scaliger mit deinen verleumderischen Schmähschriften gegen ihn umgebracht, nur damit du berühmt wirst!«

»Du verwechselst mich mit diesem Gauner Galileo«, sagte Schoppe.

»Er hat sich vom Heiligen Offizium verurteilen lassen, um endlich berühmt zu werden und seine Bücher verkaufen zu können, die derweil im Lager des Verlegers schon ihrem einzig wahren Zweck dienten, nämlich von Tausenden niedlicher Mäuse zernagt zu werden.«

»Wenn du die Handschriften von Philos Ptetès herausgibst, werden die Mäuse auch zu dir kommen, dann hast du trotz deines Misserfolgs wenigstens etwas zu essen.«

»Lieber im eigenen Haus Mäuse essen, als sich in Mazarins Haus zu prostituieren. Und was die Ausgabe von Philos Ptetès betrifft, so sage ich dir eines.« Schoppe, dem vor Wut ein Speichelfaden aus dem Mund lief, schrie nun. »Ihr ungläubigen Pariser Päderasten könnt mich alle ...«

Ein nächster Donnerhall, mächtiger als die vorhergehenden, verschloss Caspar Schoppe den Mund. Das Tosen übertönte barmherzig den unwürdigen Streit, der – wie immer bei Weisen und Wissenschaftlern – mit vielen Beleidigungen und wenigen vernünftigen Entgegnungen geführt worden war.

Naudé erhob sich und verließ den Raum unter empörtem Gemurmel. Auch Schoppe stand vom Tisch auf und stellte sich ans Fenster, um von niemandem angesprochen zu werden. Zwei leere Plätze blieben am Tisch zurück.

Der Streit zwischen Schoppe und Naudé hatte den beiden impulsivsten Charakteren unter den vier Gelehrten Gelegenheit gegeben, Dampf abzulassen, nachdem sie während des Abendessens eine so schmachvolle Demütigung hatten erfahren müssen: Vor profanen Laien zuzugeben, dass einer der wichtigsten Historiker der Antike, der große Plutarch, lächerliche, unglaubwürdige Ammenmärchen erzählte. Doch es ging nicht nur um gekränkten Stolz. In der Mitte ihres Lebens oder, wie im Fall von Guyetus und Schoppe, sogar erst im Alter, hatten sie zum ersten Mal erfahren müssen, dass das Goldene Zeitalter Roms und Athens keinen Leitfaden für die Erkenntnis der Wahrheit bieten konnte. Nicht das Beispiel Spartas hatte Nusquama glaubwürdig gemacht, nein, es war umgekehrt: Um Plutarchs Bericht zu bestätigen, hatte Schoppe nichts Besseres anzuführen gewusst, als sich auf die Erzählung der jungen, rätselhaften Frau zu berufen, die man erst vor ein paar Stunden kennengelernt hatte.

Bei all dem war die Herkunft der kurzen Aufzeichnungen über Lykurg, die zu der erhitzten Diskussion geführt hatten, noch völlig unklar geblieben. Hatten sie überhaupt mit dem geheimnisvollen slawonischen Mönch zu tun? Das fragten sich in diesem Moment wohl alle vier Gelehrten.

»Ich möchte wissen, wo Philos Ptetès in diesem Moment ist«, sagte Guyetus, als Erster seine Überlegungen preisgebend.

»Sorgen wir lieber dafür, dass wir einen besseren Zufluchtsort finden als diese Festung und gehen wir diese verflixte Stadt suchen«, warf Malagigi besorgt ein.

Das Papier mit dem Petronius, das im Moment von niemandem mehr beansprucht wurde, blieb in meiner Verwahrung, ebenso die seltsamen Notizen über Lykurg. Von seinem Wutanfall abgelenkt, hatte Schoppe sie auf dem Tisch vergessen, und ich hatte sie mir in die Tasche gesteckt, ohne dass es jemand sah. Außer dir.

DISKURS XXXVI

Darin der Unterzeichnende einen kleinen Spaziergang
mit Kemal unternimmt.

Den ganzen restlichen Tag über regnete es in Strömen, und so verbrachten wir ihn herumlungernd und ruhend (vor allem Guyetus und Schoppe, die beiden Greise in unserer Gesellschaft), bis die Nacht hereinbrach und wir direkt in den tiefsten Schlaf übergingen, nachdem wir uns auf den Strohlagern der Garnison ausgestreckt hatten. Wir alle hatten es bitter nötig, Kräfte zu sammeln.

Am nächsten Morgen wuschen wir uns, so gut es ging, und machten uns ein wenig zurecht. Bei einigen waren die Kleider zerrissen, doch zum Glück fanden wir im Turm Kleidungsstücke verschiedener Art, die der Garnison gehört hatten. Nach einem üppigen Frühstück, vom Statthalter Ali Ferrareses mit einer Geschicklichkeit zubereitet, die wie ein Zauberkunststück beklatscht wurde, waren wir zum Aufbruch bereit. Doch da fielen Schoppe und Guyetus erneut die Augen zu, weil sie zu viel gegessen und ihre Kräfte noch nicht zurückgewonnen hatten.

Unterstützt von dem düsteren Wintertag schloss der gute Gott Morpheus, der sanfte Despot über die menschliche Ruhe, der ganzen Gesellschaft erneut die Augen, zumal auch das leise, aber insistente Schnarchen des Deutschen und seines Pariser Kollegen ansteckend wirkte. Das nutztet ihr beide, du und Barbello, natürlich aus, um euch zu intimen Aktivitäten zurückzuziehen, welche ihrerseits den Schlaf beförderten. Malagigi sorgte wie gewohnt dafür, dass ihr euch unbeobachtet davonschleichen konntet. Nur zwei Personen widerstanden dem Herrn des Schlafs: Die eine war ich, armer Secretarius, unfreiwillig ein Feind des Schlummers, die andere war der Statthalter.

Er stand neben mir und blickte durch das Fenster auf die blitzenden Strahlen, welche die zwischen den schwarzen Wolken am Himmel hervorscheinende Sonne auf die Erde warf. Die kurzen, sonnigen Abschnitte machten die Luft kristallklar, wie sie nur an Wintertagen sein kann. Ich schlug ihm vor, hinauszugehen, um frische Luft zu schnappen. Der grobe Korsar schien ein wenig überrascht, willigte aber ein.

Wir machten einen langen Spaziergang über die vom unbarmherzigen Seewind gepeitschten Klippen und unterhielten uns, mal in das raue Gold der Dezembersonne getaucht, mal vom perlmutternen

Dunst der dichten Wolken umhüllt. Vielleicht war es dieser fortwährende Wechsel, der mich beim Sprechen gelegentlich in Schweiß ausbrechen und dann wieder erschauern ließ.

Wir sahen uns kaum an, sondern hielten den Blick auf den welligen Horizont gerichtet. In Wirklichkeit war ich eher derjenige, der sprach, und er hörte zu. Plötzlich legte mir Kemal eine Hand auf die Schulter:

»Ich gehe pissen«, sagte er einfach und entfernte sich, die Klippe hinabsteigend.

Ich sah ihn bald wieder auftauchen, aber er kehrte nicht zu mir zurück. Er setzte sich auf einen Stein, um aufs Meer zu blicken. Die Luft wurde immer milder. Auch ich setzte mich am Gipfel des Kliffs nieder, von wo aus ich das umliegende Panorama und Kemal, den abtrünnigen Italiener, im Blick hatte.

Nach einer Weile kletterte der Korsar wieder zu mir hinauf und setzte sich neben mich.

»Wisst Ihr was? Ich habe nicht die Bohne kapiert von dem, was diese verrückten Leute, die da oben im Turm schlafen, über diese griechische Stadt mit ihren Refektorien erzählen, den zu gleichen Teilen aufgeteilten Ländereien und den Kindern, die stehlen üben, ohne bestraft zu werden. Klar ist für mich nur, dass der slawonische Mönch für sie Gold wert ist. Wenn ein König sie jetzt an seinen Tisch laden würde, würden sie sagen: ›Nein danke, mein slowenischer Mönch erwartet mich.‹ Richtig?«

»Richtig«, bestätigte ich nur amüsiert.

»Wie man's auch dreht und wendet, im Grunde seid ihr alle Gold wert!« Kemal brach in ein herzhaftes Gelächter aus. Er schien das Lösegeld zu meinen, das Ali Ferrarese sich für uns von den Franzosen erhofft hatte.

»Auch Ihr seid Gold wert«, stellte ich fest.

»Pah, wer interessiert sich schon für einen abgehalfterten Ketzer, außer den Inquisitoren.«

»Ihr seid wichtig für Ali Ferrarese«, schmeichelte ich ihm.

Kemal lächelte bitter.

»Bei allen Göttern, das ist ein Mann, der weiß, was er will!«, rief er plötzlich aus. Er hieb sich mit der Faust auf den Oberschenkel, und seine Stimmung wechselte, als er an seinen Kommandanten dachte, wie die eines Mönchs, der am Abend reumütig erkennt, dass er den ganzen Tag lang nicht gebetet hat.

»Ihr steht ihm um nichts nach«, beharrte ich lächelnd.

»Nein, ich bin nichts Besonderes«, verbesserte mich der nun wieder ernst gewordene Barbareske. »Wir italienischen Abtrünnigen sind so. Die Natur des Korsaren und die des Italieners gleichen sich seit jeher. Es ist, als hätte Allah die Italiener aufgerufen, ein Loch in der Welt zu füllen, und dieses Loch sind die Korsarenschiffe. Ja, natürlich, es gibt und gab auch englische, holländische, türkische, arabische Korsaren und andere mehr … Barbarossa war zum Beispiel ein Grieche. Aber wenn man in Tunis oder Algier von einem wahren Barbaresken spricht, der durchs Feuer gehen kann und am Leben bleibt wie ein Salamander, der aus seiner eigenen Asche wiedergeboren wird wie der Phönix, dann ist die Rede von Italienern. Wie Occhialì.«

NOTIZ

Darin die gegenwärtige Lage hintangestellt wird und man die Geschichte des berühmten Occhialì hört, eines italienischen Korsaren, der die Italiener hasste

Schon bevor er seine Seele auf die Erde sandte, sagte der Statthalter, hatte der liebe Gott seltsame Pläne mit diesem Occhialì. Er ließ ihn in Castella in Kalabrien zur Welt kommen, einem Dorf, wo man tagtäglich in Furcht und Schrecken lebt. Die Keller der Häuser sind noch massiver und besser gebaut als die Häuser selbst, man steigt durch eine gut verborgene Falltür hinunter – sie dienen als Versteck, wenn die Türken an Land kommen.

Sein Taufname war Luca Galeni, und man weiß nicht, wann genau er geboren wurde, manche sagen, vor hundert Jahren, andere schwören, es sei früher, andere, es sei später gewesen. Er war das Kind der Allerärmsten, deren Namen keinen Platz in der Geschichte haben und vielleicht nicht einmal im Taufregister der Pfarrei. Seine Eltern hatten Namen, die wie ein Witz klingen, Birno und Pippa: Er war ein Hungerleider aus Motta Sant'Agata, auch so eine arme Stadt, die unter den Sarazenenüberfällen zu leiden hatte, und sie ein zerlumptes Weiblein. Als das Kind geboren wird, kann es einem leidtun: von schlechter Gesundheit, üblem Aussehen mit Krätze auf dem Köpf-

chen. Aber es hat einen aufgeweckten Verstand, und als es das Ein-
maleins lernen soll (der Lehrer war ein Handwerker, der abends die
Rotznasen des Dorfes um ein Talglicht versammelte und ihnen das
Rechnen beibrachte), zeigt es gute Erfolge. Was dann folgt, ist unbekannt, vielleicht wird er Fischer, vielleicht Hirte. Was auch immer er
tut, er muss es mit etwa sechzehn Jahren für immer lassen, als Korsaren unter dem Kommando von Ali Ahmed im Golf von Squillace einen Raubzug unternehmen. Sein Vater Birno kommt um, der Junge
wird entführt und in die Sklaverei geschickt. Der Korsar Chiafer Rais,
ebenfalls aus Kalabrien stammend, kauft ihn und setzt ihn ans Ruder
eines seiner Schiffe. Aber Lucas Gesundheit ist zu schwach für das Leben an Bord, es braucht Zeit, bis er dem Ruder an Steuerbord im Bug
zugeteilt wird, wo der beste Ruderer angekettet ist, derjenige, der den
Rhythmus vorgibt.

Die Wende in Lucas Leben kommt durch einen anderen Italiener, einen neapolitanischen Matrosen, ebenfalls Galeerensklave, der
ihn beleidigt und tyrannisiert, sogar schlägt. Um sich zu rächen, bekehrt Luca sich zum Islam. Als Angehöriger der Religion Mohammeds kann er nicht mehr bestraft werden, aber vor allem möchte er
einen Turban tragen, um die Krätze zu verbergen, die seinen Schädel
verunstaltet. Man nennt ihn Al Fartas, den Grindigen, oder Uluds-
Alì, den Räudigen. Diese Spitznamen wird er nicht mehr los, sie werden im Lauf der Zeit in jeder erdenklichen Weise deformiert: Lucali,
Locchialì, Uluch-Alì, Oluzali, Ucciali und schließlich Occhialì.

Obwohl er nach wie vor am Ruder sitzt, verwandelt der Räudige
sich in einen Bereitwilligen, einen gedungenen, bezahlten Ruderer,
und genießt eine gewisse Freiheit. Vor allem aber ruft er den Neapo-
litaner zu sich, der ihn beleidigt hat, und tötet ihn bei einem Zweikampf, wodurch er endlich sein blutrünstiges Naturell offenbart. Die
Gefährten respektieren und fürchten ihn, das hat er nicht erwartet, es
gefällt ihm. Vielleicht hat er sich überlegt, dass das Gute, das er nun
erfährt – die neue Stellung in der Rudermannschaft – durch das Böse
bewirkt wurde, das er einem Landsmann antat. Könnte das gar eine
Methode werden?

Jetzt, wo seine Gebete sich an Allah richten, stehen ihm alle Türen
offen. Einen großen Schritt nach vorn tut er, als er die junge Braca-
duna heiratet, die Tochter von Chiafer Rais, und den Grad eines
Bootsmanns auf einem Korsarenschiff erwirbt. Die ersten Einkünfte

fließen, und er kann sich in eine Galeere einkaufen. Er ist listig, erlernt rasch die Seefahrerkunst und erhält nach einer Blitzkarriere das Kapitänspatent.

Als Luca zwanzig Jahre alt ist, bereitet der große Korsar Dragut einen Feldzug mit Kaperfahrten und Überfällen vor. Der Kaufmann Chiafer möchte seinen Sohn Ali teilnehmen lassen, damit er Erfahrungen sammelt. Luca-Occhialì ist inzwischen vollkommen gesund, er wird zum Führer des kleinen Ali ernannt. Langsam steigt er in der Hierarchie der osmanischen Flotte auf.

Er nimmt an der Seeschlacht von Preveza teil, wo die Christen wegen des unverständlichen und verdächtigen Zauderns des Genueser Kommandanten Andrea Doria schmachvoll verlieren. Occhialì erkennt, welchen Wert die subtile Kunst des Verrats, im richtigen Moment angewandt, bei den Italienern haben kann. Denn er kennt auch den Grund für das ständige Zögern der Doria, durch das die Christen fast schon gewonnene Schlachten verlieren: Es sind die Genueser Wucherer, die mit ihrem Geld erzwingen, dass dem Osmanischen Reich nie der entscheidende Schlag versetzt wird. An den Osmanen bereichern sich nämlich ihre Verwandten, indem sie dem Sultan Geld für seine Kriege gegen die Christen leihen. Ein Teufelskreis.

Als Occhialì überraschend mit einer kleinen Mannschaft in Genua auftaucht und Oneglia bedroht, erfährt er, dass es eine persönliche Domäne der Doria ist. Prompt lässt er einen Sklaven seines Schiffes frei und schickt ihn mit tausend Entschuldigungen zu den Doria.

Drei Jahre später gehört er zur Mannschaft von Dragut, fällt in Süditalien ein und kapert Schiffe der gefürchteten Cavalieri von Malta. Er begleitet Dragut auf eine Mission nach Konstantinopel und erwirbt de facto die Admiralswürde. Er fängt wichtige Geiseln, die viel Geld einbringen, wie der katalanische Edelmann Jaume Losada oder der spanische Kapitän Pietro di Mendoza, der später berichtete, auf dem Schiff, wo die Gefangenen weniger wert sind als ein streunender Hund, habe Occhialì ihn sehr respektvoll behandelt.

Seine täglichen Opfer, der Brennstoff, der die Flamme seines Hasses nährt, sind jedoch seine ehemaligen Landsleute. Die Venezianer, die den besten Geheimdienst im ganzen Mittelmeer besitzen, wissen alles über ihn: ein großer Seefahrer, aber ungehobelt wie der dümmste Bauer, so jähzornig, dass man kaum mit ihm reden kann, des Lesens und Schreibens unkundig, ruht sich nie aus und ist den

anderen immer einen Schritt voraus. Er ist ebenso großzügig wie erbarmungslos, sein Geist versprüht Funken, aber in fleischlichen Dingen ist er unberechenbar, und für eine Liebschaft ist er imstande, sich
vom Verbündeten in einen Todfeind zu verwandeln. Übermannt ihn
der Zorn, nimmt sein ohnehin grobschlächtiges Gesicht monströse
Züge an, er ist zu ebenso phantasievollen wie entsetzlichen Grausamkeiten fähig, und nicht einmal seine Vorgesetzten wagen es, das
Wort an ihn zu richten. Zwei Dinge verfolgt er besonders unerbittlich: seine einstige Religion und seine Landsleute. Er hat eine grässliche Narbe am rechten Unterarm, die ihm zugefügt wurde, als er einen Sklavenaufstand bei der griechischen Insel Chios eigenhändig im
Blut ertränkte. Er ist untersetzt, behaart, die Krätze hat ihm im Lauf
der Zeit den Schädel völlig zerfressen, und ohne Turban kann er nicht
sein.

Alle Italiener jagen ihn: Giovanni Andrea Doria, der Neffe des berühmten Andrea Doria, die Ritter vom Heiligen Grab und die vom
Orden Santo Stefano. Wie ein Teufel entwischt er und taucht unversehens wieder auf. Mit einer Galeone und einer Galeere, die er kata-
lanischen Händlern raubte, wird er bei Djerba abgefangen, aber er
lässt die beiden Schiffe stranden und rettet sich mit der gesamten
Mannschaft an Land.

Er ist derber als der gemeinste Plebejer, kann aber überaus raffiniert Ehrungen und Entehrungen verteilen, sogar an seine Feinde,
und besonders gerne bei Italienern. Als er in der Meerenge von Malta
auf vier Galeeren des Johanniterordens trifft, die Zypern zu Hilfe
kommen wollen, tötet er achtzig Ordensritter und ihren General, fast
alle Soldaten und die Rudermannschaft. Doch nachdem er das feindliche Hauptschiff in Besitz genommen hat und triumphierend im
Hafen von Konstantinopel eingelaufen ist, befiehlt er zur großen
Überraschung aller, dass die Gefangenen menschlich behandelt werden, lässt die Verletzten verarzten, die Nackten kleiden, die Hungern-
den speisen. Aber er misshandelt jene, die er feige erlebt hat, und
beleidigt einen Ordensritter, Nicola Valori, der sich in der Schlacht
unehrenhaft verhielt. Zwei jungen Franzosen schmeichelt er dagegen
so sehr, dass sie ihrer Religion abschwören und Mohammedaner werden. Die Statuen des heiligen Johannes am Heck des Schiffes werden
mit einer Kette um den Hals kopfüber aufgehängt, wie Gehenkte,
und das Volk applaudiert.

In Djerba gewinnt er eine der größten Seeschlachten des Jahrhunderts. Der Seekrieg, den die Türken und die Barbareskenreiche führen, hat Süditalien und Spanien in die Knie gezwungen, und der neue spanische König Philipp II. will einschreiten: Er schmiedet einige italienische Landesfürsten, den Papst, die Malteserritter und sogar deutsche Fürstentümer zu einer Allianz zusammen und arbeitet sechs Monate lang unter größter Geheimhaltung an einem Handstreich, mit dem Tunis erobert werden soll, das Herz der Barbareskenreiche. Aber Occhialìs Spione, Kaufleute natürlich, entdecken den Plan, und der Überraschungsangriff wird unmöglich. Es ist Winter, die christliche Flotte, die bereits von Epidemien, Unwettern und Aufständen im Inneren geplagt wird, errichtet eine Basis in Djerba und baut dort eine Festung zu ihrer Verteidigung. In starken Etappen kommt eine riesige türkische Flotte aus Konstantinopel an, angeführt von Piale Pascha, dem Schwiegersohn des Sultans und Sohn eines ungarischen Schusters (man erzählt, er sei als Kind von den Türken bei ihren Raubzügen in der magyarischen Ebene nackt auf einem Pflug gefunden worden, aber in Wirklichkeit wurde er geraubt wie Tausende anderer Kinder, die die Osmanen jedes Jahr gewaltsam aus den christlichen Ländern verschleppen, um sie zu Würdenträgern bei Hofe und im Heer zu machen). Als Piale Pascha mit seiner gewaltigen Flotte in Sicht kommt, zögern die Nazarener: kämpfen oder flüchten? Angesichts der Unentschlossenheit ihrer Anführer geraten die Matrosen in Panik, die Flotte löst sich auf, die Türken fallen ein und richten ein Blutbad an. Die Christen verlieren vierzehn Schiffe, tausend Männer ertrinken, fünftausend werden zu Gefangenen. Die Überlebenden schwören, das Meer sei blutrot gewesen, die Eingeweide der Toten wurden von Fischen gefressen, und Occhialì habe am Ende des Tages aufgezählt, wie viele Italiener er getötet hatte. Die italienischen Schiffsjungen auf den türkischen Schiffen, Überläufer, aber noch zartbesaitet, weinen angesichts des grässlichen Schauspiels, aber Occhialì hat schon lange keine Tränen mehr. Der Räudige lässt die Schiffbrüchigen und Flüchtigen einen nach dem anderen auf dem Strand einfangen, dann errichtet er zum Zeichen seines Sieges aus ihren Knochen und Schädeln einen Haufen, Schädelturm genannt.

Auf dem Meer kennen ihn mittlerweile alle, alle reden über ihn, aber keiner versteht ihn wirklich: Franzosen, Engländer, Spanier, sogar Araber achten ihr ehemaliges Vaterland. Wer in den Dienst der

Barbaresken übertritt, schont die Schiffe seiner ehemaligen Landsleute, das ist Tradition. Occhialì aber hat tiefer als alle anderen in das dunkle Geheimnis des italienischen Wesens geblickt. Es ist ein Volk ohne Brüderlichkeit, eine vagabundierende Miliz aus Einzelkämpfern, Heckenschützen, unechten Helden, Verrätern und schmutzigen Kämpfern. Doch vielleicht verstehen sie gerade wegen ihrer Vertrautheit mit den dunklen Seiten des Lebens besser, was Jesus wollte, der sich nicht zufällig mit Zöllnern und Huren umgab. Wenn Occhialì sich vage an die Reden der Priester aus seiner Kindheit erinnert, fällt ihm ein, dass Jesus gesagt hat, man solle sein Haus verlassen, alle Reichtümer und Sicherheiten, sogar die Familie, um ihm nachzufolgen. Und hat er, als man ihm den Besuch seiner Mutter und seiner Geschwister ankündigte, nicht auch gesagt: »Denn wer den Willen tut meines Vaters im Himmel, derselbige ist mein Bruder, Schwester und Mutter«? Hat er nicht Freiheit durch Wahrheit versprochen? So bastelt der Räudige in schlaflosen Nächten auf dem schwankenden Schiff an seiner verschrobenen, nebulösen Philosophie, indem er alte Schmerzen und neuen Groll zusammennagelt, aber in seiner bäuerlichen Unwissenheit findet er keinen Ausdruck dafür. Ich werde mir meine Freiheit nehmen, denkt er, die Freiheit, die mir das Evangelium versprochen hat, und werde sie Mohammed in die Hand drücken, und wenn keiner mein Bruder ist, werde ich durch meine Rache reich und mächtig werden, und alle werden mir zustimmen, und es macht nichts, wenn Jesus nicht einverstanden ist, denn ich habe wenigstens Allah auf meiner Seite.

Manchmal versucht er, ohne Tränen und Schluchzer weinend, das Unglück zu verstehen, das ihm als Kind widerfuhr, und dann tut er einen Schwur, dessen umgekehrte Logik dem Fürst dieser Welt teuer ist: Nie wieder sollen die meine Brüder sein, die mir als Brüder genommen wurden.

Mit seinem systematischen Brudermord verflucht er Schlacht für Schlacht das Wort des Evangeliums, verkehrt die Freiheit in Chaos, die Zärtlichkeit in Schläge, die Umarmung in Angriff, die Einsamkeit in Isolation und tauscht die Ketten des Galeerensklaven gegen die eines Sklaven des Bösen, eines Söldners des Nichts. Während alle ihn tüchtig, scharfsinnig und genial nennen, werden die Taue, Segel und Wanten seiner Schiffe vom Wind eines unterdrückten Wahnsinns ergriffen.

In Ligurien dringt er ins Landesinnere vor und macht bei seinen Plünderungen der Örtchen im Hinterland reiche Beute an Schätzen und Sklaven. Nach dem Sieg in Djerba präsentiert er sich kühn vor den gedemütigten christlichen Seestreitkräften. Auf dem Gebiet des Herzogs von Savoyen nimmt er vierzig Arkebusier als Geiseln, verlangt ein Lösegeld von tausendzweihundert Scudi und fordert frech ein intimes Beisammensein mit Ihrer Königlichen Hoheit, der Gattin des Herzogs und Tochter des Königs von Frankreich. Man willigt ein, doch statt der Herzogin wird ihm ohne sein Wissen eine Hofdame der Herzogin vorgeführt. Hochzufrieden setzt er seine Raubzüge an den italienischen Küsten fort, auch wenn er schwer wie ein Lastesel mit Beutestücken beladen ist und seine Männer müde werden. Er plündert, brandschatzt und verwüstet die Küsten Genuas oft bis tief ins Landesinnere. Trifft er auf Einwohner, werden sie in Ketten fortgeschleppt, ist der Ort dagegen leer, legt er Feuer und zerstört alles, einschließlich der unschuldigen Fischerboote am Strand. Als die Bewohner des kleinen Ortes Taggia Widerstand leisten, überfällt er die Kirche und das Kloster, schleppt Kruzifixe, Stühle und Kandelaber fort, zerlegt eine ganze Orgel und nimmt sie Stück für Stück bis zur letzten Pfeife mit. Seit dem Tag findet er die Ortschaften Liguriens fast immer leer vor, so groß ist die Angst der Einwohner.

Als Occhialì auf die fünfzig zugeht, stirbt Süleyman der Prächtige auf dem Schlachtfeld in Ungarn. Sein Sohn Selim folgt ihm nach, er ist hässlich wie der Räudige, mehr Ungeheuer als Mensch, seine Gliedmaßen sind unproportioniert, das Gesicht zerfressen vom Wein und vom Schnaps, den er im Übermaß zur Verdauung benutzt. Der junge Sultan ist grob, ungeschickt und faul, Essen und Trinken sind seine Lieblingsbeschäftigung, die Regierung überlässt er seinem Großwesir. Selim schätzt Occhialì sehr, er überträgt ihm die Führung des Barbareskenreichs Algier. Aus gutem Grund bezeichnet das Wort »algerisch« lange Zeit Menschen, die besonders grausam gegen die Christen wüten.

Als sein Schiff im Hafen einfährt, geloben die für ihre Aufsässigkeit bekannten Anführer der Janitscharen ihm Gehorsam und schenken ihm ein prächtiges Pferd mit Zaumzeug aus Gold und Türkisen. Occhialì, der Schlächter von Unschuldigen, von einem dekadenten, lasterhaften Diktator zum Regenten ernannt, hält auf seinem Pferd, umgeben von einer Schar Räuber, triumphalen Einzug in der Berberei, während tausendfünfhundert Kanonenschüsse abgegeben werden und die Menge sich prügelt, um ihn zu sehen und zu berühren.

Sein neuer Titel verleitet ihn zu tollkühnen Aktionen. Er lässt vierzehntausend türkische Arkebusiere und sechzigtausend Mauren zusammenziehen und schickt sie mit vierhundert, mit Schießpulver beladenen Kamelen nach Mazagan am Golf von Arzew, um während der Osterwoche die Stadt Oran anzugreifen und eine Landung in Spanien an der Küste Andalusiens vorzubereiten. Vierzig Galeoten kreuzen schon vor Almeria, doch durch einen Zufall wird sein Invasionsplan entdeckt und ein heimlich angelegtes Waffenlager im Binnenland beschlagnahmt.

Kaum erklingt sein Name, versammelt sich eine begeistert Menge aus Gaunern. Occhialì der Räudige ist der Prophet der Banditen, der schmutzige Messias der Schakale, Freischärler und gedungenen Mörder geworden. Er zieht mit seinen Korsaren und fünftausend Janitscharen aus Algier und führt das Heer über Land in Richtung Tunis, das mittlerweile von den Spaniern und dem König Muley Hamida kontrolliert wird. Auf dem Marsch entlang der nordafrikanischen Küste gesellen sich über tausend Berber freiwillig zu seinen Truppen. Muley Hamida flieht in Todesangst, Tunis fällt sofort. Occhialì dringt mit seiner Infanterie durch einen Tunnel in die Stadt ein und verwandelt sie in eine Basis der Korsaren unter der Führung von Cayto Ramadan aus Sardinien, auch er ein abtrünniger Italiener, auch er ein Schlächter seines eigenen Volkes, auch er eine der zerlumpten, blutdürstigen Mänaden, die bei dem Gastmahl der Wahnsinnigen triumphieren, das sich Krieg nennt.

Italiener waren die Toskaner, Apulier und Genueser, die der Räudige auf seinen Raubzügen an der Küste jahrelang gequält hatte. Italiener sind die Venezianer, die er jetzt im griechischen Meer massakriert. Aber es sind ebenfalls Italiener, nämlich Kalabresen, die seinem Ruf einen schweren Schlag versetzen, als sie ihn vor ihrer Küste erblicken. Denn sie berichten ihm, die spanische Flotte des Don Juan von Österreich liege noch in Sizilien, obwohl sie längst in Lepanto ist, wo kurz darauf die größte Seeschlacht aller Zeiten stattfinden wird.

An der Schlacht nimmt er als Kommandant des linken Flügels mit über sechzig Galeeren und achtundzwanzig Galeoten teil. Auf allen

Schiffen sitzen seine schmutzigen Piraten zwischen den regulären Truppen. Es gelingt ihm, die Reihen der feindlichen Schiffe zu durchbrechen, und zunächst sucht er den Kampf mit der spanischen Admiralität des Don Juan von Österreich. Doch dann wirft er sich gegen andere Italiener, attackiert das Hauptschiff der Malteserritter unter dem Kommando von Piero Giustinian, seinem persönlichen Feind. Giustinian wird von türkischen Pfeilen getroffen und gefangengenommen. Der Räudige entert das Schiff der Malteserritter, lässt sechsunddreißig Mann auf Deck die Kehle durchschneiden, alle Offiziere sterben. Insgesamt macht er in Lepanto zwölf Galeeren kampfunfähig und tötet über tausend Mann. Doch kaum will er abziehen, stürzt sich die christliche Nachhut auf ihn. Er flüchtet mit dem Hauptschiff der Malteser. Die Christen, die später an Bord des Malteserschiffs kommen, brechen bei dem grauenhaften Anblick der Leichenberge auf Deck in Tränen aus. Auf der Flucht gibt Occhialì auch die zwölf eroberten Galeeren auf und rettet sich mit seinen eigenen, schwer beschädigten Schiffen. In Konstantinopel wird der Sultan ihn loben, weil er mit seinen Wagestücken eine Niederlage auf ganzer Front verhindert hat.

Nach dem Sieg der Christen bei Lepanto ist seine Flotte die einzige türkische Streitkraft, die noch das Mittelmeer befährt. Im Dezember nimmt er mit seinen verbliebenen Schiffen Kurs auf Konstantinopel. Er hat in verschiedenen Häfen siebenundachtzig Schiffe aufgebracht, wird zum Admiral der türkischen Flotte ernannt und sein Spitzname lautet fortan Kiligè Ali, Ali, das Schwert, weil er bei Lepanto den Kreis der feindlichen Schiffe wie ein Schwert durchstoßen hat.

In fünf Monaten bauen die Türken hundertfünfzig Galeeren. Das Geld kommt von den venezianischen Geldleihern, die der christlichen Flotte derweil die Mittel kürzen, damit sie den Sieg bei Lepanto nicht nutzen und das nunmehr wehrlose Konstantinopel angreifen, wie die christlichen Admirale und der Papst laut fordern.

Occhialì hat inzwischen das Kommando über zweihundertdreiundzwanzig Galeeren, im Meer nebeneinander aufgereiht, würden sie die Linie des Horizonts verdecken. Um seine verbrecherischen Fähigkeiten ins rechte Licht zu setzen, erfindet er bei jeder Schlacht neue Kniffe. Vor Malvasia lässt er, verfolgt von Marcantonio Colonna, dem großen christlichen Heerführer, bei Anbruch der Nacht all seine Schiffe gleichzeitig feuern. Eine ungeheure Wolke aus Pulverdampf entsteht, in deren Schutz Occhialì mit einem Großteil seiner Flotte entkommt.

Die Jahre vergehen. Manchmal landet er in seiner alten Heimat, um seinen Geburtsort wiederzusehen. Mit über sechzig fährt er zum letzten Mal aufs Meer. Er ist kein Italiener mehr, aber auch kein richtiger Türke. Der ehemalige Schrecken der italienischen Küsten lässt nun Gnade bei seinen Landsleuten walten, in Konstantinopel erlaubt er ihnen, die lateinische Messe zu lesen, sie dürfen kostenlos in Häusern wohnen, die ihnen zugewiesen wurden und die sie sogar ihren Kindern vererben können. Den Abtrünnigen aus Kalabrien, jener besonderen Rasse, der auch er angehört, schenkt er ein großes Haus in der Stadt, das Nuova Calabria genannt wird.

Geheimnisumwittert wie seine armselige Herkunft ist auch sein Tod, weil er sich in den allzu hohen Kreisen um den Sultan ereignete. Wurde er von Hand eines christlichen Sklaven vergiftet oder von seinem Barbier mit einem Schnitt durch die Kehle umgebracht? Andere sagen: Er ging in die Moschee, sprach sein Gebet, verteilte die üblichen Almosen und kehrte in seinen Palast zurück. Da es ihm seit zwanzig Tagen schlecht ging, hatte der Arzt ihm fleischlichen Verkehr verboten, doch er hörte nicht auf ihn und starb in den Armen einer jungen Frau. In seinem Palast fand man fünfzigtausend Goldmünzen, der Verkauf seiner Besitztümer brachte weitere fünfhunderttausend, und all das fiel, zusammen mit seinen tausenddreihundert Sklaven, an die Staatskasse.

Andere behaupten, er sei an Bord eines Schiffes ermordet worden, weil er die Tochter des Sultans und Gemahlin des Großwesirs eine Hure genannt hatte. Ein Leidenschaftsdelikt, wie es sich für einen Kalabresen gehört. Vielleicht hat man ihn von einem seiner vielen italienischen Sklaven zerfleischen lassen, die namenlos sind wie Steine, aber schwer wiegen auf der Seele des Luca Galeni, als er die Augen für immer schließt, unfreiwillig an Kalabrien, an Italien, an das Christentum gekettet.

DISKURS XXXVII

*Darin ein Freundschaftsbund entsteht und der erste Erkundungsgang
ins Innere der Insel unternommen wird.*

»Wisst Ihr was?«, schloss der Statthalter von Ali Ferrarese. »Ihr würdet
einen großen Korsaren abgeben. Diese Kerle da oben im Turm sind
gerade gut genug, um sie als Geiseln mit Gold aufwiegen zu lassen,
ebenso wie ihr slawonischer Mönch. Aber einen wie Euch nähme ich
gerne an Bord! Ihr würdet blitzschnell Karriere machen.«

»Wie kommst du denn auf diese Idee? Hoffentlich nicht, weil du
mich mit deinem Occhialì vergleichst!«, lachte ich überrascht. Es war
verrückt, jemandem wie mir einen solchen Vorschlag zu machen, der
seit Ewigkeiten einem Hauptmann der Cavalieri von Santo Stefano
diente, der grimmigsten Gegner der Barbaresken. »Außerdem hast du
auf dem Rettungsboot vor allen gesagt, dass du wieder Christ werden
willst.«

»Ihr habt recht, das hatte ich vergessen, haha!«

Ich konnte seiner Heiterkeit nicht widerstehen. Dieser Spaziergang
hatte mir Hoffnung und gute Laune zurückgegeben.

»Gehen wir zur Festung zurück?«, fragte er mich plötzlich wieder
mit ernster Miene.

»Ja, lass uns zurückgehen.«

Am Fuß der Torre Vecchia angekommen, blieben wir gleichzeitig
stehen. Zum ersten Mal suchten und fanden sich unsere Blicke. Es waren nur wenige Sekunden. Dann traten wir über die Schwelle.

Wir trafen die anderen endlich wach und von der langen Ruhe erfrischt an. Bald darauf machten wir uns alle gemeinsam auf die Suche nach der geheimnisvollen Stadt Amauroto, wenn sie wirklich so
hieß. Jeder sammelte seine wenigen Habseligkeiten zusammen, denn
wenn alles gutging, würden wir nie mehr in die Torre Vecchia zurückkehren.

Doch inzwischen hatte es leider wieder zu regnen begonnen. Wir
schützten uns mit einigen alten Säcken, indem wir sie, so gut es ging,
gefaltet über Kopf und Schultern legten.

Kaum waren wir vor die Befestigungsmauern getreten, fanden wir
uns in einem wahren Schlammbad wieder. Über den Platz vor der Fes-

tung strömte das Regenwasser in Bächen, die das Vorankommen fast unmöglich machten. Wir mussten im Zickzack über tiefe Pfützen springen, um endlich wieder festen Boden unter die Füße zu bekommen. Guyetus und Schoppe traten jeder zwei-, dreimal in einen der kleinen Seen, versanken bis zum Knöchel und stießen ungehörige Flüche aus.

Über den nach rechts führenden Pfad stieg man wieder zu der Stelle hinauf, von wo wir gestern Morgen zur Torre Vecchia gelangt waren. Zur Linken fiel der immer an den Klippen entlanglaufende Weg langsam in Richtung Nordspitze der Insel ab.

Zwischen beiden begann, direkt vor der Festung, ein dritter Pfad, der auf die entgegengesetzte, der Küste von Livorno zugewandte Inselseite führte. Diesen Weg musste man nehmen, hatte das Mädchen gesagt, um in ihre phantastische Stadt zu gelangen.

»Wenn wir zügig ausschreiten, sind wir in einer halben Stunde am Ziel, wette ich«, sagte Barbello zuversichtlich.

Um nicht allzu nass zu werden, gingen wir unter den Bäumen und Büschen, die den Pfad säumten.

Das Vorankommen war beschwerlich, doch wir mussten uns beeilen, um nicht mitten im Wald vom frühen Einbruch der Dunkelheit überrascht zu werden. Schoppe, der nicht unbeholfen erscheinen wollte, machte fortwährend Sprünge, sodass sein Gesicht schon nach wenigen Metern puterrot war. Gefragt, ob er umkehren wolle, gab er brummend wirre Beschwerden von sich: Der Pfad sei zu glitschig und niemand habe ihn gewarnt, dass dies kein Spaziergang, sondern ein militärischer Marsch werden würde, ob man denn nicht langsamer gehen könne? Wir blieben ein paar Mal stehen, damit er Luft holen konnte, sodass die Mittagszeit vorüberging und wir noch weit davon entfernt waren, die Stadt zu erblicken. Es endete damit, dass der kräftige Statthalter sich den alten teutschen Gelehrten auf den Rücken lud. Damit erlaubte er der Gesellschaft, schneller zu gehen und das Murren des Verehrungswürdigen nicht mehr hören zu müssen.

»Wie ein zweiter Anchises, den sein liebevoller Sohn auf dem Rücken aus dem brennenden Troja rettete!«, tönte der Verehrungswürdige begeistert über seine neue Position.

»Was ist das denn für eine Geschichte?«, brummte Kemal misstrauisch.

»Vergil, *Aeneis*, Dummkopf«, sagte Schoppe und versetzte dem

zweiten Aeneas einen Klaps auf den Kopf wie einem schlecht vorberei-
teten Schüler.

»Barbaresken verschleppen Kemal bevor Schule zu Ende, haha!«,
lachte Mustafa. Er spielte auf Kemals Entführung durch die Piraten als
kleiner Junge an.

»Halt den Mund, sonst bring ich dich um!«, knurrte der Statthalter.

Guyetus stützte sich auf Mustafa. Naudé wurde von seinem Ledersack beschwert, den er unter dem Mantel trug, sodass er ihm das Aussehen eines Buckeligen verlieh, aber als ein bewährter Veteran der Bü-
cherjagd durch halb Europa schlug er sich recht wacker. Auch Barbello
hatte seinen Sack zum Schutz vor dem Regen unter den Mantel gesteckt.

Der Regen hatte zwar nachgelassen, tropfte jedoch unablässig auf unsere von den alten Säcken kaum geschützten Rücken. Wir gingen eine
gute Strecke, bis wir plötzlich den Weg versperrt fanden. Ein paar
große Bäume waren dem Wüten des Windes zu stark ausgesetzt gewesen und quer über den Weg gestürzt, um nun eine unüberwindliche
Mauer zu bilden, die auch einen kräftigen jungen Reisenden aufgehalten hätte, von unserem versprengten Häuflein Schiffbrüchiger ganz zu
schweigen.

»Verflucht, was jetzt?«, schimpfte Guyetus, der schon nach Luft
rang und dem auf Kemals Rücken hockenden Schoppe neidische Blicke zuwarf.

Es war unmöglich, abzuschätzen, wie weit wir noch von der Stadt
entfernt waren – die Sicht wurde durch Regen und Nebel behindert,
außerdem von der dichten Vegetation. Unterdessen hatten Wind und
Regen wieder zugenommen. Wenn wir in diesem Sturm länger ste-
henblieben, würden wir bald durchtränkt sein wie nasse Schwämme.

»Ir, ir, müssen von hier weg«, mahnte Mustafa.

Der Statthalter dagegen lenkte unsere Aufmerksamkeit nach rechts.
Halb versteckt von der waldigen Macchia war dort ein kleines weißes
Gebäude zu erkennen.

»Dort hinten steht ein Haus, vielleicht das des Mädchens«, sagte der
Korsar.

Um zu dem Haus zu kommen, musste man den Weg verlassen und
sich mitten durchs Gebüsch schlagen. Schlimmer noch, das Haus lag
sehr viel höher als der Weg, auf dem wir standen, man musste also

über ansteigendes Gelände gehen. Mit einem Wort, wir mussten umkehren.

Nachdem wir all unseren Mut zusammengenommen und die klammfeuchten Säcke auf unseren Rücken zurechtgerückt hatten, wagten wir uns in den kalten, sumpfigen Wald hinein.

DISKURS XXXVIII

Darin man am Haus des hübschen Mägdeleins ankommt, wo ein Fund gemacht wird, welcher lebhafte Reaktionen hervorruft.

Der Marsch durch das wilde Gestrüpp war weit härter und unangenehmer als das Gehen auf der Straße. Der unebene Boden voll spitzer oder gefährlich rutschiger Steine, das Gewirr heimtückischer Wurzeln, die unversehens hervorsprossten, und der gierig saugende Schlamm hätten auch ein marscherprobtes Heer ins Straucheln gebracht. Nach einer letzten Anstrengung erreichten wir endlich eine Lichtung, von wo aus das kleine Gebäude gut zu sehen war.

Vor unserer durchnässten Schar lag ein schlichtes Bauernhäuschen mit zwei Stockwerken, weiß verputzt. Die Tür befand sich auf der Längsseite, und sofort klopften wir zwei-, dreimal. Unter unseren Fingerknöcheln gab die Tür nach, sie war nicht verschlossen. Wir traten ein.

»Verehrte Dame, dürfen wir?«, fragte Naudé leise, um uns anzukündigen.

Stille.

»Gutes Mädchen, wir sind hier!«, donnerte Schoppe weniger galant.

Wie es schien, war die Frau trotz des schlechten Wetters nicht zu Hause. Wir gingen durch die Küche. Auf dem Tisch lagen Essensreste: Zwieback, Apfelschalen und in einem Teller, den ein Tuch bedeckte, etwas Käse. Ein paar schlichte Möbel, alt und vom Holzwurm zerfressen, aber sauber. Ein Geschirrschrank, ein Herd, eine Anrichte.

Gleich hinter dem Kamin führte eine Treppe ins Obergeschoss. Hier gab es nur zwei Zimmer mit einem Bett, einem Schrank, Stühlen und einigen armseligen Gerätschaften. In einem Schrank fand ich Laken, Bettdecken und ein wenig Wäsche.

»He, seht mal her!«

Hardouin hatte sich aus einem Fenster gebeugt und unweit vom Haus einen Holzschuppen entdeckt.

Die Gruppe lief geschlossen hinaus, belebt von der Entdeckung: Es war ein kleiner Hühnerstall, wo sich fünf schöne weiße Hühner, vom Gewitter erschreckt, in einer mit Sägespänen und Stroh gepolsterten Holzkiste dicht aneinanderdrängten. Daneben ein sorgfältig umgegrabener kleiner Gemüsegarten.

»Unsere Freundin lässt es sich an nichts fehlen!«, sagte Barbello strahlend, während Kemal bereits in den Hühnerstall eindrang und nach kurzem Zögern alle fünf Tiere erdrosselte.

»Nicht doch, was für ein Leichtsinn! Und wenn das Mädchen nichts anderes zu essen hat?«, tadelte ihn Barbello. »Du hättest ihr wenigstens eines für die Eier lassen können!«

Aber niemand hörte auf ihn, zu groß war die Begeisterung über all diese Gottesgaben.

»Seht mal dort!«

Naudé zeigte auf einen anderen Käfig voller Kaninchen ganz in der Nähe. Der Statthalter, der schon vom Blut der Hühner für das Mittagessen besudelt war, würde eine Menge Arbeit bekommen. Sofort begann man, die langohrigen Tierchen festzuhalten und aus dem Käfig zu zerren.

»Das sind sechs, also ein halbes Kaninchen und ein halbes Huhn pro Kopf, und ein Kaninchen bleibt sogar übrig!«, verkündete Naudé feierlich.

Ich war angewidert von diesem blutdürstigen Schlachtfest. Auch wenn es im Moment nicht möglich war, in die Stadt zu gelangen, hätten wir in der Torre Vecchia doch genügend Zwieback, Käse, Salami, Trockenfrüchte, Kichererbsen und noch mehr zur Verfügung gehabt. Wenn wir essen wollten, hätten wir in ein paar Stunden essen können. War es unbedingt nötig, den gesamten Wintervorrat dieser armen, einsamen Frau zu schlachten? Wie viel Kraft es sie gekostet hatte, all diese Tiere aufzuziehen und am Leben zu halten, ließ sich leicht vorstellen. Wenn sie entdeckte, dass sie allesamt getötet und verschlungen waren, würde sie verzweifeln.

Doch eine Zeitlang achtete niemand auf mich, den einzigen, der dem Gemetzel fernblieb, denn bei euch allen gewann die primitive Natur Oberhand. Um dem grausamen Schauspiel zu entfliehen, machte ich ein paar Schritte um das Haus herum. Es war von wenigen, schlichten Dingen umgeben: ein Stapel bereits gespaltenes Feuerholz, ein großer Eimer mit Pech, einige Ziegel zum Ausbessern des Daches, Bottiche und Bütten, Werkzeuge für die Gartenarbeit. Da der Regen vorübergehend aufgehört hatte, setzte ich mich nach meinem Rundgang unter einen Baum.

DISKURS XXXIX

Darin man sich aus Not unter ein anderes Dach flüchtet.

Endlich kamst du mich unter dem Baum suchen, Hand in Hand mit Barbello. O weh! Ihr gabt fein acht, dass die anderen euch nicht bemerkten, aber bei mir wart ihr nicht so vorsichtig. *Mea culpa, mea maxima culpa*, sagte ich mir. Du glaubtest wahrscheinlich sogar, mir einen Gefallen zu tun, indem du mir beharrlich zeigtest, wie gehorsam du – leider – meinen Empfehlungen folgtest.

Als unsere Gruppe wieder vereint war, sagte Naudé: »Wir müssen zur Festung zurückkehren. Lasst uns einen Korb oder ein Stück Stoff suchen, in dem wir die Hühner und Kaninchen mitnehmen können«, schlug Naudé vor.

»Monsire Naudé, seht Ihr denn nicht, dass es schon fast dunkel ist?«, erwiderte ich.

Plötzlich erleuchtete ein Blitz unsere Gesichter gespenstisch weiß, dann ließ ein mächtiger Donner uns zusammenzucken. Das Gewitter war zurückgekehrt.

Die Begeisterung über die Ausbeute an Hühnern und Kaninchen hatte der ganzen Gruppe die Sinne verwirrt, doch jetzt waren alle wieder zu sich gekommen. Ein abermaliges Donnergrollen und ein jäher, gewaltiger Sturzregen zwangen uns, wieder in dem Häuschen Zuflucht zu suchen. Von Kälteschauern geschüttelt, Nase und Haare triefend vor Nässe, traten wir über die Schwelle.

»Und jetzt?«, fragte bleich und zitternd Schoppe, dem die üppige Tolle an der Stirn klebte.

»Wir warten, bis der Regen nachlässt, dann kehren wir zur Torre Vecchia zurück«, sagte Hardouin.

»Ich erlaube mir, Euch zu widersprechen, Monsire Hardouin«, entgegnete ich. »Der Weg zur Festung ist steil, und Ihr könnt Euch vorstellen, wie mühselig er sein wird. Wir tun gut daran, hier zu übernachten und morgen früh zur Torre Vecchia zurückzukehren. Angesichts der späten Stunde und des Unwetters glaube ich nicht, dass das Mädchen vor morgen früh zurückkehrt. Morgen werden wir einen anderen Weg in die Stadt finden.«

Im Haus gelang es uns mit ein wenig Glück, die Glut im Kamin wieder zu entfachen, indem wir den Holzvorrat der jungen Dame und trockenes Laub benutzten. Über diesem Feuer rösteten wir eine ordentliche Anzahl Kaninchen, die wir mit Kräutern aus dem Gärtchen gewürzt hatten. Die grässlichen Zeugen unseres Gemetzels, die Felle und Innereien der Kaninchen und die Köpfe und Beine der Hühner hatten wir vor die Tür geworfen. Außerdem nutzen wir die Flammen, um unsere durchnässten Kleider zu trocknen. So saßen wir alle in Hemd und Unterhosen da, außer Kemal, der seine nassen Kleider nicht einmal zu bemerken schien. Als wir einander so halbbekleidet erblickten, mussten wir alle lachen, was – im Verein mit dem Duft der bratenden Kaninchen – unsere gute Laune wiederherstellte.

Nach gründlichem Suchen entdeckten wir sogar einen Krug mit Wein und einen mit Öl. In einer Schublade lagen Talgkerzen, Mustafa zündete sie alle an.

»Ihr hättet wenigstens eine übriglassen sollen, das arme Mädchen muss auch für sich selbst sorgen«, bemerkte ich, doch der Korsar antwortete mir nur mit einem demonstrativ gleichgültigen Achselzucken.

Um ihn für seine Unhöflichkeit mir gegenüber zu bestrafen, versetzte der Statthalter ihm eine kräftige Ohrfeige und einen Tritt in den Hintern.

»Respekt vor Leuten, die mehr wert sind als du, Idiot!«, brüllte er, »sonst schlag ich dir eines Tages den Schädel ein.« Als Mustafa wieder mit den Schultern zuckte, sah ich, wie das Blut Kemal in die Augen schoss und sein Gesicht puterrot wurde. Er packte den Kameraden am Kragen, schlug ihm drei-, viermal mit dem Handrücken ins Gesicht und warf ihn zu Boden, wo er ihm einen Tritt gab.

»Dieses Vieh muss noch gehorchen lernen. Eines Tages bring ich ihn um«, erklärte er uns, die wir die Szene staunend beobachtet hatten.

Ohne viel Federlesens bedienten wir uns vom Wein des Mädchens, der erst die Mägen und dann die Gemüter wärmte. Schließlich fühlten wir uns alle besser. Nur Naudé klagte schon seit einiger Zeit über Schmerzen in der Brust, er hustete und nieste. Ich riet ihm, oben im Schlafzimmer nach einer Decke zu suchen, die er sich über die Schultern legen konnte, was er zu seinem großen Nutzen tat. Draußen tobte ein fürchterliches Unwetter, die Sturmböen peitschten das Haus und ließen seine Balken ächzen. In diesem engen Zufluchtsort hockend, erschien uns die von dem Mädchen beschriebene Stadt wieder wie eine unerreichbare Traumvision. Doch gemeinsam um einen Tisch zu sitzen machte wenigstens ein bisschen Mut und ließ uns hoffen, dass wir dieses vom Wind gebeutelte Häuschen am nächsten Morgen würden verlassen können.

»Wann das Mädchen wohl zurückkommt?«, fragte Barbello ein wenig beunruhigt, während er den letzten Tropfen Wein austrank.

»Unsere Freundin mag ja vom Inselleben abgehärtet sein«, bemerktest du, »aber es ist doch seltsam, dass sie bei diesem Sturm so lange draußen bleibt.«

»Sie sollte sich dieser Kälte nicht aussetzen, sondern in ihrem Häuschen bleiben, wo ich schon wüsste, wie ich sie aufwärmen muss«, dröhnte Caspar Schoppe mit einem lüsternen Lächeln. »Wer viel reist, kennt viele Weiber.«

Trotz seines würdevollen Alters spielte der verehrungswürdige Schoppe sich gerne als erfahrener Liebhaber auf, doch bei dieser Prahlerei blinzelten sich alle verständnisinnig zu.

Endlich wurden die Kaninchen serviert, die wegen der provisorischen Bedingungen, unter denen man gekocht hatte, ein wenig verkohlt, aber sehr schmackhaft waren.

Ein ohrenbetäubender, sehr naher Donner ließ alle zusammenzucken. Es klang, als hätte wenige Schritte vom Haus entfernt eine Kanone geschossen.

»Heiliger Himmel, was für ein Schreck!«, stammelte Barbello weiß wie ein Laken.

»Schreck? Auf dem Meer darf man sich nicht erschrecken lassen, haha«, lachte der Korsar.

»Willst du uns erzählen, dass ihr Abtrünnigen nichts fürchtet?«, fragte Schoppe säuerlich.

»Oh, Furcht haben wir, und wie«, räumte der Statthalter von Ali Ferrarese ein. »Wir fürchten Gott zum Beispiel. Aber Angst ist auf See verboten. Der Kapitän Enrichi, ein äußerst tüchtiger Korsar, begann seine

Laufbahn, indem er einen venezianischen Kaufmann, dessen Schiff, eine schöne Fleute, beladen mit Weizen, er gekapert hatte, bei lebendigem Leib verbrannte und all seine Männer tötete. Auch er starb in den Flammen. Die Venezianer fesselten ihn an ein großes Ruder, das sie in Brand gesetzt hatten, und auch seine Männer wurden alle getötet, gepfählt, um genau zu sein. Enrichi ahnte, dass ihm dieses Ende beschieden war, doch er hatte niemals Angst, wenn er Schiffe enterte.«

Um auf keinen Fall zu zeigen, dass wir von dieser Erzählung beeindruckt waren, nahm ein jeder sein Glas in die Hand und tat einen letzten Schluck.

»Wer auf See Angst hat, der verliert«, fuhr Kemal ungerührt fort. »Darum muss man sich einen Namen geben, der den Feind erschreckt, wie der Hinkende, Luzifer und der Schrecken des Teufels es getan haben. Oder der berühmte Christenverbrenner, der gerade in diesen Tagen auf dem Toskanischen Meer kreuzt, und denkt ja nicht, ich erfinde das.«

»Nein, das würden wir uns niemals erlauben«, sagte der Verehrungswürdige ironisch, doch die anderen pflichteten ihm nicht bei, denn die Erzählungen des Statthalters hatten sie beunruhigt.

»Auf dem Meer begegnet man Leuten wie Karagöz«, berichtete der Abtrünnige weiter, »einen Dominikanerpater aus Venedig, der in den Dienst Allahs und des großen Süleyman übergewechselt war. Eines Nachts, es war wenige Tage vor der großen Schlacht bei Lepanto, malte Karagöz seine zweiundzwanzig Galeeren schwarz an, um sich heimlich dem Hafen von Igoumenitsa nähern zu können, wo die christliche Flotte vor Anker lag. Er wollte die Kraft des Gegners einschätzen können, darum verkleidete er sich als Fischer und stieg auf die feindlichen Schiffe, um sie zu zählen. Niemand entdeckte ihn.«

Der ganzen Gruppe entfuhr ein Murmeln des Erstaunens über die tollkühne Unternehmung.

»Schade nur, dass er sich verrechnet hatte«, fuhr der Statthalter fort. »Er hatte die fünfzig Galeeren der venezianischen Flotte übersehen, die hinter einer Landzunge lagen. So beschlossen die Osmanen, in die Schlacht zu ziehen und verloren, und Karagöz wurde in Lepanto auf seinem Schiff wie ein Hund mit einer Arkebuse erschossen, haha!« Lachend verlangte Kemal nach mehr Wein.

Wir lachten alle, da der Name gefallen war, der die berühmte Niederlage der osmanischen Flotte bezeichnete. Sie wurde im Jahr des

Herrn 1571 bei Lepanto von den christlichen Flotten vernichtend geschlagen, woran Barbello schon erinnert hatte, als wir noch Gefangene der Korsaren waren und über den Koran und die Muttergottes diskutiert hatten.

Ein weiterer Donner ertönte krachend in der Nähe, doch dieses Mal taten wir, als hätten wir nichts gehört, da diese Beispiele von Freibeutermut uns empfindlich in unserer Ehre trafen.

»Oder nehmt die Kühnheit von Cociuc Jusuf.« Kemal war nicht zu bremsen. »Auch er ein italienischer Überläufer, geboren und aufgewachsen in Kalabrien. Als er auf seiner Galeere mit dreiundzwanzig Ruderbänken nach Capo Passero unterwegs ist, sieht er eine Handelsfregatte und fängt an, sie zu verfolgen. Doch er gerät in einen Hinterhalt von zwei verdammten Galeeren der Malteser unter dem Kommando des berühmten Romegas. Die Malteser sind in der Überzahl, Cociuc wendet und flieht, aber die beiden verfolgen ihn die ganze Nacht und noch am nächsten Morgen. Schließlich bricht der Mast seiner Galeote, und was tut Cociuc? Er wendet noch einmal, wirft sich gegen die nächste maltesische Galeere und entert sie. Männer, das ist Mut! Schreiend, eine Pike in der Hand, klettert er auf die Galeere, doch sie schießen sofort. Er fällt mitten zwischen die maltesischen Ruderer, die ihn mit den Zähnen zerreißen, sodass vom ganzen Cociuc am Ende nur ein, zwei Stückchen übrigbleiben.«

Die letzte Information verdarb uns den Appetit.

»Hier sind wir in den Gewässern der Toskana«, hub Kemal wieder an, »wo vor vier Jahrhunderten, als Genua und Pisa sich gegenseitig ausbluten ließen, Guglielmo il Porco umherfuhr, der Alptraum der Pisaner, ein Korsar, der Schiffe enterte wie ich mir die Haare am Arsch kratze, und immer als Erster auf das feindliche Schiff sprang, mit bloßen Händen.«

»Pirat, pass auf, wie du dich ausdrückst«, tadelte ihn Schoppe mit einem Blick auf Barbello und dich, die ihr beide erbleicht wart bei den grausamen Schilderungen und groben Worten.

»Warum denn? Das sind doch keine Weiber ... ach so, ich verstehe, verzeiht!« Er lachte dreckig. Er beleidigte die Kastraten und damit auch dich. Ich warf ihm einen flammenden Blick zu, und er verstummte.

»Unser guter Secretarius kann offenbar recht effizient sein, wenn es nottut«, bemerkte Guyetus, während Barbello mich dankbar anblickte, wie mir schien.

»Aber niemand hat je so viel Mumm bewiesen wie der einzige Kommandant, den ich so gut kenne wie mich selbst: Ali Ferrarese«, fuhr Kemal in gemäßigterem Ton fort. »Als die Schiffe des Vizekönigs von Neapel seine Galeote aufbrachten und er erkannte, dass es zu Ende war und man ihn gefangen nehmen würde, stürzte er mit einer Fackel in die Pulverkammer, um das ganze Schiff explodieren zu lassen und sich selbst auch, denn die Freiheit ist wichtiger als das Leben. Doch gerade in dem Moment kamen zwei Männer des Vizekönigs, die wussten, wozu er fähig war, und hielten ihn auf.« Dann fügte er hinzu, die Augen weit aufgerissen und die Stimme gesenkt, als würde er uns ein großes Geheimnis anvertrauen: »Keiner, vergesst das nicht, keiner hat je so viel Mut gehabt wie dieser Bastard Ali Rais, und ich soll verflucht sein, wenn es auf dieser Seite des Grabens jemanden gibt, der den Tod so verachtet wie er.«

»Was mag aus dem Mädchen geworden sein?«, fragtest du, um das Thema zu wechseln.

»Muchacha andar in foresta und trovar Fungus, aber Fungus zu groß et muchacha hat viel Arbeit, haha.« Mustafa lachte herzhaft über seinen obszönen Witz.

»Sei still oder ich bring dich um!«, knurrte der Statthalter und stieß seinem Kumpan mit dem Ellenbogen in den Bauch.

Ein weiterer Donnerhall, vom gespenstischen Licht des Blitzes angekündigt, setzte der Diskussion ein Ende und überzeugte die ganze Gruppe, dass es höchste Zeit zum Schlafen war, wenn wir bei Tagesanbruch zur Torre Vecchia zurückkehren wollten. Während der Verzehr der Kaninchen zunächst alle heiter gestimmt hatte, war die Fröhlichkeit durch Kemals unheimliche Geschichten, in denen seine Korsarenfreunde sich dank ihrer blutgierigen Kühnheit stets als Sieger aufspielten, gründlich verflogen.

Ein jeder zog wieder seine Kleider und Mäntel an, die unterdessen am Kaminfeuer getrocknet waren, und legte sich mit einer der Decken, die wir oben im Schrank gefunden hatten, auf den Boden. Unsere Gruppe zählte zehn Personen, und das Haus des Mädchens war recht klein, doch wenn man ein wenig zusammenrückte, fand jeder mit etwas gutem Willen ein Lager für die kurze Nacht, die uns bevorstand. Das einzige Bett im Obergeschoss wurde Schoppe aus Altersgründen und seiner nunmehr angeschlagenen Gesundheit wegen zugestanden, doch zuvor mussten die klamme Matratze und die Decken mit einem Bettwärmer aufgewärmt werden. Die anderen richteten sich in der Küche ein, wo noch die laue Wärme des erlöschenden Feuers herrschte. Du rücktest natürlich eng mit Barbello zusammen. Ich bemerkte, dass ihr euch ein verborgenes Eckchen unter der Treppe zum Obergeschoss erobert hattet. Um den Weg zwischen euch und der Küche zu versperren, hatte sich Malagigi, der inzwischen der Schutzgeist eurer sodomitischen Begierden war, auf die Schwelle gelegt. Ein feiner Lehrer, knurrte ich in mich hinein. Barbello fing meinen scheelen Blick auf und warf mir ein unergründliches Lächeln zu. Kemal blies die letzte Kerze aus.

Erschöpft wie Maultiere und erschlafft vom Wein, gaben wir uns, nachdem wir einander eine Art Gutenachtgruß zugemurmelt hatten, einer tiefen Betäubung hin. Ich für meinen Teil fühlte mich wie vergiftet von dem Gedanken an das, was du und dieser lasterhafte Barbello jetzt wohl bereits unter der Treppe begonnen hattet, und während ich mich zusammenrollte, betete ich, der Himmel möge mich im Schlaf vernichten und mich in die Hölle werfen, weil ich dich in den Abgrund des widernatürlichen Lasters gestoßen hatte. Denn dass die Großherzöge dich seit dem Kindesalter gegen deinen Willen und gegen deine Neigung missbrauchten (unser lieber Herr Jesus würde dich im Himmel für das erlittene Martyrium entschädigen), war etwas anderes als bei Barbello, bei dem ich dich freiwillig sehr aktiv gesehen hatte! *Mea culpa, mea maxima culpa*, seufzte ich leise.

Noch immer in der klebrigen Umklammerung dieser Gedanken befangen, hörte ich nach einer guten Weile ein Geräusch: ein Niesen, mühsam unterdrückt.

Ich öffnete die Augen und erblickte Naudé, der über das Bündel des auf der Türschwelle schlafenden Pasqualini gestiegen war und nun die Treppe hinaufging. Die Gestalt des Bibliothekars wurde von der Kerze erhellt, die er bei sich trug. Die Erkältung, die er sich im Regen geholt hatte, hatte ihn verraten.

Ohne mich zu rühren, beobachtete ich, wie er auf Zehenspitzen die Treppe hinaufstieg. Dort oben schlief Schoppe. Der Regen war weniger heftig als zuvor, und die Latrine befand sich vor dem Haus. Wenn Naudé ein körperliches Bedürfnis drängte, hätte er hinausgehen müssen.

Noch immer wie eingegipst in meiner Pose eines Schlafenden,

spitzte ich die Ohren. Keine Stimme, kein leises Flüstern ließ sich vernehmen, nur das friedliche Schnarchen unserer Gruppe. Ich erhob mich, huschte mit schlangenhafter Wendigkeit an Malagigi vorbei und schlich leise zur Treppe, nicht ohne einen Blick unter die Stufen zu werfen, wo du und Barbello im Dunkeln fest schliefet. Es genügte jedoch, einen Zipfel der Decke zu heben, um darunter die Spuren dessen zu gewahren, was ihr soeben getan hattet.

Dann folgte ich Mazarins Bibliothekar die Treppe hinauf. Als ich über die letzte Stufe hinausblicken konnte, sah ich ihn in das Zimmer eindringen, wo der Schrank stand, aus dem er auf meinen Rat hin eine Wolldecke geholt hatte. Ich sah, wie er den Schrank erneut öffnete, sorgsam bedacht, kein Geräusch zu machen. Er blickte kurz hinter sich. Dann kramte er auf dem Schrankboden unter eben jenem kleinen Stapel Decken, den ich dort entdeckt hatte.

Er zog ein paar Blätter hervor, warf noch einmal einen wachsamen Blick um sich und setzte sich dann auf den Boden.

Ich konnte mich nicht mehr zurückhalten. Ich musste es wissen und beschloss, mich zu erkennen zu geben.

»Um diese Zeit noch wach?«

Naudé fielen vor Schreck die Blätter aus der Hand.

»Es tut mir leid, ich wollte Euch nicht stören, aber ich habe das Licht gesehen …«, erklärte ich.

Naudé rang mühsam nach Atem.

»Kein … keine Ursache«, sagte er mit hauchdünner Stimme, »aber ich bitte Euch, kündigt Euch beim nächsten Mal mit einem leisen Geräusch an, mit einem Husten vielleicht.«

Ich kam näher und betrachtete die Papiere, die er wieder einsammelte.

»Ich glaube, ich habe eine interessante Entdeckung gemacht«, sagte er mit tonloser Stimme.

»Ach, wirklich?« Bei diesen Worten stieß ich versehentlich an einen Krug, der auf einem Schemel stand, worauf der Krug zu Boden fiel und zerbrach.

»Seid doch vorsichtig, verflixt! Wollt Ihr alle aufwecken?«, zischte Naudé außer sich.

Ich bat ihn demütig um Vergebung für meine Unvorsichtigkeit. Der Bibliothekar spitzte die Ohren, aber niemand schien aufgewacht zu sein. Er reichte mir die Blätter.

Das erste war ein Stück Papier, das genauso aussah wie jenes, das Naudé zusammen mit der Inselkarte in der Torre Vecchia gefunden hatte. Nur las man hier statt des Buchstabens f ein anderes Zeichen:

»Ich vermute, dahinter steckt das Mädchen«, sagte ich. »In der Torre Vecchia hat sie die Karte und das f hinterlassen, hier finden wir ein s. Natürlich ist noch nicht klar, warum.«

»Ihr habt recht, Signor Secretarius, das hat sicher mit der wunderlichen Frau zu tun«, sagte Naudé leicht enttäuscht.

Die Karte, die Naudés blühende Phantasie zunächst mit Philos Ptetès verbunden hatte, brachte ihn jetzt zu dem weit weniger interessanten Mädchen aus der Festung zurück.

Aber es gab noch viel mehr. Naudé zeigte mir die anderen Funde: einen Stapel dicht beschriebener Blätter.

»Es ist dieselbe Handschrift wie auf dem Zettel mit den Notizen über Lykurg, den wir im Turm gefunden haben«, stellte ich fest.

Naudé nickte schweigend.

Das Dokument begann mit einer Art detailliertem Index von Zitaten antiker Historiker, dem einige bissige Bemerkungen vorausgingen. Ungewöhnlich war, dass der Autor von sich in der dritten Person sprach. Er verbarg sich hinter dem Pseudonym Orestes, einem Namen, den er sogar auf Altgriechisch geschrieben hatte.

NOTIZ

Darin die Historiker der Antike sich erneut blamieren.

Ὀρεστής ist überzeugt, dass die Menschheit, wenn sie nicht so dumm, das heißt, leichtgläubig wäre, den Druckern nicht so schnell auf den Leim gehen würde. Die antiken Schriftsteller erwarben bei der Nachwelt so großes Ansehen, dass das *ipse dixit* fast zu genügen scheint. Dieser oder jener große Autor hat dies oder jenes gesagt, also ist es wahr und man forsche nicht weiter nach. Und so werden ihre GOTTESLÄSTERUNGEN oder Lügen, die nach Rache vor dem Herrn schreien, bewundert, zitiert und transkribiert, um bei den Schwachköpfen der Nachwelt großes Erstaunen hervorzurufen.

Außerdem gibt es unzählige Menschen, die, wie Seneca sagte, *more pecundum, quo itur, non quo eundum est* leben und handeln, also wie die Schafe, die dorthin gehen, wo alle hingehen, nicht dorthin, wohin man gehen sollte.

Andererseits kann Ὀρεστής kaum glauben, dass jene antiken GOTTESLÄSTERER wirklich dachten, die Nachwelt würde ihre GOTTESLÄSTERUNGEN schlucken. Diese Geschichtchen erscheinen mir eher wie absichtliche Scherze von jemandem, der sich einen Spaß daraus gemacht hat, sie mit akademischem Ernst zu erzählen und mit wohlklingenden Autorennamen zu versehen, wie Herodot oder Livius, von denen vielleicht nur der zehnte Teil dessen, was wir haben, echt ist, oder vielleicht gar nichts. Ein paar kleine Beispiele:

- Nach Cicero sind die Völker, die an den Wasserfällen des Nils wohnen, allesamt taub.

- Nach Herodot riss Demokrit sich die Augen aus, um besser nachdenken zu können, wie einige sagen, oder um den Frauen nicht mehr nachzuschauen, wie andere sagen.

- Nach Herodot trockneten die Flüsse aus, wenn der König Xerxes mit seinem riesigen Heer hindurchzog.

- Nach Valerius Maximus zerschnitt der wunderschöne Jüngling namens Spurina sich selbst das Gesicht, um die Frauen nicht zu unsittlichen Gedanken und Taten zu verführen.

- Nach Plutarch, Valerius Maximus und Velleius Paterculus hielt Marc Anton mit seiner Redegabe die Soldaten zurück, die ihn töten sollten, während Hegesias andere Soldaten dazu brachte, sich selbst zu töten.

- Nach Diodor legen sich in Korsika die Männer anstelle der Frauen ins Bett, nachdem diese entbunden haben, und in Ägypten führen Frauen die Geschäfte, und ihre Ehemänner weben.

- Nach Pomponius Mela gab es Völker, die anfangs nicht wussten, was Feuer ist, dieses umarmten und an ihrem Busen bargen.

- Nach Titus Livius und Valerius Maximus wurden die Konsuln und Diktatoren von Rom vom Feld weg, wo sie mit Hacke und Pflug arbeiteten, in die Regierung gerufen.

- Nach Plinius biss der Philosoph Anaxarchos sich die Zunge ab und spuckte sie dem Tyrannen ins Gesicht.

- Nach Plutarch und Diodor hinkte der König der Äthiopier, weshalb all seine Freunde auch hinkten.

- Nach Plinius, Strabo, Arian und Pausanias gibt es Bäume, die so groß sind, dass zehntausend Männer im Schatten eines einzigen Baumes stehen können.

- Nach Herodot, Aelianus und Plinius verliebten Männer sich in Bäume, und zwar besonders in eine Buche und eine Platane.

- Nach Paulus Diaconus bildete das Blut der Toten während einer Schlacht zwischen Aëtius und Attila einen so breiten Strom, dass er die Leichen mit sich fortriss.

- Nach Seneca ließ ein König von Persien den Bewohnern einer ganzen Stadt die Nasen abschneiden.

- Nach Titus Livius, Plutarch, Dionysios von Halikarnassos, Valerius Maximus, Silius Italicus, Plinius und Seneca kehrten die zehn römischen Jungfrauen, die dem König Porsenna als Geiseln geschickt worden waren, unter der Führung von Clelia durch den Tiber schwimmend nach Rom zurück.

- Nach Valerius Maximus, Emilius Probus, Plutarch und Athenaios war der athenische Hauptmann Cimon so großzügig, dass er die Hecken um seine Besitztümer abreißen und alle Wachen abziehen ließ, sodass jedermann hineingehen und sogar am Tisch des Hausherrn essen konnte.

- Nach Plinius, Plutarch und Aelianus lachte und weinte der große Feldherr Phokion niemals und ging immer unbekleidet.

- Nach Plinius, Ammianus Marcellinus, Minucius Felix, Plutarch und Valerius Maximus bekamen die Perser ihre Kinder nicht zu Gesicht, bevor diese nicht dem Kindesalter entwachsen waren, und die Gallier sahen ihre Kinder nicht vor dem Abschluss ihres Jünglingsalters.

- Nach Plinius lebte Maecenas drei Jahre ohne zu schlafen, und bei Diogenes Laertius und Plutarch schlief Epimenides fünfzig Jahre (was auch Genebrardus glaubte, ein angesehener Autor unseres Jahrhunderts).

- Nach Athenaios und Plutarch, die darin von Tacitus, Velleius Paterculus, Clemens Alexandrinus und Ausonius unterstützt werden, trafen Gesandte der Sanniten den großen Hauptmann Romanus M. Curius beim Kochen von Rüben an, und er soll auch nie etwas anderes gegessen haben als Rüben.

- Nach Valerius Maximus starb der Dichter Aischylos an einem Adler, der eine Schildkröte auf seinen Kopf fallen ließ.

- Nach Plinius gibt es eine Stadt, wo dreihundert Nationen verschiedener Sprachen zusammenleben, und bei Dion Chrysostomos eine andere, deren Einwohner allesamt Wirte waren.

- Nach Seneca, Diogenes Laertius und Aulus Gellius schwiegen die Schüler in der Schule des Pythagoras fünf aufeinanderfolgende Jahre lang.

- Nach Plinius und Valerius Maximus starb Anakreon an dem Saft einer Rosine und der Senator Fabius an einem Haar in der Milch.

- Nach Titus Livius, Herodian, Junianus, Strabo, Plutarch und Paulus Orosius siegten die Römer oder andere in vielen Schlachten, bei denen die Feinde zu Tausenden starben, auf ihrer Seite aber niemand oder sehr wenige.

- Nach Dionysios von Halikarnassos, Plutarch, Valerius Maximus, Seneca und Lucius Florus hielt Gaius Mucius Scaevola freiwillig seine eigene Hand ins Feuer und ließ sie verbrennen.

- Nach Claudianus, Plutarch und Firmianus Lactantius schuf Archimedes eine Glaskugel mit den Bewegungen aller Himmelskörper.

- Nach Pausanias war die Welt einst ohne Getreide, und nach Plinius war Rom 580 Jahre lang ohne Bäcker.

- Nach Plinius leiteten die wohlklingenden, berühmten Nachnamen der römischen Patrizier sich von Bohnen, lateinisch *fabae* (die Fabier), von Linsen, lateinisch *lentes* (die Lentuli), von Ziegen, lateinisch *caprae* (die Caprari) und von Schweinen, lateinisch *porculi* (die Porzii) ab.

- Nach Claudianus prüften die Germanen, ob ihre Kinder legitime Nachkommen oder Bastarde waren, indem sie sie auf einem Schild in den Rhein setzten, und laut Aelianus steckten die Libyer sie zu demselben Zweck in Fässer voller Schlangen.

- Nach Diodorus Siculus gaben die Mütter auf den Balearen ihren Kindern nichts zu essen, wenn diese es nicht vermochten, mit der Schleuder ein Stück Brot vom Tisch zu schießen oder es zumindest zu treffen.

- Nach Aristoteles gab es bei den Liguriern höchst geschickte Schleuderschützen, die, wenn sie einen Schwarm Vögel erspähten, untereinander wetteten, dass sie diesen oder jenen bestimmten Vogel abschießen könnten. Auch Athenaios, Macrobius, Justin der

Märtyrer und andere sagen, dass Aristoteles zu GOTTESLÄSTERUN-GEN neigte.

- Nach Dionysios von Halikarnassos wurden Romulus und Remus von einer Wölfin gesäugt, und nach Justinus Kyros, dem König der Perser, von einer Hündin.

- Nach Titus Livius zogen 306 Fabier, also Männer desselben römischen Adelsgeschlechts, allein in den Kampf gegen die Einwohner von Vejo, und alle starben in der Schlacht, sodass von diesem Geschlecht nur ein kleiner Junge überlebte.

- Nach Titus Livius regnete es einst allerlei sonderbare Dinge, besonders Steine, doch auch Milch, Blut, Fleisch und Wolle. In der Gegend um Piceno soll es drei Tage hintereinander Steine geregnet haben. Nach Athenaios hingegen sollen ebenfalls drei Tage lang Fische vom Himmel gefallen sein. Und nach Plinius Felsbrocken. Nun sagte Titus Livius, »es sei den antiken Autoren gestattet, menschliche mit göttlichen Dingen zu vermischen, um die Ursprünge der Stadt erhabener zu gestalten.« Und was ist ihm gestattet? Die wirkliche Geschichte mit Lügenmärchen zu vermischen, um uns alle für dumm zu verkaufen? Oder um sich auf Kosten der Nachwelt einen Spaß zu erlauben?

- Nach Plinius warfen die Tarquinier so viel Stroh, Stoppeln oder Ähren vom Feld in den Tiber, dass daraus eine Insel entstand. Und ähnliche Geschichten von anderen Inseln erzählen Pausanias, Cassius Dio, Titus Livius, Dionysos von Halikarnassos und Strabo.

- Nach Tacitus erhob sich der Po bei einem Erdbeben wie ein Bogen, sodass die Menschen unter ihm hindurchgehen konnten.

- Nach Athenaios und Seneca pflegten von den beiden Philosophen Demokrit und Heraklit der eine stets zu lachen und der andere stets zu weinen.

- Nach Seneca, Athenaios und anderen schrieben die Philosophen sehr viele Bücher, und besonders einem von ihnen wurden die Finger über dem Schreiben verkrüppelt. Allein über den Zylinder soll Epikur dreihundert Bände geschrieben haben (und ich frage mich: warum zum Teufel drehten Epikurs Gedanken sich andauernd um den Zylinder?). Chrysippos soll siebenhundert Bücher geschrieben haben, Kidemus der Grammatiker dreitausendfünfhundert nach Athenaios und viertausend nach Seneca. Origenes soll sechshundert und Trismegistos 36500 verfasst haben. Wenn das wahr wäre, hätte er mindestens hundert Jahre alt werden und vom Tag seiner Geburt an mehr als ein Buch pro Tag schreiben müssen.

- Nach Aelianus war Scipio so genügsam und mit so wenig zufrieden, dass er niemals etwas kaufte oder verkaufte.

- Nach Plutarch durften die Frauen Ägyptens keine Schuhe tragen, damit sie nicht umherstreiften, sondern zu Hause blieben.

- Nach Valerius Maximus und anderen Historikern waren in Rom viele berühmte Herrscher und Heerführer überaus arm und nagten am Hungertuch: Agrippa Menenius Lanatus soll so arm gewesen sein, dass bei seinem Tod in seinem Haus kein Geld für das Begräbnis gefunden wurde, ebenso soll es bei Attilius Regulus, Cinncinatus, Fabritius und Quintus Aemilius Papus, Aelius Tubero und Scipio gewesen sein.

- Nach Titus Livius stürzte sich der berittene Soldat Marcus Curtius für das Wohl des Vaterlands in einen Spalt, der sich auf einem Platz aufgetan hatte.

- Nach Herodot ließ ein ägyptischer König alle Frauen verbrennen, und nach Plinius lebte das Volk der Essener ganz ohne Frauen.

- Nach Cicero, Diogenes Laertius, Gellius, Velleius Paterculus, Plinius, Plutarch, Macrobius, Aelianus, Valerius Maximus und vor allem Seneca gab es Männer, die ihr ganzes Leben lang in völliger Freiheit von Leidenschaften, in Apathie und stoischer Ruhe lebten.

- Nach Pausanias blieb Griechenland einst neun Jahre lang ohne Regen, und alle Flüsse trockneten aus.

- Nach Celius Historicus, der von Titus Livius zitiert wird, ließ das Heer des Scipio, als es durch Afrika zog, mit seinem Geschrei alle Vögel, die in der Luft flogen, zu Boden stürzen.

- Nach Aelianus gibt es in Sardinien Ziegen mit Häuten von solcher Art, dass jene, die sich darin kleiden, je nach Belieben Wärme oder Kühle zu jeder Jahreszeit empfinden.

- *Dulcis in fundo*, die GOTTESLÄSTERUNG, die alle übertrifft: Cäsar hielt nach eigener Auskunft, als er schwimmend nach Ägypten floh, in einer Hand seine *Commentarii*, um sie in Sicherheit zu bringen.

- Und jetzt frage ich mich: Ist dieses antike Rom, dieses Babylon gotteslästerlicher Lügner, wirklich dieselbe von Vergil besungene, verehrungswürdige Urbs, welche »das Imperium der gesamten Oberflächen der Erde gleichmachte und die Seelen zum Olymp erhob«?

Beim Lesen musste ich meine Heiterkeit zügeln. Der Aberwitz der Historiker und ihrer Gotteslästerungen, wie der anonyme Verfasser dieser Seiten ihre Erfindungen nannte, hatte mich langsam anschwellen lassen, wie den Frosch in der berühmten Fabel.

»Habt Ihr zufällig eine Idee, wer dieser eingangs erwähnte Orestes, der Verfasser dieser Schrift, sein könnte?«, fragte ich Naudé mit Tränen in den Augen, wegen der Lacher, die ich unterdrücken musste, um unsere Gefährten nicht zu wecken.

»Orestes? Nein, keine Ahnung«, antwortete er verwirrt und von meiner Heiterkeit mitnichten angesteckt.

Mir blieb keine Zeit mehr zum Weiterlesen. Im Erdgeschoss hörte man das Schlagen einer Tür, dann ein Gepolter und schließlich den wilden Schrei einer bekannten Stimme:

»Hunde, Räuber, Möööörder! Meine armen Tiere!«

DISKURS XL

Darin man nur durch ein Wunder dem sicheren Tod entrinnt.

Gleich darauf ertönten einige entsetzliche Schläge, das Geräusch zerbrechenden Glases und umherfliegender Scherben, die auf dem Boden zersplittern, der unverwechselbare Ton von Holz, das nachgibt und zerbirst, und schließlich verbreitete sich der beißende Geruch brennenden Pechs.

»Nein, das nicht!«, hörte ich Barbello schreien, und dann den Widerhall eines Handgemenges, vielleicht eines Zweikampfes.

Wir stürzten die Treppe hinunter. Noch auf den Stufen wurde uns klar, was geschehen war: Das Mädchen war nach Hause zurückgekehrt, und was sie jetzt vorhatte, hätten wir uns bei unserer Begegnung in der Torre Vecchia nie vorstellen können. Vor dem Haus musste sie ihre Tiere gefunden haben, oder besser das, was davon übriggeblieben war: Felle und Innereien. Von Wut entbrannt, offensichtlich der Wut einer Wahnsinnigen, war sie in das Häuschen gestürzt und wollte uns teuer bezahlen lassen.

In der Küche verbreiteten sich schon Flammen und Rauch, denn das Mädchen hatte Pech auf dem Boden ausgegossen und mit ihrer Laterne angezündet. Die klebrige schwarze Flüssigkeit hatte sich brennend unter dem Tisch ausgebreitet, die Flammen hatten eine Decke und einen Stoß trockener Zweige und Stroh neben dem Kamin erfasst. Schon war das Atmen in dem Raum unmöglich, Hustenreiz und tränende Augen verwehrten einen Überblick über die Lage. Die Tür stand offen, einige von uns hatten sich gewiss bereits ins Freie geflüchtet.

Die junge Frau mitten in der Küche sah aus wie eine Gottheit der Hölle: die Augen weit aufgerissen, die Bluse geöffnet, unter der man einen mageren Oberkörper, aber üppige Brüste erkannte, die Haare wirr wie das grässliche Haupt einer Gorgone, die Wangen von Blutspritzern und schwarzen Rußflecken gestreift. Das aufflackernde Feuer warf ein unheimliches Licht auf ihre ganze Gestalt. Eine solche Erscheinung hätte man nicht einmal auf einer Theaterbühne geboten bekommen.

In einer Hand hielt sie den blutigen Kadaver des letzten Kaninchens, das noch nicht im Ofen gelandet war, in der anderen schwang sie eine schwere Gartenhippe, die sie gegen einen kleinen, an der Wand hängenden Wandschrank schmetterte, worauf dieser zu Boden fiel und aus einem seiner beiden Türen seinen gesamten Inhalt an Gefäßen und Tellern ausspuckte, die am Boden zerschellten. Der nächtliche Überraschungsangriff war erfolgreich gewesen: Selbst wenn wir das Mädchen zur Vernunft bringen konnten, war es unmöglich geworden, als Gäste in ihrem Häuschen zu bleiben. Durch Flammen und Rauch spritzte das Blut des als Knüppel benutzten Kaninchens, mit dem das wie vom Teufel besessene Weib mal hier, mal dort zuschlug, eine unmäßige Kraft entfaltend, wie sie nur Verrückte besitzen.

»Komm weg von hier!«, schriest du und zogst deinen geliebten Barbello fort, der versuchte, sich dem Mädchen zu nähern, um ihr die Hippe aus der Hand zu nehmen. Die Wahnsinnige hatte wieder begonnen, die Waffe kreisend zu schwingen, auf der Suche nach einem menschlichen Schädel, den sie zerschmettern konnte.

»Gebt sie auf, hier brennt alles! Weg, sofort weg!«, brüllte Kemal, der von wer weiß woher aufgetaucht war und nun versuchte, den Ausgang zu erreichen, während die Flammen zusehends höher wurden. Der Barbareske stolperte jedoch über einen von der Hippe in Stücke geschlagenen Stuhl, vielleicht jenes Holz, das wir aus dem oberen Stockwerk bersten gehört hatten, hob einen Arm, um seinen Kopf zu schützen und versuchte den Flammen auszuweichen. Der Stuhl hatte bereits Feuer gefangen, die Polsterung aus trockenem Stroh knisterte.

»Halte ein!«, rief Barbello, der immer noch mutig versuchte, sich der schönen jungen Frau zu nähern, um sie zu entwaffnen, doch dann krümmte er sich unter einem Hustenkrampf, ausgelöst durch den dichten Rauch, der die kleine Küche erfüllte. Das Mädchen nutzte seine Schwäche und versetzte ihm mit ihrer grässlichen, schlaffen Keule, dem toten Kaninchen, einen kräftigen Schlag ins Gesicht.

Einen schauerlichen heiseren Schrei ausstoßend stach das Weib sodann mit der Hippe in ein brennendes Stuhlbein und wirbelte es durch die Luft, auf der Suche nach Haarschöpfen, die sie in Brand setzen konnte. Dann schlug sie die Hippe wie ein Beil in die Tischplatte. Das Holz ächzte unter dem entsetzlichen Schlag, Stücke des brennenden Stuhls flogen umher wie die Feuerzungen eines Vulkans.

»Wir müssen fliehen!«, hörten wir Schoppe schreien, der eben erst die Treppe heruntergekommen war.

In diesem Moment konnte Barbello die Umnachtete endlich von hinten packen. Er versuchte, sie festzuhalten, doch es war zu spät: Ein anderer Stuhl in seiner Nähe loderte plötzlich lichterloh auf, Barbello sprang zurück, das Mädchen entwand sich ihm und stürzte über den Tisch, der mit einem dumpfen Aufprall auf sie fiel. Dichter Rauch hüllte das grausige Bild ein.

»Raus hier!«, brüllte Naudé, und ich folgte ihm.

An seiner Seite warf ich mich zwischen die Flammen, zerbrochenen Möbel und Scherben jeder Art, und unbeholfen rückten wir bis zur Tür vor, ohne aufeinander zu achten. Die einzige Erleichterung des armen Secretarius war, zu sehen, dass du, Atto, aus einer Ecke hervorgekommen warst, in die du dich geflüchtet hattest und dich in Sicherheit brachtest, indem du statt durch die Tür durch eines der Fenster sprangst (ein schlaues Manöver, das deiner würdig war).

DISKURS XLI

Darin man das traurige Ende des Mädchens erleben muss,
auf der Suche nach einem Unterschlupf umherirrt und diesen
endlich durch Gottes Gnade findet.

Draußen war das Unwetter noch in vollem Gange. Nur die Erleichterung, dem Feuer entkommen zu sein, machte die Wasserwand erträglich, die unbarmherzig aus den Schleusen des Himmels auf uns herabstürzte.

Als wir uns von dem Häuschen entfernt hatten, stellten wir fest, dass die Verrückte (inzwischen konnte man sie nicht anders nennen) uns trotz ihrer unbezähmbaren Wut nicht nach draußen gefolgt war, um sich zu rächen. Alsbald verstanden wir warum: Eine riesige Flamme schoss mit einem Funkenregen aus der Tür heraus, worauf ein grauenhafter Schrei der jungen Frau folgte. Man meinte, durch die Tür ihrer kleinen Behausung noch einige Bewegungen zu sehen, aber es war als beobachtete man einen Teufel, der verzweifelt mit den Gräueln seiner höllischen Wohnstatt kämpft. Die Flammen wurden höher, und bald würden sie das ganze Haus einhüllen. Lag die junge Frau unter dem Tisch begraben, der auf sie gefallen war?

Alle standen wir wie gelähmt einer neben dem anderen, gebannt von dem entsetzlichen Schauspiel und gleichgültig gegenüber dem heftigen Regen, wie Marmorstatuen auf einem Friedhof. In Bächen strömte uns das Wasser über das Gesicht und tropfte uns vom Kinn herab wie die kalten Tränen des Staunens, die die Himmel vergießen, wenn sie den Niedergang der menschlichen Dinge betrachten.

»Was sollen wir tun?«, rief Barbello laut, um den prasselnden Regen zu übertönen. »Lassen wir sie hier krepieren?«

»Sie muss nicht unbedingt sterben«, entgegnete Kemal. »Wenn sie will, kann sie herauskommen und sich retten wie wir.«

»Aber der Tisch ist auf sie gefallen!«, protestierte dein geliebter venezianischer Kastrat.

Das Schicksal des liebreizenden Mädchens schien besiegelt: Aus dem Haus drang ein weiterer Schrei der Wut und Ohnmacht, dann hörte man ein unheimliches Knirschen und schließlich ertönte der Aufprall eines Deckenbalkens, der nachgegeben hatte. Bald würde das ganze Haus einstürzen. Nicht einmal der Platzregen schien die Wut des Feuers bändigen zu können. Der Statthalter versuchte, sich zu nähern, doch der schwarze Rauch, der aus Tür und Fenstern drang, trieb ihn zurück.

»Sie ist verrückt, aber wir können sie nicht einfach im Stich lassen!«, schrie Barbello wieder mit angstverzerrten Zügen.

Als müsste er Barbello widersprechen, ließ ein Donner von ohrenbetäubender Gewalt uns fast ohnmächtig werden. Auch wenn es eine Illusion war: uns schien, als habe die Kraft des Gewitters sich verdreifacht.

»Gehen wir«, sagte der alte Schoppe lakonisch, dessen Gesicht blass und eingefallen war.

Für unsere entkräftete, uneinige Gruppe wäre es ein schimärisches Unterfangen gewesen, im Regen und bei völliger Finsternis einen Weg durch den Wald suchen zu wollen. Doch der Herr in seiner unendlichen Güte erwies uns die Gnade, den Regen einzudämmen, und schon bald konnten wir auf festem Boden gehen, statt bis zu den Knöcheln durch den Schlamm zu waten.

Der Marsch durch die eiskalte Dunkelheit war dennoch eine Qual. Bei jedem Schritt zerkratzten uns die Zweige unsichtbarer Dornenbüsche Gesicht und Hände mit fast absichtsvoller Grausamkeit. Der verehrungswürdige Schoppe, der schon bald wieder auf Kemals Rücken saß, wurde noch stärker gepeitscht als wir und jammerte unaufhörlich.

»Als sie ins Haus kam, hat sie ihren Namen genannt«, sagte Hardouin plötzlich.

»Und wie heißt sie?«, fragte Naudé.

»Nummer Drei.«

Alle schwiegen wir verblüfft.

»Was soll denn das bedeuten?«, fragte der Statthalter.

»Als sie die Tür geöffnet hat, bin ich sofort aufgewacht und habe gerufen: Wer ist da? Und sie hat geantwortet: Ich bin's, Nummer Drei. Dann hat sie das Pech auf dem Boden ausgegossen und mit ihrer Laterne angezündet. Was danach geschah, wisst Ihr alle.«

»Sie ist vollkommen verrückt«, meinte der Korsar.

Nach einer guten halben Stunde torkelnden Vorankommens und vieler zweckloser Umwege mussten wir zugeben, dass wir uns verlaufen hatten. Wir standen vor einer Reihe Öffnungen in einer Felswand, die in unterschiedlich große Höhlen zu führen schienen, feuchte Grotten, ins Gelände gegraben und, wie von Waldgöttern hergerichtet, mit Zweigen, faulendem Laub und anderen forstlichen Bequemlichkeiten gepolstert. Der gute Vergil hätte hier vielleicht eine amouröse Zusammenkunft von Aeneas und Dido spielen lassen. Sofort verteilten wir uns auf diese Grotten, betasteten das Innere unserer gesegneten Nester mit den Händen, Füßen, ja mit dem Rücken und legten uns ergeben hinein, ohne uns noch miteinander abzusprechen. Am lauten Schnarchen erkannte ich, dass alle, mehr oder weniger unbequem liegend, trocken oder durchnässt, trotz der Kälte augenblicklich in den blindesten, wehrlosesten Schlaf gefallen waren, den die Natur kennt, und jetzt mochte das Mädchen ruhig kommen, um uns mit ihrer Hippe die Kehle durchzuschneiden, wenn sie nur keinen Lärm machte.

Ich kroch allein in die kleinste der Grotten, wie ein Wurm, der es sich im ersten Apfel bequem macht, zu dem das Schicksal ihn führt.

DISKURS XLII

Darin man in höchst liederlicher Weise erwacht.

Nach wer weiß wie langer Zeit fand ich mich in meinem Bett in Pistoia wieder, wo eine angenehme milde Wärme meinen armen schlafenden Leib umfing. Diese seraphische Wärme verströmte meine Gemahlin, die lächelnd neben mir lag. Glücklich, sie wieder umarmen zu dürfen, nachdem ich, *Deo gratia*, den Korsaren und dem Schiffbruch entkommen war (doch wer hatte mich nach Hause zurückgebracht?), suchte ich ihre Lippen. Mein Gesicht streifte ihre nackten, warmen Brüste, die prall waren wie zu der Zeit, als sie unsere Kindchen gestillt hatte, und ich versenkte Hände und Zunge in diese Hügel und Täler, während ihre Hände meinen Körper erforschten, den Wust der Kleider überwanden und sich schließlich um mein Glied legten. Sanft führten sie es zum mütterlichen Bauch, dann zu ihren glühendheißen Schenkeln und schließlich in die unergründlichen, waldigen, nachgiebigen Tiefen dazwischen. Ich unterschied nicht mehr zwischen mir und meiner Geliebten, und während ich mich und sie heftig wiegte, genoss ich dieses Bild in süßer Unbewusstheit und vergoss selig noch einmal jenen Samen, der uns schon so viele Kinder geschenkt hatte.

»Psst!«

Der leise Laut, der mir, begleitet von einem unterdrückten Lachen, ins Ohr gehaucht wurde, ließ mich auffahren.

In der Dämmerung, die dem Morgen vorausgeht, riss ich die Augen auf. Zwei weiche Hände lagen auf meinem Mund, sie hatten vor wenigen Minuten die hörbaren Auswirkungen meiner Lust gedämpft. Ein Schatten stieg von meinen Lenden, auf denen er bis jetzt gethront hatte, und setzte sich neben mich. Ich spürte, dass mein schlaffes, befriedigtes Glied der kalten Luft ausgesetzt war. Erst in dem Moment war ich sicher, dass es kein Traum gewesen war, ich hatte mich wirklich mit diesem körperlosen Bild begattet. Vor Entsetzen verstummt, versuchte ich, ihre Formen zu erkennen. Dies war nicht Pistoia, ich befand mich noch immer auf einem Lager aus Laub in einer Höhle auf einer Insel im Toskanischen Meer.

Flink wie eine Eidechse richtete auch ich mich auf und betastete bestürzt meine geöffneten Hosen, die nackte Scham.

»Es war ein Vergnügen, Eure Bekanntschaft zu machen. Ein wirkliches Vergnügen«, hörte ich eine vertraute Stimme sagen. Meine Ohren erkannten sie, kein Zweifel, es war Barbellos Stimme.

Meine Überraschung war grenzenlos. Verzweifelt schlug ich die Hände vors Gesicht, mir war, als stürzte ich in einen Abgrund: also hatte ich mich, während ich von meiner Gemahlin träumte, mit diesem lasterhaften Wesen vereinigt? Ich musste von einer ganzen Legion unflätiger Geister besessen sein! Mir blieb wahrlich nichts anderes übrig, als mich ins Meer zu stürzen und zu ertrinken wie die vom Teufel besessenen Schweine in der Bibel!

Doch bevor ich meinem unwürdigen Leben ein Ende setzte, würde ich diesen feisten, entarteten Zwerg Barbello mit mir ins Verderben reißen, diesen kleinen Kastraten, der nicht ohne Grund in der sündigsten Stadt der Welt nach dem Florenz der Medici geboren wurde: Venedig, diesem Hurennest!

Zum Himmel betend, er möge wenigstens ein einziges Mal die Zeit zurückdrehen oder mir vergeben, weil ich nicht gewusst hatte, was ich tat, biss ich mir in die Hände. Da riss Barbello, mich überrumpelnd, meine Hand an sich und presste sie mit Macht zwischen seine Beine. Unwillkürlich öffneten sich meine Finger, tasteten sich vor, erkundeten, und mein Mund öffnete sich vor Staunen, während meine Augen, die sich in der aschgrauen Dämmerung endlich geöffnet hatten, einen wohlgeformten Busen erblickten, und der angebliche Kastrat mit einem leisen, lüsternen Lachen den lockigen Schopf nach hinten warf. Dabei bewegte er mehrmals den Unterleib, sodass meine Fingerglieder endgültig in den Tiefen seiner Scham versanken, damit ich nicht länger zweifelte: Barbello war kein Mann und noch weniger ein Kastrat.

Ich zog die Hand aus dieser unbekannten Vulva, die noch feucht war von den Säften, die ich kurz zuvor dort vergossen hatte, während mir träumte, ich gäbe mich meiner Frau hin.

Das Weib, das sich hinter der Verkleidung eines venezianischen Kastraten verbarg, begann, seine großen Brüste mit breiten Binden zu umwickeln.

»Jetzt kennt auch Ihr mein kleines Geheimnis. Seid Ihr zufrieden?«, fragte sie, ohne mich anzublicken.

»Wer seid Ihr?«, fragte ich bestürzt, ohne zu verstehen, was sie meinte. Ich knöpfte mir die Hosen zu und entdeckte darin die Seiten des geheimnisvollen Orestes, die an meinem unfreiwilligen Koitus teilgenommen hatten.

»Ich wollte nicht, dass Ihr noch länger mit meinem schönen Atto grollt«, erklärte sie, »gerade Ihr nicht, der ihn wirklich gern hat. Das habe ich sofort erkannt, als ich Euch beide am Hafen von Livorno sah. Dieser arme Junge hat niemanden sonst als Euch auf der Welt«, fügte sie mit ernster Miene hinzu, während ihre Brüste hinter dem festen Wickel verschwanden, und ihr Oberkörper das für Kastraten typische Aussehen eines aufgeblähten Brustkorbs annahm.

»Wer seid Ihr?«, wiederholte ich, noch immer fassungslos.

»Habt Ihr das immer noch nicht begriffen?«, wunderte sie sich, eine Haube über den Kopf ziehend, die ihren Lockenschopf versteckte, um dann die Perücke mit den glatten Haaren und den in die Stirn fallenden Fransen überzustülpen, die ihre Gesichtszüge entscheidend veränderte. Schließlich hängte sie sich ihren Sack über die Schulter.

Ich konnte nicht antworten, da wir eine Stimme am Eingang der kleinen Grotte vernahmen:

»Wollt Ihr bitte so freundlich sein, Signor Secretarius, mich einen Blick auf jenes Tagebuch werfen zu lassen?«

Es war der verehrungswürdige Schoppe, hellwach und in strammer Haltung, ein Frühaufsteher, wie alle alten Leute.

Barbello, oder wie auch immer dieses Weib wirklich hieß, verabschiedete sich mit affektierter Ehrerbietung, nachdem sie sich für ein leihweise überlassenes Taschentuch bedankt hatte. So bewahrte sie mich davor, von Schoppe eines sodomitischen Techtelmechtels verdächtigt zu werden.

Ich würde das Nachdenken über die verwirrende Entdeckung, die meine Hände und mein Geschlecht bei Barbello gemacht hatten, auf später verschieben müssen, ebenso wie weitere Nachforschungen über die weibliche Natur des venezianischen Kastraten, von welcher dieser Kuppler Malagigi gewiss auch unterrichtet war – und jetzt verstand ich auch sein Bemühen, dich und Barbello vor indiskreten Blicken zu verbergen! Schon verspürte ich eine erfrischende, unaussprechlich große Erleichterung bei dem Gedanken, dass deine leidenschaftlichen Umarmungen mit ihr, denen ich heimlich und voll bitterer Reue zugesehen hatte, nichts Widernatürliches besaßen. Um den Trost der Wahrheit zu erfahren, hatte ich freilich auf deinem eigenen Feld pflügen müssen. Noch drehte sich mir der Kopf ob dieses unerwarteten erotischen Beweises, und ich musste mich mächtig zusammenreißen, um Schoppe anzuhören, ohne weiter an jene gerissene Dame, die sich Barbello nannte, und an den raffinierten Hinterhalt zu denken, durch den sie mich besessen hatte.

»Woher wisst Ihr, dass es sich um ein Tagebuch handelt?«, fragte ich den Verehrungswürdigen, als wir allein waren.

»Haltet Ihr mich für einen Dummkopf?«, antwortete der betagte deutsche Herr. »Ich bin zwar alt, aber nicht taub. Ihr und Naudé, das heißt, mein Freund Gabriel«, verbesserte er sich und steckte kurz den Kopf aus der Höhle, um sich zu vergewissern, dass der Bibliothekar noch schlief, »habt gestern Abend, als ihr im Zimmer neben mir miteinander spracht, so viel Lärm gemacht, dass man euch bis Livorno hören konnte.«

Überrumpelt, denn es war meine Schuld, dass er beim Lärm des zerbrechenden Kruges aufgewacht war, konnte ich Schoppe den Gefallen, um den er mich gebeten hatte, nicht abschlagen.

Nachdem ich aufgestanden war und mir das Laub von Hose und Jacke geklopft hatte, entfernten wir uns auf den Rat des alten Deutschen, um nicht von den anderen gehört zu werden.

»Nun«, sagte er, als wir im dichten Wald standen, »kann ich die Seiten jetzt lesen, bevor dieser Prahlhans Gabriel aufwacht?«

Ich reichte sie ihm, und wir setzten uns auf zwei große Felsbrocken.

»Interessant … sehr interessant«, bemerkte er von Zeit zu Zeit. »Die Handschrift ist tatsächlich dieselbe wie auf den Notizen über Lykurg. Aber wer ist dieser Orestes?«

»Das scheint mir der Verfasser zu sein«, vermutete ich.

»Das habe ich auch begriffen. Ich wollte sagen: Orestes ist sicher ein Pseudonym. Wer verbirgt sich dahinter?« Schoppe las fieberhaft weiter.

Ich nutzte die Gelegenheit, um gemeinsam mit ihm die Seiten zu überfliegen und so die Lektüre zu vervollständigen, die ich wegen des Überfalls der armen Irren und unserer Flucht aus ihrem Häuschen hatte unterbrechen müssen.

Nach den Berichten von höchst zweifelhafter Echtheit und Wahrscheinlichkeit aus den Textsammlungen antiker Historiker folgte nun der Kommentar.

NOTIZ

Darin die gegenwärtige Lage hintangestellt wird und man hört,
wie der geheimnisvolle Orestes sein Urteil über die Historiker
der Antike und ihre Lügen abgibt.

• Cicero behauptet, dass die himmlischen Sphären bei ihren Bewegungen ein Geräusch erzeugen. Bei uns könne man es aber nicht hören, da unsere Ohren taub seien für seine Frequenz, und ohnehin sei das Gehör von allen Sinnen der gröbste und stumpfeste. Als Beispiel dienen ihm jene Völker, die an den Nilfällen leben und von dem Wasser, das dort herabstürzt, taub geworden sind. Ὀρεστής erscheint dies als eine so gewaltige GOTTESLÄSTERUNG, dass er selbst durch ihren übergroßen Lärm taub zu werden meint. Wie vermochten diese Völker denn Handel zu treiben und wie wurden sie regiert? Seneca scheint die Geschichte zu glauben und sagt zu Lucilius, dass es dort sogar eine Stadt gab. Warum aber sollen deren erste Bewohner sich dort angesiedelt haben? Gab es den Nil damals schon oder nicht? Gab es jenen tosenden Wasserfall schon oder nicht? Warum machten sie sich die Mühe, ausgerechnet dort eine Stadt zu erbauen? Oder bemerkten sie nicht, dass der Ort unbewohnbar war? Da diese tauben Nilbewohner von Natur aus taub waren, müssen sie auch stumm gewesen sein, also genossen sie jenes Gut, nach dem Seneca strebte, ein Leben in Ruhe und Frieden. Welch eine rechtschaffene Stadt, welch eine gut geführte Republik. Welch ein Unsinn.

• Herodot, der berühmte Historiker, Herodot, der von Cicero Vater der Geschichtsschreibung genannt wird. Herodot, der erste, wie Cicero sagt, der seine Historien korrekt verfasste, Herodot, den Dion Chrysostomos überaus schätzte, Herodot, der zu der Zeit des Xerxes lebte, behauptet als Historiker, dass Xerxes Heer so groß an Zahl war, dass die Flüsse austrockneten, wenn die Männer darin ihren Durst löschten. Herodot nennt sogar die Flüsse: Skamandros, Lisos und Klidoto und fügt hinzu, dass allein die Tiere dieses Heeres einen See in der Größe von 30 Stadien, also fast vier Meilen, leer tranken.

- Nach Valerius Maximus zerschnitt der wunderschöne Jüngling Spurina sich selbst das Gesicht, um Frauen nicht zu unsittlichen Gedanken und Taten zu verführen. Auch in der Toskana lebte einst ein Jüngling, der den Begierden jener Unglücklichen nicht willfahren wollte (ach, so maßvolle, so bescheidene Jünglinge gibt es heuer nicht mehr!). Was also tat er? Welch unerhörte Sittsamkeit! Wie unvergleichlich dieser Eifer! Welche einzigartige Seelenstärke! Er ritzte sich das Gesicht mit einem spitzen, scharfen Messer. Mögen die schönen Jünglinge unserer Zeiten dieses einzige Mittel erlernen, das sie gegen die Angst wappnet, von den Vätern und Gatten der jungen Weiber aufgeschlitzt zu werden! Was für ein närrischer Einfall! Schande über den, der ihn aufschrieb!

- Es gibt wohl keinen, der nicht, sobald er von ein wenig Wissen beleckt ist, tausende Male von jenen Orpheus, Amphion und Arion gehört und gelesen hätte, welche mit ihrem so süßen, erlesenen Gesang Ersterer die Tiere und Wälder, der Zweite sogar die Steine und Letzterer die Fische nach Belieben zu erregen und zu bewegen vermochten. Doch ebenso gibt es keinen, der so leichtgläubig und dumm wäre, derlei Geschichten nicht allesamt für Märchen der Dichter zu halten, welche damit auf die Redekunst eines ausgezeichneten Redners oder Sängers anspielen wollten. Ernsthafte Historiker vom Schlage eines Plutarch, Valerius Maximus und Velleius Paterculus aber wollen der Nachwelt weismachen, dass Marc Anton, der römische Redner, mit seinen wohlgesetzten Worten die wütenden Soldaten zurückhalten konnte, die ihn auf Befehl der grausamen Heerführer Mario und Cinna töten wollten. Wie schön, dass diese Soldateska ihm noch so viel Zeit ließ, seine lange, rhetorisch ausgefeilte Rede zu halten! Es ist schon sehr schwer zu schlucken, dass die Schlächter Marc Anton überhaupt ein paar Dinge sagen ließen. Nein, unseren seriösen Historikern zufolge waren diese Meuchelmörder so gutherzig und großzügig, dass sie lieber Marc Antons Geschichtchen anhörten als ihr Leben vor dem Zorn ihrer Befehlshaber zu retten, und mit dem Schwert in der Scheide unverrichteter Dinge abzogen. Und dies klingt noch wie eine kleine, eine halbe GOTTESLÄSTERUNG, wenn man liest, was Valerius Maximus und Plutarch schrieben, nämlich, dass der Redner Hegesias anderen Soldaten ihr zukünftiges Unglück so zungenfertig ausmalte, dass er sie zum Selbstmord trieb. Ach, wo sind solche Redner heute? Den Unsrigen fehlt eine derart überwältigende Redegabe, die ihre ist bescheidener und kann höchstens dazu überreden, die eignen Laster zu töten statt sich selbst. Freilich sind die besten Redner die Historiker selbst oder die, welche sie erfanden, da sie uns ihre GOTTESLÄSTERLICHEN und schimärischen Ammenmärchen auftischen konnten.

- Diodorus Siculus, jener Diodorus, von dem Justin der Märtyrer ein großes Loblied singt, schreibt, dass die Frauen Korsikas, nachdem sie ihr Kind neun Monate lang ausgetragen und es unter unerträglichen Schmerzen geboren haben, halb ohnmächtig und geschwächt von der Entbindung durch die Stadt wanken, während ihr Mann sich an ihrer Stelle ins Bett legt und sich mit guten Suppen und Kapaunen stärkt. Nun, und wer stillt das Neugeborene? Sie. Müsste er es dann nicht eigentlich tun? Und nun stellt euch die Besuche der Verwandten und Nachbarn vor! Wie geht es Euch, wie war es? Fragt meine Frau, wenn sie zurückkommt. ABSCHEULICHE GOTTESLÄSTERUNG!

- Ὀρεστής beschleicht mitunter der Verdacht, dass die antiken Autoren wie zufällig schrieben, aus purer Lust, irgendetwas aufzuschreiben, und dass sie gar nicht überlegten, was sie niederschrieben. Oder die antiken Autoren hat es nie gegeben. Andernfalls lässt sich nicht erklären, wie sie Gott weiß was für einen Unsinn verzapfen konnten.
Pomponius Mela schreibt von Völkern in Äthiopien, die stumm sind, weil sie entweder keine Zunge haben oder ihre Lippen zusammengewachsen sind. Zum Trinken dient ihnen eine Fistel unter der Nase, und wenn sie Hunger haben, essen sie Getreide, Linsen und Ähnliches Korn für Korn. Darum müssen sie scharren und picken wie die Hühner. Feine Völker sind das! Dieser unerträglichen GOTTESLÄSTERUNG fügt Pomponius Mela hinzu, dass jene Völker, bis ein gewisser Eudoxos ihnen das Feuer brachte, keinerlei Kenntnis davon hatten. Es gefiel ihnen aber so sehr, dass sie *uti amplecti etiam flammas et ardentia sinu abdere donec noceret maxime libuerit*, also es umarmten und aus Freude mit großer Lust an ihrem Busen bargen, und jenes *maxime libuerit* bedeutet nichts

anderes, als dass sie schließlich verbrannten. Und jenes *donec no-*
ceret, bis sie verbrannten, was zum Teufel soll das bedeuten? Kann
man etwa auch nur eine Sekunde standhalten, wenn einem eine
Fackel unter dem Gewand lodert? Ich gebe die Worte des Herrn
Mela wieder, damit niemand glaubt, ich, Ὀρεστής, würde dergleichen GOTTESLÄSTERUNGEN ersinnen, um meine Leser zum Lachen
zu bringen oder weil ich ein Feind der antiken Autoren bin.
Ὀρεστής dünkt, dass dieser Autor nicht im Geringsten bedachte,
was er schrieb! Und auch die Kopisten, die es überlieferten, Himmel Herrgott, haben sie denn nicht gelesen, was sie da kopierten?
Konnten sie der Welt die Beleidigung nicht ersparen, für so däm-
lich gehalten zu werden, dass sie derartige Hirngespinste glaubt?

- Von der Wiege an hören wir dieses Gerede zum Lob der guten Römer der Antike. Titus Livius erzählt von Cincinnatus, der von seinem kleinen Acker auf der anderen Seite des Tibers geholt wurde,
um Diktator zu werden und gegen die Sabiner und Aequer zu
kämpfen. Er erfüllte seine Pflicht aufs Beste, doch dann verzichtete
er auf das Amt und kehrte auf sein Äckerchen zurück. Mehr sagt
Livius nicht über ihn. Konnte er uns nicht ein bisschen mehr erzählen? Warum wollte ihn das ganze Volk? Und warum holten die
Römer ausgerechnet Cincinnatus, über den sie nicht das Geringste
wussten, damit er sie regiere? Entweder war er ein reicher Patrizier,
der aus Vergnügen den Boden bestellte, oder er war wirklich ein
Bauer. Wenn er ein Patrizier war, warum diente er seiner Republik
dann nicht von Anfang an und verteidigte sie vor großer Gefahr?
Hatte er je zuvor ein Amt für das Volk ausgeübt? Hatte er je im
Krieg gekämpft? Warum sagt Livius nichts darüber? Wenn er hingegen immer in jener bäuerlichen Einfachheit gelebt hatte, in der
das römische Volk ihn vorfand, als es ihn zum Diktator machte,
wie konnte er sich dann zum Heerführer eignen? Wenn ganz Rom
ihn zum Diktator ausrief, muss er wohlbekannt und angesehen gewesen sein. Livius erzählt, dass Monna Raccilia, seine Gemahlin,
sofort in die Hütte lief, um seine Toga zu holen. Die Toga des Se-
nators? Oder den derben Kittel, den Überwurf der Possenreißer,
den die Landbevölkerung trägt? So sehr vertrauen wir den Autoren, die über das Leben der Römer schreiben, dass wir wie Tölpel
kopfüber auf alles hereinfallen, und wenn von Römern die Rede

ist, scheint es fast, als meinten wir damit den Gipfel aller Tugend, aller Kunst, alles Guten in der Welt. GOTTESLÄSTERUNGEN!

- Plinius berichtet, dass Nikokreon, Tyrann von Zypern, ein großer Feind des Philosophen Anaxarchos war. Als Alexander der Große den Tyrannen zu einem Gastmahl einlud, war auch Anaxarchos zugegen. Von Alexander gefragt, wie er über dieses Mahl denke, antwortete Anaxarchos: »Alles ausgezeichnet, mein König. Nur eines hat gefehlt: der Kopf eines gewissen Satrapen.« Und mit diesen Worten wies er auf Nikokreon. Alexander der Große war bereits tot, da erlitt Anaxarchos bei einem Seesturm Schiffbruch in den Gewässern von Zypern und wurde von Nikokreon gefangen genommen. Er wollte ihm die Zunge abschneiden lassen, aber Anaxarchos kam ihm zuvor, biss sie sich mit den Zähnen ab und spuckte sie dem Tyrannen ins Gesicht. Die in dieser lächerlichen Lügengeschichte berichtete Handlungsweise ist nicht nur höchst absonderlich, sondern auch unmöglich durchzuführen, weil unsere Kiefer dafür nicht geeignet und kräftig genug sind, wie jeder an sich selbst leicht feststellen kann. Ist doch schon der Schmerz unsäglich, wenn man sich beim Essen versehentlich in die Zunge beißt, vom Abbeißen gar nicht zu reden! Wie konnte Plinius überdies einfallen, Anaxarchos zu loben, der Alexander lehrte, dass alles, was ein König tut, erlaubt ist?

- Nach Plutarch soll der König der Äthiopier gehinkt haben und alle seine Freunde ebenfalls. Wie das, bitte sehr? War es vorgetäuscht oder echt? Wenn es echt war, hatten sie sich gar willentlich einen Oberschenkelknochen gebrochen? War es aber vorgetäuscht, bemerkte der König nichts? Athenaios berichtet von Schmeichlern wie zum Beispiel Clisophus, der, als Philipp von Makedonien ein Auge verloren hatte, mit einem Verband über demselben Auge vor ihn trat. Dass ich nicht lache!

- Nach Plinius gibt es Bäume, die so groß sind, dass zehntausend Männer im Schatten eines einzigen Baumes stehen können. Das sagt auch Vergil, aber Dichter übertreiben bekanntlich und haben die poetische Freiheit, verrückt zu spielen und zu lügen so viel sie wollen. Plinius aber ist ein Historiker und kein Dichter. Oh, oh, oh,

Plinius ist der größte GOTTESLÄSTERER der Welt. Agnolo Poliziano sagte, mit den Flausen von Plinius könne man ein ganzes Buch füllen. Und ärger noch als Plinius sind Strabo und Arian, ernsthafte Schriftsteller, die, ohne mit der Wimper zu zucken, behaupten, es gebe noch größere Bäume als jene des Plinius.

- Man munkelt von Männern, die sich in Statuen verlieben, sie küssen und mit ihnen gewisse, unaussprechliche Schändlichkeiten treiben; aber dass es Männer gibt, würdige, angesehene und durchaus nicht wahnsinnige Männer, die in Liebe zu Bäumen entbrennen … Plinius sagt, dass Crispus Passienus, zweimaliger Konsul, Gatte der Kaiserin Agrippina und Stiefvater von Nero, sich in eine Buche verliebte. Das mag schlucken, wer will, ich habe keinen Durst. Xerxes dagegen liebte eine Platane. Das schreiben Aelianus und Herodot. Apropos Platanen, Pausanias erzählt, am Ufer des Flusses Piero soll es einen Wald mit so großen Platanen gegeben haben, dass man in einigen fröhlich Bankette halten konnte.

- Man schrieb das Jahr 451, und auf den Katalaunischen Feldern ereignete sich jene Schlacht zwischen den Hunnen Attilas und den Goten, die unter Aëtius mit den Römern verbündet waren. 180 000 Männer starben, so viele, dass ihr Blut ein Bächlein anschwellen ließ, bis daraus ein breiter Strom wurde, der die Leichen mit sich riss. Ich muss doch sehr bitten! Und alle Toten sollen völlig ausgeblutet sein! GOTTESLÄSTERUNGEN wie diese wecken den Verdacht, dass die Ereignisse, die sie ausgelöst haben, in diesem Fall die Schlacht, niemals stattgefunden haben. Vor dreihundert Jahren raffte die schwarze Pest einen Großteil der Bewohner Europas dahin, und mit ihnen gingen viele Erinnerungen verloren. Die Überlebenden »bearbeiteten« die Archive, häufig aus Gewinnsucht, und die Listigsten von ihnen veränderten Memoiren, Berichte, Tagebücher, vor allem aber Besitzurkunden ihren Interessen entsprechend … Schon oft hieß es, dass die hochwohlgeborene Herkunft und der ansehnliche Stammbaum gewisser adeligen Familien ausgerechnet 1350 *ex abrupto* entstand … Könnten wir dann für die Ereignisse des Jahres 451 die Hand ins Feuer legen?

- Nach Seneca ließ ein persischer König einer ganzen Stadt die Nase abschneiden. Die Stadt hieß Rinocolura, was auf Griechisch Nase bedeutet, ein Name, der nach Seneca auf jenen Nasenmord in alter Zeit zurückgeht. Wie hieß sie denn vorher? Und der Name des Königs, wie lautete der? Lachhaft!

- Eines der erhebendsten und berühmtesten Ereignisse römischer Zeit ist zweifellos die Geschichte der Clelia. Kein antiker Schriftsteller, der sie nicht erwähnt, und die Nachwelt hebt sie in den Himmel. Darum scheint es zu gewagt, wenn ich diese Geschichte für eine GOTTESLÄSTERUNG halte. Es wird erzählt, dass die Römer Porsenna, dem König des etruskischen Clusium, der Rom belagerte, zehn Jungfrauen und zehn Jünglinge als Geiseln überließen. Clelia, eine von ihnen, war nicht älter als zwölf Jahre. Als sie eines Tages die Erlaubnis erhielt, im Tiber zu waschen, floh sie mit ihren Gefährtinnen durch den Tiber schwimmend bis nach Rom. Ὀρεστής bewundert, verehrt und liebt diese Stadt, *caput mundi* seit ihren Anfängen bis in unsere Zeit! Aber darum lässt er sich noch lange nicht für dumm verkaufen. Der Tiber ist berühmt für seine gefährlichen, tiefen Strudel und breiten Wirbel, die noch die stärksten Männer verschlingen, von jungen Mädchen ganz zu schweigen. *Pretestati* nennt sie Plutarch, das heißt, die Ältesten waren noch nicht 17. Die Römer aber blieben dem einmal gegebenen Wort treu und gaben – welch beispielhafte Ehrlichkeit! – die Mädchen an Porsenna zurück. Wahre Ehrenmänner! Welch ein verlässliches Volk! Sogar im Krieg! Und das zum Vorteil der Belagerer! Mit einem solchen Volk hätte der Gott Abrahams wenig Anlass zum Zorn gehabt!

- Nach Valerius Maximus hat Cimon um seine Besitzungen weder Hecken, noch Mauern, noch Wachen gewollt, wer aber hinein- und hinauswollte, konnte nach Belieben mitnehmen, was ihm gefiel. Plutarch sagt, dass Cimon immer sehr üppig auftischte, sodass jeder vorübergehende Bettler sich stärken konnte. Und Emilius Probus erzählt, das Cimon stets mit einer Schar Diener aus dem Haus ging, damit diese Geld an die Armen verteilten, denen sie auf der Straße begegneten.
  Haben die antiken Autoren wirklich geglaubt, sie würden Cimon

mit dieser Schilderung ein Loblied singen? Reichtümer müssen gerecht verteilt werden, nicht an die erstbesten Schlaumeier vergeudet, die womöglich nur die Armen spielen! Eine so dumme Verschwendungssucht und eine so lächerliche Freigebigkeit ist keine Tugend. In weniger als einem Jahr bliebe von seinen Besitzungen ohne Mauern nur noch die nackte Erde. Und eine Tasche wäre bald leer, wenn man allen gäbe, die betteln.

Sollte es den geizigen Reichen etwa nur in der Bibel geben? Es scheint fast, als hätten diese tugendhaften Antiken das Evangelium Jesu gar nicht gebraucht, sie waren auch so schon heilig.

- Nach Plutarch lachte und weinte der große Feldherr Phokion nie und ging immer unbekleidet. Phokion war nach Plutarch, der von Plinius abschreibt, einer der berühmtesten Feldherrn und Redner Griechenlands und befehligte zwanzig Jahre lang als General das Heer von Athen. Feine Befehlshaber hatte Athen!

- Die Liebe zur eigenen Brut ist bei allen Tieren so stark, dass es keine noch so wilde Bestie gibt, die ihre Kinder nicht gerne sähe, nährte und umarmte. Minucius Felix erzählt, wie süß die Kindheit ihrer eigenen Nachkommen für Diebe ist, und Plutarch berichtet, dass König Agesilaus, von einem Freund in seinem Haus dabei überrascht, wie er auf einem Rohr reitet, um seine Kinder zu erfreuen, diesen beschwört, es niemandem zu erzählen, der nicht selbst Vater ist. Darum kann es nur eine hässliche GOTTESLÄSTERUNG sein, dass die Perser nicht einmal das Gesicht ihrer Kinder kannten, bis diese sieben Jahre alt waren. Das verstehe ich ja bei fürstlichen Vätern, die im Dienst des Staates fortwährend irgendwohin gerufen werden, aber gewöhnliche Bürger, Handwerker, Künstler und Bauern, die meist mit der ganzen Familie in einem einzigen Raum leben, wie machten die das? Und die Mütter, wie zum Teufel stillten sie ihre Kinder? Bedeckten sie sie mit einem Tuch?

  Armer Artaxerxes, der 150 Kinder hatte, wenn er wirklich kein einziges von ihnen sehen durfte! Eine GOTTESLÄSTERUNG, der ich eine weitere an die Seite stellen möchte, damit sie als gute Freundinnen zusammenhalten. Cäsar berichtet in seinen *Commentarii* von einem noch strengeren Brauch bei den Galliern, die ihre Kinder nicht sahen, bevor diese nicht reife Jünglinge waren, Waffen tragen und kämpfen konnten. Cäsar präzisiert jedoch, dass das Gebot *palam*, also offensichtlich, heimlich (nachts oder was weiß ich) aufgehoben werde und ihnen erlaubt sei, ihre Kinder zu sehen. Lächerlich. Schande. Eine Schande, so etwas zu schreiben und zu sagen. Und es zu glauben? Genauso schändlich. Und das von Cäsar. Lügner. Und GOTTESLÄSTERER.

- Was ꞌΟρεστής wundert, ist, dass diese seriösen Historiker manche Spinnereien in einer Weise vortragen, als gäbe es nicht den geringsten Zweifel daran. Dabei halten sie uns, die wir anbeißen, womöglich für Einfaltspinsel. Immer vorausgesetzt, dass es Historiker, die solche Albernheiten schrieben, wirklich gab. Genebrardus, ein angesehener Autor unseres Jahrhunderts, glaubt an den 57 Jahre währenden Schlaf des Epimenides, ohne mit einer Silbe misstrauisch zu werden. Gregorio Turonese und Paulus Diakonus glaubten, dass die sieben Weisen von der Zeit des Kaisers Decius an wirklich zweihundert Jahre lang schliefen.

- Curius, der große, ruhmreiche Heerführer der Römer, der die kriegerischsten Völker unterjochte, vor allem die Sanniten, und der König Pyrrhus, den mächtigen Feind der Römer, aus Italien vertrieb, wurde von einer sannitischen Gesandtschaft in einer Hütte angetroffen, wo er sich anschickte, ein paar Rüben zu kochen. Genau so. Nach Valerius Maximus lebte Curius in einem *tugurium* und aß in seinem ganzen Leben nichts anderes als – wenige – Rüben. Es kommt noch schlimmer. Als die Gesandten ihm das kostbare Geschenk aus Gold zeigten, dass sie ihm gebracht hatten, soll Curius geantwortet haben, für jemanden, der so speiste wie er, sei das Gold nichts. Viel besser, als selbst Gold zu besitzen, sei es, über den zu herrschen, der es habe … Nehmen wir Curius Unhöflichkeit gegenüber den Gesandten einmal für bare Münze, denn, wie es heutzutage scherzhaft heißt, ein Gesandter ist jemand, der von seinem Herrscher nur unter der Bedingung ein Amt erhält, dass er außer Landes geht. Doch diese verächtliche Haltung gegenüber dem Gold lässt sich nicht so leicht schlucken. Trotzdem ist sie eisern für wahr gehalten worden, wurde niedergeschrieben, transkribiert, kopiert und gerühmt und hat sich bis heute den Seelen so stark eingeprägt, dass ꞌΟρεστής wer weiß welche Gefahren drohen, wenn er sie als Lüge entlarvt. Aber es ist eine. Man sage mir doch bitte, warum Curius den Geleitzug der Gesandten mit den klappernden Hufen und dem Gewieher der Pferde, den Stimmen der Reitknechte und zumindest dem Klopfen an seiner Türe nicht ankommen hörte? Und Curius warf sich nicht wenigstens die Toga oder Zimarra um? Nein, M. Curius blieb dort stehen, wo er stand: am Feuer, um seine Rübchen zu schmoren. Damit nicht zufrieden, geht Athenaios so weit zu behaupten, dass Curius nichts anderes aß als Rüben. Achtung, Signor Curius, Rüben machen Blähungen und stacheln, wie es heißt, die Venus an, was aber kein Problem für Euch sein dürfte, da Plutarch sagt, dass ihr eine Frau hattet, die Mehl an die Rüben tat.

Ein ähnliches Ammenmärchen ist die Geschichte von Titus Livius und Valerius Maximus, nach der die römischen Konsuln und Diktatoren vom Feld weg, wo sie mit Hacke und Pflug arbeiteten, direkt in die Regierung des Römischen Reiches gerufen wurden, und wenn sie ihre Pflicht getan hatten, kehrten sie in ihre Hütten und an ihre Pflugschar zurück. Ebenso lachhaft ist Plinius' Geschichte, nach der die wohlklingenden, berühmten Nachnamen der römischen Patrizier sich von Bohnen, lateinisch *fabae* (die Fabier), von Linsen, lateinisch *lentes* (die Lentuli), von Ziegen, lateinisch *caprae* (die Caprari) und von Schweinen, lateinisch *porculi* (die Porzii) ableiteten. Sollen Curius und all die anderen Konsuln, Feldherrn und Diktatoren des alten Rom, die von ihren Äckern geholt wurden, denn wirklich und im Ernst Bauern gewesen sein, die von früher Kindheit an pflügten und hackten, statt in der Schule schreiben und in den Akademien die Historien lesen zu lernen, um an den Höfen Konversation zu treiben? Was machten denn dann die echten Bauern? Was unterschied sie von ihren Herrschern? Nichts? Nein, nichts. ERZGOTTESLÄSTERUNG.

- Aischylos, der berühmte sizilianische Tragiker, geht eines Tages aus der Stadt hinaus, um Luft zu schnappen und bleibt auf einer Wiese stehen. Und siehe, da fliegt ein Adler durch die Lüfte, der in Schnabel und Krallen eine soeben geraubte Schildkröte hält. Nun war der Dichter kahlköpfig und sein Haupt zu allem Unglück unbedeckt. Der Adler erspäht den Schädel, hält denselben für einen schönen runden, glänzenden Stein und lässt prompt die Schildkröte darauf fallen, damit deren harte Schale zerbricht und er sich über das Fleisch hermachen kann. Und so verlor der große Tragödiendichter sein Leben. Schade, dass seine Kollegen Tragiker daraus kein Drama gemacht haben, denn diese GOTTESLÄSTERUNG ist eher Stoff für Kothurne als für Historiker.

Aelianus sagt, dass Agathokles, Tyrann von Syrakus, der ebenfalls kahl war, immer einen Myrtenkranz trug, wenn er ausging, um das Unglück des Aischylos zu vermeiden. Sueton berichtete, dass Cäsar, dessen Haupt fast kahl war, die letzten Nackenhaare wachsen ließ und über den kahlen Schädel kämmte, bis ihm vom Senat die Ehre gewährt wurde, einen Lorbeerkranz zu tragen. Laut Dion Cassius war auch Kaiser Tiberius kahl. Als Scianus ihn zu den Festen der Flora einlud, verlangte er von allen, die den Kaiser bedienten, und das waren fünftausend, sie sollten entweder kahl oder kahlgeschoren sein. Welch ein Risiko ging Seianus ein ... und wenn nun ein paar Adler mit Schildkröten vorbeigeflogen wären? Es ist kaum auszuhalten, wie kann man einen solchen Unsinn nur glauben? Gerade Adler sind bekannt für ihre scharfen Augen. Außerdem hat es nie eine Stadt gegeben, um deren Mauern Adler flatterten, erst recht nicht in Sizilien, wo die Städte des alten Griechenlands alle an der Küste lagen.

- Nach Plinius soll es eine Stadt mit Menschen aus dreihundert verschiedenen Nationen gegeben haben. Wie zum Henker verständigten die Bewohner dieser Stadt sich miteinander? Venedig, die Stadt, in der aufgrund des Handelsverkehrs die meisten fremden Völker aufeinandertreffen, wird nicht mehr als deren zehn beherbergt haben, und gewöhnlich können nicht mehr als vier Nationen einander verstehen.

- Seit seiner Geburt hat Ὀρεστής unzählige Male gehört, dass Pythagoras seine Schüler zwang, fünf Jahre lang zu schweigen, eine Zeit, in der sie nur dem Unterricht zuhören durften. Diogenes Laertius fügt hinzu, dass sie, bevor sie die erste Prüfung bestanden hatten, nicht einmal den Lehrer sehen durften, welcher nachts unterrichtete. Nach bestandener Prüfung aber wurden sie sogar in sein Haus geladen.
Nun gut, lassen wir das mit dem niemals den Lehrer sehen und den

nächtlichen Unterricht des Pythagoras durchgehen, obwohl es immer noch gewaltig nach Betrug stinkt. Aber fünf Jahre lang in einer Schule lernen und niemals Fragen stellen, nicht reden, über nichts disputieren? Ὀρεστής hält das für eine ausgemachte GOTTESLÄSTERUNG.

- Nach Plinius und Valerius Maximus starb Anakreon an dem Saft einer Rosine, und der Senator Fabius erstickte an einem Haar in der Milch. Plinius redet in einer Weise, die wenig oder gar nichts mit den alten Römern zu tun hat, welche den wahren Gott nicht kannten. Denn er betrachtet den Fall wie ein Christ, indem er besonders auf die banalen Gründe eingeht, die zum Tod führen können, weshalb sie den menschlichen Hochmut erniedrigen und beleidigen. Freilich führen diese römischen Historiker zwei, gelinde gesagt, sonderbare Fälle als Beispiele an und stellen sie in der gewohnten Weise antiker Autoren vor, nämlich mit sehr wenigen Worten, als wären es Sachen, die so leicht passieren können, dass es übertrieben wäre, sie lang zu erklären oder wenigstens ein paar nähere Umstände zu schildern, um jeden Zweifel an ihrer Wahrheit auszuräumen. Kann man aber an einer Rosine sterben? Also nimmt Ὀρεστής eine getrocknete Traube, und als er sieht, wie winzig sie ist, begreift er nicht und wird nie begreifen, wie man daran sterben kann. Valerius Maximus wiederum präzisiert, dass es nicht die Rosine war, die Anakreon tötete, sondern ihr Saft … Bitte, wie kann Saft aus einer Rosine austreten, der einen Menschen tötet? Wer Ὀρεστής nicht beipflichtet, dass dies eine GOTTESLÄSTERUNG ist, möge es selbst ausprobieren. Und was ist von der Geschichte von Fabius zu halten, dem römischen Senator und Prätor, der an einem Haar in einem Glas Milch erstickte? Welches Haar vermöchte so zu würgen, dass man daran stirbt? Und was für eine Art Haar war das? Ein Haar seines Bartes? Ein Haar von seinem Kopf? Von der Ziege? Von der Frau, die sie melkte? In unseren Landen ist Milch weiß und Haare sind zumeist schwarz. Warum sah er es nicht in der Milch schwimmen? Trank er sie vielleicht aus einer Flasche? Und wenn es zuvor nicht gesehen ward, wie konnte man es hinterher sehen? Welcher Hippokrates oder Galenus schloss, dass ein Haar die Ursache dieses Ablebens war? Selbst wenn sie den Leichnam öffneten, wer hätte so scharfe Augen gehabt, dieses Haar zu finden? Was mich, Ὀρεστής, betrifft, so lasse ich kein gutes Haar an dieser schönen Geschichte und nenne sie eine GOTTESLÄSTERUNG.

• Wenn die antiken Historiker ihren Lesern je Anlass gegeben haben, an ihrer Glaubwürdigkeit zu zweifeln, dann war es in ihren Berichten von Schlachten, wie jener zwischen Römern und Barbaren, die Strabo beschreibt. Von den Letzteren starben zehntausend, auf römischer Seite nur zwei. Ein anderes Mal fielen beim Kampf der Römer gegen Antiochus, den König von Syrien, 24 römische Reiter und 300 Fußsoldaten im Feld, auf der Gegenseite jedoch 50 000 Reiter. Als Marcus Valerius gegen die Sabiner kämpfte, tötete er deren 13 000 und verlor keinen einzigen Mann. Marius tötete 120 000 Kimbern und machte 70 Gefangene, und als er ein anderes Mal 20 000 abschlachtete und 800 gefangen nahm, verlor er selbst nur 23 Mann. Beim Kampf zwischen Mithridates und Sulla verlor der König 10 000, Sulla dagegen nur 14 Mann. Und Lucullus siegte über Tigranes, indem er fast seine gesamte Kavallerie und über 10 000 Fußsoldaten tötete, selbst jedoch nur fünf gefallene Römer und hundert Gefangene zu beklagen hatte. Diese Märchen über die Römer werden, was Tapferkeit und wundersame Kühnheit betrifft, nur von den Märchen über die Spartaner übertroffen. Diodorus Siculus schreibt, dass die Spartaner im Kampf gegen die Arkadier 10 000 Männer töteten, ohne einen einzigen Verlust zu erleiden. Justin schreibt vom Sieg Alexanders über Darios, dass auf Seiten des Perserkönigs 70 000 Fußsoldaten und 10 000 Berittene starben, Alexander der Makedonier hingegen nur 130 Fußsoldaten und 150 Reiter verlor. Das bedeutet, dass zwei Männer von Alexander jeweils tausend Soldaten des Darios besiegten.

• Nach Seneca, Plutarch, Lucius Floros und Valerius Maximus ließ Mucius Scaevola freiwillig seine Hand verbrennen. Das geht nun wirklich zu weit. Ausgerechnet diese für ein Hirngespinst zu halten, die schönste, würdigste, berühmteste Tat der alten Römer, die je beschrieben wurde: dass Mucius seine Hand verbrennen ließ, weil er sich dafür bestrafen wollte, dass er irrtümlich einen anderen als den Etruskerkönig Porsenna, der Rom belagerte, getötet hatte. Das geht zu weit, leugnen zu wollen, was viele, nein, alle! weisen Schriftsteller aufschrieben und die gesamte Antike für wahr hielt, ohne dass bis heute der geringste Zweifel erhoben wurde. Zu weit, mag sein, aber es geht auch zu weit, was man uns hier weismachen will. Dionysios von Halikarnassos erzählt, dass Mucius, als er das feindliche Lager betrat, einen schönen, in Purpur gekleideten Mann sah, der umringt von vielen bewaffneten Männern im Tribunal saß, wo er Befehle gab und den Soldaten ihren Sold auszahlte. Und da er den König nie zuvor gesehen hatte, glaubte er, dieser Mann sei es, während es nur der Secretarius des Königs war. Mucius war nicht gerade aufmerksam, er hätte wissen müssen, dass Könige Obliegenheiten, wie Soldaten auszahlen, nicht persönlich erledigen. Plutarch dagegen berichtet, dass Porsenna umgeben von den Seinen auf dem Königsthron saß, worauf Mucius, der den König nicht kannte, einen seiner Männer tötete, statt den König selbst. Valerius Maximus wiederum schreibt, dass Porsenna ein Opfer auf dem Altar darbrachte. Wie es auch sei, als Mucius vor den König gebracht wurde, forderte dieser ihn auf, zu gestehen, was ihn zu einem so großen Verbrechen bewogen hatte. Statt zu erbleichen (denn die Römer kannten ja keine Furcht!), erklärte Mucius, weitere 300 Römer hätten sich im ganzen Lager versteckt (Welch eine Schande für einen Römer, zu lügen!). König Porsenna erschrak sehr (er war ja schließlich kein Römer), verdoppelte seine Leibwache und befahl, Mucius ins Gefängnis zu werfen. Dieser aber blickte dem König kalt und unerschrocken ins Auge, wie Plutarch berichtet, und legte seine rechte Hand in das Kohlebecken, um sie dafür zu bestrafen, dass sie den Falschen getötet hatte. Porsenna staunte nicht schlecht und befahl, ihn freizulassen. Daher wurde Mucius, nachdem er mit dem qualmenden Stumpf zu seinen Leuten zurückgekehrt war, als wenn nichts wäre, fortan Scaevola genannt, das heißt Linkshänder. Soweit die Geschichte, oder vielmehr das Märchen. Und nun bitte ich um einen Gefallen, möchte von jemandem wissen, ob es wahr ist oder ob ich mir nur einbilde, dass man einem Mörder und jemandem, der des versuchten Königsmordes beschuldigt wird, – wenigstens! – die Hände fesselt und ihn mit vielen Soldaten umgibt, bevor man ihn vor den König führt. Am allerwenigsten sollte man ihn mit freien Händen neben einem Kohlebecken stehen lassen … Außerdem sterben Menschen manchmal schon, wenn ihnen ein einziger Finger durch das Eisen oder Feuer verletzt wird, wie wir bei den öffentlichen

Hinrichtungen der Diebe sehen, denen der Henker einen Finger oder die Hand abschneidet und dann ich weiß nicht welche Arznei darauf tut, damit die Menschen nicht sofort ohnmächtig werden, sondern noch zur vorbestimmten Stätte ihres Todes geführt werden können.

Wie oft kommt Seneca auf das Ammenmärchen von Mucius Scaevola zurück! Es ähnelt dem Unsinn, den man bei Valerius Maximus liest, dem zufolge ein Page von Alexander dem Großen sich lieber den Arm durch glühende Kohle verbrennen ließ, die vom Weihrauchfass auf ihn herabgefallen war, als die Opferungszeremonie Alexanders zu stören. Abgesehen davon, dass aus einem Weihrauchfass nichts auf einen Arm herunterfallen kann, ich hab's selber ausprobiert, warum hat es niemand bemerkt? Der Gestank versengten Fleisches verbreitet sich sofort überall und ist unerträglich. Welche Art Opfer brachte Alexander dar, einen Lammbraten? Denn das ist der einzige Gestank, der alle anderen überlagert. Valerius Maximus schließt dann mit einer Galanterie ganz nach seiner Art, nämlich dass der Page *infimam aetatem* gewesen sei, also ein Milchbübchen! GOTTESLÄSTERUNG.

• Nach Claudianus schuf Archimedes eine Glaskugel mit den Bewegungen aller Himmelskörper. Schon in der Wiege hörte Ὀρεστής das Loblied auf Archimedes als Mann der Mathematik und erhabenes, geradezu göttliches Ingenium. Und das bewies er während der Belagerung seiner Heimatstadt Syrakus durch Marcellus, den großen römischen Feldherrn. Damals wurde Archimedes' Name unsterblich. Denn mit Hilfe seiner überaus kunstreichen Maschinen und wunderbaren Instrumente ließ er Marcellus an der Erstürmung der Stadt verzweifeln. Nachdem dieser das Vorhaben aufgegeben hatte, machte er Archimedes' Erfindungen lächerlich, weil er ihm keine Genugtuung verschaffen wollte. Wie könnten wir Modernen jenen Briareos der Geometrie besiegen? Von Archimedes stammt das stolze Wort – vielleicht auch Angeberei oder Lug und Trug –, wenn er nur einen festen Punkt hätte, könnte er die Welt aus den Angeln heben. Doch das überall verbreitete, tausendmal besungene Ruhmesblatt, er habe eine Glaskugel gebaut, in der man klar und deutlich alle Bewegungen der Himmelskörper erkennen könne, ist für mich eine der schlimmsten GOTTESLÄSTE-

RUNGEN. Glas ist ein äußerst zerbrechliches Material, und kommt es aus dem Ofen, lässt es sich nur wenige Augenblicke lang biegen und bearbeiten. Obendrein wird die Sache, soviel ich weiß, nur von Claudianus berichtet, der erklärt, die Kugel sei *parvo vitro*, aus wenig Glas gewesen, während Firmianus Lactantius von *concavo aere* spricht, also von konkaver Bronze.

- Nach Pausanias und anderen sehr wichtigen Historikern war die Welt einst ohne Getreide und Korn, und nach Plinius blieb Rom die ersten 580 Jahre nach seiner Gründung ohne Bäcker. Ich, Ὀρεστής, weiß nicht, welche dieser beiden GOTTESLÄSTERUN-GEN schwerer wiegt. Gibt es größere Torheiten als diese beiden? Wenn die Historiker uns an der Nase herumführen wollten, hätten sie sich um ein wenig mehr Wahrscheinlichkeit bemühen sollen. Das Märchen besagt, dass die Menschheit sich anfangs nur von Eicheln ernährte. Als diese eines Tages ausgingen, versuchte eine Frau, Korn zu mahlen und zu backen, und so entstand der Brauch. Narren und Schwachköpfe sind wir, wenn wir das glauben! Und obendrein erfindet der ewige Plinius, dass in Rom die *pistores*, also die Bäcker, erst 580 Jahre – erstaunlich präzise, Plinius! – *ab urbe condita* auftauchten. Vorher sollen die Frauen der Römer selber Brot gebacken haben. Diese GOTTESLÄSTERUNG passt zu jener ande-ren, natürlich wieder von Plinius, dass es in Rom jahrhunderte-lang keine Barbiere gegeben hat. Wie nett von den Königen und von Cäsar, sich selbst zu rasieren ... Die Brotgeschichte wird übri-gens von Lactantius widerlegt, da er berichtet, dass es in Rom schon zur Zeit der Belagerung durch die Gallier Bäcker gab.

- Gott will nicht, dass wir Gewissheit über die Ehrbarkeit und Treue unserer Frauen haben. Wir Männer werden nie sicher sein kön-nen, ob unsere Kinder das »richtige Gewicht« haben, wie man sagt, oder ob ein paar Unzen anderer »Materie« beigemischt sind. Bei Aelianus liest Ὀρεστής, dass die Libyer ihre neugeborenen Kinder in ein Fass mit Schlangen steckten, und wenn diese durch den Angriff auf das Kind zahm wurden, war der unglückliche Kleine ein legitimer Nachkomme. Schön, nur war es dann ein wenig zu spät, um das Kind wieder ins Leben zurückzuholen, also blieb dem grausamen Vater nichts anderes übrig, als den armen kleinen

Leichnam unter Tränen zu begraben. Und die entsetzte Mutter wird ihrem Mann beim nächsten Mal ganz gewiss Hörner aufgesetzt haben ... Alles was recht ist, dies ist nun wirklich eine klare, eindeutige GOTTESLÄSTERUNG. Ebenso die von Claudianus, nach der die Germanen ihren Neugeborenen sofort an den Rhein brachten, ihn auf einen Schild legten und dem Fluss übergaben. Wurde er von den Wassern verschlungen und ertrank, war er Frucht eines Ehebruchs, blieb er hingegen an der Oberfläche, galt er als legitim. Es schmerzt sehr, dass Justus Lipsius, ein hervorragender Mann unseres Jahrhunderts, diese Geschichte glaubte.

»Wartet einen Moment«, sagte Schoppe nach beendeter Lektüre.

Er kehrte zu den Höhlen zurück und kam kurze Zeit später mit Guyetus und Hardouin heraus, beide noch schlaftrunken und mit tränenden Augen. Der Verehrungswürdige schnäuzte sich mit einem vom Regen bereits völlig durchnässten Taschentuch, nahm mir die Papiere aus der Hand und hielt sie den beiden vor die Nase, während er kurz erklärte, unter welchen Umständen die Schrift gefunden wurde, was ich mit einem Kopfnicken bestätigte.

Je weiter er mit der Lektüre voranschritt, desto heiterer wurde Hardouins Miene. Der bretonische Buchhändler nickte belustigt, während Guyetus' Gesicht einen finsteren Ausdruck annahm. Mir fiel ein, wie übel er und seine Kollegen Hardouins Bemerkungen über Lykurg und Sparta aufgenommen hatten. Nun, was wir jetzt in der Hand hatten, stellte Plutarchs Ammenmärchen über die vermeintliche Existenz des Sparta von Lykurg weit in den Schatten. Hier standen alle großen Namen unter Anklage: von Cicero bis zu Titus Livius, Seneca, Pausanias, Plinius und viele andere mehr. Wenn es in ihren Werken so viele Lügen gab, Gotteslästerungen, wie der geheimnisvolle Orestes sie nannte, warum sollte man ihnen den Rest weiterhin glauben? Von der gesamten Geschichte und Literatur des griechischen und römischen Altertums blieb ohnehin kein einziger Stein mehr auf dem anderen, den man nicht mit einem Hauch hätte umwerfen können. Ich vermutete, dies war der Grund für die finstere Miene, den der alte Pariser Philologe an den Tag legte. Aber ich irrte mich, wenigstens zum Teil.

»Ich würde zu gerne wissen, wer dieser Orestes ist, der sogar auf Altgriechisch unterschreibt«, versetzte Schoppe, als die beiden ihre Lektüre beendet hatten. »Unser guter Gabriel Naudé weiß es auch nicht.«

Ich bemerkte, dass der alte Deutsche es vermied, den Inhalt des Dokuments zu kommentieren oder zu kritisieren. Es war zu heikel für einen Philologen, der sein ganzes Leben dem Studium von Werken gewidmet hatte, die jenem Orestes zufolge wahrscheinlich nicht mehr als ein Zeitvertreib von Spaßvögeln waren.

»Merkwürdig, dass Naudé nicht weiß, wer Orestes ist«, sagte Guyetus mit einem undefinierbaren Unterton. »Er kennt ihn nämlich sehr gut.«

»Ihr wisst, wer er ist?«, fragten wir einstimmig und erstaunt zusammenzuckend.

»Natürlich weiß ich das. Es ist Jean-Jacques Bouchard.«

DISKURS XLIII

Darin erneut der Name des Jean-Jacques Bouchard auftaucht,
welcher vor fünf Jahren in Rom ermordet wurde.

Wie eine gläserne Konkretion des Eises, die noch vor dem Morgengrauen klingend ertönt, hallte nun dieser Name erneut zwischen uns wieder.

Jean-Jacques Bouchard, ein Freund von Gabriel Naudé, ein junger Philologe, der zum Kreis der Starken Geister gehörte, war vor fünf Jahren in Rom ermordet worden. Ich hatte gehört, wie Caspar Schoppe auf seine skandalösen Beziehungen zu Mazarins Bibliothekar anspielte.

»Das Pseudonym Orestes und auch die Schreibweise des Namens in Altgriechisch ist typisch für Bouchard«, erklärte Guyetus, während Schoppe schon vor Wut schäumte. »In unseren Philologenkreisen hat man das erst nach seinem Tod erfahren. Auch Bouchard war Philologe und sogar ingeniös, das muss ich zugeben, vor allem jetzt, da ich diesen Text mit eigenen Augen lesen konnte«, gestand Guyetus ehrlich.

»Und dieser Verräter Naudé, dieser Betrüger«, fuhr Schoppe zornig auf, »der sagt, er habe keine Ahnung, wer Orestes sei!«

»Vielleicht weiß er es wirklich nicht«, bemerkte Hardouin. »Naudé ist kein Philologe.«

»Er kann nicht mal Griechisch, und Latein zitiert er so, wie wir alle es gehört haben …«, schloss Guyetus mit einem vielsagenden Lächeln.

»Meine Lieben, unser Gabriel kannte Bouchard wie seine Westentasche! Und wer weiß, was er noch alles von dieser Sache weiß und uns nicht verrät!«, kreischte der alte Deutsche. »Ich habe es ja gesagt, dass er sich die Hände mit unaussprechlichen Dingen schmutzig gemacht hat! Da hat sich Mazarin wahrlich in gute Hände begeben, oh ja, in ganz ausgezeichnete Hände!«

»Bist du nicht etwas voreilig, Caspar?«, bremste ihn Guyetus.

»Während ich, Caspar Schoppe, die Mächtigen und Irrgläubigen mit meinen Schriften herausgefordert und den wahren Glauben verteidigt habe, standen Naudé und Bouchard im Dienst der Kardinäle der heiligen römischen Kirche und waren gern gesehene Gäste in den Palästen der Patrizierfamilien, die dem Papst am nächsten stehen. Kurzum, sie lebten glücklich und zufrieden im Schatten eben jenes Papsttums, das sie hinterrücks im Namen ihres atheistischen Credos verleumdeten. Niemand durchschaute ihr Spielchen, doch nach Bouchards Tod kamen diese abscheulichen Tagebücher ans Licht …«

»Seht mal!«, rief Hardouin in diesem Moment aus. Er zeigte auf eine dünner werdende Rauchsäule am Himmel. Das Haus des Mädchens schien mitsamt seiner Bewohnerin nun vollkommen verbrannt zu sein. Wir bekreuzigten uns, mit Ausnahme von Guyetus natürlich.

In diesem Augenblick sahen wir Barbello und dich näher kommen. Noch wusste ich nicht, wie ich dieses Weib mit dem Lockenschopf und den üppigen Brüsten anders nennen sollte. Ihr Anblick löste Bestürzung und Dankbarkeit zugleich in mir aus, verstohlen warf ich dir einen schuldbewussten Blick zu. Keuchend und mit den Armen fuchtelnd kamt ihr an. Barbello rief:

»Kommt schnell, seht euch das an, ein Schiff!«

DISKURS XLIV

Darin ein vorüberfahrendes Schiff gesichtet wird.

Barbello führte uns zu der kleinen Anhöhe, auf die er, oder sie, muss ich wohl sagen, geklettert war, und von wo aus man einen Teil des

Meeres im Westen sah. Ein Schiff kreuzte unweit der Insel auf offener See. Es konnte ein englisches, holländisches oder spanisches Handelsschiff sein, da der Handelshafen Livorno in der Nähe lag. Oder waren es wieder die Korsaren, dieser Abschaum? Oder ein Schiff der Cavalieri von Santo Stefano?

»Wir müssen ein Feuer entzünden, das möglichst viel Rauch entwickelt!«, schlugst du vor, während wir alle hoffnungsfrohe Blicke auf das Schiff richteten.

»Sind wir verrückt?«, protestierte Schoppe. »Wenn das wieder Korsaren sind, ereilt uns dasselbe Schicksal wie unter Ali Ferrarese!«

Die beiden Korsaren wurden auf die Anhöhe geschleppt und gaben ein wenig widerwillig ihre Ansicht kund:

»Das ist eine Schebecke mit vierzehn Kanonen«, erklärte Kemal. »Sie wird auch sehr oft von Piraten benutzt. Ein Schiff von Ali Ferrarese kann es nicht sein, denn ich kenne alle, die in seinem Sold stehen, dies gehört nicht dazu. Freilich kann ich nicht ausschließen, dass er inzwischen eins gekapert hat. Es könnten Barbaresken sein, aber das lässt sich unmöglich genau sagen, ihre Fahne ist von hier nicht zu erkennen. Außerdem könnte sie falsch sein.«

»Aber es könnte auch ein Handelsschiff sein?«, fragte Barbello, der darauf brannte, die Insel zu verlassen, um endlich die Reise nach Paris fortzusetzen.

»Oder Piraten oder Korsaren«, ergänzte Guyetus, der hingegen bleiben und Philos Ptetès suchen wollte.

Kemal steckte in der Klemme: Wenn er beteuerte, es handele sich um Piraten und dann widerlegt wurde, würde er noch den letzten Rest unseres Vertrauens verlieren. Wenn er das Gegenteil behauptete, setzte er uns alle einer großen Gefahr aus. Also schwieg er.

»Antworte!«, forderte ich ihn auf.

Der Korsar wog seine Worte ab: »Man kann nichts Gewisses sagen. Wegen des Krieges zwischen Frankreich und England kreuzen Schiffe jeder Art in diesen Gewässern.«

»Lieber Secretarius«, sprach mich Hardouin an, »in Anbetracht Eurer guten Beziehungen zu diesem Schurken, welcher seit heute Morgen nur noch für Eure Anliegen empfänglich zu sein scheint, würdet Ihr ihn bitten fragen, ob die Leute auf dem Schiff den Rauch gesehen haben könnten, der von dem brennenden Häuschen aufstieg?«

»Natürlich«, antwortete Kemal, ohne sich bitten zu lassen. »Aber sie werden dem kaum Beachtung schenken. Wahrscheinlich fahren sie einfach nur ihren Kurs.«

»Also entzünden wir ein Feuer! Wir müssen gesehen werden! Wollen wir weg von dieser Insel oder nicht?«, beharrte Malagigi, mit den Armen wedelnd.

»Hat der Barbareske es nicht klipp und klar gesagt? Auf diesem Schiff könnten Korsaren sein!«, entgegnete Guyetus zornig.

»Wenn sie kommen und wir merken, dass es Korsaren sind, können wir uns immer noch im Wald verstecken«, schlug Barbello vor. »Versuchen wir doch wenigstens unser Glück! Wann wird das nächste Schiff hier vorbeikommen?«

»Die Schebecke nähert sich der Insel«, verkündete Kemal, der auf Beobachterposten geblieben war.

Schoppe und Guyetus widersetzen sich: Es sei nicht ratsam, sich blicken zu lassen, man solle eine bessere Gelegenheit abwarten, mit den Korsaren sei nicht zu spaßen, und so weiter – alles vernünftige Bedenken, die jedoch durchblicken ließen, dass ihnen wenig am Verlassen der Insel gelegen war. Sie wollten Philos Ptetès finden.

Hardouin sagte nichts. Der bretonische Buchhändler wollte lieber rechtzeitig nach Hause zurückkehren, um die Geburt seines Kindes zu erleben, als an der Jagd auf philologische Schimären teilzunehmen, zu der ihn der alte Guyetus mitgeschleift hatte.

Naudé nahm entschlossen für jene Partei, die von der Insel fliehen wollten. Seine finstere Miene, sein heftiges Winken, mit dem er Kontakt zu dem Schiff aufzunehmen versuchte, schien zu bedeuten, dass ihm Philos Ptetès mittlerweile egal war und er Gorgona verlassen wollte. Was beunruhigte Mazarins Bibliothekar auf der Insel? Ich bemerkte, dass dir Naudés Verhalten nicht entging. Du mustertest ihn mit jenen zu Dreiecken verengten Augen, die ich aus der Asche der Unschuld hatte entstehen sehen.

Malagigi versuchte mit Hilfe der beiden Korsaren, blitzschnell ein Feuer zu entfachen, doch das regenfeuchte Holz verurteilte sie augenblicklich zum Scheitern.

»Lasst uns die Klippen hinunterlaufen«, rief Barbello aus, auf die Felsen weisend, an denen unser Beiboot zerschellt war. Wenn wir schnell genug waren, würden wir genau in dem Moment auftauchen, da die Schebecke an dem Kliff vorbeifuhr. Ging alles gut, würden wir Gorgona schon in einer Stunde verlassen.

Zu sechst machten wir uns bereit, alle, die schnell zu Fuß waren: Kemal, du und ich, Naudé, Hardouin und Malagigi. Die anderen und Mustafa, der wegen seines piratenhaften Aussehens nicht vorzeigbar war, sollten erst hinunterkommen, wenn unsere Gesandtschaft Erfolg hatte. Sie würden uns, gut versteckt, von der Höhe des Kliffs aus beobachten. Wenn sie merkten, dass etwas schiefging, würden sie sich im Wald verstecken. Eine riskante Entscheidung: wir liefen Gefahr, dass unsere Hälfte der Gruppe und die andere, versteckte, nie wieder zusammenkamen. Barbello bat darum, mitkommen zu dürfen, ich sah euch heimlich Blicke wechseln.

Doch der Frau, die sich als Kastrat ausgab, wurde befohlen zu bleiben: Sie war nicht kräftig genug, um sich rasch über die Klippen und dann vielleicht im Wasser zu bewegen. Schweigend wandte sie sich ab, ohne sich von unserer Gruppe zu verabschieden.

DISKURS XLV

Darin es fast gelingt, an Bord des Schiffes aufgenommen zu werden,
doch eine kleine vorübergehende Unpässlichkeit alles verdirbt.

Der Abstieg vollzog sich in höchster Eile. Wir kletterten durch dieselbe felsige Schlucht, die wir hinaufgestiegen waren, doch ist das Herabsteigen auch im Gebirge häufig sehr viel gefährlicher als der Aufstieg. Einige zogen sich Abschürfungen zu, als sie sich von Fels zu Fels hangelten.

Auf der Hälfte der Strecke blieb Kemal stehen. Er schirmte seine Augen gegen das Tageslicht ab und verkündete:

»Heimathafen Livorno. Rotes Kreuz auf weißem Grund. Seht her, Secretarius, ist das nicht die Fahne Eurer geliebten Cavalieri vom Orden Santo Stefano?«

Der Barbareske hatte recht. Doch ich hörte schon nicht mehr zu, sondern krümmte mich, an einen Fels gelehnt.

»Gütiger Himmel, was ist los mit Euch, mein Freund?«, rief er laut aus, die Aufmerksamkeit der anderen erregend.

Die Gruppe umringte mich.

»Es ist nichts, das Abendessen ist mir nicht gut bekommen. Gehen wir weiter, es wird gleich aufhören«, sagte ich, wohl wissend, dass das nicht stimmte.

Wir stiegen weiter ab und wedelten kräftig mit den Armen, um von der Schebecke, die wir nun direkt vor Augen hatten, gesichtet zu werden. Sie war noch weit entfernt, doch an Bord schien jemand uns bemerkt zu haben. Ein Matrose grüßte uns von der Brücke aus: das erste Zeichen der Hoffnung.

Wenige Minuten später wurde ein Beiboot zu Wasser gelassen. Vier kräftig rudernde Matrosen waren schon bald nah bei der Insel. Ich sah, wie Naudé und Pasqualini sich bebend vorbeugten, als könnten sie mit ihrer Körperhaltung die Erdoberfläche verkürzen und jenes rettende Boot näher heranbringen. Plötzlich wurden die Ruder eingezogen, und einer der vier Männer erhob sich.

Kemal kam uns zuvor: »Ihr seid still. Nur ich rede.«

Angesichts unserer Unerfahrenheit in Seefahrtsdingen wagte keiner, ihm zu widersprechen.

»Wie viele seid ihr und welcher Nationalität?«, fragte der Matrose in unsere Richtung schreiend, während das Boot aus Vorsicht etwa vierzig Schritt vor uns anhielt.

»Allesamt ehrliche Untertanen Eures Großherzogs, des Allerchristlichsten Königs von Frankreich, der Republik Venedig und Seiner Heiligkeit des Papstes von Rom«, brüllte Kemal zurück. »Zehn im Ganzen: drei Musiker, vier Gelehrte, ein Secretarius und zwei Seeleute.«

»Was tut ihr hier?«

»Überfallen von Barbaresken. Schiff verbrannt, mit Beiboot geflohen!«, schrie Kemal, der vor unserem Abstieg die lange Mähne hatte zusammenbinden und meinen Umhang überwerfen müssen, um alle Details seines piratenhaften Aufzugs zu verstecken.

Die Berufsbezeichnung »Seeleute« hatte Kemal anscheinend sich und Mustafa zugedacht, doch das Wichtigste war, dass wir uns das Vertrauen der Livorneser Mannschaft erwarben. Wenn wir erst einmal an Bord waren, würden wir ihnen die Geschichte der beiden Barbaresken, die zur wahren Religion unseres Herrn Jesus Christus zurückkehren wollten, vielmehr von Ali Ferrarese im Stich gelassen worden waren, schon langsam beibringen.

»Zu welcher Flotte gehörte Euer Schiff?«, fragte der Matrose.

»Es unterstand dem Allerchristlichsten König, wurde geentert und verbrannt. Wilde Korsaren, angeführt von Ali Ferrarese!«

Stille trat ein, die vier Matrosen blickten einander an, wahrscheinlich überrascht, diesen Namen von trauriger Berühmtheit zu vernehmen.

»Wir haben schwere Verluste erlitten«, ergänzte unser Herold, »die Mannschaft zu Sklaven gemacht, die Waren geplündert, das Schiff versenkt. Wir sind Schiffbrüchige. Wir flehen euch um Hilfe an, um unseres Herrgotts willen!«

»Wir Musiker werden mit allergrößter Dringlichkeit von Seiner Eminenz Kardinal Mazarin persönlich am französischen Königshof erwartet!«, fügte Malagigi wohlbedacht hinzu.

Die vier Matrosen berieten sich untereinander, dann ergriffen sie die Ruder und kamen auf uns zu.

»Gott sei's gelobt!«, hörte ich Pasqualini aufseufzen.

Sie waren nicht mehr als zehn Schritt von uns entfernt, wir konnten ihnen nunmehr ins Gesicht sehen: Der Anführer, der mit Kemal verhandelt hatte, war ein untersetzter Mann mittleren Alters, das von einem weißen Bärtchen umrahmte Gesicht sonnenverbrannt. Die anderen waren junge Kerle zwischen zwanzig und fünfundzwanzig. Während sie ruderten, betrachteten sie uns neugierig und wachsam zugleich.

»Wo sind die anderen?«, fragte der Anführer. »Wir müssen mindestens zwei Fahrten machen, um euch alle aufzunehmen, und dann braucht es ziemlich viel Zeit, um …«

»Himmel, Signor Secretarius, Ihr sagtet doch, es geht Euch besser …«, rief Kemal mit einem entsetzten Blick auf mich aus.

Prompt richteten sich die Augen des Weißbärtigen und der anderen auf meine Wenigkeit.

Ich erbrach mich, hilflos an einen Felsen geklammert.

»Gleich ist es heraus … nur einen Augenblick noch«, sagte ich keuchend, während ich reichlich Magensäfte ausspie, doch nichts von dem am gestrigen Abend gegessenen Fleisch. Die grünliche Lache zu meinen Füßen verhieß nichts Gutes.

»Quarantäne! Quarantäne!« Nur dieses eine Wort warf der untersetzte Mann mit dem weißen Bart uns vom Boot aus zu.

Die Gesetze der Seefahrt sind eisern: Ohne ein Gesundheitszeugnis galten wir angesichts eines so offenkundigen Unwohlseins alle als ansteckend. Überdies gab es keine Garantie, dass Kemals Worte der Wahrheit entsprachen. Wenn er nun gelogen hatte, um zu verheimlichen, dass der wahre Grund unseres Aufenthalts auf Gorgona eine

Seuche war? Als ich mich aufrichtete, sah ich Pasqualini und Naudé, die mich mit kaum verhohlenem Zorn musterten. Dann brach ich wieder zusammen und hoffte, endlich meine Eingeweide zu leeren.

»Verseuchte! Ihr seid verseucht!«, wurde vom Boot aus gerufen. »Wir müssen alle toskanischen Häfen warnen, dass euch vierzig Tage lang keine Mannschaft an Bord nehmen darf!«

»Was? Vierzig Tage lang?«, schrien du und Malagigi. Ihr blicktet euch an, beide einer Ohnmacht nahe.

»Seine Eminenz Kardinal Mazarin erwartet uns dringend in Paris!«, protestiertest du aus vollem Halse.

Vergebens: das Boot wendete, um zur Schebecke zurückzurudern. Der Bärtige blickte hinter sich, betrachtete uns nachdenklich. Dann gab er ein Zeichen, innezuhalten.

»Wir sind Christenmenschen und haben Mitleid mit euch«, rief er, »aber die Gefahr, die von euch ausgeht, ist zu groß. Eure Krankheit könnte sich im Hafen von Livorno ausbreiten, was bedeuten würde, in kürzester Zeit den halben Erdkreis anzustecken.«

»Ein Seemann mit Verantwortungsgefühl und Gewissen, das muss man zugeben. Ein wahrer Christ.« Kemals Bemerkung überraschte, hatte man doch bisher noch keine frommen, für die Idee der Nächstenliebe empfänglichen Gedanken von ihm vernommen.

»Von wegen wahrer Christ!«, knurrtest du. Unerwartet kam deine Frage an das bärtige Männchen: »Wie viel willst du?«

»Toskanische, päpstliche oder französische Münzen sind willkommen. Natürlich auch Gold oder Perlen!«, lachte dieser. »Keine Wechselbriefe oder Münzen aus den Barbareskenreichen!«

Deine unverblümte Frage verwirrte uns. Trotz deiner Jugend wusstest du besser als wir, dass alles auf der Welt seinen Preis hat. Ein Stich fuhr mir durchs Herz und ließ mich das Magenleiden vergessen. Deine Eingebung stammte aus dem Missbrauch durch die Medici und ihre unflätigen Kumpane, den du seit deiner Kindheit hattest erleiden müssen, und aus der Erfahrung, von deinem eigenen Vater verraten worden zu sein.

»Habt ihr noch etwas bei euch?«, fragte Kemal halblaut.

Alle schüttelten wir traurig den Kopf.

»Du weißt ganz genau, Schurke, dass dein Anführer, dieser Renegat, uns alles genommen hat!«, murrte Hardouin einmal weniger sanftmütig als sonst.

»Ich habe die Gutenbergbibel. Sie ist von unschätzbarem Wert! Kardinal Mazarin täte alles, um sie zu bekommen!«, wagte Naudé einen Versuch, wohlweislich verschweigend, dass es sich um eine Kopie handelte.

»Wir haben nur ein altes, kostbares Buch, das dem König von Frankreich gehört!«, fasste Kemal den Sachverhalt für die Bootsmannschaft grob zusammen.

»Haha! Vielen Dank, aber im Moment wackelt keiner von den Stühlen an Bord, und die Mannschaft benimmt sich anständig!«, spottete der Weißbärtige. Er spielte auf die beiden einzigen Verwendungsweisen an, die Seefahrer Büchern zugestehen: Entweder stützt man damit wackelige Möbel oder man rührt mit Hilfe von Meerwasser aus den Seiten einen ekelhaften Brei, den aufrührerische Ruderer zur Strafe schlucken müssen.

Mit diesen Worten und ohne unsere Reaktion abzuwarten oder uns noch eines Blickes zu würdigen, ruderten die Matrosen auf dem Beiboot unter Scherzen und Gelächter wieder zur Schebecke zurück.

»Räuber!«, protestierte ich, nach überstandenem Unwohlsein mein Kinn mit dem Jackenärmel säubernd. »Sie wollten unser Unglück ausnutzen! Außerdem habe ich nur einen verdorbenen Magen, keine Pestbeulen!«

»Auf See zählen solche Feinheiten nicht«, sagte Kemal, »und bei einem Verdacht auf ansteckende Krankheiten unter den Passagieren kann einem Handelsschiff sogar der Zugang zum Hafen verwehrt werden, dann muss es die Quarantäne abwarten. Die Waren verderben, die Geschäfte mit den Händlern am Ort platzen. Lässt der Kapitän heimlich kranke Passagiere von Bord gehen, muss er eine gesalzene Strafe zahlen und darf für lange Zeit nicht mehr in diesem Hafen ankern. Das ist verlorenes Geld, lieber Secretarius, und ohne Geld gibt es keine Seefahrt.«

Nach diesen Worten gab der Korsar mir die Mütze zurück, die ich ihm zur Verkleidung geliehen hatte. Der freundliche Hieb auf den Rücken, den er mir versetzte, brach mir fast sämtliche Knochen, aber als körperlich fühlbarer Kommentar fasste er die gesammelte Wut der Gruppe gut zusammen.

Eine mühselige und traurige Rückkehr auf den Gipfel der Klippe erwartete uns. Wir hatten eine Gelegenheit versäumt, unsere Gefangenschaft auf dieser Insel rasch zu beenden, und wussten noch immer nicht, ob sie eine Stadt oder einen Hafen besaß, der diesen Namen verdiente. Nicht einmal die Matrosen der Schebecke hatten wir danach fragen können, da sie uns so schnell unserem Schicksal überlassen hatten. Es würde eine gute halbe Stunde dauern, um zu unserem Ausgangspunkt zurückzukehren. Während wir langsam auf dem steilen Pfad zwischen den Felsen emporkletterten, spürte ich die zornigen Blicke der Gesellschaft im Rücken wie Dolche, die mir bis in die Knochen fuhren. Ach, hätte ich diese Magenverstimmung doch fünf Minuten früher gehabt und nicht erst, als wir von der Mannschaft der Schebecke verhört wurden, dann wären wir jetzt schon an Bord des Livorneser Schiffs auf der Fahrt zum Festland. Schimpf und Schande über diesen armen Secretarius! Doch ich beklagte mich nicht und schlug mir auch nicht an die Brust. Es gehört zu den Pflichten des Secretarius, Unerschütterlichkeit und Würde zu bewahren, wenn diese auch seinen Herrn auszeichnen sollen.

DIALOG

Darin während einer Diskussion über den Seekrieg und seine Ursachen über Verrat gesprochen wird: insonderheit darüber, welche Völker ihn gerne begehen, warum die Italiener darin Meister sind und wie die Armut sie dazu gebracht hat.

Tiefste, brennende Schmach war in meinem Blick zu lesen. Darum hatte niemand mir ausdrücklich Vorwürfe machen wollen, doch der zurückgehaltene Zorn meiner Gefährten suchte nach einem Weg, sich zu entladen.

»Es hätte nur etwas mehr Entschlossenheit gebraucht«, sagte Malagigi mit säuerlichem Unterton.

»Was hat Entschlossenheit damit zu tun?«, erwiderte Kemal empfindlich getroffen.

»Du hättest dich sofort vor den kotzenden Secretarius stellen und ihn verbergen müssen. Sie haben gar nicht bemerkt, dass ihm übel war, bis du angefangen hast zu schreien.«

»Erstens habe ich mitnichten geschrien«, versetzte Kemal, »und zweitens waren die nicht blind, sie hätten es trotzdem bemerkt.«

»Aber du hättest es wenigstens versuchen können! Wo sind deine Prahlereien über Mut und Geistesgegenwart geblieben, mit denen du uns beim Abendessen im Haus der Verrückten in den Ohren gelegen hast?« Malagigi war verzweifelt über die verpasste Gelegenheit, die Insel zu verlassen.

Verärgert platzte der Barbareske los: »Mut! Was weißt du davon, Kastrat? Mut ist etwas für Leute wie Ali Ferrarese, der jeden Tag dem Tod ins Auge sieht. Ansonsten bewegt nur das Geld alles, wie beim Seekrieg. Warst du je in den Barbareskenreichen?«

»Natürlich nicht. Was für eine Frage …«, erwiderte Pasqualini, der auf die barsche Reaktion des Korsaren nicht gefasst war.

»Wenn es dich eines Tages dorthin verschlägt, römischer Kastrat, dann wirf einen Blick auf die Schiffswerften in Tripolis, Algier und Tunis und sprich mit den Arbeitern im Hafen. Du wirst sehen, dass die Tischler, die Schiffszimmerer, ja, alle Handwerker Italiener aus Neapel, Venedig, Genua und Palermo sind, die in der Berberei in Lohn und Brot stehen, damit sie die Schiffe bauen, mit denen ihre Landsleute dann verschleppt werden. Und woher, glaubt ihr, kommen die Riemenscheiben, die Federringe, die Takelage, die Kompasse, die Kurbeln, die Segelstoffe für den Bau dieser Schiffe? In den Barbareskenreichen kann niemand diese Sachen herstellen, sie werden Engländern und Holländern abgekauft, die maßgeschneiderte Waren für die Bedürfnisse der Barbaresken herstellen und sie auf den Markt in Livorno bringen. Dort verkaufen jüdische Händler sie zum Fünffachen ihres ursprünglichen Preises an die Gesandten der Reiche weiter. Ihr Christen ereifert euch laut gegen uns Korsaren aus der Berberei, aber mit der rechten Hand bekämpft ihr uns mit Schiffen und Kanonen und mit der Linken überhäuft ihr uns mit Geld und Waffen. Der Schrecken, der aus dem Orient kommt, wird vom Westen gewollt, toleriert und organisiert. Ohne euch gäbe es uns gar nicht, die drei Barbareskenreiche wären schon längst entvölkert und verarmt! Ihr seht nur die Fassade, die wenigen abtrünnigen Kapitäne, berühmte und verhasste Männer, die aus allen christlichen Ländern kommen, aus Italien, Griechenland, Frankreich und Spanien. Aber Fleisch und Blut der Piraterie und des Krieges kommen aus dem hohen Norden eurer Nationen, aus dem Dunkel und der Kälte der nördlichen Küsten Hollands, Dänemarks, der Hansestädte, Schwedens und Englands, aus ihren Staatstresoren, ihren Handelsgesellschaften und Kanzleien. So ist es, und so wird es immer sein. Ihr habt ja nicht die leiseste Ahnung von der Armut in den Ländern Mohammeds. Um Steuern einzutreiben, müssen die Regenten ganze Heere ins Landesinnere bis zu den Beduinendörfern in der Wüste schicken, wo sie mit Arkebusen empfangen werden. Ohne die Gelder von euch Nazarenern wären wir verloren! Noch wenige Stunden vor der Schlacht von Lepanto wart ihr untereinander zerstritten. Wenige Stunden nach Lepanto strittet ihr trotz eures Sieges schon wieder miteinander. Venedig, die christliche Stadt, wenigstens dem Namen nach, freut sich diebisch, wenn Barbareskenschiffe spanische Galeeren versenken. Das katholische Spanien, wenigstens lässt es sich so nennen, jubelt, wenn die Türken den Venezianern Candia, den Peloponnes oder Korfu wegnehmen. Mit wem machen die Händler der Berberei wohl die besten Geschäfte, wenn sie die Beute ihrer Kaperfahrten auf dem Schwarzmarkt verkaufen müssen? Ganz klar: natürlich wieder mit den jüdischen Händlern von Livorno, Untertanen des Großherzogs der Toskana, der zugunsten des Hafens von Livorno Sondergesetze erlassen hat, um den freien Handel und Geldverkehr zu fördern!«

»Wie … ausgerechnet in Livorno?«, stottertest du.

»Ja, mein lieber Junge, zu Hause bei euch Italienern, vielmehr uns Italienern, den schlausten von allen. Ihr habt nie die abgehauenen und zu Dutzenden auf eiserne Piken gespießten Köpfe von Nazarenern gesehen. Ich habe sie auf Barbareskengaleeren gesehen, und es waren abtrünnige Italiener, die dem Sultan diese Köpfe zum Geschenk machten.«

Malagigi schwieg, verdrossen über diese Argumente, denen schwerlich etwas entgegenzusetzen war, da sie aus dem Mund eines echten Korsaren stammten.

»Wir Franzosen werden nicht so leicht zu Verrätern«, sagte Hardouin.

»Unsinn«, fuhr ihm der Barbareske über den Mund. »Euer König Franz, der erste dieses Namens, verbündete sich mit Sultan Süleyman dem Prächtigen gegen Kaiser Karl von Habsburg in der Allianz mit den Ungläubigen – diesen Namen habt ihr Nazarener erfunden. Eine gute Gelegenheit für den berühmten Korsar Dragut, Olbia auf Sardinien zu verwüsten und viel christliches Blut zu vergießen. Die Nazarener waren empört, doch das Bündnis wurde von den Nachfolgern des Sultans und den französischen Königen ein gutes Dutzend Mal erneuert. Das Spanien des katholischen Königs Philipp III. verbündete sich mit einem der Nachfolger des Königs von Marokko, El Mansur, als er andere Thronanwärter bekämpfte. Italienische Städte wie Nizza in Ligurien wurden von vereinten türkischen und französischen Truppen angegriffen, und die Franzosen planten mit türkischer Hilfe einen Aufstand in Neapel gegen die Spanier.«

»Man sieht, dass du dich zwischen zwei Raubzügen gerne an der Geschichte ergötzt«, bemerkte Pasqualini ironisch.

»Ich ergötze mich an gar nichts. Das Wenige, was ich weiß, habt ihr soeben gehört. Ali Ferrarese hat es mir beigebracht, der in seiner Haftzeit unendlich viele Diskussionen mit den Inquisitoren von Palermo hatte und, um sich gegen ihre ungerechten Anschuldigungen zu verteidigen, jedes mögliche Argument heranziehen musste, auch Ereignisse aus früheren Jahrhunderten. Doch eines ist mir völlig klar: Wenn es nützt oder wenn Hunger im Spiel ist, sind alle zum Verrat bereit, Reiche wie Arme, Spanier, Franzosen, Deutsche und Engländer, Männer und Frauen. Das sage ich, weil ich Italiener bin, und wir Italiener sind Meister in dieser Kunst, also weiß ich, wovon ich spreche.«

»Wenn ich nach deinem Beispiel urteilen müsste, würde ich sofort glauben, dass ihr Meister im Verrat seid«, gab Hardouin zurück. »Auf dem Rettungsboot hast du geschworen, dass du wieder Christ sein willst, jetzt sagst du verächtlich ›ihr Nazarener‹.«

Kemal und ich blickten uns an. Denselben Vorwurf hatte er schon von mir gehört, nachdem er mir die Geschichte des Piraten Occhialì erzählt und sogar vorgeschlagen hatte, Korsar zu werden.

»Bis jetzt habe ich so gelebt«, wehrte er ab, den Blick zu Boden gerichtet, »aber das hat nichts mit meinen Plänen für die Zukunft zu tun. Schluss jetzt mit diesem Gerede, ich weiß nichts von der Geschichte, denn die Geschichte zählt nicht, und was mir im Leben nützte, das habe ich mit eigenen Augen gesehen, das ist die beste Weise, etwas zu lernen.«

Die Erklärungen des Korsaren waren natürlich grobe Übertreibungen, er versuchte nur, seine Haut zu retten. Ganz im Unrecht war er freilich nicht: man hatte ihn wie ein wildes Tier aufwachsen lassen, inmitten von Überfällen mit gezückter Waffe und Entführungen. Wie konnte er wissen, was alle mehr oder weniger betagten Nazarener nur zu genau wissen?

NOTIZ

Darin man erfährt, dass im Mittelmeerraum die Geschäfte der europäischen Reiche von den Barbaresken und die Geschäfte der Barbaresken von den europäischen Reichen geführt werden.

Seit Jahrhunderten schon ist das Mittelmeer, das wir wie unsere römischen Ahnen noch immer stolz Mare Nostrum nennen, in zwei Teile geteilt, den östlichen Teil, den die ungläubigen, mörderischen Türken dem Christentum entrissen, und den westlichen Teil, der sich bis zum katholischen Spanien und davor noch bis zum Frankenreich erstreckte. Zwischen diesen beiden Feuern üben andere alte Mächte Einfluss aus, ruhmreiche Mächte, die mit den übermächtigen Flotten Frankreichs, Spaniens und des Osmanischen Reiches jedoch kaum mehr wetteifern können: die Republik Venedig, das Großherzogtum Toskana, das Papstreich und die Republik Genua.

Wie alle wissen, eroberten die Türken schon vor fast zweihundert Jahren Konstantinopel, es war das blutige Ende des Oströmischen Reiches. Kurz zuvor hatten sie die Balkanländer, Rumelien, die Walachei und davor Griechenland unter ihre Kontrolle gebracht. In den folgenden Jahrhunderten setzten sie ihren Vormarsch fort, besetzten Syrien und das Heilige Land, und 1517, nach ihrem Sieg über die schiitischen Perser, eroberten sie Ägypten.

Am anderen Ende Europas behauptete sich das spanische Königreich als mächtiges Bollwerk der gesamten Christenheit, denn mit dem Sieg bei Granada 1492 waren die Mauren von der Halbinsel vertrieben worden. Spanische Heere hatten sodann die Meerenge von Gibraltar überquert und im Lauf der Zeit wichtige Brückenköpfe in Nordafrika aufgebaut, wie Orano, Melilla und die Festung Velez.

Damit sahen die drei kleinen Stadtherrschaften Tripolis, Tunis und Algier sich zwischen dem Osmanischen und dem spanischen Reich eingezwängt. Es waren grobe Gemeinwesen, auf Raub, Mord und Diktatur gegründet. Sie baten den osmanischen Sultan um Hilfe, dessen Oberherrschaft sie zum Dank anerkannten. Nur Marokko schuf sich ein eigenes Heer und blieb vom Sultan unabhängig. Unterdessen konnte sich Venedig dem osmanischen Vormarsch mühsam entgegenstemmen, indem es durch diplomatisches Geschick und verlustreiche Kriege seine Besitztümer in der Adria, im griechischen Meer und in Candia verteidigte.

Im Laufe weniger Jahrzehnte schworen viele tausend Christen ihrer Familie, Religion und Staatsbürgerschaft ab und gesellten sich zu den Korsaren. Manche waren einfache Matrosen, die in die Hände tunesischer oder algerischer Korsaren gefallen waren. Sie wurden wie Geiseln behandelt, aber in ihrer Heimat wollte oder konnte keiner Lösegeld bezahlen. Um der Sklaverei zu entgehen, konvertierten sie in einer eiligen Zeremonie zur Religion des Propheten und wurden freie Männer. Sie heirateten, häufig mehrere Frauen zugleich, gründeten Familien, bauten sich Häuser. Viele stiegen in der Marine der Barbareskenreiche rasch in hohe Ränge auf, wo List, Befähigung zum Kommando und Grausamkeit im Kampf benötigt und gut bezahlt wurden.

Aber auch ein gewaltiger Tross Hungerleider, Bettler und Nichtstuer machte sich nach Tunis, Tripolis und Algier auf. In der Heimat gab es keine Hoffnung für sie: arm waren sie und arm würden sie bleiben. Bei den Korsaren jedoch stehen alle Türen offen: Matrosen wie Kapitäne bekommen etwas von der Beute, jeder kann reich, mächtig und berühmt werden. Die Korsarenreiche wussten ihre Feinde geschickt zu kaufen: sie boten die Möglichkeit eines besseren Lebens, wo Frauen unterdrückt und Fremde nicht geächtet werden, wo es keinen Adel gibt, also auch der Arme bis zu den höchsten Stufen der Gesellschaft aufsteigen kann. Die Religion kennt nur wenige einfache Gebote, es gibt kein Fleischverbot am Freitag, und jedermann kann seine Abenteuerlust und seinen Groll gegen das alte Vaterland ausleben. Im Nu ist man in die schmutzigen Truppen der Barbareskenmarine aufgenommen, wo Tapferkeit, oder besser Gräueltaten mit klingender Münze bezahlt werden.

Bereitwillig verkaufen die Renegaten ihre Ortskenntnisse: sie kennen sichere Häfen, wo Proviant beschafft werden kann, sie wissen, an welcher Reede man für den Feind unsichtbar ist oder welches Küstenstädtchen leicht auszuplündern ist. Oft führen sie selbst die Überfälle auf ihre Heimatorte an, denn schlaue Kapitäne, wie der griechische Renegat Kair Eddin, der berühmte Barbarossa, versprechen ihnen Lehen in diesen Ländereien. Oft vermitteln sie zwischen den Korsaren und den Nazarenern, was ihnen Ansehen und weitere Erträge einbringt. Es ist die infame Rache des Armen am Reichen, des

Pechvogels am Glücklichen, des Neidischen am Bescheidenen: Der Teufel weiß genau, dass Neid das beste Mittel ist, Zwietracht und Unglück zu säen; es genügt, die Armen und Enterbten zu überzeugen, dass ihr Zustand nicht Gottes Wille, sondern eine Ungerechtigkeit ist, die mit Gewalt, Raub und Mord ausgerottet werden darf.

Die ganze Macht der Barbareskenreiche gründet sich auf die Piraterie oder vielmehr auf den Seekrieg, der nichts anderes ist als Piraterie im Namen eines Staates oder Königsreichs dank einer offiziellen Ermächtigung, dem sogenannten Kaperbrief. Mit blitzschnellen Aktionen werden Handelsschiffe verfolgt, beschossen und geentert. Ergibt die Mannschaft sich nicht sofort, wird sie mit erbarmungslosen Massenexekutionen bestraft. Manche, wie Kamal Rais, ertränkten jedoch die Matrosen aller eroberten Schiffe oder schickten dem Sultan bis zu hundert abgeschlagene, aufgespießte Köpfe. Alle Art Waren, Öl, Wein, Getreide, sogar Wäsche und die Schiffe selbst werden fortgeschleppt. Eine besonders begehrte Beute sind Menschen, für die Lösegeld erpresst werden kann. Wenn es wichtige Persönlichkeiten sind, lassen sich mit diesem Faustpfand politische Verhandlungen führen. So kann eine Bande Schurken wider alle menschliche Logik von gleich zu gleich mit dem Papst oder dem französischen König verhandeln.

Marineoffiziere, Geistliche, Adelige oder Botschafter sind die besten Beutestücke, denn für sie zahlt fast immer jemand. Dann kommen Händler oder Passagiere, die meist unter Verwandten und Landsleuten eine Kollekte für sich organisieren können. Wer nicht zahlen kann, bleibt für immer unter den Barbaresken und wird zum verachteten, unterernährten Sklaven für eine große Familie. Religiöse Bruderschaften sammeln Gelder, um die Armen freizukaufen, doch das ist mühsam und langwierig, und bis zur Befreiung können Jahre vergehen.

Diese menschliche Ware wird bei Überfällen auf Handelsschiffe oder sogar bei Siegen gegen spanische, venezianische, päpstliche Kriegsschiffe erbeutet. Noch größere Erträge bringen jedoch die Streifzüge an Land: ganze Flotten nähern sich den Küsten bei Nacht und überfallen Dörfer und Städte, um die Einwohner zu Hunderten zu deportieren. Hier wird besonders grausam gewütet: zum Beispiel überfallen die Korsaren dasselbe Dorf an zwei aufeinanderfolgenden Tagen, weil die Bewohner nach dem ersten Mal glauben, der Feind sei abgezogen. Oder sie schneiden die Glockenstränge der Kirche durch, damit kein Alarm geläutet werden kann. Korsarennamen wie Christenschlächter sagen schon alles.

In Tunis, Tripolis oder Algier angekommen, werden die Gefangenen in die Zellen der Sklavenbäder geworfen, wo sie Hunger leiden und krank werden. Wer nicht losgekauft wird, dem bleibt nur die Konversion. Auch hier ist der Weg geebnet, die Sache so einfach, dass fast niemand der Versuchung widersteht. »Es gibt keinen anderen Gott als Allah, und Mohammed ist sein Prophet« – schon erledigt! Mit dem rechten Zeigefinger zum Zeichen des Schwurs auf den Himmel weisend, spricht man diese Formel vor dem eigenen Herrn und wenigen Zeugen.

Nun beginnt ein neues, aufregendes Leben, wo Meere und Küsten eine Ernte bieten, die nicht einmal ausgesät werden muss, wo schändliche Lust am Brandschatzen, Plündern und Morden öffentlich gelobt und wie Tugenden belohnt wird.

Ganze Heerscharen von Christen erliegen dieser Versuchung. In Algier leben mehr Renegaten als ursprüngliche Einwohner. In den befehlshabenden Rängen finden sich fast nur Italiener, sie sind gerissener als alle anderen. Wie der große Occhialì aus Kalabrien, wie der Sizilianer Vincenzo Cicala, wie der Venezianer Mohammed di Chio, Gatte der Tochter von Ramadan, des Pascha von Tripolis. Mit einem Komplott stürzte er seinen Schwiegervater, übernahm die Macht, verhandelte als Ebenbürtiger mit den Nachbarregionen, tauschte mit ihnen Kamele, Eunuchen, Sklaven und Mädchen. Er unterdrückte Verschwörungen, ermordete Rivalen, zwang einen Augustinerpater zur Konversion und ließ ihn von anderen Renegaten lynchen, als er sein Wort zurücknahm. Dann aber bereute er und erlaubte sogar Franziskanerpatern, in seinem Reich zu missionieren. Erst als man seinen zwölfjährigen Sohn vergiftete, wurde er schwermütig und brachte sich um.

Nur sehr wenige haben sich einen Rest Ehrgefühl bewahrt, wie der englische Pirat Digby, ein katholischer Baronet. Während seiner Überfälle in Griechenland ging er auf die Suche nach antiken Statuen, und als er ein wehrloses Schiff mit einer vollkommen betrunkenen Mannschaft hätte entern können, ließ er es ziehen.

»Viele wechseln zur Gegenseite über, weil sie schon in zartem Alter dazu gezwungen werden«, wandte Hardouin ein.

Der bretonische Buchhändler berichtete, dass für das Janitscharenkorps, das tapferste und gefürchtetste im Heer des Sultans, jedes Jahr viele tausend christliche Kinder in den Balkanländern entführt werden. Sie werden ihren Familien entrissen und zunächst feige in einer Art verwässertem Christentum mitsamt vorgetäuschter Beichte und Kommunion erzogen, damit sie ihren ursprünglichen Glauben nicht zu sehr vermissen. Doch dann geht man nach und nach zu den Vorschriften Mohammeds über, damit diese Menschen jedes Jahr höhere Aufgaben im Osmanischen Reich übernehmen, sich bereichern, Macht und Zufriedenheit erwerben können, bis sie zuletzt ihre Ursprünge vergessen und zu Mördern ihrer einstigen Landsleute werden, ja, selbst Kinder entführen.

»Das ist wahr«, sagte der Korsar. »Denn die Janitscharen sind keine Verräter. Aber bei den Nazarenern habe ich Brudermörder gesehen. Ich habe mit Überlebenden aus Ceriale in Ligurien gesprochen. Vor vielen Jahren wurden die Familien dieses Ortes nachts von einem seit Jahren verschwundenen einstigen Nachbarn überrascht, der mit vier oder fünf bewaffneten Barbaresken in ihre Häuser eindrang. Er legte seine Spielkameraden, seinen Lehrer und seinen Pfarrer von einst in Ketten, zündete ihre Häuser an und verschleppte sie nach Tunis oder Algier, um sie als Sklaven zu verkaufen.«

DISKURS XLVI

Darin man sich damit abfindet, eine ganze Weile auf der Insel bleiben zu müssen.

Als das Echo von Kemals traurigen Auslassungen verklungen war und wir die Klippe fast wieder erklommen hatten, hob eine kleine Neuigkeit die Stimmung.

»Seht mal!«, rief Hardouin, nach unten zeigend, wo die Wellen sich am felsigen Ufer brachen.

Die schwarze Silhouette bewegte sich ein wenig trunken vor und zurück, als versuchte sie, nicht wieder aufs Meer hinauszutreiben. Unser Rettungsboot war nicht gesunken, es schwamm friedlich, halb mit Wasser gefüllt, vor den Klippen. Die verborgenen Strömungen um die Insel hatten es wohl aus den Tiefen des Meeres wieder an die Oberfläche getrieben, ein wenig spazieren geführt und dann unweit der Stelle, wo wir so abenteuerlich an Land gegangen waren, abgesetzt.

»Vielleicht hat es nur ein kleines Leck«, überlegte Kemal, »aber man müsste es frisch kalfatern, damit es sicher ist. Leider haben wir hier keine Möglichkeit, Pech zu erhitzen.«

Nachdem wir uns hinter der Klippe wieder mit dem Rest der Gruppe vereint hatten, musste der arme Secretarius es erdulden, als der einzig Verantwortliche für die gescheiterte Flucht mit der Schebecke hingestellt zu werden.

»Wir könnten zum Haus des Mädchens zurückkehren und versuchen, die Rauchsäule wieder aufsteigen zu lassen, indem wir ein wenig in der Glut stochern«, schlug Naudé vor. »Vielleicht wird ein anderes Schiff neugierig. Aber schnell, bevor sich der Befehl verbreitet, Gorgona wegen der Quarantäne zu meiden.«

»Was für eine Idee, an den Ort zurückzukehren, wo die Ärmste gestorben ist, um dieselben Flammen wieder zu entfachen, die sie umgebracht haben«, tadelte ihn Schoppe, doch hinter seiner unglaubwürdigen Mitleidsregung verbarg sich die Absicht, auf Gorgona zu bleiben, bis Philos Ptetès gefunden war.

»Die Ärmste? Gestern Abend wollte sie uns alle erschlagen!«, wandte Malagigi ein.

»Jaja, aber sie war doch nur ein armes, verwirrtes Mädchen«, entgegnete Guyetus, sich der Heuchelei des Verehrungswürdigen anschließend.

»Nummer Drei war verrückt, und Schluss«, entschied Kemal.

Es war nicht schwer, den Weg zu dem Ort zu finden, wo wir unser Leben fast beendet hätten. Wir folgten dem Rauch, der von der verkohlten Hütte aufstieg, und gelangten bald ans Ziel.

»Himmel, was für eine Verwüstung«, murmelte Pasqualini.

Es war nicht mehr das Häuschen, sondern ein schwarzer Kadaver, dessen Skelett glühte und in schmutzige Schwaden aufging. Die Außenmauern und eine mittlere Wand standen noch, ebenso der Kamin, doch das Dach war eingestürzt. Das Häuschen, in dem wir am gestrigen Abend Zuflucht vor dem Regen gefunden hatten, war kurz davor, ganz einzustürzen.

Guyetus, Schoppe und ich setzten uns abseits unter einen Baum und beobachteten die Operationen. Die beiden waren zu alt, um auf den Trümmern herumzuklettern, ich litt noch unter den Nachwirkungen des Unwohlseins, das unserer kleinen Gesellschaft so sehr geschadet hatte.

»Lasst uns Blätter auf die Glut werfen, das gibt mehr Rauch«, sagte Naudé und schleuderte Äste auf eine Stelle, wo noch ein paar Flämmchen loderten. Dann kletterte er auf die Ruine, um zwischen den qualmenden Trümmern zu wühlen.

»Wie entsetzlich!«, protestierte Barbello, »genau unter dir könnte das arme Mädchen liegen!«

»Muchacha gut morta, keine Angst, haha!«, lachte Mustafa und begann ebenfalls, in den Überresten des Häuschens zu stochern, hier und da nasse Zweige auf die Glut werfend. Hardouin gesellte sich zu den beiden.

Plötzlich hörte man Kemal rufen: »Weg da!«

Zu spät. Ein vom Feuer halb aufgefressener Balken des Dachgestühls, der noch auf einer der Außenwände ruhte, löste sich und fiel mit lautem Krachen zu Boden.

Unter ihm lagen ohnmächtig Naudé und Hardouin.

Sofort stürzten alle herbei, um zu helfen. Der Balken wurde angehoben, dabei achteten wir darauf, die beiden Unglücklichen nicht noch mehr zu verletzen.

Naudé lag rücklings auf den Trümmern, stumm, seine Augen waren geschlossen, der Kopf blutüberströmt. Hardouin rief mit erstickter Stimme um Hilfe. Der Balken hatte beide mit voller Wucht getroffen.

Die Unglücklichen wurden auf den weichen Teppich aus trockenen Blättern im Unterholz gebettet. Guyetus, Schoppe und ich beobachteten zitternd die Rettungsmaßnahmen.

»Gabriel, um Himmels willen, mach die Augen auf!«, flehte ihn Barbello an.

Naudé hatte es am schlimmsten getroffen. Der Balken habe ihm eine ordentliche Wunde am Kopf zugefügt, bemerkten die beiden Korsaren, die sich mit Verletzungen auskannten. Wegen meines geschwächten Zustandes begnügte ich mich damit, Hardouin im Auge zu behalten, der über Schmerzen in der Hüfte klagte. Mit deiner Hilfe, mein Atto, entkleidete ich ihn halb: er hatte tatsächlich eine hässliche Schürfwunde und verlor ebenfalls Blut, doch nicht viel, man würde ihn verarzten können.

Kemal sammelte derweil ein wenig Wasser aus dem noch regennassen Laub ringsum und wusch vorsichtig Naudés Kopf. Auf jede mögliche Weise wurde versucht, ihn wieder zu Bewusstsein zu bringen. Mustafa und Malagigi ließen sich unsere Schnupftücher und Lappen geben, die als Verband oder blutstillender Tampon dienen konnten, dann machten sie sich auf die Suche nach Heilkräutern und reinem Wasser, das sie in einem von Mustafa zur Verfügung gestellten Fläschchen auffangen wollten.

»Armer Junge. Er war ein Lüstling, aber wirklich intelligent«, murmelte Schoppe versonnen, als tauchte er aus seinen Gedanken auf.

»Nachdem Ihr dem armen Naudé die Hölle heiß gemacht habt, tut er Euch jetzt leid? Wenn er schon tot ist, wird er Euch von dort oben nicht vergeben können, denn es gibt nichts nach dem Tod«, tadelte ihn Guyetus, der in großer Angst um den Bibliothekar war.

»Naudé wird nach seinem Tod nicht dort *oben* sein, wie Ihr übrigens auch nicht«, schlug der Verehrungswürdige zurück, »vor allem aber habt Ihr nichts verstanden. Ich sprach nicht von Naudé, der zwar ein Lüstling ist, wohl wahr, aber alles andere als intelligent. Ich sprach von Jean-Jacques Bouchard.«

Guyetus quittierte die Antwort mit einem ärgerlichen Grunzen.

Es brauchte eine gute Weile, bis Naudé die Augen aufschlug, was alle sehr erleichterte, doch er befand sich in einem üblen katatonischen Zustand. Kemal ließ ihn keine Sekunde lang aus den Augen, versuchte ihn zum Sprechen zu bringen, seinen Geist anzuregen. Mit geringem Erfolg: Naudés Blick war leer und ausdruckslos, dann schloss er die Augen wieder. Guyetus betrachtete ihn besorgt.

»Auch ich dachte gerade an die Aufzeichnungen Bouchards«, mischte ich mich ein, »die wir heute Morgen gelesen haben. Das verschlug einem ja den Atem, noch nie habe ich eine Liste gesehen, wo so viel grober Unsinn aus den Werken der antiken Historiker aufgezählt wird. Die Menschheit ist wahrhaftig leichtgläubig, Bouchard hatte recht!«

Auf meine Worte folgte keine Reaktion: Die beiden Gelehrten hatten nicht die geringste Lust, mit mir über diese Aufzeichnungen zu sprechen, die die Glaubwürdigkeit der uns überlieferten Version der Geschichte weit mehr erschütterten als die Diskussion über Lykurg. Denn sie tauchten die sogenannte Gelehrtenrepublik, die auf jene Geschichte glänzende akademische Karrieren gegründet hatte, in das

Zwielicht des Betrugs. Es war jedoch offensichtlich, dass Schoppe mit einer gewissen Erregung, deren Grund ich nicht kannte, über der Sache brütete.

Ungeduldig, als habe er soeben einen mit sich selbst ausgefochtenen Kampf abgeschlossen, brach Schoppe das Schweigen: »Ich habe abscheuliche Dinge über Naudé und Bouchard gehört! Das Zeug in den Tagebüchern dieses Menschen, die nach seinem Tod gefunden wurden! Mein Gott, zum Erbrechen ist das!«

»Lieber Caspar, das einzige Problem ist deine Bigotterie«, erwiderte Guyetus trocken.

»Ich und bigott? Ihr habt diese Tagebücher nicht gelesen!«

»Hast du sie denn gelesen?«, fragte Guyetus.

»Tja … nein, aber man hat mir davon erzählt. In ganz Italien und Frankreich wurde darüber gesprochen. Und von unserem lieben Naudé ist mehr als genug die Rede … Da will er uns weismachen, dass er nicht wusste, dass Orestes sein alter Freund Bouchard war?«

»Caspar, ein wenig Respekt bitte, vielleicht liegt Gabriel im Sterben.«

»Bestimmt nicht, bei dem Dickschädel!« Mit makabrem Humor zwinkerte Schoppe dem armen Bibliothekar zu, den wir noch immer reglos liegen sahen, von Barbello umsorgt. Kemal hatte ihm befohlen, möglichst flache Steine rund um die Wunde zu legen, damit die Schwellung durch die kalten Steine zurückging.

Darauf begann der Verehrungswürdige mit dem Eifer, den er immer bewies, wenn es darum ging, Öl in das Feuer übler Nachreden und Verleumdungen seiner Rivalen zu gießen, mit seinem Bericht.

NOTIZ

Darin erzählt wird, was man von Bouchard wusste, bevor er starb.

Wie alle wissen, hub Schoppe an, kam Naudé 1631 im Gefolge des Kardinals Di Bagni in Rom an. Sein neuer Arbeitgeber, einst Apostolischer Nuntius in Paris, war in die Ewige Stadt zurückgekehrt, nachdem er zum Kardinal ernannt wurde.

Naudé tritt als Secretarius in den Dienst des Kardinals. Seine Pariser Freunde, die Du Puy mit ihrem gelehrten Salon, an deren Quellen auch Di Bagni sich labte, haben ihn empfohlen. Der junge Pariser kennt Italien schon gut und spricht Italienisch.

Denn in seiner Jugend hat er die erhabene Universität Padua besucht, wo seit langer Zeit höchst gerissene Denker in Mode sind, die mit dem Atheismus liebäugeln: Pietro d'Abano, Pomponazzi, Zabarella und Agostino Nifo. Die Universität wird von der Republik Venedig bezahlt, die viele offene Rechnungen mit der römischen Kirche hat und aufrührerische Ideen nach Kräften fördert.

In Padua war der junge Naudé Schüler des berühmten Cesare Cremonini, des bestbezahlten Philosophen von Italien. Vor einer unüberschaubaren Menge an Zuhörern erklärt Cremonini die Lehre des Aristoteles und seines barbarischen Kommentatoren Averroes über das Wesen der Welt, des Menschen und Gottes. Doch er wird verdächtigt, bei seinen Vorlesungen die Unsterblichkeit der Seele zu leugnen, weil er Aristoteles Zweideutigkeit bei diesem so heiklen Thema ausnutzt und sich auf die Deutung des Averroes stützt. Cremonini unternimmt nichts, um die böse Nachrede zu leugnen oder zu bestätigen. Nachdem er mehrmals von anonymen Denunzianten beschuldigt wird, macht die Inquisition ihm den Prozess, aber aus mysteriösen Gründen kommt er jedes Mal mit heiler Haut davon. Und jedes Mal überhäuft die Republik Venedig ihn mit Gold, indem sie sein Salär verzehnfacht, während der Lehrstuhl für Moralphilosophie, der Gottesfurcht lehren sollte, so schlecht besoldet ist, dass sich seit geraumer Zeit keine Dozenten mehr finden, die dieses Amt übernehmen wollen, und der Unterricht von einfachen Studenten besorgt werden muss. Das Jahresgehalt von fünfzehn Fiorini wurde seit anderthalb Jahrhunderten nicht erhöht, während andere Dozenten tausendfünfhundert Fiorini und Cremonini über viertausend bekommen. Überdies erhalten die Dozenten für Moralphilosophie nur einen Jahresvertrag, während die anderen Professoren auf Lebenszeit angestellt werden. Und alle wissen, wie unzufrieden die promovierten Studenten sind, wenn sie die Universität verlassen und die fehlende Moral in der universitären Lehre mit dem großen Bedürfnis nach Spiritualität im bürgerlichen, politischen, persönlichen und familiären Leben vergleichen, das zu befriedigen sie aufgerufen sind.

»Nur damit ihr versteht, welch eine gottlose Kaste in Venedig regiert«, erläuterte Schoppe freimütig, da er selbst ja nach langen Jahren der Flucht ausgerechnet in der venezianischen Republik Rettung vor all denen gefunden hatte, die sich für seine giftige Zunge rächen wollten.

Aus Padua schreibt der junge Naudé in seine Heimat: Italien ist ein Land von Ungläubigen und Ketzern, hier glaubt niemand an irgendetwas. Als er an einem schönen ersten Maitag in Rom ankommt, steht Naudé noch unter dem Eindruck der freizügigen, heiteren Atmosphäre seiner Monate in Padua. Bouchard ist schon seit Februar in der heiligen Stadt. Noch kennen die beiden sich kaum, in Paris haben sie sich manchmal bei den Treffen im Haus der Gebrüder Du Puy gesehen.

Es ist normal, dass ihr Kontakt sich in einer fremden Stadt vertieft, sie haben dieselben Freunde und Beschützer. Der große Gelehrte Peiresc, ein geradezu asketischer Philologe (er hasst Frauen), den einige Freie Geister Meister aller Meister nennen, hatte Bouchard, bevor dieser sich nach Rom aufmachte, ein paar Regeln diktiert, damit er sich nicht in Schwierigkeiten brachte: Niemals von Gott oder dem Papst sprechen, weder im Guten noch im Bösen; lange Gewänder tragen, um einen ehrbaren Eindruck zu machen; Verschwendung und Gelage meiden; mit den Franzosen so wenig Umgang wie möglich pflegen und nie Streit mit Italienern anfangen, weder um das Glücksspiel noch um Frauen; Italiener immer ehrerbietig und achtungsvoll behandeln. Und vor allem Vorsicht, Vorsicht, Vorsicht.

Und so erlernen Naudé und Bouchard in Rom die erhabene Kunst, die Peiresc predigte. Maßvolle Reden und vorsichtige Gesten; wenige, diskrete Vertraulichkeiten; weitgehende Unterwerfung unter die lokalen Gepflogenheiten; gelegentliche Grillen, aber zurückhaltend und kontrolliert.

In der Stadt des Papstes findet Bouchard neue, mächtige Beschützer: die Kardinäle Francesco und Antonio Barberini (Ersterer ein Asket, Letzterer etwas weniger), Neffen des Papstes, die ihn in die Reihen ihrer Secretari aufgenommen haben und jeden Eid auf Bouchards Talente schwören würden. Die Barberini schreiben sogar nach Frankreich an den Regierenden Minister Richelieu, um ihm das mitzuteilen. Sie vertrauen ihm die Übersetzung griechischer Autoren an, deren Werke in der Vatikanischen Bibliothek verwahrt werden. Eine heikle Aufgabe, es handelt sich um Georgios Synkellos und Theophanes, antike Chronologen, die die Weltgeschichte von der Schöpfung bis zum Ende des Römischen Reiches erzählt haben.

Der Bibliothekar der Barberini, Lukas Holste, hatte darum gebeten, die Ausgabe der Schriften von Synkellos und Theophanes betreuen zu dürfen, doch Kardinal Francesco Barberini übertrug Bouchard die Aufgabe, weil dieser besser ausgebildet und scharfsinniger war.

Bei seiner Ankunft in Italien hatte Bouchard nur die Briefe der Tonsur besessen, die erste Stufe kirchlicher Würden. Er hat Karriere gemacht, nun ist er der Abt Bouchard. Jeden Abend geht er nach St. Peter, um dem Papst die Ergebnisse seiner Arbeit zu präsentieren. Diese Begegnungen dauern bis drei, vier Uhr nachts an, denn der Papst ist selbst ein hochgelehrter, feinsinniger Gräzist. Man flüstert, Bouchard habe interessante Entdeckungen gemacht, die die Geschichte und die Literatur des Altertums revolutionieren könnten. Doch Bouchard achtet sorgsam darauf, dass nichts durchsickert. Er will seine Entdeckungen erst veröffentlichen, wenn seine Forschungen abgeschlossen sind, dann, so verspricht er, werden alle davon erfahren.

Aus Paris erhält Bouchard jedoch beunruhigende Signale. Bei einstigen Gönnern, wie den Gebrüdern Du Puy, ist er in Ungnade gefallen. Einige anerkannte Gelehrte, bekannte Namen in Paris (Balzac, Chapelain), nennen ihn einen Karrieristen, Parasiten und Intriganten, aber sie können nichts beweisen. Vielleicht ist es nur Neid.

In Rom vernimmt man zwar das Echo des Pariser Klatsches, aber es überwiegt die Achtung vor dem, was er ist und kann. Ihn schützen seine Bildung und seine ungewöhnlichen Fähigkeiten als Philologe.

Für die Barberini ist er zum *arbiter artium* geworden, zum Meister der Künste: Freuden, die zur Lehre werden, die klug dosiert werden müssen. Als die Barberini ein Chamäleon als Geschenk erhalten, obliegt es Bouchard, das exotische Tier spazieren zu führen und den Grüppchen staunender Ordensschwestern zu präsentieren. Und wenn ein Botschafter zu Besuch in Rom ist, muss er ihm die Schönheiten der Stadt zeigen.

Auch sein gesellschaftlicher Erfolg in Rom ist ungebremst: Im Hause Barberini will man zum Karneval eine Komödie auf Latein geben, die Vorbereitung liegt in seinen Händen. Es ist eine große Sache, die *Troerinnen* von Seneca sollen vertont und als musikalisches Werk aufgeführt werden. Den musikalischen Teil verantworten Virgilio Mazzocchi und Gian Battista Doni, Namen, die jeder kennt, während Bouchard, der Kenner der antiken Welt, das gesamte Konzept des

Schauspiels erarbeiten soll. Die Töne müssen sich, den alten hellenischen musikalischen Modi folgend, mit der antiken Dichtung verbinden. Die *Troerinnen* sind ein Lieblingsstück der Starken Geister, der heimlichen Ungläubigen, der Gladiatoren des Skeptizismus. Die Tragödie enthält berühmte Verse, die jeder Starke Geist liebend gerne als Schmähung in ein Schauspiel einfügen würde, das vor dem Papst aufgeführt wird. Es ist der berühmte Chor, in dem Seneca predigt, dass die Welt nur ein sinnloses Chaos ist und die Seele, wie Naudé im Padua des berüchtigten Cremonini hatte flüstern hören, sterblich:

Ist Vernichtung im Tod? – Wenn mit dem letzten Hauch
Unsre Seele verweht, wenn sie zerrinnt in Luft,
und wie Nebel verfliegt, endet das Daseyn dann? –
Mehr als leblosen Rumpf zehrte der Leichenbrand?
Was am Aufgang die Sonn, was sie am Niedergang
Schaut, was des Oceans bläuliche Wog umspült,
Wenn sie ebbend sich senkt, oder in Fluth erschwillt,
Das mit flüchtigem Schritt alles entrafft die Zeit.
Wie dort kreisenden Laufs wirbelt das Zwölfgestirn,
Wie das Königsgestirn rollet der Zeitenstrom,
Wie auf schlängelnder Bahn Hekate niedereilt:
So auch taumeln wir all unserem Ende zu.
Der lebt nimmer, der ihn jetzmahls, des Göttereids
Furchtbar'n Bürgen berührt hätte, den Strand des Styx.
Wie der Rauch schnell verfliegt über der hellen Glut,
Wie des nördlichen Sturms jache Gewalt zerreißt
Wetterschwang'res Gewölk, das wir noch eben sah'n:
So zerrinnt der Geist, welcher uns hier belebt.
Ja, der Tod ist auch Nichts, ist nur die äußerste
Mark des engen Bezirks, der uns bemessen ward. –
Eure Hoffnung ist Schaum, die ihr da wünscht und strebt;
Und die sorgend ihr zagt, Schaum nur ist eure Furcht.
Fragst, wo du nach dem Tod wohnen wirst? – Da, wo das
Ungewordene liegt.

Naudé und Bouchard lieben diese mächtigen, schrecklichen Verse, die den Feinden des naiven Glaubens aus der Seele gesprochen sind. Und sie werden direkt vor dem Papst rezitiert.

Merken die Barberini etwas? Natürlich nicht, sie sind viel zu beschäftigt mit der Regierung Roms und ihren tausenderlei Händeln mit den europäischen Mächten. Andernfalls hätte die Karriere des jungen französischen Abts einen schweren Schlag erlitten.

Das Gegenteil geschieht: Die Accademia degli Umoristi, der Treffpunkt von Gelehrten und Künstlern, zu dem die ganze Familie Barberini einschließlich Seiner Heiligkeit gehört, bittet ihn um eine Gedenkfeier für den verstorbenen Peiresc. Am Himmelfahrtstag beauftragt der Heilige Vater persönlich Bouchard mit einer Rede und ihm wird sogar die Ehre zuteil, sie öffentlich, in Gegenwart des Papstes, verlesen zu dürfen. Am Tag des heiligen Ludwig, des Schutzpatrons von Frankreich, darf er in der Kirche der französischen Gemeinde zwischen der Piazza Navona und dem Pantheon die Predigt halten. Die Kirche ist gesteckt voll, unzählige Kardinäle und Adelige sitzen in den Reihen, darunter auch der französische Botschafter und sein Gefolge aus sechzig Kutschen.

Die Krönung erfolgt im Januar 1641, genau zehn Jahre nach seiner Ankunft in Rom. Die versammelten Kardinäle wählen ihn unter großem, allgemeinem Applaus zum Priester des Heiligen Konsistoriums. Die Ernennung zum Bischof, die er seit Jahren betreibt, ist keine ferne Schimäre mehr.

Naudé hat ihn natürlich nie aus den Augen verloren. Immer diskret, doch hartnäckig hat er Kontakt mit dem Freund gehalten und ist über all seine Erfolge informiert.

Dann geschieht die Tragödie. Eines Abends im März, also kurz nach der Erhebung in den Priesterstand durch die Kardinäle, wird Bouchard von zwei Unbekannten auf der Piazza San Pietro überfallen und niedergeschlagen. Es gibt keine Zeugen. Man hat ihn mehrmals am Kopf getroffen, blutüberströmt kann er sich mühsam in eine Kirche schleppen und um Hilfe bitten. Er wird in seine Wohnung im Palazzo der Päpstlichen Kanzlei gebracht. Um seinen Ruf zu schützen, verbreiten Freunde das Gerücht, er sei mit dem Schwert angegriffen worden – einen Stock benutzt man gegen Dienstboten und Untergebene.

Der erste Verdächtige ist der Marschall d'Estrées, Botschafter des Allerchristlichen Königs von Frankreich, der Bouchards Ernennung zum Konsistorialpriester nicht gutgeheißen hat. Sie war gegen seinen Willen und ohne seine Einwilligung erfolgt. Die Empörung ist groß:

Die beiden Kardinäle Barberini erklären sich »in tiefster Seele verstört«, das Konsistorium sendet Protestschreiben nach Frankreich, der Papst persönlich lässt eine Galeere vorbereiten, um d'Estrées des Landes zu verweisen, wenn der Allerchristlichste König nicht von sich hören lässt. Am Bett des Verletzten drängeln sich die wichtigsten Namen des päpstlichen Hofstaates zu Dutzenden, Botschafter, Fürsten und Kardinäle, und auf dem Nachttisch häufen sich die Briefe mit herzlichen Genesungswünschen. Im Kardinalskollegium wird sogar gefordert, ihm als Anerkennung für seine treuen Dienste am heiligen Glauben, die er ungeachtet aller Gefahren bis zum Martyrium leistete, die lang ersehnte Bischofswürde zu verleihen. Es gibt in Frankreich zwar keine vakanten Bischofssitze, doch der Posten in Cagli im Kirchenstaat ist frei. Hier könnte der Ärmste die ehrgeizigen Werke verfassen, die er plant: eine Geschichte der griechischen Kirche und eine Geschichte der Gegenwart.

Monate vergehen, aber sein Zustand bessert sich nicht, Bouchard bleibt in sein Zimmer in der Kanzlei verbannt. Mit Höhen und Tiefen vergehen der Frühling und Sommer, selten ist er fieberfrei, auch in der Sommerhitze nicht, was kein gutes Zeichen ist. Er hat d'Estrées Diener angezeigt, von dem er seiner Meinung nach angegriffen wurde, einen gewissen Charlier, der aber nach Frankreich flieht, von wo er nach königlichem Gesetz nicht ausgeliefert werden kann. Sein Testament hatte Bouchard schon früher gemacht, am 15. August fühlt er sein Ende nahen und setzt ein neues Testament auf. Er legt eine Summe zurück, damit am Tag seines Ablebens hundert Messen für seine Seele gelesen werden, und eine jedes Jahr an seinem Todestag im Kartäuserkloster von Paris. Er bittet darum, in der Kirche Santa Maria degli Angeli bestattet zu werden. Seine privaten Papiere vermacht er zum Teil den Barberini, andere ihrem Kammerherrn, dem Cavaliere und Commendatore Cassiano dal Pozzo, Fürst der römischen Gelehrten. Die Arbeit über die griechischen Chronisten Synkellos und Theophanes bleibt unvollendet.

Zwei Wochen später verbreitet die Französische Gazette die traurige Nachricht im ganzen Königreich: Der Abt Bouchard, französischer Abstammung, Doktor der Theologie und Kleriker des Konsistoriums, starb mit fünfunddreißig Jahren in seiner Wohnung in der Päpstlichen Kanzlei am Fieber, nachdem er die Sakramente empfangen und zahlreiche fromme Verfügungen in sein Testament aufgenommen hatte.

Die Barberini ordnen an, ihm zu Ehren ein Grabmal in der Kirche zu errichten, wo er bestattet liegt. Die Dichter sollen diesen jungen Mann von kleiner, unscheinbarer Statur, aber von erhabenen Geist und Kenntnisreichtum vor allem in der griechischen und lateinischen Literatur mit pompösen Hymnen feiern. Postum wird er für den großen Eifer gelobt, mit dem er Freunden half, für seine sanftmütigen Umgangsformen, für seine Schlichtheit, die Schmeichelei und Stolz abhold war, für seinen geduldigen Dienst an der Wissenschaft und seine Gesprächskunst – kurzum, wenn das Schicksal ihn der Welt nicht vorzeitig entrissen hätte, würde er zu den größten Geistern aller Zeiten gehören.

»Da sind wir wieder! Wie geht es den Verletzten?«

Jäh wurden wir durch diese Worte in die Wirklichkeit zurückgeholt. Mustafa und Malagigi waren von ihrer Suche zurückgekehrt, sie brachten einige üppige Büschel Luzerne, ein treffliches Heilkraut gegen Verletzungen, und ein wenig Wasser, das sie geduldig von den Blättern geschöpft hatten.

»Kein Grund zur Besorgnis«, erklärte Kemal, während er Naudés Kopfwunde und die Abschürfung an Hardouins Hüfte noch einmal untersuchte.

»Sag ich doch. Der hat einen Dickschädel«, knurrte Schoppe, bevor er seinen Bericht wiederaufnahm.

NOTIZ

Darin erzählt wird, was man nach seinem Tod über Bouchard erfuhr.

Alles ist für den Nachruhm vorbereitet. Doch der Tod ist kein guter Wächter über die Vergangenheit. Cassiano dal Pozzo, den Bouchard in den fünf langen Monaten zwischen dem Überfall und dem Tod zum Vollstrecker seines Letzten Willens gemacht hatte, kramt in den

Papieren des Verstorbenen und findet Schriften, die ihm den Atem verschlagen.

Es sind Tagebücher, Memoranden von Reisen, Bündel mit Briefen Bouchards, die eine ganz andere Persönlichkeit offenbaren als den in den Nekrologen beweihräucherten Edelmann. Es kommt heraus, dass Bouchard in seiner Jugend von zuhause ausriss, er wurde von den Eltern sogar in Unehren fortgejagt. Anscheinend wegen einer Banalität: er trieb es mit einer Magd, und seine Familie war gegen diese Liebe. Sein Vater war ein hoher Richter, diese heimliche, unschickliche Verbindung war nicht hinnehmbar. Nach der Verbannung aus dem väterlichen Hause flüchtete er sich in eine Wohnung, die ihm der Bischof von Digne, ein Freund der *Deniaisez*, zur Verfügung gestellt hatte. In diesen Jahren notierte der junge Bouchard in einem Tagebuch seine intimen Erfahrungen mit jungen Frauen wie mit jungen Männern. Die Einzelheiten sind ekelhaft und peinlich: Sein Körper hielt mit den erotischen Abenteuern nicht Schritt, er verriet ihn sogar immer dann, wenn das Verlangen am stärksten war und die Gelegenheit wie auf einem Silbertablett serviert wurde. Dagegen klappte alles, wenn die Ausübung unmöglich oder gefährdet war. So war auch die feurige Liebschaft mit der Magd entstanden: das Mädchen wollte sich nicht ganz hingeben, und eben das hatte bei Bouchard eine obsessive, unersättliche Leidenschaft entfacht, die beide nach der endgültigen, tränenreichen Trennung jungfräulich wie Kinder zurückgelassen hatte. Doch das Schlimmste in dem Tagebuch war die Chronik aller unflätigen Verirrungen des Bouchard, seine zügellosen Erfahrungen mit anderen Jungen in einem Alter, in dem man nimmt, was erreichbar ist und die Hände flink zugreifen. Minuziöse, entwaffnende, oft abstoßende Schilderungen aller verborgenen Winkel des Körpers und ihrer Säfte, Beschreibungen animalischer Kopulationen und erbärmlicher Perversionen, Dinge, die jeden für immer um seinen guten Ruf bringen können, erst recht jemanden, der jahrelang überall Druck ausgeübt hat, um Bischof zu werden! Weiter Memoiren seiner Zeit in Italien, einschließlich der Reden von Trouiller und ganze Listen französischer Mitglieder der Starken Geister. Und wieder Tändeleien mit Mägden, mit Verwandten, Freunden, Schulkameraden, erotische Spielchen, die meist mit seinem Versagen enden, aber so explizit beschrieben werden, dass sie fast eine Lektion in Anatomie abgeben. Das Ganze gewürzt mit schändlichen Bekenntnissen: Diebstahl, Lügen, Verschwörungen gegen Verwandte, Unwahrheiten im Beichtstuhl materieller Vergünstigungen wegen, brutal gebrochene Heiratsversprechen.

Doch vor allem seine Streifzüge mit Gabriel Naudé: In den ersten Monaten begegnen sie sich nur zufällig in den Vatikanischen Gärten. Sie sprechen vage über einen gemeinsamen Freund der Tetrade, den jungen Priester Gassendi, der sich in Paris mit Leib und Seele der Arbeit über den Atheisten Epikur hingibt. Leicht finden sich gemeinsame Themen und Interessen, es genügt, dass im Gespräch der Name des großen skeptischen Philosophen Pyrrhon fällt, dem zufolge nichts erkennbar ist, schon verstehen die beiden sich glänzend. Im Februar des darauffolgenden Jahres 1632 festigt sich ihre Freundschaft endlich. Sie ergänzen einander: Naudé ist spritzig, Bouchard schüchtern. Ersterer von angenehmem Äußeren, Letzterer klein und unscheinbar.

Es ist Karneval, überall herrscht eine freizügige Atmosphäre, die zu Ausschweifungen ermuntert. Fast erschrocken über die Sittenlosigkeit der Italiener gehen Naudé und Bouchard gemeinsam durch die Straßen Roms, in denen sich das Volk drängt, und halten nach Theatervorführungen und Attraktionen Ausschau. Mühsam bahnen sie sich einen Weg durch die Menge, stolpern über Karren, auf denen Akrobaten und Schmierenkomödianten ihre Künste vorführen, während die Reichen sich zu Pferde oder in der Kutsche bewegen und ihre Lakaien blindlings Peitschenhiebe nach rechts und links austeilen. Leicht kann man überfahren oder von einem Sbirren niedergeknüppelt werden. Von überall her hagelt es ausgeblasene Eier, die mit Wasser, Mehl oder Marmelade gefüllt und eingewachst wurden. Jeder wirft mit diesen Eiern, einfaches Volk, Priester, Jung und Alt, reiche Aristokraten und zerlumpte Juden aus dem Ghetto. In der Via del Corso wird Bouchard von einem vergoldeten, lackierten Ei, das Don Taddeo Barberini, der Präfekt von Rom und Neffe des Papstes geworfen hat, mitten ins Gesicht getroffen. Das Ei hat ihm die Brille zerbrochen, aber – oh Wunder! – es ist mit feinstem Puder gefüllt. Plötzlich das Klappern von Hufen, ein Schrei *Eviva*! und man muss schnell beiseitespringen, wenn man nicht totgetrampelt werden will, denn das Wettrennen der Berberpferde läuft hier entlang, gefolgt vom Rennen der Esel, auf denen Kinder reiten. Die Leute aus dem Volk kugeln sich fast die Arme aus, so begeistert winken sie, denn nun wird Kardinal

Ludovisi in seiner ganz mit schwarzem Samt gepolsterten Sänfte durch die Straße getragen. Dann folgt eine Kutsche ohne Dach, vollbesetzt mit Kardinälen, die sich am Anblick der Damen auf den Balkonen erfreuen. Gelächter ertönt, Witze und Beleidigungen schwirren durch die Luft; die Gruppe der Alten, allesamt nackt, rennt vorüber, gefolgt von den Jungen und den Kindern und zum Schluss den Juden, ebenfalls nackt, aber mit dem gelben Hut auf dem Kopf. Schon will die Menge wieder zusammenströmen, nein, da laufen noch die Kühe vorüber, und als alle am Ziel, der Piazza San Marco, angekommen sind, werden direkt vor den Färsen Feuerwerke und Funkenräder abgebrannt, und es gewinnt die Kuh, die nicht erschrickt und bis zum Zielpunkt weiterläuft. Aus den Fenstern der umliegenden Palazzi werden Fahnen geschwenkt, Knallfrösche explodieren, auf die Köpfe der Passanten regnet es Orangen oder aus riesigen Spritzen wird Wasser versprüht. Prunkkarren fahren vorüber: der König der Buckligen mit über dreißig Buckeln und der König der Kacker, der auf einer Sänfte mit einem Loch in der Mitte sitzt.

Amüsiert und ein wenig abgestoßen von diesen dreisten, rauflustigen Italienern gehen Bouchard und Naudé Arm in Arm und stützen einander. Die heimlichen Starken Geister fühlen sich dem gemeinen Volk und diesen leichtgläubigen Priestern unendlich überlegen. Alle sind maskiert: Bären, Teufel, Medikaster mit Nachttopf und Klistier, Advokaten mit Feder, Gesetzbuch und Kladde. Nur sich als Priester zu verkleiden ist verboten, aber manch einer tut es doch. Die beiden Franzosen schließen sich einer Gruppe von vier Italienern an, steigen, mit Perücke und Schönheitsflecken als Frauen verkleidet, in eine Kutsche und lachen, endlich lachen auch sie, bewerfen Passanten mit Eiern und lachen immer mehr, denn in diesem Moment verkörpern sie, dem Anschein nach zwei einfache Secretari, den Höhepunkt in der Geschichte der Starken Geister: Die Reise nach Italien, ruhmreiches Land der Humanisten (Petrarca, Boccaccio …), welche die Kultur der griechischen und lateinischen Antike wiederentdeckt hatten, ist eine heilige Pflicht für jeden der *Deniaisez*. Und beide – einer ein Mitglied der berühmten Tetrade und einer ihr vielversprechender Anhänger –, lebenslustige Häretiker, die Avantgarde des gebildetsten und raffiniertesten Skeptizismus, stehen sogar im Dienst mächtiger Kardinäle und haben Zugang zu Seiner Heiligkeit! Fröhlich Eier nach rechts und links werfend, verstreuen sie in der Ewigen Stadt, dem

Mekka der Bigotten, den fruchtbaren Samen ihrer gebildeten Libertinage, ihrer heiteren Verachtung der Religion, rufen: »Es lebe Pyrrhon der Skeptiker!«, lachen unentwegt und spüren, als Frauen verkleidet, dass sie Freunde geworden sind, sogar mehr als das, denn die
noble Vereinigung der Starken Geister erlaubt alles.

Am Abend besucht Bouchard Theatervorführungen: den *Sant'Ales-
sio*, eine musikalische Komödie von Stefano Landi. Das Libretto
stammt von Giulio Rospigliosi, dem Secretarius der Päpstlichen
Breven. Kardinal Francesco Barberini empfängt ihn persönlich, die
Handlung flüstert ihm Lukas Holste ins Ohr, der hochgelehrte Bibliothekar der päpstlichen Familie, der seine Stelle in Rom dank
der guten Beziehungen von Peiresc, des Meisters aller Meister, der
Frauen hasst, zu den Barberini bekommen hat. Auf der Bühne stehen
die besten Kastraten der Stadt, und Bouchard beobachtet, wie die
Kardinäle Aldobrandini und Sangiorgio mitten im Publikum nach
den jungen effeminierten Putten lechzen, wie sie mit den Zungen
schnalzen und, die fleischigen Lippen vorschiebend, um süße Dienste
flehen – wenigstens wird er es so seinen Freunden berichten.

Tagsüber wird Bouchard von Naudé zu den Zusammenkünften
der wichtigsten Franzosen in der Stadt mitgenommen. Sie finden in
der Buchhandlung Il Sole auf der Piazza Navona statt, einem Treffpunkt von Romanciers, Botschaftspersonal, Dichterlingen, Müßig-
gängern. Man diskutiert über neue Bücher, den einen oder anderen
unorthodoxen Philosophen, eine pikante Klatschgeschichte, genießt
die angenehme Gewissheit, sich in Gesellschaft gewitzter, spritziger
Geister zu befinden, die auf dieses Märchen mit der Religion und
dem Jenseits nicht so leicht hereinfallen, die die Herde der Frommen
und Andächtigen verachten und Selbstmordphilosophen wie Sokrates und Seneca bewundern. Der Selbstmord steht bei Naudé und
Bouchard und ihren Freunden in hohem Ansehen, ist er doch das
Zeichen für einen gesunden Skeptizismus, denn die christliche Religion verbietet ihn um des Seelenheils willen. Also ist es nobel, sich
mit einem Lächeln auf den Lippen selbst den Tod zu geben, wie
Petronius es tat, oder mit dem Ernst des Philosophen, wie Seneca.
Diese beiden Selbstmorde wurden von Tacitus, den der berühmte
Poggio Bracciolini wiederentdeckte, großartig geschildert.

Naudé und Bouchard sind jetzt fast unzertrennlich, aber niemand
ahnt es, denn sie folgen der Regel von Peiresc: Vorsicht, Vorsicht, Vor-

sicht. Vielleicht wissen sie selbst nicht einmal, was sie füreinander bedeuten: Freunde, Kollegen, Komplizen oder etwas anderes.

Eines Sonntags nimmt Naudé Bouchard zu einem Freund mit: Joseph Trouiller, ein französischer Arzt, gut eingeführt am päpstlichen Hof. Man führt freigeistige, philosophische Gespräche, an denen Bouchard erkennt, dass auch Trouiller einer der *Deniaisez* ist und sich an der »subtilen Kunst« erfreut, über die er eine schöne Lektion erteilt. Der Arzt nennt sie »den Blick schärfen«, denn beim Analverkehr, erklärt er, verliert man weit weniger Samen als wenn man sich in die Vulva entleert. Man spritzt nämlich unversehens, und der Geist wird nicht übermäßig abgelenkt, folglich wird auch die Sehkraft nicht geschwächt, im Gegenteil, sie wird erfrischt und gestärkt durch das Gefühl, das die Lust im ganzen Körper erzeugt, die zu plötzlich und zu heftig kommt, um dabei geistige Kräfte zu vergeuden. Zu Recht sagte Bacon, nichts erhalte den Körper jünger und kräftiger als die Erregung beim Koitus, man dürfe jedoch nicht bis zum Ende weitermachen. Es sei von Nutzen, mit jungen Menschen zu üben, eben das habe die antiken Philosophen so gesund erhalten. Arnaldo da Villanova schrieb in deutlichen Worten, im Dienste der Gesundheit müsse das anale Vergnügen allen erlaubt sein.

Trouiller ist auf diesem Gebiet eine lebende Enzyklopädie: Sogar Hippokrates, sagt er, verschrieb die »subtile Kunst« als bestes Heilmittel gegen Ruhr und Entzündung der Eingeweide. Viele alte Männer, sagt er, lassen sich gegen Hämorrhoiden von hinten nehmen, und viele junge Männer tun es aus Vergnügen, nicht wegen des Geldes. Die Pocken zieht man sich zu, wenn man sich von einem Infizierten den Schwanz in den Hintern stecken lässt, genauso wie wenn man von seinem Teller isst. Der Ausfluss aus dem After hingegen ist nichts anderes als ein schleimiges Geschwür, das Trouiller sogar bei Achtzigjährigen fand, als er im Hospital San Giovanni in Laterano Dienst tat. Die Wülste, welche von Ärzten spaßeshalber auch »Hahnenkamm« oder »Adelswappen des Kardinals Gallo« genannt werden, sind eben jene Geschwüre, die durch zu heftiges oder zu häufiges Reiben des Afters entstehen, der aufgrund seiner muskulösen Natur zu Abschürfungen und Entzündungen neigt. Einige dieser Wülste sehen wirklich aus wie hängende Hahnenkämme und sind zwei-, drei Fingerbreit lang, andere sind kurz und liegen übereinander wie Erdbeeren *à la française*, bemerkt Trouiller amüsiert. Auf jeden Fall hindern sie am Gehen und Sitzen (wenn Italiener sich über jemanden lustig machen, der diese Probleme hat, sagen sie:»Setzt Euch, wenn Ihr könnt«), und wenn sie aufschürfen, führen sie leicht zur Gangrän. Der Chirurg muss sie rund um das Afterloch abschneiden, die Wunden mit einem glühenden Eisen ausbrennen und zuletzt alles wie eine normale Verbrennung behandeln. In Rom können junge Männer sich in Krankenhäusern dieser Behandlung unterziehen, ohne eine Strafe fürchten zu müssen, vor allem im San Giacomo degl'Incurabili und im Santo Spirito. Nicolò, ein Chirurg im degl'Incurabili, hat Trouiller erzählt, ein junger Mann habe sich viermal behandeln lassen. Bei solchen Patienten machen die Ärzte gern Witze:»Komm her, mein Süßer, ich will dir einen schönen neuen Arsch machen.« In Neapel dagegen bekommen sie vor der Behandlung fünfzig Peitschenhiebe. Naudé erzählt, dass man sie in Paris erst nach der Behandlung auspeitschen lässt. Das Gespräch hat die Stimmung zwischen den drei Freunden gelockert und Trouiller die Zunge gelöst, er spult die Namen aller Franzosen in Rom ab, die zweifelsfrei zu den Starken Geistern gehören.

Was für eine schöne Konversation und wie viele lehrreiche Einzelheiten! Bouchard kommt Trouiller erneut besuchen, er findet ihn sehr gebildet, wohlerzogen und galant. Schließlich handelt es sich im Grunde nicht um Plaudereien, sondern um Philosophie. In diesen ersten Monaten des Jahres 1632 wird Trouiller an das Bett eines berühmten Sterbenden gerufen: Antonio Bosio, der renommierte Archäologe und Erforscher der römischen Katakomben. Machen wir einen Aderlass bei ihm, sagt der französische Arzt. Die Anwesenden protestieren: Er liegt im Sterben, warum soll man ihm die letzten Kräfte nehmen? Sie rufen stattdessen einen Priester, damit er die Letzte Ölung erhält. Trouiller insistiert, er will einen Aderlass machen, damit der Tod sanfter wird. Bosio, ein Johanniterpriester, stirbt ohne Sakramente.

Aber für Trouiller ist das kein Problem. Ärzte stehen seit jeher im Ruf des Atheismus. Wie sagt das Sprichwort? Suche drei Ärzte und du wirst zwei Ungläubige finden. Trouillers Bibliothek ist voll ketzerischer Bücher, als er stirbt, muss seine Frau sie heimlich verkaufen. Es ist zweifellos die Bibliothek eines Atheisten, eines Freundes der Starken Geister, dessen Skeptizismus sich in höchste Höhen aufschwingt, wenn er gegen die Unsterblichkeit der Seele polemisiert.

Wenn Bouchard wirklich gewollt hatte, dass diese Schriften erhalten blieben, wäre es dann nicht logischer gewesen, wenn er sie Naudé anvertraut hätte, dem alten Komplizen, der ihn bei Trouiller und wer weiß wie vielen anderen Starken Geistern eingeführt hatte? Stattdessen hatte Bouchard sie ausgerechnet dem Cavaliere und Commendatore Cassiano dal Pozzo überlassen, einem strengen Gelehrten, Archäologen, Antikenforscher, Arzt, Alchimisten, Botaniker und Sammler, dem gebildetsten Mann in Rom. Bouchards guter Ruf war so sicher wie ein frisches Stück Fleisch im Löwenkäfig.

Wo war Gabriel Naudé, als der Skandal begann? Zur gleichen Zeit war sein Gönner, Kardinal Di Bagni, gestorben. Naudé hatte sich plötzlich ohne Anstellung und mittellos gesehen. Widerwillig war er in den Dienst der Barberini übergewechselt: Das Brot des Papstes will ich nicht essen, sagte er, ohne zu bedenken, dass viele seiner skeptischen, ungläubigen Freunde dieses Brot aßen. Schließlich war es ihm gelungen, in Paris eine Anstellung bei Richelieu und seinem rechten Arm Mazarin zu finden, doch die Barberini hatten ihn lange nicht freigegeben. Kurz, er hatte eine Menge Ärger und konnte sich vielleicht nicht mit dem Nachlass seines verstorbenen Freundes befassen.

Cassiano dal Pozzo versieht Bouchards Tagebuch mit Kommentaren am Seitenrand. Unvermutet betritt ein Du Puy die Bühne, ein Bruder der beiden Pariser Salonlöwen und Kartäuserprior in Rom. Aus Zuneigung zu diesem Pater Christophe Du Puy hat der junge Verstorbene seine gesamten Ersparnisse (gut achthundert Scudi in Silber und neunhundert in Gold) dem römischen Kartäuserkloster hinterlassen. Doch Pater Christophe scheint von dieser Geste nicht besonders gerührt, er schreibt den Brüdern in Paris, Bouchards Erbe sei ein Unglück, der Commendatore dal Pozzo habe dem Kloster das Tagebuch und alles andere überlassen, auch obszöne Gedichte und Briefe der Sodomiten, mit denen Bouchard korrespondierte. Er habe wenige Seiten gelesen und dal Pozzo den ganzen Packen sogleich indigniert zurückgesandt. Er frage sich, wie Cassiano dal Pozzo es wagen konnte, ihm so etwas zu schicken, vor allem aber, warum dieser schamlose Bouchard derartige Schändlichkeiten zum eigenen Schaden aufgeschrieben und nicht wenigstens vor seinem Tod verbrannt habe.

Die Du Puy sind Meister des Klatsches und hatten schon zu seinen Lebzeiten beschlossen, Bouchard zu verleumden – blitzschnell verbreiten sie die Nachricht. Im Nu verschwindet Bouchards Name von der Liste ehrenwerter Personen, um dort nie wieder aufzutauchen.

Und in Rom gibt es Schakale: Gian Vittorio Rossi, genannt der Eritreer, ein klatschsüchtiger Skandalschriftsteller, einst mit Naudé und Bouchard befreundet, ist im Begriff, eine Sammlung von Porträts berühmter Männer der Stadt in Druck zu geben. Der Eritreer hat schon ein sehr pikantes Porträt von Trouiller eingefügt, und nachdem nun so viele saftige Geschichten bekannt geworden sind, hat er auch ein Kapitel über Bouchard parat. Um zu verhindern, dass ihr Name in den Schmutz gezogen wird, intervenieren die Barberini vermittels des Apostolischen Nuntius in Köln bei dem Verleger, einem deutschen Buchdrucker. Das heikelste Kapitel wird aus Rossis Buch entfernt. Unterdessen ist der Klatsch in Paris wie in Rom jedoch allen Interessierten zu Ohren gekommen.

Was ist aus Bouchards Arbeiten über die griechischen Historiker geworden? Seine Manuskripte verschwinden, niemand weiß genau, wie viele und welche es sind. Von den Entdeckungen, die so großes Aufsehen bei seinen ehemaligen französischen Freunden erregten, und die Bouchard wie kostbare Geheimnisse gehütet hatte, gibt es keine Spur. Bouchards wahres Erbe als Gelehrter verschwindet im Nichts.

In Paris nehmen die Starken Geister, im Täuschen geübt, ebenfalls Abstand von ihrem toten Freund: Es ist unverzeihlich, sich so zu verraten und seine wahre Natur preiszugeben, die er einst so gut verborgen hatte. Wie hat ein angehender Bischof solche Papiere in Umlauf bringen, ja, dem unnachsichtigen Cavaliere und Commendatore dal Pozzo überlassen können? Bouchard hat Peiresc' Motto missachtet: Vorsicht, Vorsicht, Vorsicht. Immerhin hatte er nach dem Attentat fünf Monate Zeit, diese Schriften verschwinden zu lassen und seinen Namen vor Schimpf und Schande zu bewahren!

Der Auftraggeber des Mordes hat einen Namen: in den Wochen vor dem Überfall hatte Marschall d'Estrées überall erzählt, dass er Bouchard eine Lektion erteilen wolle, denn die Stelle als Geistlicher des Konsistoriums war einem Schützling von d'Estrées versprochen. Es gibt glaubwürdige Zeugen, die die Frau des Botschafters von einer Bestrafung Bouchards haben reden hören. Außerdem leugnet der Botschafter, der als diplomatischer Vertreter des Allerchristlichen Königs strafrechtliche Immunität genießt, gar nicht. Er präzisiert nur, dass Bouchard nicht mit dem Schwert getroffen, sondern mit Knüppeln zusammengeschlagen wurde, um das Opfer zu entehren. Denn er habe d'Estrées Männer zuletzt mit dummer Arroganz behandelt und sogar einen Stallmeister angezeigt, der in Rom eine Spielhölle betrieb, weil dort zwielichtiges Volk verkehrte. Ein Moralismus, der im Licht von Bouchards obszönen Memoiren unverständlich erscheint. Das Motiv und die Ausführenden seines Mordes sind also allen bekannt, keiner zweifelt mehr daran, dass der Unglückliche wegen einer Laune von Marschall d'Estrées umgebracht wurde. Bouchards Vater ist seit Jahren tot, der Stiefbruder hasst ihn, seine Mutter hat ihn nie geliebt. Keiner hat Interesse an der Aufklärung seines Todes, zumal seine Leiche, im fernen Rom begraben, nach Skandal stinkt und man besser die Finger davon lässt.

Jean-Jacques Bouchard ist dreimal tot: als Mann, als Bürger der Gelehrtenrepublik und als Starker Geist.

Während Schoppe sprach, hatte ich die lange Liste mit den Ammenmärchen der antiken Historiker hervorgezogen, doch Hardouin, der neben mir saß und sich rasch erholt zu haben schien, hatte mich gebeten, hineinschauen zu dürfen, und blätterte nun nachdenklich darin.

Unterdessen war auch Naudé wieder bei Bewusstsein.

»Er ist aus Angst ohnmächtig geworden, nicht durch den Schlag auf den Kopf«, verkündete der Statthalter von Ali Ferrarese lachend.

»Ihr beide solltet euch noch ein wenig ausruhen«, riet Kemal, »man muss aufpassen. Ihr wisst schon, verborgene Verletzungen … Manche stehen nach einem lächerlichen Unfall sofort wieder auf und zack! fallen tot um.«

»Wieso tot umfallen?«, fragte Naudé mit tonloser Stimme. Sein Kopf war verbunden, ein Auge zugeschwollen, verkrustetes Blut klebte noch an seinem Gesicht, und sein Ausdruck war der eines Mannes, der sich anschickt, sein Testament zu machen.

»Innere Blutungen, verborgene Brüche, geplatzte Adern … Bist du nicht Arzt, Nazarener? Ich habe im Kampf viel gelernt, aber müsstest du diese Dinge nicht auch wissen? Bist du nicht in Paris zum Arzt promoviert worden?«

»Der Paranimf, hihi«, kicherte Schoppe, an die Gruppe gewandt. Er wusste, dass dieses eine Wort genügte.

»Oooh, geht es mir schlecht«, wimmerte Mazarins Bibliothekar, der anregende Mittelpunkt der Pariser Salons aus dem glänzenden Quartett der Tetrade.

»Habt ihr jetzt begriffen, liebe Freunde«, schloss Schoppe mit einem Blick auf Naudé, »welch einen Verräter wir unter uns haben? Wer glaubt noch, dass Naudé nicht weiß, dass sein unzertrennlicher Freund Bouchard sich hinter dem Pseudonym Orestes versteckt? Vorsicht also vor Gabriel Naudé, Vorsicht!«

Jetzt, wo feststand, dass Naudé seiner eigenen Angst, nicht dem Balken zum Opfer gefallen war, konnte der Verehrungswürdige sich nach Belieben an ihm schadlos halten.

»Ich muss zugeben, dass mir einige … sagen wir, Details dieser Freundschaft unbekannt waren«, gestand Guyetus, vielsagend eine Augenbraue hebend, »doch ich glaube immer noch, dass unser Naudé den Decknamen seines Freundes nicht gekannt haben muss, da er kein Philologe ist.«

In diesem Moment krümmte Hardouin sich vor Schmerz und fasste sich an die Rippen. Wir öffneten seinen Mantel und entdeckten, dass seine Kleider blutgetränkt waren. Erschrocken riefen wir nach Kemal.

»Wie ich befürchtet habe. Eine Blutung, die wahrscheinlich von inneren Verletzungen herrührt. Schwer zu beurteilen. Vielleicht nur ein kleine Vene, die sich nicht schließen will, vielleicht auch etwas Schlimmeres im Körperinneren. Betet zu eurem Gott, Nazarener, dass dieser Mann seine Frau wiedersieht und das Kind erlebt, das ihm geboren werden soll«, sagte Kemal ohne Rücksicht auf den armen Bretonen, der bereits bitterlich weinte.

»Sei unbesorgt, Nazarener«, sagte der Statthalter in übertrieben tröstlichem Ton, »es tut nicht weh, an inneren Blutungen zu sterben. Du schläfst ein, und es ist vorbei.«

Verängstigt, wie wir waren, fiel niemandem ein, Kemal für diese unerhörte Rohheit zu tadeln. Der Statthalter legte den armen Hardouin mit unserer Hilfe auf den Boden, und nachdem er die Wunde betrachtet hatte, befahl er Mustafa, ein Feuer zu entfachen. Dann bat er um eines seiner Messer.

Die Bitte löste besorgtes Murmeln in der Gruppe und ein schwaches Zusammenzucken des am Boden liegenden Buchhändlers aus.

»Ich muss seine Wunde verätzen«, erklärte Kemal knapp.

»Warum?«, fragte Guyetus mit hauchdünner Stimme.

»Was weiß ich? Aber das machen die Barbaresken immer bei solchen Wunden. Manchmal klappt es sogar, und der Verletzte stirbt nicht.«

Wir fragten Hardouin, ob er einverstanden sei. Nachdem er von uns erfahren hatte, dass seine Verletzung immer noch stark blutete, gab er Kemal freie Bahn. Dann fing er schluchzend an, den Rosenkranz zu beten.

Die Operation war äußerst grausam. Malagigi, Mustafa und du wurdet gerufen, um Hardouin festzuhalten. Nachdem er das Messer über dem Feuer zum Glühen gebracht hatte, gebrauchte Kemal es so, wie er musste, was jedoch keiner von uns sah, denn schon als die glühende Klinge sich über den armen Buchhändler und werdenden Vater senkte, legten wir uns alle unwillkürlich die Hände über die Augen. Doch wir rochen den Gestank verbrannten Fleisches und unsere Trommelfelle wurden von den Schreien des Elenden fast zerfetzt. Als wir wieder hinsahen, war Hardouin ohnmächtig, doch der Blutstrom war tatsächlich versiegt.

Kemal verarztete die Wunde mit einer dicken Schicht aus selbst zubereitetem Pflanzenbrei und verband sie mit Stoffstreifen, die er von seinem Hemd abgerissen hatte.

»Jetzt bleibt uns nur, ein paar Stunden abzuwarten, was mit dem Ärmsten passiert«, verkündete Ali Ferrareses Statthalter. »Mustafa, schüre das Feuer, denn der Nazarener darf nicht frieren.«

Wir kauerten uns in Grüppchen um das Feuer: Ich neben Schoppe und Guyetus, du natürlich bei Barbello, der jedoch Naudé half, sich weiterhin kalte Steine auf die Stirn zu legen, Malagigi lauschte irgendwelchen Piratengeschichten von Kemal, während Mustafa das Feuer hütete wie eine Vestalin. Er hatte trockene Zweige und Wurzeln gesammelt, die er über den Flammen garte. Ohne Gewehre gab es tatsächlich keine Hoffnung auf üppigere Verpflegung. Wir würden gewiss nicht satt werden, aber es war immerhin etwas.

DISKURS XLVII

Darin die Aufzeichnungen Bouchards wieder ins Spiel kommen.

»Sonderbare Geschichte«, bemerkte ich, an Bouchard zurückdenkend, während ich Schoppe eine dicke Wurzel unbekannter Art reichte, die nicht ganz durchgegart, aber schön heiß war. »Wer würde wollen, dass das Andenken an die eigene Person nach dem Tod so verunglimpft wird?«

»Eben. Seien wir also wachsam«, bestätigte Schoppe halblaut, den Mund hinter der Wurzel, in die hineinzubeißen er sich anschickte, und mit einem Blick auf den am Feuer liegenden Naudé. »Denn unser lieber Gabriel könnte über diese Geschichte mit ihren allzu vielen Widersprüchen mehr wissen als wir ahnen. Glaubt Ihr nicht auch, Signor Secretarius? Hört Ihr mir zu?«

»Verzeiht«, entschuldigte ich mich, »ich habe erst jetzt gemerkt, dass Hardouin die Liste mit den Lügen der antiken Historiker aus der Hand gefallen ist.«

Ich stand auf, um den Packen Blätter einzusammeln.

»Natürlich frage ich mich«, hub ich wieder an, ebenfalls zu einer gerösteten Wurzel greifend, »warum die Kommentatoren aller Zeiten nichts bemerkt haben. Wie haben diese Handschriften Jahrhunderte überleben können, ohne je Zweifel zu erregen? Warum haben die großen Bibliotheken der Vergangenheit derartige Hirngespinste aufbewahrt und weitergegeben, statt sie gleich auf den Komposthaufen zu werfen? Konnte man die albernen Geschichtchen, die wir zum Beispiel über Aischylos und Anakreon gelesen haben, schon in der Bibliothek von Alexandria lesen?«

»Wer wird das je entscheiden können? Diese herrliche Bibliothek, die größte der antiken Welt, wurde von Julius Cäsar im Jahr 48 vor Christus zerstört!«, jammerte Guyetus, der seine Wurzeln im Handumdrehen aufgegessen hatte und nun ungeduldig auf die nächsten wartete, die Mustafa soeben aufs Feuer gelegt hatte.

»Ein trauriges Kapitel, lieber Guyetus«, bestätigte Schoppe, »aber einem Punkt irrst du. Die Bibliothek wurde 270 nach Christus von Aurelian zerstört.«

»War es denn nicht Theodosius 391?«, erlaubte ich mir zweifelnd zu fragen.

»Nun, es gibt auch Leute, die behaupten, dass sie 642 nach Christus von den Arabern zerstört wurde«, erwiderte Schoppe. »Daran ist dieser Betrüger Scaliger schuld, der mit seinem Wahn, alles zu datieren, ein gewaltiges Durcheinander angerichtet hat.«

»Caspar!«, brauste Guyetus auf. »Reicht es dir nicht, dass du Scaliger mit deinen Unterstellungen umgebracht hast, nur um dich ins rechte Licht zu rücken?«

»Ach, Schluss damit«, zischte Schoppe. »Wie soll ich euch nur erklären, dass ich nicht wie dieser gerissene Galileo bin? Ich schreibe keine Bücher für Ruhm oder Geld, ich spiele nicht das Opfer, nur um meine Bücher zu verkaufen!«

Guyetus machte eine resignierte Handbewegung und brummte Verwünschungen in sich hinein.

»Wie auch immer, niemand wird uns je sagen können, was unter den 40000 Büchern war, die mit der Bibliothek von Alexandria verbrannt sind«, fuhr Schoppe fort. »Vielleicht waren es sogar noch mehr. Seneca sagt 40000, aber Ammianus Marcellinus spricht von 70000 und Aulus Gellius von 700000, während Cicero, Strabo, Livius, Lukan, Florus, Sueton, Appian und Athenaios, die über den Brand im Hafen von Alexandria berichten, kein Wort über die Bibliothek verlieren.«

»Die Wahrheit ist«, sagte Guyetus, »dass wir Philologen, Historiker und Literaten alle einen geheimen Kummer haben. Einsam beweinen wir des Nachts, wenn uns der Kopf schon auf die Bücher gesunken ist, irgendein Werk von Aristoteles, Platon, Sophokles oder Demosthenes, von dem es heißt, es habe existiert, das aber nach vielen Jahrhunderten auf geheimnisvolle Weise verschwunden ist. Es ist das Werk, das uns erlauben würde, hundert zweifelhafte Textstellen zu verstehen, tausend Lücken zu füllen, hunderttausend Fehler der Kopisten zu korrigieren. Horaz schreibt etwas, was man kaum versteht, und fügt hinzu: Das habe ich in einem anderen Werk besser erklärt – aber das Werk ist verschwunden, niemand hast es je gesehen. Oder Polybios gesteht: Meine Quelle für dieses ganze Werk war das Buch von Soundso. Aber die Werke dieses Soundso sind nicht überliefert. Werden wir sie je kennenlernen? Wenn alle Kopien vernichtet sind, wird unser Weinen nie aufhören. Das Gedächtnis der Menschheit geht verloren, und es gibt keine Abhilfe. Nur in einem einzigen Moment der Weltgeschichte wurde der Gedächtnisverlust bekämpft: als der ägyptische König Ptolemaios II. beschloss, in seinem Alexandria die vollkommene Bibliothek zu gründen, um alle Bücher der Welt dort zu versammeln. Eines bösen Tages wurde sie angezündet, egal ob von Julius Cäsar oder 600 Jahre später von den Arabern. Welche und wie viele unschätzbar wertvolle Meisterwerke gingen verloren? Wir weinen, alle Philologen weinen, denn niemand kann es genau sagen, und wenn wir es wüssten, würde uns das Herz brechen.«

»Und die griechischen Handschriften«, ergänzte Schoppe, »die von den Malatesta aus Cesena vor zweihundert Jahren in Konstantinopel bestellt und auf der Überfahrt während eines Sturms ins Meer geworfen wurden, um das Schiff leichter zu machen? Xenophon erzählt, als er von Thrakien hinauf nach Salmydessos reiste, habe er in Untiefen gesunkene Schiffe entdeckt, die ganze Sammlungen an Papyrusrollen mit sich führten. In seiner Biographie des Terentius berichtet Sueton von einem gewissen Quintus Cosconius, der behauptete, bei einem Schiffbruch habe er die soeben angefertigte lateinische Übersetzung von hundertacht, ich wiederhole, hundertacht griechischen Komödien des Menander verloren, die damit für immer dahin waren. Und erzählt nicht auch Poggio Braccioli, dass er das Werk des Quintilian auf dem Verkaufstisch eines Händlers entdeckte, der die Seiten benutzte, um Käse, Oliven und Schinken darin einzuwickeln?«

Unterdessen hattest du, lieber Atto, dich zu unserer Gruppe gesellt. Mit war nicht entgangen, dass du dich mit mühsam unterdrücktem Zorn von Barbello entfernt hattest: Deine geheimnisvolle, in der Verkleidung eines Kastraten steckende Geliebte war damit beschäftigt, Naudé zu versorgen. Zu sehr für deinen Geschmack, zumal der Bibliothekar, obwohl noch benommen, über diese Aufmerksamkeiten entzückt zu sein schien und keine Gelegenheit versäumte, ihr die Hände zu drücken. Naudé mit seinen widernatürlichen Neigungen hofierte ein Wesen, das er für einen Kastraten hielt. Das mysteriöse Weib entwand sich sanft seinem Zugriff und fuhr fort, ihm, nach Kemals Rat, kalte Steine auf die Schwellung am Kopf zu legen. Doch reichte sie ihm auch eine Wurzel, was Naudé mit schmachtenden Blicken quittierte.

»Wie ereignete sich der Brand der Bibliothek von Alexandria?«, fragtest du, dem unwürdigen Anblick den Rücken zudrehend.

DIALOG

*Darin man erfährt, dass die Bibliothek von Alexandria niemals
in Brand gesteckt wurde, weder von Cäsar noch von anderen,
ja, dass sie sogar niemals existierte.*

Eines Nachts, erzählte Guyetus, näherte sich ein Boot mit einem Teppichhändler der Residenz des Königs Ptolemaios, wo in jenen Tagen Julius Cäsar zu Gast war. Der Teppichhändler stieg mit einem Bündel über der Schulter aus dem Boot und bat, zu Cäsar vorgelassen zu werden. Als er in dessen Gemächern war, rollte der Teppichhändler das Bündel auf und ihm entstieg die schöne Prinzessin Cleopatra, die Tochter des Ptolemaios. Dem Bericht des Historikers Plutarch zufolge war Cäsar entsetzt über die Dreistigkeit der Frau, die ihn ungezwungen und verführerisch auf Griechisch ansprach. Sie bat ihn, im Streit um die Thronfolge zwischen ihr und ihrem Bruder zu vermitteln. Umgarnt von der betörenden Prinzessin willigte Cäsar ein. Zur Feier der Versöhnung wurde ein großes Fest veranstaltet, doch Cäsars Barbier, ein ergebener, treuer Sklave, fürchtete, das Ganze diene nur dazu, seinen Herrn zu täuschen und abzulenken. Er streifte durch die Räume des Palastes, spionierte, lauschte und entdeckte, dass der Heerführer Achillas und der Eunuch Potheinos Cäsar noch am selben Abend töten wollten. Der treue Barbier schlug Alarm, Potheinos wurde gefasst und getötet, Achillas aber floh und zettelte eine Revolte gegen Cäsar an. Dieser verbarrikadierte sich im Palast. Wie das Feuer ausbrach, erzählt nur der Dichter Lukan: In der belagerten Residenz befahl Cäsar, aus den Fenstern brennende Pechfackeln auf die Schiffe zu werfen, die unterhalb der Mauern der Residenz auf den Angriff warten. Die Schiffe fingen Feuer, das sich bis zum Hafen ausbreitete. Nun befanden sich in den Hafengebäuden zufällig gerade vierzigtausend Papyrusrollen von großem Wert. Das erzählen Cassius Dio und Orosius, die ihrerseits bei Titus Livius Anleihen machen. Die Papyrusrollen waren wahrscheinlich von Buchhändlern Alexandrias zum Export bereitgelegt. Cäsar berichtet nur von dem Brand der Schiffe, nicht aber von den Büchern. Einer seiner Statthalter, der Cäsars *Commentarii* fortsetzte, erzählt sogar, dass im Hafen von Alexandria ausgezeichnete feuerbeständige Materialien verwendet wurden.

Cäsar siegte, als Verstärkung vor den Stadtmauern auftauchte. Ptolemaios wurde im Nil ertränkt und Cäsar setzte Cleopatra, die inzwischen seine Geliebte geworden war, auf den Thron, während ein anderer Bruder ihr offizieller Ehemann blieb. Der Rest ist bekannt: Nach dem berühmten Attentat auf Cäsar in Rom gab Cleopatra sich dem neuen Machthaber Antonius willig hin, doch dieser erlag Octavius im Kampf. Dieses Mal konnte Cleopatra den Sieger nicht verführen, sie wählte den Freitod durch den berühmten Vipernbiss.

»Dann hatte das Feuer nichts mit der Bibliothek zu tun?«, fragtest du.

»Das weiß man nicht«, antworte Guyetus achselzuckend. »In Wahrheit weiß man nicht einmal genau, wo die Bibliothek überhaupt erbaut wurde.«

In dem Stadtviertel namens Bruchion, wo die Bibliothek gestanden haben soll, gebe es keinerlei Hinweise, erklärte der Pariser Philologe. Lag sie innerhalb oder außerhalb der Residenz? Im oder außerhalb des Museion, des großen Komplexes für Forschung und Lehre, den Ptolemaios nach dem Vorbild des berühmten Lykeion von Athen hatte erbauen lassen? Wenn der Brand der Bibliothek durch die von Cäsar angezündeten Schiffe entstanden war, musste sie in der Nähe der Residenz und des Hafens gelegen haben. Der römische Historiker Strabo, der die Schauplätze des Geschehens genau kennt, sagt nicht, dass die Bibliothek im Museion lag. Bei dem berühmten byzantinischen Gelehrten Johannes Tzetzes ist hingegen von einer Bibliothek des Museion innerhalb der Residenz die Rede. Gellius, Plutarch und Ammianus Marcellinus sprechen von einem »Brand der großen Bibliothek«. Da das Museion bei dem Feuer nicht zerstört wurde, hat man vermutet, dass es von der verbrannten Bibliothek getrennt war. Doch warum sollte die Bibliothek nicht in dem Museion gelegen haben, wo die Gelehrten lebten, die Tag und Nacht die Bücher der Bibliothek konsultierten?

»Mir scheint, die Geschichte der Bibliothek von Alexandria ist voller Widersprüche.«

»Und wenn sie nicht von Cäsar zerstört wurde, wann dann?«, fragte Schoppe. »Arabischen Autoren zufolge soll es im siebten Jahrhundert nach Christus geschehen sein. Nachdem Amr, ein Vasall des Kalifen Omar, Alexandria erobert hatte, erfuhr er, dass ihm unter anderem die größte Bibliothek der Welt in die Hände gefallen war. Die Gelehrten der Stadt baten Amr, diese Schätze nicht fortzubringen, und er fragte

Omar, was er tun solle. Der Kalif ließ ihn lange warten, dann antwortete er in einem Schreiben: ›Wenn diese Bücher mit dem Koran übereinstimmen, sind sie überflüssig, denn wir brauchen nichts als das Wort des Propheten. Stimmen sie hingegen nicht mit dem Koran überein, sind sie schädlich. Also verbrenne sie‹. Alexandria hatte viertausend beheizte öffentliche Bäder, die Bücher sollen als Heizmaterial benutzt worden sein, und es soll über sechs Monate gedauert haben, bis alle verbrannt waren. Christliche Annalen, die ausführlich über die arabische Eroberung Alexandrias berichten, erwähnen die Verbrennung jedoch mit keinem Wort. Ebenso Dutzende arabischer Historiker, die etwas davon hätten wissen können und müssen.«

»Dann ist also auch dieses Zerstörungswerk nur eine Vermutung«, fasste ich zusammen. »Ob es womöglich zu den Hirngespinsten der Historiker gerechnet werden muss, wie die lange Liste, die Bouchard aufstellte?«

»Gemach, gemach«, wandte Guyetus sofort ein. »Wie du weißt, lieber Caspar, fürchte ich gewagte Thesen nicht! Aber wenn du wirklich glaubst, was du sagst, wie erklärt sich dann, dass die Werke vieler Autoren und Wissenschaftler in Alexandria entstanden? Ich nenne nur die Wichtigsten: die Mathematiker Euklid, Apollonius von Perge und Hipparchos von Nicäa; der Astronom Aristarchos von Samos; die Philologen Zenodotos, Aristophanes von Byzanz und Aristarch von Samothrake; die Dichter Kallimachos, Theokrit und Apollonius von Rhodos; die Philosophen Demetrios von Phaleron, Straton, Plotin und sein Schüler Porphyrios. Hältst du es für möglich, dass all diese genialen Männer in Alexandria ohne eine Bibliothek arbeiten konnten?«

»Vielleicht war es keine Bibliothek, sondern nur ein Bücherregal«, schlug der Verehrungswürdige vor. »Das griechische *biblos* bedeutet Buch, und *theke* ein Bord. Wörtlich bedeutet es also: ›Bücherbord‹ und nicht ›Saal voller Bücher‹. Habe ich recht?«

»Völlig«, bestätigte Guyetus.

»Siehst du. Und wenn wir zum Beispiel Strabos Beschreibung des Museion glauben wollen, erfahren wir, dass die *bibliothekai* sich nicht in einem eigenen Saal, sondern einfach in Borden befanden, die in einem überdachten Gang in die Wände gehauen wurden. Übrigens erzählt Aphthonius, dass auch die andere, sehr viel kleinere Bibliothek, die es in Alexandria gab, die im Serapeion, aus Bücherborden unter

Bogengängen bestand und dass alle, die gerne lasen, in diese Bücher hineinschauen durften, wenn sie vorübergingen. Die Bücher der großen Bibliothek standen also auch auf schlichten Borden in den Wänden, und es waren nicht viele tausend, sondern anfangs wahrscheinlich ein paar hundert, später mehr, aber niemals so ungeheure Mengen, wie uns weisgemacht wird. Und bedenkt, dass von der Bibliothek von Alexandria nicht das kleinste Steinchen gefunden wurde. Keiner, ob aus dem Altertum oder der Neuzeit, weiß genau, wo sie lag. Das Museion? Idem. Das Serapeion? Idem. Und der Leuchtturm auf der Insel vor der Stadt? Idem. Dabei waren das alles kolossale Bauwerke, wie die Historiker behaupten. Ist das nicht ein bisschen seltsam? Als alter Skeptiker glaube ich, dass vieles über Alexandria erfunden ist, beginnend mit der Bibliothek. Und jetzt höre ich auf, euch zu belästigen.«

Schweigend sannen wir über Schoppes Worte nach. Guyetus stocherte mit einem Zweig in der Glut, auf der vergeblichen Suche nach einer gerösteten Wurzel, die von den anderen übersehen worden war.

»Ich glaube zu verstehen, dass dieser ursprünglich spärliche Buchbestand des Altertums bestätigt, was Hardouin sagte«, überlegte ich laut, um das Schweigen zu brechen, »nämlich, dass die überlieferte antike Literatur gar nicht so ungeheuer viele Werke umfasst, wie man glaubte, sondern in einen Schrank passt.«

»O ja«, schlossest du dich mir nachdenklich an und fuhrst nach einer kleinen Pause fort: »Wenn über Alexandria wirklich so viel erfunden wurde, könnte es dann nicht auch für Rom und Athen gelten, wie Bouchards Liste nahelegt? Hat außer Bouchard sich jemals einer diese Frage gestellt? Oder hatte mein Lehrer Malagigi recht, als er bei unserem Gespräch über Lykurg sagte, dass die Philologen, statt Vorsicht walten zu lassen, alles so lange für echt halten, bis es als Fälschung bewiesen wird?«

»Ich stelle mir eine viel dringendere Frage«, erwiderte Schoppe, ohne dir zu antworten. »Was haben diese Papiere von Bouchard hier auf einer verlassenen Insel mitten im Meer der Toskana zu suchen?«

»Genau«, sagte Guyetus kopfschüttelnd, »zumal es ausgerechnet jene philologischen Studien zu sein scheinen, von denen Caspar uns erzählte, sie seien gleich nach Bouchards Tod verschwunden.«

Schoppe nickte heftig. »Ich frage mich auch, warum diese Papiere hier und jetzt auftauchen, während bei Cassiano dal Pozzo nur ein Tagebuch mit Schweinereien landete, das zu nichts anderem dient, als das Andenken seines Autors zu besudeln.«

»Die Sache ergibt keinerlei Sinn«, stimmte der Pariser Philologe zu.

»Im Grunde ergibt überhaupt nichts Sinn, seit wir auf dieser verflixten Insel gestrandet sind«, schloss er, während er sich mit der Hand über die Augen fuhr, als hätte eine plötzliche Müdigkeit ihn überfallen. Bei diesen Worten von Guyetus senkte sich ein bedeutungsvolles Schweigen unerbittlich wie ein Bahrtuch über uns. Ein Gefühl der Entfremdung bemächtigte sich unser, während unsere Blicke umherirrten und an dem unbekannten Wald hängenblieben, der uns umgab. Der Pariser Philologe tat einen verzweifelten Seufzer, Schoppe starrte gläsern und abwesend ins Leere, beide schienen plötzlich von derselben Kraft wie entleert.

Guyetus hatte recht: Als stolze Jäger kostbarer Handschriften waren sie aufgebrochen, um Philos Ptetès zu finden, jetzt sahen sie sich zerlumpt und erschöpft, frierend und verschmutzt, Schiffbrüchige, vom Schicksal gebeutelt, die Opfer von Piraten geworden waren und schon bald wieder gefangen genommen werden konnten, um ihre Tage in Ketten auf einer Galeere oder versklavt in den Barbareskenreichen zu verbringen. Die unveröffentlichten Handschriften, die der slawonische Mönch ihnen versprochen hatte, schienen unerreichbarer denn je. Stattdessen tauchten geheime Studien auf – eine veritable Kriegserklärung an die Vergangenheit! –, verfasst von einem vor fünf Jahren in Rom barbarisch ermordeten jungen Mann, kein Unbekannter, nein, Bouchard, ein alter Bekannter von einigen der Gruppe. Dieses unaufhörliche Suchen und Hoffen, dieses Finden von nicht Gesuchtem (was man vielleicht nie hätte finden wollen) betäubte die Geister, verzerrte die Zeit, hob die Wirklichkeit auf. Was war das alles, Hexerei womöglich?

»Gorgona … bedeutet auf Altgriechisch ›Sirene‹. Wir sind Gefangene dieses unheimlichen Meeresgeschöpfs«, murmelte Guyetus, wie zur Ergänzung meiner Überlegungen. »Auf dem Rettungsboot wusste Naudé noch nicht, wie prophetisch sein Zitat Dantes sein würde! Er hätte es vollständig zitieren müssen: ›Soll sich Capraia und Gorgona rühren, / Des Arnos Wasser an der Mündung stauen, / So daß er in dir jedermann ersäufe.‹ Unser Schicksal ist besiegelt, ich sage es euch. Wir

353

werden sterben, wenn nicht durch Ertrinken, dann am Hunger oder an der Kälte oder durch Wahnsinn! Ich hätte wirklich besser daran getan, zu Hause in Paris zu bleiben wie dieser schlaue Jesuitenpater Petavius, den der Brief des Mönchs nicht überzeugt hat. Und wer weiß, wen sonst noch. Nur du und ich«, schloss er, zu Schoppe gewandt, »sind dumm genug gewesen, anzubeißen.«

»Immerhin haben wir, was die Zauberei betrifft, nichts zu befürchten!«, versuchte ich zu scherzen. »Ist nicht Pasqualini unter uns? Er wurde Malagigi genannt wegen seiner Darstellung des Paladins mit Zauberkräften in dem Stück *Palazzo Incantato* des Meisters Luigi Rossi, wo es um Orlandos unglückliche Abenteuer im Schloss des Atlante geht.«

»Diese verfluchte, gottverlassene Insel ist unser Schloss des Atlante«, murrte Guyetus finster, »und wie die Paladine Karls des Großen irren wir dem Objekt unserer Begierden hinterher, werden es aber nie erreichen. Wie das verzauberte Schloss ist auch diese Insel nur ein Trugbild von Atlante, der den Rittern zeigt, was sie am meisten begehren. Wir werden hier nichts erreichen. Wir sind dazu verdammt, vergebens in sinnlosen Labyrinthen umherzuwandern!«

»Vergebliche Mühe ist das Schicksal der Sterblichen«, tönte Schoppe. »Umsonst laufen die Menschen mühevoll ihren Leidenschaften hinterher, es sind doch nur eitle Schatten.«

»Bravo! Sehr richtig!«, hörten wir hinter unserem Rücken ausrufen.

Beim Klang dieser unbekannten Stimme zuckte die ganze Gruppe zusammen, und einige, auch du, Atto, warfen sich sofort zu Boden und suchten einen Stein, einen Ast oder etwas anderes, mit dem wir uns vor dem unbekannten Eindringling verteidigen konnten. Alle Blicke richteten sich auf eine Stelle im Unterholz, aus der die Stimme gekommen war.

Hinter einem dichten Gebüsch traten drei Gestalten hervor. Ein Trio aus Männern mit langen schwarzen, stark gekräuselten Bärten und in verschlissenen, groben Kleidern. Die drei waren von ganz ähnlicher Statur, nur der letzte hinter den anderen beiden schien in gekrümmter Haltung zu stehen. Bei genauerem Hinsehen entdeckte man ein so übel verdrehtes Bein, dass die ganze Gestalt davon deformiert und zur Seite geneigt wurde.

»Was führt Euch an diesen gottverlassenen Ort, Fremde?«

DISKURS XLVIII

Darin drei Bewohner der Insel die ganze Gruppe noch mehr verwirren.

Einer der ersten beiden hatte gesprochen. Er klopfte sich die dürren Zweige und trockenen Blätter von den Schultern, die sich während des Marsches durch das Unterholz auf ihn gelegt hatten.

»Mein Freund hat recht«, erklärte der zweite, dem eine große Ledertasche um die Schulter hing, prall gefüllt mit irgendwelchen landwirtschaftlichen Werkzeugen.

»Wer seid ihr?«, fragte Kemal argwöhnisch und erhob sich, bereit, im Falle böser Überraschungen sofort loszuschlagen.

»Wir sind nur drei ehrbare Männer, Signore, Bewohner dieser Insel, ergebenst zu Euren Diensten.«

»Der letzte Dienst, den man uns hier auf Gorgona erweisen wollte, war ein großer Braten«, brummte Schoppe.

»Ein Braten? Ach, jetzt verstehe ich. Ihr meint den Brand des Hauses von Nummer Drei! Wären wir Euch früher begegnet, hätten wir Euch vor dieser Irren gewarnt. Jetzt ist sie in den Flammen gestorben, aber sicher hat sie ihre wahnhaften Ideen auch bei Euch verbreitet, das macht sie bei allen Besuchern dieser Insel«, sagte der erste, während seine Gefährten hinter ihm eifrig nickten.

»Woher wisst Ihr, dass das Mädchen tot ist?«, fragte der Korsar, wieder misstrauisch geworden.

Die drei Inselbewohner hatten den Brand des Häuschens, bei dem auch wir fast gestorben wären, bereits bemerkt. Sie setzen sich zu uns ans Feuer, und wir erzählten ihnen, was in der gestrigen Nacht geschehen war: unsere erzwungene Rast im Haus von Nummer Drei, der nächtliche Überfall und sein tragischer Ausgang.

»Was wisst Ihr von dieser Unglücklichen?«, fragte Malagigi.

»In den schlichtesten Worten gesagt, zu denen menschlicher Ausdruck fähig ist«, hub der Erste an, »sie war völlig verrückt. Allen erzählte sie, dass sie ein Gesetz übertreten habe, das die Besuche zwischen den Bürgern regelt, und dass sie von einem grausamen, unbarmherzigen Richter verbannt worden sei.«

»Sie hat gesagt, wir befänden uns auf der Insel Nusquama«, erzählte Naudé, der unterdessen, vielleicht dank der neu erwachten Hoffnung, den ersehnten Philos Ptetès alsbald aufzustöbern, zu bester körperlicher Verfassung und vollständiger Geistesgegenwart zurückgefunden zu haben schien.

»Oh! Habt ihr das gehört? Sie hat sich schon wieder etwas Neues ausgedacht«, lachte der zweite, an seine Kameraden gewandt, dann sagte er zu uns: »Jedes Mal erfindet sie einen neuen Namen, aber die Geschichte ist immer dieselbe. Ehrenwerte Fremde, wir müssen uns im Namen der ganzen Insel entschuldigen. Jetzt, wo Nummer Drei tot ist, können wir endlich …«

»Hieß sie denn wirklich so?«, fragte Caspar Schoppe.

»Natürlich nicht!«, erwiderte der zweite freundlich lachend, »den Namen hatte sich das Mädchen selbst gegeben, niemand von uns hier auf der Insel wusste, wie sie wirklich hieß. Nummer Drei kam aus der Umgebung von Livorno, wo sie durch eine Erbstreitigkeit, bei der ihre engsten Verwandten sie betrogen haben sollen, ins Elend stürzte. Wir haben versucht, mehr aus ihr herauszubekommen, aber sie wollte nie darüber sprechen. Sie war wie viele, die ihre Phantasien besser ausschmücken können als ein Dichter, die aber, wenn sie über sich selbst sprechen müssen, stumm sind wie die Fische.«

»Einen Augenblick«, warf Schoppe wieder ein, »wollt Ihr damit sagen, dass alles, was uns dieses arme Mädchen erzählt hat, Gott sei ihrer Seele gnädig, nur Einbildung war?«

»Ich weiß nicht, was Nummer Drei euch im Einzelnen erzählt hat, aber ich kann es mir vorstellen!«, rief der Erste herzhaft lachend aus. »Ihre Phantasie kannte jedenfalls keine Grenzen. Es machte ihr Spaß, Namen zu ändern, um Fremde zu verwirren. Alles schmückte sie mit unwahrscheinlichen Details aus, verdrehte, verschwieg Tatsachen. Das Talent der Verrückten besteht darin, von einer wahren Grundlage auszugehen, um dann ein ganzes Lügengebäude darauf zu errichten. Seid unbesorgt, wir sind auf Gorgona, nicht auf Nusquama! Der Unterschied zwischen den Wahnideen von Nummer Drei und der Wirklichkeit ist der, dass es bei uns in der Stadt keine grausamen Richter gibt, die Bürger verbannen, und ebenso wenig jene ungerechten, absurden Gesetze, von denen diese arme Irre immer sprach.«

»Sehr gut, dann können wir ja hingehen, ohne Angst haben zu müssen«, sagte Pasqualini.

»Wohin denn?«, fragten die drei.

»In die Stadt natürlich, wohin sonst?«

»In die Stadt?«, wiederholten die ersten beiden, die der Sprache mächtig waren, während der Krüppel stumm blieb und nur die Augen vor Verwunderung aufriss. »Dann wisst Ihr also nichts?«

Sie erklärten uns, dass das leider verstorbene Mädchen uns geradewegs in den Tod geschickt hatte. Die Straße, die bei der Torre Vecchia begann, führte zwar in die Stadt, war aber im Moment völlig unbegehbar, wie das Mädchen sicher gewusst hatte. Nicht nur wegen der dichten Vegetation, denn selbst wenn wir die von umgestürzten Bäumen versperrte Wegstrecke überwunden hätten, an der unser Marsch in die Stadt gestern gescheitert war, wären wir früher oder später auf eine Reihe von Schluchten mit steilen Abgründen gestoßen, die wir zu dieser Jahreszeit niemals, es sei denn unter Lebensgefahr, hätten durchqueren können.

»Nach dem ersten, ebenen Stück Weg«, erklärte der Erste, »setzt sich die Straße in einer Reihe von Serpentinen fort, die in den Fels und die bloße Erde gegraben sind, weshalb niemand auf die Idee käme, zu dieser Jahreszeit dort entlangzugehen. Wenn in diesen Kurven ein Felsen oder ein Stück Boden abrutscht, kann man erfasst und zerquetscht werden. Das ist schon mehrmals geschehen, wie alle in der Stadt wissen. Kommt man jedoch von oben, von der Torre Vecchia, gewinnt man nicht die geringste Vorstellung davon, wie unsicher der Pfad ist, auf den man seine Füße setzt. Signori, glaubt mir, Ihr seid einer großen Gefahr entronnen! Die Serpentinen auf dieser Insel werden die Todeskurven genannt oder auch einfach Die Kurven.«

»Wann können wir dann in die Stadt gelangen?«

»Oh, sicherlich nicht bevor der Boden getrocknet ist, in ein paar Tagen also. Vorausgesetzt, es regnet nicht wieder.«

»Und wie bleibt Ihr in Kontakt mit der Stadt?«, fragte Guyetus.

»Kontakt im Winter?«, entgegnete der Zweite, die Augenbrauen hebend, als habe er einen Fluch vernommen. »Gott bewahre uns davor. Wir haben alles, was wir brauchen, unsere Tiere, Früchte, Mehl ...«

»Tiere?«, fragte Mustafa, ein gieriges Flackern im Blick.

»Natürlich, Hühner, Kaninchen ...«, antworteten die beiden, während Kemal seinem Gefährten heimlich einen sehr schmerzhaften Stoß in die Rippen versetzte und ihm eine entsetzliche Morddrohung zuflüsterte, um ihm seine Plünderungsvorhaben auszureden.

»... während in der Stadt fast immer Hunger herrscht, wegen der Preise der Waren, die uns der Großherzog mit Schiffen schickt«, schlossen unsere Gäste, von denen immer nur die ersten beiden zu sprechen schienen.

»Wann kommen die Schiffe denn vorbei?«, fragte ich.

»In dieser Jahreszeit ist das schwer zu sagen, kein Kapitän riskiert gerne einen Überfall der Piraten«, sagte der Zweite, wobei er einen skeptischen Blick auf unsere beiden Korsaren und ihre türkische Bekleidung, einschließlich des ungewöhnlichen weißen Schals von Mustafa, warf. Er musste jedoch bemerkt haben, dass die beiden groben Gesellen sich bestens mit uns zu verstehen schienen, ja, dass Kemal sogar Italienisch wie jeder ehrbare Untertan sprach.

»Was können wir dann tun, um von hier wegzukommen? Wir haben bei einem Überfall von Barbaresken Schiffbruch erlitten und müssen unsere Reise nach Frankreich fortsetzen«, fragte Schoppe ungeduldig. Wie wir alle vermied er die kleinste Anspielung auf unsere gescheiterte Rettung durch die Livorneser Schebecke.

Schoppe berichtete kurz von dem Unglück, das uns auf diese Insel verschlagen hatte, verschwieg jedoch den Grund, warum sich zwei Individuen unter uns befanden, die Korsaren sehr ähnlich sahen.

»Ihr Armen, welch unglückliches Geschick habt Ihr erlitten!«, bemerkten die beiden in bedauerndem Tonfall, während der Hinkende mit ernster Miene nickte. »Ihr habt keine andere Wahl, als abzuwarten, bis der Regen aufhört und euch dann in die Stadt zu begeben, bis ein Schiff vorbeikommt, das zum Festland fährt. Wir bedauern, dass wir Euch nicht sofort gastfreundlich aufnehmen können, unser Häuschen ist sehr weit entfernt.«

»Das macht nichts, wir können zur Torre Vecchia zurückkehren, wo wir sogar zu essen gefunden haben«, sagte Naudé in enttäuschtem Ton.

»Die Torre Vecchia? Ausgezeichnet!«, rief der Erste hocherfreut. »Brüder, wir begleiten Euch gerne!«

»Wartet. Warum habt Ihr ›Brüder‹ gesagt? Seid Ihr etwa Mönche?«, fragte Naudé, dessen Augen in der Hoffnung glänzten, doch noch eine Spur von Philos Ptetès gefunden zu haben.

»Oh nein, entschuldigt, das ist nur Gewohnheit«, rechtfertigte er sich ein wenig verlegen. »Unten in der Stadt nennen sich alle Sohn oder Tochter, Bruder oder Schwester, je nach dem Altersunterschied. Das findet Ihr seltsam, nicht wahr? Bei uns ist es aber so Brauch. Bei einem Altersunterschied von über fünfzehn Jahren ist man Sohn und

Vater oder Tochter und Mutter, sonst Brüder oder Schwestern. Ich weiß, es ist wunderlich, anfangs ist es einem peinlich, doch am Ende erweist es sich als sehr bequem. Die Stadt ist nicht groß, und alles funktioniert anders als in Florenz, welches ihr sicherlich sehr gut kennt.«

DISKURS XLIX

Darin man erfährt, wie das Leben auf der Insel,
die nicht Nusquama heißt, wirklich aussieht.

Er erklärte sodann, dass die Stadt keineswegs von Verrückten, sondern von einer weisen, aufgeklärten Regierung gelenkt werde. An der Spitze standen ein Bürgermeister und ein Triumvirat, dem jeweils die militärischen, wissenschaftlich-künstlerischen und die Angelegenheiten der Fortpflanzung oblagen. Nummer Drei habe sicherlich Einzelheiten dessen benutzt, was wir jetzt hörten, um uns ihre Lügenmärchen unterzujubeln.

Schoppe grunzte skeptisch, doch wir waren alle zu sehr darauf konzentriert, uns kein Wort dieser Erklärung entgehen zu lassen, die einen in der Hoffnung auf Rettung von der Insel, die anderen mit Blick auf einen Hinweis, der zu Philos Ptetès führen konnte.

»Der Fortpflanzung?«, fragte Pasqualini.

»Nun, der Liebe, nennt es wie Ihr wollt. Natürlich will auf diesem Gebiet niemand Regeln vorschreiben, das wäre ja verrückt. Die Freiheit hat Vorrang! Es bedeutet lediglich Paarung nicht vor neunzehn Jahren bei der Frau, einundzwanzig beim Mann, wie von den Behörden festgelegt. Diese sorgen auch dafür, Paare so zusammenzustellen, dass die Rasse veredelt wird. Sie empfehlen sogar die besten Zeiten für eine Paarung, stellt Euch das vor! Sterile Frauen gehören natürlich der Gemeinschaft. Kinder werden mit zwei Jahren Lehrern zur Erziehung übergeben, eine große Erleichterung für die Mütter. Wenn der Großherzog dieses wunderbare System doch in der ganzen Toskana einrichten würde, angefangen mit Florenz! Kinder machen bei uns viel Gymnastik mit nackten Füßen und bloßem Kopf. Mit sieben Jahren beginnen sie Naturwissenschaften zu lernen, dann Mathematik, Medizin und andere Fächer. Namen gibt ihnen der Bürgermeister, je nach ihrem Wesen und ihren Neigungen. Der Nachname hängt von dem Beruf ab, den sie als Erwachsene ergreifen. Schwere Arbeiten werden meist Männern zugeteilt, Frauen solche, die sitzend oder stehend geleistet werden können. Musizieren ist nur Frauen und Kindern erlaubt. Und haltet das nicht für Schrullen. Die Insel ist klein, die Winter sind lang, die Schwierigkeiten zahlreich. Die Ressourcen werden sparsam verteilt, aber an alle, denn Eigentum ist die Wurzel allen Übels.«

»Und die Korsaren? Haben sie Euch nie ausgeplündert oder bedroht?«, fragte Hardouin.

»Was sollen die Korsaren bei uns schon finden? Hier ist alles rationiert, reiche Beute kann keiner machen. Die Mahlzeiten werden gemeinsam eingenommen, die Speisen sind frugal: Fleisch, Butter, Honig, Käse, Feigen und Inselkräuter. Unsere Köche sind sehr geschickt darin, Rezepte je nach der Jahreszeit zu erfinden. Reiner, nicht mit Wasser vermischter Wein ist nur den über Fünfzigjährigen gestattet. Bei Tisch bedienen Kinder. Niemandem fehlt es am Nötigsten, und keiner wagt es, die Gesetze zu übertreten, welche eisern, aber verständlich sind. Alle Bürger über zwanzig nehmen an den Versammlungen teil und können ihre Anliegen vorbringen. Niemand darf zu lange im Gefängnis bleiben. Strafen richten sich nach dem Prinzip des Talion: Auge um Auge, Zahn um Zahn. Auch das ist Freiheit: niemand soll Zeit und Mühe aufwenden, um seine Rechte durchzusetzen, denn sie sind von Anfang an klar definiert. Herren und Knechte gibt es nicht, alle Bürger lernen dieselben Künste, die alle gleich bedeutend sind. Was kann ich Euch noch erzählen? Ach ja: alle tragen die gleiche Bekleidung, nur bei den Frauen reicht das Hemd bis zu den Knien. Tagsüber und in der Stadt trägt man weiße Kleidung, nachts oder außerhalb der Stadt dagegen rote. Nur Schwarz ist verboten, weil es niemandem gefällt. Die Kleider werden in jeder Jahreszeit gewechselt und einmal im Monat gewaschen. Wenn ihr die schönen Frisuren sehen könntet, die in der Stadt getragen werden! Die Frauen haben lange Haare, oben am Kopf zu einem Zopf geflochten. Die Männer haben einen eigenen Stil: sie behalten nur ein Haarbüschel mitten auf dem Kopf oder tragen weiße oder rote Mützen, je nach Jahreszeit und Beruf.

»Eine Frage bitte«, sagtest du, »wenn alle sich gleich kleiden, warum tragt Ihr dann keine roten Kleider, wie jene, die nicht in der Stadt wohnen?«

»Lieber Junge«, antwortete der zweite der Bärtigen in väterlichem, leicht irritiertem Ton, »siehst du denn nicht, dass du Bauern vor dir hast? Für die Feldarbeit ist natürlich normale Arbeitskleidung gestattet, sogar angeraten. Unsere Regeln haben ihre vernünftigen Ausnahmen, da sie für das Wohl der Bürger geschaffen wurden, gewiss nicht, um die Bevölkerung grundlos zu geißeln, wie in den Wahnvorstellungen von Nummer Drei.«

»Nur die Richter dürfen größere und verzierte Kopfbedeckungen tragen, um sich von den normalen Bürgern zu unterscheiden«, fuhr der Erste fort, während der Krüppel diese Reden mit einer Reihe Grimassen begleitete, ohne je den Mund aufzumachen. »Aber Eitelkeit ist verboten! Denkt nur, wer sich zu hübsch gemacht hat, dem kann die Todesstrafe drohen!«

»Die Todesstrafe?«, rief Hardouin erstaunt aus, während wir anderen vor Entsetzen stumm blieben.

»Wenn Ihr wüsstet, welch eine Freude an Festtagen herrscht«, fuhr der Zweite ungerührt fort, »wenn die Sonne in das Zeichen des Krebses, der Waage, des Steinbocks oder des Widders tritt. Und erst bei Mondwechseln! Gesänge werden angestimmt, begleitet von Trompeten und Pauken und Kinderchören … Die Dichter singen das Loblied der Krieger, wobei die Triumviri darauf achten, dass ihre Verse keine Lügen und Übertreibungen enthalten, das ist gesetzlich verboten. Aber warum rede ich noch? Das alles werdet Ihr mit eigenen Augen überprüfen können, wenn Ihr in die Stadt kommt«.

DISKURS L

Darin man sich trotz allem noch einmal kurz vor der Entdeckung
von Philos Ptetès wähnt.

»Diese Erzählung erinnert mich an etwas«, bemerkte Caspar Schoppe laut, die drei Individuen mit finsterer Miene musternd.

»Eine weitere Stadt nach dem Modell von Lykurg«, pflichtete ihm Naudé bei, doch der Verehrungswürdige schwieg.

»Erlaubt mir eine Frage«, sagte ich, »wisst Ihr zufällig etwas über einen gewissen Philos Ptetès, einen Mönch aus Slawonien? Er ist vor ein paar Jahren mit vielen Papieren hier an Land gegangen. Nummer Drei sagte, er sei zwischen der Punta und der Piana dei Morti zu finden. Das Mädchen hat auch gesagt, sie kenne einen Inselbewohner, der mit dem Mönch gesprochen hatte, aber er sei leider gestorben.«»Die üblichen Phantastereien des armen Weibes!«, rief der Erste kopfschüttelnd aus.»Natürlich kennen wir Euren Philos Ptetès, ein solcher Mensch kann nicht unbemerkt bleiben. Aber gestorben ist hier niemand. Wir haben zum Beispiel auch mit Eurem Mönch gesprochen, oft sogar, und sind mitnichten tot! Dieser Philos Ptetès trennt sich nie von seinen Sachen, auch wenn er durch den Wald geht, und dieser ganze Papierkram muss ein ordentliches Gewicht haben! Ich halte ihn für einen Spinner, um ehrlich zu sein. Findet Ihr das nicht auch verrückt, mit einer Tasche voller Papier und Bücher durch den Wald zu laufen?«

Ein Beben lief durch die Zuhörerschaft: Auch diese Männer hatten Philos Ptetès auf der Insel gesehen!

»Auf jeden Fall hat Nummer Drei Euch ein Märchen nach dem anderen aufgetischt. Euer Philos Ptetès läuft nicht auf der Piana dei Morti herum, und zwar aus einem einfach Grund.«

»Warum?«

»Weil wir drei auf der Piana dei Morti wohnen!«, rief der Erste lachend, sofort gefolgt von seinem Kameraden und dem Hinkenden, »und niemand weiß besser als wir, wer bei uns aus und ein geht.«

»Habt Ihr je einen Blick auf die Papiere von Philos Ptetès werfen können, da Ihr ihn ja gelegentlich trefft …?«, fragte Naudé hoffnungsvoll.

»Wofür haltet Ihr uns?«, empörte sich der Zweite. »Wir schnüffeln doch nicht in anderer Leute Sachen herum!«

»Wahre Ehrenmänner«, zischte Schoppe hinter meinem Rücken, »und wie blamabel, ihnen so indiskrete Fragen zu stellen!«

»Nun gut«, drängte Malagigi, »da wir die Stadt derzeit nicht erreichen können, sollten wir in der Torre Vecchia unsere Kleider trocknen und ausruhen. Auch ein schönes Mahl käme nicht ungelegen, wenn ich auf meine feuchten Glieder und meinen Magen höre, der sich wie ein Stein anfühlt.«

»Eine letzte Frage bitte, und vergebt mir, wenn sie indiskret ist: Warum ist das Bein Eures Freundes so übel zugerichtet? Er wurde doch nicht etwa von einer Schlange gebissen?«, fragte ich.

Die drei Individuen zögerten ein wenig, die ersten beiden wechselten einen raschen Blick, als wollten sie sich beratschlagen, bevor sie antworteten. Der Hinkende schwieg merkwürdigerweise auch jetzt.

»Natürlich ist er von einer Schlange gebissen worden, Signore«, antwortete der Erste für ihn, »aber das ist normal auf einer Insel wie dieser, hier wimmelt es von Blindschleichen und Vipern.«

Wie eine Flamme spürte ich in meinem Rücken die Welle heißen Begehrens, die diese undurchsichtige Antwort im Grüppchen unserer Gelehrten ausgelöst hatte. Philos Ptetès von einer Schlange gebissen, jener grobe Bauer ohne Sprachvermögen von einer Schlange gebissen. Der slawonische Mönch ein Besucher der Piana dei Morti (wenigstens Nummer Drei zufolge), der Hinkende ein Bewohner jener Ebene, wie seine beiden Kameraden sagten. Ganz zu schweigen von den langen schwarzen Bärten, die mit dem übereinstimmten, was du, Atto, vor zwei Jahren am Kinn des slawonischen Mönchs gesehen hattest.

Sofort hefteten sich die Blicke unserer Leidensgefährten auf dich und mich, um herauszufinden, ob wir den slawonischen Mönch erkannten. Aber wir rührten uns nicht.

Darauf richteten sich die Blicke aller auf die große Tasche, die der Zweite über der Schulter trug: War es die von Philos Ptetès?

»Gefällt es Eurem Freund nicht, mit uns zu sprechen?«, fragte Schoppe, auf den Hinkenden weisend, doch sein Ton war weniger spöttisch als zuvor.

»Er hat vor langer Zeit die Sprache verloren«, beeilte sich der Erste zu erklären, »durch eine schwere Krankheit.«

»Dann werden wir also nie das Vergnügen einer Konversation mit ihm haben«, schlussfolgerte Schoppe.

»So ist es leider«, wurde ihm knapp beschieden. »Und jetzt gehen wir zur Torre Vecchia, wenn Ihr wollt.«

»Ja!«, riefen Guyetus und Naudé lebhaft aus, »zum Abendessen werdet Ihr unsere Gäste sein.«

»Hoffentlich schmeckt Euch unsere armselige Kost«, fügte Schoppe in einem demütigen Ton hinzu, den man aus seinem stets zu verächtlichen Reden aufgelegten Mund nie erwartet hätte.

Als wollte sie unsere Begegnung mit den drei derben Landmännern segnen, warf sogar die Sonne ein paar blasse Strahlen zwischen uns. Das Trio der Insulaner ging voran, um uns den Weg zur Festung zu zeigen, den wir in den nächtlichen Stunden verloren hatten. Der Schatten, den die drei auf den Boden warfen, erschien mir nun wie der Schatten des Philos Ptetès.

DISKURS LI

Darin die drei zunächst verachtenswerten Inselbewohner sich als sehr wertvoll entpuppen und von der berühmten Abtei von Gorgona die Rede ist.

Dank des schönen Wetters legten wir den Weg, der vom Wald auf die Küstenstraße und von dort zur Torre Vecchia führte, dieses Mal relativ zügig zurück. Die drei sonderbaren Individuen fühlten sich offensichtlich in diesem Teil der Insel wie zu Hause und führten uns so leichtfüßig, dass wir kaum mit ihnen Schritt halten konnten.

Schon schnappten unsere Gelehrten nach Luft, denn sie versuchten, an der Seite der rüstig ausschreitenden Männer zu bleiben und ihnen gleichzeitig entscheidende Informationen zu entlocken.

»Seid Ihr schon öfter in der Torre Vecchia gewesen?«, fragte Guyetus.

»Ach nein, nicht oft«, antwortete der zweite Bärtige, »es ist ein überaus langweiliger Ort.«

»Warum? Sind Euch andere Orte auf dieser Insel lieber?«, fragte ich.

»Versteht sich: zum Beispiel die Abtei.«

»Eine Abtei? Davon wussten wir nichts«, keuchte Schoppe, dem der Marsch bereits zusetzte.

»Dann kennt Ihr die Vorzüge dieser Insel wirklich nicht, Signori«, bemerkte der Erste mitleidig, während der Zweite lachend nickte und der Hinkende, der trotz seines Leidens kraftvoll ausschritt, die ostentative Überlegenheit der anderen mit seinem Mienenspiel getreu nachahmte.

Unschwer ließ sich vorstellen, wie sehr die herablassende Behandlung durch diese Vogelscheuchen unsere auf ihre Bildung so stolzen Gelehrten indignierte. Sie erduldeten sie nur, weil die drei vielleicht etwas über Philos Ptetès und seine sagenhaften Handschriften wussten.

»Oh, dann erzählt uns doch bitte davon«, bat Caspar Schoppe mit gekünstelter Höflichkeit.

Die zwei mit der Gabe der Rede ausgestatteten Bärtigen berichteten, dass die Insel Gorgona so genannt wurde, weil ihre Silhouette von der Küste aus gesehen an klaren, sonnigen Frühlingstagen dem Profil einer Frau ähnelte, das die Legende mit dem mythischen Gorgonenhaupt verbinde, dem von Perseus erschlagenen Ungeheuer. Schon die alten Griechen nannten sie Urgon oder Gorgon. Schon früh lebten hier Eremiten, wie der Historiker Rutilius Namatianus schon in der Spätantike berichtete. Am Ende des 6. Jahrhunderts hatte der Abt Orosius hier ein Kloster gegründet, in dem die Überreste des heiligen Gorgonio als Reliquie verehrt wurden, und das sogar die heilige Katharina von Siena besucht hatte. Dann war das Kloster an die Kartäuser übergegangen, die die Insel jedoch wegen der andauernden Piratenüberfälle verließen. Später hatten Basilianermönche sich hier niedergelassen, die ebenfalls aufs Festland flohen, weil sie die Grausamkeiten der Korsaren nicht ertrugen.

»Im Lauf der Jahrhunderte wurde die Abtei von Gorgona trotz der Schwierigkeiten immer größer und ist heute ein Meisterwerk. Wir werden sie Euch zeigen, sobald das Wetter es zulässt. Leider muss man eine Art Eselspfad hinaufklettern, der aufgrund von Vernachlässigung kaum mehr begehbar ist. Bei diesem schlechten Wetter und dem nassen Boden droht man ins Tal hinabzustürzen«, sagte der Zweite.

»Wie sieht diese Abtei aus?«, fragte ich.

»Oh, sie ist der größte Schatz der ganzen Insel«, rief der Erste verträumt aus. »Das Gebäude hat einen sechseckigen Grundriss und sechs Stockwerke. In jeder Ecke ragt ein großer runder Turm von gut sechzig Schritt Durchmesser auf. Im untersten Hof stand einst ein Brunnen aus Alabaster mit Statuen der drei Grazien, die aus allen Körperöffnungen Wasser verspritzten. Zwischen den Türmen lagen Gärten mit Zier- und Obstbäumen. Die Abtei besaß mehrere tausend Räume, es sollen über neuntausend gewesen sein! Jeder hatte ein Vorzimmer, eine Garderobe, eine Kapelle und war je nach der Jahreszeit anders tapeziert. Der Fußboden war mit grünem Tuch belegt, in jedem Vorzimmer stand ein Kristallspiegel, in Feingold gefasst, mit Perlen geschmückt und so groß, dass ein Mann sich von Kopf bis Fuß darin spiegeln konnte.«

»Seid Ihr sicher, dass eine Abtei derartigen Komfort enthalten kann?«, fragte Malagigi, während die vier Gelehrten ihm ängstliche

Blicke zuwarfen, denn sie fürchteten, die leiseste Kritik könnte die drei bärtigen Gesellen, die Hüter wer weiß welcher Geheimnisse über Philos Ptetès, ungnädig stimmen.

»Mein armer Freund«, erwiderte der Erste mit dünkelhafter Ironie, »Ihr wisst ja nicht, dass die Abtei durch unzählige Hände gegangen ist: Kirchenleute, Lehnsherren des Großherzogs der Toskana, Soldaten, unrechtmäßige Besetzer und so weiter. Selbstverständlich wurden diese prächtigen Dekorationen im Laufe der Zeit fortgeschafft, wer weiß, wo sie gelandet sind. Wir sprechen von der goldenen Zeit, als in der Abtei nur gelehrte und erlesene Geister lebten, die fünf oder sechs Sprachen kannten, die Kunst der Konversation pflegten, Musik und Dichtung liebten. Alle Bewohner trugen Schwert und Dolch wie Edelleute und Samtbarette mit einer weißen Feder.«

»Schwert und Dolch?«, wundertest du dich. »Sollten in einer Abtei denn nicht nur Mönche leben?«

»Selbstredend. Sie waren wirklich Mönche. Aber sie kleideten sich eben so«, beschied dir der Bärtige. »Niemand konnte ihnen irgendetwas vorschreiben: was sie essen, sagen, denken oder tun sollten. Denn freie, hochgeborene, gebildete und in sittlichen Kreisen aufgewachsene Menschen haben eine natürliche Neigung dazu, der Tugend zu folgen und das Laster zu meiden. Sie pflegten jede Art der Kunst, doch nicht aus egoistischem Vergnügen, sondern zur Ergötzung ihrer Kameraden. Sie kleideten sich elegant, im Winter nach französischer, im Sommer nach türkischer Art. Die Damen und die Edelmänner taten alles, um einander zu gefallen, darum wurde die Wahl der Kleidung den Damen überlassen.«

»Frauen? In einem Mönchskloster?«, rief Malagigi bestürzt aus.

»Es waren Nonnen«, erklärte der Zweite, als müsste sich das von selbst verstehen, während der Hinkende wie immer eifrig nickte. »In dieser Abtei war alles luftig, frei und leicht. Die Regel lautete: Tu, was du willst. Die Abtei hatte nicht einmal Umfriedungsmauern, denn ihre Erbauer wussten, dass dort, wo Mauern stehen, Machtgier, Neid und Verschwörung gedeihen. Um keinerlei schädliche Grenzen zu schaffen, gab es in der Abtei weder Uhren noch Sonnenuhren, damit nicht einmal die Zeit das menschliche Handeln aufhalten konnte.«

»Seid Ihr sicher, dass es sich nicht um eine Legende handelt?«, fragtest du ohne Angst, Missstimmung bei den drei Landmännern hervorzurufen.

Sie antworteten mit herzhaftem Gelächter, während der Hinkende, der sich wie immer ein wenig verspätet der Reaktion seiner Genossen angeschlossen hatte, dir sogar einen freundlichen Hieb auf den Rücken versetzte, was dir (wie ich in deiner Miene las) durchaus keine Freude machte.

»Euer Junge hier ist wirklich reizend!«, sagte der Zweite zu mir, »er hat noch immer nicht verstanden! Natürlich handelt es sich um Märchen, Geschichten, Legenden! Wir sind ja nicht wie Nummer Drei, die jedem, der ihr über den Weg lief, blühenden Unsinn erzählte!« Und wieder lachten sie.

»Und weiter?«, drängtest du.

»Die Abtei ist so herrlich, und ihre Geschichte reicht so tief in die Vergangenheit, dass Hunderte sich einen Spaß daraus gemacht haben, etwas über sie zu erfinden. Unten in Taprobana gibt es einen, der Euch mit seinem Repertoire tagelang unterhalten könnte«, sagte der Zweite, während wir über den Innenhof der Festung schritten.

Bei diesem letzten Satz hörte ich Schoppe einen schrecklichen Fluch auf Deutsch ausstoßen.

Guyetus runzelte die buschigen Brauen: »Taprobana?«

»So heißt die Stadt«, antworteten sie.

»Was für ein seltsamer Name«, pflichtete Naudé in gewählt höflichem Ton bei. »Bedeutet er etwas in Eurem hiesigen Dialekt?«

Naudés Frage entlockte Schoppe weitere ungehaltene Grunzer.

DISKURS LII

Darin eine lebhafte heimliche Zusammenkunft stattfindet und man entdeckt, dass man unhöflich war. Es folgt ein unwürdiges Schachern, um sich die Dienste des jungen Atto Melani und seines guten Gedächtnisses zu sichern.

»Endlich! Habt ihr es jetzt begriffen, ihr Schwachköpfe? Mit diesen drei bärtigen Idioten haben wir nur Zeit verloren!«, fasste der deutsche Gelehrte zornig zusammen.

Eloquent und bündig hatte Schoppe uns aufgeklärt, was er von unseren drei Gästen und von den Fähigkeiten seiner Kollegen hielt.

Zu sechst (die vier Gelehrten, du und ich) hatten wir uns eilig im Hühnerstall verkrochen, um den Ohren der drei Gesellen zu entgehen. Malagigi und Barbello sorgten im Verein mit den Korsaren dafür, sie abzulenken. Sie wurden direkt in den Keller geführt, wo aus den Vorräten etwas zum Kochen zusammengekratzt werden sollte.

»Du, Gabriel«, fuhr Schoppe fort, »hast Medizin studiert und bist nicht einmal promoviert, klar, dass du das irre Gerede von Campanella nicht erkannt hast. Aber du, Guyetus«, und er breitete verzweifelt die Arme aus, »bist du nun ein Philologe, der Texte studiert, vergleicht und Schlüsse daraus zieht oder nicht? Wie konntest du nicht bemerken, dass die drei langbärtigen Bauern uns das Buch dieses Geistersehers Campanella auftischten?«

Guyetus war wie vom Donner gerührt.

»Ich ahnte es ja, dieser misstrauische Jesuit Petavius hatte recht. Nur ein Idiot wie ich und ein Wahnsinniger wie du«, bellte er, zu Schoppe gewandt, »konnten sich derart einwickeln lassen. Und das in unserem Alter ... Ach, wozu habe ich gelebt?«

Dann drehte er seinem Ankläger den Rücken zu, Unverständliches, vielleicht auch Unsägliches in sich hinein brummend, und machte dazu eine vulgäre Handbewegung, die vielleicht gegen Schoppe, vielleicht gegen das widrige Schicksal gerichtet war, das ihn in hohem Alter hierhergeführt und unter tausenderlei Gefahren dazu verdammt hatte, eine Blamage nach der anderen einzustecken.

»Stimmt. Du hast recht«, räumte Naudé widerwillig ein, ohne auf die üblichen Bosheiten des Deutschen zu achten, »was die drei Bärtigen erzählt haben, stammt aus dem *Sonnenstaat* von Campanella.«

Uns beiden, die wir dieses Buch nur vom Hörensagen kannten, erklärte Schoppe rasch, dass es sich um das Werk von Tommaso Campanella handle, eines vor wenigen Jahren verstorbenen italienischen Mönchs, der auf der Grundlage seiner gewagten philosophischen Theorien eine Idealgesellschaft entworfen habe.

»Von wegen Taprobana, Republik und Feste mit Musik!« Schoppe war dunkelrot vor Zorn. »Taprobana heißt die ideale Stadt, die in Campanellas irren Phantastereien die perfekte Regierung besitzt: Gemeinschaftseigentum, Aufteilung der Reichtümer, strenge Gesetze und so weiter. Wahrscheinlich gibt es auf der anderen Seite der Klippen gar nichts. Die beiden Landmänner, die den Mund aufmachen können, haben schlicht und einfach die Beschreibung des *Sonnen-*

staats nachgeplappert. Und zwar so ausführlich, dass ich wette, sie haben das Buch hier auf Gorgona zur Hand.«

Das war eine weitere Niederlage für die Gelehrten: Bevor der erste der drei Bärtigen aus der Deckung gekommen war und den Namen Taprobana erwähnt hatte, hatte keiner bemerkt, wie sehr ihre Beschreibung der von Campanella imaginierten Stadt glich.

»Dann vielleicht auch der Bericht von Nummer Drei …?«, fragte Guyetus nachdenklich.

»Das Mädchen sagte, die Insel heiße Nusquama«, warf ich ein, »und die Stadt Amauroto …«

»Amauroto?!«, fuhr das ganze gelehrte Grüppchen zusammen wie von tausend Skorpionen gestochen. »Wann hat sie denn gesagt, dass die Stadt Amauroto heißt?«

»Signori, Ihr habt die arme Frau nicht gehört, weil Ihr zu sehr mit Monsire Naudés Insularium beschäftigt wart …« erklärte ich, verlegen berührt von den scharfen Blicken, die sich auf mich richteten.

»Und mit dieser Information rückt Ihr erst jetzt heraus?«, wetterte Schoppe. »Hätten wir das damals gehört, hätten wir sofort erkannt, dass es sich um Utopia handelt, die imaginäre Insel, über die der große Thomas Morus im vergangenen Jahrhundert einen Traktat verfasste. Auf diese Insel verlegte er seine ideale Stadt, die Amauroto hieß! Hättet Ihr uns das sogleich berichtet, wäre uns alles klar gewesen!«

»Natürlich!«, schäumte auch Naudé, die Augen verdrehend, als wäre meine Nachlässigkeit ein Dolchstoß in den Rücken.

»Wahrhaftig!«, echote Guyetus kopfschüttelnd und blickte mich verächtlich an.

Vernichtend waren die bösen Blicke, die die vier auf mich warfen. Zu groß war die Versuchung, mir, dem armen Secretarius, die ganze Schuld für ihr klägliches Versagen in die Schuhe zu schieben.

»Nusquama«, buchstabierte Hardouin nachdenklich. »Diesen Namen haben wir von der Irren vernommen. Doch keiner von uns hat daran gedacht, dass er vom lateinischen *nusquam* herrührt, was bedeutet ›an keinem Ort‹. Und wie heißt ›kein Ort‹ auf Griechisch? ›U tópos‹.«

»Also Utopie«, schloss Schoppe, nervös mit den Fingern auf ein Brett im Hühnerstall trommelnd.

»Genau. Dabei fällt mir ein, leider zu spät, dass Nusquama der ursprünglich von Morus für seinen Traktat vorgesehene Titel war …«, flüsterte Guyetus, abermals von seiner Unfähigkeit niedergedrückt.

Unterdessen schritt Naudé nachdenklich durch den Hühnerstall. »Im Bericht von Nummer Drei stimmt tatsächlich alles mit Thomas Morus' Beschreibung überein. Die gemeinschaftlichen Speiseräume, die Lager für die Ernteerträge, die zwischen allen geteilt werden, die kostenlosen Krankenhäuser, Gold und Silber, die nichts wert sind ... Alles Phantasien aus der berühmten Beschreibung von Utopia. Ach, warum habe ich das nur nicht früher bemerkt?«

»Und es gibt noch mehr«, sagte Schoppe. »Habt Ihr den Roman *Gargantua und Pantagruel* von Rabelais gelesen?«

»Selbstverständlich«, sagte Naudé, als Franzose ein Landsmann des berühmten François Rabelais, eines Mönchs mit bewegter Vita, der den geistlichen Stand verließ, eine Witwe schwängerte, Arzt wurde und mehrere gelehrte und sehr kuriose Bücher schrieb.

»Nun, Gabriel, wenn du an die Abtei denkst, die uns diese drei Hühnerdiebe beschrieben haben, fällt dir da nichts ein?«, fragte Schoppe herausfordernd.

Der Bibliothekar des Kardinals überlegte kurz, hob die Augen zum Himmel und schlug dann verzweifelt die Hände vors Gesicht:

»Himmel! Auch die Abtei! Sie ist ein Plagiat von Rabelais' Abtei von Thelema! Der sechseckige Grundriss, die sechs Stockwerke, die Türme, die Zimmer voller Spiegel, das Leben ohne Regeln ... Jemand muss diesen drei Hinterwäldlern ein Exemplar des *Gargantua* mit den Kapiteln über die Abtei in die Hand gedrückt haben.«

»Worum geht es da?«, fragte ich.

»Es ist die Beschreibung einer großen imaginären Abtei«, antwortete Schoppe, während er Naudés Beschämung mit kaum verhohlener Befriedigung zur Kenntnis nahm, »wo Rabelais' Ideal einer freien Gemeinschaft von Männern und Frauen verwirklicht wird, die das Schöne, Wahre und Gute pflegen. Mehr oder weniger wie unsere drei Krauter erzählt haben.«

»Natürlich hat es so etwas nie gegeben«, murrte Naudé, noch immer empört die Fäuste ballend. »Die Abtei entspringt nur der Phantasie von Rabelais, aber uns haben sie sie als eine echte Abtei hier auf Gorgona untergejubelt. Was für ein Idiot ich bin! Wie konnte ich diesen Trug nicht bemerken?«

»Vergebt uns, lieber Freund«, sagte Hardouin und legte mir eine Hand auf die Schulter. »Wir haben Euch ungerecht behandelt. Irren ist menschlich, anderen die Schuld geben noch mehr, stimmt's?«, fragte er seine gelehrten Kameraden, die verlegen die Augen senkten. »Wir hatten bereits alles Notwendige gehört, um zu erkennen, dass die Verrückte aus Thomas Morus' *Utopia* zitierte. Ebenso haben wir nichts bemerkt, bis unser verehrungswürdiger Schoppe in dem Namen Taprobana die von Campanella beschriebene Idealstadt erkannte.«

»Wirklich sonderbar«, warfst du ein, »diese Geschichte vom Gold und Silber, das nichts wert ist und durch Eisen ersetzt wird, gibt es sowohl in Plutarchs Bericht über Sparta als auch in Thomas Morus' Utopia oder Nusquama. Und bei allen dreien, auch in Campanellas Taprobana gibt es das gemeinsame Essen, die Kontrolle über das Privatleben der Bürger …«

Naudé, Schoppe und Guyetus wechselten einen deprimierten Blick.

Nusquama, die Insel von Thomas Morus, hatte den drei Gelehrten bei unserer Diskussion über Lykurg als Beweis gedient, dass auch sein Sparta, trotz aller Unwahrscheinlichkeiten, wirklich existiert hatte. Deine unschuldige, aber gnadenlose Feststellung fiel wie ein Grabstein auf ihre gelehrten Ausführungen: Abermals gab es nicht den geringsten Beweis, dass das von vielen antiken und modernen Historikern gelobte Sparta des Lykurg mehr war als ein Phantasiegebilde. Sicher war nur, dass Campanella und Morus sich von Erzählungen über das mythische Sparta inspirieren ließen. Da unsere gelehrten Gefährten im Unglück kein Wort mehr zur Verteidigung Spartas wagen wollten, wurde deine Feststellung mit tiefem Schweigen quittiert.

So standen wir nun ohne Sparta und Lykurg, ohne Nusquama und Taprobana da, vor allem aber ohne eine Stadt, von der aus wir Gorgona verlassen konnten.

»Eines würde ich noch gerne wissen«, unterbrach ich das Schweigen. »In welches Jahrhundert fällt eigentlich das von Plutarch beschriebene Sparta Lykurgs?«

Naudé, Schoppe und Guyetus blickten sich zögernd an.

»Das weiß man nicht. Plutarch selbst sagt, dass man nichts Gewisses über Lykurg weiß«, antworteten sie fast einstimmig.

»Aber seine Gesetze und seine Regierung beschreibt er, als hätten sie wirklich existiert«, wandte ich ein.

»Ja, und andere Historiker stimmen mit ihm überein«, antwortete Hardouin mit einem strengen Blick auf die anderen drei, die stumm zu Boden starrten, offenbar wenig geneigt, die unbequeme Wahrheit zu bestätigen.

»Dann verstehe ich immer weniger«, drängte ich. »Wenn man über Lykurg nichts Gewisses weiß und seine Gesetze für unsere Ohren zumindest ungewöhnlich klingen, könnte er dann nicht auch eine reine Phantasie sein? Und ich frage mich: Wenn es nicht diese Gesetze und diese Regierung waren, was hat es dann gegeben? Etwas anderes oder gar nichts? Muss im letzteren Fall die Zeit Lykurgs, so wie Plutarch sie erzählt, aus der Geschichte des alten Griechenland gestrichen werden?«

»Das müsste man diesen Betrüger Scaliger fragen!«, krächzte Schoppe.

»Ach, was geht uns die Zeit an«, schnitt Guyetus ihm verärgert das Wort ab, »uns beschäftigen hier und jetzt ganz andere Fragen!«

»Genau«, bekräftigte Naudé, »wir könnten kurz davor sein, Philos Ptetès zu fassen zu kriegen. Vielleicht sogar in ein paar Minuten.«

»Minuten?«, fragtest du, nachdem du deine Blicke lange über uns alle hattest schweifen lassen, um, wie mir schien, die stumme Sprache der Körper zu studieren, statt auf das Gesagte zu achten.

»Gewiss doch. Dass alle, die hier auf der Insel leben, mit phantastischen Erzählungen von Thomas Morus, Campanella oder Rabelais vollgestopft sind, ist ein deutliches Zeichen: Wer hat ihnen diese Bücher gegeben, wenn nicht Philos Ptetès selbst? Er war ein Literat und sehr belesen, das steht fest. Die Soldateska des Großherzogs der Toskana, die manchmal auf der Insel stationiert ist, oder diejenigen, die hier Wasservorräte holen, waren es bestimmt nicht. Das bestätigt uns, dass der Mönch, wer immer es ist, hier gelebt und Spuren hinterlassen hat. Die drei Schlauberger, deren Namen wir übrigens nicht einmal kennen, wissen zweifellos viel mehr als sie uns weismachen wollen.«

»Ihr habt recht!«, pflichtete ich bei. »Könnte das versteckte Zitat aus Campanellas *Sonnenstaat* nicht sogar ein Köder sein, den der Mönch ausgelegt hat?«

»Ein Köder?« Guyetus fuhr zusammen.

»Meint Ihr einen Köder, um herauszufinden, wer von uns geeignet ist?«, fragte Naudé, dessen Gesicht sich rot färbte.

»Genau das«, bestätigte ich.

»Geeignet wozu?« Guyetus tat, als hätte er nicht verstanden, obwohl er nur allzu gut wusste, was ich meinte, und schon die ersten Zeichen einer Übelkeit zeigte.

»Die kostbaren Handschriften zu bekommen, das Erbe des großen

Poggio Bracciolini, von denen Philos Ptetès in dem Brief an Euch berichtet, Signori«, erklärte ich höflich.

»Ich muss doch sehr bitten! Was für eine absonderliche Idee ist Euch da gekommen! So benimmt man sich nicht unter Gelehrten!«, trällerte Schoppe mit einem krampfhaften Lächeln, insgeheim erschreckt von der Möglichkeit, meine Vermutung könne einen wahren Kern haben.

»Eure Ignoranz erstaunt mich! Was für eine Art Secretarius seid Ihr?«, beschimpfte auch Guyetus mich böse.

»Wir sind keine Schüler, die abgefragt werden müssen!«, kreischte Naudé mit beunruhigten Seitenblicken auf seine Kollegen.

Ach, armer Secretarius! An diesem schwarzen Tag hatte ich mich bei meinen Reisegefährten gründlich unbeliebt gemacht. Erst hatte mein Unwohlsein die Rettung durch das unvermutet vorüberfahrende Schiff vereitelt, dann hatten sie mir vorgeworfen, ihnen nicht rechtzeitig mitgeteilt zu haben, dass die Stadt auf Nusquama Amauroto genannt wurde, und jetzt verstimmte ich sie mit meiner Vermutung, dass Philos Ptetès prüfender Blick auf ihnen ruhen könnte.

Naudé war besonders wütend auf mich. Nachdem er dich und mich unter dem Vorwand der Jagd anhand seiner kostbaren Schatzkarte auf die Suche nach dem Mönch mitgeschleift und uns durch Erpressung zu Komplizen seiner Pläne gemacht hatte, fühlte er sich jetzt verraten: Ausgerechnet ich hatte seine größte Angst ausgesprochen, nämlich Philos Ptetès nicht als Erster zu erreichen, sondern ihn mit dem Philologen Guyetus und vor allem mit dem verhassten Schoppe teilen zu müssen, die beide, im Gegensatz zu ihm, Adressaten des Briefes waren.

»Vergessen wir die phantasievolle Hypothese unseres Secretarius«, schlug Naudé vor. »Habt Ihr diese sonderbaren Koinzidenzen bemerkt? Sowohl der Hinkende als auch Ptetès wurden von einer Schlange gebissen, beide sind häufig auf der Piana dei Morti. Außerdem trägt einer der beiden Bauersleute eine große Tasche über der Schulter, was an die vier großen Taschen erinnert, die Ihr bei Philos Ptetès saht, als er vor zwei Jahren auf der Insel ausgesetzt wurde. Es gibt drei Möglichkeiten: Entweder Philos Ptetès ist der Hinkende. Oder er ist einer der beiden anderen. Die dritte: Er ist auf der Insel an einem Ort versteckt, den die drei uns noch nicht genannt haben.«

»Wie wollt Ihr herausfinden, welche der drei Möglichkeiten der Wahrheit entspricht?«, fragte Hardouin.

»Ihr beiden!«, rief Guyetus aus, wobei er aufsprang und drohend wie eine Pistole den Zeigefinger auf uns richtete, »Ihr seid die einzigen, die Philos Ptetès ins Gesicht gesehen haben! Wie kommt es, dass Ihr ihn nicht erkannt habt?«

»Versteht doch«, versuchte ich ihn zu beschwichtigen, »es ist viel Zeit vergangen. Und wir haben sein Gesicht damals nicht genau betrachtet. Für uns war er ein beliebiger Passagier! Habe ich recht, Signorino Atto?«

»Natürlich«, bestätigtest du, gepeinigt von der Vorstellung, die flüchtige Erscheinung wiedererkennen zu müssen, der fast alle von uns hinterherjagten.

»Der Junge hat in seinem zarten Alter sicherlich ein besseres Gedächtnis als wir alle zusammen«, erklärte Hardouin.

»Also los!« Mit einem Schlag auf den Rücken trieb Schoppe dich an wie eine junge Stute, die sich weigert, die Kutsche zu ziehen. »Welcher der drei könnte es sein?«

Ausweichend erklärtest du, der Mönch, den wir vor zwei Jahren gesehen hatten, habe einen Bart gehabt wie alle drei Bauern, und weil zwei Jahre eine lange Zeit seien, könntest du weder beschwören, dass Philos Ptetès unter den dreien sei, noch dass er es nicht sei. Das hätte jedem eingeleuchtet, nur unseren drei gierigen Gelehrten nicht. Unterdessen zog Naudé mich am Jackenärmel beiseite.

»Signor Secretarius, ich mache nie viele Worte. Seine Eminenz Kardinal Mazarin hat schier unbegrenzte Möglichkeiten, mehr muss ich nicht sagen. Ich will das Alleinrecht. Ihr könnt es dem jungen Atto selbst sagen: eine Pension auf Lebenszeit vom französischen König und eine Sinekure in einer schönen Diözese der Bretagne oder Provence. Wenn der Kardinal ein gutes Wort einlegt, kann die Bestätigung aus Rom schon in weniger als drei Monaten da sein. Einverstanden?«

»Ihr bietet Signorino Atto also eine Belohnung«, versuchte ich zusammenzufassen, »wenn er Euch und nur Euch verrät, wer von den dreien Philos Ptetès ist. Bei allem Respekt, Monsire Naudé, Ihr werdet verstehen, dass ich nicht ...«

Mazarins Bibliothekar ließ mir keine Zeit, den Satz zu beenden, er hatte sich schon auf dem Absatz umgedreht und war zu den anderen zurückgekehrt, die derweil hektisch versuchten, dir, armer Atto, nützliche Informationen über das Aussehen des wertvollsten Menschen auf ganz Gorgona zu entlocken.

Als ich näher kam, eilte mir Schoppe mit hochrotem Gesicht und weit aufgerissenen Augen entgegen. »Was auch immer Gabriel Naudé Euch gesagt hat, glaubt ihm nicht«, warnte er mich. Er nahm mich am Arm und zischte mir hastig ins Ohr: »Dieser Verbrecher besitzt keinen Heller und kann nur leere Versprechungen machen. Heute Morgen habe ich einen Blick in sein Ausgabenbuch geworfen, als er pinkeln war. Ich halte mein Wort: wenn Euer Signorino Atto mir die Premiere am Wiedererkennen dieses slawonischen Mönchs gewährt, schreibe ich ihm einen Wechselbrief aus, der in Paris, Rom, Florenz, oder wo er will, einlösbar ist. Die Höhe können wir gemeinsam festlegen, wichtig ist, dass wir uns als wahre Ehrenmänner absprechen. Ich habe ausgezeichnete Kontakte zum Kaiser, ich kann ein paar Freunde einschalten ...«

Dieses Mal beendete ich die Unterhaltung brüsk, denn ich hatte bemerkt, dass Guyetus dich von der Gruppe weggezogen hatte und dir etwas ins Ohr flüsterte: sicherlich weitere haltlose Versprechen, um vor den anderen ein entscheidendes Wort über deine Erinnerungen zu hören.

»Signorino Atto!«, rief ich mit der ganzen Autorität, die mir in meiner Stellung als Secretarius eines Hauptmanns des Großherzogs gewährt war.

Du entschuldigtest dich mit höflicher Bestimmtheit bei den Gelehrten und folgtest mir ins Freie. Ich führte dich in den großen Hof und dann in die Kapelle, wo wir vor indiskreten Ohren geschützt waren. Du stelltest keine Fragen, denn du hattest verstanden. In dem engen, kahlen Kirchlein blieben wir vor einem Fenster stehen, dem seit wer weiß wie vielen Jahren die Scheiben fehlten. Vor uns erstreckte sich das grenzenlose Panorama des Meeres und des Himmels.

»Niemandes Gedächtnis ist unfehlbar. Ihr wisst nichts, ich weiß nichts«, instruierte ich dich. »Angesichts der Versprechen sagt Ihr allen ja und glaubt niemandem. Ich werde die Sache regeln und mir die eine oder andere allgemein gehaltene Zusage schriftlich geben lassen. Niemand verdient Euer Wort und auch das meine nicht.«

»Das weiß ich«, antwortetest du zustimmend, und deine Züge entspannten sich endlich. »Ihr habt ja gesehen, dass ich Euch gehorche und immer in allem gehorchen werde. Habe ich nicht auch auf dieser kurzen Reise Eure Lehren beherzigt?«

Die feine Anspielung wurde von einem leisen Lächeln begleitet, das blitzartig alles erhellte und offenlegte.

Nachdem du meine Strafpredigt über das traurige Los der Kastraten, die Frauen lieben und wiedergeliebt werden, sowie über das, was deine Herren von dir erwarten, über dich hattest ergehen lassen, warst du mir zunächst verärgert aus dem Weg gegangen. Dann aber folgte das Schachmatt: als Begleiter des Kastraten Barbello hattest du mir Gehorsam vorgeheuchelt. Gut! Konnte ich dir sagen, dass ich deinen vorgetäuschten Gehorsam entlarvt hatte und zwar auf die untrüglichste und verbotenste Weise?

Durch eine Laune des Schicksals war aus deinem Lehrer fast dein Rivale in der Liebe geworden. Doch mich deinen Rivalen zu nennen, war, recht bedacht, übertrieben und grotesk: Wenn es wirklich so wäre, hätte ich nur verlieren können, du hattest die Jugend mit ihrer Freiheit auf deiner Seite, ich nur die quälenden Zweifel eines Familienvaters, der unerwartet in die Untiefen verbotener Triebe geworfen wurde. Das war dein Element, nicht das deines Secretarius. Ich hatte ganz andere Dinge im Kopf, und einstweilen musste ich so tun, als wüsste ich nichts. Du ahntest ja nicht, dass die Ereignisse dich überholt hatten, dass Barbello sich mir durch ihren Körper erklärt hatte. Ich schwamm zwischen Skylla und Charybdis und hatte nicht einmal einen Namen für das fleischliche Geheimnis, das sich dir jede Nacht und mir an einem Morgen als Frau offenbarte. Wer war Barbello? Ich hatte keine Minute Zeit mehr, es herauszufinden oder auch nur darüber nachzudenken. Ob es dieser venezianische Singvogel war, Margherita Costa, die Schwester der Checca? Sie sollte sich mit uns einschiffen, wurde aber im Hafen von Livorno nicht gesehen, und es hieß, sie sei schon mit einer anderen Galeere der französischen Kriegsmarine abgereist. Ihre Schwester kannte ich gut, die berühmte Sopranistin, eine recht großgewachsene, gertenschlanke Frau, blaue Augen, feine blonde Haare und sehr fleischige Lippen. Schwer vorstellbar, dass Barbello, ein kleines, rundliches Geschöpf mit schmalen Lippen, dunklen Augen und Locken, ihre Schwester sein sollte.

Schon bald schob ich diese Überlegungen beiseite. Viel wichtiger war, was in dir heranreifte: die bewährte Doppelzüngigkeit, die Gabe, etwas zu sagen und es nicht zu sagen, die Kühnheit, mit der du mir im Grund bedeutet hattest: rede du nur, ich tue, was ich will, weil ich dich hereinlege.

Schon jetzt erwartete ich besorgt den Morgen, an dem du in demselben Bett, in dem du als verschlossener, widerspenstiger, zum Gehorsam verpflichteter Jüngling eingeschlafen warst, als erwachsener Mann erwachen würdest, der wählt, beschließt und befiehlt. Ein herrlicher oder schrecklicher Morgen?

DIALOG

Darin man versucht, vor Philos Ptetès eine gute Figur zu machen,
ohne zu wissen, wer er ist oder ob er überhaupt anwesend ist,
doch schließlich in Streit gerät.

Zum Abendessen wurde das Wenige serviert, was die kargen Vorräte im Keller neben der Kirche boten. Es war zu spät, um noch auf Jagd nach Wild zu gehen, außerdem wollte Naudé die drei Bärtigen um nichts in der Welt aus den Augen lassen. Philos Ptetès hätte sich ja in seiner Abwesenheit den anderen offenbaren können, und dann Adieu Handschriften! Die Tischrunde bestand aus dreizehn Personen, die sich die dürftigen Speisen teilen mussten. Da ich zunächst andere körperliche Bedürfnisse befriedigen musste, kam ich als letzter zu Tisch, wenn man unser Provisorium vor dem Kamin des Turms so nennen durfte. Kaum hatte ich mich gesetzt, spürte ich die trübe, gereizte Stimmung, die dort herrschte.

Die drei rustikalen Gesellen verspeisten, ohne sich lange zu zieren, alles, was ihnen auf den Teller gelegt wurde. Am Gespräch beteiligten sie sich mit keiner Silbe. Um sie herum wogte eine fast mit Händen zu greifende Wolke aus den unausgesprochenen Fragen, die unsere Gelehrten beschäftigten. War einer der drei bärtigen Bauern Philos Ptetès? Oder wussten die drei nur, wo der geheimnisvolle Mönch zu finden war? Mit welcher Frage konnte man sie aus der Reserve locken? Würden sie Auskunft geben oder uns nur geschickt auf eine falsche Fährte führen?

Der Zufall wollte es, dass mir der Platz neben deinem falschen Barbello angeboten wurde. Das hinter dem Schleier der Verstellung verborgene Weib empfing mich vollkommen gleichgültig, ohne einen Blick, ohne jeden Gruß. War sie denn nicht dieselbe, dich mich fast mit Gewalt in ihrem Schoß empfangen hatte? Ich wand mich zwischen widerstreitenden Gedanken hin und her: Verachtete sie mich, weil sie erwartete, dass ich sie erkannte? Unmittelbar nach unserer Vereinigung schien sie wirklich überrascht, dass ich nicht wusste, wer sie war. Doch warum hätte ich es wissen sollen? Andere Frauen als meine liebe Gemahlin hatte ich nur in meiner Jugend kennengelernt. Dieses Weib hier war mithin viel zu jung, um eine meiner früheren Flammen zu sein.

Vielleicht war ihr Schweigen auch nur deiner Gegenwart geschuldet (du saßest an ihrer Seite). Du durftest nichts argwöhnen, es hätte dich verletzen können. Ich sah deinen linken und ihren rechten Arm sich bewegen, als suchten eure Hände sich unter dem Tisch. Mein Gott, wie mutig von dieser Frau, sich seit Tagen als Mann auszugeben ohne Angst vor Entdeckung! Nur weiblicher Wahnsinn, dachte ich, kann männliche Geistesschärfe so leicht täuschen. Wer bist du, verkleidete Frau? Doch ein armer Secretarius muss ganz andere Dinge im Geist bewegen, am allerwenigsten Frauengeschichten. Denn Münder und Ohren der Frauen empfangen viele Geheimnisse, doch ebenso viele geben sie preis. Und Geheimnisse sind der einzige wahre Schatz, den ein Secretarius kraft seines Amtes in jedem Augenblick schützen muss. Doch alsbald wurde ich aus meinen Gedanken gerissen.

»Wir erleben einen unwiederholbaren historischen Moment!«, hub Naudé überraschend an, das gedämpfte Stimmengewirr am Tisch übertönend. »Einen historischen Moment, sage ich, in dem jahrhundertealte Ketten, die den Menschen und seinen Geist gefangen hielten, endgültig fallen. Und sie fallen durch die Tat einer Handvoll mutiger Männer, die kühn genug sind, das Alte zu bekämpfen, um das Neue siegen zu lassen!«

Es war einer der seltenen Gelegenheiten, in denen Mazarins Bibliothekar seinen ungezwungenen Ton zugunsten einer ernsten, fast theatralischen Pose aufgab. Wir sahen einander ein wenig verblüfft an.

Ich sah Schoppes Blick beunruhigt zwischen Naudé und unseren drei Gästen hin und her irren. Die aßen jedoch weiter, ohne ein Anzeichen, dass sie zugehört hatten. Dieses Mal war Guyetus der Erste, der begriff.

»Oh ja«, schloss er sich eilfertig an, »wir müssen titanischen Gestalten wie Galileo Galilei, Ferrante Pallavicino, Giulio Cesare Vanini oder auch ... Tommaso Campanella dankbar sein.« Hier machte er, zu den drei Gästen hinüber spähend, eine Pause, während Schoppe mit vollem Mund zusammenzuckte und endlich ebenfalls begriff. »Alles Märtyrer des freien Denkens, die mit Kerker, Folter und sogar dem Tod bezahlt haben!«

»Ich habe Tommaso Campanella, den sanften Dominikaner mit dem Herzen eines Löwen, gut gekannt. Und ich weiß, wie teuer die Papstmacht ihn seine Entscheidung für Mut und Tugend bezahlen ließ. Ach, Tommaso, wie viele Menschen in einem warst du!«, rief Naudé aus und legte sich gerührt eine Hand auf die Brust.

»Ein großer Märtyrer!«, bestätigte Guyetus, die Augen zur Decke hebend.

»Ah!« Mit diesem Laut hob der vom Biss einer Schlange Gelähmte, der bis jetzt stumm geblieben war, die Hand.

Dieser recht knappe und vage Kommentar lief dennoch wie ein Schauder durch das gelehrte Auditorium.

Hardouin hob belustigt die Brauen und unterdrückte ein Lachen. Jetzt war klar, was Naudé versuchte: Die Gelehrten waren aus der geheimen Zusammenkunft kurz vor dem Abendessen nicht mit einer gemeinsamen Strategie hervorgegangen, im Gegenteil, jeder spielte sein eigenes Spiel, in der Hoffnung, als Erster an den echten Philos Ptetès heranzukommen und sich die ersehnte literarische Beute zu schnappen. Doch die von meiner Wenigkeit geäußerte Vermutung hatte sie alle in größte heimliche Nöte gestürzt. Was war, wenn der slawonische Mönch, der sich vielleicht hinter einem unserer drei Tischgäste verbarg, seine gelehrten Gesprächspartner wirklich erst gründlich studieren wollte, um dann zu entscheiden, wem er die kostbare Last jener alten Handschriften anvertrauen sollte, die Poggio Bracciolini vor zwei Jahrhunderten in den abgelegensten Klöstern Europas gefunden hatte?

Darum versuchte Naudé jetzt, sich vor unseren drei Gästen schönzutun, um sich die Wertschätzung des unsichtbaren Philos Ptetès zu erwerben. Meine bescheidene Vermutung hatte ihn mürbe gemacht und schließlich dazu gebracht, sich kopfüber den steilen Abhang prahlerisch zur Schau gestellter Weltgewandtheit, des eitlen Prunkens mit dem eigenen Wissen hinunterzustürzen. Wie ein launischer Mars der Literatur hatte der Bibliothekar jegliche Zurückhaltung aufgegeben und stürmte nun gesenkten Hauptes in die Schlacht, eiligst gefolgt von seinen gelehrten Kollegen. Nach jedem Wort wurden die drei Bärtigen gemustert, in der Hoffnung, der wahre Philos Ptetès würde sich offenbaren oder in den Mienen zeige sich wenigstens eine erhellende Regung.

»Wie auch du weißt, Gabriel, gehörte ich zu den Allerersten und wenigen in Rom und Italien, die während Campanellas Gefangenschaft den Mut hatten, sich mit seinem Fall zu beschäftigen und ihn zu verteidigen«, hub Schoppe in honigsüßem Ton an. »Ich möchte jedoch präzisieren, dass der arme Tommaso in Wahrheit kein Opfer des Papsttums, sondern Spaniens war, da er gut 27 Jahre Kerkerhaft in Neapel absaß, also im spanischen Vizekönigreich, wie du hoffentlich weißt«, schloss er mit dem üblichen Grinsen, das immer um seine Lippen spielte, wenn er Naudés angebliche Unwissenheit attackierte.

»Ah!«, stimmte der Hinkende abermals zu.

»Lieber Caspar, Campanella hat nicht weniger als fünf Prozesse in seinem Leben erlitten. Beim ersten Mal wurde er von den Garden des Apostolischen Nuntius verhaftet. Die Anklage lautete, dass er in seinen Schriften der neoplatonischen Philosophie des Bernardino Telesio folge, wie er ein Mönch aus Kalabrien, statt der Aristotelischen Lehre, die durch Thomas von Aquin offiziell von der Kirche übernommen worden war.«

»Du hast zehn Jahre in Rom gelebt, du bist Secretarius von niemand Geringerem als Kardinal Di Bagni gewesen, dann sogar von Kardinal Barberini und bist jetzt Bibliothekar von Kardinal Mazarin. Kurz, du hast dich von Kindesbeinen an zwischen den roten Soutanen herumgetrieben. Ich hoffe, dass du in all den Jahren wenigstens erkannt hast, dass es in der Kirche schon immer zwei Strömungen gab. Eine besteht aus den dogmatischen Aristotelikern des Heiligen Offiziums; die andere ist die Strömung der toleranten Platoniker unter den Theologen, zu denen beispielsweise auch Papst Urban VIII. gehörte. Dies vorausgeschickt, möchte ich dich daran erinnern, dass es damals für ausreichend gehalten wurde, Campanella für seine Entlassung aus der Haft Psalmen rezitieren zu lassen und ihm zu befehlen, innerhalb von acht Tagen in sein Kloster zurückzukehren, da der gute Tommaso viel lieber bei seinen Freunden herumlungerte und von einem Bankett zum anderen lief«, schlug Schoppe zurück.

»Natürlich hat man ihn sofort entlassen. Das Urteil kam erst nach einem Jahr Kerker!«, erwiderte Naudé, ohne auf den Seitenhieb des Verehrungswürdigen zu achten, was seine Unkenntnis in Kirchendingen betraf.

»Kein Jahr Kerker, sondern milde Haftbedingungen, lieber Gabriel: Campanella hatte ein schönes Zimmer mit Fenster, konnte schreiben, forschen, lesen und sogar empfangen, wen er wollte. Und diese Behandlung war immer dieselbe, jedes Mal, wenn er wegen seiner ketzerischen Schriften vom Heiligen Offizium verurteilt wurde. Als die Spanier ihn in Neapel verhafteten, wurden jedoch ganz andere Saiten aufgezogen.«

»Mein guter Caspar, in Neapel ist Campanella nach einem Prozess durch die zivile und die religiöse Gerichtsbarkeit gleichzeitig im Gefängnis gelandet. Unter den Richtern saßen auch Inquisitoren.«

»Gefängnis!«, riefen die beiden Bärtigen erschrocken mit düsteren Stimmen, endlich von ihren Tellern abgelenkt.

Die Reaktion wurde als Empörung über das Schicksal Campanellas aufgefasst, was Naudé ermutigte.

»Campanella musste sich verrückt stellen. Nach der Lehre der Inquisition muss die Todesstrafe nämlich im Fall von Irrsinn aufgehoben werden, der theologischen Überlegung gemäß, dass ein geistig Gesunder im letzten Moment bereuen, also ins Paradies kommen kann, während ein verrückt gewordener Verbrecher, an dem man die Todesstrafe vollzieht, tatsächlich zur Hölle verdammt ist. Menschen haben jedoch nur das Recht, andere zum Tode, nicht zur Hölle zu verurteilen.«

Monatelang spielte Campanella mit großer Seelenstärke den Verrückten, erzählte Naudé. Er tat so, als habe er durch das Elend der Haft und die Folter den Verstand verloren. Die Richter waren misstrauisch, sie stellten ihm einen Spion hinter die Zellentür, der ohne Unterlass sein Verhalten überwachen sollte. Campanella merkte es und stellte sich sechs Monate lang wahnsinnig, führte ununterbrochen irre Reden und zündete sogar mehrmals das Strohlager in seiner Zelle an, womit er sich in Lebensgefahr brachte. Im Sommer 1600 wurde er der Folter für schwere Fälle unterzogen: man hängte den Angeklagten an den Schultern an einen Querbalken und zog so lange, bis die Oberarmknochen aus den Schultergelenken sprangen. Mitunter renkten die Folterknechte sie wieder ein und die Prozedur begann von Neuem. Eine normale Folter dauerte eine halbe Stunde, bei Campanella dagegen wurde die »Nachtwache« angewandt: vierzig Stunden, also zwei Tage lang ununterbrochene Verhöre und Folterungen ohne Schlaf. Alle halbe Stunde musste er sich auf einen spitzen Keil setzen, der ihm das Fleisch zerfetzte und insgesamt zwei Pfund Blut verlieren ließ.

Mit unglaublicher Kraft konnte er bis zur sechsunddreißigsten Stunde den Wahnsinnigen spielen, doch dann entfuhr ihm ein Hilfeschrei an die Mutter, der seine Verstellung zu verraten drohte. Mit äußerster Geistesgegenwart rief er gleich darauf einen sinnlosen Satz aus: »Zehn weiße Pferde«. Endlich überzeugten sich die Richter von seinem Irrsinn, und nach weiteren vier Stunden wurde Campanella offiziell für verrückt erklärt.

So rettete er sein Leben, aber er wurde zu lebenslanger Haft verurteilt bis zum endgültigen Urteilsspruch und in der Festung Maschio Angioino eingeschlossen. Wegen des großen Blutverlusts war er nur knapp dem Tod entgangen. Die halbe Stunde Tageslicht, die ihm gewährt wurde, um im Brevier zu lesen (er war immer noch Dominikanermönch), nutzte er, um den *Sonnenstaat* zu schreiben.

Als der Name des berühmten Buches fiel, warf Naudé den drei Bärtigen einen verschwörerischen Blick zu, doch sie waren noch immer mit Essen und Trinken beschäftigt und gönnten dem Bibliothekar kein ermutigendes Zeichen.

»27 Jahre lang, junger Atto«, rief Naudé, sich an den Jüngsten in der Gesellschaft wendend. Er hoffte wohl, dass sein pädagogischer Eifer die Aufmerksamkeit der drei Individuen erregen möge, »ganze 27 Jahre lang im Gefängnis. Lerne daraus! Ein solches Ende nimmt, wer sich mit seinen eigenen Ideen gegen die Gewalt der Inquisition, des Papstes und der Katholischen Religion stellt!«

Eine merkwürdige Erklärung aus dem Munde Naudés, der, woran Schoppe soeben erinnert hatte, seit jeher im Dienst von Kardinälen stand.

In den endlosen Jahren seiner Haft, fuhr Naudé fort, schrieb Campanella unermüdlich, empfing Besuche und beteuerte immer wieder vergeblich seine Unschuld. 1626 wurde er endlich entlassen. In seinen Gefängnisjahren hatte er sogar die Kraft gefunden, anderen Verfolgten zu helfen, zum Beispiel mit einem Schreiben zugunsten Galileos, als der große Wissenschaftler vor Gericht stand.

»Von der langen Haft zermürbt, nach einer weiteren Verhaftung glücklich entflohen, rettete er sich zu uns nach Frankreich, wo sein Ruhm schon groß war. Bevor er floh, lernten wir uns in Rom kennen und hatten Gelegenheit zu einem langen Gespräch. Als ich nach Paris zurückkehrte, festigte sich unsere Freundschaft. Und in Paris ist er als freier Mann gestorben. Ach, was für ein Mensch, welch ein Charakter!«, schloss Naudé und hob, melancholisch seufzend, die Augen zum Himmel.

»Bist du fertig mit deiner üblichen Propaganda für eure verruchte Bande, die Starken Geister?«

»Wie bitte?« Naudé bedachte Schoppe mit einem säuerlichen Lächeln.

»Wenn du nicht nur Medizin studiert hättest, übrigens ohne je zu promovieren, und dich stattdessen bemüht hättest, nicht gänzlich unbeleckt von politischer Geographie, Geschichte und Kirchenrecht zu bleiben, wüsstest du, dass die Inquisition, gegen die du bis jetzt anlässlich von Campanellas Prozess deine Wahnreden geführt hast, nicht die römische war, sondern die spanische, und dass Kardinal Maffeo Barberini, der spätere Papst Urban VIII., versucht hatte, ihn aus den spanischen Gefängnissen in Neapel nach Rom verlegen zu lassen, wo er ihm bessere Haftbedingungen und vielleicht die Freiheit hätte verschaffen können. Als Campanella freikam, ließ Papst Urban VIII. ihn als astrologischen Ratgeber zu sich kommen, und man munkelte sogar, er wolle ihn zum Haupt des Heiligen Offiziums machen! Campanella als Inquisitor, könnt ihr euch das vorstellen? Leider spielten zwei neidische Dominikaner ihm einen Streich. Ohne sein Wissen ließen sie recht unorthodoxe Schriften über Rechtsastrologie drucken, die Campanella in der Schublade verwahrte. Aus war es mit der Ernennung. Als er zum letzten Mal verhaftet wurde, konnte er nur dank der stillschweigenden Billigung Urbans VIII. ausbrechen und nach Frankreich fliehen, das wissen in Rom alle. Genügt dir das nicht als Beweis für die Milde und Weitsicht eines Papstes?«

»Geschwätz, schöne Gesten als pure Fassade. Erzähl uns nicht, dass die spanische Inquisition nicht unter die päpstliche Autorität fällt. Ist der spanische König etwa nicht katholisch? Er wird ja sogar der Katholische König genannt, haha!«, bequemte sich Guyetus zur Verteidigung Naudés.

»Lieber Guyetus«, stichelte Schoppe, »bei Gabriel kann ich Ignoranz vergeben, bei dir hingegen, der du nicht so ungebildet bist wie er, sehe ich nur die böse Absicht des Ungläubigen, der seine Gegner unbedingt mit Dreck bewerfen will.«

»Hört, wer da spricht«, brummte Guyetus.

»Unterbrich mich nicht. Du weißt genau, dass die Beziehungen zwischen dem Heiligen Offizium, das von ausländischen Mächten unabhängig ist, und der spanischen Inquisition, die dem König von Spanien untersteht, sehr heikel sind. Und ihr beide wisst, dass die Spanier Campanella in Neapel nicht wegen seiner häretischen Ideen so entsetzlich folterten, sondern aus viel konkreteren Gründen: der gute Tommaso hatte in Kalabrien, seiner Heimat, eine Revolte gegen den spanischen Vizekönig angezettelt, und zwar mit Hilfe von Verbrechern, sogar eines abtrünnigen Korsaren, eines gewissen Cicala, der im richtigen Moment landen und den Aufständischen helfen sollte, die Regierung der Region an sich zu reißen. Kurzum: politische Verschwörung, Umsturz der öffentlichen Ordnung. Konnte der Vizekönig so etwas dulden? Hätte er Campanella etwa auf freien Fuß setzen sollen, damit er schöne philosophische Traktate schrieb? Übrigens hat Campanella später alle seine Komplizen verraten.«

»Ich möchte dich unter der Folter sehen«, sagte Guyetus.

»In dem Punkt hast du recht«, gab Schoppe zu. »Jedenfalls hoffe ich, dass ihr jetzt alle den Unterschied zwischen der römischen Kirche und den ausländischen Inquisitionen verstanden habt, die zuerst den politischen Interessen ihrer Heimat dienen, und danach, wenn überhaupt, dem Papst. Die angeblichen Hexen werden von protestantischen Inquisitoren auf den Scheiterhaufen gebracht, mitnichten von römischen. Giulio Cesare Vanini, der junge Karmelitermönch aus Apulien, der sich vor ungefähr dreißig Jahren zum Antichrist ausrief, armer Irrer, konnte seine Haut, solange er mit Rom zu tun hatte, immer retten. Munter wechselte er von einer Religion zur anderen, wobei er sich selbst je nach Laune widersprach. Obwohl er Europa mit ketzerischen Schriften überschwemmt hatte, drückte das Heilige Offizium jedes Mal ein Auge zu, ja half ihm sogar, aus England zu fliehen, wo man ihn ins Gefängnis geworfen hatte. Doch kaum war er in Toulouse angekommen, hat der Bürgerrat nicht lang gefackelt: Sie haben ihm die Zunge herausgerissen, ihn erwürgt und auf dem Marktplatz verbrannt. Er war erst 34 Jahre alt. Ferrante Pallavicino, dieser Milchbart, der sich selbst die Geißel der Barberini nannte und sie mit seinen antipäpstlichen Schmähschriften bis zum Hals mit Jauche bedeckte, konnte ungestört kreuz und quer durch Italien fahren, aber kaum hatte er vor zwei Jahren einen Fuß auf französischen Boden gesetzt, wurde er geköpft!«

Das grausame Beispiel, von Schoppe aufgetischt, hypnotisierte die drei bärtigen Gäste, die mittlerweile gesättigt schienen.

»Richtig, Ferrante Pallavicino ist in Frankreich hingerichtet worden, aber in Avignon, mein Guter«, präzisierte Naudé, »welches päpstliches Gebiet ist.«

»Pallavicino hatte den Barberini eine Bittschrift geschickt, damit sie ihm das Leben retteten, und sie wollten ihm schon Gnade gewähren, da gab wohl nicht zufällig ein Unbekannter jenes schreckliche Pamphlet Pallavicinos gegen die Barberini in Druck, *Il divorzio celeste di Gesù dalla Chiesa di Roma*, und die örtlichen Machthaber in Avignon hielten es für besser, das Urteil vollstrecken zu lassen, ohne den Papst zu informieren. Verrückt, nicht wahr? Aber vielleicht bin ich nicht gut unterrichtet ... Über solche Geschichten seid ihr Starken Geister sicher viel besser informiert als ich, zumal der Freund Pallavicinos, der ihn mit dem Märchen nach Frankreich gelockt hatte, dass Richelieu an ihm interessiert sei, und ihn dann an die Garden auslieferte, ein Franzose war ...«, endete er mit einem anspielungsreichen Grinsen.

»Was unterstellst du damit?«, zischte Naudé.

»Ich unterstelle gar nichts, ich schildere meinen bescheidenen Eindruck«, gab Schoppe sarkastisch zurück. »Mir scheint, ihr *Deniaisez*, ihr Starken Geister, seid ständig auf der Suche nach zwei Dingen, damit man euch ernst nimmt: Monstren und Märtyrer. Das Monstrum ist der Papst, die Märtyrer sucht ihr mit der Laterne, damit ihr den Mund voll nehmen und gegen ungerechte Verfolgung wettern könnt: Campanella, Pallavicino und dieser ... äh, dieser Galileo.«

Nach kurzem Zögern und einem raschen Blick auf die drei Bärtigen hatte Schoppe den Satz beendet, ohne beleidigende Attribute wie »Bandit« oder »Betrüger« hinzuzufügen, mit denen er den großen toskanischen Wissenschaftler, der Opfer der Inquisition geworden war, sonst bedachte. Er wusste nicht, wie die drei Gäste darüber dachten und wollte Fehler vermeiden.

»Ah!«, machte der Hinkende, vielleicht zustimmend.

»Jedenfalls wiederhole ich, dass ich mit Campanella sehr eng befreundet war«, setzte der Verehrungswürdige nach und schenkte den drei Landmännern ein breites Lächeln, während ihm die Gier nach dem Schatz von Philos Ptetès aus den Augen blitzte.

Eine Weile herrschte Stille, man hörte nur die Kaugeräusche der Tischgesellschaft. Bei Schoppes letzten Unterstellungen über die *Deniaisez* waren Naudé und Guyetus ungerührt wie Marmorstatuen geblieben.

»Ich habe dich reden lassen, Caspar«, setzte der Bibliothekar wieder an, und sein ausgesucht kühler Ton ließ mich Böses ahnen,»weil man dich unmöglich unterbrechen kann, ohne aus vollem Halse zu schreien. Ohnehin ist kein Wort deiner Rede eine Reaktion von meiner Seite wert. Nur eine Einzelheit muss ich aus moralischen Gründen zur Wahrung des Andenkens des großen Campanella klären. Du hast ihn mehrmals im Gefängnis von Neapel besucht, das ist wahr. Aber du hast vergessen zu erwähnen, dass er dir mehrere Handschriften übergeben hat, die Frucht unmenschlicher Anstrengungen im Dunkel seiner Zelle, und dich angefleht hat, sie zu veröffentlichen. Du hast es versprochen«, hier hielt Naudé kurz inne, die drei Gäste und Schoppes Gesicht studierend,»aber tatsächlich hast du die Schriften des Gefangenen plagiiert und für deine eigenen Bücher benutzt. Die versprochene Veröffentlichung fand nie statt.«

Die Reaktion des Verehrungswürdigen ließ nicht auf sich warten:»Du! Ausgerechnet du, Naudé, wagst es, von Campanella zu sprechen! Auch du hast ihn im Gefängnis besucht, aber dann hast du ihn enttäuscht. Über ein Jahr hattest du Umgang mit ihm in Rom, aber du – nicht ich! – hast ihm Ideen und Handschriften gestohlen, um sie unter eigenem Namen zu veröffentlichen. Dann hast du drei Jahre nach seinem Tod im Jahre 1639, also vor vier Jahren, dein Gewissen entlastet, indem du eines seiner Bücher herausgegeben und dich damit obendrein unverdienterweise als großzügiger Freund hingestellt hast!«

»Lügen. Campanellas Schicksal hat dich nie interessiert, nur die politische Seite der Sache«, erwidert Naudé mit erzwungener Ruhe.»Einen Philosophen und Theologen wie Campanella an der Hand zu haben, der dir Material für deine politischen Schriften gegen Luther, Calvin und alle Protestanten lieferte, das war ein unbezahlbares Glück. Gewiss, Campanella trat für eine katholische Monarchie ein, also eine antilutherische Option par excellence. Darum war er für dich der ideale Kandidat, den du ausbeuten konntest. Im Gefängnis produzierte er Bücher wie eine Arbeitsbiene und du hast seine Argumente in deinen Büchern verwertet, hast daraus politische Vorschläge gemacht oder Streitereien angezettelt, die Kunst, in der du brillierst.«

»Du hast ihn nach Paris gelockt«, knurrte Schoppe,»denn er glaubte, du würdest ihm helfen, sich dort nach 27 Jahren Gefängnis ein neues Leben aufzubauen. Aber du hast ihn keines Blickes gewürdigt und sogar als Schwärmer hingestellt. Für dich zählt nur die augenblickliche Mode. Erst warst du so besessen davon, dass man dich den Campanellisten nannte. Aber dieser alte, von der Haft verblödete Mönch nützte dir nichts mehr, er war nicht mehr in Mode. Also habt ihr, du und deine Freunde von der Tetrade, ihn fallengelassen und überall herumerzählt, dass er ein aufrührerischer Trottel sei. Stattdessen seid ihr hingegangen, Galileo Galilei den Arsch zu lecken, um aus ihm einen Helden zu machen, stimmt's?«

»Du bist auch zu Galileo gegangen«, erwiderte Naudé nur achselzuckend. Er nützte es schamlos aus, dass Schoppe in diesem Moment nicht wagte, Galileo einen Betrüger zu nennen, der sich absichtlich hatte verurteilen lassen, um berühmt zu werden und endlich seine Bücher verkaufen zu können, die niemand haben wollte. Man konnte ja nicht wissen, wie die drei Bärtigen über den berühmten Wissenschaftler dachten, der mit seinem Widerruf auch im Klerus viele Anhänger gewonnen hatte. Was würde insbesondere Philos Ptetès denken, der sich vielleicht unter den dreien verbarg.

Guyetus lachte: »Du hast verloren, Caspar.«

Tatsächlich war der deutsche Herausforderer am Ende des Streitgesprächs durch den Eifer, mit dem er die letzten Schläge ausgeführt hatte, völlig verschwitzt, der französische Gegner, der seine Kräfte zu schonen wusste, hingegen kühl und trocken. Bevor er antwortete, stopfte Schoppe sich eilig eine Handvoll Rosinen in den Mund. Darauf verdrehte er erst die Augen, dann begann er heftig zu husten: der Bissen war ihm in den falschen Hals gekommen. Das machte sich Naudé in gemeiner Weise zunutze. Er stand auf, hob das Glas in seiner Hand und sprach mit der ausholenden Gestik eines Rhetors, wie ein römischer Senator der Antike:

»Um ehrlich zu sein, mein armer Caspar, muss ich nicht einmal unbedingt recht behalten. Der Grund ist den Worten desjenigen eingeschrieben, der ihn zu entdecken weiß, er ist auf sein Gesicht gemalt und dem Gedächtnis der Nachgeborenen eingemeißelt. Was dich betrifft, Caspar, bedenke, dass es nicht unehrenhaft ist, besiegt zu werden, und du hast dich im Kampf tapfer gezeigt. Nicht ohne Ehren betrittst du am Ende deines Lebens das Schattenreich. Obwohl du im Kampf unterlagst, ist dies dir genug: Du bist in der Schlacht gestorben, du hast deine Kraft mit anderen gemessen. Nicht hat dich das weichliche Alter, von den Jahren gebeugt, dem Tod zwischen Hühnern anheimgegeben. Du hast an den Sieg geglaubt, aber das Schicksal und die Natur waren stärker als alle Anmaßung und Anstrengung. Es gewagt zu haben, zählt etwas: Die kommenden Jahrhunderte werden nicht leugnen können, dass du dein Bestes tatest. Dennoch hast du nicht begriffen, dass das Schicksal dich in dieser aus Blinden und Blindenführern bestehenden Welt zu Ersteren gestellt hat. In diesem Körper der menschlichen Republik sind wir es, nicht du, denen befohlen wurde, die Aufgaben der Augen zu erfüllen und jeder nach Kräften die Interessen der Wahrheit und des Lichts zu verteidigen!«

Naudé leerte sein Glas auf die angegriffene Gesundheit Schoppes, während Guyetus ihm eifrig frisches Wasser anbot, damit seine Kehle sich erhole.

Erst jetzt konnte Schoppe seinen Husten beruhigen, mit dem er Naudés gesamte Tirade als Kontrapunkt begleitet hatte.

»Wir, wir … Wer ihr? Ach, hör doch auf! Es gibt nichts Schlimmeres als einen großen Gedanken in einem kleinen Hirn. Du und diese Libertins und Päderasten, ihr seid hysterische, gemeingefährliche Irre, das seid ihr! Und wie üblich ist dein Salbadern nicht mal auf deinem Mist gewachsen, sondern du hast es bei Gior…«

»*Zitiert* habe ich den Philosophen Giordano Bruno, nun, was ist schlecht daran?«, kam ihm Naudé zuvor.

»Einen Philosophen nennst du ihn? Das war ein schmutziger Spion der englischen Protestanten, der Maria Stuart verriet und köpfen ließ! Ein Besessener, der schwarze Messen las, der …«

Ein erneuter, heftiger Hustenanfall zwang ihn, sich mit einer Hand auf dem Tisch abzustützen, mit der anderen schützte er seinen vom Hustenreiz verzerrten Mund.

Es war zu Ende. Aus dem Streit war Naudé als triumphierender Sieger hervorgegangen. Schoppe hatte den Fanatiker, Naudé den erhabenen Geist abgegeben – gewiss nicht aufgrund dessen was, sondern wie sie es gesagt hatten. Geblendet von der Oberfläche, machte sich keiner von uns die Mühe, darüber nachzudenken, ob in Schoppes Maßlosigkeit nicht auch gerechte Empörung steckte, und ob sich hinter Naudés Ungezwungenheit nicht böse Absichten verbargen.

Mit einem seraphischen Lächeln wandte Mazarins Bibliothekar sich zu unseren drei Tischgenossen, und der alte deutsche Gelehrte tat es ihm mit verzerrtem Gesicht widerwillig nach. Doch schon bald tauschten ihre Mienen die Plätze: Die drei Eingeborenen waren eingeschlafen, wer weiß wie lange schon.

DISKURS LIII

Darin ein neuer Fund endgültig beweist, dass Philos Ptetès sich zwischen den drei Gästen versteckt, oder dass der nicht zu ergreifende Mönch aus Slawonien heimlich mit ihnen zusammenkam.

Die zwei Landmänner waren Schulter an Schulter eingeschlafen, der Kopf ihres stummen Kompagnons ruhte auf seinen Armen, die er auf unserer rauen Tischplatte verschränkt hatte.

»Sie haben alle drei ziemlich munter dem Wein zugesprochen«, bemerkte Malagigi, dem sogar ein Lächeln entwischte.

»Verflucht«, zischte Naudé bestürzt. Das bewundernswerte Kunstwerk der Rhetorik, das er mühevoll errichtet hatte, um unter den dreien denjenigen zu beeindrucken, welcher der berühmte Philos Ptetès sein musste, hatte seinen Zweck kläglich verfehlt. Schoppe dagegen betrachtete das Schauspiel mit sichtlicher Erleichterung.

»Sie schienen seit Jahrhunderten keinen Tropfen Rotwein angerührt zu haben«, bestätigte Barbello.

Nun bemächtigte sich eine gewisse Verzagtheit der gelehrten Gesellschaft. Wenn so das Interesse der drei an Campanella aussah, wie konnte man dann hoffen, unter ihnen befände sich der hochgebildete Philos Ptetès?

Nur Guyetus hatte einen Geistesblitz:

»Die Tasche!«, rief er aus.

Sofort eilten alle zu der groben Ledertasche, die in dem kleinen Vorzimmer zu unserem Speiseraum abgelegt war. Von Rachedurst getrieben, wühlten Naudé und Schoppe, die Gegner des soeben abgeschlossenen Rededuells, nervös in der Tasche. Als Naudé schließlich seine Hand herauszog, hielt er einige Papiere umklammert.

»Sieg! Siiieeg!«, jubelte er, während Guyetus ihm von hinten grob die Hand auf den Mund legte, damit er die drei Schlafenden nicht weckte.

Im Eifer des Gefechts kletterte Hardouin Schoppe fast auf die Schulter, um auf die Papiere zu spähen, und sogar Malagigi bahnte sich mit Ellenbogenstößen einen Weg durch das Quartett, um mit eigenen Augen zu sehen, welch ein Geheimnis aus dem Sack der drei Kumpane hervorgekommen war.

»Das stammt von Philos Ptetès, keine Frage, seht her!«

»Petronius, wieder Petronius! Wieder die Schrift von Bracciolini!«, stieß Guyetus hervor, sich mit der Hand die Kehle zudrückend, damit er leise sprach.

Dieses Mal war die Beute wirklich fett und hundertmal größer. Wenn das kleine Petronius-Fragment aus dem Turm ein außergewöhnliches Ereignis war, dann war dieser Fund mindestens epochal. Die drei Schlawiner hatten uns also belogen! Sie hatten behauptet, keine Papiere in der Tasche zu haben, stattdessen kam daraus jetzt ein Schatz von schwindelerregendem Wert zum Vorschein.

Da der Tisch noch von dem schlummernden Trio besetzt war, ließ das Quartett der Gelehrten sich ungelenk auf dem Boden nieder, während Pasqualini zwischen ihnen hin und her lief, wie eine Biene von Blüte zu Blüte wechselt, um ihr Gebrumm aufzuschnappen, und du dich als sechster und letzter, von der hektischen Neugierde der anderen angesteckt, an der kollektiven Inaugenscheinnahme beteiligtest.

Barbello bat dich, die Truppe ihren eigenen Angelegenheiten zu überlassen und mit ihr zu kommen, doch davon wolltest du nichts wissen. Du wiesest sie mit einer barschen Gebärde ab, die verkleidete Frau blieb allein.

Ich wollte mich nicht an dem Gerangel um den neuen Fund beteiligen. »Signor Secretarius, was tut Ihr?«, fragtest du, nachdem ich eine Weile am Fenster gestanden und Himmel und Meer betrachtet hatte.

»Meine Augen sind etwas müde«, log ich. »Und bei diesem Gedrängel um die Papiere kann ich nichts erkennen. Kehrt zurück, schaut für mich mit.«

Das musste ich dir sagen. Als ich mich aus dem Fenster lehnte, hatte ich nämlich gesehen, was sich auf dem darunterliegenden Felssporn direkt vor meinen Augen abspielte. Um zu erkennen, dass es besser war, wenn du nichts sahst, genügten ein Blick und vor allem ein Satz:

»Na, komm schon, willst du nicht wissen, wie ich es herausgefunden habe?«, fragte Kemal deine Barbello.

DISKURS LIV

Darin während einer amourösen Begegnung von der Zuneigung
der Korsaren zur Mama die Rede ist.

Es ist erstaunlich, wie sogar an unwegsamen und vom Wind gepeitschten Stätten wie den nördlichen Klippen von Gorgona das Spiel
der Winde, wenn sie günstige Richtungen nehmen, dem menschlichen Ohr noch die leisesten Geräusche und zartestes Geflüster zu
Gehör bringen kann. Just dieses geschah mir: unter meinem Fenster
konnte ich dank des Vollmonds Kemal und Barbello sehen, ohne
selbst gesehen zu werden, und vor allem jedes Wort ihres Getuschels
hören.

»Es ist mir egal, wie du es herausgefunden hast«, antwortete Barbello in einem Ton, der feinselig klingen sollte, es aber nicht war. Doch
Weiber halten sich für große Schauspielerinnen, auch wenn sie es nicht
sind.

»Ich sag es dir trotzdem. Männer erleichtern ihre Blase nicht sitzend, wie du es tust. Ach ja, du wusstest nicht, dass ich dich hinter
einem Baum im Wald beobachtete. Dieses Mal hast du versäumt, dich
von den beiden Kastraten verbergen zu lassen, wie sonst ...«

»Hör auf, Idiot«, schnitt sie ihm das Wort ab.

»Nein, hör du auf. Ich weiß sowieso, dass du eine Mama bist«,
lachte der Korsar, auf Barbellos geschwollenen Brustkorb zeigend.
»Wie viele hast du an deinem Busen saugen lassen? Mindestens drei,
meiner Meinung nach.«

Zum Glück warst du in die Untersuchung des letzten Fundes der Gelehrten vertieft, mein Atto, und hörtest vom Turm aus kein Wort dieses
Dialogs. Kemal hatte offenbar das Geheimnis des falschen Kastraten
entdeckt, das allen anderen, mich eingeschlossen, entgangen war.

Eine Weile herrschte Stille zwischen den beiden.

»Du widerst mich an«, sagte Barbello.

Kemal schien unbeeindruckt. Der Wind wehte heftig und zerzauste
das lange weißliche Haar des Statthalters. Die beiden standen einan-
der gegenüber, Barbello mit dem Rücken zum Felsen, auf dem die
Torre Vecchia aufragte. Hinter dem Barbaresken dagegen fiel die
Klippe steil zum Meer ab, darüber stießen einige Möwen ihre grellen
Schreie aus.

»Umso besser. Du widerst mich auch an, Mama«, entgegnete er in ernstem Ton.

Der falsche Kastrat hob die Hand zu einer kräftigen Ohrfeige. Ich hörte das Klatschen auf Kemals Wange, dessen Kopf sich jedoch keinen Millimeter rührte. Dann packte Barbello den Korsar am Kragen, zog ihn an sich und drückte die Lippen auf seine. Das war der einzige Moment, in dem der Korsar überrumpelt wirkte.

Die verkleidete Frau schlang ein Bein um Kemals Schenkel, legte ihm die freie Hand auf die Brust und war nun eng an seinen Körper geschmiegt. Der Korsar packte sie mit beiden Händen unter den Hinterbacken, hob sie mit einem Satz hoch und drückte sie nach ein, zwei Schritten mit genau berechneter Brutalität gegen den Felsen. Der weibliche Seufzer der Überraschung und Befriedigung aus Barbellos Mund war lauter als erwartet.

»Pst! Willst du, dass dein kleiner Kastrat dort oben dich hört?«, mahnte Kemal, während er, nach dem, was ich sehen konnte, ihren Hals großzügig mit der Zunge erforschte.

»Selber schuld, du liebst die Mütter zu sehr«, sagte Barbello, während sie den Rücken bog und die Arme hob, da sie zwischen dem Körper der Festung und dem ihres Kavaliers eingezwängt, festen Halt hatte. Dann wimmerte sie etwas, was ich nicht verstand und was vielleicht nichts bedeutete außer Erwartung und Drängen.

»Das stimmt, alle Korsaren lieben Mütter«, antwortete der Barbareske, Barbellos Schultersack beiseite schiebend. Er versuchte, sich mit den Fingern einen Weg durch die komplizierten, lästigen Verschnürungen um ihre Brust zu bahnen.

Noch ein kleiner Aufschrei und du wärst zum Fenster gekommen und hättest alles entdeckt. Hätte ich die beiden Stehgreifliebenden jedoch gewarnt, indem ich ihnen etwas aus dem Fenster auf den Kopf warf, hätte Barbello glauben können, dass ich für dich, Atto, spionierte, und ich hätte eure zarten Bande womöglich für immer zerstört. Du wiederum hättest bitter bereut, dass du Barbello soeben mit einer hastigen Geste abgefertigt und deine in momentaner Lust entbrannte Geliebte Kemals Klauen überlassen hattest, um dich auf die Papiere von Philos Ptetès zu stürzen. Mir fehlte der Mut, das alles heraufzubeschwören, obwohl du dich mit diesem Weib verbunden hattest statt mit den mächtigen Päderasten, die dir vom Schicksal bestimmt waren, und denen treu zu bleiben ich selbst dir dringend geraten hatte. Im Grunde hatte auch ich Barbello genossen, ich wollte mir nicht eines Tages vorwerfen müssen, euch aus unbewusster Rivalität voneinander getrennt zu haben. Du begehrtest sie, ich dagegen meine Gemahlin. Also war es besser, jeden Alarm zu vermeiden und zu hoffen, dass die beiden Heimlichtuer ihre Lust aneinander nicht durch zu laute Geräusche verrieten. Eine fast maßlose Lust, die Barbello an dem erfahrenen, stattlichen Kemal zu finden schien, weit größer, fürchtete ich, als die, welche du ihr verschaffen konntest.

DISKURS LV

Darin dem jungen Atto Melani der erste Liebeskummer droht,
doch er wird zum Glück durch neue, aufsehenerregende philologische
Entdeckungen abgelenkt.

»Hat sich jemand verletzt?«, fragtest du, den Kopf hebend, als Barbellos spitzer Schrei plötzlich in der Luft lag.

»Die Möwen«, log ich. »Um diese Zeit stürzen sie immer wie verrückt durch die Luft, bevor sie schlafen gehen. Zwei paaren sich gerade direkt unter mir.«

»Ach so.« Beruhigt vertieftest du dich wieder in die Papiere.

Zum Glück erhoben sich aus eurer Gruppe nicht weniger lebhafte Schreie: Die Papiere in der Tasche der drei Landmänner schien außergewöhnliche Überraschungen zu bergen.

»Er ist es! Das ist der ganze Trimalchio!« Schoppe stand auf und hob die Arme zum Himmel, als hätte er einen olympischen Wettkampf in der antiken Hellas gewonnen.

Auch alle anderen, gelehrt oder nicht gelehrt, gebärdeten sich wie entfesselte Bacchanten: Guyetus presste sich einen Packen Papiere an die Brust, strich liebevoll mit den Fingern darüber, schnüffelte daran, um Spuren irgendwelcher Wohlgerüche zu erhaschen, die nur Philologen kennen; Hardouin hielt sich ein mit winzigen, unleserlichen Buchstaben beschriebenes Blatt dicht vor die Augen wie ein sehschwacher Greis; Naudé, Malagigi und du strittet um andere Haufen staubiger Schnipsel, die ihr euch zunächst weiterreichtet und dann einander aus den Händen risst.

An meinem Fenster war ich zum Beobachter zweier gegensätzlicher Ekstasen geworden: der Gier der Philologen nach dem geschriebenen Wort und der des Mannes und der Frau nach dem ursprünglichen, heiligen Werk aus Fleisch, Blut und Atem.

»Der Korsar, der seine Mama am meisten liebte, war der schreckliche Cicala«, sagte Kemal, während seine Hände, der labyrinthischen Stoffbinden überdrüssig, die sie von nackter Haut trennten, diese inzwischen grob heruntergezogen hatten, sodass die üppigen Brüste endlich zum Vorschein kamen.

»Oh, der schreckliche Cicala … meinst du, er tat so etwas auch bei seiner Mutter?«, lachte Barbello, während Kemals Mund ihre Brüste erkundete, die nur noch vom Riemen ihres Schultersacks bedeckt wurden.

»Natürlich tat er es, als er ein Kind war, er wollte die gute Milch«, murmelte der Korsar, Gesicht, Mund und Bart zwischen den Busen versenkend. »Doch als er Mohammedaner wurde, verlor er seine Mama aus den Augen, denn sie war Christin in Sizilien geblieben. Eines Tages verkündete Cicala dem spanischen Vizekönig von Sizilien, seinem Erzfeind, er wolle nach dreißig Jahren seine Mutter wiedersehen. Großherzig ließ der Vizekönig Cicalas Schiff in den Hafen von Messina kommen, und die königlichen Kanonen begrüßten ihn mit Salven, als hätten alle vergessen, dass er ein Renegat und in Mohammeds Sekte ein blutrünstiger Anführer war. Man ließ die alte Mutter aufs Schiff kommen, Mutter und Sohn umarmten sich, blieben ein paar Stunden miteinander allein, weinten, tauschten Geschenke aus und verabschiedeten sich schließlich für immer. Die Mama wurde auf einem Beiboot zurück an Land gebracht.«

»Wie ergreifend! Aber das Geschenk, das er ihr machte, war anders als das, was du heute für mich hast, oder?«

»Natürlich, mein Geschenk ist viel größer als das jedes anderen Korsaren!«

»Oh, das glaube ich!«, seufzte Barbello, während der Renegat sie hochhob, auf einen Felsvorsprung in der Höhe seiner Knie setzte und ihr zu verabreichen begann, was sie inbrünstig ersehnte.

Ich errötete, teils wegen des unvermuteten erotischen Schauspiels, teils wegen der Angst, es könnte von euch entdeckt werden, darum wandte ich mich ab und heuchelte Interesse an dem, was sich um die Papiere von Philos Ptetès herum abspielte.

»Alles Lügen!«, wimmerte Barbello unterdessen, während sie sich mit ihrer kleinen weißen Hand an Kemals Nacken festhielt und mit harmonischen Bewegungen seinem Rhythmus anpasste.

»Ich schwöre dir, es ist wahr, meine Liebste, und das ist allein dein Verdienst, weil du eine Mama bist«, beteuerte der Barbareske hingebungsvoll, während er mit beiden Händen und vielleicht noch anderem in verborgene Winkel und Stätten vordrang, wo nie ein Sonnenstrahl hinfällt, die ich mir als Gatte und Vater dreier Kinder jedoch gut vorstellen konnte. Denn jede amouröse Begegnung ist die unzüchtige Parodie eines Überfalls, wo der Angreifer mit einer Stichwaffe, die mit dem Einverständnis des Opfers ausgewählt wurde, nicht den Tod, sondern Leben und Lust spendet, und das Opfer nicht in der Hoffnung auf Rettung schreit, sondern um allein zu bleiben und ungestört erliegen zu können. Und während die Waffe eindringt, klammert es sich verzweifelt an einen Tisch, ein Bett oder eine Mauer, wendet also alle Kraft nicht zur Flucht auf, sondern darauf, sich der süßen Überwältigung darzubieten.

»Auch Occhialì, dieser andere abtrünnige Hund aus Kalabrien«, sagte Kemal, während eine seiner groben Pranken die Nackenmuskeln seiner Gefährtin unvermuteter Wonnen lockerte und die andere den übrigen Teil der Sache erledigte, »kehrte Jahre später als türkischer Admiral in die Heimat zurück, um sein Mütterchen wiederzusehen, aber die wollte nichts davon wissen, weil sie Christin geblieben war, und er weinte bitterlich. Wir lieben Mütter von ganzem Herzen, siehst du es nicht selbst?« Der Barbareske lachte und hob seine Dame von dem Stein, auf dem sie bis jetzt recht unbequem gelagert hatte. Mit Kräften, die die Liebesbrunst übermäßig steigerte, brachte er sie sodann in eine eigenartige Seitenposition, bei der er sie mit beiden Armen stützen musste, aber leichteren Zugang zu den vielen Süßigkeiten hatte, die Schoß und Rücken einer wonnefreudigen Frau zu bieten haben. Zum Glück kommentierte sie diesen Einfall mit einem gemäßigteren Stöhnen als zuvor.

»Dein Geschenk ist schön und prächtig, bist du wirklich sicher, dass kein Korsar so eines hat?«, flüsterte Barbello zitternd. »Nein, mein Lügenmaul, lass mich raten, ich wette, dein großer Anführer Ali Ferrarese übertrifft es, aber nur er allein, habe ich recht?« Unwillkürlich packte sie ihren Gefährten an der langen rotgrauen Mähne, als wollte sie ihn ganz hineinziehen in das Geheimnis ihrer schwelgerischen Hingabe.

»Erraten!«, rief der Korsar mitten im letzten Aufbäumen, endlich geschlagen, auf dem Höhepunkt wechselseitiger Wonnen zwischen Fleischeslust und einem herzhaften Gelächter.

DISKURS LVI

Darin der Jubel unserer gelehrten Kameraden über die Wiederentdeckung des gesamten Gastmahls des Trimalchio groß ist und man eine Kostprobe des soeben ans Licht gekommenen Fundstücks erhält.

»Erraten!«, rief ich fast im selben Augenblick. Es war ein verzweifelter Versuch, Kemals Ausruf mit meiner Stimme zu übertönen und das Geschehen vor deinen, vor aller Ohren zu verbergen.

Zum Glück hatte ich nicht umsonst geschrien: Während Malagigi das Interesse an dem Papierkram verloren zu haben schien, hattest du mich mehrmals mit lauter Stimme gefragt, ob ich mich nicht endlich zu euch gesellen wollte, um einen Blick auf die aufregende Entdeckung zu werfen, oder ob mich etwas daran hinderte?

»Ihr habt es erraten, Signorino Atto«, erklärte ich, »ich war tatsächlich abgelenkt von den bewundernswerten Flugkünsten dieser Möwen. Jetzt bin ich ganz Ohr.«

»Dann kommt endlich her!«, gabst du verärgert zurück.

Ich kam näher. Die Gelehrten hatten ihre Gefühle mühsam wieder unter Kontrolle gebracht. Schoppe kam feierlich auf mich zugeschritten, flankiert vom Rest der Anwesenden, als handelte es sich um eine öffentliche Zeremonie. Bebend vor Rührung umarmte er mich und erklärte: »Wir haben es.«

»Gut. Was denn?«, fragte ich erstaunt.

»Wie bitte?«, protestierte Schoppe und ließ die Arme sinken, als sei ich seiner Umarmung plötzlich unwürdig. »Ihr habt es also noch nicht begriffen? Die *Cena Trimalchionis*! Wir haben das gesamte Gastmahl des Trimalchio, das als Ganzes lesen zu können niemand sich bis jetzt hätte träumen lassen!«

Fast gleich darauf umringtet ihr anderen mich und hieltet mir den Haufen Blätter unter die Nase, in dem ihr alle bis jetzt so leidenschaftlich gewühlt hattet. Naudé ergriff das Wort:

»Alles passt zusammen. Philos Ptetès hat die Handschrift, in der Poggio Bracciolini das gesamte Gastmahl des Trimalchio von Petronius kopiert hatte, hierher auf die Insel gebracht. Wir haben bereits alles geordnet. Zum Glück handelt es sich um Pergament von bester Qualität, und es liest sich ausgezeichnet. Und Ihr, Signor Secretarius, seid Zeuge der großen Entdeckung, seht her! Wir haben hier nicht nur das vollständige *Satyricon*, das uns Gelehrten bisher bekannt war, sondern auch den Teil des Gastmahls des Trimalchio, den bisher niemand gefunden hatte. Überzeugt Euch selbst, ich bitte Euch! Nehmt wenigstens eine Kostprobe.«

Ich griff wahllos eine Seite heraus und begann zu lesen. Während ich den Text überflog, begleitete Schoppe meine Lektüre, indem er eintönig die Übersetzung herunterleierte, sodass Lesen und Verstehen eins wurden.

Es ging um die Ankunft Fortunatas, der Gattin von Gaius Trimalchio, die von ihrer Freundin Scintilla und dem Freund Habinnas empfangen wird:

»Sage mir bitte, Gaius, warum sitzt denn Fortunata nicht bei uns am Tisch?«

»Du kennst sie doch«, sagte Trimalchio, »und weißt genau, dass sie nicht einmal einen Tropfen Wasser zu sich nimmt, bevor sie nicht das Tafelsilber in Sicherheit gebracht und die Reste an die Sklaven verteilt hat.«

»Nun«, sagte Habinnas, »wenn sie nicht zu Tisch kommt, erhebe ich meinen Arsch und bin weg.«

Er machte schon Anstalten, sich zu erheben, da wurde Fortunata auf ein Zeichen vier- oder fünfmal von der gesamten Dienerschaft laut gerufen, bis sie herbeikam. Sie trug eine mit einem gelben Gürtel so hoch aufgeschürzte Tunika, dass man darunter ihr kirschrotes Unterkleid sah. Unten zeigten sich die Ringe, die sie um die Fußfesseln trug, und ihre Schühchen aus weißem, vergoldetem Leder. Sie wischte sich mit einem Tuch, das sie am Busen trug, die Hände ab, setzte sich auf das Triklinium, auf dem Scintilla lag, die Gemahlin des Habinnas, und küsste sie mit den Worten: »Endlich sieht man sich wieder!«

Nachdem Höflichkeiten ausgetauscht waren, streifte Fortunata die Reifen von ihren fetten Armen und zeigte sie Scintilla, damit sie sie bewunderte. Sie nahm auch die Ringe von ihren Fußfesseln und das Haarnetz, das sie auf dem Kopf trug und das, wie sie sagte, aus purem Gold sei.

Trimalchio ließ sich diese Juwelen übergeben und zeigte sie der Tischgesellschaft mit den Worten:

»Hier seht ihr die Fesseln der Frauen! Und wir, vertrottelte Märtyrer, lassen uns dafür ausnehmen. Dieser Armreifen wiegt mindestens sechseinhalb Pfund, aber ich habe sogar einen von zehn Pfund!«

Um nicht als Lügner zu erscheinen, ließ er eine Waage mit dem Armreifen herumgehen, damit alle das Gewicht überprüfen konnten.

Scintilla, die nicht weniger eitel war als Trimalchio, zog sich ein goldenes Medaillon vom Hals. Dann zeigte sie zwei Ohrringe, reichte sie Fortunata, damit sie diese untersuchte, und sagte: »Dank meines Mannes, keine hat bessere!«

»Das will ich meinen«, sagte Habinnas. »Du weißt nur zu gut, wie ich habe bluten müssen, um diese albernen Bohnen aus Glas kaufen zu können! Wenn ich eine Tochter hätte, ich würde ihr die Ohrläppchen abschneiden. Ohne die Frauen wäre der ganze Kram nichts wert. Geld für sie ausgeben ist wie gegen den Wind pissen.«

Die beiden in dieser Weise angegriffenen Frauen lachten bei sich, und da sie schon betrunken waren, küssten sie sich auf den Mund, worauf die eine sich ihrer mütterlichen Sorgfalt rühmte und die andere sich über die Untreue und Gleichgültigkeit ihres Mannes beklagte. Während sie so umarmt auf dem Triklinium lagen, stand Habinnas heimlich auf, packte Fortunata an den Füßen und zog daran, sodass sie die Beine ausstrecken musste.

»Oh, ah!«, schrie Fortunata, während die Tunika ihr über die Oberschenkel rutschte.

»Herrlich! Findet Ihr nicht auch, Signor Secretarius?«, fragte Naudé.

»Ein Meisterwerk!«, echote Guyetus, ohne meine Antwort abzuwarten.

»Ein Genie, unser Petronius«, bestätigte Schoppe.

Du und Malagigi blicktet recht bestürzt drein.

»Vergebt mir«, hub ich schüchtern an, »doch mir, der ich nicht zur erlauchten Schar der Doktoren gehöre, ist es vermutlich nicht gegeben, die Bedeutung dieser Entdeckung voll und ganz zu würdigen.«

Guyetus wurde ungeduldig:

»Signor Secretarius, muss man Euch denn wirklich an das erinnern, was alle wissen? Der große Historiker Tacitus, dessen Werke von Poggio Bracciolini entdeckt wurden, hat uns die außergewöhnliche Persönlichkeit des Titus Petronius Arbiter beschrieben, und erzählt mir nicht, dass Ihr das nicht wisst.«

NOTIZ

Darin erklärt wird, wer Petronius war,
und was sein berühmtes Satyricon *enthält.*

Wie Tacitus berichtet, sagte Guyetus, war Petronius ein Mann von ungewöhnlich erlesenem Geschmack, kultivierte geistreichen Witz und Raffinesse und lebte herrschaftlich: Des Nachts dem Vergnügen ergeben, ging er bei Tagesanbruch schlafen. Während andere sich durch tausenderlei Mühen Ruhm zu erwerben trachteten, war Petronius durch Nichtstun angesehen und berühmt geworden. Er war nämlich kein einfacher Genussmensch, der sein Geld verschwendete, sondern ein Meister der Eleganz: seine Freunde, Nachtschwärmer wie er, ließen sich von ihrer Eitelkeit beherrschen, er hielt sie im Zaum. Um bemerkt zu werden, trugen die anderen die teuersten Juwelen zur Schau, erschienen in unbequemen, extravaganten Kleidern auf Festen oder schrien sich in Menschenansammlungen heiser, um böswilligen Tratsch zu verbreiten, doch niemand würdigte sie auch nur eines Blicks.

Petronius hingegen war zwar schwerreich, doch statt jeden Abend ein neues Gewand zu tragen, begnügte er sich damit, den Faltenwurf eines alten Stücks zu verändern, sodass es wie neu aussah. Jeden Abend erfand er zwei, drei geistreiche Wortspiele, und er kaufte keine neuen Ringe, sondern steckte sich die alten an einen anderen Finger. Sofort machte die Schar der Nachtschwärmer es ihm nach, und am nächsten Tag sprach ganz Rom von seinen genialen Einfällen.

Er verachtete alle und alles, erwarb sich aber überall Freundschaften und Zuneigung. Niemand wusste zu sagen, ob er wirklich ein Genießer war oder als höchste Probe seiner Verstellungskünste nur so scheinen wollte.

In politische Ämter berufen, veränderte er sich zu aller Überraschung in das Gegenteil seiner alten Persönlichkeit: Als Prokonsul in das aufständische Bithynien geschickt, bewies er Tatkraft und Härte, verborgene Eigenschaften, die in Rom keiner an ihm kannte, und erhielt das Lob seiner Vorgesetzten.

Zurück in der Heimat nahm er sein früheres Leben wieder auf, und sein Ruf als großer Komödiant gelangte sogar bis zu Nero. Der Kaiser bewunderte den ausgesuchten Geschmack, den Petronius bei den kleinsten Einzelheiten bewies, und nachdem er Laster und Ausschweifungen mit ihm erlebt hatte, machte er ihn zum *arbiter elegantiarum*, zum Richter des guten Geschmacks. Doch der Präfekt Tigellinus, berüchtigter Kommandant der Prätorianer, der Leibgarde des Kaisers, der neidisch auf Petronius' Erfolg bei Hof war und fürchtete, Neros Gunst zu verlieren, intrigierte gegen ihn. Kurz zuvor war eine Verschwörung gegen Nero entdeckt worden, zu deren Rädelsführern der Patrizier Gaius Calpurnius Piso gehörte. Tigellinus säte in Nero den Verdacht, dass auch Petronius, da mit einem der Verschwörer befreundet, in das verbrecherische Komplott verwickelt war. Um seine Verleumdung ins Werk zu setzen, bestach Tigellinus einen Sklaven, damit er gegen Petronius aussagte, und ließ einen guten Teil von Petronius' Dienern verhaften, damit sie nicht zu seinen Gunsten Zeugnis ablegen konnten.

Während dies alles geschah, weilte Petronius mit dem Kaiser in Kampanien. In Cuma wurde er vorläufig verhaftet, bis Nero über sein Schicksal entschieden hatte. Etwas anderes als das Todesurteil hatte er nicht zu erwarten. Als freier Geist, der er war, berichtet Tacitus, beschloss Petronius, auf die Entscheidung des Kaisers zu verzichten. Statt in Furcht und Schrecken im Kerker zu schmachten, zog er es vor, sich zu töten, doch ohne Eile. Als wäre dies einer seiner Einfälle zur Belebung der römischen Nächte mit seinen Freunden, schnitt er sich die Pulsadern auf und verband sie, dann öffnete er die Verbände, um langsam zu verbluten. Umgeben von Freunden, sprach er nicht etwa über ernste, heilige und bedeutende Dinge wie die Unsterblichkeit der Seele, sondern unterhielt sich mit Scherzen, Spottgedichten, Liedern und anderen Bagatellen und verspottete so die heroischen Posen der Philosophen und Morallehrer. Am Tag seines Todes benahm er sich so wie an jedem anderen Tag und verteilte Belohnungen und Strafen unter seinen Sklaven. Kurz, er machte aus seinem Tod ein Meisterwerk der Eleganz, speiste zu Mittag und gönnte sich sogar wie gewohnt ein Schläfchen, sodass sein Tod wie zufällig aussah. Er verzichtete darauf, im letzten Moment in sein Testament eine Klausel zugunsten Neros, Tigellinus oder anderer Mächtiger einzufügen, wie es damals üblich war, um zu verhindern, dass sie sein Erbe unter einem Vorwand konfiszierten. Im Gegenteil: als postume Rache schrieb er im Namen einiger Jünglinge und Prostituierten einen belustigten Bericht über Neros Ausschweifungen bis in die widerlichsten Einzelheiten und schickte ihn Nero. Dann zerbrach er seinen Siegelring, damit niemand nach seinem Tod damit falsche Anklagen beglaubigen und andere Unschuldige ins Verderben stürzen konnte.

Mit seinem heldenhaften Selbstmord ging er den Weg der anderen, die zu Recht oder Unrecht als Beteiligte der Verschwörung des Piso angeklagt wurden und sich alle das Leben nahmen: der Philosoph Seneca, der Dichter Lukan, der General Corbulo, die ehemalige Sklavin Epicharis und viele mehr.

»So lebte und starb Petronius, der *arbiter elegantiarum*«, schloss Guyetus mit feierlicher Miene. »Und wie Ihr zweifellos erkannt habt, lieber Secretarius, spiegelt das *Satyricon* den Geist seines Autors wieder. Es ist eine gnadenlose, noble, wahrheitsgetreue, scharfe Anklage des dekadenten Rom seiner Zeit und der liederlichen Herrschaft Neros, welche die Vulgarität, Brutalität, Niedrigkeit und Unmoral des Kaisertums entlarvt.«

»Dann ist das *Satyricon* also die Schrift, die Petronius vor seinem Tod an Nero geschickt hat? Wovon handelt sie?«

Die Frage war von dir gekommen, Atto, und hatte ins Schwarze getroffen, zwang sie den französischen Philologen doch dazu, zu erklären, was das *Satyricon*, dem er und die anderen Gelehrten ihrer Meinung nach nunmehr einen wichtigen Teil zurückerstattet hatten, eigentlich erzählte.

»Och, die Geschichte des *Satyricon* kennt doch jeder«, brummte Guyetus ausweichend und spähte hinüber zu Schoppe, in der Hoffnung, der Verehrungswürdige nähme es auf sich, deine Frage zu beantworten. Doch dieser tat so, als hätte er den Blick nicht bemerkt.

Stattdessen trat Naudé vor, den es zu beglücken schien, einer größeren Zuhörerschaft den berühmtesten Roman des Altertums zusammenfassen zu dürfen.

Das *Satyricon*, erklärte Naudé, sei die Geschichte von Encolpius und seines jungen Sklaven Giton, die auch ein Liebespaar sind. Die beiden ziehen mit Askyltos umher, ebenfalls Päderast, der sich mit dem Jungen vergnügt, was Encolpius' Eifersucht erregt. Die beiden erwachsenen Männer spielen sich als Gelehrte auf, sind aber in Wirklichkeit zwei billige Schreiberlinge. Askyltos verschwindet, wird fast von einem Familienvater vergewaltigt und taucht später in einem Freudenhaus wieder auf.»Encolpius wird vom Schreckgespenst der Impotenz verfolgt«, kicherte Naudé, den seine eigene Erzählung sehr zu amüsieren schien», ihn traf ein Fluch, weil er an einem fürchterlichen Geheimritual im Tempel des Priapus teilnahm, dem Gott des Sexes. Die drei fahrenden Gesellen werden von Quartilla angelockt, einer Priesterin des Priapus, die sie betäubt, foltert, zum Beischlaf zwingt und zuletzt in eine Orgie mit ihrer Dienerin und der kleinen Pannychis, einem siebenjährigen Mädchen, verwickelt, das von Giton entjungfert wird, während ...«.»Oh Gott, ich bitte Euch, hört mit diesen Schändlichkeiten auf!« rief Barbello erbleichend, dessen weibliche und mütterliche Natur die Vorstellung, einem kleinen Mädchen werde Gewalt angetan, zutiefst erschütterte.

»Aber das kommt nicht von mir, das schreibt der große Petronius persönlich: *devirginatur*, vom lateinischen Verb *devirginare*, also ›entjungfern‹. Das lässt sich nicht leugnen«, insistierte Naudé unschuldig. »Glaubt ihr mir nicht? Hier bitte, das wörtliche Zitat: *Cur non, quia bellissima occasio est, devirginatur Pannychis nostra?*

Continuoque producta est puella satis bella et quae non plus quam septem annos habere videbatur. Und das heißt übersetzt: »›Ja! Ja! O vortrefflich! Es ist die schönste Gelegenheit dazu da, warum soll unsere Pannychis nicht entjungfert werden?‹ Im Augenblick wurde ein allerliebstes Kind hervorgeführt, welches nicht mehr als sieben Jahre zu haben schien.«

»Ich sehe, dass Ihr den Passus auswendig kennt«, bemerkte ich in neutralem Ton.

»Natürlich, ich bin ja mitnichten der Ignorant, als den Schoppe mich ausgibt«, erklärte Naudé überflüssigerweise und fuhr mit seiner Zusammenfassung des *Satyricon* fort:»Wie ich schon sagte, derweil schauen Encolpius und Quartilla, bis zum Bersten aufgegeilt, hinter der Tür zu und treiben es ihrerseits miteinander. Alle Figuren, die meisten betrunken, begehen Unzucht mit geilen Frauen, warmen Brüdern und Kindern. Nach drei aufreibenden Tagen werden Encolpius, Giton und Askyltos zum Gastmahl des Trimalchio eingeladen, das den größten Teil des Meisterwerks einnimmt. Der Reichtum des freigelassenen Sklaven Gaius Trimalchio ist ebenso maßlos wie die Pracht dieses Banketts: In einem ununterbrochenen Reigen treten Sklaven, Musiker, Komödianten und Tänzer auf, Dutzende Gänge werden gereicht, die Speisen sind Nachbildungen von Tieren, Gottheiten und Tierkreiszeichen, der Wein fließt sogar aus einem kleinen Brunnen, und plötzlich öffnet sich die Decke und ein Kronleuchter mit Geschenken senkt sich auf den Tisch. Ein lebendiges Schwein wird gebracht, und der Hausherr befiehlt, es auf der Stelle zu rösten. Als es aufgetischt wird, entdeckt man, dass die Eingeweide des Tieres nicht herausgenommen wurden: Trimalchio wird wütend, doch als der Trancierer dem Tier den Bauch aufschneidet, fallen unter dem Applaus und Gelächter der Gäste unzählige Würste, Schinken und Mortadelle heraus. Während sich Tänzer, Akrobaten, Schmierenkomödianten, Schwätzer und Nichtstuer vollstopfen und betrinken, gibt sich Trimalchio erst trostlosen philosophischen Betrachtungen über das nichtige menschliche Schicksal hin, dann schlägt und demütigt er seine Frau, die wiederum mit anderen Weibern liebäugelt. Unterdessen schleichen sich Kuppler, Mätressen, Parasiten und sogar Diebe auf das Bankett ein. Nach ihrer Flucht aus diesem Tollhaus streiten die drei Hauptfiguren erneut wegen Giton. Encolpius wird verlassen, und als sein kapriziöser junger Liebhaber endlich zurückkehrt, muss er mit ansehen, wie Giton es mit dem alten Dichter Eumolp treibt, der den Platz von Askyltos eingenommen hat. Das neue Trio erlebt alle möglichen Abenteuer, erleidet Schiffbruch auf dem Meer, gerät in der Stadt Crotone unter Ehemänner, die dem Laster der Knabenliebe anhängen, unter abergläubische Priesterinnen, alte Hexen, schamlos lüsterne Frauen und Erbschleicher, die nicht davor zurückschrecken, Menschen zu fressen, um sich zu bereichern. Als Encolpius wegen seiner Impotenz zweimal hintereinander bei der geilen Matrone Circe versagt, lässt sie ihn auspeitschen und von ihren Sklaven bespucken. Zum traurigen Schluss kann der Held nur von seinem Leiden geheilt werden, wenn er seine endlich wiedererlangte Manneskraft in die Hände des verderbten alten Eumolp legt.

Malagigi, du und ich verstummten bestürzt angesichts dieser zügellosen Erzählung. Guyetus musste seinem Kollegen zu Hilfe kommen:

»Es handelt sich um Hochliteratur, damit das klar ist! Die Obszönitäten, die besessene Päderastie, das Lob der Perversion und der Ge-
meinheit sind nur der Vorwand für beißende Satire!«

Hardouin hatte die ganze Zeit über kein Wort gesprochen, und
auch Schoppe schien trotz seiner anfänglichen Begeisterung ob der
von Naudé resümierten ordinären Inhalte, die er doch als alter Philologe auswendig kennen musste, die Sprache verloren zu haben.

Ich entsann mich, dass Schoppe sich jedes Mal, wenn ein Gespräch
in unserer Gruppe auf Blasphemien oder Grausamkeiten hinausge-
laufen war, zum Beschützer von euch jungen Menschen aufgeschwun-
gen hatte, damit solcherart Obszönitäten euch nicht erschreckten.
Als Naudé auf der Galeere einige unflätige Stellen im Talmud über
die Jungfrau Maria erwähnte oder Kemal im Haus von Nummer Drei
grauenhafte Schilderungen der Piraterie zum Besten gab, hatte er immer protestiert. Jetzt aber hatte er bei Naudés Schilderung der Scheußlichkeiten des *Satyricon* nicht den leisesten Widerspruch geäußert. Die
Bewunderung für die Antiken schien seinen Geist getrübt zu haben.

»Es ist nicht nur ein Vorwand, um Literatur zu verfassen, mein lieber Guyetus!«, korrigierte ihn Naudé mit einem verschwörerischen
Grinsen. »Petronius hat mit dem *Satyricon* gezeigt, dass er der größte
tyrannenkritische und libertäre Autor der Antike, mithin aller Zeiten
ist. Hinter dem, was zunächst nur Zoten zu sein scheinen, verbirgt sich
eine Polemik gegen die heuchlerische Idealisierung der Liebe, die er
auf ihren wahren Kern zurückführt: Liebe zur Schönheit und zum
Körper, Liebe zu den Sinnen, der Lust und dem Vergnügen. Kurz, er
enthüllt die Liebe als das, was sie ist: Verlangen nach Genuss frei von
allen Verboten!«

»Perverser«, hörten wir Schoppe leise zischen. Naudés Tirade zur
Verteidigung der Päderastie schien ihm die Freude über die Entdeckung der Handschrift gründlich verdorben zu haben.

»Darin ist Petronius ein Vorläufer der großen Geister von heute«,
fuhr Naudé ungerührt fort, »die ihr Leben gaben, um die Freiheit
vor Verboten zu schützen, allen voran der junge Ferrante Pallavicino,
doch auch sein Freund Antonio Rocco, Professor für Rhetorik in Padua, der lehrt, dass es nur eine Art Liebe gibt, die zu sich selbst, und
das zu leugnen, ist Heuchelei. Oder meine Freunde Busenello und Ba-
doaro, die Librettisten des großen Monteverdi …«

»Ja, alles deine Freunde«, unterbrach ihn Schoppe. »Tatsächlich sind sie alle Mitglieder der Accademia degli Incogniti, einer Schmiede, die Perverse wie dich hervorbringt. Beginnend mit deinen Professor Cremonini, der sich sein ganzes Leben lang seine Studenten an der Universität Padua auf den Spieß steckte, ihr versteht, was ich meine.«

»Du bist und bleibst der unanständige Lump aus der Gosse, Caspar«, erwiderte Naudé.

»Ich nenne lediglich deine Schweinereien und die der anderen Entarteten aus der Akademie beim Namen. Die geraten doch alle in Verzückung, wenn sie sich als Frauen verkleiden und ihn in den Ar...«

»Caspar, ich bitte dich!«, protestierte Mazarins Bibliothekar.

»Du findest mich anstößig? Seid ihr nicht gegen Heuchelei?«, entgegnete der alte Deutsche ironisch. »Aber an der Philosophie der Incogniti nimmst du keinen Anstoß. Sie feiern Hermaphroditismus, Knabenliebe, Verkleidung von Frauen als Männer und Männern als Frauen, und ihre höchsten Wonnen sind Kinder oder arme Entmannte, oh, pardon!«

In seinem Eifer hatte der alte Schoppe euch Kastraten beleidigt. Verlegen brach er seine Philippika gegen Naudé ab.

Du blicktest mich verstohlen an, rot vor Zorn. Vielleicht erinnertest auch du dich daran, dass den Incogniti das Teatro Novissimo in Venedig gehörte, wo du als Fünfzehnjähriger in der *Finta Pazza* von Giulio Strozzi debütiert hattest. Die Accademia degli Incogniti: In diesem Kreis mächtiger Persönlichkeiten, die seit Jahrzehnten die Geschicke in der ganzen Republik Venedig und vielleicht auch darüber hinaus lenkten, war der Rollentausch zwischen Mann und Frau sehr beliebt. Frauen in Hosenrollen, wie im *Principe Ermafrodito* von Ferrante Pallavicino, oder Männer in Frauenkleidern, wie der griechische Held Achilles in der *Finta Pazza*, der von seiner Mutter als Mädchen verkleidet wird, damit er nicht in den Trojanischen Krieg ziehen muss, hatten die Incogniti Publikumserfolge verschafft.

Flüchtig mustertest du mich, nachdenklich, sogar besorgt, Gefühle, die du selten durchscheinen ließest, da du zur Verstellung erzogen wurdest. Schmerzte es dich, wieder einmal feststellen zu müssen, dass dein trauriges Schicksal als Kastrat ein Teil der Machenschaften der Mächtigen war, um ihre Perversionen zu befriedigen?

Heimlich verfluchte ich diesen Schwätzer Schoppe, der sich erst über Obszönitäten empörte, dann nach Petronius gierte und zuletzt euch Kastraten beleidigte.

Von Kindesbeinen an hatten dir die Loblieder deiner lasziven Herren auf den Eunuchen in den Ohren geklungen. Doch die Beispiele, auf die jene Verklärung seines Zustands sich stützte, waren ebenso zweifelhaft wie die Lügen der antiken Historiker, die Bouchard aufgelistet hatte. Welch schöne Märchen! Eine ganze Schar Kastraten soll die Gelüste des Darios in Babylonien beherrscht haben, darunter der Invertierte Bagoas, dem auch Alexander der Große leidenschaftlich zugetan war. Sogar von Nero heißt es, er habe um jeden Preis den Eunuchen Sporus zur Frau nehmen wollen und die Verbindung mit einer prächtigen Hochzeitsfeier besiegelt. Martial und Statius hatten Flavius Earinus besungen, den Liebling des Kaisers Domitian, und nach Ammianus Marcellinus hatten Eunuchen sogar die Macht in Rom ergriffen, indem sie ihren Einflussbereich von den Schlafzimmern der Senatoren auf den Senat selbst ausdehnten. Die Kastration, ursprünglich als Alternative zur Todesstrafe praktiziert, wurde in den Berichten der Historiker zu einem verlockenden Erfolgsrezept. Entmannte waren der sehr mächtige Narses, General des byzantinischen Heeres zur Zeit Justinians, und Ignazio, der große Patriarch von Konstantinopel, Sohn des Kaisers Michael I., den die Feinde seines Vaters kastrieren ließen, oder Eutropius, der erste Eunuch, der in Konstantinopel in den Rang eines Konsuls aufstieg. Welch ein Ruhm erwartete euch Invertierte, wenn man all diese funkelnden Mythologien hörte! Sogar der Gesangslehrer, der dich und deine Brüder als Kinder unterrichtete, Monsignore Felice Cancellieri, war Kastrat. Und sicher nicht wegen des Geldes, denn er kam aus einer berühmten Bankiersfamilie.

Über all das dachtest du vielleicht nach, während du mir verstohlene Blicke zuwarfst.

Vielleicht auch nicht. Plötzlich hatte ich das Gefühl, dass du nicht deine Gedanken mit mir teilen, sondern im Gegenteil herausfinden wolltest, was ich dachte. Ich sah deinen Blick von mir zu deiner geliebten Barbello schweifen.

Als die Frau deinen Blick erwiderte, begriff ich plötzlich, und es war wie ein Blitz in der Finsternis. Mir fiel ihre Mutterschaft ein, die der Korsar geschickt erahnt hatte, und von dieser Erinnerung wurde ich ans Ziel geführt.

Jetzt ahnte ich, wer Barbello war!

Mein Verdacht war eigentlich eine Gewissheit, doch ich brauchte eine Bestätigung, und dafür musste ich Malagigi befragen. Aber dies war nicht der richtige Zeitpunkt.

»Und was haben wir hier auf Gorgona von Petronius' *Satyricon* gefunden?«, fragtest du, das Thema wechselnd, was Schoppe aus seiner Verlegenheit erlöste.

»Den zweiten Teil vom Gastmahl des Trimalchio«, antwortete Guyetus. »Welcher überaus kostbar ist, weil er die Gespräche der Tischgenossen in einer exotischen und sehr witzigen Sprache beschreibt, die großes Erstaunen in der ganzen Gelehrtenrepublik hervorrufen wird. Ich habe bereits zwei Dutzend Vokabeln gefunden, die, da bin ich sicher, in keinem einzigen anderen Werk des antiken Rom auftauchen. Und genau aus diesen Passagen geht sonnenklar hervor, dass der Autor des *Satyricon* derselbe ist, von dem Tacitus spricht. Wir müssen Philos Ptetès danken, natürlich auch Poggio Bracciolini, der auf diesen Seiten eigenhändig einen sehr alten Kodex mit dem vollständigen Text der *Cena Trimalchionis* kopiert hat.«

»Ich entsinne mich«, sagtest du, »dass auf dem ersten Fragment, das wir fanden, jene Anmerkungen von Poggio standen, die lauteten: ›Verlust von Geld ... Schiff, das untergeht ... Dreißig Millionen Sesterzen‹ oder ähnlich. Habe ich recht, Signor Secretarius?«

»Genau«, bestätigte ich, »und natürlich habe ich diese Blätter bei mir.«

»In meiner Unerfahrenheit, ja Unkenntnis in philologischen Dingen, die Ihr mir hoffentlich verzeiht, hatte ich diese Anmerkungen für Geschichten gehalten, zu denen Poggio vom *Satyricon* angeregt wurde. Dann habt Ihr mir erklärt, dass es sich um Glossen handelt, also um Kommentare, die Gelehrte zum persönlichen Gebrauch an den Rand des Textes schreiben.«

Das Grüppchen der Gelehrten nickte.

»Jetzt habe ich bemerkt, dass Trimalchio im Fortgang des *Satyricon*, den wir soeben lasen, während des Abendessens erzählt, dass er in seiner Jugend einige Schiffe verlor und dreißig Millionen Sesterzen Schaden hatte. Es sieht also so aus, als nähme die Glosse von Poggio oder von wem auch immer die Handlung des Romans vorweg.«

»Na und? Es bedeutet nur, dass Poggio anmerkte, was danach geschieht«, erwiderte Naudé, ungnädig gegenüber jeder Silbe, die nicht mit der unbändigen Freude über die große philologische Entdeckung übereinstimmte.

»Aber er schrieb auch«, bemerkte ich, während ich das kleine Papier aus der Tasche zog, ›Die Geschichte des Trimalchio mit einigen Wendungen des Schicksals fortführen.‹ Was mag das bedeuten?«

»Ach, was ist denn das für eine Haarspalterei!«, jammerte Schoppe. »Die Glossen werden wir interpretieren und zuordnen, wenn es an die Veröffentlichung geht!«

»Genau«, pflichtete Naudé seinem Rivalen bei. »Hören wir auf, über Nebensächlichkeiten zu reden. Genügt es uns nicht, das berühmte *Satyricon* gefunden zu haben? Wie ich schon sagte, deutet die Sprache dieses Meisterwerks mit ihrer Modernität, ihrem Witz und ihrer Kühnheit genau auf den Petronius Arbiter hin, von dem Tacitus spricht, ein ebenfalls vom großen Poggio Bracciolini entdeckter Autor. Die ganze Gelehrtenrepublik sollte Poggio ewig dankbar sein!«

Naudé hatte seinen Appell beendet, indem er den Zeigefinger hob wie ein römischer Senator, und fast wären wir alle schon in Beifall ausgebrochen, als du fragtest:

»Einen Moment. Wenn ich recht verstanden habe, entdeckte Poggio Bracciolini vor zwei Jahrhunderten sowohl diesen Teil des *Satyricon* als auch die Schriften des Tacitus über Petronius?«

»Genau.«

»Was für ein Zufall«, lautete dein Kommentar.

»Nun, um die Wahrheit zu sagen, gibt es eine ganze Menge Zufälle.« Hardouin hatte gesprochen.

DISKURS LVII

Darin eine Schrift des armen Bouchard auftaucht und Naudé in die Enge getrieben wird, aber unerschütterlich bleibt.

Während der Diskussion und der Lektüre des *Satyricon* war der bretonische Buchhändler am Boden sitzengeblieben, den Kopf über einen weiteren Stapel Blätter gebeugt, der anders aussah als die Handschrift des Petronius.

»Ich glaube, Ihr solltet einen Blick auf diese Papiere werfen«, sagte er.

Wir gingen zu ihm. Es handelte sich zweifellos um die Handschrift Bouchards, die seit heute Morgen dank Guyetus auch Schoppe und Hardouin kannten:

Im Monat Mai musste Ὀρεστής seine Arbeit am Text des Synkellos unterbrechen, weil er heftige Kopfschmerzen bekam. Die Gotteslästerungen der antiken Historiker verderben die Zeit: die *impia cohors* hat die Suppe verlängert.

Die flüchtig hingeworfenen Zeilen schienen aus einem persönlichen Tagebuch zu stammen.

»Warum finden sich diese Aufzeichnungen Bouchards zusammen mit dem Text von Petronius?«, fragte Hardouin misstrauisch und nahm das Bündel Papiere wieder an sich.

»Bouchard? Dann gehörte dieses Tagebuch meinem armen Freund? Er ist also Orestes?«, fragte Naudé mit einem Ausdruck des Erstaunens, der unmöglich als gespielt oder echt zu erkennen war.

Wie spitze Schwerter richteten sich die fragenden Blicke von Schoppe, Guyetus und Hardouin auf Mazarins Bibliothekar: Noch heute Morgen hatten wir diskutiert, ob er wirklich nicht wissen konnte, dass sich hinter dem gräzisierenden Pseudonym Orestes sein Freund Bouchard verbarg. In dem Wald bei den Grotten, wo wir nach dem Brand des Häuschens die Nacht verbracht hatten, hatte Schoppe uns über die enge Freundschaft zwischen Bouchard und Naudé in Rom aufgeklärt und ihn einen Verräter genannt.

Guyetus bestätigte lakonisch, dass Bouchard sich unter Philologen Orestes nannte, dem Brauch der Gelehrten gemäß, die sich Spitznamen aus dem klassischen Altertum zu geben pflegten.

»Komm schon, erzähl uns nicht, dass du nichts davon wusstest«, warf Schoppe mit einem durchdringenden Blick auf Naudé ein. »Ihr wart Busenfreunde.«

»Du, lieber Caspar, versäumst keine Gelegenheit, mich daran zu erinnern, dass ich nicht Philologie, sondern nur Medizin studiert habe. Warum wunderst du dich jetzt, dass ich Bouchards Spitznamen unter Philologen nicht kenne?«, erwiderte der Bibliothekar säuerlich.

»Du hast recht, guter Gabriel. Aber du hast vergessen hinzuzufügen, dass du auch in Medizin keinen Abschluss hast«, tönte Schoppe und versetzte Naudé einen aufreizenden Hieb auf den Rücken.

Bevor die Sache in den nächsten Zank ausarten konnte, schaltete sich Hardouin ein:

»Ich wiederhole meine Frage: Kann mir jemand erklären, was diese Aufzeichnungen Bouchards in der Tasche von drei Bauern auf einer verlassenen Insel im Toskanischen Meer zu suchen haben und obendrein zusammen mit Petronius?« Hardouins Ton war so misstrauisch wie zuvor, sein Blick irrte zwischen Naudé und Guyetus hin und her.

Mir fiel auf, dass diese Tagebuchnotiz sich auf die Liste der Lügengeschichten der antiken Historiker bezog, die wir bereits gelesen hatten. Bouchard schien gründliche Nachforschungen über sie angestellt zu haben. Aber was bedeutete es, dass diese Geschichten »die Zeit verderben«? Und was war die *impia cohors*, die »gottlose Bande«, die »die Suppe verlängert«?

»Eines ist sicher«, erklärte Naudé, »das alles muss mit Philos Ptetès zu tun haben, also höchstwahrscheinlich auch mit unseren drei Schlafenden dort am Tisch. Mehr kann ich nicht sagen.«

»Ich sagte es ja«, stimmte Guyetus kopfschüttelnd ein, »wir befinden uns im Schloss des Zauberers Atlante. Vielleicht sind wir auch nur Opfer einer Sinnestäuschung.«

»Vielleicht schlafen die drei gar nicht«, überlegte Malagigi an Guyetus gewandt, »und wussten genau, dass Ihr Euch sofort auf ihre Tasche stürzen würdet. Wenn es so ist, haben wir uns alle schön blamiert! Ich frage mich, ob es nicht besser ist, mit offenen Karten zu spielen ...«

»Achtung, sie sind aufgewacht!«

Die Warnung kam von Hardouin. Einer der drei bärtigen Kumpane war erwacht, die anderen schienen kurz davor, die Augen aufzuschlagen.

Pasqualinis Vorschlag, den dreien die Wahrheit zu sagen, wurde sofort verworfen, schweren Herzens stopfte man die Papiere zurück in die Tasche (nicht ohne sich vorzunehmen, bei nächster Gelegenheit in den Aufzeichnungen Bouchards zu lesen), und bevor die drei von ihren Stühlen aufstehen konnten, kam die ganze Schar auf sie zu, um sie mit allerlei Schmeicheleien zu bewegen, die Nacht bei uns zu verbringen.

DISKURS LVIII

Darin man sich der sogenannten Piana dei Morti nähert und hofft,
weitere Schätze von Philos Ptetès zu ergattern.

Am nächsten Morgen schnarchten unsere drei bärtigen Gäste noch
lange. Ich war wie üblich früh erwacht und schlug Malagigi, Barbello
und dir vor, Naudé und Hardouin ein wenig länger ruhen zu lassen,
obwohl sie von dem gestrigen Unfall schon vollständig genesen schienen. Wir teilten dies Schoppe und Guyetus mit, die es in Anbetracht
ihres Alters durchaus nicht verschmähten, sich wieder schlafen zu legen. So würde keiner der Gelehrten beim Erwachen mit unseren drei
Gästen allein sein und daraus unverdienten Vorteil zuungunsten seiner Kollegen ziehen können.

Da Naudé nicht mit uns auf die Jagd gehen konnte, beschlossen wir,
Kemal ausnahmsweise einmal zu vertrauen und begaben uns zu viert
auf die Suche nach einem Tierchen des Waldes, das man auf den Tisch
bringen konnte. Mustafa wurde losgeschickt, um Kräuter für den Braten zu sammeln, Barbello blieb in der Torre Vecchia. Wie zu erwarten,
dauerte die Jagd nicht lang: der Statthalter von Ali Ferrarese schoss ein
einziges Mal, und das genügte, um eine wilde Ziege zu erbeuten. Gehorsam erstattete Kemal mir das Gewehr gleich nach dem Schuss zurück und band das Tier mit den Beinen an einen langen Ast. So kehrten wir mit der Trophäe zurück, die unser Mittagessen sichern würde.

Als wir schon in Sichtweite der Torre Vecchia waren, bat Kemal
mich um eines seiner Messer, entfernte sich ein wenig und machte sich
an das Ausweiden und Häuten des Tieres. Du wolltest zu Barbello zurück, und ich erlaubte dir zu gehen, Pasqualini und ich würden warten, bis der Korsar sein blutiges Werk beendet hatte. In Wirklichkeit
konnte ich es nicht abwarten, mit Malagigi allein zu sein, um ihm die
Frage zu stellen, die mir seit gestern auf der Seele lag:
»Wisst Ihr, dass ich Tag und Nacht darum bete, dass wir doch noch
rechtzeitig nach Paris gelangen, damit Ihr und Atto nach den Plänen
von Kardinal Mazarin singen könnt«, hub ich an.
»Von denen man jedoch nichts weiß«, gab Malagigi zu bedenken.
Sein Kopfschütteln mochte den unbekannten Absichten des Kardinals
gelten oder unseren sehr geringen Aussichten, die Insel alsbald verlassen zu können.

»Die sonderbaren Ereignisse, die wir erleben, seit wir uns eingeschifft haben, haben mich sehr beschäftigt. Hoffentlich hat Seine Eminenz wenigstens eine ausreichende Anzahl von Musikern, um die durch unsere Verspätung entstehenden Lücken zu füllen. Wisst Ihr zufällig, wie viele und welche Sänger in Paris erwartet werden?«

»Rosina Martini, wie wir beide wissen, doch sie befindet sich in der Gewalt Ali Ferrareses, und die Schwestern Costa.«

»Francesca und ... Margherita, so heißen sie doch?«

»Ja, die Checca hat eine Stimme wie das Quietschen von Kreide auf einer Tafel, und die von Margherita gesungenen Lamenti erträgt nur eine Leiche geduldig. Die Liebste ist mir immer noch Rosina: sie kreischt beim Singen so laut, dass man sich dabei unterhalten kann, ohne gehört zu werden«, lachte er. Kastraten spotten liebend gerne über ihre Konkurrentinnen, die Frauen.

»Aber was ist aus Margherita geworden? Sie sollte sich doch mit uns einschiffen ...«

»Tja, keiner hat sie gesehen. Vielleicht ist sie früher abgereist wie ihre Schwester, die schon seit einem Monat in Paris weilt. Jedenfalls hat sie Glück gehabt, auf diese Weise ist sie den Klauen der Piraten entkommen.«

»Auch diese andere venezianische Sängerin, Barbara Strozzi, die Tochter des Dichters Giulio Strozzi, wird bei Hof erwartet, nicht wahr? Das hat mir der Großherzog erzählt, ihr Vater ist aus Florenz gebürtig.«

Malagigi riss die Augen auf, nahm sich aber sofort zusammen:

»Ja ... ich glaube, sie wird auch bei Hof erwartet ...«, bestätigte er sehr zögerlich. »Doch jetzt entschuldigt mich, mir ist kalt und ich möchte zur Torre Vecchia zurückkehren, um mich am Kamin aufzuwärmen.«

»Gerne, geht nur, ich bleibe hier zu Kemals Überwachung«, sagte ich, ohne mir anmerken zu lassen, dass mir seine plötzliche Eile aufgefallen war.

Kaum konnte ich meinen Jubelschrei unterdrücken. Barbello und Barbara – was für ein simples Spielchen mit Namen! Jetzt hatte die gefährliche, verkleidete Frau mit den prächtigen Brüsten und dem herrlichen Lockenschopf einen Namen. Ich hatte ihn endlich enttarnt, den kleinen verwöhnten Kastraten mit dem falschen, aufgeblähten Brustkorb und der glatten Perücke, die die Gesichtszüge so veränderte!

Sie gehörten also der berühmten, berüchtigten Barbara Strozzi, jene breiten Hüften, die mich fast verschlingen wollten. Warum hatte ich das nicht gleich begriffen? Hatte der Gott Momos mir spöttisch die Augen verbunden? Während sie sich wieder ankleidete, nachdem sie meine leidenschaftliche Aufwallung heimlich genossen hatte, hatte sie selbst sich gewundert, dass ich ihre wahre Identität nicht erkannt hatte. Erst die Diskussion über die Accademia degli Incogniti hatte mich auf Giulio Strozzi gebracht, ein Mitglied der Akademie und Vater jener Barbara, die deine erste Liebe war. Darum hattest du mich so sorgenvoll angeschaut! Du fürchtetest, früher oder später würde auch der Name Giulio Strozzi fallen und mit ihm der seiner Tochter. So groß war deine Sorge, deine heimliche Geliebte könnte entdeckt werden, dass du dich sogar fürchtetest, wenn nur ihr Name genannt wurde. Wenn du gewusst hättest, wie fern ihr solche Befürchtungen lagen!

Ich rekapitulierte, was ich von der Strozzi wusste. Oder besser, von eurer Verbindung. Eben fünfzehnjährig, warst du von ihr in Venedig in die Liebe eingeführt worden. Schon während der Proben zur *Finta Pazza* hatte sie ein Auge auf dich geworfen. Sie war sechs Jahre älter als du und damals schwanger von ihrem adeligen, reichen Liebhaber, jenem Giovanni Vidman, dem ihr Vater sein Libretto der *Finta Pazza* gewidmet hatte. Trotzdem hatte sie sich in dich verliebt, ja, in Venedig kursierte sogar schon ein Spottgedicht über euch beide. Ihr Liebhaber kümmerte sich nicht um eure Leidenschaft, wie ihm auch Barbaras illegitime Schwangerschaft gleichgültig war: ihn belustigte es, dass eine seiner Geliebten sich mit einem kleinen Kastraten von fünfzehn Jahren vergnügte.

Aber hatte Barbello dich nicht auf dem Schiff provoziert, indem sie damit prahlte, ebenfalls ein Liebhaber der Strozzi gewesen zu sein? Hatte sie dir nicht intime Details zugeflüstert, die nur deine Barbara kennen konnte? Bald darauf hatte sie die dir von ihr selbst geschlagene Wunde mit dem Honig der Liebe und der Würze der Entschleierung geheilt. Doch mir fiel auch ein, dass Barbello ihre wahre Identität keineswegs freiwillig enthüllt hatte, dazu hatte sie die abschreckende Strafe gezwungen, die Ali Ferrarese an ihrem schönen entblößten Fleisch vorgenommen hatte. Als sie sich verarzten lassen musste, hatte sie die Hilfe der anderen beiden Kastraten auf dem Schiff nicht ablehnen können. Und da hattet ihr beide sie als Frau entdeckt.

Ich stellte mir vor, wie dein junges, liebeshungriges Herz zusammenzuckte, als es sich zum ersten Mal nach fünf Jahren erneut deiner Barbara gegenübersah.

In solcherart Phantasien versunken, schaute ich Kemal beim Häuten des Zickleins zu, als ein Gedanke unvermutet einen ganzen Horizont widerstreitender Überlegungen vor mir ausbreitete: Ganz gewiss hatte Barbara Strozzi nicht damit gerechnet, sich dir in so schmachvoller, schmerzlicher Lage, vor uns armen Geiseln und dem gesamten Piratengesindel bis aufs Blut auf die Hinterbacken gepeitscht, offenbaren zu müssen! Ein Zweifel nistete sich in meiner Seele ein: Hätte sie sich je enthüllt, wenn sie nicht das Opfer von Alis Grausamkeit geworden wäre? Hatte die Strozzi womöglich geplant, die ganze Reise über unentdeckt zu bleiben?

Die erotischen Provokationen, mit denen sie dich von Beginn an herausgefordert hatte, schienen zu beweisen, dass sie sich früher oder später offenbart hätte. Da sie sich nicht sicher sein konnte, die ganze Reise über unentdeckt zu bleiben, brauchte sie einen Freund, der ihr half, ihre wahre Identität zu verbergen, und in dir und Malagigi hatte sie deren zwei gefunden.

Es war zwecklos, euch beide in die Enge zu treiben, um mehr zu erfahren. Die allzu naheliegende Erklärung, die ich bekommen hätte, nämlich dass sie sich als Kastrat verkleidet hatte, um dich ungestört lieben zu können, wurde haltlos angesichts der Leichtigkeit, mit der das Weib mich und den Statthalter von Ali Ferrarese verführt hatte. Natürlich sah man, dass sie dich gernhatte, in der Höhle im Wald hatte sie es mir selbst offenherzig gestanden, nachdem sie mich besessen hatte. Aber sie hatte nicht wissen können, ob sie die Überfahrt zusammen mit dir machen würde, denn die Musiker waren auf mehrere Galeeren der französischen Marine verteilt worden.

Was hatte Barbara Strozzi also bewogen, ihre Kinder zu verlassen, um sich unter falschem Namen nach Frankreich einzuschiffen? Wenn diese Frau wirklich zu Mazarins Aufgebot der besten Stimmen Italiens gehörte, warum machte sie dann die Reise als Kastrat maskiert? Und warum hatte sie sich anderen Männern hingegeben? Bei Kemal konnte ich es verstehen: Der Korsar hatte entdeckt, dass sie eine Frau war, und sie wollte ihn zu ihrem Komplizen machen. Aber warum hatte sie sich auch mir geschenkt, nein, mich vielmehr mit Hilfe von Trug und Gewalt besessen? Mir fehlten zu viele Hinweise, um diese

Fragen zu beantworten. Noch war ich weit davon entfernt, genug zu wissen, um dieses unheilvolle Weib zu verstehen!

In einzelnen Grüppchen aßen wir den von Kemal zubereiteten Ziegenbraten. Er brummte fortwährend, weil Mustafa noch immer nicht zurückgekehrt war. Vielleicht hatte ihn das starke Gewitter gehindert, das gleich nach unserer Rückkehr in die Torre Vecchia ausgebrochen war. Nach der Mahlzeit erklärten die Gelehrten unseren bärtigen Gästen, es sei ihnen eine Ehre, sie zu ihrem Haus zu begleiten. Tatsächlich lockte sie nicht nur die Aussicht, unter den dreien den slawonischen Mönch zu entdecken, sondern auch eine Erkundung jener Gegend, die Nummer Drei die Piana dei Morti genannt hatte, wo sich womöglich weitere Schätze verbargen. Wir anderen konnten uns nur anschließen, jeder aus seinen eigenen Gründen: du und ich, weil Naudé uns erpresste, er werde Kardinal Mazarin Schlechtes über uns berichten, wenn wir ihm nicht halfen; Malagigi und Barbello, oder besser Barbara, weil sie in der Minderheit waren, und schließlich Kemal, der zwar unser Gefangener war, aber doch überaus willfährig und trotz seiner unsäglichen Rohheit sogar neugierig auf Philos Ptetès.

Der Fund eines Teils des *Satyricon* war ein unvergleichlicher Erfolg, doch wer weiß, was wir noch alles entdecken würden? Wenn die drei einen solchen Schatz in einem schlichten Reisesack aufbewahrten, was mochte sich dann erst unter dem Bett oder in irgendeinem Schrank verbergen? Die Liste der Meisterwerke, die Philos Ptetès in seinem berühmten Brief an die Pariser Gelehrten in Aussicht gestellt hatte, war atemberaubend, und der Petronius war sicherlich erst der Anfang.

Mit Bitten und Schmeicheleien überredeten wir die drei Insulaner, uns zu ihrem Haus zu führen. Als Grund nannten wir Neugierde und die Notwendigkeit, unsere Speisekammer mit Lebensmitteln zu füllen, welche wir mit klingender Münze bezahlen könnten, was freilich gelogen war.

Der Schultersack der drei Bärtigen, in dem sich der unschätzbar wertvolle Petronius befand, wurde von dem ganzen Quartett der Gelehrten keine Sekunde lang aus den Augen gelassen, als hinge unser Überleben davon ab.

»Gewissenlose Irre!«, hörte ich Schoppe leise schimpfen. »Diese einzigartigen Papiere hin und her zu schleppen! Aber es ist besser so.«

»Von wegen Irre! Betrüger sind das!«, zischte Guyetus.

Bevor wir aufbrachen, kehrte Kemal zurück.

»Oh, ihr Landratten, wo habt ihr bloß euren Kopf!«, sagte er wütend. »Habt ihr nichts bemerkt? Mustafa ist verschwunden, er fehlt seit Stunden. Wahrscheinlich macht er irgendwelche Dummheiten auf der Insel. Wenn ich ihn finde, bringe ich ihn um, diesen Idioten!« Dann wandte er sich leise an Schoppe und mich:

»Ist einer von den dreien nun Philos Ptetès oder nicht?«

»Das würden wir auch gerne wissen«, antwortete der Verehrungswürdige.

»Ihr wisst es noch immer nicht? Ich an eurer Stelle hätte sie schon längst in Ketten gelegt, und ich versichere euch, sie hätten sofort geredet«, bemerkte der Barbareske ungeduldig.

Schoppe und ich blickten uns erstaunt an. Sogar der Korsar, dem philologische Funde doch herzlich gleichgültig waren, schien das alberne Versteckspiel mit den dreien satt zu haben.

Da tauchte auch dein falscher Barbello auf, und an der zerstreuten Miene, mit der du erst sie und dann den Barbaresken betrachtetest, erkannte ich, dass du nichts von dem Geschehen zwischen den beiden ahntest. »Umso besser, umso schlimmer«, sagte ich mir. Deine zarte Jugend, im Verein mit deiner leider gründlichen Unkenntnis des weiblichen Wesens, hatte dir die Augen verschlossen. Und das war gut so, da du sie vielleicht niemals wirklich öffnen würdest, wie es sich wiederum für das wahre männliche Wesen gehört.

DISKURS LIX

Darin man unterwegs keine Spur von Mustafa findet, aber einer der drei Autochthonen zeigt, dass er wahrscheinlich der echte Philos Ptetès ist.

Als ungeordneter, verstreuter Haufen setzten wir uns in Marsch. Zahllos waren die Bächlein, in die sich der Fluss der Blicke und Gedanken in unserer Gruppe während der Wanderung verzweigte.

Kemal trug den alten Schoppe auf dem Rücken, doch er achtete nicht auf den Rest der Truppe, denn er blickte sich fortwährend fluchend um und suchte nach Spuren seines Gefährten. Direkt vor uns führten die drei Landmänner den Zug mit noch immer schlaftrunkenen Gesichtern und ebenso monotonem wie tadellosem Marschschritt an. Die Gedanken der anderen konnte ich mir gut vorstellen: War es möglich, dass sich unter diesen drei schmutzigen Vogelscheuchen Philos Ptetès verbarg? Immerhin waren das Gastmahl des Trimalchio und Bouchards Aufzeichnungen aus ihrer Tasche hervorgekommen! Wenn sich der slawonische Mönch, ein offenbar begnadeter Schauspieler, nicht unter diesen zerzausten Gesellen verbarg, wo hatten sie dann diese unschätzbar wertvollen Papiere aufgetrieben?

Ich musterte dich unauffällig. Was dir auf der Seele brannte, das sah ich deutlich, war nicht der Verdacht auf mögliche erotische Tändeleien zwischen deinem falschen Barbello und dem robusten Statthalter, sondern ein alter Kummer: Die Lektüre des *Satyricon* und der Bericht über seine satirische Darstellung der Sodomie hatte in dir jenen entsetzlichen Zweikampf wachgerufen zwischen dem von Gott und der Natur gewollten Atto Melani (also dem Mann, der du hättest sein können und der du nur manchmal, im intimen Beisammensein mit Barbara, wirklich warst) und dem verstümmelten Atto Melani, den du hasstest, der dir jedoch deinen Platz in der Welt verschafft hatte. Hattest du nicht genau gehört, was im *Satyricon* geschah? Die Männerliebe siegte erdrückend, auf ganzer Linie. Natürlich war es nur ein Roman, aber er erzählte von der Wirklichkeit, hatte Schoppe gesagt. Das künstliche Ich, das man dir in einer Wanne mit kochendem Wasser durch ein paar Schnitte verpasst hatte, das Lust bereiten und Vergünstigungen entgegennehmen sollte, saß dir schmerzhaft im Nacken wie ein kaltes Reptil.

Und ich überlegte: Das Geschehen, in das wir auf dieser Insel verstrickt waren, hatte zwei Lebensadern. Die eine war warmes Fleisch: deine unbezwingliche Liebe zu Frauen, unter denen du ungeduldig diejenige suchtest, der du für immer dein Herz schenken konntest, freilich als ein Liebender, der vielleicht nie wiedergeliebt wurde.

Die andere Ader bestand aus den eiskalten Begierden der Gelehrten, es war die Suche nach den geheimnisvollen Handschriften von Philos Ptetès. Im *Satyricon*, dem überwältigenden Lobpreis der Sinnlichkeit, des Daseins als Mann oder als Eunuch, liefen die beiden Adern zusammen. Diese Insel spielte wahrhaftig mit unseren Schimären und unseren Leben, indem sie uns mit tausend verrückten Vermutungen, die alle möglich, aber sämtlich in dichten Nebel gehüllt waren, von einer Seite zur anderen zog wie die Paladine im verzauberten Schloss von Atlante.

Die Frische der Luft rüttelte mich allmählich aus diesen Grübeleien auf. Ich hob die Augen und begegnete dem lächelnden und ausgeruhten Blick eines der drei Ortsansässigen, der rüstig neben mir ausschritt. Der Glückliche, dachte ich, ich bin schon müde.

»Prickelnde Luft, aus den Bergen aber auch vom Meer!«, rief er mir jubelnd zu. »Es gibt nichts Besseres!«

Ich antwortete mit irgendeiner unbedeutenden Bemerkung, und so gerieten wir nach und nach in eine angenehme Unterhaltung. »So grob ist er im Grunde gar nicht«, dachte ich erstaunt. Unser Gespräch wurde immer lebhafter, was alsbald die Aufmerksamkeit der vier Gelehrten erregte, die an unsere Seite eilten, um zu lauschen.

»Ja, genau!«, sagte mein Gesprächspartner mit recht lauter Stimme, sodass alle sich zu uns umwandten. »Galileo Galilei!«

Er wedelte mit einem Blatt in seiner Hand.

DISKURS LX

Darin unerwartet der Name des großen Galileo Galilei auftaucht und man von dem Prozess hört, der ihm einige Jahre zuvor gemacht wurde.

Sofort zuckte die ganze Gruppe zusammen. Fast brachte Schoppe den armen Kemal, der ihn auf dem Rücken trug, zu Fall, als er sich neugierig nach uns umdrehte. Wie ein Rudel Wölfe richteten die anderen Augen und Ohren auf mich und den Inselbewohner.

»Wo hat er das gefunden?«, zischte Naudé mir ins Ohr, nachdem er sich blitzschnell zwischen mich und den Bärtigen geschlängelt hatte.

»Er hat es aus seiner Tasche gezogen, mehr weiß ich nicht«, flüsterte ich hastig, einen Hustenanfall vortäuschend, um mir die Hand vor den Mund halten zu können.

»Kann ich mal sehen?« Mit eleganter Dreistigkeit entwand Naudé meinem Gesprächspartner das Blatt.

Der Bärtige wagte nicht, sich dem geschickten Handstreich zu widersetzen, auch weil Naudé das Dokument schon gierig überflog und die anderen Gelehrten, Pasqualini und du, Atto, ihn bereits umringt hatten wie Fliegen, die sich auf ein Stück Fleisch stürzen. Es handelte sich nicht, wie erhofft, um ein weiteres Fragment antiker Autoren, sondern um ein Blatt aus den Aufzeichnungen Bouchards. Keine vollständigen Sätze, sondern Gedankenfetzen, dürre, hastig aufs Papier geworfene Notizen:

Biographie: daraus wird nichts. G. hat kein Vertrauen.
Er wirkt senil, ist aber hellwach.
Dialog über die zwei hauptsächlichsten Weltsysteme. Material und Zeugenaussagen des Prozesses neu ordnen. G. wollte unbedingt verurteilt werden.
E.D. hat schon alles für ihn getan.
Leute, denen man sich nicht widersetzen kann. Die Gotteslästerungen überwiegen, wie bei den antiken Historikern. G. folgt Scaliger.
Impia cohors. Darmarios.
Alles führt zurück auf die Zeit.

Wer sich hinter dem diskreten Kürzel »G.« verbarg, war nicht schwer zu erraten, folgte doch gleich darauf der Titel des unsterblichen Hauptwerks von Galileo Galilei: *Dialog über die zwei hauptsächlichsten Weltsysteme.*

Aus dieser Notiz ließ sich schließen, dass Bouchard Material für eine Biographie Galileos gesammelt hatte, außerdem Zeugenaussagen in dem Prozess, bei dem der Wissenschaftler von einem Kirchengericht verurteilt worden war. Dann hatte er Galileo persönlich getroffen, doch ohne Ergebnis. Der toskanische Astronom vertraute ihm nicht, und ein gewisser E.D. hatte schon alles für ihn getan (aber was?).

Bouchards Verdacht, Galileo habe sich absichtlich verurteilen lassen, wurde mit Bestürzung aufgenommen. Nur Schoppe nickte hämisch: hatte er es nicht immer wieder gesagt?

Wer die Leute waren, »denen man sich nicht widersetzen kann«, war nicht zu ergründen. Die Gotteslästerungen erinnerten dagegen an die lange Liste mit Ammenmärchen der antiken Historiker und an die gestern in der Tasche der schlafenden Bärtigen gefundene Notiz. Rätselhaft waren die letzten Äußerungen: wieder tauchte die *impia cohors*, also die »gottlose Bande« auf, und was bedeutete: »G. folgt Scaliger«? Und dieser Darmarios? Wer oder was zum Teufel war das? Das größte Geheimnis schließlich war der letzte Satz: »Alles führt zurück auf die Zeit.« In der zuletzt gefundenen Notiz hatten wir gelesen: »Die Gotteslästerungen der antiken Historiker verderben die Zeit.«

Armer Bouchard, dachte ich.

Das Blatt ging von Hand zu Hand, und zu meiner größten Überraschung folgte nicht der übliche Aufruhr und eine Unterbrechung des Marsches, sondern tiefste Grabesstille.

Die Gruppe verteilte sich wieder ordentlich, und plötzlich bildeten sich zwei fast parallele Reihen – erstaunlich bei einer abenteuerlich zusammengewürfelten Truppe von Schiffsbrüchigen. Hinten marschierten Malagigi und dein falscher Barbello, Hardouin ging ihnen voran.

Unser Ziel war die Piana dei Morti. Ich überlegte, dass Naudé vor unserem Aufbruch gewiss einen Blick auf seine Karte geworfen hatte. In welche Ecke der Insel würde man uns führen? Sehr wahrscheinlich dorthin, wo das Kreuz eingezeichnet war.

Nur Schoppe, dem nichts oder fast nichts die Sprache verschlug, wagte einen leisen Kommentar:

»Unglaublich. Überall taucht dieser Betrüger Scaliger auf.«

»Hör doch auf, Caspar«, ermahnte ihn Naudé, ebenfalls flüsternd.

DIALOG

Oder besser ein interessantes Streitgespräch über
den berühmten Galileo Galilei.

Schweigend musterten die drei Bärtigen unsere Schar, vielleicht warteten sie auf eine Reaktion. Doch niemand wagte zu sprechen. Es war, als wartete jeder darauf, dass der anderer zuerst den Mund aufmachte. Gewiss dachten alle: Wenn einer der drei Insulaner wirklich Philos Ptetès ist und ich jetzt irgendeine Dummheit sage, wird er mich dann noch für würdig erachten, seinen Schatz zu bekommen?

Auch ich musterte die Bärtigen: Wenn einer von ihnen der slawonische Mönch war, wusste er sein Geheimnis perfekt hinter dem leeren und leicht schwachsinnigen Blick, der den drei wunderlichen Individuen gemeinsam war, zu verbergen.

Schließlich wagte Caspar Schoppe das Schweigen zu brechen: »Ich habe immer geahnt, dass dein Freund keine Biographie wünscht«, sagte er zu Naudé.

»Warum nennst du ihn meinen Freund?«

»Nachdem du Campanella fallengelassen hattest, hast du dich bei Galileo eingeschmeichelt, schließlich hast du in Padua studiert, als er dort lehrte. Berühmtheiten haben dich schon immer angezogen«, bemerkte Schoppe mit einem Seitenblick auf die Reaktion der Bärtigen.

»Lieber Caspar, wie Plinius sagte, als er mit dem Kaiser Trajan sprach: ›Der aufrichtigste Mann ist der meines Vertrauens würdigste Mann.‹ Außerdem hast du dergleichen niedrige Unterstellungen bereits bei Tisch gemacht. Und ich habe dir bereits geantwortet, dass auch du Galileo kanntest. Also ziehen auch dich berühmte Menschen an. Du hast dich für Galileo eingesetzt, hast Papst Urban VIII. Gutes über ihn berichtet. Du hast tausend Eide geschworen, dass seine Theorien nicht im Widerspruch zur Heiligen Schrift stehen, und eine Zeitlang konntest du ihn schützen, oder irre ich mich?«

»Zuerst einmal stammt der Satz nicht von Plinius, sondern von Tacitus, aber diesmal vergebe ich dir, weil du ihn nur wie ein Papagei als Zitat bei Justus Lipsius nachgeplappert hast, und leugne nicht …«, kam ihm Schoppe zuvor, da Naudé bereits empört auffahren wollte, »dass ich dich erwischt habe, denn auch ich habe die *Politicorum sive Civilis Doctrinae Libri* von Lipsius gelesen, welcher denselben Fehler macht wie du. Abgesehen davon gestehe ich, dass es zutrifft, was du sagst. Aber dann habe ich die Wahrheit entdeckt.«

»Die Wahrheit kenne ich auch«, erwiderte Naudé. »Galileo war nicht nur eine Berühmtheit, wie du ihn nennst, sondern ein Genie.«

Angestachelt vielleicht durch die Möglichkeit, vor dem geheimnisvollen Philos Ptetès endlich eine gute Figur abzugeben, da die drei Bärtigen jetzt nicht schliefen, sondern dem Gespräch aufmerksam zuhörten, begann Gabriel Naudé seine Ausführungen mit Dingen, die jedes Kind weiß, nämlich, dass Galileo als Erster das Fernrohr, bis dahin ein Instrument für Seefahrer, in den Himmel gerichtet und die Theorie des Kopernikus bestätigt hatte, nach der die Erde sich um die Sonne dreht und nicht umgekehrt.

»Und da begannen seine Probleme …«, sagte er mit einem vielsagenden Blick auf die drei.

»… mit der Kirche«, ergänzte Guyetus ernst, der nicht hintanstehen wollte, wenn es darum ging, den vermeintlichen Philos Ptetès zu beeindrucken.

Der bärtige Besitzer des Papiers fragte neugierig: »Erzählt: welche Probleme?«

Galileos Geschichte war überall so sattsam bekannt, dass diese naive Frage ganz nach einer Falle aussah. Naudé verstummte augenblicklich und beäugte sein Gegenüber misstrauisch. Dann fuhr er vorsichtig fort: »In der Bibel befahl der Prophet Joshua: ›Sonne, steh still!‹ Also muss die Sonne sich um die Erde drehen, sonst wäre die Bibel unwahr. Galileo verstieß gegen einen Glaubensgrundsatz, und das war sein Untergang. Er wurde zweimal verurteilt, mit Gefängnis und dem Tod bedroht, und musste schließlich widerrufen. Doch im *Dialog über die hauptsächlichsten Weltsysteme* und anderen Schriften konnte er seine Entdeckungen und aus Erfahrungen gewonnenen Überzeugungen schriftlich darlegen, und das war die Geburt der modernen Wissenschaft.«

Schwungvoll beendete er seine Rede, indem er den Zeigefinger zum Himmel erhob wie ein antiker Rhetor, was die drei Bärtigen mit bewunderndem Murmeln quittierten.

»Der übliche verfluchte Gottlose«, brummte Schoppe von seinem Posten auf Kemals Rücken, »und Lügner obendrein.«

»Was willst du damit sagen?«, ereiferte sich Naudé.

»Das weißt du ganz genau. Zwischen Kopernikus und Galileo liegen neunzig Jahre. In dieser Zeit sind nicht weniger als elf Päpste aufeinandergefolgt, und keiner von ihnen hat Einwände gegen Kopernikus erhoben, ja oft haben sie ihn sogar unterstützt!«

»Wirklich?«, wunderte sich der Bärtige, der das Papier hervorgezogen hatte.

»Ein Beispiel genügt: Gregor XIII. vollendete vor sechzig Jahren die Kalenderreform und stützte sich dabei auf die *Prutenischen Tafeln*, die auf Kopernikus' Theorie aufbauen.«

»Ah!«, rief der Hinkende aus.

»Die Päpste interessiert nur, dass sich mit Kopernikus' Berechnungen die Zeit und die Bewegungen der Planeten exakt messen lassen. Für sie sind diese Berechnungen praktische Werkzeuge. Der Erste, der Kopernikus angriff, war Luther, der ihn einen ›astrologischen Emporkömmling‹ nannte und sagte, seine Theorie sei ›reine Narretei‹.«

»Du bleibst der übliche Papist, Caspar.« Guyetus schüttelte indigniert den Kopf und wandte sich ebenfalls an den Bärtigen: »Jetzt ist es Luthers Schuld, und die Kirche hat nichts damit zu tun.«

»Genau so ist es aber, tut mir leid«, erwiderte Schoppe unwirsch. »Melanchthon, Luthers Handlanger, widersetzte sich der Kopernikanischen Wende mit denselben Argumenten, die die römische Kirche achtzig Jahre später benutzte, um Galileo zum Widerruf zu zwingen. Also war der erste und wahre Feind Galileos nicht die katholische Kirche, wie du behauptest, Gabriel, sondern die reformierte aus Deutschland.«

Zwei der drei Bärtigen wechselten einen erfreut überraschten Blick. Zufrieden registrierte Schoppe den Treffer, ohne sich darum zu bekümmern, welch eine viehische Mühe sein heftiges Fuchteln zur Unterstreichung dieses oder jenes Satzes den armen Kemal kostete, der ihn auf dem Rücken trug.

»Das ist wirklich eine interessante Geschichte!«, bemerkte der eine vergnügt. »Auch meine Freunde bitten Euch, fortzufahren. Hier langweilt man sich so sehr, besonders im Winter, dass es ein unvergleichliches Glück ist, auf so redegewandte Cavalieri zu stoßen wie Euch.«

Eines von beidem: Entweder war diese Bitte Ausdruck der reinsten Unschuld, wenn sie aus dem Mund eines überaus schlichten, auf einer entlegenen Insel von der Welt getrennten Geistes gekommen war, oder sie war ein Meisterwerk der Verstellung, wenn derjenige, der sie ausgesprochen hatte, etwas von Philos Ptetès wusste. Aber vorerst gab es keine Möglichkeit, das zu klären: Die groteske Geschichte, auf die wir uns eingelassen hatten, musste ihren Lauf nehmen.

»Nehmen wir einmal an, es sei, wie du sagst, Caspar Schoppe«, schaltete sich Guyetus ein, seine Worte sorgsam abwägend, um noch genügend Atem für die Wanderung zu haben, die wohl recht lange währen sollte. »Die römische Kirche hätte Galileo angeklagt, indem sie sich die Ideen der Protestanten aneignete. Na und? Das gereicht der Kirche ja nicht gerade zur Ehre, im Gegenteil! Papst Urban VIII. hat Galileo einfach den Prozess gemacht und ihn genötigt, den kopernikanischen Theorien abzuschwören, indem er Argumente benutzte, die auf Luthers Mist gewachsen waren. Wirklich kühn!«

»Während des Prozesses gegen Galileo«, erwiderte Schoppe sofort, »tat Urban VIII. alles, damit Kepler, ein weiterer Anhänger des Kopernikus, einen Lehrstuhl in Tübingen bekam. Dann segnete er die neu gegründete Fakultät für Naturwissenschaften im spanischen Salamanca, wo Kopernikus' Lehre unterrichtet wurde. Du siehst also, mein lieber Guyetus, dass der Papst absolut nichts gegen die Idee hatte, dass die Erde sich um die Sonne dreht. Im Gegenteil.«

»Unsinn!«, rief Naudé aus. »Dann erklär uns doch, ob es stimmt, dass der Papst Galileo verurteilt hat! Oder haben wir das alle nur geträumt?«

»Ich weiß nicht, wovon ihr träumt, du und deine liederlichen Pariser Freunde«, antwortete Schoppe bissig mit einem besorgten Seitenblick auf die Bärtigen, die ein wenig abgelenkt schienen. »Das Problem ist, dass ihr gewisse Dinge einfach nicht hören wollt. Urban VIII. ist zum Beispiel nie ein Feind der Ketzer gewesen.«

»Bum!«, machte Guyetus, einen Kanonenschuss nachahmend. Der Einfall amüsierte die drei Insulaner und machte sie wieder munter.

»Mach den Mund zu und lass dir die Kanonenkugel in der Kehle explodieren«, wetterte Schoppe. Die Bärtigen lachten.

»Lass ihn reden, Guyetus, mein Freund. Ich bin wirklich neugierig, wie es weitergeht«, spottete Naudé. »Der Verehrungswürdige hat meine einfache Frage noch nicht beantwortet: Wurde Galileo von der Kirche verurteilt, ja oder nein?«

»Lieber Gabriel, einfache Erklärungen sind weit verbreitet, eben weil sie so einfach sind, aber oft vereinfachen sie zu sehr, um auch wahr zu sein.«

Diese Bemerkung, von Schoppe in ungewohnt sachlichem Ton geäußert, brachte Naudé und Guyetus aus dem Konzept und überraschte auch den Rest der Zuhörerschaft. Die drei Inselbewohner nahmen ihre Wirkung wahr und blickten sich aufmerksam um.

»Erklärt Euch genauer«, sagte einer von ihnen, »diese Eure Bemerkung ist außerordentlich und wahrlich nicht uninteressant.«

Schoppe zupfte sich zufrieden den breiten Kragen seines Mantels zurecht, als hätte er den Sieg und einen hübschen Batzen Handschriften von Philos Ptetès schon in der Tasche. »Der Reihe nach«, fuhr er im gemessenen Ton seiner letzten Rede fort. »Erstens bekam Galileo, als er sein Fernrohr in den Himmel richtete, nicht mit der Kirche Probleme, wie ignorante und oberflächliche Menschen sagen, sondern mit den Wissenschaftlern, die seine Entdeckungen bezweifelten, und mit den aristotelischen Philosophen, die den Werkzeugen der Technik weniger vertrauen als denen des Denkens, vorausgesetzt natürlich es ist das des Aristoteles.«

Schoppe erklärte, dass Cesare Cremonini, der große Aristoteliker, der im Ruf des Atheismus stand und außerdem ein unverbesserlicher Päderast war (dieses Wort betonte Schoppe), sich geweigert hatte, durch das Fernrohr seines Kollegen an der Universität von Padua zu schauen. »Ich würde nur den Dreck auf der Linse sehen«, hatte er zu Galileo gesagt.

Doch Galileo siegte und zwar dank der Kirche. Es waren die Astronomen der Vatikanischen Sternwarte, die seine Entdeckungen bestätigten, und dazu hatte sie der Jesuit Kardinal Roberto Bellarmino ermutigt, der Leiter des Heiligen Offiziums. Gekrönt wurde das Ganze durch einen feierlichen Empfang zu Ehren Galileos im Quirinalspalast, der päpstlichen Residenz. Er wurde Mitglied der Accademia della Crusca und der Accademia dei Lincei, der unter Aldobrandini-Papst Clemens VIII. gegründeten naturwissenschaftlichen Akademie.

»Ihr seht also, dass die Kirche nichts gegen Kopernikus und auch nichts gegen Galileo hatte«, schloss Schoppe, höflich auch an denjenigen unter den drei Bärtigen gewandt, der ihm die Frage gestellt hatte.

»Was sagst du dann zu diesem Dominikaner Niccolò Lorini, der die Kopernikanische Theorie 1612 der Ketzerei anklagte?«, wandte Guyetus ein.

»Das Heiligen Offizium verfolgte die Anzeige nicht«, beschied ihm Schoppe knapp.

»Eben. Das zeigt, dass die Kirche ein doppeltes Spiel spielte. In der Sache Galileo darf der niedrige Klerus wettern und die hohen Ränge wiegeln ab. So haben sie freie Hand auf beiden Seiten«, bemerkte Guyetus, und seine Miene zeigte, wie sehr ihn die Manöver der Nachfolger Petri anwiderten.

»Sehr gut, unser Guyetus!«, rief Schoppe überraschend aus. »Du hast den Kern der Sache getroffen: Wessen Spiel wird hier gespielt? Oder auch: Welches Spiel spielte Galileo? Die Kirche zögerte, das stimmt. Aber weil sie nicht wusste, wie sie auf Galileos widersprüchliches Verhalten reagieren sollte.«

»Ach, hör doch auf, Caspar! Wenn ich dir Recht geben müsste, müsste ich auch sagen, dass Esel fliegen!«, stieß Guyetus hervor, indem er seine Worte mit einer obszönen Geste begleitete.

»Ich weiß genau, wovon ich rede. Du hast es gerade erwähnt, Gabriel, ich habe mich in jeder denkbaren Form für Galileo eingesetzt, ihn bis aufs Blut verteidigt, immer gut über ihn bei Papst Urban gesprochen und überall mit felsenfester Überzeugung vertreten, dass es zwischen seinen Theorien und der Bibel keinen Widerspruch gibt. Ich habe mich sogar bei seinem holländischen Verleger Louis Elzevier für Galileo verwendet und den Verleger ermahnt, nichts mehr von den ohnehin äußerst mageren Erträgen aus dem Verkauf von Galileos Büchern zu unterschlagen. Doch dann habe ich verstanden, wie Bouchard.«

Hier machte Schoppe eine Pause.

»Ich dagegen habe nicht verstanden«, wandte Guyetus säuerlich ein, obwohl er genau verstanden hatte.

»Ich habe endlich verstanden, dass Galileo gar nicht verteidigt werden wollte.«

»Das ist unerhört«, sagte Guyetus mit erstickter Stimme und faltete die Hände, als bäte er den Allerhöchsten um Schutz. »Noch so ein Verrückter, wie der arme Bouchard. Du wirst uns doch nicht auch noch mit dieser Geschichte kommen, dass Galileo sich absichtlich verurteilen ließ.«

»Galileo wollte Ruhm und Erfolg, aber er bekam sie nicht.«

Darauf hoben Naudé und Guyetus die Augen zum Himmel.

»Hör mal, ich bin bestimmt nicht der Einzige, der das sagt«, wandte Schoppe ein, die Hand wie zum Schwur an die Brust gelegt. »Der Erste war ausgerechnet jener atheistische Päderast Cremonini, über den ihr gottlosen Gesellen in Verzückung geratet. In Padua wissen alle, dass Galileo sich andauernd bei Cremonini darüber beklagte, dass keiner seine Schriften zur Kenntnis nahm. ›Es gibt eine Verschwörung des Verschweigens um meine Bücher‹, sagte er und fragte Cremonini um Rat, was er tun solle, aber der antwortete sarkastisch: ›Geselle dich zu der Verschwörung.‹«

»Was hat das denn damit zu tun?«, protestierte Naudé, »Es ist bekannt, und du selbst hast es vorhin gesagt, dass Cremonini die Forschungen Galileos nicht schätzte.«

Jeder unserer gelehrten Gefährten schielte immer dann heimlich nach den drei bärtigen Gästen, wenn er seine Reaktionen zeigte und seine Überzeugungen kundtat. Alle fühlten sich unter diesen mal zerstreuten, mal forschenden Blicken wie bei einer Prüfung. Und ein jeder musste unfreiwillig erleben, dass er seine Seele vor diesen Unbekannten entblößte, in der Hoffnung, der Bevorzugte zu sein, dem der literarische Schatz anvertraut würde.

Nur Hardouin hielt sich abseits, da er nicht auf Einladung von Philos Ptetès hier war, sondern nur als Begleitung von Guyetus. Auch Naudé hatte mitnichten eine Einladung von dem slawonischen Mönch bekommen, doch Mazarins Bibliothekar fühlte sich weit würdiger als Schoppe und Guyetus, die kostbaren Papiere zu erhalten und sie der Welt bekannt zu machen – und er war fest entschlossen, den unsichtbaren Philos Ptetès genau davon zu überzeugen.

Galileo, erklärte Schoppe ungerührt, schien die Nachgiebigkeit der römischen Kirche gegenüber Kopernikus ein Ärgernis zu sein. Er tat alles, um sie in eine erbitterte Auseinandersetzung zu verwickeln und zog sogar den Papst mit hinein.

Auf der Höhe seines Ruhms setzt Galileo zur entscheidenden Attacke an: Er schreibt die berühmten *Kopernikanischen Briefe*, private Briefe zwar, doch absichtlich in Umlauf gebracht, in denen er die physische Realität der Kopernikanischen Theorie bis aufs Äußerste verteidigt: Die Erde dreht sich wirklich um die Sonne, Kopernikus' Berechnungen sind keine rein mathematischen Hilfsmittel, sondern beschreiben die tatsächliche Erdbewegung. Folglich, so stellt Galileo fest, können einige Stellen in der Bibel nicht wörtlich genommen werden. Sofort greift ihn Pater Tommaso Caccini in der Kirche Santa Maria Novella in Florenz an, doch Kardinal Giustiniani befiehlt dem Pater, seine Anklage öffentlich zurückzuziehen. Andere Geistliche übernehmen die Verteidigung Galileos: Pater Benedetto Castelli und der Dominikaner Luigi Maraffi. 1615 wird Galileo nach Rom gerufen, um seine Behauptungen zu belegen.

In der Zwischenzeit unterläuft ihm ein grober Fehler. Am Himmel erscheinen drei Kometen, und der hochgelehrte Pater Orazio Grassi vermutet, den Theorien des großen Tycho Brahe folgend, dass die Kometen Himmelskörper sind. Galileo, der wie üblich alle verhöhnt, die anders denken als er, behauptet, die Kometen existierten gar nicht, sie seien optische Täuschungen.

»Das stimmt, in meiner Buchhandlung in Paris habe ich beide Bücher, das von Pater Orazio Grassi und auch die Abhandlung über die Kometen von Galileo«, bestätigte Hardouin.

Kurz nach diesem letzten Bravourstück Galileos, fuhr Schoppe fort, geht ein Gerücht unter den Aristotelikern um, dass er vor dem Heiligen Offizium alles zurückgenommen, ja sogar seinen Theorien ausdrücklich abgeschworen habe. Damals wandte Galileo sich an Kardinal Bellarmin, das Haupt des Heiligen Offiziums, und bat ihn um einen Brief, in dem die Vorgänge wahrheitsgemäß dargestellt werden. Bellarmin schrieb den Brief, den Galileo wünschte, und erklärte genau, dass das Heilige Offizium Galileo keinerlei Strafen auferlegt und ihn erst recht nicht zum Widerruf gezwungen hatte. Galileo wurde eben nichts abgeschlagen.

»Tatsächlich habe auch ich im Haus des Kardinals Barberini, meinem Herren, gehört, dass Bellarmin Galileo geholfen hatte«, meldete sich Malagigi von hinten zu Wort, während du und Barbara Strozzi schweigend zuhörtet.

1623 erscheint *Il Saggiatore*, dem neuen Papst Urban VIII. gewidmet, der sich das Buch beim Essen vorlesen lässt. Doch Galileo nutzt seine Freundschaft mit dem Papst aus und veröffentlicht 1632 den *Dialog über die zwei hauptsächlichsten Weltsysteme*, wo er sich unbegreiflicherweise über den Papst und über das *Imprimatur* lustig macht, das das Heilige Offizium dem Buch erteilt hatte. Überdies ist der *Dialog* auf Italienisch geschrieben, um ihm die größtmögliche Verbreitung zu sichern.

»Das stimmt, sonst hätte Galileo Lateinisch geschrieben, wie es bei Wissenschaftlern üblich war«, bemerkte Hardouin.

»Das beweist, was ich von Anfang an gesagt habe: Galileo wollte den Bruch mit der Kirche, er wollte einen Skandal«, sagte Schoppe, jede Silbe sorgfältig betonend.

»Was redest du denn von einem *Imprimatur*, mein armer Caspar? Das Heilige Offizium hat den *Dialog* auf den Index gesetzt«, rief Guyetus gereizt aus.

»Hier irrst du!«, versetzte Schoppe. »Anfangs verlangte die kirchliche Zensurbehörde nur, Galileo solle dem *Dialog* eine abschließende Rede zugunsten der ptolemäischen Idee hinzufügen, nach der die wirkliche Bewegung der Himmelskörper nicht erkennbar sei. Galileo tat das, aber er legte diese Rede dem Simplico in den Mund, dem einfältigen Gesprächspartner, der überdies die Lieblingsthesen des Papstes wiederholte, nämlich dass die Wissenschaft lediglich den äußeren Anschein der Dinge erforschen kann, während ihr Wesen nur Gott allein bekannt ist! Was hatte Galileo nach so einem Schlag unter die Gürtellinie schon zu erwarten? Natürlich hat das Heilige Offizium das Buch dann auf den Index gesetzt!«

Galileo hatte den Papst, seinen einstigen Freund und Unterstützer, in voller Absicht beleidigt. So erkläre sich, sagte Schoppe, warum Urban VIII., der Kepler Zuflucht geboten hatte, nachdem er von den deutschen Protestanten als Anhänger des Kopernikus vertrieben wurde, Galileo nicht vergeben konnte und der Inquisition freie Hand lassen musste. Andernfalls hätte er sich selbst der Lächerlichkeit preisgegeben.

»Gefängnis und Folter. Ali Ferrarese hat von beidem gekostet«, tönte Kemal finster, der bei dem Wort Inquisition zusammengezuckt war und, obwohl er unter Schoppes Gewicht keuchte, genug Atemluft für diese Bemerkung fand.

»Gefängnis und Folter? Weit gefehlt!«, lachte Schoppe. »Galileo wurde wie ein König behandelt. Man quartierte ihn in eine Wohnung mit fünf Zimmern und Blick auf die vatikanischen Gärten ein, er hatte einen Diener und Speisen aus der toskanischen Botschaft.«

»Jetzt willst du uns nicht auch noch erzählen, dass auch der Widerruf eine Erfindung ist!«, fuhr Guyetus auf.

»Nein, gewiss nicht. Am 22. Juni vor 13 Jahren kommt der Urteilsspruch des Heiligen Offiziums. Galileo muss vor den zehn Kardinälen des Offiziums, von denen übrigens drei zu seinen Gunsten gestimmt hatten, darunter auch der Neffe des Papstes, Francesco Barberini, seinen Widerruf verlesen. Die Strafe: Arrest im Haus des Erzbischofs von Siena, der sofort in Hausarrest in seiner Villa in Arcetri verwandelt und kurz darauf ganz aufgehoben wird. Außerdem musste er drei Jahre lang einmal wöchentlich die sieben Bußpsalmen beten. Schöne Strafe! Das ist die furchtbare Rache der römischen Kirche! Galileo, der inzwischen alt und über dem nächtlichen Sternegucken erblindet war, verließ seine Villa nicht mehr.«

»An seinen Ideen gescheitert, der arme Mann«, sagte Naudé kopfschüttelnd.

»Nicht gescheitert, sondern siegreich«, korrigierte Schoppe. »Galileo hatte gewonnen! Er lächelte, als er den Widerruf las, während Papst Urban VIII. ihn mit finsterer Miene betrachtete.«

»Hör mir mal gut zu, Caspar«, sprach ihn Guyetus mit heiserer Stimme an, in der sich Wut in erschöpfte Resignation verwandelt hatte. »Es mag sein, wie du sagst, dass einfache Erklärungen vereinfachend sind und daher nicht wahr sein können, aber dein Sermon, ob wahr oder nicht, ist ziemlich verworren.«

»Verworren ist das, was Galileo tat! Ich habe nur berichtet. Galileo ist es gelungen, die Kirche von Rom zu nötigen, und das in einem äußerst heiklen Moment des Kampfes gegen die Protestanten, in dem die Katholiken beschuldigt wurden, den Buchstaben der Bibel nicht zu achten!«

»Einen Augenblick! Alle stillgestanden und Mund zu, verflucht!«

Es war Kemal, der Schweigen geboten hatte. Er ließ Schoppe absteigen und kletterte auf einen Baum mit starken Ästen. Wir beobachteten ihn neugierig, wie er seinen Blick über das Innere der Insel schweifen ließ. Dann kam er herunter, offenbar ohne etwas gesehen zu haben.

»Unser Heim ist nicht weit, liegt aber sehr einsam, von hier aus könnt ihr es nicht sehen«, erklärte ihm einer der Bärtigen.

»Euer Heim ist mir völlig egal«, entgegnete der Barbareske, »ich habe versucht, meinen Matrosen, diesen Faulpelz, zu entdecken. Mir war, als hätte ich einige Pflanzen in verdächtiger Bewegung gesehen. Aber es war nichts, gehen wir weiter.«

Schon wenige Minuten später flammte der Streit zwischen Schoppe, Guyetus und Naudé wieder auf.

»Vielleicht wollte Galileo sich nur für die ewigen Verhöre durch die Kirche rächen«, mutmaßte Naudé grinsend an Schoppe gewandt.

»Mein lieber Gabriel«, hob Schoppe zu seiner entnervenden Leier an. »Ich verstehe ja, dass du nicht promoviert bist, aber du bist immerhin Secretarius eines Kardinals in Rom gewesen! Du müsstest besser wissen als ich, dass das Heilige Offizium jeder Anzeige, die es erhält, nachgehen muss. Und Neider gibt es in der akademischen Welt zuhauf. Trotzdem verliefen alle Anzeigen gegen Galileo im Sand, weil er ein Freund der Priester war. Jahrzehntelang hatte er eine Frau aus dem Volk als Konkubine, doch als er berühmt wurde und von den italienischen Höfen umworben, entledigte er sich ihrer und der gemeinsamen Kinder mit Hilfe seiner Priesterfreunde. Der Junge wurde von einem Priester aufgezogen und die Mädchen ins Kloster gesteckt. Dank seiner Freunde aus der Kirche konnte er das Verbot umgehen, dass Kinder keine Gelübde ablegen dürfen. Die Trennung von der Mutter und das Eingeschlossensein im Kloster erschütterten das jüngste Mädchen so sehr, dass sie den Verstand verlor. Reicht dir das?«

»Liebster Caspar, Ihr habt so viel Wissen unter Eurem erhabenen, schön gescheitelten und gefärbten Schopf, und wollt uns weismachen, dass Galileo die Kirche zwang, ihn zu verurteilen?«, gab Naudé säuerlich grinsend zurück.

»Dein Freund Galileo zwang die Kirche, Position zu beziehen!«

»Die Priester sind Meister darin, sich dumm zu stellen, und Galileo hat gut daran getan, als er sie zwang, aus der Deckung zu kommen!«

»Halt den Mund, Ignorant. Wie ich dir schon sagte, hat es immer zwei Strömungen in der Kirche gegeben: die dogmatischen Aristoteliker des Heiligen Offiziums, für die Aristoteles allem Anschein und aller mathematischen Berechnung zum Hohn immer Recht behält, und die platonischen Theologen, die sich damit begnügen, die augenscheinlichen Tatsachen für praktische Zwecke zu nutzen, ohne sich dafür zu interessieren, ob dieser Anschein auch wirklich ist, da nur Gott weiß, was wahr ist und was nicht.«

»Entschuldigt bitte«, unterbrach sie der redefreudigste der Bärtigen mit komischer Ehrerbietung, »ich wäre sehr dankbar für eine nähere Erhellung dieses wahrlich komplizierten Gedankens.«

»Ich werde es Euch erklären«, antwortete Schoppe eifrig und seine Augen strahlten vor Freude darüber, vom vermeintlichen Philos Ptetès um etwas gebeten worden zu sein. »Eine Theorie kann nicht durch ihre Wirkungen bewiesen werden. Es lässt sich nämlich nicht ausschließen, dass dieselben Wirkungen auf anderen, noch unbekannten Wegen erzielt werden. In wenigen Worten: wenn wir durch das Fernrohr sehen, dass die Erde sich um die Sonne zu bewegen scheint, und mathematische Berechnungen diese Theorie bestätigen, beweist das noch nicht, dass diese Bewegung wirklich stattfindet. Vergesst nicht, dass die Sonne sich, mit bloßem Auge gesehen, um die Erde zu drehen scheint! Und die Tabellen des Ptolemäus haben sich jahrhundertelang bei der Vorhersage der Bewegung der Planeten sehr gut bewährt! Bis Kopernikus andere, noch genauere aufstellte, bei denen nicht die Erde, sondern die Sonne im Mittelpunkt des Universums steht. Doch es handelt sich nur um Berechnungen, nicht um absolute Wahrheiten! Eine Theorie kann also nicht durch ihre Wirkungen bewiesen werden, sondern nur dadurch, dass man die Existenz anderer Theorien ausschließen kann, die mit Mitteln, die der Wissenschaft noch unbekannt sind, ähnliche Wirkungen hervorrufen. Ptolemäus ist heute durch Kopernikus widerlegt. Eines Tages könnte Kopernikus von anderen überwunden werden, die sagen, dass auch die Sonne sich um irgendetwas dreht. Und immer so weiter. Hinter jeder Wahrheit steckt eine noch wahrere. Der Mensch ist dazu verdammt, das Wissen auf der Erde zu sammeln und es niemals ganz zu besitzen. Nur Gott besitzt die absolute Wahrheit.«

»Halt, Caspar! Jetzt bring nicht alles mit neuen Sophismen durcheinander!« Erregt übertönten Naudé und Guyetus einander. »Tu nicht so als hättest du vergessen, dass die Kirche durch ihre Verurteilung Galileos das Dogma bestätigte, dass die Sonne sich wirklich um die Erde dreht!«

»Ich bitte euch, mit diesem Urteil hat die Kirche rein gar nichts bestätigt! Wirklich schade, dass du und deine liederlichen Freunde in Padua nur ein bisschen Medizin gepaukt habt. Sonst könntest du, ohne andauernd so grobe Schnitzer zu machen, erkennen, dass das Urteil gegen Galileo 1633 der Beschluss einer römischen Kongregation war, der *in forma communi* gebilligt wurde. Das bedeutet, er gehört nicht zu jener Art Behauptungen, bei denen die Kirche unfehlbar ist. Es handelt sich um einen Beschluss von Kirchenleuten, nicht um Dogmen der Kirche, ein großer Unterschied, mein Lieber. Leider urteilst du, wie alle, die über Galileo daherreden, nach dem Hörensagen, ohne die Dokumente zu kennen.«

»Moment! Was hast du vorhin gesagt? Dass der Papst und andere Theologen Platoniker waren? Caspar, du vergisst Thomas von Aquin! Die Kirche ist aristotelisch!«, krächzte Naudé.

»Gabriel, hör auf, mich mit deinen dummen Verallgemeinerungen zu ärgern, ich will mich nicht wiederholen«, seufzte der alte Deutsche und gab Kemal einen Klaps auf den Rücken, als wollte er ihn antreiben, um Guyetus und Naudé hinter sich zu lassen.

Der Korsar, der immer außergewöhnlich fügsam war, wenn er den alten Literaten auf dem Buckel trug, gehorchte wie ein Fohlen und beschleunigte seinen Schritt.

»Bravo, Caspar!«, schimpfte Guyetus, der vergeblich mitzuhalten versuchte. »Wenn dir die Argumente ausgehen, nimmst du Reißaus.«

Schoppe lief rot an. »Ich und Reißaus nehmen? Nimm das sofort zurück, sonst …«, und er fuchtelte von seinem Reittier herab drohend mit der Faust.

Unter den entsetzten Blicken der ganzen Gesellschaft lief Guyetus los, fiel hin, erhob sich mit schlammverschmierten Knien, lief weiter, erreichte sein Ziel und schlug Schoppe mit der flachen Hand auf den

Rücken, worauf dieser ihm einen heftigen Fausthieb auf den Kopf versetzte.

Der Statthalter von Ali Ferrarese machte einen entschlossenen Satz nach vorn, um den Angreifer abzuschütteln, und wir hörten ihn über dieses Scharmützel zwischen alten Männern lachen. Guyetus nahm die Verfolgung wieder auf, stürzte erneut, erhob sich noch schmutziger als zuvor und zog mit einer Reihe wüster Beschimpfungen die Ehrbarkeit von Schoppes Mutter in Zweifel.

Der Deutsche räusperte sich und sandte seinem Gegner einen ansehnlichen Batzen Spucke, verfehlte sein Ziel jedoch um Haaresbreite. Guyetus kratzte eine Handvoll Steine aus dem Schlamm und traf Schoppe dank geschickter Ballistik dreimal an der Schulter und einmal am Fuß – der teutsche Gelehrte listete derweil aus vollem Hals brüllend alle Misshandlungen auf, denen sich Guyetus' Mutter, Vater, Geschwister und Cousins gerne hingaben, worauf dieser sich selbst verfluchte, weil er Schoppe das Leben gerettet hatte, als Ali Ferrarese ihn den Fischen zum Fraß vorwerfen wollte. Nach mehreren vergeblichen Versuchen traf der Verehrungswürdige seinen einstigen Retter schließlich mit einem grässlichen Schleimbatzen auf die Nase, während der Pariser Philologe ihn just im selben Moment mit einer großen Kugel aus Schlamm am Hals erwischte, die an Schoppes Kragen klebenblieb.

Die beiden alten Gelehrten boten ein abstoßendes Schauspiel, das die ganze Gruppe traurig stimmte.

»Schluss damit, ich bitte Euch!«, flehte Hardouin betrübt, aus der Nachhut vorgerückt, um den Streit zu schlichten, doch mit geringem Erfolg. »Platon oder Aristoteles«, rief er darauf mit lauter Stimme, »du musst einräumen, lieber Freund Guyetus, dass Urban VIII. alles Recht auf seiner Seite hatte. Verglichen mit dem Papst war Galileo der eigentliche Dogmatiker.«

Der Satz fiel wie ein Felsbrocken auf das Haupt des alten französischen Philologen.

»*Tu quoque?*«, fragte er mit erstickter Stimme, Julius Cäsars letzte Worte zitierend, als dieser unter seinen Mördern auch seinen Sohn Brutus erblickte.

Guyetus hatte keine Kraft mehr, er fühlte sich von dem Freund verraten, den er auf diese unglückselige Reise mitgenommen hatte. Hardouin hielt dem vorwurfsvollen Blick seines betagten Mentors stand, bis dieser die Augen senkte. Der bretonische Buchhändler offenbarte Überzeugungen, die sich sehr von denen der Starken Geister unterschieden, zu denen Guyetus und Naudé gehörten. Und was am schlimmsten war, mit diesem Satz hatte Hardouin vor dem vermeintlichen Philos Ptetès anerkannt, dass der Siegeslorbeer Schoppe gebührte. Der Verehrungswürdige frohlockte: er hatte sich für seine Niederlage bei dem Tischgespräch über Campanella gerächt. Doch seine Genugtuung währte nicht lange.

»Warum sagt Ihr, dass die Kirche zwischen Aristotelikern und Platonikern aufgeteilt ist?«, fragtest du, Atto. »Aristoteles und Platon waren zwei heidnische Philosophen, die, wie mir scheint, vor Christus gelebt haben. Müsste die Kirche nicht der christlichen Philosophie folgen? Was haben die Theologen mit heidnischen Lehren zu tun? Ich hörte Euch diese Unterscheidung soeben machen und zuvor auch schon, als Ihr über Campanella diskutiertet, aber ich verstehe sie nicht.«

»Erkläre es, Verehrungswürdiger, wenn du den Mut dazu hast!« Guyetus schöpfte wieder Kraft. »Gesteh diesem unwissenden Jüngling, dass das Christentum eine miese Kopie aus älteren Philosophien und Religionen ist, eine Suppe auf der Basis von Platon, Pythagoras und anderen, gewürzt mit antiken Mysterienkulten von Zarathustra bis Mithras, der nicht zufällig auch nach drei Tagen aufersteht, mit den Kulten von Isis, Osiris und Horus, mit den dionysischen und eleusinischen Mysterien, mit den Kulten von Soter und Attis, und das Ganze vom heiligen Paulus um jeden Preis harmonisiert, stimmig und glaubwürdig gemacht!«

»Schweig, Ungläubiger! Die Analogien vorchristlicher Philosophien und Religionen zum Christentum zeigen nur den großen Wunsch, den die Welt nach dem Messias, dem Heiland hatte!«, erwiderte Schoppe hastig.

»Dann gib dem Jungen eine sinnvolle Antwort und rede nicht von ›Wünschen‹ oder Prophezeiungen. Erklär ihm zum Beispiel, warum eure Heilige Dreifaltigkeit sich schon lange vor Christus in der platonischen Trias von Sein, Leben und Denken findet, oder in der chaldäischen von Vater, Macht und Geist. Erklär ihm, dass die Kirchenväter ihre Ideen bei Platon gestohlen und mit Billigung der Konzile den Stempel der Kirche darauf gedrückt haben. Erkläre, warum die Kirchenväter bei Porphyrios von Alexandria – einem erbitterten Feind des Christentums! – die Geschichte vom Dreieinigen Gott abkupferten. Und leugne es nicht, sogar der heilige Augustinus gibt es zu.«

»Die Wege des Herrn sind unergründlich«, tönte der Verehrungswürdige von der Höhe seines Reittiers herab, doch sein hohles Pathos verriet, dass ihm passende Erwiderungen auf seinen atheistischen Kollegen fehlten.

»Du weißt nicht, was du sagen sollst?«, griff ihn Guyetus an. »Dann rede ich: Mit der Idee vom Dreieinigen Gott, die sie den griechischen Philosophen abgeguckt hatten, konnten die Kirchenväter sich vom Judentum lösen und das Christentum als autonome Religion erfinden. Und so haben sie Rom erobert!«

Der alte Deutsche schwieg.

»Darum, mein Junge«, schloss Guyetus an dich gewandt, »bedient sich Urban VIII. heute bei Platon.«

»Du bist ein Lügner«, fauchte Schoppe.

Auf seine letzten Worte folgte Schweigen. Dem Verehrungswürdigen schienen die Argumente zur Verteidigung des Wahren Glaubens tatsächlich ausgegangen zu sein. Während wir marschierten, beobachtete ich dich verstohlen. Du warst nachdenklich, dachtest du an Guyetus Anklagen? Wir alle hatten gelernt, dass Platon und Aristoteles vor Jesus lebten. Bedeutete das wirklich, dass unsere Religion eine von heidnischen Lehren inspirierte Erfindung war? Ich wusste genau, wie verworren, zaghaft und schwankend dein Glaube war. Woran sollte man denn auch glauben? An den Bischof unseres heimatlichen Pistoia, der sich deinen Vater ins Bett geholt hatte? An deinen Vater, der dich und deine Brüder kastrieren ließ? Dir zu sagen, dass du auf Gott vertrauen solltest, weil Gott Vater ist, war nicht besonders verlockend für dich, dachte ich sarkastisch.

Du wandtest dich wieder an Guyetus. »Ihr nanntet den Namen eines Porphyrios von Alexandria. War es das Alexandria in Ägypten?«

»Ja, er war dort Schüler von Plotin, dann blieb er, um dessen Philosophie zu lehren«, antwortete dir Guyetus. »Aus Alexandria stammte auch Hypatia, die die Philosophie des Porphyrios sehr verehrte, und Theon von Alexandria, der Vater Hypatias, ein Mathematiker und Astronom, wie seine Tochter. Sie wurde im Auftrag des Bischofs Kyrill von Alexandria von besessenen christlichen Mönchen geviertelt. Alexandria in Ägypten, das 331 vor Christus von Alexander dem Großen gegründet wurde, war das erste wissenschaftliche Zentrum mit der ersten Universität im modernen Sinne, wo man die Welt allein durch die menschliche Vernunft erklären wollte. Dort wirkten auch Philon von Alexandria und der große Mathematiker Euklid. In Alexandria erlebten die griechische Philosophie und Kultur eine neue Blütezeit, mein Junge.«

»Es ist also die Stadt der berühmten Bibliothek, des Museions, des Serapeions und des großen Leuchtturms – alles Bauwerke, von denen keine Spur geblieben ist«, stelltest du mit tonloser Stimme fest, an das Gespräch vor den Ruinen des Hauses von Nummern Drei erinnernd, als Naudé und Hardouin durch einen herabfallenden Balken verletzt worden waren.

Mit einer wohlerzogenen Entschuldigung verließest du Guyetus und setztest dich an die Spitze der Gruppe.

Da ich nun nicht mehr vom Wortwechsel der Gelehrten abgelenkt wurde, kehrte ich in Gedanken zu den vielen offenen Fragen zurück, die Bouchards Notiz aufwarf. Man hatte sie mir zur Aufbewahrung gegeben, um Konflikte zu vermeiden. In welcher Beziehung hatten Bouchard und Galileo gestanden? Wer war E.D.? Wer die zweimal erwähnte *impia cohors*? Wer jene, »denen man sich nicht widersetzen kann«? Wohin führten ihn seine sorgfältigen Recherchen und Untersuchungen der Lügen antiker Historiker? Gar zu etwas Verbotenem? Und warum hatten die drei Bärtigen sich gänzlich uninteressiert an dem Papier gezeigt, als ich es im Auftrag der Gruppe eingesteckt hatte? Doch da lenkte ein unvorhergesehenes Ereignis die Aufmerksamkeit aller auf sich.

DISKURS LXI

Darin eine Spur von Mustafa gefunden wird.

»Dieses Vieh! Idiot! Ich bring ihn um, diesen Esel«, brüllte der Statthalter von Ali Ferrarese wie ein wütender Löwe. Schoppe musste von seinem Buckel herunterrutschen.

Direkt vor uns hing der weiße Schal, den Mustafa um den Hals zu tragen pflegte, deutlich sichtbar an einem großen, einsam stehenden Baum. Ein unverkennbares Zeichen, dass er in dieser dicht bewachsenen Gegend vorbeigekommen war. Wie es schien, hatte Kemals Untergebener den Pfad verlassen, um sich dem Steilhang über dem Meer zu nähern.

»Was hat er angestellt? Ist er geflohen?«, fragtest du.

»Von wegen geflohen! Er treibt sich gerne herum, wie es ihm beliebt, ohne um Erlaubnis zu fragen. Ich habe ihn schon öfter verprügelt, aber er will nicht kapieren, dass er auch an Land meinem Befehl untersteht. Einmal habe ich ihn mit den Füßen am Hauptmast aufhängen lassen, zwei geschlagene Stunden hat er da gebaumelt, aber das hat ihm nicht gereicht. Jetzt ist das Maß voll, er braucht eine anständige Lektion ein für alle Mal.«

Kemal stürzte sich mit katzenhafter Wendigkeit ins Gebüsch, entschlossen, seinen Untergebenen aufzuspüren.

»He, warte mal!«, rief Guyetus aus. »Und wir? Gehen wir weiter oder warten wir?«

Zu spät: der Korsar war verschwunden. Die Gruppe blieb überrumpelt stehen, niemand wusste, was zu tun war.

»Wegen der Launen dieser beiden Piraten können wir nun wirklich nicht hier ausharren«, rief Naudé.

»Ich verstehe«, sagte ich widerstrebend und setzte zur Verfolgung Kemals an. »Wartet hier auf mich, wenn ich ihn nicht sofort finde, komme ich zurück.«

Ich ging los, ohne darauf zu achten, wo ich meine Füße hinsetzte. Mit den plumpen Bewegungen des Stadtmenschen, der ländliche Wanderungen nicht gewohnt ist, folgte ich einzig dem Befehl, Kemal rechtzeitig zu finden.

Einige Minuten lang ging ich mit gesenktem Kopf voran, Stacheln und Dornen jeder Art zerkratzten mir das Gesicht, doch gleich einem scharfen Beil versuchten meine Augen, sich einen Weg durch das dichte Gestrüpp zu bahnen. Dann blickte ich hinter mich: Die Gruppe hatte mich sicher bereits aus den Augen verloren, so gut versteckte mich die undurchdringliche Pflanzenwand.

»Kemal!«, rief ich ein paar Mal, ohne Antwort zu erhalten.

Dann geschah es. Mein Fuß traf auf das Nichts, und unter mir öffnete sich der Abgrund. Der Kamm des hohen Kliffs endete hier, ich würde hinabstürzen. Mit dem kalten Instinkt eines Reptils griff ich hinter mich, und unverhofft wurden meine Finger fündig: Verzweifelt klammerte ich mich an einen gesegneten Zweig, der sich wie von einem rettenden Engel dargeboten direkt an meiner Seite befand. Aufgrund des jäh abgebremsten Schritts machte ich eine kleine Pirouette und fand mich mit beiden Händen an den Ast geklammert wieder, den Rücken zum Abgrund, die Augen gen Himmel gewandt. Mein Atem stockte und mein Herz raste wie ein toll gewordenes Vögelchen, das den Käfig des Brustkorbs durchstoßen und herausschießen wollte. Ich schloss die Augen und versuchte mich wieder in die Gewalt zu bekommen. Nach einigen Sekunden fand ich den Mut, einen Blick in den Abgrund zu werfen, der mich fast verschlungen hätte.

Am Grund, tief unter dem Felsen, der mich hielt, brachen die Wellen sich an den Klippen, die vergebens meinen Aufprall erwartet hatten. Ich lebe noch, sagte ich mir, weil Gott es so wollte, und sandte ein stummes Dankgebet gen Himmel. Doch meine Erleichterung wurde sofort zunichte gemacht von dem, was sich am Fuß des hohen Kliffs unweit der Stelle zeigte, an der ich aufgeschlagen wäre, hätte ich nicht rechtzeitig den gesegneten Ast ergriffen.

Auf den von Wellen überspülten Felsen lag, die Beine im Wasser und die Brust auf den Steinen zerschellt, der leblose Körper des armen Mustafa.

Mir blieb fast keine Zeit, das entsetzliche Schauspiel zu gewahren, denn eine Stimme lenkte mich von dem Schrecken ab:

»Das wollte ich nicht, ich schwöre es.«

Wenige Schritte von mir entfernt, ebenfalls an einem Ast über dem Saum des Abgrunds hängend, blickte Kemal mich starr an. Seine Gesichtszüge waren zu einer archaischen Theatermaske verzerrt, etwas zwischen einem Ausdruck des Entsetzens und einem irren Lächeln.

DISKURS LXII

Darin der Tod Mustafas, der die unverwechselbaren Spuren eines tragischen Unglücks trägt, Trauer, jedoch auch Misstrauen erregt.

Kaum hatte ich alles erzählt, umhüllte der beißende Geruch des Todes unsere ganze Gruppe wie ein Gespenst. Alle waren bei der Nachricht erblasst, wollten das bittere Schicksal nicht akzeptieren. Nicht nur aus christlichem Mitleid für den armen zerlumpten Korsaren, nein, auch weil das Geschehen weiteres Unglück einzuleiten schien. Wenn das Fatum einen so erfahrenen Seemann treffen konnte, was mochte dann erst uns, vor allem den Alten der Gruppe, zustoßen? Waren wir nicht schon nur durch ein Wunder dem Überfall von Nummer Drei entronnen?

Der Statthalter von Ali wiederholte abermals, was ich, der ich am Unglücksort zugegen gewesen war, dem Rest der Gruppe sofort hatte erklären können: Mustafa, der auf der Klippe hockte, um vorüberfahrende Schiffe zu erspähen; das Zeichen (der Schal), das er absichtlich auf unserem Weg gelassen hatte, falls wir ihn suchen sollten; Kemal, der zornerfüllt nahte, der Streit, vielleicht eine Drohung, womöglich ein Stoß, auf jeden Fall ein Sturz, den keiner beabsichtigte, und der den Zwist auf tragische Weise besiegelte. Darauf führte ich Hardouin und Naudé an die Stelle, wo sie die Umstände zur Kenntnis nahmen, einschließlich einer Neuigkeit: Die Leiche wurde von den Wellen bewegt, sie hatten sich ihrer schon bemächtigt. Mustafa würde eine Seebestattung erhalten.

Hardouin und ich beteten an der Stelle ein Vaterunser, ein Ave Maria und ein Gloria und flehten den Allerhöchsten an, der Seele dieses armen Sünders gnädig zu sein. Unbeholfen imitierte uns Naudé, der aber nur irgendeinen lateinisierenden Unsinn vor sich hin brummte.

Als wir zur Gruppe zurückkehrten, fanden wir noch immer verstörte und leere Gesichter vor. Der Tod hatte uns einen Besuch abgestattet. Nachdem wir ihm beim Brand der Galeere, bei unserem Schiffbruch und schließlich bei dem Brand des Hauses von Nummer Drei glücklich entkommen waren, hielt er uns jetzt endlich in seinen schwarzen Klauen.

Am Boden sitzend, vergruben wir abwechselnd kummervoll das Gesicht in den Händen. Es war nicht leicht, sich mit dem plötzlichen Tod eines Menschen abzufinden, der, wiewohl ein schmutziger Korsar, doch mit uns am Tisch gesessen hatte, ein Schicksalsgefährte gewesen war.

Dann nahmen wir unsere Wanderung wieder auf, anscheinend in den Unglücksfall ergeben, doch leicht ließen sich tausenderlei stumme Fragen in den Blicken lesen, und man hörte, wie zwischen Naudé und Schoppe, Schoppe und Guyetus, Guyetus und Hardouin blitzschnell zweifelnde Bemerkungen ausgetauscht wurden, während Kemal weiter vorn ging. Nicht einmal mit einem groben, gequälten Stammeln hatte er seiner Scham darüber Ausdruck verleihen können, dass er das grausamste aller Schicksale heraufbeschworen hatte

»Na? Er hat es absichtlich getan, oder?«, flüsterte Schoppe, an meine Seite eilend.

»Das lässt sich unmöglich beweisen«, gab ich zu. »Ich selbst wäre fast hinuntergestürzt, wie ich Euch schon erzählte. Dort oben am Saum der Klippe genügt ein kleiner Stoß und man fällt. Ich kam an, als es schon geschehen war.«

»In welcher Stimmung war er, als er entdeckt wurde?«

»Er lachte, aber nur mit dem halben Gesicht.«

»Was soll das heißen?«

»Meiner Meinung nach war es das Lachen eines Menschen, der den Verstand verloren hat«, erklärte ich. »Die andere Gesichtshälfte sah schaurig aus. So einen Ausdruck habe ich in meinem ganzen Leben noch nie gesehen.«

Schoppe und ich sahen uns einen Augenblick an.

»Er hat ihn umgebracht«, schloss er finster.

DISKURS LXIII

Darin man mühsam, mit Stöcken bewaffnet, vorankommt.

Die dramatischen Ereignisse hatten allen vorerst die Lust genommen, weiter über Galileo zu sprechen. Nachdem wir eine längere Strecke bergauf zurückgelegt hatten, verließen wir die parallel zu den Klippen verlaufende Hauptstraße und drangen in den Wald ein, wo wir einen schmalen Serpentinenpfad einschlugen, der eigens angelegt schien, um nicht gesehen zu werden. Die drei Insulaner führten uns sicheren Schrittes durch die dichte Vegetation und über Unebenheiten des Bodens. Auch wenn sich zwischen Blättern und Zweigen ein Spalt auftat, hatte man doch nie Gelegenheit, den unbekannten Teil der Insel oder gar die Stadt zu erblicken.

»Verflixt!«, fluchte Naudé, ungeduldig den Hals über Büsche und Sträucher reckend. »Diese Insel scheint so angelegt, dass man nie sieht, was sich auf der anderen Hälfte befindet.«

»Du willst sagen, ob die andere Hälfte überhaupt existiert«, verbesserte Schoppe ihn sarkastisch.

»Es gibt keine halben Inseln«, bemerkte Naudé.

»Halbe Wahrheiten schon«, sagte Schoppe mit einem Blick auf Kemal, der ihn wieder auf dem Rücken trug, und es war nicht klar, ob er sich auf den Korsar und Mustafas seltsamen Tod bezog oder auf Naudé.

»Ich verstehe, was du meinst, Caspar«, sagte Naudé und wies mit einer Kopfbewegung auf die drei Bärtigen. Er hatte Schoppes Anspielung missverstanden oder täuschte ein Missverständnis vor.

Unsere drei bärtigen Koryphäen schritten mühelos voran, jeder stützte sich auf einen im Unterholz gefundenen Stock.

Sofort suchten wir es ihnen nachzutun. Jeder griff sich einen kräftigen Ast vom Boden, sogar Schoppe erhielt einen, obwohl er bequem auf Kemals Rücken hockte. Wie gewohnt Verwünschungen und Nörgeleien brummend, ließ der deutsche Herr seinen Stock durch die Luft sausen, wobei er den armen Kemal zu treffen drohte, der mit dem Kopf nach rechts und links ausweichen musste. Doch der Korsar klagte nicht, und als ich verstohlen sein Gesicht betrachtete, sah ich, dass seine Züge versteinert waren und keinerlei Spuren von Reue oder Angst zeigten. Es schien nicht so, als hätte er soeben seinen alten Räuberkumpan getötet, als läge ihm ein Toter auf dem Gewissen. Auch die anderen musterten ihn und hatten sicherlich alle denselben Gedanken: Wie unergründlich kann die raue Piratennatur sein!

Der Weg wurde beschwerlich. Weit davon entfernt, in dem schattigen Wald zu trocknen, war der Boden so rutschig wie eine Eisfläche. Trotz unserer Wanderstöcke stürzten wir einer nach dem anderen und beschmutzten uns bis zu den Hüften mit eiskaltem Schlamm. Selbst Kemal musste schließlich Schoppe absetzen.

»Dauert es noch lange, bis wir aus diesem verfluchten Sumpf herauskommen und zu Eurem Haus gelangen?«, fragte Naudé die drei Bärtigen in ungewöhnlich zornigem Ton.

»Wir sind fast da«, verkündete einer, »die Signori werden nicht enttäuscht sein.«

Wie ein mit Fühlern bewehrtes Insekt oder eine Katze mit empfindlichen Barthaaren spürte ich die hoffnungsvolle Erwartung, die diese Worte auslösten. Nach den Fragmenten, die wir hier und dort auf der Insel gefunden hatten, schien jetzt die Stunde des großen Beutezugs gekommen: Im Haus der drei sonderbaren Individuen, ob sich unter ihnen nun der slawonische Mönch befand oder nicht, wartete vielleicht der Schatz von Philos Ptetès auf uns.

»Oh, welch ein Schmerz! Helft mir!«

Der Hilferuf war aus Naudés Mund gekommen. Mazarins Bibliothekar hatte einen falschen Schritt getan, war gestürzt und rieb sich nun den Knöchel.

Kemal, Barbello und Malagigi kamen ihm sofort zu Hilfe. Der Unglückliche hatte sich das Fußgelenk verstaucht.

»Oh, das tut so weh! Der Knöchel ist gebrochen, ich spüre es!«, jammerte Naudé.

»Soll er sich den Fuß selbst amputieren! In Latein und Griechisch ist er eine Katastrophe, aber in Medizin ist er ja fast promoviert, haha!«, lachte Schoppe, vorübergehend auf eigenen Beinen stehend.

Die erzwungene Pause war erfüllt von Naudés lauten Schmerzensschreien. Unterstützt von Barbello und Pasqualini, die den erregten Bibliothekar festzuhalten versuchten, betasteten Kemals grobe Pranken ihn hier und da, um die verletzte Stelle zu finden.

»Ich flehe Euch an, nicht dort! Das schmerzt unerträglich!«, heulte der Unglückliche, der nicht stillhalten und ein würdevolles Benehmen wahren konnte. »Ihr wollt mir doch nicht etwa einen Fuß amputieren?«

»Mit der Amputation könnt Ihr auch zwischen den Beinen beginnen. Vertrocknete Äste werden am besten sofort herausgerissen«, brüllte Caspar Schoppe von weitem, entzückt über die Leiden seines Rivalen.

»Wenn du an der Reihe bist«, schlug Guyetus vor, »amputieren wir das gespaltene Stück Fleisch, das du im Mund hast. Diese Operation wird allen guttun.«

»Was kann man schon von einem erwarten, der aus purem Eigennutz katholisch geworden ist! Au, das reicht, ich bitte Euch!« Von Kemals Untersuchung seines Fußes kaum beeinträchtigt, schlug der Bibliothekar gegen Schoppe zurück.

»Ach, diese Landratten!«, stöhnte Kemal. »Alle zimperlich und feige. Mit eigenen Augen sah ich, wie Ali Rais sich die Nägel aus dem Fleisch zog, die eine Arkebuse ihm in beide Beine geschossen hatte. Er zog sie mit den Fingern heraus, ohne ein Wort. Und du jammerst wegen eines verstauchten Knöchels?«

»Gabriel, mein Lieber, ich habe im zarten Alter von dreiundzwanzig Jahren über einen Monat lang überlegt, bevor ich den großen Schritt gemacht und mich zum einzigen Glauben bekehrt habe, dem der heiligen römischen Kirche, und ich muss wahrhaftig niemandem beweisen, dass es eine selbstlose Entscheidung war«, erklärte der alte Deutsche, nun schon weniger amüsiert.

»Ach komm schon, alle wissen, dass du danach gegiert hast, ein gedungener Spion zu werden, und nur dank deiner Konversion hat Kaiser Ferdinand von Österreich dich endlich angestellt«, erklärte Guyetus.

»Ich vergebe dir, weil du als guter Philologe keine Ahnung von Politik hast«, erwiderte Schoppe.

»Auch du hast die klassische Antike studiert, Caspar.«

»Ja, aber Caspar ist kein Philologe«, verbesserte ihn Naudé. »Sofort nachdem er katholisch wurde, hat er aufgehört, sich mit Texten des Altertums zu beschäftigten, denn bis dahin hatte er nur Ausgaben und Kommentare lutherischer oder calvinistischer Autoren benutzt, und nach seinem Religionswechsel war ihm das peinlich, hihi, au, oh!«, schloss er mit einer Reihe von Lachern und Schmerzensschreien, die Kemals Hantieren an seinem Fuß ihm entlockten.

»Im Übrigen munkelte man immer, dass er sein erstes Buch bei anderen abgeschrieben habe«, setzte Guyetus grinsend hinzu. »Es waren zwei Bücher mit kritischen Anmerkungen zu Symmachus, Apuleius und Petronius, über die *Priapea*, Properz, Lukrez und Terentius, nicht wahr? Voll mit Ausdrücken der Bewunderung über sich selbst, natürlich: Caspar ist nur dann wirklich glücklich, wenn er sich im Spiegel betrachten kann oder Bücher liest, die er selbst geschrieben hat, haha!«

»Und nur ich soll mit gespaltener Zunge reden, was?«, knurrte Schoppe.

»Aber deine ist unschlagbar«, stichelte Guyetus. »Erinnerst du dich an Gifanius, diesen tüchtigen Professor aus Ingolstadt, der dich dank einer Empfehlung von Freunden in seinem Haus aufnahm? In der Bibliothek von Gifanius hast du heimlich eine Handschrift mit Dutzenden Bemerkungen über die Sprache des Symmachus kopiert und sie dann unter deinem Namen veröffentlicht. Als Gifanius protestierte, hast du ihn mit Beleidigungen überhäuft und gesagt, die Handschrift stamme selbst aus einem Diebstahl.«

»Ich habe kein einziges Buch von Gifanius plagiiert! Die Handschrift, die ich in seiner Bibliothek gelesen habe, hatte er dem Kardinal Bessarione gestohlen, also hätte er besser daran getan, mich nicht mit Lügen und Übertreibungen anzugreifen! Das ist die reine Wahrheit!« Die drei Bärtigen schauten dem Barbaresken bei seiner ärztlichen Untersuchung zu, rieten zum Betasten dieses oder jenes Knöchelchens oder zum Gebrauch bestimmter Heilkräuter und verfolgten unterdessen interessiert den Wortwechsel.

Es wurde beschlossen, allen eine Rast zu gönnen, vor allem dem Kranken, der offenbar keinen Knochenbruch erlitten hatte. Wir verstreuten uns im Gelände, Schoppe setzte sich erschöpft auf einen Baumstumpf.

Nach der Konversion zum Katholizismus, erklärte Naudé den drei Bärtigen mit gedämpfter Stimme, sei Schoppe wie besessen gewesen und habe jede Gelegenheit genutzt, um den Feinden der römischen Kirche den Krieg zu erklären.

»Caspar hat immer nur einen Wunsch gehabt: im Vordergrund zu stehen. Und das ist ihm gelungen! Er hat persönlich mit Päpsten, Kaisern und Kardinälen verhandelt und sie mit Ratschlägen, Warnungen und Berichten überhäuft, vor allem dann, wenn keiner ihn darum gebeten hatte. In seinen Büchern hat er viele Leute verleumdet und beleidigt. Wenn seine Opfer nach Padua kommen, fragen sie nach seiner Adresse.«

»Mit dieser billigen Technik hat er sogar Glück gehabt!«, ergänzte Guyetus ebenfalls mit leiser Stimme.

»Papst Paul v., Gott hab ihn selig, gab Schoppe den Auftrag, die politische und religiöse Situation in Deutschland zu beobachten und, aber das ist nicht offiziell, in seinem Namen Drohungen auszusprechen. Er hat Paolo Sarpi, dem jungen venezianischen Priester, dessen Ideen Rom nicht gerne hörte, gedroht, wenn er so weitermache, werde ein Unglück geschehen. Einen Monat später wurde Sarpi nachts ins Gesicht und in den Hals gestochen und er wäre fast gestorben.«

»Klatschweib, Päderast! Ich habe alles gehört!« Schoppe stürzte sich wie ein wütender Geier auf die Gruppe. »Die Klatschgeschichten über mich und Paolo Sarpi hängen mir zum Hals raus, aber du musst wissen, dass ich, nachdem ich mit ihm gesprochen hatte, von den venezianischen Behörden ohne ersichtlichen Grund verhaftet wurde. Wer war hier der Verfolgte, er oder ich?«

»Bist du müde?«, hörte ich dich den falschen Barbello fragen.

Ich musterte Barbara Strozzi. Wie irreal war dieses Dreieck zwischen mir, dir und dieser Frau! Deinen Körper hatte sie ausgiebig, den des Korsaren rasch und meinen ohne Zustimmung genossen. War sie eine leidenschaftliche Frau? Nein, sagte ich mir, eher das Gegenteil. Sie verfügte über ihren Körper wie über Messer und Gabel und war sicherlich zu unaussprechlichen Taten fähig. Sie konnte ihre Streifzüge sanfter als eine Mutter und heimlicher als eine Nonne fortsetzen. Die Laster der Huren sind Tugenden, wie Pietro Aretino sagte. Doch in welchem Dienst Barbara Strozzis Tugend stand, war mir noch nicht klar.

Ungelöste Fragen häuften sich in meinem Geist. Wer wurde bei Hof erwartet: Barbello oder die Strozzi? Oder beide? Letzteres war ohne die Gefahr der Entdeckung kaum zu bewerkstelligen. Wenn Mazarin Barbello erwartete, wer hatte ihm den Namen eines völlig unbekannten, weil nicht existenten Kastraten genannt? Wenn die Strozzi in Paris erwartet wurde, hätte sie sich früher oder später von Barbello befreien und plötzlich mit ihrer wahren Identität auftreten müssen. Die Insel war der am wenigsten geeignete Ort für einen solchen Szenenwechsel, es sei denn, die Strozzi wollte uns weismachen, sie sei aus dem Schaum des Meeres geboren wie die Venus ...

Es gab eine dritte, kompliziertere Möglichkeit, nämlich, dass Seine Eminenz Barbello erwartete, aber genau wusste, dass sich hinter seiner Verkleidung die venezianische Sängerin verbarg. In dem Fall konnte die Musik in der Beziehung zwischen der Strozzi und Mazarin nur eine unbedeutende Rolle spielen. Man reist nicht unter falschem Namen, wenn keine Diskretion geboten ist, doch ich fragte mich, welches Geheimnis hinter einem Engagement am französischen Hof stecken konnte. Ich musste Nachforschungen über diese Frau anstellen. Doch wo beginnen?

»Ach was, verfolgt!«, gab Naudé derweil an Schoppe zurück. »Du hast es nicht anders verdient mit deinen Hasstiraden gegen Lutheraner und Calvinisten und deinem Eifer, jede Ketzerei mit einem Religionskrieg im Keim zu ersticken. Dann ist der ersehnte Krieg wirklich gekommen, ein Jahr, nachdem du ihn in Mailand, wohin du fliehen musstest, gefordert hast. Ein Religionskrieg wie er im Buche steht, der noch immer andauert und bald dreißig Jahre alt wird. Du hast erkannt, dass du zu weit gegangen warst und bist Deutschland zwölf Jahre ferngeblieben, immer auf der Suche nach irgendeinem Fürsten, der dich aushielt. Schade nur, dass du so vielen von diesen Herren deine Feder geliehen hast, dass dich am Ende niemand mehr ernst nehmen konnte!«

»Dass ich den Krieg heraufbeschworen haben soll, ist die Verleumdung, die mich am meisten entsetzt«, sagte der Verehrungswürdige, »wenn sie nicht schlichtweg lächerlich wäre. Ich habe in einigen meiner Bücher lediglich daran erinnert, dass die Bibel in Sachen Ketzerei eine klare Sprache spricht …«

»Darin hat unser Caspar völlig recht«, unterbrach ihn Guyetus, »er hat nichts anderes getan, als das Alte Testament zu zitieren. Salomon sagt, man müsse den Ketzern den Rücken mit der Rute streicheln und ihnen hundert Wunden zufügen, sie quälen, schinden, zu Tode erschrecken. Schimpf und Schande, Anklagen, die Todesstrafe – nichts darf ihnen erspart bleiben! Moses hasste die Abtrünnigen so sehr, dass er zu den Söhnen Levis sagte: Jeder von euch greife zum Schwert und töte den Bruder, den Freund und den Nachbarn. Elias, ein sanftmütiger, barmherziger Mann, ließ achthundertfünfzig Baalspriester abschlachten. David, Inbegriff der Milde, den es anwiderte, mit Verschwörern zu tun zu haben und ihr Blut vergießen zu müssen, rief eines Tages: ›Gott, ich habe die Schönheit deines Hauses und den Ort deiner Herrlichkeit geliebt. Herr, ich habe die Versammlung der Sünder gehasst und werde nicht bei den Frevlern Platz nehmen. Ich habe hundert gehasst, die ihr Amt missbrauchten, und sie alle getötet.‹ Wenn dies die Bibel des Gottes Israels ist, was erwarten wir dann von dem, der an sie glaubt?«

»Wenn du ein aufrechter Christ wärst, Caspar, hättest du deine Feinde lieben müssen, wie das Evangelium predigt«, tönte Naudé. »Stattdessen hast du, um dir zum aberhundertsten Mal das traurigste Beispiel von allen zu nennen, den großen Scaliger so beleidigt und verächtlich gemacht, dass er vor Kummer gestorben ist. Und das nur, um dir Ruhm zu verschaffen.«

»Und ich sage dir zum aberhundertsten Mal, dass es keine Verleumdungen waren, mein Lieber. Joseph Justus Scaliger war ein großer Betrüger. Er gab sich als Nachfahre von Cangrande della Scala aus, in Wirklichkeit aber lautete sein Nachname Bordone. Und was den Ruhm betrifft, muss ich dir ebenfalls zum aberhundertsten Mal sagen, dass du mich nicht mit diesem Räuber, deinem Freund Galileo, verwechseln darfst: Der hat wirklich alles getan, um die Rolle des Opfers zu spielen und endlich seine Büchlein unter die Leute zu bringen, nachdem sie jahrzehntelang nur von Mäusen zum Nestbau geschätzt wurden.«

»Was ist, gehen wir weiter oder wollt ihr hier über eurem Salbadern verfaulen?«

DISKURS LXIV

Darin sich ein neuer Streit entspinnt, der unvorhergesehene Folgen hat.

Die Frage, unangenehm im Ton wie im Inhalt, war von Kemal gekommen. Der Statthalter von Ali Ferrarese drängte zum Weitermarsch.

»Wir verlieren keine Zeit mit Salbadern, sondern mit gepflegten Gesprächen unter Ehrenmännern. Natürlich ist das nichts für ungehobelte Menschen, die ihnen nicht folgen können«, antwortete ich recht schroff.

Die Anspielung auf seine Unbildung schien dem Korsar gar nicht zu behagen. »Ich kann viele Dinge verstehen, wenn sie mich interessieren. Aber ich muss in Gesellschaft von Männern sein, nicht von Kapaunen«, entgegnete er, ausgerechnet dich verhöhnend, junger Atto, der du soeben hinzugekommen warst und nichts von dem Wortwechsel mitbekommen hattest.

»Was fällt dir ein? Lass Signorino Atto in Ruhe«, rief ich, der ich wohl oder übel verpflichtet war, einen jungen Schützling zu verteidigen. »Und wasch dir den Mund, bevor du seinen Namen aussprichst.«

»Das werde ich tun, wenn er sich den Arsch wäscht, bevor er etwas anderes hineinlässt«, sagte er, während er mir starr in die Augen blickte und auf meine Reaktion wartete.

»Bastard. Hungerleider. Und Mörder.«

Darauf versetzte mir der Korsar eine gewaltige Ohrfeige, die mich von Kopf bis Fuß erschütterte. Vor Überraschung konnte ich weder mit dem Mund noch mit den Händen antworten.

»Danke dem Himmel, dass du nicht vor Ali Rais stehst, der dich schon in eine Kanone gestopft und die Lunte angezündet hätte.«

Zufrieden mit dem Ergebnis, wandte Kemal sich zu den anderen um. Alle sahen uns bestürzt an.

Ich lief ihm hinterher, und als ich nah genug war, trat ich ihm kräftig zwischen die Hinterbacken.

Der Barbareske musste meinen Zug geahnt haben, denn kaum hatte er den Tritt kassiert, drehte er sich ruckartig um, packte mich an einem Ohr und warf mich zu Boden, wo er mich mit einem Hagel Faustschläge in Magen und Gesicht traktierte.

»Aufhören!«

Der heisere Schrei kam von Schoppe, doch auch die anderen liefen sofort herbei, um sich der Wut des Korsaren entgegenzustemmen. Die folgenden Momente waren so verworren, dass du, lieber Atto, sie gewiss besser in Erinnerung hast als ich. Nur dank des Einsatzes der gesamten Truppe konnten wir getrennt werden. Naudé und Hardouin stürzten sich, wenn ich mich recht erinnere, blindlings ins Getümmel, um mich vor meinem Peiniger zu retten.

Als man mich endlich fortschleifte, schmerzten meine Lippen, Schläfen und der Hinterkopf stark, und ich malte mir die geschwollene Masse aus, in die Kemals Wut mein Gesicht verwandelt hatte.

Du und Barbara hieltet meinen Kopf und legtet regenfeuchte Blätter auf die verwundeten Stellen, um die Schwellung zu lindern. Mühsam wanderten meine Augen an dem halb von der Perücke verdeckten Gesicht und dann am Körper deiner Geliebten entlang: der Hals, die Schultern, die verschnürten Brüste. Dann folgte mein Blick wie verzaubert einem anderen Weg, am Trageriemen des Leinensacks entlang, welcher der Frau über der Schulter baumelte und von ihren Kleidern halb verborgen war. Der Sack, von dem Barbello sich nie trennte! Was mochte er enthalten?

Die venezianische Sängerin unterbrach meine Gedanken, als sie sich erhob. Ich blieb mit dir allein. Ringsumher hörte ich das Stimmengewirr der anderen, einen Wortwechsel zwischen Kemal und Hardouin, dann übertönten sich die Stimmen der Strozzi und Malagigis, dann hörte ich wieder Kemal, der von Guyetus angegriffen wurde. Ich richtete mich auf und erblickte die in heftige Streitereien vertiefte Schar. Schimpfworte flogen hin und her, Stöße und Drohungen, und vielleicht hätte sich das Handgemenge noch lange hingezogen, wenn du nicht plötzlich aufgestanden und auf eine Stelle im Wald zugelaufen wärst.

Du liefst deinem falschen Barbello entgegen, der außer Atem zu uns zurückgekehrt war, schon von weitem mit den Armen winkte und versuchte, unsere Aufmerksamkeit zu erregen. »Was zum Teufel ist da los?«, fluchte Naudé, der noch mit dem Statthalter beschäftigt war und sich jetzt umdrehte.

»Monsire Naudé, Signor Secretarius, Freunde ...«, sagte die Sängerin atemlos, »die drei Bauern ...«

»Ja, und?«, bedrängtest du sie.

»Verschwunden. Sie haben uns verlassen.«

DISKURS LXV

Darin jemand von Mutlosigkeit überwältigt wird, man jedoch trotzdem den Marsch fortsetzt.

Auch du und ich nahmen an der Suche nach den dreien teil: In kleinen Gruppen durchkämmten wir die Umgebung. Alles vergebens, von den Bärtigen gab es keine Spur. Wir begannen zu rufen, erst bittend, dann im Befehlston, doch auch das war zwecklos. Kemal stieß einige entsetzliche Drohungen aus, die im Nichts verhallten. Dreimal schritt Malagigi verbissen den gesamten Umkreis unseres Aufenthaltsortes ab, ohne Ergebnis. Schließlich fanden wir uns alle am Ausgangspunkt wieder. Nur du fehltest, da du die Suche im dichten Unterholz fortsetzen wolltest, unseren Blicken entzogen.

»Sie waren hier, einen Schritt von uns entfernt!«, rief Hardouin immer wieder verzweifelt, »und jetzt haben sie sich in Luft aufgelöst. Aber wir müssen sie finden! Die haben den Petronius, verflucht!«

Das Verschwinden der drei hatte sich in wenigen Minuten abgespielt. Dieses Mal konnte man Kemal, den Barbaresken, nicht verdächtigen oder beschuldigen. Doch das alles war geschehen, während noch die Erinnerung an Mustafas Tod auf uns lastete.

»Ich hab's ja gewusst, die drei haben uns hereingelegt. Sie haben so getan, als wollten sie uns zur Piana dei Morti bringen, um uns irgendwann abzuhängen«, knurrte Schoppe zornig.

»Hör doch auf, Caspar, was faselst du da für einen Unfug?«, sagte Naudé. »Das ergibt doch keinen Sinn! Sie hätten sich ja weigern können, von uns begleitet zu werden, und versprechen können, uns morgen an der Torre Vecchia zu treffen, um sich dann nie wieder blicken zu lassen.«

»Ich fasele Unfug? Du bist derjenige, der nichts kapiert!«, rief Schoppe, packte den Bibliothekar an den Schultern und schüttelte ihn. »Die drei haben uns den Petronius entführt! Und was machen wir jetzt hier auf dieser Klippe mitten im Meer? Wir haben uns das einzige Stück aus den Papieren von Philos Ptetès vor der Nase wegschnappen lassen wie Idioten!«

»Lass mich los!«, brüllte Naudé nur und befreite sich mit einem heftigen Stoß von Schoppes Griff, worauf dieser ein paar Schritte rückwärts taumelte. »Glaubst du, ich weiß nicht, in welcher Situation wir uns befinden? Meine einzige Erleichterung wäre, dich nicht mehr krächzen zu hören, und ich bitte dich herzlich, deinem Freund Gabriel diesen Wunsch zu erfüllen.«

»Hört jetzt auf mit der Streiterei, wir haben Besseres zu tun!«, versuchte Hardouin zu schlichten, vergeblich von Pasqualini unterstützt.

Die gesamte Truppe der Gelehrten war vom Verschwinden der drei Bärtigen und der kostbaren Handschrift mit dem Gastmahl des Trimalchio wie betäubt, doch statt dass sie in Trübsal versanken, entlud ihre Enttäuschung sich in Wut und Gezänk.

»Das reicht jetzt! Diese Insel, diese Sirene, ist unser Grab! *Soll sich Gorgona rühren, / So daß in ihr jedermann ersäufe*!« Alle anderen übertönend, paraphrasierte Guyetus die bereits zitierten Verse der *Commedia*. Sein Wutausbruch ließ die ganze Gruppe erstarren. »Dies ist nicht einmal eine Insel, es ist das Schloss des Zauberers Atlante! Alles verschwindet und taucht ohne Sinn und Verstand wieder auf! Erst haben wir die Wahnsinnsreden von Nummer Drei geschluckt, dann den Unsinn dieser drei. Immer die Drei und immer Irre, die lügen! Ich werde verrückt, wir werden alle bald verrückt wie Orlando, der den Verstand verlor und ihn auf den Mond fliegen sah! Aber wir haben keinen Hippogryphen, der für uns zum Nachtgestirn fliegt, um unseren Verstand zurückzuholen, und erst recht nicht den *Satyricon*, den die drei Idioten mitgenommen haben!«

Unerwartet waren es nicht der Sanguiniker Schoppe oder der redegewandte Naudé, die in höchste Erregung gerieten, sondern der gefestigte Guyetus. Die deprimierende Atmosphäre auf der Insel und die unglücklichen Ereignisse hatten unbemerkt an ihm genagt wie

Holzwürmer, die unhörbar einen Stamm zerfressen, bis er knirscht und schließlich bricht.

»Alles ist hier durch Magie und Wahn verzerrt! Die Zaubereien des Magiers Atlante verwirrten sogar den tapferen Roland, der gekommen war, die vom Riesen entführte Angelica zu retten. Als er in den Zimmern eine Frauenstimme hörte, meinte Roland, es sei die seiner Angelica, aber Ruggiero hielt sie für die Stimme seiner Bradamante. Denn in dem Palast sieht und hört jeder, was er ersehnt, weil der Zauberer Atlante ihn so gebaut hat. Und ist es nicht auch auf Gorgona so, wo wir einen slawonischen Mönch verfolgen, den keiner von uns vieren je gesehen hat? Wir sind Sklaven des Slawonen geworden, hahahaha!« Er endete mit einem hysterischen Lachen.

»Beruhige dich, Guyetus, es wird uns schon noch gelingen ...«, versuchte Hardouin ihn zu besänftigen.

Guyetus schlug ihm ins Gesicht, drehte sich auf dem Absatz um und stürzte sich tollkühn auf Kemal. Er packte ihn am Kragen und zog ihn zu sich heran.

»Es war Schicksal, dass wir in diesem Gefängnis für Wahnsinnige eingeschlossen wurden, wie es Orlando und Ruggiero widerfuhr! Korsar, antworte diesem Nazarener! Kennst du Ariost? Wie heißt es im *Rasenden Roland? Denen, die im Schlosse irrten / ihnen allen dieses wähnte / was jeder am meisten ersehnte*, hahaha!« Guyetus lachte aus vollem Halse, verdrehte die Augen zum Himmel und lockerte erst dann seinen Griff um den Hals des verblüfften Barbaresken. »Wir werden alle krepieren, versteht Ihr?«, brüllte er und starrte uns mit trüben Blicken aus dem Dunkel seines cholerischen Raptus an. Vom Mund rann ihm ein kleiner Speichelfaden herab, der aus ihm eine tollwütige Schimäre aus Mensch und Tier machte.

Da trat Kemal auf ihn zu und rammte ihm ohne Eile das Knie in den Magen. Guyetus stürzte zu Boden.

»Seine Zunge ist äußerst gewandt, aber schwach seine Rechte im Kampf‹, dichtete Vergil.« Erbarmungslos verspottete Schoppe den armen Guyetus.

»Schluss jetzt!«, schrie ich und versuchte, den ungleichen Kampf zwischen dem Korsar und dem betagten Pariser Philologen zu beenden, indem ich dazwischenging, doch das war nicht mehr nötig. Guyetus lag friedlich am Boden und brummte mit rollenden Augen weitere Satzfetzen aus dem *Rasenden Roland*: »*Dieselbe Stimm' und nämliche Person ist's / Die für Rolando war Angelica: Für Ruggiero jetzt die Dame von Dordona ist's.«*

Besorgt knieten wir um den armen Guyetus. Nur Kemal war nicht übermäßig beeindruckt.

»Ein ordentlicher Tritt in den Magen hilft gegen Aufregung vor der Schlacht. Man denkt nicht mehr an die Angst. Mit diesem einfachen Trick soll der große Kair Eddin, der berühmte Barbarossa, mehr als eine Meuterei im Keim erstickt haben. Matrosen rebellieren immer aus Angst, nicht aus Ungehorsam. Ihr werdet sehen, dass es eurem neunmalklugen Freund gleich viel besser geht.«

Doch unsere Aufmerksamkeit wurde von deiner geradezu triumphalen Rückkehr abgelenkt:

»Gefunden! Ich habe das Haus der drei Bärtigen gefunden!«, riefst du, aus dem dichten Gebüsch auftauchend. »Und ich habe hier ganz in der Nähe etwas Sonderbares entdeckt!«

In der Hand hieltest du ein etwas ramponiertes und mit Blättern bedecktes Fernrohr.

DISKURS LXVI

Darin die Piana dei Morti weitere Überraschungen bereithält.

Vielleicht hattest du uns aus jugendlichem Sinn für Humor nicht die ganze Wahrheit über das Haus der drei Bärtigen gesagt. Denn es handelte sich nicht um eine gewöhnliche Bleibe, sondern um das Haus des Friedhofswärters, und der Friedhof lag direkt dahinter.

»Gütiger Himmel«, sagte Schoppe und bekreuzigte sich. »Das ist nicht gerade eine schöne Landschaft.«

Der Friedhof war in Wirklichkeit wenig mehr als eine Erinnerung, da man die Grabsteine, Grabplatten und Stelen kaum noch erkennen konnte. Die Zeit hatte sie halb im Erdreich versinken lassen, unentzifferbar gemacht und beschädigt oder ganz zum Verschwinden gebracht. Höchstens zwanzig Grabstätten waren noch sichtbar, wie zufällig auf dem kahlen, trostlosen Gelände des Friedhofs verteilt. Es wurde umgrenzt von einem alten Mäuerchen voller Risse, der Eingang war ein aus den Angeln gerissenes, verrostetes Tor.

Das Heim der drei auf geheimnisvolle Weise vor unsrer Nase verschwundenen Bärtigen war kein armseliges Häuschen wie das von Nummer Drei, sondern ein großes ländliches Anwesen mit zwei Stockwerken. Wir nutzten das letzte Tageslicht, um das Haus von oben bis unten nach den Papieren des Philos Ptetès zu durchsuchen. Von dem slawonischen Mönch gab es natürlich keine Spur.

Im Erdgeschoss fanden wir einen Stall, einen Heuschober, eine Küche, einen Speiseraum und einen Saal. Eine Außentreppe führte hinauf zum ersten Stock, wo man durch eine Galerie an den Längsseiten des Hauses entlanggehen und in die Schlafzimmer gelangen konnte. Auch eine Innentreppe verband die beiden Stockwerke. Das Ganze war von großzügigen Ausmaßen, obwohl das Gebäude keinen Blick aufs Meer bot, ja fast in der Natur zu ertrinken schien, die dank langer Vernachlässigung auf allen Seiten ungehindert wucherte. Der Putz blätterte ab, die Mauersteine lagen bloß. Der Stall schien seit unvordenklichen Zeiten leer, ebenso der Heuschober. Auf dem Holzstapel lagerte uraltes Holz, der Zugangsweg war unter Staub und Kletterpflanzen fast verschwunden.

Unsere Suche hatte nicht den geringsten Erfolg: Nicht einmal im Keller fanden wir den ersehnten Schatz.

Um das Haus herum lagen die Überreste besserer Zeiten: Käfige und Zwinger für Tiere, doch ohne Lebenszeichen, eingestürzte Werkzeugschuppen, verwilderte Salatbeete, Gärten mit vertrockneten Heilpflanzen, alte Bienenstöcke, die wer weiß wie lange nicht mehr bevölkert waren. Nur der Brunnen gab noch ein paar Tropfen her. Es war offensichtlich, dass die drei Bärtigen nur dank der Lebensmittel überleben konnten, die die Schiffe des Großherzogs gelegentlich aus Livorno brachten.

»Dies war das Haus des Friedhofswärters. Der Stall und der Heuschober müssen ursprünglich die Aufbahrungshalle gewesen sein, aber wer sich hier niedergelassen hat, nachdem der Friedhof nicht mehr benutzt wurde, hat sie für seine eigenen Zwecke umgewidmet«, sagte Naudé.

Wir blickten einander traurig und hilflos an. Bis vor kurzem hatten wir das *Satyricon* von Petronius in der Hand gehabt, waren womöglich sogar an der Seite von Philos Ptetès marschiert, und unsere dreisten Philologen sahen sich schon mit Lorbeerkranz auf den Frontispizen zukünftiger kanonischer Werke porträtiert. Jetzt hatten wir nichts mehr außer dem winzigen Fragment des *Satyricon* aus der Torre Vecchia, das uns jetzt, verglichen mit dem Schatz, den wir schon fast in unserem Besitz gewähnt hatten, wie eine Nichtigkeit erschien. Und wir wussten nicht, warum der slawonische Mönch und seine Freunde uns verlassen hatten. Guyetus saß auf der Eingangstreppe und wollte keine Gesellschaft. Sein Blick war leer, seine Züge gequält.

In der Küche gab es jüngere Spuren menschlicher Betätigung. Die Vorräte (Mehl, Korn, Wein, Würste) waren leider auf ein Minimum geschrumpft, das Schiff aus Livorno schien seit langem nicht mehr vorbeigekommen zu sein. Wir überließen die wenigen Vorräte den beiden Alten, Schoppe und Guyetus, die sie freilich mit recht jugendlicher Verve verschlangen.

»Das ist alles unglaublich«, bemerkte Pasqualini. »Es ergibt keinerlei Sinn, dass die drei uns ungehindert ihr Haus betreten lassen.«

»Das größere Problem ist, dass wir fast ohne Nahrung sind. Wir müssen Abhilfe schaffen«, sagte Naudé.

»Und wie?«

»Ich gehe auf Jagd.«

»Im Dunkeln?«, fragten wir staunend.

»Ich weiß natürlich, dass Vögel um diese Zeit schlafen, die Nachtvögel jedoch nicht.«

»Sollen wir etwa Uhus und Käuzchen essen?«, fragte Malagigi.

»Eventuell auch Schleiereulen und Wiedehopfe.«

»Wie ekelhaft«, rief Barbara aus.

»Seit meiner Reise durch Schweden kenne ich köstliche Rezepte. Geizig wie sie sind, essen die Schweden alles. Zum Beispiel setzten sie mir einmal eine zarte gebratene Eule vor, gefüllt mit Brotkrumen, Kräutern und Bohnen. Eine der wenigen guten Erinnerungen an dieses ungastliche, hässliche Land mit seiner gierigen, ungebildeten und vor allem unehrlichen Bevölkerung.«

»Es muss Euch in Schweden wirklich schlecht ergangen sein, wenn die beste Erinnerung an dieses Land Gerichte auf der Basis von Nachtvögeln sind«, spottete Kemal. »Jedenfalls bin ich dabei. Ich ekle mich vor gar nichts. Was nicht umbringt, macht fett, sagt Ali Rais immer. Aber wie wollt Ihr im Dunkeln schießen?«

»Lasst mich nur machen«, beschied ihm Naudé.

DISKURS LXVII

Darin Naudé den dritten Buchstaben vorzeigt und
eine sehr unangenehme nächtliche Jagd veranstaltet wird,
die jedoch ein überraschendes Ergebnis zeitigt.

»Ihr habt Kemals Frage nicht beantwortet: Wie werdet Ihr im Dunkeln schießen?«, fragte ich Naudé, während wir über den Friedhof gingen, begleitet von dir, Atto, mit einer ramponierten, aber funktionierenden Öllaterne.

»Wer spricht vom Schießen? Wir haben nur einen Eimer und Schaufeln bei uns, wie Ihr seht«, antwortete er, als wir durch das altersschwache Friedhofstor schritten. »Wir begnügen uns mit dem, was die Natur uns schenkt.«

Der Bibliothekar Seiner Eminenz Kardinal Mazarins hatte Kraft und Optimismus zurückgewonnen. Er blieb stehen, um uns den Grund seiner guten Laune zu erklären, wobei er uns ein Papier unter die Nase hielt.

»Seht Euch das an, das lag im Haus der Bärtigen vor aller Augen. Ich habe mich hingesetzt und es zwei Schritte von mir entfernt auf dem Boden entdeckt.«

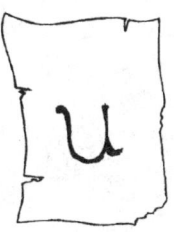

»Erstaunlich!«, rief ich erregt aus. »Das bedeutet vielleicht, dass diese Zettel und die Karte nicht von dem Mädchen ausgelegt wurden.«

»Genau«, bestätigte Naudé jubelnd. »Welches Interesse hätte diese Irre daran haben können? Natürlich hinterließ sie Spuren ihrer Anwesenheit in ihrem Haus und in der Torre Vecchia, wo sie häufig war. Aber warum hätte sie sich bis zur Piana dei Morti wagen sollen, um hier und da Buchstaben des Alphabets zu hinterlegen? Etwa für die drei schlafmützigen Bärtigen? Nein, ich glaube, dahinter steckt Philos Ptetès. Und er will dem Finder dieser Köder etwas mitteilen. Was er uns sagen will, weiß ich nicht, aber es ist sehr wahrscheinlich, dass es mit seinen Handschriften zu tun hat. Und denkt mal nach: Trägt die Karte etwa nicht die Überschrift *Mysterium Thesauri*? Und hat unser lieber Mönch während seiner Reise nach Frankreich nicht hier auf Gorgona Station gemacht, nachdem er in Livorno vergeblich auf uns gewartet hatte? Ich meine, nachdem er Guyetus und Schoppe vergeblich erwartet hatte«, verbesserte er sich, da Philos Ptetès ja seinen Brief an die anderen Philologen, nicht an ihn geschrieben hatte. »Jedenfalls stehen wir jetzt vor dieser Situation.« Und er zog die bekannte Karte hervor.

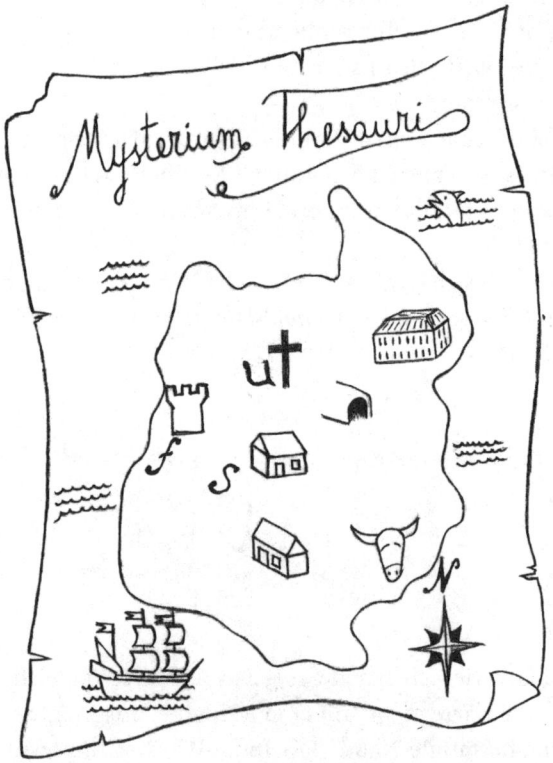

»Man darf also annehmen, dass wir auch an den anderen Orten auf dieser Karte Buchstaben finden werden. Sieben Buchstaben insgesamt. Dann …«

»Dann, Monsire Naudé, habt Ihr gewonnen: Ihr besitzt das vollständige Geheimnis. Ich bewundere Euch wirklich«, sagtest du.

Dein übertrieben einschmeichelnder Ton verriet, wie sehr du noch an der Verbindung zwischen der Karte und dem Schatz von Philos Ptetès zweifeltest, derer sich Naudé hingegen so sicher war. Zum Glück bemerkte der Bibliothekar nichts.

»Genau. Oder wir finden unseren lieben Mönch noch vorher. Wenn das Glück uns hold ist«, sagte er in einem absichtlich geheimnisvollen, vielsagenden Ton.

»Was wolltet ihr mit diesen Schaufeln und dem Eimer?«

»Nun vertraut mir doch! Warum äußert Ihr nicht lieber Bewunderung, da ich das Glück hatte, diese kostbaren Werkzeuge in der baufälligen Hütte der drei Bärtigen zu finden? Wahrscheinlich werde ich bald die Hilfe williger Mitarbeiter brauchen!«

Es war nicht ratsam aufzubegehren, nur allzu gut erinnerten wir uns, dass Naudé uns durch Erpressung gezwungen hatte, ihn auf die (gescheiterte) Suche nach der Stadt zu begleiten: Entweder wir kooperierten oder wir würden bei Mazarin angeschwärzt.

»Seht Euch das an. Ich frage mich, warum ich der Einzige bin, der es bemerkt hat.«

Er hatte uns vor einen Grabstein geführt, von dem ein Stück abgebrochen und andere fehlende Teile grob durch Mörtel und Reste von Ziegelsteinen ersetzt waren. Im allerletzten Schimmer des Tageslichts konnte man nur mit großer Anstrengung die wenigen Buchstaben erkennen, die auf dem Stein noch sichtbar waren:

...SS...

FIL...

......

.....GON

....TUUS....

...XXIV

»Ja, und?«, fragtest du.

»Wie? Das fragt Ihr mich, Signorino Atto? Seht Ihr denn nicht«, fragte er, die Stimme senkend und um sich blickend, als belauschte uns ein halbes Dutzend Schoppes im Dunkeln, »dass es der Grabstein unseres Mönchs sein könnte?«

Und er erklärte, wie man den Text rekonstruieren könne:

MONACHUS PIISSIMUS PATER

FILOS

PTETES

HIC GORGONAE

MORTUUS EST

A.D.MDCXXXXIV

»So in etwa, ein Wort mehr, eins weniger. Sie werden das ›Ph‹ von Philos mit ›F‹ verwechselt haben, das ist dasselbe. Dann lautet der Text: ›Der fromme Mönch Philos Ptetès ist hier auf Gorgona im Jahr des Herrn 1644 verstorben.‹ Was sagt ihr dazu?«

Ohne unsere Antwort abzuwarten, reichte er mir eine Schaufel, dir den Eimer und begann zu graben.

»Wenn er an dem Schlangenbiss gestorben ist, wurde er hier begraben. Und wahrscheinlich haben sie ihm alle oder einen Teil seiner Papiere ins Grab gelegt. An einem so gottverlassenen Ort wie diesem wird er niemanden gehabt haben, dem er sie anvertrauen konnte. Uns bietet sich eine einzigartige Gelegenheit.«

»Ihr wollt doch nicht etwa das Grab schänden!«

»Große Worte, mein Freund. Ich will nur sichergehen, dass wir uns nicht vergeblich bemühen, etwas an der Oberfläche zu suchen, was sich, wie dieser Angeber Kemal sagen würde, auf der anderen Seite des Grabens befindet. Also los jetzt! Vergesst nicht, dass dieser arme Bibliothekar bei Seiner Eminenz ein gutes Wort für Euch einlegen kann. Also lohnt es sich, ihm zu helfen, meint Ihr nicht?«

»Gewiss, Monsire Naudé«, sagtest du mit kaum verhehltem Grimm. Ich schwieg, ich hatte mich schon damit abgefunden, graben zu müssen.

Nach einer halben Stunde waren wir zu Tode erschöpft und hatten Blasen an den Händen. Feste Erde aufzugraben ist eine kräftezehrende Tätigkeit, etwas für Leute, die Schwerstarbeit gewohnt sind.

Schaufel für Schaufel wuchs das Häufchen Erde neben dem Grab zu einem kleinen Hügel heran.

»Da ist er!«, rief Naudé aus, als ein dumpfes Geräusch anzeigte, dass wir endlich am Sarg angekommen waren. »Jetzt müssen wir durchhalten, es fehlt nicht mehr viel.«

Ergeben schaufelten wir weiter, bis der Sarg zum Vorschein kam.

»Monsire Naudé, ich bitte Euch …«

»Signor Secretarius, Ihr wollt mich doch nicht ausgerechnet jetzt im Stich lassen?«, rief er keuchend vor Anstrengung und wischte sich mit dem Handrücken über die Stirn, die trotz des Dezemberabends vor Schweiß troff wie ein mit Wasser vollgesogener Schwamm.

»Aber man müsste das Holz aufbrechen, und das ist Sünde.«

»Ruhe! Erzählt mir nicht, dass Ihr auch an diese Albernheiten von der Seele, der Sünde und so weiter glaubt! Ihr enttäuscht mich, Signor Secretarius, Ihr seid nicht auf der Höhe der Zeit.« Naudé blickte sich noch einmal um, dann hieb er mit der Schaufel auf das Schloss ein.

»Gütiger Himmel, hoffentlich hören die anderen uns nicht«, sagtest du. »Könnt Ihr Euch vorstellen, was Schoppe tun würde, wenn er sähe, dass wir ein Grab aufbrechen?«

»Schoppes Vater schnitt den Toten die Füße ab, damit sie in den Sarg passten. Wenn er es wagt, herzukommen und uns zu stören, werde ich ihn daran erinnern, dann bläst er sich nicht mehr so auf. Und Schoppe selbst hat mit seinen grässlichen Büchern vielen Lebenden das Leben zur Hölle gemacht, während ich bloß einen Toten belästige und das höchstens für ein paar Minuten!«

Es folgten weitere Schaufelhiebe, Tritte, Faustschläge und sogar wütendes Ausspucken. »Das verdammte Ding geht nicht auf«, fluchte der Fürst der französischen Bibliophilen.

Schließlich sagte er, die Schaufel wie das Schwert Durandarte zückend, mit erstickter Stimme: »Cicero und Sueton haben recht: *Si violandum est ius, regnandi causa!* Wenn man das Recht übertreten muss, sei es nur, um zu herrschen.«

Doch endlich gelang es ihm, den Sargdeckel aufzubrechen. Als das Schloss nachgab, stieß Naudé einen heiseren Freudenschrei aus.

»Sieg! Los, helft mir!«

Unwillkürlich wandten wir die Augen von dem grausigen Anblick ab. Obgleich vom düsteren Schweißtuch des Todes umhüllt, das seinen schwarzen Abdruck auf jedem Antlitz hinterlässt, war der Leichnam noch gut erhalten. Vor uns lag ein alter Mann mit langen Haaren und strengen Zügen, gekleidet in ein langes Gewand wie eine Kutte. In den ebenfalls gut konservierten Händen hielt er einen Rosenkranz. An seiner Seite, es war kaum zu glauben, steckte ein Bündel Papiere. In Anbetracht der noch an den Knochen haftenden Kleider war es durchaus möglich, dass er erst vor kurzem verschieden war, wie Gabriel Naudé bei seinem Versuch, die Buchstaben des Grabsteins zu entziffern, vermutet hatte. Das mögliche Todesdatum fiel tatsächlich mit Philos Ptetès Aufenthalt auf Gorgona zusammen.

Uns allen fuhr ein Schauder der Abscheu und Begeisterung gleichzeitig über den Rücken. In diesem unvergesslichen, erschütternden Moment sah Naudé sich als Sieger. Er kniete zwischen dem Sarg und der Wand des Grabes nieder.

»Philos Ptetès«, sagte er seufzend, eine Hand an die Brust gelegt, mit geschlossenen Augen. »So also erscheinst du mir! Erst auf deiner letzten Bettstatt offenbarst du mir deine Züge, die so viel edler sind als die Züge all jener, die dich in diesen Monaten vergeblich suchten. Nun, ich hätte dich gerne lebend angetroffen, mein Freund, aber das Schicksal hat es anders gewollt. *Mors omnia solvit*, der Tod löst alles auf, wie der weise Cicero sagte.«

»Das war eher Justinian«, präzisierte ich.

»Ach so. Und jetzt vergib mir, guter Mönch, aber nachdem wir dich so lange gesucht haben, müssen wir unverzüglich ans Werk gehen! Dir verdanken wir den sensationellsten Handschriftenfund aller Zeiten! Wir beide werden in die Geschichte eingehen, Signor Secretarius, und ich werde dem Kardinal berichten, wie wertvoll Eure Hilfe war.«

Du und ich wechselten einen bedauernden Blick. Der seichte Naudé, promoviert als Paranimf, Schreiberling der Mächtigen, der die Lehren anderer wiederaufwärmte, König der Mittelmäßigen, schien gewonnen zu haben.

Er stand auf, faltete die Hände und sprach pathetisch:

»Jetzt verneigt euch, unsichtbare Geister der Geschichte, der Philologie, der Archäologie, der Paläographie und der Numismatik: In dieser dunklen Nekropole leuchte das Licht des Wissens! Mit diesem Sarg und seinen armseligen Knochen zerreiße der Schleier des Vergessens, öffne sich die Mauer des Tempels, und die barbarische Bestie der Dummheit knie vor ihm nieder!«

Dann streckte er die Hand nach dem Bündel Papiere aus und zog es mit den Fingerspitzen aus dem Sarg, als fürchtete er, sich mit einer tödlichen Krankheit zu infizieren.

»Igitt, wie ekelhaft … Nehmt, Signor Secretarius.« Er drückte mir das makabre Fundstück in die Hand.

Ich öffnete das Schnürband, und eine schmutzige Wolke schwarzen Staubs stieg auf. In diesem Moment ereignete sich Erstaunliches.

DISKURS LXVIII

Darin man in ein unerklärliches Geheimnis eingeweiht wird.

»Seht nur!«, riefst du entsetzt aus und packtest mich am Arm.

Das Gesicht und die Hände des Toten, die wir noch unversehrt vorgefunden hatten, waren innerhalb weniger Minuten zu rieselndem Staub zerfallen wie Sand, der, in einen Trichter geworfen, so schnell darin verschwindet wie Wasser.

Und wir erlebten das Unglaubliche.

Jetzt war das Antlitz von Philos Ptetès nur mehr ein Totenschädel, Hände und Arme waren bis auf die Knochen entblößt, die Haare an den Schläfen nur noch ein dunkler Flaum, der sie kaum bedeckte, die Wangen knochenbleich, und die Lippen zu dem skurrilen Grinsen aller Totenschädel zurückgebildet.

»Oh nein! Was habe ich getan!«

Gabriel Naudé raufte sich die Haare, und in seine Augen trat ein verzehrendes, grausames Entsetzen.

»Ihr habt gar nichts getan, Monsire Naudé, es ist nur ...«, versuchte ich zu erklären.

»Oh heiliger Himmel!«, flehte der Atheist Naudé, auf die Knie fallend, »vergebt mir meinen Fehler ...«

»Was war das denn?«, fragtest du mit zitternder Stimme, erschüttert von dem teuflischen Anblick, während ich dich tröstend umarmte.

»Das ist die Natur, Monsire Naudé«, sagte ich.

»Die Natur? Was redet Ihr, das ist Magie oder ein Fluch!«, rief er bebend wie Espenlaub, offenbar kurz davor, alles liegenzulassen und zu fliehen.

»Ich kenne das Phänomen. Wenn man einen Sarg nach dem Begräbnis öffnet, ist das Fleisch vertrocknet, aber noch unversehrt. Doch die frische Luft von außen zersetzt es sofort und lässt es zu Staub zerfallen. Manchmal erlauben die Totengräber den Angehörigen eines geliebten Verstorbenen, noch einmal sein Gesicht zu sehen, und öffnen den Sarg. Ein paar Minuten lang betrachtet man noch die Züge im Augenblick des Todes, dann zerfällt alles in wenigen Sekunden. Wie Ihr selbst jetzt gesehen habt.«

Nachdem die Schrecksekunde vorbei war, öffnete Naudé bleich wie ein Bettlaken das Bündel Papiere.

Es war eine Fülle unterschiedlichster Handschriften, doch keine Literatur: es handelte sich um notarielle Urkunden, Testamente, Auszüge aus dem Grundbuch, Überschreibungen von Grundeigentum und Weinbergen. Außerdem Prozessakten, Anzeigen, Scheidungsgesuche bei der Römischen Rota, Zeugenaussagen, Gutachten, Beschwerden, Eingaben, Klageschriften, Promemoria. Überall tauchten die Namen eines gewissen Ariodante Pizziconi und einer Jacopa Filippucci mit Beweisführungen und Gegenbeweisen von vier oder fünf Anwälten auf, die einander aufs Übelste in den Haaren lagen.

Alle drei wühlten wir im schwachen Lichtschein der Öllampe in diesem langweiligen Papierkram. Er erzählte das Leben eines Mannes, des armen Ariodante, der bis zum letzten Tag seines Lebens bemüht gewesen war, seine Besitztümer vor dem Zugriff der Schwägerin Jacopa und ihrer Schwester Lucinda, seiner Gemahlin, zu schützen.

»Hier, endlich!«, sagtest du schließlich.

»Was? Ein Gedicht? Ein Traktat? Epigramme?«, fragte Naudé ängstlich. Noch wollte er sich nicht damit abfinden, sich an eine Leiche gewandt zu haben, die zwar äußerst erfahren in Eigentumsstreitereien und Rechtssachen schien, mit der Literatur aber zeit ihres Lebens nie in Berührung gekommen war.

»Nein, Monsire Naudé«, antwortetest du höflich. »Ich meinte, ich habe, glaube ich, das wichtigste Dokument gefunden.«

Du entrolltest ein Blatt vor uns, das mit einer zittrigen, unregelmäßigen Handschrift beschrieben war, als sei es unter dem Einfluss eines heftigen Gefühlsaufruhrs verfasst:

AN MEINE SCHWÄGERIN, DIESE HURE

Ekle Vettel, stinkendes Ungeheuer,
Kommst bis in mein Grab gekrochen.
Doch unterm Arsch macht er dir Feuer,
Den du hier siehst als Haut und Knochen.

Gift hast du mir in den Teller getan.
Am Busen nährt ich das Natterngezücht.
Auf Erden wirst du leiden in deinem Wahn,
Elendiglich enden beim Jüngsten Gericht.

Für mein Geld ward das Heil deiner Seele zunichte,
Die Gott dir schon schwärzte als du geboren
Und das Spiel gegen Kataster und Gerichte
Hast durch eigne Schuld du verloren.

Deine Schwester und du, diese Krakenbrut,
Um alles wolltet ihr mich betrügen.
Doch eure Schliche zielten nicht gut.
Jetzt muss mein Gerippe euch genügen.

Den ruhmreichen Gianni Schicchi ehrt
Der köstlichste Streich meiner Erdentaten.
Jetzt, wo meine Ruhe ewig währt
Bleiben euch nur noch Krümel vom Braten.

Nicht mal ein halbes Ringlein lass ich euch,
Alles kriegen die Neffen im Orden still.
Nun lest noch brav das Kodizill,
Das Nachsehen habt ihr und werdet niemals reich.

Teure Jacopa, das Gedicht hat dir gefallen, nicht wahr? Denk nur, ich hab's mir von einem sehr gelahrten und echten Dichter aus Fiorenza machen lassen, und hab ihm einen Batzen Geld gegeben dafür, aber war die Sache ein Riesengaudi für mich, denn nun kriegst du nichts von meinem Erbe, was ich deiner Schwester gelassen, aber ist sowieso dasselbe, weil ihr beide seid zwei Kraken mit einem Kopf, nämlich deinem.

Wie du siehst, hab ich dich reingelegt, das soll dir eine Lehre sein, mir jeden Tag meines armen Lebens auf den Sack zu gehen und mich andauernd mit allen streiten zu machen, sogar mit Lucinda, meiner Frau und deiner Schwester, und deine Nase in all meine häuslichen Angelegenheiten zu stecken, und dir jeden Tag das Mittag- und Abendessen bei mir zu erschleichen, zusammen mit diesem dreckigen, verschwitzten Säufer Curtisi, wo sagt, er wär Tischler in der Neuen Welt gewesen, dabei riecht man meilenweit gegen den Wind, dass er aus dem Kerker gekommen. Und weil ich dich jedes Mal, wenn du's verdient hast, in den Arsch getreten hab, also immer, hast du mir am Ende aus Rache Gift in die Kastaniensuppe getan, weil ich weiß genau, dass du es warst, die mich mit irgendeinem Kraut von den Vetteln aus deinem Dorf hast verrecken las-

sen, nemlich in Poppi, und da hast du dir das Kraut geholt und vorher hast du womöglich noch irgend so eine Hexerei mit dem bösen Blick gegen mich gemacht, wie du's immer bei allen getan hast, die du nicht leiden konntest, oder die dir nur mal ein einziges falsches Wort gesagt haben, aber die Sache ist nach hinten losgegangen für dich, denn als der Medicus mir gesagt hat, dass ich wahrscheinlich vergiftet ward und muss vielleicht sterben, da hab ich alle Juwelen und alles Gold und die Rubine und Edelsteine und das Geld auf der Bank von San Giovanni und die Mühlen in Signa und das gute Maultier, das einen Haufen Geld wert ist, und das große Haus in Florenz, all das hab ich meinen Neffen hinterlassen, die wo Klausurmönche in Sizilien sind, wenn du also wieder mit Advokaten gegen mich vor Gericht ziehn willst, wie du's schon hundertmal gemacht hast, musst du bis nach Sizilien gehn, und dafür brauchst du mindestens zwei Wochen und hoffentlich krepierst du unterwegs.

Und weil meine Neffen mir höchlichst dankbar sind, haben sie mir diese Mönchskutte geschickt, die hat eine Nonne von ihrem Orden genäht, und sie sagen, ich bin gewiss sehr fromm und hab eine gute, heilige und reine Seele, und wenn ich sterbe, soll ich dieses Gewand anziehn und den Rosenkranz in Händen halten, dann komm ich nemlich viel schneller und ohne große Umstände ins Paradies.

Wo du aber eine Schnüfflerin bist, bin ich ganz sicher, dass du einen Richter um Erlaubnis bitten wirst, dies Grab öffnen zu dürfen, dass du wenigstens das Geld und die Juwelen findst, aber da werden nur diese Zeilen sein, die ich dir grad schreibe, und ich hoffe, sie lassen dich platzen vor Wut, aber jetzt nenn ich dich auch noch dreckige Hure, du stinkst aus dem Mund und bist es wert, zu verbrennen wie Holz oder ein Pinienzapfen, und bist eine Kröte und keinen Heller wert, verstanden? Schade, dass du jetzt, wo ich sterbe, nicht vor mir stehst, dann hätt ich dir noch einen schönen Schleimbatzen ins Auge gespuckt, aber vielleicht kann ich dir den auch aus dem Jenseits schicken.

Geh zur Hölle für immer.

A.D. 1634

Dein Schwager

Ariodante

DISKURS LXIX

Darin das Geheimnis aufgeklärt wird und man sich einer anderen,
noch weniger erfreulichen Jagd widmet.

Nach beendeter Lektüre senkte sich Stille über uns wie eine bleierne
Decke. Mazarins Bibliothekar blickte hinab auf das Skelett in dem Sarg,
den er mit rasender Wut aufgebrochen hatte.

Alles war klar: Der Leichnam gehörte einem wohlhabenden Grund-
besitzer im Hinterland, den das Schicksal mit dem typischen Exemplar einer schmarotzenden, habgierigen Schwägerin geschlagen hatte.
Ihre ganze traurige Geschichte steckte in dem makabren Gedicht und
dem folgenden Brief.

Das Schicksal hatte seinen Spott mit Naudé und uns allen getrieben.

»Und der Grabstein?«, fragte er verzagt.

»Im Lichte der Tatsachen, Monsire Naudé, lässt er sich wahrscheinlich so lesen:«

CARISSIMUS

FILIUS

ARIODANS PIZZICONIUS

HIC GORGONAE

MORTUUS

A.D. MDCXXXIV

Was bedeutete: Der teure Sohn (Gottes) Ariodante Pizziconi ist hier
auf Gorgona im Jahr des Herrn 1634 verstorben.

Der arme Naudé wollte zu seiner Niederlage kein Wort sagen.
Nachdem er den Sarg wieder geschlossen hatte, begann er emsig zu
schaufeln, um das Loch, das wir so hoffnungsvoll gegraben hatten,
wieder mit Erde zu füllen.

Als das schwierige Werk beendet war – es war eine Menge Erde übriggeblieben, die wir in der Umgebung verteilen mussten, um unsere
blasphemische Tat zu verbergen – blieb noch ein letztes Problem.

»Wo finden wir jetzt Eulen und Käuzchen für das Abendessen,
Monsire Naudé? Ihr schient eine Idee zu haben, als wir hinausgin-
gen ...«, fragtest du so taktvoll wie möglich.

»Ach ja. Natürlich habe ich eine Idee, eine ausgezeichnete Idee.«
Naudé ging auf einige kleine Kapellen in der Nähe des Grabes zu,
das wir gerade so tölpelhaft und vergeblich entweiht hatten. Er wartete
nicht einmal auf uns, und schon kehrte er zurück.
»Schnell! Gebt mir etwas, um sie festzuhalten!«
»Grässlich!«, riefst du beim Anblick der haarigen Wesen aus, die er
in den Händen hielt. »Sogar Fledermäuse tut man in Schweden in die
Pfanne?«
»Fledermäuse sind, um genau zu sein, eine Spezialität in Norwegen
und Finnland«, beschied er dir knapp.

Das ungewöhnliche Wildbret, mit dem wir von unserer angeblichen
nächtlichen Jagd zurückkehrten, rief Entsetzen und Ekel bei allen hervor, oder fast bei allen.

»Tja, der Zweck ist gleichermaßen erreicht: niemand von euch hat
noch Hunger, haha!« Mit diesen Worten packte Kemal die Fledermäuse und drehte vor unseren Augen einer nach der anderen ohne
viel Federlesens den Hals um.

Das war nicht verwunderlich, immerhin war Kemal der Statthalter
des berüchtigten Ali Ferrarese, der sogar das Ohr eines Galeerensklaven abgebissen und gegessen hatte.

Der Korsar ließ sich eines seiner Messer geben, und nachdem er die
Fledermäuse mit einer Geschicklichkeit gehäutet hatte, die auf eine
gewisse Erfahrung schließen ließ, legte er sie in einen Topf auf dem
Feuer.

»Mit Rotwein gekocht und mit ordentlich Knoblauch pikant gewürzt, sind diese fliegenden Mäuse durchaus schmackhaft. Die Eingeweide hänge ich in den Kamin, so trocknen sie und werden geräu-
chert. Sie haben einen starken, süßen Geschmack und eigenen sich
vortrefflich als Beigabe auf Waldkräutern. Aber sie müssen wirklich
gut austrocknen und alle Säfte verlieren.«

DISKURS LXX

Darin man betrübt zu Bett geht.

Die vielen unvorhergesehenen Zwischenfälle während des Marsches zur Piana dei Morti hatten unseren Zeitplan gehörig durcheinandergebracht. Es war viel zu spät, um zur Torre Vecchia zurückzukehren, wir schicken uns also an, die Nacht in dem baufälligen Heim der drei Bärtigen zu verbringen. Immerhin bestand noch die, wenngleich schwache, Hoffnung, dass die drei früher oder später wieder auftauchen würden und mit ihnen die Tasche mit dem *Satyricon* des Petronius. Die Stimmung war, gelinde gesagt, trostlos. Wir richteten uns in den drei mit einem primitiven Ofen ausgestatteten Schlafzimmern ein, wo wir aber nur kärgliche Strohlager und ein paar Decken voller Flöhe fanden. Schoppe wählte das Zimmer von Kemal, Guyetus tat es ihm nach. Ich nahm ein Zimmer mit dir, in der Hoffnung, Barbara würde zu dir kommen und mir so eine Gelegenheit geben, ihren Sack zu untersuchen. Während ich auf sie wartete, versuchte ich mich zu erinnern: hatten wir je gesehen, was der Sack enthielt? Als Alis Korsaren uns durchsucht hatten, hatten sie Barbellos Sack betastet, während sie, von Kopf bis Fuß zitternd, erklärte, er enthalte Bekleidung aus Leder. Doch sie hatte den Inhalt nicht hervorgezogen, und die Korsaren hatten auch nicht in den Sack hineingeschaut.

Überrascht und enttäuscht sah ich, wie Hardouin sich auf das Lager der venezianischen Sängerin legte. Barbara Strozzi hatte unerwartet die Gesellschaft von Naudé und Malgigi gesucht. Ich fragte mich, ob eure Beziehung womöglich schon Rost angesetzt hatte.

Mein letzter Gedanke galt Guyetus. Er war den ganzen Abend über nicht ins Haus gekommen, hatte nichts gegessen, mit niemandem gesprochen und es abgelehnt, die Piana dei Morti zu erkunden. Er hatte sich in ein mürrisches, apathisches Schweigen verschlossen und reagierte kaum auf Fragen oder Bitten. Das Verschwinden der drei mysteriösen Barträger, die den Petronius bei sich hatten und unter denen sich vielleicht Philos Ptetès verbarg, hatte ihn in eine solche Niedergeschlagenheit versetzt, dass sich unmöglich vorhersagen ließ, was daraus erwachsen würde.

»Seltsames Volk, diese Philologen«, hattest du bemerkt.

DISKURS LXXI

Darin man die Fähigkeiten der Frauen erlebt,
unter den schwierigsten Umständen wachsam zu bleiben.

Schon nach wenigen Minuten schnarchte die ganze Gruppe vernehmlich. Die Wanderung und die meistenteils bitteren Gefühlserregungen des Tages hatten alle erschöpft. Nur meine Wenigkeit wurde von der unzertrennlichen Gefährtin vieler Nächte, der guten alten Schlaflosigkeit, unterhalten.

Doch diesmal war sie willkommen. Ich hatte mir nämlich vorgenommen, leise in das Zimmer zu schlüpfen, wo Barbara schlief, um einen Blick in ihren geheimnisvollen Sack aus Wachsleinen zu werfen. Während ich wenigstens eine halbe Stunde allgemeinen Schlummerns abwartete, um sicher zu sein, dass die Gruppe in den Tiefschlaf gesunken war, hörte ich plötzlich ein Knirschen auf dem Gang und rasche Schritte.

»Schon wieder Kemal und Barbara«, dachte ich.

Ich warf einen Blick auf deinen jungen Brustkorb, der sich langsam und ruhig unter der Decke hob und senkte. Gott sei Dank schliefst du. Auf Zehenspitzen verließ ich das Zimmer und schlich die Treppe zum Erdgeschoss hinunter, wo ich mich durch die Finsternis tastete, immer in Gefahr, gegen einen Türrahmen zu stoßen. Schließlich stand ich vor der Küche.

Vor dem Eingang hing ein Vorhang. Doch jemand, der vor mir gekommen war, lüftete ihn schon leicht, um ins Innere zu spähen – es war ohne jeden Zweifel Gabriel Naudé.

Mit angehaltenem Atem näherte ich mich so weit, dass ich selbst hineinsehen konnte, ohne von dem Bibliothekar entdeckt zu werden. Das Erste, was ich sah, war eine leuchtende Scheibe.

Es war der soeben am Horizont aufgegangene Mond, dessen silberner Schein, klar wie Quellwasser, die Finsternis im Hausinneren aufriss. Vor dem Fenster, durch das dieser helle, sternenfarbene Lichtstrom fiel, hatten zwei Gestalten sich zu einer einzigen vereint.

Zwischen den Beinen deines falschen Barbello war das Gesicht ihres vor ihm knienden Komplizen eifrig damit beschäftigt, Wonnen zu bereiten, während er sich weiter unten selbst Lust verschaffte. Derweil unterhielten die beiden sich leise, als wäre nichts dabei. Es war dies eines jener subtilen Duelle, wie Liebende mit phantasievollem Ingenium sie ad hoc ersinnen: Beide geben sich eiskalt und täuschen dem anderen vor, endlos so weitermachen zu können, wie ein für die Wonnen des Geliebten geschaffener, erbarmungsloser Automat. Und gerade dadurch zwingen sie ihn, unter der süßen Bürde einer vervielfachten Lust endlich nachzugeben.

Naudé beobachtete alles hinter dem Vorhang, sein Atem ging schnell wie der eines unerfahrenen Jünglings. Mein Herz machte einen Sprung: Jetzt würde er entdecken, dass Barbello eine Frau war! Ihr Schicksal war mir egal, ich hasste sie dafür, dass sie mich gezwungen hatte, meine Gemahlin zu betrügen, doch sorgte ich mich deinetwegen. Was würde aus deiner vielversprechenden Karriere werden, wenn der Päderast Naudé den Medici, deinen Herren und ebenfalls Päderasten, verriet, dass du eine Frau liebtest, was Kastraten verboten war? Wie verrückt irrte mein Blick zwischen dem Profil des Bibliothekars und den beiden Liebenden in der Küche hin und her. Noch hatte Naudé Barbaras nackte Scham zum Glück nicht erblicken können, und die üppigen Brüste dieses gefährlichen Weibes waren von den trügerischen Binden noch fest umwickelt. Doch was würde geschehen, wenn die Liebenden sich, nachdem sie wie Gewitterwolken Blitze erzeugt und Regen hatten herabströmen lassen, zuletzt voneinander trennten?

»Das hätte ich früher machen sollen …«, stöhnte dein falscher Barbello derweil bebend.

Der andere lachte, nein, er murmelte leise, um sich noch ein wenig zurückzuhalten. »Vielleicht hätte ich auch darauf kommen können, oder?«, sagte er dann.

»Ja … ich glaube ja …«, antworte Barbara lachend.

Flink wie eine Eidechse zog ich mich zurück, denn Naudé entfernte sich nervös von seinem Beobachterposten. Mir fiel ein, dass der schwule Bibliothekar für die Reize des vermeintlichen Kastraten empfänglich gewesen war, als dieser ihn nach dem Unfall auf den Ruinen des Hauses von Nummer Drei verarztet hatte.

Naudés Eifersucht rettete die Strozzi nun davor, ihr Geheimnis zu verraten und dich ins Unglück zu stürzen. Ich wartete, dass Naudé sich wieder hinlegte, dann würde auch ich zurückkehren. Doch er ging nicht schlafen, sondern begab sich in ein leeres Zimmer, und ich hörte, wie er sich in der dunklen Kälte ebenfalls ein einsames Vergnügen verschaffte, eintönig jedoch und ganz anders als jenes, dem sich der Geliebte Barbellos leidenschaftlich hingab.

Ich nutzte diesen Moment, um in das leere Zimmer zu flitzen und Barbaras Sack zu untersuchen. Den weichen Inhalt spürte ich sofort, es musste sich also um Stoff handeln. Ich betastete etwas mit den Fingern, was ich nicht identifizieren konnte. Wäre es nicht so seltsam gewesen, hätte ich gesagt, dass es wirklich etwas Ähnliches wie Leder zu sein schien, freilich vertrocknet und narbig an der Oberfläche. Sollte der falsche Kastrat den Korsaren die Wahrheit gesagt haben? Waren wirklich nur Kleider aus Leder in diesem Sack? Andererseits konnte ich mir nur schwer vorstellen, wie man eine so rindige Haut anziehen konnte. Wahrscheinlich war sie bei unserem Schiffbruch nass geworden, obwohl das gewachste Leinen des Sacks wasserdicht war. Die fest geschlossenen Fensterläden verwehrten dem Mondlicht, mich bei der Untersuchung zu unterstützen. Mir blieb keine Zeit mehr, enttäuscht schnürte ich den Sack zu und kehrte zu den Liebenden in der Küche zurück.

Tatsächlich waren dies die letzten Momente: Beide lagen am Boden, Barbara, bereits befriedigt, verschloss ihrem Gefährten mit den Lippen den Mund, damit seine lautstarke Lust nicht alle weckte. Alle Achtung! Nur die Frauen, von der Natur berufen, den Fortbestand der Menschheit zu sichern, können in den schwierigsten Momenten wachsam bleiben: der Geburt und dem verbotenen Vergnügen, das ihr vorausgeht.

Doch dieser Gedanke war mir nur gekommen, um einen anderen aus meinem Geist zu verbannen, an dem mein Hirn sich verbrennen würde wie die Hände des Kindes, das eine heiße Kartoffel ergreift. Mein anfänglicher Verdacht bestätigte sich: die Stimme des galanten Begleiters gehörte nicht Kemal, sondern Marcantonio Pasqualini, genannt Malagigi.

DISKURS LXXII

*Darin jemand beschließt, in aller Heimlichkeit eine mutige
Expedition zu wagen.*

Zurück in meiner Schlafkammer hörte ich im Hintergrund das mächtige Schnarchen Kemals. Der Korsar war schließlich kein junger Mann mehr, kein Wunder, dass ein Liebesdienst am Tag ihm vollauf genügte.

Ich schlüpfte wieder unter die schmutzige Decke, die besser zu einem Hund gepasst hätte als zu einem Menschen, und verfluchte den Anblick, den ich mir soeben heimlich verschafft hatte, und der mir beim Einschlafen gewiss nicht behilflich sein würde.

Ein paar Minuten später hörte ich die leichten Füße von Barbara Strozzi über den Gang schleichen, alsbald gefolgt von den weniger luftigen Schritten Pasqualinis.

Und wieder gestörter Schlaf, wieder Geräusche eines Kommens und Gehens auf dem Gang. Das reichte jetzt! Wenn die Strozzi sich noch einen Liebhaber in die Küche holt, schwor ich, würde ich Atto wecken und ihn auf sie hetzen.

Ich ging hinaus in den Flur: niemand. Plötzlich griff mich jemand feige von hinten an.

Ich drehte mich um: »Wer ist da?«

Wieder wurde ich von Licht geblendet: eine Kerze. Keiner von uns besaß eine, es konnte also nur ein Fremder sein! Instinktiv hob ich eine Faust, um mich zu verteidigen.

»Signor Secretarius, was tut Ihr? Ich bin es!«

»Signor Hardouin? Warum lauft Ihr um diese Zeit herum? Ich habe nicht bemerkt, dass Ihr aufgestanden wart. Und woher kommt diese Kerze?«

»Alles, ich habe alles gefunden!«, rief der bretonische Buchhändler begeistert aus. »Kerzen, Feuerstein, Zünder und vor allem das kostbarste Gut, das der Herrgott für uns bereithalten konnte!«

Wenige Minuten später hatten wir den Statthalter Ali Ferrareses schon geweckt. Hardouin riss den Korsar fast mit Gewalt von seinem Lager und führte uns in die Küche, wo wir ungestört sprechen konnten.

»Und wo sollen Pech, Hanf, Seile und alles andere sein?«, fragte der Barbareske misstrauisch, sich die Augen reibend.

»Habt Ihr mir nicht zugehört? Im Keller hinter dem Holzstapel. Eben darum ist das Material so schön trocken geblieben, dass wir es sofort benutzen können. Auch ich verwahre diese Dinge in meinem Holzkeller. Als mir das einfiel, bin ich aufgestanden und habe nachgesehen. Wir können sofort anfangen, würde ich sagen.«

»Sofort? Nicht mal im Traum«, protestierte Kemal. »Es ist Nacht, ich bin keine Eule und auch kein Dieb, ich lebe und schufte nur unter der Sonne. So eine Arbeit macht man nicht nachts.«

»Ich bitte Euch, lasst diese Gelegenheit nicht ungenutzt, sie könnte nicht wiederkommen!«, bat Hardouin.

Jetzt begriff ich, dass der Buchhändler die Strozzi gebeten haben musste, ihr Lager zu tauschen: er wollte mich bei seinem gewagten Unternehmen dabei haben.

Hardouin erklärte es uns: Mit dem Pech, dem Feuer und dem Hanf konnten wir den Rumpf unseres Rettungsbootes kalfatern und ihn wieder wasserdicht machen. Dennoch wäre es keine gute Idee gewesen, wenn wir alle zusammen die Überfahrt nach Livorno versucht hätten. Erster Grund: Bei widrigem Wetter kenterte ein volles Boot leichter. Zweiter: Wenn unsere ganze streitlustige Truppe das Boot bestieg, würden die ständigen Zwistigkeiten an Bord gefährliche Folgen haben. Zu dritt dagegen (Hardouin verschwieg weise, dass auch Kemal und ich ein nicht geringes Zerwürfnis gehabt hatten) war das Risiko praktisch gleich null.

»Wenn ihr alles hinter dem Rücken der anderen machen wollt, warum habt ihr mich dann geweckt? Ach so, jetzt verstehe ich«, sagte Kemal mit einem Blick auf meine und Hardouins Arme, die etwa halb so dick waren wie die seinen.

»Wir brauchen einen Seefahrer. Der Secretarius und ich verfügen nicht über die Kraft und Erfahrung eines Matrosen«, sagte Hardouin. »Aber zu dritt können wir das Boot gut lenken: zwei Schwache auf einer Seite, ein Starker auf der anderen. Wir laufen kaum Gefahr, von Ali Ferrarese oder anderen Korsaren entdeckt zu werden, das Boot ist zu klein, von weitem sieht man es nicht. Trotzdem hält es sich gut auf dem Wasser, vor allem bei günstigem Wetter. In Livorno werden wir das französische Konsulat benachrichtigen und ein Schiff auf die Insel schicken lassen, um den Rest der Gruppe zu holen, der unterdessen auf Gorgona bleibt, ohne sein Leben zu riskieren. Aber das alles muss schnell geschehen und heimlich. Heute Nacht holen wir das Boot und reparieren es, morgen früh stechen wir in See, bevor Schoppe, Naudé, Guyetus oder andere sich wieder darüber in die Haare geraten, wer das Recht hat, als Erster die Insel zu verlassen oder ob das Boot überhaupt losfahren kann und so weiter. Kein Wort zu den anderen: je weniger wir sind, desto besser. Sobald wir heute Nacht zurückkehren, verstecken wir das Pech, den Hanf und die anderen Sachen, damit sie keiner findet.«

Kemal sah mich zögernd an. Ich erwiderte den Blick und forderte ihn mit einer Geste auf, seine Meinung zu sagen.

»Na gut, aber … Kalfatern ist kein Kinderspiel«, warnte er. »Wir können es probieren, aber ich garantiere nicht für den Erfolg. Es hängt vom Zustand des Bootes ab. Erst müssen wir es an Land ziehen, zu dritt dürfte das möglich sein, wenn es noch an den Felsen liegt. Wenn nicht, versuchen wir es mit dem Seil heranzuholen. Wenn wir Glück haben, müssen wir das Pech nicht einmal anzünden, es wird genügen, den Hanf mit Hammer und Meißel fest zwischen die Planken zu drücken. Nasses Holz dehnt sich aus und drückt gegen den Hanf, der die Risse stopft. Heute Nacht herrscht ein prächtiger Vollmond, darum werden wir recht schnell vorankommen. Was mir Sorgen macht, ist nur das Kalfatern. Betet zu eurem Gott, ihr beiden Nazarener: wenn wir einen Fehler machen, sind dies die letzten Stunden, die ihr auf dieser Seite des Grabens verbringt.«

DISKURS LXXIII

Darin man sich im Mondlicht auf den Weg macht.

Verstohlen marschierten wir durch die kalte, vom Mond fast taghell erleuchtete Nacht von Gorgona. Derselbe Mond hatte kurz zuvor den wunderlichen Liebesakt zwischen einem falschen und einem echten Kastraten beobachtet. Auf dem Rücken trugen wir Eimer, Seile, Pech, Utensilien zum Feuermachen und andere nötige Werkzeuge. Von Schoppe, Naudé und Guyetus und ihren fortwährenden Scharmützeln befreit zu sein, die jede Wanderung so langsam machten wie das Schleichen einer Schnecke über ein Salatblatt, stimmte uns fast euphorisch. Im Wald entzündeten wir zwei Fackeln aus Ästen und mit

Pech bestrichenen Lumpen, die unseren Weg großzügig erhellten. Mit diesem schnellen Schritt würden wir schon bald aus dem Wald herauskommen, um dann auf dem Weg weiterzugehen, der am Kamm der Klippe entlanglief.

Wie zwei Luchsaugen warfen die Fackeln ihren Schein durch den Wald und zeichneten aus den aschgrauen Umrissen der Büsche und Bäume ein lustig wechselndes Schattenspiel. Jeder Winkel des Waldes schien sich mit unförmigen Kobolden zu bevölkern, die um uns herumtanzten.

»Das ist richtiges Wandern!«, sagte Kemal gut gelaunt. »Ich hatte eure Freunde, diese zänkischen Alten mit ihrem verrückten Geschwafel, gründlich satt. Fast kann ich nicht glauben, dass jemand ein Lösegeld auf ihren Kopf zahlen würde. Möge Allah alle Papierfetzen verfluchen, die sie auf dieser Insel finden, mitsamt ihren Geschichten voller Toten und Schweinereien, die nur euch Nazarenern so wichtig vorkommen: der Papst, dieses Schwein Petronius, Galileo Galilui ...«

»Galileo Galilei!«, verbesserte ihn Hardouin. »Aber du hast recht, mein Freund, man kann auch sehr gut leben ohne die Geschichtchen, um die Schoppe und die anderen sich immer wieder streiten. Nur eines ist wichtig, und es ist wichtig für alle Menschen auf der Welt, auch für Leute wie dich. Bouchard hatte es begriffen.«

»Und das wäre?«, fragte der Korsar misstrauisch.

»Der Schlüssel zur Zeit.«

»Stimmt.« Ich erinnerte mich. »Bouchard hatte geschrieben: ›Alles führt zurück auf die Zeit‹. Aber was wollte er damit sagen?«

»Die Zeit misst man nur auf eine sichere Weise: mit der sichtbaren Bewegung der Planeten am Himmel über unseren Köpfen. Damit unterteilt man die gegenwärtige Zeit, man rekonstruiert die vergangene Zeit, also die Menschheitsgeschichte, und man entwirft die zukünftige Zeit. Der Tag ist der Wechsel von Sonne und Mond. Der Monat ist ein vollständiger Mondzyklus. Das Jahr ist eine scheinbar vollständige Umdrehung der Sonne um die Erde, nach Kopernikus eine Umdrehung der Erde um die Sonne. Ohne die Bewegung der Himmelsgestirne wäre die Zeit nicht messbar. Wer die Gewissheiten über die Planetenbewegungen verändert, verändert also die Zeit und die Geschichte der Welt.«

»Ich glaube nicht, dass ich recht verstanden habe ...«, erwiderte ich zweifelnd. »Ich verstehe nichts von Astronomie.«

»Hier irrt Ihr, mein Freund. Es handelt sich nicht um Astronomie, sondern um Chronologie. Warum haben die Menschen die Bewegungen der Planeten studiert? Um die Zeit messen zu können?«

»Ja, das stimmt«, gab ich zu. »Aber die Geschichte kann man zum Beispiel auch mit einer Liste früherer Könige erforschen und rekonstruieren.«

»Gewiss. Aber wer sagt uns, was in China oder Ägypten passierte, als wir die alten Römer hatten? Wie lässt sich die Geschichte der Welt richtig aufeinander abstimmen? Nur mit den Planetenbewegungen. Wenn die Quellen berichten, dass dieser oder jener Stern am Himmel stand oder Neumond war oder eine Sonnenfinsternis stattfand, und wir diese Ereignisse mit den periodischen Bewegungen der Planeten vergleichen, können wir bis zu dem Moment zurückgehen, an dem es diese oder jene Konfiguration am Himmel gab.«

Hardouin spulte sodann eine Reihe historischer Begebenheiten ab, deren Datum von Joseph Justus Scaliger dank der Sternenbewegung festgelegt worden war. Wann starb Herodes? Flavius Josephus berichtet, es war kurz nach einer Mondfinsternis. Das Datum des Peloponnesischen Krieges wurde mit Hilfe dreier Sonnenfinsternisse und einer Mondfinsternis auf das Jahr 431 nach Christus gelegt. Nach der Bibel zog bei Jesu Geburt ein Komet an der Erde vorüber. Plutarch erzählt, die Gründung Roms sei von einer Sonnenfinsternis begleitet worden, wie auch der Tod des Romulus, des Gründers der Stadt. Die Schlacht von Gaugamela, bei der Alexander der Große die Perser besiegte und das Tor nach Asien öffnete, fand elf Tage nach einer Sonnenfinsternis statt, die am 20. September 331 vor Christus verzeichnet wurde, also am 1. Oktober. Nach Mercator wurde Julius Cäsar in seinem fünften Jahr als Konsul ermordet, in zeitlicher Übereinstimmung mit einer bei Vergil erwähnten und von Servius als solcher identifizierten Sonnenfinsternis, was auf das Jahr 44 vor Christus führt.

»Doch das sind sehr grobe Beispiele«, erklärte er, »die ich hier nur für uns beide nenne, weil bei ihnen Details im Hinblick auf die Regelmäßigkeit des Sonnen- oder Mondkreislaufs keine Rolle spielen. Ich hätte pedantischer sein können und erklären, in welchem Jahr des Mond- oder Sonnenzyklus sich jedes historische Ereignis abgespielt hat, um die Koordinaten dem Julianischen Kalender anzupassen, dem fiktiven Zeitraum von 7980 Sonnenjahren, den Scaliger erfunden hat, um ein universales Raster zu erhalten, in das alle historischen Ereignisse eingefügt werden können. Aber das hätte alles komplizierter gemacht. Wichtig ist, dass man versteht, dass eine Veränderung unserer Gewissheiten über die sichtbaren Planetenbewegungen bedeutet, die Zeit und die Weltgeschichte zu verändern. Versteht Ihr mich jetzt?«

»Etwas besser«, sagte ich. »Auch Naudé und Guyetus haben mir etwas über die Arbeit Scaligers und sein Julianisches Jahr erzählt, als wir noch auf der französischen Galeere waren, und Caspar Schoppe erwähnt ihn auch andauernd ...«

»Und nicht ganz zu Unrecht, wie ich Euch gleich erklären werde.« Hardouin lachte, er dachte an die wütenden Anklagen, die der Verehrungswürdige bei jeder Gelegenheit gegen den verstorbenen Gelehrten erhob. »Doch erst zu uns. Wohlgemerkt: Wenn ich vom Lauf der Gestirne spreche, meine ich ihre Bewegungen, wie wir sie von der Erde aus sehen, nicht wie sie wirklich sind. Wollte man die Zeit dagegen von den wirklichen Bewegungen der Himmelskörper abhängig machen, statt von ihren sichtbaren, würde das zu einer Manipulation der Zeit führen, denn die wirklichen Bewegungen der Planeten sind unerkennbar und jede auf ihnen aufbauende Theorie daher reine Manipulation.«

»Wenn ich Euch so höre, scheint Ihr die Ideen von Papst Urban VIII. zu teilen. Da fällt mir ein: Warum habt Ihr Eurem Freund Guyetus gesagt, dass Galileo der wahre Dogmatiker war, nicht der Barberini-Papst? Meintet Ihr jene Ideen von Urban VIII., von denen Schoppe sprach? Mir erschienen sie auf den ersten Blick wie ziemlich billige Theologie für alte Marktweiber ...«

»Diese Ideen, *mon ami*, sind der Schlüssel, um die Zeit zu lesen. Wenn Ihr sie billige Theologie nennen wollt ...« Hardouin lächelte ironisch. »Die Beziehung des Menschen zur Bewegung der Himmelskörper zu verändern bedeutet dagegen, wie ich schon sagte, die Zeit in der Hand zu haben.«

»Was sollte man damit wollen?«

»Zum Beispiel die Vergangenheit nach Belieben verlängern. Bouchard studierte Historiker des entferntesten Altertums. Für ihn muss die Zeit daher eine Hauptsorge gewesen sein, meint Ihr nicht? Darum und nur darum, glaube ich, wollte er wissen, was sich hinter Galileos Theorie verbarg. Darum steht in seinen Aufzeichnungen der Name Scaliger neben dem Galileos.«

Nun beeilte sich Hardouin, mich über Joseph Justus Scaliger zu informieren, wodurch er ergänzte, was du und ich schon von Guyetus und Naudé gehört hatten.

NOTIZ

Über Joseph Justus Scaliger.

Joseph Justus Scaliger, erklärte Hardouin, war Astronom und Historiker, und vor einem halben Jahrhundert hatte er eine Allgemeine Chronologie verfasst, ein grandioses Werk, das die Geschichte der Griechen, Römer, Ägypter, Juden und Babylonier, kurz, aller Völker zusammenfasste, obwohl sie ihre Zeit seit jeher unterschiedlich gemessen hatten. Die Griechen hatten die Olympiaden gezählt, die Römer ihre Kaiser und Konsuln, die Ägypter ihre unendlichen langen Dynastien, die Juden ihre Unglücke und so weiter. Doch vor Scaliger war immer ein Chaos entstanden, wenn man diese Ereignisse aufeinander abstimmen wollte. Wie groß war der Unterschied zwischen dem römischen und dem griechischen Monat? Wann hatte die erste Olympiade nach chaldäischer Zeitrechnung stattgefunden? Wann waren die Juden nach Sicht der Ägypter durch die Wüste gezogen? Jahrhundertelang hätte sich niemand zu träumen gewagt, diese Fragen beantworten zu können. Die Geschichten der Völker liefen parallel nebeneinander her, wie Reisende, die in einer engen Kutsche zusammensitzen, aber nie ein Wort wechseln. War es überhaupt möglich, eine Zeittafel aufzustellen, die die Scherben der Vergangenheit zu einem einzigen Bild zusammenfügte? Dafür brauchte man die Astronomie, denn wenn man wusste, welche Sonnenfinsternisse sich im Laufe der Jahrhunderte ereignet hatten, konnte man sie in den parallelen Geschichtsläufen aufspüren und aufeinander abstimmen, wodurch man sehr wichtige Bezugspunkte erhielt. Wer dieses kolossale Unterfangen der Geduld und Gelehrsamkeit meisterte, würde sich einen Platz im Olymp der Wissenschaft erwerben. Scaliger war es gelungen. In seinen monumentalen Werken, der *Emendatio Temporum* und dem *Thesaurus Temporum* hatte er aus den Chroniken die Allgemeine Chronologie und aus den Epochen die Einzige Zeit herausgearbeitet. Mit Hilfe riesiger synoptischer Tafeln hatte er endlich festlegen können, in welchem Jahr der christlichen Zeitrechnung sämtliche Ereignisse der Vergangenheit stattgefunden hatten. Ein unermesslich großer Fortschritt für die historische Forschung, Archäologie, Literatur, Numismatik, Architektur und andere Wissenschaften. Jedes bekannte Ereignis war nun in ein allgemeinverständliches Raster aus Jahren und Monaten gezwängt. Zu Recht wurde Scaliger der Phönix Europas, Licht der Welt, Unendlicher Ozean der Gelehrsamkeit, allwissend, unermüdlich, Wunder der Natur und Sieger über die Zeit genannt, und manche zögerten nicht, ihn wegen seiner Bedeutung und glorreichen Errungenschaften mit dem größten Philosophen, Aristoteles von Stagira, dem »Meister der Wissenden« zu vergleichen.

Doch ein Schatten lag auf der Arbeit Scaligers. Wo ihm sichere astronomische Daten fehlten, hatte er keine Lücken oder offene Fragen gelassen, nein, er hatte sich das Recht zu Vermutungen herausgenommen. Ganze Teile seiner Allgemeinen Chronologie basierten auf bloßen Vermutungen, Wahrscheinlichkeiten – in einem Wort: Erfindungen.

DIALOG

Darin man über den Unterschied zwischen Wissen und Beherrschen spricht.

»Dann hat Schoppe also recht?«, fragte ich. »Er sagt, Scaliger sei ein Betrüger, habe ganze Epochen erfunden …«

»Alle wissen, dass die beiden Erzfeinde waren. Ich weiß nicht, welche Karten Schoppe in der Hand hat, um zu beweisen, dass Scaliger ein Betrüger war, ich kenne vor allem eine Seite seiner Arbeit, nämlich seine Methode, und die weckt starke Zweifel in mir. Seine Vermutungen passen gut in seine Chronologie, das bestreite ich nicht, aber das bedeutet noch nicht, dass sie richtig sind«, sagte Hardouin.

»Scaliger berücksichtigte nicht, dass man ebenso gut andere Vermutungen hätte aufstellen können, die sich ebenso gut eigneten, die Lücken seiner Chronologie zu füllen. Eine Unaufmerksamkeit, die man einem Romanschreiber, nicht aber einem Historiker verzeihen kann!«

Scaliger beging also den gleichen Fehler wie Galileo, der eine Theorie für wahr hielt, nur weil sie mit experimentellen Beobachtungen übereinstimmte, der aber die Möglichkeit außer Acht ließ, dass es andere, ebenso triftige Theorien geben könnte, die nur noch nicht entdeckt waren.«

»Dann glaubt Ihr also wirklich, wie der Barberini-Papst, Galileos Gegner, dass eine Theorie nicht schon bewiesen ist, wenn sie mit mathematischen Berechnungen und mit dem, was man sieht, übereinstimmt? Ist es nicht übertrieben, sie in Zweifel zu ziehen, nur weil der Verdacht besteht, dieselben Wirkungen könnten auf anderen, noch unbekannten Wegen erzeugt werden? Wenn das wirklich so wäre, dürfte keine Theorie als richtig gelten, und die Welt wäre unerkennbar!«

»Glaubt Ihr denn, die Welt sei erkennbar?«, fragte er zurück.

»Nun, eigentlich …«, zögerte ich überrumpelt.

»Ein Mathematiker würde sagen, die Formel, die beweist, dass die Welt erkennbar ist, sei noch nicht entdeckt.«

»Aber ohne Wissen kann man nicht überleben!«, protestierte ich.

»Achtung, Ihr dürft Wissen nicht mit Beherrschung verwechseln.«

»Was meint Ihr damit?«

»Signor Secretarius, ich will mich nicht als Philosoph aufspielen. Aber mit der Zeit habe ich aus vielen Lektüren ein paar Ideen entwickelt, und ich freue mich, sie mit Euch teilen zu können. Nun: der Mensch kann aufgrund seiner Ausstattung die Welt, die ihn umgibt und ihre scheinbaren – ich betone: scheinbaren! – Gesetze beherrschen oder sie wenigstens zum Überleben nutzen. Aber nichts zeigt uns unfehlbar an, dass er das wahre Sein der Dinge wirklich erkennen kann. Vor allem beweist nichts, dass ein solches Wissen unverzichtbar wäre für das menschliche Leben, ja nicht einmal für die erhabensten Geister. Nikolaus Cusanus sagte schon vor zweihundert Jahren in seinem *De docta ignorantia*, dass eine endliche Intelligenz niemals vollkommen exakte Wahrheiten erkennen kann.«

Er sprach sanft, aber sehr entschlossen, als hätte er lange über diese Schlussfolgerungen nachgedacht.

»Ich gebe Euch ein Beispiel. Das Wesen des Kreises ist etwas Unsichtbares, und was kein Kreis ist, kann diesem Etwas nicht angeglichen werden. Mit Lineal und Zirkel können wir rundliche Vielecke mit unendlich vielen Seiten zeichnen, die einem Kreis immer ähnlicher sehen. Doch keine Figur kann dem Kreis gleichen, wenn sie nicht selbst ein Kreis ist.«

Er blieb stehen, suchte eine vom Mondlicht ausreichend beleuchtete Stelle und zeichnete mit einem Zweig Kreise auf den Boden:

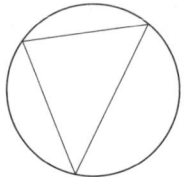 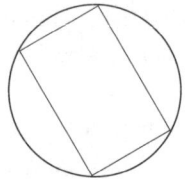 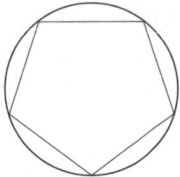

»Seht Ihr, mein Freund? Dasselbe geschieht bei der Wahrheit: Unser Verstand *ist* nämlich nicht die Wahrheit. Er wird die Wahrheit nie so genau erfassen, dass er sie später nicht noch genauer erfassen könnte und unendlich so weiter.«

Die Wahrheit sei unserem Verstand also in gewisser Weise entgegengesetzt, fuhr Hardouin fort. Sie lässt weder ein Weniger noch ein Mehr zu, und im Gegensatz dazu sei unsere Intelligenz für neue Entwicklungen und Vertiefungen immer empfänglich. Darum wissen wir nichts von dem, was wahr ist, außer, dass wir es nicht verstehen können.

»Welche Folgerung müssen wir daraus ziehen?«, sagte der bretonische Buchhändler. »Dass das Wesen der Dinge, die wahre Natur des Seins von uns nicht erfasst werden kann. Alle Philosophen haben nach diesem Wesen gesucht, keiner hat es gefunden. Je gelehrter wir in diesem Nichtwissen werden, desto näher kommen wir der Wahrheit. Der Mensch wird also umso weiser sein, je mehr er sich als unwissend erkennt.«

»Aber das Wissen ist wichtig!«, wandte ich ein. »Würde man den menschlichen Körper nicht kennen, könnte man ihn nicht heilen, um nur ein Beispiel zu nennen!«

»Mein Freund, man kennt die *scheinbaren* Gesetze des menschlichen Körpers, aber es gibt keinen absoluten Beweis, dass sie auch sein wirkliches Wesen sind. Wieder verwechselt Ihr das wahre Sein der Dinge und die einfache Übereinstimmung sichtbarer Phänomene mit einer Theorie, Signor Secretarius. Ganz zu schweigen von all den Theorien, die für unumstößlich gehalten wurden und sich im Lauf der

Zeit als irrig herausgestellt haben! Wie viele Menschen wurden von Ärzten und Chirurgen aufgrund falscher Theorien umgebracht!« Ich senkte die Augen im Bemühen, ein Beispiel zu finden, dass meine Argumente stützen konnte. Aber ich fand keines.

»Eigentlich wollte ich Euch nur davor warnen, den Standpunkt Urbans VIII. zu belächeln, wie Galileo es tat«, kam mein Gesprächspartner mir großzügig zu Hilfe. »Was Ihr billige Theologie für alte Marktweiber genannt habt, sind Prinzipien, die nicht auf irgendeinen Heiligen aus frühchristlicher Zeit, sondern auf die großen Philosophen des alten Griechenland zurückgehen.«

»Haltet den Mund, verflucht! Und bleibt stehen!«

Kemal befahl uns, innezuhalten. Wir hatten ein gutes Stück des Waldes durchquert, ohne auf Hindernisse oder Gefahren zu stoßen, doch jetzt kam dem Barbaresken etwas verdächtig vor.

Wir blickten einander an und senkten unwillkürlich die Fackeln. Einige Minuten warteten wir schweigend, bis Kemals angespannte Züge sich in einem Lächeln lösten.

Hinter einem Bäumchen war ein großer, krähenähnlicher Vogel mit einem kleinen Reptil im Schnabel aufgetaucht.

»Ich dachte, jemand würde uns verfolgen. Ich werde wohl alt«, bemerkte der Korsar. »Redet weiter, aber verausgabt euch nicht zu sehr. Ihr werdet all eure Kräfte für das Boot brauchen.«

DIALOG

Darin bewiesen wird, wie die menschliche Erkenntnis sich im Lauf der Jahrhunderte nicht etwa verbessert, sondern verschlechtert.

Hardouin hub wieder an: »Ich wiederhole, mein Freund, dass ich mich nicht als Philosoph aufspielen will. Doch ich sehe, dass Ihr diesem Thema auf den Grund gehen wollt, darum sage ich Euch, dass die Ideen des Papstes und Galileos, die einander so heftig widerstritten und zu dem berühmten Widerruf Galileos führten, nicht verstanden werden können, ohne auf ihre Wurzeln zurückzugehen: auf die beiden berühmtesten Philosophen aller Zeiten, Platon und Aristoteles.«

Nach Platon, erklärte er, dürfe man nur den astronomischen Theorien glauben, die mit dem übereinstimmen, was die Planeten unseren Augen zeigen. Der Zweck der Astronomie sei ebenso wichtig wie praktisch: die Zeit – Vergangenheit, Gegenwart und Zukunft – messen zu können, indem man die Planetenbewegung vorhersieht. Der Astronom müsse laut Platon einfache, messbare Bewegungen wie zum Beispiel die gleichbleibend kreisförmigen oder die elliptischen und epizyklischen Bewegungen zusammenstellen, um einen Bewegungsablauf zu berechnen, der der höchst komplizierten Bewegung der Gestirne ähnelt, welche in ihrer Gesamtheit jedoch von keiner Formel je erfasst werden kann und für den Menschen unerkennbar bleibt.

»*Sozéin ta phainòmena*, sagte Platon, nur das ist wichtig: die Erscheinungen retten!«

»Wollt Ihr damit etwa sagen, dass die berühmten griechischen Philosophen sich nicht für das wirkliche Sein der Dinge interessierten?«

»Genau! Es ist nicht Sinn und Zweck menschlichen Forschens zu entdecken, ob die Erde sich um die Sonne dreht oder umgekehrt, sondern nur, ein Rechensystem zu finden, mit dem vernünftige Vorhersagen zu praktischen Zwecken getroffen werden können. Wie ich schon sagte: Wir nennen es Astronomie, aber in Wirklichkeit handelt es sich um reine Chronologie oder besser Chrono-nomie, also die Wissenschaft davon, die Zeit Gesetzen zu unterwerfen. So dachte nicht nur der große Platon, sondern auch weniger bedeutende Denker wie Poseidonios oder Herakleides Pontikos. Sehr wenige lehnten diese Ideen ab, wie Adrastos von Aphrodisia oder Theon von Smyrna, und ihre Namen sind zu Recht vergessen.«

»Ihr müsst entschuldigen«, sagte ich, »ich kenne nicht alle Philosophen, von denen Ihr sprecht. Doch ich weiß, dass Galileo etwas sehr einfaches sagte: In der Geometrie entspricht dem Widersinn eines Satzes die Genauigkeit des gegenteiligen Satzes. Wenn sich von zwei entgegengesetzten Systemen eines als falsch herausstellt, muss das andere richtig sein.«

»Eine sehr einfache Regel, das stimmt. Doch Caspar Schoppe hat heute richtig gesagt: allzu einfache Methoden finden aufgrund ihrer Einfachheit große Verbreitung, aber das ist ein Fehler, weil sie vereinfachen. Dasselbe gilt für Galileos Überlegung: Wenn Vermutungen mit den Erscheinungen der Welt übereinstimmen, wie wir sie mit eigenen Augen oder durch ein Fernrohr sehen, darf man daraus folgern, dass sie wahr sein *können*, nicht aber dass sie mit Sicherheit wahr sind. Sie wären es nur, wenn man beweisen könnte, dass keine andere, womöglich noch unentdeckte Hypothese ebenso gut auf diese Erscheinungen passt. Und dieser Beweis wurde noch nie geführt.«

»Aber so etwas lässt sich ja gar nicht beweisen!«, protestierte ich.

»Zweifellos. Versteht Ihr jetzt, warum die griechischen Denker, die sehr weise waren, sich mit Theorien begnügten, die mit den Erscheinungen der sinnlich wahrnehmbaren Welt übereinstimmten, und *ab initio*, vom Beginn des Forschens an, darauf verzichteten, das wahre Wesen der Dinge zu entdecken?«

Ptolemäus, nach dessen Theorien die Sonne sich um die Erde dreht, hatte noch ein zweites Kriterium genannt, nämlich die Regel der größeren Einfachheit: Gibt es mehrere mögliche Hypothesen, nehme man immer die Einfachste, die mit der geringsten Anzahl an logischen Schritten zum Ziel führt.

Ptolemäus ganzes Bemühen war darauf gerichtet zu beweisen, dass die mannigfaltigen, höchst komplizierten Bewegungen der Planeten, die er in seinem großen Werk, dem *Almagest*, berechnet und beschreibt, um die Bahnen der Sterne zu bestimmen, in keiner Weise real sind, sondern bloße Abstraktionen: Sie existieren nicht am Himmel, sondern nur in den Überlegungen des Astronomen. Zwar hatte es Ptolemäus mit seinem *Almagest* möglich gemacht, den Lauf der Planeten zu berechnen und vorauszusagen und die numerischen Tafeln zu erstellen, derer die gesamte Menschheit sich noch jahrhundertelang bedienen würde. Aber er appellierte an die Bescheidenheit, die die menschliche Wissenschaft auszeichnen muss, und warnte davor, Göttliches und Menschliches miteinander zu vergleichen. Gott allein kennt das wahre Wesen der Dinge, der Mensch braucht nur ein Rechensystem, um natürliche Vorgänge seinen Zwecken dienstbar zu machen, mehr nicht.

»Zwei sehr unterschiedliche Theorien«, schloss er, »können zu identischen Schlussfolgerungen führen, die beide die Erscheinungen retten, also mit ihnen übereinstimmen. Daran zeigt sich ganz klar, dass das menschliche Wissen nicht mit dem göttlichen konkurrieren kann. Doch seht nur: Wir sind schon recht weit gekommen!«

Die dichte Vegetation hatte jäh aufgehört. Wir hatten den Weg an der Klippe erreicht. Jetzt profitierten wir ungehindert vom hellen Mondlicht, das sich, durchsetzt vom diamantenen Glitzern der Sterne, auf der schwarzen Kugel des Himmelsgewölbes ausbreitete. Der intensive Geruch des Meeres und der Duft von Rosmarin, Myrte und Heidekraut halfen, die Kälte der Nacht zu vergessen, ja, dank der maßvollen Euphorie, die Salz und frische, kühle Luft erregen, wurde unseren müden Gliedern neue Kraft geschenkt.

Kemal blickte regelmäßig hinter sich, als wollte er die zurückgelegte Strecke ermessen. Dann schnüffelte er wie ein Jagdhund in der Luft, verharrte ein wenig skeptisch und schüttelte zuletzt den Kopf.

»Stimmt etwas nicht?«, fragte ich.

»Im Gegenteil, alles in Ordnung. Wir werden bald an den steinigen Pfad gelangen, der die Klippe hinabführt. Macht euch darauf gefasst, dass ihr euch gehörig die Haut aufschürfen werdet, und passt auf, dass ihr nicht so endet wie Bragadin, haha!«

»Wer ist das denn nun wieder?«, fragte Hardouin.

»Ein Nazarener aus Venedig, der bei der berühmten Schlacht von Famagosta ein böses Ende nahm. Die Soldaten von Mustafa Pascha zeichneten ihm mit ihren Krummsäbeln am ganzen Körper ein schönes Muster auf die Haut. Die Geschichte hat mir Ali Rais erzählt.«

Der Buchhändler schüttelte sich angewidert.

»Seht mal!«, rief Hardouin plötzlich aus, auf einen großen, einsam stehenden Baum weisend.

»Ich sehe nichts«, sagte Kemal.

»An diesem Baum hing Mustafas weißer Schal. Er war sorgfältig um einen Ast geknotet, darum und weil dieser Baum so auffällig allein steht, erinnere ich mich. Aber jetzt ist er nicht mehr da. Jemand hat ihn mitgenommen, es gibt keine andere Erklärung.«

»Vielleicht ein Tier?«, schlug ich vor.

»Unmöglich, der Ast ist viel zu hoch für die Wildtiere auf dieser Insel, und für einen Vogel war er zu fest geknotet. Außerdem interessieren sich Raubvögel nicht für Lappen dieser Art.«

Wir verharrten noch eine Weile recht beunruhigt vor dem Baum, ohne eine befriedigende Erklärung für das Geschehen zu finden. Doch die Zeit drängte, also setzten wir unseren Marsch fort.

Wir waren kurz vor der Abzweigung, von wo der steile, mit großen spitzen Steinen gespickte Pfad hinunter zum Meer führte.

BETRACHTUNG

Darin man entdeckt, dass Kemal doch nicht gealtert ist.

Ich glaubte, Hardouin hätte seine Lust am Diskutieren nunmehr gestillt und wollte eine Weile schweigen. Doch ich irrte mich, denn mit der ihm eigenen Bescheidenheit hub er wieder an, um seine Überlegung zu vervollständigen:

»In Wahrheit, mein lieber Secretarius, war das, was uns heute exotisch und unnütz vorkommt, auch außerhalb von Griechenland und Rom, zum Beispiel in Arabien, alt und wohlbekannt. Gerade von den Arabern kam nämlich eine sehr wichtige Wende. Freilich nicht in die richtige Richtung.«

Die Araber, erklärte der Bretone, hätten den scharfen Geist der Griechen nicht geerbt, ebensowenig hätten sie die Genauigkeit und Sicherheit ihres logischen Denkens gekannt. Über viele Jahrhunderte hinweg konnten sie nur winzige Verbesserungen an den Hypothesen vornehmen, mit denen die griechische Astronomie der Zeit Zügel angelegt hatte, indem sie die komplizierten Bahnen der Planeten in einfache Bewegungen auflöste. Mit keinem der großen griechischen Wissenschaftler wie Poseidonios, Ptolemäus und Proklos oder Simplicius, der die Lehre Platons weitergab, konnten sie wetteifern. Da sie sich die Himmelskörper und ihre Bewegungen nicht anders als in konkreten Bildern vergegenwärtigen konnten, brauchten sie eine Theorie, die durch geformte Körper dargestellt werden konnte. Die Araber wollten Dinge berühren und erblicken, welche die griechischen Denker als rein fiktiv und abstrakt beschrieben hatten, sie wollten die epizyklischen und exzentrischen Bahnen, die Ptolemäus und seine Nachfolger für reine Rechenexempel hielten, mit Hilfe von Kugeln, die sich im Himmel drehen, real werden lassen.

»Sie haben sich damit begnügt«, erklärte der Buchhändler, »den *Almagest* von Ptolemäus zusammenzufassen, zu kommentieren und Tafeln zu verfassen, mit denen seine Prinzipien angewandt werden konnten, doch nie haben sie den Sinn und die Art der Voraussetzungen untersucht, auf denen das ganze System des Ptolemäus aufbaut. In den Schriften des Abu l-Wafa, des Alfraganus oder des Albategnius würde man vergeblich nach dem kleinsten Hinweis auf den Wirklichkeitsgrad suchen, den man den Planetenbewegungen zuschreiben darf. Erst am Ende des 9. Jahrhunderts findet man einen Autor, der die Art der von Ptolemäus entworfenen Mechanismen diskutiert, nämlich den Philosophen Thabit, einen Sabier, und nach ihm muss über ein Jahrhundert vergehen, bis man auf Alhazen trifft …«

»… der von Profazio ins Hebräische und dann von Abramo di Balmes ins Lateinische übersetzt wurde, übrigens mit dem Ergebnis, dass daraus ein sehr merkwürdiger Text voll unsinniger Sätze wurde, stimmt's?«

Wir blieben wie versteinert stehen. Hinter uns war eine wohlbekannte Stimme erklungen.

Kemal drehte sich mit einem Ruck um. »Himmel, was machst du denn hier?«

»Ich hatte nicht die geringste Lust, auf dieser Insel sitzen gelassen zu werden«, antwortete Barbello, alias Barbara Strozzi, trat hervor und zeigte sich im Mondlicht.

DISKURS LXXIV

Darin man bei Barbello weitere unvermutete
Talente entdeckt.

»Du hast dich geschickt angestellt bei dieser Verfolgung«, sagte Hardouin, der versuchte, seinen Schrecken zu unterdrücken. »Aber warum gibst du dich erst jetzt zu erkennen?«

»Ihr wart kurz davor, die Klippen hinunterzusteigen. Ich musste euch anhalten, sonst hätte ich euch aus den Augen verloren.«

»Lieber Kastrat, du bist ein wirklich reizender … kleiner Spion.«

Kemal, der Barbellos wahres Geschlecht nur allzu gut kannte, hatte Mühe, sie als Mann anzusprechen.

»Aber du hast dich verraten: Du hast Mustafas Schal genommen, bevor wir an dem Baum vorbeikamen«, erklärte Hardouin.

»Falsch. Ich war die ganze Zeit hinter Euch.«

»Wirklich?«, staunte der Buchhändler.

»Früher oder später hätte ich dich trotzdem erwischt!«, versicherte der Statthalter von Ali Ferrarese.

»Aber ich *wollte* ja von dir erwischt werden«, antwortete Barbara mit einem maliziösen Lächeln, das Hardouin nicht verstehen konnte, während ich nicht zeigen durfte, dass ich es verstand.

Ach, wie gerne hätte ich diese Lügnerin in eine Ecke gedrängt, ihr eine Ohrfeige gegeben und ihr ins Gesicht geschrien: So sprichst du zu deinem Liebhaber, die du soeben in jener Küche bei Mondlicht von einem anderen genossen wurdest? So sprichst du, die du mich, da ich noch schlief, heimlich in deinem Schoß aufgenommen hast? So sprichst du, die du Liebe in meinem jungen Schützling entfacht hast und ihm mit deinem schamlosen Treiben das Herz brechen würdest? So sprichst du, undurchdringliches Weib, in das alle eindringen, gibst dich als Entmannter aus und erlaubst dir, alle Männer in unserer Gruppe mit deinem Geheimnis, deinen Lügen, deinem heimlichen Hasardspiel an der Nase herumzuführen?

Aber ich musste schweigen, um dir, mein Atto, der du weit weg auf deinem Lager schliefst, von diesem ganzen Gewirr aus Sünden und Lügen nichts ahnend, noch größere Schwierigkeiten zu ersparen.

»Das Einzige, was ich nicht wollte«, sagte Barbara in vorwurfsvollem Ton, »war, hier auf dieser Insel zurückgelassen zu werden.«

Wohl oder übel mussten wir ihr unser heimliches Vorhaben erklären: das Rettungsboot wieder seetüchtig machen und nach Livorno rudern, um Hilfe zu holen.

»Das tröstet mich, ich glaubte, ihr hättet ein Treffen mit einem, der euch noch heute Nacht fortbringt«, sagte sie.

»Jetzt weißt du es auch. Du kannst mit uns kommen, aber wenn du jemandem aus der Gruppe ein Wort sagst, schneide ich dir die Kehle durch«, kündigte Kemal an.

»Ich kann Geheimnisse besser wahren als du, Barbareske«, entgegnete die verkleidete Frau ohne ein Zeichen von Furcht.

Deinem falschen Barbello fehlte die Schminke, mit der sie in den ersten Tagen ihr Gesicht getarnt hatte. Nur das Mondlicht und die Künste der erfahrenen Schauspielerin schützten sie noch davor, sich allen offenbaren zu müssen. Doch vier kannten die Wahrheit bereits: du und ich, Kemal und Pasqualini, und bald mochten es mehr werden. Nur eines konnte ich mir noch immer nicht erklären: warum um alles in der Welt sie sich als Kastrat verkleidet hatte. Ich dachte an die jüngste Überraschung, die sie uns bereitet hatte. Um sich zu erkennen zu geben, hatte sie Hardouin unterbrochen und die Namen zweier Philosophen genannt, von denen selbst ich nichts wusste.

»Gehen wir weiter, doch vorher habe ich eine Frage«, sagte Hardouin zur Strozzi. »Was weißt du von Alhazen, Profazio und Abramo di Balmes?«

»Man merkt, dass Ihr Venedig nicht kennt und die Bildung, die uns Kastraten neben dem Studium der Musik mitgegeben wird.«

»Nun, ich weiß, dass in Venedig tatsächlich einige Akademien für Musiker und Literaten blühen …«, sagte Hardouin verlegen.

»Wie die berühmte Accademia degli Incogniti, nicht wahr?« Ich wollte die verkleidete Frau provozieren.

Barbara Strozzi war von ihrem leiblichen Vater in diese Versammlung gelehrter Geister und mächtiger venezianischer Persönlichkeiten eingeführt worden. Mehr noch, er hatte sogar nur für sie die Accademia degli Unisoni gegründet, in der sie Zusammenkünfte leitete und ihre Talente als Komponistin, Musikerin und Sängerin vorführte.

»Genau. In den Akademien werden die Wissenschaften, die schönen Künste, die Literatur und auch das Studium der Astronomie gepflegt«, antwortete Barbello, ohne auf die Päderastie einzugehen, die Schoppe den Mitgliedern der Akademie zuschrieb. »Man trifft sich, veranstaltet Diskussionen, Konzerte … und wir Kastraten sollen mit unserem Gesang unterhalten, müssen aber auch imstande sein, an den Konversationen teilzunehmen, die vor und nach unseren Darbietungen zum Vergnügen der Herren Akademiker stattfinden.«

»Ich verstehe«, sagte Hardouin voll Bewunderung.

War es Ironie des Schicksals oder vielleicht doch kein Zufall, überlegte ich, während Barbara Strozzi noch sprach, dass sie eine Verschleierung ihres wahren Wesens gemäß der Philosophie der Accademia degli Incogniti gewählt hatte? Denn dort wurden der Hermaphroditismus und der Rollentausch von Mann und Frau gefeiert.

Bis jetzt war die Strozzi sorgsam bedacht gewesen, ihre Bildung zu verheimlichen, nie hatte sie sich anders als mit laienhaften Fragen in unsere Gespräche eingemischt. Doch in Anbetracht der Überfahrt bis nach Livorno, die sie mit Kemal, Hardouin und mir unternehmen würde, ohne ihre beiden Schutzgeister, Malagigi und dich, hatte sie offenbar beschlossen, sich nach und nach zu offenbaren, um sich mehr Respekt zu verschaffen.

BETRACHTUNG

Darin die Araber die Herren sind.

»Was sagte ich gerade?« Der bretonische Buchhändler wollte fortfahren. »Ach ja: Die Thesen des Alhazen waren so erfolgreich, dass man ihn den Zweiten Ptolemäus taufte. Zu jener Zeit vertraten die meisten Philosophen des Islam bereits die Lehre des Aristoteles, des »Meisters der Wissenden«. Sie wurde von der sogenannten peripatetischen Schule gelehrt, derselben, die auch einige Griechen, wie Sosigenes und Xenarchos, schließlich gegen die Astronomie des Ptolemäus entwickelt hatten.«

Schon bald, erklärte Hardouin, fielen die Würfel: Die arabischen Peripatetiker, Anhänger von Aristoteles, begannen einen erbitterten Kampf gegen die Lehren des *Almagest*. Sie folgten der aristotelischen Theorie, der zufolge der Himmel aus exakt ineinandergefügten konzentrischen Kreisen besteht. Diese Kreise bildeten eine himmlische Apparatur, die sich von den besten arabischen Handwerkern wunderbar aus Holz, Marmor und kostbaren Metallen formen ließ. Das arabische Bedürfnis nach Bildern für die Abstraktionen des Denkens war somit befriedigt.

Averroes, Avempace, Alpetragius, Abubacer – ein ganzes Heer von arabischen Theoretikern stellt sich gegen die Schulen von Ptolemäus und Platon, um die aristotelische Lehre durchzusetzen. Sie behaupten, die Planeten bewegen sich so, wie Aristoteles sagte, obwohl das eindeutig aller Sinneswahrnehmung widerspricht. Nach Aristoteles, so die Araber, beschreiben die Planeten vollkommen runde und konzentrische Kreisbahnen, darum muss es so sein und Schluss, auch wenn uns die Augen und mathematische Berechnungen etwas ganz anderes zeigen. Hier haben wir den Ursprung des Dogmatismus: Die aristotelische Lehre wird von den Arabern mit so großer Ergebenheit und Bewunderung übernommen, dass er nur noch Der Philosoph heißt. Averroes, der sein ganzes Leben damit verbrachte, Kommentare über das Denken seines Lehrmeisters zu verfassen, wird Der Kommentator genannt.

Und so setzen die Araber sich schließlich durch: Dank unendlicher Wiederholung verbreitet sich das Prinzip, dass astronomische Hypothesen mit der philosophischen Lehre übereinstimmen müssen.

»Wir Christen waren unterdessen von den Lehren des Alpetragius auch nicht verschont geblieben. Im Westen begann ein Kampf. Die scholastische Philosophie, die zuvor bedingungslos der alten Schule von Platon und Ptolemäus gefolgt war, fing an, sie zu Gunsten von Alpetragius in Zweifel zu ziehen, auch wegen der großen Bedeutung, die Aristoteles innerhalb der Kirche gewonnen hatte. Alpetragius' Lehre vertrug sich keineswegs mit den Erscheinungen, ihre Ergebnisse widersprachen den beobachtbaren Bewegungen am Himmel. Das erkannte auch der hochgelehrte Franziskaner Roger Bacon, der jedoch aus geheimnisvollen Gründen unbedingt dem arabischen Philosophen recht geben wollte. Auch Bonaventura aus Bagnoregio, Doktor Angelico genannt, war zwischen Ptolemäus und Alpetragius hin und her gerissen. Zum Glück schlug sich der heilige Thomas von Aquin auf die Seite von Ptolemäus.«

So kam man in der ersten Hälfte des 13. Jahrhunderts an. In Paris entschied sich Johannes von Janduno, obwohl er ein großer Bewunderer von Aristoteles und Averroes war, für die Theorie des Ptolemäus, die als einzige Rechentafeln wie Ephemeriden bot, mit denen sich die Bewegungen am Himmel bis in alle Einzelheiten vorhersagen ließen. In Italien gab auch der Aristoteliker Petrus Conciliator schließlich Ptolemäus den Vorzug. Trotz heftiger Attacken konnte die Philosophie der griechischen Astronomen ihre beiden Säulen zuletzt unversehrt erhalten: astronomische Hypothesen müssen so einfach wie möglich sein und mit den Erscheinungen übereinstimmen. Das änderte sich in den nächsten beiden Jahrhunderten nicht.

»Bis einer kam«, schloss Hardouin, »der alles verdarb, wie Caspar Schoppe heute richtig gesagt hat: Luther.«

»Aber Galileo wurde doch von der römischen Kirche verurteilt! Was hat Luther damit zu tun?«, fragte ich.

»Genug jetzt! Hört mit eurem Geschwätz auf«, drohte der Korsar. »Wir sind angekommen.«

DISKURS LXXV

Darin eine perfekte Rettungsaktion stattfindet.

Es lag noch da: träge schaukelte das Boot, wie betrunken von dem eingedrungenen Wasser, das es beschwerte. Es war so fest zwischen zwei aus dem Wasser ragenden Felsen eingeklemmt, dass die Strömung es nicht hatte mitreißen können. Ein einzigartiger Zufall! Fast schien es, als hätte die Vorsehung es für uns aufbewahren wollen. Ali Ferrareses Statthalter leitete die Rettungsaktion, die vom Mondlicht weit besser unterstützt wurde als von unseren kläglichen Fackeln.

Mehrmals warfen wir die Seile aus, dann hatten wir das Boot endlich am Haken und konnten es zu uns heranziehen. Wir schöpften das Wasser ab, indem wir die Eimer einer nach dem anderen am Seil hinabließen und sie dann im Meer entleerten. Als das Boot leicht genug war, zogen wir es unter größtem Kraftaufwand aufs Trockene und kippten es um. Kemal unterzog die Oberfläche des Rumpfes einer gründlichen Untersuchung.

»Wir haben Glück, liebe Nazarener«, sagte er schließlich, »Lecks kann ich nicht entdecken, das Wasser, das eindrang, als wir kenterten, waren überschwappende Wellen. Ich sehe nur zwei Risse, die zur Sicherheit geflickt werden müssen. Eigentlich müsste das bei trockenem Holz geschehen, da das aber nicht möglich ist, werden wir nur die Umgebung der beiden Risse trocknen. Bereitet mehr Fackeln vor, schnell!«

Nachdem wir die Stellen gut angewärmt hatten, begann das Kalfatern, wofür wir zunächst das Pech verflüssigen mussten. Hardouin und ich meißelten die verdächtigen Risse mit kräftigen Schlägen auf, stopften den Hanf hinein und drückten ihn ordentlich fest. Als das Pech kochend heiß war, strich der erfahrene Kemal es mit einem Spachtel über die Risse.

»Dieses Werkzeug ist sehr klein, wir kommen nur langsam voran, aber umso besser, solche Dinge macht man in aller Ruhe. Darum sucht Ali sich immer verlassene Inseln aus, um seine Boote ordentlich zu kalfatern.«

Die Arbeit war fast getan, da blendete uns plötzlich eine große Stichflamme, und eine Rauchwolke stieg auf: der Eimer mit dem Pech hatte Feuer gefangen. Kemal trug ihn vom Boot weg, während er seine Augen mit den Händen schützte.

»Holt sofort ein paar Eimer Wasser!«, befahl er.

Alle drei stürzten wir zu den Eimern, die wir benutzt hatten, um das Boot zu leeren. Ein Wind hatte sich erhoben, die Brandung wurde heftiger, beim Füllen der Eimer mussten wir achtgeben, um nicht von einer heimtückischen Welle erfasst zu werden.

Es war nur ein Augenblick: Ich stolperte über einen Stein und stieß Barbara mit dem Ellenbogen in den Rücken.

»Achtung!«, schrie Hardouin, dann hörte ich schon das Klatschen des Wassers. Die Sängerin war ins Meer gefallen.

»Hilfe!« Die Unglückliche schlug heftig mit den Armen. »Ich kann nicht schwimmen!«

Wir warfen ihr sofort ein Seil zu und hofften, sie würde es rasch ergreifen. Doch wir sahen nur eine Hand aus dem Wasser auftauchen und dann verschwinden. Das Seil schwamm lose im Wasser.

Ich blickte Kemal an und wir verstanden uns sofort. Blitzschnell warfen wir unsere Kleider ab und sprangen ins Meer. Barbara war verschwunden.

»Wo bist du?«, brüllte der Statthalter mit aller Kraft, sobald er in den eiskalten Wellen schwamm. Blindlings schlug er mit den Armen um sich, in der Hoffnung, auf die Frau zu stoßen.

Kaum war ich im Wasser, ließ die Kälte, die sich um meine Brust und den Rücken legte, mir den Atem stocken. Wie lange konnte eine Frau in dieser eisigen Umklammerung durchhalten? Gewiss nicht lange, und noch weniger, wenn sie sich nicht an der Oberfläche halten konnte. Eine große Welle peitschte mein Gesicht, ihre salzigen Tentakel drangen mir in die Kehle.

»Zeig dich, verflucht!«, schrie der Barbareske wieder, und ich hörte echte Verzweiflung in seiner Stimme.

Dann eine Hand: Sie schien wie vom Rest des Körpers getrennt auf der Wasseroberfläche zu schwimmen. Als ich nach ihr griff, überspülte mich die nächste Welle und riss mich mit sich, gefährlich nah an die Felsen, von denen ich ins Wasser gesprungen war. Ich hatte Barbaras Hand verloren.

»Da ist sie, zieh sie heraus!«, ermutigte mich Hardouin, der von den Klippen aus alles gesehen hatte, und augenblicklich war Kemal neben mir. Zwei weitere mächtige Wellen drückten mich ans Ufer, schon spürte ich meine Hände und Füße nicht mehr, als hätten sie sich im eiskalten Meeressaft aufgelöst.

»Ich habe sie!«, rief der Statthalter, während ich mich zu ihm vorbeugte und mit einer Fingerspitze ein Stück Stoff berührte, vielleicht Barbaras Jacke.

Dann sah ich Kemals Kopf und Schultern unter einer Sturzwelle verschwinden, die Wasseroberfläche zwischen mir und ihm hob sich, und schließlich tauchte der Oberkörper der Frau auf, als hätte ein wohlwollender Triton sich ihrer angenommen, um sie der Erde zurückzugeben.

»Hilf mir!«, schrie Kemal, während er einen Augenblick auftauchte und nach Luft schnappte, und jetzt sah ich auch das wachsbleiche Gesicht von Barbara Strozzi, die Züge verzerrt vom kalten Wasser und dem nahen Tod durch Ertrinken.

»Das Seil!«, rief ich Hardouin mehrmals zu, und er warf es treffsicher aus.

Kaum war das Ende des Taus zwischen uns, führten wir es, erbittert den ersten Muskelkrämpfen trotzend, unter Barbaras Rücken hindurch und gaben Hardouin ein Zeichen, zu ziehen. So konnten wir das arme Geschöpf, wiewohl auf die Gefahr hin, ihr die Haut abzuschürfen, auf einen einigermaßen flachen Felsen betten, der knapp aus dem Wasser herausragte. Sie atmete zwar, doch ihre Lider waren halb geschlossen und ihr Blick leer.

Wir hatten es geschafft. Auch ich hievte mich an Land und feierte den Erfolg, indem ich zu Boden fiel, von heftigen Krämpfen gelähmt, die meinen Wadenmuskeln schon im Wasser ordentlich zugesetzt hatten.

DISKURS LXXVI

Darin Hardouin sehr diskret Kenntnis von einem Geheimnis nimmt.

Die Ärmste wurde sofort in die Lage versetzt, sich vom angesammelten Ballast zu befreien. Bäuchlings auf den Steinen liegend, entleerte sie ihre Eingeweide unter heftigem Zittern, das sie von Kopf bis Fuß schüttelte, vom eiskalten Meerwasser. Wir benutzten alle trocken gebliebenen Kleidungsstücke, um sie zuzudecken. Zum Glück war das brennende Pech im Eimer von selbst erloschen, wir konnten uns also auf diejenige konzentrieren, die unsere Fürsorge und beide Fackeln in ihrer Nähe benötigte. Natürlich mussten wir den falschen Barbello entkleiden, und so, Barbara, sollte dich noch jemand entdecken, diesmal gegen deinen Willen.

Nachdem wir die Binden, die ihren Busen verschnürten, abgenommen hatten (die Perücke war zum Glück fest am Kopf geblieben), heuchelten zwei von uns Überraschung, während die des dritten echt war. Doch Barbara war bei Bewusstsein, und niemand hatte den Mut, in Worte zu fassen, was er gesehen hatte. Stattdessen taten wir, als hätten wir in der Dunkelheit nichts gesehen oder als wären gewisse Rundungen und geheime Orte ihres Körpers (der glänzende schwarze Diamant, den sie ihren Geliebten darbot, oder die generösen Brüste, die Kemal unter den Fenstern der Torre Vecchia so lustvoll genossen hatte) unter der Jacke verborgen geblieben. Jetzt hatten alle sie erkannt, doch nur ich wusste, wer sie war.

Bevor an den Heimweg zu denken war, mussten wir warten, bis das Leben in die Augen dieses Doppelwesens zurückkehrte, der Brechreiz aufhörte und der Schüttelfrost sich abschwächte. Die beißende Kälte der Nacht gebot es eigentlich, eilig ins Warme zu gelangen, einstweilen verzichteten wir auf unsere Kleider, um den falschen Kastraten zu wärmen.

»Der Sack, mein Sack«, jammerte er mit schwacher Stimme.

»Hier ist er, das gewachste Leinen hat dem Wasser standgehalten, nur innen ist er ein wenig feucht«, verkündete Hardouin und reichte ihr den Sack, dessen Inhalt er rasch betastet hatte, um zu prüfen, ob Wasser eingedrungen war.

Ich ärgerte mich über die verpasste Gelegenheit. Wäre ich geistesgegenwärtiger gewesen, hätte ich mir den Sack aneignen können und mit eigenen Augen gesehen, was ich zuvor nur hatte betasten können.

»Was ist darin? Lederwaren?«, fragte der Buchhändler neugierig.

»Ja … für Kleider«, hauchte Barbara und wurde noch blasser, wie mir schien.

»Die unglücklichen Ereignisse der letzten Tage war dem Material sicher nicht zuträglich«, bemerkte Hardouin zögernd.

»Ja, leider«, seufzte die Sängerin mit letzter Kraft.

Verflixt, fluchte ich enttäuscht in mich hinein, dann hatte ich also richtig geraten: Dieser dumme Sack enthielt nur Lederlappen, die vom Meerwasser ausgetrocknet waren. Vielleicht war es Material für eine Jacke oder eine Weste, wahrscheinlich ein bescheidenes Geschenk ihres Vaters für jemanden in Paris oder wer weiß was sonst noch. Vielleicht hatten die Strozzi und ihr Vater wenig Geld. Wie auch immer, ich tappte erneut im Dunkeln. Sie hängte sich den Sack unter großen Mühen um die Schulter, schien aber nicht imstande, zu gehen. Wir beschlossen, sie abwechselnd zu tragen, und falls nötig auszuruhen, auch um den Preis, erst bei Tag wieder im Basislager anzukommen. In Wirklichkeit lief alles viel besser als erwartet. Unterwegs gewann die Arme langsam ihre Kräfte zurück, und nach einer Weile verweigerte sie unsere Hilfe sogar und wollte wenigstens auf dem ebenen Stück des Wegs auf eigenen Füßen stehen. Natürlich war ihr nicht entgangen, dass nun auch Hardouin sie entdeckt hatte – wir hatten ihr ja die nassen Brustbinden abnehmen müssen.

Etwas hatten wir immerhin erreicht: wenn das Pech getrocknet war, würde das Boot benutzbar sein. Vorerst lag es wohlverwahrt und geschützt in der kleinen Höhle, in der wir die Nacht als Schiffbrüchige verbracht hatten. Auf dem Rückweg zum Haus der drei Bärtigen hatte keiner Lust zum Reden, wahrscheinlich überwog, zumindest bei Hardouin und Barbara, der Wunsch, sich voll Zuversicht auf den Tagesanbruch zu konzentrieren, wenn wir mit dem Boot aufs Meer fahren würden und, vorausgesetzt die Witterung blieb ruhig, die Flucht nach Livorno wagen können. Die Ruder waren zum Glück noch mit denselben Seilen an den Dollen festgezurrt, die sie auch bei unserem Schiffbruch im Boot gehalten hatten.

Während des langsamen, vorsichtigen Rückwegs hatte Hardouin Gelegenheit, seine Betrachtung abzuschließen.

BETRACHTUNG

Darin man erfährt, dass Luther der Ideengeber für die Inquisition war, und, schlimmer noch, dass Galileo Galilei unrecht hatte.

Als Martin Luther in der ersten Hälfte des 16. Jahrhunderts in den jahrhundertealten Streit zwischen Aristotelikern und Ptolemäikern eingriff, war die Astronomie zwischen Wien und Padua aufgeteilt. Für die Wiener Astronomen gehörten die Postulate des ptolemäischen Systems zu den seit jeher bestehenden Wahrheiten, die Averroisten der Schule von Padua hingegen, fanatische Anhänger der Lehren des Aristoteles-Kommentators Averroes, griffen erregt all jene Lehren an, die er schon widerlegt hatte. Im Gefolge ihres Lehrers sprachen die italienischen Averroisten – Achillini, Nifo, Amico und Fracastoro – der Astronomie das Recht ab, Hypothesen zu verwenden, die nicht mit der Philosophie des Meisterphilosophen und seines Kommentators schlechthin übereinstimmten. Wie Averroes erklärten sie das ptolemäische System aus diesem Grund für inakzeptabel, und wie Averroes versuchten sie, den *Almagest* durch eine Theorie zu ersetzen, die ausschließlich auf jenen homozentrischen Kreisen gründete, die bei den arabischen Handwerkern so beliebt gewesen waren. Doch wie schon Alpetragius hüteten auch sie sich davor, Details anzugeben, mit denen sich Tafeln der Himmelsbewegungen hätten erstellen lassen – dann hätten alle sofort erkannt, dass ihre Theorie von den Bewegungen der Planeten widerlegt wurde.

Um ihren Betrug zu verschleiern, heuchelten die Lehrer von Padua Verachtung für Details und brandmarkten sie als des wahren Philosophen unwürdige »Spielerei für Astronomen«. Einige, wie Achillini, Fracastoro und Giambattista Amico scheuten nicht davor zurück, in ihren Vorworten zu schreiben: Wir wissen, dass in unseren Werken einige Kleinigkeiten fehlen, aber pedantische Berechnungen sind nicht unsere Aufgabe, und sie lassen sich ohnehin leicht erhalten. Schluss.

Propaganda ersetzt Diskussionen, statt zu philosophieren, heckt man Listen aus.

Das alte Modell des Ptolemäus will lange nicht untergehen. Andere Wissenschaftler, wie Coronelli, Johannes Buridan, Albert von Sachsen und Nicolas Oresme setzen die Demontage aristotelischer Dogmen fort, indem sie sie auf die sublunare Sphäre, also die Erde, ausdehnen. Buridan kann die aristotelischen Prinzipien erfolgreich widerlegen, als er zeigt, dass die Bewegung eines Projektils nicht von der umgebenden Luft, sondern von einem *impetus* erhalten wird, den derjenige, der diesen Körper abschießt, in der Substanz des Projektils erzeugt. Mit diesem in Paris geborenen, außerordentlich fruchtbaren Prinzip wird anerkannt, dass die Philosophie der sublunaren Welt sich nicht von der Philosophie der himmlischen Sphären unterscheidet. Beide folgen derselben Methode, denn ihre Hypothesen haben einen einzigen Zweck: die Erscheinungen zu retten, wie Platon sagte, also mit den Sinnesdaten übereinzustimmen.

Diese klare Vorstellung von der Natur der Hypothesen, die im Mittelalter und zu Beginn der Renaissance viele gewonnen hatten, verdunkelt sich wieder, als ein unvorhergesehener Faktor auftaucht: Luther.

Der Reformator wettert gegen alles und jeden: Kopernikaner, Katholiken, sogar gegen seine eigenen Leute. Alle werden bezichtigt, die Theologie von der Wissenschaft zu trennen. Gotteslästerlich und verderbt sind seiner Meinung nach vor allem die Päpste, die den Empfehlungen des Ptolemäus folgen und jede Art Hypothese als nützlich erachten, die Erfahrungswerte bestätigt, sogar dann, wenn solche Hypothesen der Bibel widersprechen.

Drohend fordert Luther, dass eine Hypothese, bevor sie auf die Wissenschaft angewendet wird, den aristotelischen Lehren gemäß als sicher oder wenigstens wahrscheinlich gelten muss und der Bibel nicht widerspricht. Wieder einmal soll das Dogma triumphieren.

»Luther hat den Gewehrschuss abgegeben, der die Sinneswahrnehmung von der Philosophie und Theologie abhängig machen und Jahrhunderte vorsichtiger, weiser wissenschaftlicher Forschung vernichten wird. Die römische Kirche ist gezwungen, sich anzupassen.«

»Das sind starke Worte. Ich glaube nicht, dass es etwas gibt, was einen Papst zwingen könnte, von seinem eigenen Weg in Sachen göttlicher Dinge abzugehen«, wandte ich ein.

»Das erscheint Euch absurd? Doch es ist so«, sagte Hardouin.

Am 24. Mai 1543 stirbt Kopernikus, als sein Hauptwerk gerade in Druck gegeben wird. Im Vorwort des Papst Paul III. gewidmeten Werks sagt Kopernikus, anfänglich habe er die Hypothese von der Bewegung der Erde wie eine irrige Vermutung behandelt, dann aber festgestellt, dass sie die Erscheinungen noch besser als die ptolemäische Theorie zu retten vermochte, und dass sich mit ihrer Hilfe noch genauere Berechnungstafeln erarbeiten ließen. Doch mit dieser Aussage gab er sich nicht zufrieden: Kopernikus wollte die Wahrheit dieser Hypothese beweisen und glaubte, dass es ihm gelungen sei.

»Wohlgemerkt: der Papst fand nichts Frevelhaftes an dieser wissenschaftlichen Haltung, obwohl Kopernikus Idee in offenem Widerspruch zur Bibel stand.«

Dem Papst war natürlich nicht entgangen, dass Kopernikus sich irrte, als er behauptete, die Wirklichkeit seiner Theorie bewiesen zu haben, erklärte Hardouin. Als Kenner der Lehren von Hipparchos, Thomas von Aquin und Agostino Nifo wusste Paul III., dass man für den Beweis der Übereinstimmung einer astronomischen Hypothese mit der Natur der Dinge nicht nur zeigen musste, dass sie ausreicht, die Erscheinungen zu retten, sondern außerdem auch noch beweisen musste, dass dieselbe Hypothese, verändert man sie oder lässt sie gar fallen, sofort mit den Erscheinungen in Widerspruch gerät. Trotzdem hatte der Papst keine Einwände gegen Kopernikus und klagte ihn auch nicht der Gotteslästerung an.

»Er vermied schlicht und einfach, öffentlich Stellung zu nehmen«, fasste Hardouin zusammen. »Es wäre ihm nicht im Traum eingefallen, Kopernikus' Werk auf den Index zu setzen.«

Während der bretonische Buchhändler sprach, marschierten wir im Schritt eines geschlagenen Heeres. Barbara hatte ihre Kräfte fast wiedererlangt, oder besser gesagt, sie war von den nächtlichen Strapazen ebenso erschöpft wie wir. Wir hatten den Weg am Saum des Kliffs verlassen und gingen nun über den Pfad, der durch den Wald zur Piana dei Morti führte.

In Deutschland, fuhr Hardouin fort, entwickelten die Dinge sich ganz anders. Kopernikus' Buch erhielt eine anonyme Vorrede an den Leser, in der die ptolemäische Linie vertreten wurde: Astronomische Hypothesen müssen nicht wahr, noch nicht einmal wahrscheinlich sein, es genügt, wenn die Berechnungen, zu denen sie führen, mit den Beobachtungen übereinstimmen. Kein Astronom stellt Hypothesen auf, um andere zu überzeugen, dass die Wirklichkeit sich ihnen gemäß verhält, er will lediglich über exakte Berechnungen verfügen.

Der Verfasser der anonymen Vorrede war der Humanist Andreas Osiander. In Deutschland und Nordeuropa bildeten Gelehrte und Wissenschaftler, die diese Linie vertraten, zu der Zeit eine starke Strömung. Unter ihnen waren der berühmte holländische Astronom Gemma Frisius, die Gelehrtengruppe an der Universität Wittenberg, zu der Ariel Bicard und Caspar Peucer, die Schüler von Reinhold und Melanchthon, gehörten, weiter die Schulen in Nürnberg und Basel, die von Schreckenfuchs und Vurstisius geleitet wurden. Alle stimmten mit der alten ptolemäischen Schule überein. Auch die Italiener dachten so: Bei Piccolomini, Cesalpino und Giuntini findet man exakt dieselben Ideen wie bei Albert von Sachsen und Thomas von Aquin.

Giovanni Battista Benedetti bewunderte Kopernikus wegen der Berechnungen, die er zur Rettung der Himmelserscheinungen ersann, war aber sofort bereit einzuräumen, dass das heliozentrische Modell nicht das einzig Mögliche sein konnte.

»Die Zeitmessung, nur das ist der Menschheit wichtig, heute wie gestern«, erklärte Hardouin. »Und um die Zeit zu messen, Vergangenheit oder Zukunft, gibt es nur ein universales Instrument: die Beobachtung des Himmels. Darum brauchen wir immer vollständigere, genauere und praktischere Rechentafeln, mit denen die Himmelserscheinungen sich vorhersagen lassen. Ob Kopernikus' Hypothesen wahr oder falsch sind, hat keinerlei Einfluss auf die Berechnungen. Die deutschen Wissenschaftler interessierte diese Frage darum gar nicht.«

Trotz dieser geschlossenen Front kann Luther alles kurz und klein hauen. Schon bald müssen die deutschen Gelehrten sich selbst und ihren Schriften widersprechen, wenn sie ihre Haut retten wollen. Melanchthon schämt sich nicht, einerseits zu schreiben, Kopernikus' Theorien seien fehlerlos, und andererseits im Namen der Philosophie und der Bibel zu erklären, die Erde bewege sich nicht. Peucer, der knapp zwanzig Jahre zuvor Stein und Bein auf die Unerkennbarkeit der Himmelserscheinungen geschworen hatte, verdammt Kopernikus Theorien jetzt, weil sie »der Wahrheit völlig widersprechen«.

Auch die großen Astronomen ändern ihren Kurs. Der Protestant Tycho Brahe wertet Kopernikus ab, weil er mit Aristoteles und der Bibel im Widerstreit liegt. Horstius beeilt sich, all seine wissenschaftlichen Ergebnisse mit Rekurs auf die Bibel und aristotelische Schriften zu rechtfertigen.

Nun ist man in die Sackgasse geraten. Der Irrtum der Kopernikaner bestand darin, dass sie sich von der Tradition des Osiander abwandten, der sich noch mit der Feststellung der Himmelserscheinungen begnügt hatte. Nun fordern auch sie, dass astronomische Hypothesen wahr sein müssen, und behaupten, die kopernikanischen Theorien seien Wirklichkeit, die Erde drehe sich also tatsächlich um die Sonne.

Der Schaden ist angerichtet, die Astronomie ist dem Dogma in die Hände gefallen. Will man in der protestantischen Welt verstehen, wie das Weltall gebildet ist, genügt es nicht mehr, Arbeitshypothesen aufzustellen – diese Hypothesen müssen der Philosophie und Religion entsprechend wahr sein. Hypothesen sind keine *zweckdienlichen* Instrumente zur Erreichung eines praktischen Ziels mehr (wie die Zeitmessung durch Vorhersage der Planetenbewegungen), sie müssen *wirklich* sein, also den vagen Überlegungen der Philosophen entsprechen. In wenigen Jahren ist man in den von der Reformation erfassten Ländern vom Instrumentalismus zum Realismus, von der Gedankenfreiheit zur Unterdrückung übergegangen. Eine große Wende beginnt. So unerbittlich streng sind die protestantischen Ketzer, dass sie sogar mit dem Finger auf die Kirche Roms zeigen und sie anklagen, Ideen zu erlauben, die Aristoteles und der Bibel widersprechen. In Rom herrscht Verwirrung. Was tun? Keinesfalls können Katholiken sich überrennen lassen und einem Luther gestatten, Orthodoxie und wissenschaftliche Strenge zu überwachen!

Auch die Katholiken machen eine Kehrtwende. Der Jesuit und Wissenschaftler Christophorus Clavius, der einst seelenruhig die Forschungsergebnisse des Kopernikus benutzte, fügt einer Neuausgabe seiner Werke nun die Kritik am Geozentrismus hinzu, bezieht sich dabei aber nicht auf die Religion, sondern auf die aristotelische Philosophie!

Die römische Inquisition, die zunächst prokopernikanisch war, wacht auf. Als man beim Fall Galileo ankommt, wird dem toskanischen Wissenschaftler darum verboten, die Hypothesen des Kopernikus zu vertreten, und zwar vor allem, weil sie philosophisch falsch sind. Am Ende ist der wirkliche Gegner der neuen Wissenschaft nicht der Papst, auch Christus nicht, sondern der Heide Aristoteles.

Die Bestätigung der kopernikanischen Lehre durch die Philosophie ist das Zentrum, in dem die unterschiedlichsten Forschungen Galileos zusammenfließen, von den Beobachtungen des Astronomen bis zu seinen mechanischen Theorien. Er möchte, dass die Grundlagen der Astronomie der Wirklichkeit entsprechen, und versucht diesen Nachweis mit den klassischen Beweisen des Aristoteles zu führen. Die Bibel zitiert er dagegen nie.

»Wirklich?«, fragte ich höchst erstaunt.

»Das ist kaum verwunderlich.« Hardouin lächelte. »Es war Galileos kopernikanischer Realismus, der die Inquisition gegen ihn aufbrachte, weil sie den ptolemäischen Realismus vertrat. Andererseits unterschieden die katholischen und protestantischen Inquisitoren sich kaum. Alle folgten der Philosophie des Aristoteles und seines Kommentators, des Arabers Averroes, obwohl beides Heiden waren und die Sterblichkeit der Seele predigten.«

»Seid Ihr überzeugt von dem, was Ihr da sagt?«, fragte ich verblüfft. »Wie kann eine christliche Inquisition, sei sie nun katholisch oder protestantisch, Theorien heidnischer antiker Philosophen vertreten, die nicht einmal an die Unsterblichkeit der Seele glauben?«

»Es wäre interessant, die Inquisitoren Luthers, Calvins oder der heiligen römischen Kirche danach zu fragen. Aber ich glaube kaum, dass einer von ihnen die Wahrheit sagen würde«, schloss der bretonische Buchhändler belustigt.

Doch eine Frage wollte ich Hardouin noch stellen.

»Die Lehre des Barberini-Papstes war also trotz des christlichen Anscheins im Grunde ebenfalls heidnischen Ursprungs, wie Guyetus sagte? Platon kam vor Jesus Christus, sagte aber ganz ähnliche Dinge, wie ist das möglich?«

»Eine komplizierte Frage. Tatsächlich beschuldigen viele das Christentum, eine Verbindung mehrerer heidnischer Lehren zu sein, vor allem des Platonismus. Der deutsche Mystiker Meister Eckart erblickte vor etwa drei Jahrhunderten die eigentlichen Wurzeln des Christentums im Neoplatonismus. In Wahrheit braucht das Christentum als eine Religion, der die menschliche Vernunft nicht mehr gilt als der Verstand eines kleinen Kindes, das höhere Gedanken nicht begreifen kann, gar keine Philosophie. Der Glaube braucht keine Erklärungen, die den Verstand befriedigen, und er muss nicht in die Schule gehen. Er ist Glaube, mehr nicht, entweder man nimmt ihn an oder man lehnt ihn ab. Doch als die kirchliche Hierarchie sich so weit entwickelt hatte, dass sie eine einheitliche Macht bilden wollte, die rationalen Einfluss auf das Weltgeschehen nimmt, brauchte sie eine der Vernunft zugängliche Theologie. Also stützten die Gelehrten der Kirche sich mal auf platonische, mal auf aristotelische Lehren dort, wo diese dem Christentum nicht widersprachen.«

Darum habe die Verurteilung Galileos paradoxerweise wenig mit der Bibel zu tun gehabt, fuhr Hardouin fort. Im Urteilsspruch bezeichneten die Inquisitoren die kopernikanischen Thesen als *stultae et absurdae in philosophia*, als »philosophisch dumm und widersinnig«.

Was die Bibel sagte, wollten die Inquisitoren gar nicht wissen, sie folgten einfach sklavisch den Interpretationen der Kirchenväter und verweigerten sich blind jeder neuen Lektüre, um den Protestanten keinen Vorwand zu liefern, ihnen Nachgiebigkeit vorzuwerfen.

»Verstießen die kopernikanischen Theorien denn auch gegen das Evangelium?«, fragte ich, denn es hatte mich gewundert, dass Hardouin in seinen langen Ausführungen diese heilige Schrift, die doch weit wichtiger war, kein einziges Mal erwähnt hatte.

»Das Evangelium?«, rief der Buchhändler lachend aus. »Viel zu klar, zu wenig gewunden und verwickelt, um den Inquisitoren zu gefallen. Vor allem nach dem Tod von Kardinal Bellarmin, der kein Dogmatiker war, erwiesen die Inquisitoren sich im Vergleich zu den Theologen als die besseren Philosophen, Aristoteliker natürlich, die mehr mit den Sadduzäern aus dem Tempel von Jerusalem gemeinsam hatten als mit den Christen.«

»Die Sadduzäer? Meint Ihr die Priester des Sanhedrin, des Hohen Rates, der Jesus verurteilte?«

»Genau diese. Die Sadduzäer glaubten ebenso wie die Aristoteliker weder an die Unsterblichkeit der Seele noch an die göttliche Vorsehung, sondern meinten, dass die Welt ewig sei und Gott ein weit entfernter, gleichgültiger Schöpfer, der sich nicht in die menschlichen Angelegenheiten einmischt. Darum hatte die Welt unermesslich große Bedeutung für sie. Sie waren überzeugt, dass die von Gott verheißene Glückseligkeit sich hier auf Erden und im Lauf eines Lebens verwirklichen muss. Mit dem Tod ist dann alles aus. Adieu.«

»Was für selbstmörderische Ideen«, mischte sich Kemal ein, der Hardouins letzte Sätze aufgeschnappt hatte. »Wie zum Teufel kann man so leben?«, fragte er kopfschüttelnd. »Wahrscheinlich waren sie immer sehr schlecht gelaunt, haha!«

Hardouin sprach weiter. Nur zwei Stimmen erhoben sich in diesem erbitterten Kampf zwischen dem kopernikanischen Realismus Galileos und dem ptolemäischen Realismus der Inquisition, um an die weisen Lehren über die fiktive Natur menschlicher Theorien zu erinnern, die einzigen, die wirklich mit der christlichen Lehre übereinstimmten. Eine gehörte Kardinal Bellarmin, der dreißig Jahre zuvor in einem offenen Brief über Galileo an die ununterbrochene Traditionslinie erinnert hatte, die von Poseidonius, Ptolemäus, Proklos und Simplicius bis zu Osiander führte. Die andere war die Stimme Kardinal

Maffeo Barberinis, des zukünftigen Papstes Urban VIII., der, beeindruckt von den Ermahnungen Bellarmins, eine öffentliche Begegnung mit seinem Freund Galileo veranstaltete, wo er den verborgenen Makel im Gedankengang des Wissenschaftlers bloßstellte:»Ihr müsst beweisen, dass all das von keinem anderen als dem von Euch entworfenen System erreicht werden könnte, ohne Widersprüche zu erzeugen.«

Der Mann, der Urban VIII. werden sollte, war gewiss nicht vollkommen, im Gegenteil, er hatte viele Schwächen, nicht zuletzt jene, dass er sehr emotional reagierte, abergläubisch und leicht erregbar war, doch seine Wutanfälle waren ebenso heftig wie von kurzer Dauer. Seine intellektuellen Gaben waren jedoch unfehlbar. Mit kristallklarer Logik hatte er Galileo diese Wahrheit vor Augen geführt: Bestätigungen von Hypothesen durch Erfahrung mögen so zahlreich und präzise sein, wie man will, sie könnten eine Hypothese doch nie in Gewissheit verwandeln, denn dafür müsste man auch den folgenden Satz beweisen: dieselben Erfahrungsdaten würden notwendig alle anderen Hypothesen widerlegen, einschließlich derer, die noch nie von einem Menschen ausgedrückt wurden. Ein offensichtlich unmöglicher Beweis, der die Kenntnis der Wahrheit darum einzig und allein der göttlichen Barmherzigkeit überlässt und der menschlichen Vernunft alle Anmaßung nimmt.

Hat Jesus Christus, so entgegnete Maffeo Barberini seinem Freund Galileo, uns nicht offenbart, dass Gott *abba*, also »Vater« oder »Papa« ist? *Abba*, mit diesem Namen riefen die kleinen Kinder zu Jesu Zeit ihren Vater. Jesus will uns damit sagen, dass der menschliche Geist, dessen Erkenntnisfähigkeiten er doch so hoch schätzte, die Wahrheit der Dinge nicht besser versteht als ein Kindchen. Das Klügste, was wir tun können, lieber Galileo, ist also, uns mit unbeweisbaren wissenschaftlichen Kenntnissen zu praktischen Zwecken abzufinden. Im Übrigen müssen wir dem Vater vertrauen, wie die Kinder in zartem Alter es tun.

»Konnten diese weisen und umsichtigen Überlegungen Bellarmins und Urbans VIII. Galileo von seinem Vorhaben abbringen? Nein.«, sagte Hardouin.»Im Gegenteil, in seinem berühmten *Dialog über die zwei hauptsächlichsten Weltsysteme*, den er vor fünfzehn Jahren schrieb, legte Galileo diese vorsichtigen Ratschläge des Papstes, wie Ihr wisst, einer einfältigen Figur in den Mund. Außerdem schrieb er dieses Werk auf Italienisch, das alle lesen konnten, wodurch das Buch überall sehr populär wurde. Urban VIII. wurde also in ganz Europa lächerlich gemacht. Natürlich war er gezwungen zu reagieren, und als Antwort auf den unverbesserlichen Realismus Galileos gab er, zu seinem großen Leidwesen, dem unerbittlichen Realismus der Aristoteliker des Heiligen Offiziums freie Hand.«

Hardouins Ausführungen vermittelten wirklich den Eindruck, Galileo habe um jeden Preis verurteilt werden wollen, wie Schoppe behauptete, doch es war noch nicht klar, ob er es wirklich getan hatte, um seinen Ruhm zu mehren.

Mir fiel außerdem ein, dass noch keiner geklärt hatte, wer jener von Bouchard zitierte E.D. war, der seiner Meinung nach zur *impia cohors* gehörte, wie Galileo. Gerade wollte ich Hardouin danach fragen, als ich aufschrak – Kemal hatte mich grob an der Schulter gepackt und schüttelte mich wie eine Marionette.

»Beim Barte des Propheten, wollt ihr jetzt endlich mit dem Geschwätz aufhören? Wenn ihr es noch nicht bemerkt habt, sage ich euch, dass wir angekommen sind, seht ihr das Haus vor euch? Von jetzt an kein Wort mehr. Legt euch auf eure Lager, ohne dass euch jemand hört, es tagt bald, und die Schlafenden könnten schon bald erwachen.«

DISKURS LXXVII

Darin man beginnt, über E.D. zu sprechen.

Meine Augen waren geschlossen, und eine energische Hand rüttelte mich noch immer an der Schulter.

Ich fuhr auf, diesmal entschlossen, mich zu wehren.

»Signor Secretarius, was habt Ihr denn heute Morgen? Schon lange versuche ich Euch zu wecken, aber Ihr wollt einfach nicht erwachen.«

Es war Naudé, der mit mir und dir Wildbret zur Speisung unserer Gruppe jagen wollte.

Während ich mir unbeholfen die Hose überzog, sah ich dich zu den anderen Lagern schleichen und spionierte dir durch die Tür nach: du suchtest die verkleidete Frau hinter dem falschen Barbello, sie schlief noch, vielleicht versuchtest du sie zu wecken, indem du ihren Kopf streicheltest oder zu ihr sprachst. Doch deine heimliche Geliebte, von deren Untreue du nichts ahntest, auch nicht, dass sie vor kurzem in Lebensgefahr geschwebt hatte, musste dreimal mehr bleierne Müdigkeit in den Gliedern haben als ich, und ungeachtet deiner Bemühungen schlief sie weiter. Schließlich gabst du auf und kehrtest zu mir zurück. Ich musterte dich, du erwidertest meinen Blick mit einem gezwungenen Lächeln. »Seid Ihr bereit, Signorino? Kann ich Euch helfen? Habt Ihr gut geschlafen?«, fragte ich, während ich in Wahrheit mit meinem Gesichtsausdruck fragte, ob es deinem verkleideten Weib, das wir beide vorgaben, nicht zu kennen, gutging.

»Gehen wir«, antwortetest du knapp, ohne meine Sorge um Barbara zu erraten, und in dem Blick, den du mir zuwarfst, lag der rührende Ernst des jungen Mannes, der schon in der Morgenröte des Lebens versucht, Respekt zu erheischen.

Mit kaum verhehltem Widerwillen ergriffen wir die Gewehre, die der Bibliothekar uns reichte, schulterten die Hörner mit dem Schießpulver und begaben uns trübsinnig zum Ausgang. Bald erreichten wir den Pfad, der von der Piana dei Morti in den Wald abzweigte. Naudé schritt im Gegensatz zu uns mit munterem Tatendrang voran.

»Dieses Mal, meine Lieben, müssen wir unseren Gefährten etwas mehr als ein paar Fledermäuse oder Wildkatzen zum Beißen verschaffen, sonst rösten wir noch selbst am Spieß«, scherzte der Bibliothekar nervös. »Doch vorher müssen wir unsere drei Bärtigen wiederfinden, die den geschmacklosen Einfall hatten, uns im Stich zu lassen. Sollte uns dies nicht glücken, müssen wir wenigstens herausfinden, wie man in diese verfluchte Stadt kommt.«

Die Wanderung im kalten Morgengrauen war äußerst ungemütlich, nur der Gesang der Vögel ließ die feuchte, noch schlafende Natur etwas weniger unwirtlich erscheinen. Ich bemerkte, dass du mich erstaunt beobachtetest. Du warst erfrischt, fast fröhlich aufgestanden, während ich, der ich mich zur selben Stunde schlafen gelegt hatte, wie ein ausgelaugter Putzlappen wirkte. Ich brummte etwas über meine ewige Schlaflosigkeit und die unbequeme Lagerstatt, denn von dieser langen Nacht, von dem Boot und der Geilheit deines falschen Barbello durfte ich dir kein Sterbenswörtchen sagen.

Das erste Stück Weg führte uns zu nichts, was verlockte, wir sahen nur unbedeutende Vögelchen und auf dem Boden kein Beutetier, das diesen Namen verdiente.

»Mein Instinkt sagt mir, dass dies keine günstige Gegend ist«, sagte Naudé. »Gehen wir noch ein wenig weiter, um einen erhöhten Standpunkt zu finden, von wo aus wir vielleicht eine Straße erblicken, die in diese verflixte Stadt führt. Danach verteilen wir uns und halten Ausschau nach etwas Gutem, denn mein Magen knurrt schon, und zur Mittagszeit möchte ich ihn zufriedenstellen.«

Während wir durch den Wald gingen, versuchte ich Naudés Gesellschaft zu nutzen, bevor wir uns auf die Jagd konzentrieren mussten, und regte ihn zu einem Bekenntnis an, das schon zu lange ausstand.

»Monsire Naudé, ich glaube, Ihr müsst einer Meinung mit mir sein«, sagte ich ohne lange Vorrede.

»Durchaus möglich, Signor Secretarius, wenn ich wüsste, worum es geht.«

»Darum, dass hinter E.D. Euer Freund aus der Tetrade Elia Diodati steckt. Tagelang bin ich nicht dahintergekommen, jetzt ist es mir plötzlich aufgegangen.«

Naudé ließ sich ein fast unmerkliches Lächeln um die Mundwinkel entwischen, er schien die Frage erwartet zu haben. Konnte es anders sein? Alle wussten, dass er zu der berühmten Tetrade gehörte, dem Quartett aus Busenfreunden, das in den gelehrten Pariser Kreisen Furore machte. Seine Antwort erstaunte mich darum sehr:

»Elia Diodati? Der niederträchtigste, dreckigste, falscheste Mensch, der je gelebt hat.«

BETRACHTUNG

Darin gezeigt wird, wie die Tetrade starb und dann wiederauferstand.

»Ihr müsst wissen, Signor Secretarius«, fuhr er fort, »in Paris gibt es Dinge, die man erst versteht, wenn man lange dort lebt. Bleibt man der Stadt eine Weile fern, findet man manchmal schon nach wenigen Wochen bei der Rückkehr alles verändert vor. Genau das ist mir widerfahren, als ich vor vier Jahren nach Paris zurückgekehrt bin, nachdem ich zehn Jahren in Italien war.«

Er verlangsamte seinen Schritt und fuhr fort, sich umzuschauen, obwohl sein Reden sicher jede Beute, die diesen Namen verdiente, von uns fernhalten würde.

»Nach dem Tod meines Freundes Bouchard, Gott sei seiner Seele gnädig«, sagte er, ein unbeholfenes Kreuzzeichen schlagend, »trat ich, wie Ihr wisst, zu meiner großen Freude in den Dienst Seiner Eminenz Kardinal Mazarins. Doch zurück in Paris, fand ich vieles verändert vor.«

Die Atmosphäre, berichtete Naudé, war beklemmend. Soeben war eine ernste Verschwörung der Spanier gegen die Krone entdeckt worden, und man hatte die französischen Komplizen erhängt. Einer von ihnen war ein großer Freund der Starken Geister: der berühmte De Thou, ein Staatsrat. Die Luft der Freiheit, die man noch vor wenigen Jahren geatmet hatte, war dahin, die Unbekümmertheit, mit der die Starken Geister in ihren Salons diskutieren konnten, war verschwunden, dies war keine Zeit mehr, in der alles möglich schien.

Angesichts der Gefahr eines Staatsstreiches toleriert die Regierung der Krone allzu freizügige Versammlungen nicht mehr. Im Salon der Du Puy erscheinen zusehends weniger Besucher. Pater Gaffarel, ein Freund der *Deniaisez* und ein berühmter Orientalist, sagt in seinen Predigten ein Wort zu viel und wird angeklagt, die offizielle Lehre zu beleidigen. Luillier, ebenfalls einer der Starken Geister und ein großer Liebhaber geistreicher, gelehrter Konversation, der mit dem soeben hingerichteten De Thou befreundet war, sieht dunkle Zeiten voraus.

Alle erinnern sich an das Wort von Peiresc, dem Meister der Meister, der ebenfalls vor kurzem gestorben ist: Vorsicht, Vorsicht, Vorsicht.

»Und auch meine Tetrade fand ich verändert vor«, berichtete Naudé. »Elia Diodati hatte beschlossen, auszuscheiden. Er hatte sich verändert, brachte uns nicht mehr, wie früher, interessante Nachrichten von seinen Kontakten in anderen Städten, half nicht mehr, ermunterte nicht mehr. Er wurde unschlüssig, finster, langweilig. Er war unser überdrüssig. Ich glaube nicht, dass er Angst hatte. Aber er erklärte nichts, sondern schloss sich durch sein Verhalten von selbst aus. Was wir dachten, war ihm egal, also war es ihm auch schon früher egal gewesen. Wir drei, der gute Gassendi, La Mothe und ich waren sprachlos. Hatte Elia sich also schon immer verstellt? Er hätte etwas mehr Ehrgefühl zeigen können!«

Nachdem Diodati aus dem Bund ausgeschieden war, suchte die Tetrade nach einem Ersatz. Man fand ihn in Guy Patin, einem literatur-begeisterten Arzt, der behauptete, die alten wie die neuen Bigotten zu verachten. Aber er war kein guter Ersatz. »Ihm fehlte Elias Talent, seine Gewandtheit, sein ... wie soll ich sagen? Sein Geheimnis.«

Naudé hatte Zögern vorgetäuscht, um diesem Wort besonderes Gewicht zu verleihen.

»Ein Geheimnis?«, fragtest du.

»Ach, junger Atto Melani, es gibt Dinge, die Ihr, bei allem Respekt, erst eines späteren Tages erfahren werdet. Einstweilen müsst Ihr Euch mit meiner groben Rede begnügen«, sagte Gabriel Naudé, um sich dann doch mit einer so feinen Zunge zu erklären, dass man sie für die einer Schlange hätte halten können.

Elia Diodatis Herkunft war einerseits genau bekannt, andererseits höchst geheimnisvoll. Man wusste, dass er aus Lucca stammte, Italienisch war seine Muttersprache, Französisch benutzte er für Geschäfte, Deutsch für Studien. Das Triptychon der drei gelehrten Sprachen, Latein, Griechisch und Hebräisch, beherrschte er perfekt. Man wusste um seine reiche Familie, eine Kaufmannssippe, verwandt mit anderen, ebenso reichen italienischen Kaufleuten wie den Calandranini, den Burlamacchi, den Balbanin, den Turrettini und Mazarins Bankiers Cantarini und Cenami, außerdem niemand Geringerem als Michele Particelli, dem Generalinspekteur der französischen Finanzen und rechten Arm Mazarins. Alles Namen, die beim bloßen Aussprechen den Geschmack von Gold auf der Zunge hinterlassen.

Das erste Geheimnis war, dass sie allesamt Calvinisten waren. In Italien hatten die von Luther und Calvin reformierten Konfessionen kaum Fuß gefasst, doch in dem toskanischen Städtchen Lucca hatte das Unkraut der Ketzerei aus unerfindlichen Gründen feste Wurzeln geschlagen. Da es unmöglich war, mit dem weit mächtigeren nahen Kirchenstaat zusammenzuleben, und da sie Untertanen des ebenfalls katholischen Großherzogs der Toskana waren, hatten die Calvinisten aus Lucca ihr Glück schon immer außerhalb Italiens gesucht. So auch Elias Familie, die sich im erzcalvinistischen Genf niedergelassen hatte. Gerne gaben sie sich jüdische Namen: Abraham, Isaak, David, Rachel, Judith und Susanne (so hießen zwei Schwestern von Elia). Von Genf aus hatten sie ihre Zweige in alle Richtungen ausgestreckt: Die Diodatis waren Richter in Paris, Händler in London, Finanziers in

Amsterdam und Theologen in Antwerpen geworden. Ihr Netz erstreckte sich weit und konnte überall hingelangen. Jeder von ihnen hatte überall Freunde, Verwandte und Briefpartner, aus jeder Stadt konnten sie sich in kürzester Zeit Informationen beschaffen. Als Finanziers liehen sie dem König Geld, als Juristen kontrollierten sie die höchsten Staatsgeschäfte, als Prediger rüttelten sie die Gewissen auf und überwachten die Lehre (einer von ihnen hatte die berühmte Diodati-Bibel gedruckt, die am weitesten verbreitete in Europa). Sie machten Geschäfte unter Brüdern, sie verheirateten sich unter Cousins, sie schützten sich unter Onkeln und Neffen und vermehrten ihren Reichtum ausschließlich innerhalb der Familie. Dies war die calvinistische Internationale, stolz auf ihre Unabhängigkeit, erbarmungslos in ihren Methoden, um die Zukunft bangend.

Elias Wissensdurst war unauslöschlich. Während er Jura studierte, um Anwalt zu werden, korrespondierte er mit den Gelehrten aller Länder über alle Themen. Er interessierte sich für griechische und lateinische Philologie, sammelte Bücher über Reisen in exotische Länder, Orientalistik und jüdische Traditionen, er kannte die Diskussionen über den Blutkreislauf und die Augenbewegungen unter Anatomen und die unter Jesuiten über den Magnetismus, er war bewandert in Optik, Geographie, Ethologie und Mineralogie. Doch die Astronomie weckte das größte Interesse in ihm, und er begeisterte sich für die Chronologie.

Als die Religionskriege in Europa wüteten, hofften seine Verwandten, der Konflikt möge auf Italien und die verhasste römische Kirche übergreifen, um ihre Grundlagen zu erschüttern. Sie beteiligten sich an antikatholischen Operationen. Elia war schlauer und blieb Pazifist. Er predigte Toleranz, Freundschaft und Verständnis. Vielleicht hatte er begriffen, dass er der Sache am besten dienen konnte, wenn er über den Parteien stand und für die Gelehrtenrepublik arbeitete. So würde er unzählige Freunde haben und, wenn er aufpasste, keinen wirklichen Feind. Er fungierte als Verbindungsglied zwischen Gelehrten, als Botschafter zwischen Dozenten, Schriftstellern, Philologen und Astronomen. Dank des familiären Netzwerks aus Verwandtschaften und Freundschaften in ganz Europa war es ein Leichtes für ihn, Informationen zu erhalten, Kontakte herzustellen, Gastfreundschaft zu gewähren, Referenzen auszustellen. Er veröffentlichte keine eigenen Schriften, er war auf kein Fach spezialisiert. Er ließ die anderen schreiben: ermutigte, beriet, finanzierte Ausgaben, sorgte für Übersetzungen. Er stammte aus einem eher bigotten Umfeld, zog aber die Gesellschaft von Skeptikern vor, wie seine Freunde von der Tetrade. Dank der Reichtümer seiner Familie musste er nicht arbeiten, Zeit und Energie besaß er im Überfluss.

»Elia glaubte an die Kraft der Bücher, und ihre Kraft war die seine. Er wusste, dass Ideen mit der Zeit sogar Steine aushöhlen und mehr Macht verleihen können als Waffengewalt«, sagte Naudé.

Darum rümpfte er die Nase, als die lokalen Machthaber der Schweizer Region Graubünden, seine Religionsbrüder, durch eklatanten Machtmissbrauch Aufstände und Unruhen provozierten. Er wollte, dass diese Gegend, ein strategischer Verkehrsweg zwischen Nord- und Südeuropa, friedlich blieb. Er hatte begriffen, dass der Schlüssel zur Zukunft nicht der Krieg, sondern die Kommunikation war. Seine Aufgabe war nicht das Handeln, er wollte es erleichtern.

»In Friedenszeiten dringt Propaganda unter dem Deckmantel der Wissenschaft tiefer in die Herzen. Wer Wissen verbreitet, scheint im Dienst der Menschen zu stehen, auch wenn er danach trachtet, sie sich nach und nach zu Sklaven zu machen«, sagte Mazarins Bibliothekar.

Zahllose bedeutende Geschäfte gingen heimlich durch Diodatis Hände und die seiner Kreise. Sie unterstützten den venezianischen Mönch Paolo Sarpi, der Schmähschriften gegen die katholische Kirche schrieb. Zwei Bücher von Sarpi wurden von Elia in Genf veröffentlicht, ein drittes erschien mit Hilfe eines Cousins in London.

»Was er auch anfing, konnte er zu Ende führen. Wenn er seine Fähigkeiten in den Dienst des Guten gestellt hätte, lebten wir heute im Paradies«, sagte Naudé mit einem halb seraphischen, halb bitteren Lächeln.

Naudés Verachtung für Diodati brachte ihn dazu, uns die Wahrheit über ihn zu berichten, nicht ohne Zögern freilich, wegen des einst geteilten Credos der *Deniaisez* und der gemeinsamen Zugehörigkeit zur berühmten Tetrade. Er schien erleichtert, ungehindert, ohne die gewohnte Vorsicht sprechen zu können. Offenbar hatte er keine Bedenken, uns derlei Geständnisse zu machen: Schließlich hatte er nicht Seinesgleichen, sondern nur einen blutjungen Kastraten und einen schlichten Secretarius vor sich.

»Gutes hat er vor allem für einen bewirkt«, schloss Naudé, »für Galileo.«

BETRACHTUNG

Darin sich zeigt, wie Galileo zum Held wurde.

Den ersten Kontakt mit Galileo nahm Elia Diodati brieflich auf. Es ist ein listiges Schreiben, Diodati weiß, wie er sich diskret einführen kann. Er stellt sich als Freund eines gewissen Giacomo Badovero vor und bittet ehrerbietig darum, die Werke des toskanischen Genies sehen zu dürfen. Wenn der Wissenschaftler Schwierigkeiten mit der Veröffentlichung habe, könne man das Problem in Frankreich lösen. Sich über einen gemeinsamen Freund einzuführen war ein Scheinmanöver: Badovero war seit Jahren tot. Aber seinen Namen zu nennen war ein genaues Kalkül. Badovero war vor etwa zwanzig Jahren Galileos Schüler gewesen und hatte sogar im Haus seines Lehrers gewohnt.

»Natürlich ein durchaus üblicher Brauch«, fügte Naudé eilig hinzu. Dann hatte Galileo seinen Schüler um einen wichtigen Gefallen gebeten und ihn erhalten: eine eidesstattliche Erklärung in einem Prozess, mit dem Galileo als Erfinder eines geometrischen Kompasses für militärische Zwecke anerkannt werden wollte, den er selbst verkaufte, um die Einkünfte aus seiner Lehrtätigkeit aufzustocken.

In seinem Traktat *Sidereus Nuncius* erklärte Galileo öffentlich, was er Badovero verdankte. In diesem Buch, das einige seiner wichtigen Entdeckungen enthält, berichtete er, dass es Badovero gewesen war, der ein soeben in den Vereinigten Provinzen der Niederlande erfundenes Instrument als Erster in der Hand gehabt und ihn, Galileo, darauf aufmerksam gemacht hatte: das Fernrohr.

Galileo hatte dasselbe Gerät dann nur mit Hilfe dieser Schilderung in wenigen Monaten »neu erfunden« – das behauptete er wenigstens. »Diese öffentliche Dankesbekundung war ungewöhnlich«, bemerkte Naudé, »denn wie auch Ihr in Italien vielleicht wisst, erklärte Galileo nur äußerst selten, dass er anderen Gelehrten Dank schuldete.«

Badovero, der Diodati mit Galileo zusammenbringt, ist eine Art leerer Sack, in dem sich alles und nichts verbirgt. Der Sohn eines hugenottischen Juweliers, der in der Bartholomäusnacht von den Katholiken ausgeraubt wurde, soll katholisch geworden sein, doch wer ihn kannte, berichtet, er sei in Wahrheit weder das eine noch das andere gewesen. Jedenfalls fristete er sein Dasein mit einer Pension der Kirche. Nachdem er in Padua studiert und in Galileos Haus gelebt hatte, ging er zu obskuren diplomatischen Missionen für die französische Krone über. Er stand im Ruf, ein Sodomit, zügellos und bösartig zu sein. Die Italiener hielten ihn für einen Franzosen, die Franzosen für einen Italiener. Allen galt er als ein Spion, da er mit dem überaus gefürchteten Beichtvater des französischen Königs in Kontakt stand und häufig aus unerfindlichen Gründen zwischen Paris und London hin- und herreiste, wobei er jedes Mal das Aussehen und die Religion wechselte. Man weiß nicht einmal genau, wann und wie er gestorben ist. Manche berichten, er sei ohne Furcht vor dem Jenseits und der Hölle als wahrer Atheist gestorben, anderen zufolge hat er dagegen ein erbärmliches Ende genommen, obdachlos, in einem Kornspeicher in Venedig hausend, von den Blattern entstellt.

»Im Namen dieser drittklassigen Kanaille hatte Elia Diodati sich bei Galileo eingeführt und freundliches Gehör gefunden«, sagte Naudé, der nicht gern über Galileos Fall sprach, doch zu gerne über seinen ehemaligen Freund lästerte, der es gewagt hatte, die verachtete Tetrade zu verlassen, ohne zu erklären warum.

Diodati wusste, dass Galileo wichtige, unveröffentlichte Werke über die Bewegung der Himmelskörper verfasst hatte. Auch dies war eine vertrauliche Information, die er nur von dem Schurken Badovero haben konnte, welche diesen als Kenner der Materie entlarvte. Zwischen Galileo und dem Anwalt-Mäzen beginnt ein intensiver Briefwechsel. Diodati bietet Hilfe an, Werbung, Unterstützung bei der Veröffentlichung. Es ist erstaunlich, dass Galileo ihn nicht zurückweist, normalerweise verschmäht er Kontakte. Sogar als der große Kepler ihn brieflich um eine Meinung bat, antwortete Galileo mit Schweigen oder mit sehr unhöflichen Formulierungen. Nicht einmal der Plan, eine Art Bund astronomischer Gelehrter zu gründen, lockt ihn aus der Reserve. Er hasst Gruppenarbeit, zieht es vor, sich als *sidereus nuncius* zu präsentieren, als »himmlischen Botschafter«, wie der Titel eines seiner Hauptwerke lautet, und erklärt, seine Arbeit sei direkt vom Schöpfer inspiriert. Doch der Gott der astronomischen Forschung versäumt es, sich wissenschaftlich auf dem neuesten Stand zu halten: Er liest nur die Bücher, die man ihm als Geschenk nach Hause schickt, während seine Kollegen sich jedes Jahr gierig auf den Katalog der

Frankfurter Buchmesse stürzen und für Neuigkeiten alles tun würden. Trotz seines schwierigen Charakters und der Schranke, die er zwischen sich und der Welt errichtet hat, steht er mit Diodati in fortwährendem Kontakt. 1626, sechs Jahre nach dem ersten Brief, kommt es sogar zum Besuch: Der französische Freund reist nach Florenz und bleibt ganze zwei Wochen im Hause des Genies. Dabei hat Galileo sich bei anderen berühmten Besuchern krank gestellt oder ihnen nur wenige Minuten gewährt!

Der Vater der modernen Wissenschaft steht vor einem Wendepunkt. Er hat begonnen, das Werk zu schreiben, das ihn in Konflikt mit der Kirche bringen wird: den *Dialog über die zwei hauptsächlichsten Weltsysteme*. Noch heißt die Schrift allerdings *Dialog über den Fluss und den Rückfluss*, ein abstruser Titel, der auf die Gezeiten anspielt. Den endgültigen, viel aussagekräftigeren und besser verkäuflichen Titel, der auf den kosmologischen Inhalt und seine beiden »hauptsächlichsten Systeme«, das kopernikanische und das ptolemäische, zielt, wird es von Galileos Freund Kardinal Maffeo Barberini, dem späteren Papst Urban VIII. erhalten, also ausgerechnet von dem Mann, der beschuldigt werden wird, Galileo und den Fortschritt des Denkens aufgehalten zu haben.

»Gerüchten zufolge sollen Galileo und Diodati in den 13 Tagen, die sie zusammen verbrachten, über ›verschiedene Geheimnisse der Natur‹ gesprochen haben«, sagte Naudé, der selbst über diesen nebelhaften Ausdruck lächeln musste.

Wer weiß, fügte er ironisch hinzu, ob sie auch über die mysteriösen Methoden gesprochen haben, mit denen Diodati, ein einfacher Anwalt, der nie etwas veröffentlicht hatte, die Gelehrten halb Europas zu beeinflussen wusste.

Sprachen sie auch über ein gemeinsames Projekt? Wenn es so war, blieb es streng geheim, da beide kein einziges Wort über die Begegnung verloren. Sieben Jahre später, nach dem Zusammenstoß mit dem Papst und der Verurteilung Galileos durch das Heilige Offizium, wird Diodatis Rolle plötzlich ungeheuer wichtig. Mit allen verfügbaren Mitteln macht er den Fall öffentlich, er wirbt Verleger, kontaktiert Übersetzer, wird zum persönlichen Agenten des Wissenschaftlers. Galileo, in Rom besiegt, wird überall auf der Welt triumphieren. Ende 1634, ein Jahr nach dem Widerruf, erhält die gesamte wissenschaftliche Gemeinschaft wie durch blitzschnelle Ansteckung Kenntnis davon. Diodati wirkt als Filter und Koordinator eines ganzen Heeres von Bewunderern, Nachfolgern und Verteidigern, die die Nachricht ihrerseits wie ein Schwungrad in der gesamten Gelehrtenrepublik verbreiten: Paris, Leiden, Lyon, Straßburg, Antwerpen … Ein vatikanisches Verbot ist im protestantischen Europa die beste Werbung.

Galileo und Diodati wissen genau, dass die Drucker im lutherischen und calvinistischen Europa sich seit langem mit vollen Händen bei den von der Inquisition indizierten Büchern bedienen, um ihre Kataloge zu bereichern – denn nichts fasziniert die Leser mehr als ein verbotenes Buch.

Die Verkaufszahlen von Galileos Büchern sprengen alle Maßstäbe. In Deutschland hat der Philologe Bernegger, der Galileo ins Lateinische übersetzt, seit dreißig Jahren stapelweise alte Werke Galileos auf Lager liegen. Als der Skandal ausbricht, klebt er ein neues Datum auf den Einband, um den Anschein zu erwecken, es handle sich um eine Neuausgabe, und überschwemmt damit die Buchhandlungen. In Holland setzen Galileos Verleger, die Elzevier, die von dem Werk *Unterredung und mathematische Demonstration über zwei neue Wissenszweige die Mechanik und die Fallgesetze betreffend* nur wenige Exemplare verkauft hatten, die Druckerpresse in Gang. Dennoch kommt das Interesse nicht von der Masse der Leser, sondern wird von schlauen, beharrlichen Aktionen weniger Personen gesteuert. Würde Diodati nicht hinter den Kulissen Druck machen, gäbe es Galileos Erfolg nicht.

Während Naudé sprach, wechselten du und ich verstohlen amüsierte Blicke. Wir hatten denselben Gedanken: Schoppe hatte die Wahrheit gesagt, die Geschichte von den Mäusen, die Galileos Bücher in den Lagern der Buchhändler fraßen, war nicht gelogen. Naudé hatte sie jedoch immer bestritten, um sich gegen den Verehrungswürdigen zu behaupten. Erst jetzt hatte sein Groll gegenüber Diodati ihm die Wahrheit aus der Kehle gelockt.

Während der sogenannten Gefangenschaft in seiner Villa in der Toskana empfing Galileo Bewunderer aus allen Ländern. Im Ausland erklang das Echo der Appelle zu seinen Gunsten. In der französischen Hauptstadt verstärkte der gelehrte Pater Mersenne seine Bemühungen, dem armen Opfer zu helfen (welches jedoch ärgerlich wurde, wenn Pater Mersenne seine Schilderung der Tatsachen nicht ausreichend mit Einzelheiten schmückte, die für Galileo sprachen). Es wurde sogar geplant, den Wissenschaftler in das ketzerische Holland emigrieren zu lassen, wo er sich ungestört seinen Studien hätte widmen können. Galileo lehnte ab, er fühle sich zu alt und müde für ein solches Unternehmen. Auf jeden Fall war er inzwischen mehr als ein Wissenschaftler: ein Symbol. Diodati verglich ihn mit Prometheus, dem ruhmreichen Helden der griechischen Mythologie. Galileo nannte Diodati »meinen über alles geliebten, wahren Freund«. Ruhm lag ihm sehr am Herzen. »Zwei Dinge sind mir wichtiger als alles andere«, schrieb er an den Freund, »das Leben und der Ruf.« Tatsächlich gelang es ihm, lang genug zu leben, um seine Rache an Rom auszukosten.

»Wenn alte Männer Charakter haben, schaffen sie es sogar, nicht zu krepieren«, lachte Naudé, der zwischen dem Wunsch, Galileo zu verteidigen, und dem sehr viel stärkeren Drang, Diodati zu verleumden, hin und her schwankte.

Auf Betreiben des Pariser Anwalts war der *Dialog* von einem wissenschaftlichen Werk zu einer Waffe im Krieg geworden. Er behauptet nicht mehr nur eine physikalische Theorie, sondern beweist die blinde Grausamkeit der römischen Kirche, die die *libertas filosofandi*, die Freiheit der Forschung bestraft und das Opfer erpresst. Galileo selbst gesteht der Menschheit jedoch keineswegs das Recht zu, am Wissen teilzuhaben. In einer seiner Schriften, die Diodati herausgegeben hat, zitiert er Platon: *Naturam rerum invenire, difficile, indicare in vulgus, nefas.* »Die Natur der Dinge zu erkennen, ist schwierig, sie dem Volk zu offenbaren, ist verboten.« Schon zur Zeit der Erfindung des Fernrohrs vor einem Vierteljahrhundert hatte er sorgsam darauf geachtet, das Monopol über seine Entdeckungen und Kenntnisse zu behalten. An Herrscher und Adelige, die nichts von Physik und Astronomie verstanden, verschenkte er gerne Kopien des Instruments, nicht aber an Forscherkollegen, die seine Stellung gefährden konnten.

Jetzt hatte ich verstanden, was Bouchard in seinen rätselhaften Notizen über Galileo und Diodati meinte. Auch wurde mir endlich klar, warum Galileo sich unbedingt von der Kirche verurteilen lassen wollte, wie Schoppe behauptete. Der Plan war von Elia Diodati ersonnen, und es ging darum, die römische Kirche so mit Schmutz zu bewerfen, dass sie sich nicht einmal in Jahrhunderten würde reinwaschen können. Galileo, der sein Leben lang nach Ruhm und Reichtum gestrebt hatte, ohne sein Ziel je wirklich zu erreichen, hatte dem Plan zugestimmt und schließlich bekommen, was er wollte: Als Opfer wurde er endlich berühmt. Sein Pech war, dass ihm das erst im Alter gelang, weil sein Freund Maffeo Barberini, der spätere Papst Urban VIII., sich fast zwanzig Jahre lang geweigert hatte, Galileo von der Inquisition verurteilen zu lassen. Erst als dieser den Papst vor der Welt der Kultur und Politik persönlich angriff, indem er dessen Ideen einem Idioten in den Mund legte, sah der enttäuschte Papst Urban VIII., der von dem schmutzigen Spiel Galileos und Diodatis nichts ahnte, sich gezwungen, den Freund fallenzulassen, der ihn unverständlicherweise *coram populo* lächerlich gemacht hatte. Und Galileo konnte endlich ins Paradies irdischen Ruhms eingehen.

DISKURS LXXVIII

Darin eine interessante Begegnung stattfindet.

Unser gemeinsames Desinteresse am Wild, das zu jagen wir vergessen hatten, wurde schließlich bestraft. Urplötzlich stand ein mächtiges Wildschwein vor unserem Terzett. Der Erste, der es sah, warst du, erinnerst du dich, Atto? Ich hörte deinen erstickten Schrei und spürte deine Hand auf meiner Schulter.

Naudé und ich sahen dich an, und als wir der Richtung deines erschrockenen Blicks folgten, entdeckten wir das Tier, das sich in seiner ganzen stattlichen Körperfülle vor uns aufbaute.

»Und nun?«, fragte der Bibliothekar mit hauchdünner Stimme.

»Schaut ihm nicht in die Augen, tut so, als hättet Ihr es nicht gesehen. Bewegt Euch langsam.«

»Und in welcher Richtung, bitte?«, greinte Naudé.

Da das Wildschwein uns den Weg versperrte, war die Frage nicht ganz unberechtigt.

»Geht ganz ruhig nach rechts, ohne es anzuschauen.«

Während ihr beide zögernd gehorchtet, versuchte ich, langsam das Gewehr anzusetzen, darauf vertrauend, dass das Wildschwein von euren Bewegungen abgelenkt werde. Hätte ich es doch nie getan! Mit einem dröhnenden Grunzen, stierhaft und nasal zugleich, ging das Tier zum Angriff über.

Ich stürzte mich auf dich und warf dich zu Boden, um dich mit meinem Körper vor der unmittelbar bevorstehenden Attacke zu schützen. Als Naudé sich ebenfalls fallenließ, das Gesicht in den Händen verbergend, hörten wir schon mehrere Schüsse hinter unserem Rücken und sahen das Tier direkt neben uns zusammenbrechen.

»Das liebe Tierchen scheint mit Treibjagden nicht ganz unvertraut gewesen zu sein«, sagte eine unbekannte Stimme. »Es hat die Bedrohung durch Euer Gewehr sofort erkannt, Messere.«

Der Sprecher stand in lässiger Haltung an einen Baum gelehnt, in den Händen hielt er eine Muskete. Er war in einen alten Mantel mit einer kleinen, zerschlissenen Halskrause gekleidet. Sein Gesicht war hohlwangig und schlecht rasiert, die fast blauvioletten Augen unterstrichen ein gewinnendes, vielsagendes Lächeln, das ihm eine Ausstrahlung gutmütiger, geduldiger Überlegenheit verlieh, wie sie einem Menschen ansteht, der sich stets mit kleinen Kniffen durch die Engpässe des Lebens zu helfen weiß.

Wir erhoben uns vom Boden, und nachdem wir innerlich Abschied von dem Wildschwein genommen hatten, stellten wir uns vor, doch der Mensch erwiderte unseren Gruß mit keinem Wort. Er begnügte sich damit, uns anzulächeln. Eine Weile musterten wir uns gegenseitig.

»Wem verdanken wir unser Leben?«, fragte Naudé höflich, da der Mann seinen Namen nicht genannt hatte.

»Dem Schöpfer, was für eine Frage!«, antwortete er und machte Anstalten, weiterzugehen.

»Ich meinte, mit wem zu sprechen wir die Ehre haben«, versuchte sich der Bibliothekar nach dieser unerwarteten Antwort zu erklären, während wir uns alle unwillkürlich hinter unserem Gesprächspartner in Marsch setzten.

»Die Ehre ist ganz auf meiner Seite!«, gab dieser zurück, unentwegt lächelnd. »Seid Ihr zu Besuch auf der Insel? Habt Ihr vielleicht Verwandte hier?«

»Nein, Verwandte nicht, aber wir suchen jemanden«, antwortete ich und versuchte Naudés Blick aufzufangen, um zu verstehen, ob er wollte, dass ich mehr sagte.

»Dann habt ihr gewiss die drei Verrückten getroffen?«, fragte er überraschend, zu Füßen eines Felsens anhaltend, auf dem ein großer Haufen Lumpen lag.

»In der Tat …«, gab Naudé zu.

»Das dachte ich mir. Jeder Besucher, der auf die Insel kommt, stößt früher oder später auf diese Tagediebe«, sagte er und hieb auf den Haufen Lumpen ein.

Das Gewirr aus alten Lappen zuckte, dann bläht es sich auf. Nach und nach kamen ein Arm, dann eine Hand, ein Kopf und schließlich eine ganze menschliche Gestalt zum Vorschein.

»Was gibt's?«, nuschelte das Wesen, das wie eine Parodie der schaumgeborenen Venus aus diesen Lumpen erstand.

Es war ein rundliches Männchen, ebenfalls mit ungepflegtem Bart, fettiger Haut, groben, aufgedunsenen Händen und einem Kopf, der ohne die Spur eines Halses auf dem Körper saß. Die Lumpen, die ihn bedeckten, waren tatsächlich seine lächerliche, armselige Bekleidung, zusammengeflickt aus zahlreichen schwarzen Lappen jeder Art.

»Sie haben die drei Irren getroffen«, sagte der Erste.

»Die Ärmsten«, bemerkte sein feister Kumpan unwillig.

»Überdies haben wir sie plötzlich aus den Augen verloren. Wisst Ihr zufällig, wohin die drei … nun, wohin Eure drei Freunde gegangen sind?«, fragte ich.

»Ihr meint Sieben, Zwölf und Neunzehn.«

»Bitte?«

»So heißen sie. Sie haben sich diese Namen ausgesucht«, sagte der Mensch mit den blauen Augen. »Natürlich habt auch Ihr begriffen, warum«, sagte er mit listiger Miene.

»Weil sie vor der Gerichtsbarkeit fliehen?«, vermutete ich.

»Genau«, bestätigte er grinsend. »Alles, was sie sagen, ist blühende Phantasie. Nichts davon ist wahr. Sie tun so, als wären sie ein bisschen verrückt, um ihre wahre Identität zu verheimlichen und den Fängen der Justiz zu entgehen.«

»Dann sind sie also Diebe, wenn ich recht verstanden habe«, fragte ich.

»Diebe, genau, sie haben alles gestohlen, was ihnen unter die Finger kam!«

»Wahrscheinlich auch hier auf der Insel und von Euch auch, habe ich recht?«

»Und ob! Diese Schweine haben mich fast ausgeplündert, und das mehr als einmal!«

»Als wir sie trafen, trug einer von ihnen eine große Tasche über der Schulter. Voller Papiere.«

»Das war meine Tasche, verflucht! Sie war mir sehr wichtig! Wenn ich die Kerle erwische, bringe ich sie um.«

»Das wird dir kaum gelingen«, versetzte der Dickwanst. »Du weißt, dass sie die Insel besser kennen als ich, der Kommissar.«

Der Dicke erzählte sodann, er sei vor etwa zwölf Jahren durch ein Dekret des Großherzogs der Toskana persönlich zum großherzoglichen Kommissar für die Verwaltung Gorgonas ernannt worden. Er habe treue Dienste geleistet, bis der Großherzog verfügte, dass das Personal auf der Insel aus Kostengründen zu verringern sei. Da er keine Familie und keine andere Arbeitsmöglichkeit habe (in den zwölf Jahren Abwesenheit hatte er alle Bindungen an das Festland verloren) und außerdem für nicht näher bezeichnete »Quälgeister« (unter denen wir uns leicht Gläubiger oder Häscher vorstellen konnten) unerreichbar bleiben wollte, hatte der ehemalige Kommissar von Gorgona beschlossen, auf der Insel zu bleiben, wo das Leben ohne jede Ablenkung und unnütze Ausgaben sowie seine Ersparnisse ihm erlaubten, ohne Arbeit zu überleben.

»Und Ihr?«, fragte Naudé den Mann mit den blauen Augen.

»Oh nein!«, lachte er. »Ich bin hiergeblieben, um die Brücken zur Vergangenheit abzubrechen! Nennt mich Zweiunddreißig wie die drei Verrückten!«

»Hier stimmt etwas nicht«, flüsterte ich dem Bibliothekar ins Ohr. »Die Tasche. Die Tasche mit dem *Satyricon* gehörte ihm! Habt Ihr denn noch nicht begriffen, wer das ist?«

Naudé zuckte zusammen wie von einem Skorpion gestochen. Meine Worte setzten ihn auf glühende Kohlen. Er starrte mich mit gierigen Augen an. Also erfüllte ich ihm den Wunsch nach Aufklärung und fragte:

»Die werten Signori haben schon gehört, dass wir nicht zufällig auf dieser entlegenen Insel im Toskanischen Meer gelandet sind. Wir suchen einen slowenischen Mönch, einen gewissen Philos Ptetès, der vor zwei Jahren hier von Bord eines Schiffes ging und von einer Schlange gebissen wurde«, sagte ich mit einem breiten Lächeln und ließ eine höfliche Verbeugung folgen. »Ich denke, wir sind am Ende unserer Suche angekommen, nicht wahr?«, fragte ich mit zunehmender Betonung. »Irre ich oder haben wir die Ehre, mit Philos Ptetès zu sprechen?«

Der Mann tat einen langen, ergebenen Seufzer.

»Persönlich«, gestand er, mein gewinnendes Lächeln erwidernd.

Dann breitete er die Arme aus, als wollte er sagen:»Nun gut, Ihr habt mich entdeckt.«

Nie werde ich den blöden Gesichtsausdruck Naudés vergessen und seinen Blick, der unaufhörlich zwischen mir und Philos Ptetès hin- und herirrte. Fast hätte er mich gefragt, ob das womöglich ein gemeinsam ausgeheckter Scherz war, so fassungslos stand er vor dem lang ersehnten, plötzlich Wirklichkeit gewordenen Ereignis. Zum dritten Mal innerhalb weniger Stunden war die Hoffnung, endlich ans Ziel seiner mühevollen Suche gekommen zu sein, in greifbare Nähe gerückt. Nach dem Verschwinden der drei Bärtigen und mit ihnen des *Satyricon* hatte die letzte Nacht ihm die tiefe Enttäuschung bereitet, statt Philos Ptetès und des Schatzes von Poggio Bracciolini nur einen armen Toten zu finden, den die Schwägerin zu einem solchen gemacht hatte.

Am Ende seines stürmischen Gedankenaufruhrs angelangt, zog Naudé es vor, ohne weitere Fragen zur Sache zu kommen. Mit einer vor Aufregung vom Schweiße triefenden Stirn, mit zitternden Händen und bebender Stimme stellte er sich in einem einzigen Atemzug als Bibliothekar von Kardinal Mazarin, Gelehrter, Philologe, Historiker, Literat, Dichter, Übersetzer von Klassikern vor. Er konnte es kaum glauben, das Objekt seiner Begierde ebenso wie der seiner verhassten Kollegen ganz allein für sich zu haben.

»Ich habe, in aller Bescheidenheit, das Glück, von den Verwandten der Herrscher aller Länder empfangen zu werden«, stammelte Naudé und zählte Philos Ptetès flugs seine Verdienste auf:»Überall wird mir die größte Freiheit eingeräumt, nach Belieben öffentliche und private, kirchliche und staatliche Bibliotheken zu besichtigen, und dortselbst auf die Jagd zu gehen, als seien sie liebliche Wälder, hihi«, sagte er, mit einer Handbewegung auf das unwirtliche Dickicht weisend, in dem wir uns befanden. Sein nervöses Gelächter erstarb sofort, als er das eher distanzierte Lächeln von Philos Ptetès erblickte. Der ehemalige Kommissar folgte dem Gespräch mit bestürzter Miene.

Ich hatte verstanden, worauf Naudé hinauswollte.

»Der Ruf meiner Liebe zu Inkunabeln und vor allem zu alten Handschriftenkodizes«, fuhr er unbeirrt fort,»hat sich allerorts schnell verbreitet, und es heißt von mir, dass ich mich nach Büchern, insonderheit alten Büchern schier verzehre und dass man meine Gunst leichter durch alte, verstaubte Bücher als durch Geld erlangt. Darum lassen meine Bewunderer nicht Gold und Juwelen auf meinen Schreibtisch strömen, sondern abgegriffene Kodizes und schmutzige Faszikel, die meinen Augen und meinem Herzen teuer sind. Für mich öffnen die Menschen die Schränke der berühmtesten Klöster, sperren die Schreine auf, leeren die Laden.«

»Die Armen«, bemerkte der ehemalige Kommissar.

Mazarins listiger Bibliothekar nahm diese unhöfliche Bemerkung nicht einmal wahr, so sehr war er auf seine Tirade konzentriert. Er war so schlau gewesen, Philos Ptetès nicht zu gestehen, dass er seinen Ruf nur durch den Brief an Schoppe und Guyetus kannte, denn er musste fürchten, der Mönch würde ihn fragen, ob die beiden anderen Gelehrten auch auf der Insel seien. In dem Fall hätte er sie gewiss sehen wollen, ein Risiko, das Naudé nicht eingehen konnte. Wenn der Mönch (der allerdings keine Kutte mehr trug) Schoppe und Guyetus traf, würde die Wahl eventuell auf einen von ihnen fallen statt auf Naudé.

Es wäre interessant gewesen zu erleben, was Naudé sich ausdenken würde, wenn sein Gegenüber ihn fragte, woher wir seinen Namen kannten und warum wir ihn hier suchten. Doch der Bibliothekar hatte Glück, die Frage kam nicht.

»Wo wohnt Ihr?«, fragte der heiß begehrte Mönch.

»Dort hinten, mit anderen Pers...«, wolltest du sagen, auf die Piana dei Morti weisend, ohne Naudés Absichten zu erraten. Dieser brachte dich mit einem Stoß gegen den Arm, der die Richtung anzeigte, zum Schweigen und rief:

»Aufgepasst, Signorino Atto, Ihr habt etwas fallenlassen.«

Während du dich bücktest, um zu suchen, was um alles in der Welt dir aus der Tasche gefallen sein mochte, fing der Bibliothekar wieder an zu sprechen. Naudé hoffte, Philos Ptetès dazu zu bringen, ihm den Schatz von Poggio Bracciolini auszuhändigen, indem er sich in den höchsten Tönen pries und dem Mönch zu verstehen gab, dass ihm auf diesem verlassenen Inselchen keine andere Wahl blieb.

Als Reaktion auf sein Selbstlob erhielt der Bibliothekar zwar überraschte Ausrufe und Bekundungen der Wertschätzung von Seiten des Mönchs, doch keinen Hinweis auf die Papiere.

Also dachte Naudé, sein Ruf als einer der gottlosen Starken Geister sei Ptetès vielleicht schon zu Ohren gekommen, und änderte das Register.

»Meine wahre Leidenschaft sind heilige Texte«, log er dreist. »Ich habe die Ausgabe der Paraphrasen des Paulus-Briefes an Titus betreut, außerdem zahlreiche Schriften über die *Imitatio Christi*, den berühmten Traktat über die Nachfolge Christi, darunter jene von Thomas a Kempis, Michele Costantino, Georgius Heserius, Tommaso Carreo …«

Naudés Versuche gingen noch eine gute Weile so weiter, eingebettet in eine recht zögerliche Konversation, die keinerlei Fortschritte machte, bis ich mich entschloss, einzuschreiten, nicht zuletzt deshalb, weil Naudé mir fortwährend böse Blicke zuwarf, die Hilferufe bedeuteten.

»Erlauchter Monsire Naudé«, redete ich ihn mit der Ehrerbietung an, die man dem Großherzog persönlich vorbehalten würde, »gestattet, dass ich die hier anwesenden Signori frage, ob wir sie zu ihrer Wohnstatt begleiten dürfen, um das Gespräch auf dem Weg fortzusetzen …«

»Oh nein, nein!«, wehrten beide hastig ab. »Wir gehen vorerst nicht nach Hause, da auch wir zur Jagd ausgezogen sind. Wir müssen jetzt auch weiter, sonst wird es zu spät zum Jagen. Doch morgen kommen wir zurück, um Kastanien zu sammeln, dann begleiten wir Euch gerne zu Eurem Haus. Wir sehen uns also morgen zur frühen Stunde, wie heute.«

»Und das Tier?«, fragtest du unseren tapferen Retter. »In Wahrheit habt Ihr es erlegt.«

»Das kommt gar nicht Frage! Es war die Vorsehung, die Euch geholfen hat«, sagte der Mann, ganz so, wie man es von einem Ordensbruder erwarten würde. »Das Wildschwein gehört Euch, und Gott segne Euch!«

Wir gingen zurück, ohne ein Wort zu sprechen. Naudés Schweigen war besonders hoffnungsschwanger und man sah schon von weitem, dass er aus Angst, alles zu verderben, nicht die leiseste Bemerkung wagte.

Wir kamen zu dem toten Wildschwein, banden seine Beine um einen starken Ast und kehrten so zur Piana dei Morti zurück. Ich sah, wie Naudé gedankenverloren die tödliche Wunde im Kopf des Tieres betrachtete. Außergewöhnlicher Mann, dieser Philos Ptetès, schien er zu denken. Wenn alles gutging, würde er Naudé nicht nur mit diesem gezielten Musketenschuss das Leben gerettet haben, sondern ihm auch Ruhm und Ehre verschaffen.

Unsere triumphale Rückkehr wurde von unseren Leidensgefährten gebührend gefeiert. Sie waren höchst erleichtert, uns in Gesellschaft eines fetten Wildschweins zu sehen, nachdem die ersten beiden Jagden mit einer Beute aus Fledermäusen und als Hasen ausgegebenen Wildkatzen geendet hatten.

Wir verbrachten den Nachmittag damit, auf Kemals Rat hin ein großes Feuer aus Stroh und Stoppeln zu entfachen, um die üppigen Reste des Wildschweins zu räuchern. Das Tier hatte sich nämlich als nahezu ungenießbar erwiesen: frisches Fleisch vom Wildschwein war zu hart. Es musste abhängen, erklärte Kemal, um weich zu werden. Darüber würden einige Tage vergehen, und so waren wir vorerst wieder ohne Lebensmittel.

Das Gros der Arbeit fiel auf dich, Malagigi und Kemal, die Einzigen, die vom vergangenen Tag nicht zu Tode erschöpft waren. Außer den beiden Alten, Schoppe und Guyetus, die ohnehin kaum mehr Kräfte hatten, war der Rest unserer Mannschaft nicht mehr zu gebrauchen: Naudé wegen der Jagd auf das Wildschwein, Barbara und Hardouin wegen des nächtlichen Abenteuers mit dem Boot, meine Wenigkeit, weil ich an beiden Expeditionen teilgenommen hatte. Wir legten uns daher zeitig schlafen, unterstützt vom frühen Sonnenuntergang im Dezember.

Hardouin bedeutete mir vor dem Einschlafen, dass wir wenig Zeit zum Ausruhen haben würden: noch vor dem Morgengrauen würden wir heimlich das mittlerweile getrocknete Boot besteigen, um den Hafen von Livorno zu erreichen und das französische Konsulat um Hilfe zu bitten.

Hardouin wusste noch nicht, dass er die ersehnte Ausfahrt würde verschieben müssen.

DISKURS LXXIX

Darin man mit einer bösen Überraschung erwacht.

»Seht Euch das an!«

Ich rieb mir die Augen im Halbdunkel, das die Kerze in der Hand des Buchhändlers nur schwach erleuchtete. Mit der anderen Hand reichte Hardouin mir einen Fetzen Papier. Es war ein Brief von Guyetus, in Großbuchstaben geschrieben:

DIE NIEDERLAGE IST TOTAL UND ENDGÜLTIG. ALL UNSERE BEMÜHUNGEN SIND VERGEBENS. ZWECKLOS AUF DIESEM WEG WEITERZUGEHEN. ICH SCHLAGE EINEN ANDEREN EIN, FÜR IMMER. NUR MEINE EHRE SOLL UNANGETASTET BLEIBEN. ICH VERGEBE ALLEN, FREUNDEN UND FEINDEN. GUYETUS DIESER UNFLÄTIGE JESUIT PETAVIUS HATTE RECHT, ZU HAUSE ZU BLEIBEN.

Dieses Mal war es nicht das (sozusagen) übliche Fragment des Petronius oder ein weiteres Bekenntnis von Bouchard. Dies war eindeutig die Ankündigung eines Selbstmordes. Das verhexte Schloss des Zauberers Atlante hatte über Guyetus Seele obsiegt.

»Ich habe den Zettel neben mir gefunden«, sagte Hardouin, »und bin sofort zu seinem Lager gelaufen, doch es war leer.«

»Und dann?«, fragte ich.

»Er ist verschwunden!«, rief Hardouin aus und ging, Kemal und Malagigi aus dem Schlaf zu rütteln.

Der Abschiedsbrief gab nicht viel Anlass zur Hoffnung. Während die Sonne am Horizont aufstieg, wurde eine gründliche Suche in und außerhalb unseres Refugiums organisiert. Doch von Guyetus fand sich keine Spur. Die Gesellschaft stürzte in die schwärzeste Verzweiflung. Keine Frage: Der auf diesen wenigen Zeilen angekündigte Selbstmord musste sich im Dunkel der Nacht ereignet haben. Die Klippen von Gorgona boten unendlich viele Möglichkeiten.

Wir fanden uns alle in dem Raum wieder, in dem ich geschlafen hatte, und so konnte ich die Ankündigung machen:

»Signori, es gibt etwas, was ich Euch jetzt, wie ich meine, kundgeben darf.« Alle blickten mich fragend an. Ich spürte, dass mein Gewissen mir diesen Schritt erlaubte und fuhr fort.

»Vor wenigen Stunden, mitten in der Nacht, hat der arme Guyetus mir ein Geständnis gemacht. Im Lichte dessen, was geschehen ist, glaube ich von der Pflicht zur Geheimhaltung entbunden zu sein und euch die letzten Worte mitteilen zu dürfen, die ich mit ihm gewechselt habe.«

In der vergangenen Nacht sei ich wie immer von Schlaflosigkeit gepeinigt worden, erzählte ich. Plötzlich hörte ich ein Geräusch, setzte mich auf und überraschte eine im Dunkeln umherirrende Gestalt.

»Er sagte, er könne nicht schlafen, zu viele Gedanken gingen ihm im Kopf herum, und der Aufruhr seines Gewissens beruhige sich nicht. Als wir noch in der Torre Vecchia waren, habe er ein paar Seiten aus der Handschrift der drei Bärtigen entwendet.«

Während wir die Papiere zurück in die Tasche der drei wunderlichen Landmänner steckten, hatte Guyetus heimlich einige Seiten behalten. Es war ein Auszug aus dem Tagebuch Bouchards.

»Unerhört!«, bemerkte Schoppe.

»Und ich hielt ihn für einen Ehrenmann ...«, tönte Naudé. »Ich kann es kaum glauben«, sagte Hardouin traurig.

»Hat er es bereut?«, fragte Malagigi.

»Nein, darum ging es nicht, wie Ihr selbst sehen könnt«, sagte ich, während ich einige Papiere unter meinem Lager hervorzog und sie Hardouin reichte. »Ich habe versucht, ihn zu überzeugen, das gestohlene Gut zurückzugeben, und er hat nicht widersprochen, es schien sogar, als brenne ihm das Zeug in den Händen.«

Hardouin las laut aus dem Tagebuch vor:

Ὀρεστής hat zunächst Νοδέ nach seiner Meinung zu Synkellos gefragt, der ihn wegen des Glaubens und der Bigotterie beruhigt hat. Ὀρεστής hat ihm keine Ruhe gelassen: Wenn die Schwachen Geister sich der Bigotterie und Leichtgläubigkeit schuldig machen, warum sollten wir uns mit derselben Schuld beflecken, nur weil wir alte, verehrte Namen der Antike vor uns haben? Seine Exzellenz sucht ihn, aber Ὀρεστής lässt sich zu Recht verleugnen. Nimmt man nur einen Stein aus dem Haus heraus, stürzt es ein.

Νοδέ will etwas über die Fortschritte bei Synkellos wissen. Aus Paris haben Λυπυί und Γυιέτυς geschrieben. *Cave gallum.* Sind eher eigennützig als anteilnehmend. Ich habe die Situation erklärt. Wenn das Problem der Chronologie nicht gelöst wird, kann man gar nichts machen.

Poggio Bracciolini: Petronius, Tacitus, Silius Italicus, Manilius, Lukrez, Cicero. Alles Gotteslästerungen.

Titel und Figuren in den platonischen Dialogen.

Chiffre der Namen.

»Seht nur«, sagte Hardouin nach beendeter Lektüre. »Weiter unten gibt es einen Zusatz. Er scheint mit großer Mühe geschrieben.«

Mein Tod soll auf sie zurückfallen.

Es folgte ein kurzes Schweigen. Nie werde ich die erschreckten Gesichter des Grüppchens vergessen.

Νοδέ, Γυιέτυς: Hardouin hatte diese griechischen Namen korrekt ausgesprochen, und wir alle hatten gehört, dass es sich um Naudé und Guyetus handelte.

»Bevor er mich verließ und zurück in sein Bett ging«, fügte ich hinzu, »sagte Guyetus noch etwas. Er schien große Qualen zu leiden, so habt auch Ihr ihn zuletzt gesehen. Lieber Secretarius, sagte er, ich schwöre vor Euch, dass ich nichts mit dem Tod von Bouchard zu tun habe. Andere, deren Hände blutbefleckt sind, werden versuchen, mich zu widerlegen. Ich kann meine Ehre nur mit den Fakten verteidigen, aber ich vergebe ihnen für das, was sie getan haben oder tun werden.«

Wieder senkte sich Stille über die Gruppe.

»Manilius …«, wiederholte Naudé mit tonloser Stimme und abwesendem Blick den Namen des lateinischen Dichters aus der Notiz von Bouchard. »Manilius hat die *Astronomica* geschrieben, das Poem über die Bewegung der Himmelskörper, das Scaligers Interesse an der Chronologie geweckt hat. Niemand anderes als Scaliger hat die erste moderne Ausgabe …«

Es wirkte wie ein Versuch, das Thema zu wechseln und von Bouchards Tod abzulenken, doch niemand sekundierte ihm.

Hardouin musterte Naudé vorsichtig, Schoppe warf Blicke um sich, die Herausforderung, Missbilligung und Verachtung signalisierten.

»Ich weiß nichts über den Tod von Bouchard, außer, dass ich als einfacher Zuschauer und Freund sein trauriger Zeuge war«, verteidigte sich Naudé mit bewegter Miene, senkte aber die Augen unter Schoppes forschendem Blick. »Guyetus und ich sind natürlich nicht die Einzigen, die Bouchard gekannt haben, auch der hier anwesende Malagigi kannte ihn.«

Alle Blicke richteten sich auf Pasqualini.

»Und es scheint mir ein sonderbarer Zufall zu sein«, fügte der Pariser Bibliothekar hinzu, »dass Malagigi bei beiden Funden in der Torre Vecchia anwesend war, und dass im zweiten Fall eine Schrift von

Bouchard zum Vorschein kam. Ein sehr merkwürdiger Zufall, wirklich.«

»Sprecht Ihr von Jean-Jacques Bouchard? Ja … ich habe ihn mehrmals im Palazzo Barberini getroffen«, stammelte Pasqualini verwirrt. »Der Grund ist einleuchtend: Wir arbeiteten für denselben Herrn, den Kardinal Barberini! Ich erinnere mich gut, dass Bouchard nach mehreren Monaten wegen des Überfalls auf dem Petersplatz in Rom, wo er blutig geschlagen wurde, starb. Es hieß, der Auftraggeber sei der Botschafter von Frankreich persönlich gewesen. Mich dünkt sogar, dass der Botschafter selbst sich dessen rühmte. Aber ich schwöre bei allen Göttern, dass ich nicht mehr weiß!«

Die Zuhörerschaft fixierte Malagigi stumm.

»Meine Güte!«, schnaubte dieser, zum ersten Mal ohne seine unerschütterliche gute Laune. »Ich habe für Kardinal Barberini gearbeitet wie Bouchard. Na und? Die Barberini waren die Familie von Papst Urban VIII., Hunderte arbeiteten für sie. Wenn wir jetzt über Zufälle spekulieren wollen, werden wir uns schließlich alle gegenseitig verdächtigen, ohne zu einem Ergebnis zu kommen, das garantiere ich Euch.«

»Doch dieser seltsame Fund der beiden Papiere …«, beharrte Naudé mit einem misstrauischen Blick auf Pasqualini.

»Wenn ich noch eines finde, zerreiße ich es, versprochen!«

»Wir wollen doch nicht übertreiben«, beeilte sich der Verehrungswürdige einzuwerfen, den schon der Gedanke an diese Absicht Malagigis beunruhigte. »Aber Ihr werdet verstehen, es ist wirklich sonderbar, dass wir auf dieser Insel Notizen eines armen Ermordeten finden, den nicht weniger als drei von uns gekannt haben …«

»Verflixt, wollen wir wirklich nur noch Unsinn reden?« Malagigi verlor die Geduld. »Nun, dann sage ich Euch, dass auch unser junger Melani hier etwas mit Bouchard zu tun haben könnte, denn der Secretarius von Kardinal Barberini stammte aus Pistoia wie Atto, ja er hieß sogar Francesco Bracciolini, derselbe Nachname wie Poggio also, und er kannte Bouchard bestimmt, denn er schrieb eine Totenklage, als der Arme starb. Na, was sagt ihr dazu? Wollen wir auch Atto verdächtigen, obwohl er erst fünfzehn Jahre alt war, als Bouchard umgebracht wurde? Scheint Euch das logisch? Du hast den Secretarius des Kardinals gekannt, nicht wahr, Atto?«

»Natürlich … wir waren in Rom Gäste der Barberini, als ich Gesangsunterricht erhielt, aber daran ist doch nichts Böses ... oder, Signor Secretarius?«, fragtest du, erschrocken wie ein schutzsuchendes Kind auf mich zukommend, der ich etwas abseits von der Gruppe an einer Wand lehnte.

Ich legte dir eine Hand auf die Schulter und sprach ein paar beruhigende Sätze, während der Rest der Gruppe fortfuhr, sich gegenseitig mit mehr oder weniger höflichen Invektiven zu überschütten.

Darüber vergingen einige Minuten, während derer unsere Gefährten zunehmend lebhaft diskutierten und du mir kaum mehr zuhörtest.

»Das reicht jetzt, Signori!«

Das Auditorium verstummte. Du hattest gesprochen und kehrtest mit diesen Worten in die Mitte der Gruppe zurück.

»Nun gut, ich gestehe alles.«

»Was willst du gestehen?«, fragte Schoppe misstrauisch.

»Es ist zwecklos, noch länger zu verschweigen, dass mein Landsmann aus Pistoia, Francesco Bracciolini, der vortreffliche Dichter und Secretarius von Kardinal Barberini, tatsächlich der direkte Nachfahre von Poggio Bracciolini war und dessen kostbare, unveröffentlichte Handschriften geerbt hat, darunter auch das *Satyricon* von Petronius. Da er nicht wusste, was er damit anfangen sollte, hat er sie Bouchard geschenkt, der sie ihm jedoch zurückgab, bevor er starb, und ihm außerdem auch seine Aufzeichnungen hinterließ, die Francesco Bracciolini vor seinem Tod wiederum Philos Ptetès weitergab, den er irgendwo kennengelernt hatte. Darum finden wir auf dieser Insel, wo unser geheimnisvoller Mönch vor zwei Jahren weilte, hier und da von beidem etwas, sowohl von den Papieren Poggios als auch denen Bouchards. Seid Ihr jetzt zufrieden, Signori? Ich bin nur traurig, dass mir nichts Glaubwürdigeres einfällt, um zu begründen, dass auch ich etwas mit Bouchards Tod zu haben könnte, obwohl ich damals erst fünfzehn war und weit weg von Rom singen musste, nämlich die *Finta Pazza* im Teatro Novissimo von Venedig, aber ich kann Euch garantieren, dass die unumstößliche Tatsache, dass Poggio mit vollem Namen Giovanni Francesco Poggio Bracciolini hieß, also fast genauso wie der Secretarius von Kardinal Barbarini, der Francesco hieß, sicher eine geheime Bedeutung hat, ebenso wie die Tatsache, dass beide mit 79 Jahren starben.«

Nach einem Augenblick allgemeiner Verblüffung über deine elegante, in einem Atemzug ohne jede Pause gehaltene Rede ergriff Naudé das Wort:

»Das war uns eine Lehre, junger Atto«, gab er lächelnd zu.

Während der Rest des Auditoriums leise kicherte, sprach der Bibliothekar weiter:

»Wirklich eine schöne Geschichte, nur schade, dass Poggio ursprünglich gar nicht Bracciolini hieß. Sein richtiger Nachname war Poggio und sein Name Giovanni Francesco, wie unser scharfsinniger Atto sagt. Außerdem gibt es keine Nachfahren von Poggio Bracciolini. Sein Sohn Jacopo, ebenfalls Literat, Übersetzer und Humanist, nahm an der berühmten Verschwörung der Pazzi in Florenz teil, bei der Giuliano de' Medici ermordet wurde, der Bruder von Lorenzo il Magnifico, und wurde darum von diesem in jungen Jahren hingerichtet, ohne dass er Kinder hinterlassen konnte.«

»Beide starben mit 79?«, sagte Schoppe bestürzt. »Der gute Francesco Bracciolini ist tot?«

»Seht Ihr? Also kanntet Ihr ihn auch!«, rief Malagigi. »Ich hatte recht: Wenn wir so weitermachen, entdecken wir sicherlich, dass jeder von uns auf irgendeine Weise in dieser Geschichte steckt. Auf jeden Fall tut es mir leid, dass Ihr die traurige Kunde seines Todes in so abrupter Weise erfahren müsst, ich wusste ja nicht, dass Ihr ihn kanntet. Francesco Bracciolini verließ Rom gleich nach dem Tod des Barberini-Papstes, vor etwa zwei Jahren. Er kehrte alt und krank nach Pistoia zurück. Vor etwa einem Jahr ist er gestorben.«

»Bracciolini war ein großer Poet, ja, seine Gedichte konnten sogar sehr komisch sein«, erklärte Schoppe und bekreuzigte sich. »Wir schrieben uns vor einigen Jahren, ich hatte ihn gebeten, mir ein Buch von sich zu schicken, und Bracciolini war sehr freundlich. Aber von Bouchards Tod weiß ich natürlich gar nichts!«, schloss er eilig.

»Wenn weder Pasqualini noch der junge Atto und auch du nicht, lieber Caspar, wenn ihr alle nichts mit Bouchards Tod zu habt, dann sehe ich nicht, wieso ausgerechnet ich mehr darüber wissen müsste. Guyetus dagegen …«

»Guyetus ist nicht hier, um sich zu rechtfertigen«, mahnte Hardouin.

»Ja, aber sein Verschwinden scheint mir ein ziemlich deutlicher Hinweis zu sein.«

»Auf jeden Fall ist jetzt klar, dass die Erbschaft von Poggio Braccio-lini, die in den Händen des slawonischen Mönchs gelandet ist, mit diesen Aufzeichnungen von Bouchard in engem Zusammenhang steht. Wie und warum, müssen wir allerdings noch herausfinden«, sagte Hardouin.

»Philos Ptetès hat beides, das ist offenkundig«, schloss Schoppe.

Naudé schwieg. Er bebte bei dem Gedanken, dass er der Einzige war, der Philos Ptetès kennengelernt hatte, und konnte den Zeitpunkt des vereinbarten Treffens kaum erwarten.

Aber es gab noch mehr, über das ich jetzt nachdenken musste. Naudé wusste genau, dass es außer Malagigi noch jemanden gab, der den unglücklichen Bouchard gekannt hatte: mich. Ich hatte es ihm erzählt, als wir nach dem Brand der Galeere im Rettungsboot saßen. Warum zeigte Mazarins Bibliothekar vor den anderen nicht auch auf mich? Er würde es wohl kaum vergessen haben, da er sich doch noch so gut an Malagigis Bekanntschaft mit Bouchard erinnerte, von der er vor Jahren erfahren hatte, zur Zeit seines römischen Aufenthalts im Dienst des Kardinal Di Bagni.

»Diese Aufzeichnungen scheinen aus Bouchards philologischen Forschungen zu stammen, von denen sich nach seinem Tod keine Spur mehr fand«, überlegte Hardouin. »Den Satz ›Mein Tod soll auf sie zurückfallen‹ muss er nach dem Überfall hinzugesetzt haben, das sieht man an der zögerlichen, zittrigen Handschrift. Ich frage mich, auf wen er sich bezieht.«

»Ganz andere Aufzeichnungen kamen nach seinem Tod ans Licht …«, warf Schoppe ein. Er bezog sich auf das Tagebuch voller Unflat, das der Commendatore Cassiano dal Pozzo im Nachlass Bouchards gefunden hatte.

Die Bemerkung des alten Deutschen wurde mit Schweigen quittiert. Allen tönte noch der Satz in den Ohren, den Hardouin eben wiederholt hatte: »Mein Tod soll auf sie zurückfallen.« Ein furchtbarer Satz, mit den wenigen Kräften, die Bouchard nach dem Attentat geblieben waren, unter jene vor dem Unglück verfassten Notizen gesetzt.

»Ich kann sagen«, hub Naudé an, »dass diese Worte Bouchards aus einem vom Leiden zerrütteten Geist stammen, aber gerechtfertigt sind. Bouchard hatte Charlier angezeigt, einen Diener des französischen Botschafters in Rom, er klagte ihn an, im Auftrag seines Herrn gehandelt zu haben. Unter dem Vorwand wichtiger Aufträge für die d'Estrées hatte Charlier sich nach Frankreich geflüchtet, wo Sondergesetze des Allerchristlichsten Königs die Auslieferung von Mitarbeitern französischer Botschafter verboten. Das Ermittlungsverfahren gegen Charlier war geschlossen und *sine die* verschoben worden, also im Grund versandet. Natürlich vermochte niemand von uns etwas für oder gegen ein solch tragisches Schicksal, also gilt diese Art Fluch nicht uns.«

Der Name von Gabriel Naudé tauchte in Bouchards Notizen im Zusammenhang mit einer unklaren Diskussion über Glauben und Bigotterie auf. Was hatte sie mit der antiken Geschichte zu tun? Außerdem wurde der Historiker Synkellos genannt, mit dem der arme Bouchard sich beschäftigt hatte, bevor er dem Attentat zum Opfer fiel.

Und es gab eine Anspielung auf Seine Exzellenz, offenbar Kardinal Barberini, den Arbeitgeber Bouchards.

Hinter griechischen Buchstaben versteckt erschienen sodann die Namen der berühmten Gebrüder Du Puy, in deren Haus viele Pariser *Deniaisez* zusammenkamen, auch Naudés Tetrade. Dann folgte ein lateinisches Motto, *cave gallum*, also »Achtung vor dem Franzosen«, fast ein ironischer Kommentar dazu, dass keiner seiner Landsleute dem Sterbenden wohlgesonnen schien. Dann eine Reihe von Namen lateinischer Autoren, einschließlich unseres Petronius und des großen Poggio Bracciolini. Ein Hinweis auf Titel und Figuren der platonischen Dialoge ging unter in dem, was folgte, nämlich dem scheinbar sinnlosen Ausdruck »Chiffre der Namen«, der schon im ersten Fundstück aus den Papieren Bouchards erschienen war, und dem abschließenden, alles überwiegenden Fluch »Mein Tod soll auf sie zurückfallen«.

»Natürlich habt Ihr alle nichts damit zu tun«, stellte Schoppe in sachlichem Ton fest, wobei er die Verlegenheit einiger unserer Gefährten vermutlich in vollen Zügen genoss. »Im Übrigen«, fügte er boshaft hinzu, »hat niemand gewagt, einen solchen Verdacht auszusprechen, und jede *excusatio non petitia*, jede unverlangte Rechtfertigung ist überflüssig, also schädlich, meint Ihr nicht, liebe Freunde? Es ist nämlich sattsam bekannt, dass d'Estrées der Totschläger war, der französische Botschafter in Rom, also ist die Sache keiner Erwähnung wert.«

»Entschuldigt, aber man weiß doch, dass wir Gelehrten alle miteinander in Kontakt stehen, was ist daran so verwunderlich? Unsere kleine Welt heißt nicht umsonst die Gelehrtenrepublik, nicht wahr?«

Naudé trug ein krampfhaftes Lächeln zur Schau, das ihn schuldig erscheinen ließ, vielleicht aber auch nur sein Entsetzen darüber verbergen sollte, sich in den beunruhigenden Notizen eines vor wenigen Jahren ermordeten Kollegen erwähnt zu sehen.

»Es will mir sogar als ein bizarrer Zufall erscheinen«, beharrte Naudé, »dass wir in der Tasche der drei Bärtigen Papiere gefunden haben, in denen unsere Namen vorkommen. Es sieht fast so aus, als hätten die drei uns verfolgt und ausspioniert, um sich uns zu einem bestimmten Zeitpunkt vorzustellen.«

»Wenn Philos Ptetès sich wirklich unter den dreien verbirgt«, rief Schoppe fast begeistert aus, »dann ist gerade unser scheinbarer Zufallsfund ein gutes Zeichen dafür, dass Philos Ptetès vorhat, uns Poggios Erbe zu übergeben.«

»Oder es nur einem von uns zu überlassen«, korrigierte ihn Naudé, dessen Stimme vor Gier bebte, weil er an sein kurz bevorstehendes Treffen mit Philos Ptetès in Fleisch und Blut dachte.

Mit einem kaum wahrnehmbaren hochmütigen Lächeln musterte der Verehrungwürdige Pasqualini und Naudé: Er war der Einzige, der keine kompromittierende Verbindung zu Bouchard hatte.

»Mach dir keine falschen Hoffnungen. Du hast den Brief des Mönchs ja nicht einmal bekommen«, beschied ihm Schoppe, der von den heimlichen Hoffnungen des Bibliothekars nichts ahnen konnte.

»Ich halte es nicht länger aus, ich gehe«, rief Malagigi.

»Wohin?«, fragten wir alle.

»Ich gehe Guyetus suchen. Oder seine Leiche«, antwortete er düster und ging zur Tür.

»Ich komme mit«, eilte dein falscher Barbello ihm zu Hilfe und warf dir einen Blick zu, damit du ihm folgtest.

»Signorino Atto bleibt hier«, schaltete ich mich ein, ohne darauf zu achten, wie gerne du der verkleideten Frau gefolgt wärst.

»Ich gehe mit den beiden, man weiß nie«, sagte Kemal mit einem verständnisinnigen Blick auf mich und ging ebenfalls hinaus, bevor jemand Einwände erheben konnte.

Wir blieben zu fünft zurück: du, ich und die ohne Guyetus nur mehr drei Gelehrten.

DISKURS LXXX

Darin erzählt wird, wie der arme Guyetus die Entdeckungen Bouchards,
nämlich das Rätsel um das Alter der Welt, erklärte.

Nachdem sich die spontanen Initiativen eines Teils der Gesellschaft erschöpft hatten, konnte ich endlich meinen Bericht über mein dramatisches nächtliches Gespräch mit dem armen Guyetus vervollständigen.

»Vor allem wollte er klarstellen, dass es absolut nichts gab, wofür er sich rechtfertigen oder das er erklären müsse, doch er fühle sich wie beschmutzt durch die irrigen Schlüsse, die man aus diesen Aufzeichnungen Bouchards hätte ziehen können, und fürchtete, dass weitere Funde ihn mit dem unauslöschlichen Makel des Verdachts und der Entehrung versehen könnten.«

Was Guyetus mir erzählte, war das Ergebnis vertraulicher Mitteilungen, die der arme Bouchard ihm brieflich von Rom aus nach Paris gesandt hatte, als er in Rom und Guyetus in Paris war. Er müsse mir erklären, so Guyetus, wer der im letzten Fundstück erwähnte Synkellos war, über den Bouchard so eifrig gearbeitet hatte, bevor er starb. Die Barberini wollten die Werke der beiden sehr alten byzantinischen Chronisten Synkellos und seines Nachfolgers Theophanes herausgeben. Deren Schriften, die von den Ursprüngen der Weltgeschichte erzählen, wurden in der Vatikanischen Bibliothek aufbewahrt. Die Barberini hatten Bouchard mit dem Projekt betraut, er sollte sich um die Übersetzung, einen Kommentar und alle Einzelheiten der Druckausgabe kümmern.

Doch bevor man Texte so alter Autoren übersetzen und mit Sachverstand kommentieren kann, müssen, wie Bouchard genau wusste, unzählige Fragen geklärt werden: Aus welcher Zeit stammt die Handschrift? War der Verfasser Zeuge der von ihm berichteten Ereignisse oder hat er lediglich andere, noch ältere Texte kopiert? Ist sein Text echt oder wurde er von leichtsinnigen Kompilatoren verändert?

Kaum macht Bouchard sich ans Werk, bekommt er Kopfschmerzen, denn er muss erkennen, dass es keine wirklich sicheren Informationen über Georgios Synkellos gibt. Von seiner Existenz weiß man nur dank der flüchtigen Erwähnung in einer anderen historischen Abhandlung, geschrieben von dem byzantinischen Mönch Cedrenus, der vermutlich einige Jahrhunderte nach Synkellos lebte. Man sagt, doch dafür gibt es keine Beweise, dass Synkellos ein Mönch war, der zur Zeit Karls des Großen in Palästina lebte und später Secretarius des Bischofs von Konstantinopel wurde. Es gibt sogar mehrere Giorgios Synkellos, da sein Name, *synkellos*, auf Altgriechisch einfach nur »Secretarius« bedeutete.

Synkellos soll eine *Ecloga chronographica* verfasst haben, einen Auszug aus der Weltgeschichte. Etwa hundert Jahre vor Bouchard waren plötzlich an verschiedenen Orten Handschriften dieses Werks wie Pilze aus dem Boden geschossen, darunter auch die der Barberini. Alle begannen mit der Einnahme Jerusalems durch Pompeius und endeten mit dem Tod des römischen Kaisers Diokletian.

Großes Aufsehen erregte darum die Entdeckung einer sehr viel umfangreicheren Abschrift des Werks von Synkellos 1601 in Paris durch den berühmten protestantischen Gelehrten Isaac Casaubon. Sie begann nämlich sogar mit der Schöpfung der Welt. Scaliger veröffentlichte Teile dieser Handschrift in seiner Universalen Chronologie.

Bouchard, so erzählte mir Guyetus, bat Freunde in Paris, ihm die Werke Scaligers zu schicken, aber sie zögerten. Erst später konnte Bouchard sich Scaligers Werk selbst besorgen.

Er bat auch vergeblich um die von Casaubon entdeckte Handschrift von Synkellos. Erst als Bouchard sich 1634 im Namen der Barberini direkt an den allmächtigen Peiresc wandte, erhielt er ein Jahr später endlich eine Kopie. Eine unerklärlich lange Wartezeit. Vielleicht war es schwierig gewesen, einen Kopisten zu finden. Casaubon hatte seinerzeit einen Griechen beschäftigt, Andrea Darmarios, einen Kopisten und Händler mit antiken Handschriften. Ein eigenartiger Mensch, der eine ganze Mannschaft von Schreibern unterhielt, wie mir Guyetus erklärte.

Das war also der Darmarios, der in Bouchards Aufzeichnungen nach den Worten *impia cohors*, »frevelhafte Bande«, erwähnt wurde.

Bouchard entdeckt, dass Synkellos seine Informationen den Berichten anderer Historiker entnommen hat, die lange vor ihm lebten. Den ersten Teil seines Werks über die Ursprünge der Welt hat er von den Historikern Berossos und Manetho übernommen.

Berossos soll, wie Synkellos berichtet, ein babylonischer Priester unter Ptolemaios II. gewesen sein, also gut tausend Jahre vor Synkellos. In seinen *Babiloniaca*, »babylonischen Geschichten«, erzählte er von den Ursprüngen menschlichen Wissens: Im Anfang soll es ein Wesen mit Fischleib und menschlicher Stimme gegeben haben, den Propheten-Fisch Oannes, der aus dem Ozean aufgetaucht war und die Menschen Künste und Wissenschaften lehrte. Seit der Zeit war nichts anderes entdeckt oder erfunden worden, obwohl viele tausend Jahre vergingen, so viele, dass man sie in *sars*, Perioden von 3600 Jahren, *ners* (600 Jahre) und *soeses* (60 Jahre) messen musste.

Manetho, berichtet Synkellos, war ein Zeitgenosse von Berossos und ein ägyptischer Priester, der vielleicht den Kulten des Serapis diente. In seinen *Aegyptiaca* (»ägyptischen Geschichten«) lieferte er eine sehr wertvolle Liste ägyptischer Herrscher über gut dreißig Dynastien hinweg. Dabei ging es um schwindelerregend weit entfernte Zeitalter. Die ägyptischen Herrscher, so Manetho, seien nicht nur schon vor der Sintflut auf den Thron gestiegen, sondern sogar noch vor dem Jahr, auf das die Rabbiner und Bibelexegeten die Schöpfung der Welt datieren, also vor sechstausend Jahren. Manetho widerlegt damit eklatant die Schrift, die Juden, Christen und Moslems heilig ist. Darum also, überlegt Bouchard, haben sich die Humanisten auf ihn gestürzt.

Bouchard vertraut seinen Freunden an, dass er viele neue Ideen habe, sie aber noch nicht bekanntgeben wolle, weil sie zu brisant seien, um veröffentlicht zu werden. Er will abwarten, bis er genügend Beweise für seine Behauptungen gesammelt hat, und das braucht Zeit.

Auf der Bühne, deren Vorhang sich vor Bouchards Augen öffnete, tanzten die Jahrhunderte, ja Jahrtausende vorüber, und er geriet ins Grübeln. Die Arbeit, die er anfangs übernommen hatte, um einen Auftrag der Barberini zu erfüllen, war keine rein philologische Arbeit mehr, sondern auch historisch, ja mehr noch. Es ging um Fragen, die einem das Blut in Wallung bringen konnten: In welchem Jahr leben wir wirklich? Wann begann die Welt? Bouchard machte seine ersten Schritte auf dem unbekannten Terrain der Absoluten Zeit und wusste nicht, welche Folgen es haben konnte, wenn er einen Fehltritt beging. Synkellos Text war nämlich noch nie übersetzt und als Ganzes veröffentlicht worden. Er würde der Erste sein, und von seiner Arbeit konnten Generationen zukünftiger Historiker abhängen. Und wenn seine Arbeit Anklang fand, wenn er die Wahrheit über diese uralten Berichte ein für alle Mal festlegte, würde die Zeit vor Christi Geburt eines Tages vielleicht auf andere Weise gemessen werden.

Bouchard verbringt Tag und Nacht mit seinem Synkellos. Wie einen heimlichen Geliebten nimmt er ihn mit ins Bett und greift am Morgen nach ihm, noch bevor er das Fenster seines Zimmerchens im Palazzo della Cancelleria öffnet. Die Quellen, die Synkellos benutzte, bestätigen sich alle gegenseitig, eine anzuzweifeln würde bedeuten, zehn andere zum Einsturz zu bringen. »Nimmt man nur einen Stein aus dem Haus heraus, stürzt es ein«, hatte er in seinen Aufzeichnungen geschrieben.

All dies hatte Bouchard in einem intensiven Briefwechsel an Guyetus geschrieben und ihm seine Zweifel und Mühen, seine Herzens- und Verstandesqualen anvertraut. Aus Paris kamen beruhigende Worte des alten Philologen, der meinte, es gebe keinerlei Grund, an den antiken Historikern zu zweifeln. Genau darum geht es ja, hatte Bouchard geantwortet, wir Philologen ziehen niemals etwas in Zweifel, wenn es nicht wirklich nötig ist, aber wir sollten misstrauischer sein, meinst du nicht? Man komme nicht umhin, feststellen zu müssen, dass es in den von Synkellos zitierten uralten Chroniken zu viele Unstimmigkeiten gibt.

Was ist von dem geheimnisvollen ägyptischen Priester Manetho zu halten, der dreihundert Jahre vor Christus lebte? Man weiß fast nichts über ihn und sein Leben, doch in seiner Chronologie des alten Ägypten, gut fünfzig Jahrhunderte Geschichte, liest man Dinge, die einem die Sprache verschlagen. Dabei geht aus alten Lexika nicht einmal klar hervor, ob es zwei Manethos oder nur einen gab und welcher der Richtige ist: Manetho von Mendes oder Manetho von Sebennytos?

Überdies enthalten die Fragmente von Manethos – natürlich verlorenen – Werken, deren Inhalt Synkellos weitergibt, recht absonderliche Informationen. So sollen unter der Regierung des Neferkare 1. die Wasser des Nils mit Honig vermischt gewesen sein; der König Sesochris aus der zweiten Dynastie soll fünf Ellen und drei Spannen groß gewesen sein, also fast so groß wie ein Elefant; alle Könige der achten Dynastie, und es waren nicht weniger als 76!, sollen weniger als zwei Jahre lang regiert haben, während die Herrscher der fünfzehnten Dynastie jeder ein halbes Jahrhundert regierten. »Alles falsch, alles falsch«, dachte Bouchard, »das sind wieder solche Gotteslästerungen, wie die der römischen und griechischen Historiker Livius, Valerius Maximus, Herodot und Plutarch.«

»Manetho!«, unterbrach mich Schoppe. »Ich habe ihn gründlich studiert und bin mit Bouchard einer Meinung. Von Manetho weiß man praktisch gar nichts, und wenn es ihn gegeben hat, war er ein abgefeimter Lügner.«

Berossos, der andere Historiker, den Synkellos nennt, war ebenfalls ein Geheimnis aus lauter Geheimnissen. Nicht nur, dass er von einem Propheten-Fisch erzählte, nein, wann immer man herauszufinden versuchte, was er geschrieben hatte und aus welchen Quellen er seine Informationen bezog, stieß man auf verschwundene Werke. Diese Lücken gab es nicht nur in der Moderne. Schon in den Handschriften, von denen unsere fleißigen Humanisten schworen, sie stammten aus dem Mittelalter und gingen auf das alte Griechenland zurück, konnte man lesen, dass kein antiker Historiker je einen Text von Berossos in den Händen gehabt hatte, alle kannten ihn nur durch andere Historiker wie Kleomedes, Pausanias, Athenaios, Censorinus *et cetera*, deren Schriften jedoch ihrerseits fast alle verloren waren. Auch die mittelalterlichen Handschriften, die Werke römischer Historiker wie Cäsar, Plinius dem Älteren und Seneca dem Jüngeren enthielten, berichten, dass diese Historiker Berossos nur indirekt, durch die Zitate bei Poseidonius kannten, dessen Schriften später jedoch ebenfalls verlorengingen.

Berossos wurde auch von anderen kopiert: eine Menge obskurer Namen, die sich am Ende fast alle nur als Namen ohne jeden Hintergrund entpuppten, weil ihre Werke zufällig ebenfalls sämtlich verschwunden waren. Auch diese verlorenen Autoren waren vor ihrem Verschwinden von anderen, ebenfalls verlorenen Autoren kopiert worden, und so weiter, bis man bei den unvermeidlichen mittelalterlichen Handschriften ankam, deren Inhalt sich gegenseitig zu bestätigen schien, sodass sie einander Glaubwürdigkeit verliehen. »Nimmt man nur einen Stein aus dem Haus heraus, stürzt es ein«, schrieb Bouchard auch in seinen Briefen an Guyetus.

Nach einigen Monaten Forschung war sich der arme Bouchard keiner Sache mehr sicher. Alles, was nach den Sprüngen von Autor zu Autor, von Jahrhundert zu Jahrhundert von den uralten, gewichtigen Namen Berossos und Manetho und den vielen anderen blieb, die ihre Werke gesehen und kopiert haben wollten, waren wenige, erbärmliche Fragmente. Eine Handvoll Fälscher hätte genügt, sie allesamt zu fälschen.

Bouchard wusste nämlich nur zu gut, dass die gesamte überlieferte griechische und lateinische Literatur in einen einzigen Bücherschrank gepasst hätte, und dass allein sechs oder sieben Jesuiten aus den letzten hundert Jahren, wie Salmeròn, Vazquez, Suarez, Bellarmin, Cornelius a Lapide, Raynaudus und Petavius eine vergleichbare Produktion gelungen war.

Beschreibende Passagen gab es wenige oder keine, und aus ihren Listen historischer Herrscher waren die meisten Namen verschwunden. Berossos und Manetho waren überall und nirgends, alle kannten sie und keiner hatte etwas Gewisses über sie in der Hand, sodass man sich fast fragen musste, ob es einen, keinen oder hunderttausend gab. Synkellos, der sich auf zwei ebenfalls phantasmagorische Autoren bezog, war wie ein Atemhauch an einem windigen Tag.

Bouchard hatte bereits erkannt, wie viele Lügen, oder Gotteslästerungen, wie er sie nannte, es bei den römischen Historikern gab. Ging man weiter zurück in der Zeit, sahen die Dinge nicht anders aus. Und wenn die römischen Historiker so viele gotteslästerliche Lügen erzählten, hatte es dann überhaupt Sinn, das ernst zu nehmen, was sie von anderen Autoren bezeugten, seien es Griechen, Ägypter oder Babylonier? Wie den Schlamm vom Morast unterscheiden? Wo begann der Fluss der Lüge? War es möglich, dass niemand je bemerkt und angeklagt hatte, in welchem Sumpf jeder versank, der sich auf das unbekannte Gebiet der alten und ältesten Geschichte wagte? Was andere Forscher für gesichert, ja, für selbstverständlich hielten, hing am seidenen Faden des Zweifels, der Fälschung, der Vermutung, sogar der reinen Phantasie. Vielleicht war es noch schlimmer: Bouchard ließ der Gedanke nicht los, dass alle Handschriften, die uns Heutigen überliefert wurden, denselben schwachen Punkt aufweisen, im Laufe weniger Jahre von den immer gleichen Humanisten gefunden worden zu sein. In Paris gab es mehr griechische Handschriften als in ganz Griechenland und Osteuropa zusammen. Wie war das möglich? Ebenso wenig konnte sich Bouchard erklären, wie es möglich war, dass es in den deutschen Klöstern von Manuskripten römischer Autoren nur so wimmelte, während sich in Rom selbst, trotz der neun Jahrhunderte, die das Römische Reich gedauert hatte, nicht einmal ein Satz oder ein Eckchen eines Papyrus oder Pergaments gefunden hatte. Es schien fast, als hätte das alte Rom in Wahrheit niemals auch nur eine einzige Zeile der lateinischen Literatur gekannt und das alte Griechenland kein einziges Wort der griechischen Literatur!

Wie hatte der große Scaliger es nur vermocht, fragte er sich, die Erinnerungen so vieler Völker aufeinander abzustimmen und daraus ein homogenes, glaubwürdiges Gebilde zu machen, obwohl er sich ausgerechnet auf Synkellos, Berossos und Manetho gestützt hatte?

»Ich kann mich noch immer nicht damit abfinden«, sagtest du, »dass man bis vor sechzig Jahren nicht gewusst haben soll, zu welchem Zeitpunkt die ältesten Ereignisse der Weltgeschichte stattgefunden haben.«

»Aber so ist es«, entgegnete Naudé.

»Ich bin sicher, dass der größte Teil der Menschen, die lesen und schreiben können, glaubt, man habe das immer gewusst, zumindest in groben Zügen.«

»Mein lieber Junge«, sprach Schoppe dich väterlich an, »du hast ins Schwarze getroffen, weißt du das? Die Menschheit wird von Betrügern wie Scaliger, seinem Anhänger Cazzobono und ihrem schurkischen Gefolge in die Irre geführt. Diese Leute greifen erst Sachen aus der Luft, dann verkaufen sie ihre Lügen als jahrhundertealte Wahrheiten. Ich werde dir noch mehr erzählen …«

»Hör jetzt endlich mit deinem Gefasel auf, Caspar! Und findest du es angebracht, Isaac Casaubon mit diesem obszön verzerrten Namen zu belegen? In deinen Schriften gegen die Protestanten hast du diese Schweinerei in alle Himmelsrichtungen hinausposaunt. Ich finde das widerlich.«

»Du meinst Cazzobono? Ich dachte, ihr Päderasten mögt so skurrile Wortspielchen?« Schoppe grinste.

»Halt den Mund, Caspar. Lass den Signor Secretarius zu Ende erzählen!«, fauchte Naudé, der nicht nur um Guyetus besorgt war, sondern den es auch drängte, sich zu der Verabredung mit Philos Ptetès im Wald zu begeben.

»Du hast recht, lieber Gabriel. Im Grunde verdient diese Truppe billiger protestantischer Fälscher meine Aufmerksamkeit gar nicht. Bitte sehr, Ihr habt das Wort, Signor *syncellos* …«, sagt er an mich gewandt, ironisch das griechische Wort aufgreifend, das wir soeben gelernt hatten.

Je weiter Bouchard mit seiner Arbeit vorankam, fuhr ich fort, desto verwirrter war er. Wenn man über Synkellos, Berossos und Manetho arbeitete, brauchte man eine gute Portion Glauben an diese überaus zweifelhaften Schriften. Viel, sehr viel Glauben und Vertrauen, genau das, was er und seine Freunde, die Starken Geister, die Tetrade, die Du Puy und die *Deniaisez* bei ihren Zusammenkünften so verlacht hatten. Von Zeit zu Zeit ließ Kardinal Barberini ihn sehr wohlwollend und diskret wissen, dass er sich Fortschritte bei dem Projekt erwarte, und um seine Zweifel zu verbergen, machte Bouchard sich auf jede erdenkliche Weise rar.

»Hat Guyetus erklärt, was ›Chiffre der Namen‹ bedeutet? Hat es etwas mit Synkellos, Berossos und Manetho zu tun?«, fragtest du.

»Darüber hat er mir leider nichts gesagt«, antwortete ich.

In diesem Moment kehrten Kemal, Barbara und Malagigi zurück. Die Gesichter der beiden Männer waren bleich, ihre Lippen blutleer, die Augen gläsern. Sie hatten den Tod gesehen.

»Er hat sich erhängt«, verkündete Ali Ferrareses Statthalter.

DISKURS LXXXI

Darin das tragische Ende von Guyetus beschrieben wird.

»Kemal hat ihn gefunden«, erzählte Malagigi, auf den Korsar weisend. »Offenbar hat ihm der Mut gefehlt, sich von der Klippe zu stürzen, denn er hat sich an einem Ast erhängt. Doch er war zu schwer, ihr wisst ja, dass der Ärmste nicht gerade mager und auch nicht klein war. Während Kemal versuchte, den Knoten zu lösen, um ihn herabzulassen, hat der Ast nachgegeben und der Körper ist erst über die Felsen gerollt und dann ins Meer gestürzt. Gerade als ich ankam, sah ich ihn fallen.«

»Ein ungeheurer Sturz«, bestätigte Kemal. »Und von dort oben konnte man nicht einmal erkennen, wo das Wasser gegen die Klippen schlägt. Der Körper schwimmt wohl noch dort, aber vom Land aus lässt sich schwer sagen, wo genau. Wir bräuchten ein Boot, um den Küstenabschnitt zu untersuchen.«

»Wir können uns ebenso gut von ihm verabschieden, lasst uns für seine Seele beten«, sagte Barbara Strozzi und bekreuzigte sich. »Er hat sich zweimal umgebracht: erst erhängt, dann ist er ins Meer gestürzt.«

»Rutilius Claudis Namatianus hatte recht, als er sagte: ›Wir wundern uns, dass die Menschen sterben? Die Gräber zerfallen, auch die Steine und die Inschriften trifft der Tod!«, bemerkte Naudé düster.

»Das war nicht Rutilius Namatianus, Gabriel, sondern Ausonius«, korrigierte ihn Schoppe ebenso trübsinnig.

»Wie traurig.« Der Bibliothekar schüttelte verzweifelt den Kopf, ob über Guyetus Tod oder das falsche Zitat, war schwer zu sagen.

»Vergil dichtete: ›Schon wächst Korn dort, wo einst Troja stand‹«, fügte Schoppe zur Ausschmückung der Trauerstimmung hinzu.

Pasqualini zog ein Bündel hervor. Er hatte es unweit der Stelle, an der Guyetus in den Tod gegangen war, zwischen zwei Büschen gefunden. Es war die persönliche Habe des Toten: eine kleine Summe Geldes, sein Pass, zwei Schlüssel, eine Notiz über die in Italien getätigten Ausgaben. Der alte Ungläubige musste gedacht haben, dass sie ihm nicht mehr viel nützen würden, egal wohin er sich begab.

»Fast beneide ich ihn«, seufzte Naudé. »Er hatte eine starke Seele, frei von Todesängsten, jedem Zorn abhold, nichts verlangend, und die harten Arbeiten des Herkules bedeuteten ihm mehr als die Liebeleien und Federkissen auf den Banketten des Sardanapal, wie Martial sagte.«

»Juvenal«, verbesserte Hardouin.

DISKURS LXXXII

Darin man sich heimlich zu der Verabredung mit Philos Ptetès begibt.

Unter dem Vorwand, erneut auf die Jagd gehen zu wollen, waren Naudé, du und ich schon bald auf dem Weg zu dem gestern vereinbarten Ort. Während des Marsches hatte ich die Gelegenheit wahrgenommen, einen schönen Hasen zu schießen, den ich jetzt triumphierend an meinem Gürtel baumeln ließ. Naudé schwieg den ganzen Weg über nachdenklich. Ich konnte nicht ergründen, worüber er grübelte, ob über Guyetus' Selbstmord oder darüber, dass sein Name überraschend in Bouchards Notizen aufgetaucht war. Er schien etwas sagen zu wollen, als das Unerwartete geschah.

Alles spielte sich in wenigen Sekunden ab, nicht einmal wir verstanden genau, wie.

Im selben Moment, in dem wir Philos Ptetès und den ehemaligen Kommissar beim Kastaniensammeln im Wald erblickten, spürten wir, wie der kalte Lauf von Hakenbüchsen einen eisigen Kreis auf unsere Wangen zeichneten.

»Hände hoch, Nazarenerhunde!«, hörten wir schreien, während Philos Ptetès und sein Gefährte die Kastanienkörbe mit einem Laut des Erschreckens zu Boden fallenließen.

Vor uns standen vier Individuen mit gezückten Waffen und einem äußerst grimmigem Gesichtsdruck. Aus der Art und Weise, wie sie uns angesprochen hatten, konnte man schließen, dass es sich um Korsaren handelte.

»So, ihr sammelt Kastanien, was? Verfluchte Kerle!«, knurrte einer der vier, hob den Kolben seiner Hakenbüchse und stürzte sich auf den ehemaligen Kommissar.

Naudé legte sich entsetzt eine Hand vor die Augen, um den tödlichen Stoß der Büchse gegen den Nacken des Armen nicht sehen zu müssen. Stattdessen ließ der Korsar den Kolben seiner Waffe auf den Fuß des ehemaligen Kommissars niedergehen, mit dem weniger grausamen Ergebnis, dass das Opfer im Kreis herumsprang und ein langanhaltendes Schmerzensgeheul ausstieß, in welches sich das Gelächter der vier Angreifer mischte.

»Nehmt sie, die Kastanien gehören Euch! Aber habt Erbarmen mit uns!«, rief Philos Ptetès, wobei er auf die Knie fiel und mit beiden Händen ein Häufchen Kastanien darbot.

»Erbarmen! Erbarmen!«, echote der andere und kniete ebenfalls eilig nieder.

»Kastanien sind Schweinefraß!«, rief einer der vier. Er schlug dem Knienden auf die Hände, sodass die kleinen Früchte zu Boden fielen, während sein Genosse einem Sack, den Philos Ptetès auf dem Rücken trug, einen kräftigen Tritt versetzte, worauf der Mönch mit dem Gesicht voran in die faulgen Blätter stürzte.

Die anderen zielten auf uns, was im Grunde überflüssig war, da man uns die Gewehre und den Hasen abgenommen hatte.

»Sagt wenigstens, was ihr von uns wollt!«, bat Naudé.

»Ruhe! Wir gehen jetzt los, und wer nicht gehorcht, kriegt eine Kugel in den Kopf«, brüllte einer der vier und winkte mit dem Lauf seiner Hakenbüchse.

Keiner wagte mehr, den Mund aufzumachen. Die vier gruppierten uns einer hinter dem anderen, indem sie uns kräftige Tritte versetzten und brutal mit den Gewehrläufen in die Rippen stießen.

Einer der vier ging voran, zwei kontrollierten unsere Reihe von beiden Seiten, und der letzte bildete das Ende der Prozession. Wir gingen über einen schmalen Pfad, doch schon bald führten sie uns in das undurchdringlichste, wildeste Dickicht.

Unversehens waren durch diesen Überfall all unsere Hoffnungen zunichtegemacht. Wir würden nicht mehr mit dem Boot nach Livorno fahren können, was wir bereits um eine Nacht verschoben hatten; wir würden den anderen nicht einmal mehr von unserem Unglück berichten können. Wir waren in der Gewalt einer Gruppe unbekannter Räuber, die uns entweder töten oder als Sklaven verkaufen würden. In dem verzweifelten Gemütszustand, den unsere Lage bei jedem ausgelöst hätte, gab es nur einen einzigen winzigen Hoffnungsschimmer oder besser einen Grund zur Neugierde: Der Marsch bewegte sich auf den unbekannten Teil der Insel zu. Vielleicht würden wir bald erfahren, ob die geheimnisvolle Stadt, von der so viele sprachen, tatsächlich existierte.

DISKURS LXXXIII

Darin man einen unbekannten Ort auf Gorgona entdeckt und die Situation ausweglos erscheint.

Der Weg führte nun über einen sehr unwegsamen, stark abschüssigen Hang, wo man sich mit Händen und Unterarmen an den Pflanzen rechts und links abstützen musste, um nicht abzurutschen. Wir sahen, dass der Hang nicht in einer Schlucht endete wie jener, an der bei unserem ersten Jagdversuch der Vormarsch mit Gabriel Naudé gescheitert war. Durch die wenigen Lücken, die das dichte Laub gelegentlich freiließ, sah man einen weit entfernten, aber hellen Schimmer: Vor uns wartete, fern noch, aber grenzenlos und geduldig, das Meer.

Plötzlich mussten wir unsere Augen mit den Armen schützen, um nicht vom Tageslicht geblendet zu werden, das die waldige Natur dieser Insel fast überall verschattete. Vor uns öffnete sich das Panorama des Meeresarms zwischen Gorgona und der toskanischen Küste.

»Was werden sie tun? Uns von der Klippe stoßen wie Mustafa?«, fragtest du erschrocken und wütend zugleich.

Statt einer Antwort stieß der Wächter, der dir am nächsten stand, den Kolben seines Gewehrs in die Seite, sodass du vor Schmerz und Überraschung aufschriest, was jedoch die beabsichtigte Wirkung erzielte – dich zum Schweigen zu bringen.

Die Strecke war unterdessen zu einer seiltänzerischen Herausforderung geworden. Pinien, Eichen, Rosskastanien und Zerreichen hatten Strauchwerk und Farnen Platz gemacht, dann Rosmarinsträuchern, Myrtenbüscheln und kleinen, mit Erdbeerbäumen, Myrte und Ginster bewachsenen Flächen, vor allem aber spitzen Steinen und vom Wind scharf geschliffenen Felsbrocken. Wer sich nicht Hände und Füße an den Steinen aufschürfte, lief Gefahr, talabwärts zu fallen und womöglich ins Meer hinunterzurollen.

Gerade als unser erzwungener, in höchstem Maße aufreibender und gefährlicher Marsch gar keinen Sinn mehr zu haben schien, befahlen unsere vier Entführer uns anzuhalten. Einer von ihnen ließ sich in einen von dichtem Gebüsch umstandenen Graben hinab, der von Menschenhand mit Erdreich und Stroh gefüllt zu sein schien. Geduldig schob er einige Büsche aus der Mitte des Lochs beiseite und legte schließlich eine sorgfältig polierte Fläche aus zusammengenagelten Brettern frei. An einer Seite befand sich ein eiserner Griff, den der Räuber energisch nach oben zog. Die Falltür öffnete sich.

Der Räuber oder Korsar schlüpfte hinein und verschwand. Erstaunt sahen wir uns an: War dies womöglich ein in den überaus harten Felsen von Gorgona gegrabenes geheimes Versteck? Wir musterten die Gesichter von Philos Ptetès und seines Gefährten, doch die beiden schienen noch resignierter als wir, sie hielten die Augen gesenkt und wagten nicht den leisesten Widerstand. Philos Ptetès war sogar der Erste, der dem Räuber ins Unbekannte folgte. Der Mann, den wir so lange verfolgt hatten, der das Schicksal einiger Teilnehmer unserer Gruppe ändern konnte, schien angesichts der Übermacht fügsam wie ein Lamm.

»Was ist das für ein Loch?«, fragte Naudé, dem höchste Besorgnis ins Gesicht geschrieben stand.

»Runter!«, brüllten unsere Entführer und schwenkten die Läufe ihrer Gewehre.

Eine Hoffnung auf Flucht gab es nicht. Ich drang in das schwarze Loch vor.

Kaum war ich hindurchgeschlüpft, erlebte ich eine Überraschung. Meine Füße trafen nicht auf Stufen aus Holz oder Eisen, sondern auf den Naturstein der Klippe. Wie war das möglich? Welcher Riese, welche kolossale Kraft hatte einen Gang in den steinernen Bauch von Gorgona gegraben? Doch alsbald musste ich erkennen, dass die Frage falsch gestellt war.

Ich stieg weiter hinunter, während das Tageslicht von oben immer schwächer wurde. Um das Gleichgewicht nicht zu verlieren, klammerte ich mich an die Wände und fühlte mit meinen Fingerspitzen, dass auch sie aus dem Felsgestein des Kliffs und nichts anderem bestanden. Als ich zuletzt ganz von Finsternis umgeben war, stieg die nächste Geisel in das Loch hinab, es warst du, Atto.

Im selben Moment erhellte ein von unten kommendes Licht meinen Weg. Ich nahm Brandgeruch wahr, beißender Rauch stieg mir in die Nase. Eine Fackel war entzündet worden.

Dann stand ich vor dem ersten der Räuber, der eine Fackel in der Hand hielt, in der anderen seine Waffe. Er überwachte den Abstieg der restlichen Gruppe. Ein Schuss an diesem engen Ort hätte auch für ihn tödliche Folgen haben können, die Probleme der Entsicherung von Hakenbüchsen und ihre unheilvollen Folgen sind allseits bekannt. Doch niemand, nahm ich an, hatte Lust auszuprobieren, ob der Schütze oder sein Opfer als Erster sterben würde.

Ich blickte mich um und erkannte, dass dieser Gang von keiner menschlichen Hand gegraben worden war. Wir befanden uns am Eingang einer natürlichen Höhle, einer Art engem Vorraum, dessen erdrückend niedrige Decke uns zwang, den Kopf gesenkt zu halten. Die Steine zu unseren Füßen waren spitz und unregelmäßig wie Klippen, bildeten aber eine fast ebene Fläche. Unterdessen warst du mit Naudé, beide kreidebleich im Gesicht, an meiner Seite angekommen. Wenige Augenblicke lang standen wir alle einander gegenüber. Da begann der Fluchtversuch.

»Jetzt!«, schrie Philos Ptetès und sprang auf einen der Entführer.

Einen Lidschlag später tat sein Kumpan es ihm nach, indem er einem anderen der vier einen kräftigen Stoß in den Magen versetzte. Es war Zeit zum Handeln! Nach kurzer Unschlüssigkeit warfen du und ich uns auf den nächsten des feindlichen Quartetts, während Naudé versuchte, Philos Ptetès zu unterstützen. Zu fünft hatten wir gegen vier gute Erfolgschancen, wenn sie nicht sofort zu den Gewehren greifen würden, und dafür wären auf jeden Fall einige Sekunden zum Laden erforderlich gewesen.

Das Schicksal war uns leider abhold, denn nach wenigen Augenblicken hörte man einen Hilfeschrei:

»Genug!«

Der ehemalige Kommissar lag am Boden, einer unserer Gegner presste ihm einen länglichen, dunklen Gegenstand unter das Kinn, sicherlich ein Messer. Philos Ptetès lag ebenfalls rücklings auf den Felsen, über ihm ein anderer der vier, der ihn an den Haaren gepackt hatte und ihm die Fackel vors Gesicht hielt. Ob er sie ihm in ein Auge bohren würde oder nicht, wollte niemand sehen.

»Wir ergeben uns«, sagte der slawonische Mönch mit zitternder Stimme.

Sein Widersacher stieß ihm erbarmungslos den Kopf auf die Felsen, spuckte verächtlich aus (ich glaube, er traf den Mönch ins Gesicht) und rammte ihm zum Abschluss das Knie in die Brust, was einen röchelnden Klagelaut des Mönchs hervorrief.

Drei unserer Entführer zielten mit den Gewehren auf uns. Einer, welcher der Anführer der Gruppe zu sein schien, sagte mit fester Stimme:

»Bis jetzt haben wir nicht geschossen, weil hier drin die Gefahr besteht, dass wir uns selbst treffen. Doch von nun an kann das nicht mehr passieren, wir haben allen Raum, den wir brauchen. Beim nächsten Streich, den ihr uns spielt, seid ihr alle tot.«

Darauf wurden wir unter der bewaffneten Aufsicht von zweien der Gruppe mit Tritten und Stößen tiefer in die Höhle hinabgedrängt.

Die folgenden Momente gehörten zu den schwärzesten und hoffnungslosesten aller ohnehin schon so unglückseligen Tage auf Gorgona. Die Höhle war von der Natur gewiss nicht zu unserem Vergnügen geschaffen worden, der Weg führte über zerklüftete Ebenen mit unvorhersehbaren Löchern in die Tiefe. Einzig die Fackel der vier Schurken leuchtete notdürftig unseren Schritten, dann wurde eine zweite entzündet, denn trotz ihrer grausamen Absichten hatten die vier Entführer erkannt, dass eine einzige Lichtquelle für eine Gruppe von sieben Personen nicht ausreichte.

Das Echo unserer Schritte, des ungeduldigen Schnaubens, des mühseligen Zögerns beim Überwinden der Hindernisse zerteilte sich tausendfach in irre Laute, während die Kälte mit jedem Schritt zunahm und uns eine grausame Decke aus Schaudern auf die Haut nähte.

Manchmal trafen wir auf feuchte Abschnitte oder auf Rinnsale, die aus darüber liegenden Erdschichten stammten.

Unser Trio, Naudé, du und ich, war von Philos Ptetès und dem ehemaligen Kommissar getrennt worden, damit wir leichter zu überwachen waren. Oft hörten wir Klagelaute des Mönches und seines Freundes und ahnten, dass ihnen in regelmäßigen Abständen kräftige Tritte verpasst wurden, damit sie schneller gingen und um sie für die versuchte Meuterei zu bestrafen. Es war Philos Ptetès, der am häufigsten jammerte.

»Kaum habe ich ihn gefunden, schon bringt man ihn mir um«, brummte Naudé fast unhörbar. »Caspar wird sich ausschütten vor Lachen.«

Unversehens senkte sich die Decke des Stollens, durch den wir gingen, um mehr als die Hälfte, wir mussten auf allen vieren vorankriechen.

Obwohl unser furchtbares Unglück mein Herz mit Angst erfüllte, versuchte ich, mir jede Einzelheit des unterirdischen Ganges einzuprägen, die für einen erneuten Fluchtversuch nützlich sein konnte. Doch je tiefer wir hinabstiegen, desto mehr fühlte ich mich in einem Abgrund versinken, aus dem niemand uns je hätte herausholen können. Zu beiden Seiten des Ganges öffneten sich fortwährend neue Abzweigungen, einige geräumig, andere so eng, dass man nur kriechend vorangekommen wäre, und wer weiß, in welche teuflischen verborgenen Winkel der Insel sie führten. Wenn wir auf demselben Weg zurückkehren mussten, hätte ich mich an jeder Ecke verirrt, und wahrscheinlich hätte ich nicht gewagt, unsere Entführer zu töten, selbst wenn sich dazu eine Gelegenheit geboten hätte, denn ohne Führer würden wir hier niemals wieder herauskommen. Und auch wenn der Rest unserer Gruppe die Falltür zur Höhle gefunden hätte, hätte sie uns ohne Markierungen niemals folgen können. Wir waren verloren, ob mit oder ohne unsere Peiniger. Von Zeit zu Zeit strauchelte jemand und stürzte böse zu Boden, um sich sogleich wieder zu erheben, ohne laut zu klagen und auf Verletzungen zu achten (das Halbdunkel, in dem wir marschierten, machte dies ohnehin unmöglich). Keiner wollte die Aufmerksamkeit eines der Bösewichter auf sich lenken, um nicht mit Gewehrstößen oder Tritten erneut zum Fall auf die spitzen Felsen gebracht zu werden.

Doch auch diese letzte Überlegung wurde durch eine neue Überraschung hinfällig. Aus der Tiefe des Abgrunds klang ein Geräusch zu uns herauf wie Wind, der sich in Baumwipfeln oder Schilfrohr verfängt und unaufhaltsam anschwillt.

»Gütiger Himmel, wohin bringen sie uns?«, hörte ich dich jammern, während ich vom Rest der Gruppe nur Keuchen der Anstrengung und verzweifelten Sorge wahrnahm.

Das wirre Echo aus Blättern und Schilfrohr wurde immer dröhnender und überwältigender, es erfüllte schon jeden Winkel der Höhle wie die Wirbel eines bösen Sturmes, jetzt begleitet von einem vertrauten Geruch, den ich jedoch in diesen Momenten panischer Angst nicht zu bestimmten vermochte. Es schienen üble Ausdünstungen einer tiefen Schlucht, eines Sumpfes in einem dieser schmutzigen Tunnel zu sein, wo Pflanzen faulten und urzeitliche unterirdische Säugetiere lebten.

»Schnell, beeilt euch!«, sagte einer der vier, und in der Höhle vervielfachte sich seine Stimme zu einem grotesken kaleidoskopischen Singsang. Der Lärm schwoll an, und wegen des Echos konnte man nicht einmal mehr miteinander sprechen.

»Ich … ich habe begriffen, wo wir sind!«, sagte Naudé, ohne sich noch zu verstellen, um den Zorn unserer Entführer zu vermeiden. Er hatte recht, ich hätte es selbst längst erkennen sollen. Noch wenige Schritte, dann erblickten wir ein grünliches Licht, das sich an der Decke der Höhle brach und alles erklärte. Wir waren angekommen.

Der Lärm war jetzt so gewaltig, dass wir fast schreien konnten, ohne von den Räubern gehört zu werden, solange wir ihnen den Rücken zuwandten.

»Das Meer, das sind die Wellen!«, rief Naudé, während du und ich uns erstaunt anblickten.

Wir befanden uns also in einer Meereshöhle, die sich mit zahllosen Verzweigungen bis tief ins Innere der Insel erstreckte. Es war nicht auszuschließen, dass im Lauf der Zeit Regenwasser von oben durchgesickert war und diese Gänge gegraben oder ausgewaschen hatte, bis sie für Menschen begehbar wurden. Jemand musste den Eingang zu dieser Höhle von oben – oder von unten gefunden haben. Der zum Meer gelegene Teil wurde sicherlich als kleiner versteckter Hafen genutzt, wie einige schwere, in den Felsen getriebene Eisenringe zeigten, an denen Boote festgemacht werden konnten. Ich reckte den Hals und sah, dass in einen der Ringe ein Tau geknotet war, dessen anderes Ende hinter eine Klippe führte. Die Ausmaße der Höhle gestatteten das geschützte Ankern auch größerer Schiffe, wenn die Masten fehlten oder abmontiert waren.

Doch im Laufe der Zeit schien sich etwas verändert zu haben: Das herrliche blaugrüne Licht in der Höhle rührte von Sonnenstrahlen her, die durch ein kleines Loch fielen, zu klein, um Schiffen Einlass zu gewähren. Selbst unser Boot wäre kaum hindurchgekommen. Wahrscheinlich hatte ein Steinschlag den Eingang zur Höhle stark verengt, und tatsächlich lagen rechts und links davon gewaltige Felsbrocken von anderer Form und Größe als das Gestein der Höhle.

Wir wandten uns zum Rest der Gruppe um.

Genau in diesem Augenblick fiel aus einem der Gewehre ein Schuss. Verstärkt durch das enorme Gewölbe, dröhnte er laut wie Kanonendonner. Der Schütze hatte zur Abschreckung in die Luft geschossen. Wir begriffen sofort, warum.

»Dahin!«, herrschten zwei der Entführer uns an, auf eiserne Ringe weisend, die in Mannshöhe direkt vor den sich träge an den Felsen brechenden Wellen in den Stein eingelassen waren. An den eisernen Ringen waren Seile befestigt, und während die Gewehre sich drohend auf uns richteten, banden zwei der Entführer uns die Arme hinter dem Rücken zusammen und verknoteten die Fesseln an den Eisenringen. Der Schuss hatte uns unmissverständlich bedeuten sollen, dass wir jede Gegenwehr teuer bezahlen würden.

Nicht zufrieden damit, uns an den Ringen vertäut zu haben, fesselten die Entführer uns obendrein an Beinen und Armen aneinander, sodass wir gezwungen waren, als tragisches Palindrom der drei Grazien Rücken an Rücken auf dem Boden zu sitzen. Die spitzen Steine unter unserem Gesäß machten unsere Lage sehr unangenehm.

Kaum waren Naudé, du und ich in dieser entwürdigenden Weise versorgt, zog einer der Bewaffneten an dem Tau, das hinter dem Felsen endete, und ein kleines Boot näherte sich auf den Wellen. Eilig wurden Philos Ptetès und sein Freund zum Einsteigen gezwungen, dann sprang auch die Gruppe der Entführer hinein.

»He! Wie lange wollt ihr uns hier lassen?«, rief Naudé.

»Halt's Maul!«, befahl ihm einer der vier.

»Ihr könnt uns hier nicht sterben lassen!«, riefst du und zerrtest an den Fesseln.

»Aufhören!«, warnte man dich vom Boot aus und zielte mit dem Gewehr auf dich.

»Nein!«, schrien wir alle drei einstimmig. Wieder dröhnte der Schuss, und fast schien die Decke der Höhle zu erzittern. Wasser plätscherte und wir spürten Spritzer. Wir blickten einander an und sahen an uns hinab: niemand war getroffen. Unter dem Gelächter der vier entfernte sich das Boot. Nicht derjenige, der auf dich zielte, hatte geschossen, sondern einer, der sein Gewehr auf die Decke gerichtet hielt. Der Schuss war dort eingeschlagen und hatte einige Steine gelöst, die ins Wasser gefallen waren. Ein dummer, grausamer Scherz.

Das Boot fuhr durch die Öffnung und verschwand in wenigen Augenblicken. Kurz bevor es unseren Blicken entschwand, glaubte ich Philos Ptetès zu sehen, der traurig einen Arm hob, als wollte er sich verabschieden.

Wir waren allein. Die tausend trüben Gedanken, die in einer solchen Situation den Geist bestürmen, malten sich in finsteren Farben auf unseren Gesichtern ab.

»Auf, lasst uns die Fesseln lösen und hier rauskommen. Obwohl ich nach all dem Jagen nichts gegen eine kleine Angelpartie hätte«, sagtest du gezwungen heiter.

»Ich frage mich, was diese Banditen oder Korsaren vorhaben«, brummte Naudé. »Warum haben sie uns hier zurückgelassen? Was wollen sie mit uns machen? Habt Ihr bemerkt, dass sie uns nicht einmal richtig durchsucht haben? Sie haben uns nur die Gewehre und den Hasen abgenommen, dann haben sie den langen gefährlichen Abstieg bis zu dieser Grotte auf sich genommen, nur um uns hier sitzenzulassen und sich aus dem Staub zu machen. Was das Ganze soll, verstehe ich nicht.«

»Vielleicht sagen sie jetzt irgendeinem Anführer Bescheid«, vermutetest du.

»Das würde bedeuten, dass sie zurückkommen«, folgerte Naudé. »Aber warum haben sie uns das nicht gesagt, um uns einzuschüchtern und von Fluchtversuchen abzuhalten?«

»Ja, wirklich seltsam. Wenn wir erfahren wollen, was sie vorhaben, müssen wir hier warten.«

»Seht mal!«, rief ich und wies mit dem Kopf auf eine Stelle vor mir. Auf dem mit einer Schicht feuchten Sandes bedeckten Felsen war ein Zeichen zu erkennen, in dem Naudé und ich (du saßest mit dem Rücken zu uns und konntest diesen Teil der Grotte nicht sehen) alsbald einen Buchstaben des Alphabets erkannten, nicht größer als eine Handfläche, unregelmäßig und in Eile hingestrichelt.

Jemand hatte ein *B* in den Sand gezeichnet. Der Zweig, der als Schreibwerkzeug gedient hatte, lag noch daneben.

»Das ist vor kurzem geschrieben worden, aber wer war das?«, fragte Naudé, ohne den erstaunten Blick von dem Zeichen im Sand zu lösen, während du vergeblich versuchtest, dich den Fesseln zu entwinden, um auch etwas zu sehen.

»Ich weiß es nicht ...«, murmelte ich nachdenklich. »Ich habe nicht gesehen, dass einer der Banditen sich bückte ... Habt Ihr, Signorino Atto, vielleicht eine Idee, ob einer dieser Halunken etwas in den Sand geschrieben haben könnte?«

Doch bevor du antworten konntest, rief ich schon aus:

»Jetzt erinnere ich mich! Philos Ptetès hat sich gebückt! Er schien an seinem Schuh zu nesteln ...«

»Der Mönch, es war der Mönch!«, wiederholte der Bibliothekar versonnen. »Das hatte ich befürchtet, und jetzt habe ich den Beweis.«

DISKURS LXXXIV

Darin wieder über die Karte der Insel diskutiert wird und Gabriel Naudé eine Erleuchtung hat.

»Philos Ptetès und der Kopist des armen Bouchard sind ein und dieselbe Person«, sagte er schließlich.

Verblüfft drehten wir unsere Köpfe zu ihm um.

»Ihr meint, dieses B im Sand bedeutet Bouchard, und Philos Ptetès hat es geschrieben?«

»Genau. Als wir nach dem Untergang des französischen Brandschiffs alle zusammen im Rettungsboot saßen, habt Ihr mir erzählt, dass Ihr Bouchard in der Toskana getroffen habt, der auf der Suche nach einem guten Kopisten für eine Handschrift dieses byzantinischen Historikers Synkellos war. Ihr habt mir berichtet, mein armer Freund sei so froh gewesen, einen guten Kopisten gefunden zu haben, dass er ihm noch andere Handschriften in seinem Besitz anvertraut habe. Jetzt wissen wir, dass die beiden ein und dieselbe Person sind. Dieser Verdacht war mir übrigens schon gekommen, als wir immer wieder neue Aufzeichnungen von Bouchard und gleichzeitig Papiere von Poggio Bracciolini fanden.«

»Das ist ja unglaublich!« Vor Staunen fuhr ich auf, was bei uns dreien zu einem schmerzhaften Zerren an dem Seil um unsere Handgelenke führte.

»Gebt doch acht!«, schimpftest du, weit mehr daran interessiert, hier herauszukommen, als an Bouchard oder dem Mönch.

»Entschuldigt bitte, Signorino Atto, doch Ihr werdet meine Überraschung verstehen. Angesichts dieser Mitteilung, Monsire Naudé, muss ich Euch daran erinnern, dass es im Großherzogtum der Toskana von trefflichen Kopisten nur so wimmelt, und ihre Geschicklichkeit ist bekanntlich einzig auf der Welt. Habt Ihr selbst nicht auch in Florenz im Auftrag Kardinal Mazarins nach einem Kopisten für die Gutenbergbibel gesucht?«

»Was hat das denn damit zu tun? Dank der ausgezeichneten Beziehungen zwischen Frankreich und dem Großherzogtum konnte ich mich der offiziellen Kopisten der Medici bedienen. Als Cousins der Regentin Anna von Österreich sind die Medici ihr gerne in jeder Weise gefällig. Bouchard dagegen suchte einen privaten Kopisten – just einen wie Philos Ptetès!«

»Ihr habt zweifellos recht«, pflichtete ich ihm bei, während ich eine bequemere Sitzhaltung einzunehmen suchte, ohne meinen Gefährten im Unglück zur Last zu fallen. »Doch daraus zu schließen, dass der slawonische Mönch und Bouchards Kopist ein und dieselbe Person sind ...«

»Aber ja doch! Warum finden sich Bouchards Aufzeichnungen sonst auf dieser Insel zusammen mit den Papieren von Poggio Bracciolini? Wollt Ihr eine Bestätigung? Es war der Mönch, der dieses B im Sand zurückgelassen hat, da es auch ein neuer Buchstabe für unsere Karte ist, zusammen mit den anderen, die wir in der Torre Vecchia, im Haus von Nummer Drei und in der Piana dei Morti gefunden haben. Wie ich vermutet habe, ist das alles sein Werk.«

»Der Mönch weiß aber noch nicht«, überlegte ich, »dass Ihr seine Karte in Händen habt, nicht Schoppe.«

»Und ich sage Euch außerdem«, fuhr er in weit schärferem Ton fort,

»Poggios Erbschaft, die der Mönch den Pariser Philologen brieflich angeboten hat, kann nur von Bouchard selbst stammen. Aus diesem Grund habe ich Euch nicht verraten, Signor Secretarius.«
»Verraten? Bei wem?«, heuchelte ich Verständnislosigkeit.
»Bei den anderen. Noch weiß niemand, dass auch Ihr Bouchard kanntet. So seid Ihr nicht unter den Verdächtigen, im Gegensatz zu mir.«
»Moment! Zu sagen, dass ich ihn kannte, ist übertrieben. Wie ich Euch erzählte, habe ich ihn einmal getroffen, und das scheint mir kein ausreichender Grund, mich zu verdächtigen, mit seinem Tod zu tun zu haben.«
»Wie auch immer, auch ich habe nichts mit dem Tod meines Freundes zu tun. Allerdings taucht mein Name in seinen irren Aufzeichnungen auf. Philos Ptetès wusste also schon, wer ich bin, bevor er mir begegnete, und er steckt auch hinter den Funden des *Satyricon* von Petronius und der Papiere von Bouchard. Darum hat er gestern trotz meiner Versuche keine Anspielung auf Poggio machen wollen.«
»Könnte es sein, dass er uns seit dem Schiffbruch auf dieser Insel hinterherspioniert?«, fragtest du erstaunt.
»Ich sehe keine andere Erklärung für unsere dauernden Funde von Bouchards Notizen und Poggios Papieren. Von wegen Zauberschloss des Magiers Atlante, wie der arme Guyetus dachte! Das hätten wir schon früher kapieren können. Wir sind alle dumm gewesen«, schloss er in einem Ton, der allmählich von Trostlosigkeit in Verzweiflung überging.
»Ein höchst geschickter Schauspieler, dieser Mönch, das muss man ihm lassen«, bemerktest du. »Doch warum hätte er sich so seltsam verhalten sollen, statt uns seine Anwesenheit auf der Insel sofort kundzutun?«
»Vielleicht hat er, als er uns nach dem Schiffbruch belauschte, schon bald meinen Namen gehört«, vermutete Naudé, »und da er mich für schuldig am Tod Bouchards hält, hat er beschlossen, euch durch seine Aufzeichnungen von der Geschichte zu informieren und mich bei euch verdächtig zu machen. Vielleicht hat er deshalb dieses B für Bouchard hier hinterlassen.«
»Aber die kostbaren Seiten des Petronius auf diese Weise über der Insel zu verstreuen, nur um Katz und Maus zu spielen, erscheint mir wirklich übertrieben«, wandtest du ein.

»Das kann ich mir selbst nicht erklären«, gestand Naudé und fügte nach kurzer Pause mit einer von Seelenpein beschwerten Stimme hinzu: »Ihr könnt Euch nicht vorstellen, wie qualvoll es für mich ist, beobachtet, verdächtigt, sogar verurteilt zu werden. Die Verleumdung, meine Freunde, ist eine unsterbliche Göttin, hat sie sich einmal an dich geheftet, gibt es keine Rettung mehr. Es wird immer jemanden geben, der sich erinnert und sie wieder hervorholt, während die Wahrheit, eine sehr viel komplexere Materie, leicht vergessen wird. Wie Sallust in seinem *Catilinia* sagte: ›Alle anderen Verbrechen kann man verfolgen, nachdem sie begangen wurden; sorgst du bei diesem hingegen nicht dafür, dass es gar nicht erst geschieht, wirst du, nachdem es begangen wurde, vergeblich vor Gericht Gerechtigkeit fordern!‹«

Wir nickten beide zustimmend bei diesen Worten des Bibliothekars, obwohl ich mich fragte, ob dieser Satz wirklich von Sallust stammte, oder ob Naudé nicht wieder einmal falsch zitiert hatte.

Die Wahrheit ist immer kompliziert, da hatte Naudé recht. Doch mit dieser weisen Erkenntnis, überlegte ich lächelnd, machte Naudé sich ein Prinzip zu eigen, das er selbst bekämpft und verlacht hatte, als er es aus Schoppes Mund hörte: Einfache Erklärungen sind weit verbreitet, aber sie sind oft zu einfach, um wahr sein zu können, hatte der Verehrungswürdige erklärt, als unser Grüppchen auf dem Weg zur Piana dei Morti über den Prozess gegen Galileo diskutiert und gestritten hatte.

»Glaubt Ihr, es sei mir egal, wie man sich hier auf Gorgona den Mund über mich zerrissen hat?«, fragte Naudé.

Etwas störte mich: Während er redete, konnte ich ihm nicht direkt ins Gesicht sehen.

»Ja, es ist wahr«, hub er wieder an, »in der letzten Phase seines Lebens hat der arme Bouchard mich mehrmals um Rat gefragt. Aber das bedeutet nichts und sagt nichts über sein Ende aus. Während der letzten Jahre vor dem Überfall kam er immer dann zu mir, wenn ihn diese seltsamen Zweifel über die Wahrheit der Dinge befallen hatten, und das geschah sehr oft. Er sagte immer öfter, dass die antiken Historiker Lügner, nein, Gotteslästerer seien. Ich verstand nicht recht, was er damit meinte, und um die Wahrheit zu sagen, es interessierte mich auch nicht besonders, waren es doch eindeutig Phantasien einer gemarterten und verwirrten Seele. Er legte lange Listen an mit Dingen, die die

Historiker des Altertums geschrieben hatten und die seiner Meinung nach weder möglich noch wahrscheinlich waren. Armer Bouchard, mit welchen Spinnereien vergeudete er manchmal seine Zeit!«

Ich kannte diese Listen. Sie waren in den Aufzeichnungen enthalten, die Naudé selbst im Haus von Nummer Drei gefunden hatte. Ich hatte die Zusammenfassung gemeinsam mit Mazarins Bibliothekar überflogen, und am nächsten Morgen im Wald hatte ich zusammen mit Schoppe, Guyetus und Hardouin den ganzen Text gelesen.

»Eines Tages ging ich ihn im Palazzo della Cancelleria besuchen«, fuhr Naudé fort, »und er ließ mir fast keine Zeit, mich hinzusetzen, so sehr brannte ihm auf der Seele, was er mir sagen wollte.«

»Monsire Naudé«, kam ich ihm zuvor, »Ihr müsst Euch nicht verpflichtet fühlen, Euch zu rechtfertigen, insonderheit nicht vor mir und Signorino Atto. Wir hatten nie die Absicht, Euch Böses zu unterstellen.«

»Das stimmt, Monsire Naudé«, setztest du nach, »wir können Euch versichern, dass …«

»Lasst mich erzählen, was Bouchard mir damals sagte«, bat der Bibliothekar.

Wir Starken Geister, hatte Bouchard in jenen, nunmehr fünf Jahre zurückliegenden Tagen zu Naudé gesagt, brüsten uns damit, dass wir auf die Märchen der Priester, der Abergläubischen, der Heuchler, die aus Eigennutz predigen, nicht hereinfallen. Wir haben das griechische und lateinische Altertum zu unserem idealen Reich erhoben, weil wir dort, auf den Weiden der Philologie, im Olymp der großen Geister, der so befreiend anders ist als unsere armselige, von Religion und Bigotterie vergiftete Gegenwart, frei umherschweifen können und nur ein einziges Reittier brauchen: unsere Vernunft. Um es anzuspornen, haben wir die Peitsche des Skeptizismus, als heilige Schrift halten wir die kostbaren Handschriften antiker Autoren, die uns die Antike überlieferte, unter dem Arm. Epikur, der Hedonist, hat uns das gute Leben gelehrt, die Stoiker, wie Seneca, haben uns im guten Sterben unterwiesen und uns gezeigt, wie wir freiwillig in den Tod gehen können, wenn die Ehre es erfordert. Die Sophisten haben uns beigebracht, die Argumente anderer zu sezieren, um das Wahre und Falsche zu unterscheiden. In der Gelehrtenrepublik sind wir alle gleich, jeder ist König und Untertan in einem, bewaffnet nur mit dem scharfen Schwert der Vernunft.

Also kannst auch du, Gabriel Naudé, so hatte Bouchard gesagt, genauso gut sehen wie ich, was wahr oder falsch, vollständig oder lückenhaft ist, und wir müssen dafür keinen Glauben bemühen. Meinst du nicht auch, dass diesen Historikern fernster Epochen, diesen sonderbaren Berossos und Manetho, diesen Vätern der ältesten Antike, mit demselben Misstrauen begegnet werden muss, das wir den Märchen der Frömmler entgegenbringen?

Erscheint es dir nicht auch ein wenig seltsam, dass uns nur Autoren überliefert sind, die bei anderen Autoren über Berossos und Manetho gelesen haben, welche wiederum nur indirekt von ihnen wussten? Findest du es nicht verwunderlich, dass weder von den beiden selbst noch von den späteren Autoren, die ihre Schriften in Händen gehalten haben wollen, auch nur eine einzige Seite überliefert ist? Und hältst du die Dinge, die Berossos und Manetho berichtet haben sollen, nicht auch für aberwitzig? Zu guter Letzt: Siehst du nicht, dass die Berichte von Herodot, Livius, Plutarch, Cicero, Valerius Maximus, Plinius und Tacitus mit jenen Lügen gespickt sind, die ich Gotteslästerungen nenne?

DISKURS LXXXV

Darin Gabriel Naudé erzählt, was er Bouchard auf seine Zweifel antwortete, und man einem erstaunlichen Phänomen beiwohnt.

Bouchards Offenheit hatte Naudé überrascht, da er auf so ernste Diskussionen nicht gefasst war. Dennoch antwortete er mit einer Fülle an Argumenten: Wie Bouchard selbst wisse, hatte unter den Starken Geistern eine Strömung Fuß gefasst, die sich die Pyrrhonisten nannten. Ihr Name leitete sich von dem griechischen Philosophen Pyrrhon ab, der behauptete, dass die Vergangenheit unerkennbar sei. Hör mir gut zu, Bouchard, mein Freund, hatte Naudé ihn ermahnt, erinnere dich an die Fragen Pyrrhons und an seine einzige Antwort: Wie sind die Dinge beschaffen? Wie sind wir mit ihnen verbunden? Wie müssen wir uns ihnen gegenüber verhalten? Die Antwort lautet: Wir wissen es nicht. Die Wahrheit ist, dass wir nur sehen, wie die Dinge uns erscheinen, über ihr wahres Wesen können wir jedoch nicht Gewisses

sagen. Gewissheit gibt es über gar nichts, nicht einmal, ob du und ich in diesem Zimmer miteinander reden. Und da sollen wir die historische Wahrheit erkennen können? »Eine Frage bitte, Monsire Naudé«, unterbrachst du ihn. »War dieser Pyrrhon ein Christ?«
»Wie denn? Er lebte drei Jahrhunderte vor Christus.«
»Vergebt mir meine naive Frage«, verteidigtest du dich. »Doch das Denken dieses Pyrrhon scheint mir exakt auf das anwendbar zu sein, was Papst Urban VIII. immer zu Galilei sagte, wenn dieser darauf bestand, seine Beobachtungen durch das Fernrohr für absolute Wahrheiten zu erklären. Ich frage mich: Wenn die Starken Geister wirklich so dachten wie Pyrrhon, gaben sie dem Papst doch gegen Galileo Recht, oder?«
»Das hat doch gar nichts miteinander zu tun! Ich rede über meinen armen Freund Bouchard, nicht über Galileo«, fauchte Naudé ziemlich verwirrt, ohne deine Frage zu beantworten.
Wie hätte Naudé dir auch antworten können? Er und seine Freunde waren alle auf der Seite Galileos gewesen. Atheisten ändern fortwährend ihre Meinung, nur um immer und auf jeden Fall gegen den Glauben an die göttliche Vorsehung Partei ergreifen zu können.

Bouchard, berichtete der Bibliothekar weiter, hatte seiner kleinen philosophischen Lektion geduldig zugehört. Wie oft hatte er das schon in Paris in den Kreisen der Starken Geister gehört, die den Skeptizismus Pyrrhons bewunderten.
Schließlich antwortete er: Lieber Naudé, du hast die wahre Bedeutung meiner Frage nicht verstanden. Ich spreche nicht über die Wahrheit der Fakten, sondern über etwas, das vielleicht sehr viel weitergeht, ich spreche über die Zeit.
Und er erklärte Naudé, er habe einige Recherchen über Pyrrhon angestellt und herausgefunden, dass man auch über ihn fast nichts wusste, da er nicht einmal etwas Schriftliches hinterlassen hatte. Seine skeptischen Lehren waren durch seinen einzigen Schüler überliefert, einem gewissen Timon von Phleius. Doch auch von Timon war kein Werk erhalten, nur ein paar dürftige Fragmente, von denen andere Autoren berichten. Seltsam, denn den Historikern zufolge soll Timon Ströme von Tinte vergossen haben: Gedichte, Epen, Tragödien, Komödien, Prosa, Satiren ... Allein seine Gedichte sollen über fünfund-

zwanzigtausend Verse enthalten, das beteuert wenigstens Diogenes Laertios. Von dieser stattlichen Anzahl haben jedoch nur spärliche Bruchstücke aus zweiter Hand überlebt, die in Werken anderer Autoren zitiert werden. Die Lehren des Timon sollen, wiederum laut den historischen Quellen, durch Arkesilaos weitergegeben worden sein, der jedoch niemals etwas schrieb. Arkesilaos war Schüler des Mathematikers Autolykos von Pitane, von dem man praktisch nichts weiß. Es sind Traktate mit seinem Namen überliefert, doch nach Aussagen der Fachleute sind sie so elementar, dass wer weiß wie viele andere Autoren sie hätten verfassen können. Timon von Phleius hatte bei einem gewissen Stilpon studiert, ebenfalls einem Skeptiker. Aber auch von Stilpons Schriften ist nichts überliefert. Stilpon war Schüler des Euklid von Megara, von dem man fast nichts weiß und kein einziges überliefertes Werk kennt. Seine Philosophie soll Ähnlichkeiten mit den Lehren des Parmenides gehabt haben. Aber auch von Parmenides ist uns fast nichts erhalten, außer wenigen Fragmenten, und alles, was wir über ihn wissen, müssen wir anhand der Berichte anderer rekonstruieren. Man wird sagen: Das ist doch klar! Je weiter die Ereignisse zurückliegen, desto weniger Informationen und Handschriften können erhalten sein. Doch von Homer und Hesiod, die sehr viel älter sind, ist uns eine Menge überliefert.

Kurzum, lieber Gabriel, hatte Bouchard geendet, glaubst du nicht, dass man die Skepsis, die diese skeptischen Philosophen predigten, auch gegen sie selbst und gegen jene anwenden sollte, die uns ihre Echtheit garantieren wollen? Der Einzige von ihnen, dessen Schriften überliefert sind, ist Sextus Empiricus, der die Namen und das Denken dieser Phantasmen, vor allem jenes Pyrrhon, verbreitet hat. Doch seltsamerweise ist Sextus Empiricus, der zu der Zeit von Marc Aurel gelebt haben soll, also fünfhundert Jahre nach diesen Philosophen, uns erst 1300 Jahre nach seinem Tod in schriftlicher Form überkommen. Ist das nicht ein bisschen zu lang? Wir lehnen den Glauben an die Heilige Schrift ab und schenken ihn bereitwillig anderen Schriften. Doch die Bibel wurde nicht so lange Zeit nach den von ihr beschriebenen Ereignissen verfasst wie die Handschriften, die uns die Werke antiker Autoren überliefern.

Nimm Platon und Aristoteles: Wir alle wissen, dass die ältesten Handschriften ihrer Werke – vorausgesetzt, sie sind echt – aus dem 9. Jahrhundert stammen, also gut 1200 Jahre nach Platon und Aristoteles selbst. Oder die antiken Historiker Herodot und Thukydides: 1300 Jahre. Cäsar und Tacitus: 1000 Jahre. Sueton 800 Jahre, Plinius 750. Die Liste könnte noch lang so weitergehen. Die ältesten Handschriften des Evangeliums dagegen sind schon 275 Jahre nach Jesu Tod entstanden.

Siehst du? Dies sind allseits bekannte, unumstößliche Daten, hatte Bouchard gesagt. Doch niemandem geben sie zu denken. Warum sollte man auf Platon und Aristoteles vertrauen, auf die vier Evangelisten dagegen nicht? Warum sollten die Berichte von Lukas oder Matthäus weniger wert sein als jene von Herodot oder Thukydides?

Wohlgemerkt: Ich fordere dich nicht auf, an den Erlöser zu glauben, ich bitte dich nur, etwas misstrauischer gegenüber den handschriftlichen Zeugnissen von Platon, Aristoteles und Thukydides zu sein, weil sie nach ihrem Abstand zu den vermeintlichen Ereignissen beurteilt werden sollten. Es geht nicht um den Inhalt der Handschriften, egal ob heidnisch oder christlich – es ist eine Frage der Methode. Nimm die Lehren Platons, die wir alle für älter halten als die Lehre Christi, die aber so große Ähnlichkeit mit dem Christentum haben, dass der christliche Glaube uns wie eine Mystifizierung der platonischen Philosophie erscheint – können wir wirklich sicher sein, dass sie nicht nach der Ankunft des Heilands entstanden sind? Wir unterziehen die Evangelien jeder Art von Kritik, warum verhalten wir uns gegenüber Platon und Aristoteles nicht ebenso skeptisch, sondern schlucken ihre Texte, als wäre es Orakel? Jesus hat ausdrücklich den Glauben verlangt, er hat nie behauptet, dass der Glaube an ihn von der menschlichen Vernunft ergründet werden könne, nein, er hat genau das Gegenteil gesagt.

Platon und Aristoteles dagegen sind Philosophen, also verlangen sie, mit den Mitteln der Vernunft verstanden zu werden. Darum darf ich, wenn du gestattest, sagen, dass man blindlings und fraglos an Jesus glauben kann, während diese Blindheit bei Platon und Aristoteles ein Fehler wäre. Stattdessen geschieht genau das Gegenteil: wir unterziehen die Bibel jeder Art Kritik und rationaler Überprüfung, während wir vor zwei Philosophen die Vernunft zum Schweigen bringen. Jede dieser Lehren sollte nach ihrem eigenen grundsätzlichen Kriterium beurteilt werden – findest du nicht? Der Religion begegnet man mit dem Glauben, der Philosophie mit der Vernunft. Es ist wirklich absurd, dass wir genau das Gegenteil tun: Wir möchten die Religion am Maßstab der Vernunft messen und schenken der Philosophie Glauben! Wenn wir an den handschriftlichen Zeugnissen der Evangelien zweifeln, die nur ein paar Jahrhunderte nach den Ereignissen entstanden sind, von denen sie berichten, warum glauben wir dann bedingungslos an die Handschriften von Platon und Aristoteles, die 1200 Jahre nach den beiden Philosophen, ihren vermeintlichen Verfassern, auftauchten? Ich hatte dich gewarnt, mein Freund, dass es nicht so sehr um die Fakten geht, die immer schwer zu überprüfen sind, sondern, recht betrachtet, um die Zeit.

An dieser Stelle seiner Erzählung hätte ich erwartet, dass Naudé innehielte. Bouchards Worte, wie Naudé sie uns bis jetzt referiert hatte, waren eine unerwartete Anklage gegen die Starken Geister und nicht nur das: Sie machten auch aus Giganten der Antike – *in primis* Aristoteles, der das moderne Denken stark geprägt hatte – wenig mehr als Schatten, Nebel, Märchen.

Naudé berichtete auf eine für ihn sehr ungewöhnliche Weise von den unbequemen Gedankengängen seines ermordeten Freundes. Er redete wie ein Wasserfall, doch ohne die gewohnte Doppelzüngigkeit, ohne Auslassungen oder Parteilichkeit, sodass ich nach diesem langen Gang durch die schwarzen Wasser der Wahrheit eine Pause erwartete, in der er Atem und Mut schöpfen konnte.

Doch sie kam nicht, ja, je länger Mazarins Bibliothekar sprach, desto mehr Kraft zum Sprechen schien ihm zuzuwachsen. Es war fast, als hätte er zu viel Atem in der Kehle, einen Überschuss, der ihn mit sich riss wie ein zweiter furioser Achilles und bei der dreimaligen wilden Jagd um die Mauern Trojas Erde, Staub und sein eigenes Blut fressen ließ, wie Achilles es mit dem vorsichtigen Hektor getan hatte.

Wie bereits bei seinem Bericht über Elia Diodati und Galileo schien Naudé erleichtert, einem unreifen Kastraten und seinem anonymen Secretarius Dinge erzählen zu können, die er Gleichgestellten niemals anvertraut hätte.

Und so fuhr Naudé fort. Als Bouchard zu Ende geredet hatte, erwiderte er dem Freunde: Mir scheint, du willst zu viele Dinge auf einmal in Zweifel ziehen. Doch warum sprichst du wegen dieses Synkellos nicht mit erfahrenen Philologen wie Peiresc und Guyetus, die immer einen nützlichen Rat geben können? Ich habe deinen Synkellos nicht gelesen, aber ich stimme mit dir überein, dass man der Sache auf den

Grund gehen sollte. Ich selbst kann dir im Moment leider nicht helfen, weil mein Herr, dieser langweilige, pedantische Kardinal Di Bagni, mich mit Dutzenden Briefen, die jeden Tag zu schreiben sind, an den Schreibtisch fesselt. Doch ich bitte dich, lieber Bouchard, halte mich auf dem Laufenden, ach was, ich befehle dir, an meine Tür zu klopfen, wann immer du mich brauchst. Doch jetzt entschuldige mich bitte, teurer Freund, ich muss mit Seiner Exzellenz eine Delegation ehrwürdiger armenischer Priester empfangen, die heute Morgen in Rom eingetroffen ist.

»Signori ...« Du versuchtest, Naudés Erzählung zu unterbrechen.

»Freilich erkannte ich sogleich«, fuhr er fort, ohne dir ein Wort zu gönnen, »dass mein armer Freund meine Antwort mitnichten verstanden hatte. Der arme Unglückliche hatte kein Vertrauen in meine Ansichten. Also habe ich auch weiterhin versucht, ihm zur Seite zu stehen und ihn immer wieder nach seiner Arbeit über Synkellos und die anderen antiken Historiker gefragt. Es sei wahr, habe ich eingeräumt, die Texte von Synkellos, Berossos und Manetho seien wirklich ein wenig verworren. Nur Mut! Vielleicht werde sich alles mit der Zeit aufklären. Ich habe ihm sogar Trouiller geschickt, einen gemeinsamen Freund, ein anständiger Mensch und ausgezeichneter Arzt, damit der ihn ermutigte.«

Naudé ahnte nicht, dass ich wusste, von wem er sprach: Trouiller war der atheistische Arzt und Fachmann für sodomitische Krankheiten.

Also steht der Arzt Trouiller eines Tages vor Bouchards Tür. Er erklärt, er habe mit Naudé gesprochen, bittet Bouchard um Auskünfte über seine Gesundheit, ist tief besorgt, wirkt betrübt. Er empfiehlt einige Mittel für einen ruhigen Schlaf und ein heiteres Gemüt, einen Baldrianaufguss zum Beispiel. Er behandelt ihn übertrieben behutsam, wie man Kranken mit starken Erregungszuständen begegnet. Bouchard vermutet, dass Naudé ihn als Verrückten dargestellt hat. Er entlässt Trouiller ziemlich eilig und merkt sich die Sache.

»Signor Secretarius ...«, wagtest du erneut einen Versuch.

Naudé aber hörte nicht auf dich und sprach weiter. Seine Worte waren schlicht, doch man ahnte, dass sich hinter jeder Silbe mehr verbarg. Zwischen den Freunden Naudé und Bouchard hatte sich ein Graben aufgetan.

Bouchard sagt es nicht, aber er fühlt sich im Stich gelassen. Sollte nicht Brüderlichkeit zwischen den Starken Geistern herrschen? Hatten die Mitglieder der Tetrade sich nicht nach dem Vorbild Epikurs Treue geschworen? Naudé und Bouchard hatten beide Zugang zu dem exklusiven, hochgeheimen Kreis der *Deniaisez* in Rom gehabt. Warum benahm er sich jetzt wie ein Kollege, nicht mehr wie ein Komplize? Naudé verstellt sich, dachte Bouchard. Könnte es sein, dass Synkellos alles zwischen uns verdorben hat? Wie wichtig ist dieser verfluchte Synkellos?

»Das alles sagte er nicht, wie Ihr Euch vorstellen könnt, aber man las es in seiner Miene«, sagte Naudé.

Bouchard folgt dennoch dem Rat seines alten Freundes und schreibt an Peiresc, bittet ihn um Rat, wie er mit seiner Arbeit fortfahren soll. Der Meister der Meister schreibt ihm aus der Provence, dass er schon durch Naudé von Bouchards Zweifeln erfahren habe, doch er solle sich keine Sorgen machen, schon seit jeher gebe es Unsicherheiten beim Studium antiker Texte, und das gelte für alle. Schluss.

»So war unser Freund Peiresc manchmal: lakonisch«, bemerkte Naudé. »Das war keine richtige Antwort, ich gebe es zu, es mochte sogar wie eine Distanznahme erscheinen. Als er sie mir zeigte, war ich selbst enttäuscht. Dann hat mein armer Freund an Guyetus geschrieben, er ruhe in Frieden. Guyetus antwortete erst nach zwei Monaten, versprach, ihn bald zu besuchen, war dann aber unauffindbar. Das glaube ich nicht, es wäre ein ungewöhnlicher Mangel an Korrektheit unter Gelehrten gewesen.«

So hatte Bouchard jegliches Vertrauen verloren. Genau hier liegt das Problem, lieber Gabriel, hatte er ihm einmal gesagt: Von meinen Kollegen habe ich nichts zu erwarten, und ich glaube, ich weiß warum. Wir Philologen halten alles für wahr, was wir finden, und errichten ganze Gebäude darauf. Erst wenn die Beweise erdrückend werden, geben wir zu, dass eine Handschrift gefälscht sein könnte. Wenn wir die Wahrheit offenlegen würden, nämlich dass man von keiner einzigen antiken Handschrift ernsthaft und in gutem Glauben behaupten darf, sie sei echt, und dass der überlieferte Bestand an Texten so spärlich ist, dass er von einer Truppe habgieriger Kopisten, Epigraphikern und Papyrologen zur Gänze hätte gefälscht werden können, würden wir uns selbst und unsere Universitäten unrettbar zum Untergang verdammen.

Naudé erzählte weiter: Auch in seinem letzten Lebensjahr hatte Bouchard dank einiger Aufträge der Barberini berufliche Erfolge und Einkünfte.

»Jedenfalls beschloss mein Freund unbegreiflicherweise, das Projekt der Synkellos-Übersetzung fallenzulassen.«

»Warum das denn?« Ich wunderte mich, weil ich mich an Schoppes Bericht erinnerte, nach dem die Arbeit am Synkellos durch das Attentat abgebrochen wurde, nicht durch Bouchard selbst.

»Ich habe keine Ahnung. Ich weiß nur, dass sogar die Barberini, seine Herren, überrascht und enttäuscht waren, ihn aber nicht umstimmen konnten.«

Bouchard hatte seinen Entschluss gefasst: Die griechischen Historiker sollten nicht veröffentlicht werden, sondern unerreichbar in ihrer Handschrift eingeschlossen bleiben.

»Außer mir und sehr wenigen Freunden, die ihn besuchten, kann sich niemand vorstellen, was geschehen ist, und welch eine große Enttäuschung Bouchard den Barberini bereitete. Denn mein armer Freund hat die Regel der Starken Geister beherzigt: *intus ut libes, foris ut mores*, innerlich verhalte dich wie du willst, in der Öffentlichkeit aber gemäß der Sitten. Er hat keine Briefe mehr geschrieben, in denen er um Rat bat, und auch mit mir hat er fortan nicht mehr über Synkellos, die Gotteslästerungen der antiken Historiker, Pyrrhon und so weiter gesprochen. Schon vor dem Überfall hatte er sich in seine Geistesverwirrung verschlossen, war vereinsamt. Eine Einsamkeit, die bis zum Attentat auf dem Petersplatz, bis zum Tod andauerte. Doch ich schwöre«, schloss er, »und der Himmel sei mein Zeuge, dass ich in keiner Weise auf seine Seele und seinen Leib eingewirkt habe, und das bis zum letzten Tag seines Lebens. Wenn ich es hätte tun können, wäre es geschehen, um ihn zu retten.«

Plötzlich verspürte ich eine unangenehme Kälte an den Waden und Oberschenkeln. »Oh Gott, das Wasser steigt bis zu unseren Beinen an! Erst saßen wir auf dem Trockenen!«, schrie ich, entsetzt auf die Wasseroberfläche blickend.

»Ich wollte es Euch die ganze Zeit sagen, aber Ihr habt mich ja nicht sprechen lassen«, gabst du vorwurfsvoll zurück. »Was geschieht hier?«

»Das ist die Flut!«, erklärte ich, und meine Bestürzung übertrug sich auf euch beide.

»Ich bin auch schon nass. Wie hoch steigt die Flut denn?«, stammelte Naudé.

»Das weiß ich nicht«, antwortete ich, während die Angst meinen Atem beschleunigte. »Die Cavalieri sagen, es gibt Meere, wo sie einen Mann drei- oder viermal überragt. Zum Beispiel in den Gewässern zwischen Frankreich und England.«

»Und hier bei uns?«

»Keine Ahnung. Ich weiß nur, dass sie bei Vollmond schneller steigt.«

»Und den haben wir gerade in diesen Nächten, oder?«, fragtest du, während die Aufregung sich unserer Körper bemächtigte und den mühsam ausbalancierten Zug der Seile um unsere Handgelenke gefährdete.

»Ich habe nicht darauf geachtet, Signorino Atto«, log ich, denn ich konnte dir nicht von der Vollmondnacht erzählen, die Kemal, Barbara und ich mit dem Kalfatern des Schiffes verbracht hatten. Dieselbe Nacht hatte zudem die inbrünstige Liebesbegegnung zwischen Malagigi und der verkleideten Frau gesehen, welche du naiv für die deine hieltest. Wenn es schon ans Sterben gehen musste, dann lieber mit dieser Illusion.

Unterdessen hatten wir begonnen, so heftig an den Fesseln zu zerren, dass wir uns fast die Handgelenke verrenkt hätten. Unsere Finger wurden von zahlreichen Seemannsknoten eingeschnürt, mit denen die Entführer uns daran hindern wollten, irgendetwas zu ergreifen. Wir versuchten zunächst, alle gemeinsam an den Seilen zu ziehen, die unsere Handgelenke und Arme fesselten, dann probierten wir abwechselnd alle Möglichkeiten aus: reißen, drücken, dann lockern, vor und zurück reiben, drehen, schütteln, zerren und wieder lockern. Nach einer halben Stunde vergeblicher Versuche schmerzten unsere aufgeschürften Hände und Gelenke, und die klebrige, schnell trocknende Flüssigkeit, die wir an den Handflächen spürten, konnte nur unser eigenes Blut sein.

»Verflucht, das darf nicht sein!«, schriest du, und ich spürte, wie deine Schultern bebten in ihrer Fassungslosigkeit darüber, dass sie dieses tödliche Joch tragen mussten. Wieder wandest du dich wild hin und her, als könnte die schiere Körperkraft über geschickte Seemannsknoten siegen, die ersonnen wurden, um Schiffe während eines Sturms an der Mole festzuhalten. Wie ein Fohlen, das nicht gezähmt werden will, begannst du wieder, nach allen Richtungen zu ziehen, Spritzer und Gischt aufwirbelnd, vor Angst, Ohnmacht und verzweifelter Wut schreiend, während die eisernen Ringe unter deinem Zerren klirrend gegen die Felsen stießen.

Doch jede deiner Bewegungen war für uns ein Stoß in den Rücken, der uns wild nach rechts und links warf, sodass die Seile unsere Glieder nicht weniger marterten als deine. Bald schrien wir lauter als du, baten dich, nein befahlen dir, dich zu beruhigen, und drückten schließlich mit all unserer Kraft gegen deinen Rücken, um dich zum Stillhalten zu zwingen. Uns fehlte deine jugendliche Kraft, dir unsere Schicksalsergebenheit.

Schließlich verharrten wir alle drei mit gesenktem Kopf, ein wunderliches, verzweifeltes dreiköpfiges Meeresungeheuer, bis zur Brust vom hochaufspritzenden Meerwasser durchnässt, erschöpft von irrsinniger Angst und dem viehischen Kraftaufwand, mit dem wir erst versucht hatten, uns alle zu befreien, und dann dich, junger feuriger Atto, zum Aufgeben gezwungen hatten. Du schluchztest leise, mehr aus Wut denn aus Angst. Vier dumme Banditen hatten den hoffnungsvollsten Kastraten Europas zum Tode verurteilt, war das nicht lächerlich?

Eine ernste, düstere Stille bemächtigte sich unseres erschöpften Terzetts. Jedem reichte das eiskalte Meerwasser bereits bis zu den Oberschenkeln, die Flut stieg. Mit trockener Kehle, in der schon die Vorahnung des Todes lag, prüften wir im Geiste alle Vermutungen über den Angriff, der uns in diese erbärmliche Lage gebracht hatte. Waren die vier an Land gegangene Korsaren, desertierte Soldaten oder Banditen, die sich vor der Gerichtsbarkeit des Großherzogtums auf Gorgona geflüchtet hatten, oder waren es Inselbewohner, die ihre Einkünfte mit gelegentlichen Entführungen und Raubüberfällen aufbesserten? Hatten sie uns in dieser Grotte zurückgelassen, damit wir krepierten oder, was logischer und wünschenswerter war, um Lösegeld für uns zu fordern? Doch dergleichen Überlegungen waren jetzt nutzlos, weit drängender war der Gedanke an die steigende Flut, vor der wir uns nicht schützen konnten.

Dann folgte jäh die Erscheinung.

Das Ungeheuer war finster wie die Nacht und tauchte auf, ohne die Wasseroberfläche auch nur zu kräuseln. Es kam über uns wie ein schwarzer Blitz: Unheimlich und schleimig bewegte es sich mit der

Leichtigkeit von Vögeln, die mit zwei trägen Flügelschlägen auf dem Boden landen. Es blieb bis zum Hals im Wasser, um uns mit trostlosen, leeren Augen anzustarren. Sein Kopfhaar ging in das glänzende, schmierige Fell über, das Gesicht und Körper bedeckte. Der Blick war kalt, abwesend und wässrig. Du und Naudé, ihr konntet es sehen, ich erblickte es erst, als ich mich nach euren ängstlichen und entsetzten Schreien furchtbar verdrehte.

Es blieb wenige Augenblicke. Für dieses Wesen waren wir nur Fleisch, das im Wasser verfaulen würde, und vielleicht wollte es uns in aller Ruhe verschlingen, sobald unsere Glieder leblos waren.

Endlich tauchte es mit einer einzigen Bewegung unter, und wir sahen das Wesen, das sich unter Wasser gleich einem schwarzen Blitz zu bewegen vermochte, davonschwimmen. Wir waren wieder allein, stumm, das Herz klopfte uns bis zu den Schläfen, und wir verspürten wenig Lust, diese ebenso unerklärliche wie unheilvolle Erscheinung zu kommentieren.

»Ich weiß nicht, wie viel Zeit uns bleibt, bevor wir untergehen«, sagte Naudé, »und ich will mir unser Ende nicht vorstellen.«

Schon bald hatte das Wasser der Höhle unsere Hände erreicht. »Es heißt, dass Seemannsknoten sich leichter lösen lassen, wenn sie nass sind. Stimmt das?«, fragtest du mit einer Stimme, die fast wieder deine Kinderstimme war.

Keiner hatte den Mut, dir zu antworten. Ich sah, dass der Wasserspiegel auch in der Öffnung der Grotte merklich gestiegen war. Bald würde kein Boot mehr herein- oder herauskommen.

Als das Wasser unsere Leisten bedeckte, zitterten wir bereits alle, von heftigen Schauern geschüttelt, in der widernatürlichen Umarmung des winterlich kalten Meeres gefangen. Wie viel Zeit hatten wir noch?

Wir wanden uns jetzt weniger fieberhaft als zuvor, da der Würgegriff des eisigen Wassers uns lähmte und wir gebannt jeden Zentimeter Haut beobachteten, der vielleicht für immer im Meer verschwand.

Plötzlich zuckte ich zusammen. Das Wasser bedeckte jetzt auch meine Handgelenke, wo die Reibung durch die Seile Wunden hervorgerufen hatte, die bei der Berührung des Salzwassers wie Feuer brannten.

Die Wirkung war bei euch ähnlich. Das verzweifelte Zucken unserer Oberkörper, die nach Freiheit verlangten, erinnerte mich an die auf dem Deck von Fischerbooten zappelnden Fische.

»Es ist viel Zeit vergangen! Unsere Gefährten dort oben auf der Piana dei Morti werden uns finden!« Du und Naudé klammertet euch verzweifelt an die Hoffnung.»Wenn sie uns nicht zurückkommen sehen, werden sie sagen ...«

»Werden sie sagen: Die Armen.«

Es war die Stimme des ehemaligen Kommissars von Gorgona und Freundes von Philos Ptetès.

»Gott sei gelobt!«, schrie ich, während das Boot, das uns vor wenig mehr als einer Stunde verlassen hatte, nun unerklärlicherweise zurückgekehrt war, um uns vor dem sicheren Tod zu retten.

»Helft uns, schnell!«, flehten wir zu dritt.

Mit ein paar Ruderschlägen gelangte er bis zu unserer Ecke in der Höhle, zog sich rasch Schuhe und Hosen aus und stand mit nackten Beinen bis zu den Knien im Wasser. Dann beugte sich über uns, tauchte die Arme dort in die steigende Flut, wo die Seile unsere Hände aneinander fesselten und löste die Knoten.

»Zum Glück waren das einfache Knoten«, erklärte der ehemalige Kommissar,»die im Wasser nachgeben. Wenn es echte Seemannsknoten gewesen wären, hätte ich Euch nicht befreien können. Ich ahnte schon, dass sie euch nicht anständig gefesselt haben, denn die vier sind keine Seeleute oder Korsaren, sondern bloß Banditen. Aber sehr gefährlich.«

»Wo sind sie denn jetzt? Wie konntest du entkommen? Und wo ist dein Freund Philos Ptetès?«, fragten wir alle durcheinander, zitternd noch, doch schon gepackt von aufgeregter Neugierde, während wir das Boot bestiegen.

»Immer mit der Ruhe, ich erkläre Euch gleich alles.«

DISKURS LXXXVI

Darin man an Land geht und eine böse Überraschung erlebt,
auf die eine noch unerfreulichere folgt.

Das winzige, überladene Boot fuhr an der Küste entlang, langsam, doch entschlossen, uns ans Ziel zu bringen. Zur Ausstattung des Bötchens gehörten einige Decken in einer großen Strohtasche, mit denen wir uns bedeckten und mehr schlecht als recht abtrockneten, nachdem wir fast alle durchnässten Kleider ausgezogen hatten.

»Die Menschen hier auf Gorgona scheinen gerne zu verschwinden«, sagte Gabriel Naudé lachend. Er saß am Bug, die wiedergewonnene Freiheit stimmte ihn heiter. »Erst die drei Bärtigen Sieben, Zwölf und Neunzehn, wenn ich mich nicht verrechnet habe, und jetzt der gute Philos Ptetès …«

»Ich habe keine Ahnung, wo Sieben, Zwölf und Neunzehn hingegangen sind«, sagte der ehemalige Kommissar, »aber es gibt keinen Grund zur Sorge, das sind drei dumme Landstreicher, bestimmt sind sie nicht von den vieren entführt worden, die uns als Geiseln genommen und in ihren Unterschlupf gebracht haben. Da gab es keine Spur von anderen Gefangenen außer uns beiden.«

»Wer sind denn nun diese Banditen?«

»Böse Leute. Räuber der schlimmsten Art, die aus den Wäldern im toskanischen Hinterland kommen, aus dem Casentino, wo viele Entführer hausen.«

»Und was machen sie hier auf Gorgona?«, fragte ich.

»Wahrscheinlich verstecken sie sich hier, weil sie wegen eines schweren Verbrechens gesucht werden und abwarten, bis Ruhe einkehrt.«

»Ehrlich gesagt, scheint mir nicht, dass sie abwarten, bis Ruhe einkehrt, wenn man bedenkt, wie sie uns behandelt haben. Wie konntest du fliehen?«

»Ich habe einen günstigen Moment genutzt. Sie hatten mich nur einen Augenblick alleingelassen, da bin ich durchs Fenster entwischt. Als sie es ein paar Minuten später bemerkten, saß ich schon gut getarnt im Unterholz hinter ihrem Schlupfwinkel, einem Holzhäuschen, das fast unsichtbar ist, wenn man den Teil des Hügels nicht gut kennt. Sie haben eine ganze Weile nach mir gesucht, dann mussten sie aufgeben, ich war verschwunden.«

»Und das Boot? Wie hast du das stehlen können?«

»Ganz einfach: ich bin zur Anlegestelle gelaufen, während sie mich noch in der Nähe des Hauses suchten. Es war ein verdammt anstrengender Lauf, aber ich habe es geschafft.«

»Wo ist die Anlegestelle? Und der Hafen der Stadt?«

»Stadt? Welche Stadt?«

»Nun, die einzige Stadt von Gorgona. Nummer Drei und die anderen drei, die Bärtigen, haben uns davon erzählt ...«

»Haha!« Der ehemalige Kommissar lachte herzlich. »Ich bitte Euch! Hier auf Gorgona hat es nie eine Stadt gegeben, nicht mal im Scherz. Meint Ihr nicht, dass ich, der ehemalige Kommissar der Insel, wissen müsste, was es hier gibt? Habt Ihr nicht gesehen, was für ein Rattennest diese winzige Insel ist? Gorgona ist nur für die Schiffe interessant, die hier Süßwasser holen, für Banditen, die sich hier verstecken und für die Verrückten, die der Großherzog hierher verbannt, weil sie auf dem Festland keiner haben will. Wie gut, dass Ihr meinen Freund und mich gefunden habt! Wer weiß, wie Ihr hier auf Gorgona geendet wäret!«

Wir erzählten unserem Retter von dem Meeresungeheuer, das uns während unserer Gefangenschaft in der Grotte besucht hatte.

»Ein Meeresungeheuer? Haha! Das war ein Seekalb«, sagte er lachend.

»Ein Seekalb? Was ist das denn für ein Tier?«

»Ein sehr eigenartiges Tier, das oft hier auf die Insel kommt. Es ist sehr scheu, vor Menschen hat es große Angst. Manchmal bleibt ein Tier in den Fischernetzen hängen. Es ist ganz schwarz, hat große dunkle Augen und eine spitze Schnauze mit Barthaaren, nicht wahr?«

»Genau, es hatte einen Schnauzbart wie Katzen, aber länger und dichter«, bestätigtest du.

»Dann ist es genau das Tier, das ich meine. Es legt keine Eier, es trägt seine Kleinen im Bauch aus wie Frauen. Es schwimmt sehr gut, kann aber auch auf die Klippen hinauf, und wenn es läuft, sieht es fast aus wie ein Hund, nur dass es an Stelle der Beine Flossen hat. Jedenfalls tut es keiner Fliege was zuleide. Man erzählt, dass es oft in die Grotte kommt, wo Ihr wart, um sich fortzupflanzen. Darum nennen die Fischer sie die Grotte des Seeochsen.«

Naudé wechselte einen Blick mit uns, der alles sagte: Auf der Karte der Insel war eine Art Kuh oder Ochse am südöstlichsten Punkt der Küste eingezeichnet. Das musste die Darstellung des Seeochsen sein, eine Art Meereskuh wie das Tier, das wir mit eigenen Augen gesehen hatten.

Gerne hätten wir diesem lachlustigen Menschen noch tausend weitere Fragen gestellt, doch mittlerweile näherten wir uns den Klippen, just an der Stelle, wo wir gekentert waren und vor zwei Nächten unser von Kemal repariertes Boot in einer kleinen Höhle zurückgelassen hatten.

Überschlug man die Strecke, die wir soeben auf dem Wasser zurückgelegt hatten, musste die Grotte des Seeochsen sich tatsächlich dort befinden, wo der Kuhkopf auf der Karte eingezeichnet war. Vor dem ehemaligen Kommissar konnten wir nicht darüber sprechen, aber ich war mir sicher, dass Naudé dieselben Berechnungen anstellte wie ich: Nach dem Unglück in der Höhle hatten wir jetzt insgesamt vier Buchstaben gesammelt: *f, u, s* und *B*. Freilich ließ sich ihnen nichts Sinnvolles entnehmen.

Wir gingen an Land und zogen unseren Nachen aus dem Wasser, während ich schon mit Blicken nach dem Rettungsboot suchte. Wenn du es auch gesehen hättest, mein lieber Atto, hätte ich dir und Naudé eine Geschichte auftischen müssen, um euch zu erklären, warum es an Land gezogen und repariert worden war. Doch die Tatsachen halfen mir aus der Verlegenheit, eine Lüge erzählen zu müssen, auch wenn sie mich gleichzeitig in Unruhe versetzten: Das Boot war nicht mehr da.

So schnell wie möglich legten wir den Weg zurück, den ich mittlerweile gut kannte, sodass ich unsere Schar sicher führen konnte, während mir ein quälender Wirbel aus Ängsten und ungelösten Problemen im Kopf herumging.

Endlich kamen wir bei der Piana dei Morti an, wo wir vom Rest der Gruppe jubelnd begrüßt wurden. Man hatte uns schon tot geglaubt oder befürchtet, wir seien für immer vom Geheimnis in Gestalt der drei Bärtigen verschlungen worden. In Ermangelung des erwarteten Wildbrets hatte man sich mit der frugalen Kost wilder, in der Umgebung gesammelter Wurzeln begnügt, da das Wildschwein noch immer hart wie Holz war.

Während die Schatten des Abends sich senkten, mussten wir einen raschen, knappen Bericht der Ereignisse abstatten. Leider löste unsere Schilderung (die einige akrobatische Auslassungen aufwies, wie zum Beispiel die Tatsache, dass das Treffen heute Morgen mit Philos Ptetès nicht das erste, sondern schon das zweite gewesen war), wie man sich hätte denken können, bei Caspar Schoppe eine Reihe erstaunter Kommentare und begehrlicher Fragen aus. Ich bemerkte die liebevollen Zeichen deiner Wiedervereinigung mit Barbara Strozzi, tat so, als sähe ich nichts und fragte mich, wem deine verkleidete Frau ihren Körper geschenkt haben mochte, während deiner und meiner im eiskalten

Wasser der Höhle gefror. Außerdem erwartete uns eine traurige Nachricht: Hardouin und Malagigi hatten uns verlassen. Nicht, um ins Paradies einzugehen, sondern in Richtung Livorno. Sie hatten das Boot genommen und ihr Glück auf den Wellen gesucht, nicht ohne zu versprechen, sie würden uns Hilfe schicken, wenn sie lebend im Hafen des Großherzogtums landen würden. Hardouin hatte einen Zettel mit Erklärungen zurückgelassen und als Grund für seine Entscheidung den unbezwingbaren Wunsch angeführt, seine Gemahlin und das Neugeborene in die Arme zu schließen. Er habe Pasqualini überredet, ihn zu begleiten, weil es zu zweit sicherer sei. Zum Glück hatte er in seinem Abschiedsbrief verschwiegen, dass Kemal, Barbara und ich an der Reparatur des Schiffs beteiligt gewesen waren.

»So werden wir nie erfahren, wie Pasqualini es fertiggebracht hat, sowohl das erste Fragment von Petronius als auch die erste Notiz von Bouchard in der Torre Vecchia zu finden«, sagte Schoppe. »Das roch mir die ganze Zeit über faul. So wie auch seine Beziehung zu Bouchard, die er nicht richtig erklären konnte.«

Zu dieser Stunde aufzubrechen war nicht ratsam, außerdem unter praktischen Gesichtspunkten überaus unangenehm, denn du, Naudé und ich mussten erst noch unsere nassen, salzverkrusteten Kleider trocknen. Kemal goss uns ein wenig heißen Wein ein, den er im Keller gefunden hatte, und so wärmten wir uns rasch auf. Naudé, der Alkohol nicht vertrug, schlummerte alsbald ein und wurde vom Korsar fast gewaltsam ins Bett befördert.

Für den nächsten Tag schmiedeten wir einen einfachen, aber eisernen Plan: im Morgengrauen vorsichtige Annäherung an den Unterschlupf der vier Banditen, um zu erkunden, wie der arme Philos Ptetès befreit werden konnte, der damit zum ersten Mal auf jemanden treffen würde, verkündete Schoppe triumphierend, dem er seinen berühmten Brief geschrieben hatte.

Die Mission drohte schwierig und gefährlich zu werden. Wir hatten nur noch eine Pistole, während die Entführer gut bewaffnet waren. Wir würden uns sehr geschickt anstellen müssen, damit das Unternehmen nicht in einem tödlichen Schusswechsel endete.

DISKURS LXXXVII

Darin sich Barbara Strozzi von einer Jägerin in eine Jagdbeute
und von einer Wilden in Freiwild verwandelt.

Der erste Teil der Nacht verging in völliger Stille, zumindest für mich, der ich zu müde war, um wieder ein Opfer der Schlaflosigkeit zu werden. Bevor ich einschlief, sah ich den falschen Barbello noch in dein Bett kriechen.

Doch je mehr Kräfte mein Körper zurückgewann, desto leichter wurde der Schlaf, und so wunderte ich mich nicht, dass es noch stockfinster war, als ich die Augen öffnete. Ich schaute in deine Richtung. Du warst allein. Doch etwas hatte mich geweckt. Erstickte Schreie aus der Küche, ein Streit, wie mir schien. Als ich näher kam, erkannte ich, dass jemand um Hilfe rief, doch mit sehr leiser Stimme, aus Angst, gehört zu werden. Ich spähte durch den Vorhang und glaubte meinen Augen nicht zu trauen: Barbara wand sich, Oberkörper und Gesicht auf die Tischplatte gedrückt, unter dem Griff ihres brutalen Angreifers, der sie am Hals festhielt.

»Du hast deinen Hintern diesem anderen Kastraten geliehen«, hörte ich Naudé keuchen, »und du hast dich von allen befriedigen lassen! Aber mir hast du noch nie etwas gegeben. Also nehme ich ihn mir ohne Einladung, diesen schönen Hintern, was meinst du?«

Als ich die leere Flasche auf dem Tisch sah, begriff ich: Naudé hatte den ganzen Rest Wein getrunken und in den Fluten des Bacchustranks jede Beherrschung über seine Triebe verloren. Mazarins Bibliothekar war wie die Neger in Afrika, die Wein nicht vertragen, aber sehr lieben.

Von der armen Frau war nur ein verzweifelter, leise gewimmerter Hilferuf zu hören. Hoffte der falsche Barbello davonzukommen, ohne dass die anderen erwachten? Natürlich fürchtete sie deine Reaktion, wenn du durch Naudé von ihrer heimlichen Zusammenkunft mit Malagigi hören würdest und vielleicht auch von den anderen, die Naudé offenbar erraten hatte. Ich wusste nicht, was ich tun sollte. Natürlich war mir nicht daran gelegen, diesem Weib den sodomitischen Angriff zu ersparen, im Gegenteil, das würde ihr eine Lehre sein, alle aufzureizen und sich allen hinzugeben. Hatte dieses verderbliche Geschöpf nicht ebensolche Gewalt bei mir angewandt? Sie hatte meinen Schlaf genutzt und die Lust genossen, welche ich meiner Gemahlin zu spenden glaubte. Aber was würde geschehen, wenn Barbara am Ende doch um Hilfe schreien würde?

Der Päderast gewann unterdessen die Oberhand über sein Opfer, nachdem er fieberhaft an den Bändern von Barbellos Unterhose genestelt hatte. Ich bebte vor Angst, dass der Bibliothekar Barbellos wahres Geschlecht entdecken würde.

»Und weg mit diesem lächerlichen Sack, den du immer mit dir herumschleppst«, grunzte er, an dem Schulterriemen zerrend.

Der falsche Barbello hob den Kopf, so hoch wie Naudés fester Griff es gestattete, und ließ sich den Sack widerstandslos abnehmen.

»So ein Zeug mit sich herumzutragen, igitt!«, bemerkte der Angreifer und schleuderte den Sack in eine Ecke der Küche.

»Seid vorsichtig!«, flehte die Sängerin, den Flug des Sacks mit ängstlichen Blicken verfolgend.

»Keine Angst, mein schöner Jüngling, ich werde vorsichtig sein. Mit dir!« Lachend beugte er sich über sein Opfer.

Während der folgenden, abstoßenden Verrichtungen dachte ich abermals über Naudés Worte nach. Er hatte den unergründlichen Inhalt des Gepäcks, mit dem Barbara sich gen Frankreich eingeschifft hatte, bissig kommentiert. Was der Sack enthielt, schien Naudés Spott oder Verachtung zu erregen. Naudé wusste also etwas über Barbaras angebliche Mission, schien jedoch andererseits wirklich in Unkenntnis über die weibliche Identität des falschen Kastraten.

Was zum Teufel war noch in diesem Sack außer schäbigen Fetzen ausgetrockneten Leders? Vielleicht war es etwas sehr Kleines und Kostbares, das weder ich noch die Korsaren bemerkt hatten? Dann hätte die venezianische Sängerin klüger daran getan, es an ihrem Körper zu verstecken, statt immer mit diesem Schultersack herumzulaufen, den sie mal über, mal unter den Kleidern trug. Wieder endeten meine Überlegungen in einer Sackgasse.

Unterdessen schritt Naudé mit seiner erotischen Erkundung *a tergo* voran. Zum Glück erwartete er sich Lust von den Hinterbacken eines Kastraten, hatte also noch nichts Ungewöhnliches entdeckt. Doch was würde geschehen, wenn seine Hände sich tiefer in jene dunklen Höhlen vortasteten, in die das leichtfertige Weib mit einem frechen Hüftstoß meine Finger eingeführt hatte? Wie würde der Päderast Naudé es verkraften, wenn er gewahrte, dass er eine Frau erkannte? Vielleicht hätte er gar nichts dagegen, wer weiß.

Doch wenn nicht Barbara, sondern Barbello zum Singen in Paris erwartet wurde, vorausgesetzt wir kamen endlich heil und gesund dort an, wie würde sie sich weiterhin verstellen können, wenn Mazarins Bibliothekar persönlich ihr wahres Geschlecht auf diese unmissverständliche Weise entdeckt hatte? Und welche Folgen würde dies für deine Zukunft haben, mein lieber Atto?

»Machst du nun mit oder muss ich mir selbst einen Weg bahnen?«, kicherte der fluchwürdige Päderast und begann zur Demonstration mit rhythmischen Angriffen auf die nackten Hinterbacken der unglücklichen Frau.

»Na gut«, gab die Arme endlich nach, »aber nimm mich nicht so.« Mit diesen Worten drehte sie sich um, zog ihn zu sich heran und umklammerte ihn mit einem langen Kuss.

Naudé stieß einen betrunkenen, mit lächerlichen Juchzern gewürzten Seufzer aus. Nun ergriffen die Hände des falschen Kastraten flink sein Glied. Ich schrak zusammen: einen Augenblick lang befürchtete ich eine grässliche Rache der verkleideten Frau, doch ich irrte mich. Sie hatte beschlossen, dass es das Klügste war, den Päderasten auf andere Weise zu befriedigen, um sich der entwürdigenden Stellung zu entziehen.

Die beiden glitten zu Boden. Barbara rollte an die Seite desjenigen, der in dieser Nacht Herr über ihr Schicksal war und schickte sich an, ihm mit dem Mund Lust zu verschaffen – die sicherste Stellung, um ihr Geschlecht nicht zu offenbaren. Naudé war sehr schnell bedient, was im Grunde kein Wunder war, denn außer den beiden betagten Guyetus und Schoppe, in deren Alter die Sorge um Gesundheit über jene um die Liebe obsiegt, war er der Einzige, der seit unserer Einschiffung die Freuden der Venus noch nicht genossen hatte.

»Perverses Schwein.«

Ich drehte mich ruckartig um.

»Ich meine natürlich nicht Euch, sondern diesen obszönen Zweibeiner«, sagte Schoppe, dessen Mund sich in einer Grimasse höchsten Abscheus bis zum Kinn verzog. »Leider bin ich erst jetzt gekommen, da mir grässliche Rückenschmerzen das Liegen zur Qual machen. Jetzt ist es zu spät, um diesem widerwärtigen Päderasten Stockschläge auf den Rücken zu verpassen.«

»Oh, ich bin natürlich auch noch nicht lange hier«, log ich.
»Gewiss doch.« Mein Gefährte nächtlichen Wachens warf mir einen
scheelen Blick zu, während wir uns eilig entfernten.
»Armer Barbello, was muss er alles erleiden!«, fing der Verehrungswürdige an, nachdem er mich mit einem Wink in einen Raum geleitet
hatte, wo wir ungestört sprechen konnten. »Ich kann mir gut vorstellen, wie dieses Ungeheuer ihn gezwungen hat. Er hat ihm angedroht,
ihn bei Mazarin anzuschwärzen und seiner Karriere zu schaden. Ich
frage mich wirklich, wie lange der Kardinal noch warten will, bis er
sich dieses Verderbten entledigt.«
»Vielleicht weiß Seine Eminenz nichts von Monsire Naudés Sitten.«
»Wenn doch ganz Europa es weiß! Nun, vielleicht habt Ihr recht.
Ich habe mich wohl schon zu sehr daran gewöhnt, wie durchtrieben
und zynisch ihr Italiener seid, und vergesse darüber den Charakter der
Franzosen. Kennt Ihr das?« Er lachte. »Es heißt, wenn ein Franzose
eine Mätresse sieht, verwechselt er sie mit der Madonna und kniet
nieder, während ein Italiener, der die Madonna sieht, sie für eine Mä-
tresse hält und nach ihrem Preis fragt, haha.«
Das überaus ordinäre Bonmot des erzkatholischen Schoppe entsetzte mich, und ich stimmte mit einem verlegenen Lächeln in seine
Fröhlichkeit ein.
»Ein treffendes Wort«, räumte ich ein. Wir setzten uns auf die
Strohlager mit den schmutzigen, aber schweren Decken.
»Der Zynismus der Italiener und die Leichtgläubigkeit der Franzosen, das sind die schwersten Mängel dieser Völker! Doch der eure
ist schwerwiegender, denn wer nichts und niemandem traut, lebt
schlecht.«
»Ihr müsst zugeben, dass mein Land schon seit ein paar Jahrhunderten recht übel dran ist. Und es ist wohl die Ironie des Schicksals,
dass unsere Schwierigkeiten mit dem Einfall der Franzosen in Italien
begonnen haben.«
»Das stimmt, aber vergesst nicht, dass die Franzosen von Ludovico
Sforza, il Moro, dem Herzog von Mailand, geholt wurden, denn ihr
Italiener seid auch große Verräter an eurem eigenen Volk. Klar, dass
ihr am Ende allen und allem misstraut. Und so emigrieren die Betrüger, Angeber und Bösewichter nach Frankreich, um ihr Glück bei den
Leichtgläubigen zu suchen, wie zum Beispiel Scaliger.«

Schoppe versäumte wahrhaftig keine Gelegenheit, die Rede auf sein Lieblingsopfer zu bringen: Johann Justus Scaliger.

»Ich hörte, wie Ihr ihn mehrmals der Unaufrichtigkeit anklagtet, aber mehr weiß ich nicht«, sagte ich, ohne ihm zu enthüllen, dass Naudé und Guyetus, später auch Hardouin mir schon viel von Scaliger erzählt hatten.

»Dieses Mal meinte ich nicht Scaliger den Sohn, der sich unter dem Vorwand seiner Chronologie als Herr der Zeit aufspielte. Ich bezog mich auf seinen Vater: Julius Cäsar Scaliger.«

»Nie von ihm gehört. War er berühmt?«

Ich wusste noch nicht, dass Schoppe zu bitten, über einen Scaliger zu sprechen, in etwa dasselbe war, als hätte man ein Mitglied des Hohen Rates nach seiner Meinung über Jesus Christus gefragt.

»Will man verstehen, wer Joseph Justus Scaliger war«, hub Schoppe an und setzte sich unter der schweren Decke auf, als wollte er sich in die richtige Position bringen, um seine Pfeile abzuschießen, »muss man zuvörderst seine erbärmliche Herkunft kennen, also den Vater Julius Cäsar Scaliger. Ein Name, der nach römischen Heerführern, Ruhm und Glorie klingt, hinter dem sich aber einer der dreckigsten Lügner und Aufschneider aller Zeiten verbirgt.«

NOTIZ

Darin erklärt wird, warum der Herr der Zeit ein Lügner und Sohn von Lügnern war.

Der Vater Scaligers war einer der meistbewunderten Literaten ganz Europas. Sein Traktat *Poetices libri*, »Über die Dichtung«, galt noch Jahrzehnte nach seinem Tod als das wichtigste Werk über die Dichtkunst. Die Gelehrten halb Europas zerrissen sich die Kleider vor Begeisterung über ihn und priesen ihn in den allerhöchsten Tönen. Nach dem Urteil des berühmten Jacques Auguste de Thou, hochgelehrter Meister der französischen Historiker, stand keiner höher als Julius Cäsar Scaliger, weder in der Antike noch in der Moderne. Man nannte ihn einen ausgezeichneten Kenner der Medizin, Botanik, Dichtung, Philologie, Grammatik, Rhetorik, Philosophie, Metaphysik und Naturgeschichte, und vielleicht hätte man noch mehr gefunden, wenn ein einziger Mensch imstande gewesen wäre, sein gesamtes Werk zu lesen, das unermesslich zu sein schien. Von seinem Anwesen in Südfrankreich aus behandelte er alle mit grenzenloser Verachtung. Widersprach man ihm, suchte er sofort Streit, er liebte Beleidigungen, freute sich erklärtermaßen am Tod seiner Feinde und verherrlichte sich selbst weit über die Grenzen des Anstands hinaus.

Was er in seiner Jugend getan hatte, weiß man nicht genau, später kam heraus, dass er eine Zeitlang Geistlicher war, weil er den irrwitzigen Plan hatte, Papst zu werden. Sein Nachname Scaliger, behauptete er, bezeuge seinen berechtigten Anspruch auf das Herzogtum Verona, weil er Nachfahre der Della Scala sei, der einstigen Herren von Verona. Wenn seine Ansprüche anerkannt würden, hätte er bis zum Stuhl Petri aufsteigen können, wie er meinte.

Nun hieß er aber in Wirklichkeit gar nicht Scaliger, sein richtiger Name war Giulio Bordone (den Namen Cäsar hatte er sich aus Prestigegründen selbst gegeben), und er war kein Kind eines adeligen Della Scala, sondern eines gewissen Benedetto Bordone, eines unbekannten venezianischen Miniaturenmalers von einfacher Herkunft. Der Nachname Bordone leitete sich vom lateinischen *burdo* ab, »Gewicht« oder »Lasttier«, was bedeutet, dass Giulio wahrscheinlich von einem Lastträger abstammte.

Irgendwann siedelte er nach Frankreich über, in die Stadt Agen, wahrscheinlich um Ärger in Italien zu entgehen. Hier konnte er seine wahre Vergangenheit verbergen und seinen neuen Landsleuten die Mär von seinen aristokratischen Ursprüngen aufbinden. Er erfand sich eine neue Lebensgeschichte, behauptete, er sei ein Della Scala, erzählte, er sei Page des Kaisers von Österreich gewesen, habe als Soldat viele Schlachten gekämpft und sei mit Tapferkeitsmedaillen ausgezeichnet worden, doch er habe auch bei dem großen Dürer Malerei studiert.

Er streckte seine Klauen nach einer bezaubernden, dreizehnjährigen Waise aus, doch die Verwandten der Unglücklichen widersetzten sich der Ehe mit diesem verdächtigen, dreißig Jahre älteren Individuum. Unterdessen war Julius Cäsar, indem er an allen Ecken und Enden mit Lügen aufwartete, wunderbarerweise zum Arzt des Bischofs von Agen aufgestiegen und besaß nunmehr genug Ansehen, um zu tun, was ihm passte. Er nahm das Waisenmädchen und machte ihr fünfzehn Kinder. Eines davon war Joseph Justus, der zukünftige Herr der Zeit, der sich nicht Bordone nannte, wie es richtig gewesen wäre, sondern ebenfalls Scaliger.

Da er in Agen eine gutbezahlte Anstellung und viel freie Zeit zur Verfügung hatte, vertiefte Julius Cäsar sich in das Studium der Literatur und Naturgeschichte. Die großen Philosophen seiner Zeit, wie Erasmus von Rotterdam und Gerolamo Cardano, beneidete er glühend. Erasmus, der von ihm öffentlich beleidigt wurde, reagierte mit verächtlichem Schweigen, was Julius zur Weißglut brachte. Er versuchte, auf sich aufmerksam zu machen, indem er bergeweise bedeutende philosophische Werke ankündigte, die er nie schrieb. In den Büchern, die er tatsächlich veröffentlichte, verwies er mit vagen Zitaten auf andere Schriften, die er angeblich verfasst hatte, ohne je genau anzugeben, welche das waren. Er bezeichnete sie mit hochtönenden Titeln wie *Exercitationes Nobiles, Origines, Exercitationes Exotericae* und dergleichen mehr, aber in Wirklichkeit waren es nur Notizen, die er Tag für Tag anhäufte (er war ein geschwätziger Vielschreiber) und dann, je nach den aktuellen Erfordernissen, in die Werke stopfte, die er zu veröffentlichen gedachte. Er war sehr geschickt darin, seine Abhandlungen auf allgemeine, sehr vage Probleme aufzubauen, wie zum Beispiel den Begriff der Ursache, und dann um diesen Begriff herum nebulöse Betrachtungen und Fragestellungen zu entwickeln, die schließlich ohne Antwort blieben. Aus diesem Magma, mit dem er tausende von Seiten besudelte, konnte niemand eine Sicht auf das Ganze gewinnen, doch gerade darum schüchterte er alle ein, und keiner wagte zu widersprechen. Die Franzosen, die, wie gesagt, reinen Herzens sind, ließen sich von ihm erobern.

Um noch mehr Verwirrung zu stiften, listete Julius Cäsar in der Bibliographie seine Werke unter anderen Titeln auf, führte Entwürfe, ja, sogar nur Ideen als fertige Werke an oder gab einem Kapitel aus einem früheren Buch einen eigenen Titel, sodass es wie eine neue Veröffentlichung aussah.

Kurzum, Julius Cäsar war die Inkarnation aller schlechten Eigenschaften der Italiener: ein Schlitzohr, Bauernfänger, Intrigant, Schwindler, Hundsfott, Prahlhans, Dickschädel, Klugscheißer, Quertreiber, Pechvogel, Quälgeist, Feigling, Korinthenkacker und Blutsauger.

Von diesem Menschen stammte der Mann ab, der die Zeitalter der Weltgeschichte festlegen, die Ursprünge der Menschheit erforschen und die Ausdehnung der Zeit messen sollte. Vater und Sohn Scaliger verstanden sich prächtig. Julius Cäsar brachte seinem Sohn Latein und Griechisch bei und machte aus ihm einen frühreifen Gelehrten, damit er schon bald in deren Republik eingeführt werden konnte. Um seiner eigenen Karriere willen verwandelte der Sohn den Vater mit Hilfe einer geschönten Biographie in einen großen Herrn. Er machte ihn zum Enkel von Guglielmo Della Scala, dem Herrscher von Verona, der 1404 bei einem Komplott entmachtet und getötet wurde. Guglielmo Della Scala hatte drei Söhne, Josef Justus erfand einen vierten, Nicolò, und machte ihn zum Vater seines Vaters. Er verlegte seinen Geburtsort von Padua nach Riva del Garda und behauptete, es habe seinerzeit zu Verona gehört. Als kleiner Junge sei Julius Cäsar der beste Page des österreichischen Kaisers gewesen, er habe als Soldat an den Feldzügen in Frankreich und Flandern teilgenommen und seinem Onkel bei der Schlacht von Ravenna 1512 beigestanden, wo er den Tod seines Vaters und eines älteren Bruders erleben musste. Dann sei er in Modena Gast des berühmten Herzogs Alfonso d'Este gewesen, doch das bequeme Leben bei Hofe habe ihn gelangweilt, weshalb er in den Orden der Franziskaner eintrat. Nach einer bösen Erfahrung, die in der Biographie in Nebel gehüllt war, ihm aber Mönche jedweden Ordens für immer verhasst machte, soll er sich an der Universität Bologna eingeschrieben haben, wo er Umgang mit anderen Adelssprösslingen pflegte und mit ausgezeichneten Ergebnissen studierte. Er wurde Arzt und später Secretarius des Bischofs Antonio della Rovere, einem Verwandten des Papstes, der ihn mit nach Agen nahm, wo er sich niederließ.

Eine schöne Erzählung mit einem einzigen Makel: kein Wort davon ist wahr.

»Man kann sich nicht vorstellen«, jubelte Schoppe, »was los war, als das Universitätszeugnis von Vater Scaliger, natürlich auf mein Betreiben, öffentlich gemacht wurde. Denn dort tauchte sein wahrer Name Giulio Bordone auf!«

Scaliger Junior beschuldigte Schoppe der Fälschung. Dann musste er zugeben, dass das Zeugnis echt war und behauptete flugs, es sei das Zeugnis eines gleichnamigen Studenten gewesen – ohne zu erklären, wer das war.

Unterdessen hatte Joseph Justus sich dank seiner philologischen Werke (über Vergil, Manilius und andere) ähnliches Ansehen verschafft wie der Vater. Zunächst hatte er einen Gönner gefunden, einen jungen französischen Adeligen, der ihm Kost und Logis gewährte. Später wurde er auf einen sehr gut bezahlten Lehrstuhl nach Leiden gerufen.

»Zeit für Studien blieb ihm genug«, bemerkte Schoppe mit einem anspielungsreichen Grinsen, »denn Frauen existierten für ihn nicht, wie sie für alle Leute seines Schlages nicht existieren, die ein Auge in den Büchern haben und mit dem anderen hinter irgendwelchen Schwulen her sind. Habt Ihr bemerkt, dass keiner dieser Ungläubigen sich für Frauen interessiert? Peiresc nicht, Naudé und sein Freund von der Tetrade, dieser Diodati nicht, weder die Du Puy noch der hochverehrte Cavaliere und Commendatore Cassiano del Pozzo, Cremonini und sogar der arme Guyetus nicht. Ich hingegen habe eine Frau, die mich in Padua erwartet, meine alte Maddalena.«

Die Bildung Scaligers sei allerdings keine Ausgeburt der Phantasie, räumte Schoppe ein. Er beherrschte eine beeindruckende Anzahl von Sprachen, in der Mehrzahl vielleicht sogar jene, die von rechts nach links gelesen werden.

»Anfangs waren wir sogar Freunde. Aber sein Benehmen machte ihn unerträglich. Ganz zu schweigen von dem, was er schrieb!«

Scaligers Werke waren so gespickt voll mit Namen, Daten und Fakten, Zitaten auf Griechisch, Aramäisch, Chaldäisch, Assyrisch und Syrisch, seine Tabellen so überreich an Zahlen und abstrusen Symbolen, dass man schon beim bloßen Anblick glauben musste, es mit einem übermenschlichen Intellekt zu tun zu haben.

»Die Technik war die gleiche wie bei Papa Julius Cäsar: den Leser beeindrucken um jeden Preis! Und als wäre das nicht genug, lief er sogar zu den Protestanten über. Aber jetzt bin ich müde. Es wird Zeit, dass ich mich wieder schlafenlege«, schloss Schoppe, erhob sich von dem Strohlager und kehrte zu seinem eigenen zurück, welches freilich nicht besser war.

DISKURS LXXXVIII

Darin man zur Rettung von Philos Ptetès schreitet,
doch zu spät kommt und dem schlimmsten Ende beiwohnt,
welches ein Menschenwesen nehmen kann.

»Eine Rast, verflucht, ich bin doch kein Maulesel!«
Der Aufschrei kam aus Kemals Mund. Der Barbareske war tatsächlich kein junger Mann mehr. Schon seit einer guten Weile trug er den alten Caspar Schoppe, der nicht gerade ein Fliegengewicht war, auf dem Rücken.

Unsere Expedition stand kurz vor dem Ziel, wir hatten das Gefängnis von Philos Ptetès fast erreicht. Schmutzig, in unordentlicher Aufstellung und schlecht bewaffnet, doch wild entschlossen, unseren noch unbekannten Helden zu befreien.

»Wir sind angekommen, jetzt können wir ein wenig Luft holen«, verkündete der ehemalige Kommissar, und nachdem er die Blätter eines großen Farns beiseite gedrückt hatte, zeigte er auf eine Stelle vor uns.

Umgeben von dichtem Gebüsch sah man eine kleine Holzhütte in der Ferne.

Ein jeder setzte sich an eine Stelle, wo er nicht vom Schlamm beschmutzt wurde, auf einen umgestürzten Baumstamm, einen Stein.

»Die Pistole ist geladen?«, fragte Schoppe.

»Sie ist bereit«, antwortete ich.

Ich war mit der Aufsicht über die Artillerie beauftragt worden. Auch wenn Naudé mit bombastischen Kenntnissen der Ballistik geprahlt hätte, hätte ihm angesichts der totalen Niederlage, die die Entführer uns am Vortag bereitet hatten, niemand mehr geglaubt. Der Statthalter von Ali Ferrarese wiederum war im Hinblick auf den möglichen Kampf um Philos Ptetès mit einem Messer bewaffnet nützlicher, obgleich wir ihm die Waffe nicht ohne Bedenken überlassen hatten (er war und blieb ein Christenentführer). Eine militärische Taktik war noch nicht beschlossen worden, erst als wir die Hütte mitten im Wald erblickten, die einst ein Unterschlupf für Jäger gewesen sein musste, entschieden wir, was zu tun war.

»Über die Seiten Naudé und ich. In der Mitte der Secretarius, der die Pistole hat«, beschrieb Kemal die Taktik der Annäherung. »Doch vorher wird Atto einen Stein gegen die Tür werfen, ich schreie, dass die Bewohner herauskommen sollen, und wir warten ihre Reaktion ab. Schoppe und Barbello bleiben vorerst im Hintergrund, bewaffnet mit Steinen und Stöcken für den Zweikampf. Wir werden immer weniger in unserer Gruppe, aber nur die Harten überleben. Die anderen waren diese Seite des Grabens leid«, schloss er grinsend, womit er wenig Sehnsucht nach Mustafa und Guyetus bekundete und noch weniger Vertrauen in die Expedition von Hardouin und Malagigi.

Da es sich um einen militärischen Angriff handelte, hatte der Statthalter Kastraten, Alte und Frauen zu Recht ausgespart.

»Und ich?«, fragte der ehemalige Kommissar.

Der Barbareske musterte ihn mit misstrauischer Miene.

»Reserve. Nachhut. Verantwortlich für die Lebensmittelvorräte.«

»Aber wir haben ja gar nichts mehr zu essen!«

»Eben. Und jetzt jeder an seinen Platz.«

Der Einwand des Freundes von Philos Ptetès traf jeden wie ein Messerstich in den seit zwei Tagen nüchternen Magen. Wir hatten einen nahezu viehischen Hunger. Keiner wollte es laut aussprechen, doch wenn der Überfall gelang, würden wir endlich an etwas Essbares kommen, und mit dieser uneingestandenen Gier schickten wir uns an, in Aktion zu treten.

Die von dem gut gezielten Stein getroffene Tür antwortete mit einem trockenen Knacken. Aus dem Inneren kam keine Reaktion.

»Ihr Männer in der Hütte, hört zu!«, schrie der Korsar. »Wir haben nicht die Absicht zu kämpfen. Wir wollen wissen, ob es unserem Freund Philos Ptetès gutgeht und verlangen, dass ihr ihn herausgebt!«

Aus dem kleinen Bauwerk antwortete Stille.

»Vielleicht sind sie rausgegangen«, schlug Naudé vor, der herzlich wenig Neigung zu einer bewaffneten Auseinandersetzung zeigte.

»Aus dem Kamin kommt Rauch«, rief der ehemalige Kommissar aus der Etappe hinter einem Busch.

»Pst!«, zischte Kemal, der ärgerlich über diese Unvorsichtigkeit nervös einen Arm schwenkte. Dann machte er eine weit ausholende Bewegung, um Naudé, der auf der anderen Seite der Baracke postiert war, zum Vorrücken aufzufordern.

Ich ging in die Hocke und umfasste die Pistole, mit der ich auf die verlauste Bruchbude zielte. Dann rannte ich im Zickzack los, wobei ich mich hinter jeden Busch und Baum flüchtete, der mich verbarg.

Mein fortwährender Richtungswechsel sollte es eventuellen Schützen in der Hütte schwerermachen.

Schließlich war ich am Ziel angekommen. Das Häuschen ruhte auf einem Fundament aus Stein zum Schutz vor der Feuchtigkeit des Waldbodens. Über ein paar Stufen stieg man zur Eingangstür hinauf. Neben der Tür gab es nur ein Fenster. Ich duckte mich neben die Stufen, die mich vor Schüssen aus dem Fenster schützen würden. Kemal und Naudé waren derweil ebenfalls vorgerückt. Alle drei waren wir nur noch wenige Schritte von den Wänden der Hütte entfernt. Mit gezückten Messern krochen Mazarins Bibliothekar und Alis Statthalter bis zu den Fenstern auf der linken und der rechten Seite.

Wie vereinbart, versuchte der Korsar in das Innere zu spähen. Ich sah ihn an der Hausecke auftauchen und mir ein Zeichen geben, das er nichts erreicht hatte. Mit ein paar schnellen Schritten war er neben mir. Ich war erleichtert, dass er die Gefahr mit mir teilte: Die Männer, die wir dort drinnen vermuteten, waren bewaffnet und würden vielleicht ohne Vorwarnung schießen.

Endlich entschlossen wir uns zum Handeln. Wir stiegen die drei Stufen zur Tür hinauf und stellten uns mit den Rücken zur Wand, um nicht getroffen zu werden, falls unsere Feinde aus der Tür stürzen würden. Ich schlug dreimal kräftig auf die Tür.

Nichts, aus dem Inneren kam kein Lebenszeichen. Kemal klopfte noch zweimal. Wir warteten einige Sekunden mit gespitzten Ohren und hörten nur ein von der Tür stark gedämpftes Brummen.

Gabriel Naudé stieß zu uns. »Auch durch das andere Fensterе sieht man nichts, da hängt ein Vorhang«, flüsterte er, während er an unsere Seite huschte.

Der Barbareske versuchte, die Tür aufzustoßen: erst vorsichtig, dann zunehmend energisch, aber sie war von innen verschlossen.

»Wir werden ohne Einladung eintreten müssen«, sagte er lächelnd.

Er nahm Anlauf, und unter dem entsetzlichen Tritt des Barbaresken sprang die halb verfaulte Tür mit einem morschen Krachen auf. Alles ringsumher wurde still, und einen Augenblick lang schien mir sogar, als hätten die Vögel der Wälder von Gorgona aufgehört zu singen.

Fast der ganze wurmstichige Türrahmen war von dem mächtigen Tritt des Korsaren aus den Angeln gerissen worden. Als das Sonnenlicht in den kleinen Vorraum der Hütte fiel, erblickte man eine Wolke tanzenden Staubes, den die fallende Tür aufgewirbelt hatte.

Noch immer an der Seite der Tür kauernd wie Eichhörnchen, um möglichen Büchsenschüssen zu entgehen, reckten Naudé und ich schüchtern unsere Nasenspitzen in die Staubwolke, begleitet vom Lauf der Pistole.

Mitten im Raum stand ein gedeckter Tisch, auf dem eine fleckige alte Tischdecke lag. Hier hatte soeben eine üppige Mahlzeit stattgefunden. In der Mitte des Tisches prangte eine große Schüssel mit gekochtem Gulasch, garniert mit Rüben und wilden Wurzeln. Bei dem Hunger, der uns quälte, konnten wir die Augen kaum mehr von dem Tisch abwenden. Das schmackhafte Gericht war nur zur Hälfte aufgegessen, es war noch viel übrig. Neben der Schüssel erblickten wir eine noch volle Flasche Wein, Gläser und benutztes Essbesteck, außerdem überall Krümel von Zwieback. Um den Tisch standen Stühle und Schemel, auf dem Boden zwei sehr bescheidene Nachtlager, ein gefüllter Wassereimer, Holzvorräte, ein alter Backtrog, eine kleine Anrichte, auf der eine Sanduhr und fünf oder sechs übereinandergestapelte Teller standen, die, wie man deutlich sah, für das Gulaschgericht benutzt worden waren. Gleich daneben lehnte ein Gewehr an der Wand. Die beiden Fenster wurden eines von dem Backtrog und das andere von einem schmutzigen Vorhang verdeckt.

Ein alter Kamin in der einzigen Steinmauer des ärmlichen Bauwerks gegenüber vom Eingang enthielt einige verkohlte Scheite, die jedoch noch immer Wärme spendeten. Neben dem Kamin lag ein kräftiges Seil am Boden. Ich bedeutete Kemal, es aufzuheben und sich über die Schulter zu hängen. Ein gutes Seil kann immer Leben retten, überlegte ich, wie damals, als Naudé und du, Atto, in die Schlucht gestürzt wart.

Über der noch rauchenden Glut im Kamin hing ein großer Kochkessel, in dem vor wenigen Stunden gewiss das Gulasch mit Rüben gekocht worden war. An einem Haken im Rauchfang baumelte ein breiter, blutgetränkter Lederschurz, ganz offensichtlich hatte man ihn beim Ausweiden des Tieres benutzt.

An der Mauer des Kamins lehnte ein großes Holzbrett: darauf war das Tier geschlachtet worden (schwer zu sagen, ob es ein Hammel war oder etwas anderes, jedenfalls musste es recht groß gewesen sein). An dem Brett klebten noch Stücke von Eingeweiden, und aus all dem schloss ich, dass das Schlachten und Entbeinen dieser Bestie eine ziemlich blutige Angelegenheit gewesen sein musste, denn noch immer tropfte Blut auf den Boden, wo es eine schaurige rote Pfütze bildete. Unsere Blicke kehrten zur Tischmitte und dem Gulasch zurück, das seinen Duft im ganzen Raum verbreitete.

Die Expedition war vergeblich gewesen, von Philos Ptetès keine Spur, doch Kemal, der nicht von philologischen Marotten geplagt wurde wie Schoppe und Naudé, schien das wenig zu bekümmern.

»Meine Freunde, jetzt wird gefeiert!«, sagte er, mittlerweile überzeugt von der Abwesenheit der Banditen. Der Korsar steckte sein Messer in den Gürtel und sog mit seinen kräftigen Lungen den Duft ein, der die Hütte erfüllte. Naudé und ich hielten uns ein wenig schüchtern im Hintergrund.

»Na los, worauf wartet ihr?«, forderte er uns auf, »füllen wir uns den Bauch mit dieser Herrlichkeit da auf dem Tisch, bevor die vier Banditen zurückkommen.«

Er ging nach draußen, ließ einen lauten Pfiff ertönen und gab den anderen, die noch im Gebüsch postiert waren, ein Zeichen, zu uns in die Hütte zu kommen.

»Beeilt euch, ihr lahmen Enten! Hier gibt es zu essen für die ganze Mannschaft!«, brüllte er.

Blitzschnell füllte sich das Hüttchen mit unserer kleinen Schar, und alle senkten, um den Tisch herum stehend, Löffel, hölzerne Schaber, ja sogar die bloßen Hände in die Schüssel.

»Köstlich, dieses Gulasch«, sagtest du, »was für ein Tier ist das?«

»Ich weiß nicht, aber es ist hervorragend. Sehr zart«, sagte ich.

»Merkwürdiger Geschmack«, brummte Alis Statthalter.

»Aber nicht schlecht. Sehr frisches Fleisch«, erwiderte Schoppe.

»Meiner Meinung nach ist es Hirsch«, sagte Naudé.

»Zu groß«, wandte Schoppe ein.

»Ziege«, schlug Barbara vor.

»Zu klein!«, entgegnete der Verehrungswürdige überflüssigerweise.

Obwohl der deutsche Gelehrte sich vollstopfte, stehend wie alle, doch immer wieder nach vorn gebeugt, um seine Finger ohne Unterlass in die rötliche Soße zu tauchen, war er schlechtester Laune. Sein Philos Ptetès, der soeben erst gefundene, war nun wer weiß wo, Gefangener von vier Banditen in irgendeinem verborgenen Winkel von Gorgona. Vorausgesetzt er lebte überhaupt noch.

Auch Naudé stand, während er mit Barbara Strozzi wetteiferte, wer die letzten zarten Rüben aus der Schüssel fischte, die Niederlage ins

Gesicht geschrieben. Als Erster hatte er den slawonischen Mönch aufgestöbert, den Hüter der größten Sammlung antiker Handschriften, doch die unbegreiflichen Launen des Schicksals hatten ihm seine Beute vor der Nase weggeschnappt.

Die Schüssel war fast völlig geleert, als Kemal, der sich vorübergehend vom Tisch entfernt hatte, um draußen vor der Hütte nach dem Rechten zu sehen, beim Eintreten strauchelte und plötzlich ruckartig stehenblieb. Er zog das Messer aus dem Gürtel und hielt es drohend gezückt.

»Alle weg vom Tisch«, schrie er, »und du komm da raus!«

Unter dem Tisch kam ein Bein hervor. Jemand hatte sich dort versteckt. Da wir alle im Stehen gegessen hatten, hatte niemand die Beine unter den Tisch gesteckt, wo der Verborgene ungestört hocken geblieben war.

Während Naudé sich mit dem Messer in der Hand neben Kemal stellte, stürzten die Unbewaffneten, du, Barbara und Schoppe, rasch aus der Hütte. Nur der ehemalige Kommissar blieb im Raum und eilte, um das an der Wand lehnende Gewehr zu ergreifen.

»Verschont mich, ich flehe Euch an!«, bat der Mensch mit bebender Stimme.

Er kam unter dem Tisch hervor, und als er Kemals Klinge auf seine Nase gerichtet sah, hob er mit rollenden Augen die Arme als Zeichen der Kapitulation.

»Ich erkenne ihn«, sagte ich. »Es ist der, der vom Boot aus in die Luft geschossen hat, bevor sie uns wie Würste verschnürt dem Ertrinken überlassen haben.«

»Er ist es«, bestätigte der Freund von Philos Ptetès.

»Wo sind deine Kumpane?«, fragte der Korsar unseren Gefangenen, der sich noch nicht zu erheben wagte.

»Und wo ist Philos Ptetès?«, drängte Naudé mit der einzigen Frage nach, die ihm wirklich am Herzen lag.

»Ich … ich kann es Euch nicht sagen«, stammelte er mit flehenden Blicken, vielleicht um unsere Gnade zu erbitten.

»Unverschämter! Was soll das heißen?«

Das war die Stimme von Schoppe, dessen Nase in der Türöffnung erschien. Statt sich von der Baracke zu entfernen, wie es für einen alten und unbewaffneten Mann geboten war, hatte er dem Bedürfnis nicht widerstehen können, von einem der Banditen persönlich zu erfahren, wo das Objekt seiner philologischen Begierden steckte, und war darum direkt am Eingang stehengeblieben, um zu lauschen. Bald kamst auch du mit Barbara dazu.

Alis Statthalter zog den Kerl, der etwa halb so groß war wie er, am Kragen in die Höhe, schleifte ihn mit sich und stieß ihn brutal gegen die Wand, direkt neben der Anrichte, wo die Teller standen, von denen er und seine Komplizen gegessen hatten.

»Also, was zum Teufel habt ihr mit dem Mönch gemacht?«, brüllte er ihm ins Gesicht.

Der Befragte antwortete nicht.

»Willst du endlich reden?«, zischte der Barbareske, die Stimme fast bis zur Unhörbarkeit senkend, doch das Messer auf die Kehle des anderen gerichtet.

Da kam die Antwort:

»Wir hatten Hunger. Es gab nichts anderes.«

Kemal wandte sich erst zu uns um, dann brach er in ein krampfhaftes, lautstarkes Gelächter aus. Gewiss war das ein Vorspiel zu einer Strafe für diese Erklärung, die ihm offenbar wie eine Auskunftsverweigerung erschien.

»Ihr hattet Hunger? Was soll der Unsinn? Habt ihr ihn vielleicht gegessen?«, sagte er, während er den Befragten noch fester am Kragen zog, sodass er ihn fast erdrosselt hätte, und ihm das Messer gegen den Kehlkopf drückte. Dem Armen blieb daher kaum Atemluft, um zu antworten und sein Leben zu retten:

»Um ehrlich zu sein, habt auch Ihr ihn gegessen.«

DISKURS LXXXIX

Darin man für die Sünde der Völlerei büßt, sodann eine Unvorsichtigkeit begeht, die zu einem Kampf bis aufs Blut führt, bei dem die Unseren das Nachsehen haben.

»Wie? Hahaha!«, lachte Ali Ferrareses Statthalter, ohne seinen Griff um den Hals des Schurken zu lockern. »Habt ihr gehört? Er sagt, wir hätten euren Mönch aufgegessen … Wie hieß er noch gleich? Philos Ptetès. Haha! Ist das nicht lustig?«

»Gegessen? Was? Das Gulasch?«

Caspar Schoppe und ihr beide kamt in die Hütte zurück. Kemal senkte das Messer und ließ den Hals des Banditen los, in dessen Miene sich Erleichterung und Schmerz zugleich abzeichneten.

»Ich warne dich: Rede keinen Unsinn, sonst schneide ich dir den Kopf ab und werfe ihn den Fischen zum Fraß vor!«

»Er konnte fliehen, also mussten wir auf ihn schießen. Dann hat unser Anführer ihn kochen wollen, da man ja auf Gorgona …«

Der Bandit wartete unsere nächsten Fragen nicht ab:

»Geht doch draußen nachschauen. Seht Ihr diese Ulme? Sagt Euren Freunden, sie sollen es überprüfen. Dort haben wir die Knochen und Innereien vergraben. Da steht auch ein Kreuz.«

»Bist du verrückt?«, knurrte der Korsar. »Oder glaubst du, wir sind alle nicht ganz bei Trost? Willst du mir wirklich weismachen, ihr fresst einen Christen auf und begrabt die Reste des Mittagessens dann sogar unter einem Kruzifix?«

Der falsche Barbello lief sofort hinaus, um nachzusehen.

Unterdessen dachten alle daran zurück, wie wir in völliger Arglosigkeit Meinungen über die Qualität des Fleisches ausgetauscht hatten, während wir das üppige Mahl verzehrten. Durchaus schmackhaft, aber anders als alles, was wir kannten …

»Das ist auf dieser Insel so Brauch! Willst du das etwa leugnen, wo du doch Kommissar von Gorgona gewesen bist?«, sagte der Bandit, an unseren Begleiter gewandt.

Der Freund von Philos Ptetès saß leichenblass da, sein Mund stand offen, der Kiefer bewegte sich ohne Grund auf und nieder, und der überfließende Speichel zwang ihn zum häufigen Ausspucken.

»Ja, das hat man sich immer erzählt …«, nuschelte er mit tonloser Stimme. »Im Winter verschwand auf Gorgona von Zeit zu Zeit jemand, vor allem die Alten und Einsamen oder die Untergetauchten, die sich wegen Problemen mit der Justiz des Großherzogs auf der Insel versteckten, und dann hieß es, dass die Barbaresken sie verschleppt hätten, um sie als Sklaven zu verkaufen, oder dass es ein Meeresungeheuer gibt, das aus einer Grotte mitten in der Insel hervorkommt und wehrlose Menschen aufs Meer hinausschleppt. Dann gibt es noch die andere Geschichte, die aber niemand gerne erzählt, nämlich die von den menschenfressenden Räuberbanden, die den Überresten ihrer Opfer eine christliche Bestattung gönnen … Aber das war doch nur Geschwätz, ich habe das nie geglaubt, denn meiner Meinung nach isst keiner freiwillig ein anderes menschliches Wesen, das ist unmöglich, vor allem es zu diesem Zweck umzubringen ... entschuldigt mich bitte.«

Der ehemalige Kommissar unterbrach seinen ohnehin unsicheren Vortrag, stürzte hinaus und entschwand unseren Blicken, doch aus dem Geräusch, das wir hörten, ließ sich leicht schließen, dass er seinen Magen erleichterte.

In diesem Augenblick begann auch Schoppe, sich zu übergeben. Die Bezeugung übertrug sich auf Naudé, während der Bandit, unser Gefangener, zuschaute, wie hypnotisiert von der Welle des Ekels und Grauens, die uns einen nach dem anderen außer Gefecht setzte. Da kam Barbara mit trauriger Kunde.

Kaum hatte sie die Nase in die Hütte gesteckt, verzog sich ihr Gesicht wegen des sauren Geruchs der Magenentleerungen.

»Das Kreuz steht wirklich zwischen den Bäumen«, teilte sie uns mit. »Die Erde ist frisch umgegraben, ich habe sie mit einem Zweig durchwühlt, Gott möge mir vergeben. Dort liegen Knochen, ein zerbrochener Schädel und Rippen.«

Dann sah die Strozzi, dass auch du dich zu übergeben begannst und betrachtete die Lache aus unverdautem Mageninhalt, die Schoppe auf Tisch und Boden verbreitet hatte. Sie stützte sich an der Wand ab, und vermutlich war dies der Moment, in der es ihr am schwersten fiel, ihre weibliche Natur zu verdrängen und nicht in jenes Schluchzen auszubrechen, das die Männer für ein Zeichen von Schwäche halten, während die Weiber es nur benutzen, ihre Seele zu erleichtern, insgeheim aber unerschütterlich bleiben wie ein Felsen, den außen Wind, Kälte und Regen peitschen und der innerlich nicht einmal zittert.

Vielleicht war es nicht zufällig dieser Moment, als sogar die einzige Frau vorrübergehend die Waffen gestreckt hatte, den der Bandit sich aussuchte, um das Schicksal herauszufordern: Er griff nach dem Gewehr, das der ehemalige Kommissar unvorsichtigerweise an die Wand gelehnt hatte, und rannte auf die Tür zu, wobei er mich mit einem Stoß zu Fall brachte.

Kaum war er draußen, setzten wir zur Verfolgung an, doch der gerissene Kerl, den kein Ekel vor dem Verzehr menschlichen Fleisches beschwerte, drehte sich um und gab einen Schuss ab. Wir warfen uns auf den Boden, während er wie im Flug zwischen den Baumstämmen verschwand und seine Spur sich rasch verlor.

DISKURS XC

Darin man, noch bevor man Philos Ptetès kennenlernen konnte,
seinen sterblichen Überresten traurig die letzte Ehre erweisen muss.

Barbara Strozzi hatte nicht gelogen.

»Signor Secretarius, kommt mit und überzeugt Euch selbst«, sagtest
du zu mir.

Umgeben von bereits vollauf beschäftigten Würmen und Ameisen
fanden wir Reste von Knochen, Innereien und einen bis zur Unkenntlichkeit zertrümmerten Schädel.

»Bestien. Ihr Nazarener seid nichts als Bestien. Feine Bräuche gibt
es hier auf Gorgona«, brummte Kemal, und niemand hatte Lust oder
den Mut, ihm zu widersprechen: Aus seiner Sicht waren es unsere
Leute, die Philos Ptetès, unseren heroischen Mönch, getötet, zerteilt,
gekocht und gegessen hatten.

Immerhin hatte jeder von uns sich Hände, Mund und Eingeweide
mit dem Fleisch eines armen Unschuldigen besudelt, und ich glaube,
keiner der Anwesenden wird das Grauen dieser tragischen, ekel-
erregenden Entdeckung jemals vergessen. Von Zeit zu Zeit ging Naudé
beiseite, um sich fern von der Gruppe erneut zu übergeben, und er
kehrte kurzatmig, gelb im Gesicht, mit dunkel umschatteten Augen,
eingefallenen Wangen und einem Schweißfilm auf der Stirn zurück.

»Und wo mögen die Sachen des Mönchs jetzt sein?«, fragte Schoppe,
der sich bis zu den Zehen ausgekotzt hatte und dessen Gesichtsfarbe
nun an das Fell einer toten Ratte erinnerte. Unvermindert groß aber
war seine Begierde, den Schatz des Mönches an sich zu reißen, den er
soeben verspeist hatte.

»Als wir ihn trafen, trug er einen Sack auf dem Rücken«, erinnerte
ich mich.

»Das stimmt«, bestätigte Naudé. »Doch ich glaube nicht, dass der
Papiere enthielt, die für uns interessant sind …«

»Man weiß nie, meint ihr nicht?«, erwiderte Schoppe, drehte uns
den Rücken zu und ging in die Hütte.

Naudés Gesicht wurde noch fahler. In der Grotte des Seeochsen
hatte er mir seine Befürchtungen anvertraut: Philos Ptetès beobachtete ihn schon seit unserem Schiffbruch und hielt ihn für schuldig am
Tod Bouchards. Darum glaubte er, dass der Mönch ohne die ersehnte

Erbschaft von Poggio Bracciolini zu unserem Treffen erscheinen würde. Nun fürchtete Naudé, der Sack des Mönchs könnte noch mehr Aussagen Bouchards zu seinem Ungunsten enthalten. »Schluss jetzt mit dem ewigen Geschwätz über Papierkram! Ihr seid alle Bestien, man sollte euch ordentlich in den Hintern treten. Wohin geht dieser neugierige Tattergreis jetzt? Ruft ihn zurück, verflucht! Wenn Ali Rais hier wäre, er würde euch alle nackt und kahlgeschoren ans Ruder ketten«, brüllte der Korsar, dessen Ungeduld sich durch das Gericht auf Menschenfleischbasis verdreifacht zu haben schien.

Da niemand Schoppe zurückholen ging, lief Kemal selbst in die Hütte und kam sofort wieder heraus, den alten Verehrungswürdigen am Kragen zerrend. Der schrie, aber nicht aus Wut, im Gegenteil, schon bald hörten wir, dass es Freudenschreie waren.

»Ich hab sie gefunden, ich hab sie gefunden!«, kreischte er entzückt, den Sack des armen Philos Ptetès schwenkend.

»Den nehme ich, Alterchen!«, donnerte Kemal, riss Schoppe den Sack aus der Hand und hängte ihn sich über die Schulter. »Ihr kriegt ihn, wenn wir von hier fortkommen!« Dann wandte er sich an den ehemaligen Kommissar: »Und du, was kannst du uns noch über deinen Freund erzählen? Sind das seine Knochen?«

»Wie soll ich das denn wissen?«, fragte der verwirrt. »Ich kann Lebende wiedererkennen, aber doch keine Gerippe. Der Schädel ist in Stücke geschlagen, wie ihr seht. Jedenfalls glaube ich …«

»Achtung!«, schrie Naudé, in die Ferne zeigend.

Mehr brauchte er nicht zu sagen, wir begriffen alle augenblicklich. Die Banditen waren schwer bewaffnet zurückgekehrt. Wir hatten nur unsere Pistole.

Der erste Schuss kam nicht von dem Banditen, den Naudé gesehen hatte, sondern aus einem dunklen Punkt im Wald. Ich erwiderte das Feuer mit der Pistole, während alle anderen blitzschnell verschwanden, um sich so gut es ging im Unterholz zu verstecken. Unsere Angreifer waren aus der Richtung gekommen, in der die Torre Vecchia lag, also lief unsere Gruppe in die entgegengesetzte Richtung.

Doch die Feinde gaben keine weiteren Schüsse ab und blieben versteckt. Vielleicht luden sie nur die Waffen, es war schwer zu sagen, was sie vorhatten.

Wir nutzen ihre Unschlüssigkeit, um uns Hals über Kopf in den Wald zu stürzen, alle in Richtung auf den unbekannten Teil der Insel zu. Ich wusste, dass wir Gefahr liefen, von derselben Schlucht aufgehalten zu werden, die uns schon bei dem ersten Jagdausflug mit Naudé zum Umkehren gezwungen hatte, doch vielleicht würde gerade das die Banditen davon abhalten, uns zu verfolgen – wenn sie es denn vorhatten.

Bald schlugen wir uns durch das undurchdringliche Gestrüpp auf einem steil abfallenden Hang, ähnlich jenem, auf dem Naudé, du und ich beim Jagen nur mühsam vorangekommen waren. Erleichtert, doch nicht wenig überrascht, stellten wir fest, dass die Banditen die Verfolgung aufgegeben hatten. Sie besaßen mehr Waffen als wir und keinen jammernden Alten in ihrem Gefolge, doch offenbar hatte ein einziger Pistolenschuss sie von einer Fortsetzung des Kampfes abgehalten, was ziemlich unerklärlich war.

Wir gingen dicht nebeneinander her. Naudé und ich behielten die Gruppe vor uns im Auge, während Ali Ferrareses Statthalter die Vorhut bildete.

Zur Langsamkeit verdammte uns der alte Schoppe, den Kemal auf diesem abschüssigen, rutschigen Boden natürlich nicht tragen konnte, ohne bei jedem Schritt Stürze zu riskieren.

»Los, Nazarenerhunde, beeilt euch, ich habe keine Lust mehr zu warten«, drängte der Barbareske, als wären wir schuld daran, dass er Zeit verlor.

Manchmal hörte man Schoppe laut fluchen, und nicht nur weil er sich auf so schwierigem Gelände kaum auf den Beinen halten konnte. »Verdammt! Wann kommen wir endlich hier heraus? Man hat mir den Sack des Mönchs abgenommen, den einzigen Gegenstand von Wert in diesem Dreckloch, und ich soll auch noch den Mund halten … Oh, dieser Hundesohn von einem Korsar!« Doch er vergewisserte sich, dass Kemal ihn nicht hörte oder besser, dass er so tat, als ob er nichts hörte.

Mühsam und unsicher kamen wir voran, und plötzlich wusste ich, wo wir waren. Wir gingen schon an der Schlucht entlang, die uns früher oder später den Weg versperren würde. Zurückkehren und unserem bewaffneten Feind in die Arme laufen war unmöglich. Ich erklärte Naudé, wo wir uns befanden, und fragte ihn, ob mein Orientierungssinn mich täuschte.

»Nein, Ihr habt recht, Signor Secretarius«, bestätigte er, »genau in diesem Stück Wald haben wir zum ersten Mal gejagt.«

Dann holte er die Karte von Philos Ptetès aus der Tasche und sagte fast unhörbar:»Hier in der Nähe muss der unterirdische Gang sein!« Ich warf einen Blick auf die Karte. Er irrte sich nicht.

»Das ist unsere letzte Hoffnung!«, flüsterte er aufgeregt und drückte meinen Arm.

Zunächst glaubte ich, er meinte, nur so könnten wir unser Leben retten, doch Mazarins Bibliothekar dachte an Poggios Handschriften: Jetzt, da der slawonische Mönch für immer schwieg, blieb uns nur jene rätselhafte Karte, um seinen Schatz zu finden.

Ich bat Kemal, die Gruppe eine kurze Strecke Wegs führen zu dürfen. Der Korsar trug noch immer das Messer, das wir ihm für den Überfall auf die Hütte ausnahmsweise überlassen hatten. Ich erinnerte ihn an unsere Vereinbarung. Äußerst widerwillig, fast verächtlich, reichte er es mir und überließ mir die Führung.

Er hatte meiner Aufforderung gehorcht. Andernfalls hätte ich die Pistole benutzen müssen, und alles wäre schwierig geworden.

Noch wenige Minuten, und wir waren an der Stelle angelangt, die zu erreichen ich gehofft hatte. Naudé und ich wechselten einen Blick des Einverständnisses. Zum Glück war der Boden in deutlich besserem Zustand als bei unserer ersten Erkundung.

»Wir müssen diesen Hang hinunter. Ich gehe voraus«, erklärte ich.

»Das nennt Ihr einen Hang?«, fragten die anderen mit besorgten und ungläubigen Blicken auf die Schlucht, die fast senkrecht vor uns abfiel.

Wir hatten das Seil aus der Hütte, Kemal trug es noch über der Schulter. Es war nicht besonders lang, aber sehr kräftig und genügte für unsere Zwecke. Ich zeigte zunächst mit Kemals Hilfe, wie wir vorankommen würden.

Es war nicht nötig, sich das Seil um die Taille zu binden, wie ich gedacht hatte. Dank des dichten Belags mit Laub rutschte man nicht ab, es genügte also, das Seil um einen starken Baumstamm zu knoten, und man konnte sich langsam daran in die Schlucht herablassen. Ich machte es vor und kam mühelos wieder nach oben. In diesem Moment ahntet ihr, Naudé und du, lieber Atto, bereits die mögliche Verbindung zwischen jenem Gitter, auf das wir damals zu dritt in der tief im Wald versteckten Schlucht gestoßen waren, und dem unterirdischen Netz aus Tunneln voller Abzweigungen, das uns, leider als Gefangene, zu der Seegrotte geführt hatte.

Als ich bei dem Gitter ankam, das der Erdrutsch zum Glück doch nicht ganz verschüttet hatte, hatte ich mich eine Zeitlang abmühen müssen, es aus seiner Verankerung zu reißen, da ich nur mit einer Hand arbeiten konnte (mit der anderen musste ich mich am Seil festhalten), dann war es mir gelungen. Zu euch zurückgekehrt, erntete ich Komplimente und Zustimmung, denn unterdessen war euch klar geworden, dass die Schlucht uns zwang, umzukehren oder sie in einer unbekannten Richtung zu umgehen, was angesichts des kurz bevorstehenden Sonnenuntergangs kein vernünftiges Wesen freiwillig getan hätte. Alle ergaben sich schließlich der Notwendigkeit, in den unterirdischen Gang hinabzusteigen, mit Ausnahme des ewig störrischen Schoppe. Schlimmstenfalls, so hatte ich erklärt, würden wir dort unten wenigstens einen sicheren Unterschlupf für die Nacht finden, hatten wir Glück, würde der Stollen uns über die Schlucht hinausführen.

Genau so geschah es. Mit ein wenig Geduld, die vor allem nötig war, um die träge Masse Caspar Schoppe vorwärts zu bewegen, schlüpften wir einer nach dem anderen in den unterirdischen Kanal.

Als wir unter der Erde waren, gab es anfangs Proteste und übellaunige Kommentare, denn in dem Stollen sah man die Hand vor Augen nicht. Kemal nannte mich einen verrückten Träumer, Schoppe einen Schlächter ehrbarer Männer, die anderen schwiegen verdrossen und ängstlich. Tatsächlich hatten wir weder Fackeln noch andere Möglichkeiten, Licht zu machen. Ich erbot mich, den Kundschafter zu spielen und tappte im Dunkeln voran, bis ich das schwache Licht sah, das vom nächsten Gitter herrührte. Dort angekommen, spähte ich nach draußen und sah, dass wir, wie erhofft, die fatale Schlucht hinter uns gelassen hatten. Weiter vorn erblickte man noch mehr schwache Lichtscheine, offenbar gab es in regelmäßigen Abständen vergitterte Öffnungen. Wer mit Hilfe der natürlichen Höhlen Gorgonas diesen sicherlich noch bis vor kurzem genutzten Geheimgang gebaut hatte, war so intelligent gewesen, in bestimmten Abständen diese Öffnungen zur Außenwelt anzulegen, die Licht, Luftzufuhr und Orientierung ermöglichten. Ich ging zurück und verkündete die gute Nachricht. Schon bald konnte ich unsere aufgeriebene, versprengte Mannschaft, die so viele unglückliche Abenteuer hinter sich hatte, weiterführen.

Zum Glück gab es in den Tunneln keine Hindernisse, an denen man sich verletzen konnte, natürlich strauchelte man hier und da, doch die Wanderung ging geordnet voran, beträchtlich erleichtert durch die regelmäßig auftauchenden Gitter, die nur zum Teil von der Vegetation verdeckt wurden.

Naudé war ein wenig zurückgeblieben; unter dem Gewicht seiner Tasche aus festem Leder, in der er die Kopie der Gutenbergbibel transportierte, kam er nur langsam voran. Wenn ich mich nach ihm umschaute, sah ich ihn angestrengt durch das Dunkel spähen, als suchte er etwas. Und schließlich fand er es:

Der Bibliothekar konnte ein aufgeregtes Stöhnen nicht zurückhalten.

»Geht es Euch gut, Monsire Naudé?«, fragte ich.

»Ja, das heißt nein, ich meine, könntet Ihr einen Augenblick kommen, Signor Secretarius? Ich brauche Hilfe, mir scheint, in die Bibel des Kardinals ist etwas Erde eingedrungen ...«, stammelte er.

Ich begriff blitzschnell und kehrte zu ihm zurück.

»Geht ruhig weiter«, sagte ich, der Gruppe mit einem Wink bedeutend, sie solle sich von Kemal führen lassen. »Wir kommen gleich nach.«

Du, lieber Atto, liefst neugierig herbei, doch als du sahst, dass es sich um einen der üblichen Zettel und die Karte von Philos Ptetès handelte, die Naudé sofort hervorgezogen hatte, kehrtest du mit einem resignierten Augenrollen zu den anderen zurück – diese Schatzjägerei erschien dir immer noch lächerlich.

»Ich habe ihn auf dem Boden gefunden«, flüsterte Naudé erregt, nachdem er sich vergewissert hatte, dass die anderen weit genug entfernt waren. »Was für ein Glück, dass ich ihn nicht übersehen habe! Oh, Philos Ptetès, diesen Zettel hier unten zurückzulassen, ist vielleicht deine letzte Tat gewesen, bevor dein Leben endete! Armer Mann, er wird dieses Stück Papier hier fallengelassen haben, nachdem die Banditen ihn aus der Grotte des Seeochsen geholt und dann ein Stück durch diesen Tunnel geschleppt hatten. Wer weiß, wie viele Buchstaben des Alphabets er insgesamt auf dieser Insel verstreut hat? Vielleicht werden wir es nie erfahren, aber das macht nichts, denn, in aller Bescheidenheit, ich bin ein geschickter Kryptograph und mit ein bisschen Findigkeit und Glück ...«

»Heda, ihr beiden Nazarener, seid ihr über eurer Bibel eingeschlafen?« Der Korsar war zurückgekehrt, um zu sehen, was wir machten. Zwar haben die Barbaresken keinerlei Achtung vor dem Leben anderer, doch an unserer heilen Haut war ihm durchaus gelegen. Wir stießen wieder zu der Gruppe. Unterwegs erklärte ich dem Statthalter, dass dieser unterirdische Gang angelegt worden sein musste, um im Falle einer feindlichen Invasion auf die andere Seite der Insel zu gelangen. Anfangs hatte er sicher aus einer natürlichen Höhle bestanden wie jener, durch die wir bis zur Grotte des Seeochsen gelangt waren. Nicht zufällig hatten wir dort zahlreiche Abzweigungen entdeckt, und es war nicht auszuschließen, dass sie mit dem Stollen verbunden waren, durch den wir gerade gingen.

Der Korsar war begeistert über diese Entdeckung.

»Teufel auch, hier könnte sich ja die Mannschaft eines ganzen Schiffes von Ali Rais verstecken, wenn man diese Feiglinge, die Ruderer, bis hierhin verfrachten könnte. He, ihr dort hinten, geht es endlich weiter?«

Mittlerweile hatten sich alle trotz des spärlichen Lichts mit der neuen Umgebung vertraut gemacht. Wir wechselten uns bei der Führung der Truppe ab und kamen recht zügig voran. Dann ergriff Kemal die Ruder des Vormarsches, er konnte es kaum erwarten, ins Freie zu kommen.

Plötzlich ein dumpfes Geräusch und ein Schrei: Im Eifer seines beschleunigten Gangs war der Korsar gegen etwas gestoßen, vielleicht einen Pfeiler mitten im Tunnel. Ich war direkt hinter ihm. Als ich spürte, wie mir Steinchen auf den Kopf und in den Kragen fielen, schrie ich auf: »Zurück!«

Im selben Augenblick stürzte eine dunkle Masse von oben herab mitten zwischen unsere Gruppe. Die Hinteren zuckten vor Schreck zusammen und wichen zurück. Ein Teil der Decke war eingestürzt.

»Passt auf!«, schrie der Statthalter, den der Erdrutsch halb begraben hatte.

»Hilfe, tut doch etwas!«, jammerte Schoppe, ebenfalls von Erdreich und Geröll bedeckt.

Du und ich eilten ihm zu Hilfe, doch ein erneutes Nachgeben der Decke, von unheimlichem Knirschen angekündigt, zwang uns, zurückzuweichen. Ein Schwall stinkender Erde ergoss sich über Kemal und Schoppe, als sie sich gerade erheben wollten. Ich hörte den Verehrungswürdigen vor Angst und Schmerzen weinen.

»Rettet mich, bitte!«, wimmerte er.

»Hör doch auf zu flennen, Alter!«, knurrte Kemal, während er aufstand und die feuchte Erde von sich abschüttelte.

»Was war das?«, fragtest du.

»Ich bin gegen einen hölzernen Pfeiler gestoßen, der einen Teil der Decke stützte, und das hat den verfluchten Erdrutsch ausgelöst«, erklärte der Korsar, im Halbdunkel schimpfend, während du ihm den Sack abnahmst, damit er sich die Erde abstreifen konnte.

Kaum waren der Barbareske und Schoppe aus dem Haufen Erde befreit, nahmen wir die Beine in die Hand und flohen.

»So ein verdammtes Pech, ich bin gegen den einzigen Pfeiler im ganzen Tunnel gestoßen!«, wetterte der Korsar.

»Wann endet dieser Gang denn eigentlich?«, jammerte der falsche Barbello, auf dessen weibliche Süße, obgleich sie verborgen war und fast nur für finstere Manöver taugte, die Tatsachen mit eilfertiger Galanterie antworteten: Schon nach ein paar Dutzend Schritten erblickten wir den Ausgang.

»Seht nur! Wir sind draußen!«, rief Naudé, während wir langsam aus dem Boden auftauchten und uns in einem gut verborgenen, fast nach Art einer Muschel geschlossenem Graben wiederfanden.

Über unseren Köpfen ein dichter Mantel aus Bäumen und Büschen – kein Ort und keine andere Beschaffenheit des Bodens wären besser geeignet gewesen, den Eingang zum Tunnel zu verbergen.

»He! Habt Ihr denn gar nichts bemerkt?«, fragtest du, uns mit einer Armbewegung anhaltend. Wir sahen dich überrascht an.

»Wir haben den ehemaligen Kommissar aus den Augen verloren, und das schon bevor wir den Tunnel in der Schlucht betreten haben.«

»Wirklich!«, rief Naudé. »Er ist plötzlich verschwunden. Ich glaube nicht, dass er entführt wurde oder sich verlaufen hat. Wir sind so viele, dass er uns unmöglich verloren haben kann. Ich würde sagen, er hat sich freiwillig in Luft aufgelöst.«

»Seht nur dort hinten!«, rief Kemal aus.

»Ah, ich wusste es ja!«, seufzte Naudé erleichtert.

»Nein, ich glaube, ich habe es zuerst gesagt«, widersprach Schoppe.

Nachdem wir den Tunnel verlassen und uns einen Weg durch die Vegetation gebahnt hatten, standen wir nun endlich vor der Lösung

des Rätsels: Friedlich und stumm lag die Stadt vor unseren Augen.
Also gab es auf der anderen Seite von Gorgona doch eine bewohnte
Siedlung, und ob! Nummer Drei und mit ihr die drei Bärtigen hatten
recht gehabt. Warum um alles in der Welt hatte der ehemalige Kom-
missar es so hartnäckig geleugnet? Die Antwort erhielten wir, als wir an den ersten Häusern vorbei in
die Stadt traten. Ein rascher Blick genügte, um die Wahrheit zu erkennen. Die Stadt
war verlassen.

DISKURS XCI

Darin man sich in einer Geisterstadt wiederfindet.

Mitten zwischen den Häusern, eingerahmt von einer Art Mulde, die
sich vor uns öffnete, lag das Meer, blassblau gefärbt, wie oft in der
Dämmerung. Zum ersten Mal konnten wir den Meeresarm sehen, der
Gorgona vom Festland trennte. Sofort gingen unsere Gedanken zu
Hardouin und Pasqualini, die in unserem Rettungsboot mutig den
Wellen trotzten. Hatten sie die Überfahrt lebend überstanden? Wenn
es so war, würde vielleicht in ein oder zwei Tagen ein Schiff Kurs auf
Gorgona nehmen, mit dem Auftrag, uns zu retten. Andernfalls ...
    Kemal wirkte besorgt, er blickte ängstlich um sich. Es war nicht klar,
ob er eine Bedrohung fürchtete, die er uns noch nicht enthüllen
wollte, oder ob es nur an der schwer erklärlichen Ungeduld lag, die er
seit einiger Zeit zeigte.
    Es gab die Stadt also, aber es war keine Stadt, sondern ein Haufen
verlassener oder sogar halb verfallener Häuser.
    Die Enttäuschung stand uns allen ins Gesicht geschrieben. Wie
lächerlich wirkte dieses bescheidene Dorf gegen die Beschreibungen,
die man uns von der Stadt gegeben hatte! Welch klägliche Lügen hatten uns Sieben, Zwölf und Neunzehn und diese Verrückte, Nummer
Drei, aufgetischt! Sie hatten von einer Gemeinschaft voll pulsierenden
Lebens, von Festen mit Kinderchören, Trompeten und Pauken, von
Frauen mit eleganten Haartrachten und einer reich bevölkerten Stadt
erzählt. Besser war da schon die Lüge des ehemaligen Kommissars,

dass die Stadt gar nicht existierte. Noch trauriger stimmte der Vergleich mit der Abtei, die uns die drei Bärtigen in den glühendsten Farben geschildert hatten hatten: Innenhöfe mit Statuen und Brunnen, Gärten voll exotischer Pflanzen, neuntausend luxuriöse Zimmer über sechs Stockwerke verteilt ... Alles, was wir vor uns hatten, war ein trostloses, menschenleeres Dorf.

Nach seinen Ausmaßen und der günstigen Lage (an klaren Tagen erblickte man wahrscheinlich in der Ferne das Festland) durfte man das Dorf als den einzigen richtigen Hafen Gorgonas bezeichnen, denn andere Ankerplätze, die die Bezeichnung Hafen verdienten, gab es nicht. Der Rest der Insel, den wir zur Genüge kennengelernt hatten, war so felsig und unwegsam wie ein Adlerhorst. Jetzt wussten wir auch, warum wir die Stadt nicht gesehen hatten, als wir uns mit unseren Rettungsboot Gorgona näherten: Sie war unbewohnt und des Nachts durch kein Licht belebt.

Im Schein der sinkenden Sonne wanderten wir durch diesen Friedhof aus bröckelnden Mauern, und während wir eben noch beflügelt gewesen waren durch die Tatkraft, mit der wir die unüberwindliche, unter Wäldern versteckte Schlucht in der Mitte der Insel unterirdisch bewältigt hatten, bereitete sich jetzt Entmutigung, Angst und Misstrauen unter uns aus. Rechts ein zerfallenes Haus, links ein Laden, der seit wer weiß wie vielen Jahren verlassen war, weiter vorn ein Gutshof, dessen Dach eingefallen und dessen Fenster offensichtlich von einem Dieb aufgebrochen waren, schließlich ein kleiner, halb verbrannter Heuschober. Ein deprimierendes, groteskes Schauspiel. Was hatte die Bewohner getrieben, den Ort zu verlassen?

Wir stießen auf zwei Wasserbecken, die in die Flanke eines felsigen Hangs gegraben waren, bis zum Rand gefüllt mit dem Regenwasser der letzten Tage. Alle nutzten wir die Gelegenheit, uns von der Erde zu säubern, mit der wir uns bei unserem Gang durch den Tunnel beschmutzt hatten, besonders Schoppe und Kemal. Da sich alle um die erste der beiden Wannen drängten, gingst du zu der anderen, am Ende einer Treppe gelegenen Wanne, die weniger bequem zu benutzen war.

Während wir warteten, bis wir an der Reihe waren, winkte mir Naudé, ich solle ihm folgen, und wir setzten uns ein wenig von den anderen entfernt auf Felsvorsprünge zwischen den Büschen. Geschützt vor neugierigen Blicken, zog der Bibliothekar wieder die Karte von Philos Ptetès hervor.

»Seht Ihr? Dies muss der Tunnel sein, den wir soeben durchquert haben«, sagte er, tippte mit dem Finger auf ein paar grobe Striche auf der Karte und zeichnete mit einem Stift ein a darüber. »Demnach würde ich sagen, das große Gebäude, das gleich darüber skizziert ist, stellt den unbewohnten Ort dar, an dem wir uns jetzt befinden.«

»Meint Ihr, irgendwo in diesem Dorf könnte sich eine weitere Botschaft von Philos Ptetès verbergen?«

»Genau das meine ich. Aber wo?« Der Bibliothekar blickte sich ratlos um.

All diese Hütten zu durchkämmen, ohne sich von den anderen erwischen zu lassen, würde nicht einfach werden.

Wir prüften erneut die Karte und versuchten, aus den fünf Buchstaben, die bis jetzt aufgetaucht waren, ein sinnvolles Wort zu bilden: f, s, u, B und a.

»Wollt Ihr meine Meinung hören?« Ich überlegte. »Ich glaube, das B hat nichts mit den anderen Buchstaben zu tun. Es bedeutet nur den

600

Anfangsbuchstaben des Namens Bouchard, wie Ihr sofort erkannt habt, als wir es in der Grotte des Seeochsen entdeckten. Philos Ptetès hat es bewusst als Großbuchstaben geschrieben und nicht auf einen Zettel wie die anderen, sondern in den Sand der Grotte.«

»Ihr könntet recht haben, doch welche auf Poggios Schatz hinweisende Botschaft soll sich hinter *f*, *s*, *u* und *a* verstecken? Wie viele und welche Buchstaben fehlen noch? Und vor allem, in welcher Sprache?«

»Nun, ich würde sagen, Latein. Wir haben es mit einem Mönch zu tun.«

»Natürlich, wie dumm von mir. Ich hatte nicht daran gedacht.« Naudé schlug sich an die Stirn.

Wieder einmal wurde deutlich, dass Mazarins Bibliothekar nur Medizin studiert hatte, wie Schoppe ihm so gerne unter die Nase rieb. Das Gespenst des Paranimfs lauerte hinter jeder Ecke.

Nachdem auch wir beide uns endlich mehr schlecht als recht gesäubert hatten, setzten wir mit den anderen unseren Gang durch das Dorf am Meer fort. Die Gebäude standen jetzt dichter, doch keines von ihnen wies die geringste Spur von Leben auf. Halb geöffnete Türen, zerstörte Umzäunungen, eingestürzte Mauern überall.

»Ich verstehe. Dies ist ein Fischerdorf«, sagtest du.

»Ja, und?«, fragte Naudé.

»In dieser Gegend werden vor allem Sardellen gefischt. Doch wenn die Strömungen ihre Richtung wechseln oder der Handel auf einer anderen Insel Fuß fasst, übersiedeln die Fischer massenweise. Von diesem Phänomen habe ich schon gehört. Dasselbe könnte hier auf Gorgona passiert sein.«

»Das kann uns ziemlich gleichgültig sein«, sagte Kemal. »Ich würde vorschlagen, wir suchen uns einen Unterschlupf für die Nacht. Morgen müssen wir unbedingt etwas zu essen besorgen.«

Keiner wagte zu widersprechen. Die Geschmacksnerven und Mägen unserer Gruppe hatten sich noch nicht von dem kulinarischen Alptraum in der Hütte erholt, und noch übertraf der Ekel unseren Appetit. Die Insel Gorgona, dachte ich, hielt uns in einer unheilvollen Umarmung aus Tod und Menschenfresserei gefangen.

»Seht mal, dort könnten wir vielleicht unterkommen«, sagte Naudé. Es war ein kleines einstöckiges Häuschen, dessen Türen und Fenster unversehrt schienen. Wir gingen darauf zu, Kemal erprobte seinen mächtigen Fußtritt. Die Tür widerstand mehreren Versuchen, dann gab sie nach.

Im Inneren gab es zum Glück keine Spur von Ratten oder anderen unwillkommenen Bewohnern. Ein paar Möbel standen noch da und vor allem Strohlager, vielleicht schon von anderen Hausbesetzern benutzt. Kemal kehrte nach einer kurzen Expedition mit einigen alten Fensterrahmen zurück, die er aus den Nachbarhäusern herausgebrochen hatte. Alle waren aus altem, trockenem Holz, das wir für den Kamin benutzen konnten.

Erst jetzt erlaubte der Statthalter Schoppe, den Sack wieder an sich zu nehmen:

»Nimm, alter Mann, jetzt darfst du dich damit vergnügen«, sagte er, während er dir die Last von den Schultern nahm und Schoppe den Sack mit einer pompösen Geste reichte, in der sich sein ganzer Abscheu vor dem Papierkram und der Gier ausdrückte, mit der die Philologen sich auf die Antike stürzten.

Dem alten deutschen Gelehrten, der mittlerweile am Ende seiner Kräfte war, blitzte schlagartig wieder die Lebensfreude aus den Augen.

Hastig riss Schoppe den Sack an sich. »Endlich! Gott sei gelobt, und mögen alle Ignoranten krepieren«, brummte er, ohne sich um die mögliche Reaktion des Korsaren zu sorgen.

Er setzte sich auf einen wackeligen Schemel und griff in den kostbaren Inhalt des Sacks.

Naudé trat zu ihm und heuchelte ebenso große Neugierde, wühlte aber weit weniger entschlossen in den Papieren, da er, wie ich wusste, kompromittierende Aufzeichnungen Bouchards fürchtete.

Naudés Sorgen waren mir nur allzu bekannt. Wie er uns in der Grotte des Seeochsen gestanden hatte, war er überzeugt, dass Philos Ptetès und der von Bouchard mit der Kopie des Synkellos beauftragte Kopist ein und dieselbe Person waren. Darum fürchtete er, dass der slawonische Mönch bei seinem Treffen mit Naudé und mir im Wald, welches unerwarteterweise zu einer Begegnung mit unseren Entführern und seinen Mördern geworden war, keine kostbaren Manuskripte aus Poggio Bracciolinis Nachlass, sondern weitere anklagende Notizen Bouchards mit sich geführt hatte. Die beiden zogen eine Reihe beschriebener Blätter heraus und begannen, sie mit unglaublicher Geschwindigkeit zu überfliegen.

»Aber … aber … das verstehe ich nicht«, stotterte Schoppe und versuchte, die soeben hervorgezogenen Papiere wieder in den Sack zu stopfen. Naudé riss sie ihm aus der Hand, erhob sich rasch, obwohl Schoppe ihn daran zu hindern versuchte, und las laut:

Das wahre, große Unglück Scaligers ist es, Caspar Schoppe zum Gegner zu haben, der klebrig ist wie Honig, bösartig wie eine Schlange und wild wie eine Hyäne.

Auf Naudés Gesicht war die Sorge einem breiten, seligen Lächeln gewichen. Er fuhr mit der Lektüre fort:

Schoppe hat ein ganzes Buch geschrieben, *Scaliger Hypobolimaeus*, »Scaliger verfälscht«, darin er die Biographie von Scaliger Senior, Julius Cäsar, sehr genau untersucht, und er konnte beweisen, dass sie gut vierhundert Lügen enthält. Darauf schimpfte der Sohn Scaligers ihn einen Sodomiten und Hund der Grammatik und bedachte ihn mit weiteren, unhöflichen Ausdrücken.

»Scaliger konnte Niederlagen nicht akzeptieren«, brummte Schoppe. »Ha, er hat dich einen Sodomiten genannt! Das war mir neu«, lachte Naudé, froh über die Rache, die er nun üben konnte, und las weiter:

Die Freunde und Schüler Scaligers haben mit ganzen Büchern voller Beleidigungen geantwortet, einschließlich der Geschichte, nach der Schoppes Vater als Totengräber den Leichen die Füße absägte, wenn sie nicht in den Sarg passten.

»Eine infame Lüge dieses aufdringlichen Heinsius, der Schüler von Scaliger war! Arme, erbärmliche Dummköpfe! Da sie keine Argumente hatten, haben sie welche erfunden!«, krächzte der alte Deutsche, während die Lektüre unerbittlich weiterging:

Schoppe und Scaliger waren in einer krankhaften Hassliebe verbunden, bei der einer der beiden (Schoppe) nicht anders konnte, als mit dem anderen bis zum Tode zu streiten. Ihre Schicksale waren verflochten wie die Binsen eines Korbes: Scaliger, katholisch geboren, wurde Protestant, während Schoppe, als Protestant geboren, zum Katholizismus übertrat.

Zum Schluss hatte sich ihr Kampf auf ganz Europa ausgeweitet: Parteigänger von Scaliger (Calvinisten) und von Schoppe (katholisch und Jesuiten) zerfleischten sich mit Feder und Papier über Ländergrenzen hinweg, während die Gelehrtenrepublik fassungslos mit finsterer Miene zuschaute.

Damit alle glaubten, er habe ein ganzes Heer hinter sich, benutzte Schoppe in seinen Attacken auf Scaliger Dutzende Pseudonyme: Pascasius Grosippus, Oporinus Grubinius, Alphonsus de Vargas, Nicodemus Macer, Holofernes Kriegsoederus, Christoff von Ungersdorff, Philoxenus Melander, Euphormio, Sanctius Galindus, Augustinus Ardinghellus, Bernardinus Giraldus, Renatus Verdeaeus, Mariangelus a Fano Benedicti, Paganinus Gaudentius, Daniel Steinhauser von Salzburg, Patricius Mediolanensis und Vincentius Cacatoxicus.

»Na und? Dieser Angeber Scaliger konnte nur verleumden und beleidigen«, rechtfertigte sich der Verehrungswürdige, »und hatte überdies den Vorteil, sich meinen Antworten entziehen zu können, weil er Freunde an seiner Stelle schreiben ließ. Also war ich gezwungen, unter Pseudonymen zu schreiben. Aber mir sind wunderschöne Namen eingefallen, findet ihr nicht?«

Keiner antwortete. Naudé fuhr fort:

Hinter all diesen Namen versteckt, war Schoppe zu einem vielköpfigen Ungeheuer geworden wie die Hydra von Lerna, und Scaliger muss manchmal geglaubt haben, nicht einen Feind, sondern deren hundertfünfzig zu haben.

Wie es endete, ist bekannt. Verbittert von den Attacken des unermüdlichen Schoppe, starb der alte Scaliger kurz nach der Veröffentlichung von *Scaliger Hypobolimaeus* 1609 in seinem Landhaus, einsam wie ein Hund im harten französischen Winter.

»Hier verlässt Bouchard sein Gedächtnis. Er erinnert sich nicht, wie sehr mich der Tod Scaligers betrübt hat«, log Schoppe.

Naudé würdigte ihn keines Blickes und fuhr unbeirrt fort:

Ende der Geschichte? Keineswegs. Der schreckliche Schoppe brüstete sich öffentlich, seinen Gegner vom Leben zum Tode befördert zu haben. Ihm sei es zu verdanken, wenn allen für immer ins Gedächtnis gemei-

ßelt bleibt, dass Scaliger in der berühmten Biographie seines Vaters
schamlos gelogen und gefälscht hat. Nachdem er seinen Gegner umgebracht hatte, stahl Schoppe ihm sogar
den Namen. Um seiner eingebildeten adeligen Abstammung Glaub-
würdigkeit zu verleihen, hatte Scaliger nämlich das berühmte Motto
Fuimus Troes, »Wir waren Trojaner«, aus Vergils *Aeneis* auf Familien-
porträts setzen lassen, um den Eindruck zu erwecken, sein Geschlecht
reiche sogar bis zu Aeneas, dem ruhmreichen Stammvater Roms zurück. Was tat Schoppe? Er begann, das *Fuimus Troes* ebenfalls zu benutzen. Scaligers Witwe musste ihn mit einem Gerichtsprozess zwingen,
den makabren Spaß zu unterlassen.

»Na und? Darf ich Vergil nicht zitieren und auf mein Wappen setzen?
Ist das ein Verbrechen?«, fauchte Schoppe, während Naudé unter seinem Schnurbart böse lächelte. Die Abrechnung mit Schoppe erfreute
den Bibliothekar, da die zuvor gefundenen Aufzeichnungen Bouchards
auch ihn mit Schimpf und Schande bedeckten.

Aus dem Jenseits brachte Bouchard die Gemeinheiten Schoppes ans
Licht, nachdem Schoppe bisher als Einziger von den Aufzeichnungen
des vor fünf Jahren getöteten jungen Mannes verschont geblieben war.

Gabriel setzte seinen Vortrag genüsslich fort. Jetzt sprach Bouchard
wieder über sich:

Ὀρεστής hat Scaligers wichtige Werke über die Chronologie gründlich
studiert: Der *Thesaurus Temporum* und die *Emendatio Temporum* sind
gewaltig, äußerst kompliziert und in höchsten Graden langweilig, ja wegen ihres Gewichts und sperrigen Umfangs sogar kaum in der Hand
zu halten. Hier nun das Ergebnis: In seiner Allgemeinen Chronologie
begeht Scaliger den schlimmsten Betrug der ganzen Menschheitsgeschichte, denn er versucht, die Geschichte selbst zu ändern.

Bei diesen Worten kam Schoppe mit staunenswerter Geschwindigkeit
wieder zu Kräften. Jetzt bedachte er Naudé mit Blicken, die vor Befriedigung glühten, und er schien zu sagen: Nur so weiter, Gabriel.

Um das Rätsel der Zeit zu lösen, musste Scaliger die Zählweise des wichtigsten Kalenders der Antike entschlüsseln, des Kalenders im alten Griechenland. Eine schier unlösbare Denkaufgabe, über der die Gelehrten

sich seit Jahrhunderten die Köpfe zerbrachen, denn niemand verstand, in welche und wie viele Monate das im antiken Athen gebräuchliche Jahr aufgeteilt war. Aristoteles hatte in seinen Schriften die Monate angegeben, in denen bestimmte Tiere wanderten, sich begatteten oder ihre Kleinen warfen. Scheinbar sehr nützliche Informationen, doch was half es, dass dem Philosophen zufolge dieser Fisch oder jener Schmetterling sich im Monat Boedromion fortpflanzten, wenn niemand wusste, welchem heutigen Monat er entsprach? Mit einem gewitzten, aber betrügerischen Kniff packte Scaliger den Stier bei den Hörnern. Da die Griechen die Jahre bekanntlich nach den Reihen der Olympischen Spiele berechneten, doch keine vollständige Reihe überliefert ist, erfand Scaliger-Bordone sie kurzerhand selbst. Er nahm Informationen aus zwei kurz zuvor erschienenen Werken (Fragmente des griechischen Historikers Phlegon), vermischte sie mit anderen Informationen, über die er bereits verfügte, und ließ eine Liste der Olympiaden drucken, von der er behauptete, es handele sich um ein griechisches Original. Alle fielen darauf herein, Fachleute und Anfänger. Wenn es darum ging, Tage, Monate oder Jahre hinzuzuzählen oder abzuziehen, um genaue Daten zu erhalten, machte Scaliger Dutzende von Rechenfehlern wie ein Kind in den ersten Schuljahren. Er benutzte zweifelhafte historische Quellen (vor allem die berüchtigten von Berossos und Manetho), obwohl die Regeln der Philologie – und des gesunden Menschenverstandes – das Gegenteil geraten hätten. Viele weitere Quellen verzerrte, verfälschte und missverstand er, er zog Schlüsse ohne ausreichende oder ganz ohne Beweise, er plünderte heimlich Werke seiner Vorgänger, ohne sie zu zitieren, wie das *De Epochis* eines unbekannten Professors aus Jena, Paul Crusius, der starb, bevor er sein Buch gedruckt und später von Scaliger plagiiert sehen konnte.

Verheerend war Scaligers Versuch, das alte ägyptische Jahr zu rekonstruieren. Beim arabischen Jahr machte er eine Unmenge begrifflicher und Druckfehler. Das schlimmste Chaos richtete er beim babylonischen Kalender an. Er verfälschte die antiken Historiker oder ließ Aussagen weg, die ihm nicht ins Konzept passten.

Er sagte, er habe einen Riecher für Fälschungen. Die größten Fälscher waren seiner Meinung nach die Juden, weil ihnen die Lüge im Blut stecke, und er gab ihnen die Schuld an allem und jedem. Auch hatte er eine Methode erfunden, um antike Texte zu korrigieren, die angeblich von schlechten Kopisten verdorben worden waren, nämlich die Korrektur

»per Konjektur«: erschien ein Wort oder ein Satz falsch, ersetzte er es durch ein anderes, das mehr Sinn ergab. Kurzum: Scaliger erfand. So sind einige von ihm korrigierte Texte fast nicht wiederzuerkennen.

Etwa Manilius, ein wenig bekannter lateinischer Autor, der ein wirklich merkwürdiges Werk geschrieben hat, die *Astronomicon libri*, ein Kompendium über Astrologie und Astronomie in Versform. Merkwürdig ist es, weil kein Autor des antiken Rom es je erwähnt. Erst 1417 tauchte es auf, entdeckt von dem berühmten Poggio Bracciolini. Immer wieder er. Schließlich verschmolzen der Herr der Zeit Scaliger und der Betrüger Scaliger zu einer einzigen Person: letzterem. Sein ungeheures Werk einer Rekonstruktion von Zeit und Geschichte versumpfte in der vom Vater ererbten Mentalität des Glücksritters und Schwindlers, mit der dieser zu Lebzeiten sein Glück gemacht hatte. Die Abfolge menschlicher Begebenheiten, die vor Scaliger wenigstens auf einer noblen mythologischen Vergangenheit geruht hatte, ohne Ansprüche auf Wahrhaftigkeit zu erheben, ist jetzt mit dem Mehltau von Vermutungen bedeckt, die als die wahre Geschichte ausgegeben werden. Seit wann gibt es die Menschheit? Wo beginnt die Geschichte? Die Zeit, die Joseph Justus Scaliger zu messen versprochen hatte, hat sich maßlos ausgedehnt und im Strudel zu vieler Lügen unentwirrbar verwickelt. Blindes Vertrauen ist nötig, um die extrem komplizierten, fast unverständlichen Studien Scaligers über antike Kalender zu akzeptieren. Seine Wissenschaft ist eine weltliche Religion geworden, die geglaubt werden will und die wahre Religion um einen hohen Preis ersetzt.

Doch kann man an sie glauben, wenn ihr Verkünder ein Betrüger ist, der sich unter falschem Namen vorstellt?

DISKURS XCII

Darin Gabriel Naudé mit einer Beute wiederkehrt.

Die Lektüre rief bei jedem von uns sehr unterschiedliche Wirkungen hervor. Kemal war entnervt von dem Gerede über die Zeit, für ihn waren das Hirngespinste müßiggängerischer Nazarener. Naudé und Schoppe waren jeder aus persönlichen Gründen in Hochstimmung. Wir drei (du, Barbello und ich) hatten bemerkt, dass die Aufzeichnungen des armen Bouchard diesmal kein schlechtes Licht auf Mazarins Bibliothekar warfen. Dieser bereitete gerade sein Lager für die Nacht vor, pfiff dabei gutgelaunt und wiederholte einige der soeben gehörten Sätze:

»Sodomit, wie?«, warf er Schoppe mit listiger Miene an den Kopf. »Scaliger hat dich einen Sodomiten genannt. Ha, das ist wirklich gut! Das fehlte mir noch, oh ja. Warum habe ich das nur nicht früher erfahren?«

»Na und?«, erwiderte Schoppe säuerlich, während er sich ebenfalls eine Art Schlafnest herrichtete. »Alle wissen, dass dieser Scharlatan mich bei jeder Gelegenheit beleidigte. Aber ich habe meine alte Maddalena, die in Padua auf mich wartet! Ich gehöre nicht zu den Verderbten wie du und Scaliger.«

»Sodomit, haha!«, trällerte Naudé entzückt. »Hätte ich das bloß vor ein paar Jahren gewusst ...«

Schoppe blieb stocksteif stehen, wie von einer Viper gebissen. Seine Augen wurden zu Schlitzen und er zischte wütend: »Wa-ge es ja nicht, verstanden? Wenn du nur versuchst, so etwas zu denken, schmutziger Päderast, werde ich dich ...«, und schon schwenkte er drohend einen seiner Schuhe.

»Ganz ruhig, alter Esel«, lachte Naudé und entwischte zur Tür, wo Schoppes mit wütender Vehemenz geschleuderter Schuh ihn streifte und mit einem lauten Knall gegen die Wand prallte.

Wir hörten Mazarins Bibliothekar fröhlich pfeifend über die Dorfstraße davoneilen. Ich wusste, was Naudé suchte: Er hoffte, weitere Botschaften zu finden, um die Karte von Philos Ptetès zu entschlüsseln.

Als wir uns schon alle hingelegt hatten und ich auf den Schlaf wartete, knarrte die Tür in den Angeln. Gabriel Naudé war zurückgekehrt. Ich spitzte die Ohren in der Erwartung eines erneuten Wortgefechts mit Schoppe. Doch der Verehrungswürdige schlief fest. Naudé trug etwas im Arm und zeigte mir triumphierend seine Beute: ein Fässchen.

»Keine Spur vom Mönch. Stattdessen habe ich das hier in einem Haus gefunden. Es gibt auch etwas zu essen: Zwieback, Sardinen, Nüsse. Alles im Keller versteckt, von den Eigentümern zurückgelassen. Aber das ist kein Diebstahl! Sie kommen bestimmt nie mehr zurück, um all diese Herrlichkeiten zu holen, das Haus scheint seit Jahren verlassen. Ich habe nur den Likör mitgebracht. Solltet Ihr Hunger haben und die Nahrungsmittel Euch interessieren, kann ich Euch zeigen, wo das Haus liegt.«

»Bitte, Monsire Naudé …«

Der Ekel über die widerwärtige Mahlzeit vor wenigen Stunden stand mir noch im Gesicht geschrieben, ebenso wie Naudés fröhliches Geplapper offenbarte, dass er sich das Fässchen schon an den Hals gesetzt hatte, und das nicht wenige Male.

»Ja, tatsächlich … ich habe auch keinen Appetit«, gestand er, während er das Fässchen in den Händen wog.

Er bot mir ein wenig von dem ausgezeichneten Likör an, ein Destillat aus Kräutern, das eine angenehme Wärme in meinen Gliedern verbreitete. Dann wünschte er mir gute Nacht und kroch, das Fässchen unter dem Arm, auf sein Lager.

Binnen kurzem umhüllte mich ein Schlaf, opak wie Meerwasser, das von der schwarzen Tinte einer flüchtenden Sepia getrübt wird. Die Stadt ohne Namen, an der wir so oft gezweifelt hatten, wurde uns unverhofft zur Ruhe und Schutz spendenden Stiefmutter.

Doch der warme Schlaf, der mich so rasch umhüllt hatte, wurde leider allzu bald von verdächtigen Geräuschen jäh unterbrochen.

»Hör auf, lass mich in Ruhe, sonst beiß ich ihn dir diesmal ab!«

»Na, na, was für Manieren! Schon gut, schon gut, bei allen Heiligen.«

Es war die Stimme einer zornglühenden Barbara, gefolgt von Naudés eindeutig betrunkenem Stammeln.

Ich hob ein wenig den Kopf und sah, wie Mazarins Bibliothekar sich auf allen vieren vom Lager der venezianischen Sängerin zurückzog, während diese sich energisch auf die Seite drehte, um weiterzuschlafen. Naudés nächtlicher Überfall war abgewehrt worden, doch jetzt wandte der Verfluchte sich dir zu. Er weckte dich und flüsterte dir etwas ins Ohr. Es war eine längere Unterredung, die ich nicht verstehen konnte. Dann erhobt ihr beide euch und gingt zur Tür.

Ich traute meinen Augen nicht. Du gabst dich den Gelüsten von Gabriel Naudé hin, einem würdelosen Päderasten, während deine Barbara zwei Schritte von dir entfernt schlief?

Flink wie eine Eidechse sprang ich auf. Als ich auf die Straße trat, wart ihr schon weit genug entfernt, um euch von weitem unbemerkt folgen zu können.

Der Weg dauerte wenige Minuten. Bald fandet ihr ein zweistöckiges Haus, das für eure Zwecke geeignet schien. Und ich fragte mich erneut: Ist es möglich, dass mein Atto seine Jugend jemandem wie Naudé überlässt? Hat Mazarins Bibliothekar womöglich wieder gedroht, ihn beim Kardinal anzuschwärzen?

Ein Stoß von dir genügte, und die Tür des Hauses öffnete sich. Ihr setztet euch in den Eingang, ich konnte euch durch das Fenster beobachten, ohne gesehen zu werden.

Ihr reichtet euch das Fässchen, doch während du es nur kurz an die Lippen hieltest, nahm Naudé tiefe Schlucke. Er legte seinen Arm auf deine Schulter und versuchte mehrmals, dich zu küssen, doch du hindertest ihn, indem du ihm immer dann das Fässchen zurückgabst, das er bereitwillig ansetzte. Du hattest viel Erfahrung damit, die Hände deiner sogenannten Gönner im Zaum zu halten.

DISKURS XCIII

Darin zum letzten Mal von der Tetrade und ihren geheimen Praktiken gesprochen wird und Naudé seine Jugendsünden beichtet.

Um Eindruck auf dich zu machen, belehrte Naudé dich über seine brillante Pariser Vergangenheit. Du fragtest ihn nach den gebildeten Kreisen, in denen er verkehrt hatte, den Versammlungen im Hause der Du Puy und schließlich nach den lustigen Trinkgelagen mit seinen Freunden aus jenem so vielbeachteten Grüppchen, der Tetrade.

Die Frage schien ihn zu überraschen.

»Die Tetrade! Was die Jugend heutzutage alles weiß oder zu wissen glaubt … Nun, weißt du überhaupt, was eine Tetrade ist?«, fragte er in selbstgefälligem Ton.

»Nein, Monsire Naudé.«

»Sie heißt auch Quaternion und gehörte als Zahl zur Heiligen Lehre des Pythagoras. Weißt du wenigstens, wer Pythagoras war?«

»Ein großer griechischer Mathematiker, Monsire Naudé, ein Weiser, der aus den Zahlen eine Philosophie, ja fast eine Religion gemacht hat«, antwortetest du mit löblicher Geduld.

»Sehr gut. Aber es war einer aus unserer Tetrade, Diodati, der uns alles erklärt und verraten hat, welche Formel wir aussprechen müssen.«

»Eine Formel?«

Nach einem weiteren kräftigen Schluck erklärte Naudé, dass Elia Diodati das Quartett der Tetrade dazu gebracht hatte, eine Art Pakt zu schließen. »Wenn wir auf diese Zahl schwören, werden wir wie Pythagoras sein.« Gegenstand des Schwurs war die Tetrade selbst: jene Zahl, die andere Zahlen enthält. Es war die Vier, aber auch die Zehn, oder vielmehr ihre innere Summe: $1 + 2 + 3 + 4 = 10$. Klarer wurde es, wenn man sich die Sache mit Hilfe von übereinandergelegten Punkten vorstellte.

Der Fußboden des Eingangs zu diesem Haus, über den schon wer weiß wie oft Diebe oder Neugierige geschlichen waren, war mit Erde und Sand bedeckt. Naudé nahm ein paar Steinchen und verteilte sie in dieser Anordnung auf dem Boden:

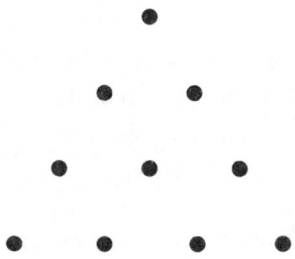

»Siehst du, Junge? Dieses Dreieck kann auch wie eine Festung gesehen werden. Jede der drei Seiten wird von vier Pfeilern geschützt, das sind die vier Mitglieder der Gruppe. Aber unendlich viel mehr geheime Kombinationen sind möglich, wenn man die inneren Punkte verbindet.«

Er pflückte kleine Zweige trockener Kräuter von seinen noch immer schlammverschmierten Schuhen und legte sie zwischen zwei Steine, sodass eine geometrische Figur entstand. Die schwächeren Linien im Inneren zeichnete er mit dem Finger in den Staub:

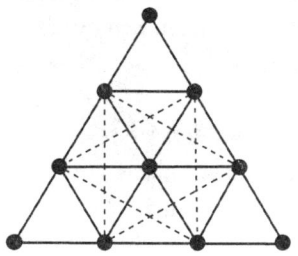

Bei den Antiken hieß die Tetrade »Die Heiligen Vier«, fügte er hinzu. Auf sie schworen alle Pythagoreer ihre rituellen Eide (eigenartig, dass der skeptische Naudé diese Dinge so genau wusste).

»Sie ist Einheit oder Das Eine, die Vier, welche die Zehn enthält, oder auch die Tetrade, welche die Dekade enthält, die Zahl der Vollkommenheit. Außerdem bedeutet sie die ursprüngliche Triade, also das Dreieck, das ihr Form verleiht, welches seinerseits in die göttliche Monade eingebettet ist, die von dem Punkt in seiner Mitte symbolisiert wird.«

»Diese Reden, die Ihr da führt, scheinen auf magische Praktiken hinzuweisen«, bemerktest du.

»Halt!«, kreischte Naudé mit dem brüchigen Timbre der Betrunkenen, »ich habe ein ganzes Buch geschrieben, um berühmte Persönlichkeiten zu entlasten, die magischer Praktiken bezichtigt wurden, und mir selbst lasse ich dergleichen Anschuldigungen nicht so leicht anhängen. Die schlimmste, weil lächerlichste Sünde ist es, sich esoterischen Sekten anzuvertrauen, den Lügen von Scharlatanen, den Träumen der Alchimisten und den Rätseln der Magier und Kabbalisten zu glauben!«

»Aber warum habt Ihr Euch dann bei Euren Treffen mit den pythagoreischen Zahlen beschäftigt?«

»Bei unseren Treffen? Mein lieber Junge, das ist auch so etwas, was keiner verstanden hat. In Paris und woanders wurde so viel über uns von der Tetrade geschwätzt, dass alle die Wirklichkeit aus den Augen verloren haben. Die Leute lasen die Bücher von Orasius Tuberus, unserem La Mothe Le Vayer, in denen von unseren Gesprächen erzählt wurde, aber mehr wussten sie nicht. Diodati, ich, La Mothe Le Vayer und Gassendi haben keine regelmäßigen Zusammenkünfte abgehalten, es gab nur eine einzige Versammlung. Danach haben wir uns nie mehr zusammen an einen Tisch gesetzt. Die einzige Sitzung war die des Schwurs. Alle glaubten, wir wären ein fester Kreis. Stattdessen gab es zwischen uns nur einen banalen Briefwechsel. Die Tetrade hat es nie gegeben.«

Ich sah, dass dir vor Staunen der Atem stockte. Wie war das möglich? Und der Mythos aller Pariser Salons von den vier jungen Männern und ihren sagenumwobenen Gelagen? Hattest du nicht selbst in Paris davon gehört? Auch die Berichte, die Naudé persönlich uns gegeben hatte, hätten jeden überzeugt, dass das Grüppchen wenigstens einmal in der Woche zusammenkam. Hatte er nicht selbst gesagt, dass nach dem Ausscheiden Diodatis ein Ersatz gefunden werden musste? Armer Atto, dachte ich, das war zu viel. Die Bibliothek von Alexandria? Erfunden. Die Berichte antiker Historiker? Alles Märchen. Und jetzt auch die ganz und gar zeitgenössische Tetrade? Was dir die abgelegene Insel Gorgona zumutete, war wirklich ein Schnellkurs in Metamorphosen der Wirklichkeit, bei dem jeder Mosaikstein der Vergangenheit dazu verurteilt schien, früher oder später zu zerbröckeln. Naudé entging deine Verwunderung nicht.

»Wir leben in Zeiten, wo alles von allen geschluckt wird«, sagte er mit bitterem Sarkasmus, »und ich wette, das wird auch in drei- oder vierhundert Jahren noch so sein, bis zum Ende aller Tage. Es genügt, etwas unendlich oft zu wiederholen, und schon wird es fast wie durch Zauber wahr. Elia Diodati hatte diese geheimnisvolle Kraft: Was er sagte, fand überall Widerhall. Es war, als hätte er unzählige Diener bezahlt, die an jeder Ecke wie Papageien wiederholten, was er sich ausgedacht hatte. Und diese Diener erzählten auch, dass wir Zusammenkünfte pflegten. Aber das war erstunken und erlogen.«

In Wirklichkeit, erklärte er, trafen sich die vier Freunde nur im Sommer 1628 zu viert, weil ihre Beschäftigungen erst den einen und dann den anderen aus Paris fortführten. Gassendi war im Mai aus der Provence nach Paris gekommen, Diodati, der ihn seit drei Jahren kannte, hatte ihn Naudé und La Mothe Le Vayer vorgestellt. Doch schon im September war Gassendi nach Frankfurt gegangen, am Ende des folgenden Jahres für drei Monate nach Paris zurückgekehrt und hatte sich dann erst wieder 1630 blicken lassen. Anfang 1631 hatte Naudé Paris verlassen, um nach Rom überzusiedeln. Erst 1644, nach Naudés Rückkehr aus Italien, hatte die Tetrade erneut zusammengefunden, doch nur für sehr kurze Zeit, denn Diodati schied aus.

Der so vielberedete Freundschaftsbund bestand also nur aus einer einzigen langen Zusammenkunft im Sommer 1628. Damals fand der Schwur auf die Tetrade des Pythagoras statt.

»Was habt Ihr denn auf die Tetrade geschworen?«

»Das ist ja der Witz«, sagte Naudé, »ich weiß es nicht.«

Und er erzählte, dass an jenem Tag im Sommer 1628, als es um den erwähnten Schwur ging, alles wie ein Scherz ausgesehen hatte. Man hatte gegessen und getrunken, wenig zwar, aber in sehr heiterer Stimmung. Naudé hätte fast eine Tunika angezogen, um katholische Priester zu parodieren, doch Diodati, wiewohl ebenfalls guter Laune, wollte nicht alles zur Farce verkommen lassen.»Wenn wir auf diese Zahl schwören, werden wir wie Pythagoras sein«, hatte er nur gesagt, und die anderen gefragt:»Schwört ihr?« Entzückt von dieser Komödie sagten die anderen drei:»Wir schwören!« Es folgten Applaus und Gelächter.

»Wir waren jung und vor allem leichtsinnig«, sagte Naudé,»keiner von uns wusste viel vom Leben. Nur Diodati hatte Erfahrungen in der Welt gesammelt. Aber er war zu geheimnisvoll, als dass man ihn hätte durchschauen können. Wir anderen waren nichts gegen ihn.«

La Mothe Le Vayer sei auf tausenderlei Gebieten ein Dilettant gewesen, der mit seinen dreißig Jahren noch gar nichts zuwege gebracht hatte. Er hatte eine vom Vater ererbte Stelle bei der Magistratur, doch er hasste das Recht. Spät hatte er sich mit einer Witwe verbunden, eine reine Scheinehe. Er schrieb und veröffentlichte Bücher wie ein Bäcker Brote aus dem Ofen holt. Nur der Umgang mit Literaten beglückte ihn, sie schienen seinem Leben endlich eine Richtung zu geben.

Gassendi, ein junger Priester von eher schwankender Frömmigkeit – weit mehr als das Wort Gottes begeisterte ihn das Studium heidnischer Leugner des Jenseits wie Epikur und Aristoteles – hatte aus der klassischen Literatur sein wahres Evangelium gemacht, und auch er sonnte sich in dem Traum, berühmt zu werden. Natürlich nicht als Seelenhirte, sondern als Antikenforscher.

»Blieben Diodati und ich. Ich war ein junger Mann, der zu großen Hoffnungen berechtigte, ein passionierter Bücherjäger wie heute, lebhaft, eifrig, von vielen geschätzt. Doch der einzige, der Grips hatte, und zwar reichlich, das war Diodati«, sagte Naudé.»Wir hielten uns für etwas Besseres. Das Volk war uns verhasst. Wir waren vollgestopft mit Zitaten, die wir aus Büchern gefischt hatten, wir waren pedantisch wie Streber, aber wir wollten Anstoß erregen. Kindsköpfe waren wir.«

Er setzte sich das Fässchen an den Hals, schluckte, wischte sich den Mund mit dem Ärmel ab und rülpste.

»Im Grunde verachteten wir die Leser unserer Bücher, aber das sagten wir nicht. *Intus ut libet, foris ut moris,* bei dir denk, was du willst, in der Öffentlichkeit handle wie die anderen. Wir verwandelten antike Sprichwörter in obszöne Witze. Wir scherzten andauernd, waren aber nie wirklich fröhlich. Nichts interessierte uns, nichts rührte uns, wir hatten kein wirkliches Ziel. Wir verachteten die Esoterik, aber sie war uns lieber als die Religion, in Wahrheit faszinierte sie uns nur, weil sie eine Leere ausfüllte. Nur Diodati verhielt sich, als hätte er ein Ziel in seinem Leben, aber man verstand nicht, was das war, wie auch keiner je den Schwur verstanden hat, den er uns zum Spaß leisten ließ. Uns anderen, das kann ich jetzt sagen, war nur daran gelegen, eine gute Figur abzugeben. Bei den Du Puy ließen wir uns fast jeden Tag sehen, weil dort Richter, Botschafter, Ärzte, Akademiker waren. Auch Priester, aber Ausnahmegestalten wie Pater Gaffarel, ein profunder Kenner orientalistischer Fächer, der Esoterik und der Kabbala ... alles, was damals modern war. Bei den Du Puy durften die Gäste nach Belieben in der Bibliothek stöbern, alles war erlaubt, alles wurde leicht genommen. Die *Deniaisez* sollten Mode werden, und wir waren ein Teil dieser Mode.«

Wieder hob er das Fässchen, er hatte aufgehört, dir davon anzubieten.

Da wecktest du seine Aufmerksamkeit. »Monsire Naudè, ich glaube ...«

»Sprich, mein Lieber.«

»Nun, ich glaube, ich muss Euch etwas zeigen. Es war in dem Sack, den wir in der Hütte der Banditen gefunden haben.«

»Ach ja, die Hütte«, sagte Naudé mit angeekelter Miene, sicher dachte er an das unaussprechliche Mahl, das wir dort eingenommen hatten. Er nahm die Blätter, die du ihm reichtest, und las.

Die ersten Sätze, die er sagte, waren unverständlich. Erst als er die Stimme hob, konnte ich alles verfolgen:

»Das ... das sind Phantasien eines verwirrten Geistes. Es stimmt, der arme Bouchard glaubte, ich hätte mit dem Überfall zu tun, der ihn Monate später ins Grab brachte.«

Er holte Luft, während du ihn fest anblicktest.

»Inzwischen kennst du mich: Könnte ich ernsthaft mit einem Mord zu tun haben?«, fragte Naudé heftig. »Allein der Gedanke an den Tod schreckt mich! Wenn ich gewusst hätte, dass Bouchard im Sterben lag, hätte ich mich selbst dem Tode nahe gefühlt! Ich frage noch einmal: Glaubst du wirklich, Gabriel Naudé könnte jemandem schaden?«

»Ich weiß es nicht«, sagtest du.

Naudé errötete und wusste einen Augenblick lang nicht, was er sagen sollte, denn von keinem Mensch lässt sich a priori behaupten, er sei unfähig zum Töten.

»Der Schuldige wurde doch gefunden: es war der Botschafter d'Estrées! Und diese Papiere sagen nicht das Geringste gegen mich aus!« Naudé war plötzlich laut geworden, er stand auf und wedelte hektisch mit den Armen. »Hier tobt sich nur ein Unglücklicher aus, der im Angesicht des Todes nicht weiß, mit wem er sich anlegen soll und irre redet. Bouchard hatte sehr starkes Fieber, manchmal mit Delirium und Halluzinationen! Er wusste nicht, was er sagte!«

Er schwankte unter den Strömen von Likör, die er getrunken, ergriff einen Packen der Aufzeichnungen Bouchards und warf sie in die Luft. Die Blätter wirbelten in einem fröhlichen Reigen durch die Luft.

Dann sank er in sich zusammen und setzte sich wieder, heftiger wankend als zuvor. Er brummte ein paar wirre Sätze, die ich nicht entschlüsseln konnte. Dann verbarg er den Kopf in den Händen und schien rhythmisch zusammenzuzucken. Gabriel Naudé, der mondäne Paradiesvogel der Pariser Gelehrtenwelt, weinte. Du legtest ihm eine Hand auf die Schulter, um ihn diskret zu trösten, wie man es bei einem alten Freund tut.

»Das war ein fester Kreis, eine Clique, verstehst du?«, sagte er mit tränenüberströmtem Gesicht. »Diesen Leuten kann man sich nicht widersetzen, wie mein lieber Bouchard schrieb, die halten zusammen. Sie sind verrückt. Krank. Verstehst du?«

»Nein, Monsire Naudé.«

»Ich bitte dich, nenn mich Gabriel«, flehte er mit brüchiger, kratziger Stimme, immer wieder zu dem Likörfässchen greifend. »Die hatten mich in der Hand. Entweder tust du das oder alle werden alles erfahren. Sie waren alle einverstanden: die Du Puy, Cassiano dal Pozzo, und auch dieser französische Arzt, ein alter Freund seiner Familie, der vor kurzem aus Bologna gekommen war, ein gewisser Potier. Aber das habe ich zu spät begriffen. Ich war ohne böse Absichten auf dieses Fest gegangen. Es sollte nur Musik und eine Komödie geben, und die besten Cavalieri von Rom, ohne Damen. Stattdessen keine Musik und keine Komödie. Ich traf Potier. Das hätte mich warnen sollen, ich wusste genau, dass er ein Anhänger von Paracelsus war, wie Cassiano, aber stattdessen stürzte ich mich bedenkenlos auf den ausgezeichneten Wein, der ohne irgendwelche Speisen angeboten wurde. Dann kamen diese Jungen, alle genau instruiert, wie man sich hätte denken können, aber es war schon zu spät. ›Komm, komm mit mir, ich suche mir immer die besten aus‹, sagte Cassiano und brachte mich in ein Zimmer, von da in ein anderes, kleineres, und dort waren zwei von den Jüngsten und Schönsten, und sie waren schon als Frauen gekleidet mit Schminke und Röcken und allem. Und bei ihrem bloßen Anblick drehte sich mir schon der Kopf, aber das war der Wein und dahinter steckte Potier, da bin ich sicher. Ich ließ mich gehen. Aber in dem Zimmer waren wir nicht nur zu viert, wie ich glauben sollte, denn als ich fertig war, entdeckte ich, dass hinter einem Türchen in der Wand zwei Kerle saßen, die ich noch nie zuvor gesehen hatte, und die alles beobachtet hatten, was Cassiano wusste, aber mir hatte er nichts gesagt. Ich dachte, es wären Freunde von ihm, Leute, die sich vergnügen wollten, aber er sagte, er kenne sie nicht, und da wurde mir klar, dass das alles organisiert war, und ich war drauf reingefallen. Als ich den Hausherrn um Erklärungen bat, sagte er, ich solle mir keine Sorgen machen, denn auf diesem Fest seien nur diskrete, sehr vertrauenswürdige und hochgeschätzte Cavalieri geladen. Doch er erzählte mir auch von einem anderen Fest vor vielen Jahren in Venedig, wo man Cremonini, den Philosophen aus Padua, der Aristoteles lehrte, hereingelegt hatte. Zu viert oder fünft hatten sie ihn beobachtet, während er sich mit zweien seiner Studenten vergnügte, und von da an gab es immer jemanden, der ihn in der Hand hatte, sodass er fast die Hälfte seines Salärs der Universität Padua ausgeben musste, damit über die Sache Stillschweigen gewahrt blieb.«

Er brach ab, weil er sich schnäuzen wollte, stand auf, um ein Schnupftuch in seinen Taschen zu suchen und fand keines. Er wankte so sehr, dass du ihm helfen musstest, sich wieder hinzusetzen.

»Ich kann dir nicht sagen, wer an jenem Abend der Hausherr war, denn er ist ein angesehener Mann in Rom, und dir würde nicht im Traum einfallen, dass er es war. Er sagte, dass Cremonini und viele andere als achtbare Personen gelten, die ihr Leben der Wissenschaft weihen, doch wenn man wüsste, was sie bei sich zu Hause treiben und wie sie sich in der Öffentlichkeit verstellen, würde man erkennen, dass es ihnen nicht um Wissenschaft, sondern um Leidenschaft geht, und er schüttete sich aus vor Lachen. Er kannte mich gut, bestimmt wusste er, dass ich Schüler von Cremonini gewesen war, also wollte er mir damit sagen, dass ich jetzt genau so erpresst werden würde wie er.

Gleich darauf, während immer noch getrunken und endlich auch etwas gegessen wurde, war Cassiano dal Pozzo verschwunden. ›Wo ist der Commendatore? Wo ist der Cavaliere?‹ Und Potier mit ihm. Sie hatten sich verdrückt, ohne sich zu verabschieden. Dann kam die Überraschung: eine Gruppe Sbirren stand vor der Tür, mit Drohungen und Gewalt drangen sie in die Wohnung ein, nahmen von allen Namen und Nachnamen auf und sagten, es habe eine Anzeige wegen Sodomie gegeben. Dann brachten sie uns weg, wir waren ein Dutzend Gäste, alles sehr bekannte Namen, und sie hielten uns im Gefängnis Tor di Nona fest, wo sie alle verhörten und lange, genaue Protokolle anfertigten.

Drei oder vier Stunden war ich schon bei den Sbirren eingeschlossen, die mir Fragen stellten und dem Kriminalnotar alles diktierten, da brachten sie mich in einen anderen Raum, denn dort sei jemand für mich. Es war Cassiano dal Pozzo. Er warf sich mir um den Hals und fragte: ›Gütiger Himmel, Gabriel, was ist passiert?‹ Ohne mir Gelegenheit zum Antworten zu geben, sagte er sofort, meine Lage sei sehr ernst, ich bräuchte Hilfe, sonst wäre ich ein toter Mann, und wenn das Verfahren nicht sofort eingestellt werde, wisse ganz Rom am nächsten Tag von diesem Skandal, die Botschafter anderer Mächte würden an ihre Herrscher schreiben, und in halb Europa, Paris eingeschlossen, sei ich fortan dem Gespött ausgeliefert und würde nie wieder jemanden finden, der mich anhörte, geschweige denn mir Arbeit gab. Er erklärte nicht, warum er das Fest verlassen hatte, ohne mir etwas zu sagen, und warum ich festgenommen wurde, während er, der an meiner Seite dieselben und noch schlimmere Dinge getan hatte, seelenruhig auf freiem Fuße war, ja, die Sbirren ihm sogar vor Beendigung des Verhörs einen Besuch erlaubt hatten, was wirklich außergewöhnlich war. Er sagte nur, zum Glück habe er Beziehungen und könne bis hinauf zum Papst und zum Gouverneur von Rom gelangen, und vielleicht könne er mir helfen, aber meine Lage sei ernst, sehr ernst.«

Ein Bote wurde zu jemandem geschickt, dessen Namen Cassiano nicht nennen wollte. Eine halbe Stunde später stand Naudé als freier Mann vor dem Gefängnis. Cassiano hatte sich von den Sbirren sogar das einzige Exemplar des Verhörprotokolls geben lassen. Naudé bat um das Protokoll, aber dal Pozzo antwortete, er könne es ihm nicht geben, auch keine Kopie, weil der Freund, der ihm geholfen hatte, und dessen Namen er Naudé nicht enthüllen konnte, Cassiano als Garanten für die ganze Sache haben wollte.

Von dem Moment an lag Naudés Leben in der Hand des Cavaliere und Commendatore Cassiano dal Pozzo.

Nach jenem schrecklichen Tag, fuhr Naudé fort, wurde er von Cassiano und dessen Freunden überredet (aber das richtige Wort ist »gezwungen«), sich an Bouchards Fersen zu heften und ihnen alles zu berichten, was er tat, sagte oder dachte. Jahrelang ging das so: Sie wollten jede Einzelheit über die Bücher, die Bouchard kaufte und las, seine Pläne, seine Meinungen über dieses Thema und jenen Autor, vor allem über die antiken Historiker, einschließlich Synkellos.

Manchmal hatte Naudé versucht, sich zu weigern, dann hatten sie dunkle Reden geführt, Fälle erwähnt, in denen Leute wegen undurchsichtiger Justizintrigen im Gefängnis verfault oder bei unerklärlichen Unfällen gestorben oder von Unbekannten entführt worden waren, die ihnen ein Auge ausgestochen hatten. Kurzum, sie hatten ihm auf italienische Art, nämlich indem sie die Drohung hinter einem breiten Lächeln und mehrdeutigen Worten versteckten, zu verstehen gegeben, dass dort, wo Erpressung nicht genügt, immer ein Meuchelmörder oder ein gedungener Belastungszeuge auf den Plan treten kann.

Dann kam der böse Tag. Es war März.

»Sie sagten, ich solle für sie herausfinden, an welchem Tag Bouchard bis in die späte Nacht im Vorzimmer von Kardinal Barberini, seinem Herren, bei der Arbeit saß. Denn von Zeit zu Zeit arbeitete Jean-Jacques bis zu später Stunde. Ich kleidete meine Frage unauffällig in eine scheinbare Sorge um seine Gesundheit. Bouchard antwortete mir, sonntags kehre er immer um Mitternacht von der Arbeit heim, da der Papst, ein scharfsinniger, leidenschaftlicher Gräzist, sich immer am Sonntag zu zerstreuen beliebte, indem er mit ihm und seinem Neffen bis in die Nacht hinein über die Fortschritte der Synkellos-Ausgabe plauderte. Also gab ich die gewünschte Information weiter. Ich bat meine Mandanten nicht um Erklärungen, weil ich wusste, dass ich ohnehin keine bekommen würde, ich musste Aufträge ausführen und schweigen. Die Befehle wurden höflich erteilt, aber Erwiderungen duldete man nicht.«

Doch Naudé ist unruhig. Am folgenden Sonntag versteckt er sich schon eine Stunde vor Mitternacht hinter Berninis Säulengang auf dem Petersplatz. Er weiß, dass Bouchard dort vorbeikommen wird.

Naudé blickt sich um. Auf dem menschenleeren Platz steht nur ein Mann, nach französischer Sitte gekleidet, vielleicht ein Diener. Er steht neben einem der Pfeiler, an welchen die dicken Eisenketten hängen, die den Platz schmücken.

Um Mitternacht kommt Bouchard aus der Tür. Naudé hat ihn gerade erblickt, da hört er ein sehr lautes metallisches Geräusch und zuckt vor Schreck zusammen. Der französisch gekleidete Mann hat etwas hervorgezogen, vielleicht eine Eisenstange, und damit auf die schwere Kette geschlagen. Auch Bouchard ist erschrocken. Naudé sieht, wie er sich in die Richtung umdreht, aus der das Geräusch gekommen ist. Der Mann lehnt die Stange an den Pfeiler und rührt sich nicht. Naudé sieht Bouchard weitergehen, doch da hallt ein zweiter, entsetzlich lauter Schlag auf die Kette über den ganzen Platz. Vielleicht ist es nur ein Diener, der sich mit dummen Späßen vergnügt, während er auf seinen Herrn wartet, denkt Naudé, während er sieht, wie Bouchard sich entfernt. Doch schon bald wird er eines Besseren belehrt, denn diese Schläge waren ein Zeichen. Bouchard hat noch keine zwanzig Schritt getan, da erhält er einen Hieb auf den Kopf, der ihm den Hut zerteilt. Sein rechtes Auge blutet. Ein zweiter Schlag auf den Kopf, dann einer von hinten. Sein Angreifer lässt die Waffe kreisen, vielleicht ein Schwert oder eine Stange, und fegt ihm den Hut vom Kopf. Bouchard, der nur wenige Meter entfernt am Eingang des Platzes wohnt, versucht, in sein Haus zu fliehen, doch ein Mensch, ebenfalls nach französischer Art gekleidet, versperrt ihm den Weg. Er hält eine kurze, breite Waffe in der Hand, einen Dolch vielleicht oder einen Stock, zielt auf Bouchards Kopf und schreit auf Französisch: »Das geschieht dir recht!« Obwohl der Ärmste versucht, dem Stoß auszuweichen, wird er wieder am Kopf getroffen. Er wimmert: »Um Gottes willen, was geschieht hier?«, und stürzt zu Boden. Der Angreifer stellt sich rittlings über ihn und hebt die Waffe zum tödlichen Streich, doch unterdessen hat Naudé seinen ganzen Mut zusammengenommen und eine Papstwache benachrichtigt, die in der Nähe vorbeiging und nun mit gezücktem Schwert angerannt kommt. Der Angreifer sucht sofort das Weite, am Boden lässt er einen französischen Hut zurück und ein feuerrotes englisches Band.

Bouchard hat sich unterdessen mit blutüberströmtem Kopf in eine nahe Kirche geschleppt, von wo er sofort in seine Wohnung gebracht wird.

Naudé verschwindet. Die Sache ist zu brenzlig, er will nicht von den Sbirren gesehen werden.

»Vor allem wollte ich nicht, dass Cassiano erfuhr, dass ich Hilfe geholt hatte«, erklärte er.

Also läuft er, was seine Lungen hergeben. In jener windigen römischen Nacht flieht er auch vor sich selbst. Bouchard wird niemals erfahren, dass Naudé ihm das Leben gerettet hat, auch wenn er es damit nur um wenige Monate verlängert hat.

Von Anfang an hatte er begriffen, dass sich etwas Böses anbahnte, dass jemand seinem Freund eine Lektion erteilen wollte, doch er hätte nicht erwartet, dass sie so weit gehen würden – sie hätten ihn fast umgebracht. Naudé rang nach Luft, war wie betäubt, suchte nach Worten. Seine Stimme zitterte, er war schwer betrunken. Wieder versuchte er, dich zu küssen, aber du hieltest dir das Fässchen an den Mund. Naudé wurde von Weinkrämpfen geschüttelt, der Anfall ging zum Glück vorüber.

»Er ... er hatte es begriffen«, sagte er. Bouchard hatte genau verstanden, dass Naudé in irgendeiner Beziehung zu den Attentätern stand, hatte er ihm nicht wenige Tage zuvor auf seine Bitte hin anvertraut, dass er sonntags um Mitternacht von der Arbeit heimzukehren pflegte?

Die eisige Klammer des Verrats zieht sich zusammen. Cassiano gelingt es, sich die Freundschaft des armen Bouchard zu erschleichen. Er besucht ihn, schickt ihm Geschenke, stellt sich für jede Kleinigkeit zur Verfügung und erreicht sein Ziel: Bouchard verfügt testamentarisch, dass seine privaten Papiere an Cassiano dal Pozzo gehen, damit er sie in der besten Weise nutze.

»Ich kann mir gut vorstellen, was er ihm gesagt hat: Als Federico Cesi starb, einer der größten Literaten Roms, hatte Cassiano die gesamte Erbschaft des Fürsten gekauft, nur damit dieser Schatz an Handschriften, Kunstwerken und seltenen Gegenständen nicht verlorenging. Hätte Bouchard einen besseren, passionierteren Verwalter seiner Hinterlassenschaft finden können? Ach, es war mir unmöglich, ihn vor der doppelten Natur dieses schurkischen, hinterhältigen Menschen zu warnen! Bouchard weigerte sich, mich zu empfangen, und ich hatte Angst, ihm zu schreiben, denn der Brief hätte in falsche Hände geraten und mein Leben gefährden können. Ich ... ich habe Angst vor Cassiano. Er schreibt mir immer noch, weißt du? Er bittet mich um dieses und jenes, und ich, immer sein ergebener Diener, krieche ihm in den Arsch.«

Naudé stand auf.

»Ich war es nicht, verstehst du das?«, krächzte er unter Schluchzern, wie ein gemeiner Trunkenbold torkelnd. »Ich bin kein Mörder!«

»Du lieber Himmel, nein, Monsire Naudé, Ihr dürft nicht denken, dass …«

»Ich dachte, sie wollten ihm nur eine Lektion erteilen, ein paar Schläge, um ihm Angst zu machen!«, unterbrach er dich.

»Von wem sprecht Ihr denn? War es nicht der Botschafter d'Estrées, der Bouchard umbringen ließ?«

»Dann hast du also nichts verstanden. Auch du bist darauf hereingefallen!«, rief Naudé aus, der nun schon fast gänzlich die Kontrolle über sich verloren hatte. »D'Estrées hat nicht im Traum daran gedacht, Bouchard umzubringen, einen, der über die besten Beziehungen in Rom verfügte und überdies französischer Staatsbürger war. Er wollte ihn nur mit ein paar Schlägen demütigen, wie man es mit Dienern macht. Aber er hatte nicht mit Infiltrierten gerechnet. In dem Trio der gedungenen Angreifer gab es einen, der zusätzlich von anderen Leuten bezahlt wurde, und der hatte den Auftrag zu töten. D'Estrées wusste das nicht und wird es vielleicht niemals erfahren.«

Ein langes Schweigen folgte. Naudé lehnte an der Wand, um nicht umzufallen. Du wartetest darauf, dass er weitermachte.

»Ich brauche frische Luft«, sagte er stattdessen.

Er versuchte auf das Fenster zuzugehen, strauchelte und fiel. Du eiltest ihm zur Hilfe, konntest ihn aber nur mit größter Anstrengung wieder aufrichten. Er musste sich wieder an die Wand lehnen. Jetzt wart ihr nur wenige Handbreit von meinen Ohren entfernt, ich konnte sowohl dein rasches, besorgtes Atmen als auch das von Schluchzern unterbrochene Keuchen Naudés hören.

»Und wer hat Euch die Wahrheit erzählt, die Ihr mir jetzt mitteilt?«, fragtest du.

»Es war nur zu leicht zu erkennen«, sagte er, »dass der Überfall auf dem Petersplatz von Männern ausgeführt wurde, die offiziell im Dienst d'Estrées standen, in Wirklichkeit aber von Cassiano bezahlt wurden. Und ich hatte den Informanten gespielt. Es war klar, dass die *Deniaisez* hinter allem standen.«

Der Satz war unmissverständlich. Also trug der Mord an Bouchard diesen Stempel.

Die Arbeit am Synkellos, fuhr Naudé fort, sei an die Bibliothek der

Barberini gegangen. Doch wer war der Bibliothekar der Barberini? Lukas Holste, der diesen Posten Peiresc, dem Meister der Meister, zu verdanken hatte, und beide waren *Deniaisez*. Es ließ sich leicht erraten, wo Bouchards Handschriften mit den unangenehmen Vermutungen über Synkellos, den Gotteslästerungen der antiken Historiker, der von Lügen verfälschten Zeit gelandet waren.

»Sie sind mit Sicherheit verbrannt worden«, sagte Naudé, »aber das ist nicht das Schlimmste. Denn es gab noch mehr Schriften. Studien, deren Existenz Bouchard niemals zugegeben hat, doch aus seinen Zweifeln, seinen Forschungen, den Fragen, die er stellte, konnte man schließen, dass es sie gab. Cassiano war sich dessen sicher, obwohl er nichts Bedeutendes finden konnte. Da fielen jemandem die Reisetagebücher ein.«

Wie du und ich schon von Schoppe wussten, hatte Don Christophe Du Puy, Kartäuserprior in Rom, Anfang November, also knapp zwei Monate nach Bouchards Tod, seinen Brüdern in Paris eine unglaubliche Mitteilung gemacht. Er berichtete, Cassiano dal Pozzo habe ihn zu sich gerufen und ihm einige Papiere gezeigt, die er in Bouchards Nachlass gefunden hatte. Später habe Cassiano ihm sämtliche Papiere ins Kloster bringen lassen, damit er sie in Ruhe lese. Der Kartäuser schrieb den Brüdern, er habe diese Papiere sofort empört zurückgeschickt. Es handelte sich um das Tagebuch der Reise Bouchards von Paris nach Rom, das dann im Königreich Neapel fortgesetzt wurde. Der Verfasser schrieb von sich selbst in der dritten Person und nannte sich Orestes, wie Bouchard es immer getan hatte.

Vor allem im ersten Teil, wo die Jugendjahre des Protagonisten erzählt werden, war das Tagebuch mit unbeschreiblichen Obszönitäten gespickt. Pädophilie, zwanghaftes Onanieren, Impotenz, krankhafte, perverse Spielchen in Gruppen junger Männer.

Es gab auch Gedichte und Briefe mit lüsternen sodomitischen Untertönen. Du Puy schrieb seinen Brüdern, es sei ihm unbegreiflich, wie dal Pozzo es wagen konnte, ihm so etwas zu schicken und warum er es getan habe, vor allem aber, was Bouchard, der stets eine angeborene Schicklichkeit im Umgang und in der Konversation gezeigt habe, eingefallen sei, zu seinem eigenen Schaden derartige Obszönitäten zu verbreiten, anstatt sie vor seinem Tod zu verbrennen.

Von ihrem Bruder informiert, verbreiteten die beiden Pariser Du Puy, die seltsamerweise schon seit einiger Zeit begonnen hatten, Bouchard verächtlich zu machen, blitzschnell die Nachricht von diesen Perversionen: Innerhalb weniger Tage war Bouchards guter Name auch als Forscher für immer zerstört.

»Das war das Werk der Besten, die niemals Fehler machen. Schakale, Schatten und Lemuren.«

»Was meint Ihr damit?«

»Ach, komm schon! Kapierst du wirklich nicht?«, brüllte er, während er, wieder gefährlich torkelnd, eine halbe Drehung um sich selbst machte. Dann packte er dich am Kragen, ein fester Griff, der dich fast erwürgte, und schrie dir ins Gesicht:

»Keiner! Verflucht noch mal, keiner ist so verrückt, schwarz auf weiß aufzuschreiben und der Nachwelt auszuposaunen, wie oft er am Tag masturbiert oder in wie vielen Betten er keinen hochgekriegt hat. Am allerwenigsten vertraut man das jemandem wie Cassiano dal Pozzo an, der als einer der strengsten und meistbewunderten Gelehrten Italiens gilt. Und das soll ausgerechnet jemand wie Bouchard riskiert haben, der für ein Bischofsamt im Gespräch war?«

Er blickte mit verzerrtem Gesicht zum Himmel. Dann ließ er dich los und setzte sich. Du konntest endlich frei atmen.

»Ihr wollt damit sagen, dass der Kartäuserprior Du Puy in Abstimmung mit Cassiano dal Pozzo und den Brüdern Du Puy in Paris gelogen hat.«

»Schön wär's, wenn sie gelogen hätten. Für meinen Freund wäre das viel besser gewesen. Aber sie taten weit Schlimmeres. Mit Potier und zwei Handlangern. Tag für Tag, unermüdlich.«

»Was meint Ihr damit?«

»Was meint Ihr, was meint Ihr … kannst du denn nichts anderes sagen, mein kleiner Einfaltspinsel?« Und nachdem er dich zärtlich grollend an sich gezogen hatte, drückte er sich an deine Leisten und leckte, keuchend wie ein Blasebalg, die zarte, weiße Haut deines langen Kastratenhalses.

Flink griffst du nach dem Fässchen, und nachdem du einen theatralisch tiefen Schluck vorgetäuscht hattest, der in Naudés Augen das Vorspiel zu ungeahnten Wonnen sein musste, dir aber nur dazu diente, dich von ihm zu lösen, reichtest du ihm das Getränk.

»Ihr wollt also sagen«, flüstertest du, die Augen mit einem Ausdruck unschuldigen Nachdenkens zum Himmel hebend, während Naudé gierig den Likör hinunterstürzte, »dass der Kartäuserprior in seinem Brief an die Pariser Brüder gelogen hat. Und dass alle gemeinsame Sache mit Cassiano machten …«

»Und mit vielen anderen dazu«, ergänzte Naudé, dessen Trunkenheit sichtlich zunahm. »Viele beneideten und hassten Bouchard, zum Beispiel Holste, der Bibliothekar der Barberini, dessen Hoffnungen, die Ausgabe der Schriften von Synkellos und Theophanes betreuen zu dürfen, zunichte wurden, als der viel gebildetere Bouchard auftauchte. Und wenn man bedenkt, dass Bouchard dem Kartäuserkloster in Rom aus Zuneigung zu Du Puy seine sämtlichen Ersparnisse überlassen hatte: achthundert Scudi in Silber und neunhundert in Gold! Doch was tat dieser Ordensbruder? Um seiner grässlichen Lüge zum Schaden eines Verstorbenen, der ihm herzlich zugetan war, mehr Glaubwürdigkeit zu verleihen, erzählte er in seinem Brief an die Brüder, es habe sich nur um ein paar Heller gehandelt. Selbst wenn es so gewesen wäre, hätte er das wenigstens aus Respekt vor dem Toten nicht erwähnen dürfen, oder? Dieser Brief an die Brüder Du Puy war eigens dafür gemacht, überall herumgezeigt zu werden, um üble Nachrede über meinen unglücklichen Freund zu verbreiten und seinen Ruf für immer zu zerstören. Die Wahrheit über die Geschichte und die Zeit, die Bouchard herausgefunden hatte, verschwand. Die jahrhundertealten Lügen über Synkellos, Berossos, Manetho und andere, die mein Freund aufgedeckt hatte, wurden wieder sorgfältig vertuscht, und wer weiß für wie lange. Was auch immer an Schriften Bouchards noch entdeckt werden wird, keiner wird sie mehr ernst nehmen.«

»Dann fürchteten Cassiano und die Du Puy also, dass noch andere Schriften Bouchards über das Problem der Zeit in Umlauf waren?«

»Das ist doch klar! Mein armer Freund stand mit vielen großen Namen der Gelehrtenrepublik in Kontakt: außer mit Galileo, wie du weißt, auch mit Grotius, Campanella, Mersenne, Leone Allacci, dem Kardinal Filomarino und sogar mit Petavius, um nur ein paar Namen zu nennen.«

»Meint Ihr den Jesuiten, der den Brief von Philos Ptetès bekam, sich aber nicht aus Paris wegbewegt hat?«

»Genau den.«

»Ist das eine berühmte Persönlichkeit?«

»Das fragst du noch! Er hat das chronologische Werk Scaligers fortgesetzt, um nur ein Beispiel zu nennen. Kurzum, Bouchard unterhielt Kontakte mit vielen wichtigen Leuten, und wenn mein armer Freund überlebt hätte, wäre er in die Kreise aufgestiegen, die wirklich zählen, die Meinungen machen. Mit Allacci, dem großen Gräzisten, haben wir stundenlang über Photios I. diskutiert, den Patriarchen von Konstantinopel, der das Schisma zwischen der Westkirche und der Ostkirche heraufbeschworen hatte. Allacci war überzeugt, dass die Akten des Konzils, auf dem Photios zum Patriarchen ernannt wurde, gefälscht seien, ja, dass das Konzil überhaupt nicht stattgefunden habe. Er hatte Bouchard erzählt, dass der berühmte Antonio Possevino genauso dachte. Der Ärmste, während er mit Allacci über historische Fälschungen sprach, ahnte er nicht, dass er bald selbst Opfer einer Fälschung werden würde.«

»Dann ist das Tagebuch Bouchards, das ihn seinen Ruf kostete, also gefälscht ...«, resümiertest du nachdenklich.

Naudé senkte den Kopf, dann sagte er leise:

»Jedes Kind hätte begriffen, dass diese Bekenntnisse ein billiger Betrug waren. Im Tagebuch heißt es zum Beispiel, dass Bouchard impotent war, und es ist die Rede von einer Reise zu Wasser und zu Land. Woher diese Einfälle stammen, liegt auf der Hand: von Petronius! Encolpius, der Held des *Satyricon*, ist impotent und macht eine Reise zu Wasser und zu Land! Bouchard nannte das *Satyricon* eine Fälschung? Dafür wird er in seinem Tagebuch zu einem zweiten Encolpius. Sie haben Bouchard mit denselben Lügen vernichtet, die er immer bekämpft hatte! Und alle in Rom und Paris haben es geglaubt. Dann kam das Buch von diesem Eritreer ...«

Nach Bouchards Tod, erzählte Naudé, während er deine Hand zwischen die seinen nahm und mit deinen langen Fingern spielte, betritt Gian Vittorio Rossi die Bühne, genannt der Eritreer, der Schreiberling, der sich ein Vergnügen daraus macht, ganz Rom mit seinen Sammlungen von Klatschgeschichten zu verunglimpfen. In seinem nächsten Buch, das in Köln schon druckfertig vorliegt und den bezeichnenden Titel *Pinacotheca* trägt, Porträtgalerie, stellt er die verborgenen Laster kürzlich verstorbener Mitglieder der Römischen Kurie bloß, darunter auch Antonio Bosio, den gelehrten Anwalt und Fachmann für die unterirdischen Wege Roms. Dort habe Bosio, so der Eritreer, freilich häufiger geweilt, um es sich von hinten besorgen zu lassen, als die römische Antike zu erforschen. In dem Buch wird es auch ein Kapitel über Bouchard geben. Es soll das endgültige Todesurteil über Bouchards postumen Ruf sein. Doch etwas geht schief.

626

»Cassiano ließ mich dringend rufen. Er war außer sich, so hatte ich ihn, der in jeder Situation sein Phlegma wahrte, noch nie gesehen. Er sagte, er habe das Manuskript des Buches gelesen: Der Eritreer habe kein einziges Wort über die obszönen Tagebücher Bouchards verloren, obwohl er sie ihm doch zum Lesen und Kopieren überlassen hatte! Vor Wut schäumend fragte er mich, ob ich zufällig etwas darüber wisse. Er sagte es nicht offen, aber er hatte mich im Verdacht, den Eritreer überredet zu haben, von den Tagebüchern zu schweigen. Doch ich wusste wirklich nichts. Warum er so wütend war, verstand ich gut: Wenn dieses Porträt veröffentlicht wurde, würden alle sich fragen, warum der Eritreer, die giftigste Feder der Schöpfung, nicht von Bouchards obszönen Tagebüchern sprach, und es würde der Verdacht aufkeimen, dass diese Tagebücher womöglich nur ein Schwindel waren, oder gefälscht, das Machwerk billiger Libellisten, die sich bei skrupellosen Druckern ein paar Groschen verdienen wollten, wie es häufig nach dem Tod bekannter Persönlichkeiten geschieht. Wohlgemerkt, auch der Eritreer ist ein Libellist, und man weiß, dass nicht alles wahr ist, was er schreibt, aber gerade darum war es verdächtig, wenn er keine Silbe über etwas verlor, was in aller Munde war. Das konnte nur bedeuten, dass diese Informationen allzu grobgestrickte Lügen waren, um auch nur flüchtig erwähnt zu werden. Jedenfalls hätte das Kapitel des Eritreers über Bouchard die Pläne von Cassiano und den Du Puy mit einem Schlag vereitelt.«

Dal Pozzo informiert die Du Puy von der unerklärlichen Entscheidung des Eritreers, worauf sie sofort ein geschicktes Manöver ersinnen. Natürlich kann man nicht aus der Deckung gehen, indem man Gian Vittorio Rossi zwingt, in seinem Porträt Bouchards von den obszönen Tagebüchern zu berichten. Stattdessen befehlen sie Cassiano und Naudé, an alle Welt zu schreiben und anzukündigen, dass der Eritreer im Begriff steht, ein verleumderisches Porträt von Bouchard zu veröffentlichen, und dass sie alles tun werden, um das Erscheinen des Buches zu verhindern. Naudé und Cassiano sollen auch an Monsignore Fabio Chigi schreiben, den Nuntius in Köln, der Stadt, wo das Buch in Druck gehen wird, damit er die Veröffentlichung der *Pinacotheca* des Eritreers verhindere. Chigi, der die Fahnen des Buches nicht gelesen hat, zwingt den Drucker, das Kapitel über Bouchard herauszunehmen. So erfährt keiner die Wahrheit über dieses Kapitel.

»Niemand hat sich je gefragt, wer dem Eritreer die Tagebücher zu lesen gab. Wer sonst als Cassiano, der sie hütete wie seinen Augapfel?«, lachte Naudé bitter.

Die Taktik der gerissenen Pariser Brüder ging perfekt auf: Die ganze Gelehrtenrepublik glaubte, dass der Eritreer den Inhalt der obszönen Tagebücher in seinem Porträt wiedergegeben hätte, das nun aber aus eben diesem Grund nicht mehr veröffentlicht wurde. Sämtliche Salons in Rom und Paris gierten nun erst recht nach Details aus den Tagebüchern. Die widerwärtigen Lügen über Bouchard gingen von Mund zu Mund, wurden tausendfach erzählt, resümiert, kommentiert und zusammen mit dem Andenken ihres angeblichen Verfassers verurteilt.«

»Eines ist mir noch rätselhaft«, fragtest du. »Warum hat der Eritreer den schmachvollen Inhalt dieser Tagebücher in seinem Porträt Bouchards weggelassen?«

»Das weiß ich nicht.«

Schweigen. In der schwarzen Nacht Gorgonas war die Stille zwischen euch abgrundtief.

Du warst der Erste, der die Unterhaltung wiederaufnahm.

»Wer hatte die Idee, Bouchards Ruf zu zerstören?«

»Ich sagte es dir schon: In Paris gab es Leute, die dazu fähig waren.«

»Eure Freunde von der Tetrade zum Beispiel?«

»Warum fragst du mich das? Du hast also nicht verstanden?« Sein Ton war weinerlich.

Dann brach er wieder in ein hemmungsloses Schluchzen aus und bedeckte sein Gesicht mit den Händen.

»Sein Tod hat nichts geändert, unsere gerechte Strafe ist zur richtigen Zeit gekommen«, hub er an. »Nichts bleibt ungesühnt. Der mit dem Diebesschlüssel des Vertrauens erschlichene Hinterhalt, der Verrat der Freunde, die als Anteilnahme maskierte Gleichgültigkeit, unaufrichtige Bekundungen von Zuneigung, zweideutige Fragen, um ihn in irgendeinen dummen Widerspruch zu treiben: all das hat mein Freund erleiden müssen, während sein Krankenlager langsam zum Totenbett wurde. Er hat so getan, als sähe er die Kälte in den mitleidigen Blicken nicht, er hat die Augen gesenkt, wenn süßes Erbarmen von der Säure inquisitorischer Fragen vergällt wurde. Wir glaubten, er sei nur ein Opfer und darum nur Zuschauer. Stattdessen hat auch er geschauspielert, wie wir. Er wollte bis auf den Grund gehen und sehen, wie weit das Talent der Schauspieler in dieser Komödie reicht, die um ihn herum geschrieben wurde, und deren wahren Epilog er selbst inszenieren musste, mit seinem Tod. Ich, Gabriel Naudé, der Judas, habe ihn an jenem Tag auf dem Petersplatz den Händen seiner Mörder ausgeliefert. Du, Guyetus, der du dich rühmst, deinen Freunden immer zu helfen, hast ihn im Morast ungelöster Fragen verfaulen lassen, obwohl du genau wusstest, dass er sich in einer Sackgasse verrannt hatte. Du, Trouiller, bist nur zu Bouchard gegangen, um ihm einzureden, er sei verrückt geworden und dann hinter seinem Rücken allen zu erzählen, er könne nicht mehr arbeiten. Als er schon eine Weile unter der Erde war und alles glücklich gelöst, lobten sie uns, wir seien tüchtig gewesen. Und erklärten, dass nicht ein Wort des Bühnenstücks ausgelassen wurde. Brillant und lebendig war die Aufführung, gute Arbeit leistete der unbekannte Maskenbildner, der uns das Bleiweiß auf die Wangen strich und uns jünger und gesünder machte als die abgehalfterten, gescheiterten Gaukler, die wir in Wirklichkeit waren. Jeder Knopf unserer Kostüme, eine wertlose Münze, gelb bemalt, glänzte wie Gold. All das wird ins Archiv der Zeit eingehen, jener Zeit, die wir beleidigt, verzerrt und vergewaltigt haben. Doch jetzt besiegt uns jene erschöpfte, gedemütigte Marionette, das Opfer unserer Verstellung, denn es schlägt uns mit dem einzigen Organ, das in seinem kochendheißen, fiebernden Körper unversehrt blieb, das nicht von den Krallen unseres unseligen Wahns zerfleischt wurde: seinen Augen. Bouchard beobachtet uns noch immer, das spüre ich. Wir haben ihm alles entrissen: das Gehirn mit unseren Sophismen, das Herz mit dem Verrat, Arme und Beine mit Stockschlägen. Aber diese in ihr Zimmer verbannte, entbeinte Puppe hat noch Augen, um alles zu sehen. Es gibt keine größere Freiheit als die Sehkraft, denn sie reicht weiter als jedes andere menschliche Vermögen und übertrifft sogar das Denken, das von uns irregeleitet, zerschmettert, getötet wurde. Die Augen trügen nicht: Wenn sie wollen, registrieren und beurteilen sie alles aus eigener Kraft. Unsere Verdammung wurde in einem geheimen Zimmer seiner Augen aufgeschrieben, wo Bouchard das Protokoll unseres verbrecherischen Lebens verwahrte. Seine Sprache ist zu feinsinnig für uns, eine Sprache, die er in der harten Schule des Leidens erlernte, und die wir, Meister der Fälschung und Täuschung, nie verstehen werden. Wie töricht ihr seid, Freunde! Welch eine obszöne Begierde, welch eine Lust am Untergang hat uns dazu gebracht, alles Gute und Edle unter uns so zu verlästern? Alle standen wir in der Aufbahrungshalle vor seinem Sarg. Und ich wollte schreien: Hände weg von Bouchard! Unsere Schul tern sind es nicht würdig, seinen Sarg zu tragen! Unsere Schande herausschreien, das hätte ich tun wollen, und uns vor dem Gericht der Menschheit anklagen. Aber ich weiß, dass es nichts genützt hätte: Auch wir, ebenso wie die vielen Unverdächtigen, die uns schützten, sind lediglich Marionetten. Wir haben uns selbst an einen Haken ge- hängt, an dem wir uns ungehindert bewegen, doch unsere Arme und Beine werden von Fäden gelenkt, deren Ursprung wir nicht kennen – oder an den wir uns nicht erinnern wollen. Das Wort SCHULDIG hat sich von selbst unseren Gewissen eingebrannt, mit einem unsichtba- ren Griffel, den wir persönlich in Bewegung gesetzt haben.«

Fast schien es, als hätte der ruhelose Geist Bouchards sich durch Nau- dés Mund Erleichterung verschafft.

Der Bibliothekar des Kardinals schloss seine Rede, indem er erneut drei oder vier viel zu große Schlucke nahm. Dabei fiel ihm das Fäss- chen fast aus der Hand.

Darauf sprachst du:

»Elia Diodati war ein guter Freund der Du Puy und sie wiederum Freunde von Cassiano dal Pozzo, richtig? Also ist Bouchards Tagebuch auch gefälscht worden, weil Diodati es wollte. Vielleicht wollte die ganze Gruppe, die ›gottlose Bande‹, Bouchards Tod. Ihr konntet das natürlich nicht wissen. Außerdem musstet Ihr schweigen, denn jener Schwur auf die Tetrade verpflichtete Euch, die Spielregeln einzuhalten, die Regeln jenes Spiels, in das Euch Cassiano dal Pozzo später in Rom verwickeln würde. Ihr hattet auf etwas Unbestimmtes geschworen, und eben darum konntet Ihr Euch nicht entziehen. Was hatte Bou- chard geschrieben: ›Leute, denen man sich nicht widersetzen kann.‹ Sie hatten Euch hineingezogen, und einen Ausweg gab es nicht ...«

Wie tüchtig du geworden warst, mein Atto! Scharfsinnig wie ein Er- mittlungsrichter, doch auch mit der Unschuld des jungen Menschen sprachst du über die entsetzliche Schande Naudés. Wenn ich dieselben Worte ausgesprochen hätte, hätte Naudé mich oder sich selbst umge- bracht oder uns beide.

Aber er hörte dir nicht mehr zu. Er warf das Fässchen in eine Ecke, erhob sich und ging aus dem Haus, schwankend wie eine vom Wind hin- und hergeworfene Vogelscheuche. Du liefst ihm nach, versuchtest ihn aufzuhalten, doch vergebens. Es ist leichter, einen Ochsen zum Stillstehen zu bringen als einen gut abgefüllten Betrunkenen. Als ihr herauskamt, duckte ich mich hinter ein Mäuerchen. Auch im Freien erholte Naudé sich nicht, ja er schien nun vollends den Kopf zu verlieren. Torkelnd wie ein lahmes Pferd stolperte er mitten durch die Büsche, die das Haus von den Nachbarhäusern trennten, und trieb sein Gefasel bis ins Äußerste:

»Schakale, Schatten und Lemuren! Sie haben aus mir gemacht, was sie wollten ... Ich weiß, was ihr über mich redet, ihr Bewohner dieser Insel, Schoppe, Hardouin, Pasqualini und Guyetus, ihr seht mich schon kopfüber hängen, nennt mich einen Mörder. Ich weiß, was ihr denkt: Du bist nichts wert, Naudé. Hahaha!« Er brach in ein schallendes, trauriges Gelächter aus. »Aber sag es Guyetus, sag es ihm ruhig: bis ich erledigt bin, das dauert noch, da kann er lange warten, verflucht, weil ich ...«

Du unterbrachst ihn: »Monsire Naudé, Guyetus ist tot.«

Endlich verstummte er und musterte dich mit einem Ausdruck unsäglichen Staunens.

»Was hast du gesagt?«, stammelte er.

Ich nutzte den Augenblick der Verwirrung, die euch beide erfasst hatte, um in den Raum zu schlüpfen, in dem ihr bis vor kurzem getrunken und geredet hattet. Ich brannte vor Neugierde, die Papiere zu sehen, die du Gabriel Naudé zu lesen gegeben hattest, und die sein finsteres Bekenntnis ausgelöst hatten.

Die Blätter lagen noch da, wo ihr sie zurückgelassen hattet. Ich sammelte sie ein und las blitzschnell, um gleich danach zurückkehren und euch im Auge behalten zu können.

Νοδέ will sich rechtfertigen. Er bittet immer noch darum 'Ορεστής besuchen zu dürfen, obwohl er noch im Bett liegt. Lästig und dreist. 'Ορεστής hat ihm durch einen Diener geantwortet. Wir werden sehen, wie weit er geht. Schlechtes Gewissen.

Neue Antwort vom Cavaliere Cassiano dal Pozzo. Warmer, mitfühlender Tonfall, obwohl er 'Ορεστής zunächst wie einen Lehrling behandelte. 'Ορεστής hat bereits eingewilligt, ihn zum Kurator zu machen, und ihm gesagt, dass seine privaten Schriften keine Geheimnisse enthalten. Synkellos und die griechischen Historiker für die Barberini. Er kommt am Dienstag. Kuchen und Kaffee. Diener des Kardinals. Bericht über die Ausgaben.

Aus Paris antworten sie nicht mehr. Drei Briefe an die Δυπυί ohne Antwort. Keiner hilft Ὀρεστής, Γυιέτυς schweigt wieder. Eine unüberwindliche Mauer.

Die Aufzeichnungen über die griechischen Historiker ordnen. Gesamtausgabe von Synkellos in einem Jahr.

Poggio – Tacitus – Manilius
Petronius – Scaliger – Synkellos
Chiffre der Namen
Tempus der Zeit
Liste mit Anweisungen. Sicherer Ort.

Impia cohors
Deniaisez
Die Wirklichkeit pervertieren.

Da gab es nicht viel zu enträtseln. In den unmittelbar auf das Attentat folgenden Tagen hatte Naudé Bouchard mehrmals gebeten, ihn besuchen zu dürfen, doch Bouchard, abgestoßen vom »schlechten Gewissen« Naudés, hatte ihm Besuche verwehrt.

Unterdessen hatte der Cavaliere Cassiano dal Pozzo sich als Testamentsvollstrecker angeboten, soeben hatte ich von Naudé den Grund gehört. Dann einige Zeilen über seine Beziehungen zur Heimat. Aus Frankreich kommt nur das feindliche Schweigen seiner Kollegen, den Du Puy und sogar Guyetus, die einst seine Freunde waren. Also hatte Naudé die Wahrheit über Guyetus Schweigen gesagt, als wir in der Grotte des Seeochsen saßen.

Wie man aus diesen Notizen sah, hatte Bouchard in der ersten Zeit nach dem Überfall zu ordnen versucht, was er bereits über Synkellos geschrieben hatte, weil er eine »Ausgabe in einem Jahr« plante.

Die von Bouchard aufgereihten Namen der lateinischen Autoren und Gelehrten waren wie Wassertropfen auf einem Spinnengewebe: Sie verrieten denselben Ursprung, doch warum sie in dieser Weise angeordnet waren, blieb unerklärlich.

Nur einige Verbindungen waren klar. In der Torre Vecchia hatten wir das Fragment einer wahrscheinlich von Poggio stammenden Handschrift gefunden, einen kurzen Ausschnitt aus Petronius *Satyricon*. Poggio hatte auch das historische Werk des Tacitus entdeckt, wo von Petronius' Leben und Tod berichtet wird, außerdem die *Astronomica* von Manilius, die dann von Scaliger zum ersten Mal in einer kritisch durchgesehenen Ausgabe veröffentlicht wurden (was Naudé bei unserem letzten Fund von Bouchards Tagebuch entschlüpft war). Manilius hatte Scaligers Interesse an der Chronologie geweckt, und in Paris hatte er durch seinen Freund Casaubon die einzige Handschrift von Synkellos gefunden. Der Ausdruck »Tempus der Zeit« war unverständlich, hatte aber wenigstens etwas mit Synkellos und Scaliger gemeinsam, nämlich die Zeit. Doch dann wieder jene Wendung »Chiffre der Namen«. Was mochte sie in diesem Kontext bedeuten? Außerdem hatte er eine »Liste mit Anweisungen« an einen »sicheren Ort« gebracht.

Schließlich erschienen wieder die *impia cohors*, die »gottlose Bande«, die *Deniaisez* (wir wussten jetzt, wer sie waren) und die letzte beunruhigende Prophezeiung: »Die Wirklichkeit pervertieren«. War dies vielleicht der Schlüssel? Hat die Perversion die Macht, die Welt zu verdrehen?

Doch meine Aufmerksamkeit wurde schon von dem nächsten Dokument geweckt: einem Briefwechsel.

Über alles geliebter Freund, teuerster Jean-Jacques,

gemeinsame Freunde haben mir von dem schrecklichen Unfall berichtet, der dir zugestoßen ist. Mir fehlen die Worte, um zu beschreiben, wie es mir das Herz zerriss, als ich die Nachricht erhielt.

Ich bitte dich, nenne mir einen Tag und eine Stunde, in der ich dich besuchen kann, um dir meine Freundschaft und mein Bedauern über diesen tragischen Vorfall zu bekunden. Bis dahin kann ich meine Empörung über das, was dem liebsten meiner Freunde so feige zugefügt wurde, nicht beruhigen.

Dein dir ewig treu ergebener Diener
Gabriel Naudé

Lieber Gabriel,

Ich beantworte dein letztes Schreiben, mit dem du dich erneut zu meinen Freunden zählst.

Die Ausführenden des Überfalls haben die Information über die nächtliche Stunde, zu der ich von der Arbeit heimkehre, gut genutzt. Ich habe jedoch begründete Hoffnung, dass die Justiz alle Verantwortlichen dieses gemeinen Verrats ermitteln wird.

Vorerst erlaubt mir mein Gesundheitszustand nicht, dich zu empfangen.

Dein ergebener Diener
Jean-Jacques Bouchard

Wenn man Naudés Brief und Bouchards knappe Antwort las, ahnte man nur zu gut, was geschehen war: Als Bouchard auf dem Petersplatz überfallen wurde, wussten seine Angreifer genau, um welche Uhrzeit er herauskommen würde. Wie wir soeben von Naudé gehört hatten, wusste Bouchard, dass es kein Zufall sein konnte, weil Naudé ihn vor wenigen Tagen genau danach gefragt hatte.

Welch eine deutliche Sprache sprachen diese beiden kurzen Briefe! Naudé nannte Bouchard den »über alles geliebten« und »teuersten« Freund, Bouchard antwortete mit einem schwachen »Lieber« und vermerkte kühl Naudés Versuch, sich erneut zu seinen Freunden »zu zählen«, ohne zu sagen, ob er ihn akzeptierte oder nicht. Auf die Sorgen Naudés antwortete das Opfer nur mit dem Hinweis, dass die Angreifer die Uhrzeit kannten, da er von der Arbeit heimkehren würde, und nannte das Geschehen einen »gemeinen Verrat«.

DISKURS XCIV

Darin das Duett mit Naudé auf die einzig mögliche Weise endet.
Sodann wird über Verschwörer und ihre Eigenschaften gesprochen.

Wenige Sekunden nach der Lektüre dieser dramatischen Zeilen war ich schon draußen, tief in den Schatten geduckt, um das triste Schauspiel zu beobachten, das Mazarins Bibliothekar dir bot.

»Monsire Naudé, ich bitte Euch, lasst uns zu den anderen zurückkehren, Ihr habt zu viel getrunken …«, batest du und zogst ihn am Arm, um ihn zu unserem Unterschlupf zu geleiten.

Nichts zu machen, kaum hattest du ihn zu einem Schritt in die gewünschte Richtung bewogen, nahm er sein irrendes Torkeln ins Nichts wieder auf.

Naudé stürzte, stand auf, fiel wieder hin. Er kroch auf allen vieren weiter und brach wieder zusammen. Der verzweifelte Päderast war am Ende: auf die Ellenbogen gestützt, begann er zu kriechen, ein zutiefst erniedrigtes Wesen, durch die Mischung aus Alkohol und Gewissensbissen als Wurm wiedergeboren.

Gelähmt von deiner Scham über den Zustand des berühmtesten Bibliothekars Frankreichs, bliebst du zurück. Du ließest ihn allein weiterkriechen und wartetest auf den endgültigen Zusammenbruch.

»Passt auf, ich sehe euch!«, faselte der Wurmmensch an die fernen Drahtzieher seiner Missetaten gewandt, während er sich durch den Staub schleppte. Tränen liefen ihm über die von Steinen und Dornen zerkratzten Wangen. »Gog und Magog, Hyänen und Bettler, Hundesöhne und Huren! Gebt mir meinen Namen zurück … ich, Gabriel Naudé, klage euch vor der ganzen Menschheit an.«

Plötzlich fuhr ein Zucken durch seinen ganzen Körper und er ließ den Kopf zwischen das Unkraut fallen. Sofort liefst du herbei und knietest neben ihm nieder, doch dich erwartete eine Überraschung. Naudé drehte sich blitzschnell um, packte dich wie ein Krake und zog dich zu sich heran, um dich zu besitzen.

»Monsire Naudé, was tut Ihr?«, riefst du aus, obwohl du es genau wusstest.

Ich sah, wie er mit einer Hand versuchte, sich seiner Hosen zu entledigen, während er dir mit der anderen an den Hintern griff.

»Ich bitte Euch, haltet ein …«, flehtest du, dich mühsam seinem Griff entwindend. Du erhobst dich, doch er zog an einem deiner Fußgelenke, sodass du neben ihn stürztest. Sogleich versetztest du ihm einen kräftigen Faustschlag ins Gesicht, der dir endlich etwas Ruhe verschaffte. Unterstützt von deinem Schlag, gewann der Alkohol die Oberhand und übergab den Bibliothekar in Morpheus' Arme.

Das war der richtige Moment: Ich kam aus meinem Versteck und rief dich. Dein Schreck über mein plötzliches Erscheinen in der Nacht von Gorgona verwandelte sich sofort in Erleichterung.

»Ich bin eben erst gekommen«, log ich. »Den letzten Teil Eures Gesprächs mit Monsire Naudé habe ich noch gehört.«

»Woher wusstet Ihr, dass ich hier bin?«

»Als ich aufwachte, sah ich Eure Lager verlassen und fürchtete, dass etwas nicht in Ordnung sei. Ich habe die ganze Gegend abgesucht und Euch endlich gefunden. Wie es scheint, habe ich gut daran getan.«

»Ja, Ihr hattet ein gutes Gespür«, sagtest du, »und jetzt danke ich dem Himmel, dass ich nicht mehr allein bin.«

Keiner machte eine Bemerkung über Naudés ekelhaften erotischen Angriff. Wir schleppten ihn zu unserem improvisierten Hauptquartier.

Währenddessen gabst du mir Bericht von der Beichte des Bibliothekars, auf die ich mit geheucheltem Erstaunen reagierte. Im Grunde warst du stolz auf dich und das zu Recht. Die Welt der Päderasten war dir nur allzu vertraut, du hattest so getan, als würdest du auf Naudés Angebot eingehen, um ihn in eine Falle zu locken, und das Fässchen Likör, das er sich selbst besorgt hatte, war dir eine Hilfe gewesen. Wer weiß wie viele Leute dieses Schlages du schon den bösen Erpressungen deines Herren Mattias de' Medici erliegen sahst.

Als dein Bericht beendet war, blieben wir stehen, um Luft zu holen. Naudé war nicht beleibt, aber auch kein Fliegengewicht.

»Jetzt, da er halbtot ist, wiegt er weniger als vorhin, als er hellwach und erregt war«, bemerktest du, während du dir seine reglosen Beine erneut auf die Schultern ludst.

»Ja, Signorino Atto. Je heftiger sie sich erregen, diese billigen Verschwörer, desto weniger sind sie wert.«

»Was meint Ihr?«

»Seien wir ehrlich, Signorino Atto: Wir dachten, wir hätten einen wichtigen Mann vor uns, einen aus den oberen Rängen der Starken Geister. Wir haben ihm gerissene kriminelle Pläne, Ehrgeiz und eine faszinierende Bosheit unterstellt. Stattdessen wurde er nur benutzt, wie viele andere auch. Ich erinnere mich nicht, wer geschrieben hat: Von zehn Verschwörern sind sechs Dummköpfe, drei sind Spione des Fürsten, und nur einer ist ein gefährlicher Mann.«

»Und Naudé ist einer der sechs.«

»Mehr oder weniger. Gesteuert von Diodati, den Starken Geistern aus Paris und Cassiano dal Pozzo. Er war nur das Werkzeug der wirklichen Verschwörer, der wahren Mörder Bouchards.«

Endlich hatten wir das schäbige Häuschen erreicht, das uns Herberge bot. Alle schnarchten friedlich. Als wir Naudé auf sein Strohlager betteten, stand ihm ein erschöpftes, kindliches Lächeln im Gesicht.

DISKURS XCV

Darin die Umgebung erforscht wird und ein böses Omen auftaucht,
besser gesagt, eine Todesahnung.

Ich erwachte bei Tagesanbruch mit schmerzenden Gliedern von der unbequemen Haltung, in der ich, statt einzuschlafen, eher vor Müdigkeit ohnmächtig zusammengebrochen war. Ihr anderen schlieft fest. Ich ging nach draußen. Die Sonne war eben über dem Toskanischen Meer aufgegangen und sandte ihre goldenen Strahlen nun in alle Richtungen. Der Wind war kräftig, brachte aber keine Wolken: ein schöner Tag kündigte sich an. Von diesem gesegneten Licht geküsst, erschienen das Dorf und der Hafen von Gorgona etwas weniger gespenstisch. Ich ging durch die Straßen zur Ortsmitte. Die Luft war kristallklar und trug jene besondere Duftnote des frühen Morgens, die wer weiß welche Herrlichkeiten verspricht und ein ganzes Regiment depressiver Greise in gute Laune versetzen kann.

Man konnte glauben, im nächsten Moment eine Wäscherin mit ihrem Korb frisch gebleichter Wäsche oder ein paar Fischer, die auf dem Boden sitzend ihre Netze flickten, oder ein Grüppchen hinter einem Ball aus Lumpen herjagender Kinder zu erblicken.

Stattdessen spazierte ich in völliger Einsamkeit, doch plötzlich meinte ich die Gegenwart eines anderen Wesens zu spüren. Ich hörte das Knirschen von Steinen, ein Rascheln, als schliche jemand dicht an einer Mauer entlang, sodass seine Kleider die Steine streiften.

»Wer ist da?«, rief ich.

Nichts, vielleicht hatte der Wind mich getäuscht.

Ich schlug den Rückweg ein und hatte mein Ziel fast erreicht, als ich sicher war, diesmal richtig gehört zu haben: es war das unverwechselbare Geräusch von Schuhabsätzen auf dem Straßenpflaster. Zwei oder drei Schritte nur.

»Wer auch immer du bist, komm heraus!«, befahl ich.

Mit gespitzten Ohren wartete ich eine Weile.

Er musste dort sein, direkt hinter diesem Mäuerchen an der Straßenecke. Doch bevor ich mir den nächsten Zug überlegen konnte, meinte ich Schritte zu hören, die sich entfernten.

Ich machte einen Satz nach vorn, spähte um die Ecke: niemand. Ich ging auf dem Sträßchen weiter, bis ich ein dumpfes Geräusch hinter mir hörte. Es kam genau von der Stelle hinter der Straßenecke, an der ich eben stehengeblieben war. Ich lief zurück, doch wieder nichts. Am Boden ein großer Stein, den ich zuvor nicht bemerkt hatte. Dummkopf, sagte ich mir, sie spielen mit dir. Der Stein, wer weiß aus welcher Richtung geworfen, sollte mich in die Irre führen. Oder war das nur Einbildung?

Genau in diesem Augenblick riss eine Windbö zwei lose Ziegel vom Dach eines Häuschens in der Nähe. Also hatte ich mir vielleicht doch alles nur eingebildet.

Es war noch früh, als ich zu euch zurückkehrte. Ich legte mich in mein Eckchen und schloss die Augen.

Als ich erwachte, stand die Sonne schon hoch am Himmel. Ich hatte Caspar Schoppe vor mir. Der alte Deutsche saß am Kamin, den er selbst wieder in Gang gebracht hatte, während wir noch schliefen. Er saß auf einem alten Schemel, seine Augen waren gerötet, seine Stimme rau. Er hatte Fieber, durchaus verständlich nach den unmenschlichen Anstrengungen, denen er, ein alter Mann, während der vergangenen Tage ausgesetzt gewesen war.

Ich weckte dich, und wir halfen Schoppe, sich wieder hinzulegen und gut zuzudecken. An diesem Tag sollte er lieber nicht mehr aufstehen.

Kurz darauf erwachte Gabriel Naudé. Wir fragten ihn besorgt nach seinem Wohlergehen und ob wir ihm behilflich sein könnten. Er schien fast verwundert über unsere Fragen und fragte zurück, ob wir denn eine ruhige Nacht verbracht hätten und was wir während seines langen Schlafes getan hätten. Als wir zögerten, wiederholte er die Frage, sichtlich erstaunt über unsere Unschlüssigkeit.

»Erinnert Ihr Euch nicht, Monsire Naudé?«, fragtest du, »ich hatte Euch begleitet, als Ihr frische Luft schnappen wolltet.«

»Frische Luft schnappen, ich und Ihr?«, erwiderte er mit wachsender Befremdung. »Ich erinnere mich nur, dass ich allein nach draußen ging und mit diesem Fässchen ausgezeichneten Likörs zurückkehrte.«

Dann errötete er aus Angst, senil zu erscheinen. Du und ich wechselten einen raschen Blick: vielleicht hatten der Rausch und die emotionalen Erschütterungen Naudé alles vergessen lassen. Das Gedächtnis des Bibliothekars hatte beschlossen zu versagen und seine Selbstliebe unangetastet zu lassen. Die Erinnerung an das Geständnis war ausgelöscht, und die moralische Jungfräulichkeit, wenn auch nicht wiederhergestellt, so doch zumindest geflickt. Dann betrachtete er seine Hände voller Kratzer und blauer Flecken. Auch die Beine waren aufgeschürft, seine Knie schmerzten. Die gestern auf dem Höhepunkt der Trunkenheit durch das Dorngestrüpp vollführten Schwimmstöße hatten ihre Spuren hinterlassen. Den Versuch, sich zu erheben, musste er jammernd aufgeben.

Während Naudé noch fassungslos seine Wunden musterte, zogen wir uns zurück, damit er uns nicht bat, ihm beim Erinnern zu helfen. Sein Gedächtnisverlust war ein großer Vorteil für uns, denn nun wussten wir alles über ihn, ohne dass er um unsere Kenntnisse wusste.

Dein falscher Barbello, soeben erwacht, trat zu uns, nicht ohne Mazarins Bibliothekar einen flüchtigen, aber mit entsetzlicher Verachtung geladenen Blick zuzuwerfen, wie nur Weiber es vermögen. Er schwieg und senkte die Augen, wahrscheinlich suchte er in seinen vernebelten Erinnerungen an den gestrigen Abend nach Gründen für diesen versengenden Blick, doch es schien ihm nicht recht zu gelingen.

Wir hörten die Tür knarren. Es war Kemal, der die Nase ins Freie steckte. Er füllte seine Lungen mit der Morgenluft und blickte sich um.

»Ein Scheißnest. Genau richtig für euch Nazarener.«

Als er sich zu uns umwandte, wirkte er auf mich äußerst angespannt.

»Signor Secretarius und Signori Kastraten«, sagte er spöttisch, »wir gehen jetzt den höheren, auf die Klippe gebauten Teil des Ortes erkunden. Oder wollt ihr etwa hierbleiben und mit den beiden da auf der faulen Haut liegen?« Er zeigte mit kaum verhehlter Verachtung auf Schoppe und Naudé.

Wir marschierten los. Rasch hatten wir die Straße bis zum höher gelegenen, dem Meer zugewandten Ortsteil zurückgelegt. Begleitet wurden wir vom unaufhörlichen Gesang des Windes, der heftiger wurde und uns peitschte. Die Wellen brachen sich mit zunehmender Wucht an den Klippen und dem kleinen Strand von Gorgona. Zweige, Blätter und Geröll aus dem Hafen, die das zurückflutende Meer zuvor an sich gerissen hatte, kehrten jetzt auf die Insel zurück.

Von diesem erhöhten Punkt aus überblickte man den Meeresarm zwischen Gorgona und der Küste noch besser. Wir spähten in die Ferne, hofften ein vorüberfahrendes Schiff zu erblicken, doch vergebens. Mit dem Wind hatten sich auch die Wellen erhoben. Von Osten kommend fegten mächtige Strömungen über die Fluten und trieben uns die prickelnde, salzhaltige Luft der toskanischen Gewässer in die Nase.

»Seht mal!«, rief Kemal.

Bei dem Anblick legten wir uns unwillkürlich eine Hand aufs Herz, mit der anderen bekreuzigten wir uns. Dort tanzte etwas auf den Wellen, plump hob und senkte sich der Bug, und es trieb führerlos auf den kleinen Strand von Gorgona zu.

Unser altes Rettungsboot ohne einen Menschen an Bord.

DISKURS XCVI

Darin man den Tod von Hardouin und Pasqualini beweint, doch durch eine entscheidende Entdeckung ein wenig getröstet wird.

»Sie haben es nicht geschafft«, verkündete Kemal trocken. »Ich hätte ohnehin keinen Heller darauf gewettet, und ich hatte recht.«

»Der arme Hardouin, er wird sein Kind niemals sehen«, schluchzte Barbara. »Hatten sie denn wirklich gar keine Hoffnung?«

»Hoffnung hatten sie reichlich. Aussichten auf Erfolg dagegen sehr wenige, und das war ihr Pech, hahaha!« Der Korsar lachte gemein.

Wir drei, arme Nazarener, sahen uns betrübt an.

»Wie mag das passiert sein?«, fragtest du.

»Einen Sturm gab es in dieser Gegend nicht«, antwortete Kemal, »darum wird einer über Bord gefallen sein, vielleicht von einer Welle mitgerissen, weil er sich zu weit über den Rand gebeugt hatte. Der andere wird ins Wasser gesprungen sein, um ihn zu retten. Und wenn sie beide keine guten Schwimmer waren … Außerdem waren sie ein Italiener und ein Franzose, eine schlechte Paarung: Die Italiener sind zu listig, um vernünftig zu handeln, die Franzosen zu vernünftig, um listig zu handeln.«

Wir schwiegen traurig. Nach Mustafa und Guyetus hatte der Tod uns zwei weitere Gefährten genommen. Waren sie die letzten?

»Ihr Landratten habt nicht genug Angst vor dem Meer. Stattdessen solltet ihr lernen, es zu fürchten, sonst werdet ihr immer enden wie die beiden.«

»Jetzt holen wir das Rettungsboot«, drängtest du.

»Können wir das nicht später machen?«, wandte ich ein.

»Aber nein, Signor Secretarius!« Du begehrtest auf. »Wenn der Wind dreht, könnten die Wellen es wieder aufs Meer treiben! Wir brauchen dieses verflixte Boot! Es ist unsere einzige Möglichkeit, wenn schon nicht Livorno, so doch wenigstens die vom Land aus unzugänglichen Stellen auf Gorgona zu erreichen! Es ist unser einziges Transportmittel, wollen wir es wegwerfen? Vergesst nicht, dass wir im Gegensatz zu Hardouin und meinem armen Lehrer mit Kemal wenigstens ein paar kräftige Arme zum Rudern haben.«

»Schon gut«, ergab sich der Korsar. »Lasst uns gehen, Signorino Atto, und machen wir schnell.«

»Barbello und ich bleiben hier«, wandtest du überraschend ein. »Was wollt ihr mit uns zwei Kastraten? Wir haben keine Muskelkraft, um das Boot an Land zu ziehen.«

Alis Statthalter und ich begriffen beide, dass du dich nicht von deiner verkleideten Frau trennen wolltest, und auch wir wollten Barbara natürlich nicht wieder der Gefahr des Ertrinkens aussetzen, wie in der Nacht, als wir das Boot für den armen Hardouin kalfatert hatten.

Die Bergungsaktion dauerte eine gute Stunde. Kemal musste sich Schuhe und Hose ausziehen und durch das eiskalte Wasser waten, das ihm bis zur Taille reichte. Er packte das Boot und zog es ans Ufer, wo wir es unter beträchtlichen Mühen aufs Trockene zogen.

Als wir die Stelle erreichten, wo wir uns von dir und Barbara getrennt hatten, sahen wir, dass ihr nicht auf uns gewartet hattet.

»Wo stecken die Schwachköpfe bloß?«, zischte Kemal zähneknirschend. Es war offensichtlich, dass ihn etwas bedrängte, eine heimliche Sorge, die jedoch niemand zu erraten vermochte.

Endlich sahen wir euch in einer Gasse auftauchen und Hals über Kopf auf uns zustürzen.

»Was ist los?«, fragte ich dich mit vorwurfsvoller Miene, während du im Ungestüm deiner letzten Laufschritte fast auf mich fielst.

»Kommt schnell!«, sagtest du, hochrot vor Aufregung. »Wir haben alles gefunden.«

»Was alles?«

»Den Schatz von Philos Ptetès! Seine Papiere, die Handschriften, alles! Aber ... fühlt Ihr Euch nicht wohl, Signor Secretarius? Ihr seid blass, Ihr wirkt sehr angegriffen.«

»Blass? Nun, das Bergen des Rettungsbootes war nicht so einfach, wie wir dachten. Seit Jahrhunderten habe ich nichts gegessen und seit vielen Nächten nicht genug geschlafen. Aber sagt doch: Wo ist dieser Schatz?«

DISKURS XCVII

Darin der Schatz von Philos Ptetès endlich ans Licht kommt und die geschickten Kniffe seines einstigen Hüters offenbar werden.

»Geht doch zum Teufel, ihr und eure Fetzen Altpapier. Diesmal möchte ich den Gestank dieser Lumpen nicht mal von weitem riechen«, sagte Kemal sofort und verkündete, er würde Schoppe und Naudé Gesellschaft leisten, um nicht schon wieder Zeit mit dem Papierkram von Philos Ptetès zu verlieren. Er spuckte aus, drehte sich auf dem Absatz um und verließ uns kurzerhand.

Wir waren nur noch zu dritt: du, dein verkleidetes Weib und ich. Nur du wusstest nicht, wie gut ich sie kannte. Ihre vielen Masken konnten von einem Augenblick zum anderen fallen, ich hätte sie in deiner Gegenwart bloßstellen und tausenderlei Erklärungen verlangen, sie ohrfeigen und demütigen können. Doch sie blieb gleichgültig, wie es nur manche Frauen angesichts der größten Gefahr vermögen.

Wir gingen los, und du zeigtest auf ein kleines Gebäude im höher gelegenen Ortsteil, ein primitiver Unterschlupf für Fischer, der sich zwischen anderen kleinen Häuschen an den Fels duckte.

»Wollt Ihr mir nichts erklären?«

»Kommt, macht schnell, seht selbst«, antwortet ihr beide knapp, um Atem für das Laufen zu sparen.

Die Eingangstür stand weit offen, und wir traten ein. »Wie bist du auf die Idee gekommen, in diese Hütte zu gehen?«, fragte ich. »Und außerdem frage ich mich ... ach so, jetzt verstehe ich.« Du hattest mir gezeigt, was an der Tür hing und zunächst nicht sichtbar gewesen war, weil die Tür sich nach innen öffnete: ein Zettel mit einem in schöner Handschrift geschriebenen Buchstaben.

Schwer zu sagen, seit wann er hier hing. Über der Tür befand sich ein kleines Vordach, das sie vor dem Regen schützte, außerdem lag das schmale Gässchen, über das man zu der elenden Behausung gelangte, wegen der dicht nebeneinander stehenden Häuser und der Klippe im Windschatten.

»Atto hat eine gute Witterung. Er hat mich überredet, in diese Richtung zu gehen und schon standen wir vor der Tür mit dem Zettel«, erklärte Barbara. »Atto hat mir alles über die Karte erzählt.«

Die Entdeckung dieses letzten Zettels hatte dich bewogen, deiner verkleideten Geliebten von unserer Schatzsuche zu erzählen. Du rissest den Zettel hastig von der Tür und ließest ihn achtlos auf den Boden fallen, wobei du mir einen sibyllinischen Blick zuwarfst.

Dann zeigtest du mir, was ihr in diesem erbärmlichen Loch entdeckt hattet.

»Wenn man dieses Häuschen von unten sieht, zum Beispiel vom Strand aus«, sagtest du, »bemerkt man, dass es mehrere Fenster hat, die aufs Meer blicken. Hier drinnen dagegen findet man nur eines.«

»Ja, und?«

»Das bedeutet, dass das Haus eine Zwischenwand hat. Hinter dieser Mauer, in die der Kamin gebaut ist, muss es einen Hohlraum mit weiteren Fenstern aufs Meer geben.«

»Ihr habt recht«, sagte ich nach einer Weile, »aber wie können wir ...«

Ohne mich ausreden zu lassen, nahmst du mich energisch am Unterarm und führtest mich zu der verdächtigen Wand. Neben dem Kamin angekommen, blieb ich stehen.

»Noch einen Schritt, Signor Secretarius«, sagtest du amüsiert lächelnd, ohne meinen Arm loszulassen.

Ich wagte einen nächsten Schritt und spürte, wie ich in die Tiefe stürzte.

DISKURS XCVIII

Darin man das lang Ersehnte endlich mit Händen greifen kann und nicht wenigen Enthüllungen beiwohnt.

»Seht Ihr, Signor Secretarius?«, sagtest du, während du mir halfst, mich wieder hochzuziehen. »Hätte ich Euch nicht am Arm gehalten, wäret Ihr jetzt wahrscheinlich tot.«

»Um Gottes willen, das ist wahr«, musste ich zugeben, während ich von dem Loch im Boden zurücktrat.

Die Falltür, die mich in die Tiefe gerissen hatte, war so leicht, dass sie auch unter einem geringen Gewicht nachgab. Ihre Klappe bestand aus bemaltem Holz, das die Zeichnung und Farbe des Fußbodens täuschend ähnlich nachahmte. Eine Falle, die all jene verschlingen würde, die ungebeten in das Häuschen eindrangen und versehentlich auf die Klappe traten. Schloss und Riegel erlaubten es, die Klappe zu verschließen, um die furchtbare Falle zu entschärfen. Der Abgrund hatte keinen erkennbaren Boden, wer dort hineinstürzte, würde wahrscheinlich in der Tiefe zerschellen oder in einem Felsspalt steckenbleiben und zwischen seinen Wänden elend verdursten und verhungern.

Doch der Stollen besaß eine Art Treppe aus u-förmigen, in die Felswand gemauerten Eisen, auf die man die Füße setzen konnte. Wer das wusste, konnte die Falltür nach oben öffnen und auf den Eisenstufen in die Tiefe hinabsteigen. Das taten wir unter deiner Führung.

»Als ich in dem Häuschen herumging, bin auch ich auf die Falltür getreten«, erklärtest du, während du dich hinabließest, »und nur durch ein Wunder bin ich nicht abgestürzt. Da ich mich am Fußboden festhalten konnte, bin ich lediglich am Rand des Lochs unsanft auf dem Hintern gelandet.«

Nach wenigen Stufen gelangte man zu einer Seitentür in der linken Wand des Brunnenschachts. Du öffnetest sie mit einem leichten Stoß, senktest den Kopf und schlüpftest in die Öffnung, in der du mit einem Sprung verschwandest. Wir folgten dir.

Was für eine Überraschung! Vor uns lagen der Himmel und das Meer. Einige Fenster schenkten uns den Ausblick auf die Elemente und den unteren Teil des Ortes bis zum Strand.

Wir befanden uns in einem sehr engen Zimmerchen, einer Art Korridor. Der winzige Raum verfügte über drei Fenster, durch welche sich das schöne Panorama bot. Diese waren es, die man vom Ort aus erblickte. Außerdem gab es drei Schemel, ein Tischchen, eine Öllampe und sogar eine Art Bett. All das stand an der zum Meer gelegenen Wand. An der gegenüberliegenden Wand ragten hölzerne Borde auf, alle voller Bücher und Handschriften, achtlos übereinandergestapelt.

»Das ist nicht möglich … ich traue meinen Augen nicht«, sagte ich fassungslos.

»Willkommen im geheimen Lager von Philos Ptetès«, sagte dein Barbello.

»Ich … ich kann es nicht glauben«, wiederholte ich, vom Staunen übermannt auf einen der drei schiefen Schemel sinkend.

»Ihr werdet ja immer bleicher, Signor Secretarius! Ihr könntet ein Tröpfchen von Naudés Likör gebrauchen«, sagtest du lachend.

Ich erhob mich und begann, die Regale zu untersuchen, indem ich rasch die Titel der Handschriften überflog:

Ammianus Marcellinus
Geschichten – vollständig

Plinius
Germanische Kriege

Plinius
Leben des Quintus Pomponius Secundus

Plinius
Geschichte Roms

Livius
Geschichte ab der Gründung Roms – vollständig

Varro
Die lateinische Sprache – vollständig

Varro
Geschichte der Familien Trojas

Statius
Achilleis – vollständig

Quintilian
Die Rhetorik

Quintilian
Warum die Redegabe verfällt

Martial
Epigramme zum Lobe Marcellas

Statius
Agave

Und es gab noch mehr, viele Handschriften mehr, alle ohne alphabetische oder inhaltliche Ordnung zu kleinen Stapeln aufgeschichtet.

»Ich kann es immer noch nicht glauben ... Also ist alles wahr! Wenn Schoppe oder Naudé hier wären, würden ihnen die Sinne schwinden«, sagte ich.

Philos Ptetès hatte sein Versprechen gehalten. Vor unseren Augen lag die größte Sammlung verlorener Werke des Altertums, kopiert von Poggio Bracciolini, dem berühmtesten Jäger von Handschriften aus allen Zeiten. Die Aufschrift »vollständig« kennzeichnete die Werke, die nur zum Teil überliefert waren, durch die Sammlung von Philos Ptetès jetzt aber ergänzt wurden. Die anderen hingegen, soweit ich das mit meinen sehr bescheidenen Kenntnissen der antiken Literatur beurteilen konnte, waren Werke, von deren Existenz man wusste, die aber niemals gefunden worden waren.

Unterdessen überflogst du die Titel der alten Kladden.

»Cicero ... Juvenal ... Propertius ... Vergil, wieder Cicero ... Petronius ist nicht dabei, wie es scheint. Den müssen die drei Bärtigen noch haben. Jedenfalls scheint mir das hier genug, um nicht nur Schoppe und Naudé die Sinne zu rauben, sondern auch vielen anderen, einschließlich Guyetus und Hardouin, wenn sie noch am Leben wären. Gott sei ihren armen Seelen gnädig.«

»Mögen sie in Frieden ruhen«, ergänzte ich, während wir alle drei traurig ein Kreuzzeichen schlugen.

Ich fuhr fort, in dieser unglaublichen Schatzkammer einzigartiger Edelsteine zu stöbern. Alles war in einer winzigen Handschrift geschrieben, ähnlich jener des Petronius, den wir zunächst in kleinen Mengen in der Torre Vecchia und dann in weit großzügigeren Posten in der Tasche der drei Bärtigen gefunden hatten.

Auf einem Bord ganz rechts bemerkte ich eine Reihe weniger voluminöser Schriften, eher eine Sammlung von Notizen. Ich streckte die Hand aus, zog sie herunter und überflog sie.

Du und Barbello kamt sofort an meine Seite, als ihr bemerktet, dass ich etwas in der Hand hielt, was anders aussah als die kostbaren Manuskripte.

Es waren zwei alte, zerlesene Heftchen, von einer schlichten Fadenheftung zusammengehalten. Die Handschrift deutete auf Bouchard hin. Ich schlug eines auf:

DER WUNDERBARE ARISTOTELES

Ist es möglich, dass der Mann, der das menschliche Denken wie kein anderer beeinflusste, von Geheimnissen umgeben ist? Alles, was den Philosophen par excellence betrifft, der drei Jahrhunderte vor Christus lebte, ist nebulös, sein Leben undurchdringlich von Beginn an. Sein Präzeptor war ein gewisser Proxenos aus Atarneus, dessen Name jedoch durch den Bericht des Ammonios überliefert ist – und der ist ein notorischer Betrüger. Böse Zungen flüstern, dass Aristoteles ein falscher Arzt, ein Scharlatan, Erbschleicher und Freischärler war, der sich aus Verzweiflung in die Akademie Platons, seines großen Lehrmeisters, flüchtete. Zwischen beiden kam es zum Streit, weil Aristoteles arrogant und intrigant war und eine zweite Schule gegründet hatte, um seinem alten Lehrer Konkurrenz zu machen, der dem Tode nahe war, ja, er soll ihn sogar aus den Räumen seiner Akademie vertrieben haben.

Ob das wahr ist? Wir werden es nie wissen. Aristoteles, der Ströme von Tinte über tausenderlei Themen vergoss – von der Fortpflanzung der

Fische bis zu den Kometenbahnen – hat über sich selbst geschwiegen. Kein einziges Wort über die zwanzig Jahre, in denen er Platons Schüler war. Ein Meister der Bescheidenheit? Dem allwissenden und redegewandtesten, redseligsten Philosophen aller Zeiten verschlug es nur dann die Sprache, wenn er ein paar Worte über sich selbst sagen sollte.

Nach Platons Tod wird er zum Präzeptor des jungen Alexander des Großen ernannt, des Königs von Mazedonien. Vielleicht weil sein Vater Arzt des Großvaters von Alexander war? Was lehrt Aristoteles den zukünftigen Helden? Wir erfahren es nicht. Doch die antiken Historiker beteuern, dass Alexander seinen Lehrer liebte und ihm sehr dankbar war für die Liebe zur Erkenntnis, die er in ihm geweckt hatte. Uns sind sogar einige Briefe zwischen dem Philosophen und Alexander überliefert und ein Traktat über Rhetorik, den der Lehrer für seinen Schüler schrieb – schade, dass auch dies dreiste Fälschungen sind, wie mittlerweile alle begriffen haben.

Zurück in Athen, erarbeitete er innerhalb weniger Jahre in einem selbstmörderischen Arbeitsrhythmus ein gewaltiges philosophisches System, schrieb Dutzende von Traktaten, unterrichtete Heerscharen von Schülern im Verlauf unzähliger, endloser Zusammenkünfte und war der erste Philosoph, der eine große Privatbibliothek anlegte. Seine Bildung war grenzenlos, seine Beherrschung der gesprochenen und geschriebenen Sprache vollkommen. Für seine Werke stellte er aufwendige Recherchen in Archiven an. Woher nahm er das nötige Geld für all diese Aktivitäten? Hatte er vom Vater geerbt oder verdiente er selbst gut? Auch diese wichtige Information verschweigt der Philosoph. Seine schöpferische Kraft hat etwas Unwahrscheinliches: er gilt als eine Autorität in der Philosophie, Naturwissenschaft, Astronomie, Grammatik, Statistik, Geburtshilfe, Physik, Anthropologie, Physiognomie, Politik, Ethik, Wirtschaft, Kunst und Botanik, außerdem stammen Gedicht- und Briefsammlungen aus seiner Feder. Genug, um zu erschrecken.

Im Laufe der Jahre soll er überdies in Intrigen verwickelt gewesen sein, sogar in die Ermordung Alexanders des Großen. Schließlich wurden über ihn das Scherbengericht, die öffentliche Ächtung und das Exil verhängt. Bei alledem fand er Zeit, zweimal zu heiraten und Kinder großzuziehen, außerdem in seinem Kreis junger Philosophen ohne Pause zu unterrichten.

Genau hier beginnt der unglaublichste Teil: die Geschichte der aristotelischen Handschriften, wie sie von Strabo und vor allem von Plutarch erzählt wird, dem großen Gotteslästerer.

Sie beginnt natürlich bei der sagenumwobenen Bibliothek von Alexandria. Der Gründer der Bibliothek, der Pharao Ptolemaios Philadelphos, wollte die Bücher des Aristoteles um jeden Preis. Er hatte ausgezeichnete Informanten: sein Bibliothekar Demetrios war zufällig Gouverneur von Athen gewesen, als Aristoteles starb, und hatte Theophrast, einem der wichtigsten Schüler des Philosophen, geholfen, in den Besitz von Aristoteles' Bibliothek zu kommen. Bei seinem Tod hinterließ Theophrast alle Bücher dem letzten direkten Schüler von Aristoteles, Neleus. Diese Bücher, von denen es jeweils nur eine Kopie gab, waren die einzigen echten Aufzeichnungen des Denkens von Aristoteles und niemals außerhalb seiner Schule verbreitet. Also war es richtig, sie Neleus zu hinterlassen, von dem alle annahmen, dass er zum zukünftigen Leiter der Schule bestimmt würde.

Doch Neleus wurde überraschenderweise nicht gewählt und zog sich grollend mitsamt den kostbaren Büchern in seine Heimatstadt Skepsis in der Türkei zurück. Nun besaß keiner mehr die wortwörtlichen Aussagen des Aristoteles zu den unterschiedlichsten Themen.

Gewiss, zu Lebzeiten hatte der Philosoph einige Werke in Dialogform veröffentlicht, dem Vorbild seines Lehrers Platon folgend. Doch seltsamerweise waren auch diese verlorengegangen. Innerhalb kurzer Zeit war also der gesamte Aristoteles von der Bildfläche verschwunden.

Der Pharao schickte einen Boten mit einem Kaufangebot für Neleus nach Skepsis. Doch dieser verkaufte ihm gegen eine hohe Summe nur einige Aufzeichnungen von geringem Wert und eine Menge langweiliger Traktate von Theophrast, dem alten Schüler von Aristoteles. Vor allem aber tat er so, als hätte er die Anfrage nach der Bibliothek des Aristoteles missverstanden und schob dem Boten Bücher unter, die dem Philosophen zwar gehört hatten, aber nicht von ihm geschrieben oder diktiert worden waren. Bei Ptolemaios Philadelphos und Demetrios, seinem Bibliothekar, landeten auf diese Weise eine Menge minderwertige Werke, die in der imaginären Bibliothek von Alexandria aufgestellt wurden.

Nach Neleus' Tod ging die echte Bibliothek des Aristoteles an seine Erben, ungehobelte, ignorante Personen, die sie in einem Loch in ihrem Garten versenkten, ohne die möglichen Folgen zu bedenken.

Ein unbekannter Nachfahre des Neleus grub die Rollen aus. Er fand eine unvollständige, ungeordnete, außerdem natürlich von Würmern und Feuchtigkeit zerfressene Sammlung vor. Statt an einen reichen Herrscher verkaufte er sie an einen übel beleumundeten Menschen, einen gewissen Apellikon von Teos, angeblich Buchhändler, Philosoph und Antikensammler, außerdem vorbestraft: Er hatte einige alte Dekrete aus den Archiven der Stadt gestohlen und wäre um ein Haar auf dem Schafott gelandet. Kaum hatte er den Schatz in Händen, veränderte und vervollständigte er die Handschriften nach eigenem Gutdünken und machte daraus eine erste, verheerend schlechte Ausgabe. Unterdessen war Athenion in Athen an die Macht gekommen, auch er angeblich ein Philosoph, der sich zum Tyrannen ausrief. Athenion schickte Apellikon in den Kampf gegen die Römer, von denen er jedoch vernichtend geschlagen wurde. Seine Bibliothek wurde vom römischen Diktator Sulla beschlagnahmt, der sie in einer seiner römischen Villen aufstellen ließ. Gut zwei Jahrhunderte waren seit dem Tod von Theophrast vergangen, während derer die Werke des Aristoteles unauffindbar blieben. In Rom war derweil ein gewisser Tyrannion (wieder ein recht unwahrscheinlicher Name) als Kriegsgefangener angekommen, der dann freigelassen und dank seiner erlesenen Bildung – welch Wunder! – sogar ein Freund Ciceros, des großen Bewunderers von Aristoteles, wurde.

Geschickt bestach Tyrannion den Bibliothekar Sullas und erhielt die kostbaren Bände des Aristoteles als Leihgabe. Doch in welchem Zustand mögen die Handschriften des großen Denkers nach so vielen Schicksalsschlägen (Feuchtigkeit, Würmer, Kriege, Umzüge aus der Türkei nach Athen, von Athen nach Rom) gewesen sein? Wohlgemerkt, in der Zwischenzeit waren Werke anderer Autoren in Umlauf gekommen, die ebenfalls Aristoteles hießen, und man hatte auch diese dem Philosophen zugeschrieben.

Tyrannion, der dank seines geglückten Bestechungsversuchs glaubte, den Schatz als Erster in Händen zu halten, musste zu seinem Leidwesen entdecken, dass Sullas Bibliothekar einer ganzen Reihe Leute denselben Gefallen getan hatte, darunter vielen skrupellosen Buchhändlern. Es scheint also, als wären die Schriften von Neleus/Aristoteles vielfach gelesen, transkribiert und dann planlos in die unterschiedlichsten Richtungen verbreitet worden. Deprimiert überlässt Tyrannion dem Philosophen Andronicus die Handschriften, der zum ersten Mal eine Aristoteles-Gesamtausgabe zusammenstellt, die bis in unsere Tage überliefert ist. Leider steckt sie voller Fehler: Schon über zwanzig Werke wurden als nicht von Aristoteles stammend erkannt.

Moment, das große Finale fehlt noch! Kehren wir zu Demetrios zurück, dem Leiter der Bibliothek von Alexandria. Nach dem Tod von Ptolemaios Philadelphos und der Thronbesteigung seines Sohnes Ptolemaios II. wurde er verhaftet und verbannt, weil er als zu intrigant galt. Eines Tages geschah ihm dasselbe wie Kleopatra: Er schlummerte auf einem Diwan, als ihn der Biss einer Schlange weckte. Er begriff sofort, dass er erledigt war, und dass vielleicht sogar der Pharao hinter dem Anschlag steckte. Ein schöner Roman.

Die ganze Geschichte ist offensichtlich eine Gotteslästerung. Demetrios der Präfekt der Bibliothek von Alexandria? Es hat sie nie gegeben, wie viele seit langem wissen. Doch auch der Rest ist nichts als Ausschuss, eine dumme Legende, die hinten und vorne nicht stimmt, und die an den Schulen zu lehren der Anstand verbieten sollte.

Die Erben von Neleus vergruben die Bücher des Aristoteles aus Dummheit in ihrem Garten, gaben sie also den Würmern und Ameisen zum Fraß? Konnten sie sie nicht in einer Truhe verstecken oder einem Treuhänder übergeben? Statt Gold zu scheffeln, indem sie die Rollen einem Pharao verkauften (sie werden doch wohl davon gehört haben, dass Ptolemaios Philadelphos sie seinerzeit unbedingt besitzen wollte!), überließen sie sie einem zwielichtigen Buchhändler mit Vorstrafen. Ist das glaubhaft? Und warum gab es nur eine einzige Kopie der Schriften? Hatte der Philosoph nicht dafür gesorgt, dass die Frucht jahrzehntelangen Unterrichtens erhalten blieb? Er besaß eine große Bibliothek: nicht einmal dort bewahrte er Zusammenfassungen seiner Lehren auf? Und nicht einer seiner zahllosen Bewunderer und Schüler hat diese kostbaren Aufzeichnungen, die das Material für Dutzende von Büchern bildeten, wenigstens zum Teil kopiert? Nicht einmal Theophrast und Neleus hatten daran gedacht? Waren sie wirklich so schlampig, die hochgebildeten Schüler von Aristoteles?

Beim Studium der Antike wird Einbildung als Gewissheit ausgegeben, der Glaube mit der Lehre verwechselt, auf dem Tellerchen für Marmelade wird Mist serviert.

Das Wissen um die Vergangenheit ist eine ekstatische Priesterin, angetan mit dem falschen Bart des Gelehrten.

Wenn es von den Aufzeichnungen Aristoteles' wirklich nur eine Kopie gab, warum stieß Apellikon, als er sie nach zwei Jahrhunderten Vergessenheit in die Hände bekam, trotz ihres üblen Zustands nicht einen Jubelschrei aus, den alle Welt hören konnte? Nur der Historiker Strabo berichtete von dem glücklichen Fund, kein einziger antiker Autor, auch Cicero nicht (der, wie die antiken Historiker behaupten, Aristoteles' Werke gut kannte), zeigte sich verblüfft oder begeistert über die Bergung dieser unschätzbaren Kostbarkeiten. Waren die Pharaonen nicht bereit gewesen, sie mit Gold aufzuwiegen? Oder lagen sie doch nur Ptolemaios Philadelphos am Herzen, und dem Rest der Welt waren sie völlig egal?

Die unglaubliche Geschichte vom Leben und den Büchern des Aristoteles genügt, um an dem ganzen Philosophen zu zweifeln und seine Statue für ein wächsernes Abbild zu halten. Man hat uns erzählt, dass die sogenannten verschwundenen Werke einfache Aufzeichnungen waren, aber das ist nur ein Vorwand, um dort alles Erdenkliche hineinzustecken und darüberzulegen und so auch den Ausschuss als wertvolles Material durchgehen zu lassen. Jahrhundertelang befolgten die Araber das *De causis*, das sie für aristotelisch hielten, später entpuppte es sich als falsch. Als Fälschungen erkennbar sind schon die aristotelischen Schriften über die Landwirtschaft, die Farben, die Physiognomie, die ärztlichen Heilmethoden, die Jagd, die Anthropologie, außerdem viele weitere über die moralischen Tugenden und die Ehe. Der Rest ist nicht viel mehr wert.

Die gesamte Tradition der klassischen Welt gründet, so wie sie uns überliefert ist, auf Unsinn. Rom und Athen hat es so, wie wir es uns vorstellen, nie gegeben. Nur das erklärt die Gotteslästerungen, die die antiken Historiker von Plinius bis Tacitus, von Ammianus bis Livius uns bei jeder Gelegenheit unterschmuggeln. Alle wahren Gelehrten wissen das. Doch das Geheimnis wird verborgen und geleugnet, um sich weiterhin ungestört am Tisch der Sophismen und Märchen laben zu können.

Es ist kein geheimnisvoller Zufall, dass Poggio Bracciolini so viele Entdeckungen machte. Ὀρεστής schuldet Francesco Bracciolini ewigen Dank, weil er ihm das gesamte Erbe, das irrtümlich an ihn fiel, übergeben hat. Freilich handelt es sich um etwas ganz anderes als er glaubt.

»Francesco Bracciolini? Der Secretarius der Barberini, der Freund von Bouchard ...« Du wundertest dich. »Aber dann ...« überlegtest du und blicktest mich lange mit gerunzelter Stirn starr an. Den Satz beendetest du nicht.

Wir nahmen die Lektüre wieder auf.

Die Herren Leichtgläubigen, die bis jetzt so viele Dummheiten geschluckt haben, werden sagen:»Wenn die Schriften des Aristoteles eine Erfindung sein sollen, müssen sich ganze Gruppen von Fälschern in Absprache miteinander ans Werk gemacht haben. Wer hat aber je so eine große Schar gemeinsam arbeiten sehen?

»Was für ein Unsinn«, wird man sagen, »es gibt keine kriminellen Banden, die massenweise antike Dokumente fälschen!«

Also folgt hier etwas für die Herren Leichtgläubigen:

Nachtrag
für die
HERREN LEICHTGLÄUBIGEN

Andreas Darmarios, geboren in Epidauros, hat zwischen dem Ende des 16. und dem Beginn unseres Jahrhunderts in einem Zeitraum von fast dreißig Jahren hunderte, vielleicht tausende von Handschriften kopiert (er unterhielt eine Werkstatt mit vielen Skribenten) und diese für viel Geld in ganz Europa verkauft. Seine Spezialität war es, anonyme oder Schriften unbekannter Autoren zu kopieren und die Namen berühmter Historiker und Philosophen auf das Frontispiz zu setzen. So verhundertfachte sich ihr Wert. Oder er zerteilte ein Werk in mehrere Teile, denen er erfundene Namen und Titel gab. Das Zeug verkaufte Darmarios gut.

Seine Kunden waren Philologen, Sammler, Herrscher und Kirchenleute: Isaak Casaubon, der größte Philologe Europas, ein Freund Scaligers; André Schott, der Doktor in Antwerpen, der mit vierzig Jesuit wurde und so weiterlebte wie zuvor; Antonio Agustìn, der größte Gelehrte Spaniens, der Darmarios sogar beim Katholischen König von Spanien einführte. Eine Zeitlang lebte dieser miese Betrüger in Trient, wo das große Konzil der Katholischen Kirche gegen die lutherische Ketzerei stattfand. Zuhauf erwarben die Kardinäle seine gefälschte Ware.

Dabei wussten alle, dass der Grieche seinen Kunden faule Eier unterjubelte, dass es ein Risiko war, bei ihm zu kaufen. Casaubon zahlte auch noch, als der Name des Schreiberlings aus Epidauros schon anrüchig geworden war. In Spanien saß er sogar im Gefängnis, kam jedoch fast sofort wieder frei, vermutlich mit Hilfe Agustìns. Darmarios wurde maßlos reich. Er log, betrog und fälschte nach Belieben. Inzwischen lässt sich kaum mehr ermitteln, wie weit sein Aktionsradius reichte und wie viele Fälschungen er über ganz Europa verstreute. Sein Name wird verkannt, als Toter wird er gedeckt wie als Lebender.

Zweiter Nachtrag
für die
HERREN LEICHTGLÄUBIGEN

Name: **Jakob Diassorinos** aus Rhodos.

Name und Geburtsdatum unbekannt.

Tätigkeit: Kopist von Handschriften und Fälscher. Seine Spezialität ist es, Miszellaneen von Texten zu kompilieren und sie als originale antike Werke auszugeben.

1541 ist er Skribent auf der griechischen Insel Chios.

1543 geht er nach Venedig, kopiert gegen Bezahlung griechische Handschriften.

1545 ist er in Paris, wo er zusammen mit zwei anderen griechischen Fälschern, Vergecius und Paleokappa, den Katalog der griechischen Kodizes in der königlichen Bibliothek erstellt. Das verschafft den dreien die Gelegenheit, gefälschte Werke in den Katalog einzutragen, sodass es scheint, als befänden sie sich seit unvordenklichen Zeiten in der Bibliothek Seiner Majestät.

Diassorinus siedelt nach Wien über und tritt in den Dienst des Kaisers. Er hat das Kommando über ein Regiment griechischer Kavalleristen, das in Italien und Frankreich operiert. Dann verschwindet er von der Bildfläche.

Unbekanntes Datum: Er lässt sich in der venezianischen Kolonie Zypern nieder, wo er eine Schule gründet.

1563 nimmt er an einer Verschwörung teil, um die Venezianer aus Zypern zu verjagen. Das Komplott wird entdeckt, er wird als Verräter hingerichtet.

Auch Diassorinos, darauf kann man schwören, wird den Studenten verschwiegen, damit sie nicht an den Lügen zweifeln, die sie in den Hörsälen der Universität lernen.

Dritter Nachtrag
für die
HERREN LEICHTGLÄUBIGEN

Theodosius aus Melitene: Historiker aus dem 10. Jahrhundert nach Christus, findet sich auch in Handbüchern. In Wirklichkeit hat es ihn nie gegeben. Sein *Epitome* ist nur die Kopie des Werks eines anderen Autors, nämlich Leon Grammaticos. Der Name Theodosius auf dem Frontispiz der Kodizes ist eine Fälschung. Warum hat das niemand bemerkt? Theodosius, über dessen Leben und andere Werke man nichts weiß, ist nur in der Phantasie seiner Erfinder geboren und gestorben. Über den Kodex *Epitome* liest man, der Verkäufer (also der Fälscher) des gefälschten Manuskripts sei der Priester Symeon Kabasilas gewesen, Diakon der großen Orthodoxen Kirche von Konstantinopel. Gegen Ende des vergangenen Jahrhunderts erging der fromme Symeon sich in gelehrten Briefwechseln mit den naiven lutherischen Theologen von Tübingen, dabei schob er ihnen Fälschungen unter, die er sich mit Gold aufwiegen ließ.

Johannes Sikeliota: Historiker des 13.–14. Jahrhunderts. Seine berühmte Sammlung *Synopsis historiarum*, von der es nur zwei Exemplare gibt, ist in Wahrheit eine Kopie des Werkes von Synkellos, bei der der Name des wirklichen Autors gelöscht und durch den von Sikeliota ersetzt wurde, welcher nie existierte.

Julios Polydeukes ist ein byzantinischer Historiker, den der Fälscher Darmarios und seine Helfershelfer erfunden haben, ebenso wie **Joseph Genesius, Johannes Kerameus, Johannes aus Kyzikos, Thaddäus Pelosiota, Heliodorus von Prusa, Proclo von Konstantinopel, Kastor von Rhodos, Demetrius von Lampsacus, Samonas von Gaza, Theophanes Continuatus, Pseudo-Kaisarius, Pseudo-Symeon** und wer weiß wie viele Gespenster es sonst noch gibt. Ihre Chroniken sind alle mit Namen und Fakten gespickt, die sich gegenseitig widerlegen, um Verwirrung zu stiften. Die gesamte Zeit vom Fall des Römischen Reiches bis zur türkischen Eroberung von Byzanz ist unter all diesen Verkleidungen unkenntlich geworden. Die Fälscher hatten durchaus nicht die Absicht, die Daten und Fakten in den byzantinischen Chroniken aufeinander abzustimmen, im Gegenteil, sie wollten sie so verworren, verwickelt und widersprüchlich wie nur möglich machen. Ihr Ziel: freie Hand zum Erfinden haben, ohne sich um Inkongruenzen kümmern zu müssen. Historiker wissen sehr gut, dass keine seriöse Geschichte der byzantinischen Kultur geschrieben werden kann.

Darmarios hat Ὀρεστής gezwungen, fortwährend in die Hölle zu blicken. Es ist kein Zufall, dass er und seine Bande sich darauf spezialisiert hatten, falsche antike Chroniken zu fabrizieren. Und nicht zufällig gehörte Casaubon zu ihren Kunden, derjenige, der für Scaliger die Handschrift von Synkellos aus dem Hut zauberte. Darmarios und die Seinen haben antike Chronologien produziert, die bei der Schöpfung beginnen, aus Texten unterschiedlicher Autoren zusammengestoppelt sind oder die schon bekannte Geschichte mit erfundenem Material »anreichern«. Genau das ist Synkellos passiert: Nur ein einziges seiner Manuskripte, jenes, das Casaubon auf Bitten Scaligers wie durch Zauber hervorholte, enthält den kostbaren Teil, der von den Ursprüngen der Welt handelt.

Vielleicht wird Ὀρεστής das nie beweisen können. Doch sein Geist und sein Herz wissen, dass Darmarios der Fälscher des Synkellos-Textes ist. Er und seine schurkischen Skribenten haben den Ursprung der Zeit in Nebel gehüllt. Wenn man, wie Darmarios, eine ganze Mannschaft an zuverlässigen Helfern hat, die antike Schriften nachahmen können, vielleicht sogar auf bestimmte Jahrhunderte spezialisiert sind, lässt sich leicht so arbeiten: Du machst die Kodizes vom 9. bis zum 12. Jahrhundert nach Christus, ich kümmere mich um die nächsten Jahrhunderte. Darmarios war der richtige Mann für diese besondere Operation. Scaliger brauchte den Synkellos sofort, um seinen *Thesaurus Temporum*, sein Hauptwerk, zu krönen. Nicht zufällig heißt es im Untertitel des *Thesaurus* »einschließlich der Chronik des Eusebius«, also der uralten Chronik, nach der alle suchten und die Scaliger dank zahlreicher Zitate aus zweiter Hand nach dem Synkellos rekonstruieren kann. Scaliger und Casaubon werden Darmarios für eine solche Gefälligkeit gut bezahlt haben. Den griechischen Text mag Scaliger allein oder mit Casaubon zusammen erfunden haben, aber der so überzeugend gefälschte und in eleganter Handschrift verfasste Kodex hat den griechischen Betrüger und seine Handlanger Schweiß und Rückenschmerzen gekostet.

Doch unter den Betrügern gibt es nicht nur Nomaden und Heuschrecken wie Darmarios. Ὀρεστής hat noch andere organisierte Zentren des Verrats entdeckt, und sie haben einen festen, angesehenen, jahrhundertealten Sitz: alte orthodoxe Klöster wie das der Akoimeten, der schlaflosen Mönche von Konstantinopel, die Tag und Nacht in fortwährendem Gebet das Lob des Herrn singen und einander seit Jahrhunderten ohne Unterbrechung abwechseln.

Unterdessen holen sie munter Handschriften aus ihrer Bibliothek und fabrizierten Kompilationen aus Texten von drei oder vier verschiedenen Autoren, die sie mit einem archaischen Stil überpinselten, um den Leser zu täuschen. Diese gaben sie als antike Werke aus, indem sie absichtlich Elemente ketzerischer Lehren einfügten, die nur erfahrene Theologen erkennen können. Sie zerlegten Werke von Chrysostomos oder Pseudo-Kaisarios in viele kleine Stücke und machten daraus ganze Briefwechsel (aus tausenden von Briefen!), die komplett gefälscht waren. Dabei beteten sie, sangen und beteten. Ihr Patriarch Petrus kopierte seitenweise echte Autoren, wie Proklos, und gab die Handschriften als Werke des berühmten Dionysos Areopagita aus. Für die Namen der Kopisten schöpfte er aus seinem Vorrat an Pseudonymen. All diese Betrüger haben sich bereichert und amüsiert. Wann wird die Wahrheit erkannt? Der Mensch fabuliert gerne, aber noch lieber beschwindelt er andere.

Wenn gut organisierte Gruppen am Werk sind, ist alles möglich. Eines Tages werden sie stärkere Geschütze auffahren und zu Papyri übergehen. Sie werden sagen, dass diese den endgültigen Gegenbeweis liefern. Kodizes stammen aus dem Mittelalter, aber Papyri sind viel älter. Sie werden dafür sorgen, dass man Papyri in verlassenen, glühendheißen Gegenden findet, wie den ägyptischen Wüsten, wo so leicht keiner spioniert. Sie werden sagen, es sei das warme, trockene Klima gewesen, das sie viele tausend Jahre lang konserviert hat oder dergleichen Unfug. Auf wenigen Zeilen Text werden sie Hypothesen, Bestätigungen und Widerlegungen aufbauen. Wichtig ist nur, für gesichert zu erklären, was ganz und gar nicht gesichert ist.

Wer erinnert sich schon, dass es die Papyruspflanze in Ägypten nicht schon seit Jahrhunderten gibt, ja, dass wir keinen einzigen konkreten Beweis dafür haben, dass sie dort je vorgekommen ist? Auf den Feldern nicht, nicht in der ägyptischen Kunst, in den Traditionen des Volkes nicht. Die Methode der Verarbeitung ist unbekannt. Dass die Ägypter

Papyrus besaßen, ihn verarbeiteten und benutzten, berichtet Plinius – einer der größten Verbreiter von Gotteslästerungen, die die sogenannte Antike uns je angedreht hat.

»Einen Augenblick, ich möchte noch einen Blick hier hinein werfen«, sagtest du, auf das andere Heft zeigend, dessen Titel dich neugierig gemacht hatte:

CHIFFRE DER NAMEN

Platons Dialoge

Es gilt, die in griechischen Wörtern versteckten hebräischen Wörter zutage zu fördern. Dafür transkribiert man das Griechische einfach in hebräischen Buchstaben, indem man von den griechischen Wörtern nur die Konsonanten nimmt, da das Hebräische eine Konsonantensprache ist, also keine Vokale schreibt. Hat man die hebräischen Wörter erkannt, berücksichtigt man nur ihre Wurzel, das heißt, man lässt flektierte Formen weg (Konjugationen, Deklinationen usw.). Dann übersetzt man diese hebräischen Wörter ins Lateinische. Der lateinische Satz, der dabei entsteht, wird sich in der lateinischen Fassung der Bibel wiederfinden lassen, und manchmal finden sich sogar dieselben Wurzeln in der hebräischen Fassung der Bibel.

Der Name Jesus Christus scheint sich als Chiffre hinter den Namen vieler Figuren in den platonischen Dialogen zu verbergen. Sogar mehrere Stellen aus der Bibel sind in Platons Dialogen zu finden. Das zeigt sich schon an den Namen Platons und der Figuren seiner Dialoge.

Platon

Die hebräischen Wurzeln sind *plh* + *ht* + *on*, die auf Latein jeweils *segregare* oder separieren (wie das hebräische *haplot*), *peccatores,* also »Sünder« (wie das hebräische *hatta'im*, Plural von *hatta*) und *dolor,* also »Schmerz« (hebräisch: *on*) bedeuten. Der Name Platon bedeutet also »Jener, der die Sünder schmerzhaft (von den Guten) trennen wird«. Das ist eine Anspielung auf Matthäus, xxv, 32: »… und werden vor ihm alle Völker versammelt werden. Und er wird sie voneinander scheiden, gleich als ein Hirte die Schafe von den Böcken scheidet.« In der Kirchenlehre und in Gebeten wie dem Credo, dem Glaubensbekenntnis, wird Jesus nämlich beim Jüngsten Gericht der Richter sein und die Guten von den Bösen trennen. Sein Name ist durch Jesaia I, 28 (lateinische Bibel) inspiriert: »*Et conteret scelestos et peccatores simul*«: Er wird Empörer und Sünder gemeinsam (also von den anderen getrennt) zerschmettern«, und dort findet sich auch das Wort *hatta'im*, »Sünder«.

Eine andere mögliche Übersetzung, welche die Anspielung auf Jesus Christus im Namen Platons ebenfalls bestätigt, lautet: »Jener, der den Frevel der Sünder (von den Guten) trennen wird.« Der Fälscher wusste, dass *on* zwei Bedeutungen hat: *dolor*, also »Schmerz«, doch auch *iniquitas*, also Gottlosigkeit, das Böse. Die Bedeutung im Sinne von Schmerz kommt aus *Genesis* XXXV, 18: »Da ihr aber die Seele ausging, dass sie sterben musste, hieß sie ihn Ben-Oni«, nämlich Kind des Schmerzes.

Die andere Bedeutung, »Gottlosigkeit«, findet sich bei Jesaia LIX, 6–7: »... ihr Werk ist Unrecht, und in ihren Händen ist Frevel« und »... ihre Gedanken sind Unrecht«.

Sokrates

Sein Name leitet sich her von den griechischen Worten *sòo* und *kratéin* = retten + ich kann = **Jener, der retten kann, der Retter.** Das ist ein Zitat aus Paulus, *Brief an die Hebräer* VII, 25: »Darum kann er die, die durch ihn vor Gott hintreten, für immer retten.«

Doch es gibt noch zahlreiche andere Beispiele. Dion kommt aus dem aramäischen *di*, was »jener« bedeutet, und dem griechischen ὤν, was »der ist« bedeutet. Der Satz bedeutet also: Jener, der ist = Gott. Ion ist gebildet aus dem hebräischen *jah* »Gott« + dem griechischen ὤν »der ist« = Jener, der ist = Gott, und so weiter.

Mit diesem System haben die Fälscher auch die Titel der platonischen Dialoge gebildet, hinter denen sich moralische oder christliche Sinnsprüche verbergen.

Θεαίτητοσ, ἢ περὶ ἐπιστήμης πειραστικός.

Theaitetos, oder Dialog der Suche nach Wissen

Der griechische Titel lautet: *Theàitetos e perì epistéme peirastikòs*. *Theàitetos* stammt aus dem griechischen *Theòs* + *àitetis* = Gott + Postulat = jener, der von Gott postuliert wird = **Christus**. In der Tat ist *Aitesis* der Name eines Gebetes der byzantinischen Liturgie.

Betrachten wir jetzt die Konsonanten in der griechischen Präposition *perì*, was auf Griechisch »über«, »anlässlich« bedeutet: *pr*. Es handelt sich um die hebräische Wurzel *parà*, deren lateinische Übersetzung die Verben *negligere, spernere, reprobare, reicere* ergibt, also: verachten, verschmähen, tadeln, ablehnen.

Epistème ist das griechische Wort für Wissenschaft, doch Platon benutzt es auch im Sinne von **Kunst, Geschicklichkeit**, zum Beispiel in seinen Dialogen *Gorgias, Lysis* und *Philebos*.

Zuletzt ist *peirastikòs* ein griechisches Adjektiv, das sowohl »Akt des Suchens« als auch »**Akt des Versuchens**«, »**des Auf-die-Probe-Stellens**« bedeutet. So wird aus dem Titel des platonischen Dialogs:

»**Christus verachtet die Kunst des Versuchens**«

Der Bezug auf die Versuchungen des Teufels, denen der Messias in der Wüste ausgesetzt war, ist deutlich.

Παρμενὶδες, ἥ περὶ ἰδεῶν λογικός.

Parmenides, oder dialektischer Dialog über die Ideen

Parmenides = griechisch *parmeno* + hebräisch *hdh* (*hiddah*) = **bleiben** + **Freude empfinden** = **Christus** (Jener, der für immer in der göttlichen Freude bleiben wird). »Immer in der göttlichen Freude bleiben« ist eine Anspielung auf Paulus, *Brief an die Hebräer*, XII, 2, wo es heißt, dass Jesus um der »Freude« willen, die ihm verheißen war, nämlich »Zur Rechten von Gottes Thron zu sitzen«, das Kreuz erduldet hat.

Perì => hebräisch *parà* = »**verachten**«
Ideòn = griechisch »**von den Ideen**«
Loghikòs = griechisch »**dialektisch**«

»Christus verachtet die Sophismen«

Der Name Jesu taucht auch in den Namen der Figuren jedes Dialogs auf.
Ein Beispiel aus dem *Parmenides*:

FIGUREN DES DIALOGS

KEPHALOS

Hebräisch *kph* (*kaphah*) + '*l* (*el*) = besänftigen + Gott = jener, der (durch
sein Opfer) Gott besänftigt. Das ist ein Hinweis auf die liturgische An-
rufung des *Agnus Dei*, des Lamm Gottes, also = **Christus.**

ANTIPHON

Hebräisch *antah*, (flexierte Form von *anah*, die »betrüben«, »quälen«
bedeutet) + '*ph* (*af* = auch, sogar) + *on* = betrüben, unterdrücken + auch
+ Frevel, Böses, Schmerz. *Anah* ist dasselbe Verb, das zur Beschreibung
der Passion Christi benutzt wird.

Das bedeutet: »Jener, der den Frevlern sogar die Schmerzen der Passion
zufügen wird.« Es findet also eine Umkehrung der Rollen, eine Vergel-
tung statt. Der Satz bezieht sich auf den Tag des Jüngsten Gerichts, wenn
Christus, einst von der Gottlosigkeit der Menschen gerichtet und zur
Passion verurteilt, selbst zum Richter werden wird, der den Frevlern die
Leiden seiner eigenen Passion auferlegt.

GLAUKON

Hebräisch *glh* (*galah*) + '*qh* (*aqah*) + *on* = offenbaren + Zwang + Böses,
Frevel, Schmerz = Jener, der durch seine Offenbarung den Frevel unterdrücken wird. Hinweis auf die Apokalypse, auch Buch der Offenbarung
Jesu Christi an Johannes genannt. Bekanntlich ist die Offenbarung
außerdem die Grundlage der Glaubenslehre, denn ihr Inhalt ist die
Fleischwerdung Gottes in Jesus Christus, das Gott-mit-uns. Vgl. Paulus,
Brief an die Kolosser III, 4: »Wenn aber Christus, euer Leben, sich offenbaren wird, dann werdet ihr auch offenbar werden mit ihm in Herrlichkeit.«

PYTHODOROS

Griechisch *pythesthai* + *doréomai* = verstehen + schenken = Jener, der
Verstand schenkt. Hinweis auf Christus, der zu Beginn des Johannes-

evangeliums *Intellectus Dei*, Verstand, Wort, *Logos* Gottes genannt wird. Dieser Gedanke ist kennzeichnend vor allem für die scholastische Theologie, besonders bei Thomas von Aquin. Es gibt außerdem einen Bezug auf den Heiligen Geist, der »Verstand schenkt«. Vgl. *Psalmen* CXIX, 144: »Gib mir Verstand, und ich werde das Leben haben.«

Wir sahen einander verblüfft an. In griechischer Sprache, eine Zeile später jeweils gefolgt von der Übersetzung, standen hier die Titel und Figuren der berühmten platonischen Dialoge, bedeutende philosophische Werke der griechischen Antike, wie der *Theaitetos* oder der *Parmenides* – Namen, die den Philosophen aller Zeiten heilig waren.

»Platons Dialoge ... Bouchard hat sie in der Aufzeichnung erwähnt, die Euch Guyetus gab, nicht wahr?«, fragte Barbara.

Ich zog das Papier hervor, das ich bereits der ganzen Gruppe gezeigt hatte.

»Ja, hier am Ende.« Ich wies auf die entsprechende Stelle.

Poggio Bracciolini: Petronius, Tacitus, Silius Italicus, Manilius, Lukrez, Cicero. Alles Gotteslästerungen.
Titel und Figuren in den platonischen Dialogen.
Chiffre der Namen.

Mein Tod soll auf sie zurückfallen.

Wir schwiegen und lasen noch einmal diese unheilschwangeren Worte, von einem Toten geschrieben und mir von einem anderen Toten übergeben. Den letzten Satz musste Bouchard unmittelbar nach dem Überfall hinzugesetzt haben, bevor er diese Papiere weit weg von seiner Wohnung im Palazzo della Cancelleria in Sicherheit bringen ließ.

Jetzt hatten wir alle Teile zusammen: die Handschriften von Poggio Bracciolini, Titel und Figuren der platonischen Dialoge und die Chiffre der Namen.

Bouchard schien eine Art Schlüssel zu den Titeln und Namen der Figuren gefunden zu haben, mit dessen Hilfe man daraus Botschaften lesen konnte, die den Namen Jesu sowie Stellen aus dem Alten und dem Neuen Testament zitierten.

In dem Heft folgten weitere Aufzeichnungen:

Ich frage mich: Was soll das bedeuten? Vielleicht ist es ein Spiel, vielleicht eine Vorspiegelung, von irgendeinem Spaßvogel ausgeheckt. Vielleicht sogar von Platon selbst, der dann aber nach Christus gelebt haben müsste, nicht vorher, wie man glaubt. Ich weiß es wirklich nicht.

Ich schreibe, lösche und schreibe wieder. Die Regeln der Kabbala kenne ich gut, darum konnte ich herausfinden, was sich hinter den Titeln und Namen der platonischen Dialoge verbirgt. Niemand hat das bis jetzt bemerkt. Verrückt.

Ich frage mich noch einmal: Was soll das bedeuten? Ich versuche es mit anderen Titeln, anderen Texten der griechischen Tragiker. Der Trick der Kabbala funktioniert immer: Überall finde ich verschlüsselte Botschaften über Christus. Was ist das? Ein teuflischer Zufall? Ein Betrug? Oder habe ich Wahnvorstellungen?

Eines ist sicher: In den platonischen Dialogen gibt es drei Arten von Eigennamen, und zwar die aus dem Griechischen, die vielen aus dem Hebräischen und Griechischen gemischten und manche, die nur aus dem Hebräischen stammen.

Wenn dies ein Betrug ist und kein Zufall oder mein Fieberwahn, dann sind die Regeln und Gesetze der gottlosen Bande der Fälscher für jeden verständlich, der Latein, Hebräisch und Altgriechisch beherrscht, außerdem die Regeln der Kabbala.

Es folgte eine lange Liste mit Anweisungen zur Entschlüsselung:

- Das Wichtigste sind die Konsonanten. Die Vokale im ursprünglich griechischen Wort müssen nicht unbedingt in den hebräischen Worten auftauchen. Das griechische περί, *perì* = »um herum«, »apropos« wird beispielsweise zum hebräischen פרע, *parà* = »vernachlässigen«, »verachten«.

- Die hebräischen Worte werden in derselben Reihenfolge angeordnet, in der ihre Konsonanten in der griechischen Version stehen.

- Die hebräischen Worte müssen ins Lateinische übersetzt werden und dann in dem Kasus (Nominativ, Genitiv usw.) und dem Numerus (Singular oder Plural) stehen, mit denen sich ein vollständiger Satz bilden lässt.

- Hier und da können hebräische Buchstaben eingefügt werden, um den Klang zu verbessern, z. B. ד, also *d*.

- Die Endungen (zum Beispiel auf -s) sind unwichtig, sie dienen nur dazu, den Anschein eines griechischen Wortes zu erwecken. Bei Verben zum Beispiel wird das -o der ersten Person Singular nicht berücksichtigt. Wichtig sind dagegen die Buchstaben, die sowohl auf Griechisch als auch in der gesamten Deklination des verborgenen hebräischen Wortes auftauchen.

- Der Klang mancher Buchstaben kann sich ein wenig ändern. Der hebräische Buchstabe ח zum Beispiel kann wie das »e« in »Eva« klingen, doch auch aspiriert und hart wie das »ch« von »Cham«. Der Buchstabe ג kann weich wie »dsch« klingen, aber auch hart wie in den Worten Gaza oder Gomorrha.

- Namen, die auf -ias enden, wie Kallias, Klinias, Kritias u. a. haben ihre Endsilbe aus dem hebräischen יה, *Jah*, was Gott oder Christus, der Gott selbst ist, bedeutet (das -s ist nur eine Endung und nicht zu berücksichtigen). Die Namen Hippias und Pausanias erhalten ihre Endsilbe aus einer anderen hebräischen Wurzel.

- Die Endungen auf -on stammen meist aus dem hebräischen און, was manchmal Schmerz, aber auch Ungerechtigkeit, Frevel oder Bösartigkeit bedeutet.

»Kann jemand von euch Hebräisch?«, fragtest du ratlos.

Barbara und ich schüttelten den Kopf. Wir überflogen die nächsten Seiten mit Anweisungen, die so endeten:

Wenn wir der Ordnung der Dialoge und Briefe Platons folgen, so wie wir sie heute in den wichtigsten Handschriften und in der sehr alten Ausgabe von Aldo Manuzio und den Zitaten bei Diogenes Laertius finden, werden wir entdecken, dass sich diese Regeln unfehlbar anwenden lassen.

»Er scheint die Regeln zu meinen, die befolgt wurden, um die Titel der Werke Platons zu bilden. Aber warum um alles in der Welt wurde eine solche Fälschung überhaupt gemacht?«, fragte sich Barbara.

»Aufgepasst. Bouchard sagt eingangs, dass es sich um bloße Zufälle oder seine eigenen Wahnvorstellungen handeln könnte«, gabst du zu bedenken.

Wir lasen weiter in den dicht mit Bouchards Schrift bedeckten Seiten:

Wenn es sich nicht um Zufall oder eine Illusion handelt, wenn die Chiffre der Namen keine paradoxe unbeabsichtigte Koinzidenz zwischen dem Griechischen, Lateinischen und Hebräischen ist, die den Namen Jesu hervorbringt, warum ist dann der falsche Platon erfunden worden? Warum hat er den wahren Platon ersetzt, vorausgesetzt, es hat je einen solchen gegeben? Wer ist der Urheber dieser Missetat?

Nur die Kirche könnte es gewesen sein: Äbte, Bischöfe, Kardinäle, die Legionen geschickter Schreiber instruierten. Welche andere Gemeinschaft verfügt über ein so feinmaschig über die Zeit und den Raum hinweg organisiertes Netzwerk, um ein solches Unternehmen durchzuführen und vor allem zu verdecken?

Die kirchlichen Urheber dieses gigantischen Betrugs zum Schaden der Menschheit müssen sich in der Kabbala sehr gut ausgekannt haben. Denn von ihr stammen die Regeln der Chiffre der Namen.

Wenige Erfinder, viele Ausführende. Doch wie konnten sie die Masse der Geistlichen überzeugen, sich für eine solche Fälschung zur Verfügung zu stellen, die überdies dem christlichen Glauben schadet? Während es nur allzu offensichtlich ist, dass die kirchlichen Initiatoren falsche Christen gewesen sein müssen, ist das von all den Mönchen, die an dem Plan mitgewirkt haben, kaum vorstellbar.

Die einzig mögliche Erklärung wäre, dass den Ausführenden weisgemacht wurde, die Fälschung würde dem Glauben an Christus nützen.

Die Fälschung Platons, wenn es eine solche ist, wäre nämlich die Antwort auf eine andere Fälschung gewesen: die des Aristoteles, des Philosophen schlechthin, jener, an den jede andere Lehre sich anpassen muss, wenn sie ernstgenommen werden will. *Ipse dixit*, heißt es, »das hat Aristoteles gesagt, also ist es wahr und braucht keine Beweise«.

Es gibt über tausend Handschriften von Aristoteles und nur 260 von Platon. Bevor Thomas von Aquin einen Kompromiss zwischen der kirchlichen und der aristotelischen Lehre fand, schienen der christliche Glaube und die Lehre des Philosophen, der den Schöpfergott auf die Kraft der Natur reduzierte und die Unsterblichkeit der Seele leugnete, unvereinbar.

Unter den Geistlichen gärte es. Sie kannten die Bibel in- und auswendig, schon längst hatten sie die seltsamen Analogien zwischen Aristoteles und den Sadduzäern entdeckt, jener jüdischen Sekte aus Priestern des Synedrions, die im Laufe von Jahrhunderten viele Anhänger fand: beide leugneten die Unsterblichkeit der Seele, die Auferstehung der Toten, das Ende der Welt, das Schicksal und auch das Eingreifen Gottes in irdische Angelegenheiten. Man musste also einen Philosophen erfinden, älter noch als der von den Sadduzäern erfundene Aristoteles, der diesem widersprach und die Ideen des Christentums vorwegnahm.

Hier liegt ein möglicher Beweggrund für die Erfindung Platons – natürlich nur wenn die Chiffre der Namen keine einfache, unglaubliche Übereinstimmung zwischen Griechisch, Hebräisch und Latein ist, aus der der Name Jesu hervorgeht. Platon verleiht den Eckpfeilern des Christentums philosophische Würde, und mit Platon tun das auch all die orientalischen Lehren, die als vorchristlich ausgegeben werden. Ebenso die Anhänger Platons in den unmittelbar darauffolgenden Jahrhunderten: Plotin und die Neoplatoniker bis zu platonischen Kirchenvätern wie Origenes. Viele von ihnen kommen aus Alexandria in Ägypten, der Geisterstadt, wo sich alles Mögliche unterbringen lässt, denn niemand kann es widerlegen, und auf diesem Gebiet genügt es, etwas zu nehmen, an das alle glauben, seine Echtheit muss nicht bewiesen werden. Nur wenn es falsch ist, muss man das beweisen.

Doch die Erfindung eines Platon als Vorläufer des Christentums wendet sich unerwartet gegen ihre Urheber: Da Platon und andere vor Christus lebten, ist das Christentum eine bloße Kopie!

Saecula saeculorum wird der christliche Glaube sich nicht mehr von dem Verdacht befreien können, eine Nachahmung der platonischen Philosophie für schlichte Gemüter und Ignoranten zu sein.

Wenn diese Vermutungen über ein Verbrechen ins Schwarze treffen, hat es Aristoteles und Platon niemals gegeben. Sie sind bloße Schatten, Wolken, nützliche Namenshülsen, unter denen im Lauf der Zeit die Arbeiten von Schreiberlingen und Fälschern gesammelt wurden, die angesehene Namen brauchten, um ihre eigenen Ideen in Umlauf zu bringen.

»Seht mal hier unten auf der Seite. Diesen Teil muss Bouchard sofort nach dem Attentat geschrieben haben«, vermutetest du.

Ich wusste, dass ich diesen Weg nicht gehen darf. Aber ich wollte der Angst, Feigheit und Trägheit nicht nachgeben und bin dem Tod entgegengegangen. Ich werde es den Du Puy schreiben. Ich werde sie auf ihr Verbrechen festnageln.

Die Gelehrtenrepublik schweigt, aber die Namen der Fälscher sind allen bekannt. Bis vor dreißig Jahren liefen sie noch unter uns herum. Was das Griechische betrifft, heißen sie Andrea Darmarios, Jakob Diassorinos, Konstantinos Paleokappa, Angelus Vergecius, Symeon Kabasilas. Gemeinsam mit vielen anderen haben sie mit ihren Fälschungen, manche plump, andere sehr raffiniert, die gesamte Literatur der griechischen Klassik verfälscht. Sie sind durch ganz Europa gezogen, haben blitzschnelle, verdächtige Karrieren gemacht, und seltsamerweise hat niemand sie aufgehalten. Wenn sie im Gefängnis landeten, waren sie nach wenigen Tagen wieder frei. Sie wurden beschützt.

So wie die Hand von Poggio Bracciolini die Buchstaben schrieb, welche die venezianische Druckerei von Aldo Manuzio zu Lettern goss, um dann mit ihren Pressen jene Ausgabe zu drucken, die wir noch lange Zeit lesen werden, so entwarf Paleokappa die griechischen Buchstaben, welche die Königliche Druckerei von Frankreich durch den Drucker Robert Estienne für den Druck der Bücher auf Griechisch übernahm. Estienne war der Schwiegervater von Casaubon, dieser wiederum Kunde von Darmarios, und daran sieht man, wie eng der Kreis war, der die falschen Helden der Philologie mit ihren Parasiten, den Fälschern, verband.

Die Gelehrten, die nicht übersehen konnten, mit wem sie es da zu tun hatten, haben sie gedeckt und gemästet. Sie haben sie sogar den Königshäusern empfohlen. Casaubon, Agustìn, Schott, die Kardinäle der heiligen römischen Kirche: sie sind es gewesen, die Besten, die Scharfsinnigsten, die Größten der Gelehrtenrepublik, die dem Dreck, der Lüge, der Entartung Tür und Tor geöffnet haben.

Literarische Schimären wurden fabriziert, *eidola*, deren Name nicht mehr wert ist als die Tinte, mit denen sie geschrieben wurden. Doch sie wurden studiert, auswendig gelernt und in die Handbücher aufgenommen. Der geschickteste Schachzug waren die Chronographien und historischen Werke, die die Grundlage für weitere Betrügereien schufen. Aus dem Nichts wurden Regenten und Dynastien, Kriege und Waffenstillstände geschaffen, ganze Reiche, im Traum geboren, wurden Wirklichkeit.

Sie haben uns erzählt, dass die originalen Handschriften der großen Autoren verlorengingen, dass sie von anonymen Skribenten kopiert wurden, und dass die nachfolgenden Kopien durch die Unachtsamkeit der Kopisten zahllose Unterschiede aufweisen. Die ältesten griechischen und lateinischen Handschriften gehen auf das achte Jahrhundert nach Christus zurück. Das Original ist älter, sagen sie, und es ist verloren. Doch viele Chroniken des Karolingischen Zeitalters oder der Zeit des Synkellos wurden *ab* dem achten Jahrhundert geschrieben. In diesem Fall müssten wir die Originale also haben, doch auch diese sind verschwunden. Aber auch hier haben wir nur Kopien aus weit jüngerer Zeit. Sind sie auch unzuverlässig wegen der Schlamperei der Kopisten? Die Erklärung ist einfach: In beiden Fällen hat es das Original *nie gegeben*. Die unerklärlichen Unterschiede zwischen zwei Kopien verdanken sich nicht der Nachlässigkeit von Kopisten, sondern sie sind gewollt, sie dienen dazu, die Philologen beschäftigt zu halten. Die Philologen sollen sich mit bedeutungslosen Kleinigkeiten abmühen, Jahre damit zubringen, festzustellen, warum die dritte Zeile eines bestimmten Kodex auf O, die eines anderen dagegen auf A endet und darüber den Blick auf das Ganze, auf den großen Betrug verlieren.

Die Praxis des »stemma codicum«, des Stammbaums einer Handschrift, die Poliziano erfand, der Kumpan der Päderastenspiele der Medici, ist die auf die Welt der Literatur angewandte Perversion. Sein eigentlicher Zweck ist es, auf die Zeit einzuwirken und auch sie zu pervertieren, indem Autoren, Werke und Fakten erfunden werden, Kinder des Lasters. Sie haben uns falsche Epigramme und Inschriften überliefert, oder solche, die keiner je sah, weil sie in inexistente Tempel, in imaginären Marmor gemeißelt wurden.

Eines Tages werden Ausgräber losgeschickt werden, damit sie Gegenstände ohne Geschichte aus der Erde holen, und dann wird es heißen: das sind die Beweise. Und wenn auf den Scherben Namen fehlen, werden sie rasch eingeritzt, bevor die Sachen den Museen übergeben werden.

Die pervertierte und mit literarischen Gespenstern bevölkerte Zeit, der Roman, den die Fälscher mit großer Raffinesse komponiert haben, wird zur Geschichte werden.

»Ich kann es nicht glauben«, sagtest du und ließest dich auf einen der Schemel in der kleinen Kammer fallen, »Platon und Aristoteles: beides Phantasiegespinste?«

»Wir haben jetzt keine Zeit zum Diskutieren«, mahnte ich, »wir müssen Schoppe und Naudé hierherführen. Sie sind ein bisschen derangiert, doch wenn sie die große Neuigkeit erfahren, werden sie sich blitzschnell auf den Weg machen, Fieber und Verletzungen hin oder her.«

DISKURS IC

Darin für Caspar Schoppe der große Moment kommt.

Der Verehrungswürdige saß zitternd auf einem Schemel und wärmte sich notdürftig mit ein paar zerschlissenen Decken. Seine Augen waren gerötet, er hustete und wirkte um zehn Jahre gealtert.

Bei der Nachricht von unserem Fund riss er die Augen auf und murmelte etwas auf Deutsch, was halb wie eine Verwünschung seiner Feinde und halb wie ein Dankgebet klang.

»Ausgerechnet jetzt, wo Naudé, Hardouin und Guyetus nicht mehr dabei sind …«, flüsterte er wie von Sinnen, doch schon mit einem triumphierenden Unterton. Dann schien er wie durch ein Wunder plötzlich genesen. Er warf die Decke voller Flöhe weg, die ihn gewärmt hatte, erhob sich und verlangte in fast militärischem Ton, an den Ort geführt zu werden.

»Wir gehen sofort los! Aber fragt mich nicht, wo Gabriel ist. Der verfluchte Korsar hat ihn vor einer halben Stunde weggebracht. Sie haben gesagt, sie kämen bald zurück, aber …«

»Wo sind sie denn hingegangen?«, fragte ich.

»Keine Ahnung.«

Wer weiß, ob das stimmte. Jetzt, wo er kurz davor stand, die Beute in Händen zu halten, konnte Schoppe sehr gut gelogen haben, um den Rivalen kurzfristig auszuschalten. Doch wir würden Naudé früher oder später wiederfinden, und so beschlossen wir, dass es keinen Grund gab, auf ihn zu warten. Wir hinterließen den beiden eine Nachricht und gingen im Sturmschritt hinaus.

Während wir durch die ausgestorbenen Gassen eilten, erklärten wir Schoppe, dass das Kabuff mit dem Schatz von Philos Ptetès eine Art Vorbau des Häuschens bildete, in das wir eingetreten waren. Es musste der restliche Teil eines angrenzenden, später abgerissenen Gebäudes sein, zu dem man von innen einen Zugang hatte lassen wollen. Die Mauern des Kabuffs, die aus dem Häuschen, mit dem es verbunden war, herausragten, wurden von außen durch zwei große Eisenträger gestützt, sodass es fast wie ein Auswuchs der Hausmauer wirkte. Das Kabuff mit Blick aufs Meer war also eine Art über dem Nichts schwebendes Geheimzimmer, das Philos Ptetès nur mit Hilfe von Hinweisen eines Ortskundigen hatte finden können.

»Da oben ist es, seht Ihr?«, rief Barbara-Barbello.

»Ein ausgezeichnetes Versteck«, bemerkte Schoppe, »von außen unmöglich zu entdecken. Ein kluger Kopf, dieser Philos Ptetès. Und wie habt ihr es herausgefunden?«

Atto erzählte von dem Zettel mit dem Buchstaben r an der Tür. Er erklärte, der Stollen, der zu dem Versteck führte, musste ursprünglich ein Brunnen gewesen sein, der dann, vielleicht weil er erschöpft war, als Durchgang benutzt wurde.

Unterdessen hatten wir unser Ziel erreicht. Es war nicht gerade einfach, den alten Deutschen in den Schacht und dann durch den Durchschlupf in das Kabuff zu zwängen, doch das Ergebnis lohnte die Mühe.

Als er sich zu dem großen Bücherregal umdrehte, schwanden Schoppe fast die Sinne. »Ooooh … Gott sei gepriesen!«, sagte er, sank auf einen Schemel und schlug ein Kreuzzeichen.

Dann kniete er vor dem Schatz nieder und betete lange mit gefalteten Händen in einem wunderlichen Gemisch aus Deutsch, Italienisch und Paduaner Dialekt. Noch während er das Gebet flüsterte, hob er die Augen zu der beeindruckenden Strecke aus jahrhundertealten Handschriften, die ihm altehrwürdiger erscheinen mussten als die Mauern von Jerusalem, majestätischer als die Kuppel des Petersdoms und heiliger als der Ölberg. Zuletzt wurde er von Schluchzern geschüttelt, und ebenso jäh und reichlich wie bei Schauspielern, die sie zur Rührung des Publikums aus dem Nichts hervorbringen können, fielen warme Tränen auf den staubigen Fußboden dieses bizarren Allerheiligsten der Antike, in welchem wir versammelt waren.

Dann erhob sich Schoppe und begann mit fiebriger Gier wild in den Handschriften zu blättern. Er packte drei oder vier mit einer Hand, presste sie sich an die Brust, steckte sie in seine Hose, unter sein Hemd, als könnte er sie nicht eine Minute länger von sich getrennt sehen, ja, als wollte er sie sofort alle am Körper mit sich tragen, nach

Padua oder anderswohin, auf dass Tinte, Papier und Bindung augenblicklich Fleisch von seinem Fleische würden, monströse Prothesen seines welken, feisten Körpers, und mit ihm einen Hybriden aus Mann und Papier bildeten, bei dem die Handschriften je nach der Gestalt diesen Mischwesens zum Affenschwanz, Drachenkamm, Hühnerflügel oder Horn eines Auerochsen wurden.

Während er sich die kostbaren Kodizes noch mit zitternden Händen wie besessen hier- und dorthin steckte (ein schmales Bändchen fand sogar Platz unter seinem Jackenärmel), überflog Schoppe schon mit flinken Fuchsaugen die Titel und las sie, stammelnd vor Lust, laut vor, in seinem Singsang nur behindert von dem winzigen Heftchen eines wer weiß wie berühmten Autors, das er zwischen den Zähnen hielt:

»Ammianus Marcellinus, die ... die *Geschichten* ... Oh, ihr himmlischen Götter ... die *Germanischen Kriege* von Pli... Plinius ... und Livius ... Livius Va-varro ... ich fasse es nicht!«.

Nachdem er sich mit Handschriften vollgestopft hatte, außerdem zwei turmhohe, schwankende Stapel auf den Armen balancierte und mit dem Kinn festhielt, sank er endlich erschöpft auf den Schemel zurück, wobei es ihm wunderbarerweise gelang (die Macht philologischer Begierde!), keine einzige der kostbaren Handschriften fallenzulassen. Dann zog er das Ganze wieder aus Jacke, Hose und Hemd hervor und häufte die Last auf das winzige Tischchen an der Seite. Er bedachte sie mit einem misstrauischen Blick.

»Der Petronius fehlt! Aber ... ach ja, wie dumm von mir, den haben ja die drei Bärtigen!«

Sodann stürzte er sich auf die erste Kostbarkeit, die er mit lüsternen Blicken rasend schnell durchblätterte, gelegentlich einige Textpassagen vor sich hin brummend.

»Ja, er ist es, mein heißgeliebter Ammianus ... genau wie ich immer vermutet habe. Ja, das hier ist er, stimmt ... Eine perfekte Handschrift, ein Klassiker seines Genres. Der Schreibduktus ist beispielhaft: die Hand eines italienischen Humanisten aus dem 14.–15. Jahrhundert. Er wird aus einem Kodex des 10.–11. Jahrhunderts kopiert haben, der wiederum auf ein karolingisches Exemplar aus dem 8. Jahrhundert zurückgeht. Die ersten dreizehn Kapitel sind vollständig ... Ach, wie herrlich! Hier der Anfang: *Hic incipit feliciter Historia Ammianii Marcellini* ... Gott sei gelobt. Alle Kaiser ab dem Tode Cäsars kommen darin vor! Wisst ihr, was das bedeutet? Von jetzt an kann man die gesamte Chronologie des Römischen Reiches lückenlos rekonstruieren! Aber … was ist denn das, diese Glossen am Rand? Ach, machen wir weiter, die werde ich später lesen, es gibt viel zu tun, und in Padua muss ich mich sofort an die Arbeit machen.«

Mit raubtierhafter Gier griff er nach der nächsten Handschrift und prüfte sie, indem er schwindelerregend schnell über die Seiten flog. »Plinius, *Bella germanica* … Der Himmel und alle Heiligen seien für dieses Wunder gepriesen! Hier: *Caput primum*, erstes Kapitel. Ja, alles ist da, wie in meinen Jünglingsträumen. Die Feldzüge gegen die Teutonen, der Kampf mit dem Barbar Hermann, der mit Tacitus Bericht übereinstimmt … aha, hier wieder ein paar seltsame Anmerkungen … Ach was! Machen wir weiter, das kann ich mir später ansehen.«

Bei der dritten Handschrift stockte die Lektüre jedoch:

»Martial, *Epigrammata in laude Marcellae*. Haha, jetzt gibt es was zu lachen, ich liebe Martial und den derben Humor dieses heidnischen Sünders! Mal sehen … mal sehen … ah, hier … aber was steht denn da in der Anmerkung?«

Er drehte die Handschrift auf den Kopf, wendete sie hin und her, als suchte er, in welcher Richtung sie zu lesen sei. Dann hielt er sich die Seite dicht vors Gesicht und las laut, in säuerlichem Ton jede Silbe akzentuierend:

»*Die Verse, wo er die Hure trifft, korrigieren und verschärfen. Den Teil mit dem Festmahl streichen, den versteht man nicht.*«

Schoppe runzelte die Stirn und sah uns nachdenklich an. Dann steckte er die Nase wieder in die Handschrift und las weiter in den Glossen:

»*Hier gefällt er nicht. Niccoli fragen, wo man kürzen kann, denn der Scherz ist schwach.*«

Er machte eine Pause, dann las er:

»*Neues Material suchen. Von Villani nehmen.*«

»Villani? Das kann doch nicht Giovanni sein, der Verfasser von Novellen?«, sagtest du.

»Natürlich nicht«, antwortete ich, »was hat der Novellist Villani damit zu tun …«

Schoppe musterte unsere Gesichter mit einer Mischung aus Argwohn und Angst. Er schloss die Handschrift.

»Ihr habt mich in eine Falle gelockt«, sagte er kalt.

»Wie bitte?«, fragte dein falscher Barbello verblüfft und entsetzt, da er fürchtete, Schoppe habe aus unerfindlichen Gründen den Verstand verloren.

Der alte Philologe machte sich daran, neue Handschriften durchzublättern, sogar zwei gleichzeitig, eine mit der linken, die andere mit der rechten Hand, und wenn ich ihm direkt ins Gesicht hätte blicken können, hätte ich wahrscheinlich gesehen, dass er über seinem Eifer schieläugig geworden war und nun mit jedem Auge ein Werk betrachten konnte.

Doch diese Eile war nun nicht mehr die Gier, mit der man einer jungen Braut die Kleider vom Leib reißt, sondern die Wut, mit der man, unvermutet zurückgekehrt, zu Hause den Schrank öffnet, wo sich, nackt wie ein Wurm, der Liebhaber der eigenen Frau versteckt. Derweil brummte der deutsche Edelmann mit belegter Stimme: »Überall Kritzeleien neben den Texten! Anmerkungen, Nachträge und Kommentare derjenigen, die die Handschriften bearbeitet haben. Hier, eine Glosse in den *Germanischen Kriegen* von Plinius: *Kürzen, zu lang und Tacitus zu ähnlich, das gefällt nicht.* Und hört Euch das hier an, im Statius: *Zwei Strophen wegnehmen und falsche Reime machen, um das Reimschema durcheinanderzubringen.*«

Du schwiegst, starr vor Staunen. Offenbar hattest du in dem Moment, als du den Schatz von Philos Ptetès entdeckt hattest, nicht darauf geachtet, dass sich rechts und links neben dem Haupttext unzählige Anmerkungen in winziger Schrift befanden, die regelrechte Kommentare zum Text darstellten.

»Das verstehe ich nicht«, griff ich ein, »ich dachte, es sei normal, dass eine Handschrift am Rand die Glossen ihres Verfassers trägt?«

Auf Schoppes Gesicht war ein grünlicher Schimmer erschienen. Ohne mir zu antworten, las er weitere Randnotizen:

»*Livius, fünfunddreißigstes Kapitel: Erzählung um die Hälfte kürzen, denn dann erscheint es wie ein Unglücksfall.* Weiter unten steht: *Niccoli fragen, ob es ihm so gefällt, wenn nicht, kann er einen Zusatz machen.*«

»Seht mal hier«, sagtest du plötzlich und zeigtest uns das Porträt eines Menschen mit finsterem, unheimlichem Blick.

Es handelte sich um einen oval umrahmten Stich. Auf dem Rahmen stand geschrieben:

POGGIUS BRACCIOLINUS

HISTORICUS FLORENTINUS

Es war das Porträt von Poggio Bracciolini, als Frontispiz auf ein Bändchen mit Aufzeichnungen geheftet. Wir öffneten es und entdeckten die Handschrift Bouchards.

UNGLAUBLICHE UND VERLOGENE GESCHICHTE

EINES GROSSEN GLÜCKSPILZES

Oder

Von der besten Art und Weise

Raritäten zu entdecken,

nämlich sie selbst zu erzeugen

Von den Theologen wird verlangt, die Echtheit der Texte zu beweisen, auf welche sie ihre religiösen Lehren gründen. Die Geschichtsschreiber der Tatsachen, der antiken Literatur und Philosophie dagegen sind bis heute noch nicht verpflichtet worden, die Echtheit der Dokumente zu beweisen, auf welche sie sich stützen.

Die Herren Leichtgläubigen werden größte Befriedigung darin finden, die außergewöhnliche Fabel von Poggio Bracciolini zu schlucken. Poggios Geschichte beweist, wie angreifbar und dreist die Lügen sind, auf denen die Gelehrtenrepublik beruht. Wenn der brave Francesco Bracciolini Ὀρεστής nicht die Ehre erwiesen hätte, ihm Poggios Erbschaft anzuvertrauen, die er irrtümlich erhalten hatte, hätte Ὀρεστής diese Untersuchungen, die ihn auf den Spuren Poggios durch die halbe Welt geführt haben, niemals anstellen können. Und vielleicht wäre das besser gewesen.

Poggio wurde erst apostolischer Skribent und päpstlicher Secretarius, dann Kanzlist der Republik Florenz. Man schrieb das fünfzehnte Jahrhundert, eine Zeit, in der die Wiederentdeckung der Antike durch die Gelehrten erdrutschartig voranschritt und fieberhaft nach antiken Kodizes, noch unbekannten oder seit Jahrhunderten verschollenen literarischen Werken gesucht wurde. Und so weit wie Poggio kam kein anderer. Es war, als besäße er einen Zauberschlüssel, um im Handumdrehen zu finden, wonach andere seit Jahrhunderten suchten. Er pflegte vertrauten Umgang mit den größten Gelehrten seiner Zeit und verfügte über eine Werkstatt mit Kopisten, die er selbst ausgebildet hatte und bezahlte, genau wie Darmarios seine Gehilfen, der die von seinen Reisen mitgebrachten Handschriften für ihn kopieren ließ.

Poggio prahlte offen damit, dass seine Kopisten imstande waren, die Schriften auch der ältesten Kodizes, wie langobardische oder gotische

Schreibweisen, perfekt zu imitieren. Auch die Skribenten von Darmarios besaßen dieses Geschick im Nachahmen.

Die Kunden (Kardinäle, Päpste, Fürsten, Adelshäuser) bezahlten seltene Handschriften in Gold, bei Poggio wie bei dem griechischen Fälscher Darmarios.

Es gibt nur einen einzigen Unterschied zwischen den Betrügern des Andreas Darmarios und den Kopisten Poggios: erstere wurden auf frischer Tat ertappt, nachdem sie plumpe Fälschungen in Umlauf gegeben hatten. Poggio wurde nie der Fälschung bezichtigt, obwohl er weit mehr Handschriften entdeckt hatte als Darmarios, Diassorinos und andere Händler mit hellenischen Attrappen.

Poggio gelang es, der Welt weiszumachen, er habe fast die Hälfte der lateinischen Literatur gefunden. Man muss einräumen: er hatte kluge Vorsichtsmaßnahmen getroffen. Er ließ die Briefe zirkulieren, die er mit seinen Freunden und Mitarbeitern wechselte, und die Ὀρεστής mit mönchischer Geduld allesamt aufgespürt und gelesen hat.

Mit dieser Korrespondenz hat der gerissene Toskaner der Welt seine Version der Ereignisse hinterlassen. Der Großteil der Briefe ging nämlich an seinen engen Freund Niccolò Niccoli in Florenz. Seltsamerweise sind Niccolis Antworten jedoch verlorengegangen. Alle.

Geblieben ist nur, was Poggio schrieb, also lässt sich nicht beurteilen, ob er lügt oder die Wahrheit sagt. Ὀρεστής ist der Ansicht, dass man in solchen Fällen aus gebotener Vorsicht die Dokumente für falsch halten sollte. Doch heutzutage, wo alles sich umkehrt, gelten sie den Herren Leichtgläubigen als echt, und wenn jemand diese Papiere als Fälschung entlarvt, erzürnen sie.

Dabei mangelte es nicht an Gelegenheiten, Poggio zu überführen. Er selbst gab zu, dass er stahl, bestach und die Bibliotheken der Klöster halb Europas plünderte: in Deutschland, Frankreich, in der Schweiz und in England. Wohin auch immer er sich begab, fand er Handschriften zuhauf. Das liege an diesen barbarischen Nordländern, schrieb er seinen Freunden, denn sie wüssten gar nicht, welche Schätze sie in ihren verstaubten Bibliotheken hüteten: Handschriftensammlungen aus dem 12., 11. und sogar dem 10. Jahrhundert. Er entdeckte sie, kopierte sie und kehrte nach Italien zurück. Unerklärlicherweise verschwanden die Originale, nach denen er kopiert hatte und die nur er und wenige aus seinen Kreisen kannten, bald darauf für immer. Die Herren Leichtgläubigen haben, wie es scheint, die ganze phantastische Inszenierung Poggios nur zu gerne geschluckt. Vielleicht auch deshalb, weil seine Lügen oft wiederholt wurden, frech und unglaubwürdig sind und sich vor allem *gegenseitig stützen*, sodass sie schließlich Wirklichkeit wurden.

Poggio stöberte als Erster eine Handschrift der *Astronomica* von Manilius auf (seltsamerweise dieselbe, mit der Scaliger seine chronologischen Forschungen begann). Manilius imitierte an vielen Stellen das Poem von Lukrez *Über die Natur*. Wer brachte Lukrez ans Licht? Wieder Poggio. Manilius hatte außerdem große Ähnlichkeit mit den *Matheseos libri* von Firmicus Maternus. Wer entdeckte Firmicus Maternus? Natürlich wieder Poggio ...

Zu der Zeit waren einige Fragmente des *Satyricon* im Umlauf. Es handelte sich um den Roman eines gewissen Petronius, ein Autor, von dem bis dato nichts bekannt war. Irgendwann kündigte Poggio (in einem seiner üblichen Briefe an Niccoli, die Poggio selbst öffentlich machte) an, dass er einen Teil des *Satyricon* gefunden habe. Sonderbar, aber der Fund kam nie ans Licht. Doch immerhin konnte Poggio endlich sagen, wer dieser Petronius war! Denn das erklärt Tacitus in seinen Geschichtsbüchern *Annales*, ebenfalls eine Entdeckung, bei der Poggio seine Hand im Spiel hatte. Im einzigen Kodex der *Annales*, der die letzten sechs von ursprünglich 16 Kapiteln enthält, fand sich nämlich die berühmte (und einzige) Beschreibung des hervorragenden Schriftstellers Petronius. Die Geschichte des Fundes ist sehr geheimnisvoll: der Kodex der *Annales* 11–16, von dem alle anderen im Umlauf befindlichen Kopien abstammen, muss um 1050 in der Abtei von Montecassino geschrieben worden sein. Unglaublich, dass es trotz der Bedeutung dieses Werks gut zehn Jahrhunderte lang keine einzige Kopie gegeben hat.

Bis zu Poggio Bracciolini hatten die Gelehrten nichts über Tacitus in der Hand. Die lateinischen Grammatiker aus der Endzeit des Römischen Reiches (Servius, Priscianus, Nonius Marcellus) berufen sich auf die Autorität und das Vorbild einer langen Reihe von Autoren, doch Tacitus erwähnen sie nicht, als hätte es ihn nicht gegeben oder als wären seine

Werke schon damals seit so langer Zeit verloren, dass sich keiner mehr an ihn erinnerte.

Um 1429 förderten Poggio und Niccoli eine Handschrift mit den letzten sechs Büchern der *Annales* und den ersten fünf der *Historiae* zutage. Aus diesem Kodex stammen alle Kopien von Tacitus bis zur Erfindung des Buchdrucks.

Will man nun wissen, wo und wie diese Handschrift in ihren Besitz gelangte, stellt man bestürzt fest, dass Poggio und Niccoli Erklärungen gaben, die keinesfalls akzeptiert werden können, dass sie die Wahrheit also nicht sagen konnten oder wollten.

Warum diese Geheimnisse? Verdienen die beiden Toskaner, die diese Dokumente vorwiesen, wirklich Vertrauen? Welche Garantien gibt es für die Echtheit ihrer Funde?

Poggio und Niccoli zeichneten sich weder durch Gewissenhaftigkeit noch durch Ehrlichkeit aus. Die Suche nach Handschriften war für sie eine geregelte Arbeit, eine Möglichkeit, Geld zu verdienen. Poggio war einer der gelehrtesten Männer seiner Zeit. Wie wir sahen, war er ein geschickter Kalligraph, er bildete Schreiber aus, entlohnte und leitete Männer, die antike langobardische und karolingische Buchstaben auf Pergament kopieren konnten. In Rom leitete er eine Werkstatt, wo er die antiken lateinischen Handschriften, die er dem Vergessen entrissen hatte, wie er sich brüstete, reproduzieren ließ und vertrieb. Er selbst beteuerte, dass die Bände, die seine Werkstatt verließen, so perfekte Nachahmungen antiker Handschriften waren, dass man sie niemals als Kopien erkannt hätte.

Aus einer genauen Studie des Werks von Tacitus geht hervor, dass manche Passagen nicht von einem Menschen geschrieben sein können, der zur Zeit des Kaisers Trajan eine wichtige Position einnahm, und dass andere Stellen die Feder eines Mannes aus dem 15. Jahrhundert verraten. Der Pseudo-Tacitus ist nach Ὀρεστής Meinung niemand anderes als Poggio selbst. Auch dieser Enthüllung hat Ὀρεστής eine ganze Studie gewidmet.

Auch der erste Teil der *Annales* kommt nach tausend Jahren unerklärlichen einsamen Winterschlafes endlich in Florenz ans Licht, überdies in einem einzigen Exemplar. Die weniger wichtigen Werke von Tacitus, zum Beispiel die *Germanica*, eine Schilderung der antiken teutonischen Völker, die gespickt ist mit unwahrscheinlichen Details, der *Dialogus de*

Oratoribus (seltsamerweise das gesamte Mittelalter hindurch völlig unbekannt) und die *Agricola*, werden zum Gegenstand undurchsichtiger Verhandlungen mit deutschen Mönchen, von denen Poggio in seinen Briefen auf lakonische, unverständliche Weise berichtet. Jedenfalls werden die Werke schließlich gefunden und kopiert, doch sämtliche Originale verschwinden, kaum dass Poggio sie in Händen gehabt hat, sodass niemand sie je zu Gesicht bekommt und untersuchen kann. Und wie hat er die Mönche überzeugt, ihm diese Schätze auszuhändigen? Er gibt an, sie oftmals gestohlen zu haben. In anderen Fällen genügen kleine Erpressungen: Unterstützung im Umgang mit der päpstlichen Bürokratie im Tausch gegen die Handschriften. Jedenfalls macht er kein Geheimnis daraus, unsaubere Methoden angewandt zu haben. Seine Entdeckungen werden von befreundeten Mäzenen wie Leonardo Aretino und Francesco Barbaro großzügig bezahlt. Da die Handschriften häufig gestohlen werden, wie Poggio gesteht, hat er nur die Reisekosten. Der Verdienst ist gewaltig. Der arm geborene Poggio wird im Handumdrehen schwerreich.

Zu den wundersamen Entdeckungen Poggios in den Bibliotheken des Nordens gehört auch das *De Architectura* von Vitruv, und auch dieses Original verschwindet im Nichts, sobald unser gerissener Toskaner eine Kopie davon angefertigt hat.

Die *Punica* von Silius Italicus, das längste aus der Antike überlieferte lateinische Poem, wird von Poggio entdeckt. Natürlich ist es die einzige Handschrift, die es auf der Welt gibt, und auch hier behauptet er, er habe sie kopiert und dann verloren. Dasselbe Schicksal erleiden die *Silvae*, eine Gedichtsammlung von Publius Papinius Statius, sie werden gefunden und gehen dann wieder verloren.

Wie zerstreut Poggio und seine Freunde waren! Erst stöberten sie bei Reisen durch ganz Europa antike Handschriften auf, dann trotzten sie den teutonischen Wintern und vereisten oder schlammigen Straßen, um schwere Reisekisten bis nach Florenz und Rom zu schleppen. In der Heimat angekommen, kopierten sie die Handschriften liebevoll (eine Arbeit, die Tage, ja Wochen braucht), und dann verloren sie fast alle Originale! So geschah es auch mit den großen Plädoyers des Cicero, unsterblichen Juwelen der Redekunst, mit denen Cicero seine wichtigsten Klienten von schweren Anschuldigungen, sogar von Mord, freisprach: Poggio fand das Original zusammen mit anderen Reden Ciceros in

Frankreich, schickte es nach Italien, ließ es kopieren, und danach verschwand es spurlos. Idem die *Argonautica* von Valerius Flaccus. Dasselbe wiederholt sich bei den Kommentaren zu Cicero von Asconius Pedianus: Poggio und seine Freunde finden das einzige Original und kopieren es dreimal. Von dem Original, das keiner je zu Gesicht bekommt, geben sie seltsamerweise auch keine Beschreibung. Der Witz ist, dass einige der Werke des Asconius, die Poggio aus jenem geheimnisvollen Kodex kopiert zu haben behauptet, später als Falsifikate erkannt wurden, das heißt, sie wurden nie von einem Asconius Pedianus geschrieben.

Auf jeden Fall hätte Poggio besser daran getan, all diese antiken Handschriften dort zu lassen, wo er sie gefunden hatte, und wo sie, seinen Worten zufolge, seit mindestens einem halben Jahrtausend unversehrt lagerten. Vielleicht lägen sie dann jetzt noch heil und unangetastet dort, statt auf geheimnisvolle Weise zu verschwinden!

Ist es Zufall, dass das Kloster Reichenau zu Poggios Jagdgründen gehörte? In den Jahrhunderten, in denen die Handschriften geschrieben worden sein sollen, die Poggio erst kopiert und dann so nachlässig verliert, also zwischen dem 8. und 9. Jahrhundert, war Reichenau ein Zentrum für die Herstellung von gefälschten Dokumenten (Privilegien, Verträge, Benefizien, Erlassen), welche die tüchtigen Mönche in schwindelerregender Schnelligkeit fabrizierten, um ihre Interessen (Ländereien, Zölle, Steuerbefreiungen) vor den örtlichen Machthabern und den Kaisern zu schützen. Und sie fälschten *systematisch*: Jedes gefälschte Dokument diente dazu, andere Dokumente zu bestätigen. Vielleicht wurde Poggio von den Mönchen mit solchen getürkten Papieren bedient? Keiner wird es je erfahren, da er ja sagt, er habe die Originale verloren.

In seinen Briefen flüchtet Poggio sich fast immer in kryptische Formulierungen. Ein notwendiger Kniff: Als Ὀρεστής sie mit den Briefen anderer vergleichen konnte, wurde die Sache sofort verdächtig.
1416 fand in Konstanz in der Schweiz ein großes Konzil statt, um das dramatische Schisma zu beseitigen, das zur gleichzeitigen Regierung dreier Päpste geführt hatte: einer in Rom, einer in Avignon und einer in Pisa. In seiner Eigenschaft als Skribent der Päpstlichen Kanzlei gehört Poggio zum Gefolge des römischen Papstes Urban VI. auf der Reise

nach Konstanz. Während der Arbeiten des Konzils beschlossen Poggio und zwei seiner Kollegen, die nahegelegene Abtei von Sankt Gallen aufzusuchen und dort ein wenig herumzustöbern. Was hier wirklich geschah, wird niemand je erfahren.

Poggio und seine Begleiter Bartolomeo da Montepulciano und der junge Cencio Rustico gaben jeder in Briefen an Freunde einen anderen Bericht von den Ereignissen. In der mittlerweile verfallenen Abtei gibt es nur noch zwei Mönche, den Abt und den Propst. Poggio: »Wir fanden eine so große Menge Bücher, dass viel Zeit nötig gewesen wäre, sie alle auch nur zu zählen.« Cencio schrieb, dass sie die Bücher aus der Bibliothek der Abtei holten. Poggio berichtete: »Diese Bücher haben wir nicht in der Bibliothek gefunden, wie ihr Wert erwarten ließ, sondern in einem grässlichen, dunklen Gefängnis auf einem Boden *eines Turms*.« Wenn Philologen Irrtümer und Widersprüche in antiken Handschriften nicht erklären können, versuchen sie, alles mit einem Flüchtigkeitsfehler oder einer Ungenauigkeit des Kopisten zu rechtfertigen. Doch in diesem Fall gibt es keinen Ausweg. Die beiden lateinischen Worte für Turm und Bibliothek, *turris* und *biblioteca*, könnte nicht einmal ein Blinder verwechseln.

Nach Cencio wurden *in biblioteca* folgende Werke erbeutet:

1) Valerius Flaccus, *Argonautiche* I–III und die Hälfte des Buches IV
2) Cicero, acht Reden, von Asconius Pedianus paraphrasiert
3) Lactantius, *De utroque homine*
4) Vitruv, ein Buch über Architektur
5) Priscianus, Kommentar zu Vergil
6) Ein sehr kostbares Buch über Baumrinden

Nach Poggio wurden *im Turm* entnommen:

1) Valerius Flaccus, *Argonautiche* I–III und die Hälfte des Buches IV
2) Cicero, acht Reden, von Asconius Pedianus paraphrasiert
3) Quintilian, *Institutio oratoria*

Francesco Barbaro, der Mäzen Poggios, schrieb folgendes über die Expedition: »Du, Poggio, hast mit Hilfe deines Kollegen Bartolomeo da Montepulciano viele Autoren entdeckt oder zurückgeholt.«

Hier die Liste von Barbaro:

1) Quintilian
2) Asconius Pedianus
3) Lukrez
4) Silius Italicus
5) Ammianus Marcellinus
6) die *Astronomica* von Manilius
7) Lucius Septimius
8) Valerius Flaccus
9) Caper
10) Eutychius
11) Probus
12) »Die Grammatiker und viele andere«

Warum spricht Cencio von sechs Autoren, Poggio von drei und der Mäzen Barbaro von zwölf, außerdem von einigen nicht näher bezeichneten Grammatikern und vielen anderen?
Wollte Poggio den Diebstahl der Handschriften vertuschen? Sehr unwahrscheinlich, da er gerne mit seinen unorthodoxen Methoden prahlte. Außerdem war der lobende Brief von Barbaro eindeutig geschrieben, um verbreitet zu werden. Wenn Poggio den Diebstahl der von Barbaro genannten Titel hätte verschweigen wollen, hätte er den Brief vernichtet.

Der wichtigste Fund in Sankt Gallen ist der vollständige Quintilian. Die *Institutio oratoria* war bis dahin nur teilweise bekannt. Ὀρεστής hat eine Kopie der Kopie von Quintilian untersucht, die Poggio persönlich nach dem in der Abtei entwendeten Original angefertigt hatte. In dieser Kopie der Kopie wird vom Kopisten am Rand vermerkt, dass es eine eigenhändige Notiz Poggios gibt, in der er versichert, er habe Quintilian in Konstanz kopiert. Also hat Poggio mindestens den Quintilian nach Konstanz gebracht und dort kopiert.

Mehr noch: Der Kopist fügt hinzu: »Wie aus dem Trojanischen Pferd sind aus dieser Kopie von Poggio alle Quintilian-Texte hervorgegangen, die wir jetzt besitzen.« Quintilian ist also ein weiteres Geschöpf, das, wie Tacitus und viele andere, nur durch Poggios Hände gegangen ist, als es wieder aus dem Dunkel der Vergangenheit hervorkam.

Nicht einmal über das Jahr des Besuchs in der Abtei gibt es Einigkeit: in einigen Briefen wird 1416, in anderen ein Jahr später genannt.

Warum so viele Widersprüche?

Poggio behauptet, sie hätten in dem Kloster »eine so große Menge Bücher« gefunden, »dass viel Zeit nötig gewesen wäre, sie alle auch nur zu zählen.« Auch Cencio spricht von »zahllosen« Büchern. Doch kaum fünfzig Jahre nach ihrem Besuch tauchen im Inventar des Klosters aus dem Jahr 1461 nur etwa 500 Bände auf. Nicht gerade viel. Hatten Poggio, Bartolomeo und Cencio womöglich viele Bücher gestohlen? Wie wir sahen, finden sich in der Korrespondenz der drei Freunde mit italienischen Briefpartnern (Barbaro) einander widersprechende Listen, die von drei bis zu einem Dutzend Büchern reichen, hinzu kommt höchstens noch der allgemeine Hinweis auf »die Grammatiker und viele andere«. Nun gut, wird man sagen, sie haben fast alle Bücher gestohlen. Ὀρεστής ist in Sankt Gallen gewesen und hat in den Annalen der Abtei gelesen, die seit Jahrhunderten jeden Besucher und alle anderen Ereignisse in diesen Mauern getreulich verzeichnen. Von dem Besuch der drei Toskaner gibt es keine Spur! Auch wird kein Verlust von Büchern erwähnt. Es wäre widersinnig, wenn die Abtei den Besuch des päpstlichen Secretarius aus Rom nicht vermerkt hätte, vor allem wenn man den Anlass bedenkt: ein ungeheuer wichtiges und heikles ökumenisches Konzil, das vom Kaiser aus schwerwiegenden politischen und religiösen Gründen im nahen Konstanz einberufen wurde.

Die Widersprüche, das Stillschweigen und die vagen Auskünfte Poggios und seiner Mitarbeiter sind in Wahrheit Lügen.

Wenn Ὀρεστής sich aus diesem Bett, an das er nun gefesselt ist, erheben könnte, würde er mit lauter Stimme verkünden, dass Poggio niemals Texte von Quintilian gefunden hat und auch die anderen Handschriften aus Sankt Gallen nicht. Vielleicht ist er nie in der Abtei gewesen. Man muss ein Kloster nicht besuchen, um zu wissen, dass es auch eine Bibliothek besitzt – alle Klöster haben eine. Poggio wird sich damit begnügt haben, die Abtei von außen zu betrachten, dabei hat er den Turm bemerkt, und um das Risiko abzuwenden, die von ihm erwähnten Bücher könnten inventarisiert oder jemandem bekannt sein, hat er in seinen Briefen die Geschichte von den im Turm vergessenen Büchern erfunden. Cencio, der nicht so umsichtig ist, prahlt hingegen damit, dass er sie in der Bibliothek erbeutet habe. Poggios geheimnisvolle Blitzkarriere ist von Anfang bis Ende die Laufbahn eines Betrügers. Wo sich das Original von Quintilian befindet, weiß man nicht, einige sagen, Poggio habe es verloren, andere, es sei ein paar Jahrzehnte später verlorengegangen. Verloren ist auch die ursprüngliche Kopie von Poggio.

Kurz gesagt, es gibt keine Beweise dafür, dass Poggio den Text von Quintilian wirklich entdeckt und nicht vielmehr selbst erschaffen hat, indem er das nahm, was er über ihn wusste und sich von Niccoli, Barbaro und Kumpanen helfen und inspirieren ließ.

Gemeinsam haben sie eine neue Sorte Autoren der römischen Antike erfunden: eingebildete Autoren, wie die der Fälscher Darmarios, Paleokappa und Diassorinos. An den notwendigen Voraussetzungen und Fähigkeiten fehlte es ihnen nicht: Sie konnten antike Schriften des 9., 10. oder 11. Jahrhunderts nachahmen, beherrschten das Latein meisterlich in Vers und Prosa, waren geldgierig und völlig frei von Skrupeln.

Ὀρεστής weiß schon jetzt, was die Herren Leichtgläubigen sagen werden: Es gibt sehr alte Handschriften aus dem 10. Jahrhundert mit dem vollständigen Quintilian. Das ist Ὀρεστής bekannt, er kennt eine. Um den Anschein zu erwecken, diese (in Wirklichkeit falsche) Handschrift sei jene, die Poggios Kopie als Vorlage diente, hat jemand auf jeder Seite je nach Seitenlänge »25 Zeilen«, »30 Zeilen« und so weiter angemerkt. Der ungebildete und leichtsinnige deutsche Fälscher kannte den Klang des Wortes »righe«, Zeilen, und hat es ohne h geschrieben, also in deutscher Transkription. Er wusste nicht, dass das g, wenn es allein vor dem e steht, weich ausgesprochen wird, und zwar auch zu Poggios Zeiten ... Betrügen ist eine italienische Kunst. Poggio und seine Freunde haben sich nicht in flagranti erwischen lassen wie Darmarios und die anderen, in Hirtendörfern aufgewachsenen Fabrikanten hellenischer Attrappen. Die Italiener waren zu vorsichtig, zu feinsinnig, zu erfahren, um die groben Fehler der griechischen Fälscher zu begehen. Sie beherrschten die Kunst der Bestätigung a posteriori: um zu beweisen, dass sie ein Meisterwerk gefunden hatten, das man nur durch Zitate älterer Autoren kannte, fügten sie diese Zitate kurzerhand in den von ihnen erfundenen Text ein. Die Herren Leichtgläubigen, darunter viele Historiker, welche gewöhnlich ängstlich und opportunistisch sind, freuen sich immer, wenn sie Wunder bejubeln dürfen.

Auch Darmarios konnte auf Bestellung antike Schriften fälschen, falsche Werke von Aristoteles, Platon und Euklid schaffen. Doch meist benutzte er gröbere Methoden. So zögerte er nicht, bereits bekannte Werke von zwei oder drei Autoren nebeneinander zu stellen und die

Unterschrift eines vierten, von ihm erfundenen Autors hinzuzufügen. Tricks eines ungehobelten Bauern, die nur Verachtung verdienen. Seine dreisten Mystifikationen wurden (obgleich von vielen toleriert und benutzt) enttarnt, als er noch tätig war.

Poggio, Niccoli, Bruni, Barbaro, Guarino und viele andere Italiener waren weit raffiniertere Persönlichkeiten. Poggio war Kanzler der ruhmreichen, mächtigen Republik Florenz, Skribent der Päpstlichen Kanzlei im Rom der großen politischen und theologischen Kontroversen und erlebte nicht weniger als fünf Päpste. Er war selbst ein fruchtbarer und nicht untalentierter Verfasser lateinischer Prosa und Poesie. Er schrieb Schmähreden, Gedichte und beißende Satiren. Er liebte Exzesse und Extravaganzen, verteidigte die freie Liebe und den Geiz, er ging zu Huren, zeugte an allen Ecken und Enden Kinder, diente den Päpsten, hasste aber Ordensbrüder und Frömmler. Seinen Rivalen vermochte er öffentlich die Stirn zu bieten, seinen (wahren oder angeblichen) Feinden konnte er Idiot, Armleuchter, Nervtöter ins Gesicht sagen. Er beherrschte die Kunst, Streitereien zu inszenieren, um Aufsehen zu erregen und Schlafmützen, Bigotten und Einfaltspinseln die Schau zu stehlen. Er hatte begriffen, dass nur die Gerissenen in der Welt vorankommen und scheute sich nicht, dieses Wissen zu zeigen. Er konnte täuschen, sein Glück nutzen, anderen den Weg abschneiden. Er war im deftig-ironischen Geist Boccaccios aufgewachsen. Wie konnte Poggio dem Vorbild des *Decamerone* widerstehen, dem kleinen Universum aus zügelloser Freiheit und raffiniertester Schläue?

Ὀρεστής hat einige Nachforschungen angestellt. Jahrelang hat sein lieber Freund Cassiano dal Pozzo sich sehr bemüht, den Werken eines gewissen Pirro Ligorio, der im vergangenen Jahrhundert in Rom lebte, Ansehen zu verschaffen. Pirro hatte vielerlei versucht: Er war Künstler, Architekt, er stahl in anderer Leute Gärten vergrabene Statuen, sammelte Gerümpel und Inschriften. Er hinterließ einige schöne Dinge wie die Entwürfe für die berühmte Villa des Kardinal d'Este in Tivoli mit ihren Wasserspielen, den Garten der Monster in Bomarzo und das Nymphäum der Villa Giulia in Rom, doch als er versuchte, den Plan für Sankt Peter in Rom zu verändern, vertrieb ihn der Papst. Seine Zeichnungen der Antike und der alten Inschriften sind über die halbe Welt verbreitet. Ὀρεστής hat herausgefunden, dass auch er ein Fälscher war, ja, er brüstete sich sogar damit, Texte transkribiert zu haben, die in nicht existierende römische Marmorwerke gemeißelt waren. Ὀρεστής hat die Fälscher in der Ferne gesucht, im antiken Griechenland, dabei lebten sie bei ihm um die Ecke.

Wir müssen die gesamte Geschichte der antiken Literatur umkehren: Die überlieferten Texte müssen als falsch angesehen werden, bis das Gegenteil bewiesen wird. Für jeden, der eintritt, lautet die Losung:

»Die Geschichte ist wie ein in Prosa gefasstes Gedicht, und man schreibt sie, um zu erzählen, nicht um etwas zu beweisen. Das ganze Werk darf nicht dem Kampf in der Gegenwart dienen, sondern dem Gedächtnis der Nachkommen und dem Ruhm des Genies, der es verfasste. Sie zerstreut die Langeweile dank altertümlicher Vokabeln und eines freien Erzählstils.«

So schrieb Quintilian. Von Poggio Bracciolini wiederentdeckt oder vielleicht sogar mehr als das.

Schoppe hob die Augen und blickte uns drei starr an, ohne ein Wort zu sagen. Was hätte man dem auch noch hinzufügen sollen? Was wir soeben gelesen hatten, überstieg die kühnste menschliche Einbildungskraft. In ein trauriges Schweigen verschlossen, fuhr der Verehrungswürdige mit seinen alten Fingern über die anderen Papiere Bouchards. Eine Weile verharrte er auf dem Frontispiz einer Schrift des armen jungen Mannes über die Echtheit von Tacitus, von der wir soeben gelesen hatten. Seufzend blätterte Schoppe weiter und ließ zuletzt die Arme sinken.

Das Schweigen wurde durch eine andere Stimme unterbrochen, die von oben kam:

»Verfluchte Nazarener, ich habe all meinen guten Willen aufbringen müssen, um euch zu finden. In was für eine Räuberhöhle hat es euch verschlagen?«

Aus dem Brunnenschacht, der zu unserem Unterschlupf führte, kam erst ein bekannter Stiefel zum Vorschein, dann die ganze Gestalt seines Trägers. Während er sich überflüssigerweise den Staub von den Ärmeln wischte (denn die ganze Erscheinung war seit Tagen ein Abbild des Schmutzes auf Gorgona), erschien vor uns der Statthalter von Ali Ferrarese. Er war allein.

DISKURS C

*Darin man vom tragischen Ende Naudés erfährt und Schoppe
endlich seine wahre Natur offenbart.*

Kaum stand der Korsar vor uns, fragte ich nach Naudé.

»Das ist seine Sache.«

»Was soll das heißen?«, wandte Schoppe besorgt ein. »Er wird doch
wohl irgendwo hingegangen sein. Wo seid ihr gewesen?«

»Am Strand, um uns zu vergewissern, dass das Boot benutzbar ist.
Was auch zutrifft. Aber Naudé jammerte unaufhörlich, und da habe
ich, ehrlich gesagt …«

»Was hast du?«

»Nichts, ich habe ihm nur gesagt, er soll still sein, das sei nur die
Nachwirkung seines Rausches. Aber er fing immer wieder an mit seinem ›Was sollen wir tun? Was tun‹?«

»Ja, und weiter? Erzähl schon, los!«, rief Schoppe erregt.

»Da ist mir die Galle übergelaufen! Ich habe gesagt: ›Du bist ein Nazarener und schlimmer, du bist gottlos und obendrein auch noch Sodomit. Wenn du nicht weißt, was du tun sollst, dann stürze dich doch
von einem Felsen, das wäre das Klügste, was du tun kannst.‹«

»Und er?«

»Er ist weggegangen«, antwortete der Barbareske seelenruhig, als
wäre es das Selbstverständlichste von der Welt.

Wir schwiegen eine Weile. Das Gesicht des Verehrungswürdigen, das
sich während der Lektüre grünlich verfärbt hatte, nahm nun eine blei-
che Tönung an, und er schien zwischen einem Kollaps und einem
Wutausbruch zu schwanken: der Mund stand halb offen, die Augen
waren aufgerissen, Wangen und Stirn waren eingefallen und ließen an
den Schläfen heftig pulsierende bläuliche Adern durchschimmern.

Die Papiere fielen ihm aus den Händen, als er sich ruckartig erhob,
in den Durchschlupf kroch und die eisernen Stufen hinaufkletterte.
»Gabriel! Gabrieeeel!«, brüllte er mit aller Kraft, die seine armen alten Lungen hergaben.

Unterdessen hatte wieder ein starker Regen eingesetzt, und auch
der Wind war aufgefrischt. Ungeachtet des Wetters legte Schoppe,
schwankend wie ein verwundetes Tier, die Hände zu einem Trichter

an den Mund und wiederholte seinen verzweifelten Ruf. Das üppige Haarbüschel, das ihm so stolz über der Stirn stand, war im Nu klatschnass und klebte nun auf den Augen, was dem hochmütigen deutschen Gelehrten das wilde Aussehen eines Vagabunden verlieh.

»Gabrieeel!«, brüllte er mit zunehmend brüchiger Stimme. Inzwischen waren wir alle im Freien und versuchten ihn zurückzuhalten und zur Vernunft zu bringen.

»Beruhigt Euch doch«, sagtest du, hinter ihm herlaufend, »wenn man bedrückt und verzagt ist, redet man allerlei daher, vielleicht hat Monsire Naudé übertrieben, was noch lange nicht bedeutet, dass er sich wirklich das Leben nehmen will.«

Schoppe schien nicht einmal das Echo deiner Stimme zu vernehmen. Er schritt weniger als dass er vorwärts stürzte, mit geröteten Augen starr vor sich hinblickend. Den Pfad hatte er bereits verlassen und kletterte nun wie eine Gämse die Felsen hinauf, von neuen, mysteriösen Kräften belebt. Du ergriffst seine Hand, er schüttelte dich ab wie eine Fliege. Barbara und ich waren zurückgeblieben, der schnelle Aufstieg im strömenden Regen hatte uns erschöpft. Kemal zeigte nicht die geringste Anteilnahme.

»Ihr bringt Euch in Gefahr, Ihr wisst ja nicht einmal, wo Ihr ihn suchen sollt«, warntest du ihn vergebens.

Schoppe blieb hochaufgereckt auf einem Felsvorsprung stehen, wo er kaum das Gleichgewicht halten konnte, und brüllte erneut mit aller Lungenkraft, das Gesicht in die Höhe gewandt, als gäbe es den Regen nicht:

»Gabrieeel!« Seine Stimme hatte etwas Tierisches.

In diesem Moment wurden wir alle in Gespenster verwandelt. Ein Blitz entlud sich auf der anderen Seite der Insel und tauchte alles in sein unwirkliches, weißes Licht. Dann explodierte ein höllischer Donnerschlag, der uns zusammenzucken ließ, als hätte ein Büchsenschuss uns die Eingeweide zerfetzt.

Caspar Schoppe, der in diesem Moment auf dem Felsvorsprung hockte, drehte sich um sich selbst und stürzte übel zu Boden. Du und Barbara eiltet ihm zu Hilfe, du kamst als Erster an, doch kaum hattest du dich über ihn gebeugt, richtete er sich mit eigenen Kräften zum Sitzen auf, blickte dich mit leeren Augen an und gab dir einen kräftigen Stoß, sodass du ebenfalls nach hinten fielst und dir nur wie durch ein Wunder nicht den Kopf an einem Stein aufschlugst.

Ich wollte dir gerade im Kampf gegen Schoppe beistehen, als ich einen festen Griff um meinen Arm spürte. Es war der Korsar. »Lass ihn in Ruhe, Secretarius. Wenn er verrückt geworden ist, können wir ihn nicht länger bei uns behalten. Er muss seinen eigenen Weg gehen, wie alle. Willst du etwa mit ihm ins Meer stürzen und sterben?« Er zwinkerte mir in ironischer, trauriger Komplizenschaft zu.

Er hatte recht, es hatte keinen Zweck mehr. Schoppe schrie abermals den Namen seines Freund-Feindes Naudé und stürzte, von seinem eigenen Wahn wie berauscht, im strömenden Regen und Sturm noch weiter hinauf, auf der Suche nach dem letzten Selbstmörder von Gorgona.

Erst in diesem Augenblick offenbarte sich die wahre Natur Caspar Schoppes. Nachdem er sich mit seinem Gegner erbitterte Schlachten geliefert hatte, ihn mit dem Dreck tausenderlei Beleidigungen beworfen hatte, fühlte Schoppe sich – jetzt, nachdem er die Falsifikate des *olim* verehrten Poggio Bracciolini selbst in Händen gehalten hatte – einsam wie ein Hund und konnte nicht weiterleben, wenn Naudé starb.

Mit dem Verschwinden Gabriel Naudés, der seinem Alter nach Schoppes Sohn hätte sein können, fiel das brüchige, von Streit und Missgunst durchzogene Dasein Caspars des Kämpferischen wie ein Kartenhaus in sich zusammen. In diesem von feigen Winkelzügen, Kleinlichkeiten, Gerüchtemachen, Kehrtwenden, Schwindeleien und Verleumdungen erschütterten Universum hätte sogar ein Heiliger schließlich geflucht und seinem Nächsten die Faust gezeigt.

DISKURS CI

Darin sich das große Finale anbahnt und eine mutige Entscheidung getroffen werden muss.

In eben dem Moment, da Schoppe hinter der Regenwand verschwand, hörte man die Detonation. Eine weißliche Wolke erhob sich über der Torre Vecchia, und schon einen Augenblick später hörte man einen Aufprall dicht neben uns.

»Was zum Teufel war das?«, fragte Barbara.

»Eine Kanone«, antwortete Kemal, dem der Mund vor Staunen offenstand. »Man schießt von der Festung aus auf uns! Dort gab es Bombarden, erinnert ihr euch?«

»Und wer um alles in der Welt sollte die benutzen?«, fragtest du.

Du zogst das Fernrohr hervor, das du gefunden hattest, als die drei Bärtigen verschwunden waren, und richtetest es auf die Torre Vecchia. Doch deinem enttäuschten Kopfschütteln war zu entnehmen, dass du die Gestalten nicht erkennen konntest.

Wieder ein Schuss, ein zweites weißes Wölkchen über dem Dach der Festung.

»In Deckung!«, rief Kemal und duckte sich auf den Boden.

Noch während wir es ihm nachtaten, hörten wir den Aufschlag des Geschosses weiter unten, zwischen den Häuschen zu Füßen des hohen Felsens, auf den wir hinaufgeklettert waren. In ihrer Mitte lag das Kabuff mit dem Schatz von Philos Ptetès. Wenn wir uns dort im Freien aufgehalten hätten, hätten sie uns getroffen.

»Der Schatz des Mönchs!«, rief ich und lief schon den Felsen hinunter.

»Bist du verrückt, Secretarius? Retten wir lieber unsere eigene Haut!«, brüllte der Barbareske mir hinterher.

Alle drei rieft ihr mir zu, ich solle fliehen und die Handschriften ihrem Schicksal überlassen, doch ich war schon weit hinuntergelaufen und hörte euer Rufen nur noch aus der Ferne. Die Gefahr war groß, doch Geschwindigkeit konnte mich retten. Ich wusste genau, wo das Häuschen lag, von dem aus man in das geheime Kabuff gelangte, mehr als Geschicklichkeit und Willenskraft brauchte ich nicht.

Es war mein fester Entschluss, dort alles zu verriegeln. Ich konnte nicht riskieren, dass unsere Angreifer die Tür offen fanden und das verborgene Zimmer mit seinem unschätzbar wertvollen Inhalt entdeckten. Später würde ich, so Gott wollte, zurückkehren und alles in Sicherheit bringen.

Wenige Minuten später war ich am Ziel. Es regnete noch immer unerbittlich. Die Tür des Häuschens war geschlossen. Wie konnte das sein? Dummkopf, sagte ich mir, der Wind wird sie zugeschlagen haben. Kaum hatte ich die Nase ins Innere gesteckt, schlug mir ein seltsamer Geruch entgegen. Es war wie die Erinnerung an ein schönes, über dem Kamin gebratenes oder im Freien auf glühenden Kohlen geröstetes Kotelett. Der Hunger scheint langsam zurückzukehren, überlegte ich. Doch sogleich erkannte ich, dass der Geruch von etwas ganz anderem herrührte und etwas anderes mich erwartete. Der Schlag traf mich heftig und unvermutet direkt auf den Kopf. Ich schrie vor Schmerz, fiel auf die Knie und drehte mich um, um zu sehen, wer mich geschlagen hatte. Doch sogleich traf mich ein weiterer Schlag (ein Fausthieb oder Fußtritt?) auf die Schulter, sodass ich über den Boden rollte. Ich drehte mich auf den Rücken und schirmte mein Gesicht mit den Armen ab.

»Na, bist du stolz darauf, dass du alle Einwohner vertrieben hast? Schäm dich, junger Mann!«

DISKURS CII

Darin man es mit einer alten Bekannten zu tun bekommt.

Rußgeschwärzt, bedeckt mit Wunden und grässlichen Narben, das Gesicht zur Unkenntlichkeit geschwollen, Flammen des Hasses aus den Augen sprühend, zweifellos eine Beute des Wahnsinns, stand, ein großes Küchenmesser schwingend, Nummer Drei vor mir.

»Als du und deine Freunde ankamt, haben die Einwohner sich so geängstigt, dass sie die Stadt verlassen haben und an die Küste zurückgekehrt sind. Sie haben begriffen, dass ihr nur gekommen seid, um eure Nasen in ihre Angelegenheiten zu stecken. Ihr wollt gar nicht wirklich wissen, wie man bei uns in Taprobana lebt.«

Während ihres irren Geredes hatte ich Gelegenheit, diese offenbar unbesiegbare Erinnye zu betrachten, die den Einsturz ihrer Hütte nur durch ein Wunder überlebt haben. konnte. Verletzungen und Verbrennungen schienen nicht behandelt worden zu sein, sondern hatten sich dank der wunderbaren Heilkräfte der Natur und der Jugend von allein geschlossen. Ihre Kleider waren nur mehr schwärzliche Lumpen, zerfetzt und verdreckt, die Haare ein Wirrwarr verfilzter Strähnen, von einer unbeschreiblichen Schmutzschicht zusammengehalten. Das verrußte Gesicht war abgemagert, der Blick wahnsinnig. Durch ein Wunder musste Nummer Drei beim Einsturz ihres Hauses von einem Teil des Daches oder einem Stück Mauer bedeckt und so vor den Flammen geschützt worden sein. Die großflächigen, aber begrenzten Verbrennungen schienen vom Kontakt mit glühenden Holzscheiten herzurühren, nicht von offenen Flammen. Wenn man bedachte, dass wir zurückgekehrt waren, um in den Ruinen ihres Hauses zu stöbern und sie für tot gehalten hatten, während sie unter den rauchenden Trümmern noch atmete und kurze Zeit später sogar darunter hervorgekommen war!

Ich hatte mich erhoben. Das Mädchen kam auf mich zu, das Messer in der Hand. Ich wich zurück. Die Klinge war breit und schwer, sie eignete sich gut zum Schweineschlachten, und meine Gegnerin war verrückt.

»Ich … es tut mir leid, was mit Eurem Haus passiert ist. Die Kaninchen, die Hühner …« sagte ich mit erhobenen Händen zum Zeichen meiner Kapitulation, in der Hoffnung, das Mädchen würde ruhig bleiben.

»Meinem Haus?«, sagte sie, die Brauen runzelnd. »Dem ist doch gar nichts passiert! Das hier ist mein Haus. Siehst du nicht, wie sauber und ordentlich es ist? Nur dass …«

Sie brach ab und spitzte die Ohren. Die Kanone hatte erneut geschossen. Nach wenigen Sekunden folgte der Aufprall zwischen den umliegenden Häusern. Nummer Drei lächelte.

»… nur dass jetzt der Krieg ausgebrochen ist. Die Stadtgarde hat beschlossen, die Fremden zu verjagen«, schloss sie zufrieden und bewegte sich wieder auf mich zu.

Ich nahm all meinen Mut zusammen. »Und darum müssen auch wir beide jetzt Krieg führen?«, fragte ich und wich nicht weiter zurück.

Diese direkte Frage schien sie ein wenig zu verwirren. Sie blieb ebenfalls stehen. Nummer Drei fürchtet klare Reden, dachte ich.

»Wenn Ihr nichts dagegen habt, gehe ich jetzt«, sagte ich, eine Bewegung in Richtung Tür andeutend.

»Nein!«, rief sie, hob das Messer und stellte sich zwischen mich und den Ausgang. »Erst müsst Ihr mir sagen, was Ihr mit den Papieren machen wolltet, junger Mann. Ihr habt sie angerührt, ich habe alles in Unordnung vorgefunden.«

»Welche Papiere?«

»Meine. Die ich dort unten in der Bibliothek habe.«

»Die gehören Euch nicht. Es sind meine. Und jetzt nehme ich sie wieder an mich.«

»Das stimmt nicht, sie sind Eigentum der Stadt!«, schrie die Wahnsinnige und kam wieder auf mich zu.

Die Kanone schoss abermals, wieder ein Donnerhall, dann ein entsetzlich lauter Einschlag in nächster Nähe.

»Wer schießt von der Torre Vecchia?«, fragte ich.

»Einer unserer Männer.«

»Was habt Ihr vor? Wollt ihr uns alle umbringen?«

»Das kann ich nicht sagen, die Kriegsgesetze unserer Stadt verbieten es. Seit der Krieg ausgebrochen ist, hat sich alles verändert. Jetzt nehme ich die Papiere und bringe sie in Sicherheit.«

»In Sicherheit? Wohin denn?«

»Zu unseren Magistraten. Kommt mit, junger Mann, ihr schlüpft vor mir in den Brunnen. Ihr werdet mir helfen, die Papiere auszusuchen, die als Erste gerettet werden müssen.«

Sie zeigte mit dem Messer auf den Schacht, der zum Kabuff führte. Ich musste vor ihr hinunter, doch wenn wir erst einmal beide in dem engen Raum waren, in dem die Schätze von Philos Ptetès gehütet wurden, hätte ich vielleicht Gelegenheit, sie zu entwaffnen, überlegte ich. Gefolgt von meiner Bewacherin, kletterte ich hinunter und hoffte, dass sie nicht wieder vom Wahnsinn gepackt und mir das Messer zwischen die Schulterblätter stoßen würde.

»Gut, da wären wir«, sagte sie, als wir vor den großen Bücherborden standen. »Wie ihr seht, habe ich alles wieder in Ordnung gebracht, jede Handschrift steht an ihrem Platz. Aber ... was ist das, da liegen ja alle Papiere am Boden?«

Sie drehte mir einen Augenblick lang die Seite zu, und das war der richtige Moment: mit aller Kraft versetzte ich ihr einen Fausthieb auf den Arm, sodass ihr Messer meterweit davonflog und unter lautem Klirren auf den Boden fiel. Das war ihr einziger Fehler, der nächste Zug dagegen war wohlüberlegt: sie packte mich an den Haaren und zog so kräftig daran, dass ich fast aufgeschrien hätte. Dann versuchte sie, sich auf das Messer zu stürzen, doch ich hielt sie zurück, indem ich sie ebenfalls am Schopf zog. Beide fielen wir der Länge nach hin und versuchten, am Boden übereinanderrollend, den Kopf des anderen auf den Boden zu pressen, um über ihn hinüberzusteigen und das Messer zu erhaschen. Dann geschah alles gleichzeitig: Kemals Stimme von oben aus der Tür des Häuschens, der sein Kommen ankündigte, der Kanonendonner, der den nächsten Einschlag in unserer Nähe ankündigte und schließlich die Überraschung.

Zuerst ein Pfiff, dann ein metallischer Klang und ein Knirschen, zuletzt eine Art Brüllen, das alles mit sich riss und in einen höllischen Abgrund saugte. Es war das Ende.

DISKURS CIII

Darin sich ein grausames Schicksal ereignet.

Wie ich dir schon berichtete, mein lieber Atto, war das Kabuff, das wir entdeckt hatten, nichts anderes als ein über dem Nichts schwebender Vorbau jenes armseligen Häuschens, den zwei große Eisenpfeiler stützten. Der Lärm, der die Katastrophe ankündigte, ließ keinen Zweifel zu. Es war klar, was geschehen war und wo unser Irrtum lag. Der Kanonenschütze auf der Torre Vecchia zielte auf unser Grüppchen, das von der alten Festung aus gut zu sehen war. Darum war es eine gute Idee gewesen, dass ich allein loslief, die Handschriften des slawonischen Mönchs zu retten, aber eine sehr schlechte, dass auch ihr, Barbara, du und der Statthalter herbeieiltet. Denn kaum hatte er euch gesehen, hatte der Kanonier auf die Stelle geschossen, an der wir zusammenkamen. Die Kugel hatte einen der Pfeiler getroffen, der das Kabuff stützte. Das kleine Bauwerk war in die Tiefe gestürzt, oder besser gesagt, auf den darunterliegenden Abhang.

Plötzlich, ich wusste selbst nicht wie, fand ich mich mit Armen und Beinen um einen Holzbalken geklammert, über mir der Regen und unter mir der Abgrund, um mich herum eine Staubwolke, die mir die Sicht nahm, und das wütende Knirschen einer Decke aus Gebälk und Mauerwerk, eben jenes Bodens, auf dem Nummer Drei und ich uns bis vor kurzem bekämpft hatten, der nun abbröckelte und in die Tiefe stürzte. Aus dem Augenwinkel sah ich, dass sich direkt unter mir ein kleiner, von einem Lattenzaun umgebener Innenhof voll schwärzlichen Morastes befand. Daneben stand ein kleiner Schweinestall, den die starken Regenfälle der letzten Tage überschwemmt hatten. Die Handschriften waren in diese schmutzige Brühe gefallen und würden binnen weniger Minuten unlesbar sein. Als ich auf der linken Seite etwas erblickte, wandte ich sofort entsetzt die Augen ab. Es war der zerschmetterte Körper von Nummer Drei, ihr Kopf war gespalten wie eine Nuss. Das Schicksal hatte einen Friedhof für die Handschriften von Poggio Bracciolini ausgesucht: inmitten von Schweinemist und der Hirnmasse einer Verrückten.

Von oben, aus der Öffnung des Brunnenschachts, hörte ich das ferne Echo eurer aufgeregten Schreie. Dann spürte ich, wie mir etwas gegen die Rippen drückte, und hörte zwei Stimmen, deine und die von Kemal, die mich aufforderten, mich an dem Balken festzuhalten, der mich soeben berührt hatte. An diesem Brett zogt ihr mich hoch, während die Staubwolken sich lichteten und man wieder ein bedrohliches Knirschen vernahm. Nur einen Augenblick nachdem die starken Arme des Korsaren die meinen ergriffen hatten, brachen auch die letzten Teile des Kabuffs ab. Ich war geistesgegenwärtig genug, mich umzuwenden, während ihr mich auf rettenden Boden zogt, und so sah ich den übriggebliebenen Teil des großen Bücherbordes mit den Handschriften, umgeben von Geröll und Staubwolken, in die Tiefe stürzen. Alles fiel senkrecht in den schmutzigen Schlamm des Schweinestalls, wo es mit einem widerlichen Prasseln aufprallte. Um mich herum flatterten ganze Bündel von Papieren durch die kalte, feuchte Luft, es war ein Wunder, dass es mir gelang, einen, nein, zwei grob zusammengeheftete Packen zu ergreifen, während sie durch den Luftdruck, den der Einsturz erzeugt hatte, noch einmal in die Höhe gewirbelt wurden, bevor auch sie im Morast des Schweinestalls versanken.

Hatte ich ein einzigartiges Zeugnis der Vergangenheit gerettet? Ich verschaffte meinen Beinen sicheren Halt, indem ich mich an euch drei drückte, meine Retter, die ihr am Ende des nun auf das Nichts geöffneten Brunnens standet. Noch bevor ich euch dankte, warf ich einen Blick auf das, was ich in der Hand hielt. Es war nicht Martial, nicht Plinius, nicht Quintilian. Auf einem der beiden Deckblätter las ich:

CHIFFRE DER NAMEN

Platons Dialoge

Vielleicht ist das ein Wink des Schicksals, dachte ich in einem Geistesblitz der Erschöpfung.

Genau in diesem Moment schoss die Kanone erneut, und die Kugel sauste pfeifend über unsere Köpfe hinweg.

»Weg hier!«, schrie der Statthalter. »Der Brunnen könnte durch einen Kanonenschuss einstürzen!«

DISKURS CIV

Darin man den einzig möglichen Fluchtweg von einer Insel nimmt.

Kaum waren wir draußen, hörten wir mehrere Geschosse über die Dächer pfeifen. Wir suchten Schutz hinter einer Hütte.

»Da kommen bewaffnete Männer, jetzt schießen sie auch mit Gewehren und Pistolen auf uns«, keuchte Kemal, während er sich vorbeugte, um herauszufinden, in welcher Richtung die Schützen standen. »Dort sind sie. Ich glaube, das sind die Verrückten, denen wir das Gulasch aus Philos Ptetès zu verdanken haben.«

»Die Handschriften von Bracciolini, die Aufzeichnungen von Bouchard …«, jammerte ich verzweifelt, »alles ist eingestürzt, alles verloren … Ich habe nur diese beiden Heftchen retten können.«

»Was kümmert es dich, mein Freund?«, entgegnete Kemal. »Du lebst.«

»Ja, aber jetzt … jetzt wird niemand mehr die Wahrheit erfahren. Alles verloren, alles in dem Schweinestall dort unten versunken, auch die Verrückte …«

»Die Verrückte?«, fragtest du.

Ich erklärte in wenigen Worten, was vor eurer Ankunft geschehen war.

In diesem Moment zischte ein Geschoss dicht an Kemals Nase vorbei. Wir stürzten hinter der Hütte hervor und eilten mit gesenktem Kopf, immer dicht an die Mauern gepresst, in den tiefer gelegenen Ortsteil Richtung Strand. Von Zeit zu Zeit hörten wir einen Schuss über unseren Köpfen oder einer nahen Mauer. Die Schüsse wurden immer genauer, unsere Angreifer näherten sich.

»Es sind mindestens drei oder vier. Sie kommen aus mehreren Richtungen auf uns zu«, verkündete Kemal. »Noch wissen sie nicht, ob wir bewaffnet sind oder nicht, darum schießen sie von weitem. Doch sie werden bald erkennen, dass wir nicht das kleinste Kügelchen haben. Wir müssen sofort von hier weg.«

Auch du spähtest in ihre Richtung. »Oh Gott! Einer dort hinten sieht aus wie Philos Ptetès!«, riefst du erstaunt.

Plötzlich sahen wir eine Art großen Lumpen in einer ungewöhnlich grellen gelben Farbe fast direkt über unsere Köpfe fliegen. Er war zu einem Ball zusammengeknüllt, wohl um ihn besser werfen zu können.

»Alle ducken!«, rief Kemal. Recht hatte er, denn gleich darauf dröhnte die Kanone und die Kugel fiel nicht weit von uns zu Boden, zum Glück war ihre Reichweite nicht groß genug.

»Diesen Lumpen haben die Gewehrschützen geworfen«, erklärte der Barbareske, »er sollte der Kanone unsere Position anzeigen.« Der Regen wurde immer stärker, jetzt fiel eine regelrechte Wasserwand, welche die Sicht erheblich einschränkte und den Schützen das Zielen erschwerte.

»Wir laufen los! Sonst kommen wir hier nicht mehr lebend heraus. Folgt mir. Seid ihr bereit?«, fragte der Statthalter.

Verängstigt und unsicher nickten wir.

»Los!«

Ein verzweifelter Wettlauf begann, im Zickzack ging es zwischen den letzten Häusern hindurch, die uns vom Strand trennten. Dort schienen wir nur anfangs sicher, schon bald folgten die ersten Schüsse, dann entstand eine Pause.

»Macht schnell, sie kommen!«, drängte Kemal, während unsere Füße unbeholfen über den Schlamm glitten.

In der Ferne hörte man ein Stimmengewirr und eilige Schritte. Unsere Verfolger kamen näher, um besser zielen zu können. Wie im Flug waren wir bei dem Boot, schoben es mit einer irrwitzigen Geschwindigkeit ins Wasser, sprangen hinein und begannen wie wild zu rudern, während die Schützen am Strand angekommen waren und nun ihre Waffen luden.

»Runter!«, befahl Kemal und duckte sich auf die Sitzbänke des Bootes.

Wir warfen uns auf den Boden, dann erwarteten wir mit klopfendem Herzen die Schüsse. Wenn die Projektile das Boot durchlöcherten, waren wir verloren. Aber nichts geschah.

»Es regnet zu stark!«, rief ich. »Die Gewehre lassen sich nicht mehr laden, sie sind feucht geworden.«

»Du hast recht, Secretarius. Also rudern wir!«, drängte der Barbareske.

Nun waren wir weit genug entfernt, um unsere todbringenden Verfolger zu betrachten. Es waren dieselben, die uns erst in der Grotte des Seeochsen gefangen und dann dazu gebracht hatten, Menschenfleisch zu essen, um uns schließlich mit Schüssen anzugreifen, bevor wir in dem unterirdischen Gang verschwanden. Bei ihnen waren Gestalten, die wir noch nie gesehen hatten, fünf oder sechs seltsame, entstellte Gesichter. Machtlos sahen sie uns davonrudern und hantierten unter dem strömenden Regen hektisch mit ihren Waffen. Doch wir waren schon zu weit entfernt und kurz davor, hinter einer Reihe Klippen zu verschwinden. Die Kanone donnerte noch einmal wütend und hilflos, und wir sahen die Schützen in alle Richtungen davonlaufen. Mit ohrenbetäubendem Lärm fiel die Kugel auf die Wasserlinie, wo sie meterhohe Spritzer erzeugte. Fast hätte der Kanonenschütze ein Blutbad unter den Seinen angerichtet, die aus ihren Verstecken nun wütende Beschimpfungen und Protestgeschrei ertönen ließen. Die Szene war komisch, doch keinem von uns war zum Lachen zumute.

Du blicktest auf die Klippe, über die Schoppe verschwunden war, und der Korsar schien deine Gedanken zu lesen.

»Das ist seine Sache. Sie werden ihn für einen Verrückten halten, diesen dickköpfigen Deutschen. Jetzt legen wir uns in die Riemen, verflucht, und betet zum Gott der Nazarener, denn wenn alles gutgeht, sind wir in ein paar Stunden in Livorno.«

»In Livorno? Das schaffen wir nie, bis zum Festland zu rudern, seit fast zwei Tagen haben wir nichts gegessen, und ein schlechteres Wetter lässt sich kaum vorstellen«, wandtet du und dein falscher Barbello empört ein, obwohl ihr euch schon an den Rudern zu schaffen machtet.

»Ich weiß. Habt ihr andere Vorschläge?«, sagte der Korsar, derweil er sich in alle Richtungen umschaute, als könnte jeden Augenblick ein Wunder geschehen und ein Schiff auftauchen.

DISKURS CV

Darin an einer ungewöhnlichen Stelle angelegt wird.

Die Überfahrt verwandelte sich rasch in ein hilfloses Abdriften. Nach wenigen Stunden Rudern in Kälte und Regen verließen uns langsam die Kräfte.

»Immer fleißig gerudert, ihr beiden kleinen Kastraten! Na los, Nazarenerschlafmützen, ich will nicht euretwegen zu Fischfutter werden«, spornte Alis Statthalter, der allein mit mehr Kraft als wir alle drei zusammen ruderte, uns an.

Alle wurden wir mittlerweile von der übermenschlichen Anstrengung, dem Hunger und Durst, vor allem aber von der Verzagtheit erdrückt.

»Wir werden es nie schaffen«, sagtest du, über das Ruder gebeugt, während Barbello, den nunmehr alle im Boot als Frau kannten, doch keiner als solche entlarven wollte, schon aufgegeben hatte.

»Nun lass dich doch nicht entmutigen, verflucht!«, schrie Kemal, »weißt du nicht, dass man auf See nur stirbt, wenn man den Mut verliert? Ein Schiffbrüchiger kann allein bis zu vierzig Tage aushalten, wenn er an seine Rettung glaubt!«

Doch der Statthalter hatte uns genau beobachtet und verstanden. Auch ich bewegte das Ruder nur noch schwach, entkräftet von all den Aufregungen, Entbehrungen und tausenderlei Unglücken. Also hörte auch er auf zu rudern. Nur manchmal tat er noch einen Schlag, um den Kurs des Bootes zu korrigieren.

Dann frischte der Wind auf. Die Wellen, auf deren Kämmen erst lebhafte, weiße Täubchen getanzt hatten, schwollen nun an wie der faulende Leib von tausend Höllenwächtern. War unser kleines Gefährt erst sanft vor- und zurückgeschaukelt, begann es jetzt verrückt zu spielen. Wir griffen wieder zu den Rudern, um den Tanz der Wellen, dem wir immer stärker ausgesetzt waren, in Schach zu halten. Der Seesturm ließ uns wie ein Korken hüpfen, und wenn niemand sich übergab, lag das nur daran, dass unsere Mägen seit geraumer Zeit leer waren. Manchmal ließ Kemal das Ruder los und blickte in alle Richtungen, vielleicht auf eine höchst unwahrscheinliche Rettung hoffend. Ich spürte den Wind des Todes, der einzige warme Hauch, über unsere Nacken streichen.

»Die Strömung treibt uns nach Südosten«, erklärte der Barbareske schreiend, um den Wind und das Klatschen der Wellen zu übertönen.

»Ja und?«, fragte ich, während ich das Ruder mit der Kraft eines Sterbenden bewegte.

Eine Welle griff uns am Bug an und warf uns fast von den Sitzen. Ich musste mich umdrehen und mich vergewissern, dass du nicht ins Wasser gefallen warst.

»Wenn wir nicht zu weit in nördlicher Richtung gerudert wären«, erklärte Kemal, »würden wir uns immer noch auf Livorno zubewegen. Und vielleicht ist es genauso.«

»Das nennt man Optimismus«, bemerktest du.

»Hä?«, fragte der Korsar zerstreut, als hätte ihn ein Gedanke abgelenkt.

Eine nächste Welle warf fast das Boot um und besprühte uns mit tausend Spritzern. Wir schrien vor Wut und Angst.

Der Statthalter musterte wieder den Horizont, es war fast ein Wunder, dass er aufrecht stehen konnte, während das Boot sich erst am Bug aufbäumte, um dann heftig auf die Wellen zurückzufallen und das Heck in die Höhe ragen zu lassen. Dabei schöpfte es eimerweise eiskaltes Wasser. Die Nüstern des alten Korsaren waren gebläht wie die eines Jagdhundes, der die Beute wittert, seine Augen zusammengekniffen wie die eines Raubvogels und die Lippen lechzten danach, das gelobte Land anzukündigen. Tatsächlich sagte er:

»Seht mal geradeaus.«

Alle drei hoben wir gleichzeitig den Kopf, und nachdem wir es gesehen hatten, senkten wir ihn nicht wieder.

Der Anblick war irreal und gesegnet zugleich.

Mitten im Meer, von Fluten und Sturm gepeitscht, erhob sich ein kleiner Turm.

Augenblicklich überkam uns die Lust zu rudern. Wir nahmen unsere letzten, kargen Kräfte zusammen, und obwohl Beine und Arme vor Schwäche zitterten, gelang es uns, das Boot zwischen den Wellen hindurch zu manövrieren und an dem kleinen Haufen aus Steinen anzulegen, über dem der Turm aufragte. Wir sprangen sofort aus dem Boot, und die Freude schnürte mir fast die Kehle zu. Wir hatten ein wenig festen Boden unter den Füßen: ein winziger Fleck aus Steinen, verlassen und kahl.

»Heiliger Himmel, ihr Toskaner seid schon ein seltsames Völkchen«, scherzte Barbara mit einer gespensterhaft verfremdeten Stimme, während sie ihre müden Füße durch das Wasser schleppte. »Bei uns in Venedig gibt es keine Türme mitten im Meer.« Ich betrachtete die Arme. Sie war ausgezehrt von Müdigkeit und Angst wie ein Säckchen aus Knochen und Blut, das die Mühen von innen entfleischt hatten, aber sie war lebendig und wollte es bleiben. Von wegen Kastrat, dachte ich, und von wegen Frau: Dies war ein richtiger Mann.

»Du wusstest von diesem Ort, nicht wahr, Secretarius?«, fragte Kemal.

»Ja, aber ich habe nicht gewagt, mir vorzustellen, dass wir schon so nah an diesem Turm sind. Die Strömung muss uns mit der Kraft eines Riesen mit sich gezogen haben. Wenn dieser Nebel nicht wäre, könnten wir Livorno schon sehen.«

»Stimmt. Aber vor dieser letzten teuflischen Anstrengung müssen wir ausruhen. Kommt, wir setzen uns unter das Dach.«

Der Turm ruhte auf vier Pfeilern, die zu zweit jeweils einen eleganten Bogen bildeten. Zwischen diesen Pfeilern konnte man sich, durch den Turm vor Regen geschützt, niedersetzen, was wir sofort mit größter Erleichterung taten. Dieses Eckchen hatte eine wunderbare Eigenschaft: es war trocken. Der Wind kam an, aber die Wellen und die Spritzer der Gischt nicht.

»Wir sind hier am Turm von Meloria, mitten in einem Gebiet voller Untiefen, dem die Schiffe sich nicht nähern dürfen, wenn sie nicht riskieren wollen, auf Grund zu laufen. Im Sommer werden Feuer auf dem Dach des Turms entzündet, um die Seefahrer zu warnen«, erklärte Kemal.

»Oder um vor Korsaren zu warnen«, fügte ich hinzu.

»Jaja, auch deswegen.« Kemal lachte müde. »Darum schickt uns der geniale Ali Ferrarese manchmal mit dem Beiboot hierher, um das Feuer zu löschen und euch Nazarenern einen feinen Streich zu spielen, auf den ihr regelmäßig hereinfallt. Ach, was für ein Mann!«

Ich betrachtete ihn. Er war klatschnass, schmutzig und stank aus den Kleidern, die ihm seit vielen Tagen am Leib klebten, aber in seinen Augen war dasselbe wilde Flackern und in seinem Körper dieselbe Lebenslust, die ich an ihm wahrgenommen hatte, als wir einander zum ersten Mal begegneten.

Endlich kehrten wir den Wellen, die sich mit feindseligem Gemurmel an der schmalen Felsschicht der kleinen Insel brachen, den Rücken. Du, Barbara und ich saßen lange schweigend da, leichenblass, erschöpft und bis ins Mark unter Kälteschauern erzitternd, leblos auf die Steine geworfen wie die Figuren, die ich als kleiner Junge am Strand aus Algen und Muscheln formte. Keiner hatte noch Kraft zu sprechen oder die Augen offenzuhalten. Kemal ruhte aus. Manchmal öffnete er die Augen einen Spaltbreit und warf einen Blick aus dem Viereck unter den Pfeilern. Man sah die Gischt der Wellen, hier und da eine Möwe und den fahlblauen Himmel, aus dem es ununterbrochen goss.

»Verflucht, das Boot!«, schrie Kemal plötzlich.

Wir waren soeben von einer mörderischen Welle erfasst worden, denn das Gewitter hatte sich in ein Unwetter verwandelt. Die Wellen waren doppelt so hoch wie zuvor und überfluteten nun die ganze winzige Insel bis hinauf zu den Pfeilern des Turms. Sie hatten das Boot mit sich gerissen, denn wir hatten versäumt, es aufs Trockene zu ziehen, damit es nicht von der rücklaufenden Brandung verschlungen würde. Wir waren verloren.

Eine nächste Welle fuhr uns so heftig gegen die Beine, dass wir uns an den Pfeilern festhalten mussten, um nicht von den Steinen gespült zu werden. Barbello schrie, endlich wie eine Frau.

»Wir holen das Boot zurück!«, schriest du und wolltest dich schon ins offene Meer stürzen, als Kemal dich packte und dir, so stark wie seine Erschöpfung es erlaubte, mit der Faust ins Gesicht schlug.

»Wo zum Teufel willst du hin, verdammter Idiot?«, schrie er, schüttelte dich wie eine Puppe und steckte deinen Kopf zwischen zwei Pfeiler des Turms, von wo aus man unser Bötchen sehen konnte.

Das Boot war schon sehr weit abgetrieben, fast versunken zwischen meterhohen Wellen, die es wie eine Herde tollwütiger Hunde zu zerfleischen schienen. Du begannst zu weinen, endlich wie ein Junge.

Neue Brecher überspülten die Insel in immer kürzeren Abständen und durchnässten uns bis auf die Knochen. Es war, als wollten die kalten Zungen des Meeres unsere Beine kosten, bevor sie uns verschluckten.

»Scheißnazarener«, fluchte Kemal, ließ uns ohne eine Erklärung unter dem Turm zurück und trat ins Freie.

Er stellte sich an einen der Pfeiler, die den Turm stützten und betastete das Mauerwerk, bis seine Hand an einer Stelle liegenblieb. Nachdem er tief Atem geholt hatte, sprang er mit einem Anlauf auf den Pfeiler und hangelte sich hinauf, indem er seine Füße in Aushöhlungen der Mauer setzte. In den Turm waren Stufen gehauen worden, die geschickten und mutigen Männern erlaubten, den Turm zu erklimmen. Der Korsar kletterte bis auf das Dach des Turms.

Schwankend folgten wir seinem Beispiel und versuchten, seine Bewegungen nachzuahmen. Zäh um jede Stufe kämpfend, uns gegenseitig schiebend und im letzten Abschnitt von Kemal hinaufgezogen, konnten wir uns schließlich alle auf das Dach des Turms flüchten. Auf diesem dem Wind ausgesetzten Höcker war der Regen unerträglich, aber das war immer noch besser, als dort unten von den Wellen ins Meer gerissen zu werden. Das Dach des Turms war voll kleiner, mit Wasser gefüllter Löcher. Wir probierten, es war kein Meerwasser, sondern frisches, süßes Regenwasser. Seit Stunden hatten wir nichts getrunken. Wir tränkten uns wie Vieh, saugten jedes noch so kleine Loch leer und leckten an den Steinen wie Säuglinge an den warmen Brüsten, aus denen die gute Muttermilch quillt.

»Hört mir gut zu, ihr drei«, sagte Kemal, während er sich den Mund mit dem Jackenärmel trocknete. »Wir müssen uns gegenseitig wach halten und dafür sorgen, dass wir nicht erfrieren, das ist alles. Früher oder später legt sich der Sturm. Wichtig ist, nicht aufzugeben und den Mut nicht zu verlieren. Manch anderer wäre in unserer Lage schon tot. Aber wir sind hier, und wir werden es schaffen. Irgendwann, in einem, drei oder zehn Tagen wird ein Schiff hier an der Meloria vorbeikommen. Und in dem Moment werden wir leben. Wir müssen nur warten und nicht an den Tod denken. Der Tod ist wie ein Magnet, wenn man allein mitten auf dem Meer ist. Man darf sich ihm nicht in Gedanken nähern, man muss einen großen Bogen um ihn machen. Wir müssen nur die Zeit totschlagen, egal wie. Überlegt doch mal, im Grunde haben wir als Schiffbrüchige ein enormes Glück: wir sind an Bord eines Schiffes aus Stein, das sich nicht bewegt und nicht untergehen kann. Ist das nicht großartig? Haha!«

Er brach in ein herzhaftes Gelächter aus und zauberte einen Augenblick lang ein Lächeln auf unsere Gesichter.

»Wisst ihr was? Auf Gorgona habt ihr Nazarener andauernd über einen Haufen Dummheiten geredet«, sagte Alis Statthalter lachend. »Die Geschichte, die Zeit … Nun, jetzt müssen wir die Zeit totschlagen! Aber nur sie darf auf diesem Turm krepieren, wir nicht! Scheiße, macht keinen Fehler, ich warne euch!« Wieder grinste er, auch wir lachten, und einen Augenblick lang mischten sich die Tränen der Verzweiflung mit denen der Heiterkeit. Dann senkte sich die Stille wieder über uns.

Auf den mit Regenwasser gefüllten Löchern zu sitzen, war unerträglich, also blieben wir stehen, bizarre Vogelscheuchen mitten im Meer, die unter den heftigen Böen schwankten. Kemal sah Barbara mit mühsam verhehlter Zärtlichkeit an, dann wandte er sich an dich:

»Na los, fangen wir an. Erzähl mir eine Geschichte, kleiner Kastrat Atto Melani. Irgendeine.«

Du blicktest ihn verwirrt an, in deinen starren Augen lag nur Angst.

Der Barbareske begriff, dass er den Falschen ausgesucht hatte und wandte sich an mich.

»Secretarius, du bist Toskaner. Du kennst die Geschichte dieses Turms, oder?«

Auch ich war am Ende, aber ich wollte mich nicht drücken.

»Natürlich kenne ich sie. Mal sehen ... Also, vor vielen Jahrhunderten, als Livorno noch zur Seerepublik von Pisa gehörte, wurde der Turm schon als Leuchtfeuer benutzt. Dann gab es kurz vor dem Jahr 1300 eine große Schlacht in diesen Gewässern. Zwischen Pisa und Genua, den beiden großen Seerepubliken, herrschte Krieg. Am Tag des heiligen Sixtus stachen die Genueser mit dreißig Galeeren von ihrem Hafen aus in See. Die Pisaner waren in der Überzahl. Kaum hatten sie das bemerkt, verließen sie ihren Anlegeplatz, der Porto Pisano hieß, denn damals gab es Livorno noch nicht. Die beiden Flotten eröffneten den frontalen Zusammenstoß. Die Schlacht war sehr grausam, gekämpft wurde mit der Armbrust, mit kochendem Pech, mit Steinwürfen und Kalkpulver. Dutzendfach wurde geentert, es gab Tote sonder Zahl, das Meer färbte sich blutrot. Die Pisaner waren sich ihres Sieges gewiss, weil sie in der Überzahl waren, aber sie wussten nicht, dass die Genueser weitere dreißig Galeeren besaßen, die sich just hinter dieser kleinen Insel versteckten. Als die Schiffe aus ihrer Deckung kamen, gab es eine Katastrophe. Die Flotte der Pisaner verlor fünfzig Schiffe, die Hälfte wurde geentert, die anderen versanken. Es gab sechstausend Tote. Zwölftausend Gefangene wurden in Ketten nach Genua gebracht. Pisa verlor durch diese Niederlage so viele Einwohner, dass damit sein Niedergang begann, der in der Eroberung Pisas durch Florenz gipfelte. Die nach Genua deportierten Gefangenen waren so zahlreich, dass man ihnen ein eigenes Stadtviertel zuweisen musste. Damals entstand das berühmte Sprichwort: ›Wenn du Pisa sehen willst, geh nach Genua‹. Offenbar sind im Laufe der Jahre weniger als tausend Gefangene in die Heimat zurückgekehrt. Die anderen blieben für immer in Genua.«

»Gut gemacht, Secretarius, du hast schön erzählt. Aber ich sage dir, das ist alles Unsinn.«

»Wie bitte?«

»Klar doch. Schau dich um. Siehst du nicht, dass eine Flotte aus dreißig Schiffen sich unmöglich hinter den wenigen Steinen dieser winzigen Insel verstecken kann? Ein ausgemachter Schwindel ist das. Dreißig Schlachtschiffe lassen sich nirgendwo verstecken, nicht einmal hinter einer richtigen Insel wie Gorgona. In Kriegszeiten sind die Meere voller Spione, keine Flotte kann sich dem Schauplatz einer großen Schlacht nähern, ohne dass der Feind es bemerkt. Und weiter: Glaubst du wirklich, dass die Genueser sich viele tausend Gefangene nach Hause mitgenommen haben? Weißt du, was es kostet, tausende Mäuler zu stopfen, zu versorgen, zu regieren? Die Pisaner Gefangenen waren allesamt Soldaten, also kampferfahren. Sie als Gruppe zusammen zu lassen hätte bedeutet, mitten in Genua ein feindliches Heer zu unterhalten, das jederzeit Aufstände anzetteln konnte. Und wer gab ihnen zu essen? Sollte man sie etwa umsonst unterhalten? Oder sollte man ihnen Arbeit geben und damit zulassen, dass tausende Feinde das Leben der Stadt unterwanderten? Es ist sonnenklar, dass die ganze Geschichte ein Riesenhumbug ist, den nur Leute schlucken, die vom Meer und vom Krieg keine Ahnung haben.«

Er verstummte mit einem herausfordernden Lächeln, weil er auf eine Erwiderung von uns dreien wartete. Aber wir waren zu erschöpft, und er fuhr fort:

»Ich habe euch gut zugehört, Nazarener, als ihr euch über eure Philosophen, eure Historiker, die Zeit und all diese komplizierten Probleme, die euch so gefallen, in die Haare gekriegt habt. Und ich frage euch: Ist es möglich, dass ihr nicht sofort erkennt, was falsch ist und was nicht? Einem echten Seefahrer wie Ali Rais genügt ein Blick, um zu begreifen, ob jemand lügt oder die Wahrheit sagt. Und ihr braucht Jahrhunderte, um zu erkennen, dass eure Historiker allesamt abgefeimte Lügner sind? Ich kannte die Geschichte von der Schlacht bei Meloria schon. Viele Korsaren, die im Mittelmeer kreuzen, kennen sie. Darum habe ich dich gebeten, sie zu erzählen, Secretarius. Ich wollte sehen, ob auch du auf dieses Lügenmärchen reingefallen bist. Und jetzt antworte mir, venezianischer Kastrat! Stimmt es oder nicht, dass ihr in Venedig jahrzehntelang die ruhmreiche Schlacht von Capo Salvore auf Bildern und Wandteppichen verewigt habt, bis ihr entdecken musstet, dass die Schlacht nie stattgefunden hat?«

Vollgesogen mit Wasser wie eine Strohpuppe im Regen, fand Barbara nur die Kraft zu einem schwachen Nicken.

»Siehst du?«, rief der Korsar triumphierend aus. »Immer wieder sage ich meinen Männern: je schöner und großartiger die Geschichte ist, die sie euch erzählen, desto misstrauischer müsst ihr sein. Und wenn ihr über eine Sache keine Gewissheit habt, haltet den Mund. Denkt immer daran, Nazarenerhunde! Worüber man nicht sprechen kann, darüber muss man schweigen.«

Er schwieg einen Augenblick lang, auf eine Antwort wartend, die nicht kam. Nur der Wind ließ sich vernehmen und die Peitsche des Regens.

»Soll ich euch etwas sagen? Ihr seid große Drückeberger, ihr Nazarener. Ihr solltet die Zeit totschlagen, stattdessen lasst ihr nur mich reden. Aber jetzt habe ich keine Puste mehr. Also macht euch an die Arbeit! Erzählt mir eine Geschichte, aber schnell!«

Wir kauerten alle am Boden, das Wasser, das von allen Seiten bis zum Rücken und zur Brust in unsere Kleider drang, war uns mittlerweile gleichgültig. Die innere Kälte, die die Gesichter wächsern und die Lippen violett färbte, ging bereits über die Grenzen der Sinneswahrnehmung hinaus, keiner zitterte mehr. Du, Kemal und ich waren steif wie Holzscheite, ein gut gezielter Tritt hätte uns womöglich in zwei Teile zerbrochen. Barbara dagegen war schlaff wie eine verwelkte Blume. Du bettetest ihren Kopf sanft auf deine Beine. Wir wechselten einen verwirrten Blick und sahen, dass wir den Schatten des Todes im Gesicht trugen. Ich konnte deine Gedanken lesen: Woher nahm dieser teuflische Barbareske, der dreimal so alt war wie du, bloß all seine Kraft? Wo fand er den Schwung, immer weiter zu reden?

»Na gut, ich habe verstanden«, sagte er. »Ihr seid nicht Manns genug, eine Geschichte zu erzählen, ein bisschen Kälte genügt, und schon verliert ihr die Lust. Aber ihr wollt Historiker und Philosophen spielen, wie diese anderen Idioten, von denen ihr auf Gorgona die ganze Zeit geredet habt? Ha, geht mir doch weg! Auf den Schiffen von Ali Ferrarese könntet ihr nicht mal als Schiffsjungen anheuern!«

In diesem Moment fielen mir die Augen zu, ich hatte keine Kraft mehr, die Lider zu heben.

»Schlaf nicht ein, Secretarius«, mahnte mich Kemal.

»Keine Angst, ich leide an Schlaflosigkeit.«

»Haha!«, lachte der Barbareske. »Das ist gut, so gefällst du mir!« Kemal klapperte mit den Zähnen, sein Gesicht war marmorweiß, der Körper steif und gelähmt wie der einer Marionette.

»Woher nimmst du nur die Kraft, noch immer zu reden«, fragtest du ihn nuschelnd.

»Ich hab's dir doch schon gesagt, verflucht. Wenn man auf dem Meer verschollen ist, darf man die Hoffnung nie aufgeben. Niemals. Und ich finde immer einen Grund, um zu hoffen. Auch jetzt. Weil ich die Augen offenhalte. Das ist das Geheimnis des Lebens auf See.«

»Ich glaube nicht, dass ich verstanden habe«, sagtest du, während du schwach über Barbaras Kopf strichst, der reglos auf deinen Beinen lag.

»Egal, später wirst du verstehen.«

Uns allen hatte die Entkräftung, die dem Ende vorausgeht, mittlerweile die Augen versiegelt. Allen außer Kemal.

»Wann werde ich verstehen?«, fragtest du nach einem Augenblick, der Jahrhunderte dauerte.

Der Wind heulte, der Regen war wie ein Steinhagel. In deiner belegten Stimme kündigte sich die Ohnmacht an, und ich sah deinen Kopf gefährlich schwanken. Ich wollte dir helfen, merkte aber, dass ich selbst schon schwer wie ein Stück Holz am Boden lag, das nur noch eine fremde Hand hätte bewegen können. Wenn das der Tod ist, dachte ich, geht er recht sanft vonstatten.

»Sehr bald wirst du verstehen«, antwortete dir der Barbareske, »es fehlt nur noch ein Augenblick. Du brauchst dich nur umzudrehen und tun, was ich tue: die Augen offenhalten.«

Kemal stand wieder auf. Mit übermenschlicher Kraft hob ich die Lider und sah, warum er aufgestanden war. Der Korsar empfing mit einem angemessenen Gruß die letzte Überraschung dieses endlosen Tages.

Lautlos wie ein Dieb in der Nacht hatte der Eindringling sich herangeschlichen, mächtig wie eine Festung und schwarz wie der Tod.

Er hielt in sicherem Abstand zu den Untiefen und trug gut sichtbar am höchsten Mast eine von den Matrosen aller Nationen gefürchtete Fahne mit der italienischen Aufschrift, die wir seit langem auswendig kannten:

DIE CHRISTLICHE RELIGION IST FALSCH

Gleich einer Bulldogge mit unfehlbarem Geruchssinn hatte die Karacke von Ali Ferrarese uns gefunden.

Noch wussten wir es nicht, doch auf dem Deck des Korsarenschiffs erwartete uns ein alter Bekannter. Und als das Beiboot uns bis zu dem großen Schiff brachte, sahen unsere Augen zwar, wollten aber noch nicht glauben. Von der Höhe des Schiffes aus grüßte uns jemand und lächelte seinem Kemal ergeben zu. Es war ein Mann, den jemals wiederzusehen wir nie erwartet hätten. Mit lauten Rufen und rauen Befehlen lenkte er die vier jungen Barbaresken, die uns von der Leuchtturminsel geholt hatten. Kemal rief ihm zu:»Gut so, Mustafa!«

DISKURS CVI

Darin die Entdeckung gemacht wird, dass man nicht so schlau
gewesen war, wie man gedacht hatte.

Trotz des Sturms, der noch immer tobte, beobachtete die Mannschaft gespannt die Ankunft des Statthalters und der Nazarener.

»Wo ist Ali Ferrarese?«, fragtest du.

Wir starrten abwechselnd den aus dem Totenreich zurückgekehrten Mustafa und einander staunend an. Doch es war kein Trugbild, und ein Detail machte alles noch unglaublicher: Mustafa trug seinen unvermeidlichen weißen Schal um den Hals. Kemal wich unseren Blicken aus.

Kaum waren wir an Bord, umringte die Mannschaft den Statthalter. Dann erschien auch der große Anführer.

»Ali!«, grüßte Kemal ihn höflich und küsste ihm die Hände. Sogleich zog der Kommandant sich zurück, während sein Statthalter sich mit der Mannschaft unterhielt. Mustafa stand dicht bei Kemal wie die anderen Matrosen und erstattete ihm, unhörbar für uns, rasch Bericht.

Während er sprach, drehte der Statthalter uns den Rücken zu, als wollte er sich vor den Fragen schützen, die wir ihm hätten stellen können. Ich sah, wie du ihm deine Fragen im Geiste zwischen die Schulterblätter bohrtest: Hast du uns nicht Mustafas Leiche gezeigt? Welches Spielchen hast du mit uns getrieben? Was war dein Plan? Wer bist du, Kemal?

Just in diesem Moment wandte der Allah ergebene Italiener, der hoffnungslose Renegat, Kemal der Lügner, sich zu uns um, als sei er nur vorübergehend abgelenkt worden. Doch er machte nur eine Handbewegung, flüsterte Mustafa etwas ins Ohr, und augenblicklich wurden wir fortgebracht.

Man behandelte uns nicht grausam, im Gegenteil. Kemal schien angeordnet zu haben, uns Misshandlungen zu ersparen. Immerhin waren wir seine Gefährten im Unglück gewesen, und der falsche Barbello noch etwas mehr. Wenn ich recht verstanden hatte, hatte der Statthalter der Mannschaft nichts über die zweifache Natur unserer Begleiterin gesagt: die Enthüllung wäre ihr übel bekommen.

Wir wurden von vier Korsaren begleitet, die uns stützen mussten, damit wir nicht vor Erschöpfung zusammenbrachen. Bevor er uns verließ, grunzte Kemal eine Art rauen Gruß, und das war alles. Jetzt, wo er an Bord wieder in Amt und Würden aufgenommen war, konnte er natürlich nicht zeigen, dass er sich mit drei dreckigen Nazarenern verbrüdert hatte.

Wir wurden unter Deck in eine kleine Zelle aus vier grob zusammengenagelten Bretterwänden gesperrt, und wie in vielen solcher Verschläge auf Schiffen war die Decke so niedrig, dass man nicht aufrecht stehen konnte. Es war eindeutig ein Käfig für den Transport von Sklaven oder Gefangenen, die isoliert gehalten wurden. Unsere Behandlung aber war geradezu luxuriös. Man gab uns ein paar alte Decken, ein paar Lumpen zum Abtrocknen, Trockenfleisch, Schiffszwieback und Wein. Nachdem wir uns den Magen ein wenig gefüllt hatten, schliefen wir sofort ein. Viele Stunden lagen wir so am Boden, fiebernd und von Kälteschauern geschüttelt, zwischen Leben und Tod schwebend. Wie im Traum hörten wir von weitem die Schreie und den Lärm der Mannschaft.

Als die Kälte ihren Griff um unsere Knochen endlich gelockert hatte, fanden wir die Kraft, ein paar Worte zu wechseln.

Eines sei klar, sagte Barbara: Kemal hatte der entsetzlichen Flucht aus Gorgona, der Kälte und Angst vor dem nahen Tod nur deshalb so gut widerstanden, weil er wusste, dass das Schiff von Ali Ferrarese in der Nähe kreuzte und bald am Turm der Meloria auftauchen würde.

»Von wegen Mut«, zischte sie, »er wusste genau, dass die Seinen schon bald kommen würden.«

»Wie soll er das gewusst haben?«, fragtest du.

»Ich weiß es nicht.«

Ein Schiffsjunge versorgte uns erneut mit Nahrung und ließ uns dann hinaus, damit wir unsere körperlichen Bedürfnisse in der Backbordkabine erledigen konnten.

Als er uns zu unserem Käfig zurückführte, kam die erste Überraschung.

»Seht mal!«, riefst du aus.

Am Ende des erstickend engen Korridors, der zu unserer Zelle führte, stieß ein Matrose einige unverwechselbare Gestalten grob durch eine kleine Tür: drei Männer mit langen Bärten und verwildertem, ungepflegtem Aussehen. Wie eine Erscheinung verschwand das Trio sofort hinter der Tür.

»Das waren doch die drei Bärtigen!«, rief Barbara aus. »Was machen die denn hier?«

Von diesem Moment an konntet ihr nicht mehr schlafen, nicht einmal mehr ruhig am Boden sitzen. Ihr begannt, bei jedem Geräusch die Ohren zu spitzen, ihr spähtet in alle Richtungen und schnuppertet jedem verdächtigen Geruch nach.

Zwei schmutzige Kerle von der Rudermannschaft gingen an unserem kleinen Gefängnis vorbei.

»Heda, ihr beiden!«, riefst du, »sagt Kemal, dass wir mit ihm sprechen wollen. Wir wollen wissen, wo ihr uns hinbringt.«

»Lasst gut sein, Signorino Atto«, versuchte ich ihn zu beruhigen.

Die beiden starrten dich wortlos an und schienen sich darüber zu wundern, dass wir nicht wussten, welches das uns zugedachte Los war.

Wir lauschten weiterhin angestrengt und versuchten, an den Geräuschen, die von der Brücke kamen, zu erkennen, was das Schicksal für uns bereithielt.

Alsbald folgte die zweite Überraschung. Eine vertraute Stimme und vor allem eine Ausdrucksweise, die keine Verwechselung zuließ:

»Nimm die Hände von mir, du Hund!«

Caspar Schoppe hielt sich einen aufdringlichen Matrosen vom Leib. Wir waren in zahlreicher Gesellschaft an Bord, das stand mittlerweile fest. Schoppe war also von den Barbaresken gefangen genommen worden. Doch wann und wie?

Wenige Minuten später, Barbara war vor Erschöpfung eingeschlummert, öffnete sich die Tür unseres Käfigs und ein armer Mensch mit geschwollenem Gesicht und blutenden, verkrusteten Wunden am ganzen Körper wurde zu uns hereingeworfen. Der Unglückliche kauerte sich keuchend am Boden zusammen. Es war etwas Vertrautes an ihm. Als unsere Kerkermeister sich entfernt hatten, versuchten wir ihn zu trösten und ihm das Gesicht mit dem Wasservorrat zu waschen, den unsere Wärter uns gelassen hatten.

»Hoffentlich ist es Schoppe und den anderen, wenn sie lebendig hier an Bord sind, nicht so übel ergangen wie diesem Ärmsten«, bemerkte ich, während ich die Stirn des Mannes mit Wasser säuberte.

»Die Armen«, sagte er und schlief schlagartig ein.

Wir zuckten zusammen. Bei diesen Worten hatten wir ihn erkannt: der ehemalige Kommissar von Gorgona war wieder bei uns.

»Was macht denn dieser Wirrkopf hier?«, riefst du aus.

In den folgenden Stunden hörten wir das Echo anderer vertrauter Stimmen. Außer dem Protest von Guyetus auch das weinerliche Stimmchen von Naudé und ein paar Sätze, die direkt aus der unverwechselbaren Kehle von Marcantonio Pasqualini kommen mussten. Dann war Malagigi also nicht untergegangen! Wie sollten wir da nicht auch hoffen, dass Hardouin sich ebenfalls lebend auf dem Korsarenschiff befand?

»Wir haben gar nichts verstanden«, sagtest du.

Die Erklärung lag nahe: man hatte mit uns gespielt wie mit Kindern. Ach, die armen dummen Nazarener! Kemal hatte recht, wenn er uns verachtete. Die Korsaren waren die ganze Zeit über in der Nähe von Gorgona gewesen, sogar auf der Insel selbst, zwei Schritt hinter uns. Sie hatten sich unsichtbar und auf leisen Sohlen bewegt, während wir armen Trottel strauchelten, auf allen vieren krochen, vor Hunger und Durst fluchten und schließlich wie irrsinnige Menschenfresser den Mönch verschlangen, nach dem wir so lange gesucht hatten. Der Wald, den wir durchwandert hatten, die Klippen, die wir hinaufgeklettert waren, die schmutzigen Hütten, in denen wir übernachtet hatten – bei jedem Schritt hatten wir, ohne es zu wissen, den Atem der Korsaren im Nacken gehabt. Der schlagende Beweis? Nachdem Mustafa in Abstimmung mit Kemal seinen Tod inszeniert hatte, hatte er sich sogar noch die Freiheit genommen, seinen weißen Schal zurückzuholen, den er jetzt wieder um den Hals trug. Darum hatten wir ihn in der Nacht, als wir das Boot repariert hatten, nicht mehr an dem Baum gefunden, wo er gehangen hatte.

»Sie haben uns ununterbrochen beobachtet. Wir glaubten allein zu sein, dabei waren sie Tag und Nacht in unserer Nähe. Wie hätten sie sonst die ganze Gruppe entführen können? Überfälle und Entführungen sind schließlich ihre Spezialität!«

»Und warum haben sie nicht auch uns entführt? Sie haben sogar Kemal bei unserer Gruppe gelassen«, wandtest du ein.

»Das ist doch klar«, antwortete ich. »Denk an das Sprichwort von Sertorio: Man kann einem Pferd den Schwanz ausreißen, aber nur, indem man es Haar für Haar tut. Unsere Gruppe war zu groß, um alle auf einmal zu entführen. Es hätte einen Kampf gegeben, vielleicht sogar Tote. Ali Ferrarese wollte auf keinen Fall wertvolle Beutestücke verlieren, die man für einen guten Preis verkaufen kann. Die Barbaresken haben die sicherste Strategie verfolgt, sie haben uns einer nach dem anderen abgeholt. Zuerst hat Kemal den Tod Mustafas simuliert, weil er wahrscheinlich bei den anderen Korsaren, die sich in der Nähe aufhielten, nützlicher sein konnte. Dann haben sie Guyetus abgefangen, als er sich umbringen wollte, und danach Hardouin und Malagigi, während sie ihr Glück auf dem Boot versuchten, und man muss sagen, für die beiden war es besser so. Danach wurden die drei Bärtigen entführt, weil es schien, als befände sich Philos Ptetès unter ihnen, ein Mann, der ein schönes Lösegeld wert sein konnte. Und da sie schon einmal dabei waren, auch den ehemaligen Kommissar, damit die Beute noch fetter würde. Kemal dürfte nicht einmal ein Zehntel der Geschichte von den Handschriften von Poggio Bracciolini verstanden haben, aber darum ging es ihm gar nicht. Diese Korsaren aus den Barbareskenreichen sehen in uns Nazarenern Kühe zum Melken, die so viel wert sind, wie das Lösegeld, das sie einbringen können. Es ist unwichtig, ob Philos Ptetès irgendein beliebiger Mönch war. Dieser ungebildete Ignorant Kemal hat erlebt, mit welchem Eifer wir nach ihm suchten, und daraus geschlossen, dass auch er teuer verkauft werden konnte. Er wusste nicht, dass der Mönch nur wegen der Handschriften wichtig war.

»Moment: Malagigi hat gesagt, er habe Guyetus' Körper an einem Baum hängen und dann die Klippe hinunterstürzen sehen«, wandtest du ein.

»Vielleicht war es nur eine Puppe mit seinen Kleidern, wie wahrscheinlich auch Mustafa, obwohl er auch selbst den Abhang hätte hinunterklettern und ein paar Minuten lang zwischen den Wellen Leiche spielen können. Das wäre viel sicherer gewesen und leichter zu bewerkstelligen.«

»Der Arme«, brummte der ehemalige Kommissar, ein schläfriges Auge öffnend.

Wir sahen ihn an. »Kennst du Mustafa zufällig?«, spottetest du.

»Natürlich kenne ich ihn«, antwortete er zu unserer Überraschung und sah uns mit ernster Miene an. »Mustafa, ja, und ob. Er hat mir erzählt, dass er sich totgestellt und mit geschlossenen Augen ans Ufer gelegt hat.«

Wir blickten ihn immer noch erstaunt an.

»Aber du bist ihm doch nie begegnet!«, drängtest du ungeduldig.

»In der Tat, nein, ich bin ihm nie begegnet.«

Ich fing ein Blitzen deiner Augen auf. Du bliebst eine Weile still, dann machtest du einen Vorstoß:

»Darf ich fragen, ob Ihr auf Gorgona jemals Aristoteles und Platon begegnet seid?«

»Aber sicher bin ich ihnen begegnet, sehr oft sogar.«

Du warfst mir einen vielsagenden Blick zu, deinen Mund umspielte ein Lächeln.

»Man hat uns gesagt, dass sie sich auf der Piana dei Morti herumtreiben«, nahmst du die Unterhaltung wieder auf.

»Ja, genau dort, auf der Piana dei Morti.«

»Sie haben Weidenkörbe, um Kastanien zu sammeln ...«, fuhrst du ungerührt fort.

»Und was für Körbe! Sie klauen immer alle Kastanien und für uns bleiben keine übrig, vor allem Aristoteles, der ist unfreundlicher als Platon, oh ja, der hält sich für sonst was! Wie eingebildet der ist, dieser Aristoteles.«

Du hattest genug gefragt. Jetzt war es klar: der ehemalige Kommissar bejahte alles, was man ihn fragte. Seine Worte bogen sich wie Grashalme unter dem ersten Windhauch, der über sie hinwegfuhr. Was auch immer man ihm sagte, er stimmte zu und schusterte sich das bereits Gesagte notdürftig zurecht, um seine Wahnideen aufrechtzuerhalten. Er war verrückt.

»Er muss einer der vielen Irren sein, die vom Großherzog nach Gorgona verbannt wurden«, erklärtest du leise.

»Sehr wahrscheinlich.«

»Warum nur haben wir das auf Gorgona nie bemerkt, Signor Secretarius?«

»Ich weiß es nicht, Signorino Atto.«

Zum Glück ging von nun an alles sehr schnell. Von einem der beiden Schiffsjungen erhielten wir die Bestätigung unserer Vermutungen. Während wir auf der Suche nach Philos Ptetès noch durch die Wälder Gorgonas irrten, hatten die Korsaren durch einen jüdischen Händler bereits mit dem französischen Konsul in Livorno Kontakt aufgenommen und heimliche Verhandlungen begonnen. Gegen ein üppiges Lösegeld boten sie die Freilassung einer beachtlichen Anzahl Geiseln: die gesamte Mannschaft eines Brandschiffs und ein Grüppchen Edelleute, Musiker, Literaten und Philologen. Die Franzosen hatten sofort eingewilligt, denn mit der Rückgabe der Gefangenen ließ sich die Niederlage vertuschen und die militärische Ehre retten. Außerdem würden die französischen Schiffe einige wichtige Persönlichkeiten heil und gesund nach Paris geleiten, die von niemand Geringerem als Seiner Eminenz Kardinal Mazarin persönlich erwartet wurden. Die vereinbarte Summe war gewaltig, ja regelrechter Diebstahl. Doch nur so würde man verhindern können, dass die schmachvolle Geschichte bekannt würde. Die Soldaten waren bereits ausgelöst worden und ein Teil des Lösegeldes war kassiert, jetzt waren wir Zivilisten an der Reihe.

Während die Barbaresken und die französische Marine die letzten Formalitäten für unsere Übergabe regelten, wurden wir auf dem Deck der Karacke versammelt.

So konnten wir Schoppe, Naudé, Hardouin und Malagigi wieder in die Arme schließen. Nur Guyetus fehlte beim Appell. Protest erhob sich, wir fürchteten das Schlimmste für unseren betagten Gefährten. Doch vergeblich, wir erfuhren nichts über sein Schicksal.

Zu unserer großen Erleichterung fanden wir auch Rosina Martini wieder, der während der ganzen Zeit zum Glück kein Haar gekrümmt worden war.

Und so spielten sich in diesen Stunden bei den Untiefen der Meloria seltsame Szenen der Wiederbegegnung ab, bei denen Tote und Lebende aufeinandertrafen, doch die Lebenden (du, Barbara und ich) weit eher an Tote gemahnten als die vermeintlich Toten (Schoppe, Naudé, Pasqualini und Hardouin), die von den Korsaren entführt, aber in Sicherheit gebracht und ernährt worden waren.

Du trugst dein kleines Fernrohr am Gürtel. Ein Barbareske kam auf dich zu, sah dich fassungslos an, entriss es dir brutal und ging ohne ein Wort davon. Zuerst warst du wie erstarrt vor Empörung, dann klärte sich alles. Du hattest das Werkzeug der Seefahrer nach dem Verschwinden von Sieben, Zwölf und Neunzehn gefunden. Es war die unfreiwillige Unterschrift der Barbaren unter die Entführung der drei Bärtigen.

»Die drei Bärtigen, wo sind sie? Sieben, Zwölf und Neunzehn!«, hörten wir Naudé kreischen.

Auch Mazarins Bibliothekar hatte sie gesehen und wollte jetzt um jeden Preis der Tasche habhaft werden, darin sich das Gastmahl des Trimalchio verbarg. Er wusste ja nichts von den letzten enttäuschenden Erkenntnissen Schoppes, er ahnte nicht, was wir in den Handschriften von Poggio Bracciolini entdeckt hatten.

Die drei Bärtigen waren da, aber die Tasche blieb verschwunden.

»Vergiss es«, brummte der Verehrungswürdige.

Naudé erbleichte.

»Auch die verloren? Wie der ganze Rest?«, stammelte er.

»So kann man es nennen«, beschied ihm der deutsche Gelehrte knapp.

Dieser Antwort ließ sich entnehmen, dass Schoppe dem Bibliothekar bereits von dem traurigen Verlust der Papiere von Philos Ptetès berichtet haben musste.

Wahrscheinlich hatte er ihm nicht alle Einzelheiten offenbart. Zu viel hätte er seinem französischen Kollegen erklären müssen: dass der vermeintliche Schatz von Philos Ptetès unter den Kanonenschüssen einer Gruppe Irrer verschüttet worden war und vor allem, dass die Zeit, dieser blinde, unermüdliche Marathonet, der uns seit Jahrhunderten vorwärts zu laufen schien, in Wahrheit mit einer dehnbaren Kette an den Startblock gebunden blieb. Mit einem Wort, es ging darum, Naudé das Tempus der Zeit zu erklären. Denn die Geschichte ist im Grunde wie die Deklination eines Verbs, also die Zeit selbst, und alles hängt davon ab, welches Tempus man wählt.

Von diesen sonderbaren, komplizierten Überlegungen hätte Caspar Schoppe seinen verhassten und geliebten Gabriel in Kenntnis setzen müssen. Doch das war eine schwere Aufgabe, und Schoppe war jetzt müde, sehr müde.

Bei dieser Gelegenheit sahen wir auch Kemal wieder. Er trat sehr prächtig gekleidet auf, war mit Dolchen und Krummsäbel wieder bis an die Zähne bewaffnet und wurde von einem großen Trupp finsterer Gestalten begleitet.

»Der Nazarenerhund Guyetus ist noch immer auf dieser Seite des Grabens«, verkündete unser Korsar mit mürrischem Sarkasmus, worauf seine Eskorte aus Schurken grinste, »aber Allah hat ihm ein böses Fieber verpasst, das möglicherweise ansteckend ist. Darum muss er isoliert bleiben. Wenn das Lösegeld kommt, geben wir ihn euch zurück, dann könnt ihr mit ihm machen was ihr wollt.«

»Verzeiht, aber könnten wir bitte die Tasche dieser drei Männer wiederbekommen?«, wagte Naudé schüchtern zu fragen.

»Du meinst die drei Idioten mit den langen Bärten? Keine Angst, Nazarener, ich habe diese Schweinerei für perverse Invertierte in Sicherheit gebracht. Ich werde sie gegen gutes Geld einem Freund in Slawonien verkaufen. Nach eurem Mönch zu urteilen, holen sie sich dort mit Hilfe von diesem Zeug gerne einen runter. Ich habe kapiert, wie krank ihr Nazarener seid: Ihr schmachtet nach allem alten Plunder, haha!«

Dann gab er zwei kräftigen Matrosen ein Zeichen, worauf sie mir mit Gewalt den Hut vom Kopf rissen.

»He, was sind das für Manieren!«, protestierte ich, aber ich ahnte bereits, was sie vorhatten.

Auf Kemals Anweisungen hin steckte einer der beiden die Hand in einen Schlitz des Hutes und zog ein Bündel Papiere heraus. Der Statthalter wusste, dass sich darunter das Petronius-Fragment befand, das wir in der Torre Vecchia gefunden hatten. Es war das letzte Beweisstück für die Fälschungen von Poggio Bracciolini und würde ebenfalls in Slawonien bei Kemals Freund landen.

Wir schwiegen bestürzt. Jetzt gab der Barbareske wieder die Befehle. Unser Leben lag in seinen Händen, vor allem wenn – welch entsetzliche Vorstellung! – keine Einigung über unser Lösegeld mit der französischen Marine zustande käme. Die Tage, als Schoppe auf Kemal reiten und ihn wie ein Tier behandeln konnte, waren vorbei.

Nachdem er seine Ankündigungen gemacht hatte, warf der Statthalter von Ali Ferrarese seine lange, ergraute Mähne nach hinten und verschwand, ohne uns eines Blickes zu würdigen. Wir sahen ihn nie wieder.

Die letzten diplomatischen Scharmützel zwischen Korsaren und Franzosen waren Gott sei Dank alsbald beigelegt. Geld kann sogar Berge ebnen, und der Kapitän des Schiffes Seiner Majestät, des Allerchristlichsten Königs von Frankreich, hatte sich ausreichende finanzielle Mittel besorgt, um die Sache zu erledigen.

Mit dem Lösegeld war nun endgültig alles zum Schweigen gebracht. Nur vier Geiseln würden nicht wieder heimkehren: die drei Bärtigen und der angebliche ehemalige Kommissar von Gorgona. Ihnen stand ein abenteuerlicher Epilog bevor, denn die Franzosen waren nicht bereit, auch nur einen blanken Heller für sie zu bezahlen. Also verkaufte Ali Ferrarese sie für wenig Geld an die Sklavenbäder von Tunis.

Unsere Übergabe durch die muselmanischen Barbaren an das christliche Lager fand mitten auf See statt, als wir vom Beiboot der Korsaren in eine Schaluppe der französischen Marine umstiegen.

Doch das elegante Schiff, auf dem wir nun endlich in Sicherheit waren, nahm nicht sofort Kurs auf die Heimat. Wir machten einen letzten kurzen Halt an der Insel, die uns alle beherbergt und den Traum jener genährt hatte, die in den Papieren des Philos Ptetès den Schlüssel ihres irdischen Ruhms gesucht hatten.

Die Ellbogen auf die Reling gestützt, stand ich an Deck neben Schoppe, und wir beobachteten Naudé, wie er von Bord ging und sich mit drei französischen Unteroffizieren auf den Weg in den unbewohnten Ort machte, um dort die Tasche aus hartem Leder mit der Kopie der Bibel für die Bibliothek des Kardinals zu holen. Von der bewaffneten Bande, die uns von der Insel gejagt hatte, war keine Spur zu sehen. Die verrückten Bewohner Gorgonas hatten sicherlich das Schiff Seiner Allerchristlichsten Majestät des Königs von Frankreich gesehen und sich in ihre Verstecke zurückgezogen.

Es gab jedoch ein kleines Schiff der Marine des Stephansordens, dem ein paar Fischer gemeldet hatten, dass sie im Vorbeifahren Gewehr- und sogar Kanonenschüsse auf der Insel gehört hatten. Eine Suchaktion, um jene zu bestrafen, die in die Festung eingebrochen waren und Munition und Bombarden aus dem Besitz des Großherzogs der Toskana benutzt hatten, war bereits in vollem Gange. Den armen geistes-kranken Inselbewohnern würde mit Sicherheit schon bald eine sehr viel strenger bewachte Unterbringung auf dem Festland zugewiesen werden. Unter den Matrosen ging das Gerücht um, dass man die Schar der Irren in diskreten Verhandlungen sogar Alis Korsaren angeboten hatte, doch der Seeräuber habe, so hieß es, das Angebot mit einer knappen Bemerkung abgelehnt: »Verrückte habe ich schon genug an Bord.«

Als Naudé wieder bei uns war, sah ich ihn ein Blatt Papier in den Händen halten. Es war die Karte der Insel. Nach dem Ende von Philos Ptetès war sie die einzige Verbindung zum Schatz des Mönchs gewesen. Jetzt war sie wertlos. Naudé blickte mich finster an, zögerte, dann zerknüllte er das Blatt und warf es ins Meer.

Ich blickte zum Verehrungswürdigen hinüber. Jetzt sah man genau, dass er krank war. Er hustete schwer und verbrachte die ganze Über-fahrt in einem Sessel an Deck sitzend oder unter Deck liegend, wo es an Platz nicht mangelte, da das französische Schiff rund war, keine Galeere. Sie war fast verstummt, die teutonische Hydra von Lerna, wie Bouchard den alten Schoppe in seinen Aufzeichnungen genannt hatte. Ich ahnte, dass die Fälschungen von Poggio Bracciolini ihm immer noch bitter aufstießen. Also zog ich zwei grob mit einem Faden zu-sammengenähte Heftchen hervor. Sie waren zerknittert, aber noch lesbar. Ich reichte sie ihm:

CHIFFRE DER NAMEN

Platons Dialoge

»Warum erst jetzt?«, fragte er mit brüchiger Stimme, während er darin blätterte.

»Ich wollte sie nicht hervorholen, solange wir noch auf der Karacke der Korsaren waren. Sie hätten uns die Papiere weggenommen. Kemal scheint sich in den Kopf gesetzt zu haben, nun auch mit dem Verkauf von Handschriften Geld zu machen. Ihr habt es doch gehört, oder? Er will das Gastmahl des Trimalchio verkaufen.«

»Einverstanden, aber warum gebt Ihr mir das? Ihr hättet es Gabriel Naudé schenken können. Er kann Euch in Paris helfen, indem er Euch bei Mazarin in ein gutes Licht rückt. Ihr werdet lange Zeit in Frank-reich bleiben müssen, da könnt Ihr Freunde gebrauchen.«

Ich wollte gerade antworten, da kam er mir zuvor.

»Ich verstehe. Sogar Ihr seid, wiewohl kein Philologe, drauf gekommen. Dieser Esel Naudé wäre nie und nimmer in der Lage, so etwas zu veröffentlichen. Er ist ein ignoranter Atheist, der nur Medizin studiert hat und nicht einmal promoviert ist. Er hat das Abschlusszeugnis nur bekommen, weil er vor den Studenten und dem Direktor diese Rede gehalten hat, wie hieß das noch gleich ...«

»Der Paranimf?«

»Genau, der Paranimf. Doch wartet.«

Urplötzlich hatte Schoppe den einstigen Schwung zurückgewonnen. Mit einem Wink rief er Hardouin zu sich.

»Kommt her, lieber Freund. Und Ihr, Signor Secretarius, mögt Ihr uns bitte einen Augenblick entschuldigen?« Schoppe wollte mit dem Buchhändler allein bleiben.

Er hatte mich überrumpelt. Ich machte eine Verbeugung und entfernte mich. Von weitem hörte ich nur noch:

»Ich weiß, dass Ihr ein Kind erwartet, lieber Hardouin, vielleicht sogar einen Jungen. Meinen Glückwunsch. Nun, ich habe etwas, was Ihr dem Kleinen geben könnt, wenn er im richtigen Alter ist. Man weiß nie, vielleicht kann er sich dafür begeistern. Vor allem wenn er, was ich hoffe, Eure Herzenswärme und Geistesschärfe erbt.«

»Ihr seid zu gütig«, sagte Hardouin ein wenig verlegen.

»Ich weiß, was ich sage«, erwiderte Schoppe.

Die Chiffre der Namen hatte ihre Reise angetreten. Wo würde sie ankommen? Alles hing von den Eigenschaften ihres zukünftigen Paladins ab. Auch ich hatte an Hardouin als idealen Kandidaten gedacht, denn er besaß den ungetrübtesten Geist von allen in der Gruppe, und zudem konnte er die Aufzeichnungen Bouchards drucken lassen. Freilich mangelte es ihm an Bekanntheit und den notwendigen Beziehungen, um sich in der überfüllten, chaotischen Gelehrtenrepublik durchzusetzen. Darum hatte ich mich zuletzt doch an Caspar Schoppe gewandt. Doch Schoppe selbst hatte anders entschieden.

Es würde gerade für Hardouin eine große Offenbarung werden, in diesen Aufzeichnungen zu lesen, dass Platon in Wirklichkeit erst lange nach der Ankunft Jesu erfunden worden war. Denn niemand anderes als der bretonische Buchhändler hatte mir in der Nacht, in der wir das Boot kalfatert hatten, erklärt, wie weise Papst Urban VIII. gewesen war, als er sich auf das platonische Prinzip berief, nicht das wahre Wesen der Dinge erkennen zu wollen, was allein Gottes Vorrecht ist, sondern nur zu versuchen, die Dinge zu praktischen Zwecken zu beherrschen. Jetzt würde Hardouin mit Freude entdecken, dass diese erhabene Weisheit kein christliches Abschreiben bei Platon war, um es mit Guyetus Worten zu sagen, sondern das Abschreiben eines falschen Platon von einer Glaubenswahrheit.

Am nächsten Tag sah ich dich mit deinem geliebten Meister Malagigi und Hardouin in ein intensives Gespräch vertieft und trat zu euch.

»Von wegen Schiffbruch mit dem Beiboot! Wir wurden entführt, während wir schliefen!«, erzählten die beiden.

»Und der Abschiedsbrief?«, fragtest du.

»Den habe ich gewiss nicht geschrieben. Es wird dieser Verräter Kemal gewesen sein«, antwortete Hardouin.

»Gut möglich«, stimmte ich zu, mich in euer Gespräch einmischend. »Es muss eine Fälschung von Kemal gewesen sein. Vielleicht hat er sich durch unsere Gespräche über Fälschungen anregen lassen!« Ich lachte.

»Kann Kemal so flüssig schreiben?«, fragtest du zweifelnd.

»Er ist alles andere als der Ignorant, den er uns vorgespielt hat«, überlegte ich. »Vergessen wir nicht, liebe Freunde, dass wir vom Statthalter Ali Ferrareses persönlich sprechen. Zwei Jahrzehnte in den Gefängnissen der spanischen Inquisition sind keine Kleinigkeit. In dieser Zeit wird er viel gelesen und geschrieben haben, wenn die Verhöre und Folterungen es erlaubten. Wie könnte sein Statthalter weniger gebildet sein als er?«

DISKURS CVII

Darin man sieht, dass was zuvor erzählt wurde, noch lange nicht alles ist.

Du, mein lieber Atto, hattest begriffen. In groben Zügen, aber du hattest begriffen.

Zuletzt bist du vom bloßen Verdächtigen zum Handeln übergegangen. Du warst es, der mich in dem gespenstischen Städtchen beschattet hat, deine leichten Schritte hallten durch die menschenleeren Straßen, nicht das Flüstern des Windes, wie ich mir einbildete. Schließlich hast du die Papiere entdeckt. Als du mich davon informiert und gleichzeitig über meine Blässe ob dieser Überraschung gespottet hast, wolltest du mir ein Geständnis entlocken. Du hast geahnt, dass ich schon von der verborgenen Falltür wusste, die zu dem geheimen Kabuff mit dem Schatz des unwirklichen Philos Ptetès führte. Als du mich aufforderttest, einen Schritt weiterzugehen und mich dabei am Arm festhieltest, hast du belustigt gelacht und beobachtet, wie mir der kalte Schweiß ausbrach bei dem Gedanken, dass ich mich freiwillig fallenlassen sollte! Du konntest nicht sicher sein, dass ich gestehen würde, um einen bösen Sturz zu vermeiden. Darum hast du mich fest am Arm gehalten. Du hast dich verstellt, und zwar meisterhaft.

Auf alle erdenklichen Weisen hast du versucht, mir begreiflich zu machen, dass du mein Geheimnis entdeckt hattest und auf Erklärungen wartetest, doch nie bist du wirklich aus der Deckung gegangen. Als wir vor dem Zettel mit dem letzten Buchstaben für die Karte der Insel standen, hast du mich nicht gebeten, über die Buchstaben nachzudenken und ihren Sinn zu enträtseln. Stattdessen hast du das Stück Papier vor meinen Augen achtlos auf den Boden fallenlassen und mich mit einem vielsagenden Blick durchbohrt. Denn du hattest erkannt, dass der Urheber der geheimnisvollen Inselkarte nicht der slawonische Mönch gewesen war, sondern meine Wenigkeit. Und du erwartetest Klärungen.

Als du den Namen von Francesco Bracciolini in Bouchards Aufzeichnungen lasest, wurde dein Groll gegen mich noch stärker. Doch die sich überstürzenden Ereignisse und mein eisernes Schweigen bewogen dich, mir noch Zeit zu geben. Immerhin wolltest du von mir lernen und nicht nur etwas erfahren. Also hast du dir jahrelang nichts anmerken lassen, während du auf ein Geständnis wartetest, welches jetzt, mit diesem Schreiben erfolgt.

Gehen wir der Reihe nach vor. Aus dem irren Gerede des angeblichen ehemaligen Kommissars von Gorgona hattest du schon geschlossen, dass der Mensch, dem du, Naudé und ich in Begleitung des Kommissars im Wald begegnet waren, nicht Philos Ptetès sein konnte.

Philos Ptetès hat es nie gegeben. Indessen hat es einen Mönch gegeben, wie du weißt, der sich 1644, zur Zeit unserer ersten Reise nach Paris, mit uns auf einer Galeere eingeschifft hatte. Du hattest mit eigenen Augen gesehen, dass der Mönch auf Gorgona zurückgelassen wurde, weil eine Schlange ihn gebissen hatte. Dieser unbekannte Ordensbruder und sein Unglück gaben mir die Idee ein. Der Name kam dann von selbst: Philos Ptetès, oder Philoktetes, der Held der berühmten Tragödie des Sophokles, einer der Anführer der griechischen Streitkräfte im Trojanischen Krieg, der auf dem Weg nach Troja von einer Schlange gebissen und auf einer Insel zurückgelassen wurde. Wie peinlich! Schoppe, Guyetus, Naudé: keiner unserer sich so groß dünkenden Literaten hat die Namensähnlichkeit je bemerkt.

Und ebenso war diesen großen Ingenien nicht gleich aufgefallen, dass das irre Geschwätz der Verrückten von Gorgona berühmten literarischen Werken entnommen war. Es hat mich viel Mühe gekostet, damit sie endlich ein paar Zitate aus den phantasievollen Werken von Campanella, Thomas Morus und Rabelais erkannten.

Ganz und gar nicht schwierig war es für mich, im Hinblick auf unseren Aufenthalt auf der Insel einige Erkundungsreisen nach Gorgona zu unternehmen – immerhin bin ich Secretarius eines Marinekapitäns des Ordens Santo Stefano! Ich nutzte die unvermeidliche Pause für das Wasserschöpfen, um mich von den Galeeren des Ordens auf der Insel absetzen zu lassen, nachdem ich dafür gesorgt hatte, dass man mich später zurückbringen würde.

Ich sehe dich geradezu vor mir, Atto: Statt dich für Einzelheiten über das *Wie* zu interessieren, drängst du nach einem vollen Geständnis über das *Warum*. Doch ich weiß, dass du auch hier schon eine bestimmte Idee hegst: Francesco Bracciolini.

Als wir den Namen von Gabriel Naudé in Bouchards Aufzeichnungen erwähnt fanden und Naudé versuchte, Malagigi durch die Nachricht, auch dieser habe seinen ermordeten Freund gekannt, in ein schlechtes Licht zu rücken, brachte Malagigi wiederum dich ins Spiel, weil du ein Landsmann von Francesco Bracciolini bist, dem Secretarius der Barberini.

Du erschrakst, worauf ich dir die Wahrheit ins Ohr flüsterte, die ich in eine ad hoc erfundene Geschichte kleidete, damit du den Widersinn dieser Anklagen beweisen konntest. Du hast diese kleine Geschichte meisterhaft genutzt und alles lachte. Niemand argwöhnte auch nur einen Augenblick lang, dass er soeben zum ersten und letzten Mal die Wahrheit oder wenigstens eine knappe Zusammenfassung vernommen hatte.

Ein Jahr bevor wir uns einschifften, war Francesco Bracciolini, der Literat aus Pistoia und Secretarius der Barberini, gestorben. Wie Naudé spitzfindig schloss, war Francesco kein Nachfahre des berühmten Poggio. Doch keinem unserer Gelehrten fiel ein, dass er durchaus für einen Nachkommen hätte *gehalten werden können*. Und genau so war es. Irrtümlich waren die Papiere Poggio Bracciolinis ihm als Erbe zugefallen, freilich nur jene angeblich unveröffentlichten Manuskripte, die sich am Ende unseres Abenteuers als Fälschungen Poggios herausgestellt haben: literarische Schmierzettel, als antike Handschriften aufgemacht, die teuer verkauft werden sollten.

Der gute Francesco Bracciolini, der, wie du weißt, ein Freund Bouchards war und ihm zu Ehren sogar einen Grabgesang komponiert hatte, übergab ihm diese Papiere, da Bouchard als Philologe ein Fachmann auf dem Gebiet war.

Den Rest haben wir in dem verlassenen Städtchen aus Bouchards Aufzeichnungen erfahren. Es fehlt nur noch der Epilog: Nach dem Attentat gab der Ärmste Poggios Papiere an Francesco zurück und vertraute ihm auch seine geheimsten, brisantesten Notizen an. Tatsächlich hatte, wie Naudé erzählte, Cassiano dal Pozzo in Bouchards Papieren nichts von dem gefunden, wonach er suchte. Darum haben Cassiano und die anderen Starken Geister die erotischen Tagebücher Bouchards erfunden! Sollten dann eines Tages die Papiere des Verstorbenen ans Licht kommen, die das Werk der Fälscher aufdeckten, würde niemand ihnen mehr Glauben schenken, da der Ruf ihres Verfassers ruiniert war.

Wie du schon gefolgert haben wirst, erhielt also nicht Philos Ptetès, der nie existiert hat, die Papiere Poggios und Bouchards, sondern meine Wenigkeit, und zwar vom mittlerweile alten und kranken Francesco Bracciolini in Pistoia.

Er sprach mit dem furchtbaren Ernst des Menschen, der schon für das himmlische Jenseits bereit ist, das die *Deniaisez* so sehr verachten.

»Ich war feige«, sagte er zu mir, »ich hatte nicht den Mut, so schwerwiegende Dinge zu veröffentlichen. Ich wusste, dass mich die Veröffentlichung großen Gefahren aussetzen würde. Oder dass man alles vertuschen würde. Kümmere du dich jetzt darum, finde jemanden, der die Ideen Bouchards der Welt zugänglich machen kann!«

So, nun habe ich es dir gesagt. Du wirst mir entgegnen: Spuck auch den Rest aus! Wer oder was hat dich dazu gezwungen, diese Geschichte zu inszenieren und so viele Menschen in Lebensgefahr zu bringen? Ich antworte dir: Es gibt keinen Rest, den ich ausspucken könnte. Gut, es ist genau so, wie du denkst: ich bin verrückt.

Wenn du meinst, Monate mit den traurigen Worten Bouchards zu verbringen, in seinen Schriften zu blättern, all sein Nachforschen, Verstehen, Erkennen des Verrats und seinen langsamen Tod gemeinsam mit ihm zu erleben, sei nicht Grund genug, um sein Vorhaben ausführen, sein Andenken schützen zu wollen, gut, dann bin ich verrückt.

Es geht mir nicht um Rechtfertigungen oder Würdigungen meiner Handlungsweise. Ich werde ehrlich sein, oder besser, noch ehrlicher als zuvor: Nicht ich habe das Ganze organisiert (in dem Fall müsste man mich wirklich für einen Geisteskranken halten), sondern der Zufall oder vielleicht Gott. Denn nichts ist so gelaufen wie es geplant war, angefangen mit dem Überfall der Korsaren.

Mich hat nur eine Frage bewegt: Wem kann ich die Papiere von Bouchard und Poggio anvertrauen? Explosives Zeug, das die *Deniaisez* unbedingt in die Finger bekommen wollen, um es endlich zu vernichten. Wem kann ich trauen? Der arme junge Mann hat *post mortem* niemanden außer mir gehabt. Sein ganzes Leben, all seine Ideale, waren mir in die Hände gefallen. Ich war seine letzte postume Hoffnung: Ausgerechnet ich, einer, den er nie zu Gesicht bekommen hatte, dessen Stimme, dessen Gesichtszüge und Worte er nicht kannte. Denn ich muss dir gestehen, ich habe Bouchard nie kennengelernt. Ich weiß nicht, wie er aussah, und noch weniger wusste ich, dass er einen Kopisten suchte. Letzteres war eine kleine Lüge, die ich benutzt habe, um den armen Naudé in Aufruhr zu versetzen, der nicht nur Schoppes, sondern auch mein Lieblingsopfer war, wie ich dir weiter unten erklären werde.

Ich habe also begonnen, meinen Plan auszuführen, indem ich mir eine Reihe von Gelehrten aussuchte, die sich mit dem Problem der Zeit beschäftigt hatten.

Allen voran Schoppe, den grimmigen Verfolger des Herren der Zeit – Scaliger.

Dann einen skeptischen Philologen wie Guyetus, der für mich jedoch die größte Enttäuschung wurde: Er hat nicht mehr getan als zu beweisen, dass die erste Ode von Horaz eine Fälschung ist. Außer Horaz gibt es nur noch einen, an den Guyetus nicht glaubt, und das ist Gott. Ansonsten glaubt er alles, sogar die Märchen von Lykurg und Petronius. Gott hat gewollt, dass Guyetus sich von dem unbekannten bretonischen Buchhändler und Drucker Hardouin begleiten ließ, auf den ich nie gekommen wäre, der aber mit seinem Scharfsinn genau der richtige Mann war. So es Gott gefällt, wird Hardouin dafür sorgen, das Werk Bouchards fortzusetzen, oder sein neugeborenes Kind, dem Schoppe die Chiffre der Namen überlassen hat.

Naudé hätte mein Meisterstück werden sollen. Ich war überzeugt, dass er hinter dem Attentat auf Bouchard steckte. Nur für ihn hatte ich die Karte der Insel und die Zettel mit den Buchstaben vorbereitet, die im geeigneten Moment gefunden werden sollten. Das Wort, das sich mit ihnen bilden ließ, war das lateinische *fraus*, also »Betrug«. Ich hatte geplant, Mazarins Bibliothekar bis zum geheimen Versteck der Papiere von Philos Ptetès gelangen zu lassen, lebhaft hatte ich mir den Augenblick vorgestellt, in dem er, der Schuldige, den letzten Buchstaben des geheimnisvollen Wortes finden würde. Ich sah ihn schon vor mir, wie er das Wort bildete, welches die gewaltige Verfälschung der Zeit und der Geschichte entlarvte, doch zugleich auch ihn des Verrats an seinem jungen Freund, der sich diesem satanischen Betrug widersetzt hatte, überführte.

Der Großbuchstabe B, den ich heimlich in den sandigen Grund der Grotte des Seeochsen gezeichnet hatte, gehörte nicht zu dem Wort *fraus*, er stand für »Bouchard«, wie Naudé sofort erraten hatte, aber er war ein spontaner Einfall von mir gewesen, um Naudé dazu zu bewegen, den Mord an seinem Freund zu gestehen.

Ich selbst habe Mazarins Bibliothekar darauf hingewiesen, dass das B nicht zu dem geheimnisvollen Wort gehören konnte, weil ich hoffte, ihn so auf den Weg zur Lösung zu bringen. Doch alle Versuche, ihm den Schlüssel des Geheimnisses zuzuspielen, waren zum Scheitern verurteilt. Zum Beispiel habe ich ihm nahegelegt, dass das in der angeblichen Schatzkarte von Philos Ptetès verborgene Wort ein lateinisches Wort sein musste, weil ihr Verfasser ein Mönch war, doch selbst dieser Wink hat nichts genützt.

Ach, was sind diese *Deniaisez* doch für Hohlköpfe! Schoppe hat wirklich recht: Es gibt nichts Schlimmeres als einen großen Gedanken in einem kleinen Hirn.

Erbärmlicher Naudé, welch ein Irrtum, dich für mächtig und grausam zu halten! Ich wollte den bloßstellen, den die letzten Schriften Bouchards zum Mörder und Verräter schlechthin machten, den Verschwörer, den Bouchard für ein so treues Mitglied der *impia cohors*, der gottlosen Bande der *Deniaisez* hielt, dass er glaubte, Naudé habe seinen Tod beschlossen.

Vergeblich habe ich den Zettel mit dem letzten Buchstaben des Rätsels an die Tür zum Versteck der Handschriften geheftet. Er hat nur dazu gedient, mich von dir enttarnen zu lassen, statt Naudé zu dem angeblichen Schatz zu führen. Monatelang habe ich davon geträumt, und wie sehr ich diesen Moment herbeigesehnt habe! Der Bibliothekar greift gierig nach den Papieren und liest entsetzt die Glossen von Poggio, vor allem aber die von Bouchards eigener Hand geschriebenen Beweise für seinen infamen Verrat!

Stattdessen hast du alles in die Hand genommen: du hast das Versteck der Manuskripte entdeckt und Naudé die Anschuldigungen Bouchards gezeigt. So hast du ihn dazu gebracht, die überraschende Wahrheit zu gestehen.

Hier muss ich dir danken, mein lieber Atto. Ohne dein Eingreifen wäre die ganze Wahrheit über den unglückseligen Bibliothekar Mazarins niemals ans Licht gekommen. Er war eher ein Opfer als ein Mittäter, eher eine leidende Seele als ein Starker Geist und so unvorsichtig, wie keiner von uns erwartet hätte. Im Grunde stand Naudé der Wahrheit nicht so gleichgültig gegenüber, wie Bouchard dachte und auch ich glaubte. In der Grotte des Seeochsen hat er von Bouchard erzählt und dabei nur erfunden, dass der unglückliche junge Mann seinen Plan der Synkellos-Ausgabe aufgegeben hatte. In Wahrheit hatte Bouchard sie nicht mehr rechtzeitig beenden können, bevor er starb. Darauf verschwand die Arbeit.

Naudé brachte sogar den Mut auf, offen über die Beziehung zwischen Elia Diodati und Galileo zu sprechen. Er konnte noch zwischen Recht und Unrecht, Mut und Feigheit unterscheiden. Der kolossale Rausch in jener Nacht auf Gorgona ließ ihn zusammenbrechen, er gestand dir, zu welchem Sumpf sein Leben verkommen war und legte unfreiwillig sein innerstes Wesen bloß: eine schwache, keine böse Seele. Es zeigte sich, dass er noch naiver war als der Jüngling, welcher du damals warst: Keinen Augenblick lang hast du meine lächerliche Schatzkarte ernstgenommen, aber Naudé ist in die Falle gegangen wie ein Schuljunge. Bouchard hat recht: wie leichtgläubig sind diese Literaten! Wenn der Bibliothekar Seiner Eminenz Kardinal Mazarins, des Regierenden Ministers von Frankreich, sich von einer so plumpen Fälschung wie meiner Inselkarte, dem erfundenen Führer zu einem unechten Schatz, hat ködern lassen, kann man sich gut vorstellen, welch leichtes Spiel Betrüger vom Kaliber eines Diassorinos und Poggio Bracciolini und viele andere ihrer Kumpane hatten, deren Namen wir nie erfahren werden.

Sogar der lächerliche Köder, den ich in der Karte für Naudé ausgelegt hatte, lief ins Leere: Ihre Überschrift *Mysterium Thesauri* spielte auf Scaligers *Thesaurus Temporum*, sein Werk über die Chronologie an. Mein Einfall sollte den armen Bibliothekar noch mehr beunruhigen. Er würde, so stellte ich mir vor, diesen Titel für eine vage bedrohliche Anspielung des Philos Ptetès halten, für einen gelehrten Verweis auf die durch Scaliger und den falschen Synkellos pervertierte Zeit, für die Bouchard umgebracht worden war. Und schon sah ich Naudé vor mir, wie er sich, nach Luft ringend, selbst in den Abgrund der Schuld stürzte, eine finstere Verkörperung der biblischen Sentenz *fugit impius nemine persequente*, »er flieht, der Frevler, obwohl niemand ihn verfolgt«. Aber ihm ist nicht das kleinste Licht aufgegangen.

Vor der Abfahrt war mir mein ganzer Plan einfach, kristallklar und unfehlbar erschienen. Aber dann tauchten unzählige Schwierigkeiten auf. Auf der falschen Karte von Philos Ptetès, die ich für Naudé vorbereitet hatte, waren nur das unbewohnte Städtchen und der Hafen von Gorgona zu sehen, denn dort hatte ich Bouchards und Poggios Papiere versteckt, und dort sollte sich meine ganze gut einstudierte Komödie abspielen. Den Rest der Insel kannte ich gar nicht, ich hatte ihn nur einmal auf der Landkarte gesehen, die ich mir im Archiv der Marine des Ordens besorgt hatte.

Stattdessen strandeten wir leider schiffbrüchig auf der entgegengesetzten Seite der Insel, und ich musste rasch eine zweite falsche Karte improvisieren, jene ziemlich dürftige, die auch du gesehen hast. Zum Glück hatte ich die Karte der Marine dabei.

Zuletzt waren wir fast an alle Orte gelangt, die ich auf Philos Ptetès angeblicher Schatzkarte eingezeichnet hatte, und das ist kein Zufall, denn Gorgona ist klein, also konnten wir gar nicht umhin, auf die wenigen herausragenden Stellen zu stoßen, die es auf der Insel gibt, einschließlich der von den Irren, den einzigen Bewohnern der Insel, genutzten Orte.

DISKURS CVIII

Abschlusssaldo.

Als wir von unserer zweiten Reise nach Paris zurückgekehrt waren, bin ich nach Rom gefahren. Ich habe jemanden besucht, dem ich seit jener Nacht, in der ich Naudés Geständnis gehört hatte, ein paar Fragen stellen wollte. In der Hundstagehitze eines Augustmittags betrat ich eine schöne Villa auf dem Monte Mario, und dort, im gnädigen Schatten einer Weinlaube, zu deren Füßen sich ganz Rom erstreckte, traf ich einen alten, einsamen, in einen Weidensessel versunkenen Mann: Gian Vittorio Rossi, genannt der Eritreer. Die giftigste Feder der Schöpfung, wie Naudé ihn genannt hatte.

Er war es, der in Köln die *Pinakothek* veröffentlicht hatte, eine Galerie pikanter Porträts über verstorbene Persönlichkeiten des römischen Hofes, unter denen sich neben dem Arzt Trouiller, eines Mitglieds der *Deniaisez,* auch Bouchard befinden musste. Freilich hatten Naudé und Cassiano den Nuntius von Köln, Monsignore Fabio Chigi, dazu bewegen können, das Werk ohne das Kapitel über Bouchard erscheinen zu lassen. Wie du dich erinnern wirst, hatte die Sünde des Eritreers in den Augen der *Deniaisez* darin bestanden, Bouchards schmutzige Tagebücher unerwähnt zu lassen, obwohl Cassiano sie ihm gezeigt und sogar hatte kopieren lassen, weil er hoffte, das Andenken Bouchards damit höchst wirkungsvoll zu zerstören.

Warum hatte der Eritreer in seiner Porträtgalerie die obszönen Tagebücher Bouchards nicht erwähnt? Das hattest du schon Naudé gefragt, aber er hatte dir trocken geantwortet, er wisse es nicht. »Das Kapitel über Bouchard wurde nie veröffentlicht. Von wem habt Ihr den Inhalt erfahren? Und warum interessiert Euch diese alte Geschichte?«, fragte der Alte mich misstrauisch.

»Ich stelle im Auftrag des Cavaliere Girolami Sozzifanti, Kapitän der Marine des Ordens Santo Stefano, dessen Secretarius ich bin, Nachforschungen über den Cavaliere dal Pozzo an.«

Und hier, Atto, muss ich dir ein weiteres kleines Geständnis machen: Cassiano dal Pozzo war Cavaliere von Santo Stefano, sogar schon im zarten Alter von elf Jahren, da er ein Neffe des Erzbischofs von Pisa ist, welcher innerhalb der Marine des Ordens Santo Stefano die sogenannte »Commenda Puteana« eingerichtet hatte. Ihr Name ist die lateinische Übersetzung des Nachnamens dal Pozzo: *a puteo.* Das ist keine große Offenbarung, ich weiß, aber du musst wissen, dass Cassiano dal Pozzo in den letzten Jahren nicht sämtliche erwünschten Beförderungen und Pfründe erhalten hat, und daran sind einige mit großer Sorgfalt geknüpfte Beziehungen zwischen der Marine der Cavalieri von Santo Stefano und der Päpstlichen Marine, die von derselben bis zu Seiner Heiligkeit reichten, nicht ganz unschuldig. Ich brauche dir nicht zu sagen, warum diese Beziehungen ihren Weg nicht über den Großherzog der Toskana nahmen, oder? Und ich denke, du kommst von selbst darauf, warum der bescheidene, unbekannte Secretarius, der diese Beziehungen knüpfte und die Siegel unseres Ritterordens daruntersetzte, sich nicht einmal für würdig hielt, mit seinem Namen zu unterschreiben …

Der Eritreer musterte mich lange, dann lächelte er.

»Dieses Reisetagebuch war echt. Bouchard selbst gab es mir zu lesen«, verriet er mir aus seinem Weidensessel heraus.

Mir kam der Gedanke, dass er vielleicht all diese Jahre hier gewartet hatte, bis endlich jemand kam und ihm diese Frage stellte.

»Also war es nicht gefälscht?« Überwältigt von heftig widerstreitenden Gefühlen, wie selten in meinem Leben, konnte ich kaum mehr sprechen.

Auch Naudé hatte dir in jener Nacht auf Gorgona geantwortet, dass Cassiano und die anderen *Deniaisez* weit Schlimmeres mit dem Tagebuch angestellt hatten als es einfach nur zu fälschen. Und er hatte auf Potier angespielt, einen französischen Arzt und Freund von Cassiano, der aus Bologna angereist war. Aber als du ihn um Erklärungen gebeten hattest, war er ausgewichen.

»Bouchard hatte dieses Tagebuch viele Jahre vor seinem Tod geschrieben, gleich nach seiner Ankunft in Rom«, hub der Eritreer an. »Im ersten Teil erzählt er seine Reise von Paris nach Rom im Jahr 1631, der zweite Teil erinnert an die Reise, die er 1632 von Rom nach Neapel unternahm, um sich dort auf Anraten seiner Ärzte von einer Krankheit heilen zu lassen. Dieser Teil war eine glänzend geschriebene Abhandlung voll präziser Beobachtungen der volkstümlichen Sitten und Gebräuche, das Werk eines jungen Mannes von heiterer Ironie und scharfem Blick, der alles zu kommentieren wusste, dessen Beobachtungsgabe nichts entging. Die begeisterte Schilderung ländlicher Gepflogenheiten und die Freude über das milde Klima und den Reichtum der Natur gingen stets mit einer beißenden Kritik an Unwissenheit, Ungerechtigkeit, Missständen in der Verwaltung und der Intoleranz der Menschen einher. Das Ganze wurde hinter der Maske des Orestes erzählt, dem Alter Ego Bouchards, von dem der Autor unterhaltsam in der dritten Person spricht. Nichts war erfunden. Als ausgezeichneter Philologe hatte Bouchard sich damit begnügt, von dem, was er gesehen hatte, auf die saftigste, lebendigste Art und Weise zu berichten. Von den erotischen Delirien, derentwegen diese Tagebücher berühmt geworden sind, gab es keine Spur.«

»Ich verstehe nicht.«

»Seid Ihr wirklich noch immer nicht drauf gekommen?« Grinsend zeigte der Alte seinen zahnlosen Mund. »In jener Nacht auf dem Platz vor Sankt Peter wollten sie sich Bouchards für immer entledigen. Während sein bluttriefender Leichnam noch auf dem Pflaster vor der Basilika lag, hätten sie seine Wohnung gestürmt und alle unbequemen Aufzeichnungen, seine Studien, seine Entdeckungen verschwinden lassen. Aber es ist schiefgegangen. Mein Freund – denn wir waren Freunde, wisst Ihr? – hat nach dem Überfall sogleich Verdacht geschöpft und Vorsichtsmaßnahmen getroffen. Natürlich ging Cassiano schon bald wutentbrannt zu diesem Trottel Gabriel Naudé, doch vergeblich. Seine langen Besuche bei Bouchard nutzte Cassiano, um die Wohnung von oben bis unten zu durchwühlen, während Bouchard erschöpft auf seinem Bett einschlief. Das, wonach er suchte, fand er jedoch nicht: jene geheimen Forschungen, zu denen Bouchard durch die geplante Synkellos-Ausgabe angeregt wurde. Alles, was sich nach dem Attentat außer dem Synkellos selbst, von dem natürlich auch die Barberini wussten, noch in Bouchards Zimmer befand, waren wertlose Aufzeichnungen und jenes unschuldige Reisetagebuch. Dal Pozzo packte Naudé also eines Tages am Kragen und drohte ihm: Sollte er Bouchard das Versteck der Notizen über seine geheimen Forschungen nicht entlocken können, würde dal Pozzo dafür sorgen, dass Naudé es bitter bereute.«

»Woher wisst Ihr das?«

»Naudé selbst hat es mir gestanden, als er mich Jahre später auf der Rückkehr von einer Reise nach Neapel besuchte. Damals war er bereits Bibliothekar von Kardinal Mazarin und reiste kreuz und quer durch Europa, um Bücher für ihn zu suchen, wie er es heute noch tut. Die Reue fraß ihn schier auf ... Aber wo war ich stehengeblieben? Ach ja. Naudé versuchte, Cassiano begreiflich zu machen, dass er nicht wusste, wie er es anstellen sollte, Bouchard Informationen zu entlocken. Denn Bouchard vertraute ihm nicht mehr. Schließlich musste dieser Knabenaufreißer dal Pozzo – ein Päderast wie Naudé, was Euch vielleicht nicht bekannt ist – Naudé glauben.

Da kam ihm die Idee, das Reisetagebuch ins Spiel zu bringen. Es ist typisch für dieses gottverfluchte Pack, jemanden ausgerechnet mit den Lügen zu zerstören, die er sein Leben lang bekämpft hat. Dieses Gesindel liebt es, alle Wahrheiten in ihr Gegenteil zu verkehren. Immer. Darum lassen sie sich ja auch von hinten nehmen. Oder wühlen selbst in der Scheiße anderer, wenn Ihr das vorzieht.«

Der Eritreer wird seinem üblen Ruf gerecht, dachte ich.

»Ihr werdet mir meine Offenheit verzeihen«, sagte er und hob den fuchsschlauen Blick zu mir auf. »Es ist eine tödliche Tugend, müsst Ihr wissen. Bouchard ist daran gestorben.«

»Ich glaube nicht, dass ich Euch folgen kann«, murmelte ich.

»Cassiano dal Pozzo und die Du Puy, seine Auftraggeber, fühlten sich von Bouchard verhöhnt«, erklärte der Eritreer, »denn allen Übereinkünften der Starken Geister zum Trotz hatte er sich in den Kopf gesetzt, die Wahrheit zu verfolgen, und zwar genau jene Wahrheit, die die Starken Geister um jeden Preis zu verbergen trachteten.«

Doch jetzt wussten sie nicht, was sie tun sollten. Ein zweiter Überfall ließ sich nicht organisieren: Der Papst hatte sogar Galeeren bewaffnen lassen, um den Botschafter nach Frankreich zurückzuschicken, falls keine Entschädigung für das Attentat angeboten wurde. Vor allem aber hätte es keinen Sinn gehabt. Denn wo waren Bouchards Papiere? Wem hatte er sie überlassen? Wer würde sie eines Tages ans Licht bringen? Die Leute, die Bouchards Tod beschlossen hatten, wollten zwei Dinge sicherstellen: dass er seine gefährlichen Forschungen beendete und dass seine Papiere vernichtet wurden.

»Bald stand jedoch fest, dass Bouchard sie irgendwo versteckt haben musste«, sagte der Alte, »oder schlimmer noch, jemandem anvertraut hatte, der sie eines schönen Tages veröffentlichen sollte. So wurde die teuflische Idee geboren, Bouchards Glaubwürdigkeit zu zerstören.«

»Und wie?«

»Indem man das Tagebuch veränderte.«

»Also ist es doch gefälscht«, beharrte ich. »Oder zumindest Teile davon.«

»Nein, das durften sie nicht tun.«

Seit seiner Reise nach Neapel, erklärte der Eritreer, war Bouchard eng mit Marco Aurelio Severino befreundet, einem neapolitanischen Arzt und Fachmann in einer sonderbaren Disziplin: der literarischen Divination oder auch der Kunst, zu erkennen, ob eine Handschrift echt oder nachgeahmt war. Er hatte auch ein Buch darüber geschrieben: das *Vaticinator, sive tractatus de divinatione letteraria.*

»Cassiano wusste, dass Severino, war die Nachricht von der Entdeckung jener verwerflichen Tagebücher erst einmal bis nach Neapel gelangt, unverzüglich nach Rom aufbrechen würde, um sie zu untersuchen. Die Barberini hätten ihm mit Freuden den Weg geebnet. Und wahrscheinlich hätte er eine falsche Handschrift in diesen Tagebüchern sofort erkannt. Tatsächlich kam es genau so, wie Cassiano vorausgesehen hatte. Als sich nach dem Tod Bouchards die Nachricht vom Fund jener Tagebücher voll unzüchtiger Einzelheiten verbreitete, reiste der gute Marco Aurelio Severino prompt nach Rom und bat die Barberini, ihm Einsicht in die Bücher zu gewähren. Doch er musste verlegen und bedauernd feststellen, dass die Handschrift wirklich Bouchard gehörte. Diese mit jeder Art Scheußlichkeiten gespickten Seiten waren echt.«

»Echt? Aber wie haben sie das fertiggebracht? Verzeiht mir, aber ich finde mich nicht mehr zurecht«, stammelte ich, mich an der Stirn kratzend.

»Fürst Virgilio Cesarini, der ein Mitglied der Accademia degli Umoristi war wie Cassiano«, begann die Erklärung des Eritreers,

»empfahl der Accademia dei Lincei im Mai 1621, Cassiano in ihre Reihen aufzunehmen, denn er sei ›unter Gelehrten für seine Findigkeit in der chemischen Wissenschaft sehr bekannt und hat enorme Ausgaben auf sich genommen, um viele Geheimnisse der Natur zu entdecken‹.«

»Worauf spielt Ihr an?«

»Ich spiele auf gar nichts an. Klarer geht es doch nicht. Aber ich werde Euch noch mehr sagen. Habt Ihr je von dem *De Occulta Philosophia* des Agrippa von Nettesheim gehört, darin gelehrt wird, wie man jemanden mit den Augen verzaubert und gefügig macht? Und von den Experimenten des Paracelsus über den Magnetismus der Hände? Und von der Iatrochemie?«

»Diese letzte kenne ich«, sagte ich, »das ist die Medizin des Paracelsus.«

»Genau. Die Accademia dei Lincei ist eine wissenschaftliche Akademie, die Paracelsus Lehren folgt. Wie auch Cassiano seit dreißig Jahren. Der hochgeschätzte Commendatore hat Mediziner in fast allen Ländern Europas brieflich miteinander in Kontakt gebracht, um die Iatrochemie zu verbreiten. Einer von ihnen, Pietro Castelli, der bis vor etwa zehn Jahren in Rom Seite an Seite mit unserem Cassiano zusammengearbeitet hat, behauptet, dass man durch die Verabreichung von Säuren jeden Vorgang im menschlichen Körper beherrschen und steuern kann.«

Im Lauf der Zeit, fuhr der Eritreer fort, wurden die Besuche des Commendatore bei Bouchard immer häufiger. Er begann, einen Arzt aus Bologna mitzunehmen, einen gewissen Potier oder Poterius, seit vielen Jahren ein Freund der Familie Cassianos. Potier war ebenfalls ein Anhänger von Paracelsus, er hatte einen Traktat über spagyrische Arzneien veröffentlicht und war außerdem dafür bekannt, bei den unterschiedlichsten Krankheitssymptomen Präparate auf der Basis von Antimonsalzen zu verabreichen, allen voran das »antithetische Remedium«, eine Mischung aus Antimonoxyd und Zinn, dessenthalben man ihn, wie es hieß, sogar aus der Universität in Paris gejagt hatte.

»Ihr könnt Euch vorstellen, warum«, sagte der Eritreer lachend. »Wer weiß, wie viele arme Unglückliche er auf dem Gewissen hat. Vor allem aber munkelte man, dass dieser Potier gelernt habe, seine Augen zu gebrauchen, um gefügig zu machen, wie Agrippa von Nettesheim.«

Acht Tage nach dem Überfall, die er im Bett verbracht hatte, waren Bouchards Kopfwunden eigentlich fast verheilt, erklärte der Eritreer.

Der Arzt der Barberini hatte festgestellt, dass die Verletzungen nicht lebensbedrohlich waren. Die Blutung war sogar Bouchards Rettung gewesen, weil sie die Bildung des Hämatoms verhindert hatte. Doch der arme junge Mann litt unter sonderbaren Schwindelanfällen, die in den nächsten Tagen nicht abklangen, sondern zunahmen. Ohnehin fürchtete er, früher oder später wieder Opfer eines Attentats zu werden. Also schrieb er Kardinal Barberini, er habe durch einen anonymen Informanten erfahren, dass der französische Botschafter plane, ihn innerhalb eines Monats erschießen zu lassen. Das war frei erfunden, aber Bouchard brauchte einen Vorwand, damit er darum bitten konnte, im Apostolischen Palast untergebracht zu werden. Er wollte nicht mehr auf die Straße hinausgehen müssen, um zur Arbeit zu gelangen. Doch ausgerechnet in jenen Tagen verschlechterte sich sein Zustand: Er bekam Fieber und fühlte sich so unwohl, dass er sein Zimmer in der Cancelleria bald gar nicht mehr verlassen konnte.

»Das Unwohlsein und die Fieberanfälle waren keine Folgen des Attentats, sondern die Wirkung der Substanzen, die Potier ihm verabreichte. Bouchard fühlte sich zunehmend verwirrter, er hatte Kopfschmerzen, Brechreiz und immer wiederkehrende Schwindelanfälle. Irgendwann begann er sogar zu delirieren.«

Monatelang versuchten Cassiano und Potier auf alle erdenklichen Weisen, Bouchard das Versteck seiner Papiere zu entlocken, doch vergebens: Sogar unter dem Einfluss des Magnetismus oder der Arzneien nannte ihr Opfer während seiner Delirien immer nur den Namen Bracciolini.

»Was die Befürchtungen der *Deniaisez* allerdings nur verstärkte, nämlich dass Bouchard bei seinen langwierigen Studien, an denen er niemanden hatte teilhaben lassen, wahrscheinlich auch ein paar unbequeme Entdeckungen gemacht hatte, die mit dem großen Poggio zusammenhingen. Vielleicht hatte er eine seiner Handschriften gefunden, wer weiß. Jedenfalls gab Bouchard trotz der Behandlung, die Potier an ihm vornahm, nicht den geringsten Hinweis auf den geheimen Ort, an dem er seine Papiere versteckt hatte.«

Während der Eritreer erzählte, klopfte mir das Herz wie verrückt in der Brust und ich sagte mir, dass es wahrhaft immer wieder Wunder gibt. In seiner fieberhaften Gier nach den Forschungsergebnissen Bouchards hatte Cassiano nicht begriffen, dass der Name Bracciolini, den der unglückliche junge Mann im Delirium aussprach, sich nicht auf den berühmten Poggio bezog, der zwei Jahrhunderte zuvor gelebt und jene von den *Deniaisez* verehrten Werke fabriziert hatte, sondern auf Francesco, den Dichter und Secretarius der Barberini, dessen Arbeitsplatz wenige Meter von ihm entfernt lag. Ihm hatte Bouchard seine Papiere anvertraut. Die himmlische Barmherzigkeit musste einen Engel geschickt haben, um Ohren und Geist von dal Pozzo in Nebel zu hüllen. Vielleicht hatte Francesco Bracciolini, von Cassiano befragt, aber auch Verdacht geschöpft und es vorgezogen, den Unwissenden zu spielen.

»Zuletzt gelangte dal Pozzo sogar zu der Überzeugung, dass es diese Papiere gar nicht geben konnte und schrieb das den Du Puy in Paris. Doch diese ließen nicht locker, ja sie heckten daraufhin sogar den teuflischsten aller Pläne aus.«

Eines Tages hörten die Besuche des Commendatore auf, stattdessen kam Potier nun täglich. Jetzt hatte er zwei Gehilfen dabei, muskulöse Kerle, die niemand kannte, und von denen man nach Bouchards Tod nie wieder etwas hörte und sah. Das Trio steckte ihm die Schreibfeder in die Hand und zwang ihn Tag für Tag, ganze Seiten des alten Reisetagebuchs neu schreiben, um es durch Bouchards eigene Hand in jene schändlichen Geständnisse zu verwandeln, von denen die ganze Welt nach seinem Tod erfahren sollte.

»Der vornehme Cavaliere und Commendatore dal Pozzo hütete sich wohl, an diesen Sitzungen teilzunehmen. Er war Kammerherr der Barberini und erwartete die nächste Beförderung. Also konnte er sich nicht die Hände schmutzig machen. Und er durfte sich nicht mehr bei Bouchard blicken lassen. Selbst wenn Nachrichten über das Abscheuliche durchsickerten, was dem Ärmsten angetan wurde, würde niemand behaupten können, hinter der Unternehmung stecke er, der Fürst der römischen Gelehrten. Dennoch war es Cassiano, der vorgab, was der Arzt und seine zwei Schergen dem armen Opfer in die ausgetauschten Seiten diktierten.«

Potier habe allerdings nicht direkt dal Pozzo unterstanden, präzisierte der Eritreer, sondern derselben Gruppierung, der auch Cassiano gehorchen musste.

»Den Du Puy, der Tetrade, Elia Diodati«, vermutete ich.

»Ich sehe, dass Ihr gut informiert seid, doch lasst die Tetrade beiseite. Ein Kreis, dem dieser Trottel Naudé angehört, kann nur eine Spielfigur in den Händen anderer sein, nämlich Diodati und den Du Puy.« Der Alte lächelte mit halb geschlossenen Augen. »Diodati und die Du Puy haben Potier befohlen, auch den Namen von Cassiano in die Tagebücher einzufügen, mit dem Zusatz, dass er ein *allié* von Orestes war, also sein ›Verbündeter‹.«

»Sein Verbündeter?«

»Sein Gefährte bei sodomitischen Spielchen, Signore, wie jedermann sofort versteht, der das geheime Idiom der Päderasten kennt. Und so sah Cassiano sich, wie Naudé, in die widerwärtigen Techtelmechtel verstrickt, von denen die Tagebücher erzählen.«

»Die Brüder Du Puy und Elia Diodati müssen sehr mächtig sein.«

»Auch sie sind Sklaven, was glaubt Ihr denn. Der eine ist Sklave des anderen, und alle miteinander sind sie gekettet an ihre gottlose Bande der Starken Geister, der *Deniaisez,* die Gruppe der Erhabenen oder der Verrückten, was dasselbe ist.«

Die Worte des Alten erinnerten mich an die *impia cohors,* die gottlose Bande in Bouchards Aufzeichnungen.

»Wisst Ihr, was aus der Arbeit über Synkellos geworden ist? Ich weiß, dass Bouchard sie den Barberini hinterlassen hat, also wird sie in den Händen ihres Bibliothekars, jenes Lukas Holste sein, ebenfalls einer der *Deniaisez.*«

»Aha, Ihr kennt diesen ketzerischen Deutschen aus Hamburg also bereits. Es war Peiresc, der ihn überredete, pro forma zum Katholizismus zu konvertieren, denn er wollte ihn benutzen, um im Schoß der heiligen Mutter Kirche Ränke zu schmieden. Und das ist ihm sehr gut gelungen. In Bouchards Tagebücher wurden auch Hinweise auf Holste eingefügt, damit man außer Cassiano und Naudé auch ihn in Schach halten konnte. Es wird zum Beispiel erzählt, dass sein Page am Weihnachtstag ein Mädchen entjungfert hatte. In Wirklichkeit ist das eine Metapher für das blasphemische Treiben, das diese Leute zu Weihnachten gerne veranstalten, natürlich ohne Frauen … Päderasten sind immer erpressbar, also die idealen Kandidaten für schmutzige Arbeiten. Nehmt Bouchards Studie über Synkellos. Ihr glaubt doch nicht etwa, dass Holste sie vernichtete. Nein, er hat alles nach Paris an die Du Puy geschickt, das war letztes Jahr.«

»Woher wisst Ihr das?«

»Signore, wenn ich nicht meine Informanten hätte, wie hätte ich dann auch nur eine Zeile meiner drei Bände mit Porträts schreiben können?«

»Den Barberini, die vor Bouchards Tod seine Ernennung zum Bischof von Cagli vorbereitet hatten, erzählte dal Pozzo, dass der arme Mann wegen eines Blutgerinnsels im Kopf leider irreredete, aber Potier alles tue, um Abhilfe zu schaffen. Kardinal Barberini stattete dem Kranken mehrmals einen Besuch ab, und jedes Mal sorgte der Arzt dafür, dass er Bouchard in einem zerrütteten Geisteszustand vorfand, der keinen Zweifel mehr zuließ, und er dem Kardinal raten konnte, von weiteren Besuchen abzusehen, bis es Bouchard besser ging. Von der Bischofswürde war fortan keine Rede mehr. Mein armer Freund, der sich von einer Sitzung zur nächsten an nichts mehr erinnerte, ja sogar an Halluzinationen litt, wurde unruhig und verstand nicht, warum die Ernennung zum Bischof so lange auf sich warten ließ. Durch geschicktes Einflüstern erregte Cassiano in ihm den Verdacht, dass er den Barberini nicht mehr wichtig war. Also schrieb Bouchard einige Briefe voll bitteren Ressentiments gegen die Barberini an dal Pozzo, die der Fürst der römischen Gelehrten flugs herumzeigte, um sich über meinen Freund und seine lächerlichen Ambitionen auf ein Bischofsamt lustig zu machen. Mir hat indessen ein Blick auf diese Briefe genügt, um zu begreifen, dass sie etwas sehr Übles mit Bouchard anstellten. Auf seinen Briefen an Cassiano, wenige Monate vor seinem Tod geschrieben, lautete die Adresse des Absenders Monte Cavallo oder sogar Palestrina. Bouchard hatte Halluzinationen, er glaubte, er habe wieder angefangen zu arbeiten, sei sogar auf Reisen, während er in sein Zimmer im Palazzo der Cancelleria verbannt blieb.«

Zur Sicherheit ließen der Commendatore und sein Arzt die Nachricht verbreiten, Bouchard sei am ganzen Körper geschlagen worden und mehrere lebenswichtige Organe seien verletzt. Denn Cassiano brauchte eine Begründung für den nunmehr beschlossenen Tod Bouchards, der – gut fünf Monate nach dem Überfall – jedem unerklärlich erschienen wäre. Nach einer offensichtlichen Besserung seines Zustands sollte er nun langsam, aber unerbittlich an sein Grab geführt werden.

Die Arbeit an den Tagebüchern ist abgeschlossen. Sie brauchen Bouchard nicht mehr. Oder besser, als Leiche können sie ihn sehr gut gebrauchen. Potier versetzt ihm mit seinen Mittelchen den Gnadenstoß. Der junge Mann deliriert, während er sich im glühenden römischen Sommer schweißgebadet auf seinem Bett hin und her wälzt. Klare Augenblicke, in denen er versucht, den Kontakt zur Außenwelt nicht ganz zu verlieren, sind sehr selten.

»Doch in diesen Momenten der Geistesgegenwart war er zu Tode erschöpft, und Naudé bestätigte mir, dass Bouchard sich nicht an die Schreibarbeit am Tagebuch erinnerte, zu der er unter der Wirkung der Gifte Potiers gezwungen worden war.«

Am 25. August steigt das Fieber so stark, dass die Barberini einen Priester und einen Notar zu ihm schicken. Bouchard macht sein Testament. Zwei Tage später stirbt er.

»Apropos«, unterbrach der Eritreer seinen Bericht, während er den Blick über die Ewige Stadt zu seinen Füßen schweifen ließ. »Wisst ihr, dass just heute genau sechs Jahre seit seinem Tod vergangen sind?«

Ich nickte.

Der Alte sah mich schief an und nickte ebenfalls. Mein Besuch war keine zufällige Koinzidenz der Daten – jetzt hatte er verstanden. Er fragte nicht, warum ich mich außer für Cassiano dal Pozzo auch so sehr für Bouchard interessierte. Er war alt genug, um darauf zu pfeifen. Und ich war sicherlich der Erste und Einzige, der bis hierher auf diesen römischen Hügel gekommen war, um ihn nach dieser alten Geschichte zu fragen.

»Gabriel Naudé wurde von Gewissensbissen zerfressen«, hub er wieder an. »Er fragte Potier noch einmal, ob Bouchard die Interpolation seiner eigenen Tagebücher, zu der man ihn gezwungen hatte, wirklich niemals bewusst gewesen sei. Der Arzt versicherte ihm, dass die magnetische Macht der Augen den Willen aufhebe und zum Gehorsam bewege, ohne dass das Subjekt sich je daran erinnere. Doch eines Tages erfuhr Naudé, dass dies nicht die ganze Wahrheit sein konnte.«

Er war nach Frankreich zurückgekehrt, wo er auf ein Büchlein gestoßen war: *Die Klage um das abgekürzte &*. Der Verfasser war Marco Aurelio Severino, der das Buch überraschenderweise Cassiano dal Pozzo gewidmet hatte. Cassiano hatte Severino in den Briefwechsel zwischen den Anhängern Paracelsus einbezogen, und der neapolitanische Arzt war inzwischen zusammen mit Castelli und Potier zu einem der Stützpfeiler der Iatrochemie in Europa geworden. Kurze Zeit später erfuhr Naudé, dass der Commendatore Severino sogar damit beauftragt hatte, eine Reihe von graphologischen Porträts bekannter Persönlichkeiten zu erstellen. Während einer seiner Reisen auf der Suche nach Büchern für Kardinal Mazarin besuchte der Bibliothekar Severino in Neapel. Er fragte ihn nach Bouchard, nach seinem Gutachten über das Tagebuch. Severino antwortete, ja, die Handschrift sei im

Wesentlichen wirklich Bouchards Handschrift gewesen, doch seiner Einschätzung nach habe Bouchard manche Seiten dieser Tagebücher Jahre später ersetzt, und das müsse er in einem äußerst schlechten körperlichen und geistigen Zustand getan haben, wahrscheinlich nach dem Überfall. Denn seine Schrift bewahre zwar die wichtigsten unverwechselbar eigenen Merkmale, doch auf den anstößigsten Seiten unterscheide sie sich doch sehr vom Rest des Tagebuchs. Dort sei sie ebenmäßig, breit, ruhig und voller Gefühl für die eigene Würde, während sie an den anderen Stellen kritzlig, mühsam, verängstigt erscheine, als wäre Bouchard gewaltsam von anderen gezwungen worden, diese Seiten zu schreiben und habe das unter großem seelischen und körperlichen Druck getan.

Naudé fragte Severino, ob er diese Eindrücke Cassiano dal Pozzo zu dem Zeitpunkt mitgeteilt habe, als er die Tagebücher Bouchards untersuchte. Dieser antwortete, das habe er erst später getan, nachdem er eine Zeitlang gründlich über die Sache nachgedacht hatte, denn eine so beeindruckende Veränderung der Handschrift sei ihm bisher nur sehr selten vorgekommen. Der Cavaliere und Commendatore hatte mit einem überschwänglichen Lob auf die herausragenden divinatorischen Fähigkeiten Severinos reagiert und ihm aufgetragen, eine ganze Reihe psychologischer Porträts unterschiedlichster Persönlichkeiten zu verfassen, die auf einer Analyse ihrer Handschrift basierten. Cassiano versprach ihm, das Werk drucken zu lassen und bezahlte ihn fürstlich, doch dann tat er nichts für die Veröffentlichung.«

»Warum?«

»Versteht Ihr nicht? Dal Pozzo fürchtete, dass Severinos Intuition ihn früher oder später gefährlich nah an die Wahrheit heranführen würde, darum hat er sich seine Freundschaft gekauft. Und der neapolitanische Arzt ist in die Falle gegangen, hat sich zu einem bedingungslosen Bewunderer des unangefochtenen Fürsten der römischen Gelehrten gemacht und sich keine Fragen mehr nach abstoßenden Tagebüchern des mittlerweile verstorbenen Bouchard und seiner zwei unterschiedlichen echten Handschriften gestellt. Dem armen Bouchard war also durchaus bewusst gewesen, was man während jener von Potier verursachten alterierten Zustände mit ihm gemacht hatte! Er muss Höllenqualen erlitten haben! Von wegen Tod durch Stockschläge. Die erzwungene eigenhändige Fälschung seiner Tagebücher und die Gifte Potiers: das hat Bouchard umgebracht.«

»Wenn ich recht verstanden habe, hat Naudé Euch das alles auf seiner Rückreise aus Neapel erzählt, nachdem er mit Severino gesprochen hatte.«

»Genau so ist es.«

»Jetzt berichtet mir von Eurem Kapitel über Bouchard, dessen Veröffentlichung Monsignore Chigi unterband. Cassiano hatte Euch die schmutzigen Tagebücher gezeigt. Warum habt Ihr sie nicht erwähnt?«

»Mein Porträt von Bouchard war nicht gerade zartfühlend, wohlgemerkt, doch der schlimmste Vorwurf, den ich meinem Freund gemacht habe, war, dass ich ihn einen Emporkömmling genannt habe. Ich habe ihn als den Sohn eines Gemüsehändlers ausgegeben, verschwiegen, dass er Philologe ist, und seine Karriere politischen Manövern statt eigenen Verdiensten zugeschrieben. Das ist alles. Natürlich wusste ich, dass das alles Lügen waren, aber was soll ich machen, Signore, mein Publikum will nichts anderes als Klatschgeschichten und pikante Enthüllungen. Und mein Freund war tot. Aber von Päderastie oder dergleichen, Gott bewahre, kein Wort davon. Wollt Ihr wissen warum? Auch ich hatte mit Severino gesprochen, lange vor Naudé. Ich erfuhr von seinen Zweifeln angesichts der Veränderungen von Bouchards Handschrift in jenen Tagebüchern, von den Spuren von Zwang, die Severino auf den obszönen Seiten entdeckt hatte. Und da ich schlauer bin als diese Leute, hatte ich mir schon bald zusammengereimt, was sich hinter all dem verbergen konnte.«

»Ihr habt es also getan, um das Andenken Eures Freundes zu wahren?«

»Ach was. Ich glaube, dass den Toten ihr Ruf herzlich egal ist, Signore. Das sind nur Vorstellungen von uns Lebenden, die diesem dunklen, stinkenden Kellerloch, das wir Welt nennen, viel zu viel Wichtigkeit beimessen. Vielleicht hängen die Seelen im Fegefeuer noch ein wenig an dieser Welt, nach dem zu urteilen, was man sich über sie erzählt, doch wer aus diesem Keller ins Paradies aufsteigen konnte, der scheißt drauf«, schloss der Eritreer mit philosophischer Bissigkeit.

»Warum habt Ihr es dann getan?«

»Ich habe immer noch die Absicht, über diese Tagebücher zu schreiben, aber nicht in einem Porträt Bouchards, sondern in dem eines anderen.« Er grinste verschlagen.

»Was meint Ihr damit?«

»In einem Porträt von dal Pozzo, zusammen mit der ganzen Geschichte, wie er Bouchard ermordet hat. Ich warte nur darauf, dass dieser Päderast krepiert, haha! Aber ich weiß, dass er mir diesen Gefallen nicht tun wird, diese Verkörperung des Teufels. Er ist elf Jahre jünger als ich. Wie Ihr seht, sind meine Aussichten, ihm den Nekrolog zu schreiben, den er verdient, äußerst gering. Doch früher oder später wird es jemand übernehmen. Die Wahrheit ist wie Scheiße: sie kommt immer wieder an die Oberfläche, haha!«

Gian Vittorio Rossi, genannt der Eritreer, starb noch im selben Jahr an einem feuchten Novemberabend 1647. Unvorbereitet entschlief er unter seiner Weinlaube, zu deren Füßen sich ganz Rom erstreckte, ohne dass ihm die Genugtuung zuteilwurde, den ersehnten Nekrolog für den Cavaliere und Commendatore Cassiano dal Pozzo schreiben zu können.

DISKURS CIX

Letzte Entdeckungen, Bilanz und Abschied.

Kehren wir zu meinem Plan zurück, uns alle auf Gorgona auszusetzen, und wie ich ihn verwirklichte. Noch immer bin ich stolz auf meinen schönen lateinischen Brief, gespickt mit verlockenden Informationen für die Kreise der Gräzisten und Latinisten, unterzeichnet von einem geheimnisvollen, faszinierenden Mönch aus dem fernen Slawonien. Tagelang habe ich über diesen Brief nachgedacht, bevor ich ihn schrieb und an einige der berühmtesten Philologen unserer Zeit sandte, die mit einem besonderen Kriterium ausgewählt waren: sie mussten sich mit Chronologie beschäftigt haben. Das Schauspiel war bis ins kleinste Detail geplant. Um die Verspätung zu erklären, mit welcher der Brief seine Adressaten erreichte, hatte ich die Geschichte vom Verschwinden des Briefes im Postlager aufgetischt, wo er angeblich gut zwei Jahre liegenblieb, und zusätzlich hatte ich ihn mit einem strategisch platzierten Wasserfleck versehen, der das Datum löschte.

Auf die Einladung des imaginären slawonischen Mönches antworteten nur Schoppe und Guyetus, Letzterer nahm außerdem Hardouin mit. Naudé war mir bereits sicher, denn er musste die Kopie der Gutenbergbibel für Kardinal Mazarin vom Kopisten abholen. Wer weiß, was passiert wäre, wenn auch Petavius mitgekommen wäre, jener gefürchtete Jesuit, Fortsetzer des Werkes von Scaliger, der ebenfalls mit Bouchard in Briefkontakt stand.

Ich habe dafür gesorgt, dass wir im Hafen von Livorno alle auf das als Kriegsgaleere getarnte Brandschiff verladen wurden. Als sich herausstellte, dass die Galeere keine war, sondern ein Brandschiff, kam dir der erste sehr vage Verdacht. Natürlich richtete er sich nicht gegen mich, du hast einfach gewittert, dass etwas nicht stimmte. Fassungslos riefst du aus, warum wir ausgerechnet an Bord eines Brandschiffs gebracht worden waren, da die französische Heeresflotte noch andere Schiffe im Hafen von Livorno zur Verfügung hatte.

Um Gottes willen, es lag mir völlig fern, auf hoher See ein Feuer zu entzünden! Mein Plan war viel einfacher: Das Brandschiff sollte während der Pause, in der wir im Hafen von Gorgona Wasservorräte nahmen, in Flammen aufgehen. Dort hätte jemand von der französischen Mannschaft gewiss die beiden Rettungsboote und unser Gepäck gesichert. Die Mannschaften von Brandschiffen sind eigens für solche Operationen ausgebildet, die sie mit der größten Geschwindigkeit und Präzision ausführen können, wenn das in Flammen stehende Brandschiff dem Endzweck zusteuert, für den es gebaut wurde. Und während ein Teil der Mannschaft nach Livorno zurückgekehrt wäre, um ein neues Schiff auszurüsten, mit dem wir unsere Reise nach Paris fortsetzen konnten, würde ich – nachdem ich die Aufzeichnungen Bouchards und die Fälschungen Poggios, wie das *Satyricon*, schlau auf unseren Wegen ausgestreut hatte – das Naturell, die Neigungen, Leidenschaften und Gewissensregungen meiner ahnungslosen Geiseln studieren, um zuletzt zu entscheiden, wer von ihnen würdig war, Bouchards und Poggios Papiere, die mir Francesco Bracciolini anvertraut hatte, zu erhalten, und wer am besten vermocht hätte, die in diesen Schriften verborgene Wahrheit über die Zeit zu verbreiten.

Welch ein Unglück, dass wir ausgerechnet über Ali Ferrarese stolpern mussten und beim Brand des Schiffs unser Leben riskierten! *Mea culpa, mea maxima culpa*, jammerte ich während jener schrecklichen Stunden, als mein Plan auf die schlechtmöglichste Weise scheiterte, heimlich vor mich hin.

Als wir endlich auf Gorgona landeten, war mein Zeitplan hoffnungslos durcheinandergeraten. Ich kannte die Insel nicht, nur das verlassene Örtchen und den Hafen, auf die sich unser Aufenthalt beschränken sollte, wie ich gehofft hatte. Also setzte ich alles daran, damit wir möglichst lange nicht dort ankommen würden. Denn am Hafen legten, wie gesagt, oft Schiffe an, um sich mit Süßwasser zu versorgen. Wenn das erste Schiff kam, würde ich vielleicht noch verhindern können, dass wir alle an Bord genommen wurden. Zum Beispiel, indem ich ein Unwohlsein vortäuschte, wie ich es erfolgreich getan hatte, als die Schebecke aus Livorno sich Gorgona genähert hatte. Ich hatte mir ein wenig hier und da ausgerupftes Gras in den Mund gestopft, und nachdem es zu einem Brei durchgekaut war, hatte ich zum Schein erbrochen. Kemal hatte die Matrosen der Schebecke in seinem eigenen Interesse darauf aufmerksam gemacht, und aus Angst vor einer Seuche hatten sie uns zurückgelassen. Doch wie sollte ich mich verhalten, wenn das nächste Schiff kam, wie verhindern, dass es uns von der Insel rettete? Mein falsches Spiel wäre im Nu aufgeflogen.

Doch mitten im Unglück hatte ich das Glück, zu erraten, dass unser Kemal mitnichten der Statthalter des berüchtigten Ali Ferrarese war.

Unser unermüdlicher, zäher, wachsamer, erfahrener Korsar war niemand anders als er selbst: Ali Ferrarese persönlich.

Hätte ein gewöhnlicher Korsar so große Freude daran gehabt, uns Alis romanhafte Lebensgeschichte in allen Einzelheiten zu schildern? Diese Erzählung war seine Autobiographie.

Der alte Renegat focht seinen ewigen Kampf, immer und immer wieder. Nachdem er zwei Jahrzehnte hinter Gittern gesessen hatte, dürfte er nur noch einen Wunsch gehabt haben: seine letzten Jahre als freier Mann zu verbringen. Geriet er abermals in Gefangenschaft, konnte er sich nicht mehr als Türke ausgeben. Das hatte er schon einmal getan, und man hatte ihn zwanzig Jahre im Gefängnis verfaulen lassen. Daraus hatte er gelernt: er war nicht mehr Ali Ferrarese alias Francesco Gucciardo, sondern ein anderer Renegat, irgendeiner: Kemal, alias Vincenzo, der Italiener. Und wenn sie ihn erwischten, würde er sofort zugeben, ein Abtrünniger zu sein, oh ja, und er würde dem islamischen Glauben abschwören, um wieder ein Christ zu werden. Doch sobald man ihm die Freiheit gewährte, würde er verschwinden

743

und zu den Seinen nach Biserta zurückkehren, wo er reich und gefürchtet war, während ihn in Italien nur das Leben eines elenden Habenichts erwartete. Nicht der berühmte Ali würde dem moslemischen Glauben abschwören, sondern der unbekannte Kemal-Vincenzo. Der Sultan würde nicht wissen, mit wem er es zu tun hatte, und am allerwenigsten vermuten, dass er den Renegaten vor sich hatte, der überall mit seinem Motto »Die christliche Religion ist falsch« gewedelt hatte – einem schlauen Schutz seiner Freiheit im Reich Mohammeds, wo man jeden Verrat mit dem Tod bezahlt.

Wenn Gefangene an Bord waren, spielte Ali Ferrarese seinen eigenen Statthalter, während ein anderer Korsar seine Rolle übernahm, irgendeiner im richtigen Alter, und immer ein anderer: Ali wechselte ihn alle sechs, sieben Monate aus. So verhinderte er, dass es wieder zu Dutzenden übereinstimmender Zeugenaussagen kam, wie sie ihn vor zweiundzwanzig Jahren festgenagelt hatten.

Der Mechanismus funktionierte perfekt, denn er konnte alles aushalten, doch der Gedanke an den Kerker war ihm unerträglicher als der an den Tod. Die Nazarener hatten ihn im Gefängnis gerecht behandelt, obwohl er sie hasste und nicht einmal genau wusste, warum. Wie Occhialì, wie Cicala, wie alle italienischen Renegaten, liebte und fürchtete Francesco Guicciardo den unbezwingbaren Teil in sich, der trotz allem christlich und italienisch blieb.

Doch das ist Geschwätz, lieber Atto. Ali Ferrarese war alles und niemand. Er lief herum und sprach von sich in der dritten Person, weil es ihn amüsierte, den Mythos seines doppelten Ichs auf Kosten der Nazarener zu kultivieren.

Der erste Verdacht kam mir, als seine Karacke das Rettungsboot mit uns armen Schiffbrüchigen entern wollte. Ich habe Naudé gezeigt, wie er handeln sollte. Natürlich war ich derjenige, der ihm die Pistole geliefert hatte, mit der er auf Kemal zielte.

Und so habe ich ihn auf Gorgona an einem windigen Nachmittag mit einem Wechselspiel aus Sonne und Wolken während eines Spaziergangs vor der Torre Vecchia enttarnt und zu einem Pakt überredet. Damit habe ich die Zeit gewonnen, die ich brauchte, um meinen Plan zu Ende zu führen, natürlich auch, indem ich Kemal mit der trügerischen Vorstellung lockte, sich den kostbaren Philos Ptetès schnappen zu können …

Als Gegenleistung würde ich ihm zu gegebener Zeit helfen, uns Nazarener einen nach dem anderen einzufangen. Ich würde tatkräftig mithelfen, die verschiedenen Todesfälle, die in Wirklichkeit Entführungen waren, glaubhaft zu machen. Sogar die Gefangennahme der drei Bärtigen war Teil unseres gemeinsamen Handelns, denn auch Kemal hatte wie ihr alle geglaubt, einer der drei wunderlichen Gestalten könnte Philos Ptetès sein. Darum hatte er dich beleidigt und war dann mit mir handgreiflich geworden – ein von uns beiden inszeniertes Ablenkungsmanöver, um die ganze Gruppe in Schach zu halten, während die drei Bärtigen von seinen Männern entführt wurden. Zu ihnen gehörte auch Mustafa, den ihr anderen bereits für tot hieltet, derweil er hinter den Kulissen agierte. Natürlich log ich, als ich euch von Mustafas Ende berichtete. Ich wusste genau, dass er nicht von der Klippe gestürzt, sondern zu den anderen Korsaren gestoßen war.

Schließlich mussten wir uns am Leuchtturm der Meloria wieder mit den Barbaresken vereinigen, und zwar aus einem bestimmten Grund. Kemal hatte seine Mannen instruiert, dass sie ihn, wenn etwas dazwischenkam, nicht auf Gorgona, sondern an der Meloria finden würden. Und so war es: Die verrückten Gorgoneser hatten uns mit Kanonenschüssen vertrieben, wir mussten mit dem Boot bis zu dem einsam im Meer liegenden Turm fliehen.

In den ersten Tagen nach dem Schiffbruch war die Vereinbarung mit Kemal reibungslos gelaufen. Doch die kannibalische Mahlzeit aus slawonischem Mönch setzte der Zeit, die mir von unserem verkleideten Ali Ferrarese gewährt worden war, ein jähes Ende. Hast du bemerkt, wie brutal und ungeduldig er von dem Moment an wurde? Nachdem er die Hoffnung aufgeben musste, sich auch durch Philos Ptetès zu bereichern, hatte er es verteufelt eilig, uns alle auf seine Karacke zu laden.

Der falsche Philos Ptetès, der ehemalige Kommissar, die drei Bärtigen, Nummer Drei: natürlich wusste ich, dass diese armen Irren, die der Großherzog der Toskana nach Gorgona verbannt hatte, auf alle Fragen immer mit Ja antworteten. Also legte ich ihnen durch meine Fragen die gewünschten Antworten in den Mund. Habt Ihr den Mönch gesehen? Ja, ja! Hatte er eine Tasche bei sich? Na, klar! Seid Ihr vielleicht Philos Ptetès? Ich bin's persönlich! Auch die imaginären Städte und Klöster von Campanella, Thomas Morus und Rabelais waren nie ein Geheimnis für mich. Ich ahnte schon bald, dass es sich um den Inhalt alter Bücher handeln musste, die irgendeines der vielen vorüberfahrenden Schiffe auf der Insel gelassen hatte.

Und jetzt lass mich den Kummer gestehen, den ich seit Jahren im Herzen trage: Wenn ich den Brief von Philos Ptetès an die gelehrten Pariser nie geschrieben hätte, wenn ich euch nicht zum Versteck von Poggios Fälschungen geführt hätte, dann befänden sich diese Handschriften noch bei mir zu Hause in Sicherheit. Stattdessen haben sie sich im sauren Morast eines Schweinestalls auf Gorgona aufgelöst und sind dem menschlichen Wissen und dem gerechten Urteil der Nachwelt für immer verloren.

Denn das Fatum ist mir wirklich nicht hold gewesen. Das Schicksal, das die Namen und die Missetaten von Poggio Bracciolini, Darmarios und Diassorinos seit Jahrhunderten beschützt und aus den leeren Hüllen Platon und Aristoteles zwei Menschen gemacht hat, die fast realer und lebendiger sind als wir alle, nun, dasselbe Schicksal hat mich zum Zerstörer dessen bestimmt, was ich ans Licht bringen wollte.

Natürlich musste ich mit unzähligen Zwischenfällen und Schwierigkeiten fertigwerden, einschließlich der aggressiven Natur der Irren von Gorgona, die ich bei meinen vorhergehenden Ortsbesichtigungen nicht hatte gewahren können. Mit ihren Kriegsspielen haben diese Verrückten unser Leben gefährdet, vor allem in der Grotte des Seeochsen. Und wer, verflucht, hätte gedacht, dass die Bombarde in der Torre Vecchia noch perfekt funktionierte?

Fest steht, dass ich alles ruiniert habe, ganz so, als hätte Bouchard seine Aufzeichnungen und Poggios Falsifikate Cassiano dal Pozzo direkt übergeben. Das ist ganz allein meine Schuld.

Prompt hat das Schicksal mich mit seiner launigen Ironie bestraft. Ich hatte vorgetäuscht, dass Poggios Handschriften aus Slawonien kommen. Die einzige Handschrift, die der Vernichtung entgangen ist, das Gastmahl des Trimalchio, ist nun durch Ali Ferrarese, der meinen Lügen geglaubt hat, wirklich in Slawonien gelandet.

Ich akzeptiere die Leiden meiner Reue. Groß und fürchterlich war meine Arroganz. Ich glaubte, alles in der Hand zu haben bei einer Geschichte, deren Hauptfiguren Secretari waren wie ich: Secretari der

Barberini waren Bouchard und Naudé, »Secretarius« ist die Bedeutung des Namens Synkellos.

Ich, ein Secretarius, dessen ganzes Leben stumme Überredungskunst ist, glaubte, alles von oben lenken zu können wie ein Marionettenspieler: mit einem falschen Schatz eine ganze Schar von Gelehrten zu ködern, sie auf einer entlegenen toskanischen Insel zu versammeln, zu entscheiden, wer von ihnen würdig sei, den Kampf gegen die pervertierte Zeit aufzunehmen, und schließlich Naudé vor das Gericht seines Gewissens zu stellen. Die Theologen haben die Würde des Secretarius jener der Engel verglichen, die Gott am nächsten sind. Tatsächlich habe ich durch Hochmut gesündigt wie einer dieser Engel. Wenn ich es irgend vermocht hätte, ich hätte mich zur Göttlichen Vorsehung gemacht und Sonne und Regen befohlen, sich meinem Willen zu unterwerfen. Doch wer ist wie Gott? Also habe ich bezahlen müssen: In Naudé habe ich keinen Verbrecher, sondern einen einfältigen Mitläufer gefunden, und statt der Nachwelt die Beweise für einen gewaltigen Betrug zu liefern, habe ich sie zerstört.

Wie soll man die Welt jetzt noch davon überzeugen, dass der Zeit Gewalt angetan wurde? Woher die Beweise, die Argumente nehmen? Wir müssen mit dem Rechenbrett neu anfangen und alle Lügen Stück für Stück widerlegen. Nur die zwei Heftchen mit der Chiffre der Namen und den Lügen des Aristoteles und Darmarios sind dem Zerstörungswerk entgangen: sie gehören einem soeben geborenen Kind.

Wer erneut von Grund auf Beweise sammeln wird, Krümeln gleich, die vom Tisch der Herrschenden fallen, den wird man als Verrückten, als Visionär und als anmaßend beschimpfen, er wird den Hohn derjenigen ertragen müssen, die seit jeher triumphieren. Beten wir, dass Zorn und Schmerz ihm nicht das Herz zerreißen.

Bei null, nein, bei weniger als null hebt nun der Kampf um die Wahrheit wieder an. Auf der einen Seite die Großen: Poggio, Scaliger, Aristoteles und Platon, Legionen von Philologen, Historikern, Verlegern, Literaten. Auf der anderen Seite der zarte Atem von Hardouins Sohn dort in Paris, und die Worte eines jungen Franzosen, der von allen verraten und feige ermordet wurde. Es ist ein lächerlich ungleicher Kampf, und er ist von vornherein verloren.

Oder vielleicht doch nicht? Vielleicht muss alles genau so passieren, vielleicht darf es kein Kampf zwischen Orlando und Rinaldo sein, sondern notwendigerweise einer zwischen David und Goliath. Welch ein Verdienst läge sonst darin?

Während der Lösegeldverhandlungen mit der französischen Marine wart ihr auf der Karacke der Korsaren alle in Sorge um Guyetus. Kemal hatte dem armen Pariser Philologen Tabak unter die Achseln gesteckt, damit er hohes Fieber bekam. Ein alter Trick, der immer funktioniert. Er tat es mir zu Gefallen: ich konnte nicht zulassen, dass Guyetus auf euch traf. Denn dann hättet ihr entdeckt, dass er nicht mit mir gesprochen hatte, bevor er verschwand. Was ich euch damals nach seinem scheinbaren Selbstmord erzählte, war nicht das Geständnis von Guyetus, sondern das Ergebnis meiner Lektüre der Aufzeichnungen Bouchards. Den falschen Brief, mit dem Guyetus seine Absicht zum Freitod bekundete, hat nicht Kemal, den habe ich geschrieben. Dafür habe ich die Unterschrift benutzt, die Guyetus unter seine schriftliche Erklärung für dich gesetzt hatte: Wenn du in einem der drei Bärtigen Philos Ptetès erkanntest, würdest du es nur ihm mitteilen und dafür reich belohnt werden. Ich hatte mir diese Unterschriften von allen Gelehrten besorgt, die eine Abmachung mit dir unterzeichnet hatten, doch dann benötigte ich nur die von Guyetus.

Ich schnitt den unteren Teil der Erklärung mit der Unterschrift ab, und daneben schrieb ich seinen traurigen Abschied von der Welt in Großbuchstaben, damit die abweichende Handschrift nicht auffiel. Doch wenigstens die Unterschrift musste echt sein, denn noch war Hardouin bei uns, der Guyetus Handschrift kannte.

Als wir in Toulon ankamen, ist mir der kalte Schweiß ausgebrochen, weil du um jeden Preis mit Guyetus sprechen wolltest, um seine Version der Ereignisse zu hören, bevor wir uns trennten und unsere Reise zu Pferd nach Paris fortsetzten. Doch sein hohes Fieber hat die Franzosen zu meinem Glück bewogen, ihn strikt von uns allen zu isolieren, auch vom alten Schoppe, der in Toulon die nötige ärztliche Pflege erhielt.

Auch den Abschiedsbrief, in dem Hardouin ankündigte, er wolle zusammen mit Malagigi versuchen, Livorno zu erreichen, habe ich geschrieben, nicht Ali Ferrarese, obwohl ich keine fertige Unterschrift von Hardouin besaß. Das war in diesem Fall kein großer Nachteil, denn niemand von uns kannte seine Handschrift.

Es gibt noch etwas, das ich dir gestehen möchte. Das zweite unvorhergesehene Ereignis neben den Korsaren war dein falscher Barbello: Barbara Strozzi, die verkleidete Frau, die venezianische Sängerin, die ich aufgrund der wechselvollen Begebenheiten nie singen oder mit ihren zarten Händen Laute spielen hörte. Vergib mir, dass ich dir ihre Untreue offenbaren musste, aber ich weiß ja, dass du dein Herz inzwischen einem anderen Herzen geschenkt hast, und das für immer, wenn ich dich richtig kenne.

Auf Kemals Karacke hatte ich noch immer nicht verstanden, warum dieses gefährliche Geschöpf mir die geheimsten Winkel seiner verborgenen weiblichen Natur hatte öffnen wollen und welch eine hochgemeine Mission sie mit ihrem sonderbaren Sack nach Paris führte.

Meine bis dahin vergeblichen Nachforschungen fanden auf der Karacke ein unverhofftes Ende, als mir überraschende Szenarien enthüllt wurden. Während die Verhandlungen zwischen der französischen Marine und unserem Ali Rais über die Höhe des Lösegeldes, das uns die Freiheit geben würde, noch in vollem Gange waren, hatte der Kapitän des Kriegsschiffes Seiner Majestät des Allerchristlichsten Königs von Frankreich uns duftende Salben, Parfüme und prächtige Kleider schicken lassen. Wir hatten uns gründlich gewaschen und suchten nun in den neuen Kleidern jeder nach einem passenden Gewand in seiner Größe, als ich mich plötzlich heftig am Arm gezogen fühlte.

»Das ist mein Gefährte, er ist es wirklich! Oh Gott! Ich dachte, es wäre nur ein Spaß ... wie oft haben wir Scherze damit gemacht ...«

Es war der vermeintliche ehemalige Kommissar von Gorgona. In der Hand hielt er Barbellos geheimnisvollen Sack.

Ich suchte mit Blicken nach Barbara und entdeckte sie am andern Ende des Decks, wo sie sich hinter einem von dir und Malagigi gehaltenen Vorhang wusch und die neuen Kleider anlegte – natürlich als Kastrat.

»Oh, mein Gott! Oh Gott!«, schluchzte der arme Irre. »Es war doch nur eine kleine Komödie, die wir viele Male gespielt haben. Wir amüsierten uns auf Kosten der Leute, die auf Gorgona Trinkwasser schöpfen kamen. Wir taten so, als würden wir von Banditen entführt, ich befreite mich, kehrte zurück und rettete unsere ahnungslosen Opfer aus der Grotte des Seeochsen, genauso wie wir es mit Euch gemacht haben. Dann ging es an die Rettung meines armen Gefährten, aber wir fanden ihn gut zurechtgeschnitten und gekocht vor, haha! Und wenn die anderen erkannten, dass sie Menschenfleisch gegessen hatten, rannten sie entsetzt davon! In Wirklichkeit war es ein Hammel. Alles war nur ein Scherz! Aber jetzt haben sie meinen Kameraden wirklich getötet. Und nicht nur gekocht und gegessen, sondern sogar enthäutet! Oh Gott, oh mein Gott!«, keuchte er zu Tode erschrocken.

»Wovon faselst du denn da?«, fragte ich ungeduldig.

»Von dieser Menschenhaut, die ich in dem Sack gefunden habe!«

Mir blieb die Luft weg.

Nicht wegen der Erklärungen des armen Irren. Denn schon du, lieber Atto, hattest gesehen, dass einer der Tollwütigen, die uns in dem verlassenen Städtchen verfolgten und auf uns schossen, niemand anderes als der falsche Philos Ptetès war. Wir waren keine Menschenfresser gewesen, sondern nur Opfer des geschickten Theaters dieser gefährlichen Irren.

Etwas anderes verschlug mir die Sprache. Was der Armselige mir da zeigte, war wirklich eine menschliche Haut, die die Formen eines männlichen Körpers aufwies. Allmächtiger Himmel, wer war der unglückliche Mensch, dem sie gehört hatte? Diese Haut, sorgsam in dem Sack aus gewachstem Leinen gehütet, hatte ich sogar betastet, freilich ohne zu erkennen, worum es sich handelte. Ich hatte sie für altes, vertrocknetes Leder gehalten. Allzu absurd war die Wahrheit, obgleich wahr.

Und ich hatte gedacht, ich wäre am Ende angelangt. Bouchard ruhte endlich in Frieden, da tat sich schon ein neues schwieriges Kapitel voll ungelöster Fragen auf. Damals wusste ich wirklich nicht, wem diese vertrocknete Menschenhaut gehören konnte. Wir sollten es schon bald entdecken, nachdem wir in Paris am französischen Hof angekommen waren. Als wir in Toulon von Bord gingen, hatte die gerissene Barbara Strozzi sich unserer Gruppe offiziell vorgestellt, während der verschwundene Barbello nur ein Billet hinterließ: Er kehre nach Venedig zurück, weil er krank sei.

In der Poststation von Toulon rüstete sich deine nicht mehr verkleidete Frau dann zur bevorstehenden eiligen Reise nach Paris. Begleitet wurde sie von dir, Malagigi, Naudé und Hardouin, der es nicht erwarten konnte, zu seiner Familie zurückzukehren.

Unterdessen häuften sich die Fragen, die ich in meinem Herzen bewegte: War die Menschenhaut, die diese Frau in ihrem Sack aufbewahrte, ein Täuschungsmanöver? Oder das Indiz für einen Mord? Ich hatte Barbello nicht bei uns auf dem Brandschiff gewollt. Erst während unseres Aufenthaltes in Paris, während der Proben zu jener geheimnisvollen Oper, die sich schließlich als *Orfeo* von Luigi Rossi entpuppen sollte, erfuhren wir die Wahrheit. Erst dort sollte ich endlich verstehen, warum die Strozzi dafür gesorgt hatte, auf deinem Schiff an Bord genommen zu werden. Sie brauchte einen zuverlässigen Freund für ihre Mission am französischen Hof. Und schließlich ahnte ich auch, dass Barbara sich mir offenbart und hingegeben hatte, weil sie voraussah, dass sie mich am französischen Hof noch dringender brauchen würde als dich. Aber das gehört zu einer anderen Geschichte, nicht wahr?

Jetzt möchtest du wahrscheinlich, dass ich noch seitenlang fortfahre mit meinen Enthüllungen über den Plan, den ich für unser Abenteuer auf Gorgona ausgeheckt hatte.

Sicherlich möchtest du auch, dass ich noch einmal ausführlich über alle Entdeckungen spreche, die wir dank der Schriften Bouchards auf Gorgona gemacht haben: die Märchen, die die Historiker des alten Rom erzählten; die gerissenen Banden, die die historischen und literarischen Werke der griechischen Antike fälschten; ihre gelehrten Freunde, die heute als Entdecker und Verbreiter des Altertums verehrt werden; alles, was wir erfahren haben über Galileo, Aristoteles, Platon, Poggio Bracciolini, Andrea Darmarios, Scaliger, die Tetrade, die *Deniaisez,* die Brüder Du Puy, Cassiano dal Pozzo, Ciriaco d'Ancona, Pirro Ligorio, Elia Diodati, Synkellos, Manetho, Berossos, Casaubon, die erotischen Tagebücher Bouchards und vieles andere mehr.

Kurzum, du möchtest, dass ich dir noch einmal erkläre, wie die Pervertierte Zeit entstand und wie sie mit all den schönen Erzählungen des Altertums gefüllt wurde. Und auch warum die beiden Geschichten um Galileo und die Philologie ein gemeinsames Muster offenbarten. Galileo und die Philologen haben denselben Fehler begangen: beide haben bloße Vermutungen zu Gewissheiten erhoben.

Schließlich möchtest du, dass ich dir noch einmal einschärfe, dass es eine moralische Pflicht ist, mit dem eigenen Kopf zu denken, statt Moden hinterherzulaufen, dass man auch den hochtrabenden Rednern, die von ihren Kathedern herab das Gesetz diktieren, unbequeme Fragen stellen muss, dass man sich nicht von den Überschriften der Gazetten beeindrucken lassen darf und nicht alle Ammenmärchen glauben darf, die die sogenannten Meisterdenker und die Herren Leichtgläubigen uns weismachen wollen, ohne Nachfragen zu erlauben.

Diese letzte kleine Genugtuung bekommst du nicht, mein lieber Junge.

Du besitzt mein Geständnis. Du hältst es in Händen, in Gestalt schwarzer Tinte auf Papier. Doch denke nicht, ich hätte diese umfangreiche Sammlung aus Diskursen, Betrachtungen, Notizen und Dialogen zum Nutzen und Frommen des Signorino Atto Melani nur geschrieben, um deinen momentanen Bedürfnissen entgegenzukommen. Nein, diese Seiten sollen dir eine Schule des Lebens und Denkens sein.

»Ich hab dir vorgelegt, nun musst du speisen«, sagt der große Dante. Wenn du noch mehr wissen willst, brauchst du den Weg entlang der Seiten, die du soeben hinter dir gelassen hast, nur zurückzugehen und mit Hilfe von Geist und Herz ihre Hintergründe enthüllen.

Bevor ich dir eine ersprießliche rückwärtsgewandte Lektüre dieser Papiere wünsche, möchte ich dir danken, mein innig geliebter Atto. In den vergangenen Jahren hast du mir erlaubt, dir wie ein Vater und ein Freund zur Seite zu stehen, hast dir nie etwas anmerken lassen und viele weitere Abenteuer gemeinsam mit mir erlebt, ohne mir je wegen meines verspäteten Geständnisses Vorwürfe zu machen.

Du hast damit dein Vertrauen und deine Zuneigung bezeugt.
Doch allem voran noch etwas anderes, das ich dir zu
geben glaubte, während du es mir erwiesest:
Du, mein geliebter Atto, gabst mir
ein grandioses Zeugnis der
VERSCHLEIERUNG
*****
***
*

KURZE ANMERKUNG DER AUTOREN

Nur selten enthüllt die Zeit wundersame Geschichten; für gewöhnlich werden sie von ihr verborgen. Ein historischer Roman ist nichts anderes als die Vervollständigung einer in Dokumenten erzählten Begebenheit, in denen aber das Ende, das den Sinn des Ganzen freigelegt hätte, fehlt. *Wie immer also basiert alles, was die Leser in unserem Roman finden, auf historischen Quellen.* Einzige Ausnahme ist natürlich die Handlung, die notwendig ist, um das zu vereinen, was nur scheinbar voneinander getrennt war.

Um alle Nachforschungen und Lektüren in der Vorbereitung dieses Romans zu erläutern, müsste die ohnehin schon große Seitenanzahl verdoppelt werden. Die abschließende Bibliographie kann eine Übersicht bieten; im Folgenden finden sich nur die Spuren, die uns am meisten gefesselt haben und die es wert sind, erwähnt zu werden.

ANHANG I

DAS RÄTSEL UM BOUCHARD

Jean-Jacques Bouchard (Paris 1606–Rom 1641) ist heute nur einem engen Kreis von Wissenschaftlern, die sich mit dem 17. Jahrhundert beschäftigen, ein Begriff. Ebenso war sein Name auch in der Epoche, in der sich sein kurzes Leben als Gelehrter der griechischen Klassiker und als Sekretär der Familie Barberini abspielte, außerhalb der gebildeten Kreise von Paris und Rom nicht bekannt.

Nicht einmal in der homosexuellen Literatur wurde er neu bewertet, aufgrund des selbstverachtenden Charakters der erotischen Erzählungen in seinem Tagebuch, die bar jeden homosexuellen Stolzes sind.

Warum ist Bouchard also so bedeutend?

Die Angelegenheit Bouchard zeigt beispielhaft, wozu einige Protagonisten der Menschheitsgeschichte fähig sind. Wie wir beweisen konnten(siehe unten), wurde Bouchard in den letzten Monaten seines Lebens Opfer eines Attentats, einer Verschwörung und einer Nötigung, die die von uns herangezogenen Gutachter mit dem verglichen, was Aldo Moro, der Kopf der Christdemokraten, erlitten hat, als er 1978 in der zweimonatigen Gefangenschaft der Terroristengruppe Brigate Rosse, die seiner Ermordung vorausging, mit eigener Hand Briefe und Memoiren niederschrieb, deren Inhalte bis heute unter dem Verdacht stehen, von den Terroristen erzwungen worden zu sein.

Der Unterschied zwischen dem Fall Bouchard und dem Fall Moro ist, dass alle von Moros Gefangenschaft wussten und seine Aufzeichnungen mit dem nötigen Misstrauen gelesen wurden, während sich bis heute niemand Gedanken um Bouchards letzte Lebensmonate gemacht oder Zweifel an der Echtheit der pornographischen Seiten geäußert hat, in denen der junge Franzose mit eigener Hand die Erinnerung an sich in den Schmutz zieht.

Das Beispielhafte daran ist also: Was ein oder zweimal passiert ist, kann auch wieder geschehen. Vielleicht ist es sogar schon passiert, vor und nach

Bouchard oder vor und nach Aldo Moro. Die Wahrheit über wer weiß wie viele andere Fälle wartet noch darauf, ans Licht gebracht zu werden.

Gestorben fünfeinhalb Monate nach einem mysteriösen Angriff und einem noch merkwürdigeren Todeskampf, überlebte Jean-Jacques in der kollektiven Erinnerung nur dank des gut gehüteten Geheimnisses um ein liederliches Leben und dessen Schilderung, die er, so scheint es, selber in einigen Tagebüchern hinterließ. Welche Doppelzüngigkeit von Leben und Gedanken! Er war Anwärter auf ein Bischofsamt und dann entpuppt er sich in seinen Tagebüchern als bisexuell, impotent, ein mit Komplexen beladener, erbärmlicher Onanierer. Bouchard der Krankhafte, der Perverse, der Heuchler.

Alle Arbeiten des größten Bouchard-Forschers, Emanuele Kanceff, sind in dem Band *Poliopticon italiano*, Genf, ²1994 zusammengefasst. Von Kanceff stammt auch die kritische Edition in zwei Bänden von Bouchards *Journal*, Turin 1976. Der erste moderne Wissenschaftler, der sich mit unserem Glücklosen beschäftigte, ist allerdings René Pintard, *Le libertinage érudit dans la première moitié du XVIIe siècle*, Paris 1943-Genf ²2000. Über das Schicksal von Bouchards Manuskripten vgl. I. Herklotz, *Jean-Jacques Bouchard (1606–1641). Neue Spuren seines literarischen Nachlasses*, LIAS 29 (2002), S. 3–21.

Seltsamerweise wird von der Geschichtswissenschaft nie an die Beziehungen zwischen Naudé und Bouchard erinnert. Wenn man von Gabriel Naudé spricht, liegt die Aufmerksamkeit allein auf seinem Ruf als Gelehrter und Bücherliebhaber, auf seinem aufgeklärten Skeptizismus, auf der Verstandesschärfe des Kritikers. Über die sexuellen Vorlieben Naudés, die in Bouchards Tagebuch belegt werden, kein Wort.

Haben sie etwa nicht zusammen die zweifelhaften Versammlungen der französischen Libertins in Rom besucht? Haben sie nicht beide die skandalösen Konversationen mit dem Mediziner Trouiller genossen? War es nicht Naudé, der dem Freund die Türen zu der von ruchlosen Menschen dominierten Welt Roms geöffnet hatte?

Von Bouchard wird heute nur noch wegen seiner angeblichen Perversionen Notiz genommen, wenn man aber auf Naudés Leben zu sprechen kommt, verschwindet er oder wird geschickt versteckt. Seine Zugehörigkeit zum Kreis der besten Philologen seiner Zeit ist belegt, unter ihnen ist mindestens der große Gräzist Leone Allacci zu nennen (wie Naudé im Roman Atto Melani erinnert). Und dennoch scheint die Entdeckung der obszönen Tagebücher all seine Verdienste auszulöschen. Ist das gerechtfertigt?

Wie Gabriel Naudé in unserem Roman erzählt, verbreitet sich sofort nach dem Angriff auf Bouchard die auch durch Zeugen bekräftigte Ansicht, dass der Drahtzieher hinter dem Angriff der Botschafter von Frankreich in Rom, Marschall d'Estrées war (vgl. P. Blet sɪ, *Correspondance du nonce en France Ranuccio Scotti (1639–1641)*). Aber der Prozess gegen einen der mutmaßlichen Attentäter, einen gewissen Charlier, fand aufgrund der diplomatischen Immunität, hinter der sich der Botschafter d'Estrée mit seinen Männern verschanzen konnten, nie statt. In seinem Testament hinterließ Bouchard Cassiano dal Pozzo alle seinen privaten Aufzeichnungen, die Manuskripte seiner Studien gingen hingegen an die Bibliothek der Familie Barberini, einschließlich der Ergebnisse seiner Nachforschungen zu Synkellos, die dann auf schleierhafte Weise vom Bibliothekar der Vatikanischen Bibliothek, Lucas Holstenius, nach Frankreich verschickt wurden.

Heute wissen wir, dass die Dinge im kurzen Leben des Jean-Jacques Bouchard nicht so vonstattengingen wie es uns erzählt wurde. Die Beweise dafür werden wir später näher ausführen. Es wäre jedoch von Anfang an möglich gewesen zu erahnen, dass die offizielle Version von Bouchards Tod und seine jahrhundertelange Diffamierung nicht haltbar waren. Dies hätte den professionellen Stöberern in Archiven und Annalen auffallen müssen. Aber besser spät als nie. Und wenn man es genau betrachtet, ist niemand wirklich scharf darauf, einen vom Blei der Infamie zerquetschten Toten mühevoll wieder auszugraben. Im verwirrenden *Suk* der Geschichtsschreibung ist nichts beruhigender, als sich an den starken Felsen des schon Gesagten zu klammern.

Zu viel Unwahrscheinliches

Die offizielle Version: Bouchard stirbt am 27. August 1641 an den Nachwirkungen eines auf ihn verübten Angriffs vom 10. März desselben Jahres. Cassiano dal Pozzo, auf Wunsch des Toten Verwalter des Erbes, stehen die privaten Aufzeichnungen zu. So fallen Cassiano einige Dokumente mit schändlichem Inhalt in die Hände. In ihnen wird von Bouchards Jugend in Paris und seinen ersten Jahren in Rom berichtet: homosexuellen Liebschaften, Selbstbefriedigung, Impotenz, sexueller Gewalt, materiellem und moralischem Elend. Nach Meinung der Historiker alles fast zeitgleich mit den erzählten Ereignissen, also circa zehn Jahre vor seinem Tod niedergeschrieben.

Ein unvorstellbarer Fehltritt: Wollte Bouchard, der zwei Mal sein Testament aufsetzte und genug Zeit gehabt hatte, um sich auf sein Ende vorzubereiten, der Nachwelt tatsächlich so ein Bild von sich hinterlassen? Hatte er, der ein Bischofsamt anstrebte, Anordnungen und Geld für die Errichtung eines Grabes sowie hundert für seine Seele gelesene Messen hinterließ, nicht ergewogen, welche Auswirkungen dies nach seinem Tod auf seinen Ruf haben würde?

Aber es wird noch merkwürdiger. Cassiano versäumt es, die kompromittierenden Aufzeichnungen zu verbrennen und so das Andenken des Toten zu schützen. Im darauffolgenden November macht er dann einen noch befremdlicheren Schritt: Er gibt alle Papiere in die Hände von Christophe Du Puy, dem Vorsteher der Kartause von Rom. Nicht nur zeigt er ihm die Aufzeichnungen – was sein Auftrag als Testamentsverwalter keinesfalls vorsah (ihn im Gegenteil vielmehr davon hätte abhalten sollen) – sondern er lässt sie ihm sogar nach Hause schicken. Ist dies wahrscheinlich? Du Puys Kartäuser waren von Bouchard mit einer Geldsumme bedacht worden, und doch verhält sich der Pater noch merkwürdiger als Cassiano. In keiner Weise von priesterlichen Skrupeln abgehalten, schickt er das skandalöse Papierbündel an den Absender zurück, greift zur Feder und schreibt an seine zwei Brüder in Paris. Pierre und Claude Du Puy waren die Seele des berühmten mondänen Salons, den Bouchard in seiner Jugend frequentiert hatte. Nachdem der junge Mann nach Rom gezogen war, hatte er mit den zwei Du Puys aus Paris einen regelmäßigen Briefkontakt gepflegt.

Der Kartäuser weiß also bestens, dass sich vom Salon der Brüder die unersättliche Klatschgier über ganz Paris ausbreiten wird. Er berichtet, dass in Bouchards Aufzeichnungen »alle Schweinereien, die man sich vorstellen kann, vor allem bezüglich der Dinge, die in diesem Land Gefallen finden. Teuflisches Zeug« enthalten sind. Pater Christophe beschwert sich auch über die Spärlichkeit von Bouchards Hinterlassenschaft und lässt sich die Gelegenheit nicht entgehen, dessen Ambitionen und dürftige moralische Qualitäten zu kritisieren. Schlechter Geschmack, vor allem bei einem Geistlichen, der von einem Toten begünstigt wurde, welcher auch noch, armer Unglückseliger, in Folge einer Gewalttat verstorben war. Ist dies alles logisch und wahrscheinlich?

In den hinterlassenen Dokumenten erregt etwas Aufmerksamkeit. Am

20. März, zehn Tage nach dem Attentat, schrieb Bouchard an die beiden Brüder Du Puy einen Brief (Paris, Nationalbibliothek, Collection Dupuy n.619, fol. 71–72: J.J. Bouchard à J. Dupuy, 20 marzo 1641), in dem er einen der Angreifer beschrieb:

»Dieser Mann schlug mir mit einem breiten und sehr kurzen Schwert mit aller Kraft auf den Kopf; ich bückte mich, um dem Schlag auszuweichen, der aber so stark war, dass er mir eine große und tiefe Wunde beibrachte und mich zu Boden schlug. Der Mörder warf sich sofort auf mich, um mich umzubringen [...]. *Man sagt, wenn Ihr Herr Neffe anwesend gewesen wäre, er hätte ihn leicht wiedererkannt.*«

Eine verfängliche Anspielung: In der Tat war ein Neffe der Brüder Du Puy als Sekretär im Dienste der französischen Botschaft in Rom. Warum schreibt Bouchard, dass dieser einen der Meuchelmörder »leicht wiedererkannt« hätte? Vielleicht wusste Bouchard, wer der Mann war? Und warum nennt er ihn dann nicht beim Namen? Es liegt der Verdacht nahe, dass er damit sagen wollt: Ihr zwei Du Puy, ihr wisst genau, wer mich umbringen wollte. Von hier aus ist es nur ein kleiner Schritt, das Gegenüber öffentlich des Mordes zu beschuldigen.

Whodunnit?

Wer wollte Bouchards Tod? Augenscheinlich allein der Botschafter d'Estrées. Aber da niemals ein Prozess stattgefunden hatte, wird die juristische Wahrheit nicht mehr festgestellt werden können. Man muss sich fragen, wer Bouchard feindlich gegenüber stand, vor und nach seinem Tod.

1) Es ist nachgewiesen, dass Bouchard aus unerklärten Gründen zu einem bestimmten Zeitpunkt den Hass einiger Pariser Kreise auf sich zog. Mehrere Belege bestätigen dies; nicht nur die seltsame Missgunst des Kartäusers Du Puy, auch Briefe und sogar die Nachrufe der alten Freunde (vgl. J.J. Bouchard, *Oeuvres*, hrsg. v. E. Kanceff, Band 1, Turin 1976–77, S. XIL ff.)

2) Die feindliche Umgebung war die der Gelehrten, die sich mit Synkellos, Teophanes und anderen griechischen Historikern der byzantinischen Zeit befassten. Dies hat der deutsche Wissenschaftler Ingo Her-

klotz beobachtet (*Jean-Jacques Bouchard. Neue Spuren ...*, op. cit.), der berechtigterweise darüber staunt, dass dies noch niemandem aufgefallen ist.

3) Fünf Jahre später, nachdem auch Papst Barberini verstorben ist, erinnern sich die Du Puys auf einmal an Bouchard. Sie fordern Lucas Holstenius, den Bibliothekar der päpstlichen Familie, nachdrücklich auf, die Papiere mit den privaten Studien Bouchards, die aufgrund des Testamentes in der Bibliothek der Barberini gelandet waren, nach Frankreich zu schicken (L.G. Pélissier, *Les amis d'Holstenius*, in: »Mélanges d'archéologie et d'histoire«, VII (1887), S. 62–128). So bemächtigt sich ausgerechnet die Bouchard feindlich gesonnene Pariser Schule von Byzantinisten seines Entwurfs für eine große Edition über Synkellos und andere griechische Geschichtsschreiber, die anfangs von Papst Barberini selbst unterstützt worden war. Das Projekt mündet in die berühmte Synkellos-Ausgabe von Jaques Goar (1601–1653), *Monachi et S.P.N. Tarasii, patriarchae* CP., *quondam Syncelli, Chronographia etc. Et Nicephori patriarchae* CP. *Breviar. chronograph. Georgius Syncellus ex Biblioth. Regia nunc primum adjecta vers. latina editus, tab. chronol. et annotat. Additae*, Paris 1652.

Und weiter: Lucas Holstenius, der Bibliothekar der Barberini, strebte selbst die Herausgabe einer Edition über die byzantinischen Geschichtsschreiber, unter ihnen Synkellos und Teophanes, an, aber Kardinal Francesco Barberini hatte Bouchard im Vertrauen auf dessen intensivere Vorbereitung und Urteilsschärfe mit dieser Aufgabe betraut. Der deutsche, aus Hamburg stammende Lukas Holste (1596–1661), lateinisch Holstenius, war nur aus Karrieregründen zum Katholizismus konvertiert – auf Rat des Peiresc, auf dessen Empfehlung er auch bei den Barberini als Bibliothekar angestellt worden war. Seine ziemlich dürftige katholische Überzeugung verratend, hinterließ er nach seinem Tod alle seine Manuskripte der Bibliothek der durch und durch protestantischen Stadt Hamburg. Sein ganzes Leben lang hatte er reihenweise Editionsvorhaben gehegt (von der Bibel über die Kirchenväter bis hin zu den Neoplatonikern), ohne allerdings jemals eines von ihnen zum Abschluss zu bringen.

Aber auch andere Rechnungen gehen nicht auf. Bevor Bouchards Tagebuch wiederentdeckt wurde, hatte man ihm weder homosexuelle Beziehungen noch sexuelle Abweichungen irgendeiner Art nachgesagt, einschließlich der

Impotenz, die in seinen Tagebüchern die Hauptrolle einnimmt. Nicht einmal ihm feindlich gesonnene Zeitgenossen wie etwa Chapelain oder Guez de Balzac, die ihn immerhin als Parasiten und Angeber beschimpften, erwähnten dies jemals. Die üble Nachrede, deren Opfer er kurz vor und nach seinem Tod wurde, betrifft ausschließlich sein Bestreben, Bischof zu werden (vgl. J.-L. Guez de Balzac, *Oeuvres*, Paris 1665, *passim* und Jean Chapelain, *Lettres*, Paris 1880, *passim*).

Cassiano dal Pozzo kannte Bouchard. Beide standen sie in den Diensten der Barberini. Trotzdem scheint es, als wäre er erst nach dem Angriff von 1641 dessen Freund geworden. In den Akten Cassiano dal Pozzos, heute in der Accademia dei Lincei in Rom aufbewahrt, finden sich nur acht Briefe von Bouchard, drei von ihnen ohne Datum, genau vier aus dem Jahr 1641, aber aus den zehn Jahren zuvor nur ein einziger von 1633. Es ist schwer nachvollziehbar, warum Bouchard seine intimsten und kompromittierendsten Aufzeichnungen ohne vorherige Absprache ausgerechnet jemandem hätte anvertrauen sollen, der alles andere als ein alter Freund war.

Das Gutachten

Diese merkwürdigen Zusammenhänge veranlassten uns, einen Blick auf die Originale der handschriftlichen Tagebücher zu werfen und sie mit den Originalbriefen zu vergleichen. Was zunächst nur ein Verdacht gewesen war, schien sich als Gewissheit herauszustellen, als wir signifikante Unterschiede zwischen den zwei Handschriften feststellten, vor allem in den Abschnitten des Tagebuchs mit heiklem Inhalt.

Unseren Zweifeln schloss sich, unter dem Vorbehalt der Verifizierung durch ein ausführliches professionelles Gutachten, ein Graphologe an: Die Tagebücher schienen, zumindest in den erotischen Abschnitten, gefälscht zu sein.

Die Fälschung der Tagebücher hätte eine Erklärung für alle Rätsel der Bouchard-Geschichte geliefert. Unser Verdacht schien sich voll und ganz zu bestätigen, als uns ein Buch aus dem Jahr 1754 in die Hände fiel, das die gesamte schriftliche Korrespondenz eines Freundes und Mitarbeiters von Bouchard, des Musikliebhabers Giovan Battista Doni, beinhaltet (Io. Baptistae Donii Patricii Florentini, *Commercium literarium nunc primum digestum editumque studio et labore An. Francisci Gorii*, Florenz 1754). Der Herausgeber der Edition, Anton Francesco Gori, der Bouchard nicht kannte, fügt dem Brief vom 20. April 1641, in dem Bouchard Doni vom erlittenen Angriff berichtet, eine Anmerkung hinzu: »Hinter diesem Namen [Bouchard] versteckt sich Holstenius, den ich aufgrund der Ähnlichkeit der Schrift als Verfasser dieses Briefes vermuten würde«.

Wir suchten Originalhandschriften von Holstenius aus dem Jahr 1641 heraus. Die Handschriften von Bouchard und Holste ähnelten sich tatsächlich. Es lag nun nahe, Holste zu verdächtigen. Er war der perfekte Mann für die Fälschung der Tagebücher: Als Gräzist wie Bouchard und aller Wahrscheinlichkeit nach neidisch auf ihn, gehörte er den Kreisen der Starken Geister von Peiresc und denen der Brüder Du Puy an, war sehr eng verbunden mit Cassiano dal Pozzo und zeigte außerdem, laut graphologischer Analyse, eine große Ehrfurcht gegenüber ihm nahestehenden Personen. Kurz, es war nicht schwer vorstellbar, dass die Gruppe der *Deniaisez* den hasenfüßigen und ambitionierten Holste verleitet hatte, Bouchards Handschrift auf den gefälschten Seiten seiner Tagebücher nachzuahmen.

Da wir nun davon ausgehen konnten, dass das graphologische Gutachten unsere ersten Eindrücke bestätigen würde, geduldeten wir uns nicht bis zu seiner Fertigstellung, auch weil es länger auf sich warten ließ als vorhergesehen. Wir schrieben in der Zwischenzeit den letzten Teil des Romans, in dem wir Naudé zugeben ließen, dass Bouchards Tagebuch nach seinem Tod gefälscht worden war, und gaben ihn unseren Verlegern.

Aber manchmal übertrifft die Realität sogar die Phantasie.

Es ist vorausschickend zu sagen, dass alle fünf Graphologen, die Bouchards Tagebücher begutachteten, auf einen bestimmten Zweig der Graphologie spezialisiert sind und über langjährige Erfahrungen auf ihrem jeweiligen Gebiet verfügen: Eine Kanzlei für kriminalistische Nachforschungen und forensische Schriftgutachten (Studio dottori Andrea e. Vincenzo Faiello), die mit verschiedenen italienischen Gerichtshöfen zusammenarbeitet und drei Niederlassungen in Süditalien besitzt, koordinierte die Arbeiten des Centro di Grafologia Medica in Rom (in erster Linie ausgeführt durch dessen Gründer Dr. Enzo Tarantino, medizinischer Leiter und Universitätsdozent), des auf medizinische Heil-Hypnose und Schreiben unter Hypnose spezialisierten Psychologen Dr. Rizzica und der aus der französischen Schule kommenden Dozentin für antike Graphikstile Dr. Manetti (Präsidentin des Instituts für französische Graphologie ARIGRAF in Mailand und verantwortliche Direktorin der Zeitschrift »Stilus«, für die sie die nachweisbaren Anzeichen der Nötigung in der Graphie des Abgeordneten Aldo Moros während der Zeit seiner Entführung vor seiner Ermordung durch die Terroristen der Roten Brigade erforschte).

Die Gruppe der Gutachter nahm einen Vergleich der handschriftlichen Briefe Bouchards mit dessen Tagebuchaufzeichnungen vor. Die Nachforschungen begannen mit der direkten Untersuchung der Originale, was einen gewissen Dienstreiseaufwand erforderte: Die beiden Teile von Bouchards Tagebüchern werden in Paris aufbewahrt (Bibliothèque Nationale de Paris, Nouv. Acq. Fr. 4236, und Bibliothèque de l'école des Beaux Arts, ms. 502), während sich die gesichteten Briefe sowohl in Paris (Briefe von Bouchard an die Brüder Du Puy und an Peiresc, Bibliothèque Nationale, Collection Dupuy) als auch in Rom (Accademia Nazionale dei Lincei, Bestand Cassiano dal Pozzo – Lettere di Bouchard, vol. VII [5]) befinden. Im Folgenden nehmen wir die Ergebnisse des Gutachtens vorweg:

Die Untersuchung der Dokumente kann objektiv und voller Überzeugung wie folgt abgeschlossen werden:

– Die Stellen der untersuchten Tagebücher, die intime Erfahrungen und pornographische Beschreibungen beinhalten, wurden von derselben Person angefertigt, die auch die anderen Schriftstücke verfasst hat, allerdings unter sehr offensichtlichem starken Zwang und psychisch-physischem Druck seitens Dritter oder außerhalb seines natürlichen Ausdrucks liegender Mittel (pharmakologische Substanzen, hypnotische Induktion, Drohungen u. ä.);

– Die graphologischen Charakteristiken in diesen Abschnitten, die im starken Kontrast zu denen mit »gewöhnlichem« Inhalt stehen, lassen vermuten, dass sie von der betreffenden Person in ihrer letzten Lebensphase und gegen ihren Willen niedergeschrieben und erst nachträglich in den Zusammenhang der Tagebücher eingefügt wurden.

Die skandalösen Seiten in Bouchards Tagebuch wurden also tatsächlich erst nach seinen anderen Tagebucheinträgen verfasst, aber nicht von Holste, sondern von Bouchard selbst, der von anderen in den letzten Tagen seines Lebens dazu gezwungen worden war.

Laut den Gutachtern zeigt Holstes Graphie nichts anderes als eine starke Abhängigkeit von Bouchard, die beispielsweise durch ein Gefühl von Neid, vereint mit dem Aufenthalt im selben Arbeitsumfeld entstehen konnte.

Alles änderte sich: Die Tagebücher waren nicht mehr das Ergebnis eines Schwindels, sondern einer Nötigung. Jemand hatte Bouchard dazu gebracht, gegen seinen Willen zu schreiben. Das Ende des Romans musste neu geschrieben werden. Und wie der Leser auf den letzten Seiten, die diesem Nachwort vorangehen, schon festgestellt haben wird, taten wir dies.

Der Angriff laut Gutachten

Glaubt man der allgemein anerkannten Rekonstruktion der Wissenschaftler, war das Attentat vom Abend des 10. Märzes 1641 auf dem Petersplatz in Rom die Ursache für Bouchards Ableben fünf Monate später am 27. August. Das Ergebnis des Gutachtens widerspricht allerdings dieser Rekonstruktion.

Der Schriftzug lässt keine Elemente erkennen, aus denen man auf die Präsenz eines Verwirrungszustandes oder einer Dysgraphie, hervorgerufen durch Schäden am Gehirn oder den äußeren Gliedmaßen, schließen könnte. Die Graphie ist gleichmäßig strukturiert sowohl in den Abständen zwischen den Buchstaben als auch in den Zeilenabständen, und auch kleine Abweichungen sind vom Betroffenen frei ausgedrückt.

Sowohl die »parallelen« als auch die »sinuösen« Schriftzeichen lassen einen ausgeglichenen Gemütszustand erkennen, der mit der stressgenerierten Situation einer Person, die sich von einem wie in den Chroniken geschilderten Angriff nicht erholt hätte, unvereinbar ist. »Sinuös« kann eine Schrift nur sein, wenn sie spontan ist, was vom Merkmal Fluida angezeigt wird. Es ist Anzeichen einer artistischen Ader, einer gleichermaßen feinfühligen und kraftvollen Person, je nachdem wie es die Umstände verlangen. Es ist zusammengefasst alles was man unter dem Konzept der künstlerischen, intellektuellen und moralischen Einfühlung versteht.

Der Tod kann nicht aufgrund der Nachwirkungen der Gewalttat erfolgt sein, da es kein Anzeichen einer zeitlich-räumlichen Kompensationsstörung gibt, wie sie unweigerlich bei einer Gehirnblutung (Gehirnschlag oder inneren Verletzung) entstehen würde. Im Gegenteil war die durch den Schlag auf das Ohr und den vierten und letzten Schlag auf den Kopf her-

vorgerufene Blutung vermutlich lebensrettend, da sie das Ausfließen des Blutes und somit die schnelle Erholung des (jungen) Betroffenen innerhalb weniger Tage (bis zum Verfassen des Briefes am 20. März, zehn Tage nach dem Angriff) erlaubte. Eine mögliche Lungenverletzung kann außerdem ausgeschlossen werden, da diese zu einem Abflauen der Druckstärke der Schrift geführt hätte, welche im Gegenteil druckstark und gebunden und schließlich »einfallsreich« und beharrlich ist.

Bouchards Persönlichkeit laut Gutachten

Sowohl in den Briefen als auch in den nicht anstößigen Passagen der Tagebücher tritt eine scharfsinnige, intelligente, wache Persönlichkeit ohne jegliche psychische Störung zutage. Hier sind einige Auszüge aus der graphologischen Untersuchung:

Deutliche Ausprägung der Beobachtungsgabe der Wirklichkeit: Neigung zur Beobachtung von Einzelheiten einer Sache.

Das Ich ist sich dessen, was es in all seinen Einzelheiten gesehen hat, bewusst und muss dies in seine Vorstellung der Welt mit einbeziehen. Die fokussierten Einzelheiten sind zahlreich. Diese Funktion führt das Gehirn spontan und mit Freude an der Äußerung aus. Es kommt auf den »Geschmack«, was keine Müdigkeit verursacht, da es Gefallen daran findet, sich in der Beobachtung der Einzelheiten aufzuhalten.

Es sammelt, verwaltet und vereint eine enorme Anzahl an Beobachtungen und wertet sie in einem einzigartigen, extrem hoch entwickelten und tief greifenden Interpretationssystem der Wirklichkeit aus. Hier handelt es sich um das graphologische Merkmal »ausführlich«, also flüssige Schrift und tiefe Intelligenz.

Dieses graphologische Merkmal deutet auf ein enorm durchdringendes Denkvermögen und fast eine Art Ziselierung der Gedanken hin; es trägt die Tendenz zur raffinierten Beobachtung, zur Diskussion, zur logischen Schlussfolgerung in sich. Wer eine »ausführliche« Schrift hat, neigt zu philosophischen Studien und verspürt den Drang, sich sein persönliches System zurechtzulegen.

Ist viel Raum zwischen den Wörtern, deutet dies hauptsächlich auf einen Verstand hin, der die Wahrheit spitzfindig durchleuchten kann, sowie auf eine feine Gedankenführung und die Neigung zu wissenschaftlicher und künstlerischer Auslegung.

Bouchards kleine Handschrift ist begleitet von einer tiefen Intelligenz (anhand der Buchstaben mindestens 7/10) und ohne Hinweise auf Stocken der Schrift. Sie bildet das graphologische Merkmal »ausführlich«, wesentlich für den Intellekt, Zeichen von »tiefer und raffinierter Intelligenz«.

Im Allgemeinen bewahrt der Betroffene, auch wenn er vielerlei Gemütszuständen ausgesetzt ist, die ihn je nach Inhalt der geschilderten Erfahrungen begeistern oder bedrücken, in den Teilen des Tagebuches, die Entdeckungen, Forschungen und Beschreibungen enthalten, eine stabile Ausgeglichenheit unter Beibehaltung der Automatismen und Veranlagung der Schrift und des Ausdrucks sowie der generellen und speziellen Räumlichkeit.

Die Schrift ist entsprechend flüssig und fließend in allen Äußerungen und weist kein pathologisches Holpern und Stocken dauerhaften oder vorübergehend nervösen Ursprungs auf.

Die anstößigen Passagen des Tagebuchs im Licht des Gutachtens

Diese Beobachtungen ändern sich drastisch bei der Untersuchung der Seiten, die für immer Bouchards Reputation vernichteten:

Die Schrift zeigt sich verkleinert. Die angestrengte Reduzierung der Schriftgröße beeinträchtigt das Geschriebene und das Breitenverhältnis, sodass die Abstände zwischen den Buchstaben extrem gequetscht, der Wortabstand unproportioniert und die Breite der einzelnen Buchstaben reduziert wird.

Es überwiegt das »eckige« Merkmal, das auch in der Kategorie »spitze Schrift« auszumachen ist, in der Buchstaben und Verbindungen plötzliche Abweichungen aufweisen. Mit der Kantigkeit und den darin reflektierten gefühlsbetonten und persönlichen Tendenzen steht sie im starken Gegen-

satz zu der »runden« Schrift, die in den übrigen (den nicht »verdächtigen«)
Teilen des Tagebuchs vorzufinden ist.

Die Schrift der verdächtigen Teile ist außerdem durch einen übermäßig
starken Druck auf dem Abstrich der kleinen Ovale charakterisiert, was mit
einer uneinsichtigen Verstocktheit identifiziert werden kann.

Es ist symptomatisch zu beobachten, dass die charakteristischen linkskon-
kaven Striche, Zeichen von Verteidigung, auftauchen und die Ausbuchtun-
gen unter der Linie des Buchstaben g vollständig verschwinden.

Der Abstand zum linken Rand vergrößert sich im Vergleich zu dem vorher
Geschriebenen um das Doppelte.

Diese offensichtlichen Unterschiede sind Zeichen eines starken emotiona-
len Drucks von außen und einer durch das Verschweigen des psychisch-
physischen Zustandes hervorgerufenen Anspannung.

Anspannung und Druck könnten derart gestaltet sein, dass sie dem Betrof-
fenen nicht mehr erlauben, die Kontrolle über seine Handlungen zu be-
halten. Allerdings steht der Inhalt der Äußerungen in Konflikt mit solchen
Zuständen der »Machtlosigkeit« oder der grotesken Unterwerfung. Dies ist
vermutlich einem erzwungenen Abschreiben ganzer von anderen vorge-
schriebener Texte geschuldet. Die schreibende Person könnte also <u>gezwun-</u>
<u>gen worden sein, diese Seiten abzuschreiben.</u>

Die kleine Schrift und das Fehlen von Schnörkeln, die sichtbar dickflüssige
aber trockene Druckstärke, verdeutlicht durch die »Knöpfe« und Kleckse
formenden absteigenden Tintenspuren, und die Kantigkeit lassen dazu
tendieren, diese Schrift als ›minutiös‹ zu definieren, also als eine kleine,
nicht flüssige Handschrift ohne geistige Zustimmung zum Geschriebenen.

Es taucht auch das Merkmal »verwickelt« auf, das durch Holprigkeit, Sto-
cken und Verlängerungen, aber vor allem, wie im Folgenden gezeigt wird,
durch eine Verschränkung der Buchstabenstriche, die in den vorigen Mus-
tern nicht zu finden ist, charakterisiert ist. Auch die »Verwirrungswindun-
gen« am Ende der Worte sind zu bemerken.

All dies ist absolut nicht vereinbar mit der Hypothese, die »belasteten«

767

Teile des Tagebuchs seien vor dem Brief vom 20. März 1641 geschrieben worden.

Kurz, diese Passagen sind offenbar erst nach diesem Brief geschrieben worden, unter einem sichtlichen physisch-psychischen Zwang.

Der Schriftverlauf der Abschnitte mit erotisch-pornographischem Inhalt scheint Ausdruck der erlittenen Nötigung und der daraus folgenden wahrscheinlichen Verzweiflung desjenigen, der die Ausweglosigkeit seiner Situation sieht, zu sein: **dieselben Anzeichen sind auch in den Briefen des Parlamentsabgeordneten Aldo Moro, die er in Gefangenschaft der Brigate Rosse zwischen dem 16.** *März (Tag der Entführung) und dem 9. Mai 1978, dem Tag seiner von den Brigaten angekündigten Ermordung, geschrieben hat.* **Die Phänomene, die in der Schrift Bouchards anzutreffen sind, wiederholen sich analog, beispielsweise mit dem Auftauchen der Merkmale »holprig auf der Stelle« und »trocken«, die mit der Entwicklung der Situation und der Wahrnehmung der Unabwendbarkeit des eigenen schlimmen Schicksals einhergehen.**

Es ist plausibel, dass eine schrittweise Vergiftung in Zusammenhang mit Substanzen, die zeitweise terrorisierende Halluzinationen provozieren, stattgefunden hat. Das Merkmal »gedrungen (zweite Form)«, das in den angefochtenen Schriften, aber nicht in den Vergleichstexten auftaucht, kann in der Tat mit Gallenentleerungen in Folge starker Vergiftung und unterdrückter Wut, die in den mit aller Wahrscheinlichkeit auf die Einnahme toxischer Substanzen folgenden Ausbrüchen zum Ausdruck kommt, einhergehen.

Die Untersuchung lässt eine kombinierte Wirkung aus allen Techniken der Bedrohung und der Nötigung vermuten.

Die wahrscheinlichste Hypothese scheint also, dass die Tagebuchseiten mit erotisch-pornographischem Inhalt im letzten Lebensmonat des Verstorbenen verfasst wurden.

SCHREIBEN UNTER HYPNOSE: *Aus der Untersuchung der geprüften Seiten kann man mit gewisser Wahrscheinlichkeit schließen, dass der Betroffene einer einwirkenden Macht ausgesetzt war, er also die untersuchten Seiten in einem Hypnosezustand verfasst hat, der von Dritten mit Hilfe von Suggestionsmitteln herbeigeführt wurde, wie sie in den Medizinerkreisen der Paracelsiner und der an der platonischen Magie orientierten Medizin vorhanden sein konnten. Allerdings zeigt die Schrift durch die Präsenz gra-*

phischer Merkmale, die ein Auflehnen gegen die Hypnose signalisieren,
dass die Suggestion und der Versuch »magnetischer« Einflussnahme nicht
ohne Gegenwehr und Qualen seitens des Betroffenen stattgefunden haben.

Das Gutachten wurde in einer Wiener Notariatskanzlei hinterlegt. Auf Nachfrage kann eine Kopie angefertigt und zugeschickt werden. Es fallen lediglich Porto und Herstellungskosten an:

Dr. Stefan Prayer
Notariatskanzlei Prayer-Rahs
Niederhofstraße 26–28/4/5
1120 Wien (Österreich)

Cassiano und Pirro Ligorio

Ist es möglich, dass Cassiano dal Pozzo (1588–1657), herausragende Persönlichkeit der intellektuellen Welt im Europa des 17. Jahrhunderts, in irgendeiner Weise die Tagebücher Bouchards manipuliert hat?

Als Bouchards Testamentsverwalter hatte Cassiano sicher eine vorteilhafte Position (einen kleinen Fehler macht Pintard, *Le libertinisme érudit*, op. cit., S. 238, der als Testamentsverwalter den Kartäuser Du Puy nennt).

Als Gelehrter, Antiquar, Kunsthändler, Vermittler von Kunstaufträgen und angesehener Geschäftemacher gehört Cassiano zu der Kategorie Mensch, der auch Elia Diodati, der unergründliche Propagandist Galileos, angehörte: Sie selbst produzierten wenig, ließen aber andere oft für sich arbeiten. In seinem *Museo Cartaceo* stellte Cassiano eine enorme, fast schon enzyklopädische Sammlung von Fundstücken und Zeugnissen über die Bräuche der klassischen Welt zusammen. In seiner Sammeljagd nach Materialien zur Antike fanden sich auch umstrittene Quellen ein. Cassiano war zum Beispiel ein großer Sponsor des dreisten und »kreativen« Pirro Ligorio (1514–1583), von dem er nicht nur echte Objekte in Umlauf brachte, sondern auch nicht wenige gefälschte.

Die Täuschungen Pirros werden seit Generationen untersucht und diskutiert. Seine Zeitgenossen wie auch die Historiker des 18. und 19. Jahrhunderts verurteilten offen die zahlreichen Fälschungen, die seine *Antichità Romane* enthält, eine ausufernde Sammlung von Zeichnungen, Beschreibungen und Kommentaren zu antiquarischen und literarischen Zeugnissen der Antike

(Inschriften, Statuen, Monumente etc.), die sich heute unter anderem verstreut in Neapel, Oxford und Rom befindet (vgl. G. Vagenheim, *La falsification chez Pirro Ligorio*, in: »Eutopia«, 3 (1994), S. 67–104). Um seine Falsifikate anzufertigen, griff Pirro auf die Hilfe des Gräzisten Benedetto Egio zurück, der wie Darmarios in Kontakt mit Isaac Casaubon stand, welcher Scaliger das geheimnisvolle Synkellos-Manuskript geliefert hatte (vgl. Hélène Parenty, *Philologie et pratiques de lecture chez Isaac Casaubon*, Beitrag zum Kongress »Philologie als Wissensmodell/La philologie comme modèle de savoir«, München 20.–22. Juli 2006).

Die moderne Kritik allerdings versucht den neapolitanischen Humanisten freizusprechen, indem sie beteuert, dass seine Werke keine Fälschungen waren, sondern Nachbildungen, um in den Genuss der Anschauung beschädigter oder bruchstückhaft erhaltener antiker Bilder, Münzen und Inschriften zu kommen. Gemäß dieser neuen Blickrichtung wurden mit der damaligen Geisteshaltung Pirros »fiktive Anschauungsobjekte« als vollkommen legitim betrachtet. Eine recht wohlwollende Erklärung, die heute auf diverse zentrale Figuren des Humanismus angewandt wird, die kommerzielle Verwertung dieser »Rekonstruktionen« allerdings unberücksichtigt lässt.

Vor allem aber bleibt es im Licht dieser Argumentation schwer zu erklären, warum schon Pirro Ligorios Zeitgenossen, wie zum Beispiel sein äußerst gelehrter Freund Antonio Augustín (der sich griechischer Kodizes bediente, die ihm vom Kopisten und Fälscher Andrea Darmarios vorbereitet wurden) oder der ebenso gebildete Onofrio Panvinio (seinerseits verantwortlich für eine berühmte Fälschung Ciceros), Pirro beschuldigten, die Rekonstruktionen der antiken Monumente zu erfinden, »um die Oberhand über andere Meinungen zu gewinnen«. Ligorio entwarf zum Beispiel aus dem Nichts eine Inschrift, dessen erfundenen Text er seinen anderen Zeichnungen und Notizen hinzufügte, um einen falschen Beweis zu liefern, mit dem er die Richtigkeit einer Passage aus Suetonius bezüglich der *Fasti consulares* belegen wollte. Die mit der aktiven Hilfe seines Freundes, des Gräzisten Benedetto Egio, verwirklichte Fälschung konnte sich so einen Platz im *Corpus inscriptionum latinarum* (*CIL* XIV, 278) erobern, der seit dem 19. Jahrhundert die größte Bestandsaufnahme von Inschriften in lateinischer Sprache bildet. Andererseits befand sich Pirro (dem Augustìn sogar unterstellte, weder Latein noch Griechisch zu können) im Zentrum eines antiquarisch-gelehrten italienischen Umfelds, und laut Wissenschaftlern wie Ginette Vagenheim »war er nicht der einzige Verantwortliche für die vielen gefälschten in seinem Werk enthaltenen Inschriften (Epigraphie) und Münzen (Numismatik). Sondern es handelt sich in diesem

Fall einmal mehr um eine Zusammenarbeit zwischen verschiedenen Gelehrten«. (Vgl. zum Beispiel David R. Coffin, *Pirro Ligorio: the Renaissance artist, architect and antiquarian*, University Park 2004, S. 21–22; Ginette Vagenheim, *Les Antichità Romane de Pirro Ligorio et l'Accademia degli Sdegnati*, in: M. Deramaix (Hrsg.), »Les academies dans L'Europe humaniste«, Paris 2008, S. 99, mit weiterführender Bibliographie).

Es ist interessant zu bemerken, dass derjenige, der allen voran versucht, Pirro und seine Fälschungen »freizusprechen«, ausgerechnet Anthony Grafton, der »autorisierte« Biograph von Scaliger, ist (vgl. sein *Forgers and Critics*, Princeton 1990, S. 126).

Gestaltlos und flüchtig bleibt das menschliche Profil Cassianos. Über mögliche Beziehungen zu Frauen ist nichts bekannt. Der Kunsthistoriker Tony Green (*Nicolas Poussin paints the Seven sacraments twice*, Edinburgh 2000) nennt ihn »vermutlich homosexuell«. Auch S. Morando, dem man die Herausgabe der *Lettere di Gabriello Chiabrera*, Florenz 2003, zu verdanken hat, erinnert an »Cassiano Dal Pozzos bekannte »Höflichkeit« gegenüber jungen talentierte Männern« (S. 343).

Der Eritreer, Rouvray, die Paracelsus-Mediziner

Wie Naudé in seiner nächtlichen Beichte Atto Melani erzählt, griffen er selbst und Cassiano ein, um den Druck des Buches des Eritreers aufzuhalten (vgl. I. Herklotz, *Cassiano dal Pozzo und die Archäologie des XVII. Jahrhunderts*, München 1999, S. 74 und ebd., *Jean-Jacques Bouchard. Neue Spuren ...*, op. cit.). Das vom Eritreer geschriebene und nie veröffentlichte Porträt Bouchards steht in der Vatikanischen Bibliothek: Genau wie im Roman zu lesen ist, enthält es nicht ein Wort über die erotischen Tagebücher, wie Ingo Herklotz beobachtet hat (*Ianus Nicius Erythraeus und Jean-Jacques Bouchard. Zur schweren Geburt einer neulateinischen Vitensammlung des 17. Jahrhunderts*, in: »Neulateinisches Jahrbuch«, 10 (2008), S. 145–176).

Herklotz kommt jedoch zu der falschen Schlussfolgerung, dass der Angriff auf Bouchard aus Rache geschehen war: Aufgrund eines erst kürzlich entdeckten Briefes (L. Ferreri, *A proposito dell'agguato e della morte di Jean-Jacques Bouchard*, in: »Bibliotheca, Rivista di studi bibliografici« 2002/2, S. 198–203) glaubt er, dass der unglückselige Franzose unter den Mördern von Rouvray, eines Knappen des französischen Botschafters d'Éstrées, war.

Herklotz vernachlässigt eine wichtige Quelle über das Rom zuzeiten Bouchards (P. Blet SJ, *Correspondence du Nonce en France Ranuccio Scotti 1639–1641*). Die Dinge ereigneten sich folgendermaßen: Der unglückselige französische Philologe hatte Rouvray angezeigt, da dieser Inhaber eines anrüchigen Lokals war. Rouvray seinerseits hatte sich die Papstmacht zum Feind gemacht, weil er an einigen gewalttätigen, von d'Éstrées gedeckten Aktionen teilgenommen hatte. Er war in Abwesenheit verklagt und verurteilt worden, auf ihn war ein Kopfgeld ausgesetzt. Anstatt nach Frankreich zu fliehen, wie die Barberini (immer bereit zur Nachsicht mit dem Feind) es ihm heimlich angeboten hatten, flüchtete der Knappe auf Wunsch des stolzen d'Éstrées nach Frosinone, wo er sich trotz der auf seinen Kopf ausgesetzten Belohnung dreist in der Öffentlichkeit zeigte und sogar an Treibjagden teilnahm. Schließlich entführten und töteten ihn zwei Bauern und zeigten seinen Kopf vor, um die fette Belohnung zu kassieren. Nur in diesem sehr indirekten Sinn also konnte sich Bouchard vorwerfen, bei Rouvrays Tod eine Rolle gespielt zu haben.

Die Rekonstruktion der medizinischen und hypnotischen Behandlung, der Bouchard von Pierre Potier unterzogen wurde, basiert auf den im Gutachten enthaltenen medizinisch-historischen und psychiatrischen Angaben. Zu den Medizinern, die entscheidende Impulse zur Iatrochemie lieferten, zählen tatsächlich auch Pietro Castelli, Pierre Potier und Marc'Aurelio Severino, der, wie im Roman berichtet, auch ein Traktat über die Graphologie verfasst hatte, das heute leider verschollen ist: *Il Vaticinator* (vgl. C. Webster, M. Pelling, S. Mandelbrote, *The practice of reform in health, medicine and science 1500–2000: essays for Charles Webster*, Aldershot 2005).

ANHANG II

DIE ERFUNDENE ZEIT

Der Paria und die Leichtgläubigen

Bäume mit so ausladenden Zweigen, dass sie zehntausend Männer bedecken konnten; Anakreon, der sich an einer getrockneten Weinbeere verschluckte und starb, und der Senator Fabio, der an einem Haar in seiner Milch erstickte; Muzio Scevola, der sich aus Buße unbeirrt die rechte Hand in einer Kohlenpfanne röstet; Stürme, in denen es Blut, Fische und Steine regnet; Nero, der Rom anzündet und glückselig, von seiner Lyra begleitet, über den rauchenden Ruinen singt; Königin Kleopatra, die wie eine Hollywoodheldin vor Cäsar aus einem aufgerollten Teppich schlüpft, den ein Händler ihm vor die Füße gelegt hat, und ihn auf der Stelle schamlos verführt. Maecenas, der drei Jahre nicht schlief und Epimenides, der fünfzig Jahre schlief ohne aufzuwachen; Aischylos, der starb, weil ein Adler ihm eine Schildkröte auf den Kopf fallen ließ. Oder die berühmten Gesetze des Lykurg, der anstatt Gold- und Silbermünzen riesige Scheiben aus Eisen einführte, die man nur mit Schubkarren transportieren konnte, oder verbot, die Holzdächer der Häuser mit der Axt und die Türen mit der Säge zu bauen.

Schließlich Aristoteles' Schriften, die, bevor sie das laizistische Evangelium der Menschheit wurden, sorgfältig in der Erde vergraben, den Würmern zum Fraße dienten. Und schweigen wir lieber vom Ägypter Manetho, der von den Zeiten erzählt, in denen die Wasser des Nils mit Honig gemischt flossen, oder vom Pharao Sesochris, der so groß wie ein Elefant war.

Zu Tausenden könnte man die Reihe völlig unwahrscheinlicher, aber in das ernste Kleid der Geschichtsschreibung gehüllter Erdichtungen, die uns die Antike überliefert hat, weiterführen. Und Millionen sind die Studenten, die gezwungen waren, sich die griechischen und römischen Geschichtsschreiber, die Autoren dieser für Schwärmer und Leichtgläubige verfassten Kitschromane, einzuprägen. Auch wir haben zu ihnen gezählt, wurden in den besten Jahren unserer Jugend dazu gezwungen, uns die als reine Wahrheit verkauften Legenden mühsam anzueignen.

Die Liste der Unsinnigkeiten antiker Historiker in Bouchards Aufzeichnungen (Diskurs xxxv und die Notizen zu xxxix und xlii) ist lediglich eine winzige Auswahl aus dem Meisterwerk des skeptischen Humors, das uns Abt Secondo Lancelotti in *I farfalloni degli antichi historici*, Venedig 1637, hinterlassen hat, in dem sich auch die Titel der Werke und die Nummern der Kapitel, aus denen die Beispiele gezogen wurden, finden lassen.

Wie der aufmerksame Leser gemerkt haben wird, ist zwischen den vielen unwahrscheinlichen Geschichten, die uns die Antike überliefert hat, nicht nur Platz für die naiven Mythen aus Roms Anfängen, wie die Geschichte der Wölfin, die Romulus und Remus gesäugt hat, oder die epischen Phantasien Homers. Es geht im Gegenteil um ernstzunehmende Geschichtsschreiber wie Tacitus, der uns, nachdem er penibel die ethnischen Gruppen des antiken Germaniens aufgelistet hat, über die sich noch heute Wissenschaftler die Köpfe zerbrechen, versichert, dass die Häuser der teutonischen Vorfahren mit Putz aus Kuhmist gemacht wurden, oder uns von Erdbeben erzählt, die Flüsse in die Luft hoben, sodass Wanderer unter ihnen spazierten. Vor so hanebüchenen Informationen ist es legitim, auf die Bremse zu treten: erst nachdenken und dann, gegebenenfalls, glauben.

Die Philologie hat es jedoch vorgezogen, die Reihenfolge dieser beiden Handlungen umzukehren, und wurde so zu einer Wissenschaft, die hauptsächlich aus Mutmaßungen besteht. Es war unausweichlich, dass das Pendel einmal die Richtung änderte: vom Höhepunkt des Vertrauens und der Leichtgläubigkeit zum absoluten Misstrauen. Dies geschieht nun bereits seit über drei Jahrhunderten.

Die gewagte These, dass die gesamte Antike nichts anderes als eine gigantische Fälschung sei, verübt von gelehrten Mönchen des xi. bis xiv. Jahrhunderts, wurde zum ersten Mal vom französischen Jesuiten Jean Hardouin (1646–1729) formuliert.

Unser Buchhändler Louis Hardouin, eine historische Gestalt aus Fleisch und Blut, war bretonischen Ursprungs und in Paris tätig. Das Kind, dessen Vater er Ende 1646 wird (dies haben wir in dem Roman *Verschleierung*[*], dem Gegenstück zu diesem Buch, erzählt) ist niemand anderer als eben der ge-

---

[*] *Versluiering*, Amsterdam 2011, noch nicht auf Deutsch erschienen.

lehrte Jesuit Jean Hardouin, geboren am 23. Dezember 1646, der ein berühmter und umstrittener Gelehrter der lateinischen und griechischen Klassiker war. Der wagemutige Jesuit hatte keine Gelegenheit, seine Theorie publik zu machen. Einige kleinere Werke wurden in Amsterdam veröffentlicht, vielleicht ohne seine Zustimmung. Aufgrund der heftige Angriffe und Polemiken zwang die jesuitische Gemeinschaft Pater Hardouin aber zu einer Art Abschwörung und stoppte dann die Veröffentlichung seiner Werke. Der größte Teil verblieb also in einem handschriftlichen Stadium, in vielen Fällen schon bereit zum Druck. Hardouins handschriftliche Kodizes werden in der Nationalbibliothek in Paris aufbewahrt (Lateinische Manuskripte 12015, 8799, 8784, 6574, 6573, 3452, 3422, 2746, 1583 sowie 3647, 6216 und 6226A, aufgrund des schlechten Konservierungszustandes nicht einsehbar). Um es jedem interessierten Leser zu ermöglichen, sich ein direktes Bild von den provokativen Ideen Hardouins zu machen, ohne dass sie durch den Filter der Kritik gehen mussten, haben wir die Photographien der Manuskripte auf der Webseite http://www.attomelani.net/index.php/english/mysterium/hardouin-manuscripts/ zugänglich gemacht.

Bis jetzt hat niemand die Schriften Jean Hardouins gelesen, und während wir es taten, bemerkten wir, dass die moderne Wissenschaft von seinem Werk kaum Kenntnis genommen hat. Es sind nur einige kleinere gedruckte Werke Hardouins im Umlauf, vor allem ein postum veröffentlichtes Heftchen, *Ad censuram scriptorum veterorum prolegomena* (London 1766), eine rasche Synthese seines Denkens, die das Glück hatte, noch einmal in moderner Zeit zu Anfang des vorigen Jahrhunderts in englischer Sprache zu erscheinen. Das Original hingegen erschien vierzig Jahre nach Hardouins Tod. In dem anonymen Vorwort, das dem nunmehr verstorbenen Jesuiten ausdrücklich feindlich gesinnt ist, wird des Autors mit einem Sonett gedacht, das ihn als *credulitate puer, audacia juvenis, deliris senex* (»leichtgläubig wie ein Kind, dreist wie ein Bub, verwirrt wie ein Greis«) beschreibt. Es ist uns nicht gelungen, die Originalhandschrift der *Prolegomena* aufzutreiben, von der der anonyme Herausgeber behauptet, er habe sie in der gedruckten Ausgabe gewissenhaft befolgt. Es fehlt also nicht an Zweifeln über die Echtheit oder auch nur Vollständigkeit des Textes.

Heute wird Pater Hardouin allgemein als armer, irrer Paranoiker eingestuft. Ähnlich wie es in der Sowjetunion mit den abtrünnigen Intellektuellen geschehen ist, wurden seine Ideen nicht mit philologischen Argumenten widerlegt, sondern mit psychiatrischen. Gewiss wird ihm sowohl heute als auch zu seinen Lebzeiten eine unvergleichliche Bildung zugestanden (man erinnere sich an seine beispielhafte Ausgabe der *Historia Naturalis* von Plinius) und einen beachtenswerten Sachverstand auf dem Feld der Numismatik (Hardouin nutzte antike Münzen, um die literarischen Fälschungen zu entlarven). Im Allgemeinen werden seine Hypothesen aber ohne eine direkte Untersuchung abgetan. Man stützt sich höchstens auf die Argumente seiner Zeitgenossen – also auf die *Auctoritas* der Vorfahren, wie es die Geisteshaltung der vormodernen Gesellschaft wollte. Oder man behilft sich mit einer flüchtigen Lektüre der *Prolegomena*, deren handschriftliches Original aber seltsamerweise unauffindbar ist.

Keiner seiner Kritiker hat das Herzstück seines Werkes, die nicht publizierten Pariser Handschriften, gelesen. Doch Hardouins noch zu Lebzeiten veröffentlichte gedruckten Werke enthalten nur einige Leitideen. Der wagemutige Jesuit behauptete beispielsweise, dass die Werke der Antike vom stilistischen Standpunkt aus gesehen wenig glaubhaft seien (zum Beispiel Vergils *Aeneis*, die Hardouin schlechthin als plump und stark an die Abenteuerromane des Mittelalters angelehnt empfand); dass die abstrakten Doktrinen der Kirchenväter (Augustinus, Thomas von Aquin, Dominikus) und die endlosen, faden philosophischen und ketzerischen Moralschriften, die im Laufe der Jahrhunderte von den ökumenischen Konzilen (Konstantinopel, Ephesos, Nicäa, Chalcedon etc.) ausgeweidet worden waren, nichts anderes seien als Erfindungen skrupelloser Mönche, die daran interessiert gewesen seien, den christlichen Glauben zu verwässern und zu trüben. Hardouin fand schließlich heraus, dass viele der antiken Münzen gefälscht waren, um, so behauptete er, die ebenfalls gefälschten griechischen und lateinischen Klassiker zu bestätigen.

Die gewagte Behauptung, dass einige Konzile der katholischen Kirche nur historische, im Nachhinein konstruierte Täuschungen seien, ist in Wahrheit keine Erfindung Hardouins. Wie Naudé Atto Melani im Diskurs XCIII erinnert, hielt der Gräzist Leone Allacci, einer der Gelehrten, mit denen Bouchard in Kontakt stand, die Schriftstücke des berühmten achten Konzils von Konstantinopel für eine Täuschung und glaubte sogar, dass das Konzil selbst niemals stattgefunden habe. Eine Meinung, die auch der berühmte Humanist Antonio Possevino teilte (vgl. L. Canfora, *Il Fozio ritrovato; Juan de Mariana e André Schott*, Bari 2001, S. 79). Wie man sieht, den bizarren Ideen des Jesuiten Hardouin fehlte es nicht an illustren Vorgängern. Auch seine so befremdliche Idee von hochgelehrten, weltabgeschiedenen Klostergemeinschaften, die sich in großem Umfang dem schändlichen Werk der historischen und literarischen Fälschung widmeten, ist nicht völlig ohne Anhaltspunkte. Das im

5. Jahrhundert am Bosporus entstandene berühmte Kloster der Akoimeten (= die Schlaflosen) war von frommen Ordensmännern bevölkert, die sich Tag und Nacht im Gebet abwechselten, um dessen Kreislauf nie zu unterbrechen. Erst ab den 60er Jahren des vergangenen Jahrhunderts erkannte man, dass an dem frommen Ort der Meditation außer den liturgischen Gesängen auch noch Unmengen brillanter Fälschungen produziert worden waren. Zum Beispiel das Epistolarium des Isidor von Pelusium, das sich bei eingehenderer Untersuchung als eine riesige Collage aus Bruchstücken anderer schon bekannter Werke herausstellte, und Isidor selbst als ein literarisches Phantom, wie die erfundenen Autoren von Andrea Darmarios. In geschickter Bastelarbeit schufen die Mönche, aus Johannes Chrysostomos schöpfend, auch das Epistolarium (über 1000 Briefe!) des heiligen Nilus. Dieselbe Technik verwendeten sie, um verschiedenen Briefe des Basilius von Caesarea zu erstellen. Auch andere berühmte anonyme oder pseudonyme Schriften wie die Areopagitica und die Erotapokriseis des Pseudo-Kaisarios sind als Lügengebilde der Akoimeten-Mönche entlarvt worden, unter denen der berühmte und skrupellose antiochenische Patriarch Petrus einen Ehrenplatz einnimmt, Empfänger aber auch Verfasser zahlreicher phantasievoller Erfindungen auf theologischem Gebiet, deren – und das ist der beunruhigendste Aspekt – eigentlichen Zweck man noch immer nicht herausgefunden hat (vgl. Gerhard Müller, Schlagwort »Akoimeten« in: *Theologische Realenzyklopädie*, xxxiv, Tübingen 2002, S. 148–153). Bedenkenswert ist auch die Tatsache, dass einige dieser gewaltigen Fälschungen erst nach 1960 und später entdeckt wurden, also erst Jahrhunderte nach ihrer Entstehung.

Die Chiffre der Namen

Wie Pater Hardouin behauptet hat, existierten die Fälschermönche also tatsächlich. Aber abgesehen vom Dilemma Fälschungen/erfundene Geschichte, das man schon in den *Prolegomena* Hardouins entdecken kann, sind es die Pariser Handschriften des Jesuiten, in denen sich seine Leitmethode findet, die der Leser durch die Lektüre unseres Romans kennenlernen konnte.

Die Chiffre der Namen (der Begriff ist unsere Erfindung) ist die Geheimsprache, die Hardouin hinter den antiken lateinischen oder griechischen Texten aufgespürt zu haben glaubt. Eingenistet in die Überschriften und die Figuren der Dialoge von Platon verstecken sich, laut dieser Hypothese, andere Worte und Sätze mit Anspielungen auf Jesus, die bezeugen, dass die Dialoge erst nach dessen Tod und nicht, wie üblicherweise behauptet, drei Jahrhunderte zuvor verfasst wurden. Diese in den drei gelehrten Sprachen – Latein, Griechisch, Hebräisch – konzipierte und verfasste »Geheimsprache« sei, so Hardouin, nicht nur in den Dialogen Platons versteckt, sondern auch in Werken anderer, angeblich vorchristlicher Autoren: der großen lyrischen und tragischen Dichter (Aischylos, Sophokles, Euripides, Hesiod, Pindar, Aristophanes, Theokrit) sowie der lateinischen Poeten und Prosaiker (Cicero, Catull, Vergil, Martial). Alle seien von vorne bis hinten gefälscht, pure Erfindungen mittelalterlicher Mönche. Nach Hardouins Theorie spiegelt natürlich auch der Inhalt dieser versteckten Codes den Versuch wider, die christliche Botschaft zu verunreinigen und abzuwerten.

Eine aufwühlende These – oder vielleicht reiner Unsinn? Wie entscheidet man, ob sie auch nur in Teilen glaubhaft ist, ob sie wenigstens eine, wenn auch wackelige Grundlage besitzt?

Eine erste objektive Annäherung musste zunächst prüfen, ob die geheimnisvollen Sätze in dem dreisprachigen Code, die etwas über Jesus aussagen, aber von antiken, heidnischen Autoren geschrieben wurden, wirklich ausfindig gemacht werden konnten. Teils aus Neugierde, teils aus Abenteuerlust entschieden wir uns, diese Herausforderung anzunehmen. Was Latein und Griechisch betraf, konnten wir dank unserer schulischen und universitären Bildung ohne fremde Hilfe vorgehen. Für das Hebräische beauftragten wir zwei voneinander unabhängige Übersetzer in zwei unterschiedlichen Ländern, ohne ihnen etwas über den Zweck des Auftrags zu verraten.

Überraschenderweise bestätigte sich Hardouins Rekonstruktion: Wie die Leser anhand der wenigen Beispiele erfahren konnten, die wir aus dem umfangreichen, präzisen und äußerst komplexen Werk des Jesuiten entnommen (und zusammengefasst dargestellt) haben, scheinen hinter den Überschriften und den Figurenverzeichnissen des *Theaitetos* oder des *Parmenides* tatsächlich Sätze mit direktem Bezug auf das Evangelium hervorzutreten. Wir ergreifen an dieser Stelle die Gelegenheit, dem großen holländischen Hebraisten Ruben Verhasselt für die wertvolle Hilfe zu danken, die er uns freundlicherweise geleistet hat.

Hinweis für die Leser: Die Beispiele in Bouchards Aufzeichnungen stammen aus Hardouin, Lateinische Handschrift 6574, Nationalbibliothek Paris (vgl. auch den Link unter www.aufbau-verlag.de). Wer die Richtigkeit der Hardouinschen Methode überprüfen möchte, sollte also von dort ausgehen. In Hardouins Originalmanuskript werden die Formen auch in hebräischer Schrift wiedergegeben, wir haben sie um der besseren Lesbarkeit willen weggelassen.

Im griechischen Text Platons finden die hebräischen Wörter dank ihres Klangs hinter griechischen Buchstaben verborgen einen Platz (אוֹן »on« wird beispielsweise zu ων, oder יה »ja« wird ια geschrieben).

Wie bereits im Diskurs xcviii erklärt, gilt es, die in den griechischen Wörtern verborgenen hebräischen Wörter aufzustöbern, indem man zum Beispiel einfach transliteriert oder aus den griechischen Wörtern nur die Konsonanten nimmt, da das Hebräische eine Konsonantensprache ist, in der Vokale nicht geschrieben werden. Hat man hebräische Wörter erkannt, berücksichtigt man nur ihre Wurzel, das heißt, man lässt flexierte Formen weg (Konjugationen, Deklinationen usw.). Dann übersetzt man diese hebräischen Wörter ins Lateinische. Der lateinische Satz, der dabei entsteht, wird sich in der lateinischen Fassung der Bibel wiederfinden lassen, und manchmal finden sich sogar dieselben Wurzeln in der hebräischen Fassung der Bibel.

Die syntaktische Struktur des Satzes ist schließlich die eines lateinischen Satzes, der aber mit griechischen Buchstaben konstruiert ist. Der Mechanismus der Verschlüsselung dieser »geheimen Botschaften« ist im Wesentlichen der von Hardouin selbst erläuterte. Wir haben ihn zum Teil in Bouchards Aufzeichnungen wiedergegeben, die unsere Figuren finden, nachdem sie die Titel von Platons Werken gelesen haben. Nach einigem Nachdenken über Hardouins Interpretationen haben wir uns in aller Bescheidenheit erlaubt, gelegentlich in Nuancen von seinen Schlussfolgerungen abzuweichen.

Die Titel der platonischen Dialoge in Bouchards Notizen sind nur einige wenige der tausenden Beispiele, die Hardouin liefert. Es wäre vielleicht angebracht, (vor allem seitens derjenigen, die seine handschriftlichen Werke nicht mit der gebührenden Aufmerksamkeit gelesen haben) den Jesuitenpater vorübergehend von der Anklage, er habe unter Wahnvorstellungen gelitten, freizusprechen, bis weitere Nachprüfungen erfolgen.

Aber angesichts der ungehaltenen Reaktionen, die Hardouins Ideen auch heute noch in akademischen Kreisen hervorrufen, kann man leicht vorhersagen, dass eine ungetrübte und objektive Prüfung seiner Hypothesen wohl niemals stattfinden wird. Wie alle Verfechter extremer Thesen, die für die akademischen Festungen Unannehmlichkeiten bedeuten, ist Hardouin vermutlich dazu verdammt, ein *Paria* zu bleiben (der Ausdruck stammt von dem amerikanischen Wissenschaftler Anthony Grafton, auf den wir weiter unten noch zurückkommen werden).

Es ist aber interessant zu bemerken, dass seit vielen Jahren, ja seit Jahrhunderten zwischen einigen Gelehrten und Populärwissenschaftlern eine Debatte über Thesen stattfindet, die denen Hardouins ganz ähnlich sind, in einigen Fällen sogar noch brisanter – oder absurder, je nach Standpunkt –, und von der die Öffentlichkeit wenig oder gar nichts ahnt.

Die Frage liegt auf der Hand: Wenn Hardouins These stimmt, griechische und lateinische Literatur und Geschichtsschreibung also nur eine riesige Farce sind, müssten dann eventuell auch die Jahrhunderte, in denen die gefälschten historischen Begebenheiten stattfanden und in denen die von den Fälschermönchen erfundenen Poeten und Prosaiker lebten, aus dem Kalender gestrichen werden? Gibt es eine erfundene Zeit? Muss die Geschichte um das ein oder andere Jahrhundert gekürzt werden, vielleicht gleich um mehrere Jahrhunderte?

Die Idee, dass die Zeitrechnung stark »aufgepumpt« wurde, ist nicht neu. Faszinierend ist, dass es nicht nur weltfremde, einzelgängerische Gelehrte wie Jean Hardouin waren, die diese These aufbrachten und vertraten, sondern auch von der internationalen Wissenschaftsgemeinschaft hoch angesehene Astronomen und Mathematiker. In einigen Fällen handelte es sich sogar um eine Teamarbeit zwischen Spezialisten einer oder mehrerer Disziplinen. Die von den Medien allgemein ignorierte Debatte ist spannend und sehr komplex. Hier halten wir nur einige wesentliche Momente fest.

Isaac Newton (1643–1727) war davon überzeugt, dass ganze Jahrhunderte aus der Geschichte zu streichen seien, und schrieb darüber sein letztes, postum veröffentlichtes Buch: *The Chronology of Ancient Kingdoms Amended*, in dem er ein neues System zu entwickeln versuchte, das die traditionellen Zeitangaben der Griechen, Römer und Ägypter verwarf und der Chronologie Scaligers widersprach. Diesen beschuldigte er, zusammen mit seinem Nachfolger, dem Jesuiten Petavius, ganze Geschichtsepochen erfunden zu haben.

Im darauffolgenden Jahrhundert behauptete der Historiker **Edwin Johnson** (1842–1902), der englische Übersetzer von Hardouins *Prolegomena*, dass die Zeit vom 8. Jahrhundert n. Chr. bis zum 14. Jahrhundert n. Chr. zu streichen sei. Gewiss ist die Zeit vor der Mitte des 14. Jahrhunderts aufgrund der Pest von 1348, die zwei Drittel der gesamten europäischen Bevölkerung vernichtete, schwerer zu erforschen. Man kann jedoch sicher sein, dass die wenigen Überlebenden die Situation ausnutzten, um sich mit falschen Dokumenten die Besitztümer der zahlreichen verschwundenen Familien anzueignen. Es scheint sogar, dass die großen Namen des Kapitalismus, von den Fuggern in Deutschland bis zu den Odeschalchi in Italien, die bereits um 1350 als reiche Familien auftauchten, sich mit gerissenen Handstreichen zahlreiche Besitzurkunden aneigneten, die ohne Eigentümer geblieben waren (und ohne Notar, der die Originale der Dokumente verwahrt hätte ...).

Lange Zeit nahm man an, dass die ägyptische Geschichte als eine gute Grundlage für die Berechnung der Zeitalter anderer Kulturen dienen konnte. Gegen Ende des 19. Jahrhunderts stellte **Cecil Torr** (1857–1928) jedoch einige fundamentale Daten in Frage. Ihm widersprach **Flinders Petrie** (1853–1942), einer der Väter der modernen Archäologie, mit dem Torr eine Kontroverse über die Geschichte Ägyptens begann, die, wie wir sehen werden, bis heute noch nicht zu Ende geführt ist.

In Deutschland vertrat **Wilhelm Kammeier** (1889–1959) zwischen den beiden Weltkriegen die Theorie der *großen Aktion*, also einer ausgedehnten, von der römischen Kirche koordinierten Maßnahme zur Verfälschung der gesamten westlichen Kultur vom Mittelalter an – von den im Archiv des Vatikans aufbewahrten Papstregistern bis zu mittelalterlichen diplomatischen Dokumenten. Kammeier lebte in der DDR, wo er, laut seinem deutschen Verleger, an Armut und Hunger starb. Unbequeme Thesen haben keine Freunde.

In den USA konnte sich ab den 50er Jahren der Psychoanalytiker, jüdische Arzt und Freund Einsteins **Immanuel Velikovskij** (1895–1979) einen umstrittenen Ruf erobern. Er entwickelte auf der Grundlage einer recht persönlichen Lesart der Bibel sowie der Mythen und Zeugnisse verschiedener Kulturen eine Theorie der planetarischen Katastrophen, die eine zeitliche Neuordnung der Zivilisationen im Mittelmeerraum (Israel und Ägypten vorneweg) vorsah. Einige Jahre lang galt Velikovskij bei amerikanischen Universitäten und Akademien als *persona non grata* und wurde unverhohlen von der offiziellen Wissenschaft boykottiert, obwohl er, vor allem mit seinem berühmtesten Werk *Worlds in Collision*, New York 1950 große Publikumserfolge feierte und hohe Verkaufszahlen erzielte. Er starb vermutlich an Diabetes und Depressionen, der Folge einer fast kompletten Ausgrenzung aus den akademischen Kreisen.

In jüngerer Zeit vertritt der Deutsche **Heribert Illig** in einigen Büchern und zahlreichen gut dokumentierten wissenschaftlichen Beiträgen, die oft in Zusammenarbeit mit anderen Wissenschaftlern aus universitärem Umfeld entstanden sind, die Meinung, dass ein bestimmter Teil des Mittelalters (das 7., 8. und 9. Jahrhundert), der unerklärlich arm an historischen Ereignissen und archäologischen Überbleibseln, aber reich an gefälschten Dokumenten ist, nichts anderes als eine künstliche Ausdehnung der Zeit (*Phantomzeit*) darstellt, die das byzantinischen Reich zusammen mit dem Papsttum und dem westlichen Römischen Reich schuf, um die Geschichte und die Zählung der vergangenen Zeitalter auf einer günstigeren politisch-ideologischen Grundlage neu zu schreiben. Das Ergebnis wäre, dass einige historische Persönlichkeiten, die für sich schon wie romanhafte Gestalten erscheinen (z. B. Karl der Große, der im 9. Jahrhundert lebte), vollständig in das ihnen gemäße legendenhafte Umfeld zurückkehren, und wir uns heute im 18. statt im 21. Jahrhundert nach Christus befinden würden.

Von Illigs Forschungen angeregt, haben ihn weitere deutsche und Schweizer Wissenschaftler mittlerweile überholt und bezeichnen ihn sogar als konservativ. Der russische Mathematiker **Anatolij Fomenko,** ein hoch angesehener Wissenschaftler von internationalem Ruf und Mitglied der Akademie der Wissenschaften in Moskau, ist zu der Überzeugung gelangt, dass die Vergangenheit in dem Maße gekürzt werden müsse, dass die Geburt Jesu um das Jahr 1000 anzusetzen sei, und fegt so zehn Jahrhunderte Geschichte weg. Um zu dieser Schlussfolgerung zu gelangen, bemühte Fomenko, der ein ganzes Team von Wissenschaftlern koordiniert, diverse Disziplinen, von der Astronomie bis zur Statistik, von der Linguistik bis zur Interpretation der Hieroglyphen und antiker ägyptischer Horoskope. Fomenko veröffentlichte seine Arbeit von den Ausmaßen einer Encyclopädia Britannica größtenteils bei dem seriösen akademischen Verlag Kluwer und löste Verstimmungen und Polemiken in wissenschaftlichen Kreisen aus. Auf seinem Weg folgte er den Spuren seines Landsmannes **Nicolai Morozov** (1854–1946), der im stalinistischen Russland der 20er und 30er Jahre aktiv und Verfechter eines mehrere Jahrhunderte umfassenden Schnitts in der antiken und mittelalterlichen Geschichte war, weswegen er von den universitären Hierarchien des kommunistischen Russlands erbittert bekämpft wurde. Von Bedeutung war für Fomenko auch die Arbeit des amerikanischen Astronomen **Robert Newton** (1918–1991). In den 70er Jahren vermutete dieser amerikanische Wissenschaftler, dass eine unerklärliche Anomalie in der historischen Rekonstruktion der Mondbeschleunigung nur auf eine Weise erklärt werden konnte: indem man den *Almagest* von Ptolemäus, den berühmten ägyptischen Traktat zur Astronomie, dessen Tafeln die Bewegungen der Sterne und des Mondes beschreiben und das zahlreichen Gelehrten, einschließlich Scaliger, als Grundlage für die Berechnung der Vergangenheit diente, auf das Mittelalter datierte.

Vom *Almagest* spricht im Roman der Buchhändler Hardouin, wenn er im Diskurs LXXIII und folgenden daran erinnert, wie Ptolemäus das platonische Prinzip *sozèin ta fainòmena*, Rettung der Phänomene auf die Astronomie anwandte:

Er appellierte an die Bescheidenheit, die die menschliche Wissenschaft auszeichnen muss, und warnte davor, Göttliches und Menschliches miteinander zu vergleichen. Gott allein kennt das wahre Wesen der Dinge, der Mensch braucht nur ein Rechensystem, um natürliche Vorgänge seinen Zwecken dienstbar zu machen, mehr nicht.

Dieses Prinzip von Platon und Ptolemäus nahmen Papst Urban VIII. und Kardinal Bellarmino wieder auf, als sie versuchten, es Galileo Galilei verständlich zu machen (vgl. auch in den Anmerkungen das Kapitel über Galilei):

Hat Jesus Christus, so entgegnete Maffeo Barberini seinem Freund Galileo, uns nicht offenbart, dass Gott *abba*, also »Vater« oder »Papa« ist? *Abba*, mit diesem Namen riefen die kleinen Kinder zu Jesu Zeit ihren Vater. Jesus will uns damit sagen, dass der menschliche Geist, dessen Erkenntnisfähigkeiten er doch so hoch schätzte, die Wahrheit der Dinge nicht besser versteht als ein Kindchen. Das Klügste, was wir tun können, lieber Galileo, ist also, uns mit unbeweisbaren wissenschaftlichen Kenntnissen zu praktischen Zwecken abzufinden. Im Übrigen müssen wir dem Vater vertrauen, wie die Kinder in zartem Alter es tun.

Wenn Robert Newton Recht hatte, ist der *Almagest* von Ptolemäus neben Platons Dialogen also ein weiteres Werk, das als vorchristlich ausgegeben wurde, obwohl es erst in einer Zeit nach Christus verfasst worden war. Die Vaterschaft der »christlich-affinen« Thesen von Platon und Ptolemäus würde also den Evangelien zustehen, da sie früher verfasst wurden, und die Anschuldigung, das Christentum hätte sich bereits existierender Ideen bedient, müsste fallengelassen werden.

Fomenko meint stattdessen, dass die Berechnungen zur Mondbeschleunigung wieder aufgehen würden, wenn man die »überflüssigen Jahrhunderte« in der Zeitgeschichte streichen würde.

In der unerschöpflichen Diskussion mangelt es nicht an ausgezeichneten fachspezifischen Herangehensweisen. Der bulgarische Mathematiker **Jordan Tabov** bewies mit auf die Numismatik angewandten statistischen Untersuchungen, dass die Funde antiker Münzen in Bulgarien in starkem Gegensatz zur traditionellen Geschichtsschreibung stehen (insbesondere zeigt sich eine ungemeine Knappheit von Münzen aus den Jahrhunderten von Illigs »Phantomzeit«) und machte so den Weg zu der Hypothese frei, dass eine große Anzahl von Münzen mit falsch geprägtem Datum in Umlauf gebracht wurden. Aber von wem? Und aus welchem Grund?

In den 90er Jahren, fast ein Jahrhundert nach dem Duell zwischen Torr und Petrie, entbrannte in England erneut eine glühende Debatte um das Problem der ägyptischen Zeitrechnung, dieses Mal ausnahmsweise mit Fernsehbeiträgen der BBC und Debatten in Nachrichtensendungen. Die Kontroverse war von dem Buch *Centuries of Darkness* ausgelöst, das von einer Gruppe Spezialisten (den Archäologen I.J. Thorpe und **John Frankish**, dem Historiker **Nikos Kokkinos**, dem Ägyptologen **Robert Morkot**), angeführt von **Peter James**, der die Arbeiten koordinierte, verfasst wurde. Laut *Centuries of Darkness* ist die Zeitrechnung der Ägypter so überdehnt, dass sie einen Schnitt von circa zweieinhalb Jahrhunderten erfordern würde, was relativ präzise mit den Berechnungen von Isaac Newton übereinstimmt. Gegen die Gruppe um James stellte sich der Ägyptologe **Kenneth Kitchen**, der die Gegner als »junge Absolventen« und »Söhne von Velikovskij« anging, und ihnen dasselbe Ende wie ihrem Meister wünschte. Insbesondere griff Kitchen seine Gegner wegen ihres »irrationalen Hasses« auf Manetho an (dem griechischen Geschichtsschreiber, der von Pharaonen groß wie Elefanten erzählte). Kitchen musste es aber auch mit seinem Kollegen **David Rohl** aufnehmen, der dreieinhalb Jahrhunderte aus der Pharaonenzeit streichen wollte.

Das Rätsel um das Pharaonenreich wurde nicht gelöst: Obwohl man in den Schulen weiterhin die ägyptischen Dynastien unterrichtet, ist alles andere als klar, ob einige von ihnen überhaupt existierten und wie lange sie dauerten. Dass der Zeitrahmen des antiken Ägyptens sehr fragil ist, erkennen andererseits selbst die konservativsten Historiker an, ebenso wie es eine bekannte Tatsache ist, dass sich die antike Geschichte Chinas, Indiens und Japans im Wesentlichen auf legendenhafte Grundlagen stützt und uns keine zuverlässigen dokumentarischen Quellen überliefert hat. Darum scheint die Realisierung einer gemeinsamen Zeitrechnung mit diesen Völkern bis zum heutigen Tag eine Schimäre.

Hinzu kommt das Problem der Beziehungen zum Westen: Begibt man sich bei außereuropäischen Völkergruppen auf die Suche nach »jungfräulichen« Zeugnissen, riskiert man, auf Zeugnisse zu treffen, die aus den Erzählungen der Missionare »recycelt« sind.

Ein Beispiel für dieses Phänomen liefert uns Johannes Fried in *Der Schleier der Erinnerung*, München 2004, S. 208: Um 1870 verbrachte ein österreichischer Polizeikommissar die Abende auf seinem Weingut in Szegedin, Un-

garn, damit, den volkstümlichen Erzählungen der Tagelöhner zuzuhören.
Eines Abends waren es die Arbeiter, die ihn aufforderten, eine Geschichte zu erzählen, und so hörten sie zum ersten Mal die Legende von Troja: die Geschichte von einem gut zehn Jahre andauernden Krieg, mit großen und unvergesslichen Schlachten, und dem Apfel der Helena, dem epischen Duell zwischen Hektor und dem unbesiegbaren Achilles ... Im Jahr danach, als er die Tagelöhner erneut traf, bat der Kommissar sie, wieder eine Geschichte zum Besten zu geben. Sie erzählten ihm eine uralte Legende von einem gut zehn Jahre andauernden Krieg zwischen Ungarn und Türken, mit großen und unvergesslichen Schlachten, in denen das ungarische Heer von einem gefeierten Helden angeführt wurde, dem unbesiegbaren Á g Illés ...

Fazit: Der kanadische Mathematiker **Florin Diacu**, Fachmann für Astrodynamik, untersuchte detailliert (*The Lost Millenium: history's timetables under siege*, Toronto 2005) die Theorie Fomenkos und die Beweggründe seiner Verleumder, und erklärte das Match im Wesentlichen für unentschieden: Obwohl Fomenko einige offensichtliche Fehler und Ungenauigkeiten begangen habe, so sagt Diacu, gebe es gute Gründe, seine Thesen weiterhin zu diskutieren und zu überprüfen, ob sie zu glaubhaften Schlussfolgerungen führen können.

Hatte der Korsar Kemal vielleicht Recht, als er sagte, dass die Nazarener, sobald sie etwas Falsches finden, alles tun, um es wahr erscheinen zu lassen?

Ideologische Reinheit

Der Widerstand gegen die alternativen Theorien über die historische Zeit (heute werden sie kollektiv als »kritische Chronologie« bezeichnet) beruht auch auf der Tatsache, dass viele ihrer Verfechter in nicht immer politisch korrekten ideologischen Kontexten tätig waren (oder sind). Kammeier veröffentlichte seine Werke im nationalsozialistischen Deutschland. Fomenko bekam Unterstützung durch das Regime Putins, das in einigen Beigaben seiner Thesen (die historische Aufwertung der slawischen Bevölkerung) Material für eine kulturelle Operation unter nationalistischem Vorzeichen gefunden hatte. Aufgrund solcher Betrachtungen erlag man der Versuchung, aus den Kritikern Scaligers und der traditionellen Zeitrechnung eine verachtete Masse aus *Paria*, den »Unberührbaren« der niedrigsten indischen Kaste, zu machen, die zu isolieren und totzuschweigen sind.

Aber die ideologische Diskriminierung könnte auch in die entgegengesetzte Richtung funktionieren. Nach dem Krieg mangelte es in Deutschland einem Großteil der »orthodoxen« akademischen Schicht, Überlebenden einer jahrelangen Treue zum Hitlerregime, an einer akzeptablen Ahnentafel, und das noch bis vor kurzer Zeit.

Dazu, insbesondere was die Geschichte und die klassischen Disziplinen angeht, der hervorragende Beitrag von Katharina Krall, *Ein Vergleich der Schriften von Herbert Jankuhn und Hans Reinerth zwischen 1933 und 1939* (Abschlussarbeit in Geschichtswissenschaften an der Universität Konstanz 2005). Es existieren aufschlussreiche Beispiele, wie der Fall des Akademikers Herbert Jankuhn, eines engen Mitarbeiters von Heinrich Himmler, der sich aktiv am Kunstraub durch das Militär beteiligte. Jankuhn spielte sowohl vor als auch nach dem Krieg eine Schlüsselrolle in den Studien zu Tacitus und der Vorgeschichte Deutschlands und konnte ungestört unter dem Schutzschirm der angesehenen Universität Göttingen arbeiten. Jankuhn und andere profitierten von einem Netzwerk, das größtenteils aus alten Anhängern der von Himmler gegründeten ideologisch-kulturellen Organisation *Ahnenerbe* bestand und das imstande war, alle ehemaligen nationalsozialistischen Dozenten zu unterstützen. An den deutschen Universitäten muss also, wie Krall schreibt, »die Entnazifizierung [...] im Fall der Ur- und Frühgeschichte eher als gescheitert angesehen werden«.

Wie wir schon in den historischen Anmerkungen zu unserem Roman *Die Zweifel des Salai* (Hamburg 2008) festgehalten haben, sind die Namen der ehemaligen Soldaten Jankuhns und anderer ehemaliger Nazis seit langer Zeit bekannt: eine ganze Liste von Historikern und Juristen, die während des Hitlerregimes eine führende Rolle gespielt hatten und sich dafür einsetzten, ihren Kollegen Zutritt zu wichtigen Institutionen zu verschaffen (vgl. auch U. Halle, *Die Externsteine sind bis auf weiteres germanisch! Prähistorische Archäologie im Dritten Reich*, Bielefeld 2002).

Ein Vergleich der ideologischen Reinheit kann also für die Vertreter der anerkannten akademischen Gemeinschaft verfänglicher sein als für die *Paria* der »kritischen Zeitrechnung«.

Nichtsdestotrotz ist auch Illig Opfer einer öffentlichen *damnatio memoriae* geworden: Intellektuelle wie Wilhelm Borgolte und Erich Fried, die sich offen gegen Illigs Thesen aussprachen, drängten Medien und Spezialisten, nicht mehr über ihn und seine Forschung (die in Deutschland ein beträchtliches Echo hervorgerufen hatte) zu berichten, da die Diskussion ihrem Urteil nach mittlerweile beendet sei. Dieser Vorfall bestätigt, dass das *Establishment* der deutschen Akademiker, wie in den oben angeführten historischen Beispielen gezeigt, nicht nur ganze Scharen vom Nationalsozialismus befleckter Professoren, sondern auch eine tief sitzende Tendenz zu Intoleranz und Schwarzen Listen geerbt hat.

Der Präzedenzfall Jean Hardouin, der von seinen Vorgesetzten zum Schweigen gebracht wurde, ist bezeichnend für die Nervosität, die die Frage der Zeit und der Zeitrechnung in vielen, nicht nur akademischen Kreisen auslöst; vielleicht auch nicht zu Unrecht.

Auf der Jagd nach dem Schuldigen

Wenn die Verfechter der kritischen Chronologie tatsächlich Recht haben und die Geschichte künstlich um ein paar Jahrhunderte verlängert wurde, wer steckt dann dahinter? Literarische Werke, diplomatische Dokumente, Geschichtsbücher, Chronologien, antike Kodizes und vielleicht Papyri, sogar Marmorinschriften: Wer hätte daran ein Interesse gehabt, so viele Zeugnisse der Vergangenheit zu fälschen? Die Frage lässt Fans von Verschwörungstheorien natürlich das Wasser im Mund zusammenlaufen, doch derartige Theorien verlangen nicht weniger Glauben und Naivität als die Abgötter, die sie stürzen sollen.

Es ist aber zum Beispiel eine Tatsache, dass in Ländern wie Spanien das Problem der gefälschten Inschriften so schwerwiegend ist, dass es eine sehr intensive wissenschaftliche Herangehensweise erforderte, und nicht einmal diese war ausreichend. Wie die Gelehrten zugeben, sind die Fälscher in vielen Fällen zu so »brillanten Ergebnissen« gekommen, dass »viele von ihnen vielleicht niemals von der Kritik aufgespürt werden. Die Entstehung der Epigraphie als Wissenschaft hatte dieses Problem der Klärung von Fälschungen schon in ihren Anfängen, und es ist immer noch nicht gelöst« (M. Mayer, *La técnica de producción de falsos epigráficos a través de algunos exemplares de CIL II*, in:»Excerpta philologica«, 1/2 (1991), S. 491–499; vgl. allgemein J. Velaza, *Sobre algunos aspectos de la falsificación en epigrafía ibérica*, in: »Fortunatae«, 3 (1992), S. 315–325).

Jede Theorie hat ihre mehr oder weniger verschwörerischen Antworten parat. Es gibt diejenigen, die pauschal die Kirche beschuldigen, die einzige Institution, die über Jahrhunderte flächendeckend in jeder Ecke der bekannten Welt präsent und daher zu einer Fälschung in dieser Größenordnung fähig war; andere dagegen erklären alles mit einem riesigen Missverständnis bei der Übermittlung der historischen Daten. (Fomenka denkt an die irrtümliche Verdoppelung der Herrscherdynastien, die weitere Reihen frei erfundener

Kaiser und Könige hervorgebracht hatten); Hardouin gab die Schuld einer Gruppe von mittelalterlichen Mönchen, unterstellte ihnen aber anti-christliche Ziele.

So gesehen ist der Jesuitenpater der ungewöhnliche Schnittpunkt zweier einander widerstreitender Ansichten: derjenigen, die in einem Teil der kirchlichen Hierarchie die Schuldigen einer geheimen Manipulation der Geschichte erblickt (eine Richtung, die in den letzten Jahren in zahlreichen Trash-Romanen anzutreffen ist), und der zweiten, die in der Fälschung und künstlichen Ausdehnung der Zeitgeschichte eine Strategie sieht, die den Menschen von Christus entfernen soll (eine These, die einigen radikalen Katholiken Genugtuung bereiten würde, ausgenommen vielleicht die Verbannung der Kirchenväter aus dem Panorama der Glaubenslehre). Wenn Fomenko Recht hatte, wäre die Fleischwerdung Christi gut tausend Jahre von uns weggerückt, mit dem unausweichlichen Effekt, dass sich die Figur des Erlösers wesentlich verschwommener darstellt.

Alle oben erwähnten Theorien können auch sehr weit hergeholt erscheinen, und dies ist normal, denn sie widersprechen jahrhundertealten Dogmen und Errungenschaften. Es ist eine gesunde Verstandesübung, wenn man neuen Theorien mit Misstrauen und Skepsis begegnet. Aber genau das geschah mit der antiken Geschichte und Joseph Scaliger nicht.

Die unwahrscheinlichen Begebenheiten in den Berichten der antiken Geschichtsschreiber, die unsere Figuren in Bouchards Aufzeichnungen lesen, müssten dazu auffordern, diesen Verfassern und ihren Quellen mit der allergrößten Vorsicht zu begegnen. Seit ihrer Entstehung in der Renaissance zieht die Philologie es jedoch vor, die antiken Geschichtsschreiber a priori als wahrheitsgetreu anzusehen, als grundsätzlich glaubwürdig, solange keine hieb- und stichfest begründeten Zweifel vorliegen. Die überaus große Zahl an offensichtlichen Erfindungen, die diese Autoren verbreiten und von denen wir in unserem Buch nur einen winzigen Bruchteil gezeigt haben, reicht jedoch aus, um eine gegenteilige Taktik nahezulegen: die antiken Geschichtsschreiber bis zum Beweis des Gegenteils immer als unglaubwürdig zu betrachten.

Bei näherem Hinsehen sind es vor allem die Schulen und Universitäten, also die kulturellen Bildungseinrichtungen aller modernen Gesellschaften, denen aus dieser ungesunden Haltung Schaden erwuchs. Seit Jahrhunderten werden griechische und lateinische Klassiker, in erster Linie die antiken Historiker, ohne jegliches Gegenmittel rezipiert, und den Studierenden wird die mühsame Aufgabe überlassen, reale Geschichte von Märchen zu trennen.

Dem armen Studenten, der nachmittags in den Straßen die Denkmäler der morgens in der Schule gepaukten Literaten sieht, würde nicht im Traum einfallen, dass es sich bei ihnen manchmal um reine Phantasiegebilde handelt. Und doch ist es so. Die Namen der Autoren aus den Aufzeichnungen Bouchards, die in Lehrbüchern und wissenschaftlichen Texten stehen, aber niemals existiert haben, sind selbstverständlich nicht unsere Erfindung. Wie Otto Kresten in seinen umfangreichen Arbeiten gezeigt hat (vgl. Bibliographie), sind die Fälle von griechischen Prosaikern, die es in die Lehrbücher schafften und sich dann als Ergebnis einer Fälschung herausstellten, zahlreich: erfundene Werke, fiktive Titel, inexistente Verfasser. Bis zu ihrer Entlarvung wurden über diese Phantomautoren Berge von Literatur geschrieben, und Studenten legten an den Universitäten Prüfungen über sie ab.

Die Fälscher und Synkellos

Das tatsächliche Ausmaß der Erfindungen griechischer Fälscher des 15. Jahrhunderts, wie Andreas Darmarios, Jakob Diassorinos, Costantinos Paleocapa oder Angelus Vergetius, ist nicht bekannt. Es ist nicht klar, wie weit sie gegangen sind, wie viele und welche Werke noch Frucht ihres »kreativen« Talents sein könnten. Wichtig ist festzuhalten, dass diese regelrechten Fälscherbanden ungestört durch das Europa des 16. Jahrhunderts zogen, also gerade in einer Zeit, in der man bedeutende Handschriftenfunde machte, die dann in die gedruckten Editionen vieler Autoren mündeten. Die Schreiberlinge waren so versiert, dass sie drei verschiedene Stile gleichzeitig verwenden konnten und sich damit schwer »aufspürbar« machten (vgl. N.G. Wilson, *A puzzle in stemmatic theory solved*, in: »Revue d'histoire des textes«, IV (1974), S. 139–142). Trotz des schlechten Rufs, der Andreas Darmarios umgab, nutzten die angesehensten Gelehrten seiner Zeit, wie Casaubon, Augustín, Schott und andere, seelenruhig seine Dienste. Die von Diassorinos im 16. Jahrhundert koordinierten Fälscher katalogisierten den großen Fundus der griechischen Handschriften in der Nationalbibliothek zu Paris: Also könnten die später erstellten Kataloge wer weiß wie viele falsche oder irreführende Angaben (und Werke) geerbt haben. Außerdem darf nicht vergessen werden, dass diese geschickten Fälscher massiv im Bereich der byzantinischen Chroniken operierten, ausgerechnet der Richtung, der die Chronik von Synkellos angehört. Dessen wichtigste Handschrift, die auch als einzige die Geschichte vom Ursprung der Welt enthält, wurde wahrscheinlich nicht zufällig unter äußerst fragwürdigen Umständen von Isaac Casaubon aufgespürt.

Casaubon entdeckte den Synkellos nämlich in der königlichen Bibliothek zu Paris, kurz nachdem er eine dringliche Nachfrage von Scaliger erhalten hatte, der auf der Suche nach »frischen« historischen Quellen für die Fertigstellung seiner zweiten Arbeit zur Chronologie, dem *Thesaurus Temporum*, war. Die beiden offiziell auf das elfte Jahrhundert datierten antiken Handschriften von Synkellos wurden unter nicht ganz geklärten Umständen nach einem seltsamen Winterschlaf von etwa fünfhundert Jahren wiedergefunden – die erste von Casaubon zu Beginn des 17. Jahrhunderts, die zweite im Laufe desselben Jahrhunderts.

Die Verrenkungen der Philologie

In Wahrheit geht die moderne Kritik viel nachlässiger als das 16. Jahrhundert mit dem Begriff der Fälschung um. Nicht alles, was vom gesunden Menschenverstand abgelehnt wird, wird auch von der Philologie verworfen. Hat sie eine schwer zu verteidigende Schrift vor sich, greift sie auf das zurück, was Luciano Canfora »Verrenkungen« nennt. Ein typisches Beispiel ist das der sogenannten Enmannschen Kaisergeschichte. Gegen Ende des 14. Jahrhunderts bemerkte der deutsche Historiker Alexander Enmann, dass zwei Geschichten Roms, die von Aurelius Victor und die von Eutropius, viele auffällige Elemente gemeinsam hatten, darunter bemerkenswerte Einschätzungen, aber auch grobe Irrtümer. Es schien offensichtlich, dass Aurelius Victor von Eutropius abgeschrieben hatte – was aber nicht möglich war, da die Schriften von Eutropius jüngeren Datums waren. Man hätte daraus schließen können und müssen, dass eine Fälschung stattgefunden hatte. Dass beispielsweise die Werke nicht zu dem Zeitpunkt verfasst worden waren, der aus den historischen Quellen hervorging, oder dass eines der beiden nicht echt war. Eine Alarmglocke hätte spätestens schrillen müssen, als bekannt wurde, dass sich Teile des bei Eutropius und Aurelius Victor eingeflossenen Materials auch in der *Historia Augusta*, einem bekannten Falsifikat des späten Römischen Reiches, finden ließen.

Was tat Enmann stattdessen? Er erklärte die Ähnlichkeiten bei Eutropius und Aurelius Victor, indem er eine noch ältere gemeinsame Quelle erfand, eine dritte Chronik der römischen Imperatoren, auf die beide Verfasser angeblich zurückgegriffen hatten. Damit waren die Ähnlichkeiten zwischen Aurelius und Eutropius erklärt und die Authentizität der beiden bewahrt. Einziger Schönheitsfleck dieser Methode: die hypothetische gemeinsame Quelle (eben die »Enmannsche Kaiserchronik«) *wurde niemals entdeckt, und weder durch Funde von Fragmenten belegt noch von irgendeinem lateinischen Autor zitiert.* In wenigen Worten: Um ein konkretes Phänomen zu erklären (Widersprüchlichkeiten in den Überlieferungen zweier Autoren und Verdacht auf Fälschung oder Verunreinigung der historischen Daten), behalf man sich mit einem abstrakten Pseudophänomen.

Auf dieser unhaltbaren Grundannahme baute man weiter auf und gab Hypothesen häufig den Wert (oder zumindest den Anklang) von sichergestellten Tatsachen. Legionen von Historikern behaupteten fortan jeweils, dass die Enmannsche Kaiserchronik die Erzählung von der Schlacht bei Actium (31. v. Chr.) enthalte; dass sie die Ereignisse bis 337 oder 357 n. Chr. beschreibe; dass sie um die Mitte des 4. Jahrhunderts veröffentlicht wurde; dass drei verschiedene Fassungen von ihr existierten; dass sie Teil einer viel umfangreicheren Ausgabe war, die die gesamte Geschichte Roms enthielt; dass der Verfasser kein Christ war und aus dem Westen des Reiches stammte, sogar ein Gallier war, um genau zu sein; und dass die Chronik auch von den Geschichtsschreibern Ammianus Marcellinus und Rufius Festus benutzt wurde. Man ging sogar so weit, detailliert die innere Struktur der in Enmanns erfundener Erzählung enthaltenen römischen Kaiserbiographien zu beschreiben und zu behaupten, dass sie im 3. Jahrhundert die beliebteste der Geschichten Roms war (gerade dann ist schwer nachzuvollziehen, warum ausgerechnet sie verlorenging und andere, weniger beliebte Geschichtsschreibungen nicht).

Schließlich behaupteten einige Philologen sogar, dass ihr Verfasser ein gewisser Eusebius von Nantes war, von dem nichts bekannt ist, außer dass er ein (verlorenes) Geschichtswerk schrieb, dass (vielleicht) der spätrömische Dichter Ausonius nutzte, um eines seiner (verlorenen) Werke zu schreiben. Von Eusonius sagt man, dass er (vielleicht) Gallier und gebürtig aus Nantes war, dass er (vielleicht) mit Ausonius verwandt war und sein Werk (vielleicht) die Geschichte der Usurpatoren, der Tyrannen, die im Rom des 3. Jahrhunderts auftauchten, enthielt. Aber vielleicht war Eusebius von Nantes auch niemand anderes als der berühmte Geschichtsschreiber Euesbios, der ein (verlorenes) Geschichtswerk verfasst hatte, das (vielleicht) die Zeit von Kaiser Augustus bis (vielleicht) zum Kaiser Marcus Aurelius Carus schildert.

Diese nebulösen Konstellationen, in denen sich Vermutungen auf andere Vermutungen stützen, sind das täglich Brot der Philologie. Dies wäre nach allem sogar legitim – wenn sie sie nicht als Wahrheiten ausgegeben würden. Der linguistische Aspekt ist entscheidend: Wenn der normale Leser liest, ein Argument sei »nachgewiesen«, »belegt«, »widerlegt« oder »ausgeschlossen«, wird er dazu gebracht zu glauben, dass neue Beweise bezüglich der Echtheit der Dokumente vorgestellt werden. Stattdessen handelt es sich nur um *Meinungen* oder *Schlussfolgerungen*, die an die Stelle anderer Meinungen und Schlussfolgerungen getreten sind. Einige Experten behaupteten beispielsweise, dass es neben der Enmannschen Chronik eine weitere, von Svetonio Aumentato geschriebe Chronik gegeben hätte. Später verlor auch diese Theorie an Glaubwürdigkeit, da, so die philologischen Texte, »nachgewiesen« worden sei, dass Svetonio Aumentato eigentlich den ersten Teil der Enmannschen Chronik darstelle (W. Burgess, *On the date of the Kaisergeschichte*, in: »Classical Philology«, 2 (1995), S. 112). Tatsächlich war aber nichts bewiesen worden, da sowohl die Enmannsche Kaisergeschichte als auch Svetonio Aumentato nur virtuelle Konstrukte sind, die keiner je zu Gesicht bekommen hat und vermutlich auch keiner je zu Gesicht bekommen wird. Mit dem suggestiven Ausdruck »nachgewiesen« wurde der Leser dazu gebracht zu glauben, dass es *neue Tatsachen* gäbe (Entdeckung neuer Dokumente, Entlarvung von Fälschungen, archäologische Funde …), um eine Chronik Svetonio Aumentatos auszuschließen. Stattdessen gab es nur neue *Interpretationen*, die im engen Kreis der Spezialisten zu einem bestimmten Zeitpunkt die Oberhand gewannen.

Einmal in die popularisierenden Institutionen der Schulen, Universitäten, Ausstellungen, Zeitungen, des Fernsehens und des Internets gelangt, werden die Zettelkästen der Philologen als Festungen der Wahrheit ausgegeben. Die Geschichte der Bibliothek von Alexandria, des ägyptischen Nationalstolzes, deren Ruinen und Handschriften nie gesehen wurden, ist ein eklatanter Fall.

Wenn es anders wäre, wäre es für die Institute der Universitäten natürlich sehr schwer, öffentliche und private Gelder für die wissenschaftliche Forschung herauszuschlagen. Auch das muss verstanden werden.

Doch wer von uns hätte damals, als wir es in der Schule behandelten, geahnt, dass das Gastmahl des Trimalchio nicht das Werk eines gewissen Petronius sein könnte (vgl. das dem *Satyricon* gewidmete Kapitel), ja dass, als es entdeckt wurde, sofort auf mehreren Seiten laut der Vorwurf einer groben Fälschung erhoben wurde? Obwohl unsere Lehrer uns sagten, die Philologie rege den kritischen Sinn an, hat uns niemand vor ihren Fallen gewarnt.

Geschichte und Fiktion

Auch wenn der enge Kreis der Spezialisten es für sich behält, wissen selbst die »orthodoxen« Philologen, (und nicht nur die Erneuer der »kritischen Chronologie«) sehr wohl, wie verwickelt, umfassend und brisant das Problem des Unterschieds zwischen Fiktion und antiker Geschichte und der Trennung von Wahrem und Falschem seit jeher ist. In der uralten Debatte mag es hilfreich sein, hier eine jüngere Stellungnahme anzuführen.

Glen Bowersock, Dozent am renommierten Institute for Advanced Study in Princeton, stellte die Situation deutlich dar (*Fiction as History: Nero to Julian*, London 1994, S. 14): »Für jede konsequente und überzeugende Interpretation des Römischen Reichs stellt sich klar heraus, dass die erfundene Literatur als Teil seiner Geschichte anzusehen ist. Für die Antike wäre dies keine sonderlich überraschende These gewesen, da sie nur eine ungenaue Unterscheidung zwischen Geschichte und Mythos machte und nach Cicero die Geschichte als *opus oratorimu* – als ein rhetorisches Werk ansahen [...] In den erdichteten Erzählungen gab es ebenso viel Wahrheiten und Unwahrheiten wie in der Geschichte selbst.« Und weiter (ebd. S. 11): »Homer, Herodot, Ktesias, Xenophon [...] und viele andere fesselnde, aber absolut unglaubwürdige Erzähler waren der Antike über Jahrhunderte sehr vertraut.« Aber trotz der Proteste derjenigen, die »ihre Wahrhaftigkeit verteidigten, indem sie die Absurdität der griechischen Erzählungen anklagten, schien die Erfindung kein Problem darzustellen. Im ersten Jahrhundert konnte Cicero Herodot ruhig zum Vater der Geschichtsschreibung ausrufen, um ihn dann als Erfinder zahlreicher phantastischer Erzählungen anzuprangern. Die Geschichte war einfach zur Handlung geworden – zu dem, was passiert war und dem, wovon man sagte, es sei passiert.«

Wie man sieht, hat die moderne Philologie die Überlagerung von Geschichte und Mythos durchaus zur Kenntnis genommen. Von der Fiktion trennen uns keine klaren Grenzen, und es wird auch nie anders sein können. Grob gesagt: Wie sind in keiner Weise verpflichtet, der antiken Geschichte zu glauben.

Man beachte, dass es sich bei Bowersock nicht um einen isolierten Provokateur handelt, sondern dass er ein anerkannter Vertreter des philologischen Establishment ist, der weder durch unorthodoxe oder revolutionäre Thesen auf sich aufmerksam gemacht noch Kontroversen ausgelöst hat.

Was die griechische Geschichte angeht, sollte jeder das schmale, aber reichhaltige Büchlein von Luciano Canfora lesen, *Prima lezione di storia greca*

(Rom-Bari 2000), in dem der angesehene italienische Gräzist, ohne destruktive Thesen aufzustellen, die unüberwindlichen Grenzen bei der historischen Rekonstruktion der griechischen Antike darlegt (fragmentarischer Charakter der Überlieferung, lügenhafte Berichte der Geschichtsschreiber, unzuverlässiger, akritischer Gebrauch der Quellen, unzählige falsche Handschriften und Inschriften, verschwundene Archive). Hier ein Zitat (S. 35) voll subtiler Ironie: »Wir sehen, wie reichlich Aristoteles und seine Mitarbeiter auf Dokumente zurückgriffen. Und dasselbe kann man von Plutarch sagen, von dem uns zum Glück viel überliefert ist. Sicher, auch sie schossen mal einen Bock. Manchmal fragen wir uns, ob die Fabrik der Fälschungen nicht auch sie getäuscht hat. Und es ist verblüffend zu sehen, dass Aristoteles zwei lange Schriftstücke übertrug – die zwei »Verfassungen der Vierhundert«, die »für die Gegenwart« und die »für die Zukunft« – von denen niemand beschwören würde, dass sie jemals existiert haben.«

Wenn wir den Schätzungen Felix Jacobys vertrauen wollen, der über neunhundert Namen griechischer Geschichtsschreiber zählt, fügt Canfora hinzu, ist uns vielleicht ein Vierzigstel des von hellenistischen Geschichtsschreibern produzierten Materials (S. 34) überliefert. Tatsächlich hat niemand eine Vorstellung davon, was die alten Griechen wirklich geschrieben haben.

So haben wir eine paradoxe Situation: Die Geschichtswerke der Antike müssen als authentisch gelten und werden in Schulen und Universitäten gelehrt, gleichzeitig könnten sie aber ebenso gut Frucht reiner Phantasie, abenteuerlicher Mutmaßungen und fataler ideologisch-historischer Kurzschlüsse sein. Diejenigen, die unsere vermeintliche Vergangenheit für politische Zwecke instrumentalisieren, machen ungestört weiter. Und im Laufe der Jahrhunderte folgten sie zu Hunderten aufeinander (darauf spielt auch Canfora an, S. 86 ff.): von der protestantischen Revolution, die eine große Anhängerin von Tacitus war, bis zur Französischen Revolution, inspiriert vom protojakobinischen Mythos des phantomartigen Lykurg, von den Seufzern Rousseaus angesichts des Mythos der Attischen Demokratie (in Wirklichkeit größtenteils von der Sklaverei getragen) bis zur Monstrosität des Hitlerregimes, in dem die willkommene Wiederentdeckung der edlen Ursprünge der Germanen und ihres »nicht mit anderen Völkern« gemischten Bluts sich (Ironie des Schicksals?) auf die Worte Tacitus stützte. Für die ziemlich heikle Frage des Tacitus-Deutschlands verweisen wir auf unseren Roman *Die Zweifel des Salai* (Hamburg 2008).

Auch wenn sie heute rückläufig ist, geht die an den Schulen erzwungene Lehre der Antike auf Kosten der Verständlichkeit des Studienfachs. In den

Schulbüchern für den Lateinunterricht am Gymnasium, die wir im Italien der 80er Jahre benutzten, waren viele Seiten dem *Satyricon* des Petronius, dieser waschechten Schwulenkomödie, gewidmet, doch kein einziges Mal tauchten Worte wie »homosexuell« oder »impotent« auf, ebenso wenig wie sie über die Lippen unserer Lehrer kamen – Sinn und Natur dieses Romans blieben so vollkommen im Dunkeln.

Gerissene Mönche und leichtgläubige Nachwelt

Die Nachwelt in die Irre zu führen schien vornehmlich eine Teamarbeit zu sein. Dies lässt sich nicht nur aus dem Werk der griechischen Fälscherbanden des 16. Jahrhunderts um Darmarios oder Diassorinos, sondern auch bei den Mönchen schließen, die gemeinsam im Mittelalter tätig waren (hier kehrt man seltsamerweise zu den eigenwilligen Thesen von Hardouin und Kammeier zurück). Wir ließen Bouchard in seinen qualvollen Aufzeichnungen auf ein mittlerweile berühmtes Beispiel hinweisen: die Fälschungen der Mönche des Klosters Reichenau. Das alte, wunderschön auf einer kleinen Insel im Bodensee gelegene Kloster stand in enger Verbindung zu den benachbarten Mönchen aus St. Gallen, wo Poggio Bracciolini vorgab, seine erstaunlichen Funde gemacht zu haben. Karl Brandi, ein großer deutscher Historiker des 19. Jahrhunderts, rekonstruierte die verblüffende Geschichte des Klosters Reichenau (*Quellen und Forschungen zur Geschichte der Abtei Reichenau*, Band I: *Die Reichenauer Urkundenfälschungen*, Heidelberg 1890): Die Mönche produzierten über Jahrhunderte ein ganzes Universum an Fälschungen politisch-administrativer Art (Verträge, Diplome, Freibriefe), die ein regelrechtes Gebäude bilden, in dem jedes Schriftstück dazu dient, die anderen zu stützen. Brandi schreibt (ebd. S. V): »[…] erst eine umfassende kritische Prüfung der Fälschungen selbst kann aus ihnen die echten Kerne ausschälen […]. Ohne diese Arbeit ist von der Gründung der Reichenau bis etwa 1200 kein fester Boden zu gewinnen, eine Geschichte der Reichenau in dieser Zeit unmöglich.«

Die Sache ist voller beunruhigender Details: Um die Mitte des 14. Jahrhunderts soll Abt Eberhard von Brandis aus unbekannten Gründen einen Großteil der schriftlichen Dokumente des Klosters zerstört haben, sodass der Komplex von Reichenaus grenzenlosen Besitztümern aus den vorangegangenen Jahrhunderten nicht mehr rekonstruierbar ist. Vielleicht hatte Eberhard etwas zu verbergen? Vielleicht wurde in den Schriftstücken etwas von Reichenaus Vergangenheit erzählt, was nicht den tatsächlichen Gegebenheiten entsprach, und er erfand deswegen die Geschichte ihrer folgenschweren Zerstörung. Wie wir schon erwähnten, wurden just um die Mitte des 14. Jahrhunderts zwei Drittel der Bevölkerung Europas von der schwarzen Pest ausgelöscht. Was davor geschehen war, musste zwangsläufig durch den Filter der wenigen Überlebenden gehen, die oft genug ein großes Interesse daran hatten, die Vergangenheit zu verbiegen.

Die Historiker scheinen die Geschichte nicht ernsthaft zu hinterfragen, stattdessen fordern sie uns auf, der offiziellen Version der Ereignisse Glauben zu schenken. Sogar moderne Fachbücher, die ausführlich die Geschichten Reichenaus und St. Gallens behandeln, sind sorgfältig bedacht, niemals das Wort »Fälschung« zu verwenden (vgl. *Gebhardt-Handbuch der deutschen Geschichte*, hrsg. v. R. Schieffer, Stuttgart 2001). Die Wahrheit aber ist, dass in fast allen mittelalterlichen Skriptorien (den Teilen der Klöster, in denen die Werke der Antike aufbewahrt und kopiert werden sollten) nach Akoimeten-Art massenweise falsche Schriftstücke produziert wurden. Der scheinbar auf der Hand liegende Grund für den Dokumentenschwindel ist fast immer der ewige politisch-administrative Guerillakrieg gegen die Autorität des weltlichen Kaiserreichs, das versuchte, den Abteien Güter und Rechte abzuerkennen. Manchmal aber sind die Gründe nicht geklärt. Die Namen dieser Produktionszentren von falschen Schriftstücken, die uns Texte von Cicero, Vergil, Kaisarios und Tacitus überlieferten, sind für die Philologen von einer mythische Aura umgeben: Fulda, Corvey, Reichenau, Fleury, Hersfeld, Melk und andere.

Nicht weit von Reichenau und St. Gallen befand sich zum Beispiel die Abtei St. Maximin in Trier. Sie gehörte, wie ein deutscher Historiker sie definiert, »zu den großen Fälschungszentren auf dem Boden des mittelalterlichen Deutschlands neben Fulda und der Reichenau [...]«. Mit den Fälschungen von St. Maximin »[...] rühren wir nicht nur wissenschaftsgeschichtlich an die Ursprünge unserer Disziplin, sondern auch an die Tragfähigkeit der ihr eigenen Methodik.« (T. Kölzer, *Zu den Fälschungen für St. Maximin in Trier*, in: »Fälschungen im Mittelalter«, Internationaler Kongress der Monumenta Germaniae Historica, München 16.–19. September 1986, III, S. 315).

Verfälschungen oder Erfindungen werden auch dem großen Kloster von Fulda und dessen Abt Eberhard zugeschrieben (vgl. *Echte und gefälschte Termineurkunden*, in: »Fälschungen im Mittelalter«, op. cit., III, S. 303f.). Im Fuldaer Zentrum, einer wichtigen Anlaufstelle für das Kopieren lateinischer Handschriften während des Mittelalters, lebten Mönche, die nicht zögerten, offizielle Dokumente auf die einfallsreichste Art und Weise zu manipulieren und zu erfinden (vgl. E. Pitz, *Erschleichung und Anfechtung von Herrscher-und Papsturkunden vom 4.–10. Jahrhundert*, in:»Fälschungen im Mittelalter«, op. cit., III, S. 70–113 und A. Dopsch, *Zu den Fälschungen Eberhards von Fulda*, in:»Mitteilungen des Instituts für österreichische Geschichtsforschung«, XIV (1893), S. 327ff.).

Ein anderes Beispiel ist die berühmte Benediktinerabtei von Corvey. Widukind von Corvey, der bekannteste sächsische Geschichtsschreiber des 10. Jahrhunderts, steht bei vielen Historikern unter dem Verdacht, seine Chroniken mit glühender Phantasie verfasst zu haben. Der Verdacht auf Betrug und Fälschung, stellenweise die Gewissheit, betreffen auch den namhaften Abt von Corvey, Wibald von Stablo (1098–1158), und vor allem die internen Dokumente der Abtei, die seiner Amtsperiode zugeschrieben werden: die *Annales Corbeienses* (von 1144–1159) sowie das Schenkungsregister des Abtes Saracho von Rossdorf (1010–1071). Zu Zeit von Wibald, Saracho und Widukind wurden in diesen Klöstern, laut der mündlichen Überlieferung, unzählige Manuskripte der großen römischen Dichter kopiert. Wo keine antiken Fälschungen vorhanden waren, sorgten, mit der Zeit gehend, Geschichtsschreiber nachfolgender Jahrhunderte dafür, weitere anzufertigen. Die ehrwürdigen *Annales Corbeienses*, die die Geschichte der Abtei vom 9. bis zum 12. Jahrhundert abdecken, sind in Wahrheit eine Fälschung, die sich dem protestantischen Pastor Johann Friedrich Falcke (1699–1756) verdankt, ebenso der *Chronicon Corbeiense*, eine fiktive Geschichte der Abtei vom 8. bis zum 12. Jahrhundert.

Melk und sein weltbekanntes Stift haben uns zwei berühmte, auf das 12. Jahrhundert datierte Fälschungen geschenkt: den *Melker Stiftbrief,* die Gründungsurkunde der Abtei, und das sogenannte *Ernestinum*, das lange Zeit für das älteste Zeugnis der Babenberger Dynastie gehalten und dann als gekonnter Schwindel eines listigen Mönchs entlarvt wurde. Auch die Frauenorden verschmähten es nicht, dem Willen des Schöpfers mit einigen gekonnten Betrügereien unter die Arme zu greifen (T. Schilp: *Die Gründungsurkunde der Frauenkommunität Essen. Eine Fälschung aus der Zeit um 1090*, in:»Studien zum Kanonissenstift«, 2001, S. 149–183). Die Fälschungen aus dem Mittelalter gleichen einem Fass ohne Boden und beschäftigen seit Jahrhunderten Heerscharen von Wissenschaftlern. Es wäre absurd zu versuchen, dieses komplexe historische Problem in wenigen Zeilen zusammenzufassen. Nichtsdestotrotz zeichnet sich schon dank der wenigen Andeutungen, die wir gemacht haben, ein klares Bild ab: Die skrupellosen Gemeinschaften der Klöster von Corvey, Melk, Fulda oder Reichenau, in denen man Fälschungen von beachtlichem Erfindungsreichtum fabrizierte, werden uns heute als die Garanten des klassischen literarischen Erbes verkauft. Ist das eine wohlbedachte Haltung oder vielleicht eine Fallgrube für Leichtgläubige?

Das Scaliger-Desaster und seine Hagiographen

Weiter unten wird (anhand der bizarren Geschichte des verwegenen Professor Protsch) die Möglichkeit erörtert, dass auch in unserem so sicheren 21. Jahrhundert der eine oder andere moderne Darmarios seelenruhig am Werk ist. Kehren wir zu unserem zentralen Thema zurück: Wessen Kind ist die Universale Chronologie, die wir heute benutzen? Joseph Justus Scaligers, wie wir wohl wissen.

Wie der italienische Humorist Ennio Flaiano sagte: Nach der Schlacht muss man dem Gewinner immer zu Hilfe eilen. So geschah es mit Scaliger. Nachdem sich seine Chronologie auf überraschend felsenfeste Weise behauptet hatte, vermehrten sich auch Scaligers Hagiographen.

Im 19. Jahrhundert war es der deutsche Philologe Jacob Bernays, der ein huldigendes Porträt über ihn in Druck gab (*Joseph Justus Scaliger*, Berlin 1855). Zurzeit ist der Amerikaner Anthony Grafton sein autorisierter Biograph. In den zwei Bänden der monumentalen intellektuellen Biographie Scaligers (*Joseph Scaliger. A Study in the History of Classical Scholarship*, New York 1983–1993) erwähnt Professor Grafton jedoch mit fast keinem Wort, dass sein Lieblingskind die eigenen adeligen Wurzeln erfand, indem er den Vater Giulio Bordon zu Julius Caesar Scaliger machte. Grafton unternimmt auch (ebd., II, S. 548 ff.) den kühnen Versuch, die wohl gröbste Fälschung seines Lieblings als eine lässliche Sünde durchgehen zu lassen: die fiktive Liste der Olympischen Spiele, die Scaliger zusammenstellte, um die Berechnung der Zeit im antiken Griechenland für eigene Zwecke zu rekonstruieren.

Grafton kann jedoch nicht leugnen, dass Scaliger bei der Rekonstruktion der einzelnen Systeme zur Berechnung der Zeit, von Griechenland bis Mesopotamien, von den arabischen Ländern bis nach Ägypten, ein wahres Desaster anrichtete. Der amerikanische Professor versucht die Neuheit in der Zeitrechnungs-Methode Scaligers zu unterstreichen, also die Kombination aus Beobachtung von Himmelsphänomenen (Sonnenfinsternissen, Kometen etc.) und Daten aus der geschichtlichen Überlieferung (Herrscherverzeichnisse, Auflistungen der olympischen Spiele, Daten von Schlachten, etc.). Doch Scaliger stützte sich, wie auch sein wohlwollender Biograph zugeben muss, massiv auf das *Liber de Epochis* (Basel 1578) von Paul Krauß, einem mäßig bekannten deutschen Professor aus Jena, dessen dünnes, aber innovatives Handbüchlein zur Zeitrechnung, das postum erschienen war, bereits eine komplette Aufstellung von Zeitangaben ab dem Jahr 3963 v. Chr. (Zeitpunkt der Schöpfung) bis zum Jahr 622 n. Chr. (Hedschra Mohammeds) enthielt und von Scaliger ausgiebig ausgeplündert worden war (Grafton, *Scaliger*, Band II, S. 276–279). Es stellt sich also die Frage: »Warum erhob Scaliger so leidenschaftlich Anspruch darauf, dass Ergebnisse, die er von anderen übernommen hatte, neu, entscheidend und von Seiten ernstzunehmender Wissenschaftler nachzueifern seien?« S. 192: »Die Einbeziehung des islamischen Jahres trug notwendigerweise wenig und unzuverlässig zur Verfeinerung des schon Vorhandenen bei.« Darüber hinaus, gibt Grafton zu, verwickelte sich der Vater der modernen Zeitrechnung in eine Reihe von »Fehlern, erzwungenen Interpretationen und Missverständnissen« (S. 177). S. 162: »Sein griechischer Kalender schien solide und präzise, war aber in Wahrheit ein Hirngespinst, verschwommen und brüchig bei näherer Betrachtung.« S. 246: »Selbst ein ihm geneigter Leser hätte seine Darstellung der Kalendarien kaum klar und linear finden können.« S. 208: »Scaligers Bearbeitung des frühen ägyptischen Jahrs war ein Desaster. Er beschwor aus weiten Tiefen eine imaginäre Kreatur aus Missdeutungen und falschen Berechnungen herauf.« S. 245: »Nicht einmal Petavius [*der jesuitische Wissenschaftler, der Scaligers Arbeiten fortsetzte, A.d.V.*] machte alle groben Fehler in Scaligers Argumentationen zur Astronomie ausfindig [...]. Dennoch enthüllen sie, welch dürftige Fähigkeiten Scaliger bis zum Jahr 1583 erworben hatte, und wie eingeschränkt er in den darauffolgenden Jahren die grundlegenden Verfahren der astronomischen Wissenschaft zur Berechnung der Länge des Jahres, der Präzession der Tagundnachtgleiche, des Auf- und Untergangs der Fixsterne beherrschte – Themen, die jemand, der sich dem Studium antiker Kalender widmet, nicht einfach missachten oder falsch verstehen kann.« S. 186: »Der von Scaliger rekonstruierte babylonische Schaltzyklus war, wie der griechische, ein Phantasiegebilde.« S. 172: »Scaligers Theorie war nicht logischer [...] als die vieler seiner Nachfolger: eine Reihe nervlich zerrütteter Gelehrter und neurotischer Bildungsphilister, deren Abfolge in den Jahrhunderten Brueghels *Parabel von den Blinden* gleicht.«

Um den Ruf seines Studienobjekts nicht völlig zu zerstören, muss Grafton natürlich auch einige oberflächliche Aussagen unterbringen, die in totalem Widerspruch zum Vorangegangenen stehen. Zum Beispiel S. 188: »Scaliger wertete die Quellen mit großer Vorstellungskraft aus, aber selten unterdrückte er Zeugnisse oder zwang ihnen Aussagen gegen ihren ausdrücklichen Willen ab.« Oder (S. 172): »Was auch immer seine Fehler gewesen waren, er hatte auf jeden Fall die Daten zusammengestellt und die Fragestellungen formuliert, an denen Scharen von gelehrten Chronologien in den nachfolgenden Jahrhunderten ihren Verstand schärfen sollten.«

Worin besteht also bei aufrichtiger Überlegung die Besonderheit Scaligers?

Sicherlich in der befremdlichen Unterstützung seitens seiner uneinsichtigen Hagiographen, die trotz der offensichtlichen Fälschungen des Sohnes von Giulio Bordon nicht aufhörten, ihn seit Jacob Bernays, seines ersten unkritischen Biographen, zu loben. Also zu einer Zeit, als Scaligers Betrug bei der Auflistung der Olympischen Spiele schon längst ans Licht gekommen war.

Papyri

In den letzten Jahrzehnten erlebt man die fast verzweifelte Suche nach der Bestätigung klassischer Texte durch Papyri-Funde, die üblicherweise älter sind als die mittelalterlichen Handschriften, in denen uns fast alle griechisch-römischen Klassiker überliefert wurden.

Wenige jedoch bedenken, wie es unser Bouchard in seinen bitteren Überlegungen tut, dass es Papyrus in Ägypten seit gut tausend Jahren nicht mehr gab. Die Pflanze wurde nach mindestens zehn Jahrhunderten Abwesenheit erst in den 60er Jahren von uns Modernen wieder ins Land der Pharaonen eingeführt.

Dass die Ägypter Papyrus tatsächlich produzierten und als Schreibmittel verwendeten, ist wiederum von denselben griechisch-lateinischen Texten bezeugt (zum Beispiel Plinius), deren Authentizität man mit den Papyri selbst zu untermauern versucht.

Um sich der Schwierigkeit bewusst zu werden, in die man auf diesem Wege gerät, denke man nur an den sogenannten Papyrus des Cornelius Gallus, einem mit Vergil befreundeten Autor aus dem 1. Jahrhundert n. Chr., von dem uns so gut wie nichts überliefert ist. In den wenigen Versen, die wir von ihm haben, ist die Rede von einer gewissen Lycoris. 1978 wird auf einmal ein Papyrus eines gewissen Gallus gefunden, der zufällig eine Lycoris erwähnt. Eine Sensation! Leider erkennt ein nicht so leichtgläubiger Wissenschaftler bereits wenig später in dem Papyrus eine ziemlich plumpe Fälschung (vgl. F. Brunhölzl, *Der sogenannte Galluspapyrus von Kasr Ibrim*, in: »Codices Manuscript«,

10 (1984), S. 33–40), wo der betrügerische Verfasser, damit sich alles auf Vergils Freund Gallus zurückführen ließ, auf wenigen Zeilen einige einschlägige Personennamen und literarische Indizien eingefügt hatte.

Doch es gibt auf dem Gebiet falscher Papyri oder Sinnestäuschungen, denen Papyrologen unterliegen, noch amüsantere Fälle, wie die unglaubliche Geschichte, in der das ägyptische Museum Berlin-Charlottenburg die Hauptrolle spielt. Die Kuratoren des Museums präsentierten den deutschen Medien einen Papyrus, auf dem in griechischer Sprache vertraglich festgehalten wird, dass ein römischer Offizier seine Einwilligung gibt, bestochen zu werden (vgl. *Der Spiegel* 44/2000). Schon dies wäre eine ziemlich erheiternde Geschichte, da ein Bestechlicher und sein Verführer sicherlich als Letztes einen Beweis in Umlauf bringen würden, der sie beide festnagelt. Aber der Höhepunkt ist, dass die Berliner Museumskuratoren glaubten, in einer griechischen Formulierung des Einverständnisses auf dem kleinen Schriftfragment (*genesthoi* – so soll es sein), die bestätigende Unterschrift von niemand anderem als Kleopatra, der berühmten Königin von Ägypten, zu erkennen. Und das neben dem Geständnis einer Straftat! Der renommierte *Spiegel* wie auch andere Medien und weitere Millionen Leser schluckten diesen kolossalen, erheiternden Unsinn, ohne mit der Wimper zu zucken.

Ein weiterer exemplarischer Fall ist der des berühmten Papyrus von Hearst, einer Sammlung medizinischer Rezepte, die die Experten auf das 20. Jahrhundert vor Christus datierten und die noch heute auf der Liste der bedeutendsten Papyri der Welt steht. 1901 fanden in Ägypten unweit von Der-El-Ballas archäologische Ausgrabungen statt, gesponsert von der Familie Hearst, den berühmten amerikanischen Pressemagnaten. Ein einheimischer Arbeiter bat die Amerikaner um Erlaubnis, ein wenig Dünger von ihrem Komposthaufen nehmen zu dürfen. Großzügig sagten die Amerikaner ja. Um ihnen zu danken, schenkte der Junge ihnen einen fast viertausend Jahre alten Papyrus. Der Jubel im amerikanischen Lager war groß. Niemandem fiel auf, dass der noch zusammengerollte Papyrus ein bisschen neu zu sein schien. Generationen von Ägyptologen und Philologen untersuchten ihn, Bücher, Artikel und Doktorarbeiten wurden über ihn geschrieben. Bis einigen Gelehrten die Idee kam, dass es sich bei dem Papyrus um eine hübsche Fälschung handeln könnte, und dass die Geschichte mit dem Dank für das Häufchen Dung vielleicht ein bisschen zu schnell geglaubt worden war.

In derartigen Fällen lässt sich ein alter Fuchs der Papyrologie wie der Amerikaner Edwin Smith leicht als Drahtzieher hinter den Kulissen vorstellen. Der Kunsthändler, Geldverleiher und Fälscher war in Luxor von 1858 bis 1876 aktiv, oft in enger Zusammenarbeit mit dem Ägypter Mustafa Agha, einem Glücksritter vom selben Schlag. Es ist vielsagend, dass kein Gelehrter an der Authentizität der Papyri, die von diesen beiden Filous hervorgezaubert wurden, wie dem Papyrus Edwin Smith, der in der Medizinischen Fakultät von New York aufbewahrt wird und dessen Herkunft völlig unbekannt ist, den kleinsten Zweifel hegt. Auch der andere bekannte Papyrus, den Smith erwarb und dann an den deutschen Sammler Georg Ebers veräußerte, ist von unbekannter Herkunft: Er wurde angeblich bei einer Mumie gefunden, doch es bleibt ungeklärt, von wem Smith ihn gekauft hatte und wo der genaue Fundort lag. (Die jüngste Datierung des Papyrus auf das 16. Jahrhundert v. Chr. stammt von Kitchen, dem englischen Gelehrten, der sich gegen jeden Versuch einer Revision der ägyptischen Zeitrechnung wehrte.)

Und doch müsste man auf diesem Feld fortwährend höchste Wachsamkeit üben, vor allem angesichts von Fällen wie dem heute in der Rylands Papyri Collection aufbewahrten bekannten »Book of the Dead«, das, obwohl seine Zeichnungen selbst einen Laien stutzig gemacht hätten, lange Zeit für echt gehalten wurde und dann ordnungsgemäß in der Gehenna der wertlosen Fälschungen landete.

Decken wir gnädig den Mantel des Schweigens über den jüngst von einer italienischen Bank für 2,75 Millionen Euro gekauften Artemidor-Papyrus, der triumphierend in Ausstellungen und Publikationen vorgezeigt wurde und dann von dem Philologen Luciano Canfora als Fälschung entlarvt wurde (höchstwahrscheinlich von Constantin Simonides, einem berühmten Betrüger des 19. Jahrhunderts, angefertigt), was dazu führte, dass er sich nun in der Bilanz der Bank mit null Euro niederschlägt.

Was passiert in der Welt der Papyri? Der Italiener Antonio Carlini von der Universität Pisa beklagt, »dass der Papyrus als Beleg zu oft genau in dem Moment an Wert verliert, in dem er entscheidend für das Verständnis eines Textes wäre.«

Schaut man sich zum Beispiel die Papyri an, auf denen die Texte Aristoteles überliefert wurden, ist man fassungslos angesichts der leblosen Knappheit der materiellen Träger. Das führende Werk hierzu ist weiterhin, obwohl unvollendet, P. Moraux, *Aristoteles Graecus: die griechischen Manuskripte des Aristoteles*. Hier erfährt man, dass das Papyrus-Material beispielsweise die Ausmaße 175 × 95 mm (Ann Arbor, Papyrus Mich. 6643), 80 × 166 mm und 180 × 66 (Berlin, Papyrus Berol. P 5002), 57 × 31 (Brüssel, Papyrus Brux. E 8073) und so fort hat. Dass diese Art Briefmarken von oft ungeklärter Herkunft tatsächlich die Authentizität und den Inhalt des grenzenlosen aristotelischen Korpus bekräftigen sollen, ist eine interessante Herausforderung des menschlichen Verstandes. Eine gute Portion Glauben ist auch in diesem Fall empfehlenswert.

Auch die unzähligen in großen östlichen Grabungsstätten wie Oxyrhynchos aufgefundenen Papyri bestehen größtenteils aus wenigen Worten, wenn nicht wenigen Buchstaben. Außerhalb des ägyptischen Territoriums sieht es nicht besser aus: Die diplomatischen Schriftstücke der Merowinger-Zeit (6.–7. Jahrhundert) sind zu großen Teilen papyrosartig – und zu zwei Dritteln gefälscht, wie der deutsche Historiker Theo Kölzer zeigte. An die Grenze des Absurden stößt man bei dem sogenannten Tulli-Papyrus, von dem Ufologen jahrelang versicherten, dass er den Bericht einer Ufo-Sichtung enthielte. Müßig zu sagen, dass es mittlerweile genügend Anhaltspunkte gibt, die eine weitere offenkundige Fälschung belegen, bei deren Anfertigung die Fälscher ihrer Phantasie scheinbar freien Lauf ließen: Sie berichten von einem mysteriösen, fünfzig Meter großen Wesen mit Mundgeruch.

Man wird einwenden, dass es möglich sei, das Alter eines Papyrus mit der Radiokohlenstoff-Datierung zu beweisen. Tatsächlich hat die sogenannte C14-Methode aber, wie Spezialisten wissen, mittlerweile die rettende Aura verloren, die sie noch vor einigen Jahrzehnten umgab. So stellte sich erstaunlicherweise heraus, dass die Labore *vor* der Messung vom Auftraggeber eine Einschätzung zum Alter des Objektes erfragen, also genau das, was sie selbst – mit absoluter Unabhängigkeit – bestimmen sollen. Darüber hinaus wird die C14-Methode heutzutage regelmäßig in Kombination mit einer dendrochronologischen Messung durchgeführt, also einer Messung der mit dem betreffenden Fundstück in Verbindung gebrachten hölzernen Fragmente (zum Beispiel die Balken eines Hauses, wenn man das Alter des Mauerwerks herausfinden möchte). In der Dendrochronologie finden derzeit jedoch komplizierte methodologische Debatten mit Spezialisten auch anderer Disziplinen statt, die zu starken Zweifeln an ihrer Anwendbarkeit geführt haben. Wer sich ein Bild machen möchte, kann einen nicht »linientreuen«, aber begierig von Scharen Gelehrter konsultierten Text wie *C14-Crash: Das Ende der Illusion, mit Radiokarbonmethode und Dendrochronologie datieren zu können*, von Christian Blöss und Hans-Ulrich Niemitz, Berlin 2002 zu Rate ziehen.

Im Bereich der ägyptischen Antike muss noch an den beispielhaften Fall des Sarkophags von Tarragona erinnert werden, dem Fragment eines Grabes, das im März 1850 während der Bauarbeiten im Hafen der spanischen Stadt von einer Gruppe Arbeiter gefunden wurde (und auf wundersame Weise von der Zerstörung verschont geblieben war). Das Relief des Steines zeigte Herkules über der Meerenge von Gibraltar und bestätigte die von römischen Geschichtsschreibern wie Sallust und Pomponius Mela berichtete legendäre Beziehung des griechischen Helden zu der Iberischen Halbinsel.

Schon nach einigen Jahren entdeckte man jedoch, dass der Sarkophag das Werk von Fälschern war. Dieser war darüber hinaus zusammen mit einer *ushabti* begraben worden, einer häufig in ägyptischen Gräbern zu findenden kleinen Votivfigur, die im Gegensatz zum Sarkophag authentisch war. Der Fälscher musste sie in der Hoffnung, das »Hauptstück« überzeugender zu machen, geopfert haben.

Man erahnt die gut koordinierte Teamarbeit, die Bereitschaft, Geld und Mittel zu opfern (mit den nicht einfachen Gravurarbeiten am Marmor und der *ushabti*) und den Willen, mehr noch als auf die Zeitgenossen, Einfluss auf die Nachwelt zu üben.

Dieser Zufallsfund zeigt, dass die Fälscher von einer fast religiösen Mission geleitet zu sein scheinen: Sie begraben ihre Arbeiten in der Erwartung, dass sie auf natürlichem Weg entdeckt werden, und verzichten so auf die unmittelbaren Früchte einer bedeutenden archäologischen Entdeckung, wie Geld oder Bekanntheit. Darüber hinaus sind die vergrabenen Artefakte (wie schon Hardouin behauptet hatte) dazu bestimmt, die Zeugnisse der Geschichtsschreiber zu belegen.

Mehr als ein halbes Jahrhundert nach dem Fund des Sarkophags von Tarragona, im Jahr 1916, wurde ein weiterer Teil von ihm gefunden und man begann von vorne: Der amerikanische Gelehrte A.L. Fottingham taufte das neue Fragment: »Die Phönix-Tafel von Tarragona« und deutete die beiden auf dem Bruchstück sichtbaren Figuren, eine weibliche und eine männliche, als die Gottheiten Baal und Tanit, und die eigenartige Spirale zwischen ihnen als die Darstellung eines von dem Paar mit Wasser und Feuer genährten Embryos. Es mussten weitere fünf Jahre vergehen, bis die Komödie ein für alle Mal aufgeklärt wurde (hiermit beschäftigt sich P. Paris in »Révue Archéologique«, 5ª s., XIV (1921), S. 146–157).

Fälscher und zügellose Spaßvögel

Einer Frage muss man sich stellen: Ist es möglich, dass auch heute noch chronische Fälscher existieren, die wie die griechischen Kopisten des 16. Jahrhunderts fast zwanghaft überall ihre Fallen auslegen, um die Wahrnehmung der Zeit in den kommenden Generationen durcheinanderzubringen?

Der Codex Sinaiticus aus dem 4. Jahrhundert, der als ältester Kodex die Bibel enthält, wurde im 19. Jahrhundert unter unklaren Umständen in einem palästinensischen Kloster von dem Philologen Tischendorf entdeckt, der daraus am Hof des Zaren sofort eine prachtvolle Fest-Ausgabe machen ließ. Danach erklärte der berüchtigte Simonides unter Anführung zahlreicher Details, dass es sich um eine von ihm angefertigte Fälschung handelte. Ihm wurde nicht geglaubt.

Im Italien der 80er Jahre wurden in Livorno aus einem Wassergraben drei Marmorköpfe ans Licht gebracht, die dem aus Livorno stammenden Amedeo Modigliani zugeschrieben wurden. Aufsehenerregend! Man feierte den hundertsten Geburtstag des großen Künstlers, und die renommiertesten Kritiker beschworen im Fernsehen vor Millionen von Zuschauern die Authentizität der Fundstücke. Bis einige Studenten mit Sinn für Humor ihre Fälschung anhand von Fotos und Videos dokumentierten, in denen man sie mit einem Schlagbohrer und der Hilfe eines Bildhauers die drei Köpfe formen sah, um sie anschließend in den Graben zu verfrachten. Und ihnen musste man glauben.

Die Historie der wissenschaftlichen Fälschungen bejaht also die Frage und liefert obendrein eine umfangreiche und manchmal erheiternde Statistik, die einmal mehr belegt, wie sehr Wissenschaftler es lieben, sowohl zu blenden als auch geblendet zu werden. Die Leichtgläubigkeit entspringt nämlich weniger der Weigerung, zu glauben, als vielmehr der Weigerung zu überprüfen. Unter vielen Episoden ein jüngerer Fall: Professor Reiner Protsch, deutscher Anthropologe und Dozent am renommierten Institut der Anthropologie und Humangenetik für Biologen in Frankfurt. Nach fast dreißig Jahren ehrenvoller Tätigkeit und Anerkennung auf internationalem Niveau wird Protsch vom Dienst suspendiert und im Februar 2005 gekündigt. Was war geschehen? Man hatte entdeckt, dass der angesehene Professor bewusst falsche wissenschaftliche Daten einer Vielzahl von prähistorischen Knochenfundstücken, vor allem von Schädelfragmenten der Neandertaler, produziert hatte: Er hatte die Schädel stark zurückdatiert und sie somit wesentlich älteren Epochen zugeordnet als den realen. Danach verschwanden die Fundstücke, denen Protsch in seinen Berichten ein außergewöhnliches Alter bescheinigt hatte, auf mysteriöse Weise, bevor sie von anderen untersucht werden konnten (eine Abfolge, die interessanterweise an die Biographie Poggio Bracciolinis erinnert). Protsch wurde beschuldigt, er habe wissenschaftliche Funde und Materialien, die von Ärzten und Forschern wie dem berüchtigten Josef Mengele im Dritten Reich verwendet worden waren, verschwinden lassen, nachdem er vorher ihre Existenz bestritten hatte. Dabei kam die seltsame Blindheit der universitären Welt ans Licht: Man hatte Protsch einen akademischen Grad verliehen und ein Gehalt bezahlt, auf das er kein Anrecht hatte, da er weder die entsprechenden Studienabschlüsse noch eine Habilitation besaß. Nur ein kolossaler Fehler seinerseits hatte ihn in die Falle geführt: Er hatte, ohne die notwendige Erlaubnis der deutschen Behörden einzuholen, versucht, einem amerikanischen Kollegen für 70 000 Dollar eine Sammlung von 278 Schädeln afrikanischer Affen zu verkaufen, die eigentlich seiner Universität gehörten. Zuletzt wurden strengste Disziplinarverfahren eingeleitet, die Staatsanwaltschaft interessierte sich für den Fall und Protsch wurde strafrechtlich vor Gericht verurteilt. Das vorläufige Resümee der Affäre ist, neben der Kündigung und der öffentlichen Demütigung des Übeltäters, dass sich die internationale wissenschaftliche Gemeinschaft gut dreißig Jahre lang, in denen Protsch wissenschaftliche Instrumente und Fundstücke gefälscht, entwendet und zerstört hatte, aber vor allem die Ergebnisse wissenschaftlicher Forschung verunreinigt hatte, an der Nase hat herumführen lassen. Viele seiner Arbeiten waren nämlich von angesehenen Anthropologen und Paläontologen unterschrieben worden. Schließlich wurde das Institut, dessen Präsident er war, geschlossen. Welche und wie viele irreführende wissenschaftliche Daten Protsch bei seinen Kollegen aus aller Welt in Umlauf gesetzt hat und zu wie vielen gegenstandslosen wissenschaftlichen Arbeiten sie Anlass gegeben haben, ist bis zum heutigen Tag nicht bekannt.

Etwas fällt ins Auge: Wie bei den Fälschern vor vierhundert Jahren zielt der Betrug auch im Fall des Anthropologen Protsch darauf ab, die Vergangenheit zu verlängern. Über die ideologischen, politischen oder finanziellen Ziele hinaus sieht die menschliche Rasse sich offenbar gerne als alte Spezies. Das biologische Bedürfnis nach einer unendlichen Zeit richtet sich nicht nur auf die Zukunft, sondern auch in die Vergangenheit. Vielleicht gibt ein sehr alter Planet Anlass zur Hoffnung, noch lange zu existieren.

Platon und Aristoteles

Die an sich schon märchenhafte, unglaubliche Geschichte der Handschriften des Aristoteles entnahmen wir den Berichten einiger angesehener Wissenschaftler: J. Bidez, *Un singulier naufrage littéraire dans l'antiquité. À la recherche des épaves de l'Aristote perdu*, Bruxelles 1943; L. Canfora, *La biblioteca scomparsa*, Palermo 1986-[10]2000; E. Zeller, *Die Philosophie der Griechen. Eine Untersuchung über Charakter, Gang und Hauptmomente ihrer Entwicklung*, II/2, Tübingen [2]1862. Der Begriff »Loch« für den Ort, an dem die Erben das einzige, äußerst wertvolle Exemplar der Werke des Aristoteles vergruben, stammt von Canfora (ebd., S. 67).

Man beachte, dass der aberwitzigen Erzählung von Plutarch und Strabo über die Überlieferung der aristotelischen Texte, die heute ein großes Revival erleben, schon im 19. Jahrhundert kein Glauben geschenkt wurde, und dass die Debatte über Platons Werke damals dazu geführt hatte, etwa die Hälfte der Dialoge, die heute für authentisch gehalten werden, als unecht zurückzuweisen.

Zu Schoppes Erzählung über die Bibliothek von Alexandria kann erneut *La biblioteca scomparsa* von Canfora konsultiert werden, um sich vor Augen zu führen, dass die Zweifel an der Existenz der berühmtesten Büchersammlung der Antike, zumindest so wie sie von der Überlieferung (sowie von den Medien und Fremdenverkehrsagenturen) verbreitet wurde, mittlerweile seit einigen Jahrzehnten bestehen.

Der Unsicherheit, die unangefochten über das Leben des Aristoteles herrscht, entspricht der über die Biographie Platons. Wie Giovanni Reali, ein großer italienischer Platon-Forscher, bemerkt, »passt im Grunde alles, was wir [über Platon] wissen, oder zumindest mit Gewissheit über ihn wissen, auf eine halbe Seite«.

Im 19. Jahrhundert wurde die Hälfte der Dialoge Platons als unecht angesehen. Das Misstrauen in Bezug auf die Texte flaute mit der Zeit ab, und die Mehrzahl der verdächtigten Schriften ist heute, vielleicht mit einer gewissen Erleichterung der wissenschaftlichen Gemeinschaft, in den offiziellen Kanon der platonischen Werke aufgenommen.

Synkellos und der Nebel von Byzanz

»Die Fälscher hatten durchaus nicht die Absicht, die Daten und Fakten in den byzantinischen Chroniken aufeinander abzustimmen, im Gegenteil, sie wollten sie so verworren, verwickelt und widersprüchlich wie nur möglich machen. Ihr Ziel: freie Hand zum Erfinden haben, ohne sich um Inkongruenzen kümmern zu müssen. Historiker wissen sehr gut, dass keine seriöse Geschichte der byzantinischen Kultur geschrieben werden kann.«

Diese imaginäre Aussage aus Bouchards Überlegungen, die wir ihm angedichtet haben, findet ihre Bestätigung in dem wirklichen Satz eines Gelehrten, der vor etwa hundert Jahren ausgesprochen wurde:

»Die Geschichte der byzantinischen Gesellschaft wird noch viele Jahre lang nicht geschrieben werden. Sie kann so lange nicht geschrieben werden, bis jede darauffolgende Epoche gründlich untersucht wurde und ihre charakteristischen Merkmale klar bestimmt wurden.« Dies sind die Worte des großen Byzantinisten J.B. Bury aus dem Jahr 1912. An sie erinnerte 1979, gut 60 Jahre und einige tausend wissenschaftliche Abhandlungen und Artikel später, ein anderer hervorragender Byzantinist, Warren D. Treadgold, (*The Chronological Accuracy of the »Chronicle« of Symeon the Logothete for the Years 813–845*, Dumbarton Oak Papers, 33, (1979), S. 157–197), der kommentierte:»Vermutlich würde kein Byzantinist sagen, dass die von Bury gestellte Aufgabe heute kurz vor ihrer Lösung steht, auch wenn einige Nicht-Byzantinisten fälschlicherweise glauben, dass auf dem Feld der byzantinischen Studien die Grundlagen schon gelegt sind. Das Buch, für das Bury mit diesen Worten die Einleitung schrieb, ist noch immer unser Standardtext für die erste Hälfte des 9. Jahrhunderts [...] Der Großteil der Probleme, die Bury offen gelassen hat, ist weiterhin ungelöst.«

Treadgold fügt hinzu: Nach 867 n. Chr.»haben wir keine historischen Erzählungen, bis wir zu den Werken von vier Autoren des 10. Jahrhunderts kommen: Simon Logothetes, Pseudo-Simeon, Ioseph Genesios und sein Nachfolger Teophanes. In der Erzählung der Ereignisse, die ihnen hundert Jahre und mehr vorausgingen, widersprechen die ersten beiden unrettbar den zwei Letzteren und alle zeigen Spuren von Verwirrungen. Das Ergebnis ist, dass moderne Wissenschaftler je nachdem entweder die eine oder die andere Version übernehmen, und was die Zeitangaben betrifft, können sie nur raten. Genesios und Teophanes Nachfolger wurden so eindeutig als Chaosstifter in der Zeitrechnung und als Urheber wissentlicher Fälschungen identifiziert, dass man sie, so schlussfolgert Henry Grégoire,»mit dem größten Misstrauen lesen und voraussetzen muss, dass sie zu allem fähig waren«.

Wenn der eine oder andere Leser also glaubt, Bouchards Aufzeichnungen über die Fälschungen der byzantinischen Geschichtsschreiber seien übertrieben, wird er seine Meinung nach diesem kurzen exemplarischen Abschnitt vielleicht noch einmal ändern.

Augustinus und kein Ende

Während uns Ägyptens Sandwüsten in regelmäßigen Abständen amüsante und unvorstellbare Episoden wie die des Hearst-Papyrus liefern, dauern auch in Europa die unaufhaltsamen, wundersamen Funde von Pergamenten an. In

Erfurt hat ein Manuskript aus dem 12. Jahrhundert jüngst nichts Geringeres als sechs bisher unbekannte Predigten des heiligen Augustinus zutage gefördert. Das Staunen der Spezialisten war unbeschreiblich: Wie konnten sie Scharen von Dozenten und Studenten, die den Kirchenvater jahrhundertelang ohne Unterlass studiert, übersetzt und veröffentlicht hatten, entgangen sein? Der englische Gelehrte Peter Brown definierte den Fund als so »unwahrscheinlich wie ein Exemplar der ersten Ausgabe Shakespeares in irgendeinem Antiquariat zu finden«. Natürlich äußerte niemand offen den Verdacht, dass es sich um einen unechten Augustinus aus der Feder irgendeines Mönches hätte handeln können. Und dies ist schon der dritte Fund bis dato unbekannter, einziger Exemplare von Augustinus-Texten innerhalb von knapp dreißig Jahren. Wichtig ist, einmal mehr, daran zu glauben.

Poggio, der Supermann, und seine Zeugen

Bouchards gesamte Erzählung (Diskurs 1c) von den seltsamen Handschriften-Funden, die Poggio Bracciolini im Kloster von St. Gallen machte, ist den Briefen Poggios und seiner Freunde sowie allgemein anerkannten Quellen der offiziellen Philologie entnommen. Im 19. Jahrhundert erhoben sich einzelne Stimmen, die den Held der aufkommenden Philologie beschuldigten, die Werke von Tacitus gefälscht zu haben.

Im 20. Jahrhundert brandmarkte der Gelehrte Leo Wiener die *Germania* von Tacitus, mit dessen Entdeckung sich der gerissene toskanische Emporkömmling geziert hatte, als »stumpfsinnige Fälschung«. Nichtsdestoweniger werden die Geheimnisse um Poggios unglaubliches Glück als Entdecker von Manuskripten heute ohne allzu großes Misstrauen akzeptiert, obwohl die Echtheit einiger uns überlieferter Werke ausschließlich von seinem Wort als Ehrenmann abhängt: Wir müssen also seinen Berichten trauen, wenn er erzählt, dass er dieses oder jenes Manuskript entdeckt, dass er es kopiert und dann das Original verloren habe. Dies geschah zum Beispiel mit den Werken von Silius Italicus, Asconius Pedianus und Statius. Wer diesem abgefeimten Abenteurer, der sich mit dem Handel von Manuskripten bereicherte, blind trauen möchte, dem steht es frei, dies zu tun. Wie Bouchard in seinen düsteren Überlegungen anmerkt, hatte Poggio sich offen damit gebrüstet, ganze Mannschaften von Schreibern zu befehligen, die fähig waren, jeden antiken Schriftstil nachzuahmen: Es scheint fast, als hätte er provokativ dazu auffordern wollen, an seinem Talent als Trüffelschwein zu zweifeln.

Die Schatten, zu viele um sie sämtlich zu vertreiben, bleiben also. Welcher und wo der komplette Quintilian ist, den Poggio in St. Gallen entdeckt haben will, und welcher der ist, den er kopiert hat, konnte man nie mit Gewissheit herausfinden. Mehrere Handschriftensammlungen und Bibliotheken beanspruchen diese Ehre für sich, in einigen Fällen auf ziemlich unbeholfene Art und Weise.

Laut der Webseite der Universität von Illinois (siehe http://imagesearch. library.illinois.edu/cdm4/item_viewer.php?CISOROOT=/classics&CISOPTR= 263&CISOBOX=1&REC=1, zum letzten Mal vor dem Druck dieses Buches besucht) befindet sich der Kodex Quintilian, den Poggio in St. Gallen entdeckt hatte, in Zürich: auf seinen Seiten tauchten nämlich die Notizen »15 rige«, »20 rige« usw. auf. Dies soll ein Beweis dafür sein, dass er von Italienern benutzt und kopiert wurde. Den Verfassern der Webseite entgeht aber, dass »rige« kein italienisches Wort ist (wenn überhaupt ist es »righe« als Plural von »riga«), sondern *niederdeutsch* (vgl. unter dem Schlagwort *riga* in C. Ducange, *Glossarium Latino-Germanicum mediae et infimae aetatis. Supplementum lexici mediae et infimae latinitatis*, Francofurti 1857, S. 498). Dies ist der Kodex, auf den Bouchard in seinen Aufzeichnungen Bezug nimmt, als er mit Verachtung von den angeblichen Unternehmungen Poggios und seiner Freunde spricht.

Es ist bekannt, dass direkte Beziehungen zwischen Poggios Wiederentdeckungen der Werke von Manilius, Silius und Statius und den Fälschern aus Reichenau bestehen (vgl. P. Thielscher, *Ist »M. Manilii Astronomicon Libri V« richtig?*, in: »Hermes«, 84/3 (1956), S. 353–372).

Andererseits hat Poggios gesamter *modus operandi*, jeder seriösen Überprüfung feindlich gesonnen, Nachahmer von nicht geringem Stellenwert gehabt. Der deutsche Humanist Beatus Rhenanus (1485–1547) behauptete, dass einzige existierende Manuskript des historischen Werks von Velleius Paterculus in der aus Reichenau hervorgegangenen Abtei zu Murnau im Elsass gefunden zu haben. Er hatte es, so berichtete er, dank eines unerklärlichen Glücksfalls ausgegraben. Kaum kopiert, verschwindet das Manuskript, das die Jahrhunderte auf wundersame Weise überstanden hatte, erneut und für immer.

Auch die Zeugen der Funde zu Poggios Lebzeiten waren imstande, literarische Dokumente »*à la maniere de*« so zu erstellen, dass sie selbst ihre abgeklärtesten Zeitgenossen täuschen konnten. So zum Beispiel der päpstliche Sekretär Piercandido Decembrio, dessen vorgetäuschte lateinische Gedichte aus seiner Jugendzeit viele Zeitgenossen, unter ihnen sogar Niccolò Niccoli, Poggios Kompagnon, in die Irre führten (vgl. D. Schaps, *The Found and Lost Ma-*

nuscripts of Tacitus' Agricola, in: »Classical Philology«, 74/1 (1979), S. 28–42, und W. Speyer, *Die literarische Fälschung im heidnischen und christlichen Altertum*, München ²1971, S. 317). Die literarische Fälschung zählte auch berühmte Namen wie Leon Battista Alberti zu ihren Anhängern (vgl. A. Grafton, G. W. Most, S. Settis, *The classical tradition*, Harvard 2010, S. 138). Als eine Art Bewährungsprobe für erlesene, geistreiche Köpfe, eine ebenso raffinierte wie spielerische Übung war das Schmieden von falschen lateinischen oder griechischen Originalen weit verbreitet und wuchs auf demselben Nährboden, der auch das seltsame, unsinnige und höhnische Spiel hervorgebracht hatte, das Poggio – sich über die Maßen bereichernd – unter den Augen ganz Europas spielte.

Die Schlachten von Meloria und Punta Salvore

Wie Kemal andeutet, nachdem er sich mit Barbello, Atto und dem Secretarius auf den Turm der Meloria geflüchtet hat, fand die Schlacht von Punta Salvore zwischen der venezianischen und der römischen Flotte niemals statt und ist eine reine Erfindung der Serenissima zu propagandistischen Zwecken. Die These wird zum ersten Mal in den *Annales Ecclesiastici* des Kardinals Baronius (1605–1612) aufgestellt, wie J. Fried in *Der Schleier der Erinnerung*, op. cit., S. 157 ff. darlegt.

Ähnliche Zweifel könnten an der anderen vom Barbaresken angesprochenen Schlacht geäußert werden: die berühmte Seeschlacht bei Meloria zwischen Pisa und Genua im Jahr 1284. Obwohl in der Überlieferung versichert wird, dass gut zehn pisanische Schiffe in den Untiefen der Meloria versanken, ergaben sämtliche Unterwassergrabungen vor Ort ein negatives Resultat. Zwar wurden Überreste römischer Schiffe gefunden, aber von mittelalterlichen Waffen, Galeeren oder anderen Artefakten keine Spur (vgl. S. Bargagliotti, F. Cibecchini, P. Gambogi, *Prospezioni subacquee sulle secche della Meloria: alcuni risultati preliminari*, in: »Atti del Convegno Nazionale di Archeologia Subacquea. Anzio 1996«, hrsg. v. AIA Sub, Bari 1997, S. 43–53).

Schließlich muss angemerkt werden, dass in der von mittelalterlichen Chronisten überlieferten Liste der Kämpfer in der Schlacht bei Meloria nur erfundene Namen auftauchen (vgl. E. Cristiani, *I combattenti della battaglia della Meloria e la tradizione cronistica*, in: »Bollettino storico livornese«, n.s. 11/1 (1952), S. 13–23).

Vielleicht ist Kemals Skepsis gegenüber den verhassten Nazarenern und ihren Geschichtsschreibern nicht völlig haltlos.

Gegen Ende des 19. Jahrhunderts veröffentlichte der französische Gelehrte Polydore Hochart seine Abhandlung über die hypothetischen Fälschungen des Tacitus von Poggio Bracciolini; seltsamerweise vergingen nur wenige Jahre, bis 1906 unter ungewöhnlichen Umständen und an einem ungewöhnlichen Ort das wertvollste und älteste Manuskript der *Germania* von Tacitus auftauchte. Sonderbarer Zufall.

Im Spiel der Wiederkehr der Geschichte ist nach dem Erscheinen dieses Buches also nicht ausgeschlossen, dass irgendein toskanischer Fälscher, irgendein Nachahmer der Modigliani-Spaßvögel, schnell eine Hakenbüchse oder einen schönen mittelalterlichen Krug bei der Meloria ins Wasser wirft, um sie dann von einem befreundeten Taucher finden zu lassen und das Wunder zu verkünden: Die Schlacht bei Meloria lebt wieder. Auf das geschriebene Wort reagiert die Welt immer, und in solchen Fällen ist der Autor leider machtlos.

Gastmahl mit Überraschungsbesuch

Aus dem Gastmahl des Trimalchio haben wir eine eklatante Fälschung gemacht, die wir Poggio Bracciolini zuschreiben. Der Leser, der uns diese Kühnheit nicht verzeihen möchte, sollte jedoch wissen, dass nicht einmal diese Idee eine pure Erfindung ist.

Das Gastmahl des Trimalchio ist Protagonist einer der obskursten und beunruhigendsten Begebenheiten in der gesamten Geschichte der antiken Literatur. Wie Experten versichern, war das *Satyricon*, diese zügellose Schwulenkomödie über Giton und Encolpius, die von nymphomanischen Matronen und sadistischen Priesterinnen gequält, von dunklen Flüchen verfolgt, von Betrügern und Schwindlern bedroht und von Eifersucht und Impotenz geplagt werden, schon im Mittelalter im Umlauf. In den antiken Handschriften stürzten die beiden Protagonisten sich mitten in ihren unglücklichen Abenteuern in eine riesige Orgie im Haus des Freigelassenen Trimalchio. An diesem Punkt brachen die Erzählungen aber ab, um ganz woanders wieder einzusetzen: Alle existierenden Kopien gingen offensichtlich auf ein- und dasselbe unvollständige Exemplar zurück.

Im Jahr 1664 erscheint in Padua plötzlich eine neue Ausgabe des *Satyricon* mit einer aufsehenerregenden Neuheit: der Fortsetzung und dem Ende des Gastmahls des Trimalchio. Sofort kommen Zweifel und Polemiken auf (vgl. die an diesem Punkt einsetzende Rekonstruktion von N. Pace, *Ombre e silenzi*

nella scoperta del frammento di Petronio e nella controversia sulla sua antichità,
in: P.F. Moretti, C. Torre, G. Zanetto (Hrsg.), *Debita dona: studi in onore di Isabella Gualandri,* Napoli 2008, S. 373–399).

Das *Satyricon* war in mehreren handschriftlichen Kopien schon seit Jahrhunderten im Umlauf; einige Passagen waren von antiken Autoren, wie Johannes von Salisbury im 13. Jahrhundert, zitiert worden. Wo kommt der neue Text mit dem kompletten Gastmahl also plötzlich her? Von einem im fernen Traù (heute Trogir), Dalmatien, wiedergefundenen Manuskript, wird behauptet. Einem Sammelkodex, der neben Petronius auch einige Gedichte von Tibull, Properz, Catull, Vergil (das *Moretum*), den *Phoenix* von Claudian und einen anonymen Brief an einen gewissen Leone Ebreo enthält. Der Kodex, der quasi aus dem Nichts auftaucht, ist also der einzige auf der Welt, der das komplette Gastmahl des Trimalchio überliefert: Das Risiko einer Fälschung ist unvermeidlich. Aus der Einleitung der Druckausgabe erfährt man, dass das Manuskript, das nach dem lateinischen Namen des Fundorts Traguriensis genannt wird, um 1645 entdeckt wurde. Es war also gut 18 Jahre versteckt gewesen, bevor es den Schriftsetzern zur Veröffentlichung geschickt wurde. Warum so lange?

Doch es gab noch mehr seltsame und unerklärliche Umstände. Der Kodex Traguriensis war von dem Humanisten Marino Statilio, der in Padua gerade seinen Abschluss in klassischer Philologie gemacht hatte, in der Bibliothek des Hauses der Familie Cippico, eines alten dalmatischen Adelsgeschlechts, entdeckt worden. Aber laut Aussagen seiner Zeitgenossen zweifelte Statilio selbst an der Authentizität des Textes. Er war voller Fehler, Merkwürdigkeiten, ungewöhnlicher und sonderbarer Ausdrücke, die Statilio eine Fälschung wittern ließen. Und wie er dachten auch viele andere in den Fluren der Universität von Padua.

Drohungen und Einschüchterungen

Nun regen sich die einflussreichen Förderer der Edition: der Botschafter der Republik Venedig beim Papst, Pietro Bassadonna, der aus Traù stammende Historiker Giovanni Lucio und sein dalmatischer Landsmann Stefano Gradi, Vizekustode der Vatikanischen Bibliothek, die den Herausgeber und sogar den Drucker bedrohen und verlangen, die Zweifler zum Schweigen zu bringen, die Arbeiten zu Ende zu führen und den Text nicht vor dem Druck zu zeigen. Strohmänner werden bezahlt, die auf die Fragen der skeptischen Kri tiker antworten; man setzt das unwahre Gerücht in Umlauf, der Text sei in Rom von einer Kommission Gelehrter untersucht und anerkannt worden. Tatsächlich hatte aber nur ein in Padua lebender, gelehrter dänischer Arzt ein positives, allerdings blindes Urteil abgegeben, allein auf Grundlage dessen, was ihm berichtet worden war und ohne den Text je gesehen zu haben. Eigenartig ist, dies nur am Rande, dass eben jener Arzt, Johann Rhode, ein Paracelsianer aus demselben Kreis war wie Pierre Potier, Pietro Castelli und Marc Aurelio Severino, denen wir schon im mysteriösen Fall von Bouchard begegnet sind. Und darüber hinaus stand er in Kontakt mit Cassiano dal Pozzo. In dubiosen Geschichten scheint man immer auf dieselben Menschen zu treffen.

Schließlich erscheint das Buch. Sofort breiten sich in ganz Europa Polemiken aus. In Paris bezeichnen der Franzose Valois und der Deutsche Wagenseil das Gastmahl, gestützt auf eine Fülle von Argumenten, als grobe Fälschung. Um den Anschuldigungen zu entgegnen, beschäftigen die Förderer des Traguriensis sogar Ghostwriter, die eine Antwort in Statilios Namen veröffentlichen, der aber gar nicht an die Echtheit glaubt. Die Flammen der Polemik schlagen hoch.

Zugunsten der Authentizität taucht jedoch ein Schlüsseldatum auf, das in der Handschrift selbst notiert ist: 1423. Just in diesem Jahr verkündete Poggio Bracciolini, der große Jäger verlorener literarischer Werke, seinem Freund Niccolò Niccoli an, dass er in den Besitzt eines Fragments von Petronius gekommen sei: Vielleicht war es das von Traù, das dann auf rätselhaften Wegen in Dalmatien landen sollte.

Aber statt das Problem zu lösen wirft diese Hypothese neue Fragen auf. Warum spricht Poggio, nachdem er in einem Brief angekündigt hat, einen wertvollen Petronius in den Händen zu halten, mit niemanden mehr darüber? Und was wurde aus seinem geheimnisvollen Petronius? Es ist nicht einmal sicher, ob Poggio zwei oder nur ein Petronius-Manuskript in Händen hatte und ob sie aus England oder Deutschland kamen. Poggio gelangte durch den Handel mit Manuskripten zu Geld und Ansehen; es ist absolut unwahrscheinlich, dass er ein so vorzügliches Stück wie das Gastmahl des Trimalchio mir nichts, dir nichts aus den Augen verlor. Nichtsdestoweniger gibt es in seinen Schriften keine erwähnenswerten Hinweise auf Petronius.

Unerklärliches Schweigen

Wie man sieht, ist die ganze Geschichte gespickt mit zwielichtigem Schweigen und missverständlichen Unterlassungen, die jedoch mit einer einzigen logischen Erklärung beseitigt werden könnten: Das Gastmahl des Trimalchio ist eine Fälschung. Die Polemiken dauerten nach der Veröffentlichung in Padua jahrelang an, dann aber verständigte sich ein Großteil der Philologen darauf, das Manuskript von Traù als authentisch anzusehen. Andererseits hatte man um dieses Ergebnisses willen von Beginn an auf Schikanen und Drohungen gesetzt. Das Geheimnis um die achtzehn Jahre, die der Kodex Traguriensis in einer Schublade verschlafen hatte, wurde schließlich nicht geklärt; aber die Zeit brachte alle Meinungsverschiedenheiten zum Schweigen.

Im Jahr 2005 gab es eine Überraschung. Der kroatische Gelehrte Bratislav Lučin entdeckte auf anderen Seiten des Kodex, der das Gastmahl enthielt, die Handschrift einer berühmten Persönlichkeit: des Poeten Marko Marulić Splićanin (B. Lučin, *Marul, Katul i trogirski kodeks Petronija*, in: »Colloquia Maruliana«, XVI (2007), S. 5–48). Marulić, der sich als der »kroatische Dante« bezeichnete, ist eine Art geistiger und literarischer Vater Dalmatiens. 1450 in Split geboren und 1524 gestorben, war er der Autor der *Judita*, des ersten epischen Gedichts auf Kroatisch. Marulić hatte in den Kodex Traguriensis Claudians Dichtung *Phoenix* kopiert, darüber hinaus hatte er im gesamten Manuskript, außer im Gastmahl, Anmerkungen und Korrekturen gemacht. Er war also vermutlich der Besitzer des Kodexes gewesen, bevor dieser Eigentum der Familie Cippico geworden war.

Marulić besaß auch einiges Talent als Fälscher. Wie der große deutsche Historiker Theodor Mommsen bereits im 19. Jahrhundert herausfand, hatte der »kroatische Dante« in seine Sammlung antiker Inschriften, *In epigrammata priscorum commentarius*, die von ihm aufs Schönste erfundenen Texte einiger lateinischer Gedenktafeln eingefügt (B. Lučin, *CIL 190*: A Proposal for Marulić*, in: »Colloquia Maruliana«, 7 (1998), S. 47–56).

Marulić war ein ausgezeichneter Kenner der lateinischen Poesie und konnte alle großen Autoren der Antike imitieren. Der Traguriensis war sicher lange in seinen Händen, schaut man sich die Notizen und Randbemerkungen an, mit denen er den Kodex von vorne bis hinten angereichert hatte. Allein im Gastmahl des Trimalchio hatte Marulić, obwohl es das Juwel des ganzen Kodexes war, nicht eine Silbe notiert. Dies legt die Vermutung nahe, dass er von der Unechtheit des Gastmahls gewusst und es daher nicht mit Kommentaren oder Korrekturen gewürdigt hatte.

Vor allem aber sprach Marulić mit niemandem über das wertvolle Manuskript in seinem Besitz. Petronius taucht unter den klassischen Autoren in seiner Bibliothek nicht auf (vgl. G.J. Gutsche, *Classical Antiquity in Marulić's Judita*, in:»The Slavic and East European Journal«, 19/3 (1975), S. 310–321, insbesondere S. 314). Das verwundert vor allem, wenn man bedenkt, dass Marulić gezeigt hatte, dass er »potentiell alle epischen Dichter der römischen Antike kannte (Lukrez, Vergil, Lucan, Manilius, Statius, Silius Italicus); die Satyriker Juvenal und Persius, dann Catull, letztlich die Elegiker Properz und Tibull sowie Horaz. Er kannte Ovid bis ins kleinste Detail, einschließlich der *Amores* und der *Ars Amatoria*. Offensichtlich hatte er sich von Martial die Regeln des epigrammatischen Genres angeeignet« (D. Novaković, *Two Recently Discovered Manuscripts of Marko Marulić in Great Britain*, in:»Colloquia Maruliana«, 6 (1997)). Vom Petronius in seinem Besitz scheint der »kroatische Dante« jedoch nichts gewusst zu haben. Und doch hatte sein Verleger Bernardo Vitali 1499 den bereits bekannten Teil des *Satyricons* gedruckt. Ist es möglich, dass Vitali und Marulić nie daran gedacht hatten, auch das Gastmahl in Druck zu geben? Für das seltsame Schweigen des »kroatischen Dante« gibt es nur eine Erklärung: Entweder hatte er gewusst, dass der Petronius eine Fälschung war, oder das Gastmahl wurde dem Kodex erst in einer Zeit nach Marulić hinzugefügt.

Cippico, Begna und Ciriaco

In einigen Randbemerkungen erkennt man im Kodex Traguriensis die Handschrift von Giorgio Begna, dem mit der Familie Cippico verbundenen Kopisten von dalmatischen Originalmanuskripten. Durch einen Vergleich der biographischen Daten gelangte man zu der Annahme, dass der Kodex von Traù zunächst Begna, dann den Cippico, dann Marulić und schließlich erneut den Cippico gehört hatte, in deren Bibliothek er letztendlich von Marino Statilio zutage gefördert wurde (B. Lučin, *Petronius in Dalmatia: the Codex Traguriensis and the Croatian Humanist Marko Marulić*. Beitrag zum Kongress »Humanism on the Eastern Adriatic Coast«, Venedig, 8. April 2010).

Aber auch Begna, der den Kodex Traguriensis in den Händen hatte, hätte den Wert des Gastmahls nicht ignorieren können, trotzdem sprach er unerklärlicherweise mit niemandem darüber, noch kopierte er ihn. Begna und Cippico waren mit dem berühmten herumreisenden Gelehrten Ciriaco di Ancona (1391–1455) befreundet, dem man einige Fälschungen von Inschriften zuschreibt, die er auf seinen Reisen gefunden haben wollte (vgl. R. Weiss, *La scoperta rinascimentale dell'età classica nel Rinascimento*, Padua 1989, S. 163 und 171; eine Zusammenfassung in M. Mayer, *Ciríaco de Ancona, Annio de Viterbo y la historiografía hispánica*, in:»Ciriaco di Ancona e la cultura antiquaria dell'Umanesimo«, Rom 1998). Um seine Inschriften-Sammlung zu komplettieren, benutzte Ciriaco unter anderem auch Texte, die ihm Begna und Pietro Cippico geliefert hatten (vgl. I. Babić, *Oporuke Pelegrine, Petra i Koriolana Cipika*, in:»Radovi Instituta za povijest umjetnosti«, 30 (2006), S. 29–49).

Es war also in diesem, literarischen Betrügereien alles andere als feindlich gesonnenen, engen Umfeld, in dem der Petronius von Traù ans Licht kam. Eine gewisse Neigung der dalmatischen Humanisten zu betrügerischen Praktiken wird übrigens auch im nachfolgenden Jahrhundert von Figuren wie dem bekannten Plagiator Ivan Tomko Mrnavic (1580–1637), *alias* Joannes Tomcus Marnavitius belegt (vgl. M.B. Petrovich, *Croatian Humanists and the Writing of History in the Fifteenth and Sixteenth Centuries*, in:»Slavic Review«, 37/4 (1978), S. 624–639, insbesondere S. 628).

Alle wussten es, niemand sagte etwas

Zwischen 1423, dem mutmaßlichen Entstehungsjahr des Kodex Traguriensis, und 1664, dem Jahr der Veröffentlichung in Padua, verschließt vor dem Gastmahl des Trimalchio jeder Augen und Ohren. Das Gastmahl geht durch viele Hände, aber niemand lässt diese Nachricht nach außen dringen, niemand bespricht es, niemand gibt es einem Drucker, und – noch unerklärlicher – niemand fertigt eine Kopie an. Eine mit bloßen Augen erkennbare Absurdität, für die bisher kein Gelehrter eine Erklärung finden konnte. Es ist also anzunehmen, dass das Petronius-Fragment des Kodex Traguriensis im humanistischen Umfeld von Spalato und Traù seit jeher als Fälschung bekannt war (wir haben gesehen, dass sogar sein Entdecker Marino Statilio diesen Verdacht hegte), die das Risiko eines Skandals in sich trug, wie er nach der Veröffentlichung in Padua auch tatsächlich ausbrach.

Es ist keine Überraschung, dass dies gerade mit Petronius geschah. Das *Satyricon* zog auch später die Aufmerksamkeit der Fälscher auf sich: Gegen Ende des 17. Jahrhunderts publizierten der Franzose Nodot und zu Beginn des 19. Jahrhunderts der Spanier Marchena weitere bisher nicht veröffentlichte Teile von Petronius – die dann als dreiste Täuschungen entlarvt wurden.

Der Traguriensis allerdings setzt sich durch. Am Ende ist es der dalmatische Historiker Giovanni Lucio, einer der einflussreichen Förderer der Paduaner Edition, der Statilio überzeugt, das Petronius-Fragment aus der Schublade zu ziehen und es in Druck zu geben. Doch Lucio treiben spezielle Beweggründe an: Sein Interesse gilt der Bestätigung eines dalmatischen Nationalbewusstseins gemäß der alten römischen Tradition und der Aufwertung der Stadt Trogir, über die er Jahre später eine große Sammlung historischer Erinnerungen publizieren wird (vgl. V. Brunelli, *Giovanni Lucio*, in: F. Semi und V. Tacconi (Hrsg.), *Istria e Dalmazia. Uomini e Tempi*, Udine 1992). Wahrscheinlich sieht Lucio in der Veröffentlichung eines lokalen »Schatzes« die Möglichkeit, in seinem Vaterland zu Bekanntheit und Ansehen zu kommen.

Es verwundert nicht, das viele Hintergründe dieser Geschichte lange unbekannt blieben: Der größte Erforscher des dalmatischen Humanismus und des Personenkreises um Begna und Cippico ist der Wissenschaftler Giuseppe Praga, der in den Jahren zwischen den beiden Weltkriegen seine Beiträge zur Familiengeschichte der Cippico veröffentlichte (G. Praga, *Indagini e studi sull'umanesimo in Dalmazia: il codice di Giorgio Begna e Pietro Cippico*, in: »Archivio storico per la Dalmazia«, 13/77 (1932), S. 210–218). Praga war jedoch vermutlich wenig geneigt, unangenehme Dinge über die Cippico zu schreiben, denn die Zeitschrift, in der er seine Studien veröffentlichte, war von Antonio Cippico, während des faschistischen Regimes Senator des Reiches, gegründet worden. Der Jude Praga befand sich – derweil in Italien die Einführung der Rassengesetze drohte – in einer riskanten Situation.

Aber auch von anderer Seite wurde darauf verzichtet, die Wahrheit zu erforschen. Nicola Pace (*Ombre e silenzi*, op. cit., S. 374 und 379), der die Abfolge der Einschüchterungsversuche und Drohungen rekonstruiert hat, über die man schließlich zur Edition von Padua gelangt war, kommentiert dies so: »Es scheint, als hätte eine seltsame Blindheit viele Petronius-Kritiker davon abgehalten, zu offensichtlichen Schlussfolgerungen zu kommen«. Aber »das, was am meisten verwundert« sind nicht so sehr die »Ungenauigkeiten, Widersprüchlichkeiten und falschen Schlussfolgerungen« der Gelehrten, sondern die Tatsache, dass entscheidende und schon seit langer Zeit bekannte Dokumente »unglaublich vernachlässigt« wurden. Das Schweigen der Gelehrten, so sagt Pace »ist seltsam, wenn nicht sogar beunruhigend«.

EPITAPH

Im Jahr 1417 fand Poggio Bracciolini das *De rerum natura*, das größte philosophische Gedicht des antiken Roms. *Sein Autor, der mysteriöse Lukrez, wurde fast nie in den Schriften seiner Zeitgenossen zitiert. Die untenstehenden Äußerungen aus L. Canforas* Vita di Lucrezio, *Palermo 1993, stammen von einigen der größten Historiker und Philosophen des letzten Jahrhunderts.*

Lukrez wurde in eine große Familie geboren, die sich aus dem gesellschaftlichen Leben weitgehend zurückgezogen hatte.

Marcel Schwob, *Vies imaginaires*

Er gehörte den besten Kreisen der römischen Gesellschaft an.

Theodor Mommsen, *Römische Geschichte*

Der arme Lukrez, Sohn Freigelassener.

Alfred Körte

Der Dichter Lukrez, von dem uns nichts bekannt ist.

Ronald Syme

ANMERKUNGEN

Die Möbius-Tetralogie

Das Geheimnis um die Mission der Dichterin und Komponistin Barbara Strozzi (1619–1677) wird erst in *Verschleierung*, dem Roman, der das Gegenstück zu dem hier vorliegenden bildet, gelüftet werden. Die Tetralogie, die mit *Mysterium* eröffnet wird und den Kern der letzten vier Bände der mit *Imprimatur* beginnenden Atto-Melani-Sage bildet, haben wir »Die Möbius-Tetralogie« getauft (wie der Leser am Anfang des Buches gesehen hat). Wie der gleichnamige bekannte Ring, der zwei Gesichter zu haben scheint, indessen nur eines hat, wird sich auch diese Tetralogie aus acht Bänden zusammensetzen, vier großen und vier kleinen, die jeweils vier Paare formen werden: Jedes Paar wird die zwei Gesichter ein und derselben Geschichte erzählen. Das erste Paar bilden *Mysterium* und *Verschleierung*.

Was also Barbara Strozzi angeht, verweisen wir auf die historischen Anmerkungen in *Verschleierung*. An dieser Stelle reicht es zu sagen, dass sie mit großer Wahrscheinlichkeit die erste Liebe Atto Melanis war, als der junge Kastrat in Venedig mit der Oper *La Finta Pazza* debütierte, deren Libretto von ihrem Vater Giulio Strozzi verfasst worden war. Eine historische Quelle dieser Zeit (*Satire, et altre Raccolte per l'Accademia degl'Unisoni in casa del Signor Giulio Strozzi*, Manuskript, Bibliothek Marciana in Venedig) überliefert uns eine Satire, in der Barbara als verliebt in einen Kastraten dargestellt wird. Es ist dieselbe, auf die im Diskurs II angespielt wird. Sich als Kastrat zu verkleiden war eine von den jungen venezianischen Frauen gern angewandte List. Manches Mal artete sie in Extreme aus, wie in dem Fall des geheimnisvollen Mädchens, das sich als der Kastrat Bellino ausgab und sogar mit einem kleinen Penis ausgestattet war (vgl. V. Palumbo, *Bellino, Casanova e i finti cavalieri. Ovvero il paradosso delle cantatrici*, Beitrag zum Kongress »Donne a Venezia. Spazi di libertà e forme di potere (sec.XVI–XVIII)«, Venedig, 8.–10. Mai 2008).

Der Fall Galileo

Als wir uns mit Jean-Jacques Bouchard befassten, stießen wir auf dessen Interesse an Galileo, den er im Jahr 1633 besucht hatte. Seinen Plan, eine Biographie Galileos zu schreiben, führte er jedoch nie aus. Galileo war lange Jahre Kollege von Cremonini an der Universität Padua gewesen, Studienort Gabriel Naudés und letzte Heimat von Caspar Schoppe.

Der Fall Galileo ist allgemein bekannt, die Rekonstruktion des Prozesses kann in jedem Geschichtsbuch nachgeschlagen werden. Sie ist exemplarisch unter zwei wesentlichen Aspekten:

– Die Auseinandersetzung zwischen zwei oder besser drei Erkenntnistheorien.

– Die medienwirksame Propaganda, mit der Elia Diodati den Mythos des von der römischen Kirche verfolgten Galileo konstruierte und dem toskanischen Gelehrten so den Erfolg beim Publikum und bei der Kritik sicherte, den dieser zuvor nicht erlangt hatte.

Bezüglich des zweiten Punktes, also des Verhältnisses zwischen Galileo und Diodati, haben wir dem, was in Diskurs LXXVII und den zwei angefügten Betrachtungen dargelegt wurde, wenig hinzuzufügen. In ihnen ist nichts erfunden, wie sich anhand der umfangreichen und äußerst ausführlichen Abhandlung Stéphane Garcias, *Élie Diodati et Galilée*, Florenz 2004 überprüfen lässt, die sich auf Archivdokumente stützt und ein unerwartetes Licht auf die Geschichte des toskanischen Gelehrten wirft.

Hingegen müssen einige Zusätze zum erkenntnistheoretischen Aspekt gemacht werden.

Die Erkenntnistheorie ist die Philosophie der Wissenschaft. Sie interpretiert die verschiedenen Methoden wissenschaftlicher Untersuchungen der uns umgebenden Realität und versucht festzustellen, welche Methoden Gültigkeit besitzen und welche nicht. Wie in allen Wissensbereichen des Menschen tragen die Experten auch auf diesem Feld seit Jahrhunderten erbitterte Kämpfe aus.

Die Ereignisse um Galileo wurden also vorwiegend, wie oben erwähnt, vom Kampf zwischen drei verschiedenen Erkenntnistheorien ausgelöst. Bevor es an die Auswertung neuer Versuchsdaten ging, musste man sich also zunächst über diese drei Theorien verständigen:

- den experimentellen Realismus Galileos (der auch heute noch in der offiziellen Wissenschaft führend ist),

- den Instrumentalismus Bellarminos und Papst Urbans VIII. sowie einer breiten Schar von Gelehrten, die diesen Standpunkt seit der Antike vertraten,

- den dogmatischen Realismus der Aristoteliker (der auch heute noch in den drei großen monotheistischen Weltreligionen tonangebend ist).

Die Reihenfolge, in der wir die drei obengenannten erkenntnistheoretischen Strömungen aufgelistet haben, ist nicht zufällig. Die erste und die letzte repräsentieren die beiden unversöhnlichen Extreme, die – leider – in der heutigen Realität noch immer vorherrschen. Die zweite, der von Martin Luther weggefegte Instrumentalismus, fand (abgesehen vom Glauben) ein Echo im *Pensiero Debole* und erhebt sich heute dank der großen Verbreitung quantenphysikalischer Entdeckungen zu neuem Leben (siehe weiter unten).

Für eine detaillierte Erklärung der drei erkenntnistheoretischen Typen verweisen wir auf die Diskurse LXXIII bis LXXVII, einschließlich der mit ihnen zusammenhängenden Betrachtungen, Dialoge und Notizen. In diesen Kapiteln hat die Erzählung tatsächlich nichts Romanhaftes, außer der stilistischen Form, mit der wir versucht haben, all unseren Lesern eine Materie verdaulicher zu machen, deren korrektes Verständnis ebenso komplex wie notwendig ist, um das Leben – auch das alltägliche Leben – im richtigen Licht zu sehen und zu meistern.

Grundlegend für eine Vertiefung der Geschichte des wissenschaftlichen Instrumentalismus ist Pierre Duhems (1861–1916) Aufsatz: *Rettung der Phänomene* (*Sozèin ta phainòmena. Essai sur la notion de théorie physique de Platon à Galilée*, Paris 1908).

Die Werke Duhems fanden seinerzeit viele Kritiker. Er war Dozent für Physik an der Universität von Lille und im akademischen Umfeld Opfer einer Hetzjagd, die ihm für immer die Türen zur Sorbonne verschloss. Trotzdem wurde die historische und geschichtswissenschaftliche Glaubwürdigkeit von *Rettung der Phänomene* niemals in Frage gestellt.

Duhems wesentliche Aussagen sind:

A – Die Fortschritte der Wissenschaft vollziehen sich wesentlich innerhalb einer geschichtlichen Entwicklung.

B – Deswegen kann keine Formulierung einer wissenschaftlichen Theorie von den geschichtlichen Zusammenhängen absehen.

Dies sind die beiden untrennbaren Pole, zwischen denen sich die Wissenschaft fortbewegt. Die Frage nach der Vormachtstellung der einen oder der anderen ist sinnlos. Die Bildung jeder physikalischen Theorie, meint Duhem (*La théorie physique: son objet, sa structure*, Paris 1914), ging von den ersten Entwürfen an immer durch aufeinander aufbauende, stufenweise Nachbesserung vonstatten, und jedes Mal wurde die freie Initiative des Physikers von den verschiedensten Umständen, von menschlichen Meinungen nicht weniger als vom Gebot der Fakten angeraten, unterstützt, geleitet, manchmal gebieterisch erzwungen. Eine physikalische Theorie ist mitnichten nicht das Produkt einer plötzlichen Schöpfung aus dem Nichts, sondern das langsame und fortschreitende Ergebnis einer Entwicklung.

Die vielfachen historischen Rekonstruktionen Duhems kreisen im Wesentlichen um das bedeutendste Ereignis der modernen Wissenschaft, der sogenannten »wissenschaftlichen Revolution«, die in Galileo im 17. Jahrhundert den wahren Initiator der wissenschaftlichen Methode findet. Ohne die historische Bedeutung der Leistung des toskanischen Wissenschaftlers schmälern zu wollen, muss diese jedoch in einen korrekteren historischen und erkenntnistheoretischen Rahmen eingeordnet werden.

In der positivistischen Wissenschaft des späten 17. Jahrhunderts führten einige schon bei Galilei vorhandene Missverständnisse zu extrem negativen Konsequenzen: dem blinden Vertrauen in die wissenschaftliche Gewissheit experimenteller Messungen und den Auswüchsen eines naiven wissenschaftlichen Realismus, der sich alsbald in ein starrsinniges Beharren auf der absoluten Unbezweifelbarkeit aller Erfahrungsdaten wandeln sollte.

Denn das Experiment ist niemals einfache Tatsachenfeststellung, sondern ein komplexes Urteil, das der Wissenschaftler auf der Grundlage von abstrakten und symbolischen Erkenntnissen formuliert. Deren Übereinstimmung mit den Fakten ist nur durch Theorien garantiert, die die Aufgabe haben, die Vielzahl der Erfahrungswerte auf einer abstrakten, rein instrumentellen Ebene zu vereinen.

Hier steckt das Missverständnis, dem Galileo erlegen ist: Die allein aus empirischen Daten erarbeiteten Hypothesen mit unumstößlichen wissenschaftlichen Wahrheiten zu verwechseln.

Wie viel an der kategorischen Form von Galileos Behauptungen dem Blendwerk des von Diodati verheißenen Ruhmes geschuldet ist, den Galileo bis dahin nur gestreift, aber niemals erreicht hatte, kann nur vermutet werden. Es ist eine Tatsache, dass sich Galileos Werke unverkauft in den Lagern der Drucker stapelten und erst nach der Veröffentlichung der Abschwörung weggingen wie warme Semmeln.

Wie auch immer, in ihren Anfängen war die moderne Wissenschaft – und mit ihr Galileo – geblendet von der Bedeutung der experimentellen Methode und verwandelte sie für jede wissenschaftliche Erkenntnis in einen Urteilsspruch ohne Berufungsmöglichkeit. Aus dieser Haltung erwuchsen zahlreiche, auch für die Wissenschaft gefährliche Konsequenzen. Die schädlichste unter ihnen war die schon von Galileo selbst angewandte Praxis des »experimentellen Widerspruchs«, einem analogen Vorgehen wie die Beweisführung ad absurdum in der Mathematik, bei der das Gegenteil einer Hypothese als wahr gilt, wenn diese sich auf experimentellem Weg als falsch herausgestellt hat. Aus Galileos Sicht hätte dies eine sichere und endgültige Entscheidung zwischen diversen rivalisierenden Theorien ermöglicht. Galileo hatte nicht verstanden, dass für dieses Ziel kein wie immer geartetes Experiment ausreicht. Wie der Buchhändler Hardouin im Diskurs LXXIII und im dazugehörigen Dialog über den Unterschied zwischen Wissen und Beherrschen erklärt, kann man nie ausschließen, dass in der Zukunft eine neue Theorie aufgestellt wird, die sich mit ebendiesen experimentellen Daten vereinbaren lässt.

Somit hat eine wissenschaftliche Theorie immer einen relativen Wert. Als Gegenprobe genügen ein paar von Duhem angebrachte Beispiele. Zunächst einmal kann sich eine auf einem bestimmten Forschungsgebiet funktionierende Theorie als ungültig herausstellen, wenn das Gebiet erweitert wird. Beispiel: Poissons Theorie funktioniert, solange man sie auf homogene Leitkörper anwendet, aber sie gilt nicht mehr, wenn man sie sowohl auf homogene als auch auf heterogene Körper anwendet.

Darüber hinaus hängt der Wert einer Theorie vom Präzisionsgrad der Messinstrumente ab. Weniger genaue Instrumente können eine Theorie verifizieren, die sich dann mit präziseren Instrumenten als falsch herausstellt, da ein perfekteres Gerät die Abweichungen erfassen kann, die den vorigen Instrumenten entgangen waren. Beispiel: Die klassische Theorie vom Gas (von Gay-Lussac) hatte so lange Bestand, wie die Instrumente der Physiker denselben Präzisionsgrad boten wie die von Gay-Lussac. Als Regnault die Wissenschaft durch viel feinere Verfahren bereicherte, wurde die Theorie ungültig.

Angesichts solcher Beobachtungen begreift man in vollem Ausmaß, wie weise Papst Barberini und Kardinal Bellarmino waren, als sie Galileo empfahlen, sich auf die Beherrschung der wahrnehmbaren Daten zu begrenzen, aber nicht zu glauben, dass er damit das eigentliche Wesen der Dinge erfassen könne.

Auch die Quantenmechanik gibt Bellarmino und Urban VIII. Recht. Die vor gut achtzig Jahren entstandene physikalische Theorie erlebt erst heute aufgrund der Unzulänglichkeit der klassischen Mechanik bei der Erklärung physikalischer Phänomene einen regelrechten Popularitätsboom bei einem breiteren Publikum. Die Quantenmechanik (der ursprünglichen Kopenhagener Interpretation von 1927) verzichtet auf den absoluten Determinismus der klassischen Physik und ersetzt ihn durch das Prinzip der Indetermination. Kurz gesagt, sie behauptet, dass die subatomare Welt im Kern nicht festgelegt sei und dass die Phänomene schon durch die reine Beobachtung gestört werden. Elementarteilchen wie das Elektron oder das Photon befänden sich in einem andauernd schwebenden Zustand zwischen Körper und Welle, und allein die Tatsache, beobachtet zu werden, würde sie »stören« und dazu führen, dass sie entweder den einen oder den anderen Zustand annähmen. Dieses Phänomen, von der Störung herbeigeführt, die allein durch die Beobachtung verursacht wird, entsteht auch, wenn das beobachtende »Auge« nicht menschlich, sondern mechanisch ist. Sprich: Die subatomare Welt, oder besser das innerste Wesen der Realität, die uns umgibt, *kann nicht beobachtet werden*.

Wenn wir es tun, entwirft sie ausschließlich zu unserem Nutzen und Gebrauch ein durch und durch falsches Mini-Spektakel, bei dem jedes Ding an seinem Platz zu sein scheint. Sobald wir es aber in Frieden lassen, legt es die irreführende Erscheinung ab und kehrt zu seinem fluktuierenden Status zwischen körperlicher und wellenförmiger Natur zurück.

Mehr noch. Das Prinzip der Lokalität, an dem Einstein so hing, welches besagt, dass alle räumlich voneinander entfernten Objekte keine direkte Wirkung aufeinander haben können, wurde vor etwa 30 Jahren durch das berühmte Experiment von Alain Aspect widerlegt, der unter anderem Wechselwirkungen bewies, die *schneller als in Lichtgeschwindigkeit* zwischen getrennten physischen Entitäten ablaufen. Zwei durch den Zerfall eines Kalzium-Atoms erzeugte Photonen wurden auf zwei verschiedenen Strecken freigesetzt. Das erste Photon wurde auf eine Strecke aus lichtbrechenden Kristallen geschickt, die es umleiteten, das zweite Photon wurde ohne Hindernisse ausgesendet. Die Abweichungen des ersten Photons (von den Forschern durch die lichtbrechenden Kristalle herbeigeführt) ließen sich augenblicklich auch bei dem anderen Photon beobachten!

Dieses Phänomen, das unerklärlich erscheint, da es in vollkommenem Widerspruch zum Prinzip der Lokalität steht, ist für Quantenphysiker ganz und gar natürlich, da sie generell von der Existenz eines wechselwirksamen Systems ausgehen, in dem die räumliche Distanz keinen Einfluss hat. Für die Quantenphysik stellen getrennte Teilchen nicht notwendigerweise unterschiedliche Einheiten dar. Im Fall der Photonen waren diese zwar getrennt, aber miteinander korreliert, da sie aus demselben Kalzium-Atom stammten. Das Prinzip zeigt, dass eine unmittelbare oder zumindest eine die Lichtgeschwindigkeit übertreffende Wirkung und Verbindung durchaus vorstellbar sind.

Wie paradox diese Schlussfolgerungen der Quantenmechanik auch erscheinen mögen, sie repräsentieren doch den gemeinsamen Nenner der gesamten modernen Physik.

Einstein konnte sich mit den unumstößlichen Beweisen der Quantenphysik so wenig anfreunden, dass er die Theorie der versteckten Variablen aufstellte. Diese besagt mehr oder weniger, dass es versteckte, besser gesagt, noch nicht entdeckte Variablen geben müsse, die erlauben, die Ungültigkeit der Quantenphysik zu beweisen, auch wenn es im Moment unmöglich erscheint, ihre Prinzipien zu demontieren. Einstein bemerkte nicht, dass auch er damit Urban VIII. und Bellarmino Recht gab und die entgegengesetzte Richtung zu seiner ursprünglichen deterministischen Absicht einschlug.

Wir scheuen nicht davor zurück, uns den paradoxen Schlussfolgerungen Duhems anzuschließen, der durch unsere Figur Hardouin spricht, wenn er behauptet, dass die Logik auf der Seite Bellarminos und Urbans VIII. steht und nicht auf Seiten Galileos, da die ersten beiden exakt den Wert der experimentellen Methode begriffen hatten, während letzterer sich getäuscht hatte.

Atto Melani (Pistoia 1626–Paris 1714) und die Kastraten

Heutige Untersuchungen und Forschungen zu den Kastraten leiden unter einem einseitigen Ansatz. Denn die produktivsten Forscher auf diesem Gebiet interessieren sich für das Phänomen nur im Rahmen der Geschichte der männlichen Homoerotik. Diese Perspektive kehrt die schmerzhafte Realität der Kastraten um, die vor allem Opfer von Gewalt mit pädophilem Hintergrund waren, und macht aus ihnen Protagonisten der homosexuellen Szene ihrer Zeit. Die »fröhliche« Version des Kastratenschicksals ignoriert den tragischen Aspekt der Nötigung, der die Kastraten mit jenen in Verbindung bringt, die sich – wie meistens auch ihre Mäzene – im Gegensatz zu ihnen frei für die Ausübung der Homoerotik und Pädophilie entschieden hatten (vgl. Luca Ombrosi, *Vita dei Medici sodomiti*, Rom 1965). Diese beriefen sich auf eine angeblich klassische Tradition, die selbst einige Experten für homosexuelle Literatur als »unwahrscheinlich« bezeichnen (vgl. Luca Scarlini, *Lustrini per il regno dei cieli*, Torino 2008). Kastraten wollten nicht homosexuell sein. Die Tatsache, dass sie zu diesem Zweck verstümmelt wurden und sich in den Betten mächtiger Pädophiler wiederfanden, spiegelt die Gewalt wider, deren Opfer sie waren, nicht ihre sexuelle Vorliebe. Sie wählten diesen Weg nicht freiwillig. Im Alter zwischen sechs und neun Jahren wurden sie brutal an den Genitalien verstümmelt, um aus ihnen Wesen zwischen Mann und Frau zu machen. Zum Gebrauch für unterschiedlichste Vergnügen, bei denen der musikalische nicht vom sexuellen getrennt wurde.

So geschah es auch Atto Melani und seinen vielen Brüdern. Wir müssen hier nicht wiederholen, was schon in Diskurs 11 und der ihm folgenden Notiz und Betrachtung erzählt wurde, da sich jedes berichtete Detail auf das verbliebene Archivmaterial, vor allem auf die Briefe Attos stützt – einschließlich des merkwürdigen Todes seines Vaters durch einen Sturz aus dem Fenster. Eine Episode, hinter der man ohne zu zögern das Einschreiten der kastrierten Söhne vermutet, von deren sieben er nur einen für den Erhalt der Familie aufgespart hatte. Hätte Atto doch eine Mutter gehabt wie der Komponist Gioachino Rossini: Als der vom Ehemann gerufene Bader eintraf, um den kleinen Gioachino zu kastrieren, bewaffnete sie sich mit einem Küchenmesser, fuchtelte damit wild herum, jagte die »Herren Männer« mit spitzen Schreien in die Flucht und trieb ihnen ein für alle Mal die Absicht aus, ihren Sohn zu verstümmeln.

Atto Melani selbst lebte seinen Zustand als Kastrat mit großem Zorn. Er beklagte sich darüber in seinen Briefen; nach seinem 18. Lebensjahr konnte er sich mit der Weigerung, fortan Frauenrollen zu singen, bei seinen Herren durchsetzen. Es gibt einen berühmten Streit zwischen ihm und dem Librettisten Francesco Buti, der sich etwa zwanzig Jahre nach den in *Mysterium* erzählten Ereignissen abspielte. Buti wollte Atto beleidigen, indem er ihm vor anderen Musikern mitteilte, dass er ihm in der nächsten Oper die Rolle einer Göttin zugedacht habe. Atto bekam daraufhin einen heftigen Wutanfall, beschimpfte Buti grob und weigerte sich sogar, bei der Oper mitzuwirken, ohne zu bedenken, welche ernsten Konsequenzen eine solche Rebellion für seine Beziehungen zum König haben würde. Und dies ist nur ein Beispiel.

Von dem in Venedig zirkulierenden Sonett über die Leidenschaft, die Barbara Strozzi für einen Kastraten hegte, haben wir bereits berichtet. Schon zu der Zeit war Attos Liebe zu Frauen bekannt, die auch Gegenstand der in Diskurs III zitierten pistoiesischen Satire war. Man wusste auch, dass seine nicht seltenen, der Operation geschuldeten »Funktionsstörungen« ihn in tiefste Verzweiflung stürzten, so sehr, dass manch eine ihn sogar »den Kopf gegen die Wand« hat schlagen sehen.

1653 verliebte sich Atto in die Frau, damals noch ein Mädchen, die für immer in seinem Herzen bleiben sollte: Maria Mancini, die Nichte des Kardinals Mazarin und erste Liebe Ludwigs XIV. Maria kam mit 15 Jahren aus Rom nach Paris und blieb nach der erzwungenen Trennung vom jungen König, der die spanische Infantin heiraten musste, um dem Krieg ein Ende zu setzen, über 40 Jahre heimlich mit ihrer alten Liebe in Kontakt. Aus diesen Briefen in Geheimschrift, die durch Atto übermittelt wurden und die wir in Paris im Archiv des Außenministeriums entdeckt haben, machten wir das Leitmotiv unseres Romans *Secretum* (Berlin 2005). Als Maria 1661 nach Rom geschickt wurde, um den Prinzen Colonna zu heiraten, ließ der König sie von Atto verfolgen. Offiziell hatte er ihn wegen des Verdachts auf Mitwisserschaft im Fall des Polizeimeisters Fouquet, der der Unterschlagung beschuldigt wurde, nach Rom ins Exil geschickt. Als Maria 1672 aus der stürmischen Ehe mit Colonna floh, erhielt Atto – was für ein Zufall – die Vergebung des Königs und wurde wieder in Paris aufgenommen.

Sobald er konnte, hörte Atto mit dem Singen auf und versuchte, als Spion zu überleben. Ein Metier, das ihm zu liegen schien, da er einer der gefragtesten und mächtigsten Diplomaten ganz Europas wurde, Papstwahlen zu beeinflussen und internationale Spannungen zu schlichten vermochte. Über seine Vergangenheit als Musiker schrieb er kein Wort mehr, keine Erinnerung, keine Andeutung, nichts.

Die emotionale Geschichte Atto Melanis, der seinen letzten, wenige Tage vor seinem Tod mit achtundachtzig Jahren in jugendlich frischem Ton geschriebenen Brief Maria widmete (»mir scheint, ich träume« schreibt er in Gedanken an sie), ist der vieler anderer Kastraten nicht unähnlich, wie wir schon in den oben erwähnten Diskursen erzählt haben und im Folgenden ausführlicher zeigen werden. Dramatische Geschichten von verfolgten Kastraten, zur Flucht gezwungen, ermordet oder an den Widerständen zugrunde gegangen, auf die sie trafen, weil sie eine Frau liebten. Denn seit dem

Dekret Sixtus v. von 1686 war es Kastraten verboten, mit einer Frau zusammenzuleben. Aber nicht mit einem Mann. Der Kastrat Salimbeni führte seine Schülerin und Lebensgefährtin mit nach Dresden, indem er sie als Kastrat ausgab. Neben anderen Päpsten antwortete auch Innozenz xi. einem Kastraten, welcher ihn um Dispens für die Hochzeit bat: »Dann soll man eben besser kastrieren!« Die Liebesgeschichte zwischen dem Kastraten Siface und einer Verwandten des Grafen Marsili (vom Letzteren sprechen wir in unserem Roman *Veritas*, Hamburg 2007) endete mit der Ermordung Sifaces auf Anordnung Marsilis.

Noch im 19. Jahrhundert war das allgemeine Bewusstsein für die Wut der Kastraten wegen der erlittenen, beispiellosen Gewalt lebendig. In *Sarrasine* von Honoré de Balzac verliebt sich die Hauptfigur, der Bildhauer Sarrasine, in die wunderschöne Sängerin Zambinella, um dann zu entdecken, dass es sich um einen Kastraten handelt. Ein Fürst wird ihm den Schwindel verraten: »Ich selbst, mein Herr, habe Zambinella seine Stimme verschafft. Ich habe dem Kerl alles bezahlt, sogar seinen Gesangslehrer. Nun, er ist für den Dienst, den ich ihm erwiesen habe, so undankbar, daß er seinen Fuß nicht ein einziges Mal über meine Schwelle gesetzt hat.«

Doch von diesen Dramen findet man leider keine Spur in zeitgenössischen Studien über Kastraten. Die Abhandlung des Musikologen Roger Freitas, *Portrait of a castrato*, London-New York 2009 ist eine sehr ausführliche Biographie Atto Melanis (auch wenn ihm bei seiner Forschungsarbeit einige Bände mit der Korrespondenz Attos entgangen sind). Es ist jedoch enttäuschend, wenn man lesen muss, dass Freitas Attos Klagen über seinen »unglücklichen Zustand« als Kastrat abschätzig als reine Heuchelei, als theatralisches Selbstmitleid klassifiziert. Freitas macht sich nicht einmal die Mühe nachzuweisen, auf welche Briefe von Atto er sich bezieht. Nicht mit einem Wort erwähnt er Attos Neigung zu Frauen. Maria Mancini wird komplett verschwiegen. Im Gegenteil werden ganze Kapitel auf die an Hypothesen und Details überreiche Analyse von Attos Jugendbriefen verwendet, in denen sich Spuren von angeblichen homoerotischen, mehr oder weniger zufälligen Beziehungen zu einigen seiner »Beschützer« verbergen könnten. Das Element der Nötigung hinter diesen mutmaßlichen Beziehungen wird von der mühevollen Rekonstruktion Freitas völlig außer Acht gelassen, dessen Hauptinteresse im Übrigen schon der Titel des Artikels bekundet: *The eroticism of Emasculation: Confronting the Baroque Body of the Castrato*, in: »Journal of musicology«, Vol. 20, Nr. 2 (Frühling 2003), S. 196–249.

Dasselbe biographische Schicksal widerfährt Marcantonio Pasqualini, genannt Malagigi, Atto Melanis Lehrer: Man muss bis zur zeitgenössischen Korrespondenz zurückgehen, um zu entdecken, dass Pasqualini nicht der Geliebte des Kardinals Antonio Barberini war, wie in heute gängigen Studien dargestellt. Der junge, stattliche Kardinal bediente sich ganz im Gegenteil der Faszination, die der Kastrat auf adelige Mädchen ausübte, um die väterlichen Kontrollen zu umgehen und die Töchter in sein eigenes Bett zu bekommen. Denn welcher Vater fürchtete schon um seine Tochter, wenn ein Kastrat ihr den Hof machte?

Im durchweg unwahren Panorama der Studien auf diesem Gebiet, die wie im Fall Freitas mit Unterstützung amerikanischer Universitäten veröffentlicht wurden, sticht die unbestreitbare Objektivität einer Abhandlung hervor, die aus der Feder eines Nicht-Akademikers, wohl aber eines Theaterhistorikers und Regisseurs. Das Buch des Deutschen Hubert Ortkemper: Sein *Engel wider Willen: Die Welt der Kastraten*, Berlin 1993, verkündet schon im Titel das Ergebnis der vom Autor minutiös betriebenen Nachforschungen. Das 22. Kapitel mit dem signifikanten Titel »Das Eheverbot« ist eine Zusammenfassung der bekanntesten Fälle großer Liebe zwischen Frauen und Kastraten. Angefangen mit dem jungen Bartholomäus Sorlisi, der um die Mitte des 17. Jahrhunderts eine günstige Stellungnahme des protestantischen Konsistoriums in Leipzig haben muss, um seine Dorothea heiraten zu dürfen. Die Untersuchung des Falls erfolgt bis ins intimste Detail. Schließlich urteilen Theologen und Richter, dass die Ehe geschlossen werden kann, da »der Schnitt durch die Samenkanäle zwar die Zeugungsfähigkeit zerstört, aber das Sexualleben nicht völlig lahmgelegt hat. Die Kastraten sind durchaus zum Liebesakt fähig. Ihr Glied kann noch erigieren. Sie können es nicht nur in die Scheide einführen, sie können die Frau dabei auch sexuell befriedigen. Und schließlich haben sie selbst dabei ein Lustempfinden.«

Dies ist der erste uns überlieferte Beleg der realen sexuellen Fähigkeiten der Kastraten. Er widerspricht der modernen Tendenz auf diesem Gebiet, die – nur auf Hypothesen gestützt, da es heute keine Kastraten mehr gibt – ihrem Geschlechtsapparat jede Befähigung zum Liebesakt mit Frauen abspricht und Liebesgeschichten zwischen Kastraten und Frauen als reine Legenden abtut.

Legendär, aber in einem anderen Sinn, wurde der arme Bartholomäus Sorlisi wirklich: Von Dorotheas Eltern, die gegen die Hochzeit waren, aufgefordert, annulliert das oberste protestantische Konsistorium in Dresden die Ehe, es sei denn der Kastrat finanziere den Bau einer Kirche. Sorlisi bezahlt, aber der Rat prellt ihn: Er nimmt sich die Kirche und widerruft die Annullierung nicht. Da tritt der Thronfolger auf die Bühne, der ein Dekret über die Legitimität der Ehe unterschreibt. Immerhin kann der Rat dem unglückseligen Paar nun nicht die Polizei ins Haus schicken, um sie wegen illegalen Zusammenlebens zu verhaften. Dorotheas Vater erbittet ein Gutachten der protestantischen Fakultät für Theologie in Jena, das die Annullierung der Ehe mit der Begründung der Unfruchtbarkeit bestätigt. Dass es viele kinderlose Ehen gibt, auch wenn der Ehemann kein Kastrat ist, hat für die Theologen aus Jena keine Bedeutung: Das Beispiel von Abraham und Sarah, die in hohem Alter Isaak bekamen, zeige, dass es immer noch Hoffnung gebe. Kurz gesagt: Gott kann Wunder vollbringen, aber nicht bei einem Kastraten. Unterdessen gelangt der Fall Sorlisi zu allgemeiner Bekanntheit: Theologen und Universitäten beschäftigen sich aus eigenem Antrieb mit ihm. Der Dekan und die Professoren der Universität Königsberg schicken ein Gutachten, dass die Ehe von Bartholomäus und Dorothea verteidigt und spezifiziert, dass die Durchtrennung der Samenleiter den Beischlaf und die Befriedigung der Frau nicht nur nicht verhindere, sondern sich darüber hinaus im Laufe der Jahre sogar zurückbilden könne und in diesen Fällen eine stabilere Erektion und das Austreten von Sperma möglich sei. Das allerdings sei, so Königsberg, sekundär, da das Hauptziel der Ehe nicht die Fortpflanzung, sondern die sexuelle Befriedigung sei und die Ehe daher gültig sei, wenn Sorlisis Ehefrau sage, sie würde von ihrem Mann im Bett befriedigt. Eine Modernität der Gedankenführung, vor der man nur den Hut ziehen kann. Es mehren sich aber die zornigen Stimmen derer, die lautstark die Trennung der beiden fordern. Bartholomäus und Dorothea entscheiden »wie Bruder und Schwester« miteinander zu leben, in der Hoffnung, endlich in Frieden gelassen zu werden. Aber umsonst. Der Tod beendet den Moralstreit: zerrüttet durch acht Jahre öffentlicher Attacken, wird Bartholomäus Sorlisi depressiv und stirbt 1672 mit nur vierzig Jahren. Jahre nach seinem Tod wird ein Traktat über seinen Fall erscheinen: *Eunuchi Coniugum oder Die Capaunen-Heyrath*, Halle 1685.

Dem in Bergamo geborenen Kastraten Filippo Finazzi, der in Hamburg seine Gertrude Steinmetz heiraten konnte und mit ihr glücklich und zufrieden lebte, erging es besser.

In Frankreich aber war die Situation entsetzlich. Es genügt ein Blick auf das vor Missgunst triefende *Privilegi e fedeltà dei castrati*, ein Pamphlet aus dem Jahr 1619 gegen die Ehe zwischen Frauen und entmannten Sängern, das sich feige über die Kastraten lustig macht, weil sie durch die Hochzeit in ihr Un-

glück gehen. Denn Kastraten entzünden in Frauen »ein Feuer, das sie nicht löschen können«, da sie »schwach auf den Nieren sind, und ohnmächtig werden auf der Schwelle der Tür, durch welche sie nur den Kopf stecken können«
(*Les Privileges et fidelitez des Chastrez*, in: »Variétés historiques et littéraires.
Recueil de pièces volantes rares et curieuses en prose et en vers«, revues et annotées par Édouard Fournier, Tome III, 1855, S. 333–336)

Auch der berühmte Farinelli suchte eine Ehefrau und schrieb, dass dies
ihm das Wichtigste sei, während er eine zornerfüllte Scham gegenüber der
»singenden Zunft« hegte, der er angehörte. In den katholischen Ländern Italien und Spanien, in denen er lebte, bekam er jedoch nie die Erlaubnis zu heiraten. Den Kastraten Velluti trieb es mit der Illusion, dass er sich operieren
lassen könne, um sich von der Kastration zu befreien und endlich eine Familie zu gründen, sogar bis in die Krim.

Filippo Balatri aus Pisa hingegen wurde wegen der Liebesbeziehung zu
Anna Mons, der Geliebten des Zars, in Russland verhaftet. Er floh und fand
Zuflucht beim Khan der Kalmücken, wo er jedoch als exotische Rarität wahrgenommen wurde und sich peinlichen Fragen aussetzen musste, wie Balatri
selbst in einem kleinen Gedicht berichtet, in dessen letzten Versen die
schreckliche Realität der pädophilen Ausbeutung, aus der die Kastraten her-
vorgingen, zum Sinnbild wird:

Ihn nichts mehr von der Fragerei abhält:
Von wo ich sei? Und ob ich Weib ob Mann.
Ob Erdenkind oder vom Himmel fällt,
ein Wesen, das so lieblich singen kann.
Ich bin um eine Antwort recht verlegen.
Sag ich »ein Mann«? Die Lüge ist banal.
Sag ich »ein Weib«? Das sag ich nicht von wegen!
Und ich erröte, sage ich »neutral«.
Ein Herz gefasst will Antwort ich ihm geben:
Dass ich ein Mann aus der Toskana sei.
Und Hähne gäb es dort, die Eier legen.
Und ein Sopran dort schlüpft aus jedem Ei.
Die Hähne wie die Schlachter Klingen zücken.
Die uns lang brüten lassen, ungewollt.
Ist der Capaun gemacht, die Eier schmücken
Liebkosungen und Schmeichelei und Gold.

Figuren und Gladiatoren

Der Respekt vor den historischen Daten und Fakten nötigte uns, nicht nur kleinste biographische Einzelheiten, sondern auch die Natur und das Temperament unserer Persönlichkeiten zu berücksichtigen. Man glaube nicht, dass die blutigen Auseinandersetzungen zwischen unseren gelehrten Figuren eine literarische Übertreibung seien. Dreiste Prügeleien waren das täglich Brot dieser kränkelnden Bücherwürmer, die heute unter dem gnädigen Namen Gelehrtenrepublik zusammengefasst werden. So schrieb Charles Nisard in seinem berühmten Fresko des gebildeten Europas zu Zeiten Skaligers, Naudés, Guyetus und Schoppes (*Les Gladiateurs de la République des Lettres*, Paris 1860, S.VII–VIII):

»Ich habe nicht lange gebraucht, um den passenden Namen für die Autoren dieser Schriften zu finden. Da sie sich mit ihren derben und brutalen Polemiken der Ehre benommen hatten, unter den Schriftstellern hervorzutreten, die mehr für die Wahrheit als um ihre Eigenliebe kämpften, und weniger beschworen denn überlegten, musste ich ihnen einen anderen Platz suchen, und mit diesem Platz einen Namen, der mit der Gewalt und der Erfolglosigkeit ihres Vorgehens übereinstimmte. Dieser Name wurde mir von der lateinischen Sprache geliefert, die diese in ihren Schriften verwendeten, und von dem Volk, das in dieser Sprache redete. Die Römer bezeichneten mit dem Wort *digladiari* das laute Disputieren, das dreiste Zanken, letztlich den Akt, aus der Sprache dasselbe blinde und wilde Unterfangen zu machen, das die Helden in der Arena mit ihren Schwertern vollführten. Eine analoge Metapher benutzend habe ich meinen Figuren den Namen Gladiatoren gegeben. Man wird sehen, dass ihnen nichts fehlte, um diesen Namen zu verdienen.«

Über Guyetus, alias François Guyet (1575–1655), ist die größte Informationsquelle weiterhin I. Uri, *François Guyet*, Paris 1886. Bezüglich seiner Meinung, dass in die Texte der lateinischen Dichter unberechtigterweise eingegriffen worden wäre (unser störrischer Philologe glaubte tatsächlich, dass die erste der *Oden* von Horaz eine Fälschung war), ist der Klassiker von F. Gruppe *Minos. Über die Interpolationen in den römischen Dichtern*, Leipzig 1859, sehr hilfreich. Guyetus starb als Atheist, erzürnt über die letzten Sakramente, die ihm traditionell erteilt wurden.

Die Bibel, von der Gabriel Naudé (1600–1653) eine Kopie nach Paris brachte, war die berühmte Mazarin, die diesem Kardinal gehörte und die heute in der Nationalbibliothek in Paris aufbewahrt ist. Der Bibliothekar des Kardinals und Freund Bouchards, der so sehr den Glauben anderer verachtet hatte, bat vor seinem Tod mit nur 53 Jahren um den Beistand eines Priesters. Er starb an der Kälte, die er auf dem Heimweg nach Frankreich von Schweden erlitten hatte, wohin er sich vor den Kämpfen der Fronden zurückgezogen und ziemlich unglücklich gelebt hatte.

Die Briefe Caspar Schoppes (1576–1649) werden im Schoppe-Bestand der Biblioteca Laurenziana in Florenz aufbewahrt, dank der wir die weitschweifige Eleganz dieser Schriftstücke von Nahem kennenlernen konnten sowie von der Existenz einer paduanischen Ehefrau, einer gewissen Maddalena, erfuhren. Schoppe behielt bis zu seinem Tod den Ruf als bettelnde Nervensäge.

Marcantonio Pasqualini (1614–1691), Atto Melanis Lehrer, wurde sein Rivale, sobald beide, in Paris angekommen, versuchten, die Hauptrolle auf dem königlichen Parkett des Louvres zu erobern. In den Jahren, die auf seine Rückkehr nach Rom folgten, verabschiedete er sich von der Sängerkarriere. Ein Grund dafür war mit Sicherheit der politische Absturz der Barberinis, die ihn in den Jahren zuvor so sehr unterstützt hatten.

Korsaren und Renegaten

Alle Informationen über Korsaren, Barbaresken und Renegaten, einschließlich der Biographien von Occhialì, Cicala und Alì Ferrarese sind aus zahlreichen Quellen entnommen. Das eindringlichste und wertvollste Zeugnis über die Welt der Barbaresken ist allerdings auch heute noch A. Sacerdote (Hrsg.), *Africa overo Barbaría. Relazione al doge di Venezia sulle Reggenze di Algeri e di Tunisi del Dragomanno Gio. Batta Salvago (1625)*, Padua, 1937. Durch den von der Republik Venedig bei den Barbaresken eingeschleusten Salvago wird das geschichtliche Rätsel um die Renegaten aufgeklärt, da er die Sprache des Feindes so beherrschte, dass er fähig war, einen Bericht über alle Geheimnisse der Barbareskenstaaten anzufertigen. Aus dessen Erzählung kristallisiert sich auch überdeutlich heraus, dass die Barbaresken in geheimen Handelsabkommen kommerziell und logistisch von denselben Mächten unterstützt werden (Spanien, Holland, England, Frankreich und den italienischen Potentaten),

Apoll krönt den Sänger Marcantonio Pasqualini.
Ölgemälde von Andrea Sacchi aus dem Jahr 1641.

die sie am Tage in den Wassern des Mittelmeeres bekämpfen. Von wem kaufen denn die Korsaren all die hochwertigen, für die Schifffahrt und den Krieg unentbehrlichen Gerätschaften (Waffen, Ersatzteile für die Schiffe, Werkzeuge), wenn nicht von den verhassten Nazarenern? Sind es nicht die jüdischen Kaufleute aus Livorno, an die sie die Sklaven, derer sie sich anderswo nicht entledigen konnten, weiterveräußern? Und, vor allem, kommen sie nicht freiwillig aus Italien, die Tausende neuer Angeworbener, die Jahr für Jahr der christlichen Religion abschwören und sich der Reihe der Korsaren Allahs anschließen? Es werden dieselben sein, die ihren Kommandanten zeigen, wie sie ihre alten Landsmänner im Schlaf überraschen und zu Sklaven machen können. Was die Ambiguität der Politik der europäischen Staaten in der Militär- und Handelspolitik angeht, ist auch Mirella Mafrici *Mezzogiorno e Pirateria nell'età moderna: secoli XVI–XVIII*, Salerno 1995, sehr wertvoll.

Niemand hat jemals erfahren, wann und wo Alì Ferrarese starb. Die Akten der spanischen und palermitanischen Inquisition schweigen vom Jahr 1640 an; nach diesem Zeitpunkt wurde kein weiteres Dokument mehr gefunden. Von Alì Kemal, über den Gerichtsschreiber und Inquisition Ströme von Tinte vergossen, verschwindet jede Spur. Es war unmöglich der Versuchung zu widerstehen, dieses Schweigen der Quellen auszunutzen und die Geschichte mit anderen Mitteln fortzusetzen.

Kemals ungehobelter Ausdruck »auf dieser Seite des Grabens« ist eine Hommage an den größten Piratenroman der letzten fünfzig Jahre, *Long John Silver* von Björn Larsson (Stockholm 1995). Aus dem Erzählkern der zu unrecht glorifizierten Jungs-Erzählung *Die Schatzinsel* von Stevenson konstruiert Larsson einen Roman, der unvergleichlich besser ist als seine Inspirationsquelle. Wir begnügten uns – bescheidener – damit, ironisch auf den klassischen *Topos* der Piratensagen anzuspielen: die Schatzkarte, die der Secretarius vor Naudé als Schöpfung Philos Ptetès ausgibt.

Gorgona

Die Orte, die wir für diesen Roman benutzt haben, können heute nicht mehr aufgesucht werden. Der dichte Wald, der Gorgona einst bedeckte, wurde im 19. Jahrhundert gerodet und an seiner Stelle terrassierte Äcker angelegt. Auf der Insel befindet sich heute ein Gefängnis. Die Gefangenen arbei-

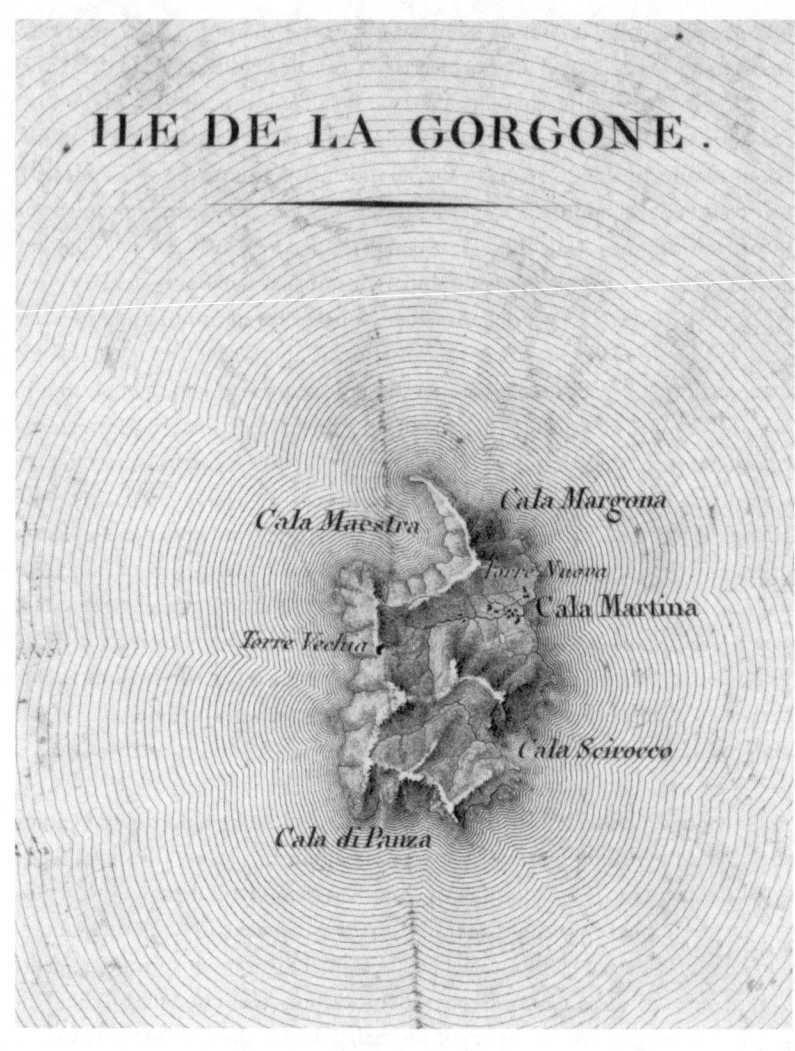

ILE DE LA GORGONE.

Cala Maestra

Cala Margona

Torre Nuova

Cala Martina

Torre Vechia

Cala Scirocco

Cala di Pauza

ten in einem experimentellen landwirtschaftlichen Projekt mit Weinanbau, Ackerbau und Tierzucht. Ein Besuch der Insel ist nur mit einer Genehmigung der italienischen Gefängnisbehörden möglich, die ein kompliziertes bürokratisches Verfahren erfordert. In den Gewässern um die Insel sind das Baden und die Schifffahrt verboten. Die wenigen verbliebenen Bewohner der Insel beklagen sich über den verdeckten Versuch des italienischen Staates, mit Maßnahmen wie der Schließung des einzigen Postamtes und Einschränkung des Fährverkehrs zum Festland die Insel zu entvölkern, um sie wahrscheinlich im Lauf der Zeit zum Objekt von Bauspekulationen zu machen.

Die von unseren Figuren besuchten Orte, wie die Grotte des Seeochsen (ein alter Ausdruck für »Robbe«), die »Piana dei Morti«, der Hafen oder die Klippen gibt es alle wirklich. Heute sind sie allerdings wegen der tiefgreifenden Veränderungen (Erdaushübe, Entwaldung, Bebauung, Wandel der Flora und Fauna), welche die kleine toskanische Insel erleiden musste, nicht mehr vollständig erhalten. Um sich ein Bild vom Aussehen der Insel vor dem 19. Jahrhundert zu machen, lese man den nun unauffindbaren, schmalen Band von Angelo Biagio Biamonti: *Cenni storici, geologici e botanici sull'isola di Gorgona nell'arcipelago toscano*, Livorno 1873. (Der Autor, ein Biologe, war der hochgebildete Direktor des Gefängnisses von Gorgona.) Zu Biamontis Lebzeiten war es zum Beispiel wegen der dichten Bewaldung auf der gesamten Insel noch nicht möglich, von der Torre Vecchia aus ganz Gorgona bis zum kleinen Hafen an der gegenüberliegenden Inselseite zu überblicken. Auf der Webseite www.ilgorgon.eu (die zahlreiche wichtige Informationen über das heutige Gorgona enthält), beherrscht die auf vielen Fotos stolz aufragende Torre Vecchia die ganze Insel, wohingegen sie, wie man bei Biamonti erfährt, bis zum 19. Jahrhundert noch hinter dichten Bäumen versteckt war. Auch die unterirdischen Gänge Gorgonas, in die sich unsere Figuren hineinwagen, sind natürlich keine Erfindung. In einem Artikel im Il Giorno vom 25. April 1994 erinnert Paolo Paoletti daran, dass es bis in die 60er Jahre hinein zum Beispiel einen Verbindungstunnel zwischen dem Hafen und der Torre Vecchia gab, der dann aus Sicherheitsgründen zugemauert wurde. Jahrhundertelang diente er den Bewohnern der Insel als Schutz gegen die Piraten. Die Torre Vecchia schließlich haben wir mit Hilfe eines Grundrisses und Querschnitts aus dem 18. Jahrhundert rekonstruiert. Diese befinden sich im Archiv des Pionierkorps in Rom (Signatur F 735bis).

BIBLIOGRAPHIE

Für die handschriftlichen Quellen verweisen wir auf die Anhänge und Anmerkungen.

AAVV, *1284, l'anno della Meloria*, Pisa 1984.

AAVV, *Corsari turchi e barbareschi in Liguria*, Atti del 1° convegno di studi, Ceriale 7–8 giugno 1986.

AAVV, *Giulio Cesare Scaligero e Nicolò D'Arco: la cultura umanistica nelle terre del Sommolago tra XV e XVI secolo*, Trento 1999.

AAVV, *Giulio Cesare Vanini e il libertinismo*, Atti del convegno di studi, Taurisano 28–30 ottobre 1999.

AAVV, *La fortuna dell'Utopia di Thomas More nel dibattito politico europeo del '500*, II giornata Luigi Firpo, 2 marzo 1995, Firenze 1996.

AAVV, *La »Matrone d'Éphèse«: histoire d'un conte mythique*, Colloque international 25–26 janvier 2002 en Sorbonne, Université de Paris. Cahiers des études anciennes, XXXIX, Tome I.

ADAMO, Pietro, *Il dio dei blasfemi: anarchici e libertini nella rivoluzione inglese*, Milano 1997.

ADLER, Ada, *Die Homervita im Codex Vindobonensis Phil. 39*, in: »Hermes«, 67/3 (1932), S. 363–366.

ADLER, William und TUFFIN, Paul, *The Chronography of George Syncellos. A Byzantine Chronicle of Universal History from the Creation*, Oxford 2002.

ALBINI, Andrea, *Oroscopi e cannocchiali. Galileo, gli astrologi e la nuova scienza*, Roma 2008.

AMMIANO, Marcellino, *Le storie*, hrsg. von Antonio Selem, Torino 1973.

ANDRES, Gregorio, *Historia del Ms. Vat. Gr. 1941 y sus copias*, in: »Revista de Archivos, Bibliotecas y Museos«, 64/1 (1958), S. 5–28.

ARMSTRONG, Elizabeth, *Robert Estienne, Royal Printer*, Cambridge 1954.

BABIĆ, I., *Oporuke Pelegrine, Petra i Koriolana Cipika*, in: »Radovi Instituta za povijest umjetnosti« 30 (2006), S. 29–49.

BALATRI, Filippo, *I frutti del mondo*, Palermo 1921.

BALDASSARRI, Marina, *Bande giovanili e »vizio nefando«*, Roma 2005.

BALDAUF, Robert, *Historie und Kritik*, Basel 1902.

BALSEM, Astrid C., *»Libri omissi« italiani del Cinquecento provenienti dalla biblioteca di Isaac Vossius, ora nella biblioteca della Rijksuniversiteit di Leida*, Leiden 1994.

BALZAC, Honoré de, *Sarrasine*, Paris 1830.

BARBIER, Patrick, *The world of the castrati*, London 1992.

BARGAGLIOTTI, S., CIBECCHINI, F., GAMBOGI, P., *Prospezioni subacquee sulle secche della Meloria: alcuni risultati preliminari*, in: »Atti del Convegno Nazionale di Archeologia Subacquea. Anzio 1996«, hrsg. von AIA Sub, Bari 1997, S. 43–53.

BEAGON, Philip, *A Note on Polybius 24.14.8–9*, in: »The Classical Quarterly«, n.s., 45/1 (1995), S. 245–248.

BECK, Charles, *The Age of Petronius Arbiter*, in: »Memoirs of the American Academy of Arts and Sciences«, n.s., 6/1 (1857), S. 21–178.

BECK, Charles, *The manuscripts of the Satyricon of Petronius Arbiter*, Cambridge 1863.

BEGNOTTI, Bruno, *Cronache gigliesi 1558–1799*, Pisa 1999.

BENNASSAR, Bartolomé, *Conversion ou reniement? Modalités d'une adhésion ambiguë des chrétiens à l'islam (XVIᵉ-XVIIᵉ siècles)*, in: »Annales. Économies, Sociétés, Civilisations«, 43/6 (1988), S. 1349–1366.

BENNASSAR, Bartolomé und Lucile, *Les chrétiens d'Allah*, Paris 1989.

BERKVENS-STEVELINCK, Christiane, *Les »Chevaliers de la Jubilation«: Maçonnerie ou libertinage?*, in: »Quaerendo«, vol. XIII, 1, Winter 1983.

BERNAYS, Jacob, *Joseph Justus Scaliger*, Osnabrück 1855.

BERNARDI, Walter, *Il paggio e l'anatomista: scienza, sangue e sesso alla corte del Granduca di Toscana*, Firenze 2008.

BETTI CARBONCINI, Adriano, *Porti della Toscana. Antichi approdi, marine, scali commerciali e industriali dal tempo degli etruschi ai giorni nostri*, Cortona 2001.

BIAMONTI, Angelo Biagio, *Cenni storici, geologici e botanici sull'isola di Gorgona nell'arcipelago toscano*, Livorno 1873.

BIANCHI, Lorenzo, *Rinascimento e libertinismo: studi su Gabriel Naudé*, Napoli 1996.

BIANCONI, Lorenzo und WALKER, Thomas, *Dalla »Finta Pazza« alla »Veremonda«: storie di Febiarmonici*, in: »Rivista Italiana di musicologia«, vol. 10, 1975, S. 379–454.

BIDEZ, J., *Un singulier naufrage littéraire dans l'Antiquité. A la recherche des Èpaves des l'Aristote perdu*, Bruxelles 1943.

BILLANOVICH, Giuseppe, *Dall'antica Ravenna alle biblioteche umanistiche*, in: »Aevum«, anno 30, fascicolo 1 (gennaio-febbraio 1956), S. 319–353.

BILLANOVICH, Giuseppe, *Dal Medioevo all'Umanesimo: la riscoperta dei classici*, Milano 2001.

BILLANOVICH, Maria Pia, *Falsi epigrafici*, in: »Italia medioevale e umanistica«, X, 1967, Padova 1967.

BILLANOVICH, Myriam, *Benedetto Bordon e Giulio Cesare Scaligero*, in: »Italia medievale e umanistica«, XI (1968), Padova 1968.

BISACCIONI, Maiolino, *Il Cannocchiale per la »Finta Pazza«*, in Venetia 1641.

BLET, P. SJ, *Correspondance du nonce en France Ranuccio Scotti (1639–1641)*, Rome/Paris 1965.

BLÖSS, Christian und NIEMITZ, Hans-Ulrich, *C14-Crash: Das Ende der Illusion, mit Radiokarbonmethode und Dendrochronologie datieren zu können*, Berlin 2002.

BOMBARD, Alain, *Naufrago volontario*, Milano 2003.

BON, Ottaviano, *Il serraglio del Gran Signore,* Roma 2002.

BONO, Salvatore, *Corsari del Mediterraneo*, Milano 1964.

BORGHERO, Carlo, *La certezza e la storia: cartesianesimo, pirronismo e conoscenza storica*, Milano 1983.

BOTS, Hans und LEROY, Pierre, *De l'acceptation de la foi au refus des dogmes. Le doute des libertins au XVIIe siècle*, in: »XVIIe siècle«, 229 (2005), S. 731–745.

BOUCHARD, Jean-Jacques, *Oeuvres*, par Emanuele Kanceff, 2 voll. Torino 1976–1977.

BOUCHARD, Jean-Jacques, *Lettres inédites écrites de Rome à Peiresc (1633–1637)*, in: »Les corréspondents de Peiresc«, III, hrsg. von P. Tamizey de Larroque, Paris 1881.

BOWERSOCK, Glen, *Fiction as History: Nero to Julian*, University of California 1994.

BRACCIOLINI, Poggio, *Lettere*, I–III, hrsg. von H. Harth, Firenze 1984–1987.

BRANDI, Karl, *Quellen und Forschungen zur Geschichte der Abtei Reichenau, Band I: Die Reichenauer Urkundenfälschungen*, Heidelberg 1890.

BRENZONE SYLVESTRANI, Christoforo, *Vita et fatti del valorosissimo capitan Astorre Baglioni da Perugia*, Verona 1591.

BROWNING, Robert, *The So-Called Tzetzes Scholia on Philostratus and Andreas Darmarios*, in: »The Classical Quarterly«, n.s., vol. 5/3–4 (1955), S. 195–200.

BRUNELLI, V., *Giovanni Lucio*, in: SEMI, F. und TACCONI, V. (Hrsg.), »Istria e Dalmazia. Uomini e Tempi«, Udine 1992.

BRUNHÖLZL, F., *Der sogenannte Galluspapyrus von Kasr Ibrim*, in: »Codices Manuscripti«, 10 (1984), S. 33–40.

BURGESS, W., *On the Date of the Kaisergeschichte*, in: »Classical Philology«, 2 (1995).

CACIAGLI, Giuseppe, *Lo Stato dei Presìdi, terza parte: l'assedio di Orbetello e la battaglia di Porto Longone*, in: »Bollettino dell'Istituto Storico e di Cultura dell'Arma del Genio«, vol. 113, anno XXXVII, nr. 1 (1971), S. 51–82.

CAMPANELLA, Tommaso, *La città del sole*, hrsg. von A. Seroni, Milano 2007.

CANFORA, Luciano, *La biblioteca scomparsa*, Palermo, 1986.

CANFORA, Luciano, *Prima lezione di storia greca*, Roma/Bari 2000.

CANFORA, Luciano, *Il Fozio ritrovato; Juan de Mariana e André Schott*, Bari 2001.

CANFORA, Luciano, *Prima lezione di storia greca*, Roma/Bari 2009.

CANFORA, Luciano, *Vita di Lucrezio*, Palermo 1993.

CANOSA, Romano, *Storia del Mediterraneo nel Seicento*, Roma, 1997.

CANZIANI, Guido (Hrsg.), *Filosofia e religione nella letteratura clandestina: secoli XVII e XVIII*, Milano 1994.

CAPPELLETTI, Licurgo, *Storia della città e stato di Piombino dalle origini fino all'anno 1814. Scritta coll'aiuto di documenti inediti o rari*, Livorno 1897.

CAPPELLINI, Francesco, *Quando Pistoia esportava ... virtuosi*, Pistoia 1997.

CARLINI, Antonio, *Papiri filosofici greci e tradizione dei testi*, in: CREVATIN, Fr. und TEDESCHI, G. (Hrsg.), »Scrivere, Leggere, Interpretare. Studi di Antichità in onore di Sergio Daris«, Trieste, 2005, S. 7 ff.

CECCONI, Valeriano, *L'altra Toscana: arcipelago*, Pistoia 1979.

CENNAMO, Mario, *Pirati, saraceni e barbareschi in Liguria*, Genova 2004.

CENSORINI, *De die natali liber*, hrsg. von Carmelo A. Rapisarda, Bologna 1991.

CENSORINI, *De die natali liber*, edidit Nicolaus Sallmann, Leipzig 1983.

CHARBONNEAU, Frédéric, *Sexes hypocrites: le théâtre des corps chez Jean-Jacques Bouchard et l'abbé de Choisy*, in: »Études françaises«, 34/1 (1998), S. 107–122.

CHIARELLI, Alessandra und POMPILIO, Angelo, *»Or vaghi or fieri«: cenni di poetica nei libretti veneziani (1640–1740)*, Bologna 2004.

CIANO, Cesare, *Santo Stefano per mare e per terra: la guerra mediterranea e l'Ordine dei cavalieri di Santo Stefano dal 1563 al 1716*, Pisa 1985.

CIPOLLA, Carlo Maria, *Il burocrate e il marinaio*, Bologna 1992.

CLARKE, Albert C., *The Trau MS. of Petronius*, in: »The Classical Review«, 22/6 (1908), S. 178–179.

CLARKE, W. M., *Jewish table manners in the Cena Trimalchionis*, in: »The Classical Journal«, 87/3 (1992), S. 257–263.

CLAUDII CLAUDIANI, *Carmina*, edidit John Barrie Hall, Leipzig 1985.

COFFIN, David R., *Pirro Ligorio: the Renaissance artist, architect and antiquarian*, University Park 2004.

COHN, Leopold, *Heliodoros von Prusa, eine Erfindung Paleokappas*, in: »Philologische Wochenschrift«, 9 (1889), S. 1419–1420.

COHN, Leopold, *Konstantin Paleokappa und Jacob Diassorinos*, in: »Philologische Abhandlungen Martin Hertz dargebracht«, Berlin 1888.

CONLEY, Thomas, *Revisiting »Zonaios«: More on the Byzantine Tradition περὶ σχημάτων*, in: »Rhetorica: A Journal of the History of Rhetoric«, 22/3 (2004), S. 257–268.

Il Consolato e il portolano del mare, in Venetia, appresso Daniel Zanetti & compagni, 1576.

CONTE, Gian Biagio, *Due note al testo di Apuleio (Metam. 2,32 e 3,2)*, in: »Materiali e discussioni per l'analisi dei testi classici«, 51 (2003), S. 257–260.

CORVAGLIA, Luigi, *L'autenticità e la paternità della poetica di Giulio Cesare Scaligero*, in: »Giornale critico della filosofia italiana«, anno 38, terza serie, vol. 13, S. 462–484.

CORVAGLIA, Luigi, *Dal Pomponazzi al Vanini: lo sviluppo unitario del pensiero filosofico padovano*, vol. IV di »Le opere di Giulio Cesare Vanini e le loro fonti«, Genova 1994.

CORVAGLIA, Luigi, *La poetica di Giulio Cesare Scaligero nella sua genesi e nel suo sviluppo*, in: »Giornale critico della filosofia italiana«, anno 38, terza serie, vol. 13, S. 214–240.

COSTANZO, Giorgia, *Il libertinismo di Gabriel Naudé*, Catania 2007.

CREMONINI, Cesare, *Le orazioni*, hrsg. von Antonino Poppi, Padova 1998.

CRESCENTIO, Bartolomeo, *Nautica Mediterranea*, in Roma appresso Bartolomeo Bonfadino 1607.

CRISTIANI, Emilio, *I combattenti della battaglia della Meloria e la tradizione cronistica*, in: »Bollettino storico livornese«, anno II (nuova serie), nr. 1, gennaio-aprile 1952.

CRUSIUS, Paul, *Liber de Epochis*, Basel 1578.

CURZIO RUFO (QUINTO), *Storie di Alessandro Magno*, hrsg. von Alberto Giacone, Torino 1977.

CUVIGNY, Hélène und VAGENHEIM, Ginette, *Un »Faux« sur porphyre: Avatars et aventures de la stèle de Théra honorant le gymnasiarque batôn (»IG«*

XII 3, 331, 153 av. J.-C.), in: »Zeitschrift für Papyrologie und Epigraphik«, 151 (2005), S. 105–126.

DAINOTTO, Serena, *Il Portolano*, Roma 2005.

DANTI, Egnatio, *Primo volume dell'uso et fabrica dell'astrolabio et del planisferio*, In Firenze appresso i Giunti 1578.

DE ANGELI, Vanna, *Eunuchi*, Milano 2000.

DELPHINUS, Hieronymus, *Eunuchi coniugium, Die Capaunen-Heyrath*, Halae 1685.

DEL PIAZZO, Marcello, *Manuale di cronologia*, Roma 1981.

DEL TORRE, Maria Assunta, *Studi su Cesare Cremonini: cosmologia e logica nel tardo aristotelismo padovano*, Padova 1968.

DE MATTEI, Rodolfo, *Antologia degli utopisti e dei riformatori sociali*, Roma 1960.

DE NICOLÒ, Maria Lucia, *Nautica e piscatoria*, Padova 1996.

DEPUYDT, Leo, *»More Valuable than All Gold«: Ptolemy's Royal Canon and Babylonian Chronology*, in: »Journal of Cuneiform Studies«, 47 (1995), S. 97–117.

DIACU, Florin, *The lost millennium: history's time tables under siege*, Toronto 2005.

DIETEN (van), Jan-Louis, *Ein falscher Basileios-Brief*, in: »Vigiliae Christianae«, vol. 38, nr. 4 (Dicembre 1984), S. 330–351.

DILLER, Aubrey, *Two Greek forgeries of the sixteenth century*, in: »The American Journal of Philology«, vol. 57, nr. 2 (1936), S. 124–129.

DILLER, Aubrey, *Scipio Tettius' Index Librorum Nondum Editorum*, in: »The American Journal of Philology«, 56/1 (1935), S. 14–27.

DI ROSA, Pietro, *Denis Petau e la cronologia*, in: »Archivum Historicum Societatis Jesu«, anno 29, fascicolo 57 (gennaio-giugno 1960), Roma 1960, S. 1–54.

DONII (Io. Baptistae) Patricii Florentini, *Commercium literarium nunc primum digestum editumque studio et labore*, Ant. Francisci Gorii, Florentiae in Typographio Caesareo, anno 1754.

DOPSCH, A., *Zu den Fälschungen Eberhards von Fulda*, in: »Mittheilungen des Instituts für österreichische Geschichtsforschung«, XIV (1893).

DUCANGE, C., *Glossarium Latino-Germanicum mediae et infimae aetatis. Supplementum lexici mediae et infimae latinitatis*, Francofurti 1857, sub voce riga.

DUHEM, Pierre, *Sozèin ta phainòmena. Essai sur la notion de théorie physique de Platon à Galilée*, Paris 1908.

DUHEM, Pierre, *Verificazione e olismo*, Roma 2006.

DUHEM, Pierre, *La théorie physique*, Paris 1914.

ERBA, Luciano, *Magia e invenzione: note e ricerche su Cyrano de Bergerac e altri autori del primo Seicento francese*, Milano 1969.

ERCOLE, Guido, *Le galee mediterranee*, Trento 2008.

ERRICO, Clara und MONTANELLI, Michele, *Gorgona. Storia dell'isola dal XVI al XIX secolo*, Pisa 2000.

FANTOLI, Annibale, *Il caso Galileo*, Milano 2003.

FANTOLI, Annibale, *Galileo per il copernicanesimo e per la Chiesa*, Città del Vaticano 2010.

FARRER, J. A., *Literary Forgeries*, New York/Bombay/Calcutta 1907.

FERRERI, Luigi, *A proposito dell'agguato e della morte di Jean-Jacques Bouchard. Con una lettera inedita di Bouchard al cardinal Francesco Barberini*, in: »Bibliotheca, Rivista di studi bibliografici«, 2002/2, S. 198–203.

FIORENTINO, Fernando, *Cesare Cremonini e il »Tractatus de Paedia«*, Lecce 1997.

FOMENKO, Anatoly T., *History: Fiction or science?*, 7 voll., Paris/London/New York, 2003–2006.

FOURNIER, Édouard (Hrsg.), *Les Privileges et fidelitez des Chastrez*, in: »Variétés historiques et littéraires. Recueil de pièces volantes rares et curieuses en prose et en vers«, revues et annotées par Édouard Fournier, Tome III, Paris 1855.

FRA NICCOLÒ DA POGGIBONSI, *Libro d'oltramare*, Gerusalemme 1996.

FRIED, Johannes, *Der Schleier der Erinnerung. Grundzüge einer historischen Memorik*, München 2004.

GALUPPINI, Gino, *Enciclopedia delle navi da guerra dalle origini a oggi*, Milano 1983.

GAMILLSCHEG, Ernst, *Manuscripta Graeca. Studien zur Geschichte des griechischen Buches in Mittelalter und Renaissance*, in: »Codices Manuscripti. Zeitschrift für Handschriftenkunde«, suppl. 3 (2010).

GAMILLSCHEG, Ernst und HARLFINGER, Dieter, *Repertorium der Griechischen Kopisten 800–1600, 3.1 A – Verzeichnis der Kopisten*, Wien 1981, S. 29.

GARCIA, Stéphane, *Élie Diodati et Galilée*, Firenze 2004.

GEUS, Klaus, *Eratosthenes von Kyrene. Studien zur hellenistischen Kultur- und Wissenschaftsgeschichte*, München 2002.

GIACCHERO, Giulio, *Pirati barbareschi, schiavi e galeotti*, Genova 1970.

GIMENO PASCUAL, Helena, *El despertar de la ciencia epigráfica en España*.

¿Ciríaco de Ancona: un modelo para los primeros epigrafistas españoles?, in: »Ciriaco di Ancona e la cultura antiquaria dell'Umanesimo«, Roma 1998.

GIOSEFFI, Massimo, *Gli eunuchi nella letteratura*, prefazione a Claudiano, *Contro Eutropio*, Milano 2004.

GRAFTON, Anthony, *Bring out your dead. The past as revelation*, Cambridge Massachussets 2001.

GRAFTON, Antony, *Forgers and Critics*, Princeton 1990.

GRAFTON, Anthony, *Joseph Scaliger and historical chronology: the rise and fall of a discipline*, in: »History and Theory. Studies in the philosophy of history«, S. 156–185.

GRAFTON, Anthony, *Joseph Scaliger: A Study in the History of Classical Scholarship*, 2 voll. Oxford 1993.

GRAFTON, Anthony, *Tradition and Technique in Historical Chronology*, in: AAVV, »Ancient history and the Antiquarian. Essays in memory of Arnaldo Momigliano«, London 1995, S. 15–31.

GRAFTON, Anthony, MOST, George W., SETTIS, S., *The classical tradition*, Harvard 2010.

GRANIER, Hubert, *Marins de France au combat 1610–1715*, Paris 1994.

GRAVIT, Francis W., *A Proposed Interlibrary Loan System in the Seventeenth Century*, in: »The Library Quarterly« 16/4 (1946), S. 331–334.

GREEN, Tony, *Nicolas Poussin paints the Seven sacraments twice*, Edinburgh 2000.

GREGORY, Tullio, *Aristotelismo e libertinismo*, in: »Giornale critico della filosofia italiana«, quinta serie, volume II, anno LXI (LXIII).

GREGORY, Tullio, *Etica e religione nella critica libertina*, Napoli 1986.

GRUPPE, O.F., *Minos. Über die Interpolationen in den römischen Dichtern*, Leipzig 1859.

GUGLIELMOTTI, Alberto, *Storia della Marina Pontificia*, 10 voll., 1886–1893.

GUIDOBALDI, Nicoletta, *»Non un semplice ritratto«: Marcantonio Pasqualini, Apollo e Marsia in un ritratto di Andrea Sacchi*, in: »Musica e Immagine tra iconografia e mondo dell'opera. Studi in onore di Massimo Bogianckino«, Firenze 1993.

GUTSCHE, G. J., *Classical Antiquity in Marulić's Judita*, in: »The Slavic and East European Journal«, 19/3 (1975), S. 310–321.

HALLE, U., *Die Externsteine sind bis auf weiteres germanisch! Prähistorische Archäologie im Dritten Reich*, Bielefeld 2002.

HARDOUIN, Jean, *Antirrheticus de nummis antiquis coloniarum et municipiorum*, Paris 1689.

848

HARDOUIN, Jean, *Doutes sur l'age de Dante*, Paris/London 1847.

HARDOUIN, Jean, *Opera selecta*, Amsterdam 1709.

HARDOUIN, Jean, *Opera varia*, Amsterdam 1733.

HARDOUIN, Jean, *Apologie d'Homère*, Paris 1716.

HARDOUINI, Johannis, Jesuitae, *Ad censuram scriptorum veterorum prolegomena*, Londra 1766.

HAUSMANN, Frank-Rutger, *Zwischen Autobiographie und Biographie: Jugend und Ausbildung des Fränkisch-Oberpfälzer Philologen und Kontroverstheologen Kaspar Schoppe (1576–1649)*, Würzburg 1995.

HEESAKKERS, Chris L., *Ein niederländisches Stammbuch: Das Album Amicorum des Janus Dousa Pater (1545–1604)*, in: »Wolfenbütteler Forschungen, Band 11: Stammbücher als kulturhistorische Quellen«, München 1981, S. 111–135.

HENDRIK, Hamel, *Il naufragio dello Sparviero*, Milano 2003.

HERKLOTZ, Ingo, *Cassiano dal Pozzo und die Archeologie des XVII. Jahrhunderts*, München 1999.

HERKLOTZ, Ingo, *Ianus Nicius Erythraeus und Jean-Jacques Bouchard. Zur schweren Geburt einer neulateinischen Vitensammlung des 17. Jahrhunderts*, in: »Neulateinisches Jahrbuch«, 10 (2008), S. 145–176.

HERKLOTZ, Ingo, *Jean-Jacques Bouchard (1606–1641): Neue Spuren seines literarischen Nachlasses*, in: »Lias. Sources and documents relating to the early modern history of ideas«, 29, 2002, S. 3–21.

HERMANN, Carl Friedrich, *Platonis dialogi secundum Trasilli tetralogia dispositi*, Leipzig 1851.

HEYDECKE, Markus, *Lutherische Orthodoxie – Kirche und Dreißigjähriger Krieg*, Studienarbeit, München 2005.

HOCHART, P., *De l'authenticité des Annales et des Histoires de Tacite*, Paris 1890.

HOEFLICH, H. Michael, *Dutch scholars and British Lords: Poggio's Quintilian in the seventeenth and eighteenth centuries*, in: »Quaerendo«, vol. XII 1/Winter 1982.

HOLSTENIUS, Luca (HOLSTE, Lukas), *Epistolae ad diversos quas ex editis et ineditis codicibus*, Paris 1817.

HUXLEY, G. L., *On the erudition of George the Synkellos*, in: »Proceedings of the Royal Irish Academy«, Vol. 81C, (1981), S. 207–217.

JAMES, Peter, *Centuries of darkness*, London 1991.

JANKO, Richard, *The herculaneum library: Some recent developments*, in: »Estudios Clásicos« 121 (2002), S. 25–41.

JAUMANN, Herbert (Hrsg.), *Kaspar Schoppe (1576–1649), Philologe im Dienste der Gegenreformation*, in: »Zeitsprünge«, 2/3–4, Frankfurt 1998.

JONSSON, Carl Olof, *The Gentile Times reconsidered*, Göteborg 2000.

JUGIE, Martin, *Une nouvelle invention au compte de Constantin Palaeocappa: Samonas de Gaza et son dialogue sur l'Euchariste*, in: »Miscellanea G. Mercati« 3 (1946), S. 342–359.

KANCEFF, Emanuele, *Introduzione critica alle opere di Jean-Jacques Bouchard*, Torino 1976.

KANCEFF, Emanuele, *Poliopticon italiano*, 2 voll., Ginevra 1994.

KENNEDY, Leonard A., *Cesare Cremonini and the immortality of the human soul*, in: »Vivarium«, XVIII, 2 (1980).

KÖLZER, Theo, *Zu den Fälschungen für St. Maximin in Trier*, in: »Fälschungen im Mittelalter«, congresso internazionale di Monumenta Germaniae Historica, Monaco 16–19 settembre 1986, III, S. 315–326.

KRALL, Katharina, *Ein Vergleich der Schriften von Herbert Jankuhn und Hans Reinerth zwischen 1933 und 1939*, Magisterarbeit im Fach Geschichte an der Universität Konstanz, 2005.

KRESTEN, Otto, *Andreas Darmarios und die handschriftliche Überlieferung des pseudo-Julios Polydeukes*, in: »Jahrbuch der österreichischen Byzantinistik«, 18 (1969), S. 137–165.

KRESTEN, Otto, *Die Handschriftenproduktion des Andreas Darmarios im Jahre 1564*, in: »Jahrbuch der österreichischen Byzantinistik«, 24 (1975), S. 147–193.

KRESTEN, Otto, *Nugae Syropulianae. Betrachtungen zur Überlieferungsgeschichte der Memoiren des Silbestros Syropulos*, in: »Revue d'Histoire des Textes«, 4 (1974), S. 75–138.

KRESTEN, Otto, *Phantomgestalten in der byzantinischen Literaturgeschichte*, in: »Jahrbuch der österreichischen Byzantinistik«, 25 (1976), S. 207–222.

KRESTEN, Otto, *Der Schreiber Andreas Darmarios. Eine kodikologisch-paläographische Studie*, Dissertation zur Erlangung des Doktorgrades an der philosophischen Fakultät Wien, Wien 1967.

KRESTEN, Otto, *Der Schreiber und Handschriftenhändler Andreas Darmarios*, in: »Mariahilfer Gymnasium, Jahresbericht 1967–1968«, Wien 1968, S. 6–11.

KRINSKY, Carol H., *Seventy-Eight Vitruvius Manuscripts*, in: »Journal of the Warburg and Courtauld Institutes«, 30 (1967), S. 36–70.

KRISTELLER, Oskar, *Between the Italian Renaissance and the French Enlightenment: Gabriel Naudé as an Editor*, in: »Renaissance Quarterly«, 32/1 (1979), S. 41–72.

KUHN, Heinrich C., *Galileo Galilei come lettore di Cesare Cremonini*, in: »Quaderni del Centro tedesco di studi veneziani«, 45 (1993).

KUHN, Heinrich C., *Venetischer Aristotelismus im Ende der aristotelischen Welt*, Europäische Hochschulschriften, Frankfurt 1986.

LANCELLOTTI, Secondo, *Farfalloni degl'Antichi Historici*, Venetia 1637.

LAWRENCE SMITH, Clement, *A Preliminary Study of Certain Manuscripts of Suetonius' Lives of the Caesars*, in: »Harvard Studies in Classical Philology«, 12 (1901), S. 19–58.

LENCI, Marco, *Corsari. Guerra, schiavi, rinnegati nel Mediterraneo*, Roma 2006.

LEVANTO, Francesco Maria, *Prima parte dello specchio di mare, nel quale si descrivono tutti li porti ... del Mediterraneo*, Genova 1664.

LUČIN, Bratislav, *Marul, Katul i trogirski kodeks Petronija*, in: »Colloquia Maruliana«, XVI (2007), S. 5–44.

LUČIN, Bratislav, *Marulić's Hand on the Codex Traguriensis* (Paris, Bibliotheque Nationale, ms. Parisiensis lat. 7989), in: »Colloquia Maruliana«, 14 (2005), S. 315–320.

LUČIN, Bratislav, *Petronius in Dalmatia: the Codex Traguriensis (Paris. Lat. 7989) and the Croatian Humanist Marko Marulić (1450–1524)*, intervento al congresso »Humanism on the Eastern Adriatic Coast«, Venezia 8 aprile 2010.

LUČIN, Bratislav, *CIL 190*: A Proposal for Marulić*, in: »Colloquia Maruliana«, 7 (1998), S. 47–56.

LUCRÈCE, *De la nature*, tome Ier, texte établi et traduit par Alfred Ernout, Paris 1955.

LUCRETI CARI, T., *The rerum natura, libri sex*, iterum recensuit Josefus Martin, Leipzig 1953.

LUCREZIO CARO, Tito, *La natura*, hrsg. von Armando Fellin, Torino 1997.

MAFRICI, Mirella, *Mezzogiorno e pirateria nell'età moderna (secoli XVI–XVIII)*, Salerno 1995.

MANGIO, Carlo, *L'assedio di Orbetello e l'occupazione francese di Porto Longone e di Piombino: un episodio italiano della Guerra dei Trent'anni*, in: »Orbetello e i presidios«, Firenze 2000.

MANILIUS, Marcus, *Astronomicon liber primvs. Recensvit et enarravit A. E. Housman*, London 1903.

MANODORI, Alberto, *La Preghiera del Marinaio: la fede e il mare nei segni della chiesa e nelle tradizioni marinare*, Roma 1992.

MARE (de la), A. C., *The Return of Petronius to Italy*, in: »Medieval Learning and Literature«, Oxford 1976, S. 220–254.

MARGETIĆ, Lujo, *Marulić's Will*, in: »Colloquia Maruliana«, 14 (2005), S. 5–22.

MARTINI, Giuseppe, *Le stravaganze critiche di padre Jean Hardouin*, in: »Scritti di paleografia e diplomatica in onore di Vincenzo Federici«, Firenze 1945.

MAYER, Marcos, *L'art de la falsificació: falsae inscriptiones a l'epigrafia romana de Catalunya. Discurs llegit en el sessió inaugural del curs 1998–1999*, Barcelona 1998.

MAYER, Marcos, *Ciríaco de Ancona, Annio de Viterbo y la historiografia hispánica*, in: »Ciriaco di Ancona e la cultura antiquaria dell'Umanesimo«, Roma 1998.

MAYER, Marcos, *La técnica de producción de falsos epigráficos a través de algunos ejemplos de CIL II*, in: »Excerpta philologica«, vol 1, nr. 2 (1991), S. 491–500.

MAYER, Marcos, *Towards a History of the Library of Antonio Agustín*, in: »Journal of the Warburg and Courtauld Institutes«, 60 (1997), S. 261–272.

MENDELL, C. W., *Manuscripts of Tacitus' Minor Works*, in: »Memoirs of the American Academy in Rome«, 19 (1949), S. 133–145.

MIRANDOLA, Giorgio, *Naudé a Padova*, in: »Lettere Italiane«, anno 19 (1967), S. 239–247.

MOMIGLIANO, Arnaldo, *Contributo alla storia degli studi classici*, Roma 1955.

MONELLO, Gigi, *Accadde a Famagosta. L'assedio turco ad una fortezza veneziana e il suo sconvolgente finale*, Cagliari 2006.

MONGA, Luigi, *Galee toscane e corsari barbareschi*, Pisa 1999.

MONI, Liciano, *La battaglia della Meloria, 6 agosto 1284: dall'immaginazione alla realtà, preludio alla crescita di Livorno*, Livorno 2002.

MONTEVECCHI, Orsola, *La papirologia*, Milano 1988.

MOORE, John M., *The manuscript tradition of Polibius*, Cambridge 1965.

MORANDO, S. (Hrsg.), *Lettere di Gabriello Chiabrera*, Firenze 2003.

MORAUX, P., *Aristoteles Graecus: die griechischen Manuskripte des Aristoteles*, Band 1., Berlin/New York 1976.

MORO, Tommaso, *Utopia*, hrsg. von M. Baldini, Roma 2005.

MUIR, Edward, *The culture wars of the late Renaissance. Skeptics, Libertines and Opera*, Cambridge (Massachusetts) 2007.

MÜLLER, Gerhard, voce »Akoimeten«, in: *Theologische Realenzyklopädie*, XXXIV, Tübingen 2002, S. 148–153.

MUSARRA, Franco, *Giacomo Badovere e il problema dei »libertini«*, in: »Ateneo veneto«, 11/1–2 (1973).

NAGY, Gregory, *Reading Greek Poetry Aloud: Evidence from the Bacchylides Papyri*, in: »Quaderni Urbinati di Cultura Classica«, n.s., 64/1 (2000), S. 7–28.

NAUDÉ, Gabriel, *Advis pour dresser une bibliothèque*, Paris 1627.

NAUDÉ, Gabriel, *Apologie pour tous les grands personnages qui ont este faussement soupçonnez de magie*, La Haye 1653.

NAUDÉ, Gabriel, *Bibliographia politica*, Venetiis, 1633.

NAUDÉ, Gabriel, *Considerations politiques sur les coups d'Estat*, Rome 1639 (Ort und Datum des Druckes gefälscht; möglicherweise Paris 1644).

NEDERMAN, Cary J., *A Duty to Kill: John of Salisbury's Theory of Tyrannicide*, in: »The Review of Politics«, 50/3 (1988), S. 365–389.

NIEWÖHNER, Friedrich und PIUTA, Olaf (Hrsg.), *Atheismus im Mittelalter und in der Renaissance*, Wiesbaden 1999.

NINCI, Giuseppe, *Storia dell'isola dell'Elba*, Portolongone 1898.

NISARD, Charles, *Le triumvirat littéraire au XVIᵉ siècle: Juste Lipse, Joseph Scaliger, Isaac Casaubon*, Paris 1852.

NISARD, Charles, *Les Gladiateurs de la République des Lettres*, 2 voll., Paris 1860.

NOFERI, Giancarlo, *Navigare sulle rotte dei pirati barbareschi*, Poggibonsi 1991.

NOVAKOVIĆ, Darko, *Two Recently Discovered Manuscripts of Marko Marulić in Great Britain*, in: »Colloquia Maruliana«, 6 (1997), S. 5–31.

ODDO, Henri, *Le Chevalier Paul, lieutenant-général des armées navales du Levant (1598–1668)*, Paris 1896.

OMBROSI, Luca, *Vita dei Medici sodomiti*, Roma 1965.

L'Ordine di Santo Stefano e il mare, Atti del convegno, Pisa 2001.

ORTKEMPER, Hubert, *Engel wider Willen: Die Welt der Kastraten. Eine andere Operngeschichte*, Berlin 1993.

PACE, Nicola, *Ombre e silenzi nella scoperta del frammento di Petronio e nella controversia sulla sua antichità*, in: MORETTI, P. F., TORRE, C., ZANETTO, G. (Hrsg.), »Debita dona: studi in onore di Isabella Gualandri«, Napoli 2008, S. 373–399.

PACE, Nicola, *Documenti inediti dalla Bibliothèque Nationale de France del dibattito secentesco sul frammento traurino di Petronio*, in: »Annali della Facoltà di Lettere e Filosofia dell'Università di Milano«, 63/1 (2010), S. 205–229.

PACK, Roger A., *Two Classical Forgeries*, in: »The American Journal of Philology«, 110/3 (1989), S. 479–483.

PAGNONI, Maria Rita, *Prime note sulla tradizione medievale ed umanistica di Epicuro*, in: »Annali della Scuola Normale di Pisa«, Classe di Lettere e Filosofia, serie III, 1974.

PALUMBO, V., *Bellino, Casanova e i finti cavalieri. Ovvero il paradosso delle cantatrici*, intervento al congresso »Donne a Venezia. Spazi di libertà e forme di potere (sec. XVI–XVIII)«, Venezia, 8–10 maggio 2008.

PANETTA, Rinaldo, *Pirati e corsari. Turchi e barbareschi nel Mare Nostrum*, Milano 1981.

PANETTA, Rinaldo, *Il tramonto della Mezzaluna*, Milano 1984.

PARENTY, Hélène, *Philologie et pratiques de lecture chez Isaac Casaubon*, intervento al congresso »Philologie als Wissensmodell/La philologie comme modèle de savoir«, Monaco 20–22 luglio 2006.

PARIS, P., *Nota sul sarcorago di Tarragona*, in: »Révue Archéologique«, 5ª s., 14 (1921), S. 146–157.

PEIRESC (Fabri de), Nicolas-Claude, *Lettres à Cassiano Dal Pozzo*, editée et commentées par Jean-Francois Lhote et Danielle Joyal, Clermont-Ferrand 1989.

PEIRESC (Fabri de), Nicolas-Claude, *Lettres, Tome quatrième: Lettres de Peiresc à Bouchard et alii, 1626–1637*, hrsg. von P. Tamizey de Larroque, Paris 1893.

PELISSIER, L. G., *Les amis d'Holstenius*, in: »Mélanges d'archéologie et d'histoire«, VII (1887), S. 62–128.

PETAU, Dénis, *Abregé chronologique de l'histoire universelle*, I–II, Paris 1683.

PÉTRONE, *Le Satyricon*, texte établi et traduit par Alfred Ernout, Paris 1950.

PETRONII ARBITRI, *Satyricon,* Lugduni apud Ioan, Tornaesium, 1575.

PETRONII ARBITRI, *Satyricon ex recensione Petri Burmannii*, Lipsia 1781.

PETRONII ARBITRI, *Satyricon reliquiae,* ed. Konrad Mueller, Stuttgart-Lepzig 1995.

PETRONIO, Tito, *Satyricon*, hrsg. von Vincenzo Ciaffi, Torino 1955.

PETROVICH, M.B., *Croatian Humanists and the Writing of History in the Fifteenth and Sixteenth Centuries*, in: »Slavic Review«, 37/4 (1978), S. 624–639.

PINTARD, René, *Le libertinage érudit*, Genève 2000.

PIOMBANTI, Giuseppe, *Guida storica ed artistica della città e dei dintorni di Livorno*, Livorno 1903.

PITZ, E., *Erschleichung und Anfechtung von Herrscher- und Papsturkunden vom 4. bis 10. Jahrhundert*, in: »Fälschungen im Mittelalter«, Internationaler Kongress der Monumenta Germaniae Historica, München 16.–19. September 1986, III, S. 69–113.

PLATONE, *Tutti gli scritti*, hrsg. von Giovani Reale, Milano 1991.

POPPI, Antonino, *Cremonini e Galilei inquisiti a Roma nel 1604*, Padova 1992.

POPPI, Antonino, *L'etica del Rinascimento tra Platone e Aristotele*, Napoli 1997.

POULOT, Dominique, *Naissance du monument historique*, in: »Revue d'histoire moderne et contemporaine«, 32/3 (1985), S. 418–450.

PRAGA, Giuseppe, *Indagini e studi sull'umanesimo in Dalmazia: il codice marciano di Giorgio Begna e Pietro Cippico*, in: »Archivio storico per la Dalmazia«, 13/77 (1932), S. 210–218.

PRISCUS PANITA, *Excerpta et fragmenta* (hrsg. von Pia Carolla), Berlin/New York, 2008.

PROSTMEIER, Ferdinand R., *Zur handschriftlichen Überlieferung des Polykarp- und des Barnabasbriefes: Zwei nicht beachtete Deszendenten des Cod. Vat. Gr. 859*, in: »Vigiliae Christianae«, 48/1 (1994), S. 48–64.

PRUNIÈRES, Henry, *L'Opéra italien en France avant Lulli*, Paris 1913.

PULCH, Peter, *Zu Eudocia. Constantinus Palaeocappa, der Verfasser des Violariums*, in: »Hermes«, 17 (1882), S. 177–192.

RAMBELLI, Faustolo, *Subacquea. Gocce di storia*, Imola 2006.

RANKE, Ludwig v., *Zur Kritik der neueren Geschichtsschreibung*, Leipzig/Berlin 1824.

RAPISARDA, Carmelo A., *Fondamenti della tradizione manoscritta di Censorino*, in: »Giornale Italiano di Filologia«, 41 (1989), S. 3–28.

Relazione del viaggio e della presa della città di Bona in Barberia, fatta per commessione del Serenissimo Gran Duca di Toscana in nome del Serenissimo Prencipe suo primogenito, dalle Galere della religione di Santo Stefano, il dì 16 settembre 1607, sotto il comando di Silvio Piccolomini Gran Contestabile di detta Religione & Aio del medesimo Prencipe, in Roma appresso Lepido Facij 1607.

Relazione di tutto il successo di Famagosta, dove s'intende minimamente tutte le Scaramuccie, Batterie, Mine, & Assalti dati ad essa Fortezza, in Venezia appresso Giorgio Angelieri, 1572.

RICCI, Giovanni, *Ossessione turca*, Bologna 2002.

RICCI, Giovanni, *I Turchi alle porte*, Bologna 2008.

RIONDATO, Ezio und POPPI, Antonino, *Cesare Cremonini. Aspetti del pensiero e scritti*, »Atti del convegno di studio«, 2 voll., Padova 26–27 febbraio 1999.

RIZZA, Cecilia, *Libertinage et litterature*, Fasano di Brindisi/Paris 1996.

ROANI VILLANI, Roberta, *Il Giglio fra Medici e Lorena*, Pisa 1993.

ROSAND, Ellen, *Opera in seventeenth-century Venice: the creation of a genre*, Berkley/Los Angeles/Oxford 1991.

ROSSI, Emilio, *Le galee. Storia, tecnica, documenti*, Trento 1990.

ROSTAGNO, Lucia, *Mi faccio turco*, Roma 1983.

RUSSO, Flavio, *Guerra di corsa. Ragguaglio storico sulle principali incursioni turco-barbaresche in Italia e sulla sorte dei deportati tra il* XVI *e il* XIX *secolo*, 2 tomi, Roma 1997.

RUSSO, Flavio, *La difesa costiera dello Stato dei Reali Presìdi di Toscana dal* XVI *al* XIX *secolo*, Roma 2002.

RUSSO, Flavio, *La difesa costiera dello Stato Pontificio dal* XVI *al* XIX *secolo*, Roma 1999.

SABBADINI, Remigio, *Il metodo degli umanisti*, Firenze 1922.

SABBADINI, Remigio, *Niccolò da Cusa e i conciliari di Basilea alla scoperta dei codici*, in: »Rendiconti della reale Accademia dei Lincei. Classe di scienze morali, storiche e filologiche«, s.V, 20/1–4, Roma 1911.

SABBADINI, Remigio, *Le scoperte dei codici latini e greci ne' secoli* XIV *e* XV, Firenze 1996.

SABBADINI, Remigio, *Opere Minori, vol. I: Classici e umanisti da codici latini inesplorati*, Padova 1995.

SAGE, Evan T., *Petronius, Poggio and John of Salisbury*, in: »Classical Philology«, 11 (1916).

SAGE, Evan T., *The Text-Tradition of Petronius-Preliminary Paper*, in: »The American Journal of Philology«, 50/1 (1929), S. 21–39.

SAGE, Evan T., *Giraldus Cambrensis and Petronius*, in: »Speculum«, 2/2 (1927), S. 203–205.

SALVAGO, Giovan Battista, *Africa overo Barbarìa. Relazione al Doge di Venetia sulle Reggenze di Algeri e di Tunisi del dragomanno Giovambattista Salvago, in Venetia 1625*, hrsg. von Alberto Sacerdote, Padova 1937.

SCARAFFIA, Lucetta, *Rinnegati*, Roma/Bari 1993.

SCARLINI, Luca, *Lustrini per il regno dei cieli*, Torino 2008.

SCHAARSCHMIDT, C., *Die Sammlung der platonischen Schriften zur Scheidung der echten von den unechten untersucht*, Bonn 1866.

SCHAPS, David, *The Found and Lost Manuscripts of Tacitus' Agricola*, in: »Classical Philology«, 74/1 (1979), S. 28–42.

SCHETTER, Willy, *Scaliger, Cujas und der Leidensis Voss. Lat. Q. 86*, in: »Hermes«, 111/3 (1983), S. 363–371.

SCHIEFFER, Rudolf, *Gebhardt-Handbuch der deutschen Geschichte*, Stuttgart 2001.

SCHILP, Thomas, *Die Gründungsurkunde der Frauenkommunität Essen. Eine Fälschung aus der Zeit um 1090*, in: »Studien zum Kanonissenstift«, 2001, S. 149–183.

SCHNABEL, Paul, *Berossos und die babylonisch-hellenistische Literatur*, Berlin/Leipzig 1923.

SCHOLZ, Piotr O., *Der entmannte Eros. Eine Kulturgeschichte*, Düsseldorf/ Zürich 1997.

SCIOPPII, Gaspare (Caspar Schoppe), *Scaliger hypobolimaeus, hoc est: Elenchus epistolae iosephi Burdonis Pseudoscaligeri*, Moguntiae, 1607.

SCIOPPIO, Gaspare (Caspar Schoppe), *L'angelo della pace*, hrsg. von Cosimo Scarcella, Pisa 2006.

SCOTT, James M., *A question of identity: is Cephas the same person as Peter?*, in: »Journal of Biblical Studies«, 3/3 (2003), S. 1–20.

SCROSOPPI, Paolo, *Attività commerciale del porto di Livorno nella prima metà del secolo XVII*, in: »Bollettino Storico Livornese«, 30/1 (1939).

SIDERIS, *La comédie des castrats. Ammian Marcellin et les eunuques entre eunucophobie et admiration*, in: »Revue belge de philologie et d'histoire«, 3/4 (2000), S. 689–717.

SIENI, Stefano, *La sporca storia di Firenze*, Firenze 2002.

SOLOMON, Jon, *The Vacillations of the Trojan Myth: Popularization & Classicization, Variation & Codification*, in: »International Journal of the Classical Tradition«, 14 (2007), S. 482–534.

SOSOWER, Mark, *Andreas Darmarios and the Greek Manuscripts in the Pilar Library in Zaragoza*, relazione al 4th International Congress on Greek Palaeography, Oxford University, settembre 1993.

SOSOWER, Mark, *A Forger revisited: Andreas Darmarios and Beineke 269*, in: »Jahrbuch der Österreichischen Byzantinistik«, 45 (1993), S. 289–306.

SPECCHIA, Angelo, *Gorgona. Storia e immagini di uno scoglio*, Pisa 1992.

SPEYER, Wolfgang, *Die literarische Fälschung im heidnischen und christlichen Altertum*, München 1971.

SPINI, Giorgio, *Ricerca dei libertini: la teoria dell'impostura delle religioni nel Seicento italiano*, Roma 1950.

SPINI, Giorgio, *Tendenze della recente storiografia sul principato mediceo*, in: »Rivista di storia della storiografia moderna«, anno I, numero 2, dicembre 1980.

STAAB, F., *Echte und gefälschte Termineiurkunden*, in: »Fälschungen im Mittelalter«, Internationaler Kongress der Monumenta Germaniae Historica, München 16.–19. September 1986, III, S. 304 ff.

STAZIO, Publio Papinio, *La chioma di Flavio Earino*, Torino 1980.

STERLING, Gregory E., *Historiography and Self-Definition: Josephos, Luke-Acts, and Apologetic Historiography*, Leiden 1992.

STRABONE, *Geografia: L'Italia, Libri V–VI*, hrsg. von Anna Maria Biraschi, Milano 1988.

STRABONE, *Geografia: Il Peloponneso*, Libro VIII, hrsg. von Anna Maria Biraschi, Milano 1992.

SYNCELLUS, Georgius, *Ecloga Chronografica*, ed. Alden A. Mosshammer, Leipzig 1984.

TERENZIO, *L'eunuco*, hrsg. von Giuseppe Zanetto, Milano 1999.

TERRAMOCCIA, Igino (Hrsg.), *La battaglia di Orbetello del 1646 e Carlo della Gatta*, Siena 1997.

Utopia: il sogno di una vita più bella, Catalogo della mostra alla Biblioteca Casanatense di Roma, Roma 2003.

THIELSCHER, P., *Ist »M. Manilii Astronomicon Libri V« richtig?*, in: »Hermes«, 84/3 (1956), S. 353–372.

TREADGOLD, Warren T., *The Chronological Accuracy of the »Chronicle« of Symeon the Logothete for the years 813–845*, in: »Dumbarton Oaks Papers«, 33 (1979), S. 159–197.

ÜBERWEG, Friedrich, *Untersuchungen über die Echtheit und Zeitfolge platonischer Schriften und über die Hauptmomente aus Platos Leben*, Wien 1861.

ULLMANN, B. L., *The text of Petronius in the sixteenth century*, in: »Classical Philology«, vol. 25 (April 1930), S. 128–154.

URI, Isaac, *Un cercle savant au XVII siècle: Francois Guyet (1575–1655) d'après des documents inédits*, Paris 1886.

VAGENHEIM, Ginette, *La falsification chez Pirro Ligorio*, in: »Eutopia«, 3 (1994), S. 67–104.

VAGENHEIM, Ginette, *Les Antichità Romane de Pirro Ligorio et l'Accademia degli Sdegnati*, in: DERMAIX, M. (Hrsg.), »Les academies dans l'Europe humaniste«, Paris 2008, S. 99.

VALENTE, Gustavo, *Vita di Occhialì*, Milano 1960.

VALOIS, Adrien und WAGENSEIL, Christoph, *De cena Trimalcionis nuper sub Petronii nomine vulgata dissertationes*, Paris 1666.

VANAGOLLI, Gianfranco, *Turchi e barbareschi all'Elba nel Cinquecento*, Roma 1997.

VANUXEM, Jacques, *The Theories of Mabillon and Montfaucon on French Sculpture of the Twelfth Century*, in: »Journal of the Warburg and Courtauld Institutes«, 20/1–2 (1957), S. 45–58.

VELAZA, Javier, *Sobre algunos aspectos de la falsificacion en epigrafia iberica*, in: »Fortunatae«, 3 (1992), S. 315–325.

VERGÉ-FRANCESCHI, Michel, *Abraham Duquesne*, Paris 1992.

VEYRARD-COSME, Christiane, *Jean de Salisbury et le récit de Pétrone: du rem-

ploi à l'Exemplum, in: »Cahiers des études anciennes«, Université du Québec à Trois-Rivières, vol. 39 (2003), S. 69–88.

VINCENZINI, Enrico, *Livorno corsara*, Livorno 1989.

VITIELLO, R., *Erudizione ed ateismo nel Seicento: il caso del »Theophrastus redivivus«*, in: »Rivista di storia della storiografia moderna«, anno I, numero I, luglio 1980.

VOGEL, E. G., *Verzeichniss griechischer Abschreiber aus dem IX.-XVI. Jahrhunderte, nach datirten Handschriften*, in: »Serapeum. Zeitschrift für Bibliothekwissenschaft, Handschriftenkunde und ältere Litteratur«, 18 (1844).

VOIGT, Georg, *Die Wiederbelebung des klassischen Altertums*, Berlin 1859.

WADE RICHARDSON, T., *Problems in the text-history of Petronius in antiquity and the middle ages*, in: »The American Journal of Philology«, vol. 96, nr. 3 (autunno 1975), S. 290–305.

WALSER, Ernst, *Poggius Florentinus. Leben und Werke*, Leipzig/Berlin 1914.

WEBSTER, Charles, PELLING, Margaret, MANDELBROTE, Scott, *The practice of reform in health, medicine, and science, 1500–2000: essays for Charles Webster*, Ashgate 2005.

WEISS, Roberto, *The Renaissance discovery of classical antiquity*, Oxford 1989.

WELLMANN, Markus, *Zu Galen*, in: »Hermes«, 62/4 (1927), S. 493.

WESTFALL, Richard S., Science and Religion in Seventeenth Century England, New Haven 1958.

WINTERBOTTOM, Michael, *Fifteenth-Century Manuscripts of Quintilian*, in: »The Classical Quarterly«, n.s., 17/2 (1967), S. 339–369.

WILSON, N. G., *A puzzle in stemmatic theory solved*, in: »Revue d'histoire des textes«, IV (1974).

ZAPPELLI, Alessia, *La famiglia Sozzifanti di Pistoia nell'Ordine di Santo Stefano*, in: »Quaderni stefaniani«, anno 27 (supplemento), Pisa 2008.

ZELLER, E., *Die Philosophie der Griechen. Eine Untersuchung über Charakter, Gang und Hauptmomente ihrer Entwicklung*, Tübingen 1862.

Rom – Paris – Wien
März 2008–April 2011

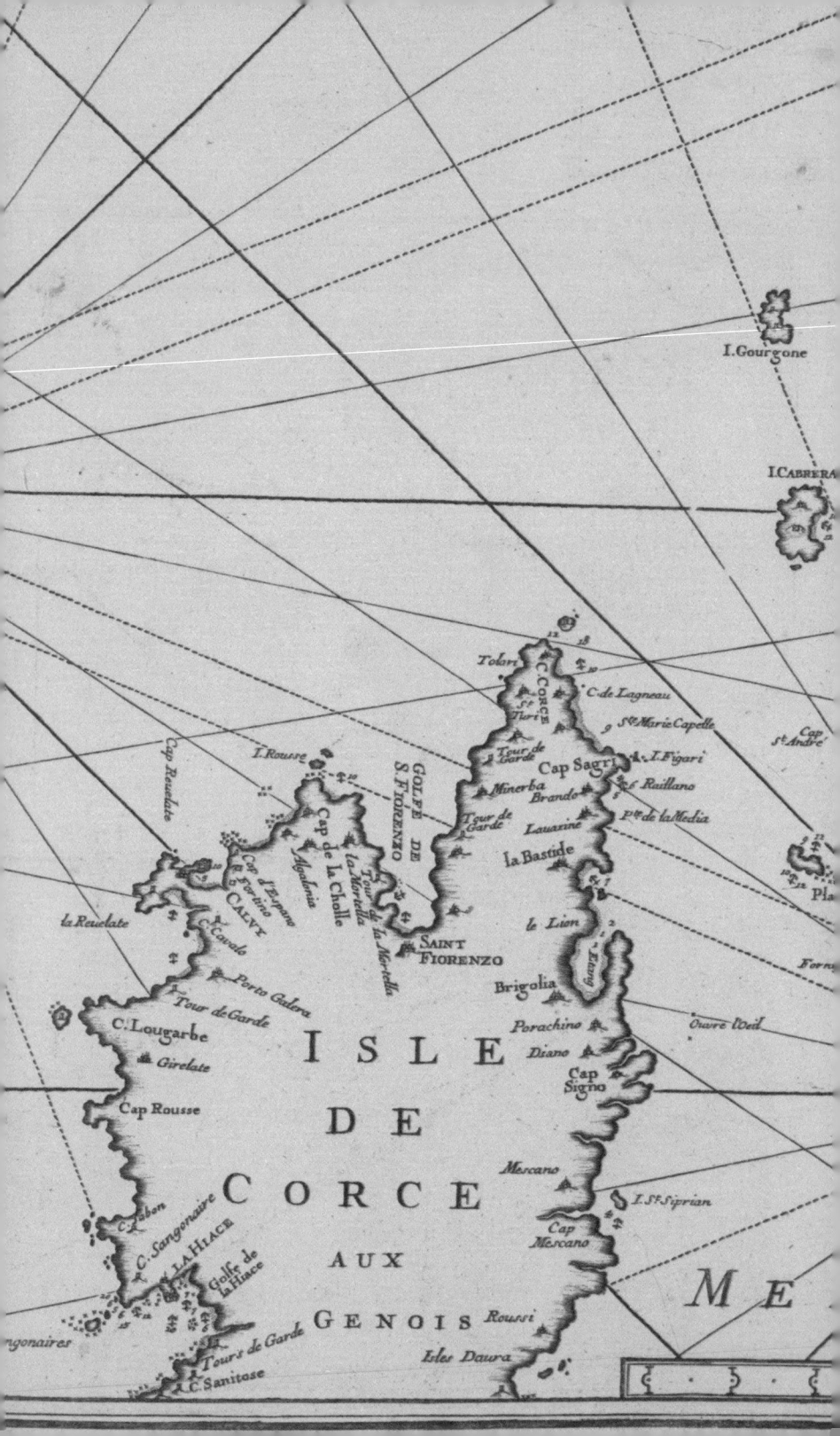

I.Gourgone

I.CABRERA

Tolari
C. CORCE
C. de Lagneau
Turt
St. Marie Capelle
Cap St. André
Tour de
Garde
Cap Sagri
I. Figari
Minerba
Raillano
I.Rousse
Brando
P.te de la Media
GOLFE DE S. FIORENZO
Cap Revelate
Tour de
Garde
Lauanne
la Bastide
Cap d'Espiro
Cap de La Challe
Menelli
Tour de la Menelli
le Lion
la Revelate
CALVE
C. Cavale
SAINT FIORENZO
Pla
Brigolia
Porto Galera
Forno
Tour de Garde
Porachino
Diano
C. Lougarbe
Ouvre l'Oeil
Girelate
Cap
Signo
Cap Rousse

I S L E

D E

C O R C E
Mescano

A U X
I. St. Siprian
Cap
Mescano
C.Zebon
C. Sangonaire
LA HIACE
Golfe de
la Hiace

G E N O I S
Roussi
M E
ongonaires
Tours de Garde
Iles Daura
C. Sanitose